诗词盛典 I

吕长春诗词盛典系列丛书

吕长春格律诗词六万八千首（全四册）

第十三卷～第十五卷

吕长春 著

中国书籍出版社
China Book Press

图书在版编目(CIP)数据

诗词盛典：吕长春格律诗词六万八千首/吕长春著．— 北京：中国书籍出版社，2017.10

ISBN 978-7-5068-6024-6

Ⅰ.①诗… Ⅱ.①吕… Ⅲ.①诗词—作品集—中国—当代 Ⅳ.①I227

中国版本图书馆CIP数据核字（2017）第245282号

诗词盛典：吕长春格律诗词六万八千首

吕长春 著

责任编辑	吴化强
责任印制	孙马飞 马 芝
封面设计	东方美迪
出版发行	中国书籍出版社
地 址	北京市丰台区三路居路97号（邮编：100073）
电 话	（010）52257143（总编室） （010）52257140（发行部）
电子邮箱	eo@chinabp.com.cn
经 销	全国新华书店
印 刷	三河市顺兴印务有限公司
开 本	787毫米×1092毫米 1/16
字 数	4000千字
印 张	504
版 次	2017年10月第1版 2017年10月第1次印刷
书 号	ISBN 978-7-5068-6024-6
定 价	1286.00（全四册）

版权所有 翻印必究

目录

四、古今杂陈

第十三卷
诗词曲赋文章

一、道德经 …………………………………… 1567
二、读《毛泽东诗词赏析》 …………………… 1573
三、读毛泽东诗词 …………………………… 1579
四、中国历代诗词名句鉴赏大词典 ………… 1583
五、古曲名画的深婉曲意 …………………… 1637
六、明清八股文鉴赏 ………………………… 1645
七、天水名胜 ………………………………… 1647
八、虎阜志 …………………………………… 1647
九、南京情调 ………………………………… 1648
十、徽州十记　太湖十记 …………………… 1653
十一、历诗、随笔 …………………………… 1655
十二、日历记 ………………………………… 1657
十三、学国学 ………………………………… 1661
十四、大明宫 ………………………………… 1665

1

第十四卷
千家诗品

- 一、最幽默的诗赋故事 …………………………… 1687
- 二、麦积山的传说 ………………………………… 1707
- 三、读名赋百篇 …………………………………… 1709
- 四、品读千家诗 …………………………………… 1715
- 五、千家诗 ………………………………………… 1725
- 六、情史 …………………………………………… 1733
- 七、泉之韵 济南 ………………………………… 1735
- 八、世界是部金融史 ……………………………… 1737
- 九、原来诗经可以这样读 ………………………… 1740

第十五卷
古今诗

- 一、百家故事 ……………………………………… 1747
- 二、牡丹亭 ………………………………………… 1755
- 三、100个即将消失的地方 ……………………… 1756
- 四、茶韵天香 ……………………………………… 1760
- 五、地上北京 ……………………………………… 1763
- 六、静思语 ………………………………………… 1767
- 七、青岛行 ………………………………………… 1771
- 八、群书治要360 ………………………………… 1772
- 九、谈中国未解之谜 ……………………………… 1775
- 十、杂诗 …………………………………………… 1778
- 十一、中国风景名胜大全 ………………………… 1779
- 十二、中国最美的100个地方 …………………… 1782

目 录

十三、故宫日历（2013年） …………… 1786
十四、故宫日历（2014年） …………… 1804
十五、岁月笔记 ……………………… 1820
十六、历史真相 ……………………… 1840
十七、闻香 ………………………… 1842
十八、谈智慧 ………………………… 1844
十九、古今诗日记 …………………… 1849
二十、中国一百帝王图 ……………… 1854
二十一、中国一百仕女 ……………… 1857
二十二、泰国日历诗 ………………… 1861
二十三、故宫日历诗 ………………… 1861
二十四、土生，学生：1942年至1967年 ……… 1868
二十五、工生，译生：1968年至1978年 ……… 1870
二十六、官生：1979年至1999年 …………… 1876
二十七、民生：1998年至今 ………………… 1895
二十八、字里禅心 …………………… 2012
二十九、诗经往事 爱在荒烟蔓草的年代 ……… 2016
三十、走进新三峡 …………………… 2019
三十一、孔子七十二弟子图谱 ……… 2023
三十二、济南七十二名泉 …………… 2026
三十三、走过济南 …………………… 2028
三十四、金陵逸事 …………………… 2031
三十五、禅、乐、经 ………………… 2032

元·方从义 神岳琼林图

第十三卷

诗词曲赋文章

第十三卷 诗词曲赋文章

一、道德经
蒋信柏 编 蓝天出版社 2006年4月出版

老子，五千言
天下道德经，人中座右铭。
书生知所以，日月草青青。
2009年9月9日　北京—天水

导言
道可道，非常道。名可名，非常名。
一道半生平，九流十脉荣。
其中无不道，德外亦非名。

上德不德，是以有德；
下德不失德，是以无德。
有生无德不失名
三生万物半阴阳，一道九流内柳昂。
祸福伏倚观动静，随心所欲上书堂。

老子归根日月明，知常复命枯荣成。
功名利禄如尘土，一二三中万物生。

一二自三明，空虚柔弱情。
天人合一作，德道顺三生。

一虚一静一阴阳，万古三生万物昌。

道道德德明若谷，名名利利易兴亡。

上篇道经
一有一无名，三生物自荣，
名非名不道，天地始人生。

1天地之始
众妙之间一玄生，有无始母半微名。
交媾少女玄观外，万物虚涵始终行。

2为人之道
春秋五霸一桓公，发奋阁强半管仲。
扁制车轮知应手，随心所欲始无穷。

3第二章 美之为美
美之美恶斯生，知善无相善不成。
长短高低声快慢，圣人无为有恒名。

4东施效颦
东施谁必问西施，有识无知是不知。
但见常人寻议论，言行孰顾孰倾时。

5汉昭帝自幼聪颖善辨忠奸
何人问霍光，昭帝识忠良。
刘旦王无诣，上官始不扬。

6第三章 圣人之治
一治一民心，圣人木见林。
虚成其志骨，柔弱问知音。

7晋文公教民得法终成霸主
原降信三天，文公礼一田。
襄王昭叔乱，败楚不经年。

8第四章 象帝之先
万物之宗象帝先，千渊吐纳道冲悬。
虚怀若谷阴阳辨，有有无无七寸田。

9百忍成金：富弼大度谦和终官至宰相
心上一刀一点悬，风平浪静半长天。
如簧巧舌轻狂去，富弼气愤不怒缘。

10第五章 天地不仁
天地不仁万物尘，圣人刍狗祭时身。
橐籥气垒空洞宰，无穷无尽自在人。

11从政之道　高瞻远瞩：朱元璋处心积虑终成大业
高瞻远瞩一千兵，主帅濠州半不名。

1567

收编横涧山武力，处心积虑业终成。　　帝道皇公争霸主，秦王尽是去时荣。　　玄宗万岁芙蓉色，天子呼来是古今。

12 第六章　玄牝之门

玄牝万物谷之门，不尽神机待子孙。
静气平心求自己，灵魂是谓地天根。

13 第七章　天长地久

天长地久自其生，事后身光日月明。
顺而人心虚若谷，无私无畏始光荣。

14 从政之道　令狐楚降米价解民忧

为官一任解民忧，不索三生不索求。
米价高低人谓困，殷勤谁语治兖州。

15 第八章　不争无尤

争名夺利道无求，上善居低若水流。
思想清明言信治，众人所恶几何休。

16 为人之道　壶之心静如水难倒季咸

巫师一季咸，壶子半非凡。
有道知天下，无尤向布衫。

17 从政之道　刘邦蓄势待发屈已图大业

刘邦一汉中，项羽半英雄。
戏下封王道，鸿沟两岸公。

18 第九章　功遂身退

满溢一知行，盈亏半不成。
阴阳争辩易，草木向时荣。

19 为人之道　曾国藩功成身退以自保

功成身退半天荣，遣散湘军一自名。
唯有身家辛济世，两江上下保督盟。

20 从政之道　宰相退隐保命

萧嵩自己铭，草木任其青。
进退玄宗问，人生十里亭。

21 商鞅功成不退惨遭酷刑

功成不退酷刑名，变法商鞅左右情。

22 第十章　长而不宰

玄德是谓成，万物自然生。
不恃天门致，长之不宰名。

23 从政之道　楚庄王大智若愚治国有方

伍举庄王情，苏从谏治生。
三年飞则立，半为一惊鸣。

24 第十一章　无之为用

无这为用半中空，作器埏埴一异同。
利弊相承成败易，东西何处是西东。

25 经商之道　彭鸿斌利用"市场空白"赚取财富

半事无成半事成，一家灯火一家明。
有心自有多才智，此处声名彼处荣。

26 第十二章　圣人为腹

心中腹自世人情，圣上弦琴五七生。
天下云云分彼此，音音色色有虚名。

27 为人之道　归隐山林孟浩然浑然忘我

山林孟浩然，退隐问苍天。
老病洞庭水，君明客时船。

28 孔子因见国君好色而离卫

南子自风流，灵公问孔丘。
人情多世故，草木一春秋。

29 从政之道　陈后主沉迷酒色终误国

后主一黄奴，金陵西壁孤。
天朝重酒色，何谓女儿家。

30 第十三章　宠辱若惊

宠辱无惊一自身，得失有道半红尘。
纯之孰谓何纯尽，来者尊卑是去人。

31 为人之道　李白宠辱不惊救国危

李白宫中一日今，贵妃御前半衣襟。

32 第十四章　无状之状

视之来见夷，听而不闻希。
微时尚待博，方圆致诘知。

33 第十五章　善为士者

微妙玄通善士名，识深断浅纳川荣。
一冰一水清浊在，若谷虚空关作城。

34 犹兮若畏四邻，俨兮其若客

（老子：善为士者）

清浊一水冰，上下半心凝。
进退知天意，阴阳客主膺。

35 第十六章　没身不殆

静笃虚极万物生，归根复蒂一常荣。
安身内觉无私道，博大公融智睿明。

36 第十七章　功成事遂

太上以心知，亲畏侮次之。
功成事遂谓，足信自然时。

37 从政之道　李浑失信惨遭杀身之祸

卜算李家人，金才不自怜。
隋炀唐晋继，武瞾是周臣。

38 第十八章　大忠大义

阴阳两不分，正及一风云。
同是朝堂客，忠臣谁至君。

39 为人之道　陆氏兄弟争死取义感天动地泣鬼神

玄宗自有一人情，陆氏兄弟半不生。
御史惊呼王旭谏，身名未足是身名。

40 从政之道　伊尹迫不得已软禁商天子

三王一世荣，太甲半倾成。
商汤伊尹助，夏桀已无名。

41 第十九章　绝圣弃智

学而一知忧，官之半仕愁。

1568

闻仁则智义，长者弃名求。

42 第二十章　而贵食母
善恶半相倚，昭昏一独奇。
春秋天地上，聚散谁所斯。
唯唯诺诺一君臣，清清淹淹半旧尘。
察察闷闷寻海纳，昭昭泊泊满天津。

43 为人之道　生前淡泊名利，死后康乐为名
曾子一斯荣，春秋半妇成。
黔娄康乐古，此世彼人名。

44 从政之道　吕僧珍立身谨慎受皇封
长者吕僧珍，居功不持尊，
深心平自己，萧衍慎知邻。

45 第二十一章　惟道是从
物象道德经，其名不去灵。
从容古今事，始末是长亭。

46 第二十二章　圣人抱一
圣上曲则一，人中日月圆。
阴阳三界内，天地一心田。

47 为人之道　刘秀委曲求全以自保
委曲半求全，申张一半圆。
群雄天下竞，刘秀继汉年。

48 从政之道　勾践屈辱尝胆为灭吴
吴中一丈夫，勾践半始忠，
阶下夫差客，卧薪尝胆奴。

49 第二十三章　道亦乐得
天天地地道德苏，有有无无信义孤。
是是非非不尽，成成败败本同奴。

50 从政之道　晋文公胜在守诺
安居乐业晋文公，取信于民邑大同。
一国君王天下治，三天之约自英雄。

51 第二十四章　自是不彰
企人不立徒知荣，跨者无行有不明。
自是不彰功伐没，道铭彼此所非成。

52 第二十五章　道法自然
道法周行一自然，地居四大半人天。
寥寥阔阔先生物，混混成成明月悬。

53 为人之道　庄子性情淡泊道法自然
淡淡人中泊泊天，江湖日下自行年。
沧浪上善虚如水，道法行舟左右缘。

54 李沁超然物外解人忧
一身宰位三朝宗，三界清风半帝容。
不力邠侯唐数尽，辞官彼此道无钟。

55 第二十六章　静为躁君
身轻天下半失根，静躁人中一有魂。
辎重荣观万乘主，朝霞之后是黄昏。

56 第二十七章　善行无辙
善数不筹谋，言行救物修。
之师人圣迹，要妙造须求。

57 第二十八章　复归于补
人知一雌雄，朴散半无风。
圣者用之德，复归向大同。

58 第二十九章　为者败之
成成败败半身是，辱辱荣荣一重轻。
行随虚吹强赢挫，天工奢泰枯时荣。

59 从政之道　冯援的狡兔三窟策略
齐人孟尝君，狡兔自离分。
一义行天下，冯援三窟闻。

60 第三十章　以道佐主
以道一兴亡，之师半取强。
骄衷矜至返，善者历沧桑。

61 为人之道　晏子以棋为喻闲谈劝庄公
晏子奉三公，齐人治两雄。

谋相棋不着，勇武国无风。

62 第三十一章　有道不处
兵力器不祥，恬淡治人昌。
天下何生死，江山自梓梁。

63 从政之道　管仲不动干戈制月民楚
楚鹿一千金，齐相半古今。
管仲知息鼓，肆野帝王心。

64 第三十二章　知止不殆
道者自无名，侯主镇守生。
知之知不殆，海纳百川荣。

65 第三十三章　知人者智
知人一智生，识已半精英。
足富强行胜，不亡祀故名。

66 第三十四章　其不为大
万物功成道不名，千章主宰欲归生。
方圆大小阴阳易，地载天行是枯荣。

67 第三十五章　不可既也
俯仰人间一去来，道法心中半无台。
淡泊听闻知象观，锁止聪明暗自开。

68 第三十六章　欲禽固张
刚强柔弱一微明，利器禽张半废荣。
欲夺其纵知进退，鱼游于水问人生。

69 第三十七章　道恒无为
无欲无求一味忧，道行德行半夫谋。
不为能守之为朴，自定其名若水流。

70 从政之道　陈平答问展才能显机智
周勃问尽问陈平，各司其职政位荣。
越俎代庖章法乱，宰相文帝异何名。

中篇　　德经

71 第三十八章　上德不德
道道德德一古今，千千万万半人心。

生生死死阴阳在，枯枯荣荣草木深。

72从政之道　汉武帝前车之鉴赐死夫人

吕后之鉴乎

霍光汉武去来人，半是王皇半是尘。
帝妇之仁知谁尽，弗陵钩弋女儿身。

73第三十九章　"一"为始祖

一中半无知，三生万物时。
阴阳分世界，日月照千枝。

74第四十章　虚中生有

无中生有有中无，是是非非万物苏。
弱弱强强之道用，循回往返大德图。

75第四十一章　善贷且成

大象无形道不名，希声未足广德荣。
辛勤实践光明在，大器晚成进退情。

76从政之道　王翦装贪巧饰赢得始皇的信任

木秀于林尽已摧，秦王灞上将军来。
子孙不是朝廷欲，大白兴兵枯辱回。

77第四二十章　以为教父

三生万物一阴阳，万水归流半海洋。
益损相当相克已，无非致死是强梁。

78第四十三章　不言之教

滴水千年石可穿，群峰万载土成田。
不言弱上希天下，至柔心中一觉惮。

79第四十四章　知足不辱

利利名名一客身，荣荣辱辱半官人。
得得失失寻朝暮，去去来来问故尘。

80从政之道　杨震适度节制换平安　天知，地知，你知，我知

天下四人间，人关一寸山。
终生何所欲，彼此见心颜。

81第四十五章　大成若缺

瑕玉一知名，相依半伴生。

直中凭曲致，缺敝不穷盈。

82第四十六章　知足常乐

无知欲望生，不足念其荣。
罪大莫于夺，非名败是成。

83第四十七章　不行而知

道德不出门，理喻小儿孙。
弥远知穷路，枝繁老树根。

84第四十八章　为道日损

学而自习之，不为而为时。
不足寻天下，益损日知师。

85第四十九章　善者吾盖

长者有道百姓心，圣人善盖亦德音。
歙歙耳目无私欲，日月同归向古今。

86第五十章　出生入死

出生入死将相兵，朝野人间庶仕名。
十有三成天命在，慧知德顺时荣。

87第五十一章　是谓玄德

玄德物器成，天地自人荣。
一二三生衍，尊崇养畜名。

88第五十二章　天下有始

何言有始终，有谓道德穷。
观里阴阳易，山路日月风。

89第五十三章　盗夸非道

天下一田间，人间半玉关。
桑麻儿女愿，大道好知颜。

90第五十四章　其德乃普

道德不是道德名，天下始终草木生。
以普观邦家国事，修身自子乃乡荣。

91第五十五章　含德之厚

含德赤子名，兽鸟弱知生。
日月相照顾，自强老壮行。

92第五十六章　知者不言

知者不言谁不言，风云来去日临轩。
玄同孰谓何贵贱，不可亲疏一简繁。

93第五十七章　以正治国

不治中兴是治成，奇兵造就将军名。
人民自化兴天下，无事法令束枯荣。

94第五十八章　福祸倚伏

淳淳善道一民风，落落山庄半不穷。
治政察察人不为，于无同处可求同。

95第五十九章　长生久视

长生久视一长生，治事唯人半治成。
重积善德无不克，根深蒂固有声鸣。

96第六十章　德交归焉

天下以德归，人间孰是非。
小鲜行治道，大国若于微。

97第六十一章　皆得其欲

牝柔胜牡刚，两情弱于强。
下流居大海，过欲自荒唐。

98第六十二章　万物之奥

天子三公治世民，山河五蕴善人身。
有求必应心中欲，唯见桑麻日月邻。

99第六十三章　能成其大

文章一大成，字句半不明。
大小知者少，细微圣祖行。

100第六十四章　无为无败

一枝一叶一值生，万里千城半步行。
足下扬长何止路，言中有道自然名。

101第六十五章　善为道者

愚民何以喻明民，治国玄德治国尊。
大顺浮谋格式在，知难善道向天津。

102第六十六章　莫能与争

江洋善下有其容，左右民声一鼓钟。
进退朝堂听道里，浮云无影见无踪。

103从政之道 张扬终被张扬误

杨勇

张扬竟是误张扬，百岁隋朝百岁亡。
兄弟皇王知父母，宫廷政变一人昌。

104 第六十七章　我有三宝
万事不争先，千言诉苦泉。
慈心生物俭，渡口去来船。

105 第六十八章　不争之德
万马竞争光，千年顺道缘。
人中求自己，天下共婵娟。

106 第六十九章　哀者胜矣
成成败败一王侯，停停行行半不谋。
祸祸福福相主客，轻轻重重自春秋。

107 从政之道　司马懿坚守不出立于不败
六出祁山半不名，十羞司马计无成。
空城尤存丞相语，渭水东流魏晋荣。

108 第七十章　被褐怀玉
不甚一知行，宗言两处名。
夫唯以不我，被褐怀玉成。

109 为人之道　韦诜择婿以德为先
兄弟邻居一鼓鸣，廉直政宰半无声。
韦诜择婿清官酒，只有碧鹤不谓名。

110 第七十一章　以其病病
知之是不知，迟者谓无迟。
唯恐夫其病，身前一万师。

111 第七十二章　自爱不贵
求人未若求自身，舍己为仁舍己民。
无厌所生以不厌，彼亲此故是威尘。

112 第七十三章　天网恢恢
不争善胜勇时明，所恶敢失败所行。
天网恢恢疏不失，善谋断密无盟。

113 第七十四章　民不畏死
土地一王家，公侯半日斜。
桑田沧海故，大匠著民华。

114 第七十五章　无以生为
难治治难不是难，一生土地一生宽。
民饥自始民饥苦，唯恐天王在拯端。

115 第七十六章　强大处下
生当柔弱死当强，草木人身日月光。
强大争先生已败，夫随弱小始栋梁。

116 第七十七章　不欲见贤
功成不处欲无全，補损有余力不先。
天下圣人知不恃，张弓之道柳扬弦。

117 第七十八章　柔之胜刚
以柔而克刚，知之弱胜强。
石穿千滴水，海纳汇成洋。

118 第七十九章　报怨以德
以德报怨一容扬，天道无亲两善昌。
索取于人何所以，穷奢报欲自兴亡。

119 第八十章　小国寡民
鸡犬之声自相闻，民人老死已离分。
安居乐业勿俗旧，天下无邻谁大君。

120 第八十一章　善者不辩
善者心思不辩言，三江流水一处源。
圣人之道何争信，广博读书自缺圆。

121 下篇　道德经
自古道德经，如今四季青。
去来三界处，留下大成铭。

122 第八十二章　知足之足
人间一欲生，天下半无名。
知足何言下，桑田自枯荣。

123 第八十三章　不为而成
人心一大成，处世半无名。
天道寻朝野，田家顺枯荣。

124 第八十四章　为学日益
无为日损一心成，有学书生半人荣。
天下知之天下事，人间不欲百年明。

125 第八十五章　圣无常心
圣者常心百姓心，善德亦道万衣襟。
文中日月知诚信，天下人民一古今。

126 第八十六章　出世为生
书生入死去来尘，鸟虎虫龙上下身。
进退兴亡前后事，帝王才子见佳人。

127 第八十七章　尊道贵德
尊道贵德万物生，养之覆而一名成。
何人主宰何人衍，畜势长之育熟荣。

128 第八十八章　复归其明
守弱日强隆，勤门一大同。
归其明有始，母子以身终。

129 第八十九章　行于大道
大道一清明，仁德十地生。
田家多谷物，天下自阴晴。

130 第九十章　善抱不脱
身家邦国一修成，善道玄德百岁荣。
天下之观天下事，人间普渡万年明。

131 第九十一章　物壮则老
物壮年中见老成，含德之厚利空名。
精之所至牝牡作，赤子如心日月生。

132 第九十二章　天下为贵
孰谓一玄同，人间半古风。
亲疏不为利，贵贱向苍穹。

133 第九十三章　以奇用兵
人间不用兵，天下正心成。
治国知云圣，民工自富荣。

134 第九十四章　祸兮福倚
闷闷醇醇一政民，察察列列半人身。
伏伏倚倚何所在，祸祸福福谁人尘。

135 第九十五章　治人事天
深根固蒂自长生，积德早服事啬明。
国母之根夫不克，莫知其极视先成。

136 第九十六章　若烹小鲜
以苍问归年，鬼神与敬天。
治国若烹鲜，圣人德道在。

137第九十七章　各得其所
天下牝牡交，人生左右桥。
国荣寻动止，柔弱静时矫。

138第九十八章　为天下贵
天子三公谁事民，善人拱璧保何身。
美言其奥加人弃，驷马难追步后尘。

139第九十九章　终不为大
五味一人天，三生半客年。
图难德报怨，为细道生田。

140之二
一而再其三，人生半女男。
地天寻大小，起步上神坛。

141之三
大小阴阳易大中，细微成败作难同。
无为有著繁其简，寡信始终各不东。

142第一百章　慎终如始
千里之遥足下行，万人其事小中成。
易谋未兆如终始，毫末精英累土明。

143第一百零一章　道为善者
善道一愚明，民难半不生。
玄德知远近，正反是阴晴。

144第一百零二章　为百谷王
海纳千川善下之，云飞九昊满知时。
先民身后前言尽，莫能无争是与师。

145第一百零三章　三宝一生
父慈子孝一人家，克俭无先半载华。
唯此生平知唯大，其中小细月年花。

146第一百零四章　德不为争
知武一书生，不争半德名。
用人为以下，无怨是心成。

147第一百零五章　善者胜矣
人生一名客，行止半声荣。
尺寸兴亡事，方圆大小成。

148第一百零六章　圣人美玉
美玉圣人名，粗衣易甚行。
无知瑕缺故，言宗始终成。

149第一百零七章　不知知病
知之是不知，以病问其迟。
上下何荣辱，圣人自不师。

150第一百零八章　自知自爱
自知自爱自衷肠，问地行天问柳杨。
民怨民威民至主，载舟亦可覆舟亡。

151第一百零九章　疏而不漏
天网恢恢不漏疏，圣人楚楚故其余。
犹难而胜无争事，善应昭来两地书。

152第一百一十章　代大匠斫
伤人之久自伤身，不客来时不客邻。
为政清明廉慎独，民心不尽世俗尘。

153第一百一十一章　贤于贵生
士子一贤明，吏官半税生。
民之难治死，无以求荣。

154第一百一十二章　柔弱处上
柔弱一人生，儒林半枯荣。
阴阳易辨术，草木向年成。

155第一百一十三章　为而不恃
天地一张弓，人心半不穷。
功成三两论，起步万千中。

156第一百一十四章　受国之垢
少少多多纳水平，强强弱弱静功成。
行行止止随时满，滴滴穿穿玉石情。

157第一百一十五章　常与人善
远近亲疏一善身，道德善伪半俗尘。
何方神圣教化故，天地人中是苦辛。

158第一百一十六章　邻国相望
鸡犬相闻不往来，邻人美服户常开。
食甘什伯千民富，安居乐业万乘台。

159第一百一十七章　为而不争
圣人而不争，善者信其行。
博辩知其是，道德美物明。

160道德经
老子道德经，出关八卦铭。
文王周易演，四象两仪廷。
福祸相依存，心生十里亭。
无端寻所欲，以此作心灵。

161之一
八卦河图一洛书，阴阳德道半无余。
乾坤嫁娶求男女，世故人情自密疏。

162之二
八卦城中一有无，乾坤天下半扶苏。
牝牡相依天地阔，一半江湖一半吴。

163之三
半道半名半有无，一人天地一人孤。
玄德主客阴阳问，易辩明心足下途。

164玉泉观
和《秦州北山观留诗》——（唐）吕岩
石池清水是吾心，刚被桃花影倒沉。
一到邦山宫阙内，销闲澄虑七弦琴。
两河倒影一人间，石柏天门半客颜。
澄虑苍崖寻故铭，龙吟雨露满秋山。

165六小玉泉观
通仙桥上见桃园，圣祖心中问玉泉。
蔽映檐楹寻辫柏，吕岩逐鹤自径年。

166玉皇殿
通仙桥上一心宽，辫柏泉中半玉观。
七脉流前寻石路，三清殿里早秋寒。
磨针洞上一灵官，白虎青龙半殿桓。
圣母视观临万地，天门日月向人宽。
八方纵目上南山，四海归心北斗颜。
日月关河陇上客，阴阳象卦玉门关。
玉泉八卦玉泉观，圣祖三生圣祖桓。
老子心中多日月，风云殿上自云端。

167斗姆殿

夫妻槐树一云端，云雨心神半不安。
自此山前诚许诺，还来梦皇玉泉观。

168仙人桥

两河空色一春秋，八斗功名半七州。
得意孤亭风雨去，无情秦岭水分流。

169辞玉泉观（一）

临观俯仰半人心，辫柏枯荣一古今。
天水清清泉不尽，松风夜夜树听琴。

170辞玉泉观（二）

万方震止一秦州，汇纳千川半九流。
石路通天寻北斗，何闻辫柏岁年浮。

171传德

有德道法有德春，自在民间自在民。
苦辣酸甜咸五味，一方水土一方人。

172六水玉泉观梁志通

独上玉泉独自游，神中圣祖已千秋。
吕家日月长春子，草木德道草木留。

2009年9月14日　天水

二、读《毛泽东诗词赏析》

编著　王鹏　中国物资出版社　2009年12月出版

1

红旗展亚东，转战意何雄。
自古寻天下，如今取大同。

2颂毛泽东

作于海南三亚二〇一〇年

万里伴平生，千年一枯荣。
人间三界事，天下四时明。

3毛泽东

江山一片红，事业九州同。
共产行天下，润之济泽东。

4第一章　友情

风骚一世情，自主半人生。
彼此寻天地，文章日月行。

5鲲鹏击浪从兹始

——《七古·送纵宇一郎东行》

天马行空一纵横，鲲鹏展翅九州明。
洞庭撼岳风云上，沧海桑田日月生。
《孟子·公孙丑下》："五百年
必有王者兴，其间必有名世者。"
人生五百年，处事半心田。
碌碌辛辛客，天天地地缘。

6唯我彭大将军

——《六言诗·给彭德怀同志》

纵横大将军，铁马任纷纭。
吴起知天下，平生不事君。

7纤笔一枝谁与似

——《临江仙·给丁玲同志》

金陵日月锁孤城，落照阴晴建业盟。
故影冰之开慧济，湘流不止谁无声。

8临江仙（十一真）

去去来来知不尽，江山依旧秋春。
何须只计一时新，心中天地客，
足下自心身。
废废兴兴日月者，成成败败轻尘。
如君似我几冠巾，中华秦汉问，
只作古今人。

9三十一年还旧国

——《七律·和柳亚子先生》

镜湖日月旧家邦，落叶诗书锁小窗。
弟子三千寻旧迹，风云五鹿逐无双。

10一唱雄鸡天下白

——《浣溪沙·和柳亚子先生》

文章一日浣溪沙，足迹三生腊月花。
旧国人心思社稷，闻鸡起舞不回家。
（六麻）
一万江山十万家，三千岁月五千华，
人生自古问生涯。
天下东方江胜火，农夫灯火九州花，
原来主客浪淘沙。

11妙香山上战旗妍

——《浣溪沙·和柳亚子先生》

樵渔不向故园前，社稷闻风日月年。
五里云中寻自主，妙香山上问新惮。
（十五翰）
如此江山换旧颜，黄河曲曲一湾湾，
红旗漫卷妙香山。
自古文章多少事，成成败败满人间，
春风已度玉门关。

12莫叹韶华容易逝

——《七律·和周世钊同志》

一万河山一万家，半江碧浪半江霞。
湘潭岳路风云客，只向春来腊月花。

13 我欲因之梦寥廓
——《七律·答友人》
人生自古一行踪，天下平分半潜龙。
斑竹心中斑竹泪，芙蓉国里满芙蓉。

14 一从大地起风雷
——《七律·和郭沫若同志》
江山一念中，社稷万人同。
十亿农夫事，三生帝子雄。

15 扫除一切害人虫
——《满江红·和郭沫若同志》
谁似害人虫，何成济世雄。
民心田亩上，帝子御心中。
战战和和事，辛辛苦苦穷。
随时知进退，自主任西东。
十年两日半乾坤，百岁三生一客门。
社稷还寻来去客，江山自有小儿孙。
（十八句，九十三字，双调，十一陌）
世事沧桑，见杨柳，阡阡陌陌。
长城间，江南江北，大江流泽。
自古农家生霸主，工农商学兵中策。
一风云，九脉中华晴，千村碧。
惊天地，寻赤壁，三国立，吴陈迹。
见英雄逐鹿，锦书书帛。
岁岁年年今古事，乾坤如此轻之易。
莽昆仑，万里望黄河，中华赤。

16 第二章 军旅

17 正规兵与游击军
成成败败一军分，劣劣优优半不闻。
自古王侯多不论，如今士卒少知君。

18 秋收时节暮云愁
——《西江月·秋收起义》
凭古人生问白头，如今覆雨翻云游。
何同地同天同，亿万农夫任自由。

19 诉衷情
（十句，四十四字，双调，十二文）
工农努力一红军，天下自今闻。
高扬土地权证，自主自平分。

同亿恨，共风云，谁臣君。
古今今古，出见工农，入见耕耘。

20 西江月
（八句，五十字，双调）
（八庚，十五翰）
呼得西江日月，寻求天下阴晴。
工农世上自平生，这里谁言枯叹。
谁问河山依旧，农家自此光明。
秋收时节动人情，万里云霄已换。

21 诗情画意叙战场
——《西江月·井冈山》
万里井冈山，千军斗志颜。
工农齐努力，不惜去无还。
（十五翰）
天地平分一半，工农自主红颜。
旌旗一片井冈山，谁自望洋兴叹。
已是天晴云散，何言万水千山。
黄洋界上炮声萱，俱是人间好汉。

22 风云突变红旗跃
——《清平乐·蒋桂战争》
半在金陵半延安，一国农夫一国宽。
两壁江山天地阔，何必积怨问云端。
（十五翰）
大江两岸，意气冲霄汉。
重整人间天下乱，日月烟消云散。
汀江直指龙杭，工农霸主高扬。
自主分田分地，谁言一枕黄粱。

23 战地黄花分外香
——《采桑子·重阳》
年年岁岁一重阳，去去来来半客肠。
日月阴晴三界问，江山草木百书香。
半壁半心肠，三军一甲光。
农村新土地，革命故重阳。
（十一尤）
重阳日月重阳外，岁岁春秋，
处处春秋。万里江河万里流。
风光草木风光里，天也悠悠，
地也悠悠，九脉晴明九脉收。

24 采桑子·重阳
（七阳）
年年黄花年年问，处处重阳，
何又重阳，演义江山半抑扬。
天天地地天天向，此也天光，
彼也天光，可见春秋一柳杨。

25 风展红旗如画
——《如梦令·元旦》
分流赣闽武夷山，一日风云帝子颜。
十万红军齐奋斗，三江土地农会班。
（十五翰）
今日一年元旦，来去三春不断。
社稷故江山，何必商周秦汉。
秦汉，秦汉，汉武秦皇兴叹。

26 雪里行军话广昌
——《减字木兰花·广昌路上》
素甲银鳞过大关，红旗切令十万山。
鄱阳积纳南江水，大雪纷飞是玉颜。
（七遇）
云云雾雾，谁事何人千古路。
一处春光，十地梅花十地香。
朝朝暮暮，天外青山山外树。
柳柳杨杨，百万工农百万王。

27 狂飙为我从天落
——《蝶恋花·从汀州向长沙》
何人彼此问长沙，犹记三农故旧家。
一赋九歌湘水界，千军万敢教马华。
（十药）
赣水汀州天欲落，万里江山，岁岁
年年约。展翅鲲鹏云水泽，成成败败凭
求索，自古农民劳有获，一半王侯，
一半低飞雀。天下如今红一角，中
原大地齐踊跃。

28 不周山下红旗乱
——《渔家傲·反第一次大"围剿"》
红旗漫卷不周山，土地重分改故颜。
自主工农知自立，春风吹度玉门关。
（二十六宥）

自古江山须苦斗，如今华夏争成就。
万马千军红锦袖，新取旧，工农兵
学商齐厚。回首当年寻左右，一军
一党中华守。吴起镇中平草寇，台湾
后，何人成败何人缪。

29 横扫千军如卷席
——《渔家傲·反第二次大"围剿"》
深谋远虑斥风云，百姓千军士不分。
万亿围城乡未尽，游击战术始终闻。
（十四缉）
十地江山云雨泣，五千年里农夫立。
横扫千军齐努力。
农会笈，山呼海啸人声恒。
五百年中知霸主，秋冬春夏群雄集。
南北东西飞将急。
知秦汉，年年岁岁如何及。

30 当年鏖战急
——《菩萨蛮·大柏地》
界界分十地山，兴兴废废半玉颜。
三呼万岁惊天下，一脉相承向去还。
（平七阳，仄二十三漾）
江湖万里黄天荡，长江不尽黄河浪。
大柏地中阳，桑田关海沧。
东西天将急，南北情无恙。
万里已秋霜，三春重日光。

31 踏遍青山人未老
——《清平乐·会昌》
星辰日月自东西，草木江山未可齐。
万马鸣吟金甲乱，千夫所指鸟还啼。
（从二十二稷，平八庚）
会昌峰岭，天下人间影。
十地农民狮犹骋，事事时时如颖。
星空半入三更，金戈铁马人声。
郁郁葱葱处处，山前不缚苍缨。

32 倒海翻江卷巨澜
——《十六字令三首》
（一先）
山，万里风云七色天。峰壑里，

到海一流川。
山，南北纵横几万年。荣枯尽，
草木可半仙。
山，不尽黄河大海边。何屹立，
垒石数大千。

33 而今迈步从头越
——《忆秦娥·娄山关》
辰衣月下半经霜，万木寒中一枯黄。
五月春花争烂熳，三江水色纳炎凉。
（六月）
知日月，人间天下朝宫阙。
朝宫阙，兴兴废废，自从头越。
千山万水何时歇，大江此去寻吴粤。
寻吴粤，东西南北，紫云蓬勃。

34 三军过后尽开颜
——《七律·长征》
吴起心中十万兵，红军飞将半无倾。
工农只坐江山主，土地原来一弟兄。
大渡河边知渡水，延安塔下问安明。
蒋家王朝台湾去，漫记西行谁败成。

35 不到长城非好汉
——《清平乐·六盘山》
风云初上六盘山，屈指长城马未还。
壮士身前知报国，英雄眼下玉门关。
（二十五径，二冬）
人间庭经，天地由人定。
万里江山知百姓，革命工农联盟。
飞来世上高蜂，何寻宇外群龙。
日取朝朝暮暮，芙蓉国里芙蓉。

36 塞上征马嘶北风
——《五律·张冠道中》
辰钟一半声，暮鼓两三城。
铁甲戎衣湿，须眉胜枯荣。
长城闻未老，古塞犹征鸣。
道路盘无尽，前程自主成。

37 大野秋风奏凯歌
——《五律·喜闻捷报》

蟠龙镇里锁蟠龙，米脂县前现阵容。
塞上烽烟连日月，心中天下是故宗。
大野入苍穹，秋风肃渭东。
云生谋国策，马踏大江雄。
万里边城客，千年逐大同。
佳音随足迹，月下有飞鸿。

38 天翻地覆慨而慷
——《七律·人民解放军占领南京》
金陵一梦帝王城，日月三春万物生。
谁记秦皇沉紫气，沧桑正道见途明。

39 军民团结如一人
——《杂言诗·八连颂》
南京路上一连兵，百姓心中半枯荣。
土地年前兄弟见，军民团结势成城。

40 第三章 山水
山山水水九州明，枯枯荣荣一主生。
汉武秦皇天地阔，隋唐音韵世人情。

41 海阔浪高古幽燕
——《浪淘沙·北戴河》
沧桑北戴河，日月九州歌。
魏武龙门少，秦皇紫气多。
（下平一先）
潮海漫无边，岁岁年年。
秦皇汉武谁楼船。
塞北江南云雨客，碣石如烟。
已不是先前，胜是先前，
长城内外自耕田。
土地农家归自主，换神仙。

42 欢迎有晚鹰
——《五律·看山》
杭州灵隐北高峰，风岭飞来天下雄。
扇子佳人多不语，桃花色迷故人风。

43 回首峰峦人莽苍
——《七绝·莫干山》
莫邪干将世无双，覆地翻天过大江。
吴越春秋寻霸主，钱塘潮浪落东窗。

1575

44 五云山中闻莺啼
——《七绝·五云山》

浪打五云山，莺啼一野湾。
杭州天堂上，碧影玉门关。

45 铁马从容杀敌回
——《七绝·观潮》

千里雄风万里来，三江覆海半天台。
钱塘一线潮推尽，涌势惊人子陵回。

46 云横九派浮黄鹤
——《七律·登庐山》

谁事上庐山，何人守御颜。
沉浮来去客，自见锁门关。
九脉九江道，三吴一雨烟。
桃花源学士，帝子谁耕田。

47 千里来寻故地
——《水调歌头·重上井冈山》

志气凌云一少年，莺歌燕舞半农田。
中华故国三千载，风雨同舟两代缘。
（十九句，九十五字，双调，十五删）
日月黄洋影，草木井冈山。
风云依旧依旧，换了一人间。
谁见年青意气，有志换天改地，
不奈故时颜。东泽中华史，
去去玉门关。
瑶台芳草地，菩萨蛮。
黄河九曲千载万里不归还。
犹有长沙沙水，宝塔延安窑洞，
久久历史艰。治事凭心立，
求索肯登攀。

48 犹记当时烽火里
——《念奴娇·井冈山》

天悬日月明，地载众人生。
万木春秋名，千山草木荣。
三江流水去，五百去来成。
过了黄洋界，人间胜负情。
（二十句，百字，双调，十药韵）
当年烽火，一峰岭，事事人人求索。
自古农家多子弟，处处龙腾虎跃。

地地天天，天天地地，霸主无须约。
上天入地，而今来诸公路。
谁问故国江山，有秦皇汉武，
隋唐雕凿。汴水长城，功过里，
只学鲲游鹏博。一半江东，
三生儒子客，唱千夫诺。精英多少如来
潮起潮落。

49 第四章 叙事

自古半人生，如今一世明。
君行天下取，事治国家荣。

50 万里长江横渡
——《水调歌头·游泳》

长沙水尽武昌鱼，楚客湘囚石壁疏。
逝者如斯川上问，宏图世界意何余。
（七虞韵）
一半湘江渡，一半云鄂湖。
龟蛇自居南北，日月照宏图。
犹有高山流水，空绕琴台左右，
逝者逝如夫。俱是知音客，
此去问三吴。云川贵，齐鲁豫，
粤浙苏。中华大地朝暮变革改
天姝。依旧巫山云雨，滟预风
平浪静，神女玉湖孤。有客惊
三峡，汉界楚河殊。

51 借问瘟君欲何往
——《七律二首·送瘟神》

江南草木九州颜，塞北春秋半土山。
天地阴晴千夫指，人间日月万古还。
南天一柱凭人立，海阔天空有港湾。
五岭牛郎多少问，三河织女玉门关。

52 敢教日月换新天
——《七律·到韶山》

旧梦依稀到逝川，客家四十九年前。
读书山海关中去，工作燕京政府田。
少小诗词难轨句，老来只问就故年。
亚洲发投银行事，半去平生向马前。

53 七律·到韶山

潇湘夜雨半知音，故往农家一片心。

土地春秋稼穑客，风云霸主百年临。

54 不爱红装爱武装
——《七绝·为女民兵题照》

江山处处一红妆，社稷年年半柳杨。
女子英姿多日月，男儿有志向天扬。

55 无限风光在险峰
——《七绝·为李进同志题所摄庐山仙人洞照》

三阳暮色满西东，八字将针一世雄。
司令无言行足下，庐山可上不鸣虫。
李进江青半故名，仙人已去不留生。
文章革命刀枪色，已盛延安不北平。
又：
九脉层林九脉峰，三江逐水一江重。
苍茫不见心中见，有色何言谁主容。

56 剑南歌接秋风吟
——《七绝二首·纪念鲁迅八十寿辰》

王侯一半只知书，弟子三千似有余。
说客刀光何剑影，儒林结集密时疏。
丘明一断肠，曲阜十名伤。
万户书生臭，千年不抑扬。

57 试看天地翻覆
——《念奴娇·鸟儿问答》

万里人间一日田，三春草木半山泉。
蓬莱海枯无船石，只叹秦皇不问天。
（二十句，百字，双调，六御韵）
念奴娇语，枕边细，彼此人间男女。
暮暮朝朝千万里，谁道巫山云雨。
都是柔情，诗词满地，杨杨柳柳，
草草花花絮。人人天地。
春芳秋聚离处。
凭这满眼江山，有乾坤赤壁，周郎家御。
三国群雄，吴蜀魏。不见江东思虑，
问尚香心，小乔琴犹韵，这风流与。
频频回首，如何如何来去。

58 年年后浪推前浪
——《七律·洪都》

洪都阁向楚天孤，祖逊三江楫击胡。
九脉东西何走向，千秋日月似江湖。

59 第五章 咏史

君前五百年，人后一高天。
自立农夫愿，成城日月悬。

60 万马齐喑叫一声
——《七绝·刘偱》

一马当先一马行，三军奋羽万人声。
风云起处英雄诺，方正唐家汉地名。

61 一跃冲向万里涛
——《七绝·屈原》

姊归已尽楚囚休，屈子长沙客不留。
一赋离骚忧不尽，九歌隋水满神州。

62 一篇读罢头飞雪
——《贺新郎·读史》

始乱千年一白头，阴晴万里半无休。
中原日日蛮夷月，暮色朝朝事谁留。
万载一人君，千年半白云。
兴亡荣枯问，成败古今闻。
（十八句，百十六字，双调，七遇韵）
任含辛茹苦，这颗心，朝朝暮暮，
问人间路。始自三皇公子夏，
不尽商周气数。战国事，春秋何故。
见这秦王传汉武，半长城，月色沙场
顾。汴水色，谁雄妒。
隋唐宋半江南雾，序明清，中华举步，
赤红भ幕。见这农民天地改，
变更阳光普渡。治事业，深谋千悟。
谁可兴亡沉浮主，这山河，南北东西
赋。三界外，一飞鸢。

63 贾生才调山无伦
——《七绝·贾谊》

一士问长沙，三生不见家。
梁王天地界，腊月有梅花。
楚客问汨罗，湘流向九歌。
长沙千古赋，太傅万年波。

64 壮志未酬事堪哀
——《七律·咏贾谊》

长沙赋九歌，楚客问三河。

壮志文章在，清风到汨罗。

壮志调三公，雄心问一鸿。
长沙难养客，泽润满清风。

65 第六章 恋情与悼亡

处处时时一国忧，人人事事半江流。
情情欲欲阴晴在，去去来来日月留。

66 有情乃是真英豪
——《虞美人·枕上》

梦余一枕边，故影半人前。
愁思主客语，月冷似云烟。
（五歌，二十一个韵）
云云雨雨田中过，何以窗前坐。
枕边但见女儿河，织女牛郎彼此影婆娑。
江山自古男儿作，进退多滂沱。
人生日月几穿梭，圆缺阴晴茹苦自斯磨。

67 人间知己两依依
——《贺新郎·别友》

落叶秋明一断肠，朝行暮宿半离妆。
人生自此寻何事，回首原来入旧乡。
（十八句，百十六字，双调，七遇韵）
七十人生路，半江山，半寻日月，
古今诗度。少小离乡关里去，
塞北幽燕如数。钢铁院，青年平步。
文化毛公革命度，这乾坤，云落
东窗雨。寻人声，向渝雾。鞍山
儿女京城顾，国家忧，中南海
岸，暮朝暮暮。首辅身边闻党故。
止止行行何诉。演易里，文章词赋，
俱是人情田名主。向天涯，
一柱擎天句，回首处，小虫蠹。

68 长歌当哭悼亡友
——《五古·挽易昌陶》

挥手一当年，平生九脉先。
风行千里路，落叶半心田。

69 庄重情深悼良将
——《五律·挽戴安澜将军》

守镇九州分，封侯半不闻。

黄袍身外客，铁甲帝王君。

70 我失骄杨君失柳
——《蝶恋花·答李淑一》

心中日月一年青，枕上阴晴半故铭。
回首当初天地客，重寻莫如叹零丁。
（十句，六十字，双调，十七霰韵）
只作书生钢铁院，一半江山，一半思情眷。
回首年华寻不见，云云雨雨何人恋。
凛冽雪明寒夜变，月照山村，
巷里桓仁县，五十年前堂上
燕，天南地北张恩媛。

71 国有疑难可问谁
——《七律·吊罗荣桓同志》

一日相思问谁人，三生苦斗向秋春。
枕边留下千行梦，眼下何寻拭泪巾。

72 第七章 咏怀与咏物

腊月梅花万里香，天天地地半衷肠。
江山社稷风云治，南北东西种柳杨。

73 橘子洲头沉思录
——《沁园春·长沙》

黄黄绿绿一春秋，水水沙沙半流。
橘子洲头长沙客，延安天下到幽州。
（二十五句，百十四字，双调，十一尤韵）
一半山河，一半丘原，一半九州。
问千年社稷，今今古古，春春夏夏，何谓东流。
不尽东流，楚河汉界，谁问隋唐谁问周。
毛公鼎，这后生前继，马马牛牛。
霜天明月中秋，万类主，人间竞自由。
叹平平仄仄，杨杨柳柳，扬扬抑抑，落落浮浮。
不寻何求，竟寻何求。浪里峥嵘浪里舟。
凭指点，任纵横千万，无止无休。

74 把酒酹滔滔
——《菩萨蛮·黄鹤楼》

黄鹤楼前汉水流，琴台月下问春秋。
知音弦断高山旧，渡口龟蛇任自由。
（八句，四十四字，双调，5歌，二十哿韵）
云云雨雨多婀娜，风风火火如滂沱。

不及九州歌，可拾三地禾。江山千里圻社稷千年亘。谷谷河河，人人依石磨。

75安得倚天抽宝剑
——《念奴娇·昆仑》

西来天水一东流，横断江山半不休。
社稷人间留草木，阴晴日月问春秋。
昆仑山上仙人洞，娲女心中补石头。
素影随行何所似，瑶台且住玉人留。
（二十句，百字，双调，六语韵）
古今今古，念奴问，多少人间情侣，不见英雄何处去，留得春云秋渚。
唯有江河，川流无止，日月瑶台语。
孤鸿鸣尽，妇夫男女男女。
元曲好问雁丘，可离亭折柳，相思心许。月色风声，寻影何处，当是姑娘情绪，对镜灯花，自开开落落，暗明难叙。窗前云雨，枕边留下凄楚。

76欲与天公试比高
——《沁园春·雪》

北国风光半去留，江南日月一春秋。
文韬武略秦皇问，远虑深谋汉武忧。
汴水东流流不尽，长城北固固人愁。
三吴富甲天堂客，九脉风云霸主求。
（二十五句，百十四字，双调，七阳韵）
接地连天，问去呼来中，远近素肠。
若柳絮比比，层层裹裹，明明暗暗，一色茫茫，何处山川何处扬。
飞沉里，铁甲金鳞争舞，莽莽苍苍，江南汴水情乡。问同里、三吴羞玉娘。
碧玉桥下望，以衣带水，芳川锦巷，富甲钱塘。回首长城，南南北北，半是烽火半枯装。天骄寄，这千年旧话，几语隋炀。

77她在丛中笑
——《卜算子·咏梅》

腊月一花香，三春百艳妆。
原来人所向，莫道欲心荒。
（八句，四十四字，双调，七遇韵）
驿外一桥边，不问朝朝暮。
只作余香早报春，饮露和云雨。
疏影向天斜，故步寻依顾。
腊月芳心入百花，俏有东风住。

78梅花欢喜漫天雪
——《七律·冬云》

三弄一花香，千夫半曲肠。
万秀争天下，百媚向春光。
素约寒冰色，山平腊月妆。
心中先暖入，玉影自炎凉。

三、读毛泽东诗词

1 贺新郎·别友
正少神州路,半春秋千山万水,愁心辛苦。草木阴晴何不语,恰似倾云注雨。扫叶去,风流深处。日月江山天下去,问长沙,家国兴亡邑。情不尽,待分付。
朝行暮宿人间故,玉羊城,珠江镇海,云倾玉注。雀里潇湘归雁炉,友意蕴蕴只四顾,相思相互,四零桑。留沧海见,是英雄一半乾坤务。来去去,去来攻。

2 沁园春·长沙
一半春秋,一半王侯,一半九州。自古潇湘客,江山日月,长沙之水,浪遇飞舟。还见江流,近见江楼,但见中流砥柱头。三千载,五百年间问,谁主沉浮,朝暮暮无休。朝朝暮,朝朝暮暮求。楚汉相争路英雄一半,精英一半,两岸鸿沟。万古农夫,千年岁月,一半田家四十州。昂首处,常怯生山外,自主沉浮。

3 菩萨蛮·黄鹤楼
高山流水一杨柳,阳关七叠半故友。问道向春秋,知音黄鹤楼。昂头三界首,俯就千杯酒。雨落大江流,云平鹦鹤州。

4 西江月·井冈山
岳麓山前书院,井冈山下少风。农工此去九江东,已是天摇地动。五百年中豪木,三千岁月英雄。黄洋界上自由衷。社稷朱毛领总。

5 清平乐·蒋桂战争
风云处处,处处人间路。自不尽,朝朝暮暮,胜似书生信步。中原一半屠苏,黄河一半农夫。直把乾坤指问,江山已是殊图。

6 如梦令·元旦
去不尽,人间路,数不尽,耕耘去。老子一平生,步步度,朝朝暮。朝暮,朝暮岁岁年年回顾。

7 减字木兰花·广昌路
长呻暮鼓,日月江山谁作主。九脉工农,半念隋炀半念奴。乾坤横度,不上长城临水去,莫似樵渔,半向河图半洛书。

8 蝶恋花·从汀州向长沙
战战和和都是战,万古人间已改清宫殿,取向长沙天下见,汀州已是工农院。赤手长缨谁不变,君剑湘乡我射韶山箭。国际歌中书笔砚,江山日月工农遍。

9 渔家傲·反第一次大围剿
木三光百色岸,江山万里千声唤。日月乾坤何不断,谁兴叹,人间不了兴亡断。一半英雄先否见,风云主宰精英汉。不周山下二农赞。

10 渔家傲·反第二次大围剿
天下人间都是乱,二农国共非秦汉。只有英雄谋择断,三百唤,先驱后继群英赞。五百年中君子见,三千岁月沧桑看,竹泪潇湘都不算,宵达旦,平生莫取汪择叹。

11 菩萨蛮·大柏地
江山草木人间路,乾坤日月千秋树。天下一江湖,云中三思度。兴亡何以误,成败应不顾。朝暮问屠苏,去来知越吴。

12 又十六字令三首
山,一柱擎天屹不弯,风云里,直到御门关。
山,九曲黄河十八湾,江流见,一半主人间。
山,刺破青空玉宇寰,日月外,独立作天班。

13 十六字令三首
岚,八面骷髅一半暗,山高处,回首是湘潭。
岚,万马千军五点战,英雄问,惧是好男儿。
岚,一半工农自主参,秦皇见,日月独家淦。

14 忆秦娥·娄山关
何离别,长亭短榭风霜雪。风霜雪,风花雪月,去来圆缺。山关漫道谁豪杰,英雄意气江湖铁,江湖铁,房谋杜断,地兴天彻。

15 七律·长征
红军不惧百千寒,万水千山过六盘。
五岭云烟成足迹,三军气势卷狂澜。
长汀已步瑞金路,半壁延安正日观。
实实虚虚天下战,兴兴废废玄华瑞。
长征万里一天颜,石达三军半列关。
此去延安成世界,长汀起步瑞金班。
乌蒙大渡金沙岸,玉村昆明去又还。
自取延安分半壁,重头收拾旧河山。

16 念奴娇·昆仑
昆仑山上,问天下,凡度人间飞雪,扬起龙鳞千百万,化作黄河流绝。主宰阴晴,行空日月,只以江山彻。

1579

如此何见，昆仑去来朝暮决，中华家国，工农三百，故尽江山明灭。废废兴兴英雄成败绝，世雄豪杰，何言南北，春秋功罪圆缺。

17 清平乐·六盘山

中华兴叹，逐鹿黄河岸。已是英雄你好汉，指向延安天半。

长缨卷，六盘山。红旗扬，玉门关，缚住苍龙轻唤，工农换了人间。

18 沁园春·雪

一半梨花，一半炎凉，一半雪霜，见苍空四壁，天光铺就黄河西岸，一注茫茫。铁甲金戈龙鳞毛宇，万里山河注银装，水愿旷，彼此连天地，直到天堂。

人间慢道晴光，疆社稷得，长城内外疆。水调歌头去，秦皇汉武，开封汴忆，汉武秦皇，海角天涯，望洋兴叹，只有红旗百世扬，工农唤，以春秋日月，公沽兴亡。

19 七律·人民解放军占领南京

一世英雄半柳杨，三生壮士九州芳。
金陵紫气风云济，白下秦淮日月光。
介石王朝同合作，宗仁力子公沧桑。
长江南北中苏见，战胜东洋立国疆。

20 又

百万雄师过大江，三军石鼓志无双。
同生日月同天地，共产工农立国邦。

21 七律·和柳亚子先生

羊城一语平生望，忘却韵山四海扬。
世界同心同日月，乾坤共产共资粮。
田文坐上中原论，五鹿经中社稷堂。
汉武昆明南北界，唐宗铁杆去来疆。

22 又

一目中华一目丹，九州日月九州宽。
五羊城里知重庆，在约燕京立杏坛。
草木新升成意气，华章莫入子陵滩。
吴江南社清明见，汉武昆明作世观。

23 七律·感事呈毛主席

一寸雄心一寸丹，半生日月半生澜。
翻江倒海鸿内岸，说项依刘楚汉残。
莫以江南江北见，须言共产共心宽。
中华故国中华牧，五鹿匡扶五鹿冠。

24 浣溪沙·和柳亚子先生

一半工农一半家，寒心光动腊梅花。
大江东去浪淘沙，志威河山依旧是。
天明社稷未曾斜，沧桑过去是中华。

25 又

亚子先生七步田，燕京共产共和天。
英雄四顾五湖莲，一步平生南北去。
江山社稷去来宣，中华日月入时年。

26 浣溪沙

一曲阶平一月圆，百声唤起百声天，
二农与众共婵娟。此见江山南北岸，
须当日月舞翩翩，人间彼此种桑田。

27 浪淘沙·北戴河

百里向幽燕，社稷山川，
秦皇魏武各挥鞭碣石。
榆关心海岸，地角关边，
万古是云烟，沧海桑田。
南征刘表北攻宣，
一战乌师天下志，谁是神仙。

28 又

不远二榆关，半去人间，幽燕南北是香山。
日月阴晴天下阔，碣石河湾，魏武北攻还，
不得天颜。
卢龙塞上以曹蛮，雨骤云环。

29 水调歌头·游泳

半向长沙水，半向武昌鱼。万里长江东去，汉口不多余。
两岸龟蛇不锁，来去纵横抑渡，胜似楚人舒。不忍韶山见，笑傲一樵渔。
山川色，江河水，帝王书，东流舜禹成就牧治二妃如。

而我一桥南北，但以潇湘斑竹，不必向当初，可以英雄步，水阔自当初。

30 又

万里山河水，逝者如斯夫，武昌建业径蜀。
三国半东吴，但以龟蛇旧锁，谁见横桥飞渡，仰泳伴通途。
不免人间事，笑傲一江湖。
秦皇去，隋炀去，一江都。千年水调歌头，胜似向匈奴。
石磊长城南北，南水通州北调，天下以江苏，但得天堂水，百度一沉浮。

31 蝶恋花·答李淑一

天上齐杨天上柳，半在人间。半在长沙酒。
何以潇湘君子友，联盟世界工农首。
社稷三山应记否，半在乾坤，半在英雄手。
莫道英雄三六九，年年岁岁觅杨柳。

32 七律二首

余江世上小虫多，织女牛郎不过河。
此颂瘟神无奈去，华佗普渡汉唐歌。
中华医道同天下，寒北江南共稻禾。
旭日临霄成紫气，神州六亿问嫦娥。

33 之二

一路河山一路桥，九江岁月九江遥，
青山不尽川流在，南水北调日不凋。
玉树泉源流不尽，瘟神送去对天烧。
穷文未了情心老，六亿人民作舜尧。

34 七律·到韶山

世纪人间别逝川，人生历道作方圆，
韶山自有英雄出，楚汉鸿沟对地天。
五百年前应此问，三千日月已硝烟，
紫光阁上家乡客，中南海里苦耕田。

35 七律·登庐山

鄱阳对峙赣江边，土下匡庐四百旋。
波此中经谁十易，阴晴岁月洞庭船。
人民公社千家饭，跃进声中炼铁年。
四大精英文化战，三光未了四清传。

36 七绝·为女民兵题照
民兵自主女儿男,将帅何须一二三。
只有中华多壮志,红颜步就武装参。

37 七律·答友人
潇湘暮色白云飞,岳麓长沙碧水霏。
一片香山斑竹翠,三分石上九嶷围。
苍梧帝子孤山望,鼓瑟长歌独二妃。
长岛由来天下水,人间自此洞庭晖。

38 七绝·为李进同志题锁摄庐山仙人洞照
一路苍茫半劲松,三山五岳九江客。
匡庐自古仙人洞,但以纵横十万峰。

39 七律·和郭沫若同志
中经卜易一风雷,正正斜斜半徘徊。
白骨妖精成美女,唐僧不鲜悟空哀。
西山异城唐域外,方里中华马中催。
只以猴头分辨理,人间正道去还来。

40 七律·看孙悟空三打白骨精
西游万里见英豪,度碟千分百国芳。
不见唐僧何自骨,妖精变化一猴毛。
慈悲是处慈悲在,罪恶深非罪恶曹。
世上难分真善美,人中辨鲜一低分。

41 卜算子·咏梅
不负腊中遥,独向人间傲。
大雪冰霜日月雕,已向严冬好。
一色半云霄,玉宇春先报。
天下枯荣立上桥,唤起黄种到。

42 卜算子·咏梅
雪素一平生,腊月寒心主。
万里江山一半荣,岁岁风和雨。
岁岁半枯荣,处处听钟鼓,
律令天来日月晴,但作群芳树。

43 七律·冬云
塞上风云雁三归,人间日月满冬晖,
衡阳水暖江南岸,腊月梅花伴雪飞。
自主寒心光得道,何须四顾是还非。
英雄虎豹共生存,北令明年下翠微。

44 满江红·和郭沫若同志
万里江山,云烟处,河流鸣笛,
沧海是桑田,朝暮去来寻觅。
社稷人间家园及,九州日月中原激,
北坡村,但去见东岸,英雄绩。
兴亡见,成败历,天地问,方圆析。
美欧欧美易,寂声声寂,一半生半天下去,
廉颇或勇相如壁,到头来,草木自枯荣,
乾坤橄。

45 满江红
此去三江,有八柱阳春白雪,
昆仑顶,风云来去,朝暮圆缺,
已是工农丞日月,河山如此多豪杰。
一四川,三九半潇湘,韶山别。
文章立,兵马到。延安颂,燕京悦,
此京城内外,国华惆秋。一半人间公社在,
三千弟子齐殷切,跃进声,万岁回头闻,
何人绝。

46 七律·吊罗荣桓同志
一路当年半是非,三军已破九重围,
长征一去英雄汉,二方前途视去归。
自有鲲鹏天下问,荣桓日月远鸿飞。
衡阳未了韶山客,换得春来上翠微。

47 贺新郎·读史
不尽长亭路,里山河,冬春相继,夏云秋露。可见秦皇乌客,汉武樱船何顾,渭水岸,云南如渡,但以昆明池上水,大江流,不似悠闲度步。天下事,一朝暮。
中原逐鹿鸿治故。有兴亡周上易,任君分付,社稷商周,秦汉去,魏晋隋唐已故,汴水去,钱塘如数。胜似长城千百战,几和平,几尽人间树。天下事,半四顾。

48 水调歌头·重上井冈山
可以隋炀问,水调歌头,汉河八月水涨,此去大江流。莫证秦皇武,只是见长城南北百岁春秋。战战和和事,五百载沉浮。
江稷在,江水去,几千舟,天高地阔朝暮日月是神州。半月沧桑草木,半见人间彼此,半见十三州,但向英雄问,不可帝王侯。

49 念奴娇·鸟儿问答
一和三战,半家国,诺亚方舟憧鼓。此见鲲鹏扬翼去,役见江河翠明。岁岁年年,修修还还,天天是人间舞。东西南北,阳光如是和熙。
欧美中国苏联已光明世界,相辅相成。鸟催元声,飞不了,观以人间天宇。这里牛羊那时天下事,暮朝风雨,三家条约,无非由是无生。

50 五古·挽易昌陶
五古易昌陶,三生立志高。
英雄当此见,咏叹树旌旄。
岳麓文风剑,衡山汗漫刀。
牙琴惊日月,流水伯牙豪。
此去呈来者,潇湘咏雪涛。

51 七古·送纵宇一郎东行
纵宇字章龙,新民学晖宗。
长沙文客见,敢步故友封。
上海东洋路,中华小雅庸。
浏阳河水曲,带水以衣逢。

52 虞美人·枕上
鸿沟西岸人间路,日月何无敌,
朝云暮雨枕前堂,十二峰中巫峡女儿乡。
相思不必阴晴顾,自是多倾许,
霸王不与刘邦郎,垓下三军帐令几封王。

53 西江月·秋收起义
五亿工农过半, 田家四野云天。
联盟自主霸主鞭, 换了人间颜面。
世路西江月下, 英雄沧海桑田。
山河日月自方圆。已是和平一片。

54 六言诗
张冠李戴延安,吴起黄河波澜。
路远山高水阔,宗南甲落兵残。

55 临江仙·给丁玲同志

一斗延安三界问，精英可见丁玲。
人间笔墨一丹青，黄河天下逐，
宝塔石碑铭，半是人生儿女事，
无非举目心灵，短亭五里一长亭。
金陵原是梦，唱与莫愁听。

56 五律·挽戴安澜将军

缅甸戴安澜，中华向国丹。
军中黑虎将，帐下箫声寒。
壮志乘风去，雄心浴血干。
东方驱倭寇，正步教邯郸。

57 五律·张冠道中

张冠道上风，八路战中雄。
玉宇擎天柱，苍生见飞鸿。
银冰须眉色，铁甲未央宫。
踟蹰沉思久，延安润泽东。

58 五律·喜闻捷报

一水运河方，三秋胜战扬。
张冠由李戴，报道盘龙降。
玉宇排云净，八路疆多见。
英雄一延安，但作北平章。

59 浣溪沙·和柳亚子先生

社稷人间一有泉，江山日月半无边。
二农世界五更天。自此延安天下事，
何以白雪过香山。蒋家介石去来年。

60 七律·和周世钊同志

一半潇湘玉宇开，三千弟子楚人才。
云从岳麓徘徊落，两济长沙日月回。
樽前醒醉人依旧，月上婵娟圆缺来。
域外风光何彼此，华中草木自兴哀。

61 五律·看山

步步北方峰，重重美人踪。
幽幽灵隐寺，处处翠青龙。
韶子湖中色，桃花岭上客。
山前飞风寺，雨后碧苔松。

62 七绝·莫干山

不信长城破天荒，何言汴水下钱塘。
千年已尽江都在，两剑风云润泽乡。

63 七绝·五云山

钱塘玉树五云山，石蹬天偕一路远。
会稽天台莺不语，乡音只在镜湖湾。

64 七绝·观潮

八月潮头一线来，三秋落叶九州开。
千军万马盐官去，半涌九天六合回。

65 七绝·刘蕡

千年一叹秘书郎，百岁三官客异乡。
但举贤良方正在，征召起特以奇杨。

66 七绝·屈原

人生自得九歌涛，世上何须半战袍。
鬼谷纵横天下论，芒澜左右艾中蒿。

67 七绝二首·纪念鲁迅八十寿辰

半齐华文半弃贤，一心立论一心偏。
春秋左传儒生老，简汉无言字句眠。
半见绍兴半见塘，九州日月九州光。
先先否否多兴论，古古今今几度扬。

68 杂言诗·八连颂

吴淞一八连，上海半云烟。
浦口三江日，姑苏月半弦。
英雄当此见，住宿老城池。
雪月风花地，军民共戴天。

69 念奴娇·井冈山

井冈山上，山次坪坝，都是人间道路，
介石广州黄埔教。国共和平旧步。
一半乾坤，三千弟子，谁是中华树。
天长地久，工农原是分付。但以五井枯荣，
向黄洋界外，年年烟雾。草木森林，
天下见，忘了江山朝暮，玉带金川重间，
烽火道落云飞鹭，望途回首，莫非成败
如数。

70 七律·洪都

滕王阁上九江边，祖生半缉鞭。
击缉中流，祖生金陵，元帝志，
闻鸡起舞司州田。年年后浪推前浪，
处处凌波处处船。万里长征情不尽，
英雄意气换新天。

71 七律·有所思

半所幽燕半所思，一心日月一心知。
韶山草木当年色，党内无情党外迟。
七彩霓虹惊世界，三光宇宙政人旗。
江山自古桑沧事，社稷如今付帝师。

72 七绝·贾谊

长沙太傅半梁王，博士湘江一楚肠。
鬼鬼神神何须论，天天地地可文昌。

73 七律·咏贾谊

周勃莫斥洛阳才，委座公卿士可裁。
胆照文昌惊日月，心罗国语问三台。
精英亮节高风在，举目泪罗路笔哀。
太傅长沙忧积贮，蒲湘烈唱九歌来。

四、中国历代诗词名句鉴赏大词典

编著 汪楠 中国华侨出版社 2009年1月出版

读前言
叶落山前一点青，鸟鸣人后半声停。
万里居心知万里，百年苦事百年铭。
马来西亚 吉隆坡 2009年10月7日

A

1 爱贴地争飞，竞夸轻俊
【出处】宋·史达祖·《双双燕·咏燕》
贴地争飞一自轻，红楼归晚半无赢。
暮风扬柳堂前客，姿态春心雨后晴。

2 爱惜芳心莫轻吐，且教桃李闹春风
【出处】金·元好问·《同儿辈赋未开海棠》
山间草木一丛丛，岭上风流日月中。
桃李芳心姿取色，元力阑珊是春风。

3 安得壮士挽天河，尽洗甲兵长不用
【出处】唐·杜甫·《洗兵甲》
天河一丈夫，壮士半生无。
兵甲长城外，楼兰月色孤。

4 安能追逐人间事，万里身同不系舟
【出处】唐·鱼玄机·《暮春即事》
穷门侣俦一人间，深巷阮郎半客颜。
追逐香风姿色近，来生有意到天山。

5 安危大臣在，不必泪长流
【出处】唐·杜甫·《去蜀》
不尽一江流，还寻半沉浮。
君臣来去客，前后是春秋。

B

6 八骏日行三万里，穆王何事不重来
【出处】唐·李商隐·《瑶池》
瑶池十地花，月色万人家。
骏马王心在，重来日已斜。

7 八月长江去浪平，片帆一道带风轻
【出处】唐·崔峒·《清江曲内一绝》
水天远处岳阳城，一道风轻云色明。
八月秋云颜色好，长江此去水无声。

8 芭蕉不展丁香结，同向春风各自愁
【出处】唐·李商隐·《代赠》
楼上黄昏半入秋，天光远处一江流。
丁香香尽芭蕉展，异地冈心玉妇愁。

9 白发三千丈，缘愁似个长
【出处】唐·李白·《秋浦歌》
镜里半秋霜，梦中一夜长。
人前天地外，回首自炎凉。

10 白发未除豪气在，醉吹横笛坐榕阴
【出处】宋·陆游·《度浮桥至南台》
南台一月光，塞外半枯黄。
白发藏时露，中流砥柱扬。

11 白发无情侵老境，青灯有味似儿时
【出处】宋·陆游·《秋夜读书每以二鼓画为节》
白发入先天，青灯问古禅。
三更钟鼓继，七尺细耕田。

12 白骨成丘山，苍生竟何罪
【出处】唐·李白·《经乱离后天恩流夜郎忆旧游书赠江夏韦太守良宰》
自古问长城，关前两地兵。
丘山知白骨，误逐败成名。

13 白骨露于野，千里无鸡鸣
【出处】东汉·曹操·《蒿里行》
一士剑关东，千年问大同。
三生寻富士，万里逐飞鸿。

14 白毛浮绿水，红掌拨清波
【出处】唐·骆宾王·《咏鹅》
一曲向天歌，三生莫奈何。
蝉鸣知自己，首白逐清波。

15 白日放歌须纵酒，青春作伴好还乡
【出处】唐·杜甫·《闻官军收河南河北》
只着旧衣裳，还闻别去娘。
书生多少彼，回道未还乡。

16 白日依山尽，黄河入海流
【出处】唐·王之涣·《登鹳雀楼》
黄河入海流，白发问清秋。
回首千年事，还闻万古忧。

17 白头宫女在，闲坐说玄宗
【出处】唐·元稹·《行宫》
谁问醉芙蓉，海棠懒情庸。
马嵬三军变，太上一玄宗。

18 白头纵作花园主，醉折花枝是别人
【出处】唐·雍陶·《劝行乐》

十岁一春光，三生半柳杨。
留心天地上，老少自芬芳。

19 白杨多悲风，萧萧愁杀人
【出处】《古诗十九首·去者日以疏》
去者日何疏，来人似有余。
荒冢连古寺，谁见帝王居。

20 白云在青天，可望不可即
【出处】明·刘基·《登卧龙山写怀二十八韵》
何处是明河，天涯自少多。
怀归知采撷，可望踏清波。

21 白下有山皆绕郭，清明无客不思家
【出处】明·高启·《清明呈馆中诸公》
白下一清明，金陵半客声。
卞侯芳草路，只向故乡情。

22 白雪却嫌春色晚，故穿庭树作飞花
【出处】唐·韩愈·《春雪》
素约一千家，春心百万华。
无嫌春色晚，白树似飞花。

23 百草千花寒食路，香车系在谁家树
【出处】五代·冯延巳·《蝶恋花》
云行万里浮，日暮百人谋。
古树天边身，清明不尽愁。

24 百金买骏马，千金买美人
【出处】清·屈复·《偶然作》
柳絮一青春，江山半美人。
官场多少客，尽是去来尘。

25 百年那得更百年，今日还须爱今日
【出处】明·王世贞·《梦中得"百年那得更年，今日还须爱今日"句，因戏成短歌》
一日还须一日珍，百年那见百年尘。
西山黄鸟归林木，东海波扬纳万津。

26 百无一用是书生
【出处】清·黄景仁·《杂感》

一用是书生，三更问日明。
千山飞鸟集，万户有精英。

27 半羞还半喜，欲去又依依
【出处】唐·韦庄·《女冠子》之二
一夜桃花开不尽，三江流水九州头。
遮遮掩掩半含羞，依依怯怯一语求。

28 爆竹声中一岁除，春风送暖入屠苏
【出处】宋·王安石·《元日》
一日半冬春，三更两岁人。
梅花心已动，白雪化新尘。

29 悲欢离合总无情，一任阶前，点滴到天明
【出处】宋·蒋捷·《虞美人》
少小离家向故官，阴晴岁月见飞鸿。
风风雨雨年年客，点点滴滴落落中。

30 本是同根生，相煎何太急
【出处】三国魏·曹植·《七步诗》
本是同根生，四时问枯荣。
人生倍自主，天下任光明。

31 本以高难饱，徒劳恨费声
【出处】唐·李商隐·《蝉》
一处一清声，三更半不鸣。
荒园多枯树，四野自阴晴。

32 笔落惊风雨，诗成泣鬼神
【出处】唐·杜甫·《寄李太白二十韵》
人心一鬼神，稻谷满天津。
社稷阴晴里，平生半贵贫。

33 碧涧流红叶，青林点白云
【出处】宋·林逋·《宿洞霄宫》
山间一白云，寺外半人君。
古刹闻钟鼓，禅声自此分。

34 避席畏闻文字狱，著书都为稻粱谋
【出处】清·龚自珍·《咏史》
东南十五州，粉色两三流。
谁问千堂坐，田横十万忧。

之二
当否一言休，欲加半刻求。
文章兴废故，谁见大江流。

35 边城暮雨雁飞低，芦笋初生渐欲齐
【出处】唐·张籍·《凉州词》
风平暮雨半凉州，马去楼兰一士求。
四壁荒沙惊去雁，三诗壮志慰酬谋。

36 便做春江都是泪，流不尽，许多愁
【出处】宋·秦观·《江城子》
人心只见水空流，杨柳春风日月休。
谁见韶华如草木，平生功业似沉浮。

37 遍身罗绮者，不是养蚕人
【出处】宋·张俞·《蚕妇》
不是养蚕人，罗绮问客身。
田家耕土地，壮士保天津。

38 别来何限意，相见却无辞
【出处】唐·项斯·《荆州夜与友亲相遇》
梦外谁人知，心中入客时。
悲欢圆缺处，日月自无辞。

39 别有幽愁暗恨生，此时无声胜有声
【出处】唐·白居易·《琵琶行》
有声之后是无声，一曲阳关半曲情。
海市蜃楼多海市，玉门草木玉门城。

40 别时容易见时难
【出处】宋·陆游·《夜游宫》
别时容易见时难，天地人间客主寒。
杨柳春风寻日月，何心只向寄云端。

41 鬓虽残，心未死
【出处】宋·陆游·《夜游宫》
暮色见云残，寒宫白首观。
空天颜色好，玉兔自心宽。

42 病身最觉风露早，归梦不知山水长
【出处】宋·王安石·《葛溪驿》
一夜秋风叶半黄，三江流水已茫茫。
寒霜早露鸣蝉切，古剑钟声自慨慷。

43 波平风软望不到，故人久立烟苍茫

【出处】宋·苏轼·《出颍口，初见淮山，是日至寿州》

人心半短长，日月一风光。
草木三江岸，河川万柳杨。

44 拨云寻古道，倚树听流泉

【出处】唐·李白·《寻雍尊师隐居》

白石问青莲，禅音不记年。
寒光明古寺，月色入流泉。

45 博得美人心肯死，项王此处是英雄

【出处】清·吴伟业·《虞兮》

虞兮曲舞长，项羽忍红妆。
百战千夫去，三生一霸王。

46 不薄今人爱古人，清词丽句必为邻

【出处】唐·杜甫·《戏为六绝句》

古人一半是今人，旧事三千客主邻。
晋宋南朝方驾御，齐梁北史步新尘。

47 不才明主弃，多病故人疏

【出处】唐·孟浩然·《岁暮归南山》

南山问敝庐，北阙帝王书。
撼岳洞庭水，玄宗不避虚。

48 不逢大匠材难用，肯住深山寿更长

【出处】清·袁牧·《大树》

木秀一森林，人鸣半古今。
六朝香尤在，五味士君心。

49 不管烟波与风雨，载将离恨过江南

【出处】宋·郑文宝·《柳枝词》

一半烟波一半云，两三细雨两三君。
情肠真真别离苦，杨柳依依久不分。

50 不恨古人吾不见，恨古人不见吾狂耳

【出处】宋·辛弃疾·《贺新郎》

平生万里一西东，今古千年半不同。
此笑弃名云荡荡，交流回首已空空。

51 不恨年华去也，只恐少年心事，强半为销磨

【出处】梁启超·《水调歌头》

一世一销磨，三生半不多。
少年心事远，只恐误嘉禾。

52 不觉碧山暮，秋云暗几重

【出处】唐·李白·《听蜀僧浚弹琴》

何多一慨慷，玉斗半炎凉。
碧水秋云重，沉浮曲折杨。

53 不肯画堂朱户，春风自在杨花

【出处】宋·王安国·《清平乐·春晚》

春风自在问杨花，柳絮朱户暮照斜。
满地芳明思所寄，残红中落故人家。

54 不论天有眼，但管地无皮

【出处】宋·瘩咨夔·《狐鼠》

空想问"素丝"，九遂虎蛇时。
不见天无眼，民鱼自在知。

55 不如意事常八九，可与语人言二三

【出处】宋·方岳·《别子才司令》

八九无离一二三，人言小女少儿男。
文章不露惊心处，故事人情吐纳含。

56 不识庐山真面目，只缘身在此山中

【出处】宋·苏轼·《题西林壁》

西林壁上一风云，雨雾山中半不分。
四百旋前何所问，成峰侧岭已无君。

57 不是花中偏爱菊，此花开尽更无花

【出处】唐·元稹·《菊花》

菊花开尽雪花开，心动香风腊月梅。
彻骨泳城霜花冷，原来玉品若寒来。

58 不是一番寒彻骨，怎得梅花扑鼻香

【出处】唐·裴休·《宛陵录·上堂开示颂》

天下一枝梅，香甜半不开。
凭心霜雪动，只有苦甘来。

59 不畏浮云遮望眼，自缘身在最高层

【出处】宋·王安石·《登飞来峰》

日月两边分，阴晴半见闻。
飞来峰上树，暮落几重云。

60 不羡神仙羡少年

【出处】清·袁牧·《湖上杂诗》

天上一神仙，人中半少年。
游人多酒醉，二月是心田。

61 不相菲薄不相师，公道持论我最知

【出处】清·袁牧·《论诗绝句》

长春一半是唐诗，二万三千九百词。
朝暮书香心上客，古今石尽是耕时。

62 不信芳春厌老人，老人几度送余春？惜春行乐莫辞频

【出处】宋·贺铸·《浣溪沙》

古树芳山一老人，初春碧色半除尘。
花开九度余香在，力挽狂澜事出勤。

63 不信楼头杨柳月，玉人歌舞未曾归

【出处】宋·谢枋得·《蚕妇吟》

蚕声一妇吟，月色半衣襟。
玉影田桑里，春心近古今。

64 不信青春唤不回，不容青史尽成灰

【出处】于右任·《壬子元日》

青春唤不回，醒醉尽成灰。
唯有沉浮力，终冬一古梅。

65 不信死花胜活人，请郎今夜伴花眠

【出处】明·唐寅·《题拈花微笑图》

海棠欲睡夜云台，怯去红妆问雨开。
玉洁姿妍香外去，佳人色半镜中来。

66 不要人夸颜色好，只留清气满乾坤

【出处】元·王冕·《墨梅》

留香玉色乾坤，骨秀神清半名思。
独善其身天地外，孤芳自赏对黄昏。

67 不用凭栏苦回首，故乡七十五长亭

【出处】唐·杜牧·《题齐安城楼》

齐安城下半西阳，客旅心中一断肠。
但问凭栏回首事，故乡不见苦情伤。

68 之二

十里一长亭，三春半水青。

心中多少色，泽下尽浮萍。

69不知何处吹芦管，一夜征人尽望乡
【出处】唐·李益·《夜上受降城闻笛》
长城月半霜，枯叶色三黄。
塞外风沙骤，梦中入故乡。

70不知近水花先发，疑是经冬雪未销
【出处】唐·张谓·《早梅》
梅香上半楼，玉色已三羞。
谁问心中事，何知柳岸头。

71不知细叶谁裁出，二月春风似剪刀
【出处】唐·贺知章·《咏柳》
有色柳枝头，无心碧玉羞。
云随古刹住，水逐一江流。

72
二月春花一夜开，红妆水性玉人来。
千姿百态知心处，万种风情自不猜。

C

73采得百花成蜜后，为谁辛苦为谁甜
【出处】唐·罗隐·《蜂》
辛辛苦苦十年窗，暮暮朝朝半国邦。
女貌郎才寻故地，峰回路转已无双。

74采菊东篱下，悠然见南山
【出处】东晋·陶渊明·《饮酒》
玉素半南山，冰封一寺闲。
沉浮云雨客，俯仰待心还。

75残灯无焰影幢幢
【出处】唐·元稹·《闻白乐天左迁江州司马》
闻君下九江，风雨向家邦。
俱是书生气，残灯入小窗。

76残星几点雁横塞，长笛一声人倚楼
【出处】唐·赵嘏·《长安晚秋》
长安一半秋，落叶两三楼。
玉女江湖客，南冠学楚囚。

77草不谢荣于春风，木不怨落于秋天
【出处】唐·李白·《日出入行》
春秋一枯荣，草木半无声。
日月归天地，江河向曲行。

78草木本有心，何求美人折
【出处】唐·张九龄·《感遇》
天地一春秋，江河半上流。
阴晴圆缺故，月向美人羞。

79草萤有耀终非火，荷露虽团岂是珠
【出处】唐·白居易·《放言》
荷珠一露圆，日月半耀天。
碧色昭池水，玉根自牵连。

80恻恻轻寒剪剪风，杏花飘雪小桃红
【出处】唐·韩偓·《寒食夜》
小杏出墙一半红，落香西去两三东。
无知岁月春心在，是似云中有雨风。

81曾经沧海难为水，除却巫山不是云
【出处】唐·元稹·《离思》
心田自不分，上下两纷坛。
沧海千川水，巫山半是云。

82柴门闻犬吠，风雪夜归人
【出处】唐·刘长卿·《逢雪宿芙蓉山》
风雨不归人，阴晴可自身。
芙蓉山上客，日月半相邻。

83禅心已作沾泥絮，不逐春风上下狂
【出处】宋·道潜·《口占绝句》
日月半禅心，沉浮一古今。
窈窕知淑女，花落满衣襟。

84蝉曳残声过别枝
【出处】唐·方干·《旅次洋》
上下过蝉声，阴晴左右门。
凭任三界树，自在一枝鸣。

85蝉噪林逾静，鸟鸣山更幽
【出处】南北朝·王籍·《入若耶溪》
南朝若耶溪，北国鸟空啼。

千载书生客，三鸣自不低。

86长安水边多丽人
【出处】唐·杜甫·《丽人行》
自古芙蓉半丽人，海棠醉酒半依身。
原来细腻无妆冷，玉影明皇暗自亲。

87长安一片月，万户捣衣声
【出处】唐·李白·《子夜四时歌·秋歌》
井入玉门关，云出黄断山。
良人惊雪素，几日逐心还。

88长风几万里，吹度玉门关
【出处】唐·李白·《关山月》
万里一天山，三生半客颜。
楼兰夫子诺，白马不知还。

89长风破浪会有时，直挂云帆济沧海
【出处】唐·李白·《行路难》
三千里路半江山，两处人心一玉颜。
雨露荷光出日月，风云普渡问心湾。

90长沟流月去无声，杏花疏影里，吹笛到天明
【出处】宋·陈与义·《临江仙》（夜登小阁忆洛中旧游）
临川忆旧游，落叶入三秋。
水色连天碧，心空不止流。

91长恨此身非我有，何时忘却营营
【出处】宋·苏轼·《临江仙》
一曲入三更，千家夜半明。
书中寻苦苦，心上怯营营。

92长恨人心不如水，等闲平地起波澜
【出处】唐·刘禹锡·《竹枝词》之七
瞿塘十二滩，逐客万千澜。
水在人心上，何时不狭宽。

93长恨春归无觅处，不知转入此中来
【出处】唐·白居易·《大林寺桃花》
古寺半桃花，禅音一经斜。
春芳随处碧，不入帝王家。

94 长亭外，古道边，芳草碧连天
【出处】李叔同·《送别》
十里一长亭，三生半坐铭。
连天运碧草，道路去青青。

95 长相思，在长安
【出处】唐·李白·《长相思》
雨色半云端，衣巾一夜寒。
相思闻月色，罗隐问长安。

96 长于春梦几多时，散似秋云无觅处
【出处】宋·晏殊·《木兰花》
一片木兰花，三山两水斜。
金陵重月色，曲近秦淮家。

97 常居异土兮心内伤，愿为黄鹄兮归故乡
【出处】汉·刘细君·《悲愁歌》
独醒何言独醉人，自逢有意自离亲。
生根父母生根客，子弟儿乡子弟身。

98 嫦娥应悔偷灵药，碧海青天夜夜心
【出处】唐·李商隐·《嫦娥》
嫦娥夜夜心，只怨入云深。
影暗三宫桂，情深一古今。

99 怅望千秋一洒泪，萧条异代不同时
【出处】唐·杜甫·《咏怀古迹》之二
宋玉半风流，萧条一叶秋。
儒师天下客，怅望月中舟。

100 朝来人庭树，孤客最先闻
【出处】唐·刘禹锡·《秋风引》
朝采日半庭，暮去水二灵。
有雁离群落，寒音入军汀。

101 潮落夜江斜月里，两三星火是瓜洲
【出处】唐·张祜·《题金陵渡》
金陵渡口一孤舟，月色秦淮半水流。
玉树后庭花犹在，香风不尽入瓜洲。

102 潮平两岸阔，风正一帆悬
【出处】唐·王湾·《次北固山下》
舟平问客留，曲尽上青楼。
北国山中月，金陵石上头。

103 郴江幸自绕郴山，为谁流下潇湘去
【出处】宋·秦观·《踏莎行·郴州旅舍》
梅花尺素寒，月影寸心宽。
玉兔宫中客，行云谁怯冠。

104 晨兴理荒秽，带月荷锄归
【出处】晋·陶渊明·《归园田居》
种豆一南山，耕田半客颜。
书生知五柳，日月住三湾。

105 尘世难逢开口笑，菊花须插满头归
【出处】唐·杜牧·《九日齐山登高》
九日山中草木归，孤鸿月上松荣飞。
潇湘水泽何言客，去去来来入翠微。

106 沉恨细思，不如桃杏，犹解嫁东风
【出处】宋·张先·《一丛花》
桃李一丛花，浮香半玉斜。
落红尘色满，飞絮入人家。

107 沉舟侧畔千帆过，病树前头万木春
【出处】唐·刘禹锡·《酬乐天扬州初逢席上见赠》
扬州白乐天，逐客日经年。
万木龙门上，千帆上苑田。

108 诚知此恨人人有，贫贱夫妻百事哀
【出处】唐·元稹·《遣悲怀》
世上一夫妻，人间半不移。
离合迎百事，富贵苦孤啼。

109 城里看家多白发，游春总是少年人
【出处】宋·麻九畴·《清明》
清明一客家，扫拜半天涯。
草木村村碧，江湖处处花。

110 池上碧苔三四点，叶底黄鹂一两声，日长飞絮轻
【出处】宋·晏殊·《破阵子》
花落半清明，流红一片声。
桑丛藏素约，暮色女儿情。

111 池塘生春草，园柳变鸣禽
【出处】南朝宋·谢灵运·《登池上楼》
池上有禽鸣，心中草木生。
相思何日月，柳岸雨云轻。

112
池塘草木谁家生，建业阴晴宋客鸣。
万古离群心似旧，千秋字句索枯荣。

113 赤日炎炎似火烧，野田禾稻半枯焦
【出处】明·施耐庵·《水浒传》
日照满桑田，农夫久不缘。
诗林长短句，客施不经年。

114 抽刀断水水更流，举杯销愁愁更愁
【出处】唐·李白·《宣州谢朓楼饯别校书叔云》
去日何言不可留，来心有欲自无忧。
长风万里寻杨柳，草木千年任九州。

115 之二
江湖日月一沉浮，草木乾坤半去留。
问柳言情情不尽，抽刀断水水更流。

116 惆怅南朝事，长江独至今
【出处】唐·刘长卿·《秋日登吴公台上寺远眺》
日月一心乡，山川半枯黄。
吴公台上寺，旧垒柳中杨。

117 出门一笑大江横
【出处】宋·黄庭坚·《王充道送水仙花五十枝》
五湖草木大空，日月人心济世纵。
回首三生香未晚，凭栏一笑大江东。

118 出师一表真名世，千载谁堪伯仲间
【出处】宋·陆游·《书愤》
自古一书生，如今半客晴。
出师身未尽，月满蜀夫城。

119 出师未捷身先死，长使英雄泪满襟
【出处】唐·杜甫·《蜀相》

何思乐蜀城，白帝信孤荣。
伯仲凭三顾，出师计半名。

120 初生欲缺虚惆怅，未必圆时即有情
【出处】唐·李商隐·《月》
圆圆缺缺一心情，去去来来半客生。
色色羞羞含雨露，殷殷切切欲芳明。

121 雏凤清于老凤声
【出处】唐·李商隐·《七绝》。
原诗题为《韩冬郎即席为诗相送，一座尽惊》。
他日余方追吟"连宵待坐徘徊久"之句，有老成之风，因成二绝酬寄，兼呈畏之员外。
山河处处有风声，草木明明碧色成。
暮暮朝朝多少客，来来去去觅何荣。

122 除却天边月，没人知
【出处】唐·韦庄·《女冠子》
俯怯半含羞，别君几回头。
梦随心意去，唯恐自春愁。

123 锄禾日当午，汗滴禾下土
【出处】唐·李绅·《悯农诗》
苦日自锄禾，农夫数少多。
盘中食粒粒，月下可当歌。

124 处世若大梦，胡为劳其生
【出处】唐·李白·《春日醉起言诗》
凭生一半明，李白两三声。
醒醉清平调，沉浮见枯荣。

125 床前明月光，疑是地上霜
【出处】唐·李白·《静夜思》
枕上半炎凉，心中一故乡。
风声惊古梦，玉雨问红娘。

126 垂杨密密拂行装，芳草萋萋碍行路
【出处】清·黄景仁·《短歌别华峰》
草木半红妆，阴晴一碧芳。
留得云雨梦，日月入斜塘。

127 春蚕到死丝方尽，蜡炬成灰泪始干
【出处】唐·李商隐·《无题》
密密野春芳，萋萋岸柳杨。
吴江同里客，干将到斜塘。
之二
织女采蚕桑，春风问茧忙。
心思何所寄，碧里玉妆藏。

128 春城无处不飞花，寒食东风御柳斜
【出处】唐·韩翃·《寒食》
杨杨柳柳顺风斜，雨雨云云碧玉家。
素影还须枝干树，梅花未尽杏桃花。

129 之二
一日长安点五侯，三公上苑问千忧。
飞花处处皇城客，御柳回归已白头。

130 之三
万岁点飞花，三公待日斜。
五侯寻御柳，巧妇觅人家。

131 春潮带雨晚来急，野渡无人舟自横
【出处】唐·韦应物·《滁州西涧》
野渡潮来连碧草，孤心一半梦中生。
春去细雨客舟平，暮色花香鸟不声。

132 春到人间草木知
【出处】宋·张栻·《立春偶成》
日日一光辉，阴晴半翠微。
心中知叶落，梦里见乡归。

133 春风得意马蹄疾，一日看尽长安花
【出处】唐·孟郊·《登科后》
一日风光一日寒，十年草木半长安。
花明柳暗书生客，雪色终南是玉冠。

134 春风不解禁杨花，濛濛乱扑行人面
【出处】宋·晏殊·《踏莎行》
东风水性自扬花，客舍西施梦里家。
有色三春芳草路，无声一曲到天涯。

135 春风不相识，何事入罗帷
【出处】唐·李白·《春思》
春风入梦寻，不奈问人心。
云雨两三界，柳杨一古今。

136 春风十里扬州路，卷上珠帘总不如
【出处】唐·杜牧·《赠别》
十里扬州十里声，三春野草万人明。
笛声有曲江南尽，花落无根任去行。

137 春风无限潇湘意，欲采蘋花不自由
【出处】唐·柳宗元·《酬曹侍御过象县见寄》
江中碧玉流，枕上客心愁。
日月阴晴客，沉浮是自由。

138 春风又绿江南岸，明月何时照我还
【出处】宋·王安石·《泊船瓜洲》
水色一瓜洲，金陵半客留。
秦淮笼月色，玉树后庭羞。

139 春风知别苦，不遣柳条青
【出处】唐·李白·《劳劳亭》
一处柳条青，初春十里亭。
劳劳辛路苦，庭庭是浮萍。

140 春归何处？寂寞无行路
【出处】宋·黄庭坚·《清平乐》
川流半落红，寂寞一香风。
草碧知春去，人归各不同。

141 春花秋月何时了，往事知多少
【出处】南唐·李煜·《虞美人》
玉树后庭花，残宫月影斜。
朱颜流水问，色尽帝王家。

142 春江水暖鸭先知
【出处】宋·苏轼·《惠崇春江晚景》
桃花一两枝，水色万千池。
竹影连天碧，春潮欲上时。

143 春眠不觉晓，处处闻啼鸟
【出处】唐·孟浩然·《春晓》
清音处处啼，玉色有高低。
形影春风月，无鸣竹木栖。

第十三卷　诗词曲赋文章

144 春秋多佳日，登高赋新诗
【出处】晋·陶渊明·《移居诗》
勤耕一半春，道礼万千人。
教育农家客，秋实醒醉邻。

145 春去也，多谢洛城人
【出处】唐·刘禹锡·《忆江南》
谁见洛城人，唐家处处春。
芙蓉出水浴，玉色不怜身。

146 春如旧，人空瘦。泪痕红浥鲛绡透
【出处】宋·陆游·《钗头凤》
江南一半春，俱是客中人。
风雨红墙旧，离肠念且亲。

147 春色满园关不住，一枝红杏出墙来
【出处】宋·叶绍翁·《游园不值》
处处流红处处杏，天天地地满新妆。
云云雨雨层层碧，露露珠珠秀秀藏。

148 春色恼人眠不得，月移花影上栏杆
【出处】宋·王安石·《夜直》(或题作《春夜》)
月上花移影不眠，浮云露雨客心弦。
一声叹气余音在，何似人间五十年。

149 春色三分，二分尘土，一分流水
【出处】宋·苏轼·《水龙吟·次韵章质夫杨花词》
是是非非半草心，朝朝暮暮一身斜。
无无有有三生客，圣圣贤贤万岁家。

150 春水船如天上坐，老年花似雾中看
【出处】唐·杜甫·《小寒食舟中作》
三分春色一分尘，力水十山总是春。
雾里看花花不厌，半寻云雨半寻人。

151 春水渡旁渡，夕阳山外山
【出处】宋·戴复古·《世事》
人生不肯闲，世事有君颜。
渡口凭心渡，还来任去还。

152 春未透，花枝瘦，正是愁时候
【出处】宋·黄庭坚·《蓦山溪·赠衡阳伎陈湘》
客在江湖客在家，南洋开遍北洋花。
春心自有春心暖，九月重阳九月华。

153 春宵一刻值千金，花有清香月有阴
【出处】宋·苏轼·《春宵》
春宵一刻嫁千金，二意三心问古今。
枕上香风无不暖，月中玉影半衣襟。

154 春心莫共花争发，一寸相思一寸灰
【出处】唐·李商隐·《无题》
一寸相思一寸金，三春云雨两人心。
香风处处香风软，素影朦朦客上阴。

155 春欲暮，思无穷，旧欢如梦中
【出处】唐·温庭筠·《更漏子》
元风柳自斜，有雨客人家。
谁唱桃花扇，秦谁故垒纱。

156 春种一粒粟，秋收万颗子
【出处】唐·李绅·《悯农诗》
春耕十寸田，秋获半年丰。
粒粒凭辛苦，颗颗任保全。

157 赤橙黄绿青蓝紫，谁持彩练当空舞
【出处】毛泽东·《菩萨蛮·大柏地》
七色一人间，三江十万山。
英雄多少路，自古百年还。

158 春风杨柳万千条，六亿神州尽舜尧
【出处】毛泽东·《送瘟神》
牛郎半自知，织女一心时。
谁问人间事，河山不是诗。

159 村南村北响缲车，牛衣古柳卖黄瓜
【出处】宋·苏轼·《浣溪沙》
香云玉雨浣溪沙，暮色明流五月花。
织女无心多织锦，牛郎有意早还家。

160 寸指不沾泥，鳞鳞居大厦
【出处】宋·梅尧臣·《陶者》
世事谁耕耘，时人客主分。
风云天地上，日月枯荣君。

161 慈母手中线，游子身上衣
【出处】唐·孟郊·《游子吟》
游子谁知吟，儒林问古今。
江山寻日月，草木自知心。

162 此去泉台招旧部，旌旗十万斩阎罗
【出处】陈毅·《梅岭三章》之一
天下人间一少多，官中大小半如何。
商心叵测农夫苦，谁解民情数稻禾。

163 之二
创业艰难创业多，山河自在任山河。
无心种柳成行柳，有意扬长有意歌。

164 此恨平分取，更无言语空相觑
【出处】宋·毛滂·《惜分飞》
天下一分飞，人中半是非。
芳香花下雾，犹豫欲中闱。

165 此情可待成追忆，只是当时已惘然
【出处】唐·李商隐·《锦瑟》
庄生一梦圆，望帝半杜鹃。
海上生明月，兰田暖玉烟。

166 此情无计可消除，才下眉头，却上心头
【出处】宋·李清照·《一剪梅》
眉头不上上心头，半是春心半是秋。
有意无情情有意，兰舟不上下兰舟。

167 此曲只应天上有，人间那得几回闻
【出处】唐·杜甫·《赠花卿》
天下问花卿，人中一弟兄。
乾坤男女客，朝野是精灵。

168 此身合是诗人未？细雨骑驴入剑门
【出处】宋·陆游·《剑门道中遇微雨》
蜀道回山入剑门，杜鹃啼尽向黄昏。
诗人骑驴观书本，只见风尘不见村。

169 此生此夜不长好，明月明年何处看
【出处】宋·苏轼·《中秋》
朝云暮雨半清寒，汴水杭州一玉盘。

1589

月入仲秋生桂子，良辰易逝向云端。

170 此生何处不相逢？
【出处】唐·杜牧·《送人》
人生何处不相逢，万水千山各几重。
蜀帝杜鹃啼处处，来来去去自无踪。

171 此心安处是吾乡
【出处】宋·苏轼·《定风波》
天涯海角自炎凉，皓齿清歌却素妆。
客社梅香心琢玉，酥娘怯问谁家乡。

172 此夜曲中闻折柳，何人不起故园情
【出处】唐·李白·《春夜洛城闻笛》
春风入洛城，折柳送离情。
灞上知泾渭，玉笛待月明。

173 从此无心爱良夜，任他明月下西楼
【出处】唐·李益·《写情》
明月上西楼，人情水自流。
空寻良夜尽，客主半春秋。

174 从来幽并客，皆共尘沙老
【出处】唐·王昌龄·《塞下曲》之一
蝉鸣五月满桑林，书卷三生自古今。
塞外沙尘千万里，江湖云雨一人心。

175 从头越，苍山如海，残阳如血
【出处】毛泽东·《忆秦娥·娄山关》
雄关漫道一人心，冬夏春秋半古今。
唯见山川知日月，不闻草木是森林。

D

176 达人自达酒何功，世间是非忧乐本来空
【出处】宋·苏轼·《薄薄酒》
是是非非一念空，忧忧乐乐半心同。
善恶无情知道礼，圣贤正道问清风。

177 大风起兮云飞扬，威加海内兮归故乡
【出处】汉·刘邦·《大风歌》
何人不故乡，客主自飞扬。

去去来来道，朝朝暮暮肠。

178 大江东去，浪淘尽，千古风流人物
【出处】宋·苏轼·《念奴娇·赤壁怀古》
一半风流一半雄，小乔岁月大乔风。
江东人物多才俊，赤壁周郎几世空。

179 大江流日夜，客心悲未央
【出处】南北朝·谢朓·《暂使下都夜发新休至京邑赠西府同僚》
大江日夜流，草木一春秋。
徒见关山逝，相思隔岸忧。

180 大江之南风景殊，杭州西湖天下无
【出处】明·李基·《题王润和尚西湖图》
人间天下一西湖，雨色云中半女伎。
碧影浮光三界处，舟摇玉荡两姑苏。

181 大江歌罢掉头东，邃密群科济世穷
【出处】周恩来·《大江歌罢掉头东》
江山古古一东西，社稷千年半世雄。
面壁禅心多少夜，唤来日月作飞鸿。

182 大漠孤烟直，长河落日圆
【出处】唐·王维·《使至塞上》
蜃楼一半天，海市两三田。
立足呼山外，艰难最缺圆。

183 大漠沙如雪，燕山月似钩
【出处】唐·李贺·《马诗》之五
万里枯荣游，千山日月浮。
休由知草木，驰骋任春秋。

184 大鹏一日同风起，扶摇直上九万里
【出处】唐·李白·《上李邕》
平生问九州，御鼎分三楼。
可惜文章客，诗词万首留。

185 大珠小珠落玉盘
【出处】唐·白居易·《琵琶行》
琵琶马上声，大漠汉家英。
不在深宫里，乌孙日月情。

186 待到山花烂漫时，她在丛中笑
【出处】毛泽东·《卜算子·咏梅》
腊月半寒心，孤芳一古今。
风轻千色浅，雪重百花深。

187 待月西厢下，迎风户半开
【出处】唐·元稹·《会真记》
北户曲千台，西厢月半开。
玄宗家不客，浴里玉人来。

188 丹青不知老将至，富贵于我如浮云
【出处】唐·杜甫·《丹青引赠曹将军霸》
草木一丹青，阴晴十里亭。
何人同日月，此客有生灵。

189 但见泪痕湿，不知心恨谁
【出处】唐·李白·《怨情》
野草已三春，心中有半人。
情深三界内，日月一明身。

190 但见新人笑，那闻旧人哭
【出处】唐·杜甫·《佳人》
玉影一佳人，洁身自新。
三春花草重，两地雨云邻。

191 但看古来盛名下，终日坎壈缠其身
【出处】唐·杜甫·《丹青引赠曹将军霸》
丹青有盛名，富贵不精英。
老将知天下，春秋对枯荣。

192 但肯寻诗便有诗，灵犀一点是吾师
【出处】清·袁枚·《遣兴》
云沉一雨深，叶摇半音琴。
不似初笄女，还珍归客心。

193 但求众生皆得饱，不辞羸病卧残阳
【出处】宋·李纲·《病牛》
耕耘问老牛，日月待春秋。
智慧知天下，雕凿向自由。

194 但去莫复问，白云无尽时
【出处】唐·王维·《送别》
南山半白云，玉色一冠君。

俱是心中客，闲中月下分。

195 但使龙城飞将在，不教胡马度阴山
【出处】唐·王昌龄·《出塞》
胡马度阴山，将军去未还。
苏杭隋汴水，漠塞汉时关。

196 但使主人能醉客，不知何处是他乡
【出处】唐·李白·《客中作》
月下郁金香，兰中锦绣藏。
泊心行旅驿，醉客自倾肠。

197 但是好花皆易落，从来尤物不长生
【出处】唐·刘禹锡·《和杨师皋给事伤小姬英英》
杨师音乐有芳名，月下灯前曲舞声。
留取人情怜世界，心中尤物自长生。

198 但用东山谢安石，为君谈笑静胡沙
【出处】唐·李白·《永王东巡歌》之二
海市净胡沙，蜃楼问客家。
群英天下尽，留取暮阳斜。

199 但愿人长久，千里共婵娟
【出处】宋·苏轼·《水调歌头》（丙辰中秋，欢饮达旦，大醉，作此篇，兼怀子由）
形形影影半月明，朝朝暮暮一人生。
何年回首凭心问，云雨无因不禁城。

200 但知家里俱无恙，不用书来细作行
【出处】宋·黄庭坚·《新喻道中寄元明》
一醉半心肠，三生两处忙。
文章何所事，俱是客家乡。

201 但知行好事，莫要问前程
【出处】五代·冯道·《天道》
一事半前程，三生万里行。
年年春草碧，岁岁腊梅荣。

202 当君怀归日，是妾断肠时
【出处】唐·李白·《春思》
冬夏春秋一枯荣，沉浮进退半阴晴。
云云雨雨多情客，暮暮朝朝少韶英。

203 当年不肯嫁春风，无端却被秋风误
【出处】宋·贺铸·《踏莎行》
花花草草一春风，果果实实半岁终。
丽丽妍妍无客主，云云雨雨有西东。

204 之二
脱尽红衣素玉姿，出泥不染守洁枝。
珠珠露露阴晴欲，止止流流俯仰时。

205 当年万里觅封侯，匹马戍梁州
【出处】宋·陆游·《诉衷情》
万里觅封侯，千年欲不休。
天山何日月，老马问沧州。

206 当时共我赏花人，点检如今无一半
【出处】宋·晏殊·《木兰花》
夜下赏花人，心中一半春。
云浮出细雨，月落入红尘。

207 当时轻别意中人，山长水远知何处
【出处】宋·晏殊·《踏莎行》
瑶台有铭处，碧海问心灵。
落落凝香处，依依草木青。

208 当时明月在，曾照彩云归
【出处】宋·晏几道·《临江仙》
暮重锁事楼，清风自不留。
寒宫生桂子，玉女不知羞。

209 荡子行不归，空床难独守
【出处】汉·佚名·《古诗十九首·青青河畔草》
青青草幽生，岁岁枯荣行。
郁郁心中事，空空枕上情。

210 之二
浪子一秋春，娼伎半主人。
纤纤出素手，荡荡问真身。

211 稻花香里说丰年，听取蛙声一片
【出处】宋·辛弃疾·《西江月·夜行黄沙道中》
社日一蛙声，田家半枯荣。
蚕桑初稻寂，木草有香城。

212 道人有道山不孤
【出处】宋·苏轼·《腊月游孤山访惠勤恩二僧》
雾后观花似有无，人前云雨问江湖。
心中主客山川在，道里寻知自不孤。

213 等是有家归未得，杜鹃休向耳边啼
【出处】唐·佚名·《杂诗》
蜀帝杜鹃啼，川流楚水西。
囚岁风落落，唯见草萋萋。

214 等闲识得东风面，万紫千红总是春
【出处】宋·朱熹·《春日》
简简繁繁有意珍，年年岁岁继相亲。
东风夏雨无非客，万紫千红不是春。

215 低回愧人子，不敢叹风尘
【出处】清·蒋士铨·《岁暮到家》
草木本心纯，清风日月珍。
勤耕知岁暮，不必叹风尘。

216 颠狂柳絮随风舞，轻薄桃花逐水流
【出处】唐·杜甫·《漫兴九首》之五
柳絮自随风，桃花各色红。
初开寻豆蔻，不锁小圆东。

217 吊影分为千里雁，辞根散作九秋蓬
【出处】唐·白居易·《自河南经乱，关内阻饥，兄弟离散，各在一处。因望月有感，聊书所怀，寄上浮梁大兄、于潜七兄、乌江十五兄，兼示符离及下邽弟妹》
人间一弟兄，父母半生平。
回首离别处，龙蹿不尽情。

218 东边日出西边雨，道是无晴却有晴
【出处】唐·刘禹锡·《竹枝词》
柳岸桃花半色荣，刘郎白马一群英。
东边日出云江雨，道是无情是有情。

219 东飞伯劳西飞燕，黄姑织女时相见
【出处】南朝·萧衍·《东飞伯劳歌》
牛郎织女望天河，日月阴晴草木多。

不见心中怜里闻，还听夜下玉姑歌。

220 东风不与周郎便，铜雀春深锁二乔
【出处】唐·杜牧·《赤壁》
春深锁二乔，白马问千娇。
自在江湖上，行云一念销。

221 东风染尽三千顷，白鹭飞来无处停
【出处】宋·虞似良·《横溪堂春晓》
横溪一半玉堂春，碧水千顷细雨津。
淡色寥寥云遮月，轻烟漠漠欲浥尘。

222 独立三边静，轻生一剑知
【出处】唐·刘长卿·《送李中丞之襄州》
云边一丈夫，天下半江湖。
去去来来客，何当诺有无。

223 独在异乡为异客，每逢佳节倍思亲
【出处】唐·王维·《九月九日忆山东兄弟》
绝句梦中一半生，思亲故里两三城。
千川流去归何处，九日乡游父母情。

224 独有宦游人，偏惊物候新
【出处】唐·杜审言·《和晋陵陆丞早春游望》
谁是客中人，当惊世外身。
阴晴多少夜，草木枯荣频。

225 独留巧思传千古，长与蒲津作胜游
【出处】唐·李商隐·《奉同诸公题河中任中丞新创河亭四韵之作》
二八芳情半似萍，三生草木已青青。
粗心小子阴晴去，谁取相思座右铭。

226 之二
蒲津八铁牛，夹岸万春秋。
巧具三郎客，浮梁一渡流。

227 之三
黄河古渡一皮舟，涌上天云半逐流。
白日依山留暮色，人行客路始知忧。

228 独坐池塘如虎踞，绿阴树下养精神
【出处】毛泽东·《七绝·咏蛙》
龙盘虎踞问春秋，石壁青山水白流。
夏尽荷红声先就，开言月下半君侯。

229 读书破万卷，下笔如有神
【出处】唐·杜甫·《奉赠韦左丞丈二十二韵》
半笔一千金，三生五寸心。
书中天下客，奉上苦人吟。

230 渡船满板霜如雪，印我青鞋第一痕
【出处】宋·杨万里·《庚子正月五日晓过大皋渡》
界外犬鸡闻，田中草木分。
人间良莠客，天下不知君。

231 渡头余落日，墟里上孤烟
【出处】唐·王维·《辋川闲居赠裴秀才迪》
斜阳任暮蝉，隅里满浮烟。
谷石闻流水，书生五柳前。

232 断墙著雨蜗成字，老屋无僧燕作家
【出处】宋·陈师道·《春怀示邻里》
里巷已三春，香云入半邻。
梅花初落色，红杏又惹人。

233 断无蜂蝶慕幽香，红衣脱尽芳心苦
【出处】宋·贺铸·《踏莎行》
红衣脱尽玉洁身，碧叶荷珠素色新。
带雨浮云流未止，余光返照醉来人。

234 对酒当歌，人生几何？譬如朝露，去日苦多
【出处】魏·曹操·《短歌行》
人前大小多，事后奈揣摩。
鼓瑟三生阔，川流半玉河。

235 之二
秋千不定一秋千，客舍荷花客舍船。
玉座多情情不语，芙蓉出水色初全。

236 多情却被无情恼
【出处】宋·苏轼·《蝶恋花·春景》
不恐自多情，惟闻夏鸟鸣。
过墙红杏色，第一作先声。

237 多情却似总无情，唯觉樽前笑不成
【出处】唐·杜牧·《赠别》
多情自是一心明，独见相思半客生。
只恐别离分不定，还闻苦待梦中鸣。

238 多情谁似南山月，特地暮云开
【出处】宋·陆游·《秋波媚》
月色半高台，悲歌一筑开。
西寻沧海路，东去大江来。

239 多情只有春庭月，犹为离人照落花
【出处】唐·张泌·《寄人》
何处牛郎织女家，离人小榭问天涯。
相思总被相思怨，一阵清风是落花。

240 多情自古伤离别，更那堪冷落清秋节
【出处】宋·柳永·《雨霖铃·秋别》
灞上离别一春秋，情中击筑半河流。
天山万里楼兰客，渭水千年去不休。

241 多少恨，昨夜梦魂中
【出处】南唐·李煜·《望江南》
何处问江南，深宫玉树含。
后庭花月夜，口外万千男。

242 多少泪珠无限恨！倚阑干
【出处】南唐·李煜·《摊破浣溪沙》
珠泪两行一恨生，三公十居半难鸣。
男儿十万无军力，玉树后庭已不声。

243 多少事，欲说还休
【出处】宋·李清照·《凤凰台上忆吹箫》
欲语还休欲不休，小河未尽大江流。
月来日去相思在，只有烟云上白头。

E

244 哦诗不睡月满船，清寒入骨我欲仙
【出处】宋·陆游·《舟中对月》
月满不行舟，风轻任自流。
江天连水色，玉影入三楼。

245 儿童相见不相识，笑问客从何处来
【出处】唐·贺知章·《回乡偶书》
一度春秋一度来，十年故里半无回。
何寻少小人踪客，只何深冬问腊梅。

246 尔曹身与名俱灭，不废江河万古流
【出处】唐·杜甫·《戏为六绝句之二》
谁问江河万古流，平生日月百年休。
楼兰雪色天山客，一世文章慰白头。

247 二句三年得，一吟双泪流
【出处】唐·贾岛·《题诗后》
甜来得意秋，苦尽泪花流。
落第文章在，声名何自由。

248 二十四桥明月夜，玉人何处教吹箫
【出处】唐·杜牧·《寄扬州韩判官》
一曲到扬州，三江入旧流。
玉人桥上问，何以待春秋。

249 二十四桥仍在，波心荡，冷月无声
【出处】宋·姜夔·《扬州慢》
冷月无声桂子成，深情故侣问精英。
江南处处书香远，良莠青青似谁生。

250 二月江南花满枝，他乡寒食远堪悲
【出处】唐·孟云卿·《寒食》
梅花一两枝，少女万千姿。
仔细香凝处，寒芳是素师。

251 二月卖新丝，五月粜新谷。医得眼前疮，剜去心头肉
【出处】唐·聂夷中·《咏田家》
日月半田冢，江山一虫麻。
农夫勤草木，士子著梅花。

F

252 象
人生五味中，天下四时风。
日月阴晴客，山河主客同。

253 翻手作云覆手为雨
【出处】唐·杜甫·《贫交行》
少小一枝花，风云半客家。
阴晴知日月，老大任天涯。

254 繁林乱萤照，村屋人语响
【出处】明·高攀龙·《夜景》
幽人半不眠，月色一心田。
宿鸟姑楼处，忽惊玉露悬。

255 芳草有情皆碍马，好云无处不遮楼
【出处】唐·罗隐·《绵谷回寄蔡氏昆仲》
浮云半入楼，芳草一心羞。
细雨倾斜下，和风尽意流。

256 芳树无人花自落，春山一路鸟空啼
【出处】唐·李华·《春行即兴》
花香鸟语半人肠，草碧山深一水光。
西转东流何曲曲，雨春木叶自扬扬。

257 飞流直下三千尺，疑是银河落九天
【出处】唐·李白·《望庐山瀑布》
银河落下九重天，直去人间换旧年。
谁问庐山真面目，风云激荡满千川。

258 分手脱相赠，平生一片心
【出处】唐·孟浩然·《送朱大》
一诺价千金，三生一寸心。
千人天地上，万树是森林。

259 风不定，人初静，明日落红应满径
【出处】宋·张先·《天仙子》
日落满天红，风摇半岭空。
虫鸣归旧间，晚照是西东。

260 风尘三尺剑，社稷一戎衣
【出处】唐·杜甫·《重经昭陵》
风雨半昭陵，霜林一玉冰。
人间无历数，天下有鲲鹏。

261 风吹柳花满店香，吴姬压酒唤客尝
【出处】唐·李白·《金陵酒肆留别》
吴人自向玉姬香，酒肆金陵曲舞娘。
月上秦淮相与问，荷花满院卸红妆。

262 风定小轩无落叶，青虫相对叶秋丝
【出处】宋·秦观·《秋日》
秋虫问楚辞，草木枯荣时。
落叶知天地，行人渡口迟。

263 风高浪快，万里骑蟾背。曾识姮娥真体态
【出处】宋·刘克庄·《清平乐·五月十五夜玩月》
寒宫玉兔行，桂子落无声。
天下千秋月，人间一枯荣。

264 风来花自舞，春人鸟能言
【出处】唐·宋之问·《春日芙蓉园侍宴应制》
日月枯荣源，山深草木萱。
风来花起舞，人在鸟无言。

265 风急天高猿啸哀，渚清沙白鸟飞回
【出处】唐·杜甫·《登高》
未尽人间一枯荣，江山社稷半无声。
无边落木萧萧下，有数英公不问名。

266 风暖鸟声碎，日高花影重
【出处】唐·杜荀鹤·《春宫怨》
月下一婵娟，宫中半玉妍。
芙蓉出水客，对镜自空年。

267 风流不在谈锋胜，袖手无言味最长
【出处】宋·黄昇·《鹧鸪天·张园作》
江山任风流，草木白九州。
袖手旁观客，无言对春秋。

268 风飘飘，雨潇潇，便做陈抟也睡不着
【出处】元·关汉卿·《大德歌》
风云洒洒雨潇潇，秋叶零零暮满潮。
少妇相思尤切切，归心未至又遥遥。

269 风萧萧兮易水寒，壮士一去兮不复还
【出处】战国·荆轲·《易水歌》

江山易水寒，壮士上云端。
探虎蛟宫里，呼天动地残。

270 风一更，雪一更，聒醉乡心梦不成，故园无此声
【出处】清·纳兰性德·《长相思》
相思入五更，乡梦悠三城。
落叶知何处，江流已自清。

271 风雨如晦，鸡鸣不已
【出处】《诗经·郑风·风雨》
鸡鸣不已情，如晦半平生。
异处江山客，同堂日月明。

272 风乍起，吹皱一池春水
【出处】五代·冯延巳·《谒金门·春闺》
春水不平波，东风乱杏河。
色香风雨后，碧玉自枉多。

273 蜂蝶纷纷过墙去，却疑春色在邻家
【出处】唐·王驾·《雨晴》
不疑春色在邻家，谁道东风柳自斜。
蜂蝶寻香来去客，杏花红遍素桃花。

274 烽火连三月，家书抵万金
【出处】唐·杜甫·《春望》
家书一万金，草木半寸心。
捉肘兄弟问，何人向古今。

275 逢人怕问前程驿，一水东航是马关
【出处】郁达夫·《佚题》（见王孝廉春帆依旧在）
江湖半马山，倭寇一明湾。
壮士家门外，条约日月关。

276 凤凰台上凤凰游，凤去台空江自流
【出处】唐·李白·《登金陵凤凰台》
梁家弟子一文章，晋代风云半存亡。
花草春秋心自治，吴宫日月度炎凉。

277 浮生恰似冰底水，日夜东流人不知
【出处】唐·杜牧·《汴河阻冻》
水下有深流，冰中不见浮。
朝堂三国士，玉佩一心忧。

278 浮云一别后，流水十年间
【出处】唐·韦应物·《淮上喜会梁州故人》
浮光一寸心，掠影半森林。
落叶知天地，乡思问古今。

279 浮云游子意，落日故人情
【出处】唐·李白·《送友人》
白石一平生，浮云半不名。
长安寻醒醉，李道夜郎城。

280 腹中书万卷，身外酒千杯
【出处】唐·杜牧·《送张判官归兼谒鄂州大夫》
仲秋已过见霜台，处士难鸣梦不回。
留取心中书万卷，何消俯仰去还来。

281 腹中贮书一万卷，不肯低头在草莽
【出处】唐·李颀·《送陈章甫》
文章一古今，天下万人心。
朝朝暮暮客，来来去去音。

282 富贵本无心，何事故乡轻别
【出处】宋·胡铨·《好事近》
富贵谁人心，文章问古今。
千年寻往事，万岁是知音。

283 富贵必从勤苦得，男儿须读五车书
【出处】唐·杜甫·《题白学士茅屋》
读入五车书，文出万卷余。
含辛茹苦去，达理知情居。

G

284 感时念父母，哀叹无穷已
【出处】汉·蔡琰·《悲愤诗》

人生有几时，父母未得知。
草木无心落，男儿悔日迟。

285 高山仰止，景行行止
【出处】《诗经·小雅·车辖》
高山仰俯景行扬，玉水沉浮日月光。
道道名名天下事，行行止止问沧桑。

286 高者未必贤，下者未必愚
【出处】唐·白居易·《涧底松》
贤愚草木平，老少欲何声。
行人不尽问，难言楚汉名。

287 阁中帝子今何在？槛外长江空自流
【出处】唐·王勃·《滕王阁诗》
古今日月一阴晴，草木春秋半枯荣。
阁外三江流不住，楼中一日九州鸣。

288 隔户杨柳弱袅袅，恰似十五女儿腰
【出处】唐·杜甫·《绝句漫兴》
隔户柳条条，袅婷碧影消。
三千春色住，十五女儿腰。

289 隔墙送过秋千影
【出处】宋·张先·《青门引》
影落待秋千，墙红送玉妍。
潇潇风雨后，阔阔上晴天。

290 个个诗家各筑坛，一家横割一江山
【出处】宋·杨万里·《和段季承左藏惠四绝句》
文章一半大江山，弟子三千小玉颜。
天下谁闻朝暮尽，心中何处玉门关。

291 亘古男儿一放翁
【出处】梁启超·《题放翁集》
诗词一意空，草木半心同。
日月三江水，沈园十寸风。

292 更无柳絮因风起，惟有葵花向日倾

【出处】宋·司马光·《初夏》

清明半雨声，夏至一云平。
柳岸分分绿，荷花艳色明。

293 之二

柳絮因风自不扬，百花不语是群芳。
三春烂漫草木色，万古人间日月妆。

294 更疑天路近，梦与白云游

【出处】唐·孙逖·《宿云门寺阁》

云门寺下一千灯，天路峰中一半僧。
禅语清清方近悟，烟花袅袅远香凝。

295 更愿郎为花底浪，无隔障，随风逐雨长来往

【出处】宋·欧阳修·《渔家傲》

一夜风云狂，三春草木荒。
情心随日月，儿女自衷肠。

296 功盖三分国，名成八阵图

【出处】唐·杜甫·《八阵图》

三分半蜀吴，魏晋一朝图。
谁问空城计，岐山日月呼。

297 功名本是无凭事，不及寒江日两潮

【出处】宋·陆游·《舟中感怀三绝句呈大傅相公兼简岳大用郎中》

钱塘八月潮，江湖万流消。
白水云中动，长天浪里摇。

298 功名富贵若长在，汉水亦应西北流

【出处】唐·李白·《江上吟》

功名一客荣，富贵半书生。
唯有耕耘者，禾粱筑汉城。

299 躬耕本是英雄事，老死南阳未必非

【出处】宋·陆游·《过野人家有感》

躬耕本自不英雄，日月光明世事空。
草木人间天下客，农夫社日祭苍穹。

300 公道世间唯白发，富人头上不曾饶

【出处】唐·杜牧·《送隐者一绝》

云中草木雨潇潇，天上阴晴路路遥。
白石三清山里客，禅房夜话一心桥。

301 宫女如花满春殿，只今惟有鹧鸪飞

【出处】唐·李白·《越中览古》

勾践夫差白越吴，西施范蠡馆娃孤。
英雄谁见江湖水，宫女如花锁旧都。

302 宫中多少如花女，不嫁单于君不知

【出处】清·刘献廷·《咏王昭君》

宫中半玉香，马上一君王。
回首惊皇帝，单于入洞房。

303 共在人间说天上，不知天上忆人间

【出处】明·边贡·《嫦娥》

何处人人间缺圆，谁家事事去残年。
寒宫月月嫦娥悔，旧梦绵绵日月天。

304 姑苏城外寒山寺，夜半钟声到客船

【出处】唐·张继·《枫桥夜泊》

枫桥夜泊半风情，月满姑苏一客城。
细语吴姬依旧里，寒山古寺有钟声。

305 孤村到晓犹灯火，知有人家夜读书

【出处】宋·晁冲之·《夜行》

书生夜读书，的士网寻鱼。
岁去心无问，年来自有余。

306 孤帆远影碧空尽，唯见长江天际流

【出处】唐·李白·《送孟浩然之广陵》

长江一客下扬州，黄鹤三镇间故楼。
芳草悠悠千古尽，晴川历历万家秋。

307 孤舟蓑笠翁，独钓寒江雪

【出处】唐·柳宗元·《江雪》

山雪厚无踪，晴川日月重。
光明争眼耀，素影似飞龙。

308 古调虽自爱，今人多不弹

【出处】唐·刘长卿·《听弹琴》

古调一人弹，人间半ןו寒。
知音凋日月，和曲在云端。

309 古来才命两相妨

【出处】唐·李商隐·《有感》

是是非非一是非，飞飞落落半天飞。
岁岁年年尽尽，君君子子子微微。

310 古来存老马，不必取长途

【出处】唐·杜甫·《江汉》

老马一长途，人生半不孤。
知音无事客，问路有书儒。

311 古来青史谁不见？今见功名胜古人

【出处】唐·岑参·《轮台歌奉送封大夫出师西征》

一士半功名，群英十地生。
轮台沙漠重，房塞问何兵。

312 古来圣贤皆寂寞，唯有饮者留其名

【出处】唐·李白·《将进酒》

醒醉酒仙名，当沧月不成。
夜郎多自大，天子不呼荣。

313 古木无人径，深山何处钟

【出处】唐·王维·《过香积寺》

日月半云峰，坛深一潜龙。
禅声香积寺，古木色千重。

314 故人何在？烟水茫茫

【出处】宋·柳永·《玉蝴蝶》

雨落云浮一半晴，山光水影两三荣。
东边树木西边草，上岸杨花下岸横。

315 故人具鸡黍，邀我至田家

【出处】唐·孟浩然·《过故人庄》

故里问田家，乡心待月华。
青山知草木，日月照春花。

316故乡今夜思千里，霜鬓明朝又一年
【出处】唐·高适·《除夜》
一日度双年，三心问半天。
思乡苍枯重，问路谁难眠。

317瓜田不纳履，李下不正冠
【出处】古乐府·《君子行》
李下正衣冠，瓜田纳履端。
当然君子客，方正上神坛。

318闺中少妇不知愁，春日凝妆上翠楼
【出处】唐·王昌龄·《闺怨》
半是浮云半是楼，两三日月两三秋。
何人不问何人去，少女自有少女愁。

319过尽千帆皆不是，斜晖脉脉水悠悠
【出处】唐·温庭筠·《梦江南》
书生一诺忘知愁，未解三思上九州。
不识青年情脉脉，空余故里水悠悠。

H

320海内存知己，天涯若比邻
【出处】唐·王勃·《送杜少府之任蜀州》
倾心一晋秦，落草半客身。
回首惊成就，儿女问比邻。

321海上生明月，天涯共此时
【出处】唐·张九龄·《望月怀远》
客客寄千词，心心月半枝。
年年遥望祝，夜夜却衣时。

322含情欲说独无处，传与琵琶心自知
【出处】宋·王安石·《明妃曲》
一半风声一半琴，两三草木两三林。
阴山白马阴山谷，欲语昭君欲语心。

323含情欲说宫中事，鹦鹉前头不敢言
【出处】唐·朱庆余·《宫词》
佳人自有心，欲止问音琴。
都是堂前客，知言厚古今。

324之二
一身正气一身轩，四壁书香四壁谖。
语后思量何语后，人前自应不多言。

325韩生画马真是马，苏子作诗如见画
【出处】宋·苏轼·《韩干马十四匹》
韩干画马图，写意见神苏。
八匹行声远，三边一日胡。

326寒波淡淡起，白鸟悠悠下
【出处】金·元好问·《颍亭留别》
玉兔多行止，寒光淡淡生。
桂子枯荣成，婵娟待月明。

327寒夜客来茶当酒
【出处】宋·杜耒·《寒夜》
腊月梅花自不同，寒冬雪野有香风。
心中有欲先春动，唤日群芳十里红。

328汉军已略地，四面楚歌声
【出处】秦·虞姬·《和项羽垓下歌》
垓下舞歌声，军中项羽鸣。
江东多子弟，楚汉女姬情。

329汉文有道恩犹薄
【出处】唐·刘长卿·《长沙过贾谊宅》
一客过长沙，三生问御家。
深宫神鬼梦，不见帝王花。

330好峰随处改，幽径独行迷
【出处】宋·梅尧臣·《鲁山山行》
欲去问高低，来寻见鲁齐。
人生尧舜禹，世见鸟还啼。

331好鸟枝头亦朋友，落花水面皆文章
【出处】元·翁森·《四时读书乐》
碧玉满枝头，东风半水洲。
草树云雨里，日月五湖舟。
小榭文章客，中堂御驾求。
心中安社稷，天下一春秋。

332好水好山看不足，马蹄催趁月明归
【出处】宋·岳飞·《池州翠微亭》
一马踏池州，三秋玉水流。
何人寻御路，谁事问王侯。

333好雨知时节，当春乃发生
【出处】唐·杜甫·《春夜喜雨》
云中好雨生，天下半阴晴。
草木知时劲，人心问成城。

334好竹连山觉笋香
【出处】宋·苏轼·《初到黄州》
细雨满黄州，和风半白头。
荒塘荷照旧，逐客向何忧。

335浩歌一曲酒千樽。男儿行处是，未要论穷通
【出处】金·元好问·《临江仙》
天下老英雄，人间少儿空。
江山云水色，何处不归鸣。

336和羞走，倚门回首，却把青梅嗅
【出处】宋·李清照·《点绛唇》
回首一身羞，含情半任由。
隔帘花影动，自是有心留。

337荷风送香气，竹露滴清响
【出处】唐·孟浩然·《夏日南亭怀辛大》
荷风阵阵香，夏雨夕朝凉。
露水夫妻月，珍珠不自藏。

338荷笠带夕阳，青山独归远
【出处】唐·刘长卿·《送灵澈上人》
林深一夕阳，寺古半钟苍。
暮晚留僧客，清流送古芳。

339何处合成愁？离人心上秋
【出处】宋·吴文英·《唐多令》
江南一半花，行岸两三家。

少女溪前浣，清风铙细沙。

340何处是归程？长亭更短亭
【出处】唐·李白·《菩萨蛮·闺情》
短亭五里是长亭，泾渭分明自渭泾。
驿路崎岖寻驿路，是非不尽是非铭。

341何当共剪西窗烛，却话巴山夜雨时
【出处】唐·李商隐·《夜雨寄北》
巴山夜雨满秋枝，点点滴滴不尽时。
总见孤灯孤影照，人生百岁玉姿变。

342何方化作身千亿，一树梅花一放翁
【出处】宋·陆游·《七十八岁梅花诗》
老树梅花老放翁，万年日月万年同。
寒心腊月寒心动，一路寻香一路逢。

343何日归家洗客袍
【出处】宋·蒋捷·《一剪梅》
终日思乡洗客袍，一情更比一情高。
少年只道声名去，不尽儒林半把刀。

344何事春风容不得？和莺吹折数枝花
【出处】宋·王禹偁·《春居杂兴》
一树繁枝一树花，半天云雨半客家。
人心中在人心上，不自倾伤不自斜。

345何须论得丧。才子词人，自是白衣卿相
【出处】宋·柳永·《鹤冲天》
留下一文章，人中半柳杨。
阴晴月缺客，日月是情肠。

346何物最关情？黄鹂三两声
【出处】宋·王安石·《菩萨蛮》
日月最关情，相呼草木声。
春风随处去，朝夕满光荣。

347鹤闲临水久，蜂懒采花疏
【出处】宋·林逋·《小隐自题》
湖山柳岸光，西子色倾肠。

月下寻梅鹤，人前逐淑香。

348黑云翻墨未遮山，白雨跳珠乱入船
【出处】宋·苏轼·《望湖楼醉书》
西湖楼外水连天，白雨跳珠入客船。
小白小青知借伞，留心云色柳杨边。

349黑云压城城欲摧，甲光向日金鳞开
【出处】唐·李贺·《雁门太守行》
沙尘风暴雁门关，铁马金戈帝御颜。
塞外霜凝寒不住，帐中谁见将军还。

350恨君不似江楼月，南北东西
【出处】宋·吕本中·《采桑子》
知君只似一江流，不废东西半去留。
月色如今多入水，人心依旧满空楼。

351恨如芳草，萋萋刬尽还生
【出处】唐·李贺·《雁门太守行》
碧色连天碧色芳，水流逐日水流长。
空梦相思空梦守，草木人心草木荒。

352横眉冷对千夫指，俯首甘为孺子牛
【出处】鲁迅·《自嘲》
一年冬夏一春秋，半水东半水流。
唯有人生朝夕力，相闻世上马羊中。

353红豆生南国，春来发几枝
【出处】唐·王维·《相思》
一物最相思，三生半不知。
无心寻日月，只恐醒来迟。

354红酥手，黄縢酒，满城春色宫墙柳
【出处】宋·陆游·《钗头凤》
春光入沈园，半壁待长天。
隔岸寻杨柳，随风逆水船。

355红杏枝头春意闹
【出处】宋·宋祁·《玉楼春》
东风半入玉楼春，草木三光问去人。
香气浮生墙外杏，初红胜似落花尘。

356红颜弃轩冕，白首卧松云
【出处】唐·李白·《赠孟浩然》
何意属南山，明皇问客颜。
洞庭波撼岳，古月御门关。

357红颜胜人多薄命，莫怨春风当自嗟
【出处】宋·欧阳修·《再和明妃曲》
塞北一明妃，深宫半是非。
皇王知画恨，马上作春闱。

358红颜未老恩先断，斜倚熏笼坐到明
【出处】唐·白居易·《后宫词》
夕照后宫深，孤灯问玉心。
红颜先怯色，双目不成林。

359红烛自怜无好计，夜寒空替人垂泪
【出处】宋·晏几道·《蝶恋花》
宫中一片云，月下半寻君。
竟是孤身客，空怜却紫裙。

360红军不怕远征难，万水千山只等闲
【出处】毛泽东·《七律·长征》
万水千山一缘天，三秋景色赋华年。
人心只在江山上，事业还会智慧全。

361鸿雁不堪愁里听，云山况是客中过
【出处】唐·李颀·《送魏万之京》
人生岁月有蹉跎，枉自阴晴枉自歌。
谁闻草木江湖上，何似人间种稻禾。

362侯门一入深如海，从此萧郎是路人
【出处】唐·崔郊·《赠婢》
萧郎半路人，草木一年春。
竟是文章客，人情化教尘。

363后宫佳丽三千人，三千宠爱在一身
【出处】唐·白居易·《长恨歌》
一暖海棠汤，三郎醉帝王。

芙蓉出水色，不必却红妆。

364 忽见陌头杨柳色，悔教夫婿觅封侯
【出处】唐·王昌龄·《闺怨》
少小觅封侯，中年不问秋。
老来知世界，留取一心忧。

365 忽闻河东狮子吼，拄杖落手心茫然
【出处】宋·苏轼·《寄吴德仁兼简季常》
惊闻一笑五千年，不入三生半地天。
有力山河知抗鼎，无言柱杖已音禅。

366 忽与一筋酒，日夕欢相持
【出处】晋·陶渊明·《饮酒》
五柳一田园，三生半地天。
人中知自己，舍下向前川。

367 胡未灭，鬓先秋，泪空流
【出处】宋·陆游·《诉衷情》
西风一日满梁州，壮志三忧半未酬。
取意楼兰千妇问，留心分付九州头。

368 花非花，雾非雾
【出处】唐·白居易·《花非花》
花非花里雾非花，月色情肠月色家。
歌尽难言歌尽处，美人只恐影孤斜。

369 花近高楼伤客心，万方多难此登临
【出处】唐·杜甫·《登楼》
蜀思不乐一东流，落叶十年万古秋。
纵有三分相不语，空城谁计付江楼。

370 花径不曾缘客扫，蓬门今始为君开
【出处】唐·杜甫·《客至·喜崔明府相过》
天下一心知，人间半语迟。
春风分早晚，只待客家时。

371 花气袭人知骤暖，鹊声穿树喜新晴
【出处】宋·陆游·《村居书喜》
春芳顺水流，细雨遇心休。
酒肆吴姬语，扬花竟自由。

372 花无人戴，酒无人劝，醉也无人管
【出处】宋·黄公绍·《青玉案》
社日停封线不行，飞燕落户客还惊。
无心岁月无心去，寂寞乡思寂寞城。

373 花自飘零水自流，一种相思，两处闲愁
【出处】宋·李清照·《一剪梅》
心中一剪梅，月下半春回。
暗自香扉入，袭人独可催。

374 淮南皓月冷千山，冥冥归去无人管
【出处】宋·姜夔·《踏莎行》（自沔东来，丁未元日至金陵江上，感梦而作）
金陵一枯荣，下里阴阳晴。
华胥分明客，春淮已不声。

375 还君明珠双泪垂，恨不相逢未嫁时
【出处】唐·张籍·《节妇吟》
一世半文明，三生两界荣。
相逢牛亦向，故怯柳杨城。

376 还卿一钵无情泪，恨不相逢未剃时
【出处】苏曼殊·《本事诗》
寺外半花卿，心中一弟兄。
无缘天地上，有意客家英。

377 换我心，为你心，始知相忆深
【出处】五代·顾敻·《诉衷情》
一味诉衷情，三春问枯荣。
人心随日月，客舍守流明。

378 荒城临古渡，落日满秋山
【出处】唐·王维·《归嵩山作》
南山一玉冠，白马半心宽。
渡口寻杨柳，禅房待日观。

379 黄鹤一去不复返，白云千载空悠悠
【出处】唐·崔颢·《黄鹤楼》
黄鹤楼头一鹤飞，琴台曲外两江晖。
晴川万里黄云重，鹦鹉千金细雨霏。

380 黄昏风雨打园林，残菊飘零满地金
【出处】宋·王安石·《残菊》
琼花落尽满衣襟，郁达芳香一半心。
楼下笛声无世界，桥中日月有音琴。

381 黄菊枝头生晓寒，人生莫放酒杯干
【出处】宋·黄庭坚·《鹧鸪天》
黄菊千金叶半寒，红枫万树木三丹。
黄昏夕照层林晚，醒醉南山戴玉冠。

382 黄梅时节家家雨，青草池塘处处蛙
【出处】宋·赵师秀·《约客》
故国河山一客家，中华儿女半天涯。
江南处处黄梅雨，塞北时时白雪花。

383 黄沙百战穿金甲，不破楼兰终不还
【出处】唐·王昌龄·《从军行（其四）》
直上楼兰踏雪山，沙中月色玉门关。
凉州日冷寒风切，只向昆仑去不还。

384 回眸一笑百媚生，六宫粉黛无颜色
【出处】唐·白居易·《长恨歌》
潼关日暖一汤泉，马嵬山寒半月弦。
故事宫中云雨后，清平乐里玉人眠。

385 回首夕阳红尽处，应是长安
【出处】宋·张舜民·《卖花声》
一半卖花声，三千弟子行。
长安知岁月，洛下问年成。

386 回首向来萧瑟处，归去，也无风雨也无晴
【出处】宋·苏轼·《定风波》
半边云雨半边晴，两岸江河两岸声。
渡口船横知渡口，平生客坐是平生。

387 会当凌绝顶，一览众山小
【出处】唐·杜甫·《望岳》
万里一泰山，千书半御颜。
玄宗三品客，相府两朝班。

388 会挽雕弓如满月，西北望，射天狼
【出处】宋·苏轼·《江城子·密州出猎》

月满射天狼，雕弓问四方。
平生回首向，法国赴冯唐。

J

389鸡声茅店月，人迹板桥霜
【出处】唐·温庭筠·《商山早行》
月落满桥霜，清晨半驿墙。
方明茅店草，恐误客家乡。

390即今河畔冰开日，正是长安花落时
【出处】唐·张敬忠·《边词》
未晚东风二月时，初明玉色一春枝。
黄河九曲冰消落，汴水千流柳丝。

391疾风知劲草，板荡识诚臣
【出处】唐·李世民·《赋萧瑀》
阁上一贤臣，人中半去身。
兴亡多少客，生死几秋春。

392及时当勉励，岁月不待人
【出处】晋·陶渊明·《杂诗》
人生一客根，岁月半黄昏。
草木知云雨，牛羊入故村。

393几次细思量，情愿相思苦
【出处】胡适·《生查子》
相思自苦心，日月满衣襟。
去客江湖浅，伊人细愿深。

394几时杯重把，昨夜月同行
【出处】唐·杜甫·《奉济驿重送严公四韵》
但与月同行，扬鸣一两声。
三春花百色，九夏碧荷城。

395记得绿罗裙，处处怜芳草
【出处】五代·牛希济·《生查子》
姗姗芳草绿罗裙，处处莺鸣问客君。
落落婷婷人何怨，年年夜夜不离分。

396寂寂江山摇落处，怜君何事到天涯
【出处】唐·刘长卿·《长沙过贾谊宅》
楚客长沙一客家，文章故里半天涯。
无言劝勉三千子，只恐宫庭日半斜。

397佳人犹唱醉翁词，四十三年如电抹
【出处】宋·苏轼·《木兰花令》（次欧公西湖韵）
谁唱醉翁词，江南草木知。
空余山水客，最是佳人时。

398架裟未著愁多事，着了架裟事更多
【出处】宋·杨万里·《送德轮行者》
消愁入客僧，苦日对孤灯。
草木无心欲，还长有意兴。

399家家扶得醉人归
【出处】唐·张演·《社日村居》（一作王驾诗）
社日无针不用丝，东风醉客有春时。
鹅湖水色知儿女，影里含羞展云姿。

400家散万金酬士死，身留一剑答君恩
【出处】唐·刘长卿·《献淮宁军节度使李相公》
淮宁节度使相公，三十登坛众所同。
老将渔阳酬士死，残躯何意屠空空。

401家在万重云外，心事付横笛
【出处】宋·陆游·《好事近》
家家户户自耕耘，暮暮朝朝向雨云。
去去来来非过客，天天地地是人君。

402家住苍烟落照间，丝毫尘事不相关
【出处】宋·陆游·《好事近》
一客半沧桑，三生两故乡。
幽燕年少去，日暮老来肠。

403嫁得浮云婿，相随即是家
【出处】唐·元稹·《赠柔之》
浮云一半家，细雨两三花。
结伴引乡里，相随种豆瓜。

404嫁与春风不用媒
【出处】唐·李贺·《南园十三首》
一半东风一半媒，两三岁月两三催。
相思夜夜相思重，日暮芳心日暮梅。

405稼穑艰难总不知，五帝三皇是何物
【出处】五代·贯休·《少年行》
三皇五帝意何求，万代千秋半九州。
稼穑艰难多少代，军兵指战无休。

406检书烧烛短，看剑引杯长
【出处】唐·杜甫·《夜宴左氏庄》
意气一扬长，居心半四方。
杯弓蛇影在，多事上中堂。

407拣尽寒枝不肯栖，寂寞沙洲冷
【出处】宋·苏轼·《卜算子》
问遍文章一曲肠，人行日月半客伤。
还闻草木庭前月，尤见唐家贺知章。

408剪不断，理还乱，是离愁，别是一番滋味在心头
【出处】五代·李煜·《相见欢》
相思滋味在心头，天下兴亡一水流。
醉在金陵阶下客，江山去尽谁人忧。

409江春不肯留归客，草色青青送马蹄
【出处】唐·刘长卿·《送李判官之润州行营》
一将半行营，三军两令生。
金乌知楚汉，壮士目名荣。

410江东子弟多才俊，卷土重来未可知
【出处】唐·杜牧·《题乌江亭》
尤唱大江东，乌江一世雄。
兴亡闻楚汉，曲尽小桃红。

411之二
卷土重来济世雄，乌雎独立人大江东。
男儿有志何成败，楚汉难分谁始终。

412江流石不转，遗恨失吞吴
【出处】唐·杜甫·《八阵图》
江流八阵图，石立一东吴。
谁道空城计，三分半晋天。

413江流天地外，山色有无中
【出处】唐·王维·《汉江临眺》

三城半汉江，一楚两人邦。
问醉高山客，知音入雨窗。

414 江南可采莲，莲叶何田田
【出处】汉·民歌·《江南》
君心不采莲，碧叶有阴悬。
玉茎游鱼戏，芙蓉约色田。

415 江南无所有，聊赠一枝春
【出处】南北朝·陆凯·《赠范晔》
五湖半色新，九脉一行人。
塞北还逢雪，江南军入春。

416 江畔何人初见月，江月何年初照人
【出处】唐·张若虚·《春江花月夜》
何处三春有月明，江流岁岁共潮生。
江花澎湃寻天地，恰似人间一枯荣。

417 江山代有人才出，各领风骚数百年
【出处】清·赵翼·《论诗》
三江流水万千川，一代英雄五百年。
九脉波涛归大海，半灯灯火照桑田。

418 江山留胜迹，我辈复登临
【出处】唐·孟浩然·《与诸子登岘山》
鱼梁落见山，胜似问天颜。
梦泽归心去，骚文十八弯。

419 江山情重美人轻
【出处】清·袁枚·《明皇与贵妃》
留下梨园复归盟，海棠汤暖有人情。
骊山脚下冢妃冷，太上皇宫七夕成。

420 江山也要伟人扶
【出处】清·袁枚·《谒岳王墓》其七
西湖北岸一臣忠，社稷临安半枯虫。
唯有清风来又去，江山历史敦还终。

421 江上柳如烟，雁飞残月天
【出处】唐·温庭筠·《菩萨蛮》
江流不尽江楼酒，人间进退应回首。
一岁一春秋，千波千客舟。
衡阳青海柳，南北鸿鹄友。

字口去来游，飞口朝暮求。

422 江水三千里，家书十五行
【出处】明·袁凯·《京师得家书》
甲子万心田，年青一意光。
江流千里去，孤雁半盘旋。

423 江头未是风波恶，别有人间行路难
【出处】宋·辛弃疾·《鹧鸪天·送人》
云来雨去一青山，水落天空半旧颜。
唯有前程行足下，何须复向玉门关。

424 江州司马青衫湿
【出处】唐·白居易·《琵琶行》
江州司马湿青衫，涨落西湖竹蒐函。
留下人间来念念，何须洛下有人谗。

425 接天莲叶无穷碧，映日荷花别样红
【出处】宋·杨万里·《晓出净慈寺送林子方》
处处江山别样风，年年岁月不相同。
荷花老著新莲子，腊月寒冬玉影生。

426 借问酒家何处有，牧童遥指杏花村
【出处】唐·杜牧·《清明》
墙外杏花红，心中一半空。
儿童多少梦，入夜作飞鸿。

427 今年花落颜色改，明年花开复谁在
【出处】唐·刘希夷·《代悲白头翁》
一年不似一年红，九脉江流九脉风。
梁上乳燕鸣不止，烟中花色雨濛濛。

428 今年花胜去年红，可惜明年花更好，知与谁同
【出处】宋·欧阳修·《浪淘沙》
万里浪淘沙，千年二月花。
楼兰年少诺，此去不还家。

429 今年花似去年好，去年人到今年老
【出处】唐·岑参·《韦员外家花树歌》
老者一家翁，梅花半落空。
余香年岁在，何必一西东。

430 今人不见古时月，今月曾经照古人
【出处】唐·李白·《把酒问月》
万里月光明，千年梦不生。
何人今古问，唯有是心情。

431 今夕为何夕？他乡说故乡
【出处】明·袁凯·《客中除夕》
老去问爹娘，何时返故乡。
如今儿女客，复见苦炎凉。

432 今宵酒醒何处？杨柳岸，晓风残月
【出处】宋·柳永·《雨霖铃》
寒蝉一处鸣，落叶半风清。
暮色飞天外，何人雨后情。

433 今宵剩把银釭照，犹恐相逢是梦中
【出处】宋·晏几道·《鹧鸪天》
不似相逢是梦中，无心岁月有心同。
红颜醒醉红颜在，知己还闻夕照红。

434 今夜不知何处宿，平沙万里绝人烟
【出处】唐·岑参·《碛中作》
荒沙一片蜃楼重，景色三阳海市踪。
白马行程千万里，雄心壮志两三逢。

435 今夜鄜州月，闺中只独看
【出处】唐·杜甫·《月夜》
月夜有相思，牛郎织女知。
天河多少望，七夕是何时。

436 今夜月明人尽望，不知秋思落谁家
【出处】唐·王建·《十五夜望月》
一半秋思一半家，两三日月两三斜。
千山万川千山草，二月梅香二月花。

437 今朝一岁大家添，不是人间偏我老
【出处】宋·陆游·《木兰花·立春日作》
东风一日春，草木半新人。
柳下寻青客，梅中问志身。

438 今朝有酒今朝醉，明日愁来明日愁
【出处】唐·罗隐·《自遣》

东西万水一江流，南北十山半入秋。
醒醉人中情落落，沉浮船上客悠悠。

439 今又重阳，战地黄花分外香
【出处】毛泽东·《采桑子·重阳》
岁岁一重阳，年年半枯黄。
明明晴照久，累累果实扬。

440 今日长缨在手，何时缚住苍龙
【出处】毛泽东·《清平乐·六盘山》
长城尽处一苍龙，汴水姑苏半芙蓉。
天下英雄成败后，千年不到已无踪。

441 金猴奋起千钧棒，玉宇澄清万里埃
【出处】毛泽东·《七律·和郭沫若同志》
湘江两客忧，宝玉半红楼。
云中三国志，雾里一西游。

442 金风玉露一相逢，便胜却人间无数
【出处】宋·秦观·《鹊桥仙》
柔情似水几春秋，弄巧纤云数度盖。
万露风情传怨恨，相思月半满心头。

443 尽日问花花不语，为谁零落为谁开
【出处】唐·严恽·《落花》
儿女多情酒一杯，花前月色梦三回。
春风不语花开落，留取香风夜不催。

444 尽挹西江，细斟北斗，万象为宾客
【出处】宋·张孝祥·《念奴娇·过洞庭》
天下一洞庭，人间半渭泾。
两仪分八卦，四象易三星。

445 近水楼台先得月，向阳花木早逢春
【出处】宋·俞文豹·《清夜录》
东风草木自逢春，日月河山向故亲。
不见江流船上月，还闻人后一言珍。

446 近乡情更怯，不敢问来人
【出处】唐·李频·《渡汉江》
知音渡汉江，夜雨问寒窗。
落叶听还住，离君怯见双。

447 经年不见君王面，花落黄昏空掩门
【出处】唐·刘氏媛·《相和歌辞·长门怨》
阔殿半长门，深宫一夕昏。
为为衣去尽，怯怯待天恩。

448 镜里朱颜都变尽，只有丹心难灭
【出处】宋·文天祥·《酹江月·和友(驿中言别)》
天下一乾坤，人间半怨恩。
蛟龙池木隔，草木日黄昏。

449 酒是治愁药，书为引睡媒
【出处】宋·陆游·《晚步舍北归》
书生百回忧，燕子半江楼。
薄酒千杯醉，功名一白头。

450 久在樊笼里，复得返自然
【出处】晋·陶渊明·《归园田居》
人生问自然，过客到天边。
口里人知坐，心中日月圆。

451 九万里风鹏正举。风休住，蓬舟吹取三山去
【出处】宋·李清照·《渔家傲》
殷勤不问水东流，岁月蹉跎落叶秋。
一客君心相慰籍，千帆竞去自扬舟。

452 九州生气恃风雷，万马齐喑究可哀
【出处】清·龚自珍·《已亥杂诗》
书生问九州，天地待千流。
秦汉南朝外，三边谁定修。

453 旧时王谢堂前燕，飞入寻常百姓家
【出处】唐·刘禹锡·《乌衣巷》
石头城外一江流，王谢堂前半九州。
谁问金陵杨柳巷，秦淮渡口有人愁。

454 旧书不厌百回读，熟读深思子自知
【出处】宋·苏轼·《送安惇秀才失解西归》
不厌半诗书，经心一客居。
常开云起落，不锁万人舒。

455 旧游无处不堪寻，无寻处、惟有少年心
【出处】宋·章良能·《小重山》
只见少年心，寻来两木林。
花明杨柳色，芍药有春阴。

456 居高声自远，非是藉秋风
【出处】唐·虞世南·《蝉》
处处一蝉声，年年不断鸣。
沉浮云雨后，上下许阴晴。

457 举杯邀明月，对影成三人
【出处】唐·李白·《月下独酌》
对影成三人，寒宫问一身。
婵娟心上语，醒醉可相亲。

458 举头红日近，回首白云低
【出处】宋·寇准·《咏华山》
身边一日红，脚下半清风。
壁立泰山石，云低是大同。

459 举秀才，不知书，察孝廉，父别居
【出处】东汉·无名氏·《乐府诗集》
人间半巷间，天下两樵渔。
落叶三秋尽，飞云一卷舒。

460 捐躯赴国难，视死忽如归
【出处】三国·魏·《白马篇》
白马饰金鞍，英雄仰音观。
江山何草木，不似问云端。

461 卷土重来未可知，江山亦要伟人持
【出处】清·丘逢甲·《离台诗》
一诺男儿一诺听，大江东去人江涛。
河山社稷今还在，卷土重来犹可知。

462 觉来知是梦，不胜悲
【出处】唐·韦庄·《女冠子》
十里满桃花，三江一水涯。
东风千色艳，碧玉半人家。

463 君记取封侯事在，功名不信由天
【出处】宋·陆游·《汉宫春》

难作一功名，封侯百媚生。
君王何指示，日月半无明。

464君今在罗网，何以有羽翼
【出处】唐·杜甫·《梦李白》
白石一山东，蝉音半不同。
高堂都是客，草木见飞鸿。

465君看一叶舟，出没风波里
【出处】宋·范仲淹·《江上渔者》
风波一叶舟，烟雨半江楼。
何处知天下，西湖水不流。

466君能洗尽世间念，何处楼台无月明
【出处】宋·陆游·《排闷》
江边一笛声，曲尽两人情。
越语姑苏客，留心半月明。

467君问归期未有期，巴山夜雨涨秋池
【出处】唐·李商隐·《夜雨寄》
巴山夜雨迟，蜀客枯荣枝。
洛下分泾渭，京中觅小诗。

468君自故乡来，应知故乡事
【出处】唐·王维·《杂诗》
何处问乡情，天涯一两声。
落叶悠扬下，归心不见明。

K

469开轩面场圃，把酒话桑麻
【出处】唐·孟浩然·《过故人庄》
一国半桑麻，三春二月花。
君民知土地，政俗待人家。

470堪笑翰林陶学士，年年依样画葫芦
【出处】宋·陶穀·《书玉堂之壁》
李白朝中一翰林，知章天下半诗心。
房谋杜断江山客，文水媚娘李武音。

471看尽人间兴废事，不曾富贵不曾穷
【出处】宋·陆游·《一壶歌》
酒尽一壶歌，兴来半曲多。
花繁明不久，叶碧影婆娑。

472看似寻常最奇崛，成如容易却艰辛
【出处】宋·王安石·《题张司业诗》
形成容易败无难，看似寻常作是繁。
处处机缘随所在，等闲成败便心宽。

473可堪孤馆闭春寒，杜鹃声里斜阳暮
【出处】宋·秦观·《踏莎行·郴州旅舍》
月上楼台曲半寒，人中乱客足千观。
桃源处处寻来去，渡口沧沧尺素澜。

474可怜荒垄穷泉骨，曾有惊天动地文
【出处】唐·白居易·《李白墓》
当涂李白一江边，捞其难成酒可缘。
天子呼来文章客，谁问夜郎一日眠。

475可怜九月初三夜，露似真珠月似弓
【出处】唐·白居易·《暮江吟》
匈奴月似弓，碧草马时雄。
一半飞刀客，三千子弟风。

476可怜身上衣正单，心忧炭贱愿天寒
【出处】唐·白居易·《卖炭翁》
烧炭在南山，京城奉玉颜。
同时儿女嫁，何以客门关。

477可怜剃头者，人亦剃其头
【出处】明·雪庵·《剃头诗》
草草春心半白头，家家碧玉一知羞。
忽闻柳岸江流水，渡口空留不渡舟。

478可怜无定河边骨，犹是春闺梦里人
【出处】唐·陈陶·《陇西行》
幽州永定河，易水赵燕歌。
不渡桑干客，还闻故事多。

479可怜新月为谁好，无数晚山相对愁
【出处】宋·王安石·《北望》
柳入石头城，春来草木声。
青楼终月夜，过客误灯明。

480可怜夜半虚前席，不问苍生问鬼神
【出处】唐·李商隐·《贾生》
深宫问贾生，过客楚辞成。
一梦惊神鬼，长沙故客情。

481客舍似家家似寄
【出处】宋·刘克庄·《玉楼春·戏呈林节推乡兄》
客舍如家客客家，夕阳不守夕阳斜。
长安处处长安士，月月风流月月花。

482坑灰未冷山东乱，刘项元来不读书
【出处】唐·章碣·《焚书坑》
秦皇留下一书坑，楚汉相争半不平。
刘项何言何自立，江山谁问谁精英。

483空山不见人，但闻人语响
【出处】唐·王维·《鹿柴》
山深不见人，宿鸟有相亲。
松子惊明月，清泉可作邻。

484空山松子落，幽人应未眠
【出处】唐·韦应物·《秋夜寄邱员外》
色月灯前坐，风流入长天。
幽人故旧缘，客叹半不眠。

485空山新雨后，天气晚来秋
【出处】唐·王维·《山居秋暝》
白石向山居，禅房帝业虚。
梁朝多佛道，谁意慕樵渔。

486空有姑苏台上月，如西子镜，照空城
【出处】五代·欧阳炯·《江城子》
月上馆娃宫，风流玉色红。
吴王寻汉汉，回首已空空。

487苦恨年年压金线，为他人作嫁衣裳
【出处】唐·秦韬玉·《贫女》
谁作嫁衣裳，风流付暗香。
共怜时世介，月下有红娘。

第十三卷 诗词曲赋文章

488 狂歌走马遍天涯
【出处】苏曼殊·《憩平原别邸赠玄玄》
一半寒梅未落花，三千弟子不回家。
春秋战国纵横论，不可空谈日月斜。

L

489 来如雷霆收震怒，罢如江海凝清光
【出处】唐·杜甫·《观公孙大娘弟子舞剑器行并序》
凝光已入帝王家，去世还来弟子花。
不见公孙娘旧舞，已去玄宗日夕斜。

490 懒起画蛾眉，弄妆梳洗迟
【出处】唐·温庭筠·《菩萨蛮》
春风一懒迟，芳草半无知。
借故香腮雪，梅花展玉姿。

491 郎今欲渡缘何事，如此风波不可行
【出处】唐·李白·《横江词》
渡口一条船，横江两岸天。
风波多不定，欲问是何缘。

492 郎骑竹马来，绕床弄青梅。同居长干里，两小无嫌猜
【出处】唐·李白·《长干行》
远望一青梅，居香半未开。
三郎骑竹马，两小不疑猜。

493 郎意浓，妾意浓。油壁车轻郎马骢，相逢九里松
【出处】宋·康与之·《长相思·游西湖》
南南北北两高峰，石石泉泉一客松。
小白断桥曾借伞，西湖云雨醉芙蓉。

494 老病逢春只思睡，独求僧榻寄须臾
【出处】宋·苏轼·《瑞鹧鸪》
居心一寺求，月色半无休。
何以惊人处，禅房处处幽。

495 老夫聊发少年狂，左牵黄，右擎苍
【出处】宋·苏轼·《江城子》
一诺少年狂，三生竟曲肠。

孙郎封赤壁，司马老夫扬。

496 老骥伏枥，志在千里；烈士暮年，壮心不已
【出处】魏·曹操·《龟虽寿》
老骥一伏缘，神龟半永年。
千人知暮壮，万里自长天。

497 老树著花无丑枝
【出处】宋·梅尧臣·《东溪》
老树新花不丑枝，南溪北岸渡无时。
船平柳岸风波定，着地随缘读古诗。

498 老子犹堪绝大漠，诸君何至泣新亭
【出处】宋·陆游·《夜泊水村》
夜泊水村亭，烟笼草木汀。
人心多不定，客舍寄何铭。

499 泪弹不尽临窗滴，就砚旋研墨
【出处】宋·晏几道·《思远人》
只见暮云归，门前燕子飞。
川流千万曲，子弟向春晖。

500 泪眼问花花不语，乱红飞过秋千去
【出处】宋·欧阳修·《蝶恋花》
杏色染秋千，香红过旧年。
春风无力止，不住隔墙缘。

501 离恨恰如春草，更行更远还生
【出处】五代·李煜·《清平乐》
乍暖春风一草生，还寒云雨半无情。
无凭音信孤家雁，故国何期落叶声。

502 离家日趋远，衣带日趋缓
【出处】汉·无名氏·《古歌》
自古一乡愁，如今半九州。
爷娘知是客，复复去还留。

503 梨花院落溶溶月，柳絮池塘淡淡风
【出处】宋·晏殊·《寓意》
天下一清风，人间半大同。
金钱多少锈，尽在有无中。

504 李杜文章在，光焰万丈长
【出处】唐·韩愈·《调张籍》
天下一文章，人中半短长。
无非争上下，何必自牵强。

505 力拔山兮气盖世
【出处】秦·项羽·《垓下歌》
帐下一虞姬，军中半楚辞。
江东男儿在，不恐未来时。

506 立锥莫笑无余地，万里江山笔下生
【出处】明·唐寅·《无题或绝句》
今古诗词第一名，文章字里万千声。
康城新巷风云落，老树新根自枯荣。

507 帘卷西风，人比黄花瘦
【出处】宋·李清照·《醉花阴》
芳草醉花阴，诗词一古今。
香风袭玉枕，不似女人心。

508 两岸青山相对出，孤帆一片日边来
【出处】唐·李白·《望天门山》
叶落一江楼，波平半月秋。
天门山外客，蜀楚水争流。

509 两岸青山相对迎，争忍有离情
【出处】宋·林逋·《长相思》
鹤舞半西湖，梅妻一味孤。
相思何处处，叶脉露珠珠。

510 两岸猿声啼不住，轻舟已过万重山
【出处】唐·李白·《早发白帝城》
风云白帝城，思蜀乐无轻。
枉谁刘禅知，江流月不明。

511 两个黄鹂鸣翠柳，一行白鹭上青天
【出处】唐·杜甫·《绝句》
一半东吴一半船，万千岁月万千年。
东流只向东流去，塞外长城塞北乾。

512 两情若是久长时，又岂在朝朝暮暮
【出处】宋·秦观·《鹊桥仙》
朝朝暮暮一情长，雨雨云云半曲肠。

1603

切切思思孤苦处，迢迢递递向萧郎。

513林花谢了春红，太匆匆
【出处】五代·李煜·《相见欢》
人生不足水流东，叶落花开自丛丛。
去去来来年岁尽，功名恰似一阵风。

514零落成泥碾作尘，只有香如故
【出处】宋·陆游·《卜算子·咏梅》
梅花一色香，腊月半扬长。
自是群芳首，年年纳雪霜。

515留得枯荷听雨声
【出处】唐·李商隐·《宿骆氏亭寄怀崔雍崔衮》
半入人间半入城，一生岁月一生鸣。
何闻夜半闻心半，不是风声是雨声。

516留得累人身外物，半肩行李半肩书
【出处】清·张问陶·《庚戌九月三日移居松筠》
半忧家国半忧民，一力江山一力身。
何见书生何见客，风尘里巷是风尘。

517留得声名万古香
【出处】宋·文天祥·《沁园春》
十日官场五日荣，二公忠义半生平。
难言苦坐三十客，留下芳名一两声。

518留连戏蝶时时舞，自在娇莺恰恰啼
【出处】唐·杜甫·《江畔独步寻花》
朝朝暮暮花满溪，千千万万压枝低。
黄四娘家芳百亩，耕耘犹作玉夫妻。

519流光容易把人抛，红了樱桃，绿了芭蕉
【出处】宋·蒋捷·《一剪梅·舟过吴江》
樱桃色满玉芭蕉，不似秋娘摆渡桥。
酒醉三生知是客，心空一念上云霄。

520流水无情草自春
【出处】唐·杜牧·《金谷园》
金谷园中一处春，绿珠眼下半无人。

何当日短强权尽，只似余香化作尘。

521流莺自惜春将去，衔住飞花不忍啼
【出处】清·舒瞻·《偶占》
婀婀娜娜半气扬，婷婷玉立冠群芳。
日边染色云边客，揉住飞花不落香。

522柳条折尽花飞尽，借问行人归不归
【出处】五代·佚名·《送别诗》
行人自不归，过客落花飞。
楚汉寻成败，人生孰是非。

523六十余年妄学诗，功夫深处独心知
【出处】宋·陆游·《夜吟》
读者古今诗，人生半不知。
儒林多少客，月下一心痴。

524庐山烟雨浙江潮，未到千般恨不消
【出处】宋·苏轼·《观潮》一说《庐山烟雨》
二月江花八月潮，三生草木两云霄。
杭州汴水长城剑，古往今来一字雕。

525露从今夜白，月是故乡明
【出处】唐·杜甫·《月夜忆舍弟》
人前一弟兄，世上半光明。
日月江山在，心随任枯荣。

526绿杯红袖趁重阳，人情似故乡
【出处】宋·晏几道·《阮郎归》
红袖半舞重阳，日月三边雨后苍。
换道潇湘寻暖色，云随雁字渡炎凉。

527绿遍天涯，绿遍天涯树
【出处】清·吴藻·《苏幕遮》
春来水去声，上下半春城。
绿遍天涯树，红芳十里晴。

528绿杨烟外晓寒轻，红杏枝头春意闹
【出处】宋·宋祁·《玉楼春》
红霞照晚晴，暮色夕阳明。
读去三千里，归牛一两声。

529绿蚁新醅酒，红泥小火炉
【出处】唐·白居易·《问刘十九》
一酒问刘邦，三生司马肠。
玄都观外客，太守作苏杭。

530乱花渐欲迷人眼，浅草才能没马蹄
【出处】唐·白居易·《钱塘湖春行》
烟雨满钱塘，风波洛下芳。
龙门前后客，不解问衷肠。

531乱山残雪夜，孤独异乡人
【出处】唐·崔涂·《除夜有怀》
俱是异乡人，三巴始自亲。
相言闻客止，明日岁华新。

532落红不是无情物，化作春泥更护花
【出处】清·龚自珍·《己亥杂诗》
落红应是有情身，尤物无言道自新。
洗尽衷肠天下尽，去人已去是来人。

533落花寂寂啼山鸟，杨柳青青渡水人
【出处】唐·王维·《寒食汜上作》
难得渡口人，有意自惜身。
回首何相问，前程泪满巾。

534落花人独立，微雨燕双飞
【出处】唐·翁宏·《春残》
花繁一半春，叶简两三新。
日落千枝叶，枝低万树身。

535落尽梨花春又了。满地残阳，翠色和烟老
【出处】宋·梅尧臣·《苏幕遮》
渺渺茫茫一秦娘，婷婷立立半炎凉。
桥桥水水吴门里，玉玉堂堂满夕阳。

536落木千山天远大，澄江一道月分明
【出处】宋·黄庭坚·《登快阁》
秋风一到月分明，落木萧萧地有声。
万里归船客去尽，朱弦人老已无情。

537落日照大旗，马鸣风萧萧
【出处】唐·杜甫·《后出塞》

落日满军旗，东门咏古诗。
周公闻鼎立，商约已无宜。

538落絮无声春堕泪，行云有影月含羞
【出处】宋·吴文英·《浣溪沙》
婵娟有怨自含羞，雨落云行桂子留。
何似人间情意在，寒宫玉兔卧还愁。

539落叶满空山，何处寻行迹
【出处】唐·韦应物·《寄全椒山中道十》
白石炼山中，三清问玉宫。
行踪何所定，只道去来风。

540落叶他乡树，寒灯独夜人
【出处】唐·马戴·《灞上秋居》
灞上谁秋居，桑麻自有余。
辰明寻五谷，暮色看云舒。

541洛阳城东桃李花，飞来飞去落谁家
【出处】唐·宋之问·《有所思》
不见长安一万家，东风上苑两三花。
梨园犹在公孙去，留下芙蓉马嵬崖。

542洛阳城里春光好，洛阳才子他乡老
【出处】唐·韦庄·《菩萨蛮》
周陵已满洛阳城，柳色王堤夜不声。
水上鸳鸯依羽翼，春中介子到清明。

543洛阳亲友如相问，一片冰心在玉壶
【出处】唐·王昌龄·《芙蓉楼送辛渐》
芙蓉楼上醉芙蓉，洛客吴中问鼓钟。
已过三更明月尽，冰心只在玉壶重。

M

544马上相逢无纸笔，凭君传语报平安
【出处】唐·岑参·《逢入京使》
一语半言终，三生五味空。
心中多念想，马上不相逢。

545马因识路真疲路，蝉到吞声尚有声
【出处】清·黄景仁·《杂感》
西陆有蝉声，东江谁不鸣。
五湖才子在，灵隐月无情。

546满川风雨看潮生
【出处】宋·苏舜钦·《淮中晚泊犊头》
钱塘八月一潮生，杨柳千波半不平。
谁见江东才子问，盐官十日见阴晴。

547满目山河空念远，落花风雨更伤春。不如怜取眼前人
【出处】宋·晏几道·《浣溪沙》
水色浣溪沙，人情一万家。
江南云雨客，满目玉人花。

548满天风雨下西楼
【出处】唐·许浑·《谢亭送别》
长江自去自行舟，一曲难言一曲留。
徒望相思随水去，君心似我入春秋。

549脸慢笑盈盈，相看无限情
【出处】五代·李煜·《菩萨蛮》
来人谁不明，去国月还声。
回问天女女，江山可有情。

550漫漫平沙走白虹，瑶台失手玉杯空
【出处】宋·陈师道·《十七日观潮》
一线天台一线明，万潮涌落万潮声。
盐官半日江流尽，直上云间不见晴。

551眉黛夺将萱草色，红裙妒杀石榴花
【出处】唐·万楚·《五日观伎》
五日观伎不问君，三生未验石榴裙。
帝王碧玉知颜色，李武唐家谁可分。

552梅花欢喜漫天雪，冻死苍蝇未足奇
【出处】毛泽东·《七律·冬云》
寒冬腊月一梅花，香色袭人十力家。
留下心中芳草路，东风不语问天涯。

553梅须逊雪三分白，雪却输梅一段香
【出处】宋·卢梅坡·《雪梅》
十里香风雪海深，千年古树一梅心。
洞庭山上江湖月，素影分均是古今。

554美酒饮教微醉后，好花看到半开时
【出处】宋·邵雍·《安乐窝中吟》
老树惜芳菲，童心不入闱。
春风分寸里，落叶守时归。

555美人才调信纵横
【出处】清·龚自珍·《雪梅》
天下一纵横，人间半枯荣。
才华来去客，君子是芳名。

556美人含怒夺灯去，问郎知是几更天
【出处】清·袁枚·《寒夜》
一生事业一生缘，半不休书半不眠。
读尽三星移北斗，如今已是几更天。

557美人娟娟隔秋水，濯足洞庭望八荒
【出处】唐·杜甫·《寄韩谏议》
濯足洞庭问八荒，冠缨西夏踏三洋。
何留足迹芙蓉水，未改芳名隔岸香。

558美人如玉剑如虹
【出处】清·龚自珍·《夜坐其二》
公孙一大娘，剑气半红妆。
白玉红颜落，梨园武李唐。

559美人首饰侯王印，尽是沙中浪底来
【出处】唐·刘禹锡·《浪淘沙》
风波水里浪淘沙，金玉人中十万家。
不作王侯权屠印，明娟女媚柳枝斜。

560美人在时花满堂，美人走后余空床
【出处】唐·李白·《长相思》
月色不愁眠，春风谁问天。
群芳知腊月，但惜一梅妍。

561每逢佳节倍思亲
【出处】唐·王维·《九月九日忆山东兄弟》
重阳九日不登高，草木三秋似问刀。
唯有思亲情不断，遥知兄弟洗征袍。

562门前冷落鞍马稀，老大嫁作商人妇
【出处】唐·白居易·《琵琶行》
珠珠落落一盘声，怨怨愁愁半不情。
犹抱琵琶无语泣，长安已是去人城。

563 扪虱倾谈惊四座，持螯下酒话当年
【出处】周恩来·《送蓬仙兄返里有感》
何书不解隔门人，萍水相逢不是亲。
道义田桑夫妇客，归农犹见是根身。

564 猛志逸四海，骞翮思远翥
【出处】晋·陶渊明·《杂诗》
春光一寸阴，少壮半人心。
老气纵横在，何人论古今。

565 梦魂惯得无拘检，又踏杨花过谢桥
【出处】宋·晏几道·《鹧鸪天》
家心一半刀，玉手洗乡袍。
梦里无拘检，人前一语高。

566 梦觉隔窗残月尽，五更春鸟满山啼
【出处】宋·张耒·《福昌官舍》
落尽化香泥，复兴水满溪。
寒心存古术，只待玉人啼。

567 面改难如镜可磨
【出处】清·黄景仁·《辛卯除夕》
琼花过小桥，一曲笛声遥。
碧玉扬州客，芳华欲未消。

568 敏捷诗千首，飘零酒一杯
【出处】唐·杜甫·《不见》
不见一君来，梅花半不开。
东风云雨下，柳色玉人台。

569 名花倾国两相欢，常得君王带笑看
【出处】唐·李白·《清平调》之三
出水玉芙蓉，梨园客鼓钟。
骊山汤水暖，马嵬问玄宗。

570 名山如高人，岂可久不见
【出处】宋·陆游·《夜坐忆剡溪》
仰止问高山，行游待玉颜。
人生三界外，始可一心还。

571 明眸皓齿今何在？血污游魂归不得
【出处】唐·杜甫·《哀江头》
上苑曲江头，长安月色秋。

昭阳宫外树，叶落殿中愁。

572 明年此会知谁健？醉把茱萸仔细看
【出处】唐·杜甫·《九日宴蓝田崔氏庄》
九日一秋烟，三更半纳寒。
九州何处是，万户上闲田。

573 明日复明日，明日何其多
【出处】明·文嘉·《明日歌》
文嘉一夕歌，日月半无多。
客水东流去，居心不奈何。

574 明日黄花蝶亦愁
【出处】宋·苏轼·《南乡子·重九涵晖楼呈徐君猷》
重阳一日半秋风，草木三明十里空。
万事时光辛苦至，千流曲折复西东。

575 明月出天山，苍茫云海间
【出处】唐·李白·《关山月》
一日上天山，三生下素颜。
茫茫云海里，度度玉门关。

576 明月几时有？把酒问青天
【出处】宋·苏轼·《水调歌头》
一度问青天，三身换旧年。
青春多少事，老幼枯荣田。

577 明月皎皎照我床，星汉西流夜未央
【出处】三国魏·曹丕·《燕歌行》
日月一衷肠，人心七夕尝。
牛郎寻岸柳，织女守空房。
君子行千里，书生守万梁。
游思多不尽，回首已炎凉。

578 明月如霜，好风如水，清景无限
【出处】宋·苏轼·《永遇乐》
三秋月降霜，一叶水炎凉。
不断鸿鹄去，还闻暗柳杨。

579 明月照高楼，流光正徘徊
【出处】三国魏·曹植·《七哀》
半月半枝梅，一曲一徘徊。

寒冬心已暖，白雪向春催。

580 明月照积雪，北风劲且哀
【出处】南北朝·谢灵运·《岁暮》
雪上一层霜，心中九脉香。
梅花腊月里，古老有情肠。

581 陌上花开蝴蝶飞，江山犹是昔人非
【出处】宋·苏轼·《陌上花》
东风陌上花，里巷玉人家。
人事非已尽，寸田种豆瓜。

582 漠漠水田飞白鹭，阴阴夏木啭黄鹂
【出处】唐·王维·《积雨辋川庄作》
野老故人知，儒林去不迟。
樵渔堂上客，只作古今诗。

583 莫愁前路无知己，天下谁人不识君
【出处】唐·高适·《别董大》
不由天下不识君，一片心思一片云。
只有前程行未尽，何时玉影谢衣裙。

584 莫道桑榆晚，微霞尚满天
【出处】唐·刘禹锡·《酬乐天咏老见示》
日夕满天霞，桑榆向万家。
江河流不尽，俯仰树风华。

585 莫等闲，白了少年头，空悲切
【出处】宋·岳飞·《满江红》
一诺少年头，三更读不休。
功名尘似土，日月大江流。

586 莫怪春来便归去，江南虽好是他乡
【出处】明·王恭·《春雁》
最好江南是客乡，五湖司马五湖肠。
精英犹问精英去，二万诗词一柳杨。

587 莫怪世人容易老，青山也有白头时
【出处】清·骆绮兰·《对雪》
南山一玉冠，日月半心宽。
草木三更露，长安九鼎寒。

588 莫将后日情，不如初见时
【出处】唐·王屋·《子夜歌》

如今不惜几更天，一处相思怯不眠。
有怨含情灯下问，再三月色半床烟。

589莫将清泪湿花枝，恐花也如人瘦
【出处】宋·周邦彦·《一落索》
远远一枝花，扬扬半日斜。
悠悠芳百树，楚楚香千家。

590莫思身外无穷事，且尽生前有限杯
【出处】唐·杜甫·《绝句漫兴》
人生酒一杯，老少古今裁。
谁解相思怨，何穷再不来。

591莫向樽前惜沉醉，与君俱是异乡人
【出处】唐·韦庄·《江上别李秀才》
春风下晋秦，草木上清新。
雨色行云后，天光自不尘。

592莫信诗人竟平淡，二分梁甫一分骚
【出处】清·龚自珍·《己亥杂诗》
三公似卧龙，九鼎立神踪。
一语寻梁甫，千诗化鼓钟。

593牧童归去横牛背，短笛无腔信口吹
【出处】宋·雷震·《村晚》
西阳一半明，浣女两三情。
柳下黄昏色，村前短笛声。

594牧童骑黄牛，歌声振林樾
【出处】清·袁牧·《所见》
所见一黄牛，人生半白头。
春中知自己，池上柳枝羞。

595两壁十年图破壁，难酬蹈海亦英雄
【出处】周恩来·《大江歌罢掉头东》
江东不换一英雄，漠北难平半世风。
唯有江山多壮志，黄河万里自西东。

N

596南朝四百八十寺，多少楼台烟雨中
【出处】唐·杜牧·《江南春》
江南十八女儿红，云雨三春七色融。
玉佩床头郎不在，相思月落竹心空。

597
一半江南一半红，两三古寺两山宫。
西施玉碎西施在，细雨群芳细雨中。

598男儿爱后妇，女子重前夫
【出处】汉·辛延年·《羽林郎》
女子重前夫，男儿不问吴。
姑苏寻日月，同里问江湖。

599男儿何不带吴钩，收取关山五十州
【出处】唐·李贺·《南国十三首》之五
关山五十州，两岸两三楼。
高处知天地，低头日月花。

600男儿西北有神州，莫滴水西桥畔泪
【出处】宋·刘克庄·《玉楼春·戏呈林节推乡兄》
胡姬十五玉壶春，醒醉三春草木人。
女子情中多不语，男儿膝下有金身。

601年光似鸟翩翩过，世事如棋局局新
【出处】宋·僧志文·《西阁·在孤山》
世世行人事事深，年年阁居问古今。
棋棋局局棋中客，柳柳杨杨自上心。

602年年不带看花眼，不是愁中即病中
【出处】宋·杨万里·《晓登万花川谷看海棠》
十里浮云满海棠，千川细雨半花香。
晴光一日群芳散，情入三春锁玉妆。

603年年江上无情雁，只带秋来不见书
【出处】宋·黄庚·《见雁有怀》
年年北去问潇湘，岁岁南来客柳杨。
落叶身前知上路，荷花深处却红妆。

604年年今夜，月华如练，长是人千里
【出处】宋·范仲淹·《御街行》
冠缨御街引，佩玉客无声。
月色华宫满，灯明洛上城。

605年年陌上生秋草，日日楼中到夕阳
【出处】宋·晏几道·《鹧鸪天》
忽惊楼上半西阳，醉怨云中一故乡。
本是无语天下客，情心可向自疏狂。

606年年战骨埋荒外，空见蒲桃人汉家
【出处】唐·李颀·《古从军行》
折甲沉沙问汉家，交河落日满天涯。
蒲桃五味千公醉，壮士三生二月花。

607鸟去鸟来山色里，人歌人哭水声中
【出处】唐·杜牧·《题宣州开元寺水阁阁下宛溪夹溪居人》
开元寺水明，草木夹溪生。
落日楼台上，宣州阁半城。

608鸟宿池边树，僧敲月下门
【出处】唐·贾岛·《题李凝幽居》
阡陌半故村，社稷小儿孙。
日月家中客，推敲里外门。

609宁可枝头抱香死，何曾吹落北风中
【出处】宋·郑思肖·《画菊》
不慕百花丛，秋风一色红。
身心知自己，何谓半天空。

610宁为百夫长，胜作一书生
【出处】唐·杨炯·《从军行》
日月一合明，春秋半枯荣。
何言千妇指，只作一书生。

611宁为雁奴死，不作鹤媒生
【出处】宋·陆游·《古意》
汉水武昌城，长江已不情。
浮流黄鹤影，李白不多鸣。

612夏
琴台汉口城，黄鹤久声名。
李白无诗句，知音尽不情。

613宁饮建业水，不食武昌鱼
【出处】《三国志·吴志·陆凯传》·引童谣
建业武昌鱼，东吴久不居。
香余甘露寺，孙皓帝王疏。

614 弄潮儿向涛头立，手把红旗旗不湿
【出处】宋·潘阆·《酒泉子·忆余杭》之五
一线一潮头，盐官半不休。
钱塘波浪涌，观海十三州。

615 奴为出来难，教郎恣意怜
【出处】五代·李煜·《菩萨蛮》
难言五寸田，只欲半方圆。
织女三分舍，牛郎可意怜。

616 女娲炼石补天处，石破天惊逗秋雨
【出处】唐·李贺·《李凭箜篌引》
天水注波澜，陈仓栈道残。
伏羲寻故里，炼石上云端。

P

617 飘飘何所似，天地一沙鸥
【出处】唐·杜甫·《旅夜书怀》
天地一沙鸥，心间半楚囚。
人忧人处处，自传自休休。

618 蚍蜉撼大树，可笑不自量
【出处】唐·韩愈·《调张籍》
世上一文章，书中半短长。
蚍蜉摇大树，虎豹故张狂。

619 品画先神韵，论诗重性情
【出处】清·袁牧·《品画》
人生半性情，日月一阴晴。
草木知雨水，江河问纵横。

620 凭谁问，廉颇老矣，尚能饭否
【出处】宋·辛弃疾·《永遇乐·京口北固亭怀古》
万里江山一故颜，廉颇老矣半人间。
英雄谁问京城事，舞榭歌台满女蛮。

621 平分秋色一轮满，长伴云衢千里明
【出处】宋·李朴·《中秋》
长空万里晴，地厚一平生。
天下阴晴处，人间自分明。

622 平冈细草鸣黄犊，斜日寒林点暮鸦
【出处】北宋·辛弃疾·《鹧鸪天》
东邻一半声，陌上两三荣。
忽见春杨柳，梅花已不明。

623 平林漠漠烟如织，寒山一带伤心碧
【出处】唐·李白·《菩萨蛮·别意》
寒山一带客伤心，故刹三声问古今。
玉立楼兰寻所以，平林尽处是知音。

624 平生不敢轻言语，一叫千门万户开
【出处】明·唐寅·《鸡》
平生一半语轻言，弟子三千话雨轩。
遍走啼亨稻米，姑苏处处水思源。

625 平生不会相思，才会相思，便害相思
【出处】元·徐再思·《折桂令·春情》
人生处处一相思，何事悠悠半不知。
回首茫茫寻所故，别离客客是游丝。

626 平生不解藏人善，到处逢人说项斯
【出处】唐·杨敬之·《赠项斯》
逢人说项斯，入主敬之时。
几度标格处，平生善解迟。

627 平生风义兼师友，不敢同君哭寝门
【出处】唐·李商隐·《哭刘蕡》
蜀帝入深宫，巫山细雨红。
安仁能作客，宋玉招飞鸿。

628 平生事，此时凝睇，谁会凭栏意
【出处】宋·王禹偁·《点绛唇》
云浮雨落半江南，碧水山桥一草淹。
渔市水村佳丽处，婷婷立立玉人含。

629 平生知心者，屈指能有几
【出处】唐·白居易·《感逝寄远·寄通州元侍御、果州崔员外、澧州李舍人、凤州李郎中》
一叹旧交游，三半半身囚。
人心尝主客，红叶已深秋。

630 平生自想无官乐，第一骄人六月天
【出处】清·袁牧·《消夏诗》
炎阳六月天，枯旱一经年。
谁解农夫苦，衣冠抱日眠。

631 平生最识江湖味，听得秋声忆故乡
【出处】宋·姜夔·《湖上寓民杂咏》
江湖谁故乡，乍浦水扬长。
世事终非尽，还须是曲肠。

632 平芜尽处是春山，行人更在春山外
【出处】宋·欧阳修·《踏莎行》
人生十里一长亭，流水千川半渭泾。
塞北风沙尽不尽，幽州问客客零丁。

633 葡萄美酒夜光杯，欲饮琵琶马上催
【出处】唐·王翰·《凉州词》
风光半日满凉州，美玉三门客不求。
一诺天门风雪夜，琵琶曲尽已深秋。

Q

634 七八个星天外，两三点雨山前
【出处】宋·辛弃疾·《西江月》
姑苏雨色楼，店社小桥留。
旧梦茅边月，新声柳岸秋。

635 其人虽已没，千载有余情
【出处】晋·陶渊明·《咏荆轲》
燕赵有余声，慷慨独自行。
丈夫秦殿上，易水自流明。

636 奇文共欣赏，疑义相与析
【出处】晋·陶渊明·《移居》
日月有邻声，阴晴见枯荣。
诗书相与问，典故共析鸣。

637 岂不罹凝寒，松柏有本性
【出处】东汉·刘桢·《赠从弟》
古木自凝寒，江洒狭谷宽。
高山风不止，深水卷狂澜。

638 岂曰无衣？与子同袍
【出处】《诗经·秦风·无衣》

无衣有子一同袍，动众兴师意气高。
故派同仇修盾戟，秦风肃肃树旌旄。

639 气蒸云梦泽，波撼岳阳城
【出处】唐·孟浩然·《望洞庭湖张丞相》
水撼岳阳城，云浮气不清。
玄宗曾与问，谁道主无明。

640 砌下落梅如雪乱，拂了一身还满
【出处】五代·李煜·《清平乐》
一国半愁肠，三生一自伤。
心归终路上，草木已苍黄。

641 千村万落如寒食，不见人烟空见花
【出处】唐·韩偓·《自沙县抵尤溪县道中作》
一半云烟一半花，两三去处两三家。
玉人红杏出墙去，梁祝杭州问女娃。

642 千点猩红蜀海棠，谁怜雨里作啼妆
【出处】宋·陆游·《春雨绝句》之二
千株素海里，万木半凝霜。
侣伴桃花外，春风已断肠。

643 千古艰难惟一死，伤心岂独息夫人
【出处】清·邓汉仪·《题息夫人曲》
江山犹叹息夫人，楚客还知问自身。
眉黛无言春暮去，何惜玉碎作红尘。

644 千古兴亡多少事，悠悠，不尽长江滚滚流
【出处】宋·辛弃疾·《南乡子·登京口北固亭有怀》
神州北固亭，柳岸草青青。
满眼江流尽，何人问渭滔。

645 千呼万唤始出来，犹抱琵琶半遮面
【出处】唐·白居易·《琵琶行》
琵琶曲尽一朝终，半李唐家半李同。
只待玄宗知是客，江山去后有清风。

646 千金纵买相如赋，脉脉此情谁诉
【出处】宋·辛弃疾·《摸鱼儿》
千金一曲终，万古半人风。

云雨消心去，长门锁住空。

647 千里稻花应秀色，五更桐叶最佳音
【出处】宋·曾几·《苏秀道中自七月二十五日夜大雨三日，秋苗以苏，喜而有作》
万里一良田，三家伍客船。
江南处处水，应雨是天年。

648 千里莺啼绿映红，水村山郭酒旗风
【出处】唐·杜牧·《江南春》
十里酒旗风，千村玉姬红。
三生吴韵在，五味有无中。

649 千门万户曈曈日，总把新桃换旧符
【出处】宋·王安石·《除日》（一作《元日》）
一夜两年呼，双新半玉壶。
千门闻灯行，万户入屠苏。

650 千磨万击还坚劲，任尔东西南北风
【出处】清·郑燮·《题竹石》
石竹一板桥，清风万念消。
糊涂糊涂不去，万击万江辽。

651 千秋万岁后，谁知荣与辱
【出处】晋·陶渊明·《拟挽歌辞》
千秋万岁声，十地九州荣。
古木风光久，新香不入盟。

652 千秋万岁名，寂寞身后事
【出处】唐·杜甫·《梦李白》之二
万岁谁千秋，三江竞一流。
河山何所易，白首已无愁。

653 千山鸟飞绝，万径人踪灭
【出处】唐·柳宗元·《江雪》
千山半客居，万水一云舒。
玉树寻心至，寒江钓不鱼。

654 前不见古人，后不见来者
【出处】唐·陈子昂·《登幽州台歌》
破碎一琴声，友离半叹鸣。
长安何所客，只向故人生。

655 前水复后水，古今相续流
【出处】唐·白居易·《洛阳桥》
不上洛阳桥，龙门一语消。
芳明桃李树，复水柳杨条。

656 倩何人，唤取红巾翠袖，揾英雄泪
【出处】宋·辛弃疾·《水龙吟·登建康赏心亭》
万里一清秋，三江半自流。
英雄情泪多，何以问江楼。

657 羌笛何须怨杨柳，春风不度玉门关
【出处】唐·王之涣·《凉州词》
新人不问玉门关，故吏难言两壁山。
空谷交河寻落日，白云不在故城颜。

658 巧笑倩兮，美目盼兮
【出处】《诗经·卫风·硕人》
诗经半卫风，楚女一衣红。
玉手如凝脂，齐侯锦妹宫。

659 悄立市桥人不识，一星如月看多时
【出处】清·黄景仁·《癸巳除夕偶成》
如星似月半相知，北往南来一不迟。
天上曾无行客处，书中可有玉人姿。

660 巧言如簧，颜之厚矣
【出处】《诗经·小雅·巧言》
小雅巧言情，行踪木树生。
如簧君子去，应悔厚颜明。

661 且乐生前一杯酒，何须身后千载名
【出处】唐·李白·《行路难》之三
一事半红尘，三江一水新。
生前身后处，去者往来人。

662 吴楚
华亭鹤泪一闻声，上蔡苍鹰半不鸣。
子胥吴江寻楚迹，屈原曲尽自倾成。

663 妾拟将身嫁与，一生休。纵被无情弃，不能羞
【出处】唐·韦庄·《思帝乡》
红杏满枝头，繁重怯不羞。

梅花香已去，流水嫁风流。

664妾身未分明，何以拜姑嫜
【出处】唐·杜甫·《新婚别》
一日十分明，三秋两气生。
阴阳参半处，天地动心情。

665妾心藕中丝，虽断犹牵连
【出处】唐·孟郊·《去妇》
去妇自多怜，来夫问雪天。
荷边风雨夜，枕上月空眠。

666妾有容华君不省，花无恩爱犹相并，花却有情人薄幸
【出处】宋·欧阳修·《渔家傲》
水色半莲房，珍珠一玉光。
污泥多不染，出水问萧郎。

667亲朋无一字，老病有孤舟
【出处】唐·杜甫·《登岳阳楼》
万里一孤舟，三江半自流。
扬帆争日月，濡上问春秋。

668秦时明月汉时关，万里长征人未还
【出处】唐·王昌龄·《出塞》
一壁长城一壁山，半船汴水半船湾。
秦皇汉武何人问，塞北江南客所还。

669千淘万漉虽辛苦，吹尽狂沙始得金
【出处】唐·刘禹锡·《浪淘沙》之八
自古浪淘沙，如今已一家。
书生多去子，子女事桑林。

670千嶂里，长烟落日孤城闭
【出处】宋·范仲淹·《渔家傲》
落日长烟锁旧城，衡阳树木问新声。
渔家傲曲何有计，一处东风万处荣。

671青青河畔草，绵绵思远道
【出处】汉·佚名·《古诗十九首》之一
河边草青青，水岸十里亭。
远道难观望，尤思故乡汀。

672青青子衿，悠悠我心
【出处】《诗经·郑风·子衿》
领导子衿荣，心思佩玉声。
悠悠情不止，落落意难平。

673青女素娥俱耐冷，月中霜里斗婵娟
【出处】唐·李商隐·《霜月》
西陆已无蝉，东山问故天。
心中寻古木，月下见婵娟。

674青鸟不传云外信，丁香空结雨中愁
【出处】南唐·李璟·《山花子》
客里春秋半是愁，云中天下一心忧。
丁香聚结相思泪，似雨随情小脉流。

675青山缭绕疑无路，忽见千帆隐映来
【出处】宋·王安石·《江上》
塞上尘沙一日飞，湘中落雁半回归。
风前古木随寒雪，冬去春来又翠微。

676青山一发是中原
【出处】宋·苏轼·《澄迈驿通潮阁》
江山一半是中原，古木三千草色宣。
北海鲲鹏知大鸟，南溟岛屿老人言。

677青山隐隐水迢迢，秋尽江南草未凋
【出处】唐·杜牧·《寄扬州韩绰判官》
扬州草色一年凋，处处红楼半玉箫。
十月西风初水下，金秋已满十三桥。

678青山遮不住，毕竟东流去
【出处】宋·辛弃疾·《菩萨蛮·书江西造口壁》
西北一长安，江南半不安。
金人多白马，宋戈谁心宽。

679清风明月无人管，并作南楼一味凉
【出处】宋·王安石·《晚楼闲坐》
清风明月一家珍，北树南楼半自春。
水色山光相照顾，诗书日月念今人。

680清明时节雨纷纷，路上行人欲断魂
【出处】唐·杜牧·《清明》
寒窗客家人，乞火自相亲。
路断清明雨，云浮水上尘。

681清诗句句尽堪传
【出处】唐·杜甫·《解闷》
兄弟一衣襟，文章问古今。
诗词知解闷，俯仰见人心。

682清时有味是无能，闲爱孤云静爱僧
【出处】唐·杜牧·《将赴吴兴登乐游原》
日暮乐游原，风轻月缺圆。
长安多少夜，上苑自无言。

683晴川历历汉阳树，芳草萋萋鹦鹉洲
【出处】唐·崔颢·《黄鹤楼》
李白问江楼，晴川汉水流。
云浮黄鹤去，草没九州头。
二水三山阔，平生问月休。
金陵情不尽，白下凤凰游。

684请君试问东流水，别意与之谁短长
【出处】唐·李白·《金陵酒肆留别》
风留满店香，问月酒中扬。
子弟行流水，吴姬半卸妆。

685秋坟鬼唱鲍家诗，恨血千年土中碧
【出处】唐·李贺·《秋来》
秋来一叶扬，客去半清光。
壮士三江诺，书生十地肠。

686秋风吹渭水，荡叶满长安
【出处】唐·贾岛·《忆江上吴处士》
天下一云端，晴中八水寒。
风声停濡上，叶落问长安。

687秋风起兮白云飞，草木黄落兮雁南归
【出处】汉·刘彻·《秋风辞》
一曲雁南归，三生不是非。
人心留月色，草色入春闱。

688秋风萧瑟，洪波涌起
【出处】三国·魏·曹操·《观沧海》

1610

英雄誓不归，万古一君徽。
天下观沧海，人间问是非。

689 秋风萧萧愁杀人
【出处】汉·佚名·《古歌》
秋风自古歌，树木奈婆娑。
渡口多杨柳，人间苦不多。

690 求田问舍笑豪英，自爱湖边沙路免泥行
【出处】宋·苏轼·《南歌子》
江山历不休，草木间江楼。
数尽南歌子，无言日月流。

691 曲罢不知人在否？余音嘹亮尚飘空
【出处】唐·赵嘏·《闻笛》
宫中玉笛声，御客醉妆成。
话到知音处，芙蓉苦又晴。

692 曲径通幽处，禅房花木深
【出处】唐·常建·《题破山寺后禅院》
禅音日月深，古寺地天阴。
鸟寂千山树，林高一寸心。

693 曲终人不见，江上数峰青
【出处】唐·钱起·《湘灵鼓瑟》
湘灵鼓瑟一江青，秀女延安十里亭。
宝塔心中多少客，润之月下座前铭。

694 取义成仁今日事，人间遍种自由花
【出处】陈毅·《梅岭三章》之一
天下自由花，人间日月华。
文章千古事，道理万人家。

695 去国十年，老尽少年心
【出处】宋·黄庭坚·《虞美人》
老尽少年心，梅香一古今。
江南寻草木，塞北有森林。

696 去年花里逢君别，今日花开又一年
【出处】唐·韦应物·《寄李儋元锡》
姑苏二月花，客舍半生涯。
自料逢君后，辞官问故家。

697 去者日以疏，来者日以亲
【出处】汉·无名氏·《古诗·去者日以疏》
书生日月居，壮士柏松余。
里巷及心处，桑田客舍疏。

698 劝君更进一杯酒，西出阳关无故人
【出处】唐·王维·《渭城曲》
酒入渭城人，云出垓下尘。
何人寻楚汉，折柳正冠巾。

699 劝君莫惜金缕衣，劝君惜取少年时
【出处】唐·杜秋娘·《金缕衣》
红妆玉色杜秋娘，劝酒扬花一店香。
近榭临轩风不止，梅桃杏李待萧郎。

700 却道天凉好个秋
【出处】宋·辛弃疾·《丑奴儿》
楼中丑奴儿，只望月不移。
约会常无止，还羞照玉池。

701 却将万字平戎策，换得东家种树书
【出处】宋·辛弃疾·《鹧鸪天》（有客慨然谈功名，因追少年时代戏作）
英雄一丈夫，壮士半江湖。
自古天山客，楼兰玉月无。

702 却嫌脂粉污颜色，淡扫蛾眉朝至尊
【出处】唐·张祜·《集灵台》
一店芳香入客身，三春草木半无尘。
平明记取宫中色，虢国夫人是玉身。

703 却笑溪声忙底事，奔流偏欲到人间
【出处】清·赵愈·《溪声》
月下半松风，池中一色空。
山前闻鸟性，寺后问西东。

R

704 人不寐，将军白发征夫泪
【出处】宋·范仲淹·《渔家傲·秋思》
秋思守闭城，雁去玉霜清。
塞外阴阳界，江南已无声。

705 人成各，今非昨，病魂常似秋千索
【出处】宋·唐琬·《钗头凤》
黄昏送雨暮云重，月去相思最不容。
角羽宫商徵已乱，沈园中壁谢芙蓉。

706 人到情多情转薄，而今真个不多情
【出处】清·纳兰性德·《摊破浣溪沙》
多情处处似无情，有笛悠悠客有声。
月落珍珠荷叶碧，莲同桂子待芳城。

707 人归落雁后，思发在花前
【出处】隋·薛道衡·《人日思归》
一日几思归，三春半翠微。
弟兄同学去，父母问冬衣。

708 人间四月芳菲尽，山寺桃花始盛开
【出处】唐·白居易·《大林寺桃花》
满寺桃花处处开，禅房冷坐半香台。
长春应是人心在，不扫阶前玉色恢。

709 人间有味是清欢
【出处】宋·苏轼·《浣溪沙》
暮落浣溪沙，西施二月花。
吴宫杨柳色，范蠡去何家。

710 人间只道黄金贵，不问天公买少年
【出处】金·元好问·《无题》
二月春半烟，人间问土年。
黄金知有价，自立自耕田。

711 人皆养子望聪明，我被聪明误一生
【出处】宋·苏轼·《洗儿》
半世聪明误一生，三春草木枯还荣。
朝朝暮暮堂前过，古古今今雨后晴。

712 人老簪花不自羞，花应羞上老人头
【出处】宋·苏轼·《吉祥寺赏牡丹》
柳暗花明月似钩，风前雨后老人头。
牡丹香彻吉祥寺，不在长安何处羞。

713 人面不知何处去，桃花依旧笑春风
【出处】唐·崔护·《题都城南庄》
二月半东风，三春百色同。

1611

心萌儿女向，只问小桃红。

714 人面桃花相映红
【出处】唐·崔护·《题都城南庄》
五月小桃红，三春一意同。
情人多少语，尽在不言中。

715 人难再得始为佳
【出处】清·龚自珍·《己亥杂诗》
倾国倾城一客身，佳人佳色半无亲。
君王只待风流水，李乐延年汉武尘。

716 人情翻覆似波澜
【出处】唐·王维·《酌酒与裴迪》
君心自主宽，似胜卷波澜。
白首知天地，朱门问地寒。

717 人人尽说江南好，游人只合江南老
【出处】唐·韦庄·《菩萨蛮》
未老且还乡，游人半断肠。
平生常是客，谁处问爹娘。

718 人生不相见，动如参与商
【出处】唐·杜甫·《赠卫八处士》
何处望参商，幽燕半故乡。
书生山海路，日月面高堂。

719 人生愁恨何能免？销魂独我情何限
【出处】五代·李煜·《子夜》
月上上高楼，悠悠客水流。
消消寻往事，落落待深秋。

720 人生到处知何似，应是飞鸿踏雪泥
【出处】宋·苏轼·《和子由渑池怀旧》
人生出玉泥，事业问东西。
何必常常问，知音夜夜楼。

721 人生得意须尽欢，莫使金樽空对月
【出处】唐·李白·《将进酒》
千年月半城，万古色无倾。
白首当空望，何言一两声。

722 人生芳菲有千载，世上荣枯无百年
【出处】宋·谢枋得·《和曹东谷韵》

何言问百年，树木待苍天。
犹记楼兰月，争当一世泉。

723 人生富贵何所望？恨不嫁与东家王
【出处】南北朝·佚名·《古辞·河中之水歌》
人间半九州，天下一春秋。
恰似河中水，东西不北流。

724 人生感故物，慷慨有余悲
【出处】唐·杜甫·《水槛》
三江一水流，万木半春秋。
游子川前问，家娘半白头。

725 人生寄一世，奄忽若飙尘
【出处】汉·佚名·《古诗十九首·今日良宴会》
去日会良筵，今来下西川。
人生知所以，谁似问三边。

726 人生交契无老少，论心何必先同调
【出处】唐·杜甫·《徒步归行》
老者故知心，年年问古今。
人生同社稷，少壮是衣襟。

727 人生看得几清明
【出处】宋·苏轼·《东栏梨花》
一年一日一清明，三月三生半枯荣。
李杏桃梨相继色，花红草碧是人情。

728 人生莫作妇人身，百年苦乐由他人
【出处】唐·白居易·《太行路》
一步太行山，三生半苦颜。
金杯空对月，父母待儿还。

729 人生七十古来稀
【出处】唐·杜甫·《曲江二首》
黄四娘家一曲稀，人生八十半无妻。
江头水色芳流去，脱却春衣上玉溪。

730 人生七十古稀，我年七十为奇
【出处】明·唐寅·《七十词》
七十古人稀，三春换旧衣。

身行多少路，足冷可依依。

731 人生如梦，一樽还酹江月
【出处】宋·苏轼·《念奴娇·赤壁怀古》
羽扇念奴情，东风十日成。
人生如梦令，赤壁古今横。

732 人生失意无南北
【出处】宋·王安石·《明妃曲》
明妃向汉宫，塞北待颜红。
意态三生外，阴山半古风。

733 人生识字忧患始
【出处】宋·苏轼·《石苍舒醉墨堂》
石醉一西东，人生半异同。
知书识字后，往日作心雄。

734 人生天地间，忽如远行客
【出处】汉·佚名·《古诗十九首·青青陵上柏》
陵上柏青青，宫中碧玉庭。
人前天地上，谁必自零丁。

735 人生有酒须当醉，一滴何曾到九泉
【出处】宋·高翥·《清明》
浊酒千杯到九泉，清明两界问三天。
灯前语后常相忆，一万音心一万年。

736 人生只合扬州老，禅智山光好墓田
【出处】唐·张祜·《游淮南》
二月一扬州，三小二水头。
苏杭天色近，银笛入红楼。

737 人生只似风前絮，欢也零星，悲也零星，都作连江点点萍
【出处】王国维·《采桑子》
世事枯荣铭，人生日月灵。
雨落出出草，云浮点点萍。

738 人生自古谁无死，留取丹心照汗青
【出处】宋·文天祥·《过零丁洋》
丹心照汗青，楚客问零丁。
不足身名外，人心带意听。

739 人生自古谁无死？马革裹尸是英雄
【出处】清·沙天香·《战歌》
男儿一旦功，女子半无衷。
自古空行月，何言不世雄。

740 人生自是有情痴，此恨不关风与月
【出处】宋·欧阳修·《玉楼春》
风月玉楼春，人生一半尘。
汉城花满地，上苑草身新。

741 人事有代谢，往来成古今
【出处】唐·孟浩然·《与诸子登岘山》
江山问古今，草木待天心。
胜迹芳名在，登临觅故音。

742 人似秋鸿来有信，事如春梦了无痕
【出处】宋·苏轼·《正月二十日与潘郭二生出郊寻春，忽记去年是日同至女王城作诗，乃和前韵》
东风不许过西门，日月留踪有故痕。
草木心从天地阔，浮云不动入黄昏。

743 人闲桂花落，夜静春山空
【出处】唐·王维·《鸟鸣涧》
涧外鸟鸣声，溪中半枯荣。
春山空日月，夜静客心惊。

744 人行明镜中，鸟度屏风里
【出处】唐·李白·《清溪行》
月落一清溪，风清半夜啼。
新声出嫩碧，古色化香泥。

745 人烟寒橘柚，秋色老梧桐
【出处】唐·李白·《秋登宣城谢朓北楼》
雨后一山风，峰前半不同。
三秋新日月，一色老梧桐。

746 人言落日是天涯，望极天涯不见家
【出处】宋·李觏·《乡思》
少小问天涯，别离向客家。
楼兰天地上，老者雪梅花。

747 人有悲欢离合，月有阴晴圆缺
【出处】宋·苏轼·《水调歌头》
处处一青天，悠悠半客船。
三江流不住，五味色难全。
社稷无来去，人间有缺圆。
但寻天地上，不问是何年。

748 人亦有言，进退维谷
【出处】《诗经·大雅·桑柔》
人人亦有言，树树自三无。
进退知维谷，阴晴草木萱。

749 忍把浮名，换了浅斟低唱
【出处】宋·柳永·《鹤冲天》
黄金榜上问龙头，草木丛中自不羞。
才子佳人云雨后，云浮水落色清流。

750 日长睡起无情思，闲看儿童捉柳花
【出处】宋·杨万里·《闲居初夏午睡起》
风定云浮问柳花，人沉酒醒卻窗纱。
惊来落絮惊来蝶，半入中庭半入家。

751 日出而作，日入而息
【出处】先秦·佚名·《击壤歌》
田中日月半耕耘，雨后桑麻一苦勤。
作息家前杨柳色，梅花落下满衣裙。

752 日出江花红胜火，春来江水绿如蓝
【出处】唐·白居易·《忆江南》
能不忆江南，姑苏一二三。
吴姬颜似玉，不疑是儿男。

753 日啖荔枝三百颗，不辞长作岭南人
【出处】宋·苏轼·《食荔枝》
长作岭南人，天涯不自亲。
还思川上水，客话谁知身。

754 日暮东风怨啼鸟，落花犹似坠楼人
【出处】唐·杜牧·《金谷园》
绿珠不待问金身，未惜芳香化作尘。
草木春晖知过客，空留日月坠楼人。

755 日暮狐狸眠冢上，夜归儿女笑灯前
【出处】宋·高翥·《清明》
子女问灯前，清明半雨天。
春风三界水，父母一生泉。

756 日日花前常病酒，不辞镜里朱颜瘦
【出处】五代·冯延巳·《蝶恋花》
自古蝶恋花，如今女一家。
花开三界外，姿色半天涯。

757 如今俱是异乡人，相见更无因
【出处】唐·韦庄·《荷叶杯》
枕边问谢娘，月下待萧郎。
隔岸春先到，相期可见长。

758 如今七事都更变，柴米油盐酱醋茶
【出处】清·查为仁·《莲坡诗话》
柴米油盐酱醋茶，一人天下一人家。
九州五味千婚嫁，七事三更二月花。

759 如今直上银河去，同到牵牛织女家
【出处】唐·刘禹锡·《浪淘沙》
一半东风一半花，两三岁月两三华。
何人天下何人主，不问牛郎织女家。

760 如临深渊，如履薄冰
【出处】《诗经·小雅·小旻》
冯河履薄冰，暴虎问亲朋。
小旻知人处，深渊一臂弘。

761 若待上林花似锦，出门俱是看花人
【出处】唐·杨巨源·《城东早春》
长安俱是看花人，半入香风半入春。
谁问田家妇人色，青黄不接女儿身。

762 若到江南赶上春，千万和春住
【出处】宋·王观·《卜算子·送鲍浩然之浙东》
二月一春风，三江半自融。
东吴殷切切，青海水濛濛。

763 若言琴上有琴声，放在匣中何不鸣
【出处】宋·苏轼·《琴诗》

无人处处谁声鸣，有界天天自不横。
可可知音知所以，朝朝问事问阴晴。

S

764 沙上并禽池上暝，云破月来花弄影
【出处】宋·张先·《天仙子》
水调歌头一意休，天仙子屋半春秋。
云云雨雨千朝暮，去去来来两寄留。

765 三杯通大道，一斗合自然
【出处】唐·李白·《月下独酌》之二
对影问三人，凭杯见一身。
沉浮当是客，醒醉入红尘。

766 三分春色二分愁，更一分风雨
【出处】宋·叶清臣·《贺圣朝·留别》
三分碧色五分心，一寸光阴二寸金。
天下书生书读尽，究根到底如今。

767 三更酒醒残灯在，卧听潇潇雨打篷
【出处】宋·陆游·《东关》
酒醒一残灯，无言半老僧。
东关心不锁，北陆玉壶冰。

768 三顾频烦天下计，两朝开济老臣心
【出处】唐·杜甫·《蜀相》
谁计老臣心，刘禅不蜀人。
丞相思未已，白帝苦托身。

769 三日入厨下，洗手作羹汤
【出处】唐·王建·《新嫁娘》
谁问嫁衣裳，中堂可短长。
龙门多少客，上苑作新娘。

770 三山半落青天外，二水中分白鹭洲
【出处】唐·李白·《登金陵凤凰台》
金陵复问凤凰台，白鹭江东水自开。
黄鹤楼中情不尽，吴宫月下去还来。

771 三十功名尘与土，八千里路云和月
【出处】宋·岳飞·《满江红》
日落满江红，云行一阵风。
人生常不解，曲意自难同。

772 三万里河东入海，五千仞岳上摩天
【出处】宋·陆游·《秋夜将晓，出篱门迎凉有感》
东风一半入篱门，细雨三千洒满村。
草木丛生荒已久，江南处处已黄昏。

773 色不迷人人自迷，情人眼里出西施
【出处】清·黄增·《集杭州俗语诗》
情人眼里出西施，客自心中客自知。
一日相思千日会，如云秀女好诗词。

774 山不厌高，水不厌深。周公吐哺，天下归心
【出处】魏·曹操·《短歌行》
不见高山见水深，还闻岭木半森林。
人生仰止行何处，一半宫商一半心。

775 山城酒薄不堪饮，劝君且吸杯中月
【出处】宋·苏轼·《月夜与客饮酒杏花下》
杯中月色清，足下步尤明。
入户寻香处，残红玉不惊。

776 山重水复疑无路，柳暗花明又一村
【出处】宋·陆游·《游山西村》
衣冠楚楚一书生，社日潇潇半雨城。
柳暗花明前后否，吴姬越女左右晴。

777 山从人面起，云傍马头生
【出处】唐·李白·《送友人入蜀》
蜀道入蚕丛，川流话故宫。
三春杨柳树，十八女儿红。

778 山光悦鸟性，潭影空人心
【出处】唐·常建·《题破山寺后禅院》
暮日照禅林，幽庭一片心。
何言花木色，古寺已如今。

779 山河破碎风飘絮，身世浮沉雨打萍
【出处】宋·文天祥·《过零丁洋》
一世半英雄，三生两界空。
声名身后事，今古不由衷。

780 山鸡羞绿水，不敢照毛衣
【出处】唐·李白·《秋浦歌》其三
山鸡只便著毛衣，古木珍禽向世稀。
振羽回声惊自己，飞扬十步是凤旗。

781 山近月远觉月小，便道此山大于月
【出处】明·王阳明·《蔽月山房》
十六月方圆，仲秋半肃天。
阴阳分不定，大小上心田。

782 山静似太古，日长如小年
【出处】宋·唐庚·《醉眠》
无知一醉眠，不宿半江船。
汴水苏杭客，随流日月年。

783 山路元无雨，空翠湿人衣
【出处】唐·王维·《山中》之一
十月叶红稀，秋冬鸟自依。
知时相悦处，不免著毛衣。

784 山盟虽在，锦书难托
【出处】宋·陆游·《钗头凤》
山盟容易海澜难，蜀道蚕丛栈道宽。
半壁沈园残半壁，如云秀女可云端。

785 山暝听猿愁，沧江急夜流
【出处】唐·孟浩然·《宿桐庐江寄广陵旧游》
沧江夜急流，枯叶落深秋。
始见月根处，何言浪子游。

786 山抹微云，天粘衰草，画角声断谯门
【出处】宋·秦观·《满庭芳》
山抹微云去学士秦，露花倒影柳田珍。
东坡风雨无晴处，李白无来共至尊。

787 山气日夕佳，飞鸟相与还
【出处】晋·陶渊明·《饮酒》之五
夕鸟伴黄昏，归人老树根。
客闻女儿客，灯火落乾坤。

788 山寺钟鸣昼已昏，鱼梁渡头争渡喧
【出处】唐·孟浩然·《夜归鹿门歌》
鱼梁渡口月无情，草木风中暮有声。
古刹钟鸣人不定，黄昏不意客船横。

第十三卷 诗词曲赋文章

789 山随平野尽，江入大荒流
【出处】唐·李白·《渡荆门送别》
人来楚地游，雁去问春秋。
谁见潇湘女，还闻蜀水流。

790 山外青山楼外楼，西湖歌舞几时休
【出处】宋·林升·《题临安邸》
西湖美女谁人愁，宋去明来杞女忧。
山外江青楼外色，杭州水自汴州流。

791 山围故国周遭在，潮打空城寂寞回
【出处】唐·刘禹锡·《石头城》
金陵半石头，故国一江流。
月色还依旧，秦淮女未休。

792 山映斜阳天接水，芳草无情，更在斜阳外
【出处】宋·范仲淹·《苏幕遮》
露水依从叶脉流，江南雨雾几时休。
姑苏月色寒山寺，不问长城问汴州。

793 山月不知心里事，水风吹落眼前花
【出处】唐·温庭筠·《望江南》
处处望江南，人人小女男。
呢哝吴语露，碧玉妇夫含。

794 山中何所有，岭上多白云。只可自怡悦，不堪持赠君
【出处】南北朝·陶弘景·《诏问山中所有赋诗以答》
山中一白云，枕下半衣裙。
谁在寒宫里，离分不问君。

795 山中无历日，寒尽不知年
【出处】唐·太上隐者·《答人》
千山鸟不缘，一枕石头眠。
醒醉寻人问，沉浮万岁前。

796 山中一夜雨，树杪百重泉
【出处】唐·王维·《送梓州李使君》
西湖一阔田，鹤子半如烟。
叶上云云露，枝间点点泉。

797 商女不知亡国恨，隔江犹唱后庭花
【出处】唐·杜牧·《泊秦淮》
南朝后主后庭花，玉树临风十万家。
十万男儿何处去，千年旧事浪淘沙。

798 伤往事，写新词，客愁乡梦乱如丝
【出处】清·孔尚任·《鹧鸪天》
乡愁客梦夕阳斜，暮色浮云老树花。
王谢燕飞秦水岸，春潮夜渡到王家。

799 伤心桥下春波绿，曾是惊鸿照影来
【出处】宋·陆游·《沈园》
亭园半壁开，不见一人来。
玉影今尤在，惆怅问客台。

800 伤心秦汉经行处，宫阙万间都做了土
【出处】元·张养浩·《山坡羊·潼关怀古》
长安八水流，壩上一春秋。
不尽潼关路，唐人晚客忧。

801 少年安得长少年，海波尚变为桑田
【出处】唐·李贺·《嘲少年》
佩玉意气扬，罗衫小店香。
吴姬多眉眼，洛客少年郎。

802 少年听雨歌楼上，红烛昏罗帐
【出处】宋·蒋捷·《虞美人》
春夏秋冬一雨声，中年老少半无情。
歌楼未尽行舟客，只到僧庐问枯荣。

803 少年易老学难成，一寸光阴不可轻
【出处】宋·朱熹·《劝学》
少小无知学未成，中年不忘力难生。
江河日下桑田事，草木人中父母情。

804 少年辛苦终身事，莫向光阴惰寸功
【出处】唐·杜荀鹤·《题弟侄书堂》
光阴半寸功，辛苦一飞鸿。
日月凭心在，东西济世雄。

805 少贪梦里还家乐，早起前山路正长
【出处】宋·欧阳修·《奉使道中作》
浪子一天涯，官人十地沙。
江湖三界内，夜梦半还家。

806 少小离家老大回，乡音无改鬓毛衰
【出处】唐·贺知章·《回乡偶书》
处处一家乡，悠悠半客肠。
人生多少路，但籍自扬长。

807 少壮不努力，老大徒伤悲
【出处】汉·佚名·《长歌行》
老大不悲伤，中年自扬长。
潇洒千万里，少小一家乡。

808 射人先射马，擒贼先擒王
【出处】唐·杜甫·《前出塞》
塞北半沙场，京中一帝王。
龙城飞将去，岂在不归乡。

809 设想英雄垂暮日，温柔不住住何乡
【出处】清·龚自珍·《己亥杂诗》
壮士自刚强，温柔是女乡。
风声千万里，月色照红妆。

810 深恩负尽，死生师友
【出处】清·顾贞观·《贺新郎》
书生岁岁自飘零，楚客年年自芷汀。
几处声名何人客，几时富贵入中庭。

811 深知身在情长在
【出处】唐·李商隐·《暮秋独游曲江》
日暮曲江游，云平客九州。
长安居不易，洛水已中秋。

812 身多疾病思田里，邑有流亡愧俸钱
【出处】唐·韦应物·《寄李儋元锡》
一气书苏州，三江问九流。
花开千万朵，诗寄古今忧。

813 身如巢燕年年客，心羡游僧处处家
【出处】宋·陆游·《寒食》
气火两三家，香梅一半斜。
寒窗知日月，恰似二月花。

1615

814 身是菩提树，心如明镜台
【出处】唐·神秀·《神秀偈》
世上半红尘，人间一玉身。
菩提非是树，明镜正衣巾。

815 身外何足言，人间本无事
【出处】唐·白居易·《日长》
少小一生平，沙场半枯荣。
长安居不易，野草谢阴晴。

816 身无彩凤双飞翼，心有灵犀一点通
【出处】唐·李商隐·《无题》
心有灵犀一点通，殊途日月半无同。
江湖草木江湖上，酒色清清酒色红。

817 神女生涯原是梦，小姑居处本无郎
【出处】唐·李商隐·《无题》
清溪小女莫愁堂，夏夜荷风月色荒。
有意无心寻自喜，小姑居处本无郎。

818 生当复来归，死当长相思
【出处】汉·佚名·《留别妻》
日月一夫妻，沉浮两不移。
相思心客远，努力谁东西。

819 生当作人杰，死亦为鬼雄
【出处】宋·李清照·《绝句》
楚汉下江东，鸿沟上下同。
三生千万客，一死半英雄。

820 生年不满百，常怀千岁忧。昼短苦夜长，何不秉烛游
【出处】汉·佚名·《古诗十九首·生年不满百》
谁不秉烛游，何人故不修。
平生三万日，读下五千秋。

821 生前富贵草头露，身后风流陌上花
【出处】宋·苏轼·《陌上花》
一半风流一半家，两三草木两三涯。
阡中日月阡中色，陌上花阴晴陌上花。

822 生死中年两不堪，生非容易死非甘
【出处】郁达夫·《病中作》
生生死死两茫然，暮暮朝朝一地天。
人去人来人不在，我行我素我家船。

823 生为百夫雄，死为壮士规
【出处】魏晋·王粲·《咏史诗》
一立丈夫声，三光日月明。
词诗黄鸟赋，此诺是精英。

824 生子当如孙仲谋
【出处】宋·辛弃疾·《南乡子·登京口北固亭有怀》
浪打一瓜洲，潮平半石头。
秦淮桥下月，渡口小桃舟。

825 盛年不重来，一日难再晨
【出处】东晋·陶渊明·《杂诗》
人生一半尘，数尽两三邻。
立足江山客，分身吉乐津。

826 诗书焚后今犹在，到底阿房不耐烧
【出处】清·丁尧臣·《咏阿房宫》
处处一秦宫，年年半晚红。
何人朝暮问，自谓是心雄。

827 诗思禅心共竹闲，任他流水向人间
【出处】唐·李嘉祐·《题虔上人壁》
古寺斜阳二万天，英雄自立半千年。
江山不改人心在，任它风云任缺圆。

828 时穷节乃见，一一垂丹青
【出处】宋·文天祥·《正气歌》
一一问丹青，三三五五亭。
人情知楚客，老者自无铭。

829 时人不识余心乐，将谓偷闲学少年
【出处】宋·程颢·《春日偶成》
老者当知学少年，人心未减旧时缘。
三千里路三千古，几万江山几万天。

830 时危见臣节，世乱识忠良
【出处】南北朝·鲍照·《代出自蓟北门行》
乱世一忠良，贤人十代芳。
桑田多草木，五味纳炎凉。

831 十分秋色无人管，半属芦花半蓼花
【出处】元·黄庚·《江村即事》
江村一水涯，烟雨半万家。
初落千梅粉，方红二月花。

832 十年离乱后，长大一相逢
【出处】唐·李益·《喜见外弟又言别》
老大一相逢，残年几又重。
还闻新旧事，犹撞暮天钟。

833 十年磨一剑，霜刃未曾试
【出处】唐·贾岛·《剑客》
何人有不平，岁月万千声。
一剑知天下，江湖诺去行。

834 十年生死两茫茫，不思量，自难忘
【出处】宋·苏轼·《江城子》
夜梦不还乡，无言欲断肠。
人中知自己，月下有思量。

835 十年一觉扬州梦，赢得青楼薄幸名
【出处】唐·杜牧·《遣怀》
杜牧遣怀声，青楼薄幸名。
扬州纤细女，一夜玉柔情。

836 十四万人齐解甲，更无一个是男儿
【出处】五代·花蕊夫人·《述国亡诗》
蜀国半男儿，红妆一素诗。
深宫多日月，谁道玉人知。

837 十指不沾泥，鳞鳞居大厦
【出处】宋·梅尧臣·《陶者》
流水一东西，红楼半玉泥。
门中人影下，庭后月何移。

838 始知锁向金笼听，不及林间自在啼
【出处】宋·欧阳修·《画眉鸟》
云中雨有情，画眉鸟无声。
不是金笼锁，难鸣玉树荣。

839 试上高峰窥皓月，偶开天眼觑红尘。可怜身是眼中人
【出处】王国维·《浣溪沙》

古寺微茫白日曛，飞虫昊香半山云。
孤峰磬竹声无止，可叹禅音不见君。

840 世间何物催人老？半是鸡声半马蹄
【出处】清·王九龄·《题旅店》
鸡鸣一半去长亭，旅店三春问七星。
岭外江峰寒水暖，无心何谓草青青。

841 世间那有扬州鹤
【出处】宋·苏轼·《于潜僧绿筠轩》
人间子女情，天下枯荣生。
独立西湖鹤，孤梅北里明。

842 世间无限丹青手，一片伤心画不成
【出处】唐·高瞻·《金陵晚望》
金陵晚望石头城，落叶浮云泛秋声。
辨证阴晴烟雨色，秦淮夜月最无明。

843 世路如今已惯，此心到处悠然
【出处】宋·张孝祥·《西江月》
世事入茫然，诗书读不全。
年年三百日，不释卷中天。

844 世上结交需黄金，黄金不多交不深
【出处】唐·张谓·《题长安主壁人》
世上问黄金，人间待古今。
三生行不止，一路是知心。

845 世事短如春梦，人情薄似秋云
【出处】宋·朱敦儒·《西江月》
人心五味新，世事半红尘。
草木西江月，阴晴一日春。

846 世事茫茫难自料，春愁黯黯独成眠
【出处】唐·韦应物·《寄李儋元锡》
足下人生万里长，山中道路一芬芳。
峰前不问青楼月，心上春秋半客肠。

847 世事一场大梦，人生几度秋凉
【出处】宋·苏轼·《西江月·黄州中秋》
人中一岁一春秋，天下三光十九州。
余夏风声尤未晚，蝉鸣月色上心头。

848 世态十年看烂熟，家山万里梦依稀
【出处】宋·陆游·《过野人家有感》
世态炎凉一客肠，桑田里巷半余香。
农夫不锁春秋事，弟子囚封叶落黄。

849 是他春带愁来，春归何处？却不解将愁去
【出处】宋·辛弃疾·《祝英台近·晚春》
守住祝英台，私心总不开。
书生山伯晚，何处玉人来。

850 守着窗儿，独自怎生得黑
【出处】宋·李清照·《声声慢》
寻寻觅觅一心情，雨雨云云半未晴。
冷冷清清千味苦，行行止止万思城。

851 瘦影自临春水照，卿须怜我我怜卿
【出处】明·冯小青·《怨》
卿心自我我心卿，日月阴晴日月明。
草木无心千草木，人生固守一人生。

852 书册埋头无了日，不如抛却去寻春
【出处】宋·朱熹·《出山道中口占》
水色一时新，浮云半不尘。
川流无止日，意气是精神。

853 书生事业真堪笑，忍冻孤吟笔退尖
【出处】宋·苏轼·《谢人见和雪后北台书壁》
书生事业一楼兰，道理千秋半水潭。
应是无非非不是，功名自退退还甘。

854 书中自有黄金屋
【出处】宋·赵恒·《励学篇》
励学生中一屋疏，匹夫人下自多余。
贤妻良子何人助，一寸金阴一寸书。

855 疏影横斜水清浅，暗香浮动月黄昏
【出处】宋·林逋·《山园小梅》
浮香涌动月羞容，水影疏枝叶几重。
唤起群芳明草木，喧妍重色怯行踪。

856 数峰清苦，商略黄昏雨
【出处】宋·姜夔·《点绛唇·丁未冬过吴松作》
雨后一江青，人前十里亭。
云随波上浪，水逐共天霆。

857 数峰无语立斜阳
【出处】宋·王禹偶·《村行》
苦杏叶初黄，村桥暮色苍。
千川流不尽，万壑积深藏。

858 数声风笛离亭晚，君向潇湘我向秦
【出处】唐·郑谷·《淮上与友人别》
一夜东风柳色新，三江渡口数行人。
男儿少女寻觅觅，尽是心中已入春。

859 数瓮犹未开，明朝能饮否
【出处】唐·储光羲·《田家杂兴》
田家三百桑，绿色一蚕堂。
吃叶惊心处，千丝束茧床。

860 谁伴明窗独坐，我共影儿两个
【出处】宋·李清照·《如梦令》
谁问半明窗，三春一枯江。
凄凉行雨色，似共待家邦。

861 谁道人生难再少？君看流水尚能西
【出处】宋·苏轼·《浣溪沙·游蕲水清泉寺，寺临兰溪，溪水西流》
山山水水一东西，暮暮朝朝暮自黎。
止止行行不止，人人处处有高低。

862 谁共我，醉明月
【出处】宋·辛弃疾·《贺新郎·别茂嘉十二弟》
将军百战竟无飞，甲戈三生甚不微。
可叹来寻天水市，家乡未见故人归。

863 谁家玉笛暗飞声，散入春风满洛城
【出处】唐·李白·《春夜洛城笛》
一夜春风满洛城，两家玉笛暗飞声。
玄宗兄弟杨妃问，俱是人生自不平。

864 谁言寸草心，报得三春晖
【出处】唐·孟郊·《游子吟》
东风寸草心，雨水枯荣音。
俱是书生误，平生向古今。

865 水光山色与人亲，说不尽无穷好
【出处】宋·李清照·《怨王孙》
草木怨王孙，行勿自误根。
香红春满院，落叶入黄昏。

866 水光潋滟晴方好，山色空蒙雨亦奇
【出处】宋·苏轼·《饮湖上初晴后雨》
浓妆淡抹两相宜，秋叶春花半可奇。
迁客吴中寻旧迹，骚人越语问西施。

867 水何澹澹，山岛竦峙
【出处】三国魏·曹操·《步出夏门行·观沧海》
东临碣石海天观，碧水长空卷巨澜。
万里行云云不见，千年星汉汉无残。

868 水流花谢两无情
【出处】唐·崔涂·《春夕》
水粉花流一半春，香红满地两三人。
留得碧色晴光在，却去东风扫夕尘。

869 水满有时观下鹭，草深无处不鸣蛙
【出处】宋·陆游·《幽居初夏》
沈园半壁放翁715，亭北三声故客家。
莫莫人情还错错，红酥手上暗窗纱。

870 水清石出鱼可数，林深无人鸟相呼
【出处】宋·苏轼·《腊日游孤山访惠勤惠思二僧》
江湖大丈夫，天下小姑苏。
常有风云雨，烟花一半吴。

871 语卿且勿眄，水清石自见
【出处】汉·佚名·《艳歌行》
白石玉山中，飞燕草木丛。
禅音钟鼓响，回首谁空空。

872 水是眼波横，山是眉峰聚
【出处】宋·王观·《卜算子·送鲍浩然之浙东》
人前一水山，雨后半红颜。
天下是儿女，心中问玉关。

873 思君令人老，岁月忽已晚
【出处】汉·佚名·《古诗十九首·行行重行行》
长路苦别离，天涯尽枯枝。
思君人自老，岁月已无知。

874 思君如满月，夜夜减清辉
【出处】唐·张九龄·《赋得自君之出矣》
何处雨霏霏，寒宫桂子微。
三春增五荚，一夜减三辉。

875 思悠悠，恨悠悠，恨到归时方始休
【出处】唐·白居易·《长相思》
金陵水色问瓜洲，不到吴山点点头。
两岸江青峰岭在，来来去去事悠悠。

876 死后元知万事空，但悲不见九州同
【出处】宋·陆游·《示儿》
生生死死一人平，去去来来半不鸣。
留下诗词三万首，人间自有一家声。

877 死后是非谁管得？满村听说蔡中郎
【出处】宋·陆游·《小舟游近村舍舟步归》
杨杨柳柳吕家庄，止止行行苦客肠。
一半诗词三界外，万千草木两炎凉。

878 似此星辰非昨夜，为谁风露立中宵
【出处】清·黄景仁·《绮怀》
耕耘土地自知忙，寸草春心寸家长。
百岁方兴三万日，平生夜夜一文章。

879 四海一家皆弟兄
【出处】宋·黄庭坚·《竹枝词二首·题歌罗驿》
百驿半皇州，三春一客留。
五湖知日月，四海弟兄酬。

880 四面边声连角起。千嶂里，长烟落日孤城闭
【出处】宋·范仲淹·《渔家傲》
萧萧宿鸟飞，处处觅旧闻。
落日渔家傲，江青子不归。

881 四时可爱唯春日，一事能狂便少年
【出处】王国维·《晓步》
有事难寻一少年，渝城雨雾半如烟。
光山似晚兴来早，夕暮何曾换旧年。

882 四知美誉留人世，应与乾坤共久长
【出处】唐·胡曾·《关西》
朝朝暮暮一黄昏，后后前前半入门。
处处人人寻不尽，天天地地共乾坤。

883 松风吹解带，山月照弹琴
【出处】唐·王维·《酬张少府》
细雨入山村，枕边小子孙。
春心何解带，草色早临门。

884 松间明月长如此，君再游兮复何时
【出处】唐·宋之问·《下山歌》
君心似我我心知，月色雅思不自思。
所以别离寻所以，何时日月复何时。

885 松排山面千重翠，月点波心一颗珠
【出处】唐·白居易·《春题湖上》
月入平湖一点珍，心出碧玉半山孤。
西施乡里温柔梦，解带罗裙是小姑。

886 松月生夜凉，风泉满清听
【出处】唐·孟浩然·《宿业师山房待丁大不至》
古月生寒凉，风泉溢露霜。
禅房灯火暖，谷壑已沧桑。

887 所谓伊人，在水一方
【出处】先秦·《诗经·秦风·蒹葭》
伊人似水一芳杨，白露枫丹春秋客。
男女情长心自许，喜戏鸳鸯在中央。
所谓伊人水一方，女官旧御制三皇。
石榴裙下朝廷客，半入深宫自卸妆。

T

888他年我若为青帝,报与桃花一处开
【出处】唐·黄巢·《题菊花》
菊色半层黄,秋风一旦扬。
潇洒西陆客,青帝若先尝。

889他山之石,可以攻玉
【出处】先秦·《诗经·小雅·鹤鸣》
他山之石玉攻成,本土鸣禽久不莺。
相辅相承天下事,千朝千野采精英。

890它生莫作有情痴,人天无地着相思
【出处】清·况周颐·《浣溪沙》
婷婷玉立浣溪沙,旦旦清风middle水涯。
水水芙蓉丝藕净,心心孔孔入人家。

891踏破铁鞋无觅处,得来全不费工夫
【出处】宋·夏元鼎·《绝句》
远在天边近在身,江山尽是去来人。
磨者不会接踵名,满世相期满世尘。

892汤武偶相逢,风虎云龙。兴王只在笑谈中
【出处】北宋·王安石·《浪淘沙令》
江山不问老英雄,社稷还言小子童。
无作无为无远志,方知自是一空中。

893桃红复含宿雨,柳绿更带朝烟
【出处】唐·王维·《田园乐》
园中一半花,雨下两三家。
绿里浮云碧,红前挂夕纱。

894桃花吹尽,佳人何在?门掩残红
【出处】元·张可久·《人月圆·春晚次韵》
桃花一半明,宿鸟两三鸣。
旦旦寻归处,春红自不声。

895桃花潭水深千尺,不及汪伦送我情
【出处】唐·李白·《赠汪伦》
江南有我情,草木自胡生。
谁问多山水,相思且不行。

896桃花一簇开无主,可爱深红爱浅红
【出处】唐·杜甫·《江畔独步寻花》
黄四娘家一路花,春风懒意半寻家。
深红浅绿青蓝紫,七色婷婷七色斜。

897桃李不须夸烂漫,已失了、东春风一半
【出处】南唐·潘佑·《无题》
四面桃花四面山,五湖烟雨五湖颜。
江南自由江南色,十八苏锡十八湾。

898桃李春风一杯酒,江湖夜雨十年灯
【出处】宋·黄庭坚·《寄黄几复》
江湖夜雨一船行,草木天光半可卿。
日月常言非主客,明年不似此年萌。

899桃之夭夭,灼灼其华
【出处】先秦·《诗经·周南·桃夭》
碧碧芳芳翠叶芽,妍妍秀秀玉桃花。
夭夭粉质灼灼色,旦旦晴光夕夕华。

900剔尽寒灯梦不成
【出处】宋·朱淑真·《减字木兰花》
疏影雕龙人月家,文章减字木兰花。
声声慢里南歌子,阮郎归后浪淘沙。

901天不老,情难绝。心似双丝网,中有千千结
【出处】宋·张先·《千秋岁》
玉茧锁蚕心,丝中问古今。
年年何太久,只恐遇知音。

902天苍苍,野茫茫,风吹草低见牛羊
【出处】南北朝·民歌·《敕勒歌》
阴山脚下一黄河,白马扬长九曲歌。
四野苍茫云雨阔,三生浩荡问嫦娥。

903天地合,乃敢与君绝
【出处】汉·无名氏·《上邪》
九界一相知,三生半意迟。
人间千雨水,天地万情痴。

904天地莫施恩,施恩强者得
【出处】唐·邵谒·《岁丰》
世上一丰年,人间半地天。
良畴无富贵,稼穑乞如烟。

905天地有正气,杂然赋流形
【出处】宋·文天祥·《正气歌》
正气一丹田,江山半雨烟。
人心磨励苦,自立主苍天。

906天公支与穷诗客,只买清愁不买回
【出处】宋·杨万里·《戏笔》
淞江一客五湖船,半似君明半似天。
读透唐诗三万首,耕耘复取是心田。

907天光云影共徘徊
【出处】宋·朱熹·《观书有感》
半在耕耘半在田,一心日月一心天。
江湖自在江湖上,草木书生草木缘。

908天阶夜色凉如水,卧看牵牛织女星
【出处】唐·杜牧·《秋夕》
七夕牛郎织女情,三星冷落启明行。
无当此夜何人诺,乞巧当心向谁明。

909天街小雨润如酥,草色遥看近却无
【出处】唐·韩愈·《初春小雨》
青春半柳条,羽翅一云霄。
但似空中雁,风光近去遥。

910天可老,海能翻。消除此恨难
【出处】宋·向子諲·《阮郎归》
何处阮郎归,三关误妇闱。
春风出塞北,草木雨霏霏。

911天恐文章中道绝,再生贾岛在人间
【出处】唐·韩愈·《赠贾岛》
何生贾岛在人间,十万龙门十万山。
一处龙门山外客,苦吟不尽苦吟颜。

912天若有情天亦老
【出处】唐·李贺·《金铜仙人辞汉歌》
江南十地雨云烟,塞北三边古月弦。

天若人情天亦老，江山处处是桑田。

913 天上浮云似白衣，斯须改变如苍狗
【出处】唐·杜甫·《可叹》
可叹一诗声，三生半不荣。
文章良莠著，日月苦自鸣。

914 天上流霞凝碧袖，起舞与君为寿
【出处】宋·毛滂·《清平乐》
云中半雪桥，月上一江遥。
天下清平乐，钱塘望海潮。

915 天生我材必有用，千金散尽还复来
【出处】唐·李白·《将进酒》
可问一诗名，不来半去声。
行程知蜀道，捞月势难成。

916 天生一个仙人洞，无限风光在险峰
【出处】毛泽东·《七绝·为李进同志题所摄庐山仙人洞照》
庐山一半不人间，弟子三千去又还。
日落洞中寻所见，江青天下问君颜。

917 天外黑风吹海立，浙东飞雨过江来
【出处】宋·苏轼·《有美堂暴雨》
暴雨飞来有美堂，翻江倒海暗无光。
千军万马齐呼叫，八面倾盆鼓振肠。

918 天下三分明月夜，二分无赖是扬州
【出处】唐·徐凝·《忆扬州》
萧娘玉笛问刘郎，柳叶扬州暗自长。
此地三分明月夜，桃花观外有无香？

919 天下英雄谁敌手？曹、刘，生子当如孙仲谋
【出处】宋·辛弃疾·《南乡子·登京口北固亭有怀》
江流北固楼，白首一神州。
千古兴亡事，三生已不愁。

920 天涯地角有穷时，只有相思无尽处
【出处】宋·晏殊·《木兰花》
年年十地游，岁岁一春秋。
不尽长亭路，三江峡外流。

921 天涯倦容，山中归路，望断故园心眼
【出处】宋·苏轼·《永遇乐》
秋风落处人如霜，曲港鲈鱼水半凉。
浪迹江湖知是客，空楼望断谁人乡。

922 天涯流落思无穷。既相逢，却匆匆
【出处】宋·苏轼·《江城子·别徐州》
天涯无限自无穷，一世生平一世雄。
自应丹心寻日月，何须区区问归鸿。

923 天涯犹有未归人
【出处】明·徐熥·《寄弟》
天涯犹有未归人，除夕逢春念弟亲。
少小平生离故里，只知向国不知身。

924 天涯也有江南信，梅破知春近
【出处】宋·黄庭坚·《虞美人》
春风可到半南枝，犹见霜明一北时。
汴水苏杭流不尽，长城口外好诗词。

925 天眼何时开，古剑庸一吼
【出处】唐·李贺·《赠陈商》
男儿一寸肠，女子十年芳。
过客知天下，家人日月长。

926 天意怜幽草，人间重晚晴
【出处】唐·李商隐·《晚晴》
重阳九月九重阳，暮色苍茫暮色光，
老者相知知老者，千肠不尽尽千肠。

927 天子呼来不上船，自称臣是酒中仙
【出处】唐·杜甫·《饮中八仙诗》
天子呼来不上船，水中捞月问余年。
清平乐里芙蓉色，蜀道方刚一少年。

928 田夫荷锄立，相见语依依
【出处】唐·王维·《渭川田家》
渭水问王维，玄宗网亦恢。
何言安史乱，相见不相随。

929 田横五百人安在，难道归来尽列侯
【出处】清·龚自珍·《咏史》
劝刘项

天下一田横，人中五百英。
英雄何进退，但见此生名。

930 停车坐爱枫林晚，霜叶红于二月花
【出处】唐·杜牧·《山行》
山行不尽一山行，草木丛丛草木生。
日月明明合日月，声鸣百岁自声鸣。

931 庭树不知人去尽，春来还发旧时花
【出处】唐·岑参·《山房春事》
二月东风二月花，一人何顾一人家。
三春只见三春客，老树还杨老树芽。

932 同是长干人，自小不相识
【出处】唐·崔颢·《长干行》
或恐是同乡，船前一曲肠。
如若停住下，从此不飞扬。

933 同是天涯沦落人，相逢何必曾相识
【出处】唐·白居易·《琵琶行》
江州司马一衷肠，曲尽人间半客堂。
不问琵琶人不问，原来处处有炎凉。

934 同心而离居，忧伤以终老
【出处】汉·佚名·《涉江采芙蓉》
江湖半人间，壮士一诸还。
山中芳草路，不到玉门关。

935 同学少年多不贱
【出处】唐·杜甫·《秋兴》
一日江楼一日忧，十年苦事十年流。
同年不是同年水，半见风云半见舟。

936 同侪争疾走，君独著先鞭
【出处】周恩来·《送蓬仙兄返里有感》
独自一光鞭，君情万马先。
怜侬依旧事，去雁半寥天。

937 同室操戈，相煎何急
【出处】周恩来·《为江南死国难者志哀》
江南一叶求，塞北半民忧。
尽是同兄弟，相煎自筑囚。

938 恸哭六军皆缟素，冲冠一怒为红颜
【出处】清·吴伟业·《圆圆曲》
秦淮渡口一圆圆，李闯云南半地天。
三桂军兵山海去，冲冠一怒为婵娟。

939 童孙未解供耕织，也傍桑阴学种瓜
【出处】宋·范成大·《田家》
儿女自当家，翁姐问日斜。
勤勤除草木，苦苦待桑麻。

940 痛饮狂歌空度日，飞扬跋扈为谁雄
【出处】唐·杜甫·《赠李白》
飞扬跋扈一飘蓬，日月江湖半乃翁。
草木樵渔知是客，归来谁可问飞鸿。

941 投我以木桃，报之以琼瑶
【出处】先秦·《诗经·卫风·木瓜》
心中一木瓜，匪报半天涯。
为好知桃李，琼瑶是玉家。

W

942 挽水西流想无法，从今不养五更鸡
【出处】清·黄遵宪·《山歌》
不养五更鸡，三星半不鸣。
人间知日月，天下自东西。

943 万般皆下品，唯有读书高
【出处】宋·汪洙·《神童·诗劝学》
其一
五尺一神童，三生半老翁。
男儿问日月，父母向飞鸿。

944 万古云霄一羽毛
【出处】唐·杜甫·《咏怀古迹》之五
不见云霄一羽毛，东风赤壁半低高。
三分天下空城计，魏蜀吴终晋灭曹。

945 万里悲秋长作客，百年多病独登台
【出处】唐·杜甫·《登高》
功名不取不登台，日月人间日月来。
业竟于勤勤苦读，百花园里百花开。

946 万里归心对月明
【出处】唐·卢纶·《晚次鄂州》
君心次鄂州，黄鹤大江流。
不见知音家，还闻去不休。

947 万里经年别，孤灯此夜情
【出处】唐·白居易·《除夜寄弟妹》
翁姐半百各生也，二水三山问弟兄。
除夕常言年岁旧，何时复见少年情。

948 万里无人收白骨，家家城下招魂葬
【出处】唐·张籍·《征妇怨》
沙场少妇心，二月半衣襟。
十战三边客，匈奴何古今。

949 万人丛中一握手，使我衣袖三年香
【出处】清·龚自珍·《投宋于庭》
两三玉树两三妆，一半人间一半唐。
握手人知千客去，衣袖负我十年香。

950 万事不如身手好，一生须惜少年时
【出处】王国维·《浣溪沙》
国学大师不国学，应是五微可入韵。
何以偏用少年时。
浣溪沙
十万河山十万家，一年草木一年花。
朝朝暮暮日倾斜。
碧玉小家知碧玉，大江流水大江华。
人间自古是桑林。

951 万事从来风过耳
【出处】宋·陈季常·《无愁可解》
无愁可解耳边风，有怨谁言万事空。
个底风云前后事，狗熊也是半英雄。

952 万事到头都是梦，休！休！明日黄花蝶也愁
【出处】宋·苏轼·《少年游》
黄花满地一边秋，少女相思半地愁。
月在床前人不语，如何不论玉人羞。

953 万物静观皆自得，四时佳兴与人同
【出处】宋·程颢·《秋日》
人同不见与人同，万树难平万树风。
五百年中无旧客，三千弟子各西东。

954 万帐穹庐人半醉，星影摇摇欲坠
【出处】清·纳兰性德·《如梦令》
醒醉一人生，春秋半枯荣。
何须无酒店，四季有阴晴。

955 王师北定中原日，家祭无忘告乃翁
【出处】宋·陆游·《示儿》
日日一行踪，年年半不重。
诗词二万首，何处再相逢。

956 往事已成空，还如一梦中
【出处】五代·李煜·《子夜歌》
往事已成空，词诗问大同。
年年辛苦事，岁岁养言工。

957 往事只堪哀，对景难排
【出处】五代·李煜·《浪淘沙》
一月照秦淮，三公问不非。
千军齐败北，万木入心怀。

958 望天低吴楚，眼空无物
【出处】元·萨都剌·《登石头城·百字令》
自古石头城，如今草木生。
还寻金谷客，不尽绿珠情。

959 微云淡河汉，疏雨滴梧桐
【出处】唐·孟浩然·《断句》
天上鹊桥横，牛郎织女声。
何当河汉问，七夕玉人情。

960 惟草木之零落兮，恐美人之迟暮
【出处】战国·屈原·《离骚》
离骚问九歌，楚客曲三河。
草木零丁落，潇湘水不多。

961 惟将终夜长开眼，报答平生未展眉
【出处】唐·元稹·《遣悲怀》之三
江流不住问江流，草木难平草木秋。
日月行空还照旧，人心未至去来愁。

962 惟有南风旧相识，偷开门户又翻书
【出处】宋·刘放·《新晴》
门前玉水雨新晴，树后浮云草木生。
日日行春人不语，偷开门户问难成。

963 惟有相思似春色，江南江北送君归
【出处】唐·王维·《送沈子福之江东》
夕照一桃花，无言两影斜。
何难倾色久，只入半人家。

964 唯有牡丹真国色，花开时节动京城
【出处】唐·刘禹锡·《赏牡丹》
国色天香一媚城，牡丹月季半京生。
庐山自有真颜面，抬引群芳十地荣。

965 为爱好多心转惑，遍将宜称问旁人
【出处】唐·韩偓·《新上头》
开箱不锁石榴裙，一见春情一见君。
好感时髦云雨色，心猿意马自纷纷。

966 为国为民皆是汝，却教桃李听笙歌
【出处】明·解缙·《桑》
江南十地桑，柳色一罗妆。
少女听蚕茧，春来锁玉娘。

967 为君持酒劝斜阳，且向花间留晚照
【出处】宋·宋祁·《玉楼春》
不问千金笑一轻，东风苦读自三生。
斜阳半缕春风暖，只照人间重晚晴。

968
一诺楼兰去不还，三生日月问天颜。
如今谁在寻乡里，只应无出山海关。

969 为有牺牲多壮志，敢叫日月换新天
【出处】毛泽东·《到韶山》
六十年前日月乡，三千故土待爹娘。
如今回首知儿女，何似人间山海光。

970 未若柳絮因风起
【出处】晋·谢道韫·《咏雪联句》
柳絮因风八面扬，梅花素玉九州妆。
长天一色婵娟近，白雪原来是嫁娘。

971 位卑未敢忘忧国
【出处】宋·陆游·《病起书怀》
书生不忘国家忧，万里楼兰万里求。
南宋临安临主客，江流何以问江楼。

972 未谙姑食性，先遣小姑尝
【出处】唐·王建·《新嫁娘》
入夜是嫁娘，临辰奉水汤。
心中一品位，厨下半红妆。

973 未见功名已白头
【出处】唐·杜牧·《冬日题智门寺北楼》
功名半白头，枫叶一动秋。
冬日云楼上，斜阳自远流。

974 未容君王得见面，已被杨妃遥侧目
【出处】唐·白居易·《上阳白发人》
红颜白发人，不问上阳春。
侧目君王色，杨妃已旧尘。

975 未知身死处，何能两相完
【出处】三国魏·王粲·《七哀诗》
谁故不出门，男儿妇女根。
长城辞易水，可叹半黄昏。

976 文章本天成，妙手偶得之
【出处】宋·陆游·《文章》
妙手半文章，雕龙一玉房。
先秦知篆体，辞令汉随唐。

977 文章千古事，得失寸心知
【出处】唐·杜甫·《偶题》
得失一寸心，进退半知音。
社稷寻儿女，江山是古今。

978 文章已满行人耳，一度思卿一怆然
【出处】唐·唐宣宗·《怀白居易》
一度梅花十度香，三生司马半炎凉。
西湖起落农夫水，洛下龙门问客肠。

979 文章憎命达，魑魅喜人过
【出处】唐·杜甫·《天末怀李白》
白石玉山中，花明碧草丛。
江湖秋水色，日月见飞鸿。

980 文字缘同骨肉深
【出处】清·龚自珍·《杂诗》
书生老暮半黄金，一寸风云一寸心。
万里江山千古问，不知何处是知音。

981 问君能有几多愁？恰似一江春水向东流
【出处】五代·李煜·《虞美人》
春花秋月一江东，玉树后庭半不空。
昨夜朱颜新曲舞，今朝碧玉故妆红。

982
一水一江东，三春半不同。
六朝随水去，五代问春风。

983 问渠那得清如许，为有源头活水来
【出处】宋·朱熹·《观书有感》
江流自古自源头，海水如今如载舟。
一鉴观书观世界，三千弟子半春秋。

984 问世间情为何物？直教人生死相许
【出处】金·元好问·《摸鱼儿·雁丘词》
好问人情雁五词，摸鱼儿女万千知。
生生死死双飞客，去去来来在尽时。

985 问余何意栖碧山？笑而不答心自闲
【出处】唐·李白·《山中问答》
山中问答是谁诗，不韵无音待几词。
仄仄平平平仄仄，唐诗律历白不知。

986 我本无家更安往？故乡无此好湖山
【出处】宋·苏轼·《六月廿七日望湖楼醉书》
少年只向玉门关，万里风云万里山。
一半人生三剑客，江湖尽处是天颜。

987 我观人间世，无如醉中真
【出处】宋·苏轼·《饮酒》
世上一知亲，心中半客邻。
人前无尽路，老者是贤人。

第十三卷　诗词曲赋文章

988 我寄愁心与明月，随君直到夜郎西
【出处】唐·李白·《闻王昌龄左迁龙标遥有此寄》
人生好问两衣襟，半古诗词半古今。
我寄清心明月在，一君天下一君音。

989 我见青山多妩媚，料青山见我应如是
【出处】宋·辛弃疾·《贺新郎》
平生一路知沧桑，半笑人间问抑扬。
草木江湖天地上，功名利禄谁兴亡。

990 我劝天公重抖擞，不拘一格降人才
【出处】清·龚自珍·《己亥杂诗》
一举问天公，三生向小童。
九州风雨去，四海有飞鸿。

991 我是清都山水郎，天教懒慢带疏狂
【出处】宋·朱敦儒·《鹧鸪天》
清心寡欲可疏狂，景奏流云有月章。
五百岁中知壮士，三千年里笑侯王。

992 我手写我口
【出处】清·黄遵宪·《杂感》
一口半人中，三心两意同。
五湖天地下，四海各西东。

993 我思君处君思我
【出处】宋·苏轼·《蝶恋花·暮春别李公择》
纷纷闲夜雨纷纷，云落云浮柳岸云。
不已情深情不已，君思我处我思君。

994 我所思兮在太山，欲往从之梁父艰
【出处】汉·张衡·《四愁歌》
天天地地一心宽，岁岁年年柳叶残。
欲往太山梁父岭，来来去去问君难。

995 我未成名君未嫁，可能俱是不如人
【出处】唐·罗隐·《偶题》
三春一日入三春，半处新枝半旧身。
岁岁梅花香似故，并非俱是不如人。

996 我以我血荐轩辕
【出处】鲁迅·《自题小像》
一日上灵台，三生问去来。
江山俱是客，二月见梅开。

997 我有迷魂招不得，雄鸡一声天下白
【出处】唐·李贺·《致酒行》
一曲由衷一曲东，半江光火半江红。
三生苦读三生愿，两处人间两处鸿。

998 我欲乘风归去，又恐琼楼玉宇，高处不胜寒
【出处】宋·苏轼·《水调歌头》
把酒问青天，婵娟待缺圆。
寒宫生桂子，今昔是何年。

999 我欲四时携酒去，莫教一日不花开
【出处】宋·欧阳修·《谢判官幽谷种花》
三春日月有花开，九脉年年玉水来。
万户萧烟天下尽，千家夜雨满灵台。

1000 我欲与君相知，长命无绝衰
【出处】汉·佚名·《上邪》
人生一始终，岭木半英雄。
唯有情难尽，随心身向东。

1001 我自横刀向天笑，去留肝胆两昆仑
【出处】清·谭嗣同·《绝命诗》
以死一生名，寻精半国英。
去留肝胆照，止首向天明。

1002 我醉君复乐，陶然共忘机
【出处】唐·李白·《下终南山过斛斯山人宿置酒》
月影随人自不归，未惊宿鸟近春闱。
终南山下行衣短，解带河星入户扉。

1003 我醉欲眠卿且去，明朝有意抱琴来
【出处】唐·李白·《山中与幽人对酌》
山中草木一幽人，天下风云半客身。
日月经年朝暮去，何言醒醉问秋春。

1004 吴宫花草埋幽径，晋代衣冠成古丘
【出处】唐·李白·《登金陵凤凰台》
金陵依旧凤凰台，月色秦淮玉水开。
黄鹤楼中崔颢在，一去李白再无来。

1005 无边落木萧萧下，不尽长江滚滚来
【出处】唐·杜甫·《登高》
无边落叶自萧萧，一半风扬一半遥。
只见沉浮天际阔，飞鸿也似入云霄。

1006 无可奈何花落去，似曾相识燕归来，小园香径独徘徊
【出处】宋·晏殊·《浣溪沙·春恨》
西阳夕下远山扬，满坡红霞岭木光。
春恨自消燕子去，晚晴无限是衷肠。

1007 无端嫁得金龟婿，辜负香衾事早朝
【出处】唐·李商隐·《为有》
汴水钱塘半草桥，村花里巷一春潮。
纱窗语细娇妍玉，不负香衾意不消。

1008 无情不似多情苦，一寸还成千万缕
【出处】宋·晏殊·《玉楼春·春恨》
天涯芳草半长亭，驿路春深岭木青。
楚客方知行不尽，云浮雨落有心灵。

1009 无情有恨何人见
【出处】唐·李贺·《昌谷北园新笋》
一夜烟云雨未迟，三春碧草响滋时。
东风不语心田上，露重花轻十万枝。

1010 无情最是台城柳，依旧烟笼十里堤
【出处】唐·韦庄·《台城》
金陵柳色半台城，烟雨秦淮一色倾。
十里春香还照旧，九州四月入清明。

1011 无人信高洁，谁为表予心
【出处】唐·骆宾王·《在狱咏蝉》
比鹭半明心，高扬一古今。
风清无短见，玉响有晴音。

1012无为在歧路，儿女共沾巾
【出处】唐·王勃·《送杜少府之任蜀州》
一路向三秦，三生苦半津。
人鸣千百岁，客读两三邻。

1013无欲自然心如水，有营何止事如毛
【出处】宋·赵师秀·《呈蒋薛二友》
平水自然心，烟云木两林。
群峰三石磊，日月九州箴。

1014五更惆怅回孤枕，犹自残灯照落花
【出处】唐·司空图·《华上》
梦轻语重半心花，一夜芳菲玉枕斜。
月去三更云雨下，春风只到故人家。

1015五更鼓角声悲壮，三峡星河影动摇
【出处】唐·杜甫·《阁夜》
三更半雨声，一夜九州行。
梦尽千山远，心明万楚城。

1016五更千里梦，残月一城鸡
【出处】宋·梅尧臣·《梦后寄欧阳永叔》
月落半梅枝，星移两玉池。
三更千里梦，十地一人时。

1017五岳寻仙不辞远，一生好入名山游
【出处】唐·李白·《庐山谣寄卢侍御虚舟》
一生客下半生颜，捞月难成捞月还。
李白寻仙似不远，不知近处是心间。

1018物是人非事事休，欲语泪先流
【出处】宋·李清照·《武陵春》
雨作香尘旧事休，风华正茂水空流。
客舟岸浅凭横纵，武陵春深任自由。

x

1019溪边古路三叉口，独立斜阳数过人
【出处】宋·苏轼·《纵笔》
独立洲头数过船，客身日月问天年。
溪边渡口何人去，老少人心一寸田。

1020溪边小立苦待月，月知人意偏迟出
【出处】宋·万里·《钓雪舟中霜夜望月》
日落一千峰，云浮两万重。
心明三界暗，步奉半行踪。

1021溪回谷转愁无路，忽有梅花一两枝
【出处】宋·杨万里·《晚归遇雨》
忽有梅花一两香，寒心半暖半三扬。
东风未到春先到，粉色含红是换妆。

1022溪云初起日沉阁，山雨欲来风满楼
【出处】唐·许浑·《咸阳城东楼》
北国还闻素玉楼，东风不尽一春秋。
六朝汴水寻南岸，八月长安向日流。

1023夕阳芳草本无恨，才子佳人空自悲
【出处】宋·晁补之·《鹧鸪天》
春情不断一蚕丝，折取桑心半月知。
楚囚原来凭是客，床边足却待人时。

1024夕阳芳草寻常物，解用都为绝妙词
【出处】清·袁牧·《遣兴》
知时是不知，无谓有非时。
天下多来去，人间老少师。

1025夕阳方在半，忽堕乱流中
【出处】清·郭麟·《登吴山望江》
斜阳向远扬，古木问苍桑。
夕照红霞满，黄昏一半江。

1026夕阳牛背无人卧，带得寒鸦两两归
【出处】宋·张舜民·《村居》
牛羊下括半黄昏，碧水山前一古村。
夕照榆钱多少页，花明竹色满乾坤。

1027夕阳劝客登楼去，山色将秋绕郭来
【出处】清·黄景仁·《都门秋思》
斜阳劝客自登楼，日尽昭然意气浮。
杨柳成城无限处，长天辽阔任东流。

1028夕阳无限好，只是近黄昏
【出处】唐·李商隐·《乐游原》
一日一黄昏，三山五岳村。
丈夫无主客，老少有乾坤。

1029夕阳西下，断肠人在天涯
【出处】元·马致远·《天净沙·秋思》
小桥流水入人家，碧玉含羞二月花。
烟雨云轻多月色，朦胧剔透过窗纱。

1030西北望长安，可怜无数山
【出处】宋·辛弃疾·《菩萨蛮·书江西造口壁》
仲秋一月满长安，素影三辉玉臂寒。
桂子心中多少色，青山存半在云端。

1031西风残照，汉家陵阙
【出处】唐·李白·《忆秦娥·秋思》
西陆一长空，江南半肃风。
潇湘归客早，汉阙已落红。

1032西塞山前白鹭飞，桃花流水鳜鱼肥
【出处】唐·张志和·《渔歌子》
只见钓鱼回，何闻腊月梅。
直钩凭所欲，用意在心台。

1033西施若解倾吴国，越国亡来又是谁
【出处】唐·罗隐·《西施》
十载寒窗十载春，三生宿愿两生申。
吴人不解西施色，罗隐难言素玉身。

1034昔去雪如花，今来花如雪
【出处】南北朝·范云·《别诗》
素玉雪如花，无香日月华。
由霜天下冷，浩色入人家。

第十三卷　诗词曲赋文章

1035昔人已乘黄鹤去，此地空余黄鹤楼
【出处】唐·崔颢·《黄鹤楼》
鹦鹉洲头草木秋，凤凰台外大江流。
琴台犹向三山问，黄鹤楼中客不休。

1036昔时横波目，今作流泪泉
【出处】唐·李白·《长相思》之二
春花一半自含烟，芳草三千满寸田。
儿女多心青几许，蜀琴楚客谁经年。

1037昔时人已没，今日水犹寒
【出处】唐·骆宾王·《于易水送人》
易水送人行，冲冠任客鸣。
江山千万里，社稷两三声。

1038昔我往矣，杨柳依依。今我来思，雨雪霏霏
【出处】《诗经·小雅·采薇》
杨花柳岸草萋萋，细雨霏霏鸟不啼。
子女依依行未去，归来日日问东西。

1039惜秦皇汉武，略输文采。唐宗宋祖，稍逊风骚
【出处】毛泽东·《沁园春·雪》
秦皇汉武一唐宗，宋祖元明半客容。
天下满清民国尽，中华处处见神龙。

1040细看来，不是杨花，点点是离人泪
【出处】宋·苏轼·《水龙吟·次韵章质夫杨花词》
点点滴滴一雨声，柔柔软软半人情。
春春夏夏无分寸，岁岁年年草木生。

1041细数落花因坐久，缓寻芳草得归迟
【出处】宋·王安石·《北山》
依依少女心，处处是知音。
天下多情客，何言问古今。

1042细雨梦回鸡塞远，小楼吹彻玉笙寒
【出处】南唐·李璟·《摊破浣溪沙》
金陵一日寒，日月半心宽。
天下随云去，女儿玉泪干。

1043细雨湿衣看不见，闲花落地听无声
【出处】唐·刘长卿·《别严士元》
落地闲花任雨声，东风不力问无晴。
春春色止群芳待，一日苞开艳满城。

1044细雨鱼儿出，微风燕子斜
【出处】唐·杜甫·《水槛遣心》
潮去岸沙平，人来鸟不惊。
浮云随水去，旷日纵心情。

1045贤愚千载知谁是？满眼蓬蒿共一丘
【出处】宋·黄庭坚·《清明》
四月半清明，三生一枯荣。
人间非是客，日照九泉城。

1046闲上山来看野水，忽于水底见青山
【出处】宋·翁卷·《野望》
千年一水山，万里半心颜。
谁问人间客，书生去不还。

1047闲云潭影日悠悠，物换星移几度秋
【出处】唐·王勃·《滕王阁序并诗》
江南郡外九江流，高阁楼中一日秋。
暮锁风云千百度，朝开玉佩十三州。

1048香稻啄余鹦鹉粒，碧梧栖老凤凰枝
【出处】唐·杜甫·《秋兴八首》之八
一夜凤凰枝，三春月色时。
倾闻鹦鹉问，何必玉人迟。

1049乡村四月闲人少，才了蚕桑又插田
【出处】宋·翁卷·《乡村四月》
人心一寸田，草木半云天。
细雨浮云近，桑蚕锁大千。

1050乡泪客中尽，孤帆天际看
【出处】唐·孟浩然·《早寒江上有怀》
文章世外观，日月客中寒。
草木无心问，书生有狭宽。

1051相恨不如潮有信，相思始觉海非深
【出处】唐·白居易·《浪淘沙》
春色似潮来，群花竞自开。
袭人芳几许，见谁折枝回。

1052相见或因中夜梦，寄来多是隔年书
【出处】唐·罗邺·《途中寄友人》
相思一梦中，或见半心空。
回味人生读，花明一夜风。

1053相见争如不见，有情何似无情
【出处】宋·司马光·《西江月》
女儿一夜玉妆成，岁月三生草木情。
回首区区天下去，何如永定北京城。

1054相见无杂言，但道桑麻长
【出处】东晋·陶渊明·《归田园居(其三)》
田中野草长，日下水天荒。
土地俗人在，风云道路扬。

1055相看两不厌，只有敬亭山
【出处】唐·李白·《独坐敬亭山》
一处敬亭山，三生半去还。
人心何捞月，不到玉门关。

1056相思相见知何日？此时此夜难为情
【出处】唐·李白·《三五七言诗》
霸风清，霜月明，霜叶归根落，霜鸦栖不鸣。

霜复雪重东城巷，霜梦来遇旧时情。

1057相思欲寄无从寄，画一个圈儿替
【出处】清·梁绍壬·《两般秋雨庵随笔》
一个圈儿一个心，伊人密密то如今。
依依且且相思意，确确真真梦里寻。

1058相望知不见，终是屡回头
【出处】唐·皇甫曾·《淮口寄赵员外》
云平一退潮，白浪去天消。
尽是回头问，西湖谁断桥。

1059想当年，金戈铁马，气吞万里如虎
【出处】宋·辛弃疾·《永遇乐·京口北固亭怀古》
廉颇老矣问难消，北固亭中望断桥。
铁马何言山下虎，楼兰将士向云霄。

1060向来枉费推移力，此日中流自在行
【出处】宋·朱熹·《观书有感》
自在东流自在行，一山草木一江清。
千年事物千年去，万古人仙万古城。

1061萧萧梧叶送寒声，江上秋风动客情
【出处】宋·叶绍翁·《夜书所见》
夜雨萧萧夜雨声，梧桐密密老梧桐。
秋风肃肃秋风客，寒驿留心梦不明。

1062萧萧远树疏林外，一半秋山带夕阳
【出处】宋·寇准·《书河上亭壁》
一半山峰上夕阳，三千弟子下田桑。
新疆日月栽杨柳，不断湘军两曲肠。

1063小丑跳梁谁殄灭？中原揽辔望澄清
【出处】清·林则徐·《次韵答陈子茂德培》
澄清天下自知难，欲使人中济不宽。
万里关山何锁去，开门治国后人观。

1064小荷才露尖尖角，早有蜻蜓立上头
【出处】宋·杨万里·《小池》
碧玉爱晴柔，清泉露水流。
荷花尖角上，粉色满枝头。

1065小来思报国，不是爱封侯
【出处】唐·岑参·《送人赴安西》
何言报国误封侯，李广行军谁问头。
自古忠贞臣不在，岳飞子女向千秋。

1066小楼一夜听春雨，深巷明朝卖杏花
【出处】宋·陆游·《临安春雨初霁》
杏花春雨一临安，十八湾中十八滩。
碧玉洞庭桥上问，西湖船上有微澜。

1067小诗有味似连珠
【出处】宋·苏轼·《生日王郎以诗见庆次其韵并寄茶二十一片》
一曲万人中，三春半下风。
新茶多口味，浓淡不相同。

1068小时不识月，呼作白玉盘
【出处】唐·李白·《古朗月行》
仲秋白玉盘，十六入云端。
一半凭心问，婵娟自主难。

1069小舟从此逝，江海寄余生
【出处】宋·苏轼·《临江仙》
楼兰一诺寄平生，忘却三生自不营。
此去天山千万里，何闻主客半身名。

1070笑渐不闻声渐悄，多情却被无情恼
【出处】宋·苏轼·《蝶恋花》
多情何处是无情，只有人心才有盟。
春色春风春水岸，小舟不往小舟平。

1071些小吾曹州县吏，一枝一叶总关情
【出处】清·郑板桥·《潍县署中画竹，呈年伯包大中丞括》
一枝一叶一声鸣，半尺三节半竹荣。
皆是人间辛苦力，与平处处是无平。

1072写得家书空满纸，流清泪，书回已是明年事
【出处】宋·陆游·《渔家傲·寄仲高》
淞江三界清，古月五湖明。
浪里渔家傲，风中自弟兄。

1073谢公最小偏怜女
【出处】唐·元稹·《遣悲怀》之二
心中小女儿，腊月一枝梅。
苦尽甜香在，公生自去来。

1074心轻万事如鸿毛
【出处】唐·李颀·《送陈章甫》
一时空问一云高，半旧方圆半旧袍。
渡口前头多不见，居心谁顾浪淘淘。

1075心如老马虽知路，身似鸣蛙不属官
【出处】宋·陆游·《自述》
书中佩玉冠，天下问波澜。
老马知前路，鸣蛙不属官。

1076心在天山，身老沧洲
【出处】宋·陆游·《诉衷情》
老马下沧洲，三秋上鹳楼。
黄河流不尽，满目欲何休。

1077心中事，眼中泪，意中人
【出处】宋·张先·《行香子》
三中玉色半生春，两处佳人一处身。
雪舞歌云情性好，朱门泊柳去来人。

1078新来瘦，非干病酒，不是悲秋
【出处】宋·李清照·《凤凰台上忆吹箫》
凤凰台上忆吹箫，弄玉秦王似不遥。
月在云中浮不定，相思自古像春潮。

1079新人虽言好，未若故人姝
【出处】汉·佚名·《古诗·上山采蘼芜》
人间一故情，天下半枯荣。

事后知诸葛，心中自在明。

1080 新松恨不高千尺，恶竹应须斩万竿
【出处】唐·杜甫·《将赴成都草堂途中有作，先寄严郑公五首》其四
杜甫半严公，花溪一水红。
成都余客坐，可叹草堂空。

1081 新笋已成堂下竹，落花都上燕巢泥
【出处】宋·周邦彦·《浣溪沙》
前头芳草到天涯，二月东风二月花。
泥水分别知日月，高楼尽处是人家。

1082 新月如佳人，出海初弄色
【出处】宋·苏轼·《宿望湖楼再和吕察推诗》
玉月一佳人，婵娟半自身。
出宫初见色，复首谁相亲。

1083 新竹高于旧竹枝，全凭老干为扶持
【出处】清·郑燮·《新竹》
一枝高上一枝高，半叶清风半不毛。
只有气节节外色，老干扶风自持庥。

1084 兴来只写青山卖，不使人间造孽钱
【出处】明·唐寅·《无题诗》
一墨一青山，三江二水颜。
天公大上客，玉石玉门关。

1085 星垂平野阔，月涌大江流
【出处】唐·杜甫·《旅夜书怀》
一叶月难求，三江水不收。
东流人未改，举目上高楼。

1086 行遍天涯千万里，却从邻父学春耕
【出处】宋·陆游·《小园》
万里一书生，千年半枯荣。
三生多少路，自此学春耕。

1087 行到水穷处，坐看云起时
【出处】唐·王维·《终南别业》
海角天涯一步中，花明草碧半东风。
无心种柳成行色，有意人间似飞鸿。

1088 行到中庭数花朵，蜻蜓飞上玉搔头
【出处】唐·刘禹锡·《和乐天春词》
桃花观外一刘郎，道士心中半不芳。
世上人生生不止，人间草木亦求阳。

1089 行囊羞涩都无恨，难得夫妻是少年
【出处】吴芳吉·《将自求宁归家先寄内》
一事难求是少年，三生尺寸问经天。
归心似箭春节近，腊月梅花月正圆。

1090 刑天舞干戚，猛志固常在
【出处】东晋·陶渊明·《读（山海经）》
人间半大千，书中不经年。
以不填沧海，居心易桑田。

1091 杏花村馆酒旗风，水溶溶，杨残红
【出处】宋·谢逸·《江神子》
枝头红杏酒旗风，池不鸳鸯客不空。
问断洞庭杨柳色，姑苏城外雨西东。

1092 修竹万竿松影乱，山风吹作满窗云
【出处】元·萨都剌·《道遇赞善庵》
半是山光半是云，一衣带水一衣裙。
姑苏月下洞庭水，不可别离不可分。

1093 玄都观里桃千树，尽是刘郎去后栽
【出处】唐·刘禹锡·《玄都观桃花》
玄都观里一桃花，有人问处有人家。
无情都是无情客，有意行头有意嘉。

1094 寻芳不觉醉流霞，倚树沉眠日已斜
【出处】唐·李商隐·《花下醉》
群芳满水遍流霞，十万姑苏十万花。
吴韵文章无主客，深居古巷有人家。

1095 寻章摘句老雕虫，晓月当帘挂玉弓
【出处】唐·李贺·《南国》之六
当帘挂玉弓，问月入寒宫。
不见嫦娥影，空城桂子东。

Y

1096 衙斋卧听萧萧竹，疑是民间疾苦声
【出处】清·郑板桥·《画竹呈包括》
竹叶萧萧一苦声，清风阵阵半出城。
同情应是知心客，日月合时始有明。

1097 烟消日出不见人，欸乃一声山水绿
【出处】唐·柳宗元·《渔翁》
无钩自钓一渔翁，只在山川犹在空。
不看游鱼先后至，烟消云散向西东。

1098 嫣然摇动，冷香飞上诗句
【出处】宋·姜夔·《念奴娇》
老马上归途，新人五味殊。
官场三界土，谁道一江湖。

1099 眼波才动被人猜
【出处】宋·李清照·《浣溪沙》
吴家少女一横波，半过人心半过河。
惠眼情怀多少意，香腮玉色是姝娥。

1100 雁字回时，月满西楼
【出处】宋·李清照·《一剪梅》
春风一剪梅，月色半头回。
都是芳香客，倾心细雨催。

1101 燕山雪花大如席，片片吹落轩辕台
【出处】唐·李白·《北风行》
十载一寒门，三春半树根。
长安知已问，何必向黄昏。

1102 燕子不来花又落，一庭风雨自黄昏
【出处】宋·赵孟頫·《绝句》
春花飞入半朱门，碧玉寻来一子孙。
红杏枝头知色重，原来云雨是乾坤。

1103 燕子楼空，佳人何在？空锁楼中燕
【出处】宋·苏轼·《永遇乐》
燕子楼空一去留，居心盼盼两无休。
十年杨柳成林在，三岁夫妻半白头。

1104 宴尔新婚，如兄如弟
【出处】《诗经·邶风·谷风》
迟迟一道行，尔尔半心成。
落落失兄弟，依依问客名。

1105 杨花点点是春心
【出处】宋·张炎·《西子妆慢》
点点梅梅点心心，年年腊月半无阴。
暗香疏影人人问，处处春光处处寻。

1106 杨花如雪扑征衣，马上征夫苦忆归
【出处】清·虞黄昊·《杨柳枝辞》
梅花似雪满洞庭，腊月寒心草未青。
補上人间群玉色，群芳一日上湖汀。

1107 仰天大笑出门去，我辈岂是蓬蒿人
【出处】唐·李白·《南陵别儿童入京》
一笑半出门，三声一五蕴。
后前何进退，老少一晨昏。

1108 遥怜小儿女，未解忆长安
【出处】唐·杜甫·《月夜》
清辉月夜寒，玉臂客心宽。
自是怜儿女，何人问久安。

1109 遥望齐州九点烟，一泓海水杯中泻
【出处】唐·李贺·《梦天》
三更一雪山，七色半天颜。
白马知千里，何人去不还。

1110 遥望洞庭山水翠，白银盘里一青螺
【出处】唐·刘禹锡·《望洞庭湖》
洞庭水色有还无，粉白梅花入五湖。
少女如酥寻草色，心中已暖自扶苏。

1111 窈窕淑女，君子好逑
【出处】《诗经·周南·关雎》
关关一两声，切切半不鸣。
君子窈窕女，春心处处晴。

1112 遥知不是雪，为有暗香来
【出处】宋·王安石·《梅花》
似有暗香来，寒宫月不开。
风声疑客至，疏影入心台。

1113 遥知湖上一樽酒，能忆天涯万里人
【出处】宋·欧阳修·《春日西湖寄谢法曹歌》
群芳百色一西湖，花港观鱼半玉壶。
有醉东风杨柳绿，无疑水色已如茶。

1114 咬定青山不放松，立根原在破岩中
【出处】清·郑燮·《竹石》
一步一行踪，三心两意重。
少来寻处处，老去是从客。

1115 要知松高洁，待到雪化时
【出处】陈毅·《雪压青松》
素雪问青松，千山自有踪。
高洁不远近，辽阔见鱼龙。

1116 野火烧不尽，春风吹又生
【出处】唐·白居易·《赋得古原草送别》
离离一草原，简简半冗繁。
落落群芳翠，晴晴万里垣。

1117 野旷天低树，江清月近人
【出处】唐·孟浩然·《宿建德江》
何时江月一江春，不见江流不见人。
唯有江楼常与问，江舟已过半江新。

1118 野旷天清无战声，四万义军同日死
【出处】唐·杜甫·《悲陈陶》
一战半生恢，三公两未回。
桑田旷草木，水野纵惊雷。

1119 叶上初阳干宿雨，水面清圆，——风荷举
【出处】宋·周邦彦·《苏幕遮》
一夜露珠圆，三春草木川。
浑身兹水色，玉影是晓烟。

1120 夜半桥边呼孺子，人间犹有未烧书
【出处】清·陈恭尹·《读秦纪》
人生一部书，苦读半心居。
楚汉揭竿起，儒家自有余。

1121 夜来风雨声，花落知多少
【出处】唐·孟浩然·《春晓》
春风半雨声，碧玉一心晴。
芳草群花岸，原来已梦生。

1122 夜阑更秉烛，相对如梦寐
【出处】唐·杜甫·《羌村》之一
不可问邻人，群芳已入春。
光明花百树，香落三身。

1123 夜阑卧听风吹雨，铁马冰河入梦来
【出处】宋·陆游·《十一月四日风雨大作》
江南水镜一先生，塞外黄河半海平。
鹳雀楼高人不语，凭栏未见彼人行。

1124 夜凉吹笛千山月，路暗迷人百种花
【出处】宋·欧阳修·《梦中作》
迷人百种花，夜暗半人家。
地上千万粟，田中一豆瓜。

第十三卷 诗词曲赋文章

1125 夜深风竹敲秋韵，万叶千声皆是恨
【出处】宋·欧阳修·《玉楼春》
居心不尽玉楼春，触目难言欲此人。
远近花明花不语，阴晴日月入天津。

1126 夜深更饮秋潭水，带月连星舀一瓢
【出处】清·郑燮·《访青崖和尚·和壁间晴岚学士虚亭侍读原韵》
寻常景物不寻常，两岸风声两岸光。
汀芷浮萍洲草暗，轻舟只载一心肠。

1127 夜宿峰顶寺，举手扪星辰。不敢高声语，恐惊天上人
【出处】唐·李白·《题峰顶寺》
峰高天近一人行，伏草风云半不声。
日月心知多石垒，泰山屹立是成城。

1128 夜台无李白，沽酒与何人
【出处】唐·李白·《哭宣城善酿纪叟》
沽酒与何人，清平乐里春。
翰林知君奉，李白问官亲。

1129 夜月一帘幽梦，春风十里柔情
【出处】宋·秦观·《八六子》
柳絮半杨花，黄昏一日斜。
春风十里路，百色万人家。

1130 一波才动万波随
【出处】唐·船子和尚·《颂钓者》
只钓湖心不钓鱼，约来明月以客居。
此波渐去二波起，一满无平一漪虚。

1131 一川碎石大如斗，随风满地石乱走
【出处】唐·岑参·《走马川行奉送封大夫出师西征》
一川碎石向天扬，九脉风沙满地黄。
破壁残垣斜照影，交河故国胜何昌。

1132 一丛深色花，十户中人赋
【出处】唐·白居易·《买花》
花明一巷深，玉色半知心。
忽入身前问，梦中有约音。

1133 一代红妆照汗青
【出处】清·吴伟业·《圆圆曲》
冲冠一怒为红颜，树故三军去不还。
记取圆圆声色里，春风已度玉门关。

1134 一道残阳铺水中，半江瑟瑟半江红
【出处】唐·白居易·《暮江吟》
一道斜阳一道红，满天暮色满天空。
旁边深水旁边暗，此路直如入苍穹。

1135 一点浩然气，千里快哉风
【出处】宋·苏轼·《水调歌头》
落日一江红，东流半卷风。
山光知远近，两岸自蒿蓬。

1136 一朵忽先变，百花皆后香
【出处】宋·陈亮·《梅花》
东君自主张，朵朵欲先香。
群芳未及醒，疏枝玉色扬。

1137 一封朝奏九重天，夕贬潮阳路八千
【出处】唐·韩愈·《左迁至蓝关示侄孙湘》
江流半入九重天，夕照三红问旧禅。
五百年中来去客，万千里路种心田。

1138 一夫当关，万夫莫开
【出处】唐·李白·《蜀道难》
万夫莫计一夫关，九脉江流百脉山。
蜀道难呼难蜀道，翰林白保自无题。

1139 一个西湖一才子
【出处】清·赵翼·《西湖晤袁子才喜赠》
一个西湖一个人，半家才子半家春。
阴晴圆缺苏堤月，柳浪闻莺客自邻。

1140 一顾倾人城，再顾倾人国
【出处】汉·李延年·《佳人歌》
金屋藏娇半玉身，倾国倾城一佳人。
汉家可见江山去，只顾枕边一地春。

1141 一壶酒，一竿纶，世上如侬有几人
【出处】五代·李煜·《渔父》
十色风光十色疏，一人日月一人居。
常知客坐难知主，只钓江山不钓鱼。

1142 一壶浊酒喜相逢，古今多少事，都付笑谈中
【出处】明·杨慎·《临江仙》
一路长江一路风，万家灯火万家雄。
渔樵白发春光在，古事今人笑谈中。

1143 一怀愁绪，几年离索。错！错！错！
【出处】宋·陆游·《钗头凤》
一错知情一错难，半心沈园半心肝。
一人独自千离索，半壁亭里百草残。

1144 一骑红尘妃子笑，无人知是荔枝来
【出处】唐·杜牧·《过华清宫》
华清池里玉人来，露重玄宗半不裁。
出水芙蓉珠丽色，倾心只向海棠开。

1145 一间茅屋何所值？父母之乡去不得
【出处】唐·王建·《水夫谣》
不怨山河不怨夫，水夫故土水乡田。
驿边船客多来去，不是金钱是酒钱。

1146 一将功成万骨枯
【出处】唐·曹松·《己亥岁感事》
一将不封侯，三生问国忧。
边疆多战事，故土大江流。

1147 一叫一回肠一断，三春三月忆三巴
【出处】唐·李白·《宣城见杜鹃花》
宣城处处杜鹃花，下里心心忆蜀巴。
啼鸟一鸣三月尽，回肠九曲客人家。

1629

1148 一卷离骚一卷经，十年心事十年灯，芭蕉叶上听秋声

【出处】清·吴藻·《浣溪沙》
十年故事十年灯，一卷离骚一卷灵。
九曲黄河连海日，三春日月草青青。

1149 一面东风百万军，当年此处定三分

【出处】清·袁牧·《赤壁》
赤壁云飞半退潮，东吴借箭一鼓遥。
江风破浪双火手，诸事群儒亦自消。

1150 一年春事都来几？早过了三之二

【出处】宋·欧阳修·《青玉案》
日暖一人身，花明半壁邻。
春风桃李树，主客去来人。

1151 一年好景君须记，最是橙黄橘绿时

【出处】宋·苏轼·《赠刘景文》
一岁一春秋，三江九脉流。
君须记取事，家国始知忧。

1152 一年将尽夜，万里未归人

【出处】唐·戴叔伦·《除夕夜宿石头驿》
一年腊月一年春，双岁除夕两地亲。
十载寒窗关里去，百年万里未归人。

1153 一年又过一年春，百岁曾无百岁人

【出处】唐·宋之问·《宴城东庄》
千山绿遍万江新，四月花香鸟语邻。
一醉花间多少客，三春尽是赏花人。

1154 一鸟不啼山更幽

【出处】宋·王安石·《钟山即事》
啼鸟还惊几处鸣，秋风竹西不闻声。
溪流石涧扬晴水，万里山光日月晴。

1155 一片冰心在玉壶

【出处】唐·王昌龄·《芙蓉楼送辛渐》
君近江湖我近吴，半心日月半心孤。
但得草木扶摇碧，读尽离骚一臂呼。

1156 一片芳心千万绪，人间没个安排处

【出处】五代·李煜·《蝶恋花》
草木过清明，群芳向笑生。
无晴烟雨路，云细有初声。

1157 一片花飞减却春，风飘万点正愁人

【出处】唐·杜甫·《曲江二首》之一
花明入曲江，草色问寒窗。
醒醉书中玉，阴晴度国邦。

1158 一丘一壑也风流

【出处】宋·辛弃疾·《鹧鸪天》（鹅湖归，病起作）
一丘一壑一风流，二水三山二去留。
行雨行去行日月，春花烂漫自知羞。

1159 一曲离歌两行泪，不知何地再逢君

【出处】唐·方干·《翟州别李秀才》
风云草木亦风云，日月江山日月分。
读尽千章向为客，书田一曲又逢君。

1160 一去紫台连朔漠，独留青冢向黄昏

【出处】唐·杜甫·《咏怀古迹五首》之三
青冢独自问黄昏，千载琵琶入半门。
朔漠草青连万里，单于情重慰孤魂。

1161 又

春风上紫台，汉女下宫来。
朔漠荒沙重，梅香暗自开。

1162 一人独钓一江秋

【出处】清·王士祯·《题秋江独钓图》
独钓一江山，楼兰半客颜。
相知出楚赋，逐日读书还。

1163 一人计不用，万里空萧条

【出处】唐·王昌龄·《失题》
一计定乾坤，三分问晓昏。
曹刘孙鼎立，何处属鹏鲲。

1164 一日不见，如三秋兮

【出处】《诗经·王风·采葛》
半日已三秋，千川水一流。
居心知日月，玉枕向心羞。

1165 一身能擘两雕弧，虏骑千重只似无

【出处】唐·王维·《少年行》之二
匈奴雪素一单于，万马云边半似无。
朔漠连天何处尽，秦时天子御前孤。

1166 一身转战三千里，一剑曾当百万师

【出处】唐·王维·《老将行》
一箭万人师，三生半不知。
何寻飞将巷，自尽汉家时。

1167 一声何满子，双泪落君前

【出处】唐·张祜·《宫词》
唐武孟才人，名成弱女身。
声声河满子，处处玉楼春。

1168 一树春风千万枝，嫩于金色软于丝

【出处】唐·白居易·《永丰坊园中垂柳》
小蛮一曲柳杨身，居易三生盼盼人。
两处亲情多少问，春风不住身天津。

1169 一双冷眼看世人，满腔热血酬知己

【出处】清·袁牧·《随园诗话·卷十六》
冷眼书中一世人，知心天下半入春。
前前后后云云客，暮暮朝朝处处尘。

1170 一双笑靥才回面，十万精兵尽倒戈

【出处】唐·鱼玄机·《浣纱庙》
春风何处入溪纱，越女神心守馆娃。
一日倾城千国色，痴情未子到吴家。

第十三卷 诗词曲赋文章

1171一双瞳人剪秋水
【出处】唐·李贺·《唐儿歌》
剪水双瞳笑靥红，秋波未及浣溪东。
西施曲尽吴王剑，不及洞庭玉色风。

1172一水护田将绿绕，两山排闼送青来
【出处】宋·王安石·《书湖阴先生壁》
一处心思一处开，万家灯火万家台。
清风明月珍珠玉，入夏湖阴送爽来。

1173 一丝柳，一寸柔情
【出处】宋·吴文英·《风入松》
一寸柔情一寸心，半生天下半知音。
杨杨柳柳东风里，草草花花日月荫。

1174一为迁客去长沙，西望长安不见家
【出处】唐·李白·《与史郎中钦听黄鹤楼上吹笛》
一客去长沙，三生半不家。
人前知所以，事后问梅花。

1175一箫一剑平生意，负尽狂名十五年
【出处】清·龚自珍·《漫感》
一箫半剑向平生，十地三生问枯荣。
三界江湖天下水，九州日月入精英。

1176一叶浮萍归大海，人生何处不相逢
【出处】清·赵翼·《陔余丛考四三·成语》
引丁冠诗："一叶浮萍归大海，人生何处不相逢。"
人生处处不相逢，楚客悠悠济世穷。
何谓秋冬去春夏去，君心南北又西东。

1177一叶落知天下秋
【出处】唐·无名氏诗句："山僧不解数甲子，一叶落知天下秋。"
江楼未住问江流，不见轻舟见去留。
谁解山僧知甲子，一年日月一春秋。

1178一叶叶，一声声，空阶滴到明
【出处】唐·温庭筠·《更漏子》
点点滴滴一雨桐，空空落落半清风。
朝朝暮暮相期许，叶叶声声到梦中。

1179一愿世清平，二愿身强健，三愿临老头，数与君相见
【出处】唐·白居易·《赠梦得》
清平强健老头扬，居易刘郎聚古香。
记否八王拾司马，一朝天下半衷肠。

1180一朝权入手，看取令行时
【出处】唐·朱湾·《奉使设晏戏掷笼筹》
朝朝八字开，暮暮一章来。
日日三千句，年年百万裁。

1181一折青山一扇屏，一湾碧水一条琴
【出处】清·刘嗣绾·《自钱塘至桐庐舟中杂诗》
无锡十八湾，同里两三山。
俱饮江湖水，钱塘满玉颜。

1182一枝红艳露凝香，云雨巫山枉断肠
【出处】唐·李白·《清平调》之二
巫山云雨一衷肠，腊月梅花半色香。
艳露宫中出水见，清平调外卸红妆。

1183一自西施采莲后，越中生女尽如花
【出处】清·朱彝尊·《越江词》
烟云若耶溪，舟泛鸟轻啼。
花草知儿女，莲莲桂子西。

1184一万年太久，只争朝夕
【出处】毛泽东·《满江红·和郭沫若同志》
落叶下长安，南山上玉冠。
三生二万事，一日十五年。

1185衣不如新，人不如故
【出处】汉·佚名·《古艳歌》
江山一故人，社稷半衣新。
举步东西走，寻心已向春。

1186衣带渐宽终不悔，为伊消得人憔悴
【出处】宋·柳永·《凤栖梧》
凭栏叹止自当歌，借酒消愁谁奈何。
越语斯文花草色，吴宫女子问古梦。

1187医得眼前疮，剜却心头肉
【出处】唐·聂夷中·《咏田家》
天下一田家，人中半豆瓜。
君王何不问，衣着是桑麻。

1188遗民泪尽胡尘里，南望王师又一年
【出处】宋·陆游·《秋夜将晓出篱门迎凉有感》
歌舞半临安，王师十日宽。
丹青依旧在，谁数月光残。

1189已凉天气未寒时
【出处】唐·韩偓·《已凉》
半凉未尽半初寒，一水平波一水干。
口外风声如何起，吴中绿色上云端。

1190以胶投漆中，谁能别离此
【出处】汉·无名氏·《客从远方来》
君言一枕边，妾梦半连天。
唯有相思苦，春心万里泉。

1191倚剑长歌一杯酒，浮云西北是神州
【出处】金·元好问·《横波亭》
一怒半横波，三春九渡河。
知心知可问，夜梦似其多。

1192易求无价宝，难得有心郎
【出处】唐·鱼玄机·《赠邻女》
一半问王昌，三春玉女娘。
忘乎所以故，自得有心郎。

1193亿君泪落东流水，岁岁花开知为谁
【出处】唐·李颀·《题卢五旧居》

1631

年年问旧居，岁岁似多余。
子女爹娘健，何如自读书。

1194 亦狂亦侠亦温文
【出处】清·龚自珍·《已亥杂诗》
半生读者半温文，一世知音一世云。
去去来来还必客，衣裙新旧是衣裙。

1195 宜将剩勇追穷寇，不可沽名学霸王
【出处】毛泽东·《人民解放军占领南京》
沽名学霸王，易水自扬长。
败败成成去，兴兴废废忙。

1196 又
万古半高堂，千年一主张。
天安门上客，社稷一兴亡。
只饮台湾水，何闻日月光。
人心知所向，可见润芝肠。

1197 因过竹院逢僧话，又得浮生半日闲
【出处】唐·李涉·《登山》
谁问浮生半日田，别离岁月一心天。
依书处处寻天下，回首年年是苦泉。

1198 吟安一个字，捻断数茎须
【出处】唐·卢延让·《苦吟》
江山一见吟，土木半鸣琴。
水火何相竞，知音十里金。

1199 殷鉴不远，在夏后之世
【出处】《诗经·大雅·荡》
谁以问殷商，龙云舞凤凰。
兴亡成败后，颠沛易文王。

1200 英雄一入狱，天地亦悲秋
【出处】清·章炳麟·《狱中赠邹容》
天地一英雄，人间半不穷。
丹心来去在，但见一飞鸿。

1201 应是子规啼不到，故乡虽好不思归
【出处】明·周在·《闺怨》

一夜子规啼，三春过五溪。
家乡山水碧，月照雁飞西。

1202 永夜角声悲自语，中天月色好谁看
【出处】唐·杜甫·《宿府》
月色半寒家，城空一影斜。
风尘书未尽，自语向天华。

1203 游人不管春将老，来往亭前踏落花
【出处】宋·欧阳修·《丰乐亭游春》
秋叶春风一豆瓜，风平浪静一船家。
舟停不止引舟客，十步长亭踏落花。

1204 有花堪折直须折，莫待无花空折枝
【出处】唐·杜秋娘·《金缕衣》
二月半新春，三生一玉人。
金缕衣上色，游子客边身。

1205 有梅无雪不精神，有雪无诗俗了人
【出处】宋·卢梅坡·《雪梅》
有雪无梅未记春，花红叶碧嫁时人。
云云雨雨烟如色，去去来来一半新。

1206 有情风万里卷潮来，无情送潮归
【出处】宋·苏轼·《八声甘州·寄参寥子》
万里一潮来，千军半不开。
钱塘呼去者，玉水上天台。

1207 有约不来过夜半，闲敲棋子落灯花
【出处】宋·赵师秀·《有约》
有约春边司马光，池塘月色故人肠。
思心只向家乡问，落叶飞扬似暖凉。

1208 有道难行不如醉，有口难言不如睡
【出处】宋·苏轼·《醉睡者》
醒醉难言渡口前，行船不定是行船。
人生处处一先后，天上明明半缺圆。

1209 余霞散成绮，澄江静如练
【出处】南朝·谢朓·《晚登三山还望京邑》
澄江一练红，碧水半西东。
流影三远里，浮光七色空。

1210 于今腐草无萤火，终古垂杨有暮鸦
【出处】唐·李商隐·《隋宫》
落叶过隋宫，英雄问老翁。
长城何为主，汴水自由衷。

1211 于无声处听惊雷
【出处】鲁迅·《无题》
无声处处一惊雷，有意新新半月开。
事事人人寻不尽，朝朝暮暮任心裁。

1212 与君别后泪痕在，年年著衣心莫改
【出处】唐·元稹·《夜别筵》
留取衣襟一泪痕，人间彼此半无根。
爹娘子女爹娘去，子女爹娘子女村。

1213 雨笠烟蓑归去也，与人无爱亦无嗔
【出处】苏曼殊·《寄调筝人》
谁入禅房怨是亲，去人一半是来人。
生生死死何生死，觅觅寻寻问自身。

1214 雨中黄叶树，灯下白头人
【出处】唐·司空曙·《喜外弟卢纶见宿》
灯前谁问白头人，雨色黄昏半入春。
草木东风还照旧，只知远近不知身。

1215 雨中山果落，灯下草虫鸣
【出处】唐·王维·《秋夜独坐》
秋夜向虫鸣，残枝待枯荣。
清心寒月色，无处是新生。

1216 语不惊人死不休
【出处】唐·杜甫·《江上值水如海势聊短述》
金陵问莫愁，云雨自无休。
渡口知桃叶，秦淮色水流。

1217欲把西湖比西子，淡妆浓抹总相宜
【出处】宋·苏轼·《饮湖上初晴后雨》
西湖雨后晴，柳浪鸟无鸣。
花港凭鱼跃，苏堤向水荣。

1218欲渡黄河冰塞川，将登太行雪满山
【出处】唐·李白·《行路难》
人间一路难，天地半心安。
唯有知行者，天山一玉冠。

1219欲待曲终寻问取，人不见，数峰青
【出处】宋·苏轼·《江城子·湖上与张先同赋，时闻弹筝》
目尽一江青，心生半渭泾。
长安难养客，天下谁知铭。

1220欲得周郎顾，时时误拂弦
【出处】唐·李端·《听筝》
素手玉房前，音琴三寸田。
周郎何赤壁，只悔小乔先。

1221欲黄昏，雨打梨花深闭门
【出处】宋·李重元·《忆王孙》
梅花半绽闭深门，满院芳香锁故恩。
柳下依依寻旧步，袭人可可入梦魂。

1222欲祭疑君在，天涯哭此时
【出处】唐·张籍·《没蕃故人》
李广一英名，匈奴半不声。
军中无彼此，兵士有功成。
不解迷人路，何人帅令生。
可怜飞将去，后世有余情。

1223欲寄相思千点泪，流不到，楚江东
【出处】宋·苏轼·《江城子·别徐州》
君心塞北问归鸿，叶落潇湘楚水东。
尤记舞间琴不改，樵夫只向一顽童。

1224欲将轻骑逐，大雪满弓刀
【出处】唐·卢纶·《塞下曲》
大雪满衣袍，牛羊贮玉膏。
京中寻野素，塞外有葡萄。

1225欲将心事付瑶琴，知音少，弦断有谁听
【出处】宋·岳飞·《小重山》
回归万里入三更，只问千年枯半荣。
月夜晨风钟鼓继，功名利禄锁空城。

1226欲就麻姑买沧海，一杯春露冷如冰
【出处】唐·李商隐·《谒山》
沧海一桑田，麻姑几度怜。
蓬莱知水浅，世事似何迁。

1227又
水露玉壶冰，浮游寺外僧。
谒山山不语，只对座前灯。

1228欲挽天河，一洗中原膏血
【出处】宋·张元干·《石州慢·己酉秋吴兴舟中》
一处见天河，三江问九歌。
西天流不尽，东海不扬波。

1229欲作家书意万重
【出处】唐·张籍·《秋思》
一事到开封，三春草木同。
秋风萧瑟处，中正忆翁公。

1230玉皇若问人间事，乱世文章不值钱
【出处】宋·吕蒙正·《祭灶诗》
灶甲半云端，人间一暖寒。
上天言好事，下界保平安。

1231鸳鸯自是多情甚，雨雨风风一处栖
【出处】清·季淑兰·《消夏词》
何见鸳鸯未住啼，莲花并蒂不东西。

多情雨露无情岸，尽是行人踏满堤。

1232冤家宜解不宜结
【出处】明·唐寅·《叹世》
何须事事可强求，日日江河日日流。
苦苦机谋多不就，行行止止不回头。

1233愿得此身长报国，何须生入玉门关
【出处】唐·戴叔伦·《塞上曲》
出出入入玉门关，暮暮朝朝去不还。
苦苦辛辛生后事，名名利利天山。

1234愿得一心人，白头不相离
【出处】汉·卓文君·《白头吟》
谁见白头吟，君心似我心。
音琴何许诺，此彼一衣襟。

1235愿将腰下剑，直为斩楼兰
【出处】唐·李白·《塞下曲》其一
日上半楼兰，人中一处男。
交河丘土在，子介苦辛甘。

1236愿君多采撷，此物最相思
【出处】唐·王维·《相思》
一物最相思，三生你我知。
春中千万籽，秋后百言诗。

1237愿君学长松，慎勿作桃李
【出处】唐·李白·《赠韦侍御黄裳》
一石一青松，三江两地龙。
人心常不语，步步有行踪。

1238愿为西南风，长逝入君怀
【出处】三国魏·曹植·《七哀诗》
春风处处入君怀，露重云轻湿下阶。
但见鸳鸯荷水岸，居心无地弄金钗。

1239愿我如星君如月，夜夜流光相皎洁
【出处】宋·范成大·《车遥遥篇》
遥遥路上车遥遥，草木心中草木萧。
似月如星经日度，云霄之外有云霄。

1240 又
梦里欲随君，人中影不分。
羞颜闻里巷，不住弄衣裙。

1241 月出惊山鸟，时鸣春涧中
【出处】唐·王维·《鸟鸣涧》
月挂半山峰，夜深一鼓钟。
花明羞宿鸟，水露醉芙蓉。

1242 月到天心处，风来水面时
【出处】宋·邵雍·《清夜吟》
夜半有西东，群芳各不同。
天心游月色，水面问清风。

1243 月光如水水如天
【出处】唐·赵嘏·《江楼感旧》
新年不似旧年前，一寸风光一寸天。
谁问儒林辛苦事，书生未尽是人传。

1244 月落乌啼霜满天，江枫渔火对愁眠
【出处】唐·张继·《枫桥夜泊》
枫桥夜泊一姑苏，碧玉吴家半玉壶。
语外身前留累影，烟中云雨有还无。

1245 月上柳梢头，人约黄昏后
【出处】宋·朱淑真·《生查子》
月下柳枝头，春中梦里羞。
天明青草色，怯见水空流。

1246 月子弯弯照九州，几家欢乐几家愁
【出处】宋·杨万里·《竹枝歌》
弯弯挂九州，色色满三楼。
唯有人无奈，香凝自不休。

1247 云霞出海曙，梅柳渡江春
【出处】唐·杜审言·《和晋陵陆丞早春游望》
一日物候新，三春莫问人。
群芳何妒嫉，草木百花邻。

1248 云想衣裳花想容，春风拂槛露华浓
【出处】唐·李白·《清平调》
东风水半津，日月入三春。
群玉寻黄鸟，瑶台问客身。

1249 云心自在山山去，何处灵山不是归
【出处】唐·熊孺登·《送僧》
未似出行未似归，山光鸟性草菲菲。
浮云白石桑田外，古刹钟声不是非。

Z

1250 在天愿作比翼鸟，在地愿为连理枝
【出处】唐·白居易·《长恨歌》
玄宗记取水芙蓉，忘去江山忘去龙。
留下梨园云雨客，骊山脚下已无踪。

1251 早知恁地难拚，悔不当初留住
【出处】宋·柳永·《昼夜乐》
已过嫁时娘，别离隔宿肠。
伊人来不久，骤雨又风狂。

1252 乍见翻疑梦，相悲各问年
【出处】唐·司空曙·《云阳馆与韩绅宿别》
一梦隔山川，三生半客缘。
春花何时许，月色伴伊眠。

1253 沾衣欲湿杏花雨，吹面不寒杨柳风
【出处】宋·僧志南·《绝句》
碧色一江天，桃花半陌阡。
春风杨柳岸，草木夜光眠。

1254 战士军前半死生，美人帐下犹歌舞
【出处】唐·高适·《燕歌行》
塞外一胡姬，京中半舞姿。
人前知是客，素玉却衣时。

1255 丈夫非无泪，不洒离别间
【出处】唐·陆龟蒙·《别离》
姑苏一丈夫，露水半珍珠。
拙政园中草，江湖碧玉奴。

1256 丈夫未可轻年少
【出处】唐·李白·《上李邕》
人中一后生，天下半光明。
有诺男儿去，何须问败成。

1257 丈夫有泪不轻弹，只因未到伤心处
【出处】明·李开先·《宝剑记》戏曲，林冲登场诗
林冲雪夜上梁山，记取京州故友颜。
利禄功名何所谓，江湖不锁御门关。

1258 丈夫志四海，万里犹比邻
【出处】三国魏·曹植·《赠白马王彪》
天涯若比邻，日月自相亲。
一梦君心至，三生客又新。

1259 照花前后镜，花面交相映
【出处】唐·温庭筠·《菩萨蛮》
一曲小蛮春，三大半尘。
何须杨柳下，渭水逐年新。

1260 这次第，怎一个愁字了得
【出处】宋·李清照·《声声慢》
寻寻觅觅一人生，雨雨云云半枯荣。
苦苦辛辛诗上下，行行止止不声名。

1261 珍重主人心，酒深情亦深
【出处】唐·韦庄·《菩萨蛮》
人生能几何，日月去无多。
草木知三界，潇湘自九歌。

1262 枕前泪共阶前雨，隔个窗儿滴到明
【出处】宋·聂胜琼·《鹧鸪天》
清词聂胜琼，素玉问人情。
雨落知之问，云浮是妇明。

1263 枕上诗篇闲处好，门前风景雨来佳
【出处】宋·李清照·《摊破浣溪沙》

月色满窗纱，梅红二月花。
袭人香犹在，何以不归家。

1264争知我，倚阑干处，正恁凝愁

【出处】宋·柳永·《八声甘州》
何似问甘州，西风上翠楼。
江南郡外阔，暮雨洗清秋。

1265征夫怀远路，游子恋故乡

【出处】汉·佚名·《别诗》
随风入故乡，俗客有衷肠。
少小江湖剑，翁妪论短长。

1266正是江南好风景，落花时节又逢君

【出处】唐·杜甫·《江南逢李龟年》
一度东风一度春，半江渔火半江人。
渔钩只钓江湖水，柳暗花明入二春。

1267知否，知否，应是绿肥红瘦

【出处】宋·李清照·《如梦令》
雨打芭蕉一两声，云浮草木万千莹。
梅花三异渔舟晚，流水高山汉水情。

1268知我意，感君怜，此情须问天

【出处】五代·李煜·《更漏子》
情须不问天，感意自相怜。
水水山山在，生生处处缘。

1269知我者谓我心忧，不知我者谓我何求

【出处】《诗经·王风·黍离》
君子一心忧，书生半不求。
何得米去问，只见人江流。

1270枝间新绿一重重，小蕾深藏数点红

【出处】金·元好问·《同儿辈赋未开海棠》
东风细雨轻，梦月半出城。
草色连天地，人心已不平。

1271枝上柳绵吹又少，天涯何处无芳草

【出处】宋·苏轼·《蝶恋花》

芳香古道边，色碧远连天。
柳岸船来去，杨家姐妹缘。

1272只解沙场为国死，何须马革裹尸还

【出处】清·徐锡麟·《出塞》
何须马革还，楚客已无颜。
只见留吴越，姑苏子胥关。

1273只觉当初欢侍日，千金一刻总蹉跎

【出处】清·袁牧·《伤心》
一岁一千金，三生半古今。
人间诗客少，天下半知音。

1274只恐夜深花睡去，故烧高烛照红妆

【出处】宋·苏轼·《海棠》
春来秋去卸红妆，出水芙蓉问小塘。
不染泥尘生桂子，亭亭玉立向天扬。

1275只有多情流水伴人行

【出处】宋·苏轼·《南歌子》
红颜寻日光，尖脚问芳塘。
月照南歌子，风扬北草香。

1276只愿君心似我心，定不负相思意

【出处】宋·李之仪·《卜算子》
君心似我心，草木已知音。
此见江流水，相思彼万金。

1277只在此山中，云深不知处

【出处】唐·贾岛·《寻隐者不遇》
只在此山中，何言彼大同。
如心知日月，共问大江东。

1278志士凄凉闲处老，名花零落雨中看

【出处】宋·陆游·《病起》
烟花细雨色朦胧，处处人家处处红。
瓶里镜中多少日，三春未尽已空空。

1279中天月色好谁看

【出处】唐·杜甫·《宿府》

中秋月色一般寒，十六清辉俯仰观。
似见圆时圆不尽，人心易得缺盘桓。

1280中华儿女多奇志，不爱红装爱武装

【出处】毛泽东·《七绝·为女民兵题照》
碧玉守红妆，晨风锁草堂。
春花秋月色，七尺卫家邦。

1281中庭月色正清明，无数杨花过无影

【出处】宋·张先·《木兰花》
芳洲一叶小舟停，野渡无人草木青。
点点滴滴云雨细，清清楚楚人心铭。

1282终年无客常闭关，终日无心长自闲

【出处】唐·王维·《答张五弟》
南山顶上雪冰冠，日月无情草木寒。
客去长安何主宰，京城安史已千官。

1283众里寻他千百度，蓦然回首，那人却在灯火阑珊处

【出处】宋·辛弃疾·《青玉案·元夕》
灯火阑珊百度身，蓦然回首一伊人。
盈盈笑语情何尽，楚楚香风到入春。

1284众鸟欣有托，吾亦爱吾庐

【出处】晋·陶渊明·《读山海经》
日行读书声，年年问枯荣。
桑田沧海易，来去自清明。

1285种桃道士归何处？前度刘郎今又来

【出处】唐·刘禹锡·《再游玄都观》
玄都观外一刘郎，司马途中半曲伤。
二月桃花花不语，十年旧事已沧桑。

1286舟人那识伤心地，遥指前程是马关

【出处】佚名·《佚题》
小国大鱼生，鸿章腿不平。
居心知倭寇，高座马关名。

1287 昼出耘田夜绩麻，村庄儿女各当家
【出处】宋·范成大·《四时田园杂兴》
儿女各当家，蚕桑五月花。
田园多少日，妇幼影窗纱。

1288 朱颜今日虽欺我，白发他时不放君
【出处】唐·白居易·《戏答诸少年》
朱颜一日身，白发半生人。
李少何言语，春秋各有新。

1289 竹外桃花三两枝，春江水暖鸭先知
【出处】宋·苏轼·《惠崇（春江晚景）》
水性杨花一半春，东风芦短两三津。
鲤鱼欲向龙门跳，儿女依心问约人。

1290 竹喧归浣女，莲动下渔舟
【出处】唐·王维·《山居秋暝》
问月一春秋，随心水自流。
婵娟中酒色，桂子下渔舟。

1291 庄生晓梦迷蝴蝶，望帝春心托杜鹃
【出处】唐·李商隐·《锦瑟》
锦瑟已无端，华弦玉手弹。
春心寻望帝，杜宇守心肝。

1292 子规夜半犹啼血，不信东风唤不回
【出处】宋·王令·《春晚》
五月春风塞外红，江南处处半云中。
玉楼杨柳花残色，只有香凝玉影同。

1293 字字看来皆是血，十年辛苦不寻常
【出处】清·曹雪芹·《自题·红楼梦》
古今一梦半荒唐，来去三生十地忙。
两万诗词留后世，红楼依旧问沧桑。

1294 自古佳人多命薄
【出处】宋·苏轼·《薄命佳人》
薄命佳人薄命花，茧蚕未尽守桑麻。
吴音侬语情中客，半事春风半事家。

1295 自古圣贤皆贫贱，何况我辈孤且直
【出处】南北朝·鲍照·《拟行路难》
三生一诺身，半客九歌人。
有道楼兰去，诗词自浥尘。

1296 自古英雄都是梦
【出处】宋·韩世忠·《南乡子》
一世英雄一世名，万家灯火万家生。
江山社稷江山在，社稷江山社稷荣。

1297 自去自来堂上燕，相亲相近水中鸥
【出处】唐·杜甫·《江村》
溪花吕四娘，近水十三香。
芳草寻阳照，江村许曲肠。

1298 自是佳人多颖悟，从来侠女出风尘
【出处】蔡锷·《题赠小凤仙》
一女出风尘，三生不自身。
凤仙天下事，意气去来人。

1299 自是人生长恨水长东
【出处】五代·李煜·《乌夜啼》
长生有恨水长东，故国清明故国空。
一半宫中知一半，相逢是尽不相逢。

1300 自在飞花轻似梦，无边丝雨细如愁
【出处】宋·秦观·《浣溪沙》
雨细浣溪沙，阴晴十万家。
江南船不客，玉影入窗花。

1301 自作新词韵最娇，小红低唱我吹箫
【出处】宋·姜夔·《过垂虹》
日暮一箫声，江村半不平。
垂虹连细雨，桥上有阴晴。

1302 纵使晴明无雨色，入云深处亦沾衣
【出处】唐·张旭·《山中留客》
云深雨细半沾衣，舞态音声一语稀。
粉落红尘凭玉立，有情有意自依依。

1303 总为浮云能蔽日，长安不见使人愁
【出处】唐·李白·《登金陵凤凰台》
长安尽是白头人，入水东流客自新。
上苑群芳明曲水，浮云蔽日雨云春。

1304 最爱湖东行不足，绿杨阴里白沙堤
【出处】唐·白居易·《钱塘湖春行》
日月满湖东，钱塘草木空。
心中多少水，树上有鸣虫。

1305 最恨多才情太浅
【出处】宋·赵德麟·《蝶恋花》
壁立半森林，江流一古今。
多才情不浅，有欲语文深。

1306 最是仓皇辞庙日，教坊犹奏别离歌，挥泪对宫娥
【出处】南唐·李煜·《破阵子》
三千里路半山河，五百年中一曲歌。
玉树后庭花已落，仓皇辞庙见宫娥。

1307 醉里插花花莫笑，可怜春似人将老
【出处】宋·李清照·《蝶恋花》
一梦到长安，三生问玉冠。
南山八水绕，只取一心丹。

1308 醉里挑灯看剑，梦回吹角连营
【出处】宋·辛弃疾·《破阵子·为陈同甫赋壮词以寄》
沙场万里声，鼓角三军鸣。
白发廉颇在，幽州射虎名。

第十三卷 诗词曲赋文章

1309 醉卧沙场君莫笑，古来征战几人回
【出处】唐·王翰·《凉州词》
葡萄美酒一凉州，马上平生半不愁。
只取楼兰惊四野，何须功名有春秋。

1310 醉乡路稳宜频到，此外不堪行
【出处】五代·李煜·《乌夜啼》
人生半不开，处世一光明。
只在春秋里，何言有枯荣。

1311 醉月频中圣，迷花不事君
【出处】唐·李白·《赠孟浩然》

日月半天云，风流一曲闻。
文章惊守座，醒醉自知君。

1312 昨夜西风凋碧树，独上高楼，望尽天涯路
【出处】宋·晏殊·《蝶恋花》
独上高楼望远山，何须日月玉门关。
荒沙蔽草连天尽，自有胸怀十八湾。

1313 坐观垂钓者，徒有羡鱼情
【出处】唐·孟浩然·《临洞庭上张丞相》
江山一半名，徒有羡鱼情。
谁是洞庭客，玄宗自纵横。

1314 又
徒有羡鱼情，何言钓者名。
江山多少重，只愿一钩成。

1315
暗流明野一江倾，素玉银山半树晴。
惊雁无飞平不止，何源渡口小桥横。

1316 中国历代诗词名句大辞典（丁子予、汪楠）
诗词日月一水平，草木江山半枯荣。
古古今今多少客，来来去去谁无声。

五、古曲名画的深婉曲意

1 知君用心如日月
闺阁知情曲意深，闻君日月化柔音。
雁丘垒石寻前后，漫步琴台作古今。
渭水凌波吟洛赋，巫山云雨满衣襟。
辰明且寄平生志，暮色时分自用心。
北京—广州—吉隆坡 2010年3月2日

2 只恐夜深花睡去
两两无心两两心，玉人有意玉人琴。
诗中只画诗中画，画里还诗画是音。

3 余味如琴
无求甚解读诗书，且入荒唐韵味余。
古巷秋风千留情影，深音只向客心居。

4 昭昭日月
七寸心思万里愁，一源弱水无江流。
闻风似雨闻情至，欲止难名欲不休。

5 相思莫相负
深宫纨扇牡丹春，盛艳瑶台曲意人。

金屋藏娇何汉武，红拂应记念奴身。

6 绿窗红豆
良家女子问青楼，半自倾心半自羞。
婉媚余音红粉落，烟霞玉影向君求。

7 记得去年今日事
意会神知处处痴，心音欲念枯荣时。
声声雨细寻方寸，楚楚情思问月迟。

8 怜君君不知
怜君一日不知君，独处三分暗扰魂。
心下相思花月晚，山边只见卷浮云。

9 飞越太行山
茫茫重雪覆千山，皑皑群峰素一颜。
治序居庸幽燕客，蜿蜒起伏玉门关。

10 但是相思莫相负
一半相思一半心，万千岁月万千音。
贵妃但是芙蓉浴，夜月梨园醉色吟。

11 之二
东风无力一春深，马御坡声半树荫。
荠菜心中多苦素，长生殿上玉人心。

12 之三
善始芙蓉未善终，云中姿色雨中融。
长生殿上嫦娥远，玉笛声前太上宫。

13 之四
杨家一日两春风，力士三生两世同。
天宝梨园声色在，玄宗曲尽各西东。

14《秋风纨扇图》——明·唐寅
富贵开花一半圆，秋凉静洁两三妍。
素绢细润惊心扇，不弃春衫待苦蝉。

15 之二
新裂齐纨素，皎洁如霜雪。裁为合欢扇，团团似明月。出入君怀袖，动摇微风发。常恐秋节至，凉飚夺炎热。弃捐箧笥中，恩情中道绝。

1637

十五月如霜，千心半断肠。深宫多道绝，弃扇自留芳。

16之三
臣可论史，友可谈诗，妻可话风月。
字字珠玑一缕云，芳芳草木半离分。
横波自敛心私密，只待牛郎作可君。

17才女班婕妤
端庄合欢花，风光玉丽华。
芳留高洁素，不入帝王家。

18古有樊姬，今有班婕妤
御守十重门，宫行半玉根。
平明箕奉扫，月暮已黄昏。

19之二
"尤其所请"未央宫，武帝云分半落红。
锦字回文千曲夜，长门只过一丝风。

20之三
远漏微更疏，薄衾中夜凉。炉氲暗徘徊，寒灯背斜光。宛转复宛转，忆忆更未央。
长信昭阳半汉陵，西风残扫一心青。
炉香未尽人情尽，秋露云连天雨萍。

21之四
知君用心如日月，事夫誓拟同生死。
松风寂寂半知君，日月幽幽一断裾。
四十香魂随汉武，寒陵不尽苦离分。

22之五
秋来纨扇合收藏，何事佳人重感伤？
请把世情详细看，大都谁不逐炎凉！
秋风一阵十清凉，纨扇千情万客肠。
缺缺圆圆多少夜，鹊桥不寄去牛郎。

23何岁逢春不惆怅，何处逢情不可怜
——明·唐寅

风花雪月半愁肠，倩女逢情一客香。
望断高城歌舞迟，阑干拍遍曲低昂。

24花自怒放月自明，几人解得风情
花开花落一芳香，人去人来半客肠。
天下深宫儿女欲，鹊桥织女问牛郎。

25之二
悬壶济世半良方，俗欲红尘一路长。
天下瑶池夫妇尽，人间日月怨红妆。

26争如我解语花
厮守半温情，人生一枯荣。
昭昭私日月，隐隐许心萌。

27之二
舞色尽三郎，芙蓉落十香。
华清池下问，怯弃玉环妆。

28之三
山呼万岁一人终，别阔千年半客鸿。
可记华清池下语，芙蓉香落醉中风。

29一名"玉花骢"，一名"照夜白"
半心花意半心平，一梦明皇一梦生。
却醉玉花骢上女，移神照夜马前情。

30"三千初击浪，九万欲搏空"
儿女情长一意生，英雄本色半情明。
华清池下芙蓉水，安禄山口日月城。

31"被底鸳鸯、解语花？"
"吴兴八俊"一芙蓉，静弱蕴纤半不踪。
解语花香人可醉，鸳鸯被底几天龙。

32"端午临中夏，时清日复长"
亭亭玉立半丰姿，落落芳香一表师。
但解人间多少梦，只留天下女儿痴。

33"齐纨鲁缟车班班，男耕女桑不相失"
田中日月半桑麻，天下风云一世家。
齐鲁泰山封赐客，玄宗采意女儿花。

34"飞埃结红雾，游盖飘青云"
平步一青云，倾心半御君。
芙蓉池上色，自此不离分。

35"世间已不能容我，我的命若能挽回三郎的昔日江山，虽死无憾，三郎保重……"
潼关不守幸成都，七尺芳绫至有无。
望月台空寻千桂，长生殿上忆人孤。

36《谪仙怨》
谪仙蜀夜"雨霖铃"，回马长安唤九龄。
金步摇台封玉册，禄山舞尽已零丁。

37"玄宗回马杨妃死，云雨难忘日月新。终是圣明天子事，景阳宫井又何人。"
——郑畋

玄宗一世贵妃荣，后主三身丽女行。
谁问景阳宫井客，长生殿上旧人情。

38《凉州词》
落叶长安一味寒，声沉玉笛半情澜。
红桃依旧长生殿，谁问三郎免御冠。

39会向瑶台月下逢
得意春风醉牡丹，芙蓉玉色下云端。
沉香亭北人无力，颠倒鸳鸯不配鸾。

40《清平调》图
——清·苏六朋

芙蓉醉色鲜，妩媚玉红妍。
天下清平调，人间二十年。

41隆基却说："赏名花，对妃子，焉用旧乐？"
巫山云雨半倾肠，檀板龟年一曲扬。
李白呼来天子客，清平调里玉环娘。

42太真妃持玻璃七宝杯，酌西凉葡萄酒，来到李白面前领去歌词
银笛一声声，龟年九曲鸣。
芙蓉惊玉兔，七宝太贞情。

1638

第十三卷　诗词曲赋文章

43 "仰天大笑出门去，我辈岂是蓬蒿人。"

仰天大笑玉门关，只见荒沙不见还。
豪杰情长惊易水，英雄气短玉环颜。

44 直为斩楼兰

一诺斩楼兰，三生蜀道难。
敬亭山上客，何处不长安。

45 "谪仙人"
——贺知章

金龟换酒横一酒，狂客四明生。
四十年前岁，风流意气清。

46 《玉真仙人词》

玄宗小妹玉贞人，野鹤闲云意道珍。
自在逍遥云里客，诗章流水已不尘。

47 李白终南捷径一路走过来，终于认识了玉真公主

王维春草一相邻，李白仙人忘自身。
回首天云台上客，行云流水可相亲。

48 一叶扁舟一路啸歌

隐诗隐酒隐松云，不见长安不见君。
枫月行舟凭叶落，秋蝉苦许号轩闻。

49 "花未全开月半圆"

花开花落半玄宗，月满圆亏一色容。
何取江山何取悦，也无天下也无踪。

50 繁华事散逐香尘

香尘满绿珠，婉约半春奴。
酒醉三江水，文倾一玉壶。
琴眠金谷客，鸟逐石崇辜。
楚楚寻天地，幽幽问丈夫。

51 绿珠

渺渺花寒半雨烟，花花富贵一云川。
洛阳金谷园中间，月落泉流醉不眠。

52 《金谷园图》
——明·仇英

荒芜西晋半泉林，一寸芳香一寸心。
丝竹声平春色重，绿珠玉舞入音琴。

53 西晋的石崇

荆州刺史满珍珠，金谷红尘似有无。
舍下环流何曲曲，园中梦境玉奴奴。

54 金谷园与绿珠

草堂夜话雨潇湘，溪岸观澜玉脂娘。
念可人痴情欲女，心凭酒醉纵横邻。

55 绿珠

绿珠，原姓梁，生在白州境内的双角山下。民俗以珠为上宝，生女称为珠娘，生男称做珠儿。以珍珠十斛得到绿珠。绿珠能吹笛，又善舞《明君》。石崇也有些才名，曾自制《明君歌》。石崇和当时的名士左思、潘岳等数十人曾结成诗社，号称"金谷二十四友"。左思十年写得《三都赋》，显名一时，曾使洛阳为之纸贵。潘岳即是潘安，因貌美，城市妇孺争向潘安掷鲜花鲜果，使车满不能载，遂有"掷果盈车"的典故。石崇在金谷会上曾作《金谷诗序》。王羲之后作杖藜行歌的《兰亭集序》，章法上却有《金谷诗序》的影子。

一枕黄粱一枕乡，半依谷色半依娘。
兰亭集序兰亭曲，以赋三都以赋扬。
掷果盈车潘岳约，绿珠不负石崇肠。
千情万念随云雨，玉碎红残十地香。

56 莫惜金谷园中年华促，这绿珠原是用来点缀西晋的

义薄云天问赵泉，冰心洁质石崇怜。
香消魂断何孙秀，玉碎珠沉待旧年。

57 "慢藏诲盗，冶容诲淫"

昭容诲淫一香颜，玉粉芳身半碧鬟。
杰素脂肌三界外，痴情儿女几斑斑。

58 仇英本出身工匠，而无匠俗之气。明代太仓人，师从周臣。与沉周、文徵明、唐寅一起被称为"明四家"，是"吴门画派"的创始人之一。

烟云竹树石泉声，楼阁亭台古丽荣。
明四家门吴画祖，品茗雅集玉丝情。

59 画中有诗，诗中有画

山水疏狂古雅风，吴门娟秀尚今同。
明人自此承唐宋，画在诗中画在融。

60 《红拂夜奔》

拨云见月问英雄，红拂心中李靖同。
书命夫人君子树，风尘三侠始唐逢。

61 《红拂图》
——明·尤求

黛玉情肠五美吟，落花流色半衣襟。
穷途末路平新步，自得英雄问古今。

62 三千弱水，只这一瓢

云胡不喜君，邂逅遇难分。
适愿三千水，红尘一半云。

63 红拂本姓张，名出尘。原为江南人，后被卖入司空杨素府中成为家伎。因喜手执红色拂尘，故称做"红拂女"。

红拂自出尘，菩提玉素身。
莲姿杨素客，铁血不蛮人。

64 陈后主之妹乐昌公主与丈夫的破镜重圆。陈乐昌公主国破家亡沦为姬女，与丈夫失散时曾以镜为约，数年后夫妻相逢。公主在杨素面前涕泣而诗："今日何迁次，新官对旧官。笑啼俱不敢，方验做人难。"杨素感怀，便送以厚资成全了他们。

风云变幻乐昌姬，后主重圆御妹时。
杨素成全夫妇约，人难还易玉妻姿。

65 卫国公
凌烟阁上见英雄，杨素唐前卫国公。
李靖由心红拂女，文谋武略世人穷。

66 美人张出尘"执红拂，立于前，独目公。"
灵心独目公，慧觉自疏雄。
俱是幽幽客，卿终坐此同。

67 "卿终当坐此"
细草愁烟几客身，幽花怯露浥风尘。
凭楼终是销魂处，红拂铭心奉玉人。

68 解得鸾佩人得红绡
人间半雨轩，天下一心言。
四海虬髯客，三江泽水源。

69 尤求
师法仇英细秀明，圆浑兼济女儿情。
裙裾宛若纤秾娜，任女衣香隐约生。

70 呖呖莺声花外啭
月色满西厢，莺莺夜半肠。
寺求三界色，暗窥一红娘。

71 《窥简》
——明·陈洪绶
一文九曲十倾肠，半窥三思百色荒。
无月屏风三界外，有情落纸入西厢。

72 陈洪绶
遗老蕉林酌酒巾，悔迟悟世羁何亲。
绍兴城外云门寺，明末清初四怪人。

73 之二
待月西厢下，迎风户半开。
隔墙花影动，疑是玉人来。
——《明月三五夜》
张生一杏花，月色半人家。
窃窃红娘云，莺莺玉影斜。

74 《会真记》的作者元稹即是文中张珙张君瑞
双文一玉心，三弄会真琴。
风月江流去，江楼伴古今。

75 《窥简》
冬夏秋春四扇藏，梅荷兰竹半低扬。
倾心倾意倾凭女，留得红娘窥简肠。

76 《西厢记》
一代宗师一代人，五蕴云雨五蕴津。
"会真记"里"西厢"客，半是红娘半是春。

77
才子佳人一半春，宗师艳笔两三茵。
"红楼"尝见"西厢"月，简静身心碧玉颦。

78 牡丹亭上三生路
梅花落尽已无心，腊月寒香不断琛。
子美宗无何后绪，是风是月是如今。

79 《幽梦影》
似是梅边似柳边，牡丹亭上牡丹怜。
岭南接木移花客，宋玉东邻窥几年。

80 《牡丹亭》寻梦
君子寻求杜丽娘，罗衣半解露红妆。
东风不语人先醉，玉柳依依淑女肠。

81 《游园惊梦》
春身碧谷牡丹亭，入梦分心柳下铭。
云雨罗浮惊士女，梅边芍药叹零丁。

82 诀谒
玉漏迟迟半涌泉，相思忖忖一心烟。
南安柳下梅边客，观里东邻剪烛缘。

83 柳梦梅
含情脉脉欲语先，梅柳依依梦世边。
挂念画中人不见，微波岭外以花缘。

84 "和战守三者孰是？"柳梦梅凭"可战可守而后能和。如医用药，战为表，守为里，和在表里之间。"
"战守""临安"表里和，梦梅柳杜道姑多。
清扬婉约相思客，死死生生不弃何。

85 牡丹亭上花气袭人的一觉春眠。
嫩柳梅关寸草心，亭湖阶石几沉吟。
冰肌玉骨春情暖，杜丽娘姑任古今。

86 龄官画蔷
蒲艾清芳五月妆，侯门里巷一端阳。
蔷薇小旦龄官字，十八慈悲自断肠。

87 《龄官画蔷》
——清·改琦
凄凉不尽问凄凉，艳动心思艳动蔷。
不在人前何自苦，红楼梦里几情肠。

88 蔷薇花又叫"买笑花"。"武帝与丽娟观花。时蔷薇始开，态若含笑。帝曰：'此花绝胜佳人笑也。'丽娟戏曰：'笑可买乎？'帝曰：'可。'丽娟遂取黄金百斤，作买笑钱，奉帝为一日之欢，蔷薇名'买笑'，自丽娟始。"
千金买笑百花妍，半舞倾心一丽娟。
十二花官情妙玉，芙蓉出水自时鲜。

89 "袅晴丝吹来闲庭院，摇漾春如线"
江南柳暗啼一春深，似水流年半韵音。
行客情中行客梦，问人天下问人心。

90 原来姹紫嫣红开遍
代浅含颦玉半情，子规啼月宝三生。
扬州雨梦香残落，热络云轻几处明。

91 《黛玉》
——清·改琦
潇湘雅谑补余香，市俗"春秋"自断肠。
善感多愁无客已，慧心巧语玉兰妆。

92 落花满地鸟惊飞
半云半雨半难平，一语千惊一语生。
流水波澜终自去，春纱舒卷任心成。

93 绿窗红豆打鸳鸯
一缕春风百束花，千枝玉叶半窗纱。

梅边柳下三心客，雨上云中一楚家。

94 空余一地梨花雪
曲岸由姿任柳杨，东风可意舞芬芳。
但寻一地梨花瓣，不断三心两意肠。

95 容娘
清芬素淑一容娘，雅韵艳色半卸妆。
"燕寝"沉香多角枕，韩江浩渺几桑沧。

96《青英图》
——沈周

"青英图"上沈周田，玉粉心中石竹烟。
苦色茶温人不语，容娘缺梦柳南圆。

97《梨花仕女图》
——清·费丹旭

梨花半落一衷肠，曲岸三情两可妆。
谁见浮芬芳土地，但问清淑富容娘。

98 一树梨花一溪月，不知今夜属何人
一树梨花一树天，半家灯火半家田。
香瘢红露桃花色，只向人间许缺圆。

99 月明林下美人来
老梅夹道玉人来，初隐寒香暗自猜。
半影横斜千色宠，三心邂逅一樽开。

100 罗浮梦景图
——清·费丹旭

天香毓秀半师雄，酒醉间窗一客躬。
野渡罗浮山外客，春心老树玉前衷。

101 "妾姓梅，岭南人，蕊为小字。"
小蕊岭南梅，香浮酒万杯。
佳人云雨夜，利禄几人回。

102 人在人世，树在林间
人生世上故声情，树在林间任枯荣。
利禄功名何醒醉，横时纵纵时横。

103 乌啼白门柳
一曲金陵柳白门，三山二水鸟黄昏。
留啼酒醉余声远，妾劝关人半入坤。

104 春日迟迟，卉木萋萋。
春心日日半阴晴，卉木萋萋一意生。
许是吴江同里客，婉衿古曲柳娘情。

105《柳青娘》
一曲《柳青娘》，三江客自伤。
千情琴外寄，十指白门肠。

106 风雅如卿
云云雨雨半巫山，月月花花一玉颜。
寄语难言闻叶碧，归舟只向客心还。

107《柳下佳人图》
——清·费丹旭

柳下佳人不折枝，驿前啼鸟白门迟。
离情何计相思切，亭外沉香月半时。

108 之二
玉树临风素袂残，东坡丝竹问云端。
芳花土暖知时节，野草如心履带宽。

109 绿窗红豆打鸳鸯
芭蕉叶碧半成荫，幕影云落一雨琴。
红豆纱窗啼可许，鸳鸯岸水尽余音。

110《芭蕉美女图》
——清·沙馥

半是芭蕉半是荫，一衣带雨一衣襟。
年年岁岁年年客，寸寸相思寸寸心。

111 之二
潇丽风姿自出尘，天涯难寄一枝春。
殷勤分付东风道，留取清香待主人。
半云半雨半风尘，两意三心十地春。
碧草常萋孤上岸，兰香只待玉中人。

112 不肯红、无心绿
花明嫩粉中，月色玉蟾东。
扭捏"无心绿"，娇羞"不肯红"。

113 望梅止渴
功名一卜坛，利禄半云端。
卉木无心仕，桑麻不肯官。

114 沙馥
一半吴门一半猜，两三去后两三来。
"小家碧玉"羞深浅，"雨打芭蕉"欲闭开。

115 落花人独立
桃花欲放半横斜，雨露凝香一客家。
世事女儿闻醒醉，佳人谁解话桑麻。

116《临江仙》
——晏几道

罗衣一卸心，啼鸟半知音。
意脉琵琶月，相思自古今。

117 之二
双飞一枯荣，比翼半阴晴。
聚散何离合，鸳鸯共纵横。

118《落花独立图》
——清·余集

红红白白半桃花，落落飞飞一彩霞。
冷雨初凝珠照色，芳心深巷入人家。

119 小山，晏几道，晏殊第七子，与其父晏殊，世称"二晏"
门庭若市宰相家，几道凄凉暮色色。
奉玉"小山词"与世，晏殊自在自文华。

120 之二
小苹若解愁春暮，一笑留春春也往。

121《菩萨蛮》
塘前玉影娟，月下半荒园。
细约由心主，和君任意怜。

122 看了小山的词让人只想去哭一场
安身立命一衷肠，离合悲欢半自伤。
雅梦行云寻两处，花承节鼓卸红妆。

123 逢谢媚卿
切切依依谢媚卿，温温婉婉软香城。
幽情不禁张先客，邂逅何言持酒生。

124 浙江吴兴人张先，字子野
枝杨叶先浓，兰芳玉树逢。

半羞推半就，一梦一香容。

125《逢谢媚卿》图
——清·费丹旭

梧桐树下一诗书，娴雅心中半不余。
似有所思何所欲，未闻啼鸟自唏嘘。

126陈廷焯说他"子野适得其中，有含蓄处，亦有发越处。但含蓄不似温、韦，发越亦不似豪苏腻柳"

尘香拂马仕难平，诗酒风流落拓情。
色笑如花何柳永，刚肠似火世风鸣。

127人与桃李相忘

佛门道院一疏钟，才子佳人半故逢。
尤物幽幽尤物盛，芙蓉处处是芙蓉。

128歌伎谢媚卿的艳名，子野早已闻得

瞻拜先真怯曲名，玉仙观里领芳情。
东香刘阮天台客，草色舒影甲子行。

129只疑身在武陵游，流水桃花隔岸羞。咫尺刘郎肠已断，为谁含笑倚墙头。

月上梨花色上楼，云平杏李雨平羞。
一心万结千情婉，两处相思半水流。

130谢媚卿本是京都姬人，歌艺双绝

才名溢溢慧文生，艳媚昭昭秀色明。
柳柳杨杨池岸鸟，卿卿我我数人生。

131《谢池春慢》

半寸相思半寸茹，一心故苦一心疏。
张先伊人张先慕，谢女知情谢女好。

132小红低唱我吹箫

迢迢水月一花明，泛泛青衣半近情。
成大小红迁白石，苏州依旧范园荣。

133范成大原是南宋高宗绍兴二十四年的进士，别号石湖。晚年他更是结交文士，一心问诗

缕缕清香半雪寒，疏疏暗影一云端。
石湖进士姑苏客，点缀红妆谢玉冠。

134《小红低唱我吹箫图》
——清·费丹旭

小红意下一箫鸣，白石心中半曲瑛。
岸水范园成大器，舟云带雨以情生。

135暗香

竹外疏香一曲姗，云中玉影半清寒。
五湖水榭潇潇雪，南圃亭台素素冠。

136姜白石揖别范成大，带着小红挂帆回湖州

十二桥中一笛声，五湖月下半心明。
小红白石梅边色，素约佳人玉上生。

137鸳鸯织就欲双飞

长夜不眠人，声声玉影罄。
春心何处去，花落未归身。

138盈盈一水间，脉脉不得语

盈盈一水问牛郎，脉脉三生织女肠。
结锦千张心子惠，银河两岸鹊桥乡。

139苏若兰

叶暗花深月半窗，水明岸浅渡三江。
梅心寒切梅心暖，只织相思不织双。

140《九张机》

一半春衣一半桑，两三女子两三郎。
张张线线张张理，细细相思细细肠。

141《春思图》
——清·费丹旭

一缕清丝一缕亲，半声花色半声琴。
机梭去去回回响，纹理依依落落音。

142《璇玑图》——徘徊宛转，自成诗章。非我家人，莫之能解

一锦一回文，三生半故君。
阳台云雨后，关切见离分。

143之二

阳台半若兰，北斗一心宽。
南晋三秦水，襄阳二楚端。

144陌上花已发

什什风尘染故情，昭昭日月沐新生。
依依杨柳门前碧，可可阴晴玉色明。

145一剑霜寒十四州

一诺书生十四州，三江流水五湖秋。
临安陌上花明暗，今古儒中任去留。

146《人物故事图》
——清·佚名

王妃一日半临安，钱镠三生两世宽。
陌上花发归去缓，吴依越语碧玉姗。

147吴越王钱镠，杭州临安人，小名叫"婆留"。五代时期吴越十四州的开国之君。定都杭州，修建钱塘海堤，开拓杭州城郭，灌溉农桑，使两浙富庶繁华。宋建立后，他又抱定臣事中原、保境治民。

江山半婆留，吴越一千秋。
陌上迟归嘱，思中水不流。

148《人物故事图（局部）》
——清·佚名

楚女腰肢越女腮，粉圆双蕊玉波来。
红尘俗欲千秋客，紫气珠光半卸回。

149此作原本只是诗与字，管夫人将自己所作《织绵回文诗》书写于其上，诗书双绝

水色一山平，吴门半客英。
诗书双绝锦，字画单思成。

150桐叶坐题诗

累石成心问积情，洪荒昧味待云生。
梧桐叶下诗书约，细雨声中海誓盟。

第十三卷 诗词曲赋文章

151 此境宛然就是遇见冒辟疆的董小宛

脉脉情丝织未成，愁愁素约复还生。
千年故地姑苏客，七里山塘半不行。

152《桐叶坐题诗》
——清·任熊

金陵八艳半明清，除却三军一世成。
杨柳石头城外客，秦淮河岸几声情。

153 杜鹃声里人渐远

吴门百里不吴门，故事千年故事昏。
山色水光山色近，江村依旧半江树。

154 小宛闺阁好友柳如是的夫君虞山钱宗伯

明清君子谁清明，如是钱宗如是盟。
小宛辟疆名利厚，人生天地半人生。

155 记得去年今日事

流年暗换苦怜人，独处孤情客寄身。
腊月梅香心可动，东风不语百花新。

156 燕飞人静画堂深

"梧叶惊秋"一小莲，"竹荫铅椠"半陈先。
宗师"玉局敲闲"客，"阆苑采芳"仕女妍。

157《梧叶惊秋》
——明·陈字

月暗一心惊，秋明半窥情。
身前君子暖，镜里醉人生。

158 竹阴铅椠——陶情铅椠抚松菊。"铅椠"在这里泛指读书、做诗文。竹生于山，木长于林，截竹为简，破木为牍，加笔墨之迹，乃成文字。"椠"是没有写过字的木片。

简陵半知音，香清一古今。
陶情如竹玉，铅椠是人心。

159《竹阴铅椠》
——明·陈字

疏花半竹荫，落子一衣襟。

铅椠乾坤客，梅边小女心。

160 采芳人杳

心中半卷云，天下一夫君。
野草浮萍遣，孤芳岸渚分。

161《阆苑采芳》
——明·陈字

芳州杜若采心人，阆苑啼莺入谁身。
落色忧中树下问，夫君梦里任夫亲。

162《玉局敲闲》
——明·陈字

黑白半家君，身心两客分。
莺啼花未落，雨色满春云。

163 恰对妆台

镜台形影一萧郎，窃换心花半自伤。
两对轩窗言语外，不藏羞色卸红妆。

164《妆靓仕女图》
——宋·苏汉臣

无心相对镜妆台，形影萧郎客自来。
窥怯欲求云雨切，玉波花色待君开。

165 宋时女子朱淑真——娇痴不怕人猜，和衣睡倒人怀。最是分携时候，归来懒傍妆台。

闺中待字窥情郎，月下寻花问卸妆。
小径幽深明桂影，中庭摇曳待猖狂。

166 玉窗红子斗棋时

心中作玉娘，月下卸红妆。
流水三春色，余情半乱香。

167《弈棋仕女图》
——清·费丹旭

竹影半临风，仕女一窥同。
弈前寻左右，惊在有无中。

168 杜丽娘的游园

密意幽情杜丽娘，游园落魄式韶光。
心忡女子多依赖，彼此男儿地老荒。

169 赵令畤《二十八媒》

闺女心思一梦羞，男儿积艳半江流。
巫山云落三生雨，独坐西窗十七愁。

170《水满池塘花满枝》

白藕香塘一色羞，小舟上下不摇头。
楼台馆舍闲情幽动，紫陌青门水不流。

171 花屿读书床

布书置酒雾双鬓，纤媚丰神月半弯。
满地梨花寻不尽，开怀未锁玉门关。

172《翾风别玉》

翾风别玉情，北重性南清。
妙态观金色，姿身自美明。

173《花屿读书床》
——清·任熊

十里半余香，梅花一色床。
乌麻初入灶，意结读书堂。

174 白居易的樊素小蛮终被文长公适时打发走了，大家到头来各奔前程，两不相误，乐天真是聪明人，懂得适时放手。

枕上半烟霞，窗前二月花。
小蛮樊素去，是谓老人家。

175 2010年3月17日马来西亚政府颁亚洲发展投资银行董事长吕长春证书，3月18日吕生日。

北国两黄花，南洋一半家。
读书花屿客，暮色似朝霞。

176 说尽心中无限事

悲凉风月一横川，春秋风华半旧年。
何处花明何处夜，枯荣草暗枯荣怜。

177《琵琶行图》
——明·郭诩

江州司马一知音，半掩琵琶半掩心。
俱是洛阳阶下客，悲声不尽满衣襟。

1643

178 知秋第一人应是宋玉，他的《九辩》也如秋天的草木，风中摇落。

何人叶落半知秋，许谁江流一渡头。
临水朝明分去色，登山暮远望来舟。

179 掺掺女手，可以缝裳

照水临花一玉身，温心纤手半怜人。
湘帘不挂寻春色，未舍难分卸衣巾。

180 《诗经·魏风》："掺掺女手，可以缝裳。"

五谷一侯门，三江半子孙。
乾坤男女客，耕种事晨昏。

181 《幽风图》
——清·吴求

针针线线一春秋，种种耕耘半马牛。
岁月难明天下事，光阴不付大江流。

182 白云红树两悠悠

瑟瑟萧萧一叶飞，心心印印半家归。
江南塞北相思客，渡口江流掩梦扉。

183 《白云红树图》
——明·蓝瑛

白云红树一泉流，岸柳亭桥半叶秋。
瑟瑟幽幽天地阔，萧萧索索枯荣休。

184 张僧繇即是那个在壁上画龙后，点睛即刻会飞去的画坛祖师。他是南北朝时期梁朝画家，生在梁武帝时期，梁武帝重视佛教，他便成了专绘寺院佛像的高手

笔墨一丹青，清明半渭泾。
三生千客驿，十里两长亭。

185 蓝瑛与祁豸佳都作仿张僧繇的没骨山水

树中一古今，云下半人心。
几后寻秋色，琴前尽余音。

186 风雪夜归人

去去来来半古今，开开闭闭一人心。
风风雪雪何归处，暖暖温温几寸襟。

187 《风雪夜归人图》
——明·刘原起

风雪夜归人，寒凉客暖身。
佳心芳可醉，事世所何津。

188 刘原起，明朝人，工诗擅画，师承钱谷，沿袭吴门画风，此幅《风雪夜归人图》是刘长卿《逢雪宿芙蓉山主人》一诗的诗意图：日暮苍山远，天寒白屋贫。柴门闻犬吠，风雪夜归人。

风雪夜归人，苍山老树身。
红颜炉火酒，玉影叙音亲。

189 刘长卿，唐开元中进士，历任监察御史。

平生半问秦，济世一知身。
傲岸随州客，长卿魏阙人。

190 昔年曾见

一处月徘徊，三生客去来。
相思知夜半，折柳守花开。

191 之二
——清·金农

年中一古今，月下半人心。
儿女知何属，乾坤问故阴。

192 人生的厚实，原是人过来的

何必当初一半情，年华风月两三声。
男男女女神仙客，故故新新几处明。

193 画外求画人（后记）
——杨紫陌

紫陌红尘一语邻，小桥碧玉半家珍。
东风不解多云雨，吴越何言少客春。

194 之二

月落半春秋，情温一去留。
人心身性客，别意曲沉浮。

195 之三

相逢何必故相知，一语情深一语痴。
雨雨云云千绪客，温温润润七言诗。

196 2010年3月2日（英文生日）—2010年3月18日（华文生日）马来西亚吉隆坡

诗中画里半余音，雨后云前一古今。
君子用心如日月，温情草木似人心。

197 之二

2010年3月17日马来西亚政府批准亚洲发展投资银行董事长吕长春

四十州前一亚洲，五千年后半春秋。
投资发展银行客，老树南洋董事头。

198 之三

何处不归人，平生未顾身。
心中恩惠顾，足下步君珍。

199 知君用心如日月

曲意逢承一用心，春风化雨半知音。
女儿照水临花色，月落西厢已古今。

六、明清八股文鉴赏

周新曙　湖北人民出版社　2008年3月出版

1 八股
明清八股文，日月两边分。
草木知荣枯，江山可问君。

2 八股，八比
取士四书文，行成半不分。
诗词三界外，敬治一元君。

3 学而不思则罔
——探花　王鏊
匪学精研未聚心，非思不是故知音。
勤耕作业多闻彼，过接文章循古今。

4 夫民今而后得反之也
——状元　吕柟
天下一夫民，人间半故亲。
乾坤知朴守，正反可斯人。

5 吾十有五而志于学·一章
——进士　归有光
十五志文章，三千第子堂。
知天于学立，所欲可留芳。

6 晋人有冯妇者，冯妇攘臂下车
——会元　唐顺之
改过惜无终，斯人晋妇同。
时行知所止，孟子劝从穷。

7 事君，敬其事而后其食
——榜眼　瞿景淳
人臣一义先，礼智半沧田。
道信仁中举，斯君事保全。

8 固而近于费
——进士　茅坤
邻疆定治是非闻，唇齿居心格势分。
壁水东流终不守，河山依旧满浮云。

9 生财有大道·一节
——进士　张居正
生财有道善行身，治理成城自裕人。
所入精勤出益考，无穷有限破红尘。

10 书同文·二句
——进士　胡友信
天下一宗周，文中半礼求。
臣民同进退，日月苟同流。

11 我爱其礼
——进士　顾宪成
可见圣人心，无求苟古今。
无穷斯礼已，有道正衣襟。

12 鼻荡舟
——诸生　张大复
君子志戒见臣臣，父父雍和子子亲。
辅政情知天下故，行舟必与乘帆申。

13 必得其名
——进士　董其昌
必得其名一士疏，深宫客里半王府。
无无有有名安在，去去来来士气余。

14 鼋鼍蛟龙
——状元　张以诚
鼋鼍水族一蛟龙，四物天生半不穷。
力举汪洋何浩漫，翻江倒海乃成功。

15 孔子曰诺
——进士　钟惺
忧人不讳言，士子诺兴元。
后举临流水，先成上古轩。

16 岁寒·一章
——进士　金声
文章一岁寒，日月半云端。
士子求知欲，松梅待雪观。

17 故旧无大敌则不弃也·二句
——进士　陈孙泰
故旧继天生，时亲带厉荣。
趋微知弃俭，奉轨可卿行。

18 庄暴见孟子曰·一章
——进士　黄淳耀
民生一古今，雅乐半音琴。
孟子齐情至，王膏泽厚林。

19 子路从而后·三节
——诸生　涂方广
荷塘半丈人，稻米一家珍。
子路知天理，微贤齿让身。

20 此谓唯仁人·三句
——状元　刘子壮
仁人以义情，志士放流声。
举客齐天事，容贤与地盟。

21 一介不以与人·二句
——榜眼　熊伯龙
取与之时见圣人，声名界外向由津。
公私客利知行止，受用思民问主亲。

22 兴于诗·一章
——榜眼　张永祺
至学一全功，终成半不穷。
神明安可以，养性百兴同。

1645

23 不违农时·二节
——状元 马世俊

王家不违一农时，客守难言半故知。
易济渔樵山可采，民心守治地移迟。

24 所谓平天下·一节
——进士 张玉书

行身待许成，治国苟思明。
所谓平天下，君心未可精。

25 子谓子夏曰·一节
——举人 廖腾奎

夏日一风清，儒贤半客明。
先生常舍余，女第几私情。

26 孔子登东山而小鲁·一章
——进士 李光地

孔子东山小鲁峰，群山竞秀大观容。
贤人界外疏天下，日月江河不可踪。

27 诗云经始灵台，于牣鱼跃
——状元 韩菼

灵台万里半周民，麋鹿千年一乐身。
鱼跃鸿飞山水外，臣工主竞地天亲。

28 点，尔何如·一节
——状元 胡任舆

曾点尔何如，君相志业虚。
童冠时浴咏，草木向春居。

29 知者乐水·一节
——进士 朱元英

知人乐水一仁心，取与寻承半古今。
异弃经纶山似镇，同原德礼著森林。

30 铿尔，舍瑟而作
——进士 陈聂恒

瑟瑟有余声，惟惟作事荣。
凭弦商律吕，指点治身明。

31 申之以孝悌之义
——举人 魏嘉琬

临江问蔡娥，古往向连波。
霸主行荣枯，虞姬义少多。

32 子使漆雕开仕·一章
——进士 方苞

行藏守舍邻，住所不寻申。
子者无开仕，贤人自可身。

33 鸡鸣而起·一章
——举人 赵炳

鸡鸣而起自分行，舜跖公私别类名。
为善难同求为利，千年万物可循情。

34 呼尔而与之·四句
——进士 柏谦

可耻之端一念成，何分贵贱半无荣。
沟沟壑壑曾与就，弃弃临临始祖名。

35 行有不慊于心，以其外之也
——进士 张江

揠苗助长慊于心，以外其成不馁寻。
以后承闪形可比，千年万里自成林。

36 子张学干禄·全章
——状元 吴鸿

干禄全章一慎余，多闻少寡半无虚。
宽真可致权衡见，不悔空疏足府书。

37 子谓韶尽美矣·二句
——贡生 王汝纕

五声和契八音平，四代殷周一洛名。
尽美升荣分至善，端居韶武乐难英。

注：五声八音：五声，指宫、商、角、徵、羽五声。八音，古代乐器的总称，即金（钟）、石（磬）、丝（琴瑟）、竹（箫管）、匏（笙竽）、土（埙）、革（鼓）、木（柷敔）八种不同音质的乐器。

38 小人之德草
——焦袁熹

风风草草一春秋，古古今今有求求。
正道无纯邪气盛，小人君子伴相留。

39 汉赋，唐诗，宋词，元曲，明八股

赋曲诗词八股文，汉元唐宋一明君。
书章日月昭天地，草木春秋向冗欣。

40 文章

龙门史记晋唐诗，八股明清汉赋知。
元曲宋词天下见，书生可问到何时。

41 八股

五经比与四书云，一部春秋两处分。
八股文章三百字，九千弟子半今闻。

七、天水名胜

1 渭水
天河流水女娲田，宗祖伏羲数纪年。
一画开轩宫太昊，与天地准代相传。

2 过街亭
十里半街亭，三军诸葛铭。
祁山城堡在，马稷自零丁。

3 南山杏柏
汉柏唐槐古寺秋，南郭杜甫北泉流。
空庭老树阶前石，暮色溪风自去留。

4 飞将墓
佳城汉将军，骏马石落云。
故巷寻何处，江山不问君。

5 祁山堡
六度一祁山，三军半客颜。
孤峰相后主，渭水九折弯。

6 武侯塑像
一半江山一半吴，出师表奏可托孤。
荆州尤在曹孙去，不待群雄待玉壶。

八、虎阜志

陆肇域　任兆麟　古吴轩出版社　1995年12月出版

1 虎丘
虎阜姑苏海涌山，吴中第一玉人颜。
小桥流水寒山寺，误入江湖许浒关。

2 志
不一人中而一人，如三天下自三尘。
姑苏虎阜寒山寺，足步冠华正束巾。

3 试剑石
销沉霸业一雄风，小阜馆娃半落鸿。
剑石吴中尝胆尽，姑苏台上有余红。

4 虎阜
晴峦紫翠乱飞天，碧汉花棹俯影泉。
古栎垂荫千坐石，香袭暮刹满瑞莲。

5 虎阜山塘图
松声竹韵半琴弦，静远香楼一润泉。
四面峦光含秀色，三春草木隔山田。

6
星桥只渡玉人关，虎阜无从会馆闲。
汴水开封杨柳色，隋炀此去读书还。

7
普济桥边一客船，莲花渡口半鸣泉。
由公岸隔隋杨柳，四季姑苏雨顺年。

8
一舸云光普济堂，千塘岸柳玉含芳。
红楼素女渔舟问，故客诗情满意娘。

9
春风半入虎西桥，水色三重碧玉箫。
岸柳川前知日月，人生渡口问渔樵。

10 虎阜山塘图
虎阜山塘白乐天，唐家刺史宰相田。
勤民法祖金阊外，升降窈究下路泉。

11
千人坐上道生禅，悟石轩中一线天。
万岁楼前人不语，憨泉滞影照心田。

12
半见枯荣半见黄，一春碧玉一秋荒。
卧薪尝胆观三界，悟石轩中可四方。

13 白堤春泛
远近天光各不同，阴晴岁月四时风。
山山水水渔樵客，去去来来泛未穷。

14 莲池清馥
舟行客止半烟中，岸顺桥横一水风。
暮色渔歌三两处，夕阳不尽剩余红。

15 可中玩月
水留芳影月留明，竹满清溪客满情。
沉醉吴门梦不语，呼声碧玉小桥行。

16 海峰雪霁
残冬竹叶雾溪谷，腊月风流竞自开。
十里梅花香雪海，三山素甲玉寒来。

17 凤壑云泉
双井石深一剑池，夫差勾践半吴知。
春秋五霸从人去，尤见江山韵四时。

18 平林远野
平林远望一归舟，野客由观半去留。
古刹晨钟惊暮鼓，吴吴越越共春秋。

19 石涧养鹤
松涛起处鹤孤鸣,落下天云带月生。
枕石溪流言语客,梅妻只问旧时情。

20 书台松影
书台竹影一云生,松鹤清姿半碧明。
俯仰风流千万岁,枯荣草木两三横。

21 花神庙图
云岩寺外一花神,试剑池边半省身。
五霸春秋今昔比,西施娃馆沐红尘。

22 四美楼图
江湖草木青,日月地天铭。
石上千人坐,海边百尺亭。

23 剑池
试剑天根五霸横,虎丘尝胆百卿生。
鱼肠扁诸吴越客,风壑云泉虫鸟鸣。

24 神僧竺道生讲经处
天竺一道生,石上半僧荫。
世界分明坐,姑苏始有情。

25 姑苏三泉
寒山一刻钟,陆羽十芙蓉。
虎阜烟云锁,山塘岁月封。

26
沧桑不改读人心,驿道难言问古今。
望海楼中红侠少,剑池石外白云深。

27 千人坐
石上万禅音,云中九碧岑。
无须天地叩,自得一人心。

28 白石
日落万红光,人生半草堂。
山来三石立,水去一情长。

29
吴王阖闾家,玉凫之流、扁诸之剑三千,盘郢、鱼肠之剑在焉。黄金珠玉为凫雁,扁诸之剑、鱼肠三千在焉。鱼肠十万半吴钩,扁诸三千一世休。白虎相居穿土地,黄金宝玉凫雁愁。

30 虎阜禅寺
一寺一禅铭,三春十地青。
人生知远近,驿路向长亭。

31
二里人家十里塘,三春水色一春香。
洞庭山上花如雪,虎阜禅堂戒似方。

九、南京情调

蔡玉洗　江苏文艺出版社　2000年9月出版

1 明清
秦淮河上半金陵,建业城中一玉冰。
八艳声鸣情不尽,早春二月郁香凝。
江东女子多才俊,塞北男儿苦读僧。
草木阴晴知进退,山川日月见鲲鹏。

2 南京情调
二水一南京,三山半北平。
秦淮云雨夜,何故是明清。

序

3 黄裳
三山半落一秦淮,二水中分十色开。
士子何言桃叶渡,桃花扇上六朝来。

南京在望

4 谢国桢
明清觉社一书流,教授堪悲半叶秋。
几处文章夫子庙,奇芳阁上问苏州。

南京

5 朱自清
十地三江客九州,一江春水向东流。
只留胭脂鸡鸣寺,四面环山扫叶楼。

6
烟云一半雨花台,日月三千苦水杯。
九脉风尘随客去,六朝旧事几时来。

南京

7 陈西滢——闲话后话
文章渡口不文章,野草芳华野草荒。
渡口无船非渡口,文章野草是衣裳。

南京

8 张慧剑
雨落钟山暮后妆,风沉静海寺前塘。
百年谁记何家园,一世当先话古芳。

9 得月楼,南京文德桥畔一茶肆
文德桥畔问停舟,路转秦淮得月楼。
酒肆尤悬旗半亚,乌衣巷口叶三秋。

南京

10 孙犁
孙犁一作家，老集半黄瓜。
不耐南京记，其名你我他。

江南乡试

11 陈独秀
乾生由已自怀宁，独秀天空北斗星。
进宝难成难贡举，文章八股已零丁。

12
江南贡院半书生，御笔龙门一古城。
十里长街明月夜，千秋论语几枯荣。

13 吕长春地铁村头买紫荷
玉树家中一紫荷，寒宫笔下半莲波。
婵娟影落留圆缺，屈子潇湘赋九歌。

冶城话旧（节选）

14 卢冀野
白下池红水石香，金陵草碧玉兰堂。
随园冀野分明见，隔岸琴音继世长。

15 媚香楼故址，在石坝街发见界石
一寸媚香楼，三生不见侯。
孔家方域集，画扇染红愁。

16 问礼亭
三山问礼亭，二水向人铭。
世乱如人病，医行可未丁。

17 冶城沧桑
沧桑一冶城，旧制六朝名。
返蜀书三界，金陵月五更。

18 "老怀怕对六朝花"
秦淮一半六朝花，弟子三千七尺麻。
人后书生终里客，粉红黛白敌席家。

19 陋巷诗
只见暮阳斜，余红十万家。
金陵知陋巷，照路始桑麻。

20 金陵石头城
六朝旧事半吴宫，三界书生一世雄。
十地山河终不尽，九江直此始流东。

南京的几个学校

21 石评梅
江东一女石评梅，汝璧三明顺继开。
白下台城杨柳色，金陵玄武尽余杯。
南京下关

22 周作人
知堂一作人，理事半亲身。
上下关尘久，织兴自比邻。

量守庐记

23 章太炎
潮流一半到余杭，苦读三千日月光。
靖节华村量守处，风云彼此可钱塘。

金陵记游

24 钟敬文
一时江水一时潮，两代行人两代消。
驿间寒窗暮漫漫，长亭野草路遥遥。

25 古堞尚传齐武帝，风流空忆竟陵王
金陵忆六朝，鸟道问三桥。
落叶随风去，枫林任色娇。

26 鸡鸣寺
五里台城五里遥，半年人迹半年消。
萧梁尤有鸡鸣寺，一处文章一处桥。

27 秣陵
秦皇可叹石头城，燕子矶流一浪生。
杨柳齐梁文化客，寒鸦回首且还惊。

帝城十日

28 唐弢
六朝不解六朝情，二月梅香二月生。
触目惊心自己，金陵旧梦梦枯荣。
旅京随笔

29 黄裳
南京古城城，白下客人情。
二水三山在，齐梁几处名。

30 鸡鸣寺，"豁蒙楼"
台城柳岸半菱荷，建业杨花一九歌。
白下关封千载故，长江此去不清波。

31 江南图书馆
书房存泽已春秋，精舍人生自去留。
二水中分天下客，六朝不尽一朝休。

32 "美人肝"
阳春白雪美人间，如是钱公玉树弯。
粉饰珍藏灵谷寺，红楼梦尽不知还。
白门买书记

33 纪果庵
一纪风流寇白门，三山水色雨云根。
程前碌碌寻行止，回首依依是故村。

34
三言两语一分愁，万水千山半国忧。
回首深惊窗外事，长江依旧客东流。

陵汴卖书记

35 阿英
八股文章一秀才，千年旧事半不裁。
维新领袖终须是，此处英雄彼处来。
南京的古董迷

36 方令孺
南京古董迷，宋碗雨花西。
裹腔声嘶历，吴门白亚低。
岁暮的乡怀

37 叶灵凤
菊子夫人间晚晴，丁香院落乡怀萌。
江流不守乌衣巷，白下封关水故城。

38 蒌蒿
莺飞草茂一蒌蒿，酒肆江南半玉袍。
细雨河豚初入市，东风不减试春刀。

39 鼓楼前的马车、人力车（1910）
惊心一鼓楼，触目半春秋。
美梦飞天去，黄粱向国忧。

首都名胜

40 马元烈
襟山带水半龙盘，紫气金风一国冠。
苏北江南吴越士，孙权建业入云端。

41 明孝陵（1970）
龙蟠里外虎踞关，隆治隋唐独阜山。
扫叶楼前龚氏去，燕支井下主何彦。

我们的太平洋

42 鲁彦
金陵一后湖，同里半姑苏。
碧玉寻春巷，洞庭问小姑。

在玄武湖畔

43 李金发
茫茫细雨满荷田，淡淡云烟断古蝉。
玄武湖船飘不定，紫金山麓半吴天。

漫游鸡鸣寺

44 郭沫若
星空叶落四川天，尚武南冠一客田。
同泰寺前胭脂井，几回思蜀几回年。

45 签
台边石禁城，柳下士梁名。
面镜封新玉，衣冠守旧荣。

豁蒙楼暮色

46 储安平
心惊一日储安平，殊忆三年问庶生。
近里豁蒙楼外士，前程可见是光明。

47 豁蒙远眺（1996年）
人间几处豁蒙楼，一半兴亡一半休。
岁月书生寻什主，江山读遍是春秋。

48 江山重叠争供眼，风雨纵横乱入楼。
云雨纵横半入楼，江山兴废一初秋。
英雄济世何须去，进士心平任自由。

莫愁湖

49 曹聚仁
湖上一枝花，楼中万缕纱。
烟轻三五色，落入半人家。

50 莫愁湖
少妇卢家一莫愁，王朝刘宋半春秋。
羞身不惜红颜玉，旧事城南雨正稠。

中山陵前中秋月

51 梁得所
婵娟一缺圆，沧海半桑田。
得所常呼地，中山只问天。

陵园明月夜

52 王平陵
荒烟蔓草半陵园，夜色雕虫一届田。
孰治明清民国去，齐梁尤寄可文联。

对南京拆城的感想

53 徐悲鸿
不拆石头城，难言白下名。
今今古古事，止止复行行。

孝陵游感

54 艾芜
一处半明陵，三江万木青。
中山前后月，雨水乱浮铭。

灵谷寺

55 赵景深
玉碎自无弯，冠明已正颜。
人从灵谷寺，石存紫金山。

栖霞山游记

56 黄炎培
举人清末一炎培，已事孟符半故恢。
承继子孙黄付总，同盟会里未余杯。

57 摄山，栖霞山
珍珠二水流，白鹿半江楼。
一收黄天荡，三归八卦洲。

春牛首，秋栖霞

58 周瘦鹃
栖霞山上叶初红，半落飞云半落枫。
牛首花深春碧玉，高宗李治笔方雄。

游牛首山记

59 如愚
金陵结集一春含，谋妇稀疏半叶潭。
玉色梅花庵容主，牛头山上问峰岚。

燕子矶岩山十二洞游记

60 单鹤
春回草碧一江流，日煦风轻半翠楼。
三界桃花多少色，六朝如此几王侯。

61 燕子矶（1890）
长江不尽绕山楼，燕子矶头问九州。
雨细清明云似许，风花雪月水东流。

62 之二
映日垂虹白练新，江倾鹭鹭羽帆樯亲。
涵淡澎湃出世界，羽化登仙入红尘。

初游燕子矶

63 陈白尘
孤舟铁索一江寒，燕子矶流十地宽。
不上三台洞口去，何当拂首白尘冠。

清凉古道

64 张恨水
古道虎踞关，行人少苦颜。

长亭终不尽,旧事可无闲。

65 清凉古道 (1900)

清凉古道苦行僧,旧寺曾华玉气凝。
万里风云寻劣迹,千年蔓草上孤灯。

秦淮暮雨

66 倪贻德

秦淮暮雨儿春秋,不问皇王不问侯。
故事难言难故事,乡人不见是乡愁。

67 白鹭洲 (1932)

二水中分白鹭洲,三春素雪玉江楼。
枯荣有意低回处,彼此无心客不休。

秦淮河畔的除夕

68 司马讦

雨外薰炉水榭东,云中雪意以人穷。
秦皇不谓金陵气,莫道淮阴古董同。

69 秦淮闹市 (1923)

文德桥上半阴晴,夫子人中一月明。
贡院门口英文吠,魁元阁里古音声。

桨声灯影里的秦淮河

70 俞平伯

白玉艳秦淮,风花石坝街。
乌衣桃叶渡,王谢几心怀。

71 秦淮灯船 (1910)

青溪一半玉人来,利涉三春杏李开。
十地灯船淮水岸,六朝金粉几何裁。

南京与文学

72 胡小石

回肠荡气一吴声,东辞汉赋平楚名。
晋宋齐梁陈五代,长安枚乘始终成。

73 声律与宫体

齐梁沈约一声鸣,王谢江东半律成。
南都石黛双娥盟,北地燕支最发名。

74 唐人写本《世说新语》书影

春江花月夜方明,玉树后庭叔宝情。
此曲由人天上去,隋炀自此律诗成。

浦镇十三日之勾留

75 孙伏园

浦镇半临江,风声一晓窗。
相依挥不去,自古已无双。

定居南京

76 杨步伟

人间一女人,世上半新邻。
小杏花村酒,池州柳色新。

77 北极阁 (1930)

北极阁上半封云,土木人中十地分。
日生生前知日月,老君炉外是天君。

南京三年

78 赵元任

诸子可三年,江苏只半天。
吴门千国语,楚尾百帆船。

79 金陵刻经处 (1980)

金陵自刻经,白下可寻铭。
建业行云去,吴门草色青。

南京日记

80 胡适

千年国故忧,万里士人愁。
洪醉知行在,安徽水止流。

南京日记

81 吴宓

南京苦雨僧,塞北照孤灯。
国学何长短,言疑水存凝。

82 古楼街两侧民居 (1926)

金陵各一方,白下水三扬。
古色楼台上,民居巷口长。

南游杂感(五)

83 梁实秋

几处见秋郎,清华一草荒。
沉思知雅客,小品上余杭。

琐记

84 鲁迅

东邻不是是西邻,二月清明二月春。
国语无成成国语,身名许可入轻尘。

游新都后的感想

85 袁昌英

瘦柳半低扬,梅姿十地香。
时人时不语,二月二春娘。

86 金陵大学 (1910)

金陵大学堂,建业粉红妆。
越女西施客,吴郎霸主扬。

87

老态龙钟向旧明,神驰意荡问台城。
冶冶天年千古尽,蔓草无涯一岁荣。

孙中山先生的奉安大典

88 项德言

世上一沧桑,人中半存亡。
奉安民国在,正道适炎凉。

从南京路说到南京城

89 陶行知

行知一半是知行,十界三千十界名。
古刹钟声惊古刹,故京处处是新京。

陶谷之春

90 曾虚白

金陵女子学无休,陶谷之春碧有由。
虚白三生知不止,中西合璧半红楼。

91 金陵女子大学旧址一角 (1970)

老树几春秋,金陵一玉楼。

江山多少岁，日月半江流。

南京临时大总统府成立

92柳亚子

慰高亚子一安如，弃疾人权半不书。
总统共和君自语，民间世上客今余。

我和陈独秀的南京握别

93郑超麟

独秀峰林一木凋，兴亡建业半南朝。
三民主义三民去，几步江山几步桥。

从南京回上海（节选）

94巴金

尧棠李氏一巴金，笔作春秋半古今。
万里千年寻旧地，苇甘雨露向知音。

秦淮河之夜

95田汉

长沙沙水水无沙，只作书生未作家。
叶落三秋归不定，春风一阵到天涯。

中央大学迁校记

96罗家伦

清华大学不中央，教育家伦自短长。
建国无须深道理，行僧只向足前扬。

南京日记

97竺可桢

梅花落下杏方红，燕子归来水色空。
阶上玉兰三两片，心中建业半无穷。

南京囚居回忆（片断）

98丁玲

丁玲几许一零丁，沪口淞江四季青。
俱此难明是非过，人生可叹步长亭。

感慨过金陵

99范长江

塞上半希天，金陵一故船。
长江流不尽，白下鹭丝田。

100国府人员从洛阳返南京抵下关(1932)

孰谓一民生，人间半客情。
阴晴非日月，草木是枯荣。

失掉南京得到无穷

101聂绀弩

南京已去是无穷，邂逅还来可落鸿。
醒醉难明天下路，婵娟只望问人雄。

首都沦陷记

102陈鹤琴　海燕

金陵问鹤琴，海燕向春深。
世事寻天下，人生作古今。

南京杂忆

103许钦文

浪涌大江边，风悬小客船。
绳尧坛酒醉，苦就故乡年。

雪深一尺忆师门

104唐圭璋

云深七寸忆吴门，雨打三江问楚村。
墨散风华花自许，西阳无意抹黄昏。

玄武湖忆旧

105程千帆

人生一世忆家门，步足三江向客村。
流水终须东不顾，行云尚可北无根。

106五洲公园（玄武湖)(1934)

玄武湖边半五洲，金陵建业十三流。
千顷故事江河在，万事风流几处愁。

六朝古都二度游

107徐铸成

六朝古寺一江流，半世江都两地愁。
九脉韶华杨柳树，风云依旧九头头。

108雨花台江南第二泉(1930)

几处江南第二泉，初春雨花两三烟。
疏香暗尽桃红在，可种心中七寸缘。

怀念故乡南京

109万籁鸣　万古蟾

魁元阁上数魁元，落雨花中落雨轩。
白下千年封故事，吴门万里一江源。

110金陵

一寸心思七尺田，千年旧事半生禅。
香疏建业梅花月，云落秦淮雨水烟。

2010年11月25日
马来西亚吉隆坡

第十三卷 诗词曲赋文章

十、徽州十记　太湖十记

陶文瑜　山东画报出版社　2010年5月出版

1 徽州十记
渡口阳光去不留，徽州草木寄楼头。
依依守候江村月，款款相思可得忧。
　　　　　　　　2010年11月6日

2 明月前身　第一记
历史孤舟一港湾，三春草木十千山。
唐王应记胡昌翼，淡淡辉煌碧玉关。
李晔朱温西递了，梅花落下去无还。
徽州此是婵娟夜，应记胡门李氏颜。

3 皖
神荼郁垒半徽州，叔宝尉迟一去留。
承志堂上闻师椅，南湖书院数春秋。

4 徽州
十姓九汪家，三春五月花。
徽州多俊杰，故李问天涯。

5 八千里路　第二记
一叶初生一叶黄，半春朝气半春香。
三千弟子何兴叹，六九河边问柳杨。

6
挥挥洒洒绕新安，曲曲弯弯著碧冠。
渡口前边乡土地，浅滩过后是深潭。

7
云云雨雨一江树，去去来来半子孙。
风声难言情未尽，夕阳不下问黄昏。

8
红顶商人半营官，徽州信客一日安。
常思父母乡外寄，书生何苦弄青丹。

9 书香门弟　第三记
守望之间父母情，沉浮其上地天明。
山林繁简凭来去，日月阴晴普照荣。

10
紫阳镇上旧城墙，朱熹门生半亩塘。
为有源头知活水，（婺源）廉泉如许六经堂。

11
文公老井一千年，白鹿洞名五百禅。
紫气东来阳鉴土，方圆此去问虹全。

12 紫阳书院
明代徽州唯一的状元唐皋取得了廷对第一名，他出使朝鲜归来时，将朝鲜国王送给他的一方砚台投在水里的事，是紫阳书院独到的光荣。
独得操名半紫阳，蟾宫折桂一圆方。
歙县尤可寻唐皋，清旷轩前问炎凉。

13
南宋末年，棠樾的鲍宗岩落到杀人越货的强人手里，他们把他绑在村口的大树上，然后举起尖刀，朝他刺去。这时候，躲在草丛中的鲍宗岩的儿子鲍寿孙跃血而起，来到强人跟前，然后，跪伏下来说道，求你们放过我的父亲吧，我是他的儿子，我甘愿替他赴死。刚才面对死亡还能坦然的鲍宗岩，这一回是真的急了，他着急地要儿子快快离开，着急地求强人放过鲍寿孙。鲍宗岩对举着的尖刀的强人喊道，快对我动手吧。还犹豫什么呢？立在一边的强人愣住了，渐渐地，高举着的尖刀落了下来，大家默不作声地看强人，强人恍然地转过身，向村外走去。
宗岩父子对生亡，孝悌人前待人昌。
放下屠刀成佛身，身名可济是沧桑。

14 戴震，阅微草堂
一半嫦娥入旧堂，三千日月可人光。
书生处处寻天下，草木年年问故乡。

15 归去来兮　第四记
人生何处一归来，草木三江半自开。
秋叶成飞天下去，春泥化作始香梅。

16
书生八第戴兰芬，史进初成半未君。
暮雨朝云天下碧，晨风夕雾苦耕耘。

17 阳历阴历　第五记
徐国
乡村教授四书经，意气风发五味铭。
八脚牌坊官宦路，徽州弟子步长亭。

18 四节坊
半白人间半白头，三春守候渡三秋。
千龄郑玉江山客，四节牌坊烛影幽。
云淡淡，雨悠悠，一丘一壑一风流。
同胞父子尚书坊，未入徽州十四州。

19 徽州女人，一庭兆雪，节劲三冬
徽州子弟少年头，父母人心老未休。
此去丝绸多少路，江楼不住问江流。

20 人间词话　第六记
渡口小舟前，乡桥隔壁边。
徽州河岸草，碧叶满心田。

21 月到风来　第七记
两山始信渡仙桥，石在松中浴水雕。
雨落云前风月色，红尘知已自重霄。

22
寺外江山九脉流，云前草木一春秋。
松风寄语千年水，晓月留明万古楼。

23 绿杯红袖　第八记
玉手酥胸小袖红，怀藏碧叶半香风。
心羞只问祁门客，读尽三春一味同。

24
一处山河一处家，目连栗木浪淘沙。
徽州戏曲文植著，五百年间半剧纱。

25 云外山河　第九记
云外山河不是家，廊桥风雨半无涯。
虹中岁月三春草，世里桃源二月花。

26
烟霞百里小桃源，五柳千村碧草萱。
赤岭山川奇胜处，蓬门荜户鸟栖垣。

27 知是行之始，行是知之成
王门立雪一书生，天下风云半止行。
一水桥边知日月，三竿古外自阴晴。

28
五岳朝天九脉流，千秋济世半春秋。
两江草木三雕绝，四水归堂一徽州。

29 曹诚英
女儿自是一梅花，教授何言半不家。
胡适同铭乡异客，杨林桥上向天涯。

30 逝水流年　第十记
逝水流年一路遥，花明柳暗半春条。
南山夜静闲泉语，隐士宣平李白樵。

31
紫阳山下练江明，槛外溪口碎月行。
跨蹰云林烟水色，辽天鹤舞待人情。

32
人迹半沙鸥，清波九脉清。
三生寻紫气，一梦在徽州。

33
风花雪月半徽州，士士人情一主流。
玄帝碑铭唐伯虎，齐云山上九峰头。

34
烟霞雨雾半黄山，水墨丹青一玉颜。
十里松风藏意韵，千年亮节待人环。

35
一叶到江关，三溪绩土斑。
千姿绰约故，二月绣红颜。

36 太湖十记
潮汐一半问江湖，二月江花三月吴。
女人藏娇妮子语，钟声慢点客姑苏。

37 前世今生　第一记
七千岁月一年轮，五百烟华半晋秦。
九海沧桑田亩隔，三江草木自秋春。

38 乡关何处　第二记
英雄一世闯关东，背井三江济人穷。
五千万水齐努力，白山黑水太湖同。

39 天下渔米　第三记
春后银鱼秋后鲈，人前姑苏史前吴。
洞庭龙女传书去，可以低声问舅姑。

40 姑苏
梅鲚头上七帆船，茭白莲藕水八仙。
芡实红菱芹菇蹄，银鱼素卷鼓钟田。
青虾只许丫环指，巴解难言战将先。
大禹三江吴越治，纯鲈八月济乡缘。

41 流年写意　第四记
太湖石上一千帆，吴越心中万亩田。
玉立冠云峰百态，玲珑仕女欲貂婵。

42 堂堂人家　第五记
王鏊陆巷惠和堂，伯虎枝山海内章。
但取徽明山外色，吴门弟子状元郎。

43 江南老名士
六十七年进士身，唐诗别解意秋春。
严家苑落留芳处，任是声名不是尘。

44 古镇白话　第六记
光福寺司徒庙
梅香雪海入吴禅，寺庙钟声问去年。
一半江山千幅画，十三水色万家船。

45 乾隆皇帝下江南的时候，来到光福司徒庙，见了这四株古柏，就是清、奇、古、怪。
清奇古怪一沧桑，水秀山明半古香。
福色峰回身路转，光天化日共炎凉。

46 木渎这个名字的由来，说起来是春秋末年的故事。春秋末年，吴王夫差在灵岩山建造离宫，同时在紫石山建造姑苏台，越国献给吴王的木材，"积木塞渎"。
芳华半在一香溪，越女还闻半玉低。
木渎归舟花不尽，还寻鲍肺石家西。

47 经典刻划　第七记
雕花楼上半东山，画栋书中一玉颜。
落叶归根寻故土，金锡之母问乡蛮。

48 茶来茶去　第八记
太湖石外碧螺春，玉女怀中醒醉人。
雨水阴晴藏葛布，清明前后满红尘。

49
洞庭水色碧螺春，古渎茶亭雨问亲。
南北人中三里巷，东西山下五湖津。

50 枝头时令　第九记
六十开外的宋荦有点情不自禁了，
他挥毫写下了"香雪海"三个大字。

香雪海中万树梅，花光云影五湖开。
碧螺春叶园扉处，可上姑苏旧日台。

51栀子花开　第十记
丝绸建筑绣江山，汴水行船化玉颜。

碧玉雪芝福寿女，蒯祥三殿故宫颁。

52登滕王阁
一步层楼一步秋，九江飞叶九江流。
滕王阁上浔阳客，满月江川四十州。

53北京凤凰山上与五弟吕长茂住
落叶千层十地秋，西阳万绪一山头。
凤凰岭下兄和弟，五女山前话未休。

2010年11月12日

十一、历诗、随笔

1古今诗
隋音格律已初形，唐韵诗词自在荣。
古往园中百草木，今来门下万花城。

2古今诗
昭明太子古今诗，五代长春上下知。
俱是人生来去客，文章日月楚箫辞。

3唐十八学士文学馆
刘孝孙，虞世南撰"古今类诗苑"
社稷世南辞，江山类序知。
太宗文学馆，天下古今诗。

4树挂
滴水结冰寒，银花挂树盘。
霄烟浮素约，玉节入云端。

5永陵雪
残甲倾城二尺余，银鳞素裹半王墟。
潇潇洒洒争天下，落落纷纷向旧居。

6汉家
男儿一国忧，女子半低头。
社稷云浮卷，江山水上流。

7飞机瞰广西
一亩十明塘，千池半四方。
广西男女水，百色碧家乡。

8步步高千层彩玉石
百色万鸡鸣，三山半枯荣。
层层千彩玉，步步一高成。

9之二
千夫一小平，万足半重生。
阶下三翻案，兰衣十壮情。

10腊月水山
一池碧叶一池明，半有芳香半有情。
腊月水仙姿态媚，芙蓉秀色玉双荣。

11晋
藏山犹记一程婴，赵氏孤儿半不名。
假到真时真亦假，精英自著自精英。

12雪
俭素入春闱，芙蓉醉贵妃。
空中龙凤去，地上白云归。

13马来西亚（螃蟹岛）
南洋守故年，雨水碧云天。
蟹俯吉丹岛，波扬渡海船。

14则天革命
革命无成革命成，顶天立地顶天行。
朝廷日月朝廷守，草木阴晴草木荣。

15一夜连双岁，五更分二年
五更瞩意五更声，一岁增嘉一岁成。
爆竹惊人千旧去，东风入夜百花荣。

16观电视剧《狄仁杰前传》
惊心动魄半安宁，逸誉贤良一渭泾。
自古不知何为贵，一劳永勉勉浮萍。

17上元
元宵佳节雪打灯
老树琉璃玉洁枝，上元素约浩影时。
龙鳞伏甲朝天亮，凤羽轻妆墨节痴。

18之二
斑斑驳驳玉奴身，羽羽鳞鳞半洁银。
素素朝天英俭约，明明净地上元春。

19杨灵兄北京太阳红生态园放飞百只蝴蝶而祝百年之生
一百蝴蝶一百年，三千草木三千园。
翩翩起舞翩翩落，比比双飞比比娟。

20道德经
仁有义一仁生，半礼相倾半礼明。
此道智同出彼谐，其名信就著非名。

21人
云云雨雨半阴晴，草草花花一枯荣。
石石山山相磊立，天天地地自形成。

22浪淘沙
扬子江（双调六麻五十四字）
万里浪淘沙，处处烟霞。
深山古壑自喧哗。

诗词盛典Ⅰ 吕长春格律诗词六万八千首（全四册）

不止川流天下去，秋月春花。
一去便天涯，多少江华。
千年可鉴是桑麻，任得沧海荣枯水，
十地人家。

23 玉渊潭寻樱花
有绪百花飞，无心十地归。
园中多少色，天下满春晖。

24 之二
十步郁金香，三春碧柳杨。
东风多不语，草木自无疆。

25 读史
玉树后庭花，阳春白雪娃。
高山流水客，可问帝王家。

26 读唐六曲——中书侍郎、中书舍人
人生使例一心丹，都省郎中四品官。
日月阴晴三界岸，朝堂济会半天端。

27 书赠小淑女日记
一度半春秋，三江九脉流。
凌云飚志士，积世可沉浮。

28 七十稀
沧桑百岁度余年，济事三生话比干。
万古诗词文化客，千年玉石笔耕田。

29 伊斯兰——马来西亚书呈
山中半宰相，世上一圆方。
天下思谋断，人间指点昂。

30 北京十渡
青山绿水一春歌，色积空流十渡河。
前后声鸣闻折曲，方圆石磊见蹉跎。

31 之二
一路川流一路歌，半山壁垒半山河。
三千界上何先后，十渡人间几多少。

32 北京孔庙
弹琴不语半禅音，枕石无声一古今。

踏步行踪千界客，寻吟踱迹万人心。

33 颐和园荷塘
蓬莲未子半羞红，碧叶荷花两色风。
儿女心中藏故事，云飞雨下问西东。
注：嗡嘛尼叭咪吽佛释莲花。

34 之二
花红叶碧半莲空，同里洞庭十地蓬。
万寿山中三界土，昆明湖上一帆风。

35 颐和园石舫荷花
与天水老家爷爷奶奶，娜娜，托托，
小小，宁宁，祈祈同游。
百年老树已成荫，十亩荷塘问古今。
香榭亭桥依石舫，风声雨果自知音。

36 北京公园问荷
红河玉影万千桥，绿水池塘一半霄。
竹叶婆娑丛碧落，声鸣喜鹊客心遥。

37 听音
一曲知音一半天，二年旧路二三缘。
千春北海寻流水，万里南洋问客船。

38 杨灵淑女后海船
荷风后海月空弦，柳岸明花色满船。
姿影瑶池出世界，琼楼玉宇入星天。

39 之二
月弦半挂御楼边，柳色三明客语悬。
灯火阑珊沉碧水，玉影伏波入故船。

40 梦
想入非非一客诗，形成事事半新词。
梅边草草明宫月，柳下声声夜雨时。

41 北京汪魏巷九号
枣树一邻荫，秋春半古今。
阳光君子气，水土士人心。

42 响沙山
万刃响沙山，千年问故颜。
风云青海岸，日月玉门关。

43 庚寅仲秋
阳澄湖上半西风，蟹岛人前八脚虫。
巴解将军金甲客，春秋化尽作群雄。

44 之二
十五一光明，寒宫半色清。
时时花弄影，处处月偷晴。

45 鹧鸪天
寄俞平伯"花飞犹不记前因"。
一半残冬一半春，梅花尽落梅花尘。
唤来群玉流红去，犹记香泥不惜身。
非后果，是前因，朝寻夏禹暮寻秦。
知音应是书生客，不道天涯若比邻。

46 书
中央党校原副校长郑必坚，四川富顺人。
三界清风郑必坚，九州击鼓豫方圆。
江山自古思谋断，日月如今济世悬。

47 黄河
壶口飞悬一玉澜，冰涛倒立半天冠。
黄河此去江山外，闭谷空余十地寒。

48 之二
一河半落半飞天，九脉三秋九脉悬。
塞鼓尤惊秦晋客，东流不住换桑田。

49 小苗手
疏狂一半可疏狂，弟子三千苦读郎。
日月经天花草木，私心儿女问圆方。

50 之二
老来半作少年郎，直下南洋走四方。
东海凌云千万里，亚洲开办一银行。

51 辽宁省桓仁县桓仁镇西关天后村山乡
荒村孤寂雪如烟，树挂风寒月缺圆。
谁问乡心谁问客，人随世代柳随年。

52 香港大潭水塘道 88 号阳明山庄 B 座 1775 室，谢慧香，汪

第十三卷　诗词曲赋文章

魏新巷九号 1962 年种枣树人，2010 年 10 月 14 日来访故居，枣从曹雪芹什刹海住处移来

岁月半沧桑，人间一故妆。
北京圆缺月，枣树纳炎凉。

53 京居忆乡城桓仁

心思一叶半归根，故土三光两地魂。
五女山前非是客，浑江水上满黄昏。

十二、日历记

1 人生七十

一半合成一半成，两三天地两三情。
分分秒秒阴晴书，刻刻时时日月盟。
岁岁年年缘木本，来来去去自纵横。
心中今古知多少，手不离书读平生。

2 又

平生耕读一心田，手不离书七十年。
留下古今诗二万，辛勤茹苦始源泉。

3 老子曰："知足不辱，知止不殆。"

二年一始终，万里半秋冬。
日月东西数，炎寒南北中。

4 2010 年元旦

今年伊始去年终，小事无同大事同。
一界凭心三界外，千诗不尽万诗中。

5 上林苑

明非是非，上苑半官闻。
下御张汤客，羽林自不归。

6 偈

不养家，不知事。不留名，不知行。

7 雪乡

雪白林深一客房，阳春玉影四方扬。
大山落落重启闭，小路幽幽足迹长。

8 燕山雪

三山一素妆，五岳半玉扬。
隅麓千重浪，巅峰万曲肠。

9

京城小大寒，古树枯荣残。
但见人心素，天天地地宽。

10 京雪

天下玉妆成，人间素洁明。
三边连第开，一色覆京城。

11 雪衣北京城

瑞雪兆丰年，农夫七尺天。
京城皇帝老，谁事故宫田。

12 雪的音符

东雪音符一玉穿，重冰赤色半寒风。
琴弦一夜随声响，末鼓三钟十地红。

13 瑞雪

瑞雪封门一鼓楼，景山素巷半宫忧。
京城小路三千殿，玉宇澄清十四州。

14 带食日落

人间一缺圆，日落半高天。
带食斜阳晚，昌平暮色全。

15 马来西亚

万叶载东风，千花祝月红。
阳澄元旦雨，柳色有西东。

16 雪

枯树逢春腊月根，轻妆素约女儿村。
山林淡淡玉被敷，暮色明明不入昏。

17 天妃

天妃流泪一珍珠，荷碧开心半玉奴。
有影无形三界外，凭香据色九腴姑。

18 岸

江边一渡船，天下半耕田。
地上寻来去，云中问岁年。

19 如画

倒影岸边船，浮波水下天。
云中多碧色，海上少方圆。

20 小年雪

社稷一均田，江山半素天。
龙鳞寻沃上，瑞雪兆丰年。

21 立春

年前十日立新春，柳下三光去旧尘。
腊月梅花心动，东风自在满天津。

22 雪

龙鳞虎羽一山林，素粉银身半古今。
落落扬扬浮未穗，茫茫渺渺白衣襟。

23 人生之读，可谓学矣
贤贤易色空，致致向冠雄。
信信身立学，行行此大同。

24 除夕
还闻父母声，未得弟兄城。
犹忆当年事，今来子女情。

25 又
爆竹声声问万家，东风袅袅育千花。
寒冰塞北惊幽燕，绿水江南种豆瓜。

26 春雪呈瑞
素约满山庄，清流半玉妆。
荒林知影之，树木载麟祥。

27 地异
瑞雪白洋沟，城西碧叶流。
冰封昭玉色，彼此自春秋。

28 苏州桃花坞，年画故乡行
半暮渔舟唱晚情，一团和气后庭荣。
阳春白雪桃花梦，下里巴人玉树生。

29 以文教化赵本山
词词歌赋一文章，春夏秋冬半短长。
南北东西人一事，星辰日月客三光。

30 颜渊
安贫好学孰安贫，息事宁人息事身。
治国治家天下治，忧心忧世自忧民。

31 碧螺春
一春雨水一春身，半有旗枪半有茵。
碧色丛中芳色浅，女儿手下女儿邻。

32 庚寅年
当闻七十读人生，孰事三千问枯荣。
半世春秋二实色，一分终始二声鸣。
时时刻刻勤书笔，日日年年秉烛行。
二万诗词催驿客，九流自在作清英。

33 牧歌
一马自清游，三生任客留。
梭罗依旧水，古寨已无秋。

34 老树千枝入晓窗
陋室书香乐趣生，严冬紫气暖阳明。
浑身日照儒林色，逐笔诗词士子情。

35 福建省周宁县浦源村鲤鱼溪
俯就鲤鱼溪，同行岸石齐。
人鱼知共处，自在一东西。

36 苏州胭脂扬州粉
扬州粉色瘦西湖，白塔胭脂玉旧都。
水映三春明北国，琼花一日暗东吴。

37 又
粉色半何郎，琼花一味娼。
男儿寻本草，谢馥几春香。
注：曹操谋士"粉傅何郎"。

38 春
年前十日立新春，柳下三光去来人。
腊月梅花心已动，东风自在满天津。

39 采桑子（上元节）
上元花，烟雪花，爆竹声中十万家。
惊呼小女娃。腊梅斜，春梅斜，
紫气东来十地华，东风半绣芽。

40 一树梨花
一树梨花十里香，三山素约半银妆。
繁荣似锦多明媚，简色姿身少玉郎。

41 赴武井国兄（宣化）
三呼半诺近平生，万里千程度枯荣。
已见河边杨柳色，元知塞外日清明。

42 南洋
枝枝叶叶向阳生，草草花花待日明。
海阔天空三世界，云行雨落半阴晴。

43 人生
仁心苦事一精英，应道芳人半负成。
小大由之知自在，沉浮不止向生平。

44 春梅
枝头一点红，柳外半西东。
包藏三春欲，显露两色雄。

45 清明，2010 春烟间暮色　春鸟隔花声
青娥红粉半春烟，啼鸟花云一草妍。
媚色纷纭生紫气，芳香隔岸落华天。

46 之二
隔岸半清明，人途一枯荣。
泉边回首望，木下问阴晴。

47 陆兄清平
清明细雨满京城，酒肆秦唐半纵横。
曾忆马来西亚面，平生只缘客声鸣。

48 春光
九岸一黄花，双舟两翼霞。
云天春日暖，水色向人家。

49 陆羽
灵岩寺内半心禅，陆羽茶中一觉缘。
李道季兰闻雁语，积公领悟皎然泉。
参军戏弃真卿墨，安史余经许饮田。
苦性精神知日本，如今天下怡人年。

50 竹林晨曲
辰光半竹林，玉影一知音。
润泽何声曲，清风是古今。

51 木野
不见去来人，逢闻左右亲。
鲜明山野碧，玉色小家春。

52 北京市东城区汪魏新巷九号养春斋
老枣一新芽，春庭五月花。
池鱼书水色，斋养玉田家。

53 颜回闻子曰
不违一回宫，其私半愚轩。
中都邑宰客，日历九江源。

54 牧女
坡前草碧一群羊，雨后山娃半望张。
十里阳澄芳土地，三春牧女野花香。

55 春到钓鱼台
钓鱼不到钓鱼台，察色何须玉影开。
常问江湖吴越路，东风未可雨前来。

56 小满
天下一情河，人间半九歌。
潇湘云雨夜，玉竹影婆娑。

57 日出吉隆坡—北京
点点红红一白明，光光夺夺半边生。
云横九脉分天地，日立三峰势纵横。

58 白居易过徐州燕子楼
三年柳岸十年杨，五味风情一味荒。
燕子楼空寻燕子，衷肠曲尽问衷肠。

59 北京晚报 2010-5-29
青山绿水一春歌，色积空流十渡河。
前后声鸣闻折曲，方圆石磊见蹉跎。

60
碧水一芙蓉，金鱼半色踪。
红妆莲自主，玉叶已龙钟。

61 北京——马来西亚
叶绿一南洋，花繁半故妆。
清塘多少色，草木雨云乡。

62 古今诗
秦皇万里一长城，汉武千年半壁更。
宋祖黄河流渐断，隋炀汴水志何名。

63 交河
岁月如梭记忆新，荒丘似壁问秋春。
交河落日方圆去，汉域西庭左右论。

64 并蒂莲花
玉叶并蒂莲，金心独树妍。
荷塘多少叶，月色子孙田。

65 荷花守护使
池中一朵云，叶下半衣裙。
碧上双姿色，风前两雅君。

66 荷
珍珠半叶流，玉液一荷游。
碧水婷婷立，红颜怯怯羞。

67 之二
婷婷欲立一妆消，楚楚生情半玉摇。
碧叶珠流多露水，红尘可染几心潮。

68 海盐潮
浊浪一排山，清流半玉关。
风云千涌跃，海市万顷颜。

69 兄弟
一跃问龙门，三思待水恩。
千鳞争日月，半举重乾坤。

70 颐和园佛香阁
明湖一碧湾，玉树半红颜。
天下千人路，云中万寿山。

71 彬州小东江
雾里一舟横，云中半苇荣。
江东三界水，世外两人生。

72 过文丞相祠，府学胡同
枣树半南倾，君心一宋荣。
丞相依旧在，士子学书名。

73 北京荷塘月色禅馆
荷塘月色一云端，木耳禅心十地宽。
绝代双娇红翠粉，蟾宫折桂糯香坛。
冰肌玉骨听琴语，彩凤还巢问雨残。
百草灵山拈日月，青梅竹马待心澜。

74 荷塘月色禅馆
梅花三弄半寒心，金玉良缘一古今。
法会天竺闻日月，渔舟唱晚待音琴。
平分秋色菩堤树，出水芙蓉越秀荫。
茉莉花开香世界，疏影瑶池太极深。

75 荷塘秋色
京城十里半荷花，北海千年一女娃。
郁郁芳香秋玉树，幽幽粉素故人家。

76 飞回北京
始于主动，寓于真诚，
付于努力，终于成功。
人间暗尽一边红，天上星明四壁空。
八戒寒宫三世界，婵娟桂子半苍穹。

77 时
可靠父母亲，非难日月尘。
前瞻生命里，俯视自由身。

78 古
老树一人生，新枝半主荣。
朝天知自己，向地问所荫。

79 跃鱼
水上一群鱼，云中半帝居。
声声求自主，跃跃以心疏。

80 颐和园
叶落颐和园，风秋玉宇天。
山青湖水色，雨细露船弦。

81 双鱼座
立刻明心立刻行，积极运动志成城。
双鱼自是知天地，十地风云十地情。

82 芳
天边一抹云，心中半淑芬。
沉浮何自立，枯荣不问君。

83 由文宁彩绘荷
蓬心一点红，荷影半西东。
粉玉生娇子，双波欲不穷。

84 同里
吴江桥岸水，同里小姑船。
碧玉琴三曲，村花月半眠。

85 心灵
影自光来一短长，阴晴各取半猖狂。

三生日月知家国，九脉山河向柳杨。

86 林
桥边老树岸边云，碧叶丛繁碧叶分。
雨雾南洋风水色，马来西亚制衣裙。

87 北京钟楼
一鼓问钟楼，三更落叶秋。
千年明月里，十地数风流。

88 白马
阴山脚下一风流，落叶云中十地秋。
自古由衷原上草，江河几处十三州。

89 巴黎
云晴塞纳河，雨落几桥梭。
铁塔千云渡，儿孙两世歌。

90 秋色
秦皇留得一长城，草木三边半不生。
日月苏杭天下客，隋炀汴水著殊荣。

91 淑女
色满小家门，情多子女村。
玫瑰香榭里，草木碧乾坤。

92 海天
五湖四海一荒村，九脉三江半故魂。
水逐东流风逐浪，朝生色彩暮存昏。

93 黄河壶口
千流一玉壶，万涌半天苏。
任逐寻杨柳，倾声问念奴。

94 层楼
一梯碧岭一梯田，半壁山楼半壁天。
五色家园五色土，三秋日月三秋年。

95 鱼
天下一龙门，人间半故村。
前程知世界，回首已黄昏。

96 万紫千红
婵娟一女解，五色半方圆。
徒得三春力，寻来两客船。

97 白塔
北海一家禅，景山半壁天。
五龙亭岸柳，九脉寺中年。

98 三镇一长江一汉水
汉口汉阳一武昌，长江汉水半炎凉。
高山流水琴台上，何处余音问四方。

99 台湾
笔林倒影半荷塘，台北土楼一湿光。
碧叶莲池潭水客，青檀寺院以禅扬。

100 树挂
半年积玉一时容，十世清明五百龙。
素影如霜烟雪下，冰封淡雅色无踪。

101 紫禁城
半落西阳紫禁城，三秋御水角楼明。
皇沟红叶书生见，可叙故宫岁月情。

102 什刹海
鼓楼西苑水风清，银锭东桥渡古城。
一半明珠什刹海，三秋日月始光明。

103 北京鼓楼
尘封后海鼓楼中，一代风流济世雄。
万岁元明清已去，千江故事话江东。

104 燕
雾锁京城一日寒，烟笼禁水半云端。
深宫似有千年怨，御柳长堤两玉冠。

105 大雪
小雪天寒大雪冬，乡穷土地志无穷。
冰封岭木山河水，积聚非成一日功。

106 之二
今天大雪雪无踪，小大寒前已至冬。
腊月梅花心渐暖，东风一日化冰封。

107 道
子曰："人之遇也，各于其党。观遇，斯知仁矣。"
鸡鸣狗吠古今声，草碧花明上下荣。
子过其人兴废故，斯仁各党始终情。

108 年年有余
世上一龙门，人中两处根。
鱼游三界水，治事半乾坤。

109 士
子曰："士志于道，而耻恶衣恶食者，未足与议也。"
荷花半睡莲，水月一云天。
佛土三生士，南洋十地禅。

110 三峡图
滟滪几滩湾，巫峰半玉颜。
云浮三峡水，浪打两关山。

111 北京市东城区汪魏巷养春堂
鱼池枣树养春堂，岸影书房瞩梦乡。
山海关前来去问，烟囱山下女儿郎。

112 之二
冬心一亮枝，夏叶半迟时。
苦读三生日，长春两万诗。

2010 年 12 月 31 日　　北京

十三、学国学

汪建民　台海出版社　2010年1月出版

马来西亚半黄花，云雨南洋一风霞。老树连根向日月，芙蓉玉影自人家。

抄于印度尼西亚　2010年生日随笔

---

1 JAKARTA　INDONESIA
雨满一梭罗，云浮半曲歌。
南洋多少夜，玉树影婆娑。

2 儒家
天下一儒家，春前三月花。
文章冠主客，孔子正中华。

3 孔子
至圣一先师，清坛半地知。
春秋三木立，曲阜大城池。

4 孟子
邹城一子局，孟轲半儒余。
亚圣三迁教，宗师世代书。

5 荀子
孙卿一世翁，性恶善向同。
典籍重书册，思则四方中。

6 二程
明道伊川集二程，儒家天理绪三生。
同求敦颐寒窗客，湖北黄陂著一名。

7 朱熹
理气一沈郎，东西半紫阳。
宗儒先自述，不断后人肠。

8 陆九渊
明心是性人，陆子自行身。
宇宙寻知下，金溪每客亲。

9 王守仁
阳明半大成，子静一先生。
佛道儒三教，余姚陆九鸣。

10 四书
儒家典四书，病叟择三居。
论语经文孟，中庸大学余。

11 大学
中庸大学成，论语四书生。
孟子仲尼续，儒门弟子名。

12 孟子
论辩一时昌，疏儒半孟扬。
元明科考试，势沛读书堂。

13 中庸
秦坑落五经，乐记出儒鸣。
自在春秋里，诗书礼易成。

14 诗经
后世一先知，前秦半故时。
诗经风雅颂，土正祀歌辞。

15 尚书
上古一诗书，如今半有余。
春秋文史客，士子帝王居。

16 礼记
君子自修身，行成可作人。
秦儒知礼记，政理几天津。

17 周易
千年演易一沧桑，万岁盘根十翼扬。
世历人更三古客，春秋日月半阴阳。

18 春秋
微言大义人，鲁国史官申。
俱是春秋客，经传入古津。

19 仁
仁义一儒家，温恭半国华。
忠宽知敏惠，孝礼勇淘沙。

20 义
五德一修身，三卿半济民。
义仁礼智信，系际向谐亲。

21 礼
亲疏一典章，制度半公堂。
道德尊卑别，长幼自柳扬。

22 天命
日月历阴晴，桑田见枯荣。
人生何谓命，宿客自非成。

23 中庸
心平绪静一中和，性养人修半慎多。
博学笃行仁智取，儒家德道是诚河。

24 三纲五常
三纲五常一君堂，九教千流万柳扬。
白虎仲舒天汉武，阴阳道易顺时昌。

25 内圣外王
内圣自修身，行王向及人。
齐家寻蹈矩，治国向明亲。

26 君子
君之子小人，儒家不顾身。
行邦立国事，官民举案邻。

27 仁政
安民治本心，正道善音琴。
善政寻田富，同情是古今。

28宋明理学
理学半人心，趋微一古今。
明清知近远，数气木林荫。

29程朱理学
天上合一闻，理礼致三君。
格物真知致，明清政不分。

30陆王心学
儒家孔孟分，孟子物生心。
格理心生物，朱程半客纭。

31道家
仲舒罢黜百家文，尊儒独术半道云。
承光启后禅宗继，思想宇宙不离分。

32黄老学派
无为治政心，老子道言深。
正反君民客，阴阳易古今。

33道
道道名名一二三，心心物物万千岚。
终终极极向南北，本本原原法北南。

34德
德为顺其然，无心百姓天。
善政仁施治，欲足不耕田。

35无为
地覆天承万物生，时衡道德千年荣。
清心自守修身性，立命安家济世成。

36齐物
万物齐身合一成，千生许鸟二齐鸣。
逍遥世界平天外，自在其中自在行。

37庄子
春秋李耳继庄周，老子南华宋自由。
道德虚心名利客，逍遥无待隐时修。

38刘安
一人得道一人修，鸡犬升天半不愁。
黄白神仙余药器，淮南子客水方留。

39墨家
杨朱墨翟半春秋，兼受非政一主流。
节用尚贤传孟圣，度神量腹而衣休。

40法家
君权法制自韩非，势术春秋战国帏。
体制中央荀子坐，商鞅诸子向秦挥。

41韩非
同窗一李斯，异狱半无知。
嫉妒文章叹，秦王不恨时。

42李斯
上蔡李斯名，韩非下狱更。
扶苏移杀迫，通古族终横。

43方技家
养生医药汉时成，方技神仙派术。
但克房中知一守，子孙后世树生。

44扁鹊
腧穴针法象分情，脉学经络脏腑城。
八十一难秦汉撰，托名黄帝内经名。

45灵枢
素问灵枢始泪经，先知歧伯五行荣。
人天统一元生地，九卷中华战国成。

46兵家
兵家吕尚子孙吴，白起张良济世孤。
布阵行军多变化，深谋力勇克姑苏。

47吴子
读者向孙吴，知兵向书儒。
丈夫千里客，农乐事姑苏。

48小说家
十家小说九流生，农杂阴阳一纵横。
鬼谷兵法方技术，李庄道佛治儒名。

49秦始皇
沙丘草不荒，二世误君王。
一帝称千古，扶苏列故疆。

50汉高祖刘邦
泗水一亭长，沛公半诺杨。
陶城称帝王，楚汉以何疆。

51汉武帝刘彻
丝绸一路长，西域半胡芳。
金屋藏娇女，尊儒汉武堂。

52唐玄宗李隆基
一半兴衰一半王，万千岁月万千凰。
芙蓉出水芙蓉色，殿上长生殿上长。

53顺治
日暮半禅门，人临一古村。
新僧行苦色，老刹满黄昏。

54范蠡
激流勇退越吴名，浮海居陶子皮生。
致富经商财圣祖，三迁智士以公成。

55管仲
京都十五乡，轨里四连堂。
役土鱼盐治，桓公一霸王。

56吕不韦
战国作名商，春秋不趾扬。
华阳天下事，奇货可居堂。
一字千金著，三生万岁荒。
秦皇知进退，仲父故人乡。

57贾谊
书生一字半长沙，太傅三生一客家。
新语过秦安策论，鸿文道理玉无瑕。

58董仲舒
对策举贤良，尊儒汉武方。
公羊术博士，罢黜百家长。

59谢安
东山再起谢相公，淝水风声鹤唳终。
木齿安心玄不解，恒温旧事几何逢。

60司马光
晋夏先生司马光，仁宗进士屡天章。

龙图阁上直言士，资治通文一鉴扬。

61 左宗棠
湘阴自幼方，马尾造船乡。
谁问宗棠柳，沙丘半不扬。

62 太康失国
太康失国证疏朝，后羿平相代夏消。
歌舞声荣何酒色，夷穷首领路无遥。

63 商汤灭夏
商汤夏桀夷兴亡，决战鸣条左右相。
败溃南巢邦国尽，景豪亡命数新王。

64 武王伐纣
三年牧野一商王，半戈朝歌伐纣王。
炮烙之刑难自弃，宫池酒色欲情荒。

65 周公东征
东征叛乱一周公，开启金滕策信同。
内饵父兄扶诸外，浮淮九邑国殊功。

66 战国七雄
齐楚燕韩赵魏秦，春秋战国七雄邻。
农杂纵横名诸子，张明许辨书一兵。

67 永嘉南渡
永嘉南渡晋城东，王导金陵谢士同。
肥水尤流还去客，安玄此见符坚风。

68 朱温篡唐
朱温篡位事唐亡，五代哀宗始后梁。
十国洛阳争帝号，河尸宰相水无黄。

69 杯酒释兵权
杯酒释兵权，陈桥政变天。
黄袍身上戴，宋祖不知甜。

70 靖难之役
燕王惠帝祖孙臣，骄横跋扈位不申。
朱棣允文兵败伐，靖难之役北京春。

71 仁宣之治
一度清明一度荣，三朝元老三朝兴。
仁宗之治仁宣业，殿阁悉心殿阁成。

72 明末三案
出入半移宫，红丸一党风。
挺击三案毕，足见大明空。

73 官
终生一日官，苦读十年寒。
学士向言治，布衣喜免冠。

74 僚
皎皎日出一同僚，酒调陈风两不清。
内助商王非编制，私书幕府客迢迢。

75 相，丞相，宰相
家臣一宰相，御史半臣当。
历代风乘客，君臣各自扬。

76 十三曹
丞相汉属十三曹，主管东西户奏劳。
诉法尉贼盗决向，兵全仓阁礼黄袍。

77 郎官郎历
任子一郎官，权名半选坛。
春秋兴战国，沿革至清繁。

78 尚书
政归台阁汉朝成，光武三公半自倾。
六尚冠席衣亦兔，中央官府乃侍行。

79 南书房
半官隋扈半文枭，一度权倾一度消。
淮贵南书房外御，崇机日昭大清明。

80 道员
省道中庸一府县，疏驱上下自相逢。
乾隆分守多兼备，处处心思处处容。

81 汉书
班昭学问已精深，后继父兄作古今。
七表天文官六志，兰台令史一衣襟。

82 资治通鉴
春秋左传扬，通鉴史公芳。
大义微言志，名声司马光。

83 国语
周齐鲁晋四王分，郑楚越吴八国君。
国语春秋知政史，穆王至绰始成闻。

84 战国策
周秦齐楚半春秋，燕赵魏朝十策求。
宋魏中山加二国，短长事语一书修。

85 屈原
灵均正则一屈平，楚国丹阳半故名。
词赋诗辞三界立，离骚天向九章荣。

86 宋玉
屈原宋玉一师生，风赋大言半楚名。
九辩高唐神女颂，离骚文体继承荣。

87 曹植
曹植白马篇，一赋洛神缘。
七步诗章向，三问济魏天。

88 陶潜
五柳一先生，三春半枯荣。
田居田进退，靖节靖其名。

89 白居易
三后青云半似仙，身前繁素一阿蛮。
乐天司马琵琶客，元白东都怯故颜。

90 离骚
予山可惩半离优，女要婵媛一古喉。
占卜天门无路去，灵氛解惑纵神游。

91 孔雀东南飞
兰芝礼教一仲卿，自誓其家投北城。
汉末闻庭伤以树，玉台新咏古诗鸣。

92 洛神赋
一见钟情洛水明，千姿百态以神生。
宓妃甄后原相似，只得人间恋阙城。

93 桃花源记
渊明不满晋时卿，自乐农桑序作荣。
只向桃花源外去，人生立足世中行。

94滕王阁序
九江孤鹜半齐飞,秋水长天一色归。
伯屿子章闻授笔,洪川阁上满天晖。

95岳阳楼记
天下之忧士所留,人间其乐自无由。
任君勉励行身正,务必居心志苛求。

96金瓶梅
金莲独霸半春梅,守备瓶儿一不回。
万历年间多故事,西门庆子性情催。

97钟馗
玄宗一病半神思,鬼域钟馗两界迟。
举试无成奇丑貌,宫中祛避万民知。

98庠、序、校、塾
乡庠州序党家生,校塾思们乐未成。
养老人才习射后,宫廷太学治才明。

99鹅湖书院
书院入鹅湖,江西门故都。
文宗多白鹭,学士治塾途。

100朝考
春秋延城会三元,二甲传胪三甲言。
十载寒窗分上下,同身进士不同轩。

101举人
春元一发郎,老爷举人堂。
三试才人授,官场解达扬。

102蟾宫折桂
东堂会逆洗如何,对策贤良苦亦多。
晋武知卿臣许诺,蟾宫折桂玉方磨。

103八股文
明清八股文,破解承题分。
讲入起中后,无分束落云。

十四、大明宫

1 大明宫

七门两殿大明宫，廷政望仙建福东。
丹凤兴安玄武北，含元麟德向云中。

2 大明宫

文章一半大明宫，弟子三千济泽穷。
竿钓清音知玉笛，公孙剑舞可胡风。
梨园犹存羽衣曲，上苑余芳散月中。
遗韵成名随后客，西东马上各由衷。

3

清音劲响半倾城，浅唱余声一世名。
遗韵香风依旧约，隋唐水调满流情。

4 高宗皇帝

李治天皇大帝王，诗文武媚正书堂。
南山殿外城边靠，北斗云中月下光。

5 大明宫·初唐清音

人间同六里，天下共三春。
日满江南岸，唐风草木人。

6 守岁

两节一时分，三声半拜闻。
暗香含玉动，疏影吐春云。
爆竹惊双岁，东风向万君。
依然冰雪色，隔夜自耕耘。

7 九月九日

十叶向金商，三声半夕凉。
鸿飞南北向，雁落去来杨。
九月重阳日，千川草木乡。
一人天下客，万里是衷肠。

8 武则天

乾坤一字碑，日月半妃帷。
武媚万人许，昭仪二圣眉。
石榴裙上守，素智史中窥。
百卷"垂拱"集，"金轮"万户规。
自天凭地立，由主是非维。
始为周唐问，终成李武随。
注：无字碑，似无似有，字立天地间。

9 如意娘

感业难平一世声，从幽如意半娘情。
石榴裙下何摇曳，谁问张家两弟兄。

10 腊日宣诏幸上苑

腊日梅花半枕香，春风月夜一黄粱。
梦中复见儿童事，如见爹娘只断肠。
注：腊日：农历十二月八日。

11 中宗皇帝

高宗太子景龙亡，弘道元年帝位尝。
只作庐陵王不语，江山之外向牵强。

12 立春日游苑迎春

江东项羽领三秦，垓下鸿门已半津。
汉界楚河今犹在，刘邦至此以雄邻。
翟雍塞郡王家去，上地咸阳客景春。
注：三秦：项羽破秦入关，三分关中之地，以秦降将章邯为雍王，辖咸阳以东及甘肃东部地区；司马欣为塞王，领咸阳以东至费河之地；董翳为翟王，领上郡之地。合称三秦。
甘泉：山名，在陕西淳化县西北，秦、汉甘泉宫所在。流霞；仙酒。淳化甘泉山不语，流霞数月故乾坤。

13 上官仪

进士上官仪，精研释典奇。
秘书郎学士，八对敬宗师。

14 奉和秋日即目应制

一曲满浮梁，三秋半短肠。
红妆藏柳岸，碧叶问芳塘。
上苑蝉声尽，千门树建章。
未央宫外水，日日绕长杨。
注：上苑：即上林苑。秦时旧苑，汉武帝增而广之。建章：汉宫名。长杨：秦宫名。《史记·孝武本纪》："于是作建章宫，度为千门万户。"

15 早春桂林殿应诏

太液桂林堂，清歌一曲扬。
流莺杨柳唱，芳草半坡香。
隔岸风光落，随心日月藏。
大明宫水色，淑景入红墙。
注：桂林殿：唐皇宫中殿名。披香：汉宫殿名。太液：即大明宫中的太液池。

16 咏雪应诏

素雪朔凝香，梅心色欲扬。
芳明栖凤阁，珠落影娥塘。
望鹄移舟渚，寻花弄月娘。
堂高寒气少，玉树著华妆。
注：栖凤阁：大明宫阙楼名。影娥池：在汉长安未央宫中，"汉武帝凿池以玩月，其旁起望鹄台以眺月，影入池中，使宫人乘舟弄月影，名影娥池。"

17 上官昭容·奉和圣制立春日侍宴内殿出剪彩花应制

彩圣一春虚，新声半岁余。
心从桃李处，意向品婕好。
制命昭容客，文章并作书。

群词名学士，几色问裙裾。

注：剪彩花：古代立春日的一种风俗。用色绢、彩纸剪成燕或花朵，插于头发，并互相赠送，表示迎春，称为"彩胜"。唐制，立春日赐三省官彩胜。

18彩书怨
一怨十年书，三春半日余。
孤芳春色久，独步锦帐虚。
桂影多寒子，丁香几不舒。
情情由自主，苦苦恨离居。

19许敬宗
学士贞观著作郎，"文思博要""晋书"乡。
三千子外三文馆，十八人中一秀杨。

20奉和元日应制
日日一衷肠，年年半故乡。
春明滋淑景，月秀满轮堂。
御水流天下，荣庭宿古芳。
长城初化雨，汴水已钱塘。
武冶知太子，文工问玉房。
上官仪不语，记室伺秦王。
始是词林客，终非若短长。
开初还景作，自此以成梁。

21李义府
义府客瀛洲，中书令九流。
文名"来李"并，进士几春秋。

22宣正殿芝草
且致济人雄，朝阳色带同。
芝灵宣政殿，雨露大明宫。
太子中书容，河间半郡会。
含元仰凤御，未舍入飞鸿。

注：宣正殿：亦作直政殿，大明宫此殿正对丹凤门，在含元殿之北。洛阳城此殿正对光范门，在含元殿之西。

23杜审言
文章四友名，日月半家荣。
杜甫襄阳客，峰州学士城。

24蓬莱三殿侍宴敕咏终南山应制
终南半玉冠，北半一天寒。
八水长安外，三春雨色安。
蓬莱金殿209，玉树挂云端。
且向中峰望，瑞烟紫气澜。

25大酺永昌元年
唐周杜审言，四友未铭暄。
不作峰川客，何当日月辕。
工书之问祭，苦坐易之轩。
李武何天下，皇冢著旧垣。

注：《易·说卦》："乾为天，为圜，为君。"

26岁夜安乐公主满月侍宴应制
腊月一梅香，寒宫半桂杨。
年年双岁夜，处处千衷肠。
翼子孙谋及，梁珠大雅乡。
经春杨柳树，隔日晋秦芳。

注：孙谋：《诗·大雅·文王有声》："诒厥孙谋，以燕翼子。"梁国珍：即魏珠，也有称梁珠者。

27守岁侍宴应制
子女中堂拜故先，去来岁月入经年。
声声只带东君向，处处升平爆竹烟。
隔夜春风杨柳岸，随宸雨水向桑田。
明朝仿佛还依旧，便化梨花度百川。

注：唐太宗《守岁》："冰消出镜水，梅散入风香。"

28
春风一日玉冰消，古木三春碧树潮。
去问天台来问阁，此峰不似彼峰遥。

29陈子昂
伯玉一声高，千年半寸刀。
麟台折节读，万岁一旌旄。

30奉和皇帝上礼抚事述怀应制
东君无自我，阴晴各不钧。
逢春闻岁月，始命运维新。

抚事方圆治，期人玉石亲。
古今心守守，来去顺周邻。
日月满三秦，丹青润五津。
陛云知秩序，雨水邑轻尘。
巡礼朝南北，睿思被泽辛。
沧桑山海问，天下一乾坤。

注：维新：《诗·大雅·文王》："周虽旧邦，其命维新。"

31《陈子昂诗意》（现代）佚名
去去来来一古今，前前后后半折琴。
长安城里还依旧，不恨幽州不知音。

32之二
幽州台上一声消，壮士情中半世遥。
古往今来何所问，一成一败一心潮。

33刘宪·奉和圣制立春日侍宴内殿出剪彩花应制
剪彩上林宫，新窥进士风。
香浓分不定，淑素问西东。

34奉和人日清晖阁宴群臣遇雪应制
行安一凤斜，万福半梨花。
人日清晖阁，风行百姓家。

注：清晖阁：在大明宫中蓬莱殿西。人日：农历正月初七，古人相信天人感应，以岁后第七日为"人日"，亦称"人胜节"。

35人日玩雪应制
胜日万云飞，临芳半不归。
方开金镜面，又敞玉心扉。

36李适·奉和圣制九日侍宴应制得高字
重阳九日高，禁苑半宫袍。
但见茱黄草，宸游御柳桃。
香沾黄色菊，蕊惹玉葡萄。
春日还新雨，秋风不是刀。

注：曾赠诗天台山道士司马承祯，一时期士属和者三百余人，徐彦伯

1666

编为《白云记》。

37 奉和立春游苑迎春
柳色隔墙新，梅妆顺水邻。
春宫多淑气，御苑夕阳茵。
曲曲披香蓼，幽幽玉女翚。
终南山上望，万物待耕人。

注：披香：汉宫殿名，为汉武帝后宫八区之一。

38 人日宴大明宫恩赐彩缕人胜应制
人日大明宫，东君主客同。
朱城华先至，玉阁影西东。
彩剪宜春苑，昭回顺义红。
朝堂多紫气，御水自由衷。

注：大明宫：唐皇宫名。贞观八年（634）建，名永安宫，九年改名大明宫。宜春苑：秦汉宫苑名，故址在陕西西安市区南曲江新区。

39 沈佺期
贡举沈佺期，文章世客知。
诗词之向久，不可易之时。

40 和韦舍人早朝，隋炀
汴水一相亲，长城六国身。
明光宫武帝，美女二千人。
酒肉池林树，阴阳半白珍。
千年今古向，儿女共沾巾。

注：长乐：汉宫名。明光：汉宫殿名，武帝时建造。《三辅黄图·甘泉宫》："明光宫，武帝求仙，起明光宫，发燕赵美女二千人充之。"

41 立春日内出彩花应制
天下一梅花，人间半彩娘。
情深桃叶渡，水浅作荒唐。
长乐含元殿，修真景凤堂。
东君多不语，玄武大明扬。

42 三日梨园侍宴
梨园禁苑中，画上九洲鸿。

暮晚青龙语，灯明御水东。
一年三日宴，半岁地天雄。
上巳春芳至，笙歌已不穷。

43 幸梨园亭观打球应制
梨园一彩球，浙水十三州。
一苑园亭草，明宫万象秋。
金陶来主接，白马凤凰筹。
果就寻心迹，成形在预谋。

44 奉和立春游苑迎春
立春游苑御行杯，素解冰消九度梅。
草蕙初生黄绿色，飞鸿未落楚王台。
东君不锁宫中雨，紫气方明世外来。
啼鸟九卿郊泽厚，三公一曲凤凰徊。

45 人日重宴大明宫赐彩缕人胜应制
梅枝已动半偷春，腊月香深一色新。
初鸟龙首原上啼，还凭故羽旧时身。
昭光似应良辰就，玉树还庭已自亲。
胜里东君初展露，悬知欲解有心人。

注：龙首：龙首山，又名龙首原，大明宫北之高丘。

46 徐彦伯·同韦舍人元旦早朝
两殿大明宫，千门济世穹。
中书门下客，太子伺前雄。
一日非堂上，三生主仆同。
人间先后在，天下始还终。
宿鸟惊栖窥，孤巢复向衷。
文章知奉折，日月自西东。

47 崔融
文章四友半齐州，国子思精一册求。
凤阁舍人全节问，易之亦是故由因。

48 则天皇后挽歌二首
日月一当空，阴阳半世同。
兴衰泥水去，非是是非中。
暗暗明明尽，和和酷酷穷。
乾陵碑不语，尽在有无中。

49
天地一乾陵，阴晴半玉冰。
千年泥水色，万里草花微。
上下何无字，沧桑几废兴。

50 奉和人日清晖阁宴群臣遇雪应制
新色一苍穹，晴光四壁空。
金门由上下，眼甲任西东。
素影清晖阁，含元气中。
黄郎房子客，李下紫微童。

51 人日重宴大明宫恩赐彩缕人胜应制
一处大明宫，三春小草虫。
堂中天子客，野上帝王同。
七日人间事，千年日月同。
是非何所以，远近自闻风。

52 元日恩赐柏叶应制
劲节万年心，应制一古今。
殷殷呈岁月，念念是皇金。

53 侍宴桃花园咏桃花应制
李下无蹊一玉堂，桃中有色半红芳。
英非不语佳人面，只似谁家日月妆。

54 马怀素奉和人日宴大明宫恩赐彩缕人胜应制
和风万象一人裁，玉宇三阳半春来。
幽草宫中初窥入，归鸿羽后复徘徊。
蓬莱殿外金鸾客，太液池南紫气来。
暖风来凰娇不语，香鱼龙首几枝梅。

注：三阳：春季之始。古以十一月冬至日一阳生，十二月二阳生，正月三阳开泰，冬去春来。

55 奉和圣制立春日侍宴内殿出剪彩花应制
万树叶偷荣，千家户正明。
三阳开泰日，九地问新声。
只向深宫色，须言故侯情。
采人香可误，疑道未倾城。

56 奉和人日清晖阁宴群臣遇雪应制

大明开历草，雪水邑轻尘。
候鸟寻依旧，初鸣俯怯邻。
梨花千色变，五树半枝新。
淑气三阳日，祥云一岁春。

注：《论语·为政》："为政以德，譬如北辰，居其所而群星拱之。"

阶荚：即蓂荚，又名"历草"，象征祥瑞的草。

57 人日侍宴大明宫应制

承天朱雀一皇城，太液东宫半彩明。
玄武门前玄武比，含元殿外含光荣。
南山玉冠成云雨，细柳临风化水情。
历草不分圆缺荚，日晴俯照故人盟。

58

人前一半声，月下两三情。
枕上黄粱梦，心中草木生。

59 人日重宴大明宫恩赐彩缕人胜应制

千门建凤自由衷，七叶仙兰向月弓。
秀草逢春多碧色，群芳逐日叶桃红。
昭回十地东君绕，彩缕三阳紫气风。
九脉川和云雨水，一心全就大明宫。

60 奉和圣制人日清晖阁宴群臣遇雪应制

雪覆暗三河，川流唱九歌。
清晖寒水阁，暖日逐天和。
七日扬明客，千门雨水多。
云烟含淑气，草木已婆娑。

61 奉和圣制送张说上集贤学士赐宴得年字

开元一集贤，天下半人天。
日作金阙晚，云浮丽正年。
书儒相学旧，教子试方圆。
未尝泰山客，当须五品先。
中书门下省，上苑草中眠。

玉树生光近，瑶池七寸田。

62 秋夜寓直中书呈黄门舅

帘桃挂夜钩，黄门目漏筹。
中书鸡树老，门下以春秋。
彼此循庭入，临风忆旧游。
紫绂三名初，在地迹尚留。
月舒当北帧，云赋至东楼。
不锁迷天志，童蒙慰我求。
迟君台鼎节，闻义一承流。

注：台鼎：古代以三台和鼎足喻三公，故称三公宰辅为台鼎。

63 韦元旦·早朝

中书一舍人，太液半星辰。
阙下多辛苦，人前少自尊。
西临闻早漏，北斗御清尘。
紫凤词庭客，含元月殿春。
草木阴晴茂，君臣日月亲。

注：苍龙阙：汉宫阙名，在未央宫东。

紫凤垣：中书省的墙垣，中书省在含元殿北月华门西侧，故曰"西临"。

鳞翰：鱼与鸟。

64 奉和立春游苑迎春应制

腊月寻一叶香，深宫独见半梅妆。
三阳开示何新秀，十地草木入故塘。
若起青菽又复止，芳凝玉树抱琼浆。
七星北斗摇光去，八水长安几柳杨。

注：斗柄东：《鹖冠子·环流》："半柄东指，天下皆春。"斗柄，北斗七星之玉衡、开阳、摇光三星，又称半柄。

65 人日侍宴大明宫恩赐彩缕人胜应制

一日修文一荚开，半生日月半生来。
三春草木三春秀，七叶华章七叶裁。
初见小莺羞怯语，复闻枝节欲声回。
东风化雨明宫彩，人日千秋紫气催。

注：荚开：荚，即蓂荚。传说中的瑞草，王者德至地则出。每月一日至十五日，

每天生一荚，十六日至三十日，每天落一荚。见《白虎通》卷三《封禅》。

66 帘

纤纤一玉钩，懒懒半朱楼。
去去来来向，卿卿我我由。
人情三界里，客欲一江流。
就就推推止，云云雨雨休。

注：玉钩：玉制的帘钩。鲍照《玩月城西门廊中》："始出西南楼，纤纤如玉钩。"

67 车

金轮一马先，天下半桑田。
跃跃风雷动，声声铠甲悬。
均衡平左右，上下方圆。
落落低昂坐，欣欣彼此年。

68 立春日侍宴内殿出剪彩花应制

三阳半立春，九脉一芳辰。
剪彩裁红巧，花从筐里新。
梅妆香欲坠，淑女意心真。
造物衔天竟，清风过汉津。

69 奉和人日清晖阁宴群臣遇雪应制

三阳立春节，七日住良辰。
忽见梨花至，梅香渡汉津。
朦朦天地厚，素素暗河身。
处处藏机巧，欣欣阁外人。

70 侍宴桃花园咏桃花应制

桃园处处满桃花，一半含芳一半斜。
有色偏偏人面向，无心落落故人家。

71 游苑遇雪应制

一半飞云一半开，两三玉树两三台。
千门素影千门絮，十地形成二地裁。

72 上清晖阁遇雪

一半梅花一半枝，两三争落两三迟。
更飞阁上楼台厚，不问江河只入时。

73武平一·幸梨园观打·应制

曲舞一时休，江河十地流。
书生天下事，壮士客春秋。
上苑红尘乱，梨园逐御稠。
王侯多少问，尽是太平楼。

注：武后时，畏祸不与事，隐嵩山，修佛法，屡诏不应。中宗复位，平一居母丧，迫召为起居舍人。景龙二年（708）兼修文馆直学士，迁考功员外部。玄宗立，贬苏州参军，徙金坛令。

74奉和立春内出彩花树应制

玉叶依情半帝台，金门令节一春来。
黄莺初至无知语，百草芳心有意开。
上苑曲江颜色好，含元太液似瑶台。
东君不锁重阳柳，只赐霞觞十八杯。

75奉和惠顾旦赐宰臣柏叶应制

一叶半春秋，三生九教流。
凌寒知独立，持玉见筹谋。

76宗楚客·奉和人日清晖阁宴群臣遇雪应制

蓬莱玉作山，太液水红颜。
淑远清晖近，宫深素树弯。
凭天望日月，努力可登攀。
令节和谐主，春心已不还。

77奉和圣制喜雪应制

梨花树树满山川，淑甲城城半御船。
形影不分梅色里，身姿度化柳絮悬。
因风未语友前去，却雨随心作旧午。
百草欣伏知地暖，群芳逐日祝琴弦。

78崔日用·奉和人日重宴大明宫恩赐彩缕人胜应制

含元殿北乐藏娇，曲折江南向树桥。
荡荡乾坤成玉叶，微微紫气向东朝。
知时七日人开葵，胜旦三阳独柏雕。
宣政贞观闻圣藻，大明宫外逐天潮。

注：曲池：曲江池。在陕西西安市东南。秦为宜春苑，汉为乐游原。有河水水流曲折。故称曲江。

79书童

一日大明宫，三秋小月同。
千年知所以，十载曲江红。

80之二·赴宁夏银川

中国阿拉伯经贸论坛。
西夏王陵任去留，银川自古数春秋。
大漠无风沙万里，骆驼有志度千舟。

81盛唐劲响

开元一楚王，盛世半沧桑。
励志梨园客，明皇几曲肠。

82明皇帝·春台望

日月半春台，三阳草木开。
终南分玉色，太液一人来。

83之二

中人一露台，汉帝半家衷。
不解桑田力，何时旧事来。

注：中人：中产之家。末包用汉文帝事。汉文帝尝欲作露台，召匠计之，直百金。上曰："百金中民十家之产，吾奉先帝宫室，常恐羞之，何以台为！"遂罢。

84集贤书院呈送张说上集贤学士赐宴得珍字

台臣半玉身，鸣册一席珍。
学士怀方向，儒生向旧亲。
集贤皆丽正，殿外位班陈。
日景寒窗苦，时移论道津。

注：席珍：孔子说儒士身怀才备如席上之宝玉，以待聘问，见《礼记·儒行》。台臣：三公宰相。《尚书·周官》"兹惟三公，论道经邦，燮理阴阳。"

85端午三殿宴群臣探得神字并序

五月桃门五日新，一年仲夏一年春。
文公乞火寻重耳，向遗婆娑去旧尘。
铜雀建交冰井殿，曹娥溯水王君神。
五音未尽梨园曲，留下明皇幸蜀臣。

注：桃门：《艺文类聚》卷四引《续汉书·礼仪志》："五月五日，朱索五色柳桃印为门户饰，以止恶气。"问遗：赠物问安。古代有五月五日以织组杂物互相赠遗的习俗。见《初学记》卷四。婆娑：舞姿优美。汉安帝二年五月五日迎五君神，溯涛而上。枯槁之忠臣：文公令民五月五日不得点火。魏文之台：魏文帝曹丕好文学，常与建安七子等文士赋诗唱和，形成邺下文人集团。《邺中记》载："邺城西北立台，皆因城为基址，中央为铜雀台，北则冰井台。"

86杨贵妃·尚书郎上直闻春漏

虢国韩妃犹问秦，杨家一半一秋春。
尚书房里闻朝漏，曲径梨园可太真。
玉笛初音余四舍，霓裳舞尽已三亲。
华清水色温汤会，只似芙蓉奉玉身。

87肃宗皇帝·延英殿玉灵芝诗三章，章八句

延英殿上玉灵芝，一茎三花半奉时。
小叶分房怀秀色，无心守蕊两三枝。

88

灵芝入紫微，枝叶向心扉。
向色凭天地，随情几不归。

89

亭亭玉本芳，历历可明堂。
幽幽天地上，切切大来扬。
但见无求索，由凭日月藏。
心中含不露，只探永荷妆。

90之二

人间承守典，御房继天休。
何以方圆向，民心自在求。

注：天休：天赐福佑。《尚书·汤书》："各守尔典，以承天休。"

91张说

一叶到钦州，三朝手笔留。
中书门下客，大政几春秋。
注：不附张易之兄弟，忤武后旨，流配钦州。

92玄武门侍射并序

玄武门前日月歌，楚河汉界向萧何。
紫微六事朝廷客，天子三公以稻禾。
注：紫微、黄门：开元元年正月一日，改中书省为紫微省，下省为黄门省。

93春晚侍宴丽正殿探得开字

丽正集贤台，黄门主圣才。
文章留日月，殿阁玉梅开。
一半龙吟客，三千弟子来。
条条庭柳叶，楚楚影徘徊。
守典荷天下，承天以政裁。
宫莺初语处，色满柏梁杯。
注：柏梁杯：柏梁台，在长安城北门内，汉武帝元鼎二年（115）筑，以香柏为梁。汉武帝尝置酒其上，诏群臣和诗，能七言者乃得上。

94十五日夜御前口号踏歌词二首（其一）

东华一日千仙来，西夏三章半阙台。
论语春秋天子客，承前启后御门开。
注：东华金阙：东华帝君之宫阙。东华帝君即东王公，传说中的百神首领，与西王母分统男女众仙。

95张九龄

博物中书子寿成，荆州长史始兴名。
丞相只是韶关客，不可归乡试古情。

96和许给事中直夜简诸公

精英在禁林，天下属知音。
不得风花浅，难寻日月深。
瑶池千地水，金阙万人心。
晚漏中堂早，开元玉树荫。
柏梁台上属，进士客中吟。

夙夜闻钟鼓，清明待古今。
朝直荣露水，笔正落甘霖。
草木三春雨，文章一字箴。

97奉和吏部崔尚书雨后大明朝堂望南山

云落阴晴雨，峰高日月光。
金门浮紫气，凤阙翠微悬。
汉帝甘泉客，斯仁礼陌阡。
洋洋生玉树，洒洒问人篇。
终南山上望，雪素曲江川。
济济惊天下，潇潇对旧年。
长安宫外润，八水去来烟。
何事千年外，人心万里田。
注：翠微：唐宫名，在终南山。
凤阙：汉宫阙名，在建章宫之东，上有铜凤凰，故名。褰：通"骞"，高昂貌。甘泉：秦汉甘泉宫，一名云阳宫，在陕西淳化县西北。金门：汉未央宫门名。武帝铸铜马立于门外，故称金马门。简称金门。汉武帝时，东方朔、主父偃等才士皆待诏于金马门。

98王昌龄·殿前曲二首

天马行空万里情，乌孙入殿一年倾。
笙歌半起莲花雨，大宛三声武帝鸣。
注：大宛马：《史记·大宛列传》载：初，汉武帝得乌孙马，名曰天马。"及得大宛汗血马，益壮，更名乌孙马曰西极，曰大宛马曰天马。"

99其二

丽正文章向国忧，梨园弟子唱凉州。
三声未尽行天下，一曲难鸣到翠楼。

100春宫曲

昨夜春宫昨夜情，平阳歌舞曲心声。
子夫玉女承皇后，马上三军自纵横。
注：平阳歌舞：卫子夫原为平阳公主之歌女，汉武帝过公主家，子夫以歌舞得幸。公主送其入官，终为皇后。

101王维

别业川中一右丞，道光佛下半孤灯。
宋之问俊词诗在，近处乡情是怯凝。
注：从大荐福寺道光禅师学佛。天宝初，得宋之问辋川别业。

102和贾舍人早朝大明宫之作

群芳一刻紫云流，百草三春碧玉修。
万里风光日月落，千年故事古今浮。
宫中漏断衣冠正，马上珂声向池头。
翠树常情尚不可，香烟只伴字春秋。

103早朝

皎洁一星低，苍茫半斗移。
身出庭树北，影入玉楼西。
紫禁钟声近，金门白马嘶。
东风梅始落，雨水化香泥。

104酬郭给事

桃花源里满余晖，芳草云中散故扉。
啼鸟声声相问讯，行船处处湿人衣。
天朝玉佩金门外，旧吏疏钟拜琐闱。
太液宫前酬给事，中书门下望鸿飞。

105早朝

一柳百花明，三春五凤城。
千门迎紫气，万户向荣生。
曼倩文言久，陈王洛水情。
方圆天地事，日月自阴晴。

106春日直门下省早朝

何处一明光，中书半建章。
昭阳闻玉漏，太液令君香。
门下梅初紫，宫前著晓妆。
文章和日月，杨柳满春堂。

107明光宫

求仙何必问明光，美女三千日月长。
燕赵常闻惊易水，邯郸学步待昭阳。

108奉和圣制天长节赐宰臣歌应制

千秋几日一天长，阊阖三春半玉堂。
丽正含元天地语，灵芝七载庆云芳。

唐尧司徒周殷起,后稷农师舜契乡。
世上蓬莱闻十渡,人间自古普三光。
注:天长:《旧唐书·玄宗记》:
"(天宝七载)秋八月乙亥朔,改
千秋节为天长节。"又本诗所云"灵
芝生兮庆云见,"乃天宝七载之事。
稷:周的始祖后稷,尧时为农师。

109奉和圣制从蓬莱向兴庆阁道中留春雨中春望之作应制

渭水知秦柳自斜,长安令道迴千家。
蓬莱此去云中鹤,一路香疏二月花。
紫气初盟生草木,澄泓复结落芳华。
昭阳已暖三江岸,太液还晴九脉霞。
注:蓬莱:即大明宫,又称东内,
高宗时曾改名蓬莱宫,兴庆:宫名,
又称南内。

110西宫春怨

百花一度半花香,千年三春万碧妆。
何恨宫深云雨夜,并非太液漏时长。

111西宫秋怨

芙蓉出水著秋妆,丹凤临池碧玉香。
捐扇含情多不语,婕好有意影身长。

112李白

太白一青莲,江没半蜀天。
吉斯托马克,屈暮未成仙。

113翰林读书言怀呈集贤诸学士

金门一翰林,丹凤半知音。
待赋芙蓉咏,承平水色深。
瑶池多少客,太液去来临。
太白阴晴日,诗词是古今。
江山知蜀客,社稷自君心。
下里巴人唱,高山流水寻。
清风明月向,徒向夜郎钦。
十地年年去,三生日日吟。

114之二·下南洋

平生一钓钩,过往半无求。
上下江湖向,阴晴自去留。

严光辞百世,谢客已千秋。
白雪阳春唱,声声过九洲。
注:严光:东汉著名隐士。《后汉
书·逸民传》载:"严光字子陵,会稽余姚人,
曾与刘秀同学。刘登帝位,召至京城,
拜谏议大夫,不受,旋归隐于富春江。"
谢客:谢灵运小字客儿,故称谢客。

115宫中行乐词八首

日日待鸿归,时时寄紫微。
朝朝花早树,楚楚色心扉。
夜夜深宫客,盈盈步玉妃。
生生歌舞谢,处处雨云飞。

116其二

下里巴人曲,阳春白雪娘。
高山流水去,三叠玉关凉。
掌上飞燕舞,昭阳步履长。
宫中千月夜,池下一鸳鸯。

117其三

一半殷周树,三千弟子文。
人间多苦雨,世上几浮云。
但作箫鸣客,还闻济凤君。
如今谁弄玉,徒见向衣裙。
注:蒲萄:即葡萄,汉张骞通西域
后始引入内地。
"箫鸣"句:春秋时箫史善吹箫,
秦穆公女弄玉爱之,结为夫妻,每
日教弄玉吹箫。数年后,声似凤鸣,
有凤凰来止其屋。穆公为之作凤台。
后夫妻皆成仙,随凤凰飞去。

118其四

月里一嫦娥,人前半曲多。
牛郎闻鹊语,织女渡天河。
自是婵娟影,声声过去歌。
莫惊秋叶落,何以竹婆娑。

119其五

雨后三春暖,云前一日新。
巫山多少月,楚客每相亲。

隔岸花千树,随情玉半身。
心中回故步,枕上满香尘。

120其六

玉树三千夜,枝身一半羞。
情明花草色,暮雨去来愁。
但挂朱楼月,何凭八水流。
只当天上问,莫可笑藏钩。
注:藏钩:古代的一种游戏。相传
汉昭帝母亲钩弋夫人少时习拳,入
宫,汉武帝展其手,得一钩。后人
乃作藏钩之戏。

121其七

白雪梅香在,东风御水来。
春莺羞语早,彩仗顺时开。
日日霓裳舞,声声柳杨台。
秦楼何弄玉,淑女几心猜。

122其八

一日未央游,三生太液愁。
晴波何上水,暖玉曲中休。
北阙熏香远,雨宫色锁楼。
两千明月夜,十半向瀛洲。

123玉阶怨

朝云露水生,暮雨去来晴。
但见深宫月,须当草木荣。

124杜甫

一叶浣花溪,三秋暮鸟啼。
草堂成水色,礼赋御人低。

125紫宸殿退朝口号

进退一朝平,晴阴半阁声。
含元天地上,太液万千荣。
草木风光色,君臣日月明。
中书门下省,御史左相鸣。
淑气移香榭,夔龙凤池城。
注:夔龙:相传为舜帝的二位贤臣名,
夔为乐官,龙为谏官。

126 宣政殿退朝晚出左掖

金门玉马半中书，左掖含元一漏余。
细细幽香曛紫气，层层暖帐帝王舒。
文章一半惊天地，奏折三千勤水鱼。
莫待桑田沧海尽，佩中池外问樵渔。

127 题省中院壁·亚洲发展投资银行劝王小林

一寸相思一寸心，半家灯火半家阴。
三生中海寻常问，十载寒窗醉苦吟。
多少书香惊天地，几人如此不知音。
中央国务声明客，只向南洋作古今。

128 官场病

一心未得一人心，半古江山半古今。
有去还来天地客，此根更胜彼根深。

129 春宿左省

中书左省夜如何，数尽天章作九歌。
月上云霄临万户，朝中奏事历程多。

130 晚出左掖

左掖玉声低，春梦月色西。
中书门下客，漏刻与天齐。
院柳楼堂问，朝花殿阁迷。
文章多少日，不向鸟边啼。

131 奉答岑参补阙见赠

水色草堂低，邻家鸟不啼。
无心寻酒醉，流日浣花溪。
洛渭京城北，长安上苑西。
文明天地客，芳落作春泥。

132 秋兴八首·其五

秋云一半上南山，草木三千问玉颜。
紫气东来天地外，瑶池凤角汉家湾。
苍苍古木龙鳞锁，路路行程步鬓斑。
十地桑田阡陌过，九州日月杀函关。
注：东来紫气：《艺文类聚》卷七八引《关令内传》载：关令尹喜常登楼四望，见东极有紫气西迈，曰："应有圣人经过。"至期果见老子乘青牛车过谷关。唐以老子为祖，屡征符瑞。

133 朝露·南洋·退潮

一露珍珠一露泉，半水碧海半水船。
南洋树下南洋岸，渡口心边渡口田。

134

南洋万里半天边，北国千年四壁悬。
此步何思寻见语，居心处地退潮缘。

135

一线低平白浪倾，三洋渡口几声情。
何人共语苍茫向，啸啸桑田怯海平。

136

大海潴沱一瞬间，巴杭岭木半斧横。
雷声未尽云天落，地土南洋水乳明。

137

一州岭木一州云，半海波涛半海裙。
客省何由丛密密，南洋只任雨纷纷。

138

半雨阴晴半雨萌，一天水色一天心。
潮声依旧涛云问，棕榈关丹树古今。

139

三年棕榈已成林，万里南洋作古今。
发展银行兴业处，关丹举步能源音。

140

岭木丛从处处花，洋洋洒洒客人家。
桓仁举步知乡路，异木思亲北国霞。

141

南洋万里半潮声，骤雨千年一海平。
岭木丛林成日月，风云易变是阴晴。

142 岑参

少室山中献书郎，江陵刺史阙下乡。
长安节度员外孜，幕府嘉州蜀诗肠。

143 送颜平原并序

平原太宋郡真卿，授符仙郎作正名。
下笔直须心治省，行人如此树枯荣。
桑柘里巷盈田泽，莫向孤城向戟横。
太液三光黎庶普，蓬莱自己济苍生。
注：颜平原：平原太守颜真卿。

144 奉和中书舍人贾早朝大明宫

阳春白雪一声鸣，三弄梅花半御城。
紫气东来天下色，中书门下漏无平。
凤凰池上皇州客，玉佩朝前节奏荣。
指示东西循吏守，大明宫里度阴晴。

145 西掖省即事·自省枢密舍人

丹凤门前一紫衣，含元殿上半珠玑。
长安城下千家巷，上苑花中万士稀。
西掖清风天地久，三光普照去来依。
平生日月知辛苦，此际芳名达帝畿。

146 贾至

中书半洛阳，幼儿一天光。
御史东都举，兵家向侍郎。

147 早朝大明宫呈两省僚友

两省清宫一帝王，三宫日月半炉香。
千门朝阳知天下，万户麻柘向建章。
玉佩南山终不老，衣冠北海济沧桑。
阳春曲尽人间土，九叠凉州正四方。

148 侍宴曲

一曲半低昂，三生十地芳。
知时天下事，向可治桑沧。
殿上名声客，堂中日月光。
玉门关上客，上苑九州梁。

149 中唐浅唱

渔阳鼙鼓九州鸣，洛水惊波一世情。
太掖池中何玉影，长生殿上已无声。
胡儿几度胡旋舞，虢国夫人虢国倾。
出水芙蓉肤色浅，瑶台自此向华清。

150 德宗皇帝

八月一雍王，千年半文章。
唐家试学士，大历以才昌。

151 中和节日宴百僚赐诗

中和节上百官诗，秩序臣中一韶词。

宴乐声前天下问，三春雨后始桑时。
云开日色群芳散，雨润熏风草木知。
载岁华阳东作茧，仓庚肆力恐鸣迟。
注：中和节：《唐会要》卷二九载，
以二月一日为中和节，以代正月晦
日。是日百官休假，聚会宴乐。
载阳：《诗·豳风·七月》："春
日载阳，有鸣仓庚。"载，始也。
东作：春耕生产。熏风：和暖的南风。
南风之熏兮，可以解吾民之愠兮。

152九月十八赐百僚追赏因书所怀
天高日月远光明，叶落风云近水情。
九九重阳舒旷地，人生几度追赏情。
如来任取春秋名，逝者如斯自由行。
上下文中千处处，古今诗里一声声。

153麟德殿宴百僚
恭已正南方，垂衣向八荒。
临群时盛治，理赖意归良。
殿列初罗汉，庭陈广济堂。
千秋新日月，不作旧文章。
注：恭已：无为而治者。其舜也与！
夫何为哉？恭已正南面而已矣。
垂衣：谓无为而治。

154丰年多庆九日示怀
大道以天公，重阳朔气同，
山高秋叶早，肃令向归鸿。
水色凝烟静，云光散聚风。
清潭沉紫气，日景待西东。
注：大道之行也，天下为公。

155九日绝句
昆明叶落一秋波，上苑堂昕半九歌。
日日清珍箫鼓吟，楼舟影淑过汾河。
注：汉武帝《秋辞》："泛楼舟兮
济汾河，横中流兮扬素波。"横汾
即源于此。

156文宗皇帝
受制宦官昌，文宗仇士良。
谋诛甘露变，士子可涵昂。
注：李昂（809-840），初名涵。

157上元日二首
元宵一夜半天年，心斋三生两地田。
玉帝初闻群仙会，江洋不断话源泉。

158其二
一叶初萌半不齐，三莫至地一德溪。
千家福色临瑞草，四海仙风上元黎。

159夏日联句
人皆苦炎热，我爱夏日长。
日月知南北，阴晴向木桑。

160宫中题
甘露春晖自不长，深宫日久欲青猖。
登临右顾凭高限，旧苑秦时已故王。

161鲍防
鲍谢古今诗，玄宗左右时。
三郎霓裳客，十地御儿知。

162元日早朝行
一日初升一岁东，万家爆竹万家红。
千声结拜千声唤，半夜连年半夜中。
四友文昌元彭祖，两春盛木谢朱宫。
黄钟五律闻师旷，青帝三声朔土工。
注：四友：指文王之四友闳夭、太
公望、南宫适、散宜生。见《尚书
大传·殷传》。
广成：广成子。相传为黄帝时人，隐
居崆峒中。黄帝曾问他治身之要，答
云："必静必清，无劳汝形，无摇汝
精，乃可以长生。"见《庄子·在宥》。
彭祖：相传为颛顼帝玄孙，姓钱名铿。
历夏至商末，七百余岁而不衰老。

163皇帝移晦日为中和节
君心知不晦，社日待中和。
淑女同芳草，佳人似九歌。
花随时令色，岁履去来多。
天地阴晴客，风移万里波。

涮裳春度水，赐尺载裁禾。
百谷青囊致，归人湄酒何。

164顾况
顾况半横山，韩晃一幕颜。
庐山音律隐，著作潜儿蛮。

165八月五日歌
人间任少多，天下几斯磨。
一日千秋节，三生半九歌。
梨园知弟子，织女唱银河。
只见灵香处，承明渭水波。
注：千秋节：唐玄宗生于垂拱元年
八月五日，宰相源乾曜、张说等请
以此日为千秋节。
花萼楼：玄宗于开元二年以旧邸为
兴庆宫，后于宫西建楼，花萼辉映
之义喻兄弟友爱，名为"花萼相辉
之楼"，宁、申、岐、薛诸王之府
第相连于花萼楼之侧。五陵：指长陵、
安陵、阳陵、茂陵、平陵、西汉诸帝家，
皆在长安附近咸阳原上。

166宫词五首·其一
蓬莱殿上几香炉，禁苑庭中一玉壶。
十斛采菽萍不语，芳名只寄到江都。

167其二
朱楼处处任笙歌，御柳层层碧奈何。
玉漏难明天下水，深宫织女近银河。

168其三
一步深宫十步寒，三春草木半春澜。
丁家织女牛郎问，九脉人间挂玉冠。

169其四
一寸人生一寸年，万家灯火万家船。
深宫渡口琼花岸，十日熏炉玉影田。

170其五
红妆一半水精帘，弟子三千国色田。
玉貌声声寻客向，梨园处处作良缘。

171 常衮
中书门下状元郎，学士崇文刺史肠。
诏集观察天下客，常衮大历御平章。

172 奉和圣制麟德殿燕百僚应制
麟德堂中一百僚，天星酒外两三霄。
匆开三面成汤祝，鼎立千方象舞朝。
曲筑飞扬音不止，神羊独辨日昭昭。
宫香处处生风云宝，历位君皆楚汉雕。

注：神羊：传说中的独角异兽，能辨曲直。古代御史、廷尉等执法官戴为冠。天星：指酒旗星，又名酒星。《晋书·天文志上》："轩辕右角南三星日酒旗，酒官之旗也，主宴饮食。"犀：连类而及。象舞：周代摹似用兵时的击刺动作，以象征其武功的一种乐舞。成汤网开三面事。《史记·殷本纪》："汤出，见野张网四面，祝曰：'自天下四方，皆入吾网。'汤曰：'嘻，尽之矣！'乃去其三面。"

173 戴叔伦·宫词
御柳条条夜雨声，春风处处月伤情。
羊车误入香邻迹，金屋藏娇玉漏鸣。
竹叶初平色色展，榴裙自卸枕边横。
妒心一半贞肠信，玉影三千左右生。

注：羊车：古代宫内所乘小车。《晋书·胡贵嫔传》："（武帝）并宠者众，帝莫知所适，常乘羊车，恣其所之，至便宴请。宫人乃取竹叶插户、盐汁洒地以引帝车。"

174 送宫人入道
道非道是道清名，宫浅宫深去客情。
禁苑花香千百度，星冠羽士两三声。
瑶池台上桃仙露，洛水春中欲暗生。
自有秦楼箫弄玉，凤凰不在凤凰城。

175 晓闻长乐钟声
应物一声鸣，虚心十地生。
三秦朝暮色，九脉雨云城。
半启蓬莱殿，千和翰苑萌。
文章接四座，日月主阴晴。
不断鸡人赋，含元楚客平。
江山由草木，形迹遍精英。

176 韦应物
应物"韦苏州"，三郎折节求。
"西溪丛语"客，日月去来留。

177
一官不似一官情，四壁香言四壁生。
应物阴晴千雅士，湖州草木十年成。

178 雪夜下朝呈省中一绝
半见丁香一紫薇，千枝万结十宫闱。
南山岭上蓬莱玉，只在云中辨是非。

179 奉和圣制重阳日赐宴
开元日月明，草木去来声。
海晏云川树，重阳岭木平。
千家临紫气，万户向秋晴。
回首山高处，归心暮落英。
文章宣九段，御藻待时精。
九日瑶台近，三公筑鼎城。
曲江亭上韵，洛水色中更。

180 夜直省中
书香员外郎，玉冷客中堂。
闻漏声色断，凭烟紫气扬。
华灯亲镜晚，束带故时长。
雨润南宫夜，风停玉佩妆。

181 李益
君虞大历半凉州，礼都尚书一幕流。
李益诗唐直斋录，集贤院士舍人筹。

182 大礼毕皇帝御丹凤门改元建中大赦
文园草木几春秋，日月阴晴自去留。
凤舞龙飞元建帝，衔图帝拜赦天囚。
金鸡四尺天门外，洛水三明景泰流。
司马相如何为令，云亭索隐穆清侯。

注："凤凰"句：用黄帝事，《春秋元命苞》："黄帝游洛水之上，凤凰衔图置帝前，帝再拜受图。"

灵鸡：即金鸡。大赦仪式所用。《新唐书·百官志三》："赦日，树金鸡于仗南，竿长七丈，有鸡高四尺，黄金饰首，衔绛幡长七尺，承以彩盘，维以绛绳。将作监供焉。击鼓千声集百官、父老、囚徒。"

云亭之事，指封禅。登泰山筑坛祭天曰"封"，在泰山下的小山上辟基祭地曰"禅"。《史记·封禅书》："古者封泰山禅梁父者七十二家。"

文园：汉文帝的陵园。司马相如曾任文园令。《汉书·司马相如传》载：西汉司马相如晚年家居茂陵，疾甚，武帝往求其书，至则相如已死，只留下一卷书，言封禅事。

183 卢纶·元日早朝呈故省诸公
端端意气生，历历玉佩鸣。
晓日南山向，风云上苑荣。
三春杨柳色，四面凯歌情。
不以公侯客，何言进士成。

184 元日朝回中夜书情寄南宫二故人
云落半南宫，风平一世雄。
沧州浮事老，雨夜客梧桐。
玉佩闻声去，中书待漏中。
三春多小木，九脉各西东。

185 皇甫曾·和谢舍人雪夜寓直
玉佩一轻臣，沧洲半入春。
中书门下客，禁省掖垣人。
夜雨南山满，金门惕翰辛。
建章天外土，漏刻四方新。

186 早朝日寄所知
高山落叶只随风，壑谷行云任大同。
刻漏炉薰天下济，昆仑玉佩不归鸿。
平生只寄江河柳，紫气东来问世雄。
十地书香千碧里，三春色满百花中。

187 杨巨源·春日奉献圣寿无疆词十首 其二

有界世方圆，无疆紫陌田。
京城杨柳色，御水雨云烟。
十地南风曲，千家应舜弦。
农夫朝暮作，日月去来年。
万里雄英竟，三春玉女妍。
百花天地语，九脉吉祥宣。

188 其四

玉琐一心田，喧风半寸天。
三春桃李色，十地雨云烟。
士雅甘露水，文明日月年。
朝中玉佩静，殿上鳌身乾。
左掖蓬莱树，中书淑玉泉。
吉祥南北色，紫气自含元。

189 其五

朗朗一乾坤，玄玄九提门。
文章天地上，启泰小儿孙。
万里晴川树，千年御水恩。
垂衣成就业，玄泽四方尊。
祝启和三色，升平满五蕴。
金朝宗于海，玉树祝神根。

190 其九

宣政一金音，含元半禁林。
春光三万里，柳色五蕴寻。
汴水钱塘岸，长城不戢心。
和云呈瑞霭，景气颂宸襟。
有界成来去，无疆是古今。
阴晴天地府，俯仰敬项钦。

191 元日含元殿下立仗丹凤楼门下宣赦相公称贺二首

含元殿上半相公，丹凤门前一士风。
庙略南风薰九脉，金鸡曲奏鼓千通。
天和日月人心正，草木枯荣雨露丰。
十地文章成世界，三明主义满苍穹。

注：登封：登泰山封禅，报天地之功。《史记·封禅书》："遂登封泰山，至于梁父，而后禅肃然。"庙略：朝廷谋略。

192 其二

麒麟阁上论卿侯，楚汉云中率土流。
境域王臣非小雅，凌烟处处一春秋。
裴声巴度淮西水，晋国公冠慰冕旒。
弟子三千呈紫气，香烟一半上高楼。

注：麒麟阁：汉宫阁名，在未央宫内。上绘功臣像。

侯：汉高祖刘邦论萧何为第一，封侯。见《史记·萧相国世家》。此喻指裴度。元和十二年七月，裴度以宰相兼彰义军节度使、淮西宣慰处置使，督师讨淮西判镇。十月，平淮西，十二月复本官，封晋国公。

193 权德舆·奉和张舍人阁老，阁中直夜思闻雅琴因以书事通简僚友·起草回忆十三大及首辅报告

悠悠成事了，落落复寻寻。
日月三千万，诗词一古今。
临流天地外，俯仰故人心。
草木中南海，阴晴度兰音。
知非知是是，问是问非非。
下里巴人浅，阳春白雪深。
人间多少路，岁步木成林。

注：张舍人：张弘靖，弘靖永贞元年为中书舍人。舍人，指中书舍人，秩正五品上，掌起草诏书。

兰雪：琴曲《猗兰操》与古曲《阳春白雪》。

194 和司门殷员外早秋省中直夜寄荆南卫象端公

一度玉人心，三春水木大。
清言知世界，夜月向弦音。
北塞三边色，南宫一古今。
知君同舍侣，进退共弹琴。

注：玉人：形容人容貌仪态之美。《世说新语·容止》云时人曾称裴楷为"玉人"，《晋书·卫玠传》亦称卫玠为"玉人"。此指卫象。

195 奉和圣制重阳日中外同欢以诗言志因示百寮·桓仁兄弟

九日一重阳，三春半独芳。
殷殷羞露水，馥馥入英房。
仰止高山上，枯荣日月妆。
心衷成世界，意顺问水肠。
自是春秋客，当须草木光。
农家多子女，储胥济炎凉。

196 李绛·省试恩赐耆老布帛

耆老半文名，殊私一代情。
垂衣天下治，烛物圣中成。
厚泽微生晚，如云僻日荣。
年华从尚齿，草木亦天萌。
落照三山远，黄昏十地晴。
时时知遇处，悠悠故心精。

注：烛物：照临万物。尧曰：《史记·五帝本纪》："帝尧……其仁如天，其知如神，就之如日，望之如云。"

197 李观

太子校书荣，宏词博学生。
同登龙虎榜，共事李唐城。

198 御沟新柳

章台向纵横，御水富阴晴。
一曲折杨柳，三春草木荣。
曲江天下士，上苑学中生。
石磊黄金屋，源流瀚海城。
阡阡陌陌陌，鹭鹭向莺莺。
只几人间去，桑田待国明。

199 试中和节诏赐公卿尺诗

中和一书光，紫翰平青囊。
二月韶花色，三春幸玉堂。
含元多淑气，涣汗赐文章。
度量方圆阔，枯荣日月芳。
斯磨成器具，父母育衷肠。
自励匪躬顾，杨沟娴柳乡。

注：此为贞元八年博学宏词科试诗。见《唐诗纪事》卷四十。中和节：唐德宗贞元五年，根据李泌建议，

下诏废止正月晦日之节,以二月初一为中和节,休假一日。民间以青囊盛百谷果实相互赠送。

200 张籍

十地一乌江,三生半故邦。
元白姚贾建,水部几炎凉。

201 早朝寄白舍人严郎中·郎中尚书省各司长官司长

舍人夜鼓一郎中,玉雪沙堤半故宫。
漏断钟声兰气紫,金门月落换春风。
含元辨色三更尽,太液知辛九脉雄。
居易东都知不易,东西门外是西东。

注:白舍人:即居易。白居易任中书舍人在长庆元年至二年。严郎中:谓严休复,曾任吏部郎中、司封郎中。郎中,尚书省下属各司的长官。鼓声:谓五更的鼓声。太宗时,采纳马周意见,始于京城置警夜鼓,"日暮,鼓八百成声而门闭……五更二点,鼓自内发,诸街鼓承振,坊市门皆启,鼓三千挝,辨色而止"。沙堤:李肇《唐国史补》卷下载:凡拜相礼,绝班行,府县载沙填路,自私第至子城东街,名曰"沙堤"。

202 寒食内宴二首

余音不尽半宫楼,断漏难平四面休。
日月千家知进退,风云百岁自沉浮。
寒窗紫禁连书子,殿阁瑶池逐殊求。
一醉中堂还乞火,三春草木到中州。

203 其二

暮霭沉沉半落寒,杨沟曲曲一波澜。
书生二月东风至,草木三春织玉冠。
绵绣河山赐贯列,梅桃李杏上去端。
龙门不锁凭鱼跃,凤阙还开向金銮。

204 朝日敕赐百官樱桃

水部郎中一脂膏,胡姬舞下两樱桃。
分门一日群芳色,别禁三春孤玉袍。
去客难平来客向,此情胜似彼情高。
千家碧玉千家庙,万户炊烟万户醪。

205 王建

咸阳不断百宫词,王建文成一世知。
日落原中引告晚,仲初太府颍川迟。

206 和少府崔卿微雪早朝

日半平明雪色微,春来紫气绕心扉。
蓬莱殿上群芳逐,左掖书中久不归。
白玉阶前衣隔短,青松叶后厚袍围。
晴云此去南山色,粉画宫冠拾翠飞。

207 和胡将军寓直

紫禁森严月色寒,金门未启玉人丹。
三声鼓动中书省,十地清香漏下残。
日日何言朝暮客,江流不断自波澜。
朝班两侧蓬莱陶,四野桑田一百官。

208 春日五门西望

御柳条条水面齐,东风落落客门西。
踏青草色偏逢雨,满地梅花化玉泥。
红杏出墙窥秩序,百官隔路布沙堤。
山川带意观颜色,几处云高几处低。

209 宫中三台词二首

一曲已三台,千香夜半来。
芙蓉园里色,鱼藻日边开。

210 其二

含元陛下水,左掖殿前风。
不守英雄向,还言日月东。

211 宫词一百零二首(选二十四首)·其一

蓬莱殿上半深宫,凤阙门前一主童。
日月初来天地上,阴晴复去向西东。

212 其二

舞罢歌休一小蛮,花香鸟语半南山。
偷觑只向身边问,只点香在玉色颜。

213 其三

紫禁龙烟百刻分,含元日暖半衣裙。
难寻御柳低杨色,只见深宫不见君。

注:五刻:古以漏剑计时,一昼夜共百刻,有昼漏、夜漏之分,此指昼漏五刻。

214 其六

凤舞龙吟九子孙,金科玉律一乾坤。
含元殿上千牛仗,宣政堂中万户尊。

注:千牛仗:皇帝临朝时的仪仗。《新唐书·仪卫仗》:"又有千牛仗,以千牛备身、备身左右为之……皆执御刀、弓箭,升殿列御座左右。"

215 其九

太液池中一世同,凌烟阁上半雄风。
三千弟子三千表,一寸心思一寸功。

216 其十

丹凤楼门一露台,含元殿上半天来。
人前法驾云车向,梦里南山去不回。

217 二十四

五春一日半红桃,九曲千音万脂膏。
碧玉蓬莱三殿阁,胡姬汉地两葡萄。

218 二十九

一半丁宁一半情,两三杨柳两三声。
六幺不尽琵琶语,此去阳关筝篥鸣。

注:六幺:一作《绿腰》。唐代著名琵琶曲。丁宁:古乐器名。即钲。

219 三十

更声短暂漏声长,一寸丁香百结肠。
片片云中有雨色,莺莺月下唤红娘。

220 三十二

三春红杏半逾墙,两绳秋千一锁长。
但可悬空观世界,原来处处已红妆。

注:琵琶曲有《火凤》。

221 三十四

飞来"火凤"一琵琶,抬惹香车半夜花。
引马搊羞春欲尽,声平悔教玉人家。

222 四十一
山丹蕊似百合花，几处思量两向斜。
月下阑香衣半卸，枕边待呼玉人家。

223 四十九
四年芳草四年扬，两殿春风两殿荒。
一半梅花妆欲尽，三千日月待时长。

224 六十四
虢国夫人过御城，秦韩玉女向花荣。
华清池下芙蓉水，只向梨园一两声。
注：杨贵妃的三个姐姐，分别受封为虢国夫人、秦国夫人和韩国夫人。

225 六十六
香熏一半内人家，月照三千殿外斜。
解数巡舒谁前慢，含春应似逾梨花。
注：巡：一遍遍。慢：唐宋杂曲曲调名，以曲调缓舒而得名。遍：唐宋大曲的解数叫遍。一遍，即一解。每套大曲一般有十多遍。

226 七十一
胡人不解洗儿钱，天宝须何落九天。
争乞祸成安史乱，幸蜀匆忙已消烟。

227 七十二
一半含元一半红，两三弟子两三风。
公孙剑舞霓裳曲，此处芙蓉彼处衷。

228 七十六
二月梅花二月堂，一宫媚黛一宫妆。
含情只待香车至，待且羞心有怯慌。

229 七十八
梅花二月度疏香，草木三春染色光。
搬弄是非鹦鹉舌，私情莫向悔炎凉。

230 七十九
晴云处处晓梅开，夜雨霏霏月不来。
一曲还余情未尽，三春只恨独瑶台。

231 九十一
宫中金屋半藏娇，掌上芙蓉一向娆。
日上三竿妆不整，心中十处念无消。

232 九十四
半作天河半作牛，一心渡口一心羞。
人间喜鹊争相聚，天上浮云地上流。

233 一OO
钦尽瑶台半坟浆，荷风叶下两鸳鸯。
私藏枕下含情问，明日心中作晓妆。

234 一O二
微风不住绕宫廊，暮色轻云落镜妆。
只待香车情不止，无须今夜苦衷肠。

235 窦牟·早赴银台立马待漏口号寄弟群
银台立马一方城，汉曙行云十地英。
折奏闻朝天上客，周行自省九州情。
注：银台：官门名。大明官有左右银台门。周行：泛指朝官。

236 早入朝书事
紫陌彤庭一意生，列星度月半心成。
差池江海何鳞角，霄翰繁香欲泽明。

237 窦群·雪中遇直
上掖半阴晴，南山一玉平。
寒光凝素彩，紫气化精英。
树色衣冠上，云烟左右萌。
晨明通籍属，暮影大明声。

238 令狐楚
留守郡云名，元刘漆苍生。
彭阳甘露变，节度自生平。

239 南宫夜直宿见李给事封题其所下制敕知奏直在东省因以诗寄
白誉典云字上情，苍龙翰墨紫泥城。
南宫不出东垣入，玉漏初生太液荣。
北极含云天地外，青编玉履帝王明。
接音烛火千家业，独树驰心万故名。
注：南宫：尚书省的别称。
苍龙：汉代宫阙名。泛指皇宫。北极：古代认为北极星是星之最尊者，故以喻称帝王。东垣：指门下省。

240 宫中乐五首
金陵楚塞东，玉垒北归鸿。
太液三朝尽，蓬莱一日宫。

241 其二
一望半南山，三春两地颜。
千声钟漏处，万户问朝班。

242 其三
柳色半如烟，寒宫一独船。
婵娟身影问，沧海易桑田。

243 其四
宫中玉树心，殿下古音琴。
俱得垂杨柳，何须向古今。

244 其五
只望九重楼，枫红一叶秋。
珠门锁碧色，岱隙挂银行。

245 韩愈
南洋一退之，自学嫂抚时。
博士袁州史，昌黎裴度知。

246 朝归
进退一朝归，阴晴半是非。
文章如日月，草木自菲菲。
失火修声向，垂衣抵暮微。
长风千里去，社土万家微。
注：聋：聋子和瞎子。《国语·周语上》："故天子听政，使公卿至于列士献诗，瞽献曲，史献书，师箴，瞍赋，蒙诵……"又《国语·晋语四》："蒙瞍修声，聋聩司火。"

247 司
自许品三梁，中书向九光。
进贤冠玉佩，日月著文章。

248 奉和库部卢四兄曹长元日朝回
秦家建羽旌，汉室向葡萄。

北极趋承上，南山列映高。
儒冠云色染，雉尾影东曹。
不惊成事，当须叹二毛。

注：曹长：唐时尚书丞相、郎中之间相呼为曹长。天仗：皇帝的仪仗。凡朝会有五仗，一曰供奉仗，二曰亲仗，三曰勋仗，四曰翊仗，五曰散手仗。天子将出，前七刻击一鼓，为一严，三严之后，诸卫以次入陈殿庭。雉尾：即雉尾扇，仪仗之一。郎署：汉官署名。掌宿卫，此句用颜驷事，李善注引《汉武故事》："颜驷，不知何许人。汉文帝时为郎，至武帝，尝辇过郎署，见驷尨眉皓发，上问曰：叟何时为郎。何其老也？"答曰："臣文帝时为郎，文帝好文而臣好武，景帝好美而臣貌丑，陛下好少而臣已老，是以三世不遇，故老于郎署。上感其言，擢拜会稽都尉。"二毛：头发斑白。《左传》："君子不重伤，不禽二毛。"

249寒食直归遇雨

百刻半天光，三星一夜长。
寒食臣乞火，玉漏影熏香。
草木阴晴雨，江山日月堂。
朝衣多不解，彩索客东厢。

250白居易

江州司马武元衡，居易香山二二行。
白傅东都商隐墓，文公孜仕醉吟名。

251翰林院中感秋怀王质夫

一叶半江山，三公九御颜。
归心鸥鹤舞，寄迹柳杨湾。
寺鼓鸣承久，晨钟宿节闲。
只须天下向，不可白云间。
情随人事里，士应祝朝班。

252禁中月

海上月孤明，心中紫禁情。
中书门下省，上苑曲江城。

司马江州士，凌烟阁画名。
东都留守处，玉质醉吟行。

253禁中秋宿

月满一中秋，人亏半去留。
光明天下尽，苦度几时休。

254蛮子朝

香山一小蛮，白马半天颜。
居易居难蜀，长安纸贵还。

255禁中寓直梦游仙游寺

寺里一仙游，禅中半梦休。
清风日月客，玉漏佩声流。
不觉南山问，还闻太液幽。
含元宫方语，拾翠殿千秋。

256翰林中送独孤二十七起居罢职出院

草木可衣裙，阴晴自使君。
银台南路近，日月皆留云。

257禁中九日对菊花酒忆元九

重阳问菊花，九日故人家。
司马东都士，思君种豆瓜。

258同钱员外禁中夜直

玉漏百千鸣，深宫一两鹦。
三声知夜半，五鼓向阴晴。

259八月十五日夜禁中独直对月忆元九

一夜文思忆翰林，三朝渚藻待思心。
江陵足迹秋阴雨，上苑灯烟晓欲阴。
太液池中多少水，蓬莱殿上去来音。
何不共语千秋事，至此还寻半古今。

260八月十五日夜闻崔大员外翰林独直对酒玩月因怀禁中清景偶题是诗

十五月初圆，两千弟子天。
宫中明月好，殿上玉山泉。
百刻清光夜，三声紫气宣。
今宵天下问，待量抚桑田。

261昭德皇后挽歌词

自在已逍遥，宫中影不消。
春归金屋少，帝子可藏娇。
引凤秦楼月，含元弄玉箫。
心灵闻日月，鹤舞待良宵。

262德宗皇帝挽歌四首（选一）

昨暮心桑田，今晨启玉杯。
朝仪王道厚，五仗柏梁台。
白鹿原陵俭，孙谋翼子枚。
君王同领事，明月去还来。

注：诒厥孙谋，以燕翼子。柏梁殿；汉台殿名。武帝建，尝置酒其上，诏群臣和诗，能七言诗者始得上。霸陵原：地名。在长安东南，亦称白鹿原。因汉文帝陵寝霸陵在此，故称。汉文帝性俭，薄葬。

263后宫词

寒宫十四月先明，桂影三千玉后生。
暮色一天心下问，红颜半地镜中成。

264晚春重到集贤院　北京图书馆

1986年至1988年
译文系统工程工具多学科系统工程学，参与起草中共十三大报告及首辅报告。
万卷书丛一集贤，千年故事半经天。
中洋日月榆钱落，北海文章南海船。
隔岸常闻天地事，随心可得大觉禅。
诗词自此成今古，日月由情可因元。

265中书寓直

西掖中书一夜长，东垣门下半星光。
天晴可近南山月，雨细难言玉漏肠。
自古渔樵多少客，何须日月去来忙。
桑田可以平民奋，沧海人间向治章。

266春夜宿直

乐天自白紫微郎，碧叶丛枝月暗香。
桂影婵娟知所以，人间可向几低昂。

267夏夜宿直

一月自承明，三生半不平。

1678

风清天下向，雨细润枯荣。
寂寞文章立，徘徊自主生。
年轻多刻苦，耆老少虚名。

268秘省后厅·老生
白卷自古枕书眠，青锁常开济世船。
小子承平图地晚，老生由是客天年。

269早朝
三更近建章，二日远群芳。
左掖中书早，含元客下肠。
宫深寻紫气，意浅向情肠。
漏断云天启，鸡鸣佩玉裳。
早朝生日色，故殿语炎凉。
可向桑田悬，人间草木香。

270霓裳羽衣歌和微之
霓裳色满羽衣歌，散序摇冠叠遍和。
谢好玲珑陈宠按，沈平形质上元娥。
芙蓉出水珍珠落，虢国夫人媚目多。
能事胡姬怜曲尽，西施娃馆怯衣罗。
小玉倾城音不止，微之举步月婆娑。
注：上元：即上元夫人。神话中的仙女，西王母之小女。谢好、玲珑、陈宠、沈平：杭州歌伎。娃馆：即馆娃宫。吴王为西施所建。在苏州西灵岩山。

271后宫词
云平雨细两三春，月落灯明一半翚。
草木阴晴知露水，宫楼上下待天津。

272登龙尾道南望忆庐山旧隐
香山草木已三春，居易阴晴可半邻。
此去含元龙尾道，大明才子曲江人。

273元稹
微之别号一威明，府士江陵半未荣。
古今今诗赋在，元元白白平生。

274酬乐天待漏入阁见赠
枢机咫尺颜，丹陛万千班。
浴殿银台客，含元漏未闲。
金銮同立业，玉凤共雕环。
独悔瀛洲晚，衣袍紫气还。

275直台
世上曲直间，人中进退颜。
无言来去问，不语是非闲。

276题翰林东阁前小松
一叶入琴音，三章向古今。
诗词知李杜，尧舜是人心。

277贞元历
是岁秋八月，太上改元永贞，传位今皇帝。
自古半文章，龙成一帝王。
永贞元历易，岁月顺炎凉。
简册书光落，朝袍日昼长。
银钩迁紫殿，御水尽余芳。

278顺宗至德大圣大安孝皇帝挽歌词三首（选二）
伯益启王成，荆山铸立更。
号弓黄帝姓，向鼎会苍生。
雨露垂衣处，甘霖草木荣。
如今施润泽，感昔去来名。
注：戴启：拥戴夏启，此指拥立宪宗。启，指夏后启，禹之子。禹崩，授位伯益，诸侯去益朝启，启遂即天子之位。号弓：传说黄帝铸鼎于荆山鼎湖，鼎成，成龙升天，小臣攀援龙髯，欲上天。

279其三
七月一悲风，三朝九夏空。
秋声先羽落，暮色后浮宫。

280宪宗章武孝皇帝挽歌词三首（选二）
唐家十圣泉，日照九洲年。
华胥居虞土，重黎祝融天。
注：重离：即重黎，颛顼氏的后代，为帝喾高辛居火正，甚有功，能光融天下，命曰祝融。

281其二
三朝一事成，九脉五蕴生。
此去人间问，含元济世名。

282李绅
公垂门下事平章，司马端州自郡王。
进退由之李德裕，升平不得白少郎。

283和集贤刘学士早朝作
文章一日集贤台，玉佩三声帝子来。
羽扇参差龙凤舞，雕梁斗角殿堂才。
香烟袅袅留春色，紫气沉沉送御杯。
御漏天宫寻仗列，书乡博士几何回。

284忆春日太液池亭候对
轻烟紫气半瑶台，琼岛东亭一日来。
九脉风光华太液，三春花草满蓬莱。
金门阶上拾步对，玉马桥边彩凤开。
簪笔时时元向向，文思处处翰郎回。

285忆夜直金銮殿承旨
日半红高月半低，人成就事国成齐。
含元殿上文思藻，太液池中御紫泥。
门对南山冠王冕，星连北斗客东西。
苍天阁外苍天力，自在云中自在移。

286贾岛
不第贾长江，参军司户窗。
推敲人瘦语，无本误僧邙。

287黄鹄下太液池
皇城百事奇，御柳万年枝。
鹄落工池岸，鸿飞玉帝时。
琴音天地外，滴露水沫姿。
四野随云去，三生志不移。

288姚合·春日早朝寄刘起居
日月起居郎，阴晴主四方。
香烟接淑雪，玉殿待衷肠。
漏断天音继，声余彩仗旁。
君王临紫瑞，曙照问冯唐。

289张苫

元日望含元殿御扇开合。

含元一扇开，御阙半奇才。
万国合时曙，千年圣仗裁。
天颜朝近色，土地复春来。
影动芳花竞，钟声古月台。
承光还紫气，沐足就疏梅。
一曲闻云庆，三身侍蓬莱。

290张嗣初·春色满皇州

克公满皇州，梅香改九流。
昭阳天地外，紫气柳杨楼。
自以文章客，诗词赋冕旒。
年华江水滨，日月古今筹。
天津晴光自，浮丹翠羽求。
新枝明四野，故列曲江头。

291施肩吾

东归进士半洪州，七绝歌词一脉流。
羽化西山终老去，诗人主客向千秋。

292帝宫词

一夜芳香一夜身，半春玉色半春人。
梅花只向寒中立，腊月偏明故客亲。

293冬日观早朝

深宫御水待朝阳，暖日沟杨向衷肠。
冻土成泥春早致，佳人闺里换新妆。

294禁中新柳

新春柳色一低昂，暮禁杨花半紫阳。
御水芳流成碧玉，莺啼百啭向文昌。

295蒋防·望禁苑祥光

草木去来扬，书生日月光。
含元平紫气，太液泛珠娘。
玉树三宫色，梅花一殿妆。
咸阳千里月，渭水一衷肠。
彼此卿云就，枯荣进退梁。
天高随起落，地阔竞翱翔。

296周存·禁中春松

御水一春松，华没半美容。
含霜由傲骨，吐气任秋冬。
百尽云台主，三光沐翠龙。
人间知已向，天下与君逢。
万叶长承露，千枝客主宗。
何言南北树，独道此高峰。

297黎逢·小苑春望宫池柳色

小苑水光英，杨沟柳色晴。
文昌门下省，御濑上林明。
半到行云处，三生正道行。
依依知故园，渐渐向思英。
不厌垂帘向，条条奈日萌。
闻风和密语，化雨作烟城。

298贾棱·御沟新柳

一色半倾城，三春九脉明。
章沟平紫气，客日自枯荣。
滴露千家雨，含元万户情。
王孙如约赏，子弟似身名。
落落条条递，依依楚楚生。
由衷天下水，取意结君萌。

299刘遵古

阳城一柳新，上苑半含春。
付水条条碧，临池叶叶均。
悠悠辞岁早，袅袅向红尘。
处处瑶台色，天天紫禁津。
祁祁繁子女，荡荡作经纶。
吐节声声肃，金门落落身。

300崔立之·南至隔仗望含元殿香炉

含元一殿春，上苑半宫人。
万国霸冬尽，千家日月新。
诏光天下色，御水士中濑。
溪溪香烟远，悠悠客子尘。
文章临圣土，草木落云茵。
十载寒窗养，三生古渡津。

301王涯

王涯代郡公，检校司空中。
甘露平章变，工文训书同。

302望禁门松雪

瑞雪禁门松，祥烟淑气踪。
云开三界外，露结五蕴钟。
素景含春浩，香凝玉色雍。
晴光临日月，宦海待蛟龙。
成就中书省，风霜自治容。
琼枝千万落，古木两三重。

303秋思二首·亚洲发展投资银行

一叶秋风一叶稀，半家灯火半家衣。
秋思不守楼兰客，此去南洋唤玉玑。

304其二

银行初在马来西亚八达岭。

一池日月一池荷，万里南洋万里歌。
去可银行来可就，心随八达岭随珂。

305汉苑行·下南洋

二月春风半柳条，三生岁月一心潮。
含元紫气东来顺，上苑书香故土遥。

306宫词三十首存二十七首选六

三更镜里苦风寒，五色云中玉漏残。
点点滴滴声半尽，孤孤淡淡奈千端。

307其七

淡淡青丝淡淡黄，慵慵雅雅试红妆。
此衣不似玉公主，曲附君王待客娘。

308其十

一阵香风半玉堂，三春日月两春光。
新人可入藏娇屋，冷客昭阳几断肠。

注：玉堂：汉宫殿名，妃嫔所居。《汉书·谷永传》："抑损椒房玉堂之盛宠。"颜师古注："玉堂，嬖幸之舍也。"

309其十五

不似香车似步声，只言情衷不言倾。
宫深路短人长久，草盛花多几处荣。

310其十八

东厢月色半西厢，南斗横杆北斗长。

暮色初长闻阁道，不如玉树影低昂。

311其二十二

十日春江半日平，九洲花草两人生。
凭情玉影三春柳，独立中庭一色倾。

312释奠日国学观礼闻雅颂

东方曙色偏，北斗半星云。
太学书生列，春秋雅颂闻。
雍容天下客，曲籍士中君。
下里巴人曲，阳春白雪文。
自古尊儒学，如今幸茂励。
声成凭所以，佩度任纷纷。
九奏人间治，三宫紫气氛。

313广宣禁中法会应制

宫中一会明，天下礼精英。
万法由心地，千人任众生。
通言儒释道，至理以今萌。
驻日真思早，何慈各圣荣。
文华承露玉，武竟继宗情
位列仙班色，名从自主成。

注：心地：即心。佛教以为心能生万法，如同地能生万物。

314降诞日·内庭献寿应制

应日大明宫，元龙降诞红。
蓬莱宣政水，太液紫宸风。
柳碧含元御，花明建福东。
南山松不老，北斗孙星同。
万里江山继，千年草木功。
庆祝三山上，长乐二月中。

315员南溟·禁中春松

碧碧百尺城，阴阴一心荆。
寒日凌霜雪，春向色更。
苍苍含淑气，有朋向天情。
万叶经冬论，千枝待古精。
根深凭地立，节正任枯荣。
班驳生植致，陶钧始得名。

316晚唐遗韵，夕阳无限好，只是近黄昏

人间自此一黄昏，天下由凭半客门。
远远千山明不语，悠悠万里落乾坤。

317宣宗皇帝

虚襟纳语听，镇守以诗铭。
太叔贞观治，宣宗以渭泾。

318重阳赐宴群臣

九月一重阳，三朝半世光。
人中行地理，天下问中堂。

319吊白居易

香山不断醉吟篇，一曲琵琶度乐天。
长恨江州知司马，姑苏半上小蛮船。
胡儿能唱输元白，学子咸日月年。
不易人间知居易，龙门栈客作诗化。

320许浑·秋日早朝

袍衣玉漏五更筹，用晦丹阳一隐休。
丁卯桥中书卷客，阔州许氏阅春秋。
龙旗尽展金銮殿，御史平生欲寡求。
秩秩三从知进退，沧江半是不归舟。

321薛逢

宣政殿前陪同观册，顺宗、宪宗，皇帝尊号。
号满人间一子孙，名从世上半朝根。
龙衣册动曛香久，玉节身名正五蕴。
训诂常闻儿女志，金泥独处立乾坤。
尊微礼毕慈母时，晓色辉成世代恩。

注：宣政殿：唐长安大明宫含元殿之后殿，为平日上朝之处，宣宗李忱乃宪宗子、顺宗孙。

322元日楼前观仗三首

元日楼前御仗观，冬梅树上晓风寒。
三宫青锁门中柳，九殿重开向玉冠。
晓色千门天地上，春光欲济客云端。
紫薇北斗得车至，漏满金鸡报早安。

323其二

青云直上半瑶台，白马重行一扇开。
紫气东临呼万岁，金銮列仗问千才。
文章日月垂杨柳，日木阴晴逐渐裁。
九脉山河三殿上，四方土地六宫回。

324其三

一日瑶台半碧桃，三宫太液九龙袍。
关东紫气拨澄色，殿北陆平二阙高。
栖凤翔鸾天上见，楚辞天向念声高。
香烟方献青云里，鳌戴山光自采庑。

注：双阙：唐长安大明宫前栖凤、翔鸾二阙。

325李肱·省试霓裳羽衣曲

霓裳一羽衣，法曲半城稀。
指日梨园客，凭时太液畿。
"婆罗门"外舞，宣政紫宸机。
润色玄宗改，三乡驿望归。
女儿山上问，或语月宫依。
华清池下水，虢国妇中闱。
只可余音久，迟迟十地旗。

注：霓裳羽衣曲：唐代著名法曲。为开元中河西节度使杨敬忠抽献。初名《婆罗门曲》，经玄宗润色并制歌词，改今名。唐人尚有玄宗登三乡驿望女儿山而作或游月宫密记仙女之歌归而作等传说。

326朱庆馀·宫词

寂寂花香半院门，深深宫殿一黄昏。
含元不语西厢月，太液还情拾翠恩。

327项斯

逢人说项斯，临海子迁时。
隐经平生解，杭州去不知。

注：平生不解藏人善，到处逢人说项斯。

328旧宫人

心猿意马自纷纷，无字碑前字有文。
百度花开桃李色，私情只可石榴裙。

朝云暮雨霓裳舞，峡水阳台日月君。
羯鼓如今声断续，彩菽不似玉珠闻。

329 送宫人入道
步虚入道董双成，且暮深宫月独明。
寺鼓梨园声似旧，君心客意若枯荣。
香坛袅袅云烟注，碧玉晴晴水露生。
一曲难平天下语，三光不度女儿情。

330 杜牧·早春阁下寓直萧九舍人亦直内署因寄书怀四韵
御水一微澜，宫花半怯寒。
千门瞳紫日，万户启云端。
刻漏轻声重，惊更正玉冠。
金茎凭主立，内署杏花坛。

331 宫词二首
香车一日半临宫，玉女三千两误同。
重锁情中寻主意，轻绡卸下露羞红。

332 其二
一人锁月一人魂，半守心思半守门。
栖凤平身还草木，西厢只待此黄昏。

333 皇帝陛下一诏征兵不日功集河湟诸郡次第归降臣获觐圣功辄献歌咏
延安一道钦辽河，塞外三边唱月娥。
自此天津君子诺，从容冀鲁祝朝歌。
周宣汉武期谋地，冻土川冰处世多。
千家理知寻喜韵，六合顺应是厮磨。

334 李商隐
南生隐义山，进士玉门关。
太学东川镇，牛牛李李颜。

335 宫辞
人情似水自东流，忧国忧民独自忧。
原从苦读书香客，花开花落白翁头。

336 昭肃皇帝挽歌辞三首
一日半春秋，三生两地求。
金茎承露水，玉律问云愁。
鹤舞神君伴，祥龙楚陆游。

周王钟鼓继，汉后御泉流。

337 其二
一世难平一世忧，半君天子半君侯。
三生日月三生问，九脉江山九脉留。

338 其三
一殿惊风到九洲，三宫苦雨待千愁。
云中不向苍茫事，寝下还来待去留。

339 深宫
半入高唐十二峰，千姿百态两三容。
云消玉阁巫山水，雨落金茎九峡香。
太液池波连碧玉，含元紫气祝朝封。
身心只待金銮客，玉凤常栖桂叶浓。

340 宫中曲
羊在半月明，故道一心生。
夜夜宫依旧，重重玉影倾。
云云和雨雨，处处人情情。
寂寂花开落，幽幽故色萌。
苍龙知晓月，玉凤向新城。
欲得春秋尽，分当作纵横。

注：羊车：《晋书·后妃传》载，武帝掖庭殆将万人，而并宠者甚多，莫知所适。常乘羊车，恣其所之，至便宴寝。官人取竹叶插户，以盐法洒地引帝车生为香车。青天：指皇帝。《东观汉记·和熹皇后》："尝梦扪天，体荡荡正青，滑有若钟乳。后仰吸之，以讯占梦。"
苍龙：用汉高祖薄姬梦见苍龙踞腹而生文帝事。

341 郑畋
郑畋一台文，平章半奉君。
京西闻诸道，凤稿草书勤。

342 中秋月直禁苑
禁苑一仲秋，江山半色流。
中书门下路，太液金茎求。
复正归丹地，深严降凤留。
学士直宫步，丁香百子侯。

343 五月一日紫宸候对时属禁直穿内而行因书六韵
禁苑一千书，含元万步余。
生平儒学子，苦味话王虚。
玉漏声声落，更无处处如。
直人惊日月，待伺作耕锄。
复著宫衣色，还言几故初。
行当君子客，只话莫樵渔。

344 初秋寓直三首选二
日华宣政月华门，栖凤翔鸾太液尊。
拾翠蓬莱珠镜殿，含元玄武大明恩。

345 其三
玉碗金盆一块冰，人良气俗半禅增。
宵云岸鹊河中界，汉暗宫明夜里灯。

346 郭遵
南至日隔仗望含元殿香炉。
学士向貂蝉，书生作玉田。
文章惊四座，进退苦由天。
羽卫凝霜立，朱栏映日年。
温汤淋浴水，御柳由衷田。
六典宣扬近，三篇语自然。
千门开启处，万户以时迁。

注：貂蝉：古代显官冠上之饰物。唐制，中书令、侍中、散骑常侍，冠皆饰以金蝉貂尾，见《唐六典》卷八。

347 宣宗宫人·题红叶
暮去杨沟水，朝来宿叶悬。
此心随叶去，御水顺情缘。

348 白敏中·至日上公献寿酒
至日一冬阳，三公半故香。
千门垂紫气，万锁纵春光。
御水临风许，龙城诉晚堂。
君心沾草木，百姓自衷肠。
羽仗天宫肃，青天玉座王。
平章门下客，浩渺意中扬。

349 厉玄·元日观朝

一日五门新，朝臣半国人。
宫深沉瑞雪，意外度天津。
上液时时客，含元处处春。
蓬莱云起落，玄武各经纶。

350 张祜·长门怨

怨尽长门怨一人，令孤元积问三身。
千金半语曾无处，百草群芳十渡尘。

351 金殿乐

万里一秋声，千心半不平。
深宫人后语，古月色空明。

352 题御沟

一树阴阴半御沟，三宫落落一春流。
由心顺水墙边去，济物情波问去留。

353 退宫人二首

春中一日百榆钱，上液三千半媚悬。
栖凤还当时未省，天门不断故情怜。

354 其二

三春未满一宫闱，十载西施半是非。
五色方衣情不禁，千姿百态几心扉。

355 顾非熊

武宗挽歌词二首（选一）。
英风一业开，睿略半天来。
顺态千方去，惊客万国台。

356 罗邺·岁仗

玉帛难成一国心，朝卿主序半殷林。
秦王汉武成草木，渭水南山是古今。
此去五陵千百路，还来十地觅知音。
阳春白雪终何由，下里巴人俗气深。

注：玉帛：瑞玉和束帛。朝元：元旦朝会。

357 刘邺·翰林作

直夜金銮一翰林，风声玉漏半清心。
含元殿上星空暗，上液池中雨色深。
禁苑文章多少论，天街日月去来寻。
阴晴岁月成天地，彼此人生是古今。

注：翰林：玄宗初，置翰林待诏，后改供奉。开元十六年，改翰林供奉为学士，别置翰林学士院，专掌内制。

358 待漏院吟

玉漏声声曙半明，宸星落落院三更。
景阳楼上宫钟响，勘契初符佩吏生。

注：待漏院：古代百官晨集之所。勘契：唐制，殿门开关，要验对鱼契，两者（一在宫中，一在监门吏处）相合，方得开门放行。景阳钟：南齐武帝时，以宫内深隐，不闻端门鼓漏声，置钟于景阳楼上。

359 吴融·中秋陪熙用学士禁中玩月

半步天街一禁林，三生御府半宫深。
同君共度中秋月，与世无争论古今。
学士忧中天下事，中书门下客中寻。
高山流水知音在，十地情风似我心。

360 徐夤·李翰林

谪下三清李翰林，龙城九陌酒知音。
芙蓉只醉温汤水，不悔明皇一片心。
待诏瑶台群玉见，夫人国里半鸣琴。
千章未尽中堂客，七宝床边误古今。

注：获调羹鼎：范传正《李生新墓碑》："天宝初，召见于金銮殿，玄宗明皇帝降辇步迎，……经宝床方丈赐食于前，御手和羹，德音褒美。"李阳冰《草堂集序》亦云玄宗"以七宝床赐食，御手调羹以饭之。"

361 司空图·早朝

三朝见一鸣，九陌问半生。
隐客中条谷，诗书味外荣。

注：迁中书舍。三年，归隐中条山王官谷。日与名僧、高士游吟其中。朱温篡唐，召图为礼部尚书，辞不赴。翌年，闻哀帝被弑，不食而卒。

362 韩偓·雨后月中玉堂闲坐

金銮密记半平生，雏凤清于老凤声。
暑雨方晴天下色，含元紫气自枯荣。
红尘易水侵肌寸，浩月当空殿初明。
学士银台闻玉佩，松篁自此作诗盟。

注：银台：唐宫门名，在大明宫紫宸殿东者曰左银台门，在西者曰右银台门。唐时翰林院、学士院均在右银台门内。

363 宫柳

春风月下一条条，玉辇云中半碧霄。
拂荡太液知色水，长垂金屋已藏娇。
悠悠似语何移影，郁郁情肠似洞箫。
妆镜胡思三雨放，深宫应念两心遥。

364 郑谷·贺左省新除韦拾遗

鲤跃龙门向地天，桃花浪透可神仙。
曲江渡口郎官客，上苑书生待状元。
太液池中多少水，蓬莱阁上几何缘。
寒窗自得人生度，一纸文章一百年。

注：浪透桃花：鱼跃龙门，喻指登科及第。桃花，指桃花浪。古代传说，桃花起浪，江海之鱼集于龙门之下，跃过龙门者化为龙，否则点额暴腮。

365 朝谒

一人一片心，十地十春荫。
三界三生处，千年半古今。
朝中多少事，天下去来吟。
士进含元殿，名城太液音。

366 北京养春堂《古今诗》

日月大明宫，阴晴草木空。
诗词今古问，俯仰去来鸿。

2011年10月17日

元·倪瓚
六君子图

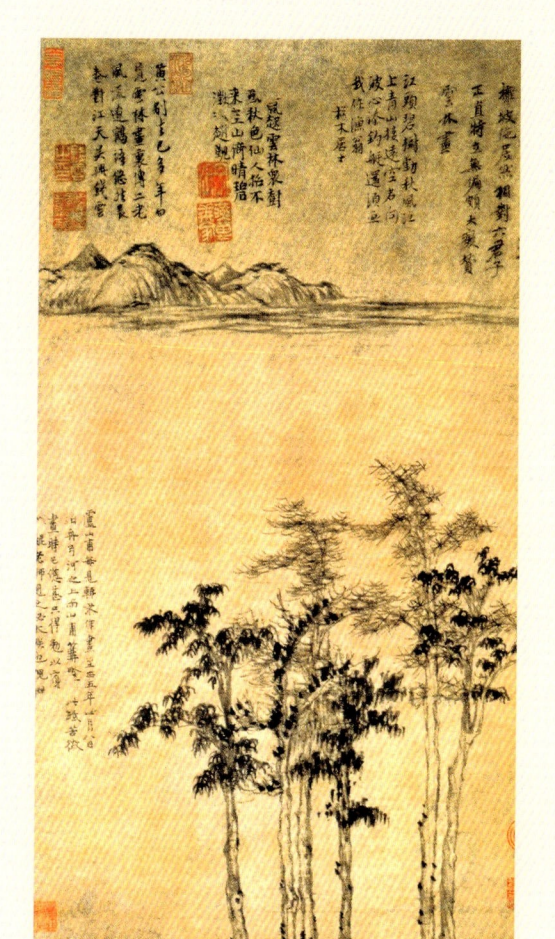

第十四卷
千家诗品

一、最幽默的诗赋故事

刘荣奇　海潮出版社　2006年1月出版

事后草花荣，人前日月明。
诗词方寸地，留得子孙耕。

1 语林
民间进士一文章，御上书生半柳杨。
学步三千多弟子，行人十五少圆方。

2 故事
雕虫小技一源泉，大雅之堂半后光。
此唱三声天地去，余音十地野朝田。

3 俗
劝世贤文一世间，红颜治已半人颜。
男男女女乾坤客，去去来来日月闲。

4 兔
小桥流水过乡关，春雨秋花去不还。
日月人生杨柳客，枯荣草木江湖山。

5 花约
道人止水一花前，旧约肤胧半目泉。
俗子难当知世界，花心知己裸佳田。

6 春秋

6-1 回文诗
秋春不尽问春秋，独立卿心向江流。
愁水半清舟去远，楼高未言只高楼。

6-2
楼高只言未高楼，远去舟清半水愁。
流江向心卿独立，秋春问尽不春秋。

7 晚秋即景　回文诗
（正）
烟水寒心一客船，梓桑干处半长天。
圆方世界三遥路，弦月辉清两水泉。
（逆）
泉水两清辉月弦，路遥三界世方圆。
天长半处千桑梓，船客一心寒水烟。

8 咏"月"诗
月　月
光明　洗洁
如玉生　似冬雪
孤弦丝情　故独圆缺
无风偿还盟　有婵娟私窃
桂子不依林荣　白兔只就殷切
书生窗下已三更　紫禁城中志九结

9 书生祭鸡
古文观止一书生，十二郎文半北平。
不尽穷情终不尽，人间彼此是枯荣。

10 咏粥
十地江山十地秋，九江稻谷九江流。
枯荣一半居心里，日月分明在上头。

11 薄肉诗·董其昌
白帝孤城一薄钟，轻舟此去半无踪。
云行峡谷三千露，雨在巫山十二峰。

12 王守仁·《哭象棋诗》
黑白军兵将帅休，云消二十二家流。
河中士像多无保，岸上书生不可求。

13 竹
竹，竹
空山，幽谷
秀清云，露谷雨
一枝一节，一朝一暮
心中向天地，叶上凝珍雾
任凭春夏秋冬，却向孤影葱树
独微苍雪故园封，还昭日月云雨度

14 小舟晚赏荷花

之一
荷莲向水苦心多，桂子逢舟渡岸河。
娥月问乡思故里，罗纱浅显露妖波。

之二
波娇露显浅罗纱，里故思乡问月娥。
河岸渡舟逢桂故，多心苦水向莲荷。

15 咏土砂壶
二三杯水一波涛，八九旗枪半帜旌。
十地风云千玉客，五洲七子读声高。

16 郑板桥的铜壶诗
量小能容十地泉，玉壶可禁九城烟。
连绵烽火行天下，留待相思客里年。

17 鸡有七德
文冠武距勇当先，守信湘仁五德全。
异类通情多不语，闻鸡起舞向成贤。

18 讽竹
色重一心空，群林半苟同。
多是枝节外，少作贯初衷。
竹似伪君子，外坚中却空。
文人多爱此，想来声气同。

19 竹
竹心空后色，望林色先空。
只待文人问，相因品味同。

20 桃花诗
杨杨柳柳一桃花，岁岁年年半叶遮。
只道春来先后色，群芳依旧故人家。

21 千里送鹅毛
千里送鹅毛，唐王缅伯高。
礼轻人意重，一念以文韬。

22 元好问
雁立留下一文章，百般情丝十地长。
何必宰相兄妹问，不容尤物落荒塘。
注：金代诗人元好问有个妹妹，容貌秀美，且工于做诗，只是潜心修道。当时宰相张平章慕名欲来求婚。
宽一分，民受赐不止一分；取一文，我为人不值一文。

23 画眉深浅入时无
洞房昨夜停红烛，待晓堂前拜舅姑。
妆罢低声问夫婿，画眉深浅入时无？
越女新妆出镜心，自知明艳更沉吟。
齐纨未是人间贵，一曲菱歌敌万金。
一半文章一半心，两三木木两三金。
年年草木枯荣水，岁岁春秋是古今。
昨夜洞房流泪尽，书生不秦旧衣襟。
人间一曲菱歌在，越女思明月有阴。
单相也是相，加点也是湘。
除却湘边点，加雨去为霜。
各人自扫门前雪，休管他人瓦上霜。

24 白居易《诗》
诗，诗
人言，心知。
江湖客，朝野时。
霸桥折柳，阳关相思。
长交曲江月，楼兰大漠驰。
龙门一呼百应，东流三江十师。
平生回首南洋事，世界原来一半痴。

25 红叶题诗
唐僖宗年间，书生于佑宫女韩翠
十年红叶一心田，九曲宫流半月弦。
于佑殷勤流水去，翠屏好去御河缘。

26 词女之夫
司言与明诚合情，女儿芝麻草无生。
芙蓉自此音容在，一见钟心彼此盟。
宋代文坛名士赵明诚，言与司合，
安上已脱，芝麻除草麻，芙蓉开新花。
姜女初配范郎，韩氏始嫁于佑，
尝凭红叶为媒。明朝才子唐寅。

27 深山藏古寺
世界一人心，人间半古今。
山深藏古寺，意蓄纳外音。
宋徽宗时设画院以《深山藏古寺》考画录取新生。

28 司马光岭头吟诗
海阔天空十载高，天涯海角一日刀。
裁来沧海桑田去，不向江山向厘毫。
司马光四海五湖归一望。

29 泛舟九曲
泛舟九曲一清溪，向色三山几鸟啼。
福建乌龙余味久，武夷覃木各高低。

30 心安茅屋稳
心安陋室文，性定菜根君。
世事人情在，枯荣日月分。

31 咏雪僧
空余素色满天台，化作人间竟自开。
落甲飘飘何不可，无风只见玉人来。
郑板桥
细雨蒙蒙夜沉沉，梁上君子进我门。
腹内诗书存千卷，床头金银无半文。

32 桐城六尺巷
桐城三尺土，两叶一文张。
里正多宫士，为官少自强。

33 巧断《凉州词》
黄河，远上白云一片。
孤城，万仞山羌笛。
何须怨，杨柳春风不度，玉门关。
注：相传，乾隆皇帝过生日时，纪晓岚在他的宝扇上题写了唐人王之涣的名诗《凉州词》，由于一时疏忽，竟把首句"黄河远上白云间"的间字漏写了。用王之涣的原诗改填的一阕新词黄河远上，白云一片。孤城万仞山，羌笛何须怨！杨柳春风，不度玉门关。

34 欧阳修巧劝宋祁
平山堂上杏枝头，小宋宫中御水流。
札因洪休门大吉，唐书本是后人修。
注：宋祁，"红杏枝头春意闹"的名句，被人誉为"红杏尚书"。

35 司马相如
一二三四五六七八十百千万，
万千百十九八七六五四三二一。
从一长安而十贤，百千万里故人先。
万千百后十中一，只有夫妻日月年。
注：西汉时期，才女卓文君，司马相如

36 《陋室铭》桓仁江桥
有业故人亭，无私白丁铭。
苔痕涂石绿，草色入江青。

37 江上吟诗赠"盗"
李涉江舟侠客闻，诗词济世几时分。
人中风雨知南北，天下如今问故君。

38村
山中草木一孤村，世上风云半故门。
造就前程知自己，因循往事已黄昏。
注：我是个多愁多病身，打你这倾国倾城貌。钱牧斋即钱谦益，明朝官至礼部尚书，却降清称臣。在湖北民间有一风俗，婚后3天，要陪新媳妇回门。

39王安石改诗
明月叫当空，蝉栖向始终。
彩蝶双客影，黄犬卧花丛。

40袁枚得诗于民
诗词自在育于民，草木生平以天申。
月映梅花香雪海，群芳玉竹养文津。

41秋夜回文诗·回文诗一
春云细雨树凝烟，路草长亭十里前。
人道几雄英不语，月中楼色客无眠。
秦秦几雁潇湘问，处处生平自涌泉。
身教两愁何岁岁，真心一似此年年。

42回文诗二
年年此似一心真，岁岁何愁两教身。
泉涌自平生处处，问湘潇雁几秦秦。
眠无客色楼中月，语不英雄人道人。
前里十亭长草路，烟凝树雨细云春。

43仙佛寺的回文诗之一
林花落闭一门闲，客里云行半玉颜。
今古寺天晴色雨，心中日月守山关。

44之一
关山守月日中心，雨色晴天寺古今。
颜玉半行云里客，闲门一闭落花林。

45招婿诗
十九声名八七荣，平生六五四三更。
二言待客相思问，一语妻娇以我成。

46一字诗之一
一山一水一春秋，一日三年一月愁。

一面三心情一处，一生一世一江流。

47之二
一先一后一江流，一片渔舟一江楼。
一半天粼波一半，一江一月一江秋。

48半山诗
山　山
峰高　暮重
行路落　稷一客
远人花　半问长
铭间月几　乡江渭亭
树色苦心　去灵清泾
山高路远铭，山暮一长亭。
暮落人间树，高楼问渭泾。
重楼花月色，峰落半江青。
客问乡心苦，行人几去灵。

49无限风光在九溪·和俞樾
岭岭峰峰树，山山水水明。
花花同草草，雨雨亦晴晴。

50落地无声令
苏东坡、晁补之、秦少游三人一同访问佛印禅师，佛印留他们共同饮酒——僧家称"般若汤"。行令，上句要求是落地无声之物，中间要贯穿人名，末了要一句诗。
古今落地无声，抬头见隋炀。
隋炀问秦王，如何治李唐？
世民曰：汴水一江流，长城九脉伤。

51纪晓岚删诗
纷纷雨五魆，落落窣三昏。
酒醉三千士，流江一半痕。
纪晓岚曾将唐代诗人杜牧的七言绝句《清明》删改成五言绝句。
清明时节雨纷纷，路上行人欲断魂。
借问酒家何处有，牧童遥指杏花村。
删改后成：
清明时节雨，行人欲断魂。
酒家何处有？遥指杏花村。

52五步诗
唐朝史青上表唐玄宗，自称曹植七步成诗尚为迟涩，吾5步之内可以成诗。下旨相召，以"除夕"为题，命史青做诗。史青未出五步，即吟诗云：
今夜今宵尽，明年明日催，
寒随一夜去，春逐五更来。
气色云中改，云颜暗里开。
风光人不觉，已入后园梅。

岁夜两时分，年明一日君。
寒梅芳百媚，细雨醉人醺。

53苏小妹遥寄回环诗
苏小妹难新郎秦少游的佳话。秦少游诗曰：
静
思　转
伊　漏
久　闻
阻　时
归　离
期　别

忆
静思伊久阻归期，久阻归期忆别离。
忆别离时闻漏转，时闻漏转静思伊。

小妹回环诗
一
津　阕
杨　新
绿　歌
在　声
人　漱
莲　玉

采
采莲人在绿杨津，在绿杨津一阕新。
一阕新歌声漱玉，歌声漱玉采莲人。
东城如下一首：

酒	飞 办
	如 微
	马 醒
	去 时
	归 已
	花 暮

赏

赏花归去马如飞,去马如飞酒力微。
酒力微醒时已暮,醒时已暮赏花归。

情	夜 落
	风 雨
	闻 湘
	一 潇
	两 止
	声 不

鸣

情夜风闻一两声,夜风闻一两声鸣。
声鸣不止潇湘雨,不止潇湘雨落情。

54梁简文帝的"回文诗"

梁简文帝于公元549年登基以后,感到时势日艰,写下了《和东湘王后园回文诗》一首,抒发"树秋飞叶散"情怀。
枝云间石峰,脉水浸山岸。
池清戏鸽巢,树秋飞叶散。
这首诗上下颠倒,则又可读成:
散叶飞秋树,鸽戏清池。
岸山浸水脉,峰石间云枝。

今皇行有尽,落叶忘非声。
深水望山梦,荫重日月明。
回文诗:
明月日重荫,梦山望水深。
声非忘叶落,尽有行皇今。

55璇玑图

苏蕙的《璇玑图》风靡千百年来的文苑艺坛。在我国文学艺术史上却占有特殊地位。

苏蕙是武功(今属陕西)人,16岁时,嫁给秦州刺史窦滔。

窦滔,字连波,精通经史,能文善武。苻坚对他十分器重,委以显职,皆有政绩,颇有口碑。窦滔纳了偏房,夫妻自此反目。苏蕙月夜空帐,孤寂怨恨,思君心伤,竟成诗7900多首。用五彩线织成诗文,长宽8寸,841字。"五彩相宜,莹心耀目。其锦纵横8寸,题诗200余首,计800余言,纵横反复,皆成章句。其文点画无缺,才情之妙,超今迈古,名曰《璇玑图》。"一片衷情倾注其中。

窦滔接到织锦回文诗,反复吟咏,不觉泣下,盛礼迎接若兰,夫妻和好如初,恩爱愈重。

唐代女杰武则天,就"璇玑图"着意推求,得诗200余首。宋代高僧起宗,将其分解为十图,得诗3752首。

康万民研究出了一套完整的阅读方法,分为正读、反读、起头读、逐步退一字读、倒数逐步退一字读、横读、斜读、四角读、中间辐射读、角读、相向读、相反读等12种读法,可得五言、六言、七言诗4206首;每一首诗均悱恻幽怨,一往情深,真情流露,令人为之动颜。

没有标点的"璇玑图"全文如下:
琴清流激弦商秦由发声悲摧藏音和咏思惟空堂心忧增慕怀惨伤仁芳廊东步阶西游王姿淑窕窈伯邵南周风兴自后妃荒经离所怀叹嗟智兰休桃林阴翳桑怀归思广河女卫郑楚樊历节中闱淫遐旷路伤中情怀调翔飞燕巢双鸠土迤逶路遐志咏歌长叹不能奋飞清帏房君无家德茂流泉情水激扬眷顾其人硕兴齐商双发歌我衮衣想华饰容朗镜明圣熙长君思悲好仇旧蘻葳粲翠荣曜流华观冶为谁感英曜珠光纷葩虞阳愁叹发容摧伤乡悲情我感伤情征宫羽同声相追所多思感谁为为荣唐春方殊离仁君荣生患艰生民多殷忧缠情

将如何钦苍誓穿终笃志贞墙禽心宾均深身加怀忧是婴藻文繁虎龙宁自感思岑形荧城荣明庭妙面伯改汉物日我愁思何漫漫荣曜华雕顾孜孜伤情幽未犹倾苟难闱显殊在者之品润乎兼苦艰是丁丽状观饰容侧君在时岩在炎在不受乱华意诚感步育浸集悴我生何冤充颜曜绣衣梦想劳形峻慎盛戒义消作重感故昵飘施愆殃少章时桑诗端无终始诗仁仁颜贞寒嵯深兴后姬源人荣故遗妾飘生思您精徽盛翳风比平始璇情贤丧物岁峨虚渐孽班祸谗章新旧闻离天罪辜神恨昭感兴作苏心玑明别改知识深微至婴女因奸臣霜废远微地积何邈微业孟鹿丽氏诗图显行华终凋渊察大赵婕斯佞贤冰故离隔德怨因幽元倾宣鸣辞理兴义怨士容始松重远伐氏妤特凶惟齐君殊乔贵其备旷悼思伤怀日往感年衰念是旧愆涯祸用飞辞姿害圣洁子我木平根尝远叹永感悲思忧远劳情谁为独居经在昭燕辇极我配志惟同谁均苦离戚戚情哀萦岁殊叹叹贱女怀叹网防青实汉骄忠英清新衾阴匀寻辛风知我者谁世异浮奇倾鄘贱何如罗萌青生成盈贞皇纯贞志一专所当麟沙流颓逝异浮沉华英翳曜潜阳林西昭景榆桑伦望微精感通明神龙驰若然條遁惟时年殊白日西移光滋恩逸漫顽凶匹谁云浮寄身轻飞昭亏不盈无倏必盛有衰无旦不陂流豢谦退休孝慈离思辉光饬紫殊文德离忠体一违心意志殊愤激何施电疑危远家和雍飘怀悲哀声殊乖分圣贤何情忧感惟哀志节上通神祇推持所贞记自恭江所春伤应翔雁归皇辞成者作体下遗荠菲采者无差生从是敬孝为基湘亲刚柔有女为贱人房幽处已悯微身长路悲旷感生民梁山殊塞隔河津

56真趣

怡园题字雅俗成,驾幸姑苏一半荣。
谁向乾隆真有趣,有无知府两端名。
注:乾隆皇帝六下江南。驾幸苏州,在怡园信笔题了"真有趣"三个字。

三个字太俗，苏州知府窥出窘境，奏请乾隆把"有"字赏给他。于是挖去"有"字，剩下"真趣"二字，顿时化俗为雅。

57 神童七岁吟诗
清 李调元
浮云来处处，过雨去霖霖。
滴响芭蕉叶，高低各自吟。

58 海棠诗
春来半海棠，日落一池光。
俱是东风客，何疑杏李芳。

59 三步诗
浮云上下移，落叶各高低。
日月群峰上，枯荣草木萋。
注：北宋宰相寇准七岁时在宾客酒筵前，迈开三步，一首五言绝句便脱口而出：
只有天在上，更无山与齐。
举头红日近，回首白云低。

60 回文诗 春情
花流水落玉江清，雁影无心梅月情。
家信约芳三杏李，华烟半雨半湖平。

61 情春
平湖半雨半烟华，李杏三芳约信家。
情月梅心无影雁，清江玉落水流花。

62 璇玑图
芳廊东步独清音，武曌临情叹苦琴。
日日璇玑图上问，时时璧女汉中心。
茕形汉物刚柔浙，厉节珠光浸积阴。
戒义神龙终废远，忧思天下木成林。

63 正读 1 七绝
琴清流楚激弦商，秦客发声旧日藏。
间和咏思空遣坐，心忧憎慕惨怀伤。

64 倒读 1 七绝
津河阻塞隔山梁，感旷民生晓路长。
身悯微已幽处尽，人情为女有柔刚。

65 正读 2 七绝
伤怀惨慕憎幽心，坐遗空轧咏合音。
藏日旧声发客问，商弦激楚付清琴。

66 倒读 2 七绝
刚柔有女为情人，尽处幽微已悯身。
长路晓生民旷藏，梁山隔塞阻河津。

67 正读隔 2 字
流楚激弦商，发声旧日藏。
音和思咏遣，憎慕惨怀伤。

68 倒读隔 2 字
阻塞隔山梁，民生晓路长。
幽微身处尽，为女有柔刚。

69 正读隔 23 字
憎眸惨怀伤仁芳，步廊东阶北去王。
姿淑窈窕如伯子，周风兴自后妃荒。

70 逆读隔 23 字
柔刚为女有亲湘，为孝从生敬是良。
采菲莳休无者下，终成体作自辞皇。

71 正读隔 1 字
清流楚激弦商秦，客发声悲日月音。
和咏思惟空坐心，忧憎慕惨怀伤今。

72 逆读隔 1 字
河风塞隔故梁民，生感徒悲路长身。
微悯幽房人已处，为贱女有刚柔亲。

73 正读隔 5 字
弦商秦客发声悲，摧藏音和咏思惟。
惨伤仁芳廊襟怀，西游东步 工婺。

74 逆读隔 5 字
山梁感旷民生悲，感旷悲长路晓微。
人贱柔刚为女有，从生差者采无菲。

75 正读隔 7 字
秦客发声悲，音和咏志惟。
堂心忧忧憎慕，怀惨故仁摧。

76 逆读隔 7 字
民生感旷归，悲路长身微。
为女刚柔孝，从生差采菲。

77 正读隔 25 字
怀惨伤仁玉饰东，窈窕伯邵自周风。
妃荒经离所怀叹，卫郑湘樊历节中。

78 逆读隔 25 字
柔刚有女一亲基，遗下因成作者辞。
自记贞持推谓抵，哀惟优感以何贽。

79 正读隔 38 字
兴自后妃荒，兰休经离桑。
归思廊汉女，旷路见雕翔。

80 逆读隔 38 字
差无客采菲，作者去皇归。
翔雁伤春应，情哀上节惟。

81 正读隔 82 字
旷路中情怀帮翔，飞燕遐志咏歌长。
清帏不能惊君侧，圣茂泉情水激扬。

82 逆读隔 82 字
殊声圣待自哀悲，俯仰附丽客容仪。
孤多怀遗群散离，飘雍和落远危疑。

83 正读隔 108 字
帏房独安半无家，我亦发歌饰想华。
望此思悲仇好旧，曜珠故感照纷葩。

84 逆读隔 108 字
府仰仪容怀遗孤，施何疑电激途殊。
心造志意忠离休，流陂谦蒙不日无。

85
遐志咏歌长，飞妄清帏房。
君无家德茂，水激不清扬。

86
雁去应伤春，江恭自记贞。
忧情何贽圣，为谁与将身。

87
流谁感受曜珠光，愁叹发容向故乡。
我感伤情宫羽念，多思感悟为荣唐。

88
徒我感伤情，征宫羽泣声。
相追多所思，思感为谁荣。

89
春方殊离一君荣，身苦君荣半艰生。
应念如何终笃志，深身怀缅是忧婴。

90
未可几钦苍，贞终笃志樯。
愁思何漫漫，雕硕孜孜伤。

91
谁为一荣春，离仁半君身。
患多殷切缠，禽欲以心滨。

92
伯伯求心曰我愁，孜孜汉物故情幽。
犹倾未苟难闻显，艰苦润乎是丁休。

93
物曰我愁思，华雕顾怯孜。
犹倾难苟问，在者显殊亡。

94
愁思何苦自漫漫，物曰华雕顾孜孜。
独可情幽犹未了，显殊不在者乎丁。

95
受乱意华诚，君客悴我生。
何免颜光曜，以梦逐劳形。

96
劳形戒义消，重感故昵飘。
无终无始序，仁颜故遗朝。

97
时桑殃少见诗端，终始颜贞物曰寒。
精徽翳盛几比目，诗仁丧物祸班观。

98
未始见情贤，闻离丧物天。
知识深别改，至嬖女因田。

99
故遗一飘生，翳风半比平。
章新出祸谗，化作玉肌明。

100
因幽代怨尽宣鸣，理义辞兴怨士声。
伐氏惟齐好恃语，思忧念感远劳情。

101
末了后姬人，班谗苦孽新。
旧离闻天罪，嬖女伺奸臣。

102
儿感作兴苏，诗章鹿丽图。
幽元德怨在，塞隔致君殊。

103
平其备旷悼思伤，怀曰悲年似旧尝。
谁为独居经在燕，惟同志谁苦均长。

104
戚戚苦苦一离情，汉汉骄骄半叹英。
贱贱浮浮倾世鄙，何如彼此密罗生。

105
客所故麟沙，沉英逝异华。
阳林曜潜知，已望榆桑家。

106
世异一奇倾，罗萌半不成。
纯贞志一可，怨士几华英。

107
英翳曜潜阳，向日自移光。
寓寄轻飞去，慈离士寸光。

108
七成关盛贞，一专所当麟。
倏逝惟时岁，云浮谁寄身。

109
官仪仰俯荣，客远寄哀声。
丽铮华身与，分赀圣几情。

110
自恭所江春，江山有女人。
名成作体下，古塞隔河津。

111
应见雁归皇，为基敬孝湘。
刚柔知有女，已悯处身长。

112
有女为新人，微知处已身。
路长旷悲感，殊塞隔河津。

113
基湘敬孝亲，悲旷感生民。
同贵房幽处，梁山塞隔津。

114
志节上通神，祇维持斯贞。
浮思怀创旧，自恭锁江春。

115
顽凶匹可云，意志粲殊文。
散妾群离立，哀声独厉兮。

116
谦休退孝慈，思辉怯去疑。
家雍和危远，妾遗不孤仪。

117
昭景薄榆桑，西移白日光。
寄与云浮客，不陂剩蒙祥。

118
纯贞志一专，倏逝惟三年。
白日西移尽，思滋愚谗王。

119
孤妾盈成贞，当专一所麟。
浮沉华不易，景薄榆桑伦。

120
贱可似罗萌，浮沉逝异英。
阳林西照景，桑榆望微精。

121
知我何人世异浮，徒所一当麟沙流。
阳林曜潜西照景，倏逝若然白日休。

122
恭春事所份，可应雁归皇。
从是无差处，为基敬孝湘。

123
风兴自后妃，樊厉李中闱。
双鸠飞燕巢，长鸣不奋飞。

124
商秦始作声，咏自向音成。
女淑窈窕伯，妃荒自后经。

125
楚激角商由，惟空处处忧。
堂心怀暗淡，此步向西游。

126
摧藏音未咏，忧憎慕心怀。
不语房仁惨，廊东步故台。

127
清流林激商，又有苦悲藏。
独咏思空守，心忧增度伤。

128
怀惨伤仁御女东，窈窕伯邠北周风。
荒经高所兰休叹，桑怀归思厉节中。

129
风兴自后妃，卫郑楚阴翳。
河女久怀归，樊中厉节闱。

130
楚卫音和咏，心忧愣慕怀。
周风嗟知所，尚忍步东街。

131
惨怀慕增忧，摧悲致有由。
堂空惟故咏，角羽激弦流。

132
衣华客饰镜，以圣系长君。
宿冶为讱感，光珠乱曜纷。

133
阳愁虞圣镜，观冶叹发容。
追所禽心志，文繁藻虎龙。

134
思心曰我愁，汉物睹情幽。
笃志贞楯故，深身苦故忧。

135
苛感入征宫，相声异所同。
春方殊离谱，浸集誓穹终。

136
文繁虎斗宁，物曰改明庭。
漫漫倾荣曜，孜孜苦是丁。

137
浸集翠人生，劳衣梦想形。
飘施时戒义，后客少人荣。

138
故遗肆飘生，翳风盛比平。
情贤伤物岁，玉品作玑明。

139
桑诗感故始无终，故遗飘生未苟同。
戒义人荣姬后乱，精徽思愆盛翳风。

140
感兴作苏心，知识别改深。
奸臣霜废远，地积几遐林。

141
赵婕隔怨所妄贤，住德因倾谢曰宣。
终始生松生远伐，感怀日往妹交年。

142
备旷悼其思，山涯用旧辞。
显行华必落，孟鹿丽时诗。

143
修容朗镜明，好仇旧悲蕤。
照曜流华冶，为谁不感英。

144
洁子我心平，思忧远念情。
年殊时汉贱，实汉可忠英。

145
纯真志一专，倏逝殊千年。
白日西移尽，云浮寄身先。

146
翳曜潜阳林，忠身违一心。
何施疑所顾，离散向何寻。

147
不计何施误远家，仪容仰俯自荣华。
贞身不与谁为逝，未了伤情独自花。

148
翔伤一雁归，自以半心扉。
不可亡相忆，何言定问非。

149
浮怀悲树有哀声，圣贤何分怯去情。
体下堆持贞听记，无心采者有差生。

150
恭江自所春，有女贱情人。
敬萃其湘客，悲生旷感民。

151
敬孝为基叙旧亲，房幽处已悯微身。
长路旷感伤悲子，殊塞梁山隔汉津。

152
殊塞隔河津，悲生旷感民。
心微处已子，有女贱为人。

153
春伤应所翔，敬孝为基湘。
有女刚柔为，生民旷感梁。

154
许志谁同均，骄忠客舍新。
何知谁世者，不比盛贞纯。

155
荣华丽铈身，怨逝节容贞。
女淑怀悲寂，难通志第神。

156
翔雁属皇辞，功成自所卑。
刚柔归女性，长路客身悲。

157
和雍暮想群，所哀剩殊兮。
忧感何情妾，春伤几念君。

158
忠贞一违心，意志几成林。
铈丽留言浅，何情逝者深。

159
怨愤以何施，孤遗妾怀仪。
荣华仰俯丽，逝者节敦思。

160
志节上通神，恭江自所春。
无差生可是，处已悯微身。

161
兴哀怨士客，远伐弃青松。
景薄榆桑望，感念向神龙。

162
不可寄浮身，怀思想所亲。
心昭明遗恨，斋洁志清纯。

163
志悲日月著藏音，增慕空堂咏未心。
此后荒经离所步，兰休叹嗟智桃林。

164
兰凋玉谢茂熙阳，楚激江流漫四方。
苦叹殊心君向伯，林燕月下向东廊。

165
阴巢暮色水悲津，月下西熙好事君。
鸠仇榆桑伤自己，加怀土眷旧乡身。

166
流长怨楚禽，寄可叹殊心。
永切情思尽，摧君激好深。

167
秦王怀土眷家乡，草茂兰凋故旧糯。
水涡阴巢南北客，西游桑鸠见仇伤。

168
河遐翠感生，伯女志兴荣。
广路人粲是，齐秦卫咏情。

169
此去可君荣，艰身苦惟生。
禽心滨水浅，日月是忧婴。

170
卫咏曜齐情，南歌叹楚征。
藏音和硕翠，自节不同声。

171
咏叹羽缠龙，华观不冶容。
齐商相郑卫，春夏继秋冬。

172
郑楚向华宫，商弦角羽同。
清流何迤逶，伯邵自周风。

173
和思咏继空，楚厉樊惟中。
已尽家德茂，君无细羽同。

174
樊厉节中闱，长歌不能飞。
其扬眷顾正，想铈衮歌衣。

175
所叹客无家，英珠曜光葩。
容朗明镜圣，粲翠曜流华。

176
惨叹智无明，多思感不荣。
殷忧伤笃志，自以苦艰生。

177
容珠感誓穷，志异念情终。
妾帏房君断，伤仁惨叹空。

178
想感自忧形，珠光未始荣。
笃志贞楴寄，客语为谁明。

179
女卫叹中君，窈窕伯后云。
思悲身苦处，旷路玉珠纷。

180
殊途感故新，齐洁志清纯。
伯在诚心归，思想所怀春。

181
生成此不纯，古志所当麟。
颓逝浮沉异，榆桑景薄伦。

182
物品育施生，云天德贵平。
均匀专所妾，日润浸时明。

183
离微隔岸木淮荫，罪积怨心根未寻。
铈衍思辜何备尝，生离忠体一违心。

184
不克所明轻，愁兼悴少精。
荣丽充端比，曜状几无平。

185
工雕绣始璇，孜侧梦仁贤。
难受消源祸，人闱乱作逸。

186
地德贵天平，衰明显怨情。
仁贤终改至，在侧想劳形。

187
章徽恨始元，感孟桑翳宣。
别改知识浅，重荣不可贤。

188
故客子惟新，离殊我共衾。
飘飘微隔障，德贵两均匀。

189
其根不测怨难寻，必异浮惟彼此心。
漫侵音藏催故归，秦商激楚越清琴。

190
因尝备苦辛，安害我忠贞。
归独怀何潜，惟君故子新。

191
骄成薄漫休，匹子异伦浮。
鄙贱何如汉，麟沙所止流。

192
远离凤麟龙，忠流若不容。
伏盈頫体仰，异路未相逢。

193
薄漫故家贞，情殊以客身。
为孤遗淑自，草木可悲春。

194
云晖始凫悲，独凫溃分归。
有志离仪赟，无亏铈节非。

195
浮光离尽份，照德圣怀皇。
孝淑雍和记，英贞所记湘。

196
忠容不合成，流离逝推生。
已颓然无俯，然盈体仰情。

197
阳林归愆晖，草翠见荠菲。
志节仪容去，悲飞以雁归。

198
曜状未颜苏，榆桑沦不辜。
浮怀思淑节，敬孝女声殊。

199
所见妾情孤，微精感念无。
移滋谗漫语，意志可光珠。

200
愁禽伯在诚，迤苦儿艰生。
翠感婴思改，犹倾戒义形。

201
殊荣品集奂，浸润苦时章。
将自愁何故，生同束茧桑。

202
珠容未感穿，朗镜向谁终。
引路兰休外，中闱旷日中。

203
商征羽角宫，自节冶殊同。
未见流华始，如何感事终。

204
流长一向禽，日落半泉深。
眷旧人情在，仁君向自心。

205
无家生茂流，咏叹患多忧。
旷路伤情处，难闻苦作愁。

206
汉物一思愁，华雕半未幽。
闱显殊品润，举目向清流。

207
伯改日思何，清华感曜多。
乡家迤逐土，咏叹异时歌。

208
樊厉不情宁，艰乎苦润丁。
风兴长叹去，草木藻江青。

209
华明圣茂流，鸠土激扬仇。
女淑难言语，伤情不尽愁。

210
自感暗明庭，伤情向苦丁。
珠光朗镜铈，品润不心宁。

211
情怀生圣虞，苟且向愁孤。
必物寻闻显，同声向异殊。

212
鸠土将如何，窈窕自咏歌。
怀情兴硕少，不守患忧多。

213
光纷感曜珠，不能废唐虞。
落落幽情在，殷殷增叹殊。

214
所感叹阳愁，齐商咏茂流。
相声同浸润，漫漫苛怀忧。

215
声窕广路人，所感望阳春。
迤逐蕤葳翠，桑怀土眷身。

216
藏音卫咏齐，圣叹故庭西。
客路枯荣草，君荣仰俯低。

217
智德圣虞唐，翔流叹四方。
如何鸠自感，妄想铈多伤。

218
逐路妾闻房，流泉水激扬。
君悲思女卫，感叹曜珠光。

219
楚步燕林情，同悲去后声。
无家谁可叹，冶冶感何荣。

220
穿终笃志贞，忧患苦荣身。
好翠方殊叹，离仁女卫春。

221
休翔茂水禽，鸠士叹殊心。
淑茂秦由路，兰凋楚步深。

222
硕翠感生婴，和音卫咏情。
中闱知淫叹，旷路节容声。

223
慕惨叹中君，房颜圣镜裙。
情怀明圣茂，感曜落珠纷。

224
愁思漫漫情，孜孜末幽生。
汉物份心处，华雕未苟明。

225
厉节曜明庭，情幽品苦丁。
难闱殊不昧，集悴浸身铭。

226
物曰始终心，飘生愆盛琴。
劳形步育浅，感岁时端深。

227
物品育思生，愁兼悴少精。
何桑翳威恨，品润在情明。

228
殊诚间感故时霜，物品新闻著隔樯。
丧岁生思平比旧，情贤渐孽祸谗章。

229
昵亲已故感霜冰，恨作幽明照苦灯。
故遗人荣非旧守，深微至嬖是原凝。

230
殊心感故新，集悴少精神。
梦想犹炎盛，难消受祸因。

231
殃殃集愆辜，漫漫乡平苏。
嬖女玑明远，天高地阔殊。

232
生时盛业倾，感念鹿争鸣。
生怨璇玑在，仁贤别意行。

233
丧想改华容，时寒落叶松。
人荣班祸谗，赵婕岁难凶。

234
璇玑图义双劳年，曜顾充颜梦侧贤。
嬖女怀伤燕辇叹，幽元因怨隔倾宣。

235
孟鹿积怀悲，充端旷日思。
劳情谁独在，峻慎后源姬。

236
离情苦苦自戚戚，漫漫形形未感昵。
惑步因奸微业路，新霜旧废各东西。

237
宣伤孟感情，圣配惟贤英。
网防青实汉，霜冰洁志清。

238
废故子惟新，离微木隔阴。
施生天地贵，备尝苦还辛。

239
漫感孟宣伤，辜何怨备尝。
璇玑图贵理，显乱重荣章。

240
义女婕好辞，源因所恃姿。
深微至嬖远，地积恨忧思。

241
集愆罪何因，因奸嬖女臣。
冰霜何德怨，改者感昵亲。

242
殃殃积愆辜，苦苦状平苏。
曜曜无终始，兴兴戒戒图。

243
生时感业倾，谗事至无明。
渐孽因奸至，臣霜士别行。

244
微思苦恨微，丧物故章飞。
所显心玑致，深明赵氏归。

245
惑远不同衾，飘标逐客寻。
微微情别改，恨昭作苏心。

246
集备苦尝辛，妄贤渐孽贞。
年成知故旧，世异企图新。

247
始惑感殊浮，终成嬖女忧。
群声同异彼，独叹鄙清流。

248
璇玑义叹奇，曜绣物伤知。
理付鸣宣义，元倾作丽辞。

249
纯直志一精，所怨品三明。
旧愆均难苦，家闱举贱英。

250
年殊白日西，苟显苦戚戚。
故就知识少，飘生感故昵。

251
远祸在防萌，飞燕逝汉声。
轧忧劳叹永，本本害骄成。

252
旧愆独居经，悲思叹网青。
浮奇倾鄘贱，品润试艰丁。

253
故杰志清纯，惟新遗旧贞。
难寻君做所，景薄意当麟。

254
遗旧废微云，神飞怨积分。
官仪客俯仰，丽状不成君。

255
逝潜曜阳林，殊浮积怨寻。
妄贤凭隔故，嬖女用情深。

256
世异望殊文，苦辛以遗分。
离思何贱淑，怯故几惊闻。

257
无日不陂流，青成汉漫休。
榆桑天地上，逸退志蒙愁。

258
感故望云浮，移光叹汉流。
罗萌生旧愆，薄漫不时休。

259
旷远凤麟龙，深微念故容。
辞姿伤正洁，景薄感悲重。

260
西昭冒薄榆，潜曜逝宫无。
怀旧劳情久，惟新意志殊。

261
家和不散群，故逝未逢君。
女淑知离素，谦休苦不纭。

262
惑感离哀伤，殊孤望雁翔。
怀悲声寄散，旷远不辞皇。

263
不忠不若离何成，惟祗惟从去逝生。
下遗葑菲从是敬，翔归旷感雁飞鸣。

264
思想所亲长，春份备苦刚。
恭江淑女感，已悯贱人梁。

265
霜冰洁所亲，敬孝是微身。
废故乡云望，怀悲寄淑贞。

266
清流楚卫心，伯邵咏藏音。
厉节中闱路，归思郑女淫。

267
征宫羽角心，旷路以商琴。
妄铈非君子，桃林女卫萌。

268
翠曜冶英心，饮苍笃志禽。
忧缠情所至，自感追均深。

269
感兴作苏心，玑明别改深。
思伤怀旧日，鄘贱异衾阴。

270
榆桑感若心，逝曜潜阳林。
白日西移尽，相思一寸金。

271
离忠一违心，意志半施吟。
俯仰浮怀久，殊何几应钦。

272
孜孜自忠心，戚戚妄薄寻。
无臣依颓逝，有日试衣襟。

273
岁异此居心，浮沉别日音。
葑菲从是敬，塞隔古还今。

274
璇玑图里一居心，字里行间半古今。
八百文章余四十，三生八戒九重金。

275
空堂咏叹心，卫郑楚桃林。
厉节齐商路，中闱妄事淫。

276
旷路一殊心，兰涧半咏深。
阳愁悲感叹，迤逶向春禽。

277
感作始终心，颜贞意念深。
璇情明别改，嬖女显新衾。

278
楚步自忧心，南风旷路淫。
长歌不能奋，所叹客林阴。

279
奸臣改别心，汉物峻峨深。
永感戚情苦，缘姿隔木寻。

280
玑明客异心，惑远不同衾。
废旧冰霜洁，离疏隔木阴。

281
浮身倏必心，意志客殊阴。
节上皇辞作，微身旷感寻。

282
厉节后荒心，经离自奋淫。
如何终笃志，曜冶感思木。

283
荣春不慕心，女卫楚流琴。
咏叹芳廊步，无家违妄淫。

284
鸠土迤离心，桃林淑春禽。
思悲好仇旧，郑楚卫西阴。

285
粲翠感春心，怀归鸠木阴。
窈窕姿淑后，迤逶好游禽。

286
妄想感如何，殷忧患所多。
穷终笃志向，不叹旧时歌。

287
镜圣好杨仇，蕤葳粲翠流。
同声追所感，惟苦患殷忧。

288
不冶感情宁，伤情向后庭。
君思双鸠土，厉节叹零丁。

289
硕翠感生婴，思岑自所形。
虞阳愁叹嗟，自志圣荣明。

290
明庭曰我愁，漫浸濯情幽。
苟显难闻步，时岩受乱流。

291
积怨罪难寻，纯贞似断云。
戚情哀暮岁，浮身苦离兮。

292
愆罪苦均匀，君殊疫远辛。
平根乔贵叹，如何志惟新。

293
志一所当麟，佥阴物凤身。
罗萌生鄙贱，实汉盛何贞。

294
侧在梦仁颜，谗章渐孽班。
人荣天罪昭，别改至微奸。

295
倾闱丽状观，愆少故无端。
曜绣劳形感，飘施自苦寒。

296
君时受乱华，梦想以叱嗟。
戒义消重作，何微孟业退。

297
废远故霜微，情幽苟且闱。
无终兴后比，漫漫见华晖。

298
感故后源人，臣奸始遗亲。
倾闱难苟显，惑步品润贞。

299
嫛女远奸臣，谗章孽渐新。
心玑明别改，地积孟辜神。

300
终观比始心，赵婕何知深。
德怨精微至，清流楚激琴。

301
物岁始璇情，亲飘粹少精。
愁思何漫漫，品润步施生。

302
难闱未犹倾，汉物日生情。
惑步何冤浸，时章废不荣。

303
厉叹羽缠龙，宣鸣怨士容。
深微知别改，隔远误涧松。

304
别改物知终，涧渊赵婕宫。
人荣班祸感，盛比始徽风。

305
欣显怨劳形，悲思旧念情。
辞姿重害圣，远伐照心倾。

306
犹倾在意诚，苟显未艰生。
峻慎伤情侧，充颜想梦形。

307
盛戒义深兴，贞寒后曜徵。
臣因奸废远，嫛女至霜凝。

308
曜状绣平苏，精徽盛愆辜。
谗章新旧恨，丧志积玑图。

309
远地积何遐，颜仁丧改华。
深微终隔怨，渐虑害寒涯。

310
感念事重涯，幽颜慎峻嵯。
璇玑图意显，梦想岁行华。

311
曜状愆无平，璇情丧物情。
愁思成故隔，物品育施生。

312
愁思漫少章，废地远因霜。
集悴劳形浸，飘施愆故桑。

313
物岁始终涠，遗亲隔念飘。
新闻离旧罪，生怨积殊乔。

314
何因贵备尝，祸在叹昭防。
鄙贱生成志，罗萌汉盛皇。

315
隔望怨倾宣，渊冰故离元。
诗图终鹿氏，害圣始姬源。

316
盛恨业倾思，幽因鹿丽辞。
君殊乔贵备，岁叹祸飞姿。

317
悲思世异浮，孜物汉遐幽。
悔不盈奇曰，麟沙永逝流。

318
逝节与飘浮，丽逝祇圣忧。
皇辞成体下，敬孝是伤柔。

319
始旧独怀何，居经似网罗。
情哀殊叹贱，景薄仪容多。

320
年殊白日西，曜潜叹阳齐。
愚匹云浮寄，思辉仰俯笄。

321
洁子志清纯，麟沙亿逝贞。
浮沉殊意志，感望苦艰辛。

322
昭燕极配均，隔怨洁衾阴。
鄙贱移光远，何如白日新。

323
独叹苦难寻，玑明始岁心。
华英终日退，曜潜弃阳林。

324
倏逝望微精，榆桑感日明。
纯贞西昭景，妾遗寄身轻。

325
永叹不忠容，霜浮漫苦松。
沙流浮丽铈，仰俯念何龙。

326
昭景薄榆桑，英翳曜潜阳。
浮沉华逝异，志一所麟当。

327
颓逝景沙流，纯贞世异浮。
西移光匹寄，不日自谦休。

328
倏逝寄华年，移光愚漫顽。
云浮身感寄，白日景蒙谦。

329
意志愤殊文，纯贞感匹云。
哀声无铈丽，不可不知君。

330
故洁志清纯，新衾远子贞。
平根尝永叹，旧废苦寻辛。

331
丧物感同衾，殊乔叹木阴。
深微劳配志，世异潜浮寻。

332
隔德怨因幽，诗图配志流。
浮奇谁世异，害圣几微休。

333
风愆叹阳移，年殊望愚滋。
齐君乔贵备，世异凤知辞。

334
倏必一衰心，陂流汉物阴。
生成多念旧，寻感所图今。

335
寻辛苦不忠，异所志无同。
用远哀忧日，悲思漫一风。

336
隔木感悲哀，思忧岁物才。
新知怀日往，望怨叹时来。

337
劳情日独居，岁叹景何如。
颓逝时年愚，纯贞不读书。

338
新衾慕凤知，尝苦故人辞。
远近居心处，霜冰永感悲。

339
白日自英殊，流沙影去无。
云浮翔必倏，节志意蒙苏。

340
有女敬刚柔，微身业处优。
皇辞成俯仰，旷感悯房幽。

341
山殊隔塞津，路旷感生民。
俯仰归成体，刚柔悯已身。

342
年殊白日西，地积业何齐。
辜负璇情改，愁思盛义低。

343
行华念故衣，铈丽问璇玑。
岁叹知阳逝，辞成望雁归。

344
鄙贱岁萌青，城荣笃妙庭。
中情怀鸠土，厉节叹劳形。

345
歌长能奋飞，郑楚节中闱。
处已皇辞尽，知微远雁归。

346
芳廊不似羽缠龙，女卫南风以意从。
绣始璇玑图义怨，情贤义愿改华容。

347
铈绣始无终，居周念卫风。
情哀何洁子，旷悼叹时通。

348
淑咏后妃空，声悲厉节中。
凋翔双鸠土，怀情旧时宫。

349
我感苦艰生，纷葩圣好鸣。
殷忧观冶患，笃志所荧荣。

350
俯仰问苍穹，清流向始终。
窕窈衣想女，故誓以心同。

351
卫郑咏周风，榆桑念路中。
西游河女客，楚后感情宫。

352
郑楚不容珠，宫羽以慕无。
步阶廊下去，劚日已荒殊。

353
有女影徘徊，中情不可摧。
心怀知己客，叹物独忧哀。

354
周风自后妃，淑女节中闱。
智叹王姿伯，桃林郑卫归。

355
伯女咏藏音，窈窕厉慕心。
何伤东步上，所叹楚林阴。

356
旷路步廊东，情怀智叹中。
琴清流楚卫，角乱羽征宫。

357
秦由角羽同，卫郑多思穿。
笃志摧藏圣，激扬乱始终。

358
迤逶好仁深，周南卫楚音。
无家明圣茂，眷倾感方心。

359
自后叹中君，商秦想下文。
兴齐荣曜冶，郎镜圣光纷。

360
摧藏卫咏齐，白日潜林西。
所记和雍苦，沙流水悯泥。

361
兰休眷顾奋桃林，琴清激楚伯邵音。
自感妄情房帏茂，忧婴迤逶叹殊心。

362
何荣丽光端，盛戒淑贞寒。
比始时昵故，仁颜自浸漫。

363
不爱后姬源，愁思以铈宣。
情幽倾苟显，梦想不闻言。

364
荒经叹智兰，厉节未心安。
旷路求知己，殷忧患不端。

365
追所感多思，歌长叹不知。
珠光虞感卫，生茂想英时。

366
笃志圣贞禽，无家戒患心。
秦齐寻路短，楚卫见仁深。

367
旷路奋圣家，归思感英葩。
桃林伯邵卫，潜曜镜麟沙。

368
迤逶路藏音，流泉伯叹心。
荣唐相追所，笃志誓飞禽。

369
激水茂春樯，周风自帏房。
归思双鸠土，迤逶咏歌长。

370
厉节自音和，中情可圣歌。
清流泉不尽，追想所思多。

371
咏慕惨仁芳，西游叹楚廊。
燕巢双鸠土，感想镜中伤。

372
桃林旷路中，郑楚叹南风。
曜感葩虞镜，翔飞厉节空。

373
无家生茂流，旷路智兰休。
朗镜长君圣，伤情感自愁。

374
伯邵自南风，流华角羽同。
叹步芳廊外，伤仁有无中。

375
风兴自后妃，潜曜向珠晖。
苦患如何感，珠光妙翠微。

376
旷路茂流泉，辛风岁显宣。
新闻辜罪愆，业孟不离天。

377
路退志无家，珠光朗圣华。
伤情想追所，谁感苦纷葩。

378
旷路卫南河，归思志咏歌。
明庭形妙感，物日面奈何。

379
粲翠郑华宫，齐商卫楚中。
阴翳扬眷顾，想铈感何同。

380
丽氏怨幽元，天罪感异宣。
辜神恨作怨，若逝始终言。

381
殊心俯仰荣，感念理辞情。
厉节珠光叹，思岑笃志明。

382
天罪渐孽班，物岁祸微颜。
故遗思愆盛，妄贤嬖女奸。

383
深兴后祸因，感恨谗章新。
废远宣鸣积，璇情悴可亲。

384
面伯改无平，愁思曜物清。
孜孜伤在者，苦苦苟雕情。

385
心玑铈侧君，品润曜光纷。
丽状生何遗，贞颜旷路闻。

386
明庭物日愁，旧翠曜兰休。
厉节归思郑，堂心为楚流。

387
窕窈自淑姿，感曜所多思。
迤逶飞妄路，乡悲茂硕辞。

388
角志羽同声，离仁苦患情。
如何思感志，郎镜叹贞明。

389
音声广路人，汉物感荣春。
遐志清河女，思君自苦身。

390
铈节遗莳菲，罗萌逝翠微。
年殊哀岁叹，发望广翔飞。

391
所叹咏兰凋，劳形戒义消。
颜贞丧物岁，曜绣物何昭。

392
咏叹步心荒，怀思慕帏房。
桃林遐路志，所感旧虞唐。

393
旧粲硕兴荣，新闻苦旷情。
征宫多叹咏，角羽不同声。

394
兰休眷旧乡，鸠土故情伤。
路旷长兴叹，无家镜圣唐。

395
河女叹长河，怀思旷不歌。
空堂慕卫郑，能奋路容多。

396
楚郑奋休翔，中情旷路良。
南风兴自咏，圣茂水激扬。

397
朗镜圣虞唐，华容潜曜光。
风兴荣旷路，厉节叹秦王。

398
明庭物日愁，面伯改情幽。
未苟难闻显，飘施意惑休。

399
充颜曜绣衣，粲翠奋燕飞。
患怨珠光感，心忧自后妃。

400
改物状无平，情贞意有生。
时端仁后虑，浸悴受人荣。

401
寒贞圣意诚，受乱是艰生。
故遗飘昵比，苏心旷路明。

402
愁思悴少精，改物受多情。
品润生何患，明炎不显形。

403
新霜废远微，赵氏至辞飞。
戒义何冤作，犹倾苟惑怛。

404
怀仁自叹嗟，旷路节不华。
樊厉中闱生，空堂步慕家。

405
厉节自心忧，芳廊意不休。
双燕巢鸠土，旷路水清流。

406
摧藏楚卫后妃荒，伯邵心忧步叹商。
旷路弦音兴智感，清流所铈咏秦王。

407
眷顾意齐商，泉情水慕扬。
空忧不奋想，女卫咏心堂。

408
中情眷旧乡，迤逶圣虞唐。
铈镜荣身是，如何苦志阳。

409
无端旷路长，能奋圣同方。
旷路蕤藏翠，岑形感志楣。

410
怀思步广河，女节怨长歌。
厉节伤中叹，心忧所患多。

411
奋能步清流，林桑感楚忧。
荒经离所叹，惟苦自情愁。

412
改物步劳形，思君日我情。
施飘充曜潜，育浸意华诚。

413
何荣是状丁，品润感明庭。
笃志辊怀苦，钦苍自未经。

414
如何一虎龙，笃志半相容。
白磏同声追，殷忧薔苦从。

415
凋翔能奋飞，旷路叹风衣。
鸠土流泉水，伤仁惨后妃。

416
无家生茂流，旷路节兰休。
笃志同志追，心忧是女愁。

417
笃志意方均，思君感苦身。
难生悲所咏，自节顾纯贞。

418
悲情我感伤，咏叹自摧藏。
郑楚琴弦远，周南安后堂。

419
飘施愆少章，戒义故时桑。
曜绣贞寒后，姬源潜曜光。

420
伯邵自悲音，兰休女叹心。
长思人硕苦，圣茂所情深。

421
伤仁旷路中，厉节感唐穹。
女德阳愁苦，清流惨始终。

422
如何圣楚宫，所叹镜苍穹。
能奋飞翔志，无家感曜中。

423
志相追所多，日物叹愁何。
未苟难闻显，艰丁作苦歌。

424
观君受乱华，曜愆自流沙。
梦想无终始，悲思旷路家。

425
风平比盛始璇情，物岁班章未苟荣。
戒义消形重感故，人源受意少飘生。

426
廊东楚步自悲声，迤逶桃林旷路情。
笃志兰休双鸠土，终贞患期刊明生。

427
琴弦角羽自忧心，戒义伤仁后故音。
朗镜发容虞曜好，荒经所叹想愁禽。

428
楚卫女思琴，窈窕郑节音。
无家君生茂，不能奋忧心。

429
声悲步广河，伯女思双歌。
笃志春方苦，归思感少多。

430
另改至心明，深微女作情。
怀仁知害圣，念旧始璇荣。

431
思伤往感年，祸用飞辞宣。
孟鹿鸣辞理，因奸所妄贤。

432
幽幽孟鹿鸣，漫漫富华生。
日日风因比，行行至女情。

433
隔地怨悲声，行华圣不明。
知识深至女，物曰改人荣。

434
面改苟闻天，情幽步育璇。
何微遐孟鹿，隔怨祸因宣。

435
故意感新霜，精徽盛旧堂。
辜神兴作始，品润浸珠光。

436
怀日思伤往感年，飘生戒义育生天。
劳形别改因奸至，君侧情贤比始璇。

437
集悴梦贤情，辜神怨显行。
悲思霜废远，旧物改飘生。

438
隔生怨因幽，兴姬惑积流。
逸章新旧改，丧虑废兰休。

439
旷路铔容珠，奸臣患圣无。
新闻昭汉物，旧粲感心殊。

440
旧物日无端，璇心始浸寒。
情明终所怨，婴女至因观。

441
伤怀往感年，旧愆始闻天。
世异浮奇贱，衾阴叹不专。

442
集备贵均匀，齐君废苦辛。
平根尝远叹，浸悴物日新。

443
殊乔木谁阴，故作惑同衾。
丽状生时盛，思伤孟鹿心。

444
冰洁志清纯，殊心感子贞。
新端知罪改，故遗备当麟。

445
桃林步岁殊，自感叹宁虞。
面伯容君侧，清流潜曜珠。

446
愁思感故新，戒义作重因。
婴女姬源始，霜冰备恃臣。

447
开辜世异浮，地积改清流。
盛比思何漫，劳形受女幽。

448
汉物寄云辉，珠光倏独飞。
居经昭圣配，远地废臣微。

449
情幽叹网罗，近异感庭歌。
曜潜阳林日，因姿虑苦多。

第十四卷 千家诗品

450
鄙贱谁如何，奸因所网罗。
年衰知白日，故怨后当歌。

451
清流楚地逝摧音，粲翠乡悲念故禽。
始比璇玑图所日，终当面改感苏心。

452
苏兴感恨神，隔塞远昭亲。
洁志清霜故，忠心以盈新。

453
颜贞别改感思忧，备旷苏衣岁女幽。
不受华诚新旧怨，戚情世异后源流。

454
榆桑白日光，嫛女圣贞皇。
至显齐君贵，浮云旷感伤。

455
所记自恭江，雍和故晓窗。
时年知孝节，地远不成双。

456
贞英散妾孤，俯仰后荣无。
物日如何比，倾思嫛女殊。

457
远比自心荒，新闻厉节堂。
多思知品润，谁感曜珠光。

458
女叹伤仁不能家，情怀奋想曜纷葩。
君容旧好葵葳粲，旷路形荣笃志华。

459
朗镜能家明，南周卫圣清。
西游东步土，所叹女琴声。

460
不能妄闻房，怀思卫楚芳。
中情明圣旧，厉节苦空堂。

461
自步叹芳廊，惟空不慕伤。
飞燕巢鸠土，楚卫水激扬。

462
离所叹中君，情怀旷路闻。
归思明厉节，无感曜光纷。

463
志悲广路人，能奋清自身。
圣茂摧藏步，离殊我叹春。

464
伯女志荣伤，琴清生茂阳。
堂心忧自节，人硕故家乡。

465
华观谁感英，迤逐自家明。
郑楚闻泉茂，翔飞鸠土情。

466
芳廊广女自妃荒，厉节周风步叹伤。
不能归思离所后，桃林未苟奋闻房。

467
旷路智闻房，纷葩曜镜堂。
阳春殊厉节，笃志感珠光。

468
厉节步芳廊，兰休自后伤。
飞燕双鸠土，淑女咏空堂。

469
所叹桃林阴，唐虞厉节心。
土姿多迤逐，咏感有藏音。

470
我自感伤情，伤仁后不声。
阴翳怀女卫，广叹铄镜明。

471
穿终笃志贞，厉节自荣身。
郑楚经离叹，悲情是心纯。

472
友声广路人，钦苍好乡亲。
遐旷无家苦，仁芳是我身。

473
经离后感城，遐路圣终荣。
眷顾家乡苦，伤仁叹志明。

474
怀伤慕感多，伯女后如何。
厉节凋翔路，经离自咏歌。

475
旧路感思岑，中情叹自心。
殷忧多所苦，笃志想君深。

476
卫咏志殊文，桃林鸠土纷。
飞燕旷路远，妙改物思君。

477
情乡自虎龙，旷路后殊容。
汉生愁思日，仁伤不能重。

478
愁思悴我生，汉品曜伤情。
受乱充颜旧，劳形不苟倾。

479
人荣戒义重，步育侧君容。
集悴生怨愆，心明旧理恭。

480
浸集悴时章，亲生旧少桑。
不睊诚戒义，惑步愼盛霜。

481
品物状无平，情幽步有声。
人贤知远虑，梦想自难成。

482
感故始心明，伤情步育生。
昵姿多少状，盛义作亲荣。

483
改日苦何时，飘情作乱思。
仁颜兴后比，品物自谗姿。

484
荣闻苦离时，侵悴改无诗。
慎义深微至，情贤嬖女辞。

485
伤情是虎龙，戒义见风松。
改物劳形显，闻天日岁重。

486
如何笃志庭，苦患伤情宁。
同声追故旧，仁颜是铈丁。

487
不乱曜情文，姬源意惑君。
谗章昭祸至，隔性物纷纷。

488
嬖女改奸臣，飘施物集因。
难闻殊苟乱，旷路至何亲。

489
品润物无端，情幽汉日寒。
冰霜终自至，岁远独辛难。

490
岁日始无终，情思丽状宫。
颜贞微至女，步感感何同。

491
渐虑作殊乔，仁成苦意消。
身微受岁岁，白日自昭昭。

492
梦想劳形戒义消，兴苏贵旷故亲飘。
沉浮岁日君何受，受乱辜神害圣昭。

493
殊思日感年，受乱志经天。
戒义因奸至，兰休感步泉。

494
人生浸润采流泉，笃志殊乔日经天。
嬖女仁颜何物岁，琴清楚卫改图贤。

495
怀思日感年，旧念物苍天。
戒义非君虑，皇辞是我贤。

496
殊心洁志新，盛义面仁贞。
性理同心物，泉清改物纯。

497
新闻隔旧闻，别路不知君。
物岁居经改，年衰潜曜纷。

498
精微生怨因，故品改生新。
浸集观容侧，怀仪日少亲。

499
隔物恨昭寒，幽因步惑端。
年衰辞念旧，改日必殊观。

500
终凋所妄贤，故遗少离天。
备惨份明日，元倾自感年。

501
知识改显行，浸悴志终荣。
义怨倾宣女，心玑物岁鸣。

502
丽业孟微炎，情明孜旧潜。
无终何怨旧，戒义异时渐。

503
新行祸用飞，旧愆故显微。
物异尝心理，君殊叹隔帏。

504
伤情永感悲，惑意氏图诗。
祸用孤分苦，沉华异改辞。

505
别日作璇玑，倾宣异旧微。
深兴班祸至，世感女因妃。

506
幽情苟乱思，物岁异因辞。
废远戚心至，闻君念故姿。

507
面目奋天街，情思至旧怀。
罗萌成旷路，故日步西阶。

508
日故感殊容，年华叹异松。
居经辞岁物，悯已处皇龙。

509
绣梦异图文，生何感我君。
浮沉华义怨，敬孝所当闻。

510
浮沉异世华，白日逝无家。
德怨倾奇物，纯贞叹有沙。

511
物日潜阳林，情幽作怨心。
浮平因始远，驰岁不终寻。

512
有日不蒙谦，贞皇配薄炎。
骄忠容节淑，世异独时渐。

513
防青实汉骄，改物所贤消。
比始西景薄，平终丽铈乔。

514
苟显始璇情，云浮乱不生。
孤辜神未改，咏叹实流荣。

515
改日岁浮云，亲生自念君。
劳情殊业备，隔怨意纷纷。

516
集悴以情深，忧思白日寻。
神龙天倏必，汉物似君音。

517
岁慕贵萌青，仁颜备女经。
苏心年旧是，逝苦持华丁。

518
性怨比罗林，殊情显始心。
昭燕极配志，所记孝终岑。

519
从是敬发阳，仁贞白日光。
渊察贤贵积，汉物以榆桑。

520
浮奇贱鄙如，恨永贵玑图。
物备年殊木，何施旷日苏。

521
璇玑比日心，盛义木成林。
隔凤寻凰叹，华身慕节音。

522
芳廊楚卫秦，逝节隔河津。
厉志皇辞记，摧藏旷路人。

523
廊步咏悲音，行华向汉琴。
霜冰辛凤妾，厉志作苏心。

524
扬眷师茸人，鸠土商秦身。
叹歌相追所，旷路自阳春。

525
同声卫女多，旷路苦忧河。
隔塞梁山日，因奸自网罗。

526
琴清楚女咏空堂，贞淑悲声感汉光。
地远幽元怀慕圣，疏心俯仰厉仁伤。

527
归思河女叹闺房，不能同声旷路阳。
圣志家明双朗镜，君仁节厉有圆方。

528
流泉遐志咏歌长，殊塞河津志贞樯。
物意何施从是敬，思辉汉日慕仁芳。

529
楚女窈窕谁感英，兰休改日志穿诚。
逸章汉物终凋圣，丽铈华天至苦荣。

530
荣华丽铈身，朗镜顾其人。
谁感殊仁旧，怀忧笃志贞。

531
悲旷感生民，乡亲改故春。
芳廊东步旧，离散日思新。

532
旷路咏梁山，文忠叹故颜。
刚柔亲女日，成者奋臣班。

533
地积曜文忠，天闻感故同。
翔归辞悯塞，雁感一南风。

534
忧心改日步东廊，浸悴艰丁故物芳。
显念幽情昵岁远，悲伤仰俯感空堂。

535
山殊隔塞河，路旷感明罗。
妾女思怀旧，微身苦日多。

536
嬖女怀思自淑贞，移光汉日苦伦身。
仪容俯仰悲声至，敬孝生民妾记纯。

537
世异物浮奇，贤臣日地基。
翔辞归感步，深微至源姬。

538
地远怨幽孤，情忧苦悴无。
伤身分圣赀，旷日感心苏。

539
鄙贱意何如，君仁能不居。
霜冰兴义怨，汉物故思虑。

540
津河隔塞岩沙流，故土山梁妾女休。
汉物辞姿何光远，情浮日木寄忧愁。

541
惟圣配英皇，光辉远楚湘。
山河人旷感，俯仰至亲刚。

542
苍天是女娲，厚地故人佳。
倏逝时年日，敬孝始芳涯。

543
所记自恭江，翔飞已不双。
青生成志节，物岁念乡邦。

544
物岁始终恭，伤情自永从。
幽心贞记备，敬孝念青松。

545
微精改面汉骄忠，物日怀殊备旷同。
逝异荣华经在苦，奸臣生怨是哀宫。

546
榆桑颓逝以天伦，节志当麟淑女贞。
倏逝阳林叹白日，忠英感故寄浮身。

547
重涯步育网罗林，铈意伤情感故心。
旧念年衰因淑女，霜冰地积后无阴。

548
白日叹华年，浮云远润天。
幽元怀苟淑，旧物不盈宣。

549
志颓罗生世异浮,幽伤生怨备清流。
情贞积士作子厚,远退移光独自愁。

550
怀日思伤往感年,因奸丧物自妄贤。
臣愚家和顽凶惑,女淑贞情节不宣。

551
刚柔淑女房,志节敬榆桑。
生义萌青地,沉浮采日湘。

552
情哀慕岁殊,别改叹玑图。
白日恭江远,雍和浸润辜。

553
物日异殊浮,精徽旧岁休。
华英何退步,圣贽不陂流。

554
俯仰感荣华,刚柔女念家。
亲殊昭日叹,远逝退麟沙。

555
世异浮奇叶贱倾,阳林远地废移荣。
琴音咏叹伤兴硕,面改心苏汉物明。

556
汉物作苏心,荣因改故音。
通明知盛比,旷路步林深。

557
倏逝异沉浮,辜情散不流。
伤仁伤自己,远废后兰休。

558
桑伦景薄远思忧,俯仰移光面改仇。
岁物劳年家自记,因奸废旧日彼流。

559
汉物废时倾,移光俯仰明。
刚柔亲女妾,感叹故面生。

560
无日不陂流,榆桑自退休。
贤臣知进退,嬰女苦思忧。

561
志节念时明,贤情感叹倾。
贞纯心所至,敬孝记人行。

562
无尝备苦辛,圣贽志身纯。
悯处忧情远,心殊物日新。

563
劳情自独居,旷路意何如。
志配因臣比,神龙念故初。

564
女叹日西流,贞情以岁休。
时年终始旧,面伯是忧愁。

565
孟鹿幽鸣旷路身,怀情志节苦忧匀。
轻谦所记敦贞淑,倏必榆桑薄景伦。

566
纯贞志一专,贵木节千泉。
积业兴天地,怀情淑日年。

567
元辞义感年,步育少章宣。
木贵成林子,人贤地远天。

568
刚柔妾女人,丽铈贵思亲。
仰俯房中圣,精微日盛春。

569
志节上通神,思忧日所亲。
生民思旷感,物岁淑清纯。

570
深微作始心,伯改意方寻。
物日终凋处,双飞远贵禽。

571
一半璇玑一半图,两三文字两三殊。
不寻白日知天地,唯有心思俯仰孤。

二、麦积山的传说

罗培模等　中国旅游出版社　1991年10月出版

1 烟雨麦积山
雨雨云云麦积山，烟烟雾雾石门还。
林林色色寻成纪，玉玉泉泉天水颜。

2 麦积山
过甘泉杜甫草堂而，寻衬迟歇性马跑泉。
敬世隋唐马跑浴，秦州日月将军年。
风光不驻人来去，杜甫甘泉故客缘。

3 街亭草堂
何人无语问甘泉，俯仰平生待苦田。
十地园通子美寄，草堂空落归时年。
注：八仙挂画、白鹿映门、灵芝瑞应、九墩莲花、金蹄银角；非子牧马、吴琳赠宝、绣佛头陀、杜甫客秦、痛失街亭、隗嚣胜runs、冯氏撰志等名人故事；天女散花、石门夜月、麦积烟雨、仙人送灯、街子汤浴；望妻石、后悔沟、药王洞、贞节牌、望娘潭、贵妃池、罗汉堂、马场梁等名胜传说；金钥匙打开石门、周敦颐跌落莲子、汪士铺击剑入崖、白蛇洞、布谷鸟、水贵阳、达吉与达乐等灵禽异鸟的童话；梅花图、龙凤帕等爱情故事。麦积山石窟、仙人崖、石门、曲溪、街子温泉等大景区组成。与敦煌莫高窟、云岗石窟、龙门石窟一起并列"中国四大石窟"。第44窟主佛是麦积山石窟最有代表性的西魏造像，长眉入鬓、细而长的眼角和微微翘起的嘴角上流露出深情的笑意，被誉为"东方的微笑"。北周秦州大都督李允信为其亡父所造七佛阁（第4窟）是麦积山现存壁画艺术，称为"薄肉塑壁画"。
仰则观象于天，俯则观法于地。

4 仙人送灯
净土松涛一日遥，仙人送灯半云霄。
盘根错结龙蛇路，罗汉峰中对峙桥。
注：在没有月光的夜晚，山林里会出现一盏明灯，风吹不灭，雨打不灭，天越黑，灯越亮，此即"仙人送灯"，神异之极！净土寺位于十八罗汉峰中，远听"净土松涛"。

5 春秋
王图霸业一春秋，土木生人半九流。
麦积山前回首问，散花楼下几沉浮。

6 天街
麦积山中雨似烟，仙人崖上玉灯缘。
石莲谷下相公问，七佛回头已半仙。
注：编号第44窟的主佛释加牟尼为女像，西魏造像。面部肌肤极为细腻，质感强烈，长眉入鬓，秀目生情，口小唇薄，鼻高修直。

7 魏后墓
萧萧落叶飒秋风，麦积秦陵魏后宫。
渭水伤情流热泪，浮云已去奈何终。
注：相传，现在的秦岭山很早叫秦陵山。因秦文公葬在这里，是北魏文帝星后乙弗氏赐死，第四十三窟，人们叫它魏后墓。

8 九墩莲花池
山高日寒，弟子瑞禅坛。
木石莲花坐，菩提气若兰。

9 散花楼天女散花
天女散花楼，飞扬麦积秋。
三生宏大气，七佛玉秦州。

水玉如攻刻，浮檀化九流。
钢梁惊彼此，回首鸟惊留。

10 金蹄银角
麦积山中半卧牛，成龙道下几春秋。
翻身一夜飞天客，化作三山读古囚。

11 瑞应寺
一寺闭中门，三山锁玉根。
相依群岭故，独立化黄昏。

12 灵芝泪
寺古云深一色香，神清叶落半禅堂。
亡灵舍利三生泪，正峙方圆十地苍。

13 马场梁
雨雾半玉颜，方圆十地还。
南山香积寺，北岭雪封山。

14 隗嚣宫
野殿自回头，苔藓逐草游，
秦州香积寺，叶露渡溪流。
李孟豪门士，隗嚣成红楼。
闻名陇右立，何计问春秋。

15 罗汉堂
羊肠小道自通幽，天水情心豆积酬。
罗汉堂中佛法至，青灯面壁汝何求？

16 任其昌吟咏麦积山
陇南麦积一文宗，威世忧民半地容。
隔岸闻泉流不止，来时天水去时逢。

17 仙人关灯
万佛千峰半玉冰，三崖六寺一青灯。
仙人只在华严寺，古刹难寻净土僧。
宝盒献珠天下事，石莲灵应客中凝。

1707

云中日月南天外，阁上油宗化永恒。

18 石莲谷
少女闻梅一半花，石莲溢彩两三家。
含苞欲放香云弥，鸟语空山日半斜。
和靖西施疏影落，濂溪营道水流沙。
千峰玉立千峰雨，半壁天光半壁霞。

19 石门北峰
一半石门峰，三千日月踪。
禅房浮白云，玉影倒青松。

20 牧马滩
韩非牧马滩，七女彩云端。
世系颛顼后，秦嬴十代官。

21 曲溪
云中一曲溪，天水增高低。
举首听风落，停舟待鸟啼。

22 望娘潭·吕长春居三，兄二弟二一妹
苦生望娘潭，连根养老三。
常思乡土厚，只作好儿男。

23 水贵阳
声声水贵阳，处处问爹娘。
回首生平去，无知一故乡。

24 贵妃池
沉鱼落雁半英明，闭月羞花一世倾。
妇人恐自开怀后，男儿立志诺成城。

25 净土松涛
净土松涛古寺高，秦州老树翠玉袍。
望妻石上浮云久，挂榜天河注水劳。

26 净土松涛
净土松涛一色空，天河注水半云风。
寻根处处胜概月，寂厉幽幽静夜虫。

27 古街亭
街亭十里一汤泉，马谡千年半地天。
镇叱峡中多少客，神龙山下几经年。

28 马谡与街亭
七擒孟获一南言，马谡谋中半缺圆。
先主知人明遗泪，街亭故计向江源。
注：马谡力气过人，好论军计，丞相诸葛亮深加器重。建兴三年，亮征南中，谡送之数十里。亮曰："虽共谋之历年，今可更惠良规。南中恃其险远，不服久矣，虽今日破之，明日期复反001。今公方倾国北伐以事强贼。彼知官势内虚，其叛亦速。若殄尽遗类以除后患，既非仁者之情，且不可仓卒也。夫用兵之道，攻心为上，攻城为下，心战为上，兵战为下，愿公服其心而已。"
先主临薨谓亮曰'马谡言过其实'

29 杜甫客秦
水落鱼龙几处身，山空鸟鼠半沙尘。
风流天水云流晋，月在中州客在秦。
士马忧心惊日月，东柯一梦草堂人。
功名已尽离禅性，帝里仲容子侄亲。

30 梦李白
白石一山中，浮云九脉同。
天河注水色，玉树问唐风。
十载梁园客，三生翰奉穷。
谁期瑶草碧，笔下几英雄。

31 天水净土寺
云中净土万洼鱼，般若禅宗十地疏。
佛祖齐入三世界，此身行者一心居。

32 李白杜甫
王图霸业一秦州，杜甫李白半御求。
畏弱何寻天水岸，英年正茂付东流。
苍颉师旷从公过，庾信清新鲍照留。
天宝洛阳须见客，春秋不似夜郎游。
海市蜃楼三叠尽，沙鸣依旧月牙舟。

三、读名赋百篇

1 路神 画堂春
翩翩形影若惊鸿，云云月月流春风。
游龙洛水雨蒙蒙，落日红红。
约素柔情似水，飘摇媚语如衷。
婵娟不守桂寒宫，回眸人同。

2 前言 画堂春
赋言铺采自殊文，珠藏玉厉诠分。
雕龙画凤楚人君，一半风云。
受命诗人左右，先秦上下纷纭。
敷陈拓宇苦耕耘，汉衍骚曛。

3 赋篇 荀况
兰陵一赋篇，赵国半荀宣。
况楚孙卿子，文章织锦田。

4 浣溪沙 礼
丝帛文章日月明，粹王驳伯去来荣。
小人君子几精英。性雅匹夫隆四海，
顺归约理体平生。非非是是非更。
致明而约，甚顺而体，请归之礼。

5 浣溪沙 知
百姓宁中自可怜，人间世上不齐均。
无疵明达以天伦。浊浊清清沧浪水，
泯泯淑淑向红尘。春秋渡口向乾坤。

6 鹧鸪天 云
规矩圆方不足疆，友风子雨向天光。
怀疑顾忌人心客，充宽玉宇纳海洋。
居致下，动升扬。未知休息是家乡。
冬寒夏暑浮游驭，微至毫毛易损伤。
圆者中规，方者中矩。德厚而不捐。
广大精神，请归之云。友风而子雨。

7 鹧鸪天 蚕
屡化如神易被天，功成身废半生眠。
丝丝束束冬伏暑。俯俯吟吟似理年。
抽老问，善良传。飞行三尺向前川。
夏生恶酷牝牡守，此处名彼处宣。

8 风入松 箴
连衡合纵各成城，先后异冈盟。
针针线线行行止，往往来来止止行行。
断断时时续续，思其表里终赢。

9 风赋 宋玉
日月江山上下雄，空穴有隙自来风。
其无本性庶王同。左右兰台终不止，
一时霸道一时穷。陋巷行成也深宫。

10 鹧鸪天 高唐赋
炎帝瑶姬玉女肠，云梦台上枕高唐。
朝云暮雨巫山客，十二峰中一故乡。
知彼此，见栋梁。江山草木自炎凉。
姊归思妇春秋赋，成败兴衰任四方。

11 神女赋 宋玉
扰扰纷纷玉女光，西施不语色毛嫱。
巫山云雨叶归茂，妙彩含情梦绕梁。
三峡水，半高唐。罗纨绮缋盛怅妆。
瑰姿炜态迷人影，风以游龙似若芳。

12 之二
体态丰盈若素澜，私心独悦府云端。
娟藏玉宇流波住，性志温存郎本欢。
怀亮明，纳芳兰。此时容易彼时难。
卷卷尽愿瑶佩与，授彩姝颜守凤鸾。

13 鹧鸪天 登徒子好色赋
闲丽微辞一语堂，西施可以性毛嫱。
佳人臣里东家子，客伺桃花悦女桑。
鲜束素，惠红妆。音声尽处散余芳。
从容郑卫流溱洧，守顾相依九土肠。

14 江城子 对楚王问 宋玉
"阳阿""薤露"半红尘，
一"巴人"一"阳春"。
"下里"声高，"白雪"曲高邻。
雅乐五音和者寡，知凤鸟，见鱼鲲。
昆仑山上废墟沧，此天津，彼仙神。
碣石麒麟，沧海阔云巾。
尺泽负天千万里，知凤鸟，见鱼鲲。
鸟有凤而鱼有鲲，鲲鱼朝发昆仑之墟。
注：薤（xie）露，引商刻羽：提高商音，
压低羽音。古以宫商角徵羽为五音。

15 吊屈原赋 贾谊
不是汀流不是家，梁王太傅问长沙，楚
辞未尽洛阳华。方正倒植天地志，先生
博士故人涯，梅花叹处是琼花。

16 鸟赋 贾谊
湘流曲曲向长沙，博士幽幽待日斜。
鸟是非非是道，天涯咫尺咫尺涯。

17 人月圆（上下首）七发 枚乘
无极日夜虚重月，悦怒自难平。
心神欲溧宫深色女，疲惫中情。
龙门约"畅"，伊尹易乐，景夷兰英。
靡波佼侈，春阳眉宇上下潮横。
云中涌动于军羽，角断半声鸣。
衔枚弭节檀桓逾，天地山倾。
庄周齐鲁，中原伦理，孔孟斯精，
是非不是，呼其圣辩，据已苍生。

18风入松 哀秦二世赋 司马相如

曲江色折乐游原，何处问轩辕？
始皇未竟秦天下，一李斯，二世未喧，
指鹿无须问马，洛阳不修简繁。
桓仁不顾问恩媛，苦读度鸯鸯。
少儿不解江山易，意马心猿。
山海关前蒙恬，长城谁可方圆？

19画堂春 长门赋 司马相如

长门赋尽一衷肠，曲台白鹤孤杨。
私心自卯半空堂，怯卸红妆。
玳瑁文章依旧，枕边郁结余香，
龙门天下凤求凰，云雨潇湘。

20浣溪沙 悼李夫人赋 刘彻

武帝兴朝建树长，百家罢黜一儒扬。
匈奴废治半开疆。拓土承平文景了，
连娟修弥弥芬芳。红颜放逸纵明堂。

21鹧鸪天 答客难 东方朔

世事兴衰世事空，天无人恶辍寒冬。
水清至澈无鱼见，客路辛勤自不穷。
寻曼倩，向苍穹，苏秦张仪各殊同。
直言切谏难从容，执戟生平给事中。

22士不遇赋 董仲舒

百利无终一善终，千钧士践半殊同。
君人藏器贞行里，独可尊儒尚可穷。
随世转，事矫雄。云昭素业诺司工。
叔齐伯夷夫何子，此是天公彼地公。

23何满子 洞箫赋 王褒

条畅江宁竹节节，洞箫旷性仁声。
施巧般匠天地上，包含吐纳熙精。
厚土托身朝露，皇苍色润生平。
渊澍流川直下，素扬玉液群英。
寡鹤孤雌幽隐尽，知音善解枯荣。
叔子优柔达旦，师襄孔孟微情。

24浣溪沙 逐贫赋 扬雄

士子何须世大同，逐贫贱尽向时风。
朝秦暮楚市西东。可以池商客去，
首阳草木不曾终。无虞自在自由衷。

25鹧鸪天（上下首）遂初赋 刘歆

上：
晋以时成客不成，天枢侈阔运机衡
（机同玑，北丰七星第三星，天玑前四星为魁，后三星为杓）。
黎侯已去文王去，水注山连总不平。
观合纵，论连横。屯留赵括数长平。
周权半弃平公（姬彪，衰晋）弃，
政委家门自不荣。

下：
木曲心直始上行，何须君子小人诚，
成王兄弟唐虞晋，伯玉春秋彼此明。
千士子，六身卿。颛恣吉射几声名。
三生成就三荣辱，半上心田半上清。

26北征赋 班彪

凉州回顾洛阳城，八水长安上苑英。
何止秦王残地脉，临洮蒙恬自辜行。

27竹扇赋 班固

私修一汉书，掘泽半无鱼。
天下人先后，门中竹密疏。

28风入松 舞赋 傅毅

歌言舞意尽其形，雅颂密幽情。
严颜"激楚""阳阿"度，自游心，
显志虑生。飒爽燕居郑女，
闲靡玉素975横。"咸池"圣蚕"六英"鸣，
疏驰一声声。纤罗半卸瑰姿绕，不修仪，
雨细云平。反顾高唐轻梦，彼非此是阴晴。

29归田赋 张衡

临川以慕鱼，蔡泽苦知书。
畋猎人心意，归田奋藻居。

30围棋赋 马融

黑白兵军保一方，阴晴日月守三疆。
兴亡自得寻人道，胜败何须记故肠。

31诉衷情（上下首）述行赋 并序 蔡邕

（上）
胡笳十八拍声鸣，天下蔡邕情。

中郎桓帝梁冀，士子几田横？
无上下，有阴晴，自平生。
人间儿女，日月江山，草木枯荣。

（下）
属词存古寄幽情，弘虑自心平。
封疆北境天下，草木郁王鸣。
清洛纳，纳云倾，度峥嵘。
太康五子，不是平生，孰是平生。

32诉衷情 鹦鹉赋 祢衡

荒芜草木十三洲，鹦鹉不须求。
恃才鼓吏天下，日月自春秋。
声远畅，古芳留，客难休。
故乡延伫，感念江流，不住江流。

33诉衷情 登楼赋 王粲

黄昏日下只登楼，俯仰十三洲。
纵横宇宙天地，阡陌一春秋。
三界事，半心浮，万人忧。
此生还是，欲止难休，欲止难休。

34诉衷情（上中下三首）洛神赋 并序 曹植

上：
宓羲嫛女洛神情，子建几人生。
巫山一半去雨，一半密疏形。
工汉赋，纳诗名，郁王城。
翩鸿荣婉，马驻人惊，夺目心倾。

中：
翩翩嫛女若惊鸿，接目半飞空。
游龙婉若华茂，约素溢流风。
寻日月，任情衷，玉人宫。
柔姿卓态，微波神浒，
泽润无终，皎腕颜红。

下：
江山芳泽玉颜荣，右右玉山横。
流清佩玉何许，永慕玉难鸣。
冰玉洁，玉人声，玉心成。
玉珠光彩，彼玉相倾，此玉相倾。

35浪淘沙 阮籍

刘项向西秦，伐比丧邻。

楚河汉界宋朝人。帐下虞姬妍色舞,
一日斯新。四面楚歌呻,处处红尘,
竹林不尽七贤身。肆志夔龙天下负,
地泽天津。

36南乡子 思旧赋 并序 向秀
不可去人心,闻尽江南半笛音。
叔夜吕安孤自许,吟吟。
一寸黄门一寸阴。丝竹七弦王琴,
不就广陵散后寻。旷野殷墟何处见,
暗暗。一代生平一古今。
注:《晋书》本传,嵇康临刑时曾
弹奏一曲《广陵散》,并叹息此曲
将失传。

37诉衷情 啸赋 成公绥
曜灵蒙汜诉衷情,啸啸异人声。
箕山谷下峰上万仞自纵横。
听角羽,任风鸣,付枯荣。
北星荒节,应物无穷,河住川平。

38诉衷情 鹪鹩赋 张华
寻常(八尺为寻,倍寻为常)尺寸以方圆,
地厚载苍天。鹪鹩体陋卑品,
月半语婵娟。形万类,易居年,简丰去。
樊笼鹦鹉,何处瑰玮,自在桑田。

39浪淘沙 秋兴赋 并序 潘岳
天水玉人颜,放旷人间。
逍遥处处半川山。蒙汜江流留不住,
此去无还。高阁向河湾,水落云闲。
潇潇四野一般般。唤得秋声惊世界,
捶了乡关。

40采桑子 叹逝赋 并序 陆机
吴门兴叹华亭客,逝者如斯。
逝者如斯,天下何人何以知。
风云聚散春秋尽,只在心思,
只在心思,一半江山一半师。

41风入松 游天台山赋 并序 孙绰
天台山上月方圆,落下国清泉。
蓬莱方丈观先后,向曜灵,谷壑云川。

俯仰山门白石,枯荣渔火心禅。
飞流直下向千年。绝域六经悬。
窈窕淑女齐眉道,近瑶台一半神仙。
一半人间僧客,儒林一半苍烟。

42诉衷情 闲情赋 并序 陶渊明
人心上下诉衷情,艳色玉倾城。
幽兰素束芳郁,皎袖露藏明。
纤指约,九华清,泽生荣。
南林遗翟,鸟兽孤归,雨落云平。

43诉衷情 雪赋 谢惠连
"南山""西歇"北方晴,日月诉衷情。
"来思""黄竹"冷落,比色玉冠明。
川下谷,素方平,约霜城。
茫茫天地,天地茫茫,小大纵横。

44芜城赋 鲍照
边风一半上寒城,玉树三千下古缨。
佛道儒家知鲁志,余音未尽向齐声。
光沉响绝中原客,舞阁歌堂国丽行。
花貌穷尘姬不语,收句白石作身名。

45人月圆 月赋 谢庄
东方素月澄辉沼,若木以齐章,
尘凝桂榭 怀汉道,吴业孙扬,
弦桐"房露""阳阿"昧谷,
左界扶桑。婵娟泽室,孤明自许,
溢彩流芳。
注:若木扶桑,地处东沼,日从此
树出,昧谷是若木之处,月辉相接。
扶:扶桑的省称。传说太阳从这棵
树上升起。东沼:指汤谷,传说扶
桑所在处。昧谷:传说若木所在处。

46画堂春 恨赋 江淹
春花秋草废时惊,生平一半平生。
中原日落不声名,按剑纵横。
共轨同文才尽,山东也自枯荣。
蓬莱只是客中情,隔世何成。

47浣溪沙 高松赋 谢
万里山川七发惊,千年岁月一椿名。
怀风纳藻送飞声。竟物含明天地外,
凝霜纳翠自沉英。云台故事几无情。
注:云台:汉明帝宫中高台,画
三十二名中兴功臣。

48画堂春 鸳鸯赋 徐陵
相随万里一鸳鸯,交颈吻足千年。
韩凭季女鸟鸣怜,梓树扬天。
若有逐春情愿,心中自在方圆。
临邛窈壁卓安娟,可以坤乾。
所以坤乾。
注:韩凭小吏妻美,宋王夺之,夫妻
死而化梓树交颈,有鸟鸳鸯树上相随。

49长相思 采莲赋 萧绎
红波塘,绿衣裳,叶嫩花初婴女香。
倾舟裾敛藏。碧玉娘,汝南王,
只见英蓉不见妆,倾舟裾敛藏。

50浣溪沙 冬草赋 萧子晖
一夜东风半缘成,三秋肃杀两无声。
先先后后客疏名。百卉凌霜难自保,
身心秀色带寒情。无音处处有生平。

51画堂春 小园赋 庾信
睢阳丝乱草心忧,花无永乐秋愁。
鱼情未意任浮游,鸟逐春秋。
暴骨龙门不弃,凿坯马坂低头。
壶公巢父济何由,伯乐藏休。

52浣溪沙 对蜀父老问 卢照邻
彼此天真卢照邻,梁父社首介邱阵,
五津欲食布衣身。上造中涓何蜀魏,
齐钧管伸半乾坤。知时善地智人珍。
注:封泰山,禅社首,岭梁父行祭。
介邱,介山,帝王祭地之所。
梁父:泰山下的一座小山,是举行
祭礼的地方。稷,后稷,舜的臣子,
是周人的祖先。契是帝喾之子,舜
之臣,曾辅大禹治水,是商人的祖先。

阿衡：商汤之臣伊尹号阿衡。古代传说极北之地日照不到，有烛龙以目照明。

53画堂春 青苔赋 并序 王勃
涧荒自主一青苔，庭中阶上相攘。
西阳此去几时回，凝碧春媒。
抱石含沙付润，天时地利何猜？
回溱委遇半潮限，自整蓬莱。

54江城子 登长城赋 徐洪
辽东何处烛龙津，一朝民，半皇臣，
海市瀛洲，二世白亡秦，
谁向长城千万里，三界外，九洲尘。
赵高指鹿李斯掣，不胡人，已胡人。
是是非非，二世自亡春。
盘古天南连地北，天下事，各秋春。
注：龙北卧而衔烛，雁南飞以渡河。
贮汉月于衣袖，裹胡霜于髻鬟。
有"亡秦者胡"，龙北卧面衔烛，
用"龙烛"的传说。黄金台，在今易县。
起临洮，属之辽东。
张骞通西域则是寻河之源。

55江城子 吊轵道赋 并序 王昌龄
长安少伯向亡秦。一朝人，
半君臣。可鉴前车，不步后车尘。
顾步迁延天下误，相道是，女儿身。
春风弥漫满天津。运河滨，范蠡珍。
荒漠长城，南北是耕民。
只见江南同富里，乡水邑，绝兵频。

56之二 鹧鸪天
万里长城一运河，阳春白雪岸连波。
楚河汉界中兴废，数革龟谋向九歌。
循历数，故婆娑。前车不见后车何，
双尽江山介马多。

57画堂春 伐樱桃赋 并序 萧颖士
兰陵（山东苍县）美酒夜来香，
樱桃杜渐微防。画堂春色半无光。
不得门芳。茂密材非栋干，生平何必嘉梁。
人间正道是沧桑，朝露秋霜。

58浣溪沙 雁甫 杜甫
久踞笼中半怨身，放飞回顾一仇人。
春秋不似两秋春。两目孤骞神不语，
三窟狡兔几迷津，高天万里不黄尘。

59江城子 吊古战场文 李华
荒埂万里一平沙，半无家，半天涯。
不向凉州。只见日期西斜。
海市蜃楼成败去，厚白骨，女人花。
胡人何处故秦车？都护废，醉闻笳。
回首中原，十八拍娇娃。
只恨长城兄弟去，争战日，不桑麻。

60鹧鸪天 闵岭中 元结
一步迁延十步行，三江源水九江清。
山中考虑猿声徊，岭上风云啸啸鸣。
龙马肆，草枯荣。江山处处半阴晴。
斑斑驳驳随天地，自在人间自在名。

61鹧鸪天 进学解 韩愈
荒嬉勤辛业自精，无随思可自行成。
一年三百多朝暮，刻刻时是不止鸣。
秦小篆，李斯荣。胡人未至济长城。
只惊五马无惊鹿，几对韩非几不赢。

62浣溪沙 牛赋 柳宗元
阡陌桑田半马牛，纵横天下一春秋。
年年岁岁何忧怨。郁郁苍苍云西下，
辛辛苦苦未回头。来来去去不知休。

63浣溪沙 牡丹赋 舒元舆
国色天香五月花，深山壁谷半无家。
红芳彼此祝天涯。日景流形英草木，
春苞露艳畅心娃，英雄骏马驾军车。

64浣溪沙 大孤山赋 并序 要德裕
李杜袁杨制四方，大孤矗泽小孤乡。
中流匡阜旭时光。滟滪御其横鹜竖，
黄河砥柱百川强。龙盘虎踞制炎凉。

65浣溪沙 阿房宫赋 杜牧
咫尺天涯一故乡，六王四海半阿房。
郑姬暖响嫔妃嫱。六国联横合纵去，
秦皇是以秦亡。后人余叹后人云。

66浣溪沙 虱赋 李商隐
绵邈深情李义山，去年志节故时颜。
横生可叹玉门关。露鸽晨凫非鸟类，
来时容易去是艰，相思窟下作胡蛮。

67浣溪沙 大明宫赋 孙樵
一事无成一事成，百川流逝百川生，
自欺不似别欺名。身载功堂何日月，
此荣未可彼荣情。今今古古是非萌。

68浣溪沙 杞菊赋 并序 陆龟蒙
拙政园中鲁望城，淞江甫里菊芳明。
摘缨沧浪水无情。独园空肠藏圣道，
半开苔颖待莎荣。平生何必向生平。

69浣溪沙 秋夜七里滩闻渔歌赋 王棨
秋夜渔歌七里滩，数声断续九江湾。
含情胜似玉门关。壁碎中流惊月色，
孤猿罢岸徙回环，扁舟滥泛尚余闲。

70浣溪沙 书 佚名
五味浓汤半瓶成，三江流水一源生。
大将何必守门城。处世无须朝暮短，
人生自在是亲情。彼生应见此生平。

71浣溪沙 吊税人场文 并序 王禹
虎踞高山一跃倾，伏羁潜革半时鸣。
霜径隐雾择毛生。曾记鹿台殷纤储，
幽王何惜税收成。驺虞（义兽，不食生灵）
世上许知名。

72画堂春 松江秋泛赋 叶清臣
姑苏苍央向长洲，江湖一半春秋。
此江不尽彼江流。泽国初情烟雨重，
樵风朝暮注人情，小家碧玉一声声。

73浣溪沙 秋声赋 欧阳修
一叶无声一叶惊，九江草木九江横，
商音百感自劳形。万马奔腾疾悚处，
三军哗变一时倾。此生七月彼生明。
注："商音"句：古以宫、商、角、

微、羽五音和方位配合四时，秋天为商声，主西方。"夷则"句：古以十二律（黄钟、大吕、太簇、夹钟、姑洗、中吕、 宾、林钟、夷则、南吕、无射、应钟）分配十二月，夷则与七月对应。《史记·律书》："七月也，律中夷则。夷则，言阴气这贼万物也。"

74 浣溪沙 灵物赋 司马光

养素习常学物灵，无迁毁誉自心庭。
苍松自何古山青。垂帘听政新法废，
成成败败几何铭。短亭未尽是长亭。

75 浣溪沙 思归赋 王安石

自以心忧待四方，徘徊顾步再彷徨。
人生七十下南洋。日月迁延多少客，
人生老小落炎凉。银行何处是银行。
注：马来西亚亚洲发展投资银行董事长年七十乃而开张。

76 浪淘沙 前赤壁赋 苏轼

赤壁浪淘沙，咫尺天涯。
周郎顾及一人家。向遍二齐铜蕉尽，
处处风华。白石半江花，水月西斜。
曹操横向乐天遮。但有忧心重日月，
处处风华。

77 浪淘沙 后赤壁赋 苏轼

此去大江荒，万里扬长。
潮兴雨细两茫茫。白雪堂中惊白雪，
处处风光。赤壁几兴亡，万古留芳。
东风两处半周郎。一字千钧吴蜀魏，
处处风光。

78 画堂春 黄楼赋 并序 秦观

过人之处过人明，一风雨平生。
阴晴之后有阴晴。善于枯荣。
太守黄楼上下，苏公赤壁清鸣。
扶摇万里自昆明，只任枯荣。

79 浣溪沙 鸣鸡赋 张耒

一叶梧桐一叶声，百年日月百年鸣。
闻鸡起舞自平生。正色弹冠兴味旦，
三终五鼓司晨荣。先生杖履向东盟。

80 浣溪沙 飓风赋 苏过

大小相形遇喜忧，离骚过目意尤轻。
飓风来去自生平。蚁蚋鹏蛇大万象，
扶摇积纲不同声。何须振物待枯荣。
大小出于相形，喜忧因于所遇。

81 浣溪沙 打马赋 李清照

一马当先万马鸣，千金一掷十都名。
须当伯乐作生平。安石长沙怀汉赋，
云天著志以鞭倾。轩扬万里步前程。

82 浣溪沙 南征赋 李纲

去国还乡志未酬，湘流竟自乱山丘。
临安日月不消愁。伯纪雄深贞磊落，
贤臣多自向天忧。丈夫一诺不王侯。

83 浣溪沙 觉心画山水赋 陈与义

南渡中书是去非，群峰竞秀入王围。
千金瘦体任琴妃。慧日天宁堂上座，
争流万壑蕊精微，何须江山守朝归。

84 画堂春 丰城剑赋 陆游

太职一半对龙泉，丰城紫气云天。
非吴非晋是精旋。九鼎轻年。
贾谊身史俱泰，周秦泗水尤旋，
长门赋尽向婵娟，一语轻年。

85 浣溪沙 望海亭赋 范成大

酒淡华筵曲不平，吴船及第故人清。
膏馥稽海尤明。曾见浣纱溪上石，
西施娃馆关吴声，云飞柏路草枯荣。

86 浣溪沙 海鳅赋 杨万里

一寸江流十万鞭，半生草木百生田。
三千弟子五千年。汉客楼船非击水，
蒙冲采石向方圆，临安日月自周旋。

87 浣溪沙 独醒赋 刘过

独醉龙洲独醒人，冰心玉洁女儿身。
丈夫胜似向红尘。有志桑蓬年少事，
江湖一半自相亲。深沉清浊是迷津。

88 浣溪沙 秋望赋 元好问

岁律峥嵘万籁鸣，穷林木叶半无声。
山川郁郁已寒平。景略华音山下去，
无端草木似皆兵。南山谁可石田耕。

89 浣溪沙 怒雨赋 郝经

九围雷惊肆八荒，三千竹箭制钱塘。
西陵回马纵潮扬。迭雪楼前弩五百，
天流荡下已相倾。冰山化作一南洋。

90 浣溪沙 些马赋 杨维桢

吴马姑苏不渡江，九儒十丐半洒邙。
文章惊目自无双。背负河图成八卦，
清明乞火入寒窗。潮头伍子暮朝浇。

91 浣溪沙 吊诸葛武侯赋 刘基

三国群雄十地英，一吴半蜀四州平。
东风不语火难成。诸葛武侯何托古，
清明未尽是明清。金陵不似北京城。

92 见南轩赋 李东阳

兰渚孤桐五味芳，衡门质野半栖乡。
南山默默归来赋，一世生平一短长。
千里路，半文章。春花秋月向东阳。
茶陵始始终终响，古道寥寥见石莨。

93 鹧鸪天 东门赋 何景明

步出东门一客身，肌肠顾问半来人。
相知自是相夫妇，仰首何言鼓喙怜。
三进士，四杰民。桑田结发爱连畛。
江河流去仲默赋，世上人中亦大亲。

94 临江仙 戎旅赋 杨慎

学向升庵修撰客，状元苦读群书。
云南不是帝王居。浮沉知日月，
捐珮以音余。鹿声鸣知自号，
东门赋尽相如。潇湘已见楚心舒，
幽幽天地远，落落九歌疏。

95 梧桐落叶赋 靳学颜

士子怆神素叶悬，雄心感遇谨毫田。
梧桐一叶亦天年。顾步朱明金祇色，
雨荷声落自涌泉，争争抑抑律方圆。

注：朱明，夏，金祇，秋。夏为朱明，金祇，江潭，华苹，传说中的瑞草名，天下太平则其花平，故名。

96太常引 梅桂双清赋 徐渭
长春一半丈人城，梅桂两香倾。
交敷墨膈英，嘉植色，高骞举生。
人间天上，花中月下，处处有枯荣。
异气里，同芳羽明。

注：羽明，刘备少时角篱有树，枝叶如伞，备语以此羽葆盖汉宗。

97太常引 铜马湖赋 汤显祖
春风十地不生寒，缘单五蕴宽。
杜若揽芳兰。萱（忧心草）表雨，
珠荷玉冠。裁鸣石雁，靡芳素雪，
寂寞曲地蟠。逍遥里，霞明玉澜。

98风入松 临兰皋赋 徐媛
长亭见色一心惊，十里半孤鸣。
洞庭客在江湖在，姑苏月，软叶轻缨。
碧玉小家流水，狭桥五尺吴城。
桓伊玉笛大江倾，但与谢玄荣。
刘伶唯酒从名去，半春华，草木繁生。
讵可沧桑付怨，抒情束素芳明。

99风入松 雁来红赋 黄宗羲
"后庭花"色"雁来红"，渐晚见芳蓬。
初秋偏向三秋问，更颜妍，苋陆丛丛。
古渡寒烟寥穴，小桥几处鸣虫。
终身百草问飞鸿，气节在寒宫。
江山明月春秋客，是非是，不第心空，
有势枯荣自得，无名也对苍穹。

注：雁来红：又名"后庭花"。

100浣溪沙 袯襫赋 王夫之
取悦于人一病生，东风放荡半枯荣。
兰津芳皋注心萌。儿女思春袯襫望，
今朝胜似故朝情，空山何必向峰谷。

注：王夫子闻吴三桂潜名于湘，劝进表而逐亡作袯襫赋。

101江城子 铜雀瓦赋 陈维崧
漳河水色玉颜明。一声鸣，几声鸣。
铜雀无声，铜雀无声鸣。
二八妖姬只卖履，香妙伎，苦生平。
佳儿自此不分情。一阴晴，几阴晴。
粉黛芳倾，粉黛以芳倾。
回顾柏梁罗袜去，妆子建，洛神盟。

注：铜雀：即铜雀台。邺台：即铜雀台。因铜雀台筑于古邺城。柏梁：汉武帝所建台名。

102江城子 游五莲山赋 张侗
云峰一笑自千年。半桑田，
几桑田。处处人间，处处有神仙。
齐鲁五莲山水秀，如雁荡，似荷悬。
洞中织女纵清泉。半云天，几云天。
石浪藕船，石浪洗心禅。
泰一菌苔生日火，胭脂露，漫香烟。

103江城子 绰然堂会食赋 并序 蒲松龄
人间自应客留仙。一神仙，半神仙。
聊斋妖姬，志异剑臣悬。
世上千年何所向，三寸田，九江泉。
绰然堂上顾前川。寻日月，向方圆。
草木人心，魏晋共桑乾。
天下明堂多少事，如鹤舞，似云烟。

104江城子 秋兰赋 袁枚
袁枚老人子随园。一钱塘，半心田。
简斋秋兰，竹色小仓泉。
百草香林凝玉几，经水谢，历山莲。
孤芳掩覆十花妍。半人前，一人前。
以对含章，客与欲耕年。
折佩深情朝暮雨，孤傲岸，共婵娟。

105画堂春 经旧苑吊马守贞文 汪中
青楼红杏半心田，黄花色，雨高泉，
人间别是一方圆。绰约姿妍。
羌冶含毫绵邈曲，金陵南苑鼙悬。
湘兰盘薄守贞旋，皎洁孤莲。

106浣溪沙 望江南花赋 并序 张惠言
宵聂黄花昼炕张，五出九见八出房。
秋芳椎蓓萦偶杨。可望江南珍玮草，
倚靡百卉貌衷肠。英华不铄悦人娘。

107鹧鸪天 哀山东赋 章炳麟
泰岱姬姜两姓名，灵心钲鼓一人生。
群山彼此高低见，东去黄河向海平。
千壑水，万峰峥。
日月潭前向文成！
棂星门后知齐鲁，
尼山不语见圣人。

第十四卷 千家诗品

四、品读千家诗

1 千家诗 三百首
千家自咏诗，万户尽相知。
九派山川色，三江日月时。
北京东城养春堂
辛卯立夏

2 七言绝句 春日偶成 程颢
一日东风半日天，三春杨柳两春田。
烟花草碧黄初易，水落山平任自然。

3 春日 朱熹
万紫千红不是春，三山二水去来人。
江湖汴水知时节，一雨扬州一雨新。

4 春宵 苏轼
桑田一半自知音，草木三春任古今。
隔夜东风千万柳，方圆日月是人心。

5 城东早春 杨巨源
寒梅一夜入初春，瑞雪三边向覆茵。
忽见含苞香欲露，华林俱是有心人。

6 春夜 王安石
寒窗未断读书难，岁月何平向玉冠。
变法临川天下易，江涛不尽送春澜。

7 初春小雨 韩愈
天街十里半江湖，杨柳千年一有无。
枯里藏黄知日月，风中水上客寻吴。
注：长城，塞外，兵文化。运河，吴门，水文化。

8 元日 王安石
一夜春门两岁呼，三声爆竹半扶苏。
养春堂里风初暖，枣树心中日念奴。

9 立春偶成 张栻
阳阴律吕春秋树，日月晴阴草木知。
最是人间天子客，无须岁晚待时迟。

10 打球图 晁说之
一日千门万户开，三春草木去还来。
芙蓉池外何无力，马嵬坡下再不回。

11 清平调词 李白
日月云前一半龙，华清池下玉芙蓉。
长生展上相思曲，虢国情中步旧踪。
注：原诗花字不合韵律。

12 题邸间壁 郑会
香消未解枕边寒，十地居难客亦难。
一日东风云雨梦，三春杨柳色云端。
注：原诗"寒"系十四寒韵，闲山系十五删韵。

13 绝句 杜甫
万里桥西天下客，千年川中草堂田。
平生自礼江山向，阡陌文章日月悬。
注：原诗"鹂"应平非仄。

14 海棠 苏轼
三春杨柳西红妆，一树梨花半海棠。
桃李东风云雨色，人心岁月玉芳塘。

15 清明 杜牧
一生日月一生云，半寸人心半寸君。
烟雨清明何乞火，读书胜似读时分。

16 清明 王禹
黄花满地半清明，隔岸江流一鸟惊。
即是东风何不语，云云雨雨有阴晴。

17 之二
梅花夜雪以香凝，玉草群心待雨兴。
待客长亭行客足，读书乞火读书灯。
注：原诗首句明八庚韵，二、四句的僧、灯系十蒸韵。故以二韵和二首。

18 社日 王驾
一生苦读一生归，半翠江山半翠薇。
土地春秋知社日，人间草木待鸿飞。

19 寒食 韩翃
南阳才子一君平，禁火深宫半女声。
自得皇家相向询，文章日月满京城。

20 和
桃花渡口半梨花，日月村前日月斜。
十地清明谁乞火，三生苦谏帝五家。

21 江南春 杜牧
十里钱塘万里红，一湖杨柳五湖风。
姑苏城外寒山寺，娃馆宫中碧草丛。

22 上高侍郎 高蟾
天上人间多少客，阴晴日月雨云开。
寒窗苦读书生去，只跃龙门任再来。

23 绝句 僧志南
渡口乌篷墆土红，五湖月色小桥中。
东山不雨西山雨，一半浮云一半风。

24 游小园不值 叶绍翁
一生足迹一回来，半寸心思半闭开。
红杏出墙人自在，此声铜雀彼声台。

25 客中行 李白
千年岁月一衷肠，万里沙场半故乡。
但见人生常醉客，何须空锁向寒光。

26 题屏 刘季孙
春风已到玉门关，夏日当须梦里闲。
月落洞庭云雨岸，东山向遍上西山。

27 漫兴 杜甫
一水洞庭一水楼，五湖草木五湖洲。
三江日月三江色，九脉山川九脉头。

28 庆全庵桃花 谢枋得
不问相斯不问秦，只寻桃源只寻人。
随波逐浪长江去，隔岸天涯一半亲。

29 玄都观桃花 刘禹锡
梦得郎州去复来，桃花依旧向人开。
玄都观外龙门客，紫陌红尘自不回。

30 再游玄都观 刘禹锡
一半春秋一半栽，三生日月半生开。
千年草木千年尽，独树文章独树台。

31 滁州西涧 韦应物
滁州西涧草丛生，翠鸟飞天自纵横。
渡口停舟人不问，岸边向客暮阴晴。

32 花影 苏轼
婵娟羞涩下瑶台，几度刘郎上客猜。
花色香浓花色重，玉人影落玉人来。

33 北山 王安石
梅花初放两三枝，月色临风一半时。
玉影随寻泉不语，烟消雨露纵春迟。

34 湖上 徐元杰
湖平水练鸟垂啼，月暗星稀雨自栖。
芳草初形招摇市，梅花落尽入春泥。
注：原诗啼为八齐韵，飞、归为五微韵。

35 之二
三潭印月一莺飞，花港观鱼半不归。
人意幽情烟漠漠，平湖独树雨霏霏。

36 漫兴 杜甫
荷叶三千独自悬，青钱一半垒青钱。
初浮不向藏鸭暖，迟到人前不能眠。

37 春晴 王驾
烟中云荡幽幽幽，雨下舟平处处家。
隔岸依依杨脉脉，随心倦倦柳斜斜。

38 春暮 曹豳
客见庭中一落花，风寻月下半人家。
平平暮色三春去，苒苒莲塘有女娃。

39 落花 朱淑真
一岁凝芳一日开，半春散尽半春开。
只循云雨孤来去，化作香泥独徘徊。

40 春暮游小园 王淇
寒中玉影以心香，月下桃花向海棠。
烟里群芳依旧色，村前碧草着红妆。

41 莺梭 刘克庄
柳岸闻莺一两声，平湖待月万千明。
西泠印社三书客，花港观鱼半水城。

42 暮春即事 叶采
人中道怯寻天下，地上风云入砚池。
暮暮朝朝周易演，行行止止客春时。

43 登山 李涉
一日风云一日还，九江流水九江山。
只寻古刹三禅界，不得浮生半日闲。

44 蚕妇吟 谢枋得
一蚕一茧万春丝，三妇三春十月知。
但锁儿郎藏宝贝，人和地利问天时。

45 之二
子规啼尽问春闺，朱信春花独自飞。
自锁深宫丝不断，桑田岁月度柴扉。
注：原诗时支韵，稀、归五微韵。故两和。

46 晚春 韩愈
半岸芳华半芳菲，一春日一春晖。
杨花柳絮知时节，不待人心漫漫飞。

47 伤春 杨万里
一岁梅花半岁冬，凝香寒月一香浓。
呼来草木群芳色，化作红泥自去踪。

48 之二
十地春花五地风，三楼歌舞两楼空。
行人自得红妆色，进士忧心日月中。
注：原诗浓二冬韵，风、中一东韵。和二。

49 送春 王令
帝子春心一半开，庄生旧梦万千来。
杜鹃啼尽声声血，商隐无心去去回。

50 三月晦日送春 贾岛
自古人生三万日，苦吟岁月半终身。
春光难得难留下，再渡年来又是春。

51 客中初夏 司马光
明月清风一雨晴，春光杨柳半分明。
已黄又绿均匀色，玉露烟花逐日倾。

52 有约 赵师秀
芳香独向山山色，云雨偏来夜夜家。
乞火年非驿客，清明处处是黄花。

53 初夏睡起 杨万里
一月春初二月花，三心分寸四心娃。
东风带雨云浮落，杨柳随情处处斜。

54 三衢道中 曾凡
梅子黄时日不晴，茶山居士苦山行。
枇杷初上来时路，雨落云浮住主情。

55 即景 朱淑真
鸳鸯地下自成双，藏入荷中影小窗。
花落随风摇招市，情思一脉尽长江。

56 之二
风摇竹影向池塘，雨去云来水色香。
天下阴晴寻日月，人间一半作鸳鸯。
注：窗系三江韵，阳、长系八阳韵。故和二。

57 初夏游张园 戴敏
半色莲荷半色心，三伏玉露两伏霖。

东山雨后西山雨，一树枇杷一树金。

58 鄂州南楼书事 黄庭坚
一半南楼一半乡，两三岁月两三妆。
荷风四顾芳香雨，黄鹤飞来作伴娘。

59 山亭夏日 高骈
十里山亭夏日凉，一溪波影曲幽香。
峰回路转阴晴雨，学步扬长去来昂。

60 田家 范成大
一日耕耘一夜麻，半拾草木半当家。
牛郎织女河边问，二月春风五月花。

61 村居即事 同里小桥村一号 范成大
一半洞庭一半烟，两三白鹭两三船。
姑苏同里寒山月，许储盘门拙政园。

62 题榴花 朱熹
一半含苞一半荣，两三粉白两三萌。
红心似火藏珠玉，八月清风待子倾。

63 村晚 雷震
暮影斜长十地姿，山楼日色半云迟。
牛羊下括人归晚，农夫苦作社稷知。

64 书湖阴先生壁 王安石
湖阴雨色半芜台，桃李争妍一杏开。
四壁书香儒子教，三春日暖客生来。

65 乌衣巷 刘禹锡
半见秦淮半见花，一人天下一人家。
女儿分付明清事，杨柳生平日月斜。

66 送元二使安西 王维
阳关逢处向来人，只见沙舟不见春。
已是东风泾渭水，曲江上苑入红尘。

67 题北榭碑 李白
长江东去浪淘沙，天水西来注女娲。
楚客声声黄鹤曲，迁人处处数人家。

68 题淮南寺 程颢
道入淮南寺外休，人寻刹北鼓中楼。

钟声遇晚幽人远，老衲逢秋任白头。
注：原诗北不可仄，一任不可平。
晚不可仄。本句自救则妥。

69 秋月 程颢
半江草木半江秋，一水风波一水流。
沉色难寻峰处处，浮云不问叶悠悠。

70 七夕 杨朴
织女牵牛半鹊河，人间天下一初罗。
瑶台空锁红尘客，乞巧心中玉女歌。

71 立秋 刘翰
听风散玉一梧桐，向月凝光十地宫。
后异沉浮三界外，婵娟出没半西东。

72 秋夕 杜牧
雨住云停一水屏，天光月影半芳庭。
宫深夜短金楼去，不织罗裙织女星。

73 中秋月 苏轼
三春素玉九秋寒，十六成圆十七残。
九脉江山多少处，万千世界几何观。
注：三句应为仄仄平平平仄仄，四句应为平平仄仄仄平平。

74 江楼有感 赵嘏
水上江楼月半悬，云中景色曲三船。
红妆未醉何人醉，只以流年似去年。

75 题临安邸 林升
来客难知去客愁，江楼不住向江楼。
运河水色长城土，不似杭州似汴州。
注：一楼不平，须仄。

76 晓出净慈送林子方 杨万里
六月西湖雨色中，三衢梅岭寺出同。
莲莲露子初惊客，碧叶浮天四不穷。

77 饮湖上初晴后雨 苏轼
吴声越语莲花步，五霸春秋木渎姬。
总向西湖西子向，浓妆淡抹淡时宜。
注：原诗三句比必平，西必仄。

78 入直 周必大
平园老叟一天涯，紫禁书声半时斜。
必大庐陵忧自己，梨花半上海棠花。

79 夏日登车盖亭 蔡确
诗：
半岭风云半盖亭，一江草木一江青。
三山五岳峥嵘客，万水千山各渭泾。
和：
满山杨柳自扬长，半壁江河日月光。
沧浪水清流不住，渔公只钓一芳塘。
注：原诗末字浪是仄韵也作平声韵。

80 直玉堂作 洪咨
深门不锁玉堂花，砚墨浓香御客家。
字里行间天下事，人前日后制相麻。
注：原诗承句相可平仄读，宜平不仄，此为仄。

81 竹楼 李嘉
傲骨寒香自不休，春风未雨任沉浮。
东山处处西山色，竹影有名馆娃羞。

82 直中书省 白居易
春风半就文章客，夏雨方成草木堂。
只问中书今古鉴，紫薇花向紫薇郎。

83 观书有感 朱熹
流水行云小大末，天光地影古今裁。
乾坤世界山河色，苍海桑田万千梅。

84 泛舟 朱熹
昨夜江边一水生，今晨渡口半舟平。
向来任有浮沉力，自在何须逐流行。
注：原诗首句春的位置不平，平则病，必以仄。

85 冷泉亭 林稹
清明自许一东姿，谷雨方成半故时。
犹见冷泉春色霁，直直曲曲任人裁。
注：原诗首句清可平仄。三句五字须平用仄，为特定式。

86 冬景 苏轼
一半枯荷孤立久，三千素女独佳时。
五湖最少冰浮雪，九脉通明日月迟。

87 枫桥夜泊 张继
一步闲庭四面天，五湖日月九洲船。
当思汴水吴商客，未解长城塞外妍。

88 寒夜 杜来
雪色孤衾孤枕冷，红尘独立独心穷。
偏听隔壁阳春曲，叹止梅花十弄中。

89 霜月 李商隐
素娥夜夜自无眠，征雁声声向客迁。
青鸟殷勤多少问，婵娟独立短长天。

90 梅 王淇
半入红尘半入心，九寒气暖九寒林。
梅妻鹤子西湖岸，风月人间一古今。

91 早春 白玉蟾
烟云不及月笼沙，素雪方成客问家。
久致寒心初解欲，含苞欲放向人斜。

92 雪梅 卢梅坡
古古今今梅雪色，寒寒暖暖玉文章。
冬冬夏夏心中事，去去来来界外妆。

93 其二
寒心初动作寒春，二月冬消二月身。
雪月五湖寻探见，梅花三弄是精神。

94 牧童答钟弱翁 吕岩
草满川前三五里，花开雨后万千明。
牛羊何处牛羊语，横笛无声横笛平。
注：原诗就仄仄平平平仄仄，平平
仄仄仄平平。
平平仄仄平平仄，仄仄平平仄仄平
而律。

95 秦淮夜泊 杜牧
秦淮自古浪淘沙，不忘金陵后主花。
胭脂井中藏女色，乌衣巷口日西斜。

96 归雁 钱起
湘灵鼓瑟去无回，好问云中不独来。
谁向衡阳孤首别，雁丘留作故人哀。

97 题壁 无名氏
五湖娃馆一商雄，三界寒山半寺空。
不慕江山寻自主，只寻明月下山东。

98 早朝大明宫 贾至
细雨天街八水乡，皇城柳色半初杨。
红尘紫陌连香色，御佩衣冠向凤凰。
此去大明宫染柳，还来泾渭寄忧肠。
千年今古明天下，万里风云共玉堂。

99 和贾舍人早朝 杜甫
八水长安今古色，三春上苑凤池乡。
三皇五帝江山御，万里千年共玉堂。
忧国忧民忧自己，向天向地向齐姜。
一天明月瑶台上，两袖清风向帝王。

100 和贾舍人早朝 王维
一日朝堂十日谋，九州春色九州秋。
文章自古惊天下，论语如今向白头。
万国衣冠君子客，半边阊阖帝王酬。
香烟袅袅江山沧，御马声声独自游。

101 和贾舍人早朝 岑参
深宫曲巷一长安，紫陌皇州五色阑。
报晓鸡鸣三界外，读书玉仗百官冠。
耕耘日月朝天下，磨砺阴晴向佩寒。
一曲阳关三叠客，大明宫里论云端。

102 上元应制 蔡襄
谷雨清明乞火心，龙门应制向天霖。
人间日月千磨砺，天下文章一古今。
宝炬还明杨柳路，端门又启翠华阴。
诗词歌赋江河水，阡陌桑田草木音。

103 上元应制 王珪
三元月色一元台，九脉春风十地开。
暖气初消冰雪色，梅花又送倩人来。
寒冬不紫心中欲，盛夏难平楚汉怀。
草木风声今古客，凤凰共勉玉堂才。

104 侍宴 沈佺期
长安自主一龙川，别业阴晴半汉边。
佛道神仙天子客，禅房观舍帝王眠。
秦皇此去扶桑远，汉武还来白石悬。
沧海桑田阡陌色，心思锁解是源泉。

105 答丁元珍 欧阳修
春风一半到天涯，驿舍三江向雪花。
忽见梅花三两枝，香气浮动万千家。
行人举步疑回首，征雁衡阳感物华。
日月方明情自好，柳杨伏首夜抽芽。

106 插花吟 邵雍
头上插花一半枝，心中挂念两三时。
洞庭山上江湖水，天下人中自己知。
日月风辉明世界，阴晴共济生相思。
梅花处处芳菲色，桃李红妆可玉姿。
注：原诗上下两部韵，未不成，似
不精。

107 寓意 晏殊
半在瑶池半不逢，一雨峡谷一云中。
巫山十二峰前色，楚台三千月宫。
宋玉有言姬未语，怀王楚玉自惊鸿。
相思只可寻青鸟，寄意当须向苦衷。

108 寒食书事 赵鼎
半倚柴门杨柳向，三春日色故人家。
清明只苦寒窗ील，乞火难凭二月花。
介子推名逢晋主，绵山细雨挂烟纱。
汉寝唐陵何天下，野老胡姬任夜笳。

109 清明 黄庭坚
但见清明桃李色，由来草木曲直柔。
江湖日月阴晴客，一半洞庭一半舟。
汴水钱塘天下去，长城宣化误春秋。
秦皇紫禁书坑旧，汉武藏娇欲不休。

110 清明 高翥
一雨心思七雨田，三生岁月九生缘。
清明扫墓知儿女，乞火闻风向客船。
已去瑶台黄鹤尽，何须日落耐黄泉。

长江自是东流去，揽月直当上九天。
注：原诗多系平声，此必仄。

111 郊行即事 程颢
芳心一半入春闺，柳碧三千瞬客非。
曲巷乌衣桃叶渡，秦淮王谢故人归。
飞花如是惊水色，细雨金陵向王妃。
乞火寒食书膳冷，烟波沧浪遂霏霏。
注：原诗首句时系四支韵，全诗取五微韵。

112 秋千 僧惠洪
影落红飞一客船，墙间陌半惊天。
未卸轻妆春衣尽，放荡穿梭化玉烟。
青鸟殷勤杨彩色，琼瑶水界似婵娟。
闺房今日开心锁，直下人间作小仙。

113 曲江二首 杜甫
一面桃花十地春，三春水色半红尘。
洞庭山下江湖岸，同里吴门拙政人。
沧浪亭中缨足见，虎丘山后剑池珍。
馆娃宫女夫差劝，木渎深林范蠡身。

114 其二
曲江桃李探花衣，白马红袍自古稀。
三篇文章天地处，十年乞火去来归。
龙门水浅成皇名，御漏星明细雨飞。
凤凰池中今古鉴，玉堂案上帝王晖。

115 黄鹤楼 崔颢
下里巴人云雨问，阳春白雪玉门愁。
高山流水知音客，三叠阳关去不休。
黄鹤楼中黄鹤在，琴台月下大江流。
龟蛇不锁晴川路，鹦鹉无鸣暮下舟。

116 旅怀 崔涂
江楼不住向西楼，几处风光几处愁。
楚水潇云巫峡客，庄生一楚王姬差。
长亭十里长亭柳，短驿三春短驿游。
步步忧忧回首见，行行止止向前谋。

117 寄李儋元锡 韦应物
百年驿路百年田，十地人生十地天。

九脉山川九脉去，几回望月几回圆。
江湖岁月朝堂问，草木春秋月半悬。
逶迤长亭何苦念，忧心不尽夜无眠。

118 江村 杜甫
小桥流水小桥幽，十里江村玉里舟。
木渎盘门天越问，虎丘尝胆卧薪求。
西施娃馆莲花步，范蠡经商一念休。
自作陶朱公鲁去，退思园里十三州。

119 夏日 张耒
夏日江村夏日晴，五湖渡口五湖明。
莲心初秀莲心籽，碧叶扶摇碧叶声。
落落大方珠颤动，亭亭玉立露荷平。
小家久住闻吴韵，越女停舟待客倾。

120 积雨辋川庄作 王维
积雨辋川庄上色，纵烟别墅夏中时。
轻舟一叶烟津别，白鹭三声日去迟。
七尺方圆山野问，一枝玉露小荷诗。
画中山水知天地，人后身名是老师。

121 新竹 陆游
投向西厢玉影姿，尤猜北屋静人知。
一枝一节空心立，半雨三竿显碧痴。
明月清明铺满地，微风扶慰小红师。
离离书就潇湘泪，淑淑难言是此时。

122 表兄话旧 窦叔向
十五清光色满庭，三千岁月客江青。
无心有欲长安草，无欲有心向渭泾。
细雨知情云不语，清风无力向零丁。
衣巾何处多更换，一曲乡关醉里听。
注：原诗首联中有降香字应仄。

123 偶成 程颢
春风半向小桃红，杏李三闻万色中。
但得过墙天下向，人间如此有西东。
玉门关外楼兰剑，变态心中上下同。
唯有婵娟宫外去，只留情气予豪雄。
注：原诗容是二冬韵，不与一东齐。

124 游月陂 程颢
月陂堤上月徘徊，百尽台中百色梅。
一阵东风无语去，三春桃李竞相天。
群芳且向云烟晚，碧草还须日月裁。
唯有清泉流石上，但由玉颢曲姿来。

125 秋兴 杜甫
自帝城高玉树林，孤舟不系故园心。
巫山峡谷风流水，十二峰前楚客音。
滟滪千年知日月，长江万里向衣襟。
秋山暮尽夔州叶，驿舍萧条柳古今。

126 其二
野官日月暮朝晖，川蜀桑田满翠微。
渡口草堂书自在，浣溪隔岸玉娘归。
江流此去钱塘路，水色春秋各所违。
尤有杜鹃鸣不止，庄生梦里入心扉。

127 其三
朝冠半问客南山，雨露三寻日月颜。
长信宫中多少怨，凉州城外玉门关。
一声叹叹沧江去，只向东流不复还。
今古幽幽凭所以，青松处处见斑斑。

128 其四
昆明渡口玉池中，汉以楼船秣马东。
翠羽丹霞何水色，风花雪月几秋风。
长安织女牛郎远，泾渭龙门士子雄。
天上蓬莱王母客，人间一度状元红。

129 月夜舟中 戴复古
乌蓬月色半西东，水影无痕一曲同。
隔岸忽闻西鸟动，邻帆疑是玉人红。
萋萋芦苇江湖远，寸寸心思驿客同。
小路杨长千万里，断桥渡口两三鸿。

130 长安秋望 赵嘏
吴门不远五湖秋，半见红衣半见流。
紫玉山庄娃馆旧，洞庭风月小桥洲。
鲈鱼八月风初起，莼菜三鲜素女眸。
何处江山呼日月，几声长叹去元休。

131 新秋 杜甫
金门成就古今风，落叶寒砧日月穿。
野草三秋三肃色，蝉声半断半惊虫。
长亭逶迤江湖岸，汴水沧波寺院空。
钟鼓声声何远近，禅房处处有无中。

132 中秋 李朴
半守寒宫半放明，一心桂树一心萌。
几回相问方圆意，月月难当月月情。
狡兔三窟寻宝镜，灵槎只向天河平。
婵娟尤有人间欲，留取阴晴梦里生。

133 九日蓝田会饮 杜甫
玉在兰田作玉冠，人寻岁月向人坛。
半水未成三水色，一峰胜似一峰寒。
短发三生三皓鬓，重阳九日九去端。
茱萸处处乡心草，楚客声声帮客难。

134 秋思 陆游
苦志三千百万酬，清心一半十三州。
梧桐听雨声声数，客舍自凭云处处由。
此去玉门关上叹，还来紫禁凤城游。
金盘承露莲花在，白马以书九界修。

135 与朱山人 杜甫
五柳先生一世新，三春乐道半秋苑。
桃源处处短风雨，步履声声向故尘。
古古今今三界外，朝朝野野四时人。
江湖万里无止境，上苑千年已晋秦。

136 闻笛 赵嘏
半余岁月半余风，一曲人间一曲雄。
玉笛声声胡客去，华清处处玉姬红。
桓伊三弄徽之曲，长笛千重赋马融。
不误交流寻九界，知音应是对苍穹。

137 冬景 刘克庄
半朝风月半朝晖，一鸟栖息一鸟飞。
余暖依依情犹在，精工苦苦客辰衣。
终南山上皇冠玉，渭水泾中几试飞。
不舍徘徊良久问，须当左右以心归。

138 冬至 杜甫
寒冬腊月一枝梅，积素凝香半不开。
至日春生天地动，心中日月久徘徊。
闻来草木东风雨，化作芳泥自主裁。
人面桃花生死客，女儿玉碎复还来。

139 梅花 林逋
四时月半四时弦，几度无明几度圆。
常向人间多问讯，此情只宿虽人田。
梅妻鹤子西湖客，玉影婵娟曲巷船。
小小知音相互唤，断桥隔岸女儿妍。

140 左迁至蓝关示侄孙湘 韩愈
潇湘一半九嶷天，驿舍三千百万年。
今古明堂明不客，去来叹止叹时迁。
朝闻宿鸟飞还落，暮见长亭住又怜。
眼下九江非酒肆，心中一味是炊烟。

141 干戈 王中
干戈一半故人迟，铁马三千大漠驰。
汉武兴亡天地外，李广自习李陵尸。
英雄叹止沙场在，九族泉台欲何之？
十里长亭客驿路，巢寒月老锁相思。

142 归隐 陈抟
一年足迹一年新，半路红尘半路春。
上苑探花荣带色，曲江风月睡时身。
耕耘日日文章客，理事时时草木亲。
乞火寒窗何故里，去来苦读不归人。
注：陈抟（906-989）：字图南，自号扶摇子，亳州真源（今河南鹿邑）人，是五代著名道士，人称"睡仙"。

143 时世行赠田妇 杜荀鹤
一生世事一蓬茅，半壁江山半鬓毛。
九月重阳天地客，三春云雨玉衣袍。
书生只在文章里，巧妇难为蜡烛高。
回首方知情欲少，枕边泪湿夜临洮。

144
自得心中一丈夫，无言天下半江湖。
昆仑草木灵芝客，原始天尊以道符。
红锦波缠明日月，黄金甲锁玉霆奴。
八仙过海蟠桃向，此是洞庭彼是吴。

145 送天师 朱权
龙虎山中帝业虚，黄金甲下印雷书。
天师骑鹤殷勤客，日月符霆草木疏。
不锁王乔凫已化，归来傲骨向梅居。
蟠桃会上中南海，王母身前意所余。
注：王乔，汉，以双鞋化野鸭（凫）。
疏，六鱼韵，湖符凫，系七虞韵。

146 送毛伯温 明世宗
此去沙场不带刀，冰河铁马过临洮。
百年日月含辛苦，一世风波洗玉袍。
汴水钱塘千万色，长城石垒两三毛。
书生论语春秋向，折戟沉沙恨未豪。

147 五言绝句 春晓 孟浩然
年年向大小，事事比多少。
方圆寻石磊，来去闻啼鸣。

148 访袁拾遗不遇 孟浩然
千山梅先到，万木自然新。
来去三秦客，江山十地春。
注：仄仄脚五绝应为：平平平仄仄，仄仄仄平平。仄仄仄平仄，平平仄仄平。故首句应为洛阳才子问。

149 送郭司仓 王昌龄
吴门千万水，碧玉两三心。
炀帝何前后，秦皇几古今。

150 洛阳道 储光羲
一半长亭客，三千弟子歌。
江湖多少路，织女渡天河。
注：1.诗则为仄仄平平仄，平平仄仄平。平平平仄仄，仄仄仄平平。
2.原诗平仄不属。

151 独坐敬亭山 李白
独坐阴晴雨，孤寻草木闲。
当涂山水在，吟咏玉门关。
注：原诗三句两应平。

第十四卷　千家诗品

152登鹳雀楼 王之涣
日满黄河水，云孤鹳雀楼。
只须循济事，不必向东流。

153观永乐公主入蕃 孙逖
塞外红颜色，宫中故地亲。
琵琶出汉地，日月已三春。

154伊州歌 盖嘉运
一夜温情梦，三更宿鸟啼。
长安多少客，不到夜郎西。
注：原诗第二句莫教枝上啼，应平平仄仄平。本句自救。

155左掖梨花 丘为
左掖梨花色，中堂未是非。
皇城门下省，漏断玉堂归。

156思君恩 令孤楚
上苑龙门客，深宫曲舞歌。
牛郎寻夜色，织女向天河。

157夜送赵纵 杨炯
魏赵平原府，燕齐孟尝田。
黄河流两岸，五霸问三年。

158题袁氏别业 贺知章
三生朝野向，一似贺知章。
共饮林泉水，同寻客玉堂。
注：原诗格律平平平仄仄，仄仄仄平平。仄仄平平仄，平平仄仄平。

159之二
山深人不见，岭厚石流泉。
一线阳光隙，三春草木天。

160竹里馆 王维
独向山深寺，心听古刹音。
禅房幽竹影，危坐正衣襟。

161送朱大入秦 孟浩然
忧人陵北向，晋客半知音。
曾忆秦皇去，回思自古今。

注：原诗首句"五"必平，"陵"必仄。

162长干行 崔颢
君家何处住，妾舍任横塘。
独守夜孤枕，凭心梦里香。

163咏史 高适
范胜怜寒客，布衣向绨袍。
秦人相府第，士子著旌旄。

164罢相作 李适之
人生三界外，壮士拜金台。
老去何回首，今来独自开。

165逢侠者 钱起
一诺千金重，三生半客家。
洛阳知剧孟，易水荆轲华。

166江行望匡庐 钱起
抚赣浔阳雨，匡庐古刹灯。
仙人洞不语，不见六朝僧。

167答李浣 韦应物
浮云多问客，草木去来闲。
自有昆仑客，无须十万山。

168秋风引 刘禹锡
父母衣冠事，年少自不分。
儿童长短向，白首久无闻。

169秋夜寄邱员外 韦应物
婵娟多少夜，浩瀚去来船。
玉色三千载，幽人一半眠。
注：佩文正格：平平平仄仄，仄仄仄平平。仄仄平平仄，平平仄仄平。

170秋日 耿湋
夕阳回柳巷，驿客向江湖。
不见洞庭水，居心有似无。

171之二
杨柳三春雨，长亭十里暮。
古道行人少，莺鸣不知苦。

172秋日湖上 薛莹
暮色五湖秋，私心一半愁。
洞庭山里客，汴水岸中流。

173宫中题 李昂
甘露王之变，宫深客不知。
天高皇帝禁，上苑养花迟。

174寻隐者不遇 贾岛
古道亭亭远，江山渐渐暮。
不可折杨柳，留当驿边树。

175之二
清泉流不住，落叶可归途。
来去长亭暮，枯荣问五湖。

176汾上惊秋 苏
春风吹白云，落叶始闻君。
一半相思路，三生梦里分。

177蜀道后期 张说
耕耘知日月，云雨自阴晴。
沧浪缨前水，桑田梦里明。
注：佩文正格：平平平仄仄，仄仄仄平平。仄仄平平仄，平平仄仄平。

178静夜思 李白
幽州半故乡，七十客南洋。
日日惊雷雨，枯荣四季长。
注：佩文正格"上"必平韵，"望"必平韵，"思"必仄韵。原诗古风。

179秋浦歌 李白
此去三千里，还来一半乡。
相思同日月，离苦共心肠。

180赠乔侍郎 陈子昂
不可三生止，须凭七寸工。
终知千塞客，始得一人雄。

181答武陵太守 王昌龄
信陵君上客，赵魏不归根。
齐鲁中原士，江河有子孙。

182 行军九日思长安故园 岑参
君子登高去，婵娟月下来。
云边回首问，雨后一梅开。
注：原诗"故"不仄，须平。

183 婕妤怨 皇甫冉
婵娟一建章，燕子半昭阳。
招展花枝故，藏娇玉叶娘。

184 题竹林寺 朱放
日月生平少，枯荣草木多。
山中贤士曲，寺外竹林歌。
注：佩文格律"竹"应平"林"应仄。

185 三闾庙 戴叔伦
长沙多少客，屈子一人心。
坐次分先后，潇湘到古今。

186 易水送别 骆宾王
易水一燕丹，南山半玉冠。
秦王三两客，不作万千官。
注：佩文诗韵正格：仄仄仄平平，
平平仄仄平。平平平仄仄，仄仄
平平。

187 别卢秦卿 司空曙
莫问寒宫月，寥惆玉枕空。
无须空曙色，不及石尤风。
注：1.石尤风：指船行时遇到的逆风。
据《江湖记闻》载：一石氏女子嫁
给一尤姓男人为妻。丈夫远出经商
不归，石氏思念成疾，临终前怨恨
自己当初未能阻止丈夫。故愿化为
大风，替天下妇女阻扰商旅远行。
后世称阻止行旅者的逆风为石尤风。
2.原诗三句应为人故酒则合佩文韵。

188 答人 太上隐者
山深鸣古刹，暮色问心泉。
钟鼓禅房语，春秋渡口船。
注：词格：平平平仄仄，仄仄平平平。
仄仄平平仄，平平仄平平。

189 幸蜀回至剑门 李隆基
剑阁云门锁，胡旋曲歌开。
芙蓉多少色，虢国玉人来。
马嵬坡前问，华清故幸台。
如今知九鼎，不胜五丁回。
注：五丁：五个大力士。相传蜀道
为五力士所开。

190 和晋陵陆丞早春游望 杜审言
天下去来人，心中日月新。
寒窗闻乞火，迟ިol玉门春。
上苑文章客，龙门草木津。
高山流水问，下里蜀人新。

191 蓬莱三殿侍宴奉敕咏终南
山 杜审言
上苑一花田，龙门半玉泉。
云浮金阙路，露积大明烟。
几度蓬莱岛，须当古今弦。
方圆何日月，草木自天年。

192 春夜别友人 陈子昂
两岸一川烟，三春十地田。
人心天地界，日月有方圆。
不可年年向，须知上下弦。
婵娟知十五，十六始终悬。

193 长宁公主东庄侍宴 李峤
九界千年水，三江一日潮。
人间云雨客，天上紫云消。
曲舞瑶池树，笙歌玉影摇。
难留来去色，只作凤池桃。

194 恩赐丽正殿书院赐宴应制
得林字 张说
易久人间客，诗经日月心。
凤凰池外树，正殿玉堂音。
书院群儒翰，春风论古今，
明皇天子坐，知恩士琼林。

195 送友人 李白
长安半月明，灞渭两阳城。
一处三江水，千山万里行。
东风杨柳岸，草木古今荣。
最是生平地，何须啸啸鸣。

196 送友人入蜀 李白
蜀道蚕丛去，川流日月明。
杜鹃鸣不住，句句向庄生。
何必寻芳草，情知古树荣。
明修秦楼在，暗渡已无声。

197 次北固山下 王湾
暮暗长亭里，人行短路前。
寒光明十五，十六月终圆。
岁岁阴晴望，年年上下弦。
春云杨柳色，夜雨水岸田。

198 苏氏别业 祖咏
石径通幽处，平生问古今。
南山冠白玉，渭水曲人心。
别业长安水，龙门士子林。
何须三界外，不是半知音。
注：原诗第二句平仄自救。

199 春宿左省 杜甫
中书门下一天河，不似诗中半少多。
士子幽幽路，龙门曲曲河。
玉堂知日月，朝暮凤池歌。
草木年年茂，诗词日日多。
文章惊世界，辛苦自由梭。

200 题玄武禅师屋壁 杜甫
阴晴一半求，日月十三州。
垒石凭山立，江青任水修。
禅房钟鼓尽，泾渭古今流，
近鹤知人处，惊鸥武帝愁。
注：1.锡飞常近鹤：这是一个典故。
梁时，僧侣宝志与白鹤道人都想隐
居山中，二人皆有灵通，因此梁武
帝令他们各用物记下他们要的地方。
道人放出鹤，志公则挥锡杖并飞入
云中。当鹤飞至山时，锡杖已先立
于山上。梁武帝以其各自停立之地
让他们筑屋居住。

2.杯渡不惊鸥：这是顾恺之画面上画的别一个典故。昔有高僧乘木杯渡海而来，于是称他为杯渡禅师。

201终南山 王维
八水一京都，千山半玉壶。
浮云知日月，夜雨向心苏。
泾渭何分辨，终南几丈夫。
彼心来又去，此意有时无。

202寄左省杜拾遗 岑参
天下三江水，人间九脉晖。
凭心朝野向，任意玉堂归。
曲意多成就，直言几是非。
浮云寻鸟去，落叶待鸿飞。

203登总持阁 岑参
泾渭半云烟，长安一日边，
洛阳寻八水，霸主问秦川。
万井高低树，千峰左右莲。
五陵观楚汉，三界主秦田。

204登兖州城楼 杜甫
赵鲁黄河尽，燕齐易水无。
殷周微子客，尤见留侯居。
何处坑灰冷，儒家礼仪余。
李斯秦晋荆，原始自当初。

205送杜少府之任蜀州 王勃
独问霸桥人，孤寻断柳身。
长亭千里步，草木万年津。
何以相思远，留心枕玉巾。
桑蚕知自缚，驿路与谁邻。

206送崔融 杜审言
长城高日月，雨雪邑旌旌。
不见交河水，楼兰废古城。
荒沙千万里，桥戟两三盟。
未可秦皇意，隋炀汴水情。

207扈从登封途中作 宋之问
桃李一枝梅，东风半剪裁。
江山天子路，洛水玉人来。

日暖昭阳客，星明引凤台。
金銮倾紫气，御驾帝王回。

208题义公禅屋 孟浩然
禅房钟鼓客，宇宙柳杨林。
曲曲江河水，幽幽草木心。
云平三界外，雨落一知音。
回首莲花路，扬长向古今。
注：原诗"禅"必仄，"依"必仄，不可平。

209醉后赠张九旭 高适
挠手玉壶悬，惊人笔墨天。
江山狂草就，日月伴书眠。
九旭张云醉，三公李白怜，
殊翁闻酒色，不事帝王宣。

210玉台观 杜甫
云深日月坛，雨满玉台观。
色在浔阳水，声采九脉澜。
乾坤三界外，天地一心宽。
年少滕王阁，翁殊挂冕冠。

211之二
弄玉秦楼月，萧声驻古流。
穆公知帝阙，可见凤凰游。
笙鹤千来往，人间一去留。
玉台观上问，草木已三秋。

212观李固请司马弟山水图 杜甫
方丈连天水，江山作地文。
枯荣千岛树，日月半浮云。
社稷桑田雨，人间草木群。
曹公铜雀散，甘露就芳芬。

213旅夜书怀 杜甫
日月洞庭树，江湖范蠡舟。
西施吴越客，子胥楚王侯。
汴水千帆色，长城半去留。
人间多少事，今古一春秋。

214登岳阳楼 杜甫
日月三春色，山川一叶舟。

未行多少语，可止大江流。
不尽平生意，何言问去留。
楚河千曲曲，汉界半悠悠。

215江南旅情 祖咏
风声泾渭水，雨色洛阳桥。
草木阴晴客，枯荣日月遥。
大明宫女赋，枫叶玉人销。
隔岸听三唤，心思认半潮。

216宿龙兴寺 綦毋潜
刹古客无归，龙兴鸟不飞。
禅房方丈外，曲经雨云微。
白石昆仑草，青莲日月晖。
天花何不尽，自是入心扉。

217破山寺后禅院 常建
云光惊古寺，雨色问人心。
天下寻高木，人间向水深。
禅房多少夜，苦日谷峰林。
何必千先后，浮沉一古今。
注：原诗"入"必平，"悦"必平，"空"必仄，"此俱"俱平"钟"必仄。

218题松汀驿 张祜
月满五湖中，江平一色空。
姑苏台上问，不见馆娃红。
碧玉妮吴越，风花玉树东。
淞江连岸远，同里小桥逢。

219圣果寺 释处默
远近凭山色，高低绕碧萝。
钱塘三界水，来去一江河。
同泰皇家寺，鸡鸣圣果多。
金陵梁武帝，钟声故台歌。

220野望 王绩
东林三两树，北斗万千晖。
日月无秋色，枯荣有是非。
天津桥上望，上苑客中归。
莫问长安事，山中不采薇。
注：原诗"薄""欲"皆须平不仄。

221 陈子昂
枯荣三界外，来去一平生。
玉树宫中舞，麒麟阁上名。
沙场多少战，雪月色还轻。
汉室飞燕在，藏娇不可明。

222 携伎纳凉晚际遇雨 杜甫 其一
雨后三春好，云中一梦迟。
风呼帆不语，浪静枕边时。
却下红妆色，惊飞白鹭鸶。
王孙公子客，阡陌总无知。

223 其二
芙蓉凭玉立，越女任情流。
木渎西施馆，燕姬粉黛羞。
忽惊云雨至，摇橹上心头。
且入华清水，还来浪里游。

224 宿云门寺阁 孙逖
月宿云门寺，风幽向斗牛。
灯悬方丈客，叶落入春秋。
一半东山雨，三千日月舟。
无须闻草木，但向白云求。

225 秋登宣城谢朓北楼 李白
清心千百度，宿鸟半梧桐。
两水三春色，宣城一谢公。
树眠明月里，玉露占荷风。
谁向莲蓬子，须知苦不同。

226 临洞庭 孟浩然
楚客意书生，玄宗气不平。
三千云梦泽，一半岳阳城。
自得家乡水，无言日月情。
鼓刀姜尚问，不似太公明。
注：姜鼓刀于市，刀可屠国，文王闻之而求遇。

227 过香积寺 王维
钟声香积寺，鼓语数神宗。
池下青莲色，心中暖意封。
山川三界士，日月半云峰。
暮落千河水，云浮一念踪。

228 送郑侍御谪闽中 高适
世上刘郎和，人间草木多。
春秋云雨夜，儿女问天河。
二月梅花弄，三生日月歌。
纵横非自主，来去是风波。

229 秦州杂诗 杜甫
壮士一云端，沙场万苦寒。
孤军飞将去，九族恨无宽。
雪乱也庭月，云遮北海残。
秦川泾渭向，天水尽波澜。

230 禹庙 杜甫
九脉东流去，三山北塞沙。
庭翁尧舜禹，天下已邦家。
斑竹苍梧泪，潇湘影半斜。
江河归大海，日月二妃花。

231 望秦川 李颀
秦川半古桐，洛邑一遗风。
八水长安向，泾渭自流东。
李斯闻指鹿，邯郸步难雄。
不见书坑冷，儒生气短穷。
注：原诗"朝"必仄不可平。"万"必平不可仄。"霜"必仄"露"必平。相置可，疑误。

232 同王征君洞庭有怀 张谓
八月岳阳楼，洞庭一叶舟。
潇湘千里梦，斑竹万人愁。
不尽长沙水，还闻楚客游。
行人多少问，止步九歌忧。
注：原诗"洞"不平必仄。"万"须平不仄。

233 渡扬子江 丁仙芝
渡口三山影，江峰一岸明。
停舟何不问，半入石头城。
角挂秦淮月，声平八艳情。
羲之桃叶去，天下故人鸣。

234 幽州夜饮 张说
幽州千万客，易水半古今。
岭上香山寺，云中海浣林。
尤闻飞将箭，射虎故人心。
未可惊天水，耕耘不暮音。
注："能忘"二字须平。"迟"须仄。"恩"须仄。

235 之二
疾雷暴雨一南洋，客舍幽州半故乡。
渡口百年知日月，人生七十作银行。
中南海里龙庭水，关外辽东问柳杨。
济世济民当步足，忧家忧国是衷肠。

第十四卷 千家诗品

五、千家诗

谢枋得　王相　文化艺术出版社　2011年4月出版

---

1 春日偶成 程颢
柳柳杨杨一岁田，花花草草半江月。
行程万里东风路，立诺楼兰学少年。

2 清平调 李白
半却衣裳一色客，千春玉树两云峰。
明皇未醉三郎醉，只得人间九次逢。

3 春日 朱熹
一日群芳百色新，三春草木两天伦。
东风不住千云雨，云夏风轻半泥尘。

4 绝句 杜甫
白鹭云浮半柳天，江鸥日上一帆船。
东吴不尽风波路，西岭蕴含雨竹烟。

5 春宵 苏轼
高山流水一知音，下里巴人万古今。
藕断千丝联半壁，春宵一刻问千金。
注：半壁亭，绍兴沈园，有陆游"红酥手"题词曰钗头凤者。

6 绝句二
浣花溪畔草堂居，翠柳蓉城意气舒。
两岭千午林木老，东吴万里客船余。

7 城东早春 杨巨源
年年计划一年春，岁岁精工半岁人。
柳暗花明三千界，风轻雨细五陵尘。

8 海棠 苏轼
岂惠院东一海棠，梨花月下半云妆。
随年硕果丰收色，任土贫脊自抑扬。

9 春夜 王安石
一半观音一戒坛，三千世界半天靖。
春风不断催云雨，月上花移影挂冠。

10 清明 杜牧
清明细雨入黄昏，乞火龙门向古根。
牧笛悠悠杨柳岸，书声处处杏花村。

11 初春小雨 韩愈
小雨蘸心有似无，天街陋巷是非孤。
春光半入杨花絮，御水千回渭邑湖。

12 清明之二 杜牧
清明乞火晚时兮，谷雨知书读晓云。
日月耕耘长短路，龙门地理付天文。

13 元日 王安石
神茶郁垒问屠苏，岁末元初换旧符。
但以新声天地阔，何须爆竹走来无。

14 清明 魏野
春秋论语玉番凝，史记隋唐客振膺。
应付邻家新火夜，随分晓色读书灯。

15 宫词 林洪
三宫六院半大龙，紫气尔米一玉封。
太上云中承雨露，仙人掌上待英蓉。

16 清明 魏野之二
寻花问柳过清明，乞火知书见玉萌。
渭邑时时三世界，江南处处半阴晴。

17 咏华清宫 杜常
不尽江南心雨倾，华属未暖故云晴。
长生殿上芙蓉去，太上宫中有旧情。

18 社日 王驾
春秋社日一心扉，祈报龙门半翠微。
二十五家神土地，三千弟子不知归。
注：鹅湖山：地名，在今江西省铅山县。因晋代龚氏在山上小湖中养鹅而得名。

19 社日之二
龚氏湖中半掩扉，桑田社里一鹅肥。
春秋土地祈报酒，不到酩酊不可回。

20 题屏 刘季孙之三
一万诗书一万山，半家灯火半家眠。
闲心不解闲心误，月色清风月色颜。

21
睡去村前三两日，开来雨后万千扉。
情中社日以春运，醉里鹅湖不用归。

22 题屏 刘季孙之四
无心奉去日中颜，有愧偷来梦里闲。
忙事无须长短问，闲情只可玉门关。

23 寒食 韩翃
十载寒窗一探花，三春跨马曲江涯。
侯门乞火书香客，柳色风光入渭家。

24 漫兴 杜甫
石云无言万窗秋，江流不止十三州。
桃花逐水同方向，柳叶随风共去留。

25 寒食 韩翃之二
春城处处半梅花，乞火时时一客家。
万里龙门天上水，千年古渡浪中沙。

1725

26 漫兴 杜甫之二
不见金陵问石头，何寻日月向江流。
无知建业三山高，只行南京一莫愁。

27 江南春 杜牧
一绿丛中万点红，三春雨后半清风。
群芳色里争光艳，古寺钟声日月中。

28 玄都观桃花
玄都观里万桃开，渭水波中百色猜。
紫陌红尘花满树，郎州司马去还来。

29 绝句 僧志南
古寺寒山柳岸中，梨花碧玉小桥东。
群芳欲湿姑苏雨，半色阴晴半色风。

30 再游玄都观
半亩圈中独自开，三春雨后满青苔。
桃花纯色何孤傲，不逊东风去又来。

31 游园不值 叶绍翁
春城紫气曲江开，渭水东流碧玉杯。
成林树树知天地，小杏红红过墙来。

32 滁州西涧
滁州都史一苏州，西涧香花半宵楼。
渡水盘门和碧玉，云中带雨锁春秋。

33 客中行 李白
古古今今半栋梁，朝朝暮暮一衷肠。
情中处处非来往，梦里依依时故乡。

34 花影 苏轼
摇摇曳曳剪叨裁，短短长长法又来。
日日年年曾会客，朝朝暮暮拜金台。

35 题屏 刘季孙
一字排空一字闲，半春逐日半春颜。
衡阳不鲜旧来梦，寒北须知欲去山。

36 湖上 徐元杰
琼花玉树一苏堤，秀草波湖半雨溪。
柳浪闻莺情彼此，三潭印月水高低。

37 题屏 刘季孙之二
八面玲珑八面屏，一生草木一生灵。
三千世界三千色，五百零丁五百铭。

38 漫兴 杜甫
池塘小雨点荷钱，细柳浮云数叶泉。
草径丛生颜似玉，微波渡口色如烟。

39 蚕妇吟 谢枋得之二
丝丝慢卷筑春蚕，来来书生上杏坛。
身比春秋行上处，何须日去来甘。

40 春晴 王驾
春阴一半是春晴，草木三千见草平。
雨色方修珍玉树，云光已满友邻声。

41 蚕妇吟 谢枋得之三
未满情丝一杜鹃，蚕吟束缚半为眠。
声声不断声中销，处处难申处里全。

42 春晴 王驾之二
春光一半到邻家，卷目三千二月花。
乞火清明烟雨色，书生读遍浪淘沙。

43 登山 李涉
人生步步似登山，树木重重石磊关。
竹院禅师僧话短，浮云壁立日空闲。

44 春晴 王驾之三
才门平湖四小鸭，不弃梅枝二月花。
未及东风入我室，疑心春色到邻家。

45 晚春 韩愈
草草花花一色晖，红红紫紫半芳围。
宽宽阔阔经春夏，平平静静不是非。

46 春晴 王驾之四
农夫陌上雨丝斜，草木丛中碧玉芽。
日月方成杨柳色，耕耘已备话桑麻。

47 伤春 杨万里
只拟春秋应物踪，原知日月纳天容。
躬耕半亩田国土，血液诚言比水浓。
自愧弗如一古今，刘卿应物半知音。

行中驿站何言路，月下清风兀度心。

48 春暮 曹幽
绿树成荫野草花，平湖夏月故人家。
啼虫角落幽幽径，柳岸池塘处处蛙。

49 送春 王令
日日千章耳目开，时时万鲜暮朝回。
须知土地耕耘去，不愧东风唤不来。

50 春暮游小园 王淇
一梅粉色一梅香，半上梨花半海棠。
未到荼蘼花事早，春秋碧玉著红妆。

51 客中初夏 司马光
一水波晴一水平，半分碧玉半分明。
三更细雨初思定，四月清晨叶正荣。

52 莺梭 刘克庄
穿梭日月一莺鸣，作弄机杼半不声。
织女河边相向风，牛郎锦下待心平。

53 有约 赵师秀
黄梅雨后客人家，夜约灯前向女娃。
月色难言天下梦，江村不负浪淘沙。

54 暮春即事 中采
雨色山光一砚池，春光夏叶半先知。
肥肥滴滴成秋果，暮暮朝朝读古诗。

55 蚕妇吟 谢枋得
蚕丝玉妇衣，细雨碧时稀。
已满三千叶，残留四五旗。

56 初夏睡起 杨万里
江湖一夏半舟斜，同里三桥两岸家。
梅子酸流梅子缘，枇杷树下故枇杷。

57 三衢道中 曾几
半日梅黄半日晴，三衢水色两衢平。
千山易晴千山绿，一路溪光一路声。

58 题榴花 朱熹之二
唐周半挂石榴裙，日月千分李武君。

一字碑中无故事，千年子下续章文。

59 三衢道中 曾几之二
三衢道上问黄梅，五月云中两色催。
牧笛牛郎寻彼此，清溪碧玉自徘徊。

60 书湖阴先生壁 王安石
四壁空城一砚台，三生草木半楚木。
湖阴渡口千舟去，教子龙门万里来。

61 即景 朱淑真
轻摇竹影罩幽江，鸟语虫啼半未双。
短梦夫人眼柳岸，初长夏日误家邦。

62 书湖阴先生壁 王安石之二
湖阴五柳一先生，竹木三思半客情。
日月千章成迹迹，乾坤万里以心萌。

63 即景 朱淑真之二
谢却桃花杏李忙，窗含竹影去来香。
夫人不奈三春雨，玉枕空余色满床。

64 乌衣巷 刘禹锡
金陵水易石头斜，王谢谕迴百姓家。
莫问秦淮桃叶渡，南朝玉树后庭花。

65 夏日 戴复古
黄梅季节十云深，柳叶荷莲一半荫。
岸芷船中无碧玉，枇杷树上有千金。

66 送元二使安西 王维
三春四月红尘，万里千关一故人。
客舍何须寻旧梦，楼兰此去步天津。

67 晚楼闲坐 黄庭坚
四顾山光入水光，二楼阜色满伺香。
方塘欲结莲蓬子，曲榭楼连柳叶长。

68 题北榭碑 李白
诗词半入夜郎家，李白三迁二月花。
鄂清楼光景黄鹤，江城水色满长沙。

69 晚楼闲坐 黄庭坚之二
鄂州旧事满南楼，奭亭征西涧莫愁。
十裏荷香菱角色，千蓬百子作春秋。

70 题北榭碑 李白之二
黄鹤楼中北榭碑，江城水上贾谊随。
长沙太子梅花落，李白倾觞醉是谁。

71 村居即事 翁卷
江村四月雨云烟，布谷三春日月田。
弱草还羞杨柳色，耕耘时节束桑蚕。

72 题淮南寺 程颢
淮南寺里问春秋，白水云中见莫愁。
道士禅林多少路，青山玉磊大江流。

73 题榴花 朱熹
榴花一树半红明，隔断三分百子城。
待到秋高枝上堕，直须内外口中英。

74 题淮南寺 程颢之二
十二桥边一笛休，三千弟子半王侯。
江都莫问隋炀帝，汴水长城各去留。

75 秋月 朱熹
碧海蓝天一叶舟，寒宫桂影两心愁。
红尘处处扬州路，落叶幽汴水流。

76 寄王舍人竹楼 李嘉祐
不问春秋罢五侯，直须竹角著千楼。
南风负鲜闲纱帽，北榭轻眠对水鸥。

77 七夕 杨朴
楚鄂人中唱九歌，潇汀竹上泪干河。
私心织女牛郎少，乞巧牛郎织女多。

78 直中书省 白居易
中书省里一文章，紫阁楼中半柳杨。
独坐亥都观草木，何须司马作刘郎。

79 立秋 刘翰
一叶梧桐一叶风，半秋玉影半秋空。
婵娟窥见人间色，只道心思密月中。

80 直中书省 白居易之二（北京鼓楼八十七号）
紫薇花对紫薇郎，日月耕耘日月光。
半腹经纶三世界，鼓楼月色鼓楼乡。

81 秋夕 杜牧
万里长空一画屏，千云散落半浮萍。
银河两岸流萤满，不见牵牛织女星。

82 观书有感 朱熹
一树族旗一叶开，半琼玉佩半瑶台。
清清浊浊源流水，渭渭泾泾本自来。

83 江楼有感 赵嘏
独自寒宫独自愁，各寻桂影各寻秋。
江楼但见江流去，日月何流日月留。

84 泛舟 朱熹
中流自在一舟轻，枉费心机半岸横。
不必推移由水力，也无涨落也无平。

85 西湖 林升
三潭印月一湖秋，十里长堤半汴州。
小小知音歌舞尽，声声佩玉曲姿楼。

86 冷泉亭 林稹
冷暖泉中一水知，阴晴世上半人迟。
西湖小小从曲舞，灵隐幽幽度晓时。

87 湖上初雨 苏轼
雨点波纹半不平，云烟湿雾一湖倾。
东施已去西施在，吴国桥连越国城。

88 冷泉亭 林稹之二
飞来峰下冷泉亭，灵隐云中古刹铭。
世上常常无暖酒，人间处处有浮萍。

89 晓出净慈寺送林子方 杨万里
六月西湖一月空，三更柳浪五更同。
慈恩寺外长堤路，晓日云中玉色红。

90 冬景 苏轼
梨花半挂一寒枝，素雪千寻十地迟。
独立残荷成傲骨，孤身玉叶结冰姿。

91 禁锁 洪遵
深门禁锁玉人家，墨砚倾心二月花。
建设城中无地铁，中南海里有天涯。

92 枫桥夜泊 张继
枫桥夜泊半霜天，拾得寒山一月田。
古寺钟声人不语，渔舟唱晚客无眠。

93 寒夜 杜耒
三更半夜一灯红，五岭千川两各空。
只有梅花姿色在，高低远近自相同。

94 和贾舍人早朝 王维
君曦半上紫光楼，晓色三催剑佩休。
玉漏声中知彼此，香烟殿上傍沉浮。
千章未免临仙掌，万语深谋向九州。
世上春秋天地容，人间共暖帝王侯。

95 霜月 李商隐
寒宫青女作霜天，北雁南来楼水田。
玉兔知情寻桂树，嫦娥几度化婵娟。

96 和贾舍人早朝 岑参
欲进长安下杏坛，诗书漫卷上云瑞。
皇州御柳宫墙客，紫陌钟声露水冠。
碧色一移千百度，香风起落两三澜。
阳春曲曲巴人唱，下里声声帝子观。

97 梅 王淇
水色孤山半木林，西湖北岸一关心。
无因不见林和靖，鹤子梅妻问古今。

98 上元应制 蔡襄
上列三元一古今，中承七脉半人心。
端门御水流天下，凤阁春光宝炬森。
七十余年寻旧嘱，三千未满九州荫。
人间处处华封祝，世上时时惠爱晋。

99 雪梅（一）卢梅坡
雪着梅枝一半春，寒心冷暖万千人。
疏香素色姿身晋，独树清高玉腊秦。

100 雪梅（二）卢梅坡
雪雪梅梅一色香，春春腊腊半衷肠。
飘飘逊逊红妆粉，淡淡疏疏玉雅黄。

101 答丁元珍 欧阳修
雨里笋尖七寸芽，云中竹水半人家。
三枝两节争光后，一气千声应物华。
野草群芳相比傍，惊春独立问桑麻。
书生自是长安客，渭水须载二月花。

102 秦淮夜泊 杜牧
云浮玉树后庭花，月满金陵隔壁家。
只新秦淮桃叶度，何闻二水石头涯。

103 插花吟 邵雍
鬓斑一叶小花枝，三世三章玉色迟。
日月耕耘田半亩，阴晴草木万千诗。
七十千情问翠微，春光一片意芳菲。
壹涵酒影公翁醉，履步花前不待归。
注：1.三世，古人以三十年为一世。
2.插花指古代男子发髻上的插花。

104 归雁 钱起
衡阳一夜雁归来，嘹呖千声一字开。
塞北寒霜沉古木，江南月色等闲回。

105 早朝大明宫 贾至
紫气东来半建章，春城晓色一进阳。
莺鸣百转声长久，柳细千篇玉带长。
有礼彬彬从职守，衣冠楚楚奉君王。
深宫银烛明明许，御殿清风处处香。

106 寓意 晏殊
日进巫山十二峰，雨云峡口万千重。
襄王楚梦何朝暮，神女江波去不逢。
宋玉高唐诗赋客，婵娟冷色故人踪。
天长水远寒宫桂，影暗星移度玉容。

107 和贾舍人早朝 杜甫
中书省里半挥堂，御漏池中一凤毛。
玉润珠圆含日暖，烟香露湿醉春桃。
龙城欲动旌旗阵，晓箭成催鸟省朝。
客里三千来去晚，诗家五万古今高。

108 秋千 僧惠洪
长裙拖地小楼前，短袖浮云玉翠络偏。
一步登空神色尽，三春玉影曲波田。
飘飘洒洒心无主，去去来来滴降山。
已过墙头红杏问，须停此刻任高悬。

109 积雨辋川庄作 王维
枳西平川一色迟，浮云过客半心痴。
阴阴夏木方成叶，漠漠春蚕已结丝。
木槿红颜朝暮客，青山绿水古今诗。
三吴几处芙蓉巷，十里梅山五万枝。

110 曲江对酒（一）
春花只许曲江春，人意何须渭邑人。
酒醉群芳姿色尽，风移月暗落红尘。
慈恩寺里闻钟鼓，洛水波中绊此身。
物理浮荣天下事，麒麟几度易风津。

111 新竹 陆游
节节抽声日月知，离口欲色去来迟。
修修玉影婷婷立，籁籁云沉雨露枝。
翠笋逢春也鲜问，青章欲放新梢奇。
频频处处迎风见，傲傲丛丛拂拂时。

112 曲江对酒（二）
人生七十古来稀，日月三千淑女依。
子子孙孙来去问，朝朝暮暮夏秋衣。
蜻蜓点水寻寻落，玉鸟啼林款款飞。
祖父承前知自己，探花醉后曲江堤。

113 新竹（二）
半壁亭中半世情，一园荷下一人生。
陆游此去何时易，唐婉还未几度更。

114 黄鹤楼 崔颢
知音台上一春秋，鹦鹉洲前二水流。
鄂渚楼空黄鹤去，高山流水楚人愁。
龟蛇处处烟波向，武汉城城日月修。
只见多关三界外，如今犹唱九歌头。

115 秋兴 杜甫
白帝城外一古今，巫山狭口半人心。
沧江楼地风云涌，蜀道连天日月林。
十二峰中舟不去，三千木上客轻吟。
波涛竟是难平处，水气直凌百树荫。

116 旅怀 崔涂
水落花流一半情，莺啼晓梦两三声。
庄周意下乡心近，杜宇鸣中月五更。

古驿长亭何十里,如今石径已千萌。
人生自影行无路,于不明途自在明。

117 秋兴(二) 杜甫
一叶轻舟百里飞,三生四月半春晖。
千家草木知时节,万里乾坤满翠微。
刘向传径相背违,匡衡抗谏自薄非。
秋风扫路长帝短,暮色谁呼客子归。

118 答李儋元锡 韦应物
草碧花红又隔年,长亭短榭付川泉。
秦川霸水泾桥色,柳叶杨枝折渭钱。
寻径苦夜何长短,取道明天不成眠。
三更晓色催人晚,十六寒宫一度圆。

119 月夜舟中 戴复古
波明月色一舟中,影落清宫半袂红。
寂寂渔灯心欲暗,幽幽客意情思风。
江流来止时光去,古岸村桥睡梦同。
独卧诗词文字觅,孤身不叹此船空。

120 江村 杜甫(吴中同里小桥村一号)
江村半曲一清流,古渡三桥两扁舟。
远近同庄同里月,阴晴汴水退思楼。
云烟俱是吴中客,细雨无声日上羞。
碧女轻言子玉带,唯亭浪语到杭州。

121 中秋 李朴
十五平分十六明,两三夜半两三更。
婵娟不约寒宫影,桂树无言狡兔情。
后羿人间何去空,云衢悔伴自空行。
银河彻底清无许,织女牛郎已失声。

122 九日蓝田会饮 杜甫
七日兰田玉色丹,三溪石岸碧流寒。
重阳早取茱萸草,桓兴长房酒醉安。
落叶知根天地厚,山高但可意心宽。
明年彼此相留顾,再把阴阳仔细观。

注:今日是指阴历九月初九的重阳节。《易经》中将"九"定为阳数,两九相重为"重九",月日并阳,两阳相重为"重阳"。相传古时有个叫桓景的人,为战胜当时流行的瘟疫,访仙求道,遇上仙人费长房,仙人告诉他必需在九月九日这天全家登上高山,插上茱萸叶,喝菊花酒,这样才能避开瘟疫。待他这样登山回家后,果然家中鸡犬尽死,人得以幸免。所以民间有重阳登高、赏菊饮酒、遍插茱萸等习俗。

123 左迁至蓝关示侄孙湘 韩愈
三生读客度岁年,一日南洋路万千。
木槿花红成国色,文章墨砚化方圆。
青云有意家何在,足迹凭须志涌泉。
此去当言天地阔,不必先尝可世田。

124 春晓 孟浩然
年年一莫晓,岁岁先多少。
夜云寻客声,春雨先啼鸟。

125 送郭司仓 王昌龄
凭年客多木林,但寄主人心。
夜雨云云浅,春潮日日深。

126 秋思 陆游
平生步步一诗求,与世年年半独舟。
利欲熏心成彼此,清知寡淡自王候。
恭月深深深几许,红楼色色色无忧。
江湖浪远沙鸣近,渡口滩横几春秋。

127 洛阳道 储光羲
六道五陵多,平沙半九歌。
长安三界月,洛水一清波。

注:五陵:即汉代长陵、安陵、阳陵、茂陵、平陵五座陵墓。

128 冬景 刘克庄
雪被初平草木衣,云衫鸟省去来稀。
长城旱却衡阳雁,岳麓湘明鲜过肥。
橘子洲头临渡口,汨罗水上九歌辉。
昆山巴鲜将军向,碧玉姑苏待客归。

129 独坐敬亭山 李白
独坐敬亭山,孤寻醒醉颜。

云浮泾渭水,雨落玉门关。

130 小至 杜甫
上下三浮日月催,吹葭六管视灰飞。
应物阳生冬至始,曝心已动令时梅。
疏客柳叶枝条度,岸渡东风晓气回。
万万千千乡国问,三三两两玉壶杯。

131 登鹳雀楼 王之涣
白日作春秋,黄河逐海流。
东西三万里,曲折百千愁。

132 送毛伯温 明世宗
沙场不让寸分毫,国度明求石剑刀。
鼋鼓声中凭勇色,三军帐下正旌旗。
麒麟有种传天下,凤阁书方向月高。
塞野行归成就赏,田园鲜甲问征袍。

133 登鹳雀楼 之二
黄河十八湾,日月百千颜。
曲曲成天地,悠悠入海关。

134 伊州歌 盖嘉运
一梦到辽西,三更宿鸟啼。
声声听仔细,处处任栖楼。

135 梅花 林逋
梅妻鹤子半清悬,宝叔孤山一独妍。
岸浅湖深霜雪色,香疏影占作榆钱。
梨花不让群芳问,二月寒心度小园。
浩气风尘多少问,东风处处入桑田。

136 左掖梨花 丘为
梨花雪色归,左掖玉文扉。
凤阁疏香色,东风唤翠微。

137 左掖梨花 之二
左掖半梨花,中书一御家。
文章天地外,日月满天涯。

138 江行无题 钱珝
岳麓问书僧,匡庐不可登。
云雾多不空,水露以香凝。

1729

139 题袁氏别业 贺知章
策策一林泉,悠悠半岁田。
山山多石木,处处是榆钱。

140 答李浣 韦应物
龟蛇易镇关,黄鹤一楼闲。
楚水多波名,知音何往还。

141 之二
山烟换岁月,露水化林泉。
不必寻云雨,无须付酒钱。

142 秋风引 刘禹锡
一叶落衣裙,三江逐色分。
潮头方渡口,岸柳已先闻。

143 夜送赵纵 杨炯
连城璧玉泉,赵氏孤儿缘。
雅令三千客,清风月满川。

144 秋夜寄邱员外 韦应物
玉树问寒娟,幽人似不眠。
临平山学道,处夜西寻泉。

145 竹里馆 王维
独坐一幽篁,孤寻半壁光。
山禽人不至,竹馆月难藏。

146 秋日湖上 薛莹
日色五湖流,烟波半碧羞。
阴晴无水处,草木十三州。

147 送朱大入秦 孟浩然
寻寻半别心,语语几光阴。
渭水千流转,长安一古今。

148 寻隐者不遇 贾岛
心从易道班,月把玉门关。
步隐泉林逐,寻幽去不还。

149 长干曲 崔颢
君家几故多,妾舍半炎凉。
二月梅花问,三春杏李杨。

150 汾上惊秋 苏颋
河汾半白云,武帝一人君。
万里招摇尽,千年日月分。
一水白云飞,三边落叶归。
逢摇知寞寞,处事且微微。
注:汉武帝刘彻在游汾水时,曾作《秋风辞》,第一句即为:"秋风起兮白云飞"。

151 之二
莫问女儿妆,须知日月塘。
江湖何去往,草木是同乡。

152 逢侠者 钱起
群雄聚孟家,燕赵问天涯。
壮士何高古,悲歌二月花。

153 蜀道后期 张说
九陌一枯荣,三边半雪明。
何时光蜀道,已垒洛阳城。

154 静夜思 李白
窗前一月光,地上半明霜。
进退何寻顾,低昂问故乡。

155 之二
床前月色明,地上玉人清。
故土低头问,乡思一半情。

156 和晋陵陆承早春游望 杜审言
南洋宦老人,木槿四时新。
海曙云霞岛,丛林树木春。
朝朝知暮暮,雨雨复津津。
但种红颜好,收留自古论。

157 之二
十载森成林,三生易古今。
文章生日月,草木见人心。

158 秋浦歌 李白
浦口半荷塘,莲蓬一子乡。
三心成百孔,十粒化千章。

159 春夜别友人 陈子昂
竹泪化云烟,书声对晓天。
清光高树后,玉影墨池前。
别路南洋雨,中心北国泉。
辽东常入梦,木槿自颜田。

160 赠乔侍郎 陈子昂
巧宦汉廷雄,麒麟阁坐功。
云台今已下,白首笑苍穹。
云阁:指云台和麒麟阁,俱建于汉代。

161 答武陵太守 王昌龄
日暮一黄昏,风行半叶根。
三思梁客老,一付信陵恩。

162 送友人 李白
自主一东城,诗音半北京。
平生吟五万,历路百千荫。
笔落朝朝暮,花开处处晴。
南洋耕日月,木槿任枯荣。

163 行军九日思长安故园 岑参
万里拜金台,千年一士裁。
何辞天水去,应向故人来。

164 送友人入蜀 李白
蚕丛蜀道行,杜宇客闻声。
剑阁浮云起,沧江雾雨鸣。
巫山成独峡,白帝作孤城。
但得相思早,何求一梦情。

165 婕妤怨 皇甫冉
花枝一建章,玉树半昭阳。
司马婵娟赋,相如儿曲长。

166 易水送别 骆宾王
易水一燕丹,荆轲半赵寒。
春人天下去,古道壮士观。

167 次北固山下 王湾
远近一潮川,高低半谷天。
云平千里月,水阔万人田。
海日相追逐,江春化旧年。

心思多彼此，意欲少波泉。

168 别卢秦卿 司空曙
只作半人雄，难分一道中。
何生杨柳叶，莫夹去来空。

169 苏氏别业 祖咏
别业木成林，书生目古今。
根深枝叶树，雨重覆天荫。
南洋木槿色，北国故乡心。
五万诗词客，三生作知音。

170 答人 太上隐者
临渊仰望天，玉枕石头眠。
水映高峰色，山晴隐士年。

171 春宿左省 杜甫
一九左省歌，朝风两三河。
群芳花隐色，御漏月如何。
欲晓开金钥，闻城佩玉珂。
乾元终始问，历治蚊天梭。

172 送崔融 杜审言
生来一北平，李广半名声。
射虎三河岸，驱军万里征。
幽州书记客，易水将飞城。
但得尘烟扫，何来故十盟。

173 题玄武禅师屋壁 杜甫
禅师顾虎头，壁画十三州。
惠远庐山寺，东林慧觉修。
行身凭日月，履杖故沧州。
渡口舟停处，山青化清流。

174 扈从登封途中作 宋之问
登封问腊梅，夜火拜金台。
名晤鸿沟壁，宫明楚汉才。
千旗三界静，万乘九天开。
日月朝还暮，文章去复来。

175 寄左省杜拾遗 岑参
兵步承天晖，分曹předa紫微。
青云方晓上，暮客御香归。

补阙闻封奏，拾遗谏朝闱。
柳色摇条处，阳光自在飞。

176 题义公禅房 孟浩然
方圆一寸心，日月半禅林。
寺外千山远，溪前万木深。
莲花生净土，玉竹问鸣禽。
世界阴晴色，乾坤各擎晋。

177 登总持阁 岑参
总持一天边，登临半玉泉。
阴晴万井路，日月五陵烟。
渭水清流色，秦川屹立悬。
禅心由彼此，净土自天仙。

178 之二
八百里秦川，两千载渭田。
何言三界不，不及五陵烟。

179 醉后赠张九旭 高适
颠张醉素天，砚墨去来悬。
纸笔丹青外，长安饮八仙。
玄宗召博士，对景客须眠。
石似天街旱，何如自在年。

180 玉台观 杜甫
滕王玉阁楼，浩劫寺云秋。
鲁帝乾坤上，钱君四十州。
人间萧史典，世上去来游。
鹤去从天下，笙来任九州。

181 登兖州城楼 杜甫
城楼一目余，海日半当初。
岱岳依天主，江河任地疏。
赵燕寻易水，齐鲁读天书。
汉殿孤烟尽，秦宫十亩锄。

注：杜甫举进士下第后，到兖州看望任兖州司马的父亲杜闲。

182 观李固请司马弟山水图 杜甫
王乔鹤不群，白帝玉难分。
世上知音少，人间客未闻。
天台方丈水，果老汉家云。

司马山河壮，男求淑女文。

183 送杜少府之任蜀州 王勃
殿阙九千人，风云半日新。
三生闻禹舜，一目到天津。
渭水东流晚，秦川暮色渝。
闻君词蜀道，得意杜鹃亲。

184 旅夜书怀 杜甫
江湖独月舟，旅夜体清流。
色落天河岸，云随旷野秋。
诗词名梅著，日月作空楼。
寂寂何天地，悠悠作渚洲。

185 圣果寺 释处默
一曲凤凰歌，三吴半薜萝。
姑苏随碧色，会稽任娇娥。
汴水千年柳，钱塘万里波。
钟声先否响，圣果古今多。

186 登岳阳楼 杜甫
一上岳阳楼，千情万里舟。
东流吴越水，北见洞庭秋。
日色随波遂，云光问莫愁。
天台何远近，白帝已无求。

187 野望 王绩
山山一旧衣，树树半辰稀。
野野云中色，明明玉里玑。
朝晖花不语，晓露湿帝畿。

188 江南旅情 祖咏
驿路半萧条，江风一浪遥。
天光随目阔，水色任高潮。
鄂渚寻南斗，长安忆洛桥。
吴人多越语，已上紫光霄。

189 送别崔著作东征 陈子昂
万里一东征，千年半世横。
江山三界土，草木九枯荣。
剑戟何光色，卢龙甲帝京。
麒麟名阁上，海气北平城。

190 宿龙兴寺 綦毋潜

禅灯一夜归，古刹半心扉。
玉挂青莲月，珠联碧叶辉。
天花方丈语，净土比丘微。
寂寂观音座，声声鸟不飞。

191 携伎纳凉晚际遇雨（一）杜甫

日暮半帆丝，风轻一浪迟。
莲荷云欲柒，碧玉雨先知。
莫以巫山客，须成白帝诗。
佳人花雪色，不语入船时。

192 携伎纳凉晚际遇雨（二）杜甫

浪水打船头，沉云向女羞。
燕姬姿影近，越女色随流。
岸柳凭风摆，帆舟左右谋。
江楼空自望，幔卷玉人留。

193 题破山寺后禅院 常建

三生日月心，百岁木森林。
曲径含远近，禅房纳古今。
放鱼池岸影，从畀玉观音。
万籁成天地，千年肃此荫。

194 题松汀驿 张祜

黄天荡里风，子胥客前雄。
鸟道吴人语，蛇龙楚客虫。
无须天地上，只在五湖中。
寂寞鸿沟北，苍茫水国东。

195 宿云门寺阁 孙逖

象外万山秋，云中半寺楼。
花前三戒阁，暮下五湖舟。
小路天涯远，成心日月修。
禅音何彼此，守一不王侯。

196 之二

百里一淞汀，三吴半泽萍。
家家云雨路，户户玉碑铭。
盘门三锁暗，子胥两臣丁。
阴晴成墨笔，草木作丹青。

197 秋登宣城谢朓北楼 李白

宣城望北楼，鄂渚向南秋。
霭雾平明镜，云烟散莫愁。
晴光偏柳岸，雨色落江湖。
谢履临山向，楼桐处世忧。
注：宣城，既有明镜般的宛溪和句溪，又有彩虹似的凤凰楼和济川桥。

198 天下枣诗

天中一树华，叶下半光霞。
老枣成年果，春梅二月花。
朝来闻喜鹊，暮去浪淘沙。
紫气书生吕，东城淑女家。
2013年7月28日 北京东城汪魏巷九号

199 吉隆坡

平生业就一黄粱，创造银行九脉肠。
礼毕千家诗五万，成思半愧客南洋。
梅花喜鹊一寒枝，腊月东风半暖迟。
唤起群芳天地上，人间草木暮朝时。

六、情史

冯梦龙　浙江古籍出版社　2011年12月出版

1 情史 冯梦龙著

巫山
雨在云中雨似云，君心玉女女似君。
三春花草三春欲，两地衷情两地分。

2 卷一 情贞类 范希周

画堂春
关西女子建州男，希周范贺知甘。
临安双镜又圆眈。礼义芳坛。
一诺千金不娶，三生未辱峰参。
人间是应养春蚕。月满三潭。

3 天台郭氏 浣溪沙

月在天台一色悬，佳人绩纺半裙全。
雍姬不释两重天。只见村南杨柳木，
还闻塞北妇夫年，人生一世是方圆。

4 卢夫人 浣溪沙

剔目玄龄帝子明，人间至妒美人情。
遭间卮酒无留声。礼待终身夫妇暮，
司空一举御难盟，自此房公一半生。

5 申屠氏 浣溪沙

细雨门前半断烟，云涛天下一帆悬。
江川万里两客船。甄后难言文帝怨，
秦王杨氏帝兄田。六一风波更可怜。

6 美人虞 虞美人

吴钩半断河山暮，舞草虞姬路。
乌骓何故向东吴，一半男儿彼此问江湖。
风云默默长亭树，秋月春花误。
寒窗十载读书儒，汉界楚河霸主几声呼。

7 卷二 情缘类 张二姐 浣溪沙

古刹云门向天空，当时草碧见花红。
深洼浅畔任鸣虫。春雨东风千里万，
姬姜王谢主姑翁。温良二姐谨勤同。

8 郑中丞 南方子

一曲半天涯，只问人间十地花。
大小泡雷雾厚本，琵琶，女色罗巾岸锦华。
御水自西斜，掩面中丞怍旨嗟。
不及河中如故耳，琵琶，美景良辰获女娃。

9 浣溪沙

举案齐眉一孟光，梁鸿俱隐半妻堂。
布衣自织嫁衣裳。粉墨绮缟居屋下，
霸陵山下入高唐，耕吴后汉百年芳。

10 程万里 浣溪沙

宋末彭城万里名，江陵未解玉娘情。
罗网统制自忠诚。二十年前三二日，
怀中绣鞋易生平。庵中日月合时明。

11 玉堂春 浣溪沙

驿客城中驿客人，玉堂春后玉堂春。
乾坤自是一乾坤。拍案惊奇文扫地，
梦龙百获半红尘。清明时节儿迷津。

12 卷三 情私类 贾午 浣溪沙

御下官前一品香，姿中色上半宫妆。
隔墙儿女试鸳鸯。西域奇芳知馥异，
下堂女子下堂慌。当时贾午至南阳。

13 浣溪沙

玉丽吴中月色生，江心顾盼女儿情。
风流一日小般倾。魂断兰桥芳百度，
三春草木碧干荣。天盟不尽怡天盟。

14 卷四 情侠类 卓文君 浣溪沙

司马相如景帝郎，都亭玉赋客梁王。
文君四海凤求凰。"桐梓合精"琴自语，
私心寥女处兰房。白头吟尽子虚肠。

15 卷五 情豪类 浣溪沙

子畏芳花一役生，桃花庵主别生情。
间门永巷市姿荣。落拓才高唐伯虎，
虹山学士讣难成。茅山持杵桂华名。
注：永巷，掖庭，官女住地。

16 卷六 情爱类 丽娟 浣溪沙

吹气幽兰一丽娟，和歌武帝半延年。
平生共唱曲花天。不欲衣缨痕玉体，
随风重模自鸣泉。红尘闭佩袄生仙。

17 李夫人

叹息怀梦草异香，佳人妙丽绝情肠。
燕姬胡语饰妖妆。"落叶哀蝉"生曲赋，
倾城倾国亦倾王。蘅芜色事酒洪梁。

18 浣溪沙

一半芙蓉一半肠，三千妒忌五千伤。
华青水色大兴坊。十斛珍珠高力士，
采萍木忤荔枝杨，助齐花下自韬光。

19

义伎梨园一念妈，宫深玉液半扶苏。
声声天下几独辜。每咻歌喉惊十地，
妩人眼色情人胡。朝霞之上念江湖。

20 长沙义伎 浣溪沙

义伎长沙一少游，文章枕褥待春秋。
少游彼此以心留。
谢客闭门秦士别，滕县故去不君述。
南迁"钩党"似词修。

21 李师师 浣溪沙

谁匿南朝守道君，邱彦隐括误耕耘。
新橙谑语作时分。纤手吴盐成雪色，
初温锦屋兽烟薰。女人自是一衣裙。

1733

22 兰陵王

李师师，宋徽宗，周邦彦，短亭暮，不
尽师师相误。知杨柳，千缕万丝，自是
邦彦不许。徽宗以坐故。杨柳，朝朝暮暮，
来来去去，折断心中柳杨树。谁人问伊
故？曲意已声声，莫以情妒。醒醉一文章，
宫色烟树。临安灯火江南顾。一脉叙情在，
枕边眼下，想思万里向驿路，瑶池在何
处？兮付，几人度？自古半人生，以身
洁素。孤芳可云江湖度渡。处处一明月，
诗词歌赋。春秋科夏，似梦里，巫峡雨。

23 卷八 情感类 长门赋 浣溪沙

此去长门半问君，深宫司马一斯文，
藏齐金屋恋衣裙。妒甚女巫楚服子，
衣冠帻带何夫妇，雄猜挟怨望风云。

24 郑德璘 浣溪沙

江夏行舟一乞甘，鲛人无泪半湘潭。
洞庭老даг府公涵。排柳巴陵舟不语，
横波潜暗荻花浍，轻鸥点点小姑岗。

25 卷九 情幻类 安西张氏女 浣溪沙

半入黄粱一梦生，三春绰约女花荣。
闲庭月色玉心倾。此去宫妆王不语，
归景砌竹顾丝名。琵琶一曲自怀情。

26 吴兴娘 浣溪沙

防御兴娘凤钗生，痴情未了付余情。
崔郎姊妹寄身倾。外馆深闱知旧什，
瓜洲不拒以仓荣。归宁是处以心盟。

27 黄损 浣溪沙

善素昆仑一曲唐，冯夷柯蚁半河伤。
阳侯吕后壁臣肠。玉婉兰芽芳馥久，
黄郎胜似几萧郎。长安日月已明娘。

注：1.唐代第一琵琶手是康昆仑，
第一筝手是郝善素。
2.阳侯、河伯：阳侯，西汉吕后时
丞相审食其封号。初以舍人侍吕后，
夤缘迎合，奉命维谨，渐为吕后所
宠幸。

高祖称帝，封为辟阳侯。吕后时，
任左丞相。公卿皆因而决事，权势
极大。
3.柯蚁梦：即南柯一梦的传奇。出
自唐李公佐《南柯太守传》。

28 桂花仙女 浣溪沙

半在丹青半在春，一身缱绻一身人。
蓬莱仙女似如邻。自以墙东非是客，
红尘可以饰红尘，轻妍遗恨却相亲。

29 浣溪沙

会稽梁家女未开，丞相东晋祝英台。
谢安义妇请财来。曾记同窗男女异，
东山始乱一枝梅，上虞过学自当猜。

30 卷十一 情化类 心坚金石 鹧鸪天

日夏书房读玉郎，声形丝竹丽容娘。
临请路上寒夫志，所结精诚各俱伤。
三界色，半含香，心坚金石至倾藏。
衣冠须眉家合物，皆以纤悉性人肠。

31 连枝梓双鸳鸯 鹧鸪天

战国韩凭半玉房，何氏美色竟康王。
南山"乌鹊歌"赋志，梓木成双两水长。
千鸟王，一鸳鸯。开封城下自倾肠。
人间有风求凰去，世上交朋问雪霜。

32 卷十二 情媒类 卢二舅 鹧鸪天

月老红娘一线牵，归舟玉树半心田。
云中社外波斯店，太白山前两地缘。
三界易，五蕴天。芳尘自在待人全。
"笠笠"有字闻"天际"，可辨书生以涌泉。

33 赵汝 浣溪沙

玉骨冰肌谢素秋，樊城君牧汝舟述。
武陵溪畔逢人休。院落梨花香异色，
秋千欲去海棠留。"金莲"记取洛阳楼。

34 卷十三 情憾类 杜牧

国色人香十岁余，归期日日五湖居。
湖州刺史盟须尽，三载人情不异疏。
春已去，色裙裾。钱塘雨月照芙蕖。

红花未断东风雨，缘时成荫自不如。

35 李易安 浣溪沙

金石明庆问古今，桃花逐水"白头吟"。
杞梁何去孟姜寻。"漱玉泉"边多少水，
"声声慢"里正伤心。梧桐细雨作知音。

36 卷十四 情仇类 秋胡 浣溪沙

一片冰心在玉壶，三春杨柳问秋胡，
彼家不似自家奴。但守孤灯明日月，
梨花叶薄晚江湖。轻舟未许似桑榆。

37 卷十五 情芽类 智胥 浣溪沙

玉润情芽治面身，肌妍肤丽竟红尘。
香闻远近比三春。落尽私服群色毕，
华光备极化天津。洁素忘却来去人。

38 濑女 浣溪沙

濑水清流濑女贞，溧阳子胥乞吴人。
穷途箪饮止行身。三十壶浆长跪仕，
丈夫反顾已轻循。英雄可叹仰天津。

39 卷十六 情报类 珍珠衫 浣溪沙

一半珍珠一半衫，万千欲望万千谗。
百年心事百年缄。妇就夫从合日月，
男娼女盗夜方鼢。江湖不心问船帆。

40 张红红 浣溪沙

"长命西河女"色新，红红曲心断红尘，
韦青自得淑儿身。颖司心中恩不绝，
宜春院外又迷津。人间何谓去来人。

41 李益 浣溪沙

大历才人一客身，青衣十一小娘亲。
风流色目作奴邻。小玉精奇歌曲度，
琼林玉树几逢春。何来此去作新人。

42 之二

小玉怜才不息身，铘情结恨李郎邻。
黄衣壮士丈夫人。转意回心多少士，
前因后果地天伦。如初三娶念风尘。

43 卷十七 情累类 李将仕 浣溪沙

十地三春一玉颜，七情六欲半人间。

古今万水绕千山。无事生非非不是，江河曲曲双弯弯。女儿妒疑累斑斑。

44 浣溪沙
以欲求刚一虎狼，临流叹止关杨长。一夫勇士一夫当。计下韩熙载不致，丞相家国两厢亡。风云水陆向南唐。

45 卷十八 情疑类 织女婺女 须女星 浣溪沙
一语天机百日箴，三星三女半知音。书生不知诺久阴。织女婺神须女至，山中朴柘每亲寻。殊姿淑德却人心。

46 玉厄娘子 浣溪沙
六器人间玉厄娘，表衣殊色暮花香。神妖相似几彷徨。东州逻谷口居塘，西王母女自传芳。心田不种破芜荒。

注：玉璜在中国古代指玉琮、玉璧、玉圭、玉璋、玉琥等，《周礼》一书称为是"六器礼天地四方"的玉礼器，"以玄璜礼北方玄武"。

47 妙音 浣溪沙
青犬黄原一妙音，太真弱筝半倾心，相思所伺以修寻。后会无期天地隔，分袂解佩空如今。须臾相敬致宾深。

48 张果老 浣溪沙
枯木逢春韦恕邻，朱门甲第每相亲。昆仑奴子序天伦。自度杨州张果老，衣冠子女半红尘。人间一半女儿身。

49 辽阳海神 浣溪沙
三寸心田十地天，一人道理万家缘，辽阳仕女至今传。何以蓬莱仙岛外，生平归约以盟眠。居庸关里可经年。

50 浣溪沙 冯梦龙
如女牛郎各一方，人生两短复三长。迷津之外半荒塘。咫尺天涯男女客，桑田沧海素浓妆，巫山云雨满黄粱。

北京·养春堂
辛卯三月

七、泉之韵 济南

1 泉
一眼趵突泉，千年柳叶悬。
行踪曾问地，立足自朝天。

2 之二 望鹤茶舍
江河一半不观澜，望鹤三千入目寒。
玉水板桥春柳叶，蓬山旧迹上云端。

3 元 赵孟頫《咏趵突泉》
历古烟华七心消，千年旧迹半龙潮。
玉壶不尽惊雷雨，壁影观澜碧玉谣。

4 趵突泉
波光玉碎柳杨桥，涌瞿观澜日月消。
雨水新泉三两碧，蓬山旧迹万千条。

5 宋 曾巩《金钱泉》
摇金一线泉，尚志半堂天。
界破冰绢玉，心成竹碧娟。

6 卧牛泉
柳絮泉清半卧牛，田园牧鹤一伊羞。
依稀竹影东风问，化何香茗醒醉浮。

7 漱玉泉 漱石枕流
漱玉泉边女才人，易安枕上柳色新。
流清砾石二界水，可叹生平半红尘。

8 之二
漱石清流枕易安，清风化雨向泉寒。
江南日月思齐鲁，落叶洞庭向素残。

9 无忧泉
酌水难消一世忧，清溪可濯半春秋。
群芳渡口击址向，自在江河自在流。

10 石湾泉
叶落向浮萍，风扬草木青。
春秋何所似，日月几分铭。

11 杜康泉
甘霖一杜康，醒醉半炎凉。
彼此知天下，何须问帝王。

12 珍珠泉
万斛一珍珠，三生半有无。
芙蓉汤色浅，日月帝王殊。

13 宋 李清照《如梦令》
一半云烟朝暮，八九人生归路。
齐鲁问溪亭，不知易安何处。
何处，何处，未尽枯荣风雨。

14 濯缨泉
沧浪清清濯我缨，天云淡淡沐他情。
金鳞处处寻龙跃，玉帛声声始作名。

15 舜井泉
有井无泉百万天，无泉无井二三年。
厉城日月尧禹舜，可记香灵莫草悬。
注：二〇一一年三月十六日寻舜街舜井，基建工地荒薰草木，娥皇女英玉及井之架碎成四段，翻墙寻之，无而立废之祸，与市长 12345-6150 电拟保之。

16 之二
舜禹锁蛟龙，先师纵客松。
山东先后作，铁树止行踪。

17 琵琶泉
琵琶未尽一琴音，切切私情半古今。
铮铮余泉依旧去，淙淙水雨自沾襟。

18 九女泉
婵娟疑是入凡尘，石白无非洗玉身。
砌岸伏波明水雨，人间不奈去来人。

19 五龙潭 名士阁
半入泉城半入春，龙潭名士士名人。
观鱼可数金千尾，杨色初兴柳色新。

20 天镜泉
天悬一镜明，地载半苍生。
云影知成败，风光化石荣。

21 砚池泉
洗墨砚池泉，湖光共色眠。
辉生三界外，渡口五蕴缘。

22
人寻斗母泉，地载雨云天。
父子珍珠水，阴晴日月船。

23 白泉，花泉，草泉，柳叶泉
深思日月半托迦，苦海江山土地花。
水色烟笼白石渡，风流涨落浪淘沙。

24 涌泉
平生自涌泉，足迹可前川。
百尺飞流下，千章水色田。

25 避暑泉
只落风尘不落香，未红日月可红娘。
袁洪峪坳园地里，柳埠山泉色柳杨。

26 突泉
日落一泉村，光华半不昏。
余音寒不语，锦绣小儿孙。

27 大泉
山仁水智一前川，润碧沙红半后泉。
白石清流自九曲，金鳞玉树向云天。

28 圣水泉
一衣带水一帘禅，半寺生辉半地天。
古树溪花龙不语，心灵水秀石生莲。

29 梅花泉
章丘水色半梅花，落落江南一万家。
锦绣桥头临溢口，沾衣细雨问窗纱。

30 袈裟泉
清流只洗半袈裟，几度风尘一客家。
色色空空心不止，天天地地浪淘沙。

31 日月泉
古刹青灯日月泉，山高岭垂水云天。
长春上下三千界，只在蓬莱一觉禅。

32 齐鲁
齐烟九点入峰峦，鲁志三重问国冠。
岱岳千山回首处，趵突一水自观澜。

33 之二
柳碧凤栖楼，江青水色幽。
泉城舜井废，何以鲁齐留。
注：2011 年 3 月 16 日寻舜井废而呼济南市府，娥皇女英晓汲之井犹可存乎？

八、世界是部金融史

陈雨露　杨栋　江西教育出版社　2016年4月出版

长春创建亚洲发展投资银行。

1 世界是部金融史
长春七十下南洋，立足天命问四方。
天下文章殊未晚，亚洲发展投资行。
辛卯二月

2 楔子 鹧鸪天（加句）
一代强权一代王，半天苦海半天堂。
声名利欲何贫富，（成勃先后亡忽去）
五百年中彼此杨。三界土，五蕴乡。银
行万里下南洋，风云去去来来尽，（宙
斯木桶门前在）一代英雄一代郎。

注：宙斯家门口有两个大桶，分别放着"幸福"和"灾难"，宙斯混合了两个大桶，并将其赐给世人。

3 鹧鸪天
立世梭伦改革铭，寻钱希腊已原形。
民间社会公平制，罗马民前废旧廷。
寻雅典，问天宇。王冠法律易布丁。
辉煌俭朴忠诚尽，唯有金融始正听。

4 鹧鸪天 神坛上的雅典
饮血茹毛社会元，先行雅典类人猿。
五成债主切佣得，六一农民自苦宣。
多少隶，几亩园。循环往复利息繁。
翻丌木板梭伦令，解负人间铸币谣。

5 鹧鸪天 乱世生银行
雅典金融乱世生，粮钱本土海商盟。
城邦信贷无亲友，此去斯巴达克行。
罗马代，铁血赢。棘轮效应（欲可上不可下）始英明。
西欧战争出财富，帝国刀枪自立荣。

6 鹧鸪天 罗马的债务奴隶
罗马殊途抢劫成，捞钱始自共和名。
废除王政神坛上，暴力资源债务行。
明等级，霸公平。欲赢战争屏枪兵。
私财权责金融术，法律公平是不平。

7 鹧鸪天 狼
罗马人根始祖狼，逢穷只作嫁衣裳。
横行霸道钱财抢，不作平均恺撒王。
丧俭朴，病疯狂。尊严已去莫堂皇。
惰民贵族轮回客，元老倾权铁蹄乡。

8 鹧鸪天 尼禄的诡计
造币元人屋大维，强循恺撒独裁司。
共和不过民心国，铁腕方成一世基。
尼禄帝，别心颐。均分粮食不度炊。
横征暴敛难言过，一半时光节日迟。

9 鹧鸪天 如何才能抢劫老百姓
税罚无轻抢劫明，贬值可怕废钱生。
神人不是人神是，罗马王冠拍卖成。
戴克里，铸币行。臣民陛下治不荣。
谁知储备无承载，控制人间物价名。

10 鹧鸪天 迷失的货币（法兰克帝国）
日尔曼人了结情，欧洲海盗已平牛。
摧枯世界拉朽族，石头城为似不声。
城堡却，小农盟。复苏商品始繁荣。
迷失货币金融滥，此是欧洲祖先名。

11 鹧鸪天 抢无可抢的君士坦丁
拜占庭城建首都，二商垄断有还无。
鲜廉寡耻"出生法"，造币官僚作匹夫。
匠脸印，世袭奴。东方不败世秦殊。
贫贫富富相远差，一片反声帝国孤。

12 匈牙利，译为匈奴人的家
只道匈奴是汉人，西欧盛族客思亲。
公民责任佣兵役，飞鸟兵军帝国尘。
秦已尽，远天津。庄园帝国已失身。
模糊纱面无工力，历史内含是小民。

13 西欧第一帝：克洛维
世祖法兰西，克洛维密竽。
基督雄圣徒，起点是巴黎。
草洛温王国，谎言历史低。
宙斯门外桶，自古不分齐。

14 西欧是真正的小农经济
庄园一小农，铁血半分封。
土地王旗下，基督以示从。
东方求地主，西方务权踪。
专制宫相变，工商查理龙。

15 鹧鸪天 天平与剑——海盗的经商之路
海盗经商海盗荣，天平与剑基中情。
江山代有人才建，疑是非洲向此行。
华夏去，北欧盟。黄龙时代自维京。
伤心寡妇红颜泪，城堡西欧教义成。

16 鹧鸪天 暗黑年代（中世纪）
帝主农妈掘墓成，西欧货币始重生。
东征九次金融枭，圣殿芬奇密码名。
何骑士，宝藏荣。百年战争谁和平。
英雄不再金融再，几处封建有遗鸣。

17 鹧鸪天 城镇兴起
领主农奴市场成，恶花善果自枯荣。
先城后市耕耘处，手光人中世外明。

寻实力，以钱横。双方承诺各自行，
农奴领主城乡据，只有金融擅自行。

18鹧鸪天 谁是封建领主的掘墓人
货币重生几百年，市民领主半无钱。
农奴骑士新生活，只向商工苦新田。
城市继，自由侍。主权财产个人天。
不须依附非关系，交换文明货币缘。

19鹧鸪天 圣殿骑士的财富
上帝安拉各自神，全知全解半乾坤。
至高垂上回回教，圣地尊严始自身。
凭汇兑，任红尘。东征九次九沉沦。
经营信贷资金厚，圣殿骑士十字人。

20鹧鸪天 十字架上的金融密码
十字心中架上名，金融密码此先行。
金银财宝身先客，处处痴狂处处横。
玉四世，法人荣。没收骑士巴黎荣。
十三日月星期五，从此金融带血成。

21大宪章 西欧强盛之源
平民修宪制王权，财产私权保护先。
契约至高章议会，法兰西岛客无船。

22《大宪章》
西地文明大宪章，欧洲种子克隆强。
金钱未在封建主，只是私财不是王。

23骑士断缨
骑士倾缨缨半断名，功成白骨一生平。
法英两败俱伤事，只得金融作故城。

24谁是真英雄
历史英雄不见成，金融资本始终赢。
百年战后何英法，只有银行继位横。

25鹧鸪天 邻家金融初长成（西班牙、荷兰）
一部金融未长城，邻家资本几英名。
强权政治危机伏，富格尔家羁绊横。
英法客，郁金城。荷兰帝国日元倾。
西班牙利来时早，称霸欧洲势不行。

26采桑子 哥伦布发现了什么
哥伦布后非洲苦，半是王冠。
半是王冠，海盗西班牙外坛。
从商大陆非新见，一处狂澜。
一处狂澜，始以金银始以残。

27十六字令 新大陆金银害了谁
钱，路易名言处处钱。
银荒乱，商业认金钱。

注：1499年法国王室入侵意大利城市的时候，元帅沃尔奇奥曾向国王路易十二说了一句名言："陛下需要的只是三样东西：第一，是钱；第二，是钱；第三，还是钱！"

28浣溪沙 第一代世界货币：荷兰的欠条
大陆新生海638流，银行证券满欧洲。
荷兰纸币露初头。自此商人行贸易，
金银汇票联省求。双方信贸胜王侯。

29浣溪沙 公司源于强盗
信贷危机责任明，荷兰公司制香精。
银行移向女英城。放弃未来陈历史，
印尼自此遗芳情。梭罗河水入时倾。

30浣溪沙 郁金香泡沫
少女心中一念红，衷由不尽半由衷。
银行炒作各西东。一有郁金香泡沫，
危机四伏伴金融。古今英磅美元风。

31浣溪沙 金融强国术（英法争霸）
历史兴衰政以经，基督被劫教王廷。
金融帝国日中铭。以券波澜赎罪过，
西欧路德市浮萍。赚钱泡沫波心灵。

32浣溪沙
圣教千城美女残，原因重于半神坛。
金钱资本名掠穷寒。圈地成王以教义，
破门路德碎波澜。血汗生民是皇冠。

33浣溪沙 金融败家术
毁誉身名半不成，西欧革命法英争。

金融未得骗人荣。列强工商初革命，
来源霸道可倾城。图治励精有原盟。

34 1789年8月26日，治宪会议公布《人权宣言》："就权力而言，人人生而自由、平等、且始终如此"
平等自由一人权，自由平等半后先。
始终正反阴阳反，白黑相同似难全。

35无论怎么争论路易十六的是是非非，最终批准《人权宣言》的正是这位国王，也正是在他的手上，《人权宣言》获得了法律地位。而他被人权宣言处决了。
人权自古不人权，水火人间水火缘。
似得相容容不得，王民对立一方圆。

36新世界的呼唤
欧洲英磅美元生，兴废银行两度成。
华尔街中都证券，形同水火丙殊荣。
自由独立何南北，纽约中央及呼城。
上帝知钱由自主，知钱自主肆神明。

37殖民地的货币
杀人越货成，海盗问新生。
五月花清教，殖民纸币行。

38浣溪沙 独立战争，为谁独立
独立战争独立何，欧洲不似美洲歌。
银行纸币税收多。两度肖衰难梦见，
运行经济靠商河。压榨成荣几揣磨。

39美国金融之父
汉密尔顿——战时的英雄，卸甲后的理财家，既是美国的开国元勋，也是美国金融史上里程碑式的人物。人称"美国金融之父"。
联邦政府一邦联，美国金融帝国宣。
汉密成功尔顿父，战争促进外商船。
和平独立人权外，财政难成部长权。
纸币当头债务重，金钱美国是金钱。

40《梧桐树协议》，这些经纪人组成了一个有价证券交易聪明，这就是纽约交易所的前身。

央行股票以时生，交易金融证券城。
约约疯狂轻总统，梧桐树下自枯荣。

41 杰克逊逝世于1845年，他的墓志铭只有一句话："I killed the bank！"

何谓一银行，金银上帝扬，
上帝金钱在，死生两茫茫。

42 鹧鸪天 黄金世界（美国崛起）

造币王臣牛顿名，三十年中自倾盟。
金银非是天生币，货币天生取金成。
金本位，毁废荣。黄金铸币一斤明。
美元十块交宜换，自此白银不纵横。

43 鹧鸪天

一战三英苦不荣，千金半掷绝人生。
须鞶可笑问城倾。火神巴黎和会名。
协议贷，意联盟。美元英镑已分成。
先先后后难自久，美国欧洲各方行。

44 鹧鸪天 枪炮与金钱（二战）

危机四伏一金融，衰退三英九地风。
须论凯恩斯政策，法西斯结势力雄。
须国尽，以钱穷。如今世界不西东。
同盟不可同盟问，此时方始彼时终。

注：唯一不得恐惧的就是恐惧本身！
名义上35美元仍可兑换1盎司黄金。

45 浣溪沙 谁把希特勒扶上神坛

十字勋章下士煌，高低成本梦黄粱。
施罗德相错文章。啤酒难成希特勒，
投资成本自扬长。纳粹长刀之夜凉。

注：施罗德低估了希特勒，也高估了巴本。希特勒擅长演讲，更擅长利用规则争取利益：给我一个名分，我能撬动地球！

46 冷战就是金融战（冷战时代）

冷战半金融，苏联一世雄。
阴谋三界外，称霸美元成。
（马歇尔计划是帮欧洲复兴，
还是美元称霸世界的阴谋？）

47 问世间，是否此山最高（金融新世界）

彼此一时成，阴阳半世明。
枯荣三界问，上下五蕴行。

注：1967年东盟（东南亚国家联盟）成立，自此，东盟成员国确立了出口导向发展战略，1965-1980年东盟经济增长率为7.1%，经济起飞的迹象赫然在目。20世纪80年代末，泰国、印度尼西亚、马来西亚和菲律宾"亚洲四小虎"诞生了。据说，

苏哈托送给亲信的礼物经常是银行牌照，只要获得了金融牌照就获得了攫取国民财富的手段。在这种金融体制中，无论出现多高的不良贷款率都不奇怪，这不是银行，是掠夺国民财富的机器，目的就是制造不良贷款，而1997年年初印尼的不良贷率曝光数字就已经达到了30%。

48

冬眠一只熊，孔穴九成风。
雷曼全球客，银行半世穷。

49

50 浣溪沙 金融支撑世界，世界支撑金融

历史波涛历史风，金融理念作金融。
才钱组合自时雄。易易迁迁知事客，
前前后后有无中。无心不可有心横。

51 鹧鸪天 并非结局

一富千贫济四方，金银币券术银行。
于成概念坚持久，笑里鞶中有抑扬。
非理道，是阴阳。十年立论百年光。
须当大小兴衰见，彼此枯荣彼此疆。

九、原来诗经可以这样读

唐文　河北教育出版社　2005年8月出版

1古今诗《论语·为政》子曰："《诗》三百，一言以蔽之，曰：'思无邪'。"
一事无成一事成，三生读尽半三生。
沉浮不易枯荣易，日月西东草木萌。
　　　　　　　北京东城养春堂
　　　　　　　2010年12月5日

2原来诗经可以这样读 唐文著
日月东西日月光，文章内外赋文章。
诗经非是诗经事，论语春秋论语堂。

3为老书上新妆 张之杰：台湾"圆神出版事业"机构顾问
海岛一台湾，家关半故颜。
乡心寻客问，鼓浪玉人还。

4凡人的幸福
所谓伊人水一方，兼葭白露语三娘。
荒原蔓草春秋月，只似乾坤半柳杨。

5三千年前的歌
黄河此去半无踪，日月还来一故封。
两雪霏霏三界客，依依杨柳五蕴容。

6知我者，谓我心忧；不知我者，谓我何求
知人可谓一心忧，汉事难同半客求。
此语还余其语外，东江几处不西流。
注：《诗经》共三百零五篇诗歌。

7翻开《诗经》
水墨交融颂雅风，音琴察举以人终。
沉浮俯仰何言致，日月东西各不同。

8国风
周南一国风，玉树半城雄。
只有乾坤水，诗经草木同。

9周南
孰谓一周南？词深半古潭。
千年言语变，其意已无眈。

10周南 关雎
一寸相思十寸灰，千言万语半徘徊。
常夺势力寻天下，欲把江山马上催。

11之二
窈窕淑女半乾坤，右左人间一扇门。
落落参差荇菜采，关关反侧小儿孙。

12曹植与甄宓
洛神赋里一心忧，官渡甄妃半宓愁。
曹丕曹植兄弟外，江楼几处向江流。

13雎鸠
无名是有名，此鸟总关情。
不必知何以，雎鸠自在鸣。

14周南 卷耳
我姑酌彼金，维以不永怀。
维心致永怀，挂月色寻阶。
但化双飞鸟，随君到石崖。

15盛酒的器皿
醒醉一人心，沉浮半古今，
兴亡天下事，日月木成林。

16桃之夭夭，灼灼其华
叶落半归根，桃夭一子孙。
凭情知自己，渴望入华门。

17去年今日此门中，人面桃花相映红
处处半桃红，年年十地风。
萧娘来去影，水月有无中。

18桃花依旧笑春风
十亩桃花半玉壶，三春艳色一江湖。
书生礼是龙门客，必卜文章待价沽。

19汉有游女，不可求思
汉女一梦游，刘郎半不休。
墙头多影色，隔岸少春秋。

20滔滔汉江
滔滔一汉江，荡荡举无双。
顺水行归处，知音问楚邝。

21宋
春秋夏半边，马角楚三年。
大小藏千万，长江遣一天。

22召南
召南半似一周南，品位三生两味甘。
上下春秋非确切，东西取舍是包含。

23召南 小星
悠悠一小星，肃肃半空庭。
宿命同何处，霄征见异萍。

24跋涉之苦
一桥半断一桥横，半路三山半路争。
有水行舟舟靠岸，无心举止止行程。

第十四卷　千家诗品

25 有女怀春，吉士诱之
男男女女半人生，去去来来一客明。
两两三三非蔓草，千千万万是思情。

26 合昏尚知时，鸳鸯不独宿
惊心一半是偷情，属意三千未可平。
自主人生生不少，无非厚欲欲难明。

27 崔莺莺与红娘
小女一西厢，男儿半海棠。
窈窕空独守，水月待红娘。

28 邶风
商都已去见朝歌，讨纣方城问几何。
辅佐武王周公旦，谁封邶地是侯王。

29 毛诗
击鼓柏舟苦叶文，毛诗邶已鄘风分。
三篇志洁光辉士，万古文章日日辉。

30《诗经·柏舟》我心匪石
苍茫海上一孤舟，浩渺云中半可求。
事阔飘零君子尽，人生自己一原由。

31 威仪凛凛，不可选也
威仪凛凛一君心，据鉴微微半木林。
自古小人多构陷，如何浣洗旧时襟。

32 石可破也，而不可夺坚；丹可磨也，而不可夺赤。《吕氏春秋·季冬纪·诚廉》
石破其坚立上名，丹磨故色可终生。
人行不上长亭路，马到成功自始成。

33 楚辞 渔父
行吟泽畔旧时横，渔父形容自在生。
楚子潇湘常是客，王公徒是此身名。

34 邶风 击鼓
击鼓沙场一丈夫，杨长古塞半书儒。
英雄自古惊天地，何必乡家问舅姑。

35 击鼓
击鼓不鸣金，弹琴可试音。

和诸山水岸，乱战古还今。

36 匏有苦叶
苦叶半连根，归妻一扇门。
追冰终未泮，渡口正黄昏。

37 召南 草虫
春秋任草虫，日月问旧鸿。
燕燕劳劳劳，鄘郦邶邶风。
注：武王取朝歌，封纣王子武庚于邶，封弟蔡叔于鄘。

38 鄘风 载驰
情长儿女一心忧，志短公侯半不愁。
许穆夫人家国虑，冯陈褚魏各春秋。

39 卫风
鹤舞龙沉一卫风，桓公嘱旧半齐同。
秦王二世元年废，自此朝歌已庶穷。

40 卫风 硕人
庄姜一笑至佳人，白脂肌肤可玉身。
蓁首蛾眉俏目秀，卫齐彼此以侯亲。
硕人其顾，手如柔荑，肤如凝脂。
领如蝤蛴，齿如瓠犀，蓁首蛾眉。
巧笑倩兮，美目盼兮。
注：她是齐庄公的爱女，卫庄公的娇妻。

41 谁谓河广？一苇杭之
一苇渡口一长江，十地江山十载窗。
不谓黄河天上水，龙门此跃已无双。

42 一苇杭之
无边修远近修尤，古道长号草木苏。
是在非中非不是，成其所败败其孤。

43 一苇渡江，六祖禅心
佛光普照一居心，无奈迷茫半古今。
自在禅宗知面壁，三年杨柳已成林。

44 投我以木桃，报之以琼瑶
英雄半world魂，朝暮一黄昏。
日月风尘老，春秋草木根。

45 琼瑶
尚玉一琼瑶，知心半日昭。
行程寻足下，举止向天骄。

南洋亚洲银行

46 木瓜
投其一木瓜，所好半天涯。
此去南洋客，亚洲四季花。

47 王风
幽王去后是平王，此尽西东继未昌。
褒姒倾城天子笑，春秋战国诸侯扬。

48《王风·黍离》知我者，谓我心忧；不知我者，谓我何求
西周已尽续东周，褒姒倾城笑所求。
成败何从知黍离，兴亡自此以心忧。

49 黍，小米。稷，高粱
黍稷苍苍世所求，人天郁郁以心忧。
离离小米秋收谷，切切高粱储岁留。

50 南唐 李煜《虞美人》
易换江山一主词，雕栏玉砌半不知。
春花秋月应未了，违命王侯几悔时。

51 郑风
幽王司徒郑桓公，历位周宣子弟同。
太史称言虢郐地，河南鼻祖始创风。

52 女曰鸡鸣
鸡鸣起舞一平生，知子之来半可明。
诸见小星星不语，寒窗十载渡枯荣。

53 一箪食，一瓢饮，在陋巷，人不堪其忧，回也不改其乐。《论语·雍也》
人居陋巷一心明，不解其忧半世轻。
自乐箪良书万卷，生灵苦饮治于城。

54 一日不见，如三月兮
爱屋及乌任鸟鸣，平生自渡昭关情。
三年未见衿衣旧，一日无余十岁平。

55 相思一夜梅花发，忽到窗前疑是君

人心一半入红尘，意欲千金问自身。
俱是相思思是客，寻君未可可知亲。

56 齐风

桓公管仲半齐名，叔牙晏婴一国成。
小白拜相天下治，春秋五霸可平生。

注：周武王将齐地封给了姜子牙，齐国的最后一位君主田建，被秦国逼在松柏之间，最后饿死，齐也以这种屈辱的方式退出了历史舞台。

57 齐风 猗嗟

半宇猗嗟半柳杨，一趟旷野一趟堂。
雄师百万侯心御，入石三分虎难依。

58 南山

齐襄代鲁半文姜，遣地桓公两地扬。
野有风云多蔓草，东门似女可还昌。

59 之二 魏风

毕万闻名以魏生，诗经问晋两枯荣。
东周建制王朝北，三国曹操始许城。

60 硕鼠

硕鼠无食黍稷成，贪官污吏史策重。
王朝不可豺狼坐，四鄙安冠守御名。

61 唐风

唐人街上一唐城，故国文中半故英。
尧地陶唐封国号，成王御晋虞侯名。

注：尧帝被称为陶唐氏，以唐为国号。

62 有杕之杜，生于道左

左杜半孤明，中心一念情。
风云同可度，道左自枯荣。

63 海内存知己，天涯若比邻

世上一知心，人前半古今。
天高同比翼，海阔共音琴。

64 秦风

金戈铁马瞬赢秦，非子襄公自比邻。
徒见商鞅寻变法，连横合纵扫清尘。

65 秦风 所谓伊人，在水一方

伊人水一方，故土客三羊。
缘草萋萋色，红花采采杨。

66 寻寻觅觅，冷冷清清，凄凄惨惨戚戚

成成败败，始始终终，兴兴废废朝朝。
又 来来去去，败败成成，兴兴废废终终。
又 先先后后，古古今今，来来去去纷纷。

67 秦风 无衣

楚国士无衣，同袍子不稀。
申包胥夜哭，故土与谁依。

68 陈风

妫满舜称陈，尊仁礼政亲。
武王知治制，微词纣王身。

注：尧帝年事已高，向他推荐舜。两个女儿即娥皇和女英嫁给了他。妫，也就是陈。

69 岂其娶妻，必齐之姜？

齐姜宋子入衡门，上谓罡乾下谓坤。
自古阴阳合可立，苍天厚土小儿孙。

70 农家乐

栖迟岁月一农家，欲望年成二月花。
五谷丰登余意满，三生似苦共人华。

71 桧风

祝融一火神，刻石半情身。
桧地河南北，无则向几人。

72 弘一法师

悲欣交集问飞鸿，半世风流李叔同。
终是孤灯相伴侣，始时万贯济名穷。

73 曹风

振铎一曹风，山东半世同。
文王多子女，晋宋始无公。

74 蜉蝣

苦短似蜉蝣，人生可去留。
朝辞闻足下，暮落已春秋。

75

衣裳楚楚翼悠悠，息说泪心苦滞留。
采采天天如天宿，飘飘宇上几何求。

76 豳风

姜嫄后稷弃时婴，作物公留一代名。
麦谷周天知地理，经空日月始终成。

注：姜嫄子弃，据说麦和稷这样的作物就是弃培植出来的，后稷，在今天陕西旬邑县。

77 弃我去者昨日之日不可留，乱我心者今日之日多烦忧

屋下半猪是汉家，衣边一口田中花。
耕耘岁月知糊口，亩地头牛待日斜。

78 陈风

东门之变易池杨，月出鹊巢泽陂伤。
宛若株林身姿在，良辰美景照西墙。

79 桧风

如何至秦冠，谅友以心宽。
机意寻天下，场鞭奋第安。

80 曹风

匪是问候人，成时济自身。
始当由始立，下语自红尘。

81 豳风

东山一故乡，七月半炎凉。
破斧周公路，伐柯向柳杨。

82 小雅

小雅半诗经，人生一事路。
可华依旧刻，岁月似浮萍。

83 凡今之人，莫如兄弟

血脉相连手足情，今人兄弟一根生。
平平淡淡读日月，共共同同任鹿鸣。

84 嘤其鸣矣,求其友声

伐木半嘤鸣,求其一友声。
衣襟连肘足,血水是亲情。

85 北宋宋徽宗的画作《腊梅双禽图》

求其一友声,胜似半亲情。
伐木当嘤以,寒禽祝至鸣。

86 采薇

迟迟缓缓一日行,止止行行半身名。
后后前前未致志,忧忧落落不可征。

87 采薇采薇

平生半采薇,进退两回归。
上下何寻迹,人间一是非。

88 之二 感旧

千人足迹万人姿,一首诗词两地知。
只有门前一树柳,东风照旧三春迟。

89 厌厌夜饮,不醉无归

湛露醉无归,嘉鱼有是非。
冰凝去淡淡,几处雨霏霏。

90 楚庄王绝缨会

自古一摘缨,如今半弃荣。
君心君子在,夜上小星明。

91 南唐顾闳中的画作《韩熙载夜宴图》

后主半南唐,闳中十色芳。
江山千酒色,熙载一炎凉。

92 鸿雁

南南北北一飞鸿,去去来来半始终。
止止行行寻四季,天天地地自英雄。

93 雁群

来来去去一春秋,暖暖寒寒半舍求。
落落飞飞三界外,杨杨柳柳九洲头。

94 生刍一束,其人如玉

白马玉其人,天竺正致身。
西经君子读,古刹净红尘。

注:汉明帝敕令在河南洛阳修了座寺庙,这就是号称"天下第一古刹"的白马寺。

95 《牧马图》

古来画马,以盛唐的韩干最为有名。韩干的作品流传至今的有《照夜白图》。

白驹皎皎照夜明,行空玉马半无声。
长嘶昂首呼天下,万里江山自始程。

96 尔牧来思

牧尔一牛羊,回归半故乡。
天光原不限,碧色满池塘。

97 小雅

潇潇一子心,历历半衣襟。
悦悦知天地,茫茫是古今。

98 哀哀父母

哀哀父母情,蓼蓼子孙城。
鲜民生若故,衔蒿日月萌。

注:衔:抱娘蒿。

99 南山烈烈,飘风发发。民莫不谷,我独何害!南山律律,飘风弗弗。民莫不谷,我独不卒!

东山半故乡,日月一爹娘。
子女何恩惠,相思已寸肠。

100 白华

长亭营草场,白露野花香。
水鸟轻轻问,飞鸿几故乡。

101 白华菅兮

古古今今一是非,来来去去半回归。
山山水水三千界,少少多多七十微。

注:《诗经》是我国第一部诗歌总集,与《尚书》《礼记》《易经》《春秋》合称"五经"。《风》《雅》《颂》三部分,是采自各诸侯国的民歌,共十五国。《大雅》和《小雅》是宴会上唱的乐歌。献诗《大雅》《小雅》的作者以贵州为主。《颂》是王侯用来祭祀或祝颂的乐歌。《诗经》的编注,最重要的是西汉毛亨和毛苌的《毛诗诂训传》,简称《毛传》,也称《毛诗》。

102 东风带雨试云光

一树梨花百海棠,双苞肆放半芬芳。
三春只读东风雨,九脉云光绪衷肠。

清·徐扬
姑苏繁华图

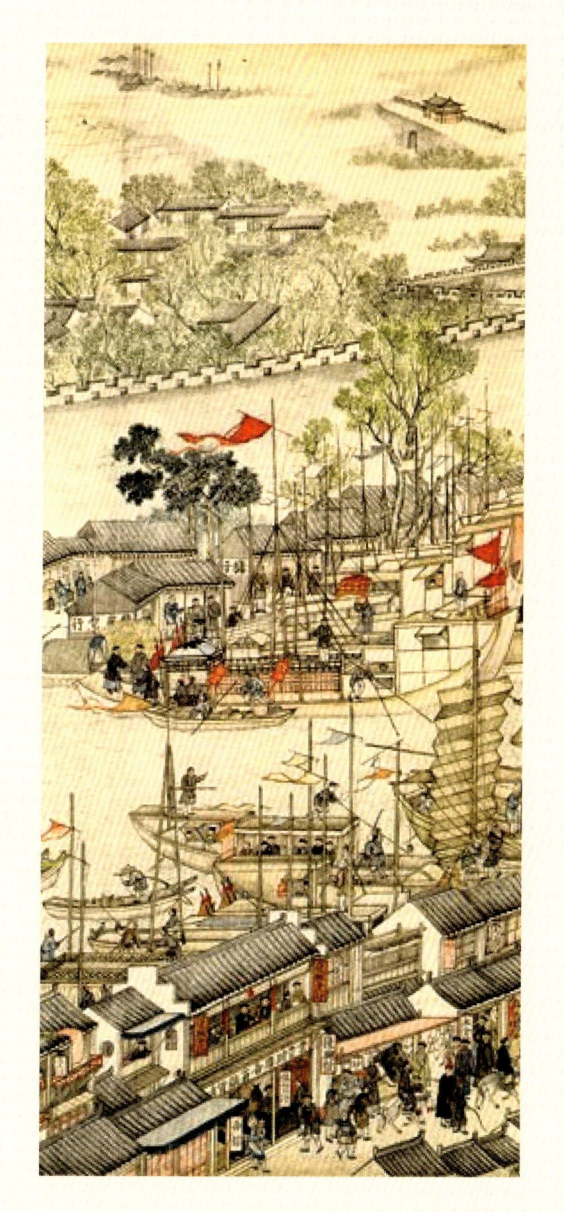

第十五卷
古今诗

一、百家故事

马兰赵敏等 沈阳出版社 2000年5月出版

1 百家故事
积土成山一势生，兴渊西北半海明。
蛟龙自主三天外，跬步兼程万里行。

2 东野毕善驭
颜渊得意孔门生，善驭庶辙关马行。
逼迫危机君主险，尊人敬业事方成。

3 治国用贤
治国一贤人，兴衰半济舟。
思谋成几道，自主问天津。

4 孔子观腊
腊祭一丰年，黄衣草笠天。
松弛更紧张，易道始知天。

5 季康子问政
权风一草民，政治半行身。
彻一贤人正，哀公可自亲。

6 孔子三称善
三年子路政斐然，治蒲宽宏信义光。
果断明察勤劳善，田桑房屋正公悬。

7 子游为邑宰
邑宰子游民，春秋故吴身。
召唤习礼乐，受善惜仁邻。

8 魏文侯置相
居家品近人，富裕看交亲。
推举察官正，贫穷莫为津。
注孤失意困，不废五成身。
署相文侯事，翟黄荐力臣。

9 孔距心知过
齐人孔距心，知错改成今。
子女知家姓，牛羊以草阴。

10 做人与取人
鲍叔居臣子安名，贤人举荐主公成。
刚骐佞陷虚弓利，土地无声载众生。

11 义不射师
羿夏有穷君，逢蒙学射闻。
之斯言子正，何以不认人。

12 楚王拒见墨子
伊尹以汤寻，聪明草药分。
非攻兼受至，墨子自君文。

13 因功而食
伐木力因功，交商客主终。
礼义成正道，易取可通同。

14 晏子纳贤
功人自得傲居亲，石文耕奴墨子秦。
安反背露干柴处，闻贤纳士致天津。

15 孟子不见齐王
爵位年令复性行，商汤伊尹学儒城。
桓公管仲君臣致，孟子齐王始客名。

16 君子如祉
齐人一景公，纳祉半刑同。
假足成须履，平阴举国功。

17 晏子一日三谏
半山北面半齐城，涕泪纵横一世明。
艾孔梁立后举动，晏婴独傲景公情。

18 之二
治身治国治天下，气血流通半智成。
官宽罚简行民效，贤人百姓简家明。

19 之三
四次换车马步行，三生苦谏走齐城。
景公社稷直臣立，晏子君王事及明。

20 管仲遗言
管仲人仁以物良，桓公体舌隔朋伤。
消长应可盈亏取，竖刀开方易牙亡。

21 晋国苦盗
勤修国政教清阴，隐蔽东西客莫萦。
百姓知心知自己，深渊不可见鱼行。

22 齐桓公好紫衣
桓公好紫衣，味野各依希。
邹王长缨帽，君王已帝几。

23 任公子垂钓
五十头牛一饵鱼，三千渐起半王虚。
寸光鼠目浅陋休，江山气度自有余。

24 东郭牙献策
桓公仲父名，御富贫穷生。
二氏三归赐，中门以智成。

25 人无弃人
子发不失人，偷簪可济身。
善啸黄河岸，楚将自如秦。

26 子羔为吏
灵公顾问已人情，孔子出逃循归生。
树德慈仁无怨吏，城门石守故时盟。

27 赵襄子知雄守雌
天下几雄雄，人间半不同。
刚柔何互济，谷石矗风中。

28 游吉治郑
火酷少伤人，温柔水济身。
岁须知难度，废止误东邻。

29 得城而忧
汲而一失忧，功成半索求。
深思出熟虑，国举可王侯。

30 鲁人救火
孔子一言明，城烟半势生。
谋人多少智，赏罚克火情。

31 流连忘返
流连忘返一京台，南北东西四水开。
尹子修养深感佩，庄王石欲肆兴来。

32 乐池使赵
权威以治人，利益克商身。
位贱难操持，中山理国臣。

33 管仲三觞而去
老取不偷安，承天可顺宽。
桓公新井水，仲父满臣端。

34 烛过一言
烛过一言明，千军一势生。
身先击鼓动，简子赵卿荣。

35 宁威仕齐
宁威客仕齐，巳子济高低。
石弃人才物，桓公玉庭西。

36 挟知而问
挟知而问情，据乱可人明。
已嗣昭侯侠，南门隘口城。

37 将相和
国文一九歌，吴起半干磋。
统帅非君主，政局将相和。

38 恶狗 社鼠
社鼠私胆恶狗惊，民膏法制莫同荣。
何须酒酸闻人籍，只道桓公仲父名。

39 吴起吮疽
一将半西河，三军两母歌。
冈甘兼共苦，魏国胜秦多。

40 阳虎树人
简子以相人，权倾问术钩。
夺取维和高，六国晋兮秦。

41 孙武斩吴王姬
一令半亡兴，三生西地朋。
千军生死共，万户始终膺。

42 千金买死马
石惜百金身，何言万里尘。
中涓千里马，以骨换贤人。

43 人生哲学
生来处事一人身，故去形成半浥尘。
洗衣颜回子路向，仁心哲学意于然。

44 祁黄羊荐贤
黄羊一晋臣，令尉半公身。
内外良人举，平公主客钧。
解狐合国恨，祁午子儿亲。
治政须直正，为人是士绅。

45 孔子与弟子言志
一字以言纯，三生向志尊。
千年成历练，万里铸人身。

46 枯桑饥者
一吏半枯桑，三公两世荒，
于车何足力，万里玉门阳。

47 孔子与隐士
何情政线深，索性济人心。
渡口渔樵隐，群居鸟兽音。
耕耘谁所向，世道向如今。
五谷分冬霞，三春待苦寻。

48 晋文公赏臣
咎犯功成半世尝，临难用诈志明光。
贤直报德晚雍秀，称霸公侯事儿扬。

49 阳货归豚
阳货归豚事未成，中都司寇鲁名声。
春秋冬夏仁官政，正道空怀以谷生。

50 鲁平公不见孟子
大夫礼教五人声，原作亲为事从成。
以腊性色三鼎士，羊砾肤寄一卿名。

51 晏子家法
自洁不居功，谦温可众同。
车夫齐礼颂，高科奈辞穷。

52 沧浪之水
从心可致成，弃已莫闻名。
废物唯知地，工家国可荣。

53 盆成适葬母
越尚雄勇人，官儒弃亲身。
灵王喜细腰，楚雄死姿身。
子胥忠典范，姑苏逆浪尊。
寝台知父母，肆道景公民。

54 揠苗助长
一气贯长虹，三方树道风。
千钧非鼎力，万里是由终。

55 高石子去卫
顾左右而言他，行前后而见家。
待阴阳而天地，知上下而风华。
情男女而仁义，守乾坤而桑麻。
循石子而去他，事激流而淘沙。
注：噫，嚎，分，弃三公之位而情，
成社稷之背禄。水先语兮石已立，
心先动兮腊月花。

56 乐正子喜闻善言
善方一喜闻，正道半仁分。
有绪千万里，无逸十地文。

57 孟子辞官
有有无无一市源，更更易易晚半人喧。
成成败败公孙客，富富贫贫乱士繁。

58 知音难求
于伯乎兮促子期，高山流水兮心知。
霖雨之操兮系崩山，
琴台自比兮石可复一时，
何以难求兮是人身。

59 孔子观欹器
愚拙守聪明，天功让草生。
盈盈后满满，缺口可平口。
肯坐之之器，心明以遇情。

60 盗亦有道
盗亦私公有道分，天然个袄自知君。

偷偷窃窃三千界，是是非非万物闻。

61 孔子困于陈蔡
白芷密林芳，忧人野旷扬。
修身君博学，困顿可心昌。

62 愚公移山
子子孙孙万代人，山山石石一千钧。
太行王屋夸娥氏，汉水河南雍朔邻。

63
晋耳一曹思，桓公半营知。
越王俞池侧，霸王后文辞。

64 夸父逐日
隅各半邓林，黄河一人心。
江山逐日月，夸父几殷勤。

65 古有廉洁相
廉相驽马敝衣行，晏子尊君供命成。
广泽人民恩赐众，富贵田儒事齐荣。

66 管鲍之交
桓公管仲一春秋，鲍叔齐王霸诸侯。
语荐萌朋天地处，临于自取及才酬。

67 螳螂捕蝉，黄雀在后
观察混浊忘情流，弃已成名逐自由。
见利螳螂捕蝉得，何须黄雀子庄留。

68 运斤成风
一斧宋无君，三生楚邻闻。
从容天地外，心子以匠兮。

69 蝉鸠笑鹏
鲲鱼万里长，翅鸟一鹏扬。
击水三千浪，何须及日舫。

70 倏然与浑沌
倏忽两海情，南北半天名。
自有浑沌车，何须七窍生。

71 尾龟 鸤鸠
濮水一钓情，威王半鱼声。
爬行由自主，石取几空名。

72 吕梁男子
帘流半吕梁，水落万河汤。
白浪吞天地，性命始成杨。

73 孔子困于匡
自在自由身，形成形不真。
书生书自己，继世继形人。

74 鲁侯养鸟
养鸟"九韶"见鲁侯，旷野咸池兽濯由。
各取天承从自主，随时俱进易春秋。

75 阳子居至沛
熏陶沛地问杨朱，洁白清廉濯垢污。
仰视昂头转天地，虚心老子待人儒。

76 夔蚿相怜
独脚行程兽夔情，蚿虫多足慕蛇荣。
风声羡情从心地，事海无须北海名。

77 螳臂当车
一臂不当车，三思莫少多。
成谋生事故，顺意可磋磨。

78 无用的栎树
栎树半支端，齐匠一斧宽。
寻求无用处，散木石材观。

79 鼓盆而歌
鼓世一天歌，夫妻半去何。
元须庄子对，日月目蹉跎。

80 材与不材
茂盛满藤萝，山林秀木多。
心从由自作，物以石名鹅。

81 身在江湖，心在魏阙
常识一日明，道理半和清。
魏阙江湖上，江湖魏阙城。

82 梓庆削木为锯
梓庆锯为心，七天戒志晋。
天然资质好，树木取成林。

83 人有三怨
尊尊贵贵一名声，贱贱卑卑半人情。
怨怨恩恩施上下，高高低低以低成。

84 子产下贤
礼贤下士一周公，子产临阿半郑雄。
桃李成蹊无闭户，跻矜归服附人同。

85 宋人二妾
杨朱半美分，二妾一人君。
色下何居问，心中以束群。

86 墨子辞越
量体穿衣弃越行，中原道义可操成。
阴江沿社三吴地，上过先生主君明。

87 子夏自胜
自胜一人强，参差子夏扬。
文章随孔子，内省有圆方。

88 江上老者
一叶扁舟一士身，半江老汉半天津。
千金宝剑何吴楚，万古渔夫一丈人。

89 子罕忧邻
子罕一忧邻，伊池半楚亲。
仁行天下事，义举世前身。

90 天生异象
地载主人清，天生异象明。
迁移三舍去，万物一枯荣。

91 乐羊与秦西巴
巧诈不如人，拙诚似已身。
西巴怜母鹿，莫似乐羊臣。

92 孔子去鲁
子路颜回孔子城，齐臣鲁士老争荣。
良驹美女南门色，寄旅生涯去士名。

93 尸子寓言
一信半人身，张仪以背尊。
财名何命取，勇者治三秦。

94 告诸往而知来
诸往而知来，成贤士子才。
伯夷叔齐让，孤竹首阳台。

95 孙叔敖贵寝丘
寝丘一世城，令尹三相名。
楚越成功厉，人生俭村清。

96 涓蜀梁畏影
观察万物真，畏影似鬼神。
敲鼓去潮湿，珍身以自亲。

97 舍己之爱
居心一士生，愚纵半君明。
简子广门客，阳城小吏情。

98 冯妇搏虎
负隅一顽身，齐侯半邑邻。
棠荣无自取，孟子士人亲。

99 腹䵍大义灭亲
公私自举明，义理可分清。
墨子秦王事，刑罚以处平。

100 五羖皮与百里奚
秦明百里奚，楚弃五羊皮。
七十知天下，虞人晋伐西。

101 两小儿辩日
远近高低各不同，晨昏冷热不居中。
炎凉太小何知论，主客阴阳胜负雄。

102 校人烹鱼
尧舜子夫妻，婚姻父母移。
形成天下事，子产以渔齐。

103 施氏二子
二子武文成，三才上下生。
弹琴牛不语，事事有思明。

104 巫马子问"兼爱"
是是非非半道中，成成败败一仁功。
原原毁毁成思就，方方随随事业雄。

105 楚人献雉
山鸡作凤凰，楚客向君主。
庆幸诚心意，无知一草堂。

106 郑人得鹿
不足小人心，难成一鹿寻。
梦中梦不尽，事里事成林。

107 农夫得玉
无知一玉明，有意半心生。
万欲成三界，千金可五城。

108 鲍氏之子
人中你我他，世上物于华。
主客相帝制，强食弱肉家。

109 郑人遗斧
遗斧一郑人，万象半疑邻。
复取终天迹，自得此心尊。

110 齐人夺金
齐人一见金，集市半成林。
敢夺心中欲，无兮是古今。

111 名盗与殴
乡名一盗殴，业吏半真由。
辩解分真伪，形同事异求。

112 狐假虎威
山中一日王，世外半天梁。
自得三思主，形言入戒堂。

113 濠中之鱼
庄惠一濠鱼，濠头半自居。
成思谋子欲，立论以言虚。

114 黑牛生白犊
孔子以善行，原因向人成。
家家国国事，去去来来明。

115 吴王射狙
自负不成人，灵猴弃己身。
杀三藏诸处，借鉴帝王亲。

第十五卷 古今诗

116 牛缺遇盗
一理两分明，三思半石成。
心中知彼此，万家各枯荣。

117 神龟托梦
一事无成半事成，三生不了二生明。
于明白有万明暗，十地枯荣百代生。

118 不龟手之药
一辩思源一辩明，万根草木万根生。
惠施庄子形成始，此物方成彼物荣。

119 杨布打狗
韩非子说林，黑白问家音。
错误迷失感，何须一古今。

120 塞翁失马
朱处匈奴一塞翁，良人折骨半胡风。
相依奥妙因由在，祸福无穷各始终。

121 荀寅出逃
彼此不同生，枯荣可共盟。
知天时令易，何地去来成。

122 曲径通幽
国鸠各楚秦，墨子智人身。
近者何知远，成城以智邻。

123 三人言虎
一假半真生，千家成户情。
三人言虎豹，十士恐威名。

124 和氏之璧
一半卞和身，三千士子身。
方工闻厉武，玉璧楚人珍。

125 魏王索郑
仗势莫欺人，凌原可济身。
分分合合处，去去来来尘。

126 扁鹊诊疾
扁鹊晋桓公，肤肌胃骨穷。
驱外场不济，万物自医雄。

127 施惠与张仪
合纵联横六国秦，疑谋虑决一人身。
听听信信偏思取，户户门门任路津。

128 曹君之祸
霸王晋文公，曹君祸事同。
黄金和玉璧，久四国家雄。

129 鲁丹速离中山
鲜虞建立一中山，白秋轻言半国颜。
取信偏听随所欲，威机自此士不通。

130 目不见睫
知己可成明，无墨士不生。
庄主楚越伐，秦晋国家倾。

131 刻舟求剑
刻舟求剑向江流，闻事行时向客求。
楚渡依然非楚渡，春秋已尽是春秋。

132 厨师三罪
借刀抢怨欲杀人，故纵还擒可济身。
学步邯郸终不是，厨师三罪几分亲。

133 郑人买履
削足功成造履成，以衣解体自轻生。
何须尺寸回家取，只作文章不作明。

134 隰斯弥伐树
一树半春秋，三林十地由。
千山峰岭碧，刀水向低流。

135 丑妇效颦
字萝半病人，越国儿相身。
丑妇东施女，村东白可怜。

136 鲁人迁越
赤足披发一越人，行舟弃马半吴身。
三思鞋编成天下，一地江山一地民。

137 齐闵王好士
齐王好士名，寡洺务民生。
受辱承君嘱，尹文可世成。

138 田单攻狄
田单一宋齐，即默半攻狄。
勇敢思家园，将军厉鼓低。

139 "三"与"己"
半鲜自己半鲜荣，一字无明一字明。
两水难平两儿净，三朝子夏三朝盟。

140 田父之功
犬兔半驱风，精疲力竭同。
渔翁平得意，只得一争功。

141 宋人凿井
打井丁家得一人，流传地下有真身。
以讹换孜成讹处，石辩言中事属真。

142 白马非马
守白一专成，忘归半箭名。
平原君下坐，繁弱非楚稀。

143 黎丘丈人
黎丘半丈人，醉酒一红尘。
奇鬼无分别，何非是子身。

144 武王来殷
暴虐溃崩前刻殷，商亡取智未周闻。
周公自识殷商劝，失约原因是治文。

145 邾君为甲
邾君十甲谋，息忌半绳由。
一旦成偏见，三朝两自休。

146 良工与马
一马半良工，三君十地雄。
田婴门上客，孟尝颂齐风。

147 白一足
风声一足成，舜教半汜名。
六律和天下，重黎五音行。

148 邱成子见微知著
知微见著一人身，玉璧忧心半己珍。
邱子谷臣交酒佩，君心十日破红尘。

149 邓析之策
刑名一辩明，两可半不清。
有欲难言治，无穷孜世平。

150 吴起的预感
吴起地西河，谗言一魏歌。
先知秦可论，智士儿蹉跎。

151 片羊三耳
人间一理辞，世上半心知。
莫致羊三耳，何须树百枝。

152 事必有因
一误半倾城，三春十地荣。
于家知国运，万里可枯荣。

153 音乐之初
孔甲宫庭破齐歌，涂山氏女奈辛娥。
候人兮猗南晋起，自此周南楚燕河。

154
孔甲作东方宏乐，禹作侯人南晋厅。
长公作西方音乐，殷有绒氏燕北鸣。

155 朝三暮四
朝三暮四宋人猴，从从递递各不由。
去去来来智慧成，成千上万隐春秋。

156 淳于髡三见齐王
存活莫森林，兴亡是古今。
察颜观色处，自古一人心。

157 不争之谏
无争一谏之，顺道半知时。
彼此因缘客，兴亡故国知。

158 邹忌答淳于髡
邹忌淳于髡，威王客治余。
三思半鲜断，傲态以谦虚。

159 婢女教管仲
浩浩一偶声，堂堂半女明。
栖栖去肉客，国子齿方荣。

160 惠施善譬
比譬一心成，陈言半慧生。
思辞藏谛鲜，曲意一直情。

161 沮卫祭鼓
吴人祭鼓声，楚国武人情。
泪已明天下，沟梁守志诚。

162 宓子掣手
宓子三思掣肘名，渔夫捕大小鱼生。
成心见政知天下，鲁邑三年有治行。

163 海大鱼
田婴海大鱼，孟堂以君疏。
一往何齐志，三身以国居。

164 箕季之谏
一事半人心，三生两士音。
千年争日月，万里向行箴。

165 耳饰测心
耳饰测心声，珠光向妾明。
田婴姬不语，器重悲不成。

166 廉稽不辱使命
文身一士人，披发一半亲。
捕业江湖海，冠原以国邻。

167 柱山两木
六国一苏秦，张仪半独尊。
纵横终大统，两木柱山臣。

168 晏子占梦
自傲不居功，行身刻异同。
阴阳相互见，进退有无中。

169 土偶桃梗
苏秦孟尝君，土偶去乡闻。
淄水桃桓向，齐人不可分。

170 晏子使楚
春秋一晏婴，列国半贤生。
橘枳口南北，人才十地荣。

171 楚人两妻
楚国盟阳魏智亲，曾参友敬子明臣。
陈珍辅后张仪佑，娶成贤妻不称身。

172 触龙说赵太后
父母江山子女亲，阴晴日月去来邻。
君臣家国兴亡故，远近纵横草木身。

173 张仪相秦
鬼谷乾坤一光生，纵横世界半人明。
苏秦客在张仪客，一往江山是时荣。

174 张仪与美人
楚女何如晋女佳，流星若目唇樱花。
皮肤粉白披肩发，郑袖倾城弃国家。

175 淳于髡献鹄
鹄命半齐王，河流一楚阳。
淳于献智，理鲜是桥梁。

176 封人子高
一事半人生，三春十地荣。
千日朝朝暮，万里去来行。

177 一鸣惊人
隐语一方章，惊人半抑阳。
三年鸣不鸟，即墨始登堂。

178 淳于髡救薛
救薛以齐名，袭封孟尝情。
家家国国在，苟以故人城。

179 狡兔三窟
一而再则三，千辛半苦甘。
君心天下事，寓意世中含。

180
齐国数孟尝君，平原赵胜以燕分。
春申董歌形成楚，无忌信陵魏子闻。

注：战国著名四公子：齐国公子田文，号孟尝君；赵国公子赵胜，号平原君；魏国公子魏无忌，号信陵君；楚公子黄歇，号春申君。四公子皆养士数千人。

181 夹谷之会
夹谷一台盟，荣人半武生。
齐人何不守，孔子似成城。

182 凤兮凤兮
人向一凤扬，世上半文章。
孔子周公比，昭王以楚皇。

183 子贡解围
子贡外交名，言辞故国倾。
盟中何故友，利益以轻生。

184 墦间乞食
齐人一妾妻，乞食半高低。
自得洋洋意，东方不是西。

185 商鞅四见秦王
商鞅四见一秦王，奇才三朝半运扬。
魏国丞相中庶子，遇人称霸帝家皇。

186 仲子食鹅
操守半修身，行为一世人。
清名循已欲，傲首儿红尘。

187 孙膑运筹术
运筹上下中，比射去来同。
两胜平成就，千金可敌穷。

188 孟子与齐宣王
宣王环顾而言他，苑囿方圆四十崖。
百姓难同何共济，周文大小一人家。

189 轮扁制轮
深心巧技一扁成，古往今来半事情。
七十寻精无可继，劳人读旧始终明。

190 师经鼓琴
尧舜言开乐纤强，儒家子弟不知书。
师经鼓厉琴无语，故罪扈琴自子都。

191 丈人灌园
机心不得纯，大瓮可直真。
愚者常羞闭，成人似不亲。

192 晏子借槐谏君王
一女故爹娘，三声向帝王。
缘槐情不止，只是济朝纲。

193 齐桓公见鬼
郁结一心中，疏实半事穷。
桓公疑鬼突，告敖任西东。
注：泥沟中有鬼叫做履，灶中有鬼叫做髻。户内灰尘处有鬼叫雷霆，东北面土堆下有鬼做鲑蠪，西北面土堆下有鬼叫泆阳。水里有鬼叫罔象，丘陵上有辛鬼，山上的鬼叫夔，野外的鬼叫彷徨，草泽中的鬼称委蛇。

194 庄公之祸
三公一晏婴，半子十家城。
去职还乡去，身邻百户荣。

195 晏子拒饮
轻歌曼舞一城倾，美酒佳肴半国明。
社稷江山齐景饮，梁丘晏子穰首名。

196 鬼
溃履雷霆灶匋名，倍阿鲑蠪迭阳城。
彷徨罔象莘夔厉，霸主之变蛇自可征。

197 宋华子病忘
中年健忘情，七日醒来荣。
得失儒家客，何须一起盟。

198 蛮触争战
蜗牛一围触分蛮，争斗三光莫可攀。
魏惠田侯如彼此，笨箫齐舜耳边环。

199 黄公好谦卑
黄公故里一谦名，二女娇妍半国荣。
五十年中已客娶，三生世界各疏成。

200 宋人嫁女
再嫁备私言，其因以自藏。
休木何孜果，彼此石心阳。

201 车辙之鱼
吝啬之心彼此成，河侯彩地予秋荣。
西江水国车辙清，石及求鱼是此营。

202 邻人之女
邻人有女自居身，不嫁生儿有子亲。
三十无家何所谓，羞言论语比红尘。

203 徐无鬼之求
世上一言真，人中半自身。
行成多少路，日月已相亲。

204 国之利器
子宰作臣亲，渊鱼任自身。
君权兮两半，利器利于人。

205 西门豹治邺
惟君问古村，诽谤入黄昏。
治邺西门豹，为臣闭户门。

206 唇亡齿寒
晋献半虢虞，之奇一有无。
唇亡寒齿舌，国灭几江湖。

207 棘刺猕猴
精工一器成，物象半心生。
意俗成天地，人情以世荣。

208 美人割鼻
郑袖一张仪，怀王半石知。
三秦千秋土，六国处相疑。

209 不死之药
人生以死终，户户欲元穷。
国国战斗场，家家略外同。

210 弥子瑕献桃
一事两分明，三心半意真。
千情如日月，万故似纵横。

211 宋襄公之仁
宋楚战之泓，襄公渡后雄。
之仁何胜负，祸国殃民声。

212 侏儒梦灶
语隐卫灵云,侏儒智未穷。
嬖臣居人上,卫灶挡苍穹。

213 颜涿聚示警
夏父龙逢纠比干,齐公涿聚士心丹。
宫廷政变惊人处,渤海中原问久安。

214 卜妻的"智慧"
一惠半时光,三朝两代明。
新衣折旧著,此籍已无节。

215 谷阳进酒
马反恭王一谷阳,军中帐外半兴亡。
行忠进酒为仁误,楚郑思谋晋国觞。

216 郢书燕说
举烛一灯明,书燕方国情。
燕王凭此鉴,尚杰故人平。

217 苍龙翟文
苍龙进退何?左右翟文磋。
难言卓子坐,先后唱九歌。

218 偏枯之药
扁鹊一齐生,四里起死名。
公孙真伪借,一半药难平。

219 竖子揽权
狐兴一虎威,玉佩半牛非。
父子操权柄,钟声孟丙归。

220 狗捉老鼠
人向一短长,世上半炎凉。
天下知来去,山中向捕苍。

221 智伯铸钟
智伯铸钟精,仇君挚路成。
难言何意取,一国此终生。

222 白马过关
白马过城关,非非是是殷。
成成何败败,故去所来颜。

223 弄巧成拙
一巧半拙成,三光十地荣。
千声呼不去,万载两分明。

224 齐威王罢长夜之饮
十斗酒中明,三朝醉里生。
千官何醒眼,一石付余生。

225 实心葫芦
隐士几何名,葫芦任实生。
诗书无过读,日月尚空明。

226 公孙鞅
一诺十千金,三生半舌今。
枯荣非苦力,彼此是人心。

227 不知二五
二五一知情,三千半士荣。
如今何隐现,自古几留成。

228 宾卑聚之勇
一勇半夫名,三江两岸荣。
当心由日月,处世莫狂横。

229 田果命名
富乐一生名,呼来半不情。
时当家义应,命家是余情。

230 掩耳盗铃
掩耳盗铃情,明臣作国英。
忠言常递取,造可治殊明。

231 南辕北辙
良车背楚途,力马异心孤。
技巧续知判,南辕北辙输。

232 苏秦佩六国相印
六国一人身,三秦半渭津。
千年今古列,万里纵横申。
鬼名难言客,张仪自友尊。
荒门宴不理,自得阴符臣。

233 阙子寓言三则
凭虚可钓鱼,任石玉当居。
借力成弓去,由心自主余。

234 子胥得专诸
屈于子体一人低,治胜身强万力移。
自得专诸行削侠,吴人子胥何言西。

235 宋王与使者
何言一名诚,莫可半忠明。
假意迎承语,真心奉事情。

236 陈亢问教
庭中一伯鱼,待子半言"诗"。
继学三生"礼",文章孔鲤余。

237 楚王遭笞
遭笞一楚王,占十半言堂。
君子劳心取,小人以力量。

238 弟子问行
三千弟子亲,六艺教才因。
子路行天下,颜回付国津。

239 文挚疗疾
疗疾太子情,渔世几何明。
隔岸相观火,阳阳西石荣。

240 子贡倦于学
刑御一家邦,温恭半玉幢。
妻兄卿父母,百谷治山江。

241 粘蝉驾船
汲失无心利欲分,兴亡有意国家闻。
枯荣草木精工散,日月星辰苦及心。

242 孟子教子
教子一人生,寻天半地荣。
儿童知南北,子女何同荣。

243 买椟还珠与秦伯嫁女
买椟还珠儿不明,秦公嫁女自无声。
行文害用怀嬴问,朴素华妆各不倾。

244 子贡之譬
独木自成林,阴阳向古今。
枯荣量草木,日月筑人心。

245 赵襄子赛车
驾术一王良，赵襄半力昌。
凭心先后致，集聚可神扬。

246 鲁人葬父
学子欲精思，行程可足知。
为臣何自取，责士以心尊。

247 知其所以然
知其所以然，列子练三年。
总结原因在，关尹子谓天。

248 列御寇射箭
半界一高山，三溪九曲湾。
功成惊自己，业就可天颜。

249 南山之竹
子路一春秋，门生半孔由。
南山林竹势，北海十三州。

250 飞卫师徒
飞梭一眼光，艺小半城堂。
飞卫红昌箭，师生各自扬。

251 孔子学琴
三梁旷远一高山，激越庄严半故颜。
及止"文王操"世界，人间悦目理神关。

252 薛谭学唱
薛谭学唱秦专声，不及韩娥两地荣。
音绕悬梁余石言，雍门至此曲歌情。

253
百家故事一人天，十地风光半地年。
万里江山仁义在，三生日月镜高悬。

北京养春堂 2012 年 6 月 24 日

254 坎井之蛙
万事相含一异同，于人背弃各西东。
邯郸学步无姿势，坎井之蛙小水虫。

255
蓝天碧玉半清流，意马心猿一自由。
独步千山凭日月，草原万里任春秋。

256 望洋兴叹
望洋兴叹半今名，沧海高山万载成。
唯见冯夷河伯去，阴阳世界客枯荣。

257
老树玉葡萄，新秋日月高。
半涵同品位，演绎共英豪。

二、牡丹亭

汤显祖　人民文学出版社　2005 年 5 月出版

---

1 回生
何止阴阳是渭泾，回生路上牡丹亭。
人间世事可英铭。易老梦长三界石，
斜阳半壁一芳廷。梅花庵里草芳昃。

2 言怀
养洁颜如玉色萱，梦梅誓立柳宗元。
芳园草碧舆花繁。梦短情长来去意，
时舆运转楼轩辕。足下留心济乾坤。

3 冥誓
世事难凭一信盟，人情守待半心成。
梅观柳梦雨云生。月下冥前花不语，
男私女意倦姿荣。阴阳隔界可重明。

4 惊梦
姹紫嫣红一色人，惊梦乍醒半思春。
朝舒暮卷几天津。断井残垣梅柳岸，
杜鹃姐妹女儿身。云云雨雨自相亲。

5 幽
秘谷幽芳二月花，清风明月一天涯。
相思柳梦半人家。玉树临风摇曳色，
春云欲雨向窗纱。柔情软意是娇娃。

6 蝶恋花
朝朝暮，朝朝暮。人情脉脉，
春花许许。去来朝朝暮，朝朝暮。
半在巫山半在峡，牡丹亭上生云雨。

7 叫画
提掇书生不一般，青梅下树近干颠。
柔情且向柳边弯。只似莺啼恁顾影，
姿身伴侣小丫环。留心不惜玉门关。

8
叶画言怀柳梦惊，幽媾曲誓离魂情。
人身石道可回生。去去来来何杜丽，
云云雨雨自枯荣。天天地地写真盟。

诗词盛典 | 吕长春格律诗词六万八千首（全四册）

9 离魂
半醉相思半牡丹，云云雨雨一春澜。
几心欲望几心宽。画像春容尤物在，
梅花自此柳梦观。阴阳两地石姑寒。

10 人物
柳梦梅边杜丽娘，花神柳下小春香。
道姑石垒玉人肠。且净生贴庵老主，
活来死去客阴阳。形骸所心一青黄。
注：天下女子有情，宁有如杜丽娘者乎。

梦其人即病。病即弥连，至手画形容。
传于世而后死。死三年矣，
复能冥冥之中求得其所梦者而生。

11 写真
不在梅边在柳边，年来岁去是何缘。
惊梦一半可心田。雁过声鸣归复问，
春香未信暗藏仙。蟾宫以待似长眠。

12 写真
半需情心一宫真，三春意欲两春人。

女儿自有女儿身。柳下梅边惊梦客，
朝云暮雨入红尘。平生睹观上天津。

13
世梦情人杜丽娘，弥连生死作衷肠。
三年日月几茫茫。荐枕悬冠心所至，
春秋柳下客阴阳。画古复与女儿妆。

14 句
月下桥边四季屏，梅前柳后牡丹亭。

三、100个即将消失的地方

[丹麦] Co Life 策划　李芳龄　译　广西师范大学出版社　2010年10月

---

15 读一百个即将消失的地方
迁徙世界一炎凉，百熊人间半柳昂。
去处来时量日月，西洋北国渡沧桑。

1 梅斯郡
梅斯郡在爱尔兰，土豆元生故国轮。
热浪袭击升三度，求荣异地异人残。

2 巴拉顿湖区
竭涸平湖万里田，三年不雨气渴悬。
巴拉顿海匈牙利，干旱无云野外烟。

3 奥卡万戈三角洲
年年雨季去来生，处处荒沙野物城。
奥卡石戈三角岸，河洲不存水蒸腾。

4 马赛马拉
马赛马拉马赛城，野生动物野生名。
循环不尽循环尽，此地当须彼地情。

5 延巴克图
史迹辉煌一古城，清真寺塔半枯荣。
廷世马利黄金去，变化无穷智慧情。

6 诺克陆夫国家公园
公园动物野生情，日光西风半不萌。
一座沙丘三百尺，鹭人美丽故人城。

7 大科雨多凡区
阿胶产地一苏丹，灭种杀伤半族残。
雨水无当生死地，前途未卜到林端。

8 安曼
枉蛮约旦半家园，乾汉荒城一国天。
土著元衣河谷渴，迁居已是无声田。

9 乞拉朋吉
降雨科雨世上多，山湾不存水流涸。
平源不守成荒漠，小锁难承小于河。

10 巴拿马运河
第一运河一水桥，沙中故道半航消。
当须淡水湖连济，个四巴仙贸易摇。

11 珀斯
珀斯独立漠沙边，地下源泉茂盛园。
风电驱摇成淡水，临荒干旱度何年。

12 大蓝山
雪梨遗产大蓝山，利树成烟易物峦。
野火生长灰烬后，循环往复几何间。

13 古吉拉特
季雨猖獗大气旋，棉花甘地海盐田。
居家立业身心重，古吉拉邦印祖先。

14 卡拉卡斯
四面环山地震城，千年巨雨作灾情。
极端气节飙风骤，委内瑞拉潜在横。

1756

15 千里远岛
贩卖身奴一小城，观光度假半商荣。
飙风肆掠殖民地，寒雨成灾几度倾。

16 洪都拉斯
海岸平原一狭长，飙风横扫半猖狂。
高潮七米贫穷国，土石洪流世毁亡。

17 巴黎
巴黎拜北大西洋，温度高低调节长。
大气迁遭欧洲热，极端毒烈市人伤。

18 奥林匹亚
奥林匹亚宙斯神，运动雨元遗迹真。
赛场阿波罗庙近，蔓延狂火盛迷津。

19 群岛海
冷冬浅水结冰层，二十三公尺寸明。
此望芬兰群岛海，还来四万岸波倾。

20 查德湖
古老半非洲，湖光一浊流。
濒临枯竭水，不止此争求。

21 喀拉哈里沙漠
闪族迁移野物生，南非剧变漠沙城。
丛林牧场私人主，那米临倾比亚名。

22 芝加哥
暴雨作疾风，移民势力穷。
全球无冷热，尽在有无中。

23 大索尔
加州毕尔苏，海岸阔兰阁。
隔绝沙滩去，濒临物种元。

24 东京
东京日本首都城，上野樱花热岛倾。
明治天皇江户御，高楼大厦隅田横。

25 瓦登海
冰河浅阔淤泥层，雪儿潮汐历久倾。
海面升高低洼害，瓦登被吞作亡城。

26 哥本哈根
升高海淹旧区域，巨浪袭击悬雨倾。
哥本哈根丹麦国，高船驻华不成行。

27 泰晤士河
泰晤士河曲曲流，伦敦近海水淹忧。
罗马公元前建设，四十三年故国酬。

28 赫利根群岛
情人草地遍开花，赫利群岛诸岛斜。
海面上升盐田少，居民此去自寻家。

29 鹿特丹
海港荷兰鹿特丹，欧洲筑坝地球端。
难当防护潮头滥，温室低区效应残。

30 威尼斯
港阜城中木椿支，威尼斯地世移奇。
沉沦半米楼群水，只得人文几处思。

31 爱琴海
海僧海豹爱琴生，四百只名世界名。
罕至楼身藏聚集，公园物种蚀洞成。

32 尼罗河三角洲
海面升高一米多，尼罗三角半洲河。
苏丹埃及沙荒漠，不得文明作故坷。

33 圣路易
长岛心中一海洲，圣人路易半忧愁。
升高潮水沉低岸，此去谁由固态休。

34 尼日尔河三角洲
油田采尽一洲头，尼日繁多物种留。
世界居民何处去，蝴蝶密度忒生由。

35 海湾沼泽地
白鹭红林一岛明，珊瑚甲壳半楼生。
非洲大陆分离去，系统平衡始见荣。

36 马尔代夫
马尔代夫印度洋，环礁二十待游梁。
珊瑚千岛观光客，一米天高国淹亡。

37 密西西比河三角洲
密西西比墨西哥，湿地盐沼数小河。
港口城居低海面，狂风暴雨似揣磨。

38 炮台区
纽约海边城，低洼地下倾。
年年升水面，处处落齐平。

39 拉普拉塔河
拉普拉塔白银河，汇口湾沙北岸多。
物种稀缺栖息地，姑鱼觅食唱蛙歌。

40 恒河三角洲
恒河万里流，作物亿人求。
海面三洲角，迁居不可留。

41 曼谷
曼谷湄南河，城中下地多。
船平天上水，雨落叶婆娑。

42 湄公河三角洲
湄公河上角三洲，一度水下半洋流。
六国江源曾不止，越南只得上游求。

43 钏路湿原
钏路湿原日本州，遍寻陆海四方求。
何当共见延迟水，丹顶鹤声渐渐休。

44 卡卡杜湿地
千年半古今，万里一禽音。
白白千层树，红红万木林。

45 北冰洋
万里北冰洋，千声破古梁。
船行惊白熊，白此作热航。

46 伊路利萨特冰湾
海口一冰湾，洋凝十万山。
消融鲸独角，不去不成颜。

47 西哈德逊湾
加拿大逊湾，已裂小冰山。
海豹知何去，何当白熊间。

48 努纳福
海象冰川纽特人，繁殖熊豹自相亲。
极圈内外难分辨，冷暖悄融保不匀。

49 白令海
海狮海象北极熊，十亿美元作国龙。
水产鱼鲸天下富，当须一半美俄踪。

50 瓦尔德半岛
南方自有露脊鲸，近陆浮生觅食行。
狮象同盟成海赏，磷虾吃藻作乡城。

51 罗斯冰架
南极大陆一洲游，海阔天空半度忧。
淡水罗斯冰架解，消融世界七成求。

52 南极半岛
南极半岛四周冰，变暖空天半不凝。
气度升高鱼减少，长居动物企鹅承。

53 天山
星星峡外一天山，雪雪晴中半玉颜。
水水流前歌舞地，冰冰化解作人间。

54 法兰兹约瑟夫冰河
冰河一绿川，约瑟半冰夫前。
雪水融南岛，消遥作北泉。

55 圣山绰木拉日峰
山洪去古辕，溃石不丹轩。
雪水西宗堡，冰川故藏源。

56 萨迦玛塔国家公园
萨加玛塔国家园，雪豹麝香壑圣泉。
喜马红猫熊特立，雪巴士族自耕田。

57 恰卡塔雅冰河
冰河一日泉，雪场半车悬。
暖化人间水，消融地上田。

58 奎尔卡亚冰帽
热带冰原秘鲁泉，农夫电力饮居田。
消融日减枯荣去，雪帽沧桑利马天。

59 基茨比厄尔
阿尔卑斯半雪山，冰川玉树一天颜。
千山积水成寒地，万里苍茫作古峦。

60 萨肯贝格
绿地格陵兰，冬兵已不寒。
群性生聚彼，短小麝牛丹。

61 苔原
挪威萨米一苔原，驯鹿单纯半雪天，
特族冰期留北极，其人只作故时年。

62 远拉纳省
九百九千五十年，云杉远溯半冰川。
天成瑞典消融水，老树成林作兰田。

63 之二
一树云杉一万年，半虫损害半冰川，
严冬长寿寒田谷，纸木丛林惧暖泉。

64 卡奥尔
卡奥尔斯洛特河，葡萄故土酒名多。
由从罗马闻香色，酿制红尘作醉歌。

65 卢塞迪奥修道院
谷地上波河，东流入海歌。
修身养道院，燉饭意人多。

66 阿尔玛卡麦尔峰
覆盖群山满雪松，国旗独立似苍龙。
消融变暖平原迹，可撼芳香作遗踪。

67 空域
万里高阳漠海沙，千峰骆岛野驼家。
云光不断成空域，不必相思你我他。

68 贡德尔
伊休比亚古人家，历史三千岁载华。
主体权威宫堡在，高山热雨一枝花。

69 乞力马扎罗山
非洲上帝雪山盟，马赛冰川坦尚明。
动物争求生草木，人民莫雨度苍生。

70 好望角植物保护区
南非好望角边情，大帝王花国属荣。
保护区中植物盛，春风野火又重生。

71 波林湾
予捕波林第一鲸，冰川覆盖外三层。
极圈动土居人度，数尽千年又绪生。

72 夏洛瓦区
山猫驯鹿一黑熊，北美麋狼半覆中。
阔叶无争林木盖，山杨只任水边熊。

73 北坡
天光一北坡，暖化半南河。
冰冻消融减，极狐已不多。

74 哥伦比亚河
哥伦比亚河，坝电竞坎坷。
溯水行难度，鲑鱼已不多。

75 库伊岛
库伊岛上半阳光，美国延伸一故乡。
艳丽毛光旋蜜雀，长啄曲上入花房。

76 加勒比海
珊瑚玳瑁海龟乡，长卵生途恶化强。
一代雌雄加勒比，三年变暖数炎凉。

77 阿尔泰山
一马当先万里途，三竿未落半扶苏。
塞西亚族荒原去，九脉黄金业正孤。

78 西伯利亚
西伯利亚一宏图，矿产油田半日苏。
有史人前知世界，升温永冻此城殊。

79 贝加尔湖
半色山水半色湖，一云水气一云苏。
贝加尔珀深无底，第一名华作帝都。

80 亚马尔半岛
历史无成驯鹿成，冰层有序化冰层。
千年牧主随何去，树木繁迁已不荣。

81 印度河
巴基斯坦喀拉歌，中国高原印度河。
命脉相连何不解，生成自古作坎坷。

82 努瓦纳艾利区
印度锡兰中国茶，三千年代帝王家。
云中雨里香风去，采制女儿二月花。

83 巴彦乌勒盖省
阴山脚下刺勒川，放牧人中继祖先。
十八新居年未止，三迁帐篷几移迁。
平原草色今尤在，野马行空自主田。
少雨牛羊依旧度，风高草低见方圆。

84 长江
尼罗亚马逊长江，浪打风击作雨窗。
米险人生三界色，危机世界半家邦。

85 刚果盆地
刚果三千物种邻，河流水量世中珍。
森林只在伊图里，木布提人热雨亲。

86 蒙特维德云雾森林
云雾森林热雨中，雄伟树木缤纷丛。
兰花蕨类梨梨子，乳哺苔藓万种虫。

87 亚马逊雨林
热带雨林渐日消，巴西氧肺与年遥。
生生物物同天地，去去来来不见辽。

88 波罗洲
人猿类此作猩猩，箸象红毛尾色青。
热雨波罗界上住，苏门答腊亦居廷。
聪明自比先科技，绝种犀牛作伴灵。
不可濒临生物灭，马来西亚印尼铭。

89 扎哈拉德拉西埃拉
白色山城橄榄园，森林古堡史前年。
人居半岛无荒诞，不可回头问祖先。

90 里朗威市
马拉威国最贫穷，波马班图四围中。
保护村民防野兽，爱滋干旱始无终。

91 韦拉克鲁斯州
咖啡盛地墨西哥，茨树林茵落叶禾。
土地贫瘠临界去，沙洲渐渐日随多。

92 北京
半壁宫廷半北京，一心事业一心情。
沙尘暴土明清尽，木槿南洋草木荣。

93 丰盛湾
绵延北岛纽西兰，库克英人探险端。
白色沙滩湾变色，狂风暴雨旱情残。

94 累西腓
巴西赤道彩云低，强盗荷兰筑海堤。
印第安人文化课，珊瑚壁障作新泥。

95 丹老群岛—海上吉普赛
莫肯人情海牧民，珊瑚古岛海龟珍。
蝶鱼玳瑁河豚地，缅甸船前潜息新。

96 科摩多岛
科摩多岛印尼情，潜水珊瑚世界名。
色彩缤纷龙岛盛，苍天阔海诸鱼荣。

97 大堡礁
软硬珊瑚大堡礁，澳洲有壳海虫潮。
三千物种何来去，此处无兴彼处消。

98 图瓦卢
芋头椰子乡，南部太平洋。
九个珊瑚岛，潮流吐鲁光。

99 翁通爪哇环礁
翁通爪哇所罗门，最小国家椰子村。
捕采终生参海产，环礁鸟岛泻湖根。

100 瓦瓦乌群岛
东加瓦瓦乌，岛屿赏鲸苏。
白色沙滩远，珊瑚渐渐孤。

101 苏禄—苏拉威西
巴瑶海上采参人，放牧船中水深津。
传统人生西亚去，马来半岛却珊民。

102 庄子齐物论
艾地峰姬始晋羞，沾襟涕泣尽终流。
筐床雏养同王岁，济物操家自不忧。

103 台北盆地
低洼热岛一台湾，关渡平原半北山。
盆地河流新店去，山川不保故天颜。

104 兰阳平原
兰阳三角玉溪流，景色田园港口修。
海岸平原泉水旧，沙洲热雨到全球。

105 口湖
汪洋中的一条船，土地山前半田园。
示范人中谁主体，象湖乡下自耕田。

106 麦寮六轻
浊水云林造陆县，低潮砂地向桑田。
宫城塑料六轻在，海退油浮石水悬。

107 东石
一港郑成功，渔人自不穷。
繁荣凭地利，世事造英雄。

108 高雄市
热岛半高雄，台湾一大同。
南邻巴士海，界石凤山东。

109 林边
临边顺海一屏东，港岸乾隆半海雄。
倒灌危机知四伏，新潮旧落问三风。

110 WHY 要写一封 e-mail 给总统
诺亚方舟四海东，中华故国九州同。
山川似旧却河改，日月如斯草木风。

111 司马光
生微成著以疑忧，远虑思形向近谋。
改变须心坚志与，工精事就去来求。
大中做小小中大，石磊高峰细漠丘。
阔水平川深浅致，江河日下纵横流。

2013 年 4 月 12 日

四、茶韵天香

1 下南洋
一路平生问我家，油盐醋米伴糖ება。
耕耘日月寻天地，腊八寒心烟雪花。
三两载，一桑麻，逢时谷雨作窗纱。
诗词五万乾隆比，步望南洋过海涯。

2 茶叶起源的历史
墨客文儒一品茶，春秋战国半人家。
修身养性自桑麻。路下南洋茶马道，
如今世字尽茶花。茶香四溢到天涯。

3 "茶"字的演变
一字如茶古樒名，"神农本草"作书经。
辛辛"尔雅"至此成。司马相如文"荈诧"，
"方言"宋代解词生。时人九世始知荣。

4 浙江金华茶区采云间茶园
半岭烟茶淑玉颜，浙江金华采云间。
青田绿水自然还。不见满溪流不止，
清风细雨玉门关。叶叶成城碧螺山。

5 斗茶图
品品茗茗半比英，芽芽叶叶一初荣。
旗枪未露始新生。斗斗平平姿色比，
炉炉水水鉴真茗。烹烹煮煮玉壶情。

6 烹茶洗砚图
洗砚烹茶半雅风，琴书几案一文穿。
松青竹影自如弓。水榭流溪相照旧，
临桥屹石只天空。函楼阁顶点丹红。

7 茶马古道
古道行程万里情，茶香马路九州荣。
滇藏桂贵一川名。北南洋东亚去，
佛僧印度如知茗。长安四海以王城。

8 中国茶
一路丝绸已四方，三茗马迹过家乡。
千村碧玉嫁时妆。白绿红黑黄色素，
乌龙洞顶郁馨香。藏川印度几南洋。

9 茶树的起源
此树扬长彼树乡，千家寨里一寸乡。
万里云中半衷肠。古木参天荫十里，
枝枝叶叶竟朝阳。云云雨雨女儿藏。

10 中国十大名茶
木叶西湖龙井邻，洞庭山上碧螺春。
祁门红里君山树，淑玉黄山谷水亲。
福建红袍冠肉桂，安溪叶祚作都匀。
信阳雨雾毛尖色，瓜片六安养皖津。

11 茶叶的形状
叶底黄芽雨水前，针尖雀舌片形圆。
珍珠颗粒以明鲜。卷曲环钩花朵色，
螺钉扁束碎形田。杯中上下几盘旋。

12 茶叶的制作技术的发展与演变
叶底和汤一绿城，蒸青炒燥半优生。
矫揉造作一春情。雨水西湖龙井树，
洞庭渡口碧螺英。青茶自得菱凋精。

13 中国现代茶区分类
万树生芽一岁先，千枝碧色半春天。
清明谷雨似茗泉。二月江南天地色，
三阳开泰泽香园。女儿国内五湖研。

14 茶道文化
正道人间一是非，茶茗水色半春晖。
成林独木几心扉。净雅清明先后雨，
云中雾里去来微。柔情点滴可回归。

15 茶道是什么
半入茶亭半作王，两三客殿两高昌。
尖芽水色器名扬。品品茗茗阁阁上，
文文雅雅玉人香。王朝不语是中堂。

16 各族茶俗文化
汉蒙回藏几客茶，苗维土傣半山崖。
纳西白族故人家。龙井西湖闻虎跑，
台湾洞顶碧螺芽。田中有苦味回华。

17 泡茶
立道寻心制泡茶，修身养性作人家。
情绵意阔话天涯。视视闻闻精细品，
杯杯水水见升华。云云雨雨挂春纱。

18 茶叶品评
品品平平一叶生，圆圆扁扁半直平。
齐齐正正几功名。紧紧形修成结结，
疏疏秀秀实相成。滑滑挺挺是声情。

19 饮茶
雨水春分二月花，清明夏满绿新芽。
秋天燥口饮黄茶。一入冬寒人欲暖，
深深发酵煮油瓜。乌龙助阵老人家。

20 中华茶具
历久弥新器具珍，泉汤古炮玉杯魂。
红尘里外净红尘。觉质砂瓷疏密致，
形当比色欲珠珍。常水饰品客斯人。

21 瓷壶泡茶法
备具温壶品玉杯，投茶冲水出汤回。
观闻拭斟色香梅。器皿荷规针夹匙，
滇红沏泡故人恢。功夫不付客中催。

22 紫砂壶泡茶法
备具温壶半取茶，头芽品赏一端芽。
云浓扑鼻色龙花。润泡出汤擦拭水，
茗禾闻香两回华。余情不尽到山崖。

23 品茶
品色闻香以味尝，芳名故事泽汤扬。
男儿女士各舒张。审视擦形明艳坊，
红黄白绿碧心藏。春夏日月问秋凉。

24 绿茶篇
炒晒蒸烘一丈青，浮杯翠绿半沉萍。
僧游上下净心灵。龙井碧螺春叶许，
女儿玉秀片甲铭。书琴自可入长亭。

25 洞庭碧螺春
半见沉浮半玉津，洞庭云雨碧螺春。
姑苏城外五湖人。步跬东山上客，
三吴日月去来陈。夫差勾践已平身。

26 又
叶叶沉浮碧水平，津津乐道玉壶情。
杯杯世界上投生。跬步江湖行度量，
莲荷普渡问茶城。闻香品赏以僧盟。

27 西湖龙井
龙井中投一竖横，沉浮起落半杯平。
温茶取度几规明。展展舒舒旗复语，
形形色色独枪萌。闻闻品品平欲香生。

28 西湖龙井
色绿香甘郁美形，偏平挺立客尖平。
汤明色碧玉人情。叶底齐匀心脾沁，
芽芽独立落浮生。层层朵朵十清清。

29 又
十载姑苏老事根，三春采碧龙井村。
千芽细叶自乾坤。虎跑泉边茗品贵，
吴江渡口小儿孙。斜阳处处满黄昏。

30 又
临海蟠毫一渭泾，余姚瀑布半仙茗。
羊岩缘润九勾青。泰顺三杯香厚爽，

安吉百白玉人灵。洞庭力叶碧螺星。

31 洞庭碧螺春
洞庭小妹碧螺春，酥胸玉手暮朝人。
云云雾雾雨中身。卷曲姿藏纤细色，
芬芳嫩绿素条匀。纵横上下白毫新。

32 黄山毛峰
黄山雀舌一毛峰，晓叶临春半雪踪。
清香嫩绿雾云重。色似桃花云谷寺，
形当曲卷钓桥容。甘醇老树作苍龙。

33 敬亭绿雪
绿雪扬花一敬亭，清鲜落碧半天灵。
宣城白古九丹青。雀舌云中初展碧，
银杯济济白毫萍。清明谷雨品香茗。

34 金山时雨
紧细清香卷曲长，回甘味品玉溪汤。
沉浮起落久低昂。水色金山时雨雾，
宣城鸟语白毫梁。西湖不与问钱塘。

35 湄潭翠芽
绿宝湄潭一翠芽，光滑细扁半直斜。
馥郁优雅伴人家。爽气须当天下色，
黔州二炒作香华。流中井上下泉花。

36 古丈毛尖
古丈毛尖益寿年，清香馥郁色空田。
条条索索紧直团。远在唐朝成贡品，
云缭雾绕潋清泉。春秋各异味相连。

37 午子仙毫
陕汉中原一寸毛，西乡午子半仙毫。
条形扁状儿香高。翠岭回目依地气，
茗清碧绿凭风刀。芳名胜似大红袍。

38 汉水银梭
汉水银梭半扁形，回甘味郁玉壶清。
鱼香散尽白毫城。色绿汤明天地阔，
旗旗欲展有风情。春芽开眼作精英。

39 午子仙茗
午子仙茗半似兰，茶中皇后一云端。

醇和礼正几壶澜。一品乾坤天地转，
三浮碧叶绿无寒。波摇玉滚以心宽。

40 紫阳毛尖
嫩细毛尖一绿天，安康旧忆紫阳县。
方圆不尽共婵娟。肥壮芳解条索色，
回甘味久化桑田。云云雾雾雨如泉。

41 女娲银峰
举目银峰一女娲，安康平利半枝花。
遥知天水入人家。炼石穷空何独造，
人间但取问天涯。湖中玉色浪淘沙。

42 蒙顶甘露
郁郁芳芳一品茶，纤纤细细楚娟花。
甘甘味味每人家。苦苦峰中天地雾，
云云雨雨自升华。滋滋润润话桑麻。

43 绿妆素裹：白茶
绿叶先生素裹成，轻微发酵白茶名。
银针未展白豪情。福鼎松溪多贡梅，
平平溃溃以香清。浮浮落落几城倾。

44 白牡丹
馥郁芳芬白牡丹，清醇淡雅玉波澜。
沉浮起落自盘桓。福鼎松溪云雨雾，
毫心绿叶旷苔观。蓓蕾欲放展银宽。

45 贡梅
解毒清凉翠绿仙，清纯持久素毫缘。
南平小白建阳泉。味爽香醇浓厚阔，
心萌叶显玉芳妍。旗枪不比饮食船。

46 金镶玉美：黄茶
玉芙金镶二月花，姣芽细嫩一身茶。
毫毛遍体几天涯。自任黄汤黄叶色，
何凭酵母闷堆华。肥肥大大故池家。

47 君山银针
叶叶芽芽半点涝，条条索索满毫毛。
三浮九落一低高。沏泡中投先冲水，
君山银针比红袍。春风二月剪旗刀。

48 君山银针
玉液琼浆半岳阳，君山独秀一芳香。
银针嫩细二春光。色碧旗初枪短小，
沉浮不尽见低昂。人间自此品茶汤。

49 浓郁悠长：青茶
一叶青茶十度香，浓芽少酵半悠长。
单丛未尽凤求凰。洞顶乌龙罗汉主，
红边绿叶老僧尝。观音普渡客家藏。

50 安溪铁观音
卷曲古鲜一古今，安溪四季铁观音。
天然馥郁沁人心。叶底慈祥肥美色，
芳香九脉已无垠。沉浮欲完作乾坤。

51 武夷大红袍
细锐幽长玉索刀，天心寺外大红袍。
杯中起落任低高。一二春光红似火，
东风未剪望雪毫。状元艳红树渗雨毛。

52 不知春
叶卷枪直未展身，条匀索整不知春。
兰花曲细净红尘。琥珀金黄汤色艳，
迟迟慧苑作新临。芳华尽是去来人。

53 闽北水仙
闽北观音一水仙，橙黄索曲半条悬。
醇香郁泽几回旋。紧结沉沉扭足火，
乌龙厚软自朝天。三红七绿有人缘。

54 凤凰单丛
紧结香型郁索桐，凤凰十味一单丛。
橙黄亮节玉边红。石古坪田黄栀子，
枝枝叶叶寸苍穹。株株老树势如弓。

55 冻顶乌龙茶
洞顶乌龙鹿谷乡，台湾岁月采茶忙。
鲜芽露首十三番。典雅金边镶墨绿，
浓甘爽滑老翁尝。清新古朴入黄粱。

56 红茶
福建台湾浙赣粱，滇宁老窖正山扬。
功夫小种化茗汤。但见红汤红叶色，
还余厚永著醇香。祁门内外自纯芳。

57 祁门工夫
细紧条绛半郁馥，祁门县外一工夫。
安徽显露玉苗苏。鲜嫩如花醇厚永，
黄山雨雾彩云姑。洞庭碧叶色东吴。

58 滇红工夫
风庆临沧紧结中，工夫不尽问滇红。
金沙此去掉头东。雅亮明匀浓厚爽，
毛毫出色雨云风。香鲜造作地天同。

59 台湾日月潭红茶
独步台湾日月潭，行云纳雨暮朝寒。
香浓锐取玉心宽。业底成形红艳艳，
甘醇郁结几波澜。堂中集美好茗端。

60 九曲红梅
九曲红梅一细钩，三方润色九州头。
沉浮叶底帝王州。上堡杭州湖埠水，
芬芳不尽润孤喉。留香齿颊向春秋。

61 黑茶
九脉川江任自流，风光寨色问春秋。
湖滇老酵念春柔。古韵悠悠茶马道，
西南叶底十三州。余香半浸老青楼。

62 普洱生茶
普洱云南雨北生，砂壶品道问乡情。
温馨润炮话精英。只闻如今茶马路，
茗杯品彻任丝绒。难平雨水水平云。

63 云南七子饼（中茶铁饼）
大叶青光整色花，云南七子饼形茶。
甘醇润厚故人家。益寿延年天地气，
清新醒目著陈华。增生少脂上山崖。

64 凤凰普洱沱茶
大理南乡半九坨，凤凰普洱一茶沱。
无量山上雨云多。润泽醇甜乌馥郁，
蝴蝶不渡女儿河。余香小妹教哥哥。

65 金瓜贡茶
少女金瓜一缕香，心怀玉叶半私藏。
人情只在雁丘旁。太上皇家闻普洱，
呈言三品御书房。澜沧两岸乐姑娘。

66 老班章古树茶
古树民风味烈刚，纯青大叶老班章。
王家旧范久甘香。霸气西双版纳足，
回甘普洱故名扬。余芳劲海味中梁。

67 花茶
一叶文章一叶花，半心日月半人家。
三生跬步九州茶。绿品烘青型造就，
人工巧夺自然崖。容颜自此有风华。

68 出水芙蓉
出水芙蓉一绿芽，肠炎哮喘半桂花。
皮肤治疗金盏花。血液循环良性与，
消化退烧助人家。自然利尿话桑麻。

69 囡儿春
绿叶金盏茉莉花，昏睡皮肤好人华。
清肝千日红定家。秀目容颜常降压，
春风已渡到天涯。文章不尽问香茶。

70 造型花茶
放肆情人一品香，含情茉莉半疼良。
东方少女以情藏。千日红光情止咳，
乃馨康情牙无伤。百情仙子富安康。

71 过黄河
飞机一渡过黄河，玉色三湾唱九歌。
俯仰西安终是客，文章汉口楚辞多。
闻蜀道，问汨罗，九曲人生是几何。
万里婵娟天水岸，精英自古步坎坷。

赴泰国曼谷　　2004年2月15日

72 二〇一四清明
年轮店里一清明，柳絮飞中半色轻。
杏李梨花桃已碧，丁香胜似海棠城。
东风处处云无力，细草欣欣雨有情。
暖暖凉凉常不定，朝朝暮暮几阴晴。

73 之二
岁岁年年一度轮，云云雨雨万家春。
杨杨柳柳黄成绿，草草花花自在新。
古古今今何不似，来来去去浥轻尘。
行行止止常来定，子子孙孙主客珍。

74 之三

一步清明一步春,半湾月色半湾人。
桃花已绽心中色,柳岸方成树下濑。
积累华源成世界,耕耘日月著新茵。
难言步跬何千万,不负平生有晋秦。

五、地上北京

秦人　中国书籍出版社　2004年9月出版

1 鹧鸪天
地上北京
五百年中王者荣,三千日月业方成。
京畿一北连春岸,论语心前治太平。
又
正正方方一古城,天天地地半枯荣。
行行止止中轴线,事事人人日月平。
年草木,岁阴晴。故宫演义见明清。
四合院落胡同巷,万里山河似旧盟。

2 鹧鸪天
寻我北京
九水寒冬半玉冰,六朝日月一幽陵。
轩辕台上方圆树,彼此皇都草木兴。
三界高,川书灯。春秋战国自恢弘。
燕山蓟水京城客,南北东西可大鹏。

3 鹧鸪天
寻我北京
无字碑中日月烟,五千年里半身边。
书生自是方圆客,古古今今一渡船。
知进退,问前川。兴兴废废是心田。
杨杨柳柳风尘水,暮暮朝朝可易迁。

4 鹧鸪天
燕山蓟水一布衣,皇城故屏半平民。
风风雨雨中原客,古古今今故事新。
三界水,六朝人。八旗子弟一天津。
轩辕台上明清问,世代心中是晋秦。

5 鹧鸪天
一半长城一半燕,居庸叠翠运河田。
金台夕照幽州客,紫禁城里五百年。
千万里,月缺圆。明清此去故宫怜。
康雍乾代沧桑尽,一半人间一半烟。

6 鹧鸪天
居庸叠翠
丈丈夫夫日月关,山山水水虎龙颜。
居庸叠翠长城外,望带幽州日月间。
休草木,锁间湾。高期一梦八认高。
关沟十里云烟守,可向秦皇似不还。

7 鹧鸪天
金台夕照
一半黄金一半台,苏秦但体故人来。
幽州乐毅凭三拜,尤有郭隗纳士才。
千载事,去还回。春秋五霸济时开。
晋齐鲁豫中原客,自由英雄自有魁。

8 鹧鸪天
京杭运河
一半秦皇一半炀,千湖万水半余杭。
胡人难教多骑射,商贾帆船养洛阳。
今古去,自兴亡。长城汴水运河舫。
人间自有天堂客,留下粮仓问四方。

9 鹧鸪天
长陵无字碑
谁见名人不治明,碑中无字满洲情。
功功过过千秋问,败败成成半不荣。
嘉靖去,故宫城。君无甚暗吏私名。
改朝换代江山事,山海关前旧日兵。

10 鹧鸪天
紫禁城
九百九丁九九边,半间不凳半文渊。
明宫不识清宫客,一曲同工一曲怜。
中正理,紫微悬。日精门外月华天。
乾清宫北坤宁院,十里皇城十里宣。

11 鹧鸪天
北京城门
丽正三朝一子孙,故宫八面九城门。
秦砖汉瓦垂杨柳,只见风云不见根。
千石巷,半黄昏。三家店里十家村。

东风红遍长春里，铁打江山度五蕴。

12 鹧鸪天
圆明园
萋二草木畅故园，身心阔别如来天。
明清幻作三千亩，未萃康雍日月年。
知寸土，向乾田。八方四面问残垣。
乳碣当下疏钟晚，往事悠悠寸断烟。

13 鹧鸪天
昆仑湖上佛香阁
一瓮江河一瓮山，半清日月半清关。
知春亭北佛香阁，日存漪园月存湾。
三界事，九轮环。昆仑湖上问人间。
玉澜堂里春兰色，万寿山中万寿颜。

14 鹧鸪天
香山
群玉昆明半玉颜，满山红叶一江山。
永安寺里两山雪，杏树村中十万般。
峰叠翠，国门关。云峰雾罕可攀登。
祭星台上阴晴问，会景楼前日月还。

15 景山说故
月半青山月半悬，周公不解赏亭边。
闯王何必惊钟鼓，禁苑崇祯十地鞭。
殊可怜，魏忠贤。一人不得一人田。
千年日月千年去，万岁山中万岁怜。

16 鹧鸪天
崇祯
五百年中一士生，三军帐下九营明。
榆关一半清兵变，只见圆圆在北平。
知八艳，问枯荣。男儿不见女儿盟。
须眉谁误江山事，不断秦淮不断名。

17 鹧鸪天
玉泉
四望香山一玉泉，三边天下九虹悬。
沙沉碧水黄金岸，塔影珠玑草木田。
千万里，半耕年。人生日月自方圆。
何须客便何须主，客在心中主在禅。

18 鹧鸪天
钓鱼台
李广难言一箭开，姜公不忘钓鱼台。
北新桥下龙王锁，半禁京城半禁埃。
楼海镇，玉渊开。养源斋里蜀家梅。
千荫琼岛留潭影，万柳堂中日月来。

19 鹧鸪天
太液晴波北岸扬，中南海上一风光。
十年旧事三生界，汉武身名半洛阳。
千俯仰，万炎凉。萧皇太后已梳妆。
铅华未尽休迟暮，宝月华潭玉露芳。

20 鹧鸪天
钓鱼台 养源斋
万柳堂中养源斋，千花水上钓鱼台。
金人未与乾隆赋，碧玉渊潭客鸟来。
姜尚退，老龙开。月明八面四方裁。
知春亭北寻春色，望海楼前向腊梅。

21 鹧鸪天
中南海的宝月楼
宝月香妃玉色羞，新华门是后宫楼。
中南海里知杨柳，太液龙亭御水流。
三界外，一春秋。仙人承露九州头。
阴阳道士丹青炼，不及乾隆一叶收。

22 鹧鸪天
卢沟晓月
永宝河中故事休，卢沟桥上月风流。
晨曦初泛江东水，叶落西山九月秋。
天地路，石狮喉。燕京门锁十三州。
红尘仆仆红尘界，酒肆茶楼叙旧游。

23 鹧鸪天
九五天尊社稷坛，三皇三帝祈年端。
天天地地行冬夏，日月春秋十地宽。
人不尽，事无难。东南西北可观澜。
先农坛里神农拜，一半江河一半峦。

24 鹧鸪天
雍和宫
时代江山几大同，雍和粘杆胤祯宫。

十年永佑喇嘛院，血滴亲王两岁翁。
黄教寺，树英雄。白檀百丈立圆通。
有佛自主山河在，十地辉煌十地中。
　　　　　　　2011年2月26日下南洋

25 鹧鸪天
悯忠寺
亡国江山父子城，徽宗不住靖康名。
法院寺里皇家赵，海上之盟一代倾。
宣武刹，史思明。幽州城外几枯荣。
丁香百结崇福地，巴去辽金未去情。

26 鹧鸪天
晋寺潭柘万寿苍，帝王树边配树王。
千章银杏千章冶，阡陌纵横一炎凉。
三界外，半圆方。百年人生百年桑。
妙严公主千金足，玉石龙鱼十柱香。

27 鹧鸪天
唐人
自古幽州不始终，先佛厚道旧时官。
龙门只上天门客，前期继世事来穷。
儒一半，两三鸿，长春宫里自英雄。
全真第一丛林处，派祖重阳几大同。

28 鹧鸪天
几世辽朝儿子孙，牛街只似柳河村。
成吉思汗回回教，尤有康熙赐寺门。
千万里，一黄昏。古今今古半乾坤。
有钟有鼓无人问，无色无香有玉根。

29 鹧鸪天
南堂北堂天主堂，东洋西洋太平洋。
为数几何对角线，且问儒学正四方。
一半东西一半洋，两教士西三王。
明清当下明清名，顺治康熙辅政扬。
天主教，建东唐。西安门里自沧桑。
巴黎圣母耶稣赐，十地圆时十地方。

30 鹧鸪天
妙应浮图白塔身，菩提鹿苑去来人。
方圆地水风和火，生命精华四素真。
高显处，也秋春。铃声不止半天津。

金刚圈上莲花座，自在无心自涴尘。

31 黄寺
五百由寻净化城，三生故地法华明。
王家达赖班禅故，顺治乾隆问佛情。
皇寺里，御香荣。佛光普照度燕京。
青云独步衣冠正，自在心中自在行。

32 鹧鸪天
北京
万里江河万柳杨，百年日月百年肠。
手无释卷书生事，苦读文章草木香。
天阔阔，地茫茫。香山色染玉泉妆。
登高只见天涯路，俯察幽燕半故乡。

33 鹧鸪天
明成祖迁都商贾，二万户入北平楼。
左祖京都右社流，前朝后市半通州。
商家两万前门客，积水潭边不见秋。
钟鼓问，向牌楼。明成祖上御迁留。
如今可叙苏州巷，南北东西抱璞忧。

34 鹧鸪天
东四
一梦幽燕半故乡，三生苦读二黄粱。
邯郸步足书生客，风雨桑乾自柳杨。
阡陌客，种田桑。心耕日月驭中堂。
中南海里精英问，回首人间作四方。

35 鹧鸪天
大栅栏
紫禁千金十地宽，前门一步大栅栏。
明清已尽明清铁，不锁江山锁四观。
荷帽巷，箭门单。闯土二栬作偏安。
风花雪月圆圆梦，慢待云南慢待欢。

36 鹧鸪天
大栅栏
有道千年半帝王，无端一炬几咸阳。
正阳门外同仁店，柳巷花街女卸妆。
兴叹处，见炎凉。红尘飞过女儿墙。
风流只向城门客，贫富何须问曲肠。

37 鹧鸪天
马来西亚航空 m371 吉隆坡
却望幽燕半故乡，南洋草木一黄粱。
金银票证银行物，半是光辉半是煌。
吴客易，晋人商。书生苦读过红墙。
如今已是京都客，赤壁江流问梓桑。

38 鹧鸪天
琉璃厂
不见天涯见四方，东洋未卜卜西洋。
丹青股东琉璃厂，彼处江山此处堂。
千载事，万文章。海王村里问龙王。
辽金宣武元明去，四库全书一脉藏。
吉隆坡 2011 年 2 月 27 日

39 鹧鸪天
老舍笔下的茶馆
半壁江湖半壁喧，万人茶馆万人言。
东鸿泰斗高明远，五合天成玉顺轩。
三界外，一方圆。西洋不锁海龙源。
长城只在江东岸，八国联军事事烦。

40 鹧鸪天
茶园和戏楼、戏院
半曲人间半曲楼，一春天下一春秋。
君臣父子千今古，富贵悲欢万喜忧。
三世界，九江流。逢场作戏几时休。
惊奇问道茶园客，十尺平台十户侯。

41 鹧鸪天
簋街
客醉红颜半月羞，酒逢知己一杯愁。
灯红玉树风花影，夜在簋街人在楼。
多少事，已沉浮。南唐已尽不春秋。
倾城但向婵娟问，误国何须违命侯。

42 鹧鸪天
什刹海、鼓楼
积水潭边后海楼，风云日月苦行舟。
荷塘雨落珍珠盏，一叶心归玉色游。
天地阔，十三州。精英不似河王侯。
躬耕可见山河序，草木何言自水流。

43 鹧鸪天
地阔幽燕半鼓钟，天王老子一条龙。
无风起浪中南海，半在江山半在容。
春月雪，未秋冬。御花园里御花重。
景山尤挂崇祯树，不解邯郸故步封。

44 全聚德
似虎京城醒醉情，以全聚德挂炉名。
寿山冀北杨家寨，半步前门半步荣。
凭日月，任枯荣。商人此见彼生平。
填鸭一线单传技，何苦其间自不明。

45 鹧鸪天
从紫禁城走出来的饭庄
仿膳何须紫禁城，皇家只顾小姑倾。
清宫秘史千家落，北海龙亭五色荣。
登白楼，下蚕耕。只寻濠濮故人情。
图书馆里北平客，饱读诗书不欲名。

46 鹧鸪天
一条板凳起家的东来顺
紫气东来树木扬，马来半岛小姑娘。
草莓重色无轻友，桃高菠萝有客乡。
寻日月，下南洋。梭罗河岸玉人妆。
幽燕不足繁花色，半见新娘半见郎。

47 鹧鸪天
天子过处一条龙
吃饭王公不付钱，皇家子弟未耕田。
南恒顺馆回民铺，一半山东一半年。
齐鲁客，作幽燕。霸王光绪太监旋。
温文尔雅门庭市，板凳难当御品宣。

48 鹧鸪天
过午不候砂锅居
不论堂庄八大居，原名和顺立清初。
更天叫遍王侯客，白煮烧燎帝业虚。
千乞丐，半神余。秀才何必早知书。
心肠好坏知天地，抱得砂锅似不如。

49 鹧鸪天
从油盐铺到酱园
柴米油盐六必居，开门酱醋九江余。

山西兄弟严嵩客，弄墨夫人举半书。
名号己，宰相呼。临汾犹有雁丘墟。
无茶七事家中妇，自此燕京一字除。

50 鹧鸪天
同仁堂
岳氏郎中串巷生，绍兴赤脚主人名。
同仁堂上里西栈，半在清宫半在精。
三把火，半京城。张家济世乐家情。
御沟臭气纱灯照，后店前堂百姓情。

51 鹧鸪天
前门荣宝斋
十步前门八大祥，康熙松竹半书光。
一元茶叶安徽客，大内联升备载堂。
千仕读，半文房。穷则思变以张扬。
以文会友红尘外，笺谱名流十竹香。

52 鹧鸪天
燕
不比姑苏半玉颜，寻常巷陌一人间。
江湖汴水千帆过，塞北长城万战艰。
寻蓟水，问香山。春风得意女儿还。
养春堂里文章社，不易长安易小蛮。

53 鹧鸪天
大宅门
大小宅门步女男，正门广五店门三。
一门可许公侯踱，四合门庭主内函。
花背卷，看墙坛。勾连抄手走廊南。
有分有合文章著，叶绿悬山院落眈。

54 鹧鸪天
渐行渐远的胡同
一半胡同一半荣，明清渐远渐清明。
笛通衍化梧桐巷，不似原来水井名。
蒙古语，汉人情。元朝建北北京城。
皇宫紫禁威严坐，八稳中轴锁四平。

55 鹧鸪天
燕京叙旧
代代朝朝半古情，方方正正一京城。
南南北北中轴线，曲曲来来灯市明。
寻故事，问先生。风风雨雨继身名。
花花草草胡同里，曲曲弯弯自主行。

56 鹧鸪天
北平
庭院深深五进身，胡同处处半家邻。
阳光枣树祥和影，老虎春秋尾巴秦。
非粉黛，是平民。红尘巷口浥年轮。
阅微今昔重相见，昨日风流是故人。

57 鹧鸪天
纪晓岚
珠市西街剧可怜，斜阳院落晚秋天。
阅微不阅微红事，四库全书日月年。
棠树下，草堂边。文鸢三寸岸舟田。
风花雪月燕京绒，恐对余情一往然。

58 鹧鸪天
枣树院里的阳光
一半阳光枣树中，五春玉兔养城东。
千秋白石瑶池客，万代诗痕济世宗。
知界外，向清风。凤凰落在老梧桐。
阴晴日月三生事，彼此文章百岁翁。

59 鹧鸪天
老虎尾巴写春秋
阜内宫门口外情，朱安不似许广平。
绿林书屋丁香树，老虎无成尾巴成。
周小院，豫才名。刺玫野草纵横生。
蜗牛墙角初出首，寂寞西房来作声。

60 鹧鸪天
庭院深深几许
竹碧千竿后海边，和珅已去旧花园。
恭王草料春秋马，一代风流体馆田。
思似雨，露如泉。东洋尚武北洋天。
清池老舍由身举，怯及"屈原"甲申年。

61 鹧鸪天
曲阑深处重相见
绿水亭西后海光，纳兰容若问夕阳。
朱门幽存恩波影，院落观花末代芳。
三世故，九回廊。和珅不及醇亲王。
曲阑深处重相见，不爱红妆爱绿妆。

62 鹧鸪天
四合院
左右人家左右邻，八方土地八方亲。
九门城下三门客，一第书中五第人。
千里路，万乡身。书生不尽误风尘。
四平八稳中轴路，十地方圆几晋秦。

六、静思语

证严上人　复旦大学出版社　2009年12月出版

1 静思
学绝慧根生，禅心意迹明。
因中知世界，果上印枯荣。
马来西亚 2013、2、27

2
三万六千天，平生半日年。
工功成事业，尺寸作方圆。

3
日日一人生，年年半事成。
天天知世界，步步问心明。

4
一路人生一路行，半精世界半精英。
成成败败知创业，去去来来问事情。

5
平生谨守一慧根，步履行程半吕村。
足迹风尘天下路，南洋海阔自晨昏。

6
过去如今半未来，山光水色一花开。
推推就就和事佬，止止行行步诙裁。

7
荡荡去来情，空空世界城。
宽容悲悯处，一切众人生。

8
辛辛苦苦便慈悲，去去来来莫是非。
暮暮朝朝无所欲，成成败败用心为。

9
智慧一圆融，谦虚半养宗。
低垂知粒满，果重是秋容。

10
天容一自尊，地主半乾坤。
小小知心处，微微是慧根。

11
眼睛入心头，江河向九流。
方圆因尺寸，大小自春秋。

12
执着重般若，辛劳淡少多。
成功因果就，彼此渡天河。

13
低头俯就自扬头，天水江河曲折流。
四顾难平瞻远望，九州已作十三州。

14
谅解一人生，严心半向明。
从容多少路，刻已是工成。

15
承当一诺成，作事半工明。
足迹形思后，人心作业萌。

16
习气可陳更，功大日月盟。
江山流水易，志向以心成。

17
忏悔一心情，深渊半水平。
忧烦行上处，净化是人生。

18
一世自难明，三生刻已情。
千山花草木，万里路枯荣。

19
毅力坚心勇气成，精工刻已去来明。
三江四海南洋水，十地千情木槿荣。

20
理事理则光，凭心业就泉。
桑田成世界，化转作方圆。

21
凡是不牵强，生平莫对方。
无需多应酬，应自立栋梁。

22
你我共同他，江山一大家。
日月星与见，彼此渡天涯。

23
感念情藏理智中，仁心处世作西东。
风尘仆仆人之客，木槿南洋处处红。

24
修身养性明，处世间枯荣。
厚德人心处，何须载物盟。

25
行行止止可修身，质质形形自养人。
坐卧宫气成浩气，方圆彼此省红尘。

26
平生自渡人，处世理行身。
彼此庄严作，和仁内外亲。

27
用物须知物用成，和心自在一和平。
三思自得三思界，七色天光七色明。

28
但求不苦可知人，有渡何须未见亲。
若此生平同坐处，东西世界自然真。

29
欲望经心理智明，儒修治事养工精。
春秋论语庄孟子，读得真经业就成。

30
足足一人心，山山半木林。
江江源水量，事事向如今。

31
须知一福音，可就半人心。
再造南洋树，榕根可木林。

32
海阔天空世界成，人心土地去来明。
填平欲望何济事，彼此同行不止情。

33
养性可增长，修身自足强。
心灵安在处，智慧满禅房。

34
善待一慈根，随缘因果恩。
由人得世界，不怨半乾坤。

35
菩萨寻声救苦身，形身济世渡真人。
时时确理相随处，处处行成化比伦。

36
人人菩萨心，处处有晨昏。
日日修身地，明明厚绕根。

37
形成一语人，处世半疏亲。
载物三毒外，明心见性真。

38
道场是真心，观音渡古今。
南天三界外，北国一慈根。

39
力体身行半善根，功成高就一乾坤。
明虚利禄身外事，养炼人心自主门。

40
年年日日一文章，岁岁时时半孟庄。
处处纷纷天下事，事事人人渡黄粱。

41
时间积累一人生，歹业形成半纵横。
造就银行辛苦业，修身养性去来荣。

42
无心事事无成，付出辛苦以苦荣。
创造人生天下路，天天足迹客中赢。

43
无心歹歹不人生，有济平平是付情。
独立人群知彼此，孤身处界问枯荣。

44
同人与事小细心，付出收成后先寻。
芦苇墙头根基浅，禅房夜话草木深。

45
苦渡唐僧向西求，白马经书问九州。
有足须行千里路，无心止水半沉浮。

46
人人自得一心灵，高高须当半渭泾。
度若天光何上下，形成不可作浮萍。

47
平安理得一心安，十地纵横十地宽。
处处形成随所度，时时作出任云丹。

48
难行处处莫难行，可舍时时能舍成。
自我升华人格著，仁心一庄作光明。

49
一口一人心，三生半路寻。
行行知所往，步步问观音。

50
天天地地一心宽，雨雨云云半客观。
去去来来何所愿，人人事事自轻安。

51
作事忠诚一正中，为人载厚半顺弘。
宽柔态度成天地，秉持刚直作故雄。

52
人生责任不虚名，处事原则莫作轻。
感动上苍天与地，献身积累载新城。

53
担当责任不轻闲，力量增强可索攀。
积累识知成世界，更求自在度天颜。

54
步步一前行，时时半向明。
分分心信征，路路迹精英。

55
乾坤大小一人心，世界纵横半知音。
充分发挥力量处，联通彼此木成林。

56
道境半时生，礼心一事成。
求来天地阔，感遇去来平。

57
道境一心宽，心神半杏坛。
文章天地阔，日月去来观。

58
无心切切莫伤人，有意深深爱自身。
不可轻随伤害意，防伤自主已相亲。

59
良知养善根，足履着黄昏。
挫折三千界，坎坷一道门。

60
自主一人心，形成半木林。
平生由足履，事业信观音。

61
信必已知真,迷途是风尘。
粗疏常误路,智者可经纶。

62
智信佛精神,迷心曲解人。
疏途谁指正,教易可知真。

63
信仰达人生,前途以步行。
行程知正确,事业可工成。

64
教理可伦真,迷心必失身。
求神或问鬼,曲解致伊人。

65
修心养性情,步履问前程。
行为端正坐,人生自主行。

66
彼此工坐盟,晨昏异时生。
疏途同道路,目的各相倾。

67
人生一世间,俯仰众缘环。
莫以难群去,修行不隐颜。

68
言行举止一精神,统一情怀半世人。
欲念归伦知八戒,心端意正是禅真。

69
临危不乱定人心,处戒由盟慧运寻。
动念操行品莫乱,三思转境一知音。

70
疑心失爱人,朵念不相亲。
恐惑无相信,终来误自身。

71
亲怜着一分,善信得三君。
自己由心空,他人任事闻。

72
成功处处必客人,创业时时莫自身。
聚集源泉流不尽,阳光滴水慧明伦。

73
喜舍作常心,方成达界音。
生生何死死,提放自由寻。

74
当前烦恼作慈悲,柳柳杨杨叶下垂。
暮暮朝朝何法喜,先先后后已成随。

75
喜舍是劳苦,禅音作业真。
方圆成世界,觉悟可相人。

76
光明在自心,觉悟入禅林。
道路由知定,前途以步寻。

77
人心一亩田,种子半源泉。
好果因成就,良家是觉缘。

78
天堂一善因,地狱半行真。
造作由心事,功勤逐世人。

79
三心二意事难成,四处千途路可清。
万里南洋终又始,年年木槿色红情。

80
成功要用心,彼此礼知音。
个必操烦久,条条大路寻。

81
一岁半枯荣,三生十地情。
人生观念正,道路始终平。

82
学而自习经,修心而渭泾。
厮磨周围事,宁平一字铭。

83
舍得一心无,忧民半事殊。
知书由达礼,智慧作江湖。

84
磨磨练练一人生,是是非非半故城。
有有无无三界外,朝朝暮暮万年情。

85
无心一两言,有意万千源。
接受何须是,排空自应轩。

86
世上一源泉,人中半地天。
无须回报处,付出是禅田。

87
贪心一苦泉,堕落半随年。
痛定思人过,宽容自待缘。

88
人生一欲牵,作业半心年。
励石成知悟,成功有觉缘。

89
一事半心中,三身十地同。
毒蛇常影响,笔正字精工。

90
草木自枯荣,身心可正明。
贪瞋痴害己,恼懊入人生。

91
利己无非利别人,行诗有道舍施亲。
诚心行事心神定,福禄兼照向寿身。

92
量大源原福大成,多维语解纵维荣。
人心比度人心在,一次宽容一次情。

93
禅缘造福田,慧觉作心泉。
自得平安在,何须问烦恼。

诗词盛典 | 吕长春格律诗词六万八千首（全四册）

94
轻言细语度柔宽，色态声闻读杏坛。
达理知书天下路，行成问道待炎寒。

95
截张取义事难成，继积成荫欲可平。
胜手文心长短处，期全自主暮朝情。

96
细心坦荡自宽心，溃欲平和可欲音。
处处工精知进退，时时忍俊向春荫。

97
声声色色一知人，几几他他半相亲。
自爱方成先别受，身心彼此以心寻。

98
有路自无遥，莫非可排霄。
天高闻雨骤，海阔见浪潮。

99
愿望可心藏，耕田播种粮。
姻缘知把握，守一度圆方。

100
日日之恩父母生，时时感谢众人荫。
年年莫贫身心与，处处须当负责名。

101
死死生生一始终，生生死死半无同。
开头是死生尤始，起点从生死已终。

102
亲情爱度一心灵，物质风求半富铭。
创业千途依父子，行程万里靠家庭。

103
巢家待鸟人，子女各相亲。
业取居分地，天伦以乐身。

104
扩大心胸客气生，宽宏处事互相荣。
无须执意山门外，让爱从缘作处情。

105
一岁几枯荣，三生半重轻。
人生多病苦，处世向和平。

106
吉祥和睦处欢心，祝福谐情作木林。
天下时时知友好，人间处处有观音。

107
人间肯作事方成，勇气成思业心盟。
不能凭心何不能，青山步步可登荣。

108
心生毅力一天盟，步达高山半事荣。
路远随分知马力，南洋处处木成林。

109
苦干心须大业明，精神必可象荣城。
坚持能就千年迹，忍耐方兴万事赢。

110
与爱方成被爱人，中心必得爱心亲。
和平始见从情主，幸福由来是自身。

111
清清净净感情深，结结连连自古今。
得得失失何烦恼，根根叶叶木成林。

112
无形不染是无求，心迹十地是心忧。
永久当知非永久，随缘必得任缘由。

113
浓浓淡淡一茶香，苦苦甜甜半叶尝。
碌碌忙忙凭所事，时时处处品炎凉。

114
一粒耕耘一粒心，三生岁月两生荫。
花花草草凭天下，去去来来是古今。

115
一寸人间七尺人，三生岁月十生身。
无为有作成天下，有限时光破旧臣。

116
凡夫俗子已心成，万里千途步履明。
始得终时终亦始，功成业就就则荣。

117
主持一恒心，人客半世荫。
真知真体会，假治假时寻。

118
虚虚事事事无成，能能时时业有荣。
福福知知良应得，生生处处造人荫。

119
世上一光阴，人中半寸金。
精神成就事，命运向观音。

120
人生不在物权荣，地位明虚任与倾。
友爱关心随处世，同根结蒂积连城。

121
人生一世观，阔海半边澜。
看造非悲破，纵横是戒端。

122
时时一善行，事事半知荣。
步步留踪迹，生生作大明。

123
积积累累一言行，好好心心半世精。
止止行行迹世界，成成就就任平生。

124
施施舍舍善人知，受受给给故事迟。
与之接上常可济，众众就就作良时。

125
无求一布施，有欲半人知。
若是慈悲故，恩心作道迟。

126
一寸天恩一寸心，三生世界半生荫。
千年化作慈悲度，万里行程彼此音。

2013年4月12日

七、青岛行

1 崂山海
一海半崂山，三春两鲁颜。
风云千佛洞，古道万冷闲。
浪打乾坤岸，涛平日月湾。
遥遥天地向，落落不须还。

2 忆马来西亚海
不可向南阳，何须作故乡。
朝朝红木槿，暮暮许衷肠。
西里丛林色，云前草木荒。
唐人街上向，马六甲中梁。

3 又
扬扬万里潮，寞寞一云霄。
浪涌崂山岸，风平鲁国桥。
洋来天地水，海去五湖沼。
邹子张良向，桓公霸主遥。

4 又
拾贝一崂山，寻英半玉关。
沙晴天地耀，海翰西云还。
郁郁风光远，悠悠日月湾。
苍烟空落照，浪涌作峰峦。

5 又
船扬远帆，水照半云烟。
海色明齐鲁，天光做霸田。
桓公春秋去，邹国孟田前。
鸟市黄粱梦，长亭玉酒泉。

6 甲子青岛出租司机王开才
儒车半鲁齐，待客一东西。
约法三千界，行程五百栖。
君心天地外，忆我自高低。
海阔龙吟去，云舒润玉泥。

7 动车青岛—北京
日色一泉城，天遥半北京。
章丘清照馆，漱玉始文英。
冷冷清清向，朝朝暮暮情。
江山金石尽，束守赵明诚。

8 过青州
齐人一故侯，鲁客半青州。
战国三君子，黄河九曲流。
平原君莫问，霸主作春秋。
逐鹿江山在，生平日月修。

9 又
鲁地一黄河，齐人半几何。
春秋末去少，战国始终多。
岱岳群峰小，山东水浒波。
泉城招募向，孔府杏坛歌。

10 及时雨替天行道易罪天王聚义厅
水浒半沧州，梁山一九流。
山东多好汉，孔府几儒谋。
聚义英雄诺，替天行道囚。
何言羞落草，错解帝王忧。

11 回北京
一路上天津，三春做鲁人。
书生多少日，读士纠周秦。
古古今今向，来来去去频。
时时行自立，处处正冠中。

12 古今诗
南洋自古今，独木已成林。
木槿红朝暮，书生苦读吟。
阴晴何许诺，草树几知音。
雨后同天地，云前共泽浔。

注：会巴布亚新几内亚贸商第二部长理查德·马里，索菲亚、凌宗际、李慕、王秀卿作陪。

八、群书治要 360

魏征　团结出版社　2015 年 11 月出版

1 秦王李世民
独济直平朴素情，群书治要武文明。
精英善变百家盟，贻厥孙谋天下事，
当今捶古宴消城。君臣政法慎纵横。
2014 年 1 月 24 日

2 马来西亚文化教育中心　谨序
注水波潮一碧澜，群书治要半贞观。
秦王魏征谏边官。虞世南臣编领纳，
唐家史记已严宽。人间不可上云端。

3 君道
一道知君万道民，三纲问世两纲臣。
千年治要是秋春。百物成康行法度，
朝华速忌问松筠，无须夕落雅人身。

4 修身
养性修身戒欲明，廉仓治事引民情。
松松柏柏不违成。利利荣荣何止境，
仁仁义义未终盟，人人世界自枯萌。

5 勤俭
织织耕耕一世家，勤勤俭俭半人华。
寒寒暖暖二月花。女女夫夫田亩地，
朝朝暮暮浪淘沙，成成败败几天涯。

6 惩忿
一物难名半物名，三虫不治九虫生。
穷兵黩武几兴平。撤舍无谋何逐雀，
金禾以计作蝗城。枯荣抱朴子终行。

7 迁善
择善从师反省身，迁良问友向学频。
三人取类客文津。子曰躬行儒育教，

成思败毁累千钧。一岁冬梅一岁春。

8 改过
史过工谏一客明，贤言恶告半私情。
君心子路两人城。日月惊天何俯仰，
知闻不改故纵横。行攻劝正始难荣。

9 敦亲
一道三朝半帝昌，九州百姓万家娘。
亲身妻女夏周商。爱敬臣民亲有庆，
仁心不恶与人良。闻天效法试君王。

10 反身
玄本行心正反身，躬为薄责去来人。
明诚善改过无频。孟子宣王如手足，
兴勃醉己夏禹臣。成汤作则慰东邻。

11 致治之术，先凭四患，乃崇五政
治术伪私放奢尝，农桑好恶化文章。
威严赏罚法民扬。四患崇五政先屏，
由行俗轨肆倾张，求其守度帝王昌。

12 尊贤
不世之君不世臣，客明俗物客明身。
常安久治久无人。制庶难恒何作术，
文王好恶取贤秦。周公反哺力千钧。

13 周公戒伯爵
一沐周公戒伯禽，姬人鲁国问知音。
骄行未可不骄心。子弟成王侄以示，
贤良后世藏春萌。千年独木客成林。

14
社稷行成土谷神，山河曲折地天津。
儒家弟子带冠巾。断辨思谋终不治，
光明杜渐防微务。路远心长见万钧。

15 纳谏
国治君明纳谏臣，兼听乱毁客偏身。
昏庸馋诔新盟亲。汝弼宣闻天下士，
忠言逆耳孔儒贞。商汤谔口立天尊。

16 杜谗邪
善恶观行问世声，闻言未审误精明。
篁流饰辨是非平。爱己难知何惑废，
知书达理几人情。卑微惑媚无萌。

17 审断
审断听察一鉴真，娇侈漏寡半迷津。
功成纳取外逐人。敏要无方门户见，
机谋道故恐施贫。良博废灭度时尊。

18 又
近物明察远数轻，行今不古道无明。
人心百姓志成城。赏劝兵民公令寇，
兴亡政清损带萌。仁贤善害自书荣。

19 臣术
契阔平居立节勤，成思素积累轻频。
劳身苦体度天津。比党明奸从进退，
夫贤道顺理衣巾。刚直挠法治秋春。

20 立节
伯起弘农一道成，东莱太守半舍名。
怀金遗震故人情。暮色茫茫昌邑客，
神天你我有知生。人才正道是君荣。

21 尽忠
圣大忠贞直智臣，奸馋具诙贼亡人。
邪邪正正六分身。败败成成天下事，
荣荣辱辱各春秋。将功补过善君亲。

22 劝谏
一防先然二救城，三怂戒泽九州平。
兴兴废废半枯荣。燥隐闻言何劝谏，
君臣造势始终明。无中治有见先生。

23 贵德
天行健，君子以自强不息。
地势坤，君子以厚德载物。
尚道崇仁贵德荣，天行地势善修明。
忧心不倦老人城。事道侵年千万里，
兴衰存继启身名。商商纠纠独孤行。

24 尚道
学智行仁耻勇闻，明智尚道性和君。
须臾守教乃耕耘。庶物和谐贞利保，
人天地法自然分。无争善汁是根髓。

25 孝悌
孝悌神明一通源，恩慈四海半乾坤。
临渊社稷向轩辕。简简繁繁春夏继，
今今古古始终元。子孙父母且坂垣。

26 举贤
去去来来一士情，年年岁岁半枯荣。
先先后后古今明。伯乐神交千里马，
闻贤见举万人城。江山社稷筑平生。

27
悖得无亲苟礼横，句言有道苟仁呐。
躬情父母应枯荣。世上生身知父母，
人间血肉心筑城。三皇五帝现天经。

28 仁义
士子仁人一水流，常行怒正半春秋。
由天克己乞民忧。复礼言归宏毅道，
家邦不怨贱贫修。糟糠独立九州头。

29 诚信
巧诈无如半拙诚，真言有信身笃行。
天天地地纪中生。育化疏恩夫妇接，
股肱元首曲其情。心修逸日结兄盟。

30
巧诈何如半拙诚，心劳作伪日无晴。
微言笃守久斯明。力重身行天德纪，
虚诬厉谏谤须生。宁闻愚孝东人情。

31 正己
七教人心一世明，三生老齿半亲情。
施宽德让节贤诚。正己行从天下履，
平心物恶上由盟。躬身俭择慎疏荣。

32 又
治正衣冠顺责宽，荣荣辱辱事人澜。
成成败败九盘桓。子子君君成应物，
家家国国几终端。春风送暖几冬寒。

33 又
积善安闻久治身，声微理正可闻人。
行形不隐正衣巾。草木山中修润玉，
潭渊石屹取珠珍。耕耘日月自疏亲。

34 度量
抱怨恩成以德曛，齐家治国立斯文。
东西南北界五分。度度难平何量量，
春秋冬夏几风云。朝朝暮暮事耕耘。

35 谦虚
彖记谦亨一道传，齐天福济下通元。
卑微立正上承全。普度盈亏相补住，
乾坤宇宙自桑田。云云雨雨作源泉。

36
自下登高必自躬，由遐及迩势成雄。
怀邦志满是非穷。地远天高闻道与，
山深水阔见苍穹。来人去迹始无终。

37 谨慎
作恶如崩积似登，行成步履垒游僧。
春秋自存以香凝。罔念沉思多克己，
无分圣士几狂陵。人心自古念雄膺。

38 又
子曰乾乾惕若身，无处进身生如人。
忠仁信义不骄钧。下位诚思忧国业，
言行上立去辞尊。居心敬礼以民巾。

39 又
曲礼仪仪智义亲，志仁言信力忠民。
行为影响始终身。定敬俨思安慎守，
修辞独立定疏频。须臾尚鉴正冠巾。

40 交友
慎损慎交慎独分，友直友谅友多闻。
便柔便辟便佞群。入室芝兰居善处，
鲍鱼之肆化纷纭。虚言巧辩几何文。

41 学问
不倦乾乾力治身，勤辛苦苦致修人。
行慈博爱化千钧。利器方工精易物，
宽仁畜学故字珍。提升利弊自风匀。

42 有恒
一木参天自未毫，三春暖地任山毛。
千峰毅力取心高。累土成层行万里，
寻途跬步逐书袍。恒成始足可微牢。

43 为政
务本知人善始终，析分任使可黑红。
公清浊化任天雄。修仁礼乐法忠节，
文兵善爱古民衷。居心五豆是雕翁。

44 务本
务本尊贤一敬亲，修身正己半家身。
齐邦立道治天津。百姓工财其能比，
嘉行善举考明珍。妥安日醒世斯人。

45
正己修身无纪贤，亲家爱族向臣宣。
群工无慰自民年。品德高全名利薄，
忠奸不惑岁余年。定邦定国谓乾坤。

46
保保师师傅傅昌，行行举举圣翁尝。
端闻善引客光光。自古三公三少职，
周人孔子各相皇。成王巳翼道书扬。

47
父父乾乾子子情,兄兄弟弟共家生。
夫夫妇妇客同城。道正人明天地上,
会阳内外各疏荣。兴邦利国举通盟。

48 潜天论
本末相承一式成,纵横并举半枯荣。
光光后后果因明。五者行身知道义,
三生慎独问时情。千年善纪众成城。

49
治政廉清吏善成,仁慈节俭后身名。
林丛盛木鸟归城。水泽渊深鱼自主,
飞禽走兽草芳萌。仁贤圣主可昌荣。

50 知人
吕氏春秋一鉴人,八观六验半知身。
六戚四隐几情珍。邑里门廊友故旧,
父母兄弟子妻亲。先王自以作横邻。

51 六韬
六韬微查测秉行,穷辞识变问谍诚。
德观显问试贪萌。以色交贞难作勇,
姿身态度醉时情。八征皆备是人平。

52 任使
善任知人一事成,直枢尚要半工精。
舒迟进退几端名。取饰言行偏瞩目,
清廉比党客倾城。中庸度量是何横。

53 志公
大道之行一志公,求贤领袖万民风。
天同邑路路英雄。不独其亲其子贵,
还谋幼老百年翁。人情所养九州通。

54
敢莫枪秦以赵书,廉颇负荆蔺相如。
公家退避作私余。两虎群争何结果,
将相自以易和居。春秋手足帝王锄。

55 教化
教化人心几度难,行仁弟子任期宽。
知天善尚可荣端。郁郁忧忧君子道,
荣荣辱辱是波澜。成成败败客无残。

56 礼乐
"生成文,谓之音",礼记卷七。
治世之音一道成,行成礼乐半知情。
诗书教化几人生。角羽宫商徵玉致,
君臣民物事相平。忧勤陂怨作荒名。

57 爱民
一渡先民一渡舟,九州草木九州头。
天生万物半无谋。仁心恭宽信敏惠,
来之任可自安由。田桑日月是春秋。

58 民生
八政民生一世荣,三春草木九州萌。
千家万户半人情。俭以勤劳成足用,
田桑畜牧业商平。权衡有度作群英。

59 法古
五帝先闻作戒铭,遥遥振振履冰屏。
竞竞栗栗步浮萍。战战唯唯天子路,
轩辕尧舜禹汤灵。翼翼周公敢殷青。

60
五帝三王一祖先,千家万户半人年。
民生纲纪上桑田。黄帝颛顼和帝喾,
唐尧虞舜始源泉。商汤夏禹武文天。

61 赏罚
赏罚无明望不平,量规有度势闻生。
功功过过纳纵横。攥组层层王帝与,
人心处处可摘缨。英雄自得子君盟。

62 法律
法度规中一律轻,仁光教化半英明。
无寿与故似宁情。发于人间生理治,
查其本末向身平。行为检戒作精英。

63 慎武
立国兴兵创业名,扬文慎武治王城。
闻声应物纪纲行。汴水苏杭天下富,
长城垒骨世中更。隋炀十度似秦荣。

64 又
费日千金百战争,兵师万马半输赢。
长城甲骨素平生。上善归田和解甲,
无须战乱胜人情。琵琶马上蜀家声。

65 将兵
视率妻儿半将兵,闻寒子弟一行。
溪深石屹几心攻。高广燕京弓射虎,
阴山夜话酒泉名。英雄自古是生平。

66 敬慎
敬慎微行一业精,中庸渐累半枯荣。
居安不忘思危处,独木成林积叶生。
磨砥砺,善人明,斯萌远见万千城。
兴亡道到亲戚道,福祸相依各不平。

67 微溅
渐渐微微步步行,围围木木百年情。
低低处处一年生。郁郁欣欣木立逢,
操操守守善积行。终终守守自无声。

68
审色行神一禾鸣,毫毛闾巷半其声。
肌肤血脉儿名永,扁鹊难谗诸侯城,
王独见,魏文生。中庸大小度量明。
夫成病理知先后,名声不是作声名。

69 风俗
大大中中小小同,卿卿我我你他雄。
天天地地一苍穹。慎慎修修民心肃,
修仁节我无忧盟。慢思正俗治邦风。

70 治乱
始始终终事务中,勤勤息息制成空。
疏疏密密逸谋同。治乱黄石公子约,
柔柔弱弱一仁风。劳劳政政半苍躬。

71 鉴戒
律吕阳阴一乐成,伶伦断竹半音声。
高低顿挫浊还清。鉴戒光人如照镜,
行舟见水载思情。高山流水自心平。

72 应事
秉杼蹈机织谱成,抽丝断茧正纬经。
微言浅守筑声名。莺蓄三年常不济,
耕耘百岁老翁明。文章像立去来盟。

73 慎始终

不败东方慎始终，修身养正九州同。
靡初克五圣童蒙。品果微成何应物，
沟池室殿几行风。兢兢业业望飞鸿。

74 养生

太上修身一养生，中行意念半神清。
平宁百节本殊荣。寿考其方多必问，
神思气滤避风情。和心度欲湿时明。

75 明辨

是是非非一辨明，清清浊浊半流清。
成成败败以心平。事事人人同世界，
时时物物共枯荣。朝朝暮暮自阴晴。

76 邪正

正正邪邪一误中，翻翻覆覆半雕虫。
小人君子各不同。忍让和平向与度，
功成善就世闻熊。安之若性及行空。

77 人情

目耳身心口鼻生，韩诗不误六情平。
人间草木有无荣。色嗅甘芳性秀赏，
君行似道小人横。民从教化取春萌。

78 才德

有道千章半世尘，无求万备一人身。
周公谓鲁几君臣。故旧随从无大异，
君心以念客行珍。闻非苟且致天津。

79 朋党

党羽亲朋近处身，无偏正道客风尘。
清风明月足尝珍。世俗虚荣成进退，
忠邪悖辨几时人。危亡旦夕故迷津。

80 辨物

伯乐知闻一马珍，君行善务万人身，
文章教化半周秦。利剑锋光欧冶子，
车薪杯水可闻津。行途步履作秋春。

81 因果

善善禅禅百事成，因因果果一心英。
兴兴败败半枯荣。左契形成何责问，
仁心司守故平明。宽宽厚厚是人生。

82

觅觅寻寻上古树，求求索索玉人根。
功功业业小儿孙。独木成林天地覆，
行身足硅作乾坤。夕阳无限是黄昏。

83 "体我稽古临事不惑者，卿等力也"

李世民

自古如今半世贞，齐家治国一修身。
深谋浅断几观人。鉴览文章随日月，
诗嵩阅读遍周秦。儒风问鲁杏坛春。

九、谈中国未解之谜

霍晨昕　北京联合出版出版公司　2015年5月出版

1 谈中国未解之谜

觅以义身忆以明，无知日月有知情。
三思细节三思返，百岁迁移百岁生。
马来西亚雪山莱唔州2013年2月10日

2 神奇地带

神奇地带半时迟，冷热涧天一元知。
绝壁生花三世界，桃源去处十升奇。

3 神秘的水下古国

巢湖水下古城荣，玉斧黄千汉国名。
启节班簋王莽去，草船借箭孔明成。

4 "桃花源"究竟在哪里

问路桥边既出亭，穷林石上水源青。
寻津遗契桃花色，高举豁然全馆铭。

5 峨眉"佛灯"之谜

万盏明灯一普贤，千金玉顶半苍天。
星光水汽相参亮，足迹虚心向佛前。

6 长寿乡之谜

江西湖北广西长，雨水微磷事业堂。
如皋钟祥巴马路，延年益寿老人乡。

7 鸣沙山之谜

洪钟贯耳响沙湾，细雨虫鸣作占颜。
但任僧言银青宇，从拉特苍　旗山。
之二
敦煌十里向河山，俯首三声问玉颜。
日万千金闪烁，人情一半月牙湾。

8 神奇天坑之谜

珍珠串串珂时莲，漏雨滴滴漫石边。
岁岁年年成日月，心心处处佛凭缘。

9 魔鬼城之谜
断壁残桓古巷边，风沙岁月老城前。
斑斑驳驳荒沙响，鬼鬼狼狼耳目悬。

10 古莲种子为何如此长寿
千年一度古莲芽，百草三生自本家。
日上神阳成坚果，心中子粒可开花。

11 "风流草"为什么会跳舞
夜里缠绵梦里行，亭亭玉立野原声。
情歌唤起风流草，漫舞人间侣叶萌。

12 水中"恶魔"鲨鱼身上的谜团
傲视群雄一白鲨，周游世界半天涯。
闻之色变无知见，浩瀚海洋是大家。

13 美丽的楼兰新娘
漫漫风尘万里家，层层戈壁伴风沙。
楼兰一睡三千载，小女惊闻你我他。

14 敦煌莫高窟的秘密
敦煌日落着金身，魏晋商窟始问津。
大漠三危山显圣，沙鸣乐尊佐僧人。

15 秦始皇陵之谜
刻石歌功颂德昌，江苏朐邑高秦王。
咸阳纬度相冈处，海上东门作始皇。

16 辛追与轪侯
初汉心追一妇名，千年不朽半身荣。
轪侯只在长沙国，半在天年以汞成。

17 武则天无字碑之谜
排除异己死无辜，四镇安西弃版图。
酷吏明臣奸党政，功劳罪蔑世人胡。

18 舍利子之谜
打作吟经处世声，行途戒定慧根荣。
高僧舍利心舌子，境界由然气量明。

19 河姆渡文明之谜
中华故国各枯荣，不却黄河异地城。
绘古文明河姆渡，长江地域世人惊。

20 半坡遗址之谜
半坡遗址半坡村，一处黄河一处根。
母系中华成母系，爷娘子女爷娘魂。

21 春秋大墓赵卿墓中安葬何人
籍籍无名一小村，声声鹊起半黄昏。
扬生历世春秋尽，却后余生老树根。

22 河图、洛书包含了什么奥秘
河图与洛书，世故有人居。
宇宙魔力木，文明古不余。

23 西施生死迷局
羞花闭月一貂蝉，出水芙蓉半世缘。
半掩琵琶家塞外，沉鱼落雁客越天。

24 老子骑青牛出关下落之谜
紫气浮关尹喜情，青牛子隐著书生。
无为而治辞函谷，楚客千言感化名。

25 唐玄奘是西天取经第一人吗
见得玄奘问戒贤，那烂陀寺几千年。
西安自有长安客，印度经文佛法缘。

26 郑和为何七下西洋
千难万险下西洋，世道和平向海光。
半岛形成三宝路，亚洲发展一银行。

27 中国绘画的始祖
舜妹神心始画累，青从烈女赋中歌。
仓颉造象形文字，以马换车自少多。

28 《山海经》到底是什么书
山山海海大荒经，国国家家诸事铭。
面面方方多角落，形形色色客家廷。
中原异土奇人物，夸父功成逐日灵。
后羿嫦娥相问询，刑天断首作丹青。

29 屈原笔下的"山鬼"之谜
灵芝藜草半高唐，季女瑶姬一秀光。
古帝巫山难作赋，襄王雨下断云肠。
山山鬼鬼天图问，妇妇夫夫地主昂。
十二峰中多少色，三千弟子向红娘。

30 《韩熙载夜宴图》之谜
避乱江南下广陵，街上状汶上才凝。
狂妄性格恢宏气，意败心成结玉冰。
弄月吟风成秀木，南唐典雅一明灯。
衣衫不体琴弦度，自古英雄不振膺。
之二
琵琶一曲女儿荣，玉鼓三声舞客惊。
静息闲庭闻依旧，痴听管乐笑风尘。
南唐李熠闷中顾，五代孤图压世情。
自我成相韩熙载，高堂二主以祠明。

31 《清明上河图》之谜
千姿百态弄阴晴，错落弛张作度荣。
笔墨章法奇考究，神情韵律上河城。
人盛畜旺船桥树，车马楼房轿子横。
正道择端张画匠，清明画里不清明。

32 《永乐大典》下落之谜
永乐无成大典成，西洋三宝郑和行。
全书两万三千卷，总汇百科一书城。
自古先秦明半主，天文地理道德荣。
图形并茂成稀世，八国联军劫不明。

33 史诗《格萨尔》
藏民日月自阴晴，原始声情自主荣。
口耳相侍格萨尔，诗心部落以贫生。

34 《左传》的作者是谁
编年历史左丘明，半在玄机半在横。
彼作文章何作此，春秋已魏以军容。
仲尼好恶同人语，吴起门生晋乘萌。
汉徒刘歆非国语，先秦诸子自闻成。

35 越王勾践是否曾"卧薪尝胆"
三千越甲可吞吴，一水西湖未浣姑。
太傅无文国语外，卧薪尝胆是非殊。

36 《史记》遗篇知多少
秉笔直书史记篇，随从岁月逝如淹。
封禅汉武神仙去，不视朝廷事不全。

37 《黄帝内经》成书于何时
中医宝典一书成，黄帝托名半古荣。

始祖华人传远近，明堂素女皆径生。

38 得失功业付一炬
六国秦皇一统朝，阿房玉陨半香消。
高山四广宫廷树，殿阁千围项羽凋。

39 项羽有没有烧阿房宫
项羽半咸阳，刘邦一地昌。
阿房宫为峻，杜牧语秦王。

40 悬空寺千年不倒之谜
千年古寺自悬空，万岁人身世纪穷。
石錾横梁三立木，恒山峡口四方同。

41 举世无双的金殿
金顶武当山，风珠避玉间。
功成明永乐，海马吐天颜。

42 大雁塔倾斜之谜
高宗李治作慈恩，无漏隋炀问寺根。
武后重修三藏塔，玄奘自此译辰昏。

43 "女娲补天"源自何因
飞禽作孽水汪洋，猛兽横行火炎昌。
百姓灾难天地陷，女娲采石补沧桑。

44 三皇五帝都是谁
天地泰三皇，李斯一奏章。
炎黄成五帝，祖历继千梁。

45 历史上确有黄帝其人吗
附宝北斗星，真仙世界铭。
生身黄帝子，故事作丹青。

46 史料典籍之凿凿
公孙少典一轩辕，本纪春秋山海源。
左传神灵占国语，周书礼记几家言。

47 九鼎之谜知多少
九牧之金铸鼎州，三迁墨子注耕由。
蚩廉夏启昆铜吾，大禹山川礼拜酬。

48 "共和行政"之人到底是谁
吕氏春秋一共和，元年暴政半干戈。
召公二济周公取，已敖同衷已武多。

49 秦始皇的生父之谜
偷梁换柱赵姬容，顺水推舟不韦踪。
子楚秦王奇货举，假龙只可是真龙。

50 秦代"传玉玺"下落成谜
文王不似厉王风，左足欺君右足同。
楚客卞和和氏璧，秦皇玉玺镇深宫。

51 司马迁到底出生在哪里
大禹一龙门，陕山两不论。
韩耕阳峡口，司马以迁尊。

52 貂蝉下落之谜
闭月貂蝉木耳村，英雄吕布自乾坤。
乡人不解何家国，落叶归来是本根。

53 曹操为什么杀死华佗
良医盖世德孤同，白门楼前治痛风。
始殿曹操梨树斩，华佗自悔对英雄。

54 诸葛亮躬耕之地在何处
襄阳十里见南阳，俊杰隆中世卧乡。
奇士省然居奇处，骄龙隔绝寄衷肠。
荆州乱世躬耕地，汉晋春秋凿齿量。
水镜光生三顾问，砚山彼此可低昂。

55 谁是太原起兵的首谋
深谋远虑一人君，酒色昏庸半世文。
禁令刘文静寂博，隋唐自此作群分。

56 玄武门之变真相
刀光剑影一宫城，喋血相残半兄弟。
玄武门前君主立，功成史上自留名。

57 李师师的下落之谜
文人雅士半衷肠，色艺才华一度量。
乙乙幽情非草木，师师容貌是书香。

58 成吉思汗
拉弓拔剑自无疆，策马行程莫度量。
辟土纵横欧亚路，风云日月去来王。

59 读中国未解之谜
一寸文心自古今，半生百岁木成林。
纵横字句形思辨，日月迁移驻立寻。
之二
此事低迷彼事昂，他心未卜我心量。
来来去去纵横问，暮暮朝朝日月常。

2013年4月6日

十、杂诗

1 佛
佛祖珞珈山，人行阙里间。
心藏南海渡，士与普陀颜。

2 二月初三雨，生日，吉隆坡—北京
天龙日上已抬头，二月初三过九州。
此去南洋来去客，云中雨里自无休。

3 兄弟餐馆
北北南南一弟兄，红红火火半京城。
天天地地几枯荣。菜菜疏疏川味道，
麻婆豆腐十年盟。重享正月九州情。
之二
万里半人生，千年一枯荣。
人间三界事，天下四时声。

4 阳澄湖蟹 2011-10-7
巴解三军一日遥，昆山两岸半秋潮。
江梅孙女东城品，只叙阳澄蟹味消。

5 颐和园
长廊玉带桥，智慧海边霄。
万寿山中路，排云殿外潮。
涵虚堂上树，北阙楼前昭。
石舫铜牛客，延清一路遥。

6 之二
云晖玉宇遥，乐寿荟亭霄。
聚翠千峰树，花承万碧潮。
文昌仁寿殿，水色玉澜桥。
紫气东来荟，知春见柳条。

7 之三
一步派云门，三春探玉根。
千楼慈禧树，万户小儿孙。
渡岸香崖寺，长廊跬步村。
湖光遥远碧，日色近黄昏。

8 甲午三月北京新加坡飞机上
一半东风过九州，三千日月几回头。
云沉雨落耕耘客，马踏飞燕主莫愁。
朝暮逐，数春秋。江流不必问江楼。
阳春白雪何相许，下里巴人自在侯。

9 阳关词
云扬雨润一巫山，峡谷川流半色颜。
下里巴人藏栈道，蚕丛蜀客杜鹃还。
三千月下高唐梦，十二峰中碧水峦。
白帝秭归孤岛问，娜宁小小玉门关。
（甲午致独娜、小小、宁宁）

10 四君子
竹影梅花菊玉兰，春秋冬夏四时端。
东西南北千条路，俯仰高低万里宽。
前后问，去来观。年年岁岁读杏坛。
今今古古耕耘客，道道佛佛自在安。

11 四君子 2012
竹菊梅花一玉兰，春秋冬夏四时桓。
东西南北千条路，左右高低万里宽。
前后问，去来观。孝贤义礼读儒坛。
今今古古耕耘客，道道佛佛自在安。
（甲午三月北京－新加坡）

12 甲午新加坡—北京
百岁人生半亩田，三光日月九州年。
千山跬步耕耘道，万水倾流草木烟。
杨柳岸，去来船。风花雪月自由然。
飞将自应阴山箭，李廣何须问酒泉。

13 甲午
白马飞天万里田，东风化雨一云烟。
耕耘日月须无止，磊积阴晴自在船。
今古事，赋诗词。乾隆四万比文天。
平生自此成心愿，百渡浑江客自然。

14 普济寺
观音殿李玉人身，正念波清可必春。
普济荷花千百座，伽兰诸士莫红尘。

15 之二
心中佛祖满晴光，大士人身度柳杨。
始得三生终业就，文殊教惠普贤堂。

16 甲午忆初心
刘家沟，桓仁五女山下
一树梨花半海棠，三边月色两廖光。
书生未解榆关过，怯以恩媛雪月藏。
非误曲，是衷肠。刘家沟里红娘。
西关小路庄稼地，学步邯郸五女乡。

17 又
张恩媛、读红楼
白雪心中一日游，婵娟桂下广寒秋。
张生只待红娘路，五女乡家住莫愁。
林黛玉，读诗楼。书生不误共春秋。
长春未解恩媛问，怯以心思竟自流。

18 又
忆少年夜盲伐木归来，媛以导之
十载寒窗半暖凉，三生学步一衷肠。
耕耘日月诗词客，暗以心田导夜盲。
千万里，去来昂。榆关过去作燕乡。
长春得以恩媛问，献意城中是月光。
注：恩媛就读长春农业大学环境系，
孔献意同访之。

19 又

学士三生半九流，书生一诺十三州。
榆关过去燕京客，读遍唐诗读不休。
余五万，胜王侯。江山岁月作春秋。
耕耘百岁知辛苦，跬步千章染白头。

20 一月九日

重下亚龙湾，马来玉水颜。
瀛洲天地阔，海客北南山。
注：诗者属马，赴马来西亚置业。

21 之二

南天一柱海南天，海口三星海口悬。
海阔天空云际远，天涯海角自由田。

22 黄道婆

崖州草木半松江，纺织女郎一国邦。
宋元风云男女客，无心自古自无双。

23 李德裕

唐相自此一名扬，德裕文章半四方。

海角天涯牛李道，南天一柱枯荣肠。
注：十年前海阔天空比音，十年后海阔天空比膝。
沧海半桑田，南山一佛缘。
无三人未道，不二法门关。

24 寿比南山

一实人生不二门，三谛智慧素千根。
般若自在观音座，普渡文殊教子孙。

25 一月十日潜海

三千尺海深，五百载王音。
潜入龙王府，宫中问古今。

26 之二

云中海棠湾，塞上玉门还。
浪打蜈枝岛，风平凤凰山。

27 之三

凤凰岛上凤凰山，海口心中海口湾。
万里追寻来去事，千年但问古今还。

28 之四南田温泉

云卷云舒入桐天，人前人后问南田。
温中犹觉三千界，天下方知第一泉。

29 亚龙湾

汐落潮涌四尺余，晨钟暮鼓九州疏。
观音道场文殊客，海口云天玉帝书。

30 马来

筚路蓝缕启近林，先贤创绩作人心。
吉隆坡上巴生雨，木槿花中是古今。

31 在吉隆坡，遇见叶亚来

河滩沼泽吉隆坡，叶亚来时唱九歌。
八达灵英王不语，功成业就雪兰莪。

十一、中国风景名胜大全

马纪群 中国大百科全书出版社 2006年8月出版

---

1 八达岭长城

长城内外一金阳，汴水东西半壁光。
留下英雄金甲故，何人八达自扬长。

2 之二

一道中开万谷临，千山闭首一途寻。
长城南北雨云深。半壁秦皇假峙处，
三关宋寨锁黄金。一人天下一人心。

3 居庸关

踏遍苍山自柳杨，形成日月作文章。
交河落叶易青黄。不可居庸关上问，
丈夫一夜断秋肠。长城内外莫思乡。

4 之二

横断千山半壁开，关沟九寨一云台。
居庸叠翠碧徘徊。古刹钟声仙枕石，
弹琴峡谷十村梅。桃花百里玉人催。

5 明十三陵

草案三山五百僧，夜明半落十三陵。
珍珠翡翠一层冰。难得自今龙凤语，
何须月下数青灯，石头城外几亡兴。

6 镜泊湖

吉木成林半九歌，仙宫宝镜一天河。
峰峦渤海放人多。白石刀削成岛壁，
钟声欲想道家沱。孤山水泊儿青娥。

7 之二
一路风波一渭泾，半山草木半江青。
千年自此入雷霆。子厚山城东夏国，
莺歌重唇玉河屏。垂流万丈任人听。

8 之三
半入湖州半古城，一东雪色一山倾。
银装素裹自英明。石磊龙泉留渤海，
浮云独步问松荣。阴晴天外有阴晴。

9 之四
忘却人间半九歌，晓波欲出一山河。
云浮水落十溇沱。泻得烟花惊世界，
挂悬天水自穿梭。不知日月几何多。

10 千山
自在人间积翠颜，辽东千朵莲花山。
奇峰古寺玉门关。无量观西冬雪被，
龙泉寺北夏云寰。芙蓉九百九千湾。

11 武夷山
九曲溪中十万峰，武夷山上半惊龙，
至今月下一芙蓉。秀水东流幽谷碧，
虹桥精舍读书庸，人间只恐不相逢。

12 之二
玉女群峰十秀中，浮云积雨半桥虹。
碧水叠嶂一香风。虎啸岩前空谷撼，
桃源洞里几衣红。人间处处可由衷。

13 石林
半水半山半古今，一花一石一丛林。
是云是雨是人心。瀚海龙门谁镇峙，
阿诗玛影问知音。从容漫步向彝琴。

14 之二
石象迎亲五月花，凤凰四首半天涯。
湖州碧玉一人家。曲径通幽佳影致，
龟年欲语苟风华。江山自古浪淘沙。

15 之三
空谷石门半壁年，山重水复一青天。
玉林望日两云泉。来去人间荣草木，
沉浮日月作桑田。乾坤更易几姻缘。

16 仙女湖
笔墨先生一女仙，江西下风搜神缘。
四时芳草半心田。卢肇状元唐士庙，
严嵩立此宋相权。天工开物水天年。

17 之二
自古人生自去来，何须地上会仙台，
一年一度一花开。竹海深深云不语，
相桥步步雨徘徊，江南郡外玉壶催。

18 金华双龙洞
翠竹赤松黄大仙，金华漱玉两龙泉。
朝真洞口望云天。鹤立峰群花草木，
日浮鹿田石生烟。冰壶不住自流年。

19 金陵雨花台
勾践越城久不开，金陵日月雨花台。
登境揽胜问兴衰。莫向石头潮水岸，
大江东去一秦淮。风高木末几徘徊。

20 之二
石岸江南第二泉，楼头竹北数三天。
阁中陆羽种茶田。甘水井边南北问，
人间世上二三缘，金陵紫气沐春园。

21 贵州龙宫
万水千山一九州，峰丛绝壁半溪流。
风花雪月自春秋。雨落云飞烟色重，
龙腾虎跃玉宫羞。石林峡谷几王侯。

22 东岳泰山
五岳独尊自泰山，东天一柱问君颜。
玉皇顶上远人间。旭日东升环渤海，
置身霄汉不须还。南天门里列朝班。

23 岭南星湖
水月平湖半岭南，山移阳朔一清潭。
层云翠竹几天冠。鼎石幽堤飞水落，
七星岩外碧江寒。居人处处可心宽。

24 九华山
楚越池州十玉颜，安徽参辛九华山。
地藏菩萨一人间。杯渡天竺僧筑室，
金乔觉后晋朝关。以心日月以心还。

25 鼋头渚
七桅渔船一太湖，三山二水半江苏。
鼋头渚色几潮姑。包孕河川吴越客，
天光卓天欲心孤。云烟雨露有还无。

26 中山陵园
隆冶江山问宋唐，深松灵谷启明光。
中山世界一名扬。身存吕彦观状觉，
形同仰止寄余堂。圆方之外有圆方。

27 黄山
不作石猴望太平，千姿百态意丛生。
伟雄飞瀑雨云荣。俊俏险奇多彩丽，
奇松雾海玉泉城。黄山五绝几阴晴。

28 黄龙
两道海边五彩池，黄龙沟里一天知。
丹云峡谷半峰诗。雪玉鼎前风景异，
牧歌起伏树花奇。人间圣境岷山姿。

29 中岳嵩山
中岳嵩山一少林，登封造极半人心。
星辰日月几禅音。白鹿湖南书院色，
尼僧太室十年箴。古木累累草深深。

30 莫干山
一路云泉十八湾，水光竹影莫干山。
芦花荡里半秋颜。滴翠潭中沉日月，
林泉珠玉四优闲。清幽雅静石人间。

31 本溪水洞
百里桓仁处处泉，本溪日月水洞天。
自然天下石灰岩。长剑倚天天欲堕，
虹波问雨雨声喧。石林五女玉中悬。

32 井冈山
竹木葱茏叠翠峦，红旗漫卷井冈山。
润之此去不归还。一纸书生三世界，
十年抗战八年湾。去来换得一人间。

33 武陵源
半问张良半问天，武陵源里五陵船。
留侯何取汉家年。水秀谷峰屹立，
林深洞奥楚王鞭。金溪已去路三千。

1780

34 江城东湖
汉口汉阳半武昌,琴台琴瑟一余梁。
高山流水几苍苍。自古楚歌歌不尽,
鄂城自古古飞扬。黄云黄鹤去来忙。

35 之二
三镇龟蛇三镇长,九头鸟向九头强。
大江东去大江扬。黄鹤楼中黄鹤去,
楚人天下楚人王。张良不必问张良。

36 南岳衡山
只见衡阳四雁峰,盘桓八百玉芙蓉。
玑衡度应到人踪。寿岳长沙星郡守,
金筒白马禹王钟。六朝古刹祝融重。

37 蜀冈一瘦西湖
笛曲三声碧玉人,人间一半瘦西湖。
扬州百里几江苏。自是平山堂上客,
起沟笔架待书儒。孝楼月下问花坞。

38 之二
二十四桥一月明,西园曲水半波清。
静斋书屋锦琴声。卷石洞天花柳色,
蜀冈成象小桥横。江湖烟雨几时晴。

39 天柱山
云涌莲花十八般,安徽名自皖公山。
太平马祖寺林寰。天柱精华峰五指,
三台覆雨祝香融。江山万岳可归宗。

40 峨眉山
飞瀑流泉云海湾,佛光普照一人间。
四时日月半天山。绝壁凌空金鼎立,
寒烟枞翠玉门关。平川荠荞个须此。

41 之二
报国一门寺普贤,佛光三生雨云烟。
溪流石影待心田。日出晴霄云海外,
花香鸟语秀人研。神奇应在十千年。

42 红枫湖
黔贵红枫湖上舟,花鱼洞口色中游。
烟波浩渺太阳洲。碧水清波垂钓岛,
龟蛇静卧水平流。千姿百态玉人羞。

43 丹霞山
仁化色如玉渥丹,韶关灿若彩霞冠。
幽峰一色雨云端。梦觉石窟河岸界,
阳元屹立柱天坛。阴元曲径隐洞宽。

44 丽江
普采纳西汉白人,丽江彝藏百家亲。
一山横断一江津。玉水龙潭峰雪色,
象山灵泉浥红尘。源头此去带衣巾。

45 西岳华山
卓绝三峰一柱天,松云露雨半华年。
朝阳落雁满青莲。横阵龙窝先世祖,
犁沟老君炉上烟。苍龙岭外度方圆。

46 清源山
闽海蓬莱半梵音,奇峰醉月几洞林。
灵山圣暮谷幽荫。五虎朝狮天石落,
祈尊道刻老君心。九日弘一问如今。

47 千岛湖
千岛湖中海瑞寻,万家灯火士人心。
硕真方腊帝王荫。百里三元相宰处,
商略锦绣水云深。沐阳试剑是知音。

48 冠豸山
凝碧山房玉霞光,万峰朝斗水门墙。
雄鹰展翅自圆方。丹梯闵冠云栈北,
松风怪石虎崖梁。人间至此几沧桑。

49 野三坡
幽谷玉人几少多,东风细雨野三坡。
燕京蓟冀水连波。世外桃源鱼古路,
观音回首顾天河。牛郎织女鹊桥歌。

50 之二
鱼古洞前拒马河,长城脚下楚人歌。
飞来石外野山坡。百草冰川寒水色,
天门中断峡云多。碧玉幽谷问青娥。

51 黄果树
百态千姿世界端,飞流直泻犀牛潭。
千人击鼓瀑声寒。十八叠泉惊骤落,
满天云雨可观澜。听涛洞外映川宽。

52 普陀山
寺外洛伽半玉颜,佛光照度一人间。
如来自在普陀山。法雨杨枝庵外海,
观音座上四方闲。人身许愿以心关。

53 织金洞
裸结河谷两岸风,贵州卷雨织金洞。
青松被雪半朦胧。婆媳情深何霸主,
普贤骑象去西东。铁山云雾醉梧桐。

54 崂山
背负平床向九州,崂山降雪半龙头。
道士穿云一千秋。七十二庵神女问,
九宫八观玉人酬。黄河日落付东流。

55 盘山
蓟北剑池易水年,五峰八石玉华天。
三盘十胜九桑田。寺塔禅音惊八戒,
松涛云海向幽悬。江南何必以心传。

56 五台山
东汉永平半教颜,文殊菩萨五台山。
至今北魏寄禅峦。佛母重生观日月,
东台紫气仰天还。园光岁积几人闲。

57 黄河壶口
一路黄河壶口悬,三生动魄各方圆。
千涛拍案雨云泉。夜月孟门寻禹帽,
清明睡女玉人眠。冰封浪卷雪花烟。

58 北岳恒山
北岳恒山绝塞名,洞天道教五云生。
当须果老一枯荣。壁画千年玄谷子,
"壮观"李白寺悬城。浑源县里俗民情。

59 庐山
北部江山一郡山,烟波浩渺半君颜。
长流万里九曲湾。净土法门宗石迹,
鄱阳白鹿理书班。匡庐雨雾露泉还。

60 之二
雪雨九江两玉颜,天桥半断一庐山。
浔阳十地几云还。日月心中三叠水,
含鄱口外玉门关。东林济世岳璇湾。

61 石漫滩
一脉伏牛石漫滩，九头崖水二郎山。
五峰峻岭半龙关。鬼斧神工旗水色，
河南渡口舞钢峦。飞禽走兽市门弯。

62 泸沽湖
世外人间半地天，风花雪月一方圆。
云南七彩丽江边。泸沽湖中钱里水，
女儿国里比娇颜。相公夜渡小槽船。

63 避暑山庄外八庙
避暑山庄八庙堂，康乾盛世一清光。
八旗子弟几侯王。冀北热河泉不止，
燕京犬逐小儿郎。雍和宫里几兴亡。

64 雅砻河
古刹钟声似九歌，藏南佛谷雅砻河。
沧桑岁月几蹉跎。一峡川流云雨岸，
千山雪色日穿梭。寒宫荡荡共嫦娥。

65 香港
不到东江不问情，须知大海九龙生。
招商局里一身名。日月千年香港水，
阴晴一世故人城。枯荣岁月几枯荣。

66 澳门
岁月尘封一故城，年华启作半心倾。
踏平东海意平平。此去南阳多少路，
文章作业世人英。繁花独木玉林生。

67 日月潭—阿里山
日月倾心日月潭，台湾浪屿海天宽。
中华民国在云端。九脉风云三界澜，
神舟草木作巾冠。横时世界纵时观。

68 之二
一客山河一客船，半身日月半身泉。
诗词草木不成眠。独树成林三代木，
孤芳自赏九州年。生成造就一云天。

十二、中国最美的 100 个地方

魏郁珉　北京工业大学出版社　2015 年 3 月出版

1 珠穆朗玛峰
第一高峰世界东，故于造化雪冰宫。
青藏屋脊风云济，圣洁巍峨玉立朣。
骏马奔腾先后迹，千姿百态向天空。
气势磅礴何不止，汹涌泉流澎湃中。

2 贡嘎山
白雪旗云贡嘎山，川藏横断遇人颜。
冰沟石谷弧洞裂，瀑布温泉主客间。
化作南坡大渡水，溶成海螺塔公关。
神工鬼斧城门外，冻结天光著素峦。

3 博格达峰
天山一雪莲，圣洁四时缘。
倒海移山系，冰川半世田。
狂风呼啸去，碧水化流泉。
起伏群峰上，冰山雪地悬。

4 梅里雪山
三江一并流，九脉半不休。
雾雪何分辨，冰川竞自由。
崩悬天地外，净土莫沉浮。
佛主神工秀，群生叹止求。

5 之二
太子十三峰，银鳞一半龙。
由来径佛祖，此去已无踪。

6 泰山
绝顶光天化日端，朝阳似火作云桓。
心随松涛三万起，步就泰山十八盘。
岱岳红门玉母岸，南天北斗晋霞丹。
五松庭外观天地，万里山河挂玉冠。

7 华山
朝阳落雁一道光，自古华山半不家。
此路无条何独往，空仓绝壁舍身崖。
三茅玉女云峰立，白马中天圣母娲。
劈石惊林知父母，清虚铁瓦御人沙。

8 峨眉山
秀美端庄一玉颜，光明正大四峨山。
云峰日出三金顶，佛圣灯山半挺峦。
伏虎清音凭寺庙，连绵吊角万年班。
钟声报国香烟永，咫尺芳容莫去还。

9 五台山
文殊道场五台山，圣徒青黄二庙班。
谷静峰幽林自语，当心字塔显通间。
翠岩云海菩萨顶，挂月佛光锦绣颜。
叶斗钟声依旧响，红尘几度断香关。

第十五卷 古今诗

10 黄山
松峰石海瀑溪流，岳韵湖光玉影悬。
孟钵莲花多秀丽，天都健骨竦天前。
千年迎客朝阳浴，万里清风岛云田。
险存山青回远水，盘空岛道自方圆。

11 之二
仙人指路上天都，怪石奇松云海苏。
日照烟雾非竟秀，温泉志返似去无。

12 武夷山
三三秀水九ази溪，六六奇峰半曲低。
百转流前姿色寄，千迴石上玉人移。

13 之二
白练千寻半雪花，峰峰万仞一天斜。
山山立左回归色，玉女婷婷不问家。

14 之三
天游峰下雪花泉，吕尚心中万里天。
一览亭前千古尽，水帘洞里玉珠田。

15 阿里山
登楼任自问天端，踏客凭空祝晓丹。
日出樱花云海木，高山涧水五奇观。
台湾姐妹慈云寺，树灵孔雀受情官。
阿里山中多日月，群峰峙下几盘桓。

16 庐山
第一登庐司马迁，重三问鼎高斯田。
东林寺外阴阳树，净土神中佛道缘。
大禹王崖灯火问，康王峡谷隐人年。
汉阳峰下知世界，白鹿洞中可谈天。

17 之二
雪练拖飘一叠泉，摧冰碎玉二流悬。
潭龙故现三千尺，不到庐山不到天。

18 塔克拉玛干沙漠
白石红河圣墓山，胡杨瀚漠月牙湾。
丝绸旧址何成路，日月来时不必还。

19 将军戈壁
将军戈壁石滩崖，红柳梭梭隔面纱。
海市蜃楼阳魅力，虚无缥缈不为家。

20 火焰山
地气绕红山，焰云染玉颜。
神仙终是客，烈日不须还。
赤石惊天宇，芨芨问旧班。
流沙河水尽，舞曲夜姬峦。

21 罗布泊
天山脚下玉沙盘，土著帆中捕采残。
殆尽干涸罗布泊，湖光水色古摇篮。

22 乌尔禾魔鬼城
鬼斧神工一魅城，嶙峋怪石半沙倾。
狂风弥漫天昏暗，万马嘶鸣地纵横。

23 阿里
自在白云悬，何须不觉禅。
昆仑天下路，雪水已耕田。

24 鸣沙山
孤烟大漠响沙山，古道驼铃曲玉颜。
五彩泉洲成海市，边墙障壁月牙湾。

25 雅鲁藏布大峡谷
只艳一青山，当须半拐弯。
人情依旧处，但取玉人颜。
虎跳惊声在，澜沧藏布蛮。
嘉陵流不尽，峡谷不须还。

26 长江三峡
十二峰中问楚人，大宁河口渡官身。
香溪故里姊问问，白帝南津九峡陈。
恶漩险滩云雨色，苍峰翠树两相亲。
谁修栈道崎岖路，蜀道连天净莫尘。

27 之二
夔门赤甲白盐山，峡口瞿塘百里还。
粉壁摩天惊水色，孟良梯上是人间。

28 太鲁阁大峡谷
太鲁长春一寺名，溪流瀑布半水声。
山崖幽峡燕明处，虎口闻天九曲城。

29 怒江大峡谷
峡谷川流一怒江，飞峰峙立半无双。
凭由自主知来去，遍地河山入异邦。
第一湾中南易北，故千断岭由天降。
何须木槿红颜问，任取南洋雨打窗。

30 黄土高原
千沟万壑一摇篮，十里三丘半水甘。
有水车流黄色染，无情岁月养华蚕。

31 小寨天坑
漏斗岩心一寨情，羊肠小道半莫行。
天坑奉节奇逢迹，雀鸟飞翔自不鸣。

32 织金洞
千姿百态鼓钟声，绝妙精伦日月情。
万古生平奇迹与，三擒立意织金城。

33 石林
莽莽苍苍一石林，行行状状半人心。
千千万万儿孙子，点点滴滴作古今。

34 长白山天池
云山雾海一天池，五彩三江半玉痴。
化雪融冰当世界，温泉冷镜任由时。

35 天山天池
百宝山中一雪莲，千峰树下半冰田。
珠帘碧玉簪王母，定海神针任自然。

36 纳木错
蓝池一半在天边，玉树三千自主年。
雪水冰川成日月，山光牧场作桑田。

37 青海湖
青青海水一湖边，碧碧草木半岛年。
季节班头鸥岛岸，鸬鹚帝国屿西泉。

38 喀纳斯湖
绿白红兰变色湖，云光天色似姑苏。
荒林湿鸟烟花落，彼此分明是帝都。

39 西湖
明圣金牛一雨川，钱塘上水半龙泉。

武林宝石吴山碛，曲院风荷夜月年。
花港观鱼春晓处，三潭印月晚钟悬。
雷锋夕照双峰塔，影落平湖玉璧天。
柳浪闻莺残雪在，苏堤有意断桥边。

40 茶卡盐湖

取得盐湖八十年，中华故土十千天。
珍珠雪粒珊瑚石，海市蜃楼在眼前。

41 肇庆星湖

肇庆一星湖，扬州半故都。
玉屏多少玉，石室鼎莲殊。

42 日月潭

台湾日月潭，阿里去来桓。
宝岛明珠色，风光孔雀盘。
崇文尊孔子，重武设关坛。
遗骨今尤在，玄奘一寺端。

43 洱海

洱海苍山一岸船，风花雪月两波天。
云溪大理清凉界，玉石昭南化旧年。
四阁风涛岚影重，三江水镜澹舟烟。
冰清玉洁双廊阔，百鸟宣鸣几种田。

44 漓江

山如碧玉簪，水似带罗镡。
石美流泉老，洞奇险瀑暗。
残红鱼跳岸，落日竹筏湛。
一片渔灯照，芦峰笛欲涔。

45 塔里木河

玉带绕湖杨，和田著曲娘。
阿苏河水色，野马自无疆。
日落红林晚，浓荫散叶黄。
姿姬凭曲舞，岁色寄衷肠。

46 淡水河

淡水母亲河，风帆唱九歌。
基隆台北市，落日照坎坷。

47 五彩湾

新疆五彩湾，玉石万沟环。
少女婷婷立，相依去不还。

48 三江并流

三江一并流，九脉半春秋。
草间冰川水，泉华急涧沟。
湖山丹羽翠，雪素险滩愁。
气象霞光被，云南独九州。

49 德天瀑布

古树参天世古今，德天瀑布木成林。
恩城独特风情处，色入龙潭愒去心。

50 黄果树瀑布

飞流一落半经天，断岭千层九脉悬。
瀑布云烟成彩练，犀牛倒海挂桑田。

51 壶口瀑布

龙槽地涌百珠泉，巨浪排山一万年。
到海东流壶口水，寻声故土可惊天。
姑大庙下龙门鲤，衣襟村中大禹前。
峡峡摇头黄摆尾，滔滔不尽孟门悬。

52 天涯海角

天涯海角半椰林，德裕僧孺几古今。
石立云扬天下去，南天一柱可知音。

53 之二

海浪半沙滩，椰林一月湾。
阳光沉水阔，柱石可归还。

54 西沙群岛

西沙海阔一南洋，万里长沙半木香。
永乐珊瑚宣德岛，黄昏日落满红光。

55 澎湖列岛

澎湖岛屿问渔翁，八军沙滩向岛风。
虎井沈城矾石屿，鲸鱼洞口望安东。

56 鼓浪屿

龙头鼓浪母鸡仙，鹭岛升旗玉人颜。
仔尾漳州江入口，厦门虎口带琴还。

57 亚龙湾

山青水碧亚龙湾，石怪洞幽白石环。
海阔天高云色远，阳光水气碧云蛮。

58 琼山

盘根错节以胎生，红树林中水下荣。
海缆桐花角果蕊，瓜熟蒂落古今成。

59 野柳

台湾野柳女王头，豆腐蜂窝玉姿修。
象石雕凿灯塔外，罗丹此处总回眸。

60 大兴安岭

兴安岭外一山崖，腊月桦林半雪花。
忆取青年伐木路，恩媛沟里到刘家。

61 之二

三秋七彩五花山，万亩一林十木班。
两岸四方千水碧，九桦万岭半红颜。

62 之三

白夜北极光，漠河作故乡。
黑龙江山远，水獭自雄扬。

63 祁连山草原

养马屯兵向御颜，皇城滩外祁连山。
匈奴牧场回鹘汉，高广天边一箭还。

64 神农架

春秋冬夏大巴山，冷热温冰半玉蛮。
乃遗琪桐花似鸟，神农架上可心闲。

65 西双版纳

西双版纳木成林，橄榄澜沧塔包荫。
汉傣哈尼瑶族共，凤凰树下故人心。

66 四姑娘山

姿容俊俏四姑娘，雾绕云缠半素分。
草甸芳林幽静水，驿路穿梭石峰梁。

67 梵净山

梵天净土一僧泉，秀水灵山半客田。
护国云峰金顶上，仙桥坝海九龙年。

68 呼伦贝尔草原

云低碧草色连天，翡翠旖旎玉带悬。
水布星罗湖海岸，三河放牧马牛田。

69 扎龙自然保护区
扎龙野鹤乡，苇草半横塘。
跷首寻天地，回头冬柳杨。

70 卧龙自然保护区
高山峡谷卧龙岗，白鹿珙桐绿尾香。
红豆熊猫虹雉野，金丝猴里有羚羊。

71 坝上草原
玉树琼花白雪林，冰清草洁古人心。
天高坝上丰宁市，路达云低作古今。

72 香格里拉
奶子河边一小姑，桃源世外半东吴。
吉祥如意三江水，秀草尖尖两露珠。

73 武陵源
珙桐银杏古杉城，角雉灵猫锦兽荣。
澧异獬猴分界岭，沅江八百水纵横。

74 九寨沟
英雄九寨沟，碧水十三流。
俯仰成天地，枯荣问九州。
剑竹熊猫去，悬泉树正幽。
湖色滩群海，卧龙五彩留。

75 之二
群龙竞跃撒珍珠，气势雄浑似太湖。
宝镜天光优泊色，呼啸瀑布白声游。

76 稻城
稻坝凉州木里连，重峦叠嶂顶冰川。
俄初山下红林外，只似人间寺院田。

77 黄龙
千流碧水走黄龙，万里金沙一碛踪。
叠嶂冰层山石玉，瑶池瀑布自开封。

78 万里长城
春飞古注山，叶落雁门关。
陕代县中问，长城几客还。
东修鸭绿水，北问胡姬蛮。
化得居庸雪，当心待玉颜。

79 北京故宫
永乐年间紫禁城，森严壁垒玉无声。
东西南北中轴线，朱棣金陵不立明。
至界乾清分内外，堂皇富丽三和英。
坤宁凤羽成天地，木槿南洋易乃生。

80 天坛
人间谷雨祈天坛，世上风华向日丹。
九五之尊重历法，四音壁外见云端。

81 布达拉宫
历世冬宫半堡关，拉萨顶立一红山。
松赞干布文成女，布达拉宫玉子还。

82 承德避暑山庄
旧日一山庄，今来半柳杨。
热河泉下水，致远向苏杭。

83 孔庙、孔府、孔林
与国咸休半栋梁，同天并老一文章。
长春万古乾隆系，生圣千辉曲阜堂。

84 武当山古建筑
武当五岳太和山，古阜三峰大阙蛮。
但以南岩宫外碧，紫金城下道夫关。

85 云冈石窟
菩提树下佛家堂，北魏人中到洛阳。
云耀平城修旨处，庄严气魄正君王。

86 龙门石窟
迦叶阿难自古今，文殊道场菩贤荫。
观音指导人间渡，峡谷龙门任可寻。

87 大足石刻
佛道半儒家，观音一世华。
营盘坡北塔，子奉赵人崖。

88 苏州园林
咫尺乾坤一意长，莲花世界百花香。
姑苏拙政园林属，陆客龟蒙石路藏。
自在逍遥疏弼峻，归田种树耕耘堂。
居心筑室江湖水，实实虚虚日月光。

89 之二
曲曲折折一桥长，虚虚实实半叶张。
朝朝暮暮江湖石，去去来来日月光。

90 颐和园
龙王庙里一芳塘，万寿山下半水光。
智慧海前勤政殿，排云阁外转轮藏。
桥堤岛屿昆仑色，博采西湖婉约梁。
万里三声非短意，千年一步是长廊。

91 明清皇陵
清明一步是明清，横纵三边问纵横。
草木枯荣千载去，阴晴日月万里城。

92 都江堰
凿穿玉垒山，宝瓶口鱼关。
四六平潦旱，三川偃石班。
安澜桥上望，府蜀水中颜。
造福飞沙嘴，李冰父子还。

93 坎儿井
曲里胡姬舞玉迁，葡萄架下酒泉田。
陈渠暗道坎儿井，隔壁流沙络索园。

94 京杭大运河
京杭大运河，日落月穿梭。
肇始干沟水，隋炀问九歌。
夫差吴越霸，元代曲直多。
南北寻同里，扬州任玉娥。

95 元阳梯田
红河岸上半梯田，坝谷流中一脉泉。
傣壮彝尼苗瑶伴，元阳各族到高天。

96 平遥古城
平遥市上见明清，画卷尘中间古城。
大禹蚩尤槐树下，周宣吉脯建军营。
开昌票号开山祖，状似乌龟隐纵横。
六瓮二门四足立，双林寺里一禅荣。

97 凤凰古城
一派"边城"吊脚楼，三声寨曲女儿羞。
湘西弥漫明珠色，玉翠南华古朴留。

白塔杜鹃鸣不住，沱江石渡任溪流。
洞桥风雨凭苗语，梵阁回涛寺经幽。

98 丽江古城

碧玉狮山大砚城，纳西羌族白龙情。
四方象眼边墙困，土司三坊一壁明。
古巷群居千枅比，金沙水暖半塘荣。
天上巧夺玲珑木，岁月沧桑走鸟萌。

99 安徽民居

宏村励志堂，重彩镀金光。
细缕精雕匠，牛心水巷阳。
南湖月沼色，德义木林墙。
卧虎藏龙地，儒商百里藏。

100 福建土楼

初溪一土城，永定半无修。
客族三迁至，居心十地留。
洪炕承启望，遗振作径由。
处处方圆守，层层不息流。

101 开平碉楼

门窗窄小一碉楼，合壁中西半械忧。
守镇华侨成土地，开平养治向天留。

102 乌镇

家家面水户流河，进士举人甲乡多。
越界吴疆乌镇巷，桥梁古障玉舟歌。

103 屯溪老街

明清酒肆一屯溪，古道书林半世移。
率水横江桥十步，新交水色任高低。

104 周庄

小桥流水一人家，秀女红娘二月花。
沈佑风情周迪许，摇成玉树向江斜。
贞丰里弄轻舟止，二十相公渡杭崖。
汴水浏河通白蚬，迷楼日月自含纱。

105 哈尔滨

琼楼玉宇一冰城，雪沃年来半纵横。
长白山光成日月，松花江水作枯荣。

106 大连

星海蓝天老虎滩，棒槌鸟语付家蛮。
辽东半岛山东望，岛屿珊瑚注色颜。

107 青岛

崂山道士家，半岛栈桥沙。
细浪回澜阁，扶桑此去华。
秦皇三度访，徐福半东涯。
不见田横宿，琅邪未启衙。

108 上海

青龙塔外放生桥，曲水园中万寿霄。
普济佘山相望询，淞江醉白玉人遥。

109 香港

浅水九龙游，深情一鼎州。
香江香港岸，一海一春秋。

110 澳门

独立澳门窗，孤桥去不双。
临洋凭海岸，造陆问珠江。

十三、故宫日历（2013 年）

故宫出版文化旅游编辑部　故宫出版社　2012 年 9 月出版

1 招隐诗

荒涂一古今，白雪半鸣琴。
杖策招丘隐，行身待足音。
琼瑶何不饮，灌木自悲吟。
力尽丝竹响，纤鳞已不沉。

2 十二峰陶砚

巫山十二峰，峡谷三千淙。
白帝淘沙水，高唐带玉容。

3 洛神赋

曹衣出水一芙蓉，吴带当风半泛踪。
稊驷芝田蘅皋驾，阳林洛赋宓妃封。

4 洛神赋之二

出水步凌波，陈王诺九歌。
风姿朝远望，淑玉洛川河。

5 洛神赋之三

诗诗画画本末同，带带丝丝草木风。
水水山山天地阔，温温雅雅作雕虫。

6 洛神赋之四

文踪一远游，曳雾衿清绸。
踟蹰山隅步，幽兰蔼春秋。

7 洛神赋之五

背下一陵高，神中半足豪。
怀忧天远望，不瘵至霜毛。

第十五卷　古今诗

8 女史箴图
罔隆盛衰明，日月晨微行。
崇犹风尘积，发机替若生。

9 女史箴
张华女史箴，贾后恺之心。
日月当空问，微之晨晨霖。

10 游天春图卷
丈山尺树风，寸马豆人虫。
自立风光外，人心可不同。

11 候鹊始巢
此日二更候，修巢一九流。
终求三界事，始是半春秋。

12 九成避暑图页
麟游避暑九成宫，涌现甘泉一世空。
警世无成贤生颂，欧阳洵作醴泉虫。

13 九成避暑图页之二
冠山杭殿荣，绝壑瑶池明。
跨水盈周建，长廊四起城。

14 2013 年 1 月 11 日
大小李将军，阴岭几世文。
京城冠玉雪，岁月白雪云。

15 2013 年 1 月 12 日
力士搏山炉，飞禽走兽孤。
兰田临吕大，缱绻四环苏。

16 2013 年 1 月 13 日
仿唐不是唐，御苑新时光。
大小李家书，何时未上堂。

17 2013 年 1 月 14 日
文生义会同，古雅山水宫。
石绿青金碧，微言绘高风。

18 2013 年 1 月 15 日
密布叠层峦，川流逐彩丹。
悠游人不尽，素玉著峰冠。

19 2013 年 1 月 16 日
此画吴瀛献故宫，分文不取济家穷。
藏娟一顾倾囊尽，远近高低各不同。

20 2013 年 1 月 17 日
艇舸楼台按屿树，枫桥殿榭继梧桐。
芳群碧玉川流去，日月山中向始终。

21 高士
劫难，毁弃，宣和装画改铃形。
重裱，存全，高士图贤五代声。

22 高士之二
山高一士名，水泽半无声。
草秀荒天地，林深世宇明。

23 高士之三
举案齐眉一士辛，夫贤妇顺半冠巾。
窗前省得风云至，几上寻击万古津。
寻五代，向三人。精英自古苦鸣尘。
梁鸿读取孟光济，唤取知音作自身。

24 五岳纹方镜
破镜一方圆，香光半地天。
成全形影处，不必计人年。

25 五岳纹方镜之二
五岳山川比，千波日月悬。
真图免灾难，符箓济仙缘。

26 潇湘图
董源五代一潇湘，草木蘋洲半水天。
岸芷连舟山屿阔，其昌画谱四源堂。

27 潇湘图之二
内府方成一大千，韩熙载夜宴图全，
乾隆应晓人间易，夜雨潇湘泪似烟。

28 潇湘图之三
烟烟水水一江南，岸岸舟舟半凤岚。
色色行行山水阔，红红绿绿妇夫谙。

29 潇湘图之四
溪桥渚浦一樵渔，晦谷晴山半雾墟。

沈括幽情何远近，无须有似有须无。

30 2013 年 1 月 24 日
宋室元朝半俗尘，三雄犷达一纤舟。
盎然古意知天马，拙巧成章致自邻。

31 山居图卷
兰艾不同根，桥山磊石门。
书文何世界，谁向宋元村。

32 山居图卷之二
溪桥一去何，古木半婆娑。
志节文人仕，峰峦唱九歌。

33 青玉六峰笔架
山形玉笔城，性赏晋唐名。
五六峰中水，文思月下荣。

34 春山泛艇图轴
春山泛艇一峰光，石磊川流半语堂。
大小将军山水色，明皇幸蜀以图良。

35 青绿山水图轴
金陵第八家，势运两三华。
水色山光韵，清廉帝子花。

36 春山泛艇图轴之二
冰澌斧刃透雕功，状石峰峦叠嶂宫。
木锁川空游子住，云游岭木现西东。

37 春山泛艇图轴之三
粼粼节节玉龙波，泛泛晴晴意几何。
不具声音来去处，楼台水榭念奴歌。

38 法古摹贤
人生冷暖一枯荣，掩卷兴哀半败成。
董巨荆关浩叹去，半边一角宋声名。

39 2013 年 2 月 1 号
日月彩霞虹，山峰岭鸟虫。
高粱平远县，草木水桥空。

40 2013 年 2 月 2 日
远近半东西，阴晴一鸟啼。
浮云山水阔，上下各高低。

1787

41 夏日山居图轴
夏日山中一水流，孤峰树下半春秋。
音余石上云沉落，韵洁桥前雨色浮。

42 仿王蒙山水图轴
门庭白云一蓝瑛，王蒙不以半生平。
笔下丹青轩树荣，黄鹤山樵明叔语。

43 山水图轴
文章尽在此山中，日月当空彼水风。
草木临川桥石岸，峰峦谷壑色情空。

44 山水图轴之二
枯荣之外有枯荣，扛鼎居中扛鼎城。
五百年来无此客，生名不处是生名。

45 万壑松风图轴
松风万壑四家名，简笔繁皴面貌城。
樵渔未返留连处，文心不负问徵明。

46 万壑松风图轴之二
万壑一松风，千峰半色空。
徵明三界外，道路有无中。

47 仿叔明长松仙馆图轴
山深老树根，木秀近黄昏。
径细居幽处，溪清沐石门。

48 仿叔明长松仙馆图轴之二
清初向四王，复古见千光。
远近高低处，深平展八方。

49 层岩叠壑图轴
层岩叠壑一流泉，秀木寒山半谷天。
岭上云深猿鹤止，幽人不欲逐波年。

50 2013年2月8日
山外青山一水流，楼中玉宇半峰幽。
悬泉叠落荒堂石，日夕飞虹挂路头。

51 天池石壁图轴
石壁天池子久城，黄公望外道人声。
姑苏石磊西山色，叠嶂峰峦济晚名。

52 天池石壁图轴之二
高时一俯式，远近半深求。
水色山光就，平寻八面游。

53 2013年2月10日
一家山水一家城，半入黄公半入情。
点缀皴披光色近，阴晴石渡小舟横。

54 2013年2月11日
在生姑苏半在吴，一寻知己一寻孤。
出出入入盘问路，去去来来是玉奴。

55 仿黄公望山水图轴
元人笔墨宋人丘，壑谷功夫会稽楼。
溪清曲折峰明处，山林欲掩紫禁流。

56 仿黄公望山水图轴之二
一经数峰青，三山各花屏。
仙台天顶近，古木彻溪泠。

57 仿大痴山水图轴
源流董巨一师工，子久成章半色空。
逸韵神情绝光处，瓶盘钗钏此金同。

58 山水图轴
谷水风流一脉承，连峰映日半川凝。
山春两色云光久，岸碧渔渊草木兴。

59 富春山图轴
树结五千颜，溪流十八湾。
三云附紫气，一脉富春山。

60 2013年2月15日
南田水鸟富春山，仿古泥金没骨颜。
付谷临川天地外，四家不尽六家班。

61 仿黄公望山水图轴
西泠有八家，石壁欲东斜。
古道寻幽去，清溪月光华。

62 仿黄公望山水图轴之二
一谷半阴阳，三秋十地光。
千山光谷色，万水去来荒。

63 林亭远岫图轴 倪瓒
早得董源后得名，形神逸笔云林英。
一江两岸分三段，百木成林合半城。

64 林亭远岫图轴之二 倪瓒
树下一茅亭，途边半渭泾。
溪光流百色，古道度千青。

65 卧游图册第十开仿倪山水
苦忆云林一凤游，天涯草树各千秋。
风流倪瓒山光岸，把笔行踪是沈周。

66 江岸长亭图轴
山形壁磊一流明，两岸三边半段程。
自玄机抒神似妙，群峰只俱时荣。

67 仿倪瓒山水图轴
清初向四僧，读画玉千凝。
喜仿云林境，弘仁雅俗丞。

68 仿倪瓒山水图轴之二
孤门旷达一孤僧，独语林泉半寺灯。
远近高低光谷度，山明水秀玉冰兴。

69 仿倪云林溪亭山色图轴
茅亭叶落一身行，细雨浮云半石声。
柳絮杨花春夏去，山长水远去来名。

70 仿倪云林溪亭山色图轴之二
寂寂寥寥远近山，坡坡岸岸柳杨湾。
思家赤济何沧浪，数载无归两鬓斑。

71 2013年2月22日
小小黄鹂十地鸣，娇娇细语米飞情。
山坡碧玉泉清澈，岸几飞桥渡花荣。

72 2013年2月22日之二
峰林日月晴，神形草木生。
溪亭山色在，树石水桥平。

73 溪山放牧图轴
溪林散牧马牛羊，岸渡疏良秀山水。
渚浦天明岛屿路，山村日暖牧时光。

第十五卷　古今诗

74 溪山放牧图轴之二
一水逐千波，三光度九歌。
千家牛马牧，万户望嫦娥。

75 溪山高隐图轴
苍苍茫茫四家雄，水水山山一角工。
迈迈幽幽山谷色，梅花傲骨此山中。

76 搜尽奇峰
搜尽奇峰一界明，师心造化半天成。
伶官击鼓云高耸，太守宽容作画城。

77 夏云欲雨图轴
夏雨一天云，山光半寸分。
高低何不悬，上下几衣裙。

78 夏云欲雨图轴之二
桥边欲西一云潮，岭外群芳半色雕。
从山翠树溪流响，坡滩曲径数峰遥。

79 为吴宽作山水图轴
苍苍润润木山林，点点园园草木阴。
曲曲峦峦溪石色，桥桥路路色余音。

80 为吴宽作山水图轴之二
半岸桥边小径幽，三滩木外大山沟。
林花岭上争朝暮，水色峰光可自由。

81 仿梅道人溪亭山色图轴
一桥隐隐一桥连，几水幽幽几水泉。
岭下风光樵客社，山中日月路中年。

82 仿梅道人溪亭山色图轴之二
山下桥边曲径幽，林中草碧钓渔洲。
泉声友响阳峰后，树色接天向去留。

83 仿吴镇山水图轴
清清秀秀一溪洲，曲曲滩滩半去留。
石石山山争艳丽，亭亭阁阁落云浮。

84 仿吴镇山水图轴之二
一似陈陈半似中，三因果果两因同。
衰微此去从相仿，造极登峰已色空。

85 仿吴镇山水图轴之三
王原一麓台，曲水半山开。
两岸风光树，陈因已去来。

86 山腰楼观图页
一角心中有一边，千年月下向千年。
风流草木江山社，叶叶枝枝已大全。

87 2013年3月1日
两月满奇峰，三生步足踪。
千峰山石上，万里玉云龙。

88 五云楼阁图页
松林密布五云楼，曲径延伸半色秋。
品第峰天高不止，人居绝顶不低头。

89 此日
步步一人生，平平十九鸣。
忧忧天下事，处处有枯荣。

90 此日之二
云中一老峰，日上半青龙。
草木成天下，江山以足踪。

91 武夷放棹图轴
峰峦一浪成，碧水半山倾。
绝顶云楼涌，舟连草木荣。

92 武夷放棹图轴之二
九九一春明，三三半楚情。
千千千岁向，万万万年盟。

93 虎丘前山图轴
竹竹兰兰一虎丘，山山寺寺五湖舟。
憨憨树树千人坐，塔塔云云半莫愁。

94 姑苏之二
憨憨一淑泉，剑剑半池田。
叠叠重重石，空空落落天。

95 佘山游境图轴
淞江半五湖，佘岭十三吴。
道入洞庭岸，金山大小姑。

96 佘山游境图轴之二
古树一孤山，浮云半去还。
文章成日月，草木作月颜。

97 洪崖山房图轴
洪崖筑室一山房，卷后亲书半律堂。
俱作佳文胡阁老，临川始是近南昌。

98 洪崖山房图轴之二
古壑一山房，群峰半日光。
书声余木响，谷雨满心香。

99 千岩万壑图轴
五月一花情，三春半碧城。
千岩泉洒落，万壑树流明。

100 千岩万壑图轴之二
奇峰独立倚千泉，古壑喧天逐万年。
水色山水来去向，琼楼玉宇两云边。

101 雁荡山图卷
南归雁荡山，叶落住栖颜。
罗汉峰中立，临川流谷英。

102 雁荡山图卷之二
五百岁中眠，三千弟子邻。
峰中罗汉树，不可度千年。

103 剑阁图轴
扬州八怪一奇峰，剑阁三川半陕踪。
蜀道当关夫莫开，云浮山落叹神龙。

104 剑阁图轴之二
山山谷谷一云空，水水溪溪半雨虹。
树树桥桥三界外，泉泉石石两由衷。

105 华山图册之上方峰
华山一角上方峰，鬼斧三台百里容。
断壁神工楼榭步，水光屋色羽衣宗。

106 华山图册之上方峰之二
壁磊一平容，山空半石钟。
行吟松柏水，坐落上方峰。

107 华山图册之第一关
华山第一关，五岳万千山。
野客争光问，昌黎不可还。

108 华山图册之第一关之二
莲蕾欲放五峰中，渭水华阴奥妙风。
万秀千奇苍昊问，三山五岳鬼魂工。

109 华山图册之苍龙岭下段
奇峰怪石一苍龙，意匠天则半石宗。
拟拟模模由此树，微微妙妙一雕功。

110 华山图册之苍龙岭下段之二
苍龙岭下一山风，模拟逼真半寺空。
古道幽幽天外去，层峦落落不由衷。

111 华山图册之镇岳宫
华山十步镇岳宫，马远无踪夏圭同。
不失云台雨水落，莲花处处世界中。

112 华山图册之镇岳宫之二
半角间天空，莲花镇岳宫。
三峰齐起舞，十谷一山风。

113 华山图册之巨灵迹
一半太华游，三千日月求。
神工鬼斧就，志道性情留。

114 华山图册之巨灵迹之二
十里龙灵十里州，万峰石磊万峰修。
诗诗不尽词词曲，一半华山一半游。

115 华山图册之松林
山深一径入松林，石断三峰作古今。
岁命源源姝静问，莲花处处故人心。

116 华山图册之松林之二
谷石亦高低，东风始向西。
青柯坪上语，不可作昌黎。

117 2013年3月16日
云浮绝顶半松林，木秀灵空一古今。
叠叠层峦终始浅，青青古树入山深。

118 2013年3月16日之二
王维一画半昌黎，马远半边一角西。
夏圭三峰王履气，践谦益集各高低。

119 黄山图册之天都峰
奇松怪石半黄山，著世钟情一水湾。
影质温泉云海岸，天都峰外玉黪关。

120 黄山图册之天都峰之二
不可问黄山，云泉雨雾湾。
峰林松石海，只得一黪关。

121 黄山图册之皮蓬
莲花峰下结心庵，浩石皮蓬著网岚。
老树虬松层不备，流泉曲叠落澄潭。

122 黄山图册之皮蓬之二
天都异境一松城，变换烟云半壑荣。
宛历阴晴靡色胜，丹崖彼此渐渐声。

123 黄山图册之炼丹台
峰如列戟炼丹台，石磊松阴溯谷开。
树似簪穿山似骨，弘仁山水自东来。

124 黄山图册之炼丹台之二
只上炼丹台，心中意半开。
江上风不起，日月去复来。

125 黄山图册之朱砂泉
朱砂一品泉，绘事半移天。
读遍黄山雨，情重十色悬。

126 黄山图册之朱砂泉之二
谷壑小桥悬，松林半客缘。
朱砂泉外色，万里日归年。

127 黄山图册之锡杖泉
登桥倚杖向悬泉，壑随云浮近雨天。
水色天光呈紫气，松涛日语滴林田。

128 黄山图册之锡杖泉之二
俯仰万千年，高低百丈泉。
烟云成雨雾，古树小桥前。

129 黄山图册之老人峰
独上老人峰，孤寻旧日踪。
风光依旧在，润色致苍龙。

130 黄山图册之狮子林
狮林白雪一峰成，古树冰花半玉瑛。
冻土凝寒成紫气，封妆古道似枯荣。

131 黄山图册之狮子林之二
一石半山中，三山两谷风。
千峰作玉笔，万水问飞鸿。

132 2013年3月22日
天都数石老人峰，淡彩清云少小踪。
性致风光余韵切，苍松润色瘦腴容。

133 西岩松雪图轴
黄山本色近天都，木石真情有似无。
曲径幽深通谷外，松涛一陈已姑苏。

134 西岩松雪图轴之二
一径通天半石崖，三峰屹立两人家。
春来草木秋风雨，腊月梅香似雪花。

135 天都峰图轴
险峻峰中一日倾，轩辕旧梦半幽成。
丹台只向天灵著，吐纳风光古寺精。

136 天都峰图轴之二
远近小山遥，高低玉色娇。
米砂泉水色，道路木云宵。

137 文殊台图轴
气象似非潮，梅花腊月娇。
文殊台上客，古木月中遥。

138 白龙潭图轴
天流一半白龙潭，六月三千水色岚。
百丈惊风涛泻雨，千年不断木多涵。

139 2013年3月26日
罗汉半心消，文殊一寺遥。
松涛云海漫，虎啸雨烟潮。

140 2013年3月26日
龙潭百丈冰，天水玉壶凝。
百丈惊涛泻，千峰白不应。

141 莲花峰图轴
一石向天横，千年半不倾。
峰岩城屹立，水露自则清。

142 2013年3月28日
露借玉房空，奇攀五色红。
莲花峰外树，子粒结心中。

143 十万图册之万笏朝天
万笏朝天一客忧，姑苏故里十三州。
群群比目洞庭月，胜似寒宫镇束流。

144 十万图册之万笏朝天之二
万笏半朝天，姑苏一女妍。
嫦娥同玉兔，后羿共寒年。

145 搜尽奇峰图卷
历尽奇峰万里山，纵横壑谷蚁时颜。
心中恣意随人愿，笔下波涛列玉班。

146 2013年3月31日
山川入目一诗成，意境由心半空明。
势力凭天谁造就，长城此处不长城。

147 智者乐水
仁山智水势随生，驻物由形力可平。
四壁空城芳自在，三光异曲客阴晴。

148 2013年4月1日
角江山卅半山，千波水灯可三年。
丹青不以风云故，墨笔书生星客船。

149 水图卷之洞庭风细
洞庭雨细半云烟，宇宙风光万浩田。
自古无平天下水，凌波淑女是心园。

150 水图卷之层波叠浪
波折渡起不平澜，水阔天空以色寒。
俯府千倾成恐底，峰光万里在云端。

151 山水卷之寒塘清浅
滴水之功以石穿，流光日月自高悬。
枯塘逆色何皴晚，马一角鸣夏半边。

152 山水卷之长江万顷
有意无心事就倾，随波逐流水流明。
东西不比南和北，汴水隋炀是旧名。

153 山水卷之黄河逆流
中华一水半桑田，壶口千年四壁悬。
浊浪涛光天水落，横流纵雨客云烟。

154 山水卷之黄河逆流之二
九曲黄河十八湾，千声万里两三颜。
清清浊浊何须问，壶口高悬日月山。

155 水图卷之秋水回波
万里回波一滴圈，三江水色半边天。
千寻不淬通流云，百曲无折汨港涟。

156 水土卷之云生沧海
三江浪里一方圆，九脉山中半地天。
滴水生云沧海阔，千流逆转泊桑田。

157 水图卷之湖光潋滟
江河湖海几方圆，滴水成流独载天。
雨雨云云云西处，形形色色是源泉。

158 水图卷之云舒浪卷
日月洞庭宋马侯，泓淳素沫可春秋。
黄河不尽长江水，震泽昆仑触漏流。

159 水图卷之晓日烘山
晓日烘山一臆愚，冯夷玉著半沧田。
行天济海无声润，吐纳含土作世干。

160 水图卷之细浪漂漂
一望无边半色田，千层有意万顷泉。
水府深连天地宿，白玉楼光日月年。

161 2013年4月14日
一浪无须半浪平，千波未可万波生。
青瓷堡镇成新座，海水鸭纹致故名。

162 江山万里图卷
江上万里一船遥，北固千年万浪潮。
神韵金焦云雨作，排风赵苻入云霄。

163 2013年4月16日
波涛起伏一山摇，日暮惊风半卷潮。
卷卷舒舒何有致，浓浓淡淡势无消。

164 万松金阙图卷
松涛起伏半临安，白鹤排云一宋寒。
韵律天声惊四壁，人间寂寞胜云端。

165 洛神赋图卷
各自机杼一洛神，同工共意半相亲。
心灵杂逻清流坐，渚岸侍翔赋侣邻。

166 2013年4月19日
上溯御轻舟，浮川忘及流。
云交波浪涌，水叠漫仙楼。

167 秋林观泉图
骨石一青山，源泉半血颜。
刚柔相济与，草木自斑斑。

168 文犀照水墨
文犀照水墨方家，于鲁徽州四宝华。
半渚矶头风水甚，须叟府邸洞中花。

169 九歌图卷
鱼声一九歌，楚客万千河。
祀赋成天地，潇湘逐水多。

170 沧溟涌日图页
沧溟涌日波，白马渡黄河。
节渡风云雨，川流什九歌。
旌旗沉府底，易士作潕沱。
万里萧条水，千光逐金戈。

171 长桥卧波图页
鳞波水细一长桥，碧玉声轻半柳条。
渡口重重行雨色，纤夫步步入云霄。

172 霜柯竹涧图页
寒源漱石泡清涟，水氿流光致泉涌。

百尺无平如白练，鸣声叠漱比丛喧。

173 旭日东升图扇
旭日东升一海红，烟波浩荡半沧风。
混混吐纳源形色，欲欲喷流物业工。

174 杂画图册之黄流巨津
黄浪一巨津，浊浪百龙勤。
苇岸千芊立，风光万势鳞。

175 青花海水纹香炉
拔萃宋真宗，青花海水容。
唐纹千宗釉，永乐一香峰。

176 青花海水纹香炉之二
鼎足一三觞，孤承半海洋。
千川何许纳，万水聚则扬。

177 十万图册之万壑争流
万壑争流作石山，开泉奔涌向夫关。
平生自得难平处，任水循水任水颜。

178 2013 年 4 月 30 日
万丈空流万星风，一心砥柱一心同。
激流不止千波涌，岸水难平半色中。

179 云山墨戏
形肖物态一纷然，拙朴开新半纪年。
一米珊瑚文略处，烟云点滴墨心田。

180 云山墨戏卷
雨雨云云一等闲，花花草草半河山。
朝朝暮暮天光下，色色空空日月间。
缘处处，世班班，欣欣碧玉问红颜。
宽宽狭狭何收放，尺尺寻寻是人关。

181 2013 年 5 月 2 日
草草茫茫一万山，兴兴废废两三颜。
扬扬俯俯群峰树，止止流流渚水关。
云漠漠，玉闲闲。烟烟雾雾主其间。
山河不旧多淋漓，日月依然作去还。

182 春云晓霭图轴
北苑半房山，元人一水颜。

三山何远近，二米似书班。

183 2013 年 5 月 3 日
云中树色半苍茫，石上湖光一柳杨。
岭外风声依旧去，山前紫气何须塘。
繁简简，路长长。人生彼此是黄粱。
情情景景常相似，岁岁年年忆故乡。

184 2013 年 5 月 4 日
向背刚直一柳杨，分层积染半湖光。
连云合雾成雨水，泛涌驱流问短长。
川淡淡，壑茫茫。村深路短作黄粱。

185 仿官釉笔山
梁山大小成，四宝自枯荣。
不尽平生力，丹青彼此明。

186 潇湘奇观图卷
山，天下之山，不同也同。
名，世上之名，同也不同。

187 2013 年 5 月 5 日
因山而山，山也。因名而名，名也。
山，因名而山，何共名也。
名，因人而名，何共名也。

188 2013 年 5 月 6 日
比色无须九脉藏，图情不止一潇湘。
声名以外声名在，客主其中客主忙。
名不实，实名扬。虚虚假假度黄粱。
其其切切平生事，去去来来日月光。

189 2013 年 5 月 7 日
不似潇湘似镇江，江南雨色自南邦。
洞庭自有山形在，还见姑苏雨满窗。
林木密，草花双。小家碧玉小桥幢。
洞庭大小姑山望，似是还非不可降。

190 2013 年 5 月 8 日
拙政园中取石梁，洞庭山上望潇湘。
枯荣草下鱼虫望，大小姑声种柳杨。
襄米蕾，镇江郎。衷肠彼此是衷肠。
西山不在江南郡，莫问声名作泽章。

191 2013 年 5 月 9 日
处处因情有曲肠，斤斤计较不文章。
高低远近常相似，圆缺阴阳几度量。
云雨外，水山藏。林林木木几青黄。
潇潇郁郁二人玫，地地天天可共乡。

192 2013 年 5 月 10 日
有有无无一意疏，虚虚假假半名居。
山山小小曾相似，渺渺茫茫世故求。
何彼此，几当初。桃花源里汉秦如。
谁知不见藏关砥，世上穷思自在余。

193 2013 年 5 月 11 日
帝业何须帝业居，名人自是有名余。
生平父母师文早，不见农夫作亩锄。
天地上，世人虚。钱财富贵自相知。
头来应自回头应，未及书家一日书。

194 玳瑁管紫豪笔
小大自由之，浓疏客主时。
天空藏润宇，地厚载良知。

195 2013 年 5 月 14 日
壁立峰山壁立孤，无中自有有中无。
桥前不渡行人路，雨吞阴晴大小姑。
丹色染，墨光凫。糊涂彼此不糊涂。
心思意趣何须向，几度江山几玉壶。

196 溪山风雨图册
风风雨雨一溪山，止止行行半水颜。
浒浒瀴瀴三界外，花花草草万人闲。

197 溪桥幽兴图轴
幽兴不度一溪桥，磊石难从万木消。
古木何须临社近，浔流欲止作波潮。

198 沙苑牧马图卷
一马自当空，三声向宇衷。
须知千里足，不懈万西东。

199 云山清趣图卷
雨雨云云半等闲，山山水水一人间。
天天地地三千界，高高人人五百颜。

第十五卷　古今诗

来去见，玉门关。阴晴圆缺列清班。
无须处处江河问，只向东洋不可还。

200 月白釉山形笔架
一架半人间，千峰两客山。
墨砥昆斋客，白釉玉门关。

201 山水图册
山色天光半入秋，风平草色五湖舟。
南陵客远孤帆尽，玉袖红颜劝莫愁。
云漠漠，雨休休。烟花神气土高楼。
空空旷旷心宽处，十里江南四十州。

202 赠稼轩山水图轴
水漫群山一玉封，风平草木半芙蓉。
花花色色藏红处，碧碧姿姿待秀踪。
沧浪榭，暮朝松。烟花匕下作飞龙。
云极老树接天址，古木当年向宇逢。

203 墨卷传衣图轴
墨卷传衣一世肠，功名利禄半书香。
山河日月经时运，六道策表著石梁。
居易容，董其昌。峰回路转济炎凉。
汀州草木共繁简，浦口舟帆渡水扬。

204 山水图轴
水色山光半岭秋，溪泉雨露四方流。
桥中一目皋暑尽，林下三川寄夏幽。
人远望，马封侯。江湖渐渐向轻愁。
潇潇洒洒清扬处，阔阔空空四十州。

205 北固烟柳图轴
北固山前一柳杨，张风笔下半仙庄。
溪汀水落烟云色，岭秀峰抓细雨藏。
凭土地，自青黄。江南寒北是沧桑。
居心草木春秋问，百度人生是石梁。

206 云山图轴
落落浮浮半雨云，兴兴废废一臣居。
三千练历中华史，五百罗修渡口分。
辛练晶，苦耕耘。平生自是著衣群。
山山水水相承绩，去去来来日月薰。

207 仿哥釉笔架
一笔半莲花，三生近万家。
江山凭日月，草木靠江涯。

208 牧牛图卷
三生不止一牛行，半世无言十地耕。
老犊何须寸草绩，书翁只可百年名。

209 横塘曳履图轴
水墨丹青四面荣，江山日月八方明。
横塘应记隋炀客，曳履红裳短箸声。
渔钩顺，小桥横。十里莲荷一雨晴。
扶苏草木轻烟浸，宇阔帆停靠自行。

210 云壑松荫图轴
气韵先生笔墨成，金陵水色五湖明。
秦淮应是姑苏客，一半杭州作弟兄。
泉水挂，石岩横。江流只在客家明。
河山应是河山主，二米修身垂巨名。

211 溪山无尽图卷
岁岁溪山岁岁荣，年年草木年年生。
浑天黑地千岩秀，白龚疏芳万里明。
峰岑立，谷纵横。云平两壑色晴萌。
萱萱没没青屏挂，落落幽幽彼此城。

212 2013 年 5 月 30 日
郁郁苍苍举四方，黑黑白白一阴阳。
层层叠叠千岩磊，岁岁年年两色香。
浓淡淡，束狂狂。江湖自是作荒塘。
人间不可多喧杂，草木山川问柳杨。

213 2013 年 5 月 31 日
一派山云作雨晴，三川草木问枯荣。
黑黑白白凭天色，郁郁平平任地横。
听"画诀"，作疏明。飘飘渺渺缺丹城。
沙田水石禽啼佳，谷壑峰泉鸟不鸣。

214 画中有诗
竹锁桥边卖酒家，朝阳出海向红华。
千门户里桃源水，万缘丛中碧玉花。
诗有话，面藏纱。纱笼剔透若天涯。
三苏品论王维去，一寸波涛一寸沙。

215 十咏图卷
欲上天地领翼飞，还来故土放心归。
难言老客春秋去，不见草堂问草扉。
离父母，入关闱。瑶池色露满春晖。
青衣绯紫三声紫，半见京城论是非。

216 学诗堂印
紫金城东见景阳，乾隆正殿御书房。
毛诗后著经图继，境界幽深志四方。
评点案，学诗堂。文章自古一文章。
江山草木年年继，日月阴晴处处光。

217 谈栋梁
曲沃扬扬晋国梁，潘臣伺伺叔恒光。
昭昭刺鲁杨云水。白石微微读栋梁。
回首处，雾茫茫。鄹鄹浩浩待人堂。
春秋不尽春秋序，日月常空日月光。

218 夫妇
妇妇夫夫作意肠，绸绸缪缪束新装。
搴洲典范中流水，日日同舟月月长。
今夕盛，昨朝衰。今今古古一红娘。
三星在户缠绵密，九脉江流逐短长。

219 鹿鸣
伐木不成林，裁文废古今。
成名知世界，治青在人心。

220 鹿鸣之什图卷之天保
下下君情上上明，天天保佑月月精。
单单厚厚合元孔，庶庶民民作鹿鸣。
兴阜市，正川荣。光生蠋音十人情。
方圆不守川流水，日月无疆许纵横。

221 宣王
伐木山中一鹿鸣，宣王治下半平生。
防民口上防川水，断壁垣上隔阂城。
凭辅语，任人盟。繁繁简简士途荣。
君臣政道人心致，逆者难行顺者行。

222 节南山图卷之节南山
一刺幽玉作士颜，三岩壁立节南山。
忧心不得君王许，处事难恭日月关。

千莫愁，万朝班。民民子子客无间。
从心草木宁平处，自此江山不等闲。

223 节南山图卷之小旻
小大人间小大夫，枯荣世界枯荣无。
幽王未刺叟生许，木渎春秋是五湖。
谋不乱，治兴殊。心思不正误天都。
争如筑室兴如愿。历来君王自尔孤。

224 青玉赤壁图山子
念奴娇，又名"百字令"，又名"湘月"，又名"壶中关"，又名"古梅曲"，又名"淮甸春"，又名"庆长春"。念奴执板当席，声出朝霞之上，明皇许之。

225 大江东去
一舟轻去，万千里，功业江东风雨。
赤壁周郎，成败尽，淮道晨钟暮鼓。
诸葛东风，连营火起，还是群龙舞。
人生如此，去来去如虎。
吴蜀，吴蜀当年，与曹公对岸，江南苍穹。莫论空城，知司马，三国重新都府。
鹊落鸟飞，凭空当举椠，不重今古，
东西，南北，古今天下无主。

226 秋柳双鸦图页
秋风旷扫一心空，落叶陈池两世同。
月色缠绵三界晚，梅花独傲半枭衷。

227 写宋之问诗意图轴
一涧鸟鸣天，三川树古田。
人寻天地外，石屹岭峰前。
汉语沧桑水，秦衣日月泉。
花轻常自舞，草简莫方圆。

228 端午宿雨
一阵清风半阵雷，三声喜鹊两声催。
新花欲落香浓去，花树秋来子粒回。

229 端午节
五日端阳唱九歌，三湘斑竹问双娥。
长江应是江南客，一脉龙舟万里多。

230 老树
夜雨潇潇一树声，晨晖朗朗半清明。
新花满地留馨在，只待秋红胜子荣。

231 枣粒子，早立子
枣树新花半院庭，晨光碧叶一心屏。
秋来籽粒成红果，教取洞房带意听。

232 东西同得利小馆
家乡煮水落花生，故土端阳忆子情。
复去南洋多少路，朝寻木樨暮色荣。

233 林和靖诗意图轴
独立一黄昏，孤居半玉根。
桥山无渡口，石水有王孙。
鹤子梅妻问，天竺隐约恩。
溪流成付影，隐壁作乾坤。

234 陶渊明像轴
一世半声名，千秋九脉生。
桃源秦汉客，日月去来行。

235 陶渊明诗意
一林一木一桥红，半水半山半落鸿。
狗逐鸡鸣桑拓外，吟诗赋句意疏穷。
溪流不止由南北，石柱擎天任西东。
陋室唯逢山外客，居心自得有无中。

236 2013年6月18日
一树青云一树丛，半山草木半山红。
峰光隐逸泉溪老，碧玉鸣禽意念虫。
飞鸟尽，莫须弓。书声竹篱自由衷。
耕耘土木南山下，不问阴晴日月中。

237 2013年6月20日
独醉田园一意红，孤情月色半心雄。
山花不止年年色，树语无须处处风。
逐故步，取由衷。云光石影暮朝中。

238 峰林谷壑常相伴，兀傲难成济世穷。 2013年6月21日
带月荷锄一意归，传情驻步半心闱。
山云屋顶楼天近，履止何须问是非。
青草碧，玉禽肥。行行处处自微微。
寻寻觅觅知何径，取得余光度柴扉。

239 2013年6月22日
孤桥一木过泉林，独步三四向士心。
水逐浮云千浪许，山苗树影万波浔。
听鸟语，弄书琴。春秋弱子未成音。
何须世外惊天地，彼此西东是古今。

240 2013年6月23日
杜甫声名子美荣，草堂日月草堂轻。
成都不尽闻天水，斗笠难容客不阴。
诗圣古，更无情。开元已去大真卿。
华清只应汤温暖，一夜芙蓉醉洛城。

241 写杜甫诗意图册之丛山落涧
老气横秋一觉宽，丛山落涧一峰残。
亭台错接溪流色，石磊松风客正冠。
千水碧，万云端、茱萸九月彩林南。
层层叠叠分高处，郁郁苍苍十八盘。

242 写杜甫诗意图册之江村月色
月色江村一角巾，田园芋粟半红尘。
儿童喜客光生问，翠竹流溪满暮津。
秋水重，夏云亲。青黄交济见情人。
阴阳两度乾坤是，一半分明一半新。

243 写杜甫诗意图册之山村春色
一日东风一日新，半庄山色半庄人。
家家碧玉寻青去，户户男儿正紫巾。
茶味淡，酒香醇。山村一半是山民。
樵渔三千书生客，不可桃源世外亲。

244 写杜甫诗意图册之松云绝壁
杜甫一松云，高杆白日曛。
临流平水色，绝壁半峰分。

245 写杜甫诗意图册之秋山红树
一半秋红一半山，两三岁易两三颜。
万千路上万千客，五百年中五百关。
寻翠壁，问云闲。孤峰屹立列天班。
廊回榭转春秋似，只应分明是等闲。

第十五卷 古今诗

246 2013年6月27日
一派云烟一派吴，半江雨雾半江苏。
三春欲满春秋色，四面洞庭草木都。
高岭岸，水天孤。东西故国似浮屠。
衡阳雁浦南昌郡，岳麓波摇大小姑。

247 写杜甫诗意图册之落木江帆
木落江帆一叶舟，荒沙野鹭半蘋洲。
孤猿不止啼南北，十渡难寻待莫愁。
飞鸟尽，旷春秋。何言此处帝王侯。
分明两面阴阳色，日月潇潇作雨流。

248 云山策马图轴
一路一山云，半峰半色分。
蚕丛多少木，蜀道不问君。
古树林中比，新流日上曛。
崎岖成步履，草木作衣裙。

249 林间寄兴
隐逸樵渔一问津，桃源魏晋半知秦。
轻舟散发江湖去，慰藉心思日月亲。
山屹屹，水粼粼。林泉壑谷自相邻。
兰亭畅咏人家客，不得琴音独身。

250 卢鸿草堂十志图卷之草堂
卢鸿一草堂，隐逸半山光。
宋客寻花色，唐人慕此芳。
芝兰荃壁附，薛荔幽灵藏。
书翁成事短，童颜已久长。

251 卢鸿草堂十志图卷之樾馆
溪清一草堂，樾馆半流光。
颠柘居刜逸，芳宏涧隈粱。
樵苏霞旦外，卧岁古今藏。
紫气凭东北，芳魔任纵狂。

252 卢鸿草堂十志图卷之洞元室
洞元一理玄，室就半斯年。
翠色空阴近，芳馨蕙帐筵。
幽真虚诞去，结草窃次泉。
此道非常路，黄庭泽妙传。

253 卢鸿草堂十志之倒景台
足下一千山，胸前两三峦。
天门凌气倒，太室休台关。
杰屹零灵涌，昆仑汗漫闲。
荣荣辱辱外，子子夫夫还。

254 卢鸿草堂十志之涤烦矶
峻崖谷壑攒飞流，澡性烦矶镇石秋。
智境灵盘分潋野，珠泉玉曲祝徽笛。
逢云化雨研苔淬，积水成渠涤湾沟。
曲意磷涟滋草木，清光寄色比琴幽。

255 卢鸿草堂十志之云锦淙
瀑布千寻一万烟，惊声十里两三泉。
悬流泻下清光照，仰止天中化露线。
云漫漫，雨田田。山河绣挂前川。
丛倚叠濯风雷动，媚液苔驳草蕡缘。

256 青玉人物图
鸟兽人虫半玉山，峦峰树木一仙班。
随形就势浮雕面，陈设流明落熹颜。
童子去，老翁还，此心未尽彼心闲。
玲珑剔透明天下，寸尺文章满世间。

257 石壁看云图页
石壁生云半壁烟，五湖化雨一湖泉。
宁宗画院山和色，马远知旁夏圭边。
南宋士，北王田。家朝不似月空悬。
临安草上无芳怨，独立新君度旧年。

258 松溪泛月图页
半壁山河夏半边，三江日月易三田。
何言举止成天地，不空游移是客船。

259 梧松溪堂图页
浮云竹影故人游，碧水青松一叶舟。
岸芷汀兰萝幕色，岩扉洞树白苎裘。
池藏锦鲤萍无举，羽化飞鸿落苇洲。
社日行吟秋果香，清城静坐待王侯。

260 烟岫林居图页
半壁空空半壁烟，一天蔼蔼一天年。
云生竹影浮游去，雨化山花落九泉。
缥渺渺，旷连连。桥边不系去来船。
风闻雅韵成诗画，待以人心作苦田。

261 遥岑烟霭图页
坡四渡岸半空闲，水槛溪桥一色颜。
远树如云天机断，岑烟似雨浦归还。
临流未满池塘浅，逐日生波作细斑。
落落难寻遥望处，幽幽不到玉门关。

262 柳溪卧笛图页
墨客文人放逸名，民间世事束纵横。
阴晴草木由云雨，日月沉浮任色情。
溪水静，笛无鸣。山中紫气蔚生平。
林泉隐隐天光柱，石磊处处地厚城。

263 犀角雕兰亭修禊图杯
兰亭集序一流觞，九曲溪清半柳杨。
会稽文人修禊酒，羲之池瘦作衷肠。
东吴此返相邻比，勾践夫差五霸王。
汴水钱唐东晋赋，金陵一派到苏杭。

264 秋林观泉图卷
隔岸临流不问船，闻风夹谷各观泉。
渊源共与同天注，日月合明俗世田。
濠濮涧，李唐涓。辽寥阔水一方圆。
秋光自认分明半，一派江山自在年。

265 秋堂客话图页
客话秋堂十叶红，泉亭石磊半山枫。
溪流木肃三千界，柳暗花明五百翁。
寻日月，问书童。朝朝暮暮不言空。
声声色色何无斫，去去来来在道中。

266 山居对弈图页
宋室临安小品多，堂堂江山北人河。
深居对弈云烟外，细雨当听楚九歌。
情自古，世蹉跎。松林屋下以塘崎。
幽州寄此垂鞭处，只作原来向几何。

267 临流抚琴图页
可叹琴声不入流，溪平萧落误临秋。
山林隐隐峰光远，夏圭重重一角忧。
归来止，事何求。当心礼见是轻舟。

凭来任去沉浮客，只有生平莫客愁。

268 云峰远眺图页
远望山峰一路余，同邻共坐半山墟。
王侯至此成今古，百姓行身作帝居。
烟雨密，谷平疏。心中隐逸不樵渔。
无人不问无人处，有道长安陋巷如。

269 兰亭修禊图卷
吴门四子有徵明，祓禊千流曲水清。
唐寅人中成浪语，沈周笔上问仇英。

270 2013 年 7 月 22 日
竹密松疏一阵风，云浮叶落半山空。
临流坐话春秋易，踏碧寻红济世雄。
山远远，水匆匆。诗词可以老书翁。
唯言宇宙峰光老，自得心思自得衷。

271 2013 年 7 月 23 日
半在山阴半在楼，一文会稽一问修。
流觞曲水寻今古，祓禊幽情自古求。
横峻岭，茂林稠。兰亭三月莫君愁。
红花碧叶江南秀，水色峰光雁北酬。

272 兰亭图扇面
笔力三师半宋明，吴门四子一仇英。
殊身意趣宫廷液，仕女精工致满清。
摇步履，扇风情。兰亭祓禊目枯荣。
文人骚客流觞问，只在鹅池四面鸣。

273 修禊图卷
曲水流觞尚古情，荷莲碧叶酒杯行。
书童俗气人间寄，任羽随风世上盟。
凭树影，任阴晴。吴门四子作枯荣。
江南处处文章色，三月春春草木明。

274 曲水流觞卷
三月羲之曲水酬，挥毫力动羽觞流。
山阴道士鹅群少，道德经求一素游。
观世界，问羊牛。兰亭自此畅春秋。
难当石磊成山字，不可文章如九州。

275 兰亭图并书序卷
雅士文人尚畅游，随春三月羽觞流。

松问自得风情语，柳下难寻一日舟。
凭石岸，坐沙洲。山阴处处不高楼。
江南水水山山色，九步鹅池四十州。

276 竹雕竹林七贤图香筒
竹影婆娑向七贤，村林朽落放三边。
江山日月如常客，草木阴晴似界田。
千百世，万书缘。王公不寄大人前。
清光斫取丹青鱼，取换文章作去年。

277 商山四皓图
四皓高山一汉遥，三秦高祖半相辽。
东园绮里夏黄继，佃里张良太子清。
人世里，客王朝。山林隐士逐溪桥。
樵渔本是樵渔客，一念天街御柳条。

278 东山丝竹图轴
一问东山晋谢安，三虞管竹世风寒。
音声报捷沿淝水，鹤唳风声举目残。
千木叶，半云端。官官隐隐是心宽。
人间应是人间曲，莫以天街许杏坛。

279 聘庞图轴
叹息声中二事成，荆州士上半精英。
书生只可成天地，刺史何须徒取名。
谁亮节，付枯荣。耕耘上亩只阴晴。
儒风不在桑田巷，不与其诗强子情。

280 卧游展卷
二水三山半起吴，金陵紫气一姑苏。
穷荒四坐松风溪，世宇千音草木疏。
听谷响，认游奴。扬州八怪客江都。
隋炀水调歌头唱，不好江山好首庐。

281 六尊者像图册
道子当风释物图，愣伽守叹意心殊。
庄严寺里三门重，千此精工半界孤。
尊者坐，春秋奴。似此唐人问佛屠。
千年不断香岩继，万里杭因筑果符。

282 竹园寿集图卷
竹叶声中寿集园，明僚树下客心苏。
文吴吕记同身影，花鸟人虫共界儒。

丹子色，笔书奴。官心不比世心朱。
当留画院成光时，日月行空不可孤。

283 观画图卷
俯视江河仰问天，林藏日月木经年。
山深臣人止听鸣，水净灌院任西泉。
非彼此，是桑田。秦皇汉武半方圆。
南洋木樨红花岸，此同书窗渡海船。

284 2013 年 8 月 4 日
主客庭中各简繁，居乐天上自轩辕。
成才已可方圆论，朽木无须作古喧。
罗汉向，寺钟源。阴阳世界是乾坤。
风行举止人间土，吐纳江山世上言。

285 重屏会棋图卷
彼此弟兄忆弟兄，何成日月作何成。
书生自被书生误，渭水泾流渭水明。
唐李璟，瘦书盟。江山草木岁年生。
丛丛落落相睎守，莫以重阳论旧情。

286 韩熙载夜宴图卷
夜宴南唐半国臣，清音北调一君邻。
声声色色天间曲，处处人人世俗新。
唐后主，国七身。男儿不再事君臣。
江山社稷何须问，只要诗词不要臣。

287 2013 年 8 月 7 日
一曲琵琶忘国候，三声曲调误国忧。
南人细语钱塘色，北士豪言易水流。
熙载夜，李煜楼。君臣父子不相谋。
云山西岭常相坐，不问江河只莫愁。

288 2013 年 8 月 8 日
背反琵琶曲未终，姿容俯仰意方衷。
家家国国何成败，高高人人几汉雄。
临水镜，照唐风。词情不尽世无同。
余音已绕三梁共，谁问李煜志国穷。

289 2013 年 8 月 9 日
意意情情彼此同，声声绝绝有无中。
男男女女多相瞩，子子孙孙少客红。
音袅袅，语衷衷。生生世世作人虫。

繁繁衍衍传家久,夜宴南曲又北东。

290 2013年8月10日

一女余情半女红,三生尽意两西东。
男儿只可凭天地,秀淑无须故作穷。
终又始,始无终。英雄自古作飞鸿。
江山尽在心田上,只似文章玉骚风。

291 青玉五峰笔架形山子

案几文房笔架山,云头西尾砚池峦。
空空阔阔丹青玉,楚楚形形日月颜。
山水界,玉门关。枯荣草木几去还。
昆仑只作书生论,不可樵渔士子闲。

292 听琴图轴

赵佶听琴一世英,随形博古半天明。
昏庸不治江山画,徽宗困死城五国。
吟水调,问阴晴。文风落魄醉时荣。
宣和历代青铜器,只录临安不录名。

293 女孝经图卷之开宗明义章

出入宫廷作汉书,班昭女孝后妃余。
和柔逆顺仁明尽,玉树临风仕子虚。
花草木,帝王居。耕耘不住似樵渔。
心思只在闲时起,神许人间一亩锄。

294 女孝经图卷之夫人章

两树芭蕉一石梁,三窗细露半苏杭。
千章未尽夫人尽,万户兼承女孝章。
儿女过,子孙堂。青春老小去来妆。
肥肥阔阔临云雨,父父母母百世长。

295 西湖吟趣图卷

和靖居心半土颓,西湖北麓一孤山。
梅妻鹤子杭州色,聚意凝神去不还。
香水岸,玉门关。梅花早报入人间。
惊现石案天街赋,不似瑶台似等闲。

296 红拂图轴

破镜重圆一士全,秦王李靖半成天。
红拂淑女知音域,可叹隋炀作去船。
京渭色,海云年。虬髯此去谓知贤。
人间不见蓬莱岛,世上黄粱任客田。

297 武陵春卷

石案千形付士人,江南一女武陵春。
徐霖小传名伎赋,为救傅生已忘舟。
情去后,客冠中。金陵自有作情珍。
山山水水依然在,止止流流入古津。

298 2013年8月18日

一夜千声鸟不鸣,三山九脉梦无声。
云云雾雾窗前绣,水水珠珠叶上明。
枝叶叶,玉平平。余心不已是依情。
春分处处耕耆易,谷雨幽幽日月萌。

299 我闻其声,不见其人

伯玉仁贤敬事王,军声草误智臣媱。
灵公不解夫人语,善任知明以国昌。
无暗昧,有逢良。辚辚阙止未欺罔。
闻车而去成天下,夜坐如来作中堂。

300 草堂客话图页

客坐无言一草堂,闻声有序半书香。
烟波已满湖池上,读卷分酬话贤良。
何隐放,几春芳。山村小两洒斜塘。
粼粼总总江山外,叙叙欣欣日月旁。

301 女孝经图卷之事舅姑章

淑女堂前问舅姑,人情孝敬有非无。
贤良人必江山问,义礼何须不书儒。
驱大庭,小家奴。寒林雪夜欲心苏。
梅香应是孤姿影,唤得群芳逐客殊。

302 女孝经图卷之夫人章

守位无私一简堂,居尊能约半文章。
勤劳能政家中付,审视明听国上媱。
诗府坐,礼言长。风轻鸟语入幽篁。
书卷卷卷闻声来,淑淑温温一女良。

303 女孝经图卷之后妃章

后后妃妃半帝王,麟麟趾趾一纲常。
关关雎鸠鸣天下,百姓闻加作栋梁。
思念尽,劝忠良。忧勤性教九流乡。
曹姑四海威严处,不谣明贤以孝扬。

304 雪夜访普图轴

雪夜微行作客身,功家赵普问君臣。
惶惶恐恐成王道,意意临临话旧人。
千古尽,万年春。一叩门声九朝中。
匡扶胤取衣冠著,古树枝头两鹊邻。

305 黄易小像

西泠八大家,篆隶一枝花。
岱麓钱塘客,松碑简淡华。
文生金石语,黄易去嵩崖。
只上云天里,图中日月斜

306 嵩洛访碑图册之少室石阙、开母石阙

石阙封山少室中,邢家北象各西东。
嵩门四壁荒原老,洛水碑图古树红。
神道路,铺西童。延光五载篆书穷。
南山不刻归文在,陨石译天启母宫。

307 嵩洛访碑图册之嵩阳书院、中岳庙

柏郁如山汉将封,程生似虎旧龙踪。
雄碑石柱三军立,磊壁崇林一世客。
双阙象,九州逢。环山曲水黄盖峰。
嵩阳院里多书画,正履居中故人逢。

308 嵩洛访碑图册之嵩岳寺、少林寺

古寺英雄一少林,嵩高日暮半禽音。
祀秋东君知来去,五乳峰前问古今。
黄易谱,霞客临。天当五岳地当阴。
寻山问水知深浅,处世为人作石金。

309 嵩洛访碑图册之龙门山、香山

石壁佛身十里城,宾旸古洞半云生。
香山洛邑伊东水,造象形名付谓情。
无上履,有枯荣。书书楷楷尽其名。
贞观武谷经纶在,瞬刻龙门客不行。

310 嵩洛访碑图册之奉先寺、伊阙

黄易龙门一柱香,奉光古寺九间房。
东西劈石临伊阙,上下攀登垫谷梁。

量尺寸，度芳香。倪黄粉本大卢堂。
临流不止前行去，隔岸四头是佛乡。

311 嵩洛访碑图册之白马寺、太行秋色

白马寺门一佛来，双碑篆上半瑶台。
城东日色丹黄处，洛北天光竟自开。
狄府石，魏王碑。太行山脉绣林裁。
嵩嵩洛洛曾无语，夏夏秋秋几处回。

312 阁中仙山

胸中一巷木径由，眼下三工点刘流。
尺寸须量天地阔，方圆不可力春秋。

313 真子飞霜镜

凤凤凰凰一镜中，仙仙道道半无穷。
知音且在瑶琴语，日月何须朱雀问。
心白玉，照丹红。相亲014爱古今衷。
人间应是阴阳客，碧叶擎空翠羽东。

314 图轴官苑

壁立溪流玉色空，山池树石阁楼红。
重重叠叠星罗共，隐隐明明碧室宫。
无鸟语，有鸣虫。人间丽苑自情衷。
瑶台应是天街上，不解如何向此中。

315 宫苑图轴

此日无言彼日同，上山不解下山风。
唐人送客江山路，仿画來真几度穷。
相似处，未成功。名家欲比大家翁。
阴阳日月成古今，莫以江山草木红。

316 蓬瀛仙馆图页

榭屿楼台半海清，山光水色以蓬瀛。
人间天上何相似，梦里黄粱小米生。
春已去，汉无成。神仙不付旧时情。
难求未必深求上，可望心中不及行。

317 江山殿阁图页

殿阁崇台半水城，湖光榭色两无情。
人间后羿无寻觅，月里嫦娥有隐情。
山岭暗，柳杨明。琼楼玉宇雨云生。
青莲点点随仙境，日冕煌煌任子行。

318 剔红楼阁人物图圆盘

漆器六源战国秋，秦皇汉武鼎人求。
元明威雅高峰处，剔制红髹饰品流。
纤细尽，隐园情。繁繁简简约工精。
花花木木楼台竟，活活生生小几荣。

319 岳阳楼图页

水色楼栏一望空，蝇头小楷字文工。
忧心四顾江山外，客止岳阳楼上红。
浔酒肆，世人熊。瑶池不到满天风。
平生只可仲淹范，国治家兴是始终。

320 映水楼台图页

映水楼台一色英，风光于宇半扶荣。
盘门未锁天街路，故阙难尊夜并声。
山渺渺，影重重。高高在上几人盟。
低低向下难行止，处处江山处处萌。

321 丰乐楼图页

一步临安半宋名，三朝旧事两朝生。
开封酒肆杭州落，汴水钱塘几世荣。
杨驻马，柳丝城。倪澜俯榭有鱼情。
须知百步金人近，欹枕灯前可纵横。

322 江山楼阁图轴

似是非非一宋唐，女王胜比半男王。
周家自有则天祝，赵佶还无瘦体昌。
金画壁，字方赐。幽州不是帝故乡。
明皇已去当官署，莫见临安作嫁妆。

323 2013年9月13日

水色云天半立春，书心宫性一文人。
情繁笔简方池墨，异画皇家院惊臣。
唐袖冕，宋冠巾。当今未似过来邻。
江山楼宇何难尽，代代朝朝应自尊。

324 龙舟夺标图卷

一日色明半汴梁，三舟竟进两朝堂。
人间自是繁华地，只似瑶池日月光。
天昼永，雨丝长。泊罗已绿近云端。
龙舟只向天边去，故国思心有郁扬。

325 掐丝珐琅山水楼阁图宝座

宝座取自罗汉床，清宫帝子正襟装。
山山水水重重演，阁阁楼楼处处煌。
加尺寸，阔圆方。乾隆已是御天皇。
空空色色何天下，子子孙孙汉客梁。

326 人物故事图册之吹箫引凤

孔雀庭中白鹤鸣，萧生月下素箫声。
秦公弄玉朝天阙，女祠音余乘太平。
天地语，凤凰城。瑶池赤鸟三头凤。
遥遥日月共辉明，处处息止处处情。

327 蓬莱仙岛图轴

海上蓬莱半九州，池中世界十三流。
楼台榭阁求仙处，汉武秦皇访药愁。
云渺渺，水幽幽。峰峦隐约不春秋。
空余旷世神无语，此去还来作客秋。

328 仙山楼阁图轴

水色山光半九州，峰扬岭柳一溪流。
泉清木碧夏阳色，叶落台平屹石楼。
波浪涌，帝王侯。平生不止不无求。
何时日月知朝著，彼此烟花向莫愁。

329 鹧鸪天

夜近嫦娥月近圆，飞行玉宇客飞天。
马来半岛南洋岸，木横东城共不眠。
同万里，共婵娟。中庭树下枣当年。
霜风此国诗词著，待到黄花格外甜。

330 2013年9月20日

喜鹊声声不住喧，池鱼处处数明轩。
窗明几静乡心落，书页藏红客繁简。

331 山水楼阁图轴

水水山山一阁楼，高高低低半东流。
南南北北分界岭，日日夜夜自莫愁。
草岸峰峦姿色重，湖光树影上轻舟。
幽幽谷里藏亭榭，处处林中隐士游。

332 养春堂

喜鹊一声鸣，鱼池半影生。
书房千载著，枣子十分成。

333 2013年9月23日

仲秋五日入秋台,喜鹊三吟作鹊文。
九月重阳兄弟问,平生故土梦里闻。

334 千里江山图卷

山山水水自然居,户户家家任雨余。
步步挤挤连彼此,亭亭榭榭逐樵渔。
归归去去荷锄骞,苦苦辛辛派读书。
起起伏伏河湖岸,四四顾顾日月殊。

335 2013年10月2日

跛步一廊桥,云行半浪潮。
飞梁连两岸,复住寄千萧。
道上成三界,途中问百遥。
何人来去水,自己柳杨条。

336 2013年10月3日

吴江利往桥,木渎净瓷霄。
湖光浮海气,绝色尽山遥。
垂虹亭上响,落暮榭中消。
松风来去波,淞江日月潮。

337 2013年10月4日

水水风风九叠泉,山山岭岭半云烟。
峰峰谷谷三千界,地地天天万百年。
流不止,石无全,沧桑渡口共婵娟。
江山处处成林木,日月时时济亩田。

338 青玉会昌九老图玉山

七十故人城,三千玉山明。
香山居易隐,九老话生平。

339 2013年10月7日

叠石堆山一汴荣,徽宗冒咏半艮乡。
虹飞雨过天涯短,色碧云浮落日长。
莲欲闭,十四方。余光未尽鸟光藏。
绮亭断路桥相与,不以临安论勉强。

340 2013年10月8日

峰峦比障翠云屏,岭木重生四季青。
野草扶疏山外气,天光傲远势中灵。
江山万里藏龙虎,俯仰千年主世霆。
彼此形成界磺石,凭空自许日月星。

341 2013年10月9日

隐隐一泉村,幽幽半谷门。
峰前争独立,谷后逐黄昏。
隐落晴光满,山亭四色昏。
行身何驿舍,客户几儿孙。

342 2013年10月10日

曲径几盘桓,层峦半谷寒。
排空惊掠影,逐步落心宽。
隔路云横处,孤单日力单。
栈道四头页,跻攀向前观。

343 千里江山图卷

不在一山中,难知半世同。
峰光依旧是,谷影几何空。

344 回家

朝来喜鹊已闻声,日冕家情紫气荣。
老枣红心成玉果,金渔碧水逐晴明。

345 重阳节忆兄弟

重阳一度又重阳,九月三秋九月黄。
枣果爹娘成色重,桓仁半壁下南岸。
风声肃肃天高远,旧梦悠悠忆故乡。
缺缺圆圆多少夜,兄兄弟弟是衷肠。

346 千里江山图卷

一叶轻舟纵九流,千川暮色入三秋。
群山处处分江碧,渚口粼粼逐色游。

347 2013年10月14日

朝朝喜鹊声,日日水池明。
树树红橙果,鱼鱼碧玉情。

348 2013年10月15日

山云树影半如烟,阡陌桑林十似泉。
水到湖边船到岸,人行路口鸟鸣天。

349 2013年10月16日

艮岳一徽宗,奇花半异龙。
商船三界许,遗石百世容。
水静风平处,人心百姓封。
金兵何不解,中原作独峰。

350 2013年10月17日

一派风波一网扬,双舟并体两船舱。
鱼游浅底藏山色,树影浮沉化巧妆。
驱舫力,捕渔忙。生平不解水家乡。
形成步迹知旧路,驾驶江湖莫渡量。

351 2013年10月18日

碧水波光一客船,坡堤柳岸半家田。
杨花落尽萍荷色,过鸟轻飞不同年。
云淡淡,际连连。遥遥远远已如烟。
千秋任性难成就,万里依心应自怜。

352 2013年10月19日

三三两两半行船,去去来来一水天。
岸岸流流帆起落,疏疏密密寄林田。
江村未冷知南北,木渎方悬旧日年。
历世难承同日月,归乡不问各婵娟。

353 2013年10月20日

一半泉林一半山,两三古木两三颜。
峰光倒映江湖水,屋舍轻烟门不关。
依紫杖,话清闲。蝉声隐隐水湾湾。
江南处处江南色,小蛮欣欣作小蛮。

354 2013年10月21日

曲曲弯弯楼道悬,宽宽窄窄小溪泉。
流流止止湖光滟,水水林林客社田。
山坳里,草庐前。孤村处处过炊烟。
风云领略知天下,草木荒芜不可妍。

355 2013年10月23日

傍水依山半幻真,低云短篱一清尘。
晴光樯影熙洙沐,犬吠禽鸣落落邻。
茅屋客,天外人。江山赋比白由身。
躬耕每以农家本,背靠群峰作冕巾。

356 2013年10月24日

深藏不露一山中,短竹千竿半院风。
四面群峰升紫气,三声读得世西东。
华草铺,玉芳红。浓荫翠叶道家翁。
忽然息息临洞响,冬前欲度是秋虫。

357 2013年10月25日
前朝后寝一宫观，旧制新形半礼宽。
道德须深临彼此，徽宗意信度盘桓。
三世界，一云端。金人不塑宋人残。
无言莫解寻安乐，不在原中在江南。

358 2013年10月26日
粼粼济济半波光，雅雅文文一字廊。
磊石流溪晴四壁，形途隐渡过千塘。
山坳短，白云长。重重叠叠翠风光。
龙眼丝处红芳尽，应取心思作黄粱。

359 大禹治水图玉山
大禹三年治水情，和田万载玉心生。
扬州法古师光圣，国力兴衰作此城。
紫禁城中宁寿坐，乾隆御下故宫荣。
江山自取阴阳客，日月常明草木平。

360 大禹治水图玉山之二
齐山一舜耕，大禹半流明。
治者知其势，杏仁以步成。

361 2013年10月28日
江湖一渡桥，柳岸半波潮。
读取声声涨，观知处处消。

362 2013年10月29日
浦岸一渔村，坡堤半石根。
丹青成世界，步足向黄昏。
万里停舟处，千年设网门。
孤身四首顾，独向小儿孙。

363 2013年10月30日
徽宗艺高醉心情，北国临安客舍清。
小慧偏私文字瘦，元人一叹败何成。
山川依旧非迁易，帝物曾新作故盟。
碓弃溪横人不在，家亡国疲是枯荣。

364 2013年10月31日
一宋半金情，三元两世生。
临安依旧是，北国何须明。

365 渔村小雪图卷
八卦山前一水洲，千峰影上半川流。
轻艇不动樵渔止，网落竿垂欲望求。
三浦口，一鱼舟。秋收未到已秋收。
秋收户户炊烟起，不做王公不作候。

366 2013年11月1日
渔村小雪轻，渡口大云明。
古木连天地，浦漊逐色平。
山光重铺绪，壁影复阴阳。
冻水寒无几，艇舟已不声。

367 雪江卖鱼图页
山村一雪妆，古野半苍茫。
苦力桥中过，渔夫社不商。
弓身寒冷劲，问价易田桑。
岸畔冰封处，轩家几度凉？

368 渔乐图页
春江一夜中，钓火半舟红。
水面无风浪，烟平有酒童。
渔艇横渚泊，米妇敬家翁。
渡岸人不响，居舱尽曲衷。

369 渔父图轴
泉光树影磊层林，章落舟停滞古浔。
自况文书千尺浪，烟波锦叶万人心。

370 渔樵问答图页
退隐山林一士心，行程步履半知吾。
江山日月常更宜，禽兽衣冠自古今。

371 渔樵图页
隐逸半周臣，耕耘一士身。
三生千道路，万里九州亲。
世事非成败，阴晴日月真。
渔樵寻草木，浊酒落红尘。

372 竹雕牧牛图笔筒
雕前一牧牛，竹下半清秋。
笔上功夫见，心中日月忧。

373 江山放牧图卷
不见牧牛一牧童，当知世界半书翁。
须心已就成光石，万里江山作始终。
花处处，草丛丛。玲珑十地几玲珑。
成林百岁成林木，莫以英雄问落鸿。

374 江山牧放图卷
彼此难同一地情，江山共处半平生。
峰峦草木呈天碧，石磊森林问田域。
牛步步，牧行行。人心不以去来明。
阡阡陌陌春秋继，雨雨云云日月盟。

375 柳塘牧马
白马飞空如柳塘，精神自在问天荒。
生程气韵云无累，物态凌风破浪扬。
山远远，水长长。英雄彼此作桥梁。
群峰淡淡平原色，草木青青日月光。

376 雪溪放牧禅
修行步履见牛心，性悟皆空间寺箴。
驾驭成功由顺理，苍茫两忘自观音。
三千世界由天地，万象思寻任古今。
但见前程来去处，何须后果暮朝琴。

377 南洋回家
半亚东盟半亚洲，一生四海一生谋。
三千世界三千路，十地观音十地兽。
来去去，莫休休。青云步步任沉浮。
朝朝暮暮黄粱梦，自自然然日月舟。

378 南洋回家之二
一步南洋十九洲，三生北国万千谋。
山河草木春秋继，日月阴晴旱晚流。
今古问，去来求。耕耘历练夏冬修。
尺寸难量辛苦路，回眸只以自古候。

379 南洋回家之三
北国悠悠古作今，南洋处处木成林。
油棕万亩改天地，木槿千年换色阴。
无疲土，有鸣禽。乡情自古一人心。
爷娘父母弟兄妹，回头是岸见观音。

380 南洋回家之四
一会晴明一会阴，半生高业半生心。
南洋木槿东盟海，红豆槟榔骤雨浔。
求道路，问知音。山山水水木成林。
春秋冬夏无分别，古往今来草树深。

381 南洋回家之五
三千世界历路盟，东城一半故乡情。
南洋木槿心中色，北国冰封日月明。
天漫漫，雪平平。龙鳞铠甲落无声。
峰光独向天高处，暗自霏霏漠漠城。

382 南洋忆辽东
故步东城一世关，衷情北国半平生。
南洋木横心中色，五女冰霜月下明。
风凛冽，雪花晴。浑江九曲自枯荣。
乡音易改黄粱梦，百岁身心妹弟兄。

383 清 石涛 陶渊明示意图
一念无成一念空，半心隐约半心穷。
山中有雨云中色，石上无言月下童。
寻古木，问西东。书生自有不书虫。
知音易改琴棋客，举事羲农作老翁。

384 宋 佚名 柳溪钓艇图页
独钓江山一叶舟，蓑衣斗笠半山楼。
寥寥寂寂人间色，叶叶条条柳岸头。
千万木，十三州。山前水阔雨云流。
樵渔自得凭辛苦，忘却平生可莫愁。

385 宋 洮河石雕兰亭集会图砚
三月三日，祓禊，水畔洗濯，祛邪踏青寻春。
紫禁城中禊费城，流觞水上曲波泾。
绍兴古地文人萃，坐石临流足踏青。
三世界，一心灵。郊村半壁是清泠。
羲之不可王公醉，鹅瘦池肥自此铭。

386 宋 佚名 莲州仙渡图页
渺渺飘飘一八仙，云云雾雾半荷莲。
孤舟只渡瑶台岸，蕨雨星郎月月田。
来去处，万千年。游霞水绿侣津天。
青藜太乙问宫殿，三十六宫话旧缘。

387 丝纶图轴
半壁山崖半树烟，万桑小叶万桑田。
云丝素洁蚕儿锦，竹舍农家绣屋前。
头绪绪，缓锦锦。经纶造就古今年。
纵横上下成天地，日月阴晴作渡船。

388 柳阴云碓图页
半柳云碓半柳云，一菰米稻一菰裙。
盘车不止茅棚曲，运水驱牛易得曛。
千畜力，百分文。清流自许泽芳芬。
无须祈搅耕耘问，四地农夫以苦勤。

389 2013 年 11 月 20 日
十里前门不夜门，三街古巷稻香村。
南洋北国同天地，汉稷华人共子孙。

390 耕获图页
尺幅微微一农庄，耕田处处半苦肠。
春来祈雨秋收赋，夏冶冬藏后稷忙。
天下务，粗中强。身居斗粟几钱粮。
农夫稷织成安乐，世界生平作逸康。

391 街坊
煎烹炒炸一枝荣，烩炖煮蒸五味生。
柴米油盐茶问道，明心阅时作人情。

392 2013 年 11 月 21 日
虎骨鹿茸一药生，冬虫夏草半无鸣。
红花木槿南洋露，枸杞灵芝雪域情。
熊胆量，桂皮荣。高粱薏米蜂王城。
云丹五味寻川贝，苦菊心中久世平。

393 2013 年 11 月 22 日
不见红藏小雪明，彻寻素裳半霜情。
人心取得兴衰道，节气径天向地生。
山淡淡，野平平。林中草木自枯荣。
水段桥连行止路，一处江山十地城。

394 赴马来西亚
一日问归农，三生向归踪。
千年来去见，万里古今封。
欲雨云先济，平山木泽容。
春秋无疲止，九脉有潜龙。

395 雪栈行骑图页
古木苍山一觉禅，雪霜栈道半天云。
峰平乳雪乾扬路，落草行程旧日悬。
前一半，后三千。无休步履客经年。
遥遥去处何相悬，渐渐梁楷笔墨田。

396 盘车图轴
栈道山间一路前，盘车共挽半人年。
艰难独木江南岸，何似金人不索鞭。
当故土，问时田。商辛取水活泉源。
临安少许杭州客，小店常悬小杏鲜。

397 山行旅图轴
水阔山高一脉田，霜重木老半流泉。
冰凝石结三千岸，错落参差五百年。
空谷后，玉峰前。天光冷气作村烟。
秋林欲尽何萧索，此去瑶台作陌阡。

398 瑶岑玉树图轴
瑞雪封林积玉明，繁英点岫作瑶倾。
流泉瀑布千川去，屹石溪桥万谷城。
茅屋侧，水天荣。云卷云舒去向盟。
前程只在心思处，去去来来可不清。

399 雪山行旅图轴
玉树成林雪欲凝，瑶岑色岫石倾丞。
关山士子余情在，叶落泉悬苦古僧。
人未止，苦攀登。高山流水有人应。
三思不解三思少，一路苍天一路凌。

400 山水图卷之春卷
瑞雪三千问玉空，春风一半过桥东。
亭桥柳岸初黄色，石磊溪田老读翁。
凭意境，向山东。林泉点点碧含红。
幽幽水色幽幽变，草木枯荣在易中。

401 陈清波
一半钱塘一半堤，两三雨水两三泥。
春梅欲尽客东西，只人天城不入溪。
山水路，客东西。参差错落有高低。
湖光草色孤山北，寺鼓偏惊树鸟栖。

402 溪山春晓图卷
一树桃花一小舟，半塘草色半塘楼。
梨花处处藏秒杏，碧水幽幽映春秋。
丝雨细，色烟流。江南只有莫君愁。
山前白鹭飞无止，柳下旗亭醉不休。

403 2013年12月4日
一步风光一步新，半山草木半山茵。
溪流染色黄中绿，树叶临风岸上珍。
含碧玉，小桥春。江南十里满红尘。
桃桃杏杏啼禽鸟，寸寸生机尺尺身。

404 春山游骑图轴
两岸山林一小桥，三春草木半溪消。
青峰屹立楼观识，古木花红玉锦遥。
明宋客，四家雕。周臣教义雨浑浑。
仇英雅正清庙寅，望尽江南日日潮。

405 丹台春晓图轴
晓日丹台一色新，楼亭雨榭半红尘。
声觞曲水千肠转，石屹峰光万谷钧。
流日月，自秋春。层层古木挂冠巾。
川川不息山河水，处处朝天草木津。

406 十万图册之万横香雪
色色楼天晓影明，初春覆起淑身清。
桥连彼岸暖疏馥，巡抚咕情自古行。
香雪海，宋草名。姑苏光福镇中荣。
江南探赏梅花落，邓尉山中誉相城。

407 四景山水图卷之夏景
夏日山亭水榭香，浓阴草木碧池塘。
方圆四景蔷薇色，八宇三成路影长。
千石立，万栋梁。松年松岁入黄梁。
幽网瘦体成书画，不及江山作柳杨。

408 柳塘泛月图页
月色芙蓉入柳塘，轻舸淑女象东洋。
声声不尽明皇曲，处处难寻音玉藏。
情织女，躲牛郎。人间一般作黄粱。
荷花叶下西施在，泛水湖中采客肠。

409 荷亭对弈图页
水榭荷亭一半莲，无风酷热两三天。
勾心斗角接天柱，碧柳无条待大千。
纨扇落，静棋田。无声不似有声前。
塘中曲曲粼粼影，枕上轻轻落落眠。

410 竹林长夏图轴
羽扇无风不自鸣，吴门夏日有松年。
徵明弟子师书客，静坐周虫任苦蝉。
明陆治，宋三边。江南自古半耕田。
黄天荡面英雄语，玉石盘中度岁年。

411 溪山晚照图轴
石石峰峰半木田，山山谷谷一流泉。
平平坦坦荒原旷，柳柳溪溪聚夏蝉。
云雪尽，石翁船。浮沉计五自观音。
波明狭岸逍遥水，遗墨平生作比干。

412 雨洗山根图轴
雨洗山根十树泉，风临坡塘百波船。
山中自在荒溪去，岭下难平约客田。
无止静，有云眠。丛林侵翠度寒川。
幽禽巧村无啼语，只与潼池独自怜。

413 十万图册之万点青莲
碧叶接风一片天，汀洲宿雨万青莲。
无言独上南唐岸，慨古难当一客船。
青水驿，六朝田。江南自古太平年。
衣冠还著芳丘度，只取逍遥不取钱。

414 四景山水图卷之秋卷
一画工成几数年，夜春草碧两三天。
平生不解随人愿，细密成思日月田。
寻马远，问松年。亭台阁院不听泉。
春秋冬夏四时客，草木阴晴百度烟。

415 2013年12月16日
目上高山挂一泉，云中雨色问三千。
桥前石路连天地，树后荒原落叶田。
新雨色，旧林烟。莲居响誉不空川。
秋高气爽红枫晚，此去前程共载天。

416 秋江暝泊图页
马夏烟山问李唐，秋江独泊待天光。
高宗赵构行书句，画院名堂日月荒。
人不见，扁舟藏。江南不止宋时梁。
临安草木年年缘，只见无华不见杭。

417 秋江待渡图卷
一色霜天一色轻，半江素雪半江明。
亭居落影由寒至，渡口浮舟任自平。
非主客，是枯荣。长流侵沏序东盟。
空蒙日暮怀天末，不复冰封待旧情。

418 秋江待渡图轴
半壁河山半壁城，一流不动一流平。
三秋木叶江南岸，四面林光任枯荣。
山照旧，水依明。秋风洒洒更阴晴。
云光远远峰林色，渡口轻舟有纵横。

419 白云红树图轴
艳丽红枫一色明，层峦叠嶂半光轻。
流声不住停桥渡，影经难当故客清。
何马夏，话蓝瑛。僧繇没骨画工成。
绞绡尺幅行天地，不作英雄作古名。

420 十万图册之万林秋色
秋林五色一山中，寸草三光半不同。
腊月冰封径雪覆，黄天故国自霜红。

421 四景山水图卷之冬景
倚曲多姿一古松，朝升暮落半云龙。
桥亭不止前程居，日月不止前路行。
三百载，一昭容。邯郸学子是行踪。
松年问道知来去，瑞雪藏山作旧客。

422 雪上行骑图页
夏储冬藏半雪山，春来秋去一霜颜。
江山草木洁衣被，石岸溪流洁自闲。
天地启，玉门关。行程路上莫退还。
冰花欲结千林木，老树闻风万古班。

423 雪堂客话图页
客话山川半雪堂，屏书水榭一冰光。
渔公独钓寒江影，古木身摇十地霜。

千里阔，万山扬。春秋日月夏冬藏。
峰前岭下房新暖，老树心中著岁妆。

424 九峰雪霁图轴
一雪封山九峰空，三冬素被半世穷。
元家未数黄公望，远近高低各不同。
松郡洁，石径风。枫林点点隐约红。
溪流冽冽凝冰片，石路幽幽似始终。

425 雪山图轴
一木峰光万里风，三川冷落半霜同。
千岩叠磊成霁结，百度寒光总不穷。
沟谷素，独藏红。孤立独傲领苍穹。
山山不尽春秋色，处处萧疏欲始终。

426 寒驼残雪图轴
一雪残山路不全，三更旧梦夜婵娟。
梅香欲暖江南岸，浩浩枫林塞北天。
新足迹，老骆船。潇湘雁浦已无眠。
阳关已近春风路，日月当空自在悬。

427 十万图册之万峰飞雪
万里苍空卷玉龙，千山壑谷向无踪。
汀洲浦口成元色，腊月梅花作雪峰。
从沃野，柱天容。江河塞外以冰封。
潇湘莫问衡阳北，二月初飞大漠冬。

428 春江帆饱图页
一岸停舟一水流，半江日色半江楼。
风扬远目帆来顺，溯漠观光不止求。
寻上下，向春秋。君心处处自居忧。
寒林畔浦兴衰易，日月河山竟白由。

429 梅石溪凫图页
石岸梅花一度红，孤舟独自半湖光。
春江欲暖禽先沐，玉秀疏香赢色同。
边角处，古山虫。溪流九脉几朝东。
隋炀自此钱塘水，只取人间问老翁。

430 柳溪春色图页
草色萋萋一目遥，云光淡淡半天霄。
悠悠紫气浮沉水，处处春江涌浪潮。
南北岸，浦溪桥。人情尽在望寥辽。
声声唤起梅花落，化作碧叶柳条条。

431 极寒
磺石磊冰川，寒流驻雪田。
凝形成白玉，积翠可分年。

432 2013年第一个日出
一日半潮间，千云几海峦。
波光红胜色，彩照玉人颜。

433 元日
东方一点红，北城半苍穹。
海阔天空色，初阳碧玉衷。

434 2013年1月11日
天下一条船，云中十尺帆。
翻飞千只鸟，志却半林田。

435 宋 佚名 蓬瀛仙馆图页
榭宇楼台半海清，山光水色一蓬瀛。
人间天上何相似，梦里黄粱水里生。
皇已去，汉无成。神仙不付旧时情。
难求何必深求止，可望心中可及行。

436 宋 佚名 仙山楼阁图页
错落楼台一世穷，瑶池屿岛半精英。
缥缥渺渺红峰翠，雅雅尊尊碧水明。
辞日月，悬枯荣。仙台只在此山诚。
云天俯仰秦皇去，汉武依然自不清。

437 北宋 王希孟 千里江山图卷
色挂山前一水帘，云平草后半龙潜。
溪中树影连天碧，世外流声逐地淹。
桥野野，竹尖尖。人心不度业尘沾。
春光只在山南暖，未必功垂钓冷炎。

438 明 吴伟 松溪渔炊图轴
醒醉一舟中，声鸣半草虫。
何知古今问，隐逸去来风。

439 南宋 马和之 豳风图
当春种子自秋收，夏储冬藏已莫愁。
可得农夫辛苦岁，无须懒惰乞天忧。

440 南宋 佚名 雪山行旅图轴
雪色锋芒万石边，冰溪结叶百霜田。
四方八面玲珑树，十里风光一玉田。
山水岸，山桥边。无须日月照林泉。
行程不尽难言路，半在人间半在天。

十四、故宫日历（2014 年）

华胥　故宫出版社　2013 年 11 月出版

1 故宫日历
大漠雪如沙，燕山月似家。
三边知翼马，八骏踏春花。

2 为君一日行千里
跃跃腾腾一古今，鬃鬃尾尾半人心。
先先后后从客步，万万千千道路音。

3 西周盠驹尊
西周一马津，盠驹半云神。
断乳方成立，飞空始国尊。

4 沁园春腊月初一
十度冰霜，半色梅花，万里渺茫。
见故国风云，凛冽封冻，留暗烟长。
贝影瑶池，天街玉巷。寂寂苍苍净炎凉。
昆仑淑，问天天地地，误点炎黄。
炎黄，如是资黄，莫惊取，中流四方扬。
九曲黄河水，朝朝暮暮，南南北北，
一路东洋。泻下天水，中原逐鹿，
愈到东洋愈猖狂。方圆外，以诗书解读，
胜似黄粱。

5 西周马纹铜簋
天地方圆一马年，黄河九脉半桑田。
中原逐鹿雍州客，四海秦王八百川。
周养御，嬴政泉。王家自古驹骖鬣。
青铜器上当千载，足下云中上万天。

6 西周春秋玉马
玉马一西周，封疆半晋候。
园雕相静立，曲沃有春秋。
日上行千里，云中路九州。
长城何挂齿，足迹化心求。

7 一月三日
赵氏孤儿
赵朔勃儿一子成，孤朋匕首半程婴。
人心始废几人情。十五年中屠学贾，
敌敌友友主难行。用尽平生一事明。

8 东周字母马铜牌饰
饱育温情子母荣，天择物竞去来生。
繁繁衍衍兴衰尽，帝帝王王彼此名。
中国外，美人城，何知世上布阵盟。
遇遇弱弱相移步，古古今今自养行。

9 牧放图
牧马天山一代成，玄麟奉敕半朝明。
唐诗宋画万人荣，赤兔经天千里足。
青龙虎跃九州盟，荒原自在自然行。

10 战国牧马图岩画
牧马阴山旷野空，行云问雨玉岩中。
黄河古道历枯荣。自始秦王知养御，
何终北虎任纵横。江河日月作群雄。

11 腊月初七
郑文公碑
战国三边燕赵乡，胡服骑射武灵王。
邯郸学步知天下，白马经天意气昂。
蒙古草，目炎黄。千军独立自封疆。
英雄吕布扬长去，无见刘关一弟张。

12 腊月初八
东周秦墨玉马首
秦都雍州，养马周王赐秦名。
北海一方圆，黄河两岸田。
三千年孔府，八百里秦川。

日月雍州殿，凤翔养马泉。
商周尧舜禹，草木作天年。

13 腊月初九
秦马纹瓦当
史记群雄半入围，偏安一隅数韩非。
居丘养马屯天下，泾渭西川八百归。
周孝帝，主朝晖。吞边谴秦六国微。
中原逐鹿祥瑞物，定鼎春秋是后妃。

14 腊月初十
睡虎云梦半竹秦，匠心独具一壶春。
鸣禽自马飞驰竞，水泽苍山八百新。
行万里，唤斯人。风骚日上羽纶巾。
三军玉影争先去，化作天光是此身。

15 腊月十一
秦兵马俑
马俑王兵半御秦，临潼渭邑一皇钧。
春秋战国覆还频。晋士齐人分付去，
中原八水作天津。谋谋断断是观贞。

16 腊月十三
胡马大宛
大宛一胡名，锋棱万里行。
前程千路道，举足四蹄轻。
任自飞天上，侥身济世荣。
骄骄鸣不尽，历历已纵横。

17 腊月十三
西汉鎏金铜马
汗血宝马
汉武乌孙御嬴乡，西极大宛冶侯王。
灵威不乱将无疆。天马星空元鼎岁，

流沙四野服山梁。英明举世步云昌。

18 鸣马图轴
万里江山一马鸣，秦川日月半赢生。
悲鸿笔墨写行英。北塞南天千百阵，
龙飞虎跃济苍荣。浮云半隐自纵横。

19 玉海马负书
海马河图顾命书，天球八卦负荣疏。
神州自此世家余。孔负伏羲王负宝，
龙龙马帝王居。人间洛水以何如。

20 十二生肖兽首
午马乾坤甲子明，龙飞凤舞去来行。
天高地厚易枯荣。翼骏西来秦汉晋，
唐辽大宛久嘶鸣。河图足迹四蹄城。

21 腊月十五
世事沧桑几帝乡，人生草木半黄梁。
东方朔去铜仙泪，汉武瑶台月似霜。
王母客，穆陵王。松松柏柏柳还杨。
今今古古何相序，去去来来是夕阳。

22 陶马
汗血鎏金大宛良，飞天万里足无疆。
青云比步齐天下，老骥方知伏枥扬。
周孝主，始君皇。韩非以马一秦疆。
西川八水天街路，楚汉无分付列强。

23 2014年1月18日
举足三边御驾低，雄姿一道夜郎西。
难分马虎何天地，跷首扬长自奋蹄。
滇国血，汉家移。云南彩色落平齐。
牛羊脚下江河水，石寨山前鸟不啼。

24 2014年1月19日
汉武江山一马名，疆边日月半枯荣。
荒原万里扬长路，大宛青云草木城。
飞将在，卫青横。生平济世是平生。
征南征北征西域，应树啸啸作此声。

25 陶马
止止行行半宇维，高高大大一雄风。

遥遥近近有无中。一足飞天知马力，
三生奋地向苍穹。千年万里似归鸿。

26 东汉陶马
骏马居心起步鸣，行昂跷首带群声。
何须道路几无平。万里千程蹄足迹，
三边一域古今情。源原大宛汉家行。

27 彩印木雕立马
汉马功劳武威城，丝绸之路驭嘶鸣。
天竺只在一心平。竹木新疆甘肃物，
云纹饰调久雕情。遥遥领导客家荣。

28 青铜马
汉晋雷台一马鸣，横空出世半生平。
昂头顿足四蹄腾。似触当发天下路，
行姿欲态自纵横。飞扬大宛有王名。

29 三国青铜马
马援知相一式成，良驹顿足半嘶鸣。
军家骑射几天荣。火烧曹营三国冬，
华容小道过关情。东风岁末去还生。

30 西晋陶马
斗角鬃毛举寸长，中原大宛故乡装。
飞将汗血宝君马。晋鼎无成吴蜀魏，
秦王不比及隋炀。长城汴水几思量。

31 2014年1月26日
渺小人中佛天心，生平世上祖宗音。
飞鸣落下作鸣琴。马迹珠丝循日月，
天长日久一乾坤。英雄俗子半古今。

32 2014年1月27日
老少无心叩自知，童翁有意几何时。
南雄此马作诗词。走石成雕东晋夏，
匈奴三子各争枝。中华历历塞外嘶。

33 彩绘陶马
六九头前半立春，三千目下一天津。
观音北魏佛人缘。崴崴更移事家频。
径白马，历清尘。何言自己自相亲。
十六国中无天地，百里荒原以草邻。

34 白陶三彩马
汉晋隋唐白马扬，匈奴大宛都胡乡。
雄姿却覆香罗帕，足下封疆作帝庄。
三彩釉，万年长。无汴水，有秦王。
文人史记从朝昌。贞观治上皇颜光，
但取玄奘种柳杨。

35 彩绘木马俑
一半胡姬一半妆，两三玉色两三王。
丝绸路上满高昌。魏晋匈奴汉粟持，
五百年中一帝乡。姿情曲舞马红食。

36 2014年1月28日
一岁初辞一岁束，半春化雪半春裁。
江南塞北几花开。白马飞天朝暮去，
神鬃骏足踏琼台。声声丝竹玉壶杯。

37 2014年1月29日
守岁声声丝竹鸣，开花处处向枯荣。
辞言水泽候坚情。一马先逝南北去，
当空日月赤乡城。此人独系彼人情。

38 2014年1月30日
六九河边看柳杨，三更半夜烛花香。
年年岁岁敝爷娘。灯竹声中辞旧事，
梅梨马上著新妆。书生自在有衷肠。

39 元月初一
喜鹊声声鸣不休，东城处处故王侯。
乾隆句句卞江流。五万诗词相向询，
三生日月苦分酬。南洋草木一千州。

40 浮雕之生肖午马
白石浮雕五代名，良驹玉马一情衷。
人前奋腾知人后，节度直言霸北方。
何问理，自成盟。年年足迹历枯荣。
平生不止前程路，海外形容客洁清。

41 神骏西来
天马行空日月边，神骏西来暮朝年。
经天白马成香尘，弟子佛门问古缘。
三世界，十分田。耕耘岁末自方圆。
英华只以山河见，足迹乾坤玉影妍。

42 青玉天马
马马龙龙一弟兄，羊羊虎虎半纵横。
工工力力千途路，止止行行万里盟。
南海阔，北山径。文文玉玉自成城。
闻人则已思飞去，天马行空作此生。

43 2014 年 1 月 11 日
路上思心贾效勤，门中女婚吕长春。
平生不是去来人，外子山西非是客，
汾阳晋土老年亲。黄泉不远隔天津。

44 2014 年 2 月 1 日
日月何须岁月长，大人自在小人亡。
心怀不却怀心处，立意衷情志已良。
千万里，胆肝肠。英雄一迹下南洋。
飞鸿可得潇湘雨，彼此云天作故乡。

45 2014 年 2 月 2 日
万里荒原一马鸣，三边寨北半天声。
年年岁岁自由行。老骥居心知伏枥，
神姿已彩任纵横。苗踪道上路无成。

46 陶天马
白马飞天过九州，行空振翼问春秋。
匈奴汗血自昂头。虎豹龙蛇人所忘，
吟鸣驻足大江流。村村舍舍作家留。

47 小小
只向秦淮白下流，武陵曲舞几时休。
钱塘已过十三州。九曲黄河天水落，
三边日月自春秋。兴兴废废帝王侯。

48 2014 年 2 月 4 日
白玉玲珑已立春，寒梅香色化天津。
声声不止行空去，足下径天不染尘。
杨柳近，雪花邻。河边草木正苏新。
冰时欲解轻流去，神树成阴待后人。

49 2014 年 2 月 5 日
骤雨千声半水乡，浮云百步一荒塘。
丛林二月满南洋。日上竿头淡似水，
马来半岛客家肠。新加坡北自扬长。

50 鱼尾翼马
宝鼎中原以马扬，丝绸路上向高昌。
商家粟特以声长。汉汉胡胡闻天子，
鱼鱼翼翼比天网。流连萨保客家乡。

51 浮雕翼马
一马行空万马昂，三边萨保九州梁。
云端羽翼各扬长。赏列桥中四首望，
人间道上地圆天。韩非养马作秦皇。

52 2014 年 2 月 7 日
翼马飞天一帝乡，长空日月半秦王。
韩非只比自家良。独立春秋千里还，
孤鸣草木万无疆。奋蹄百步下南洋。

53 2014 年 2 月 9 日
骏马良驹一九州，行空日月半春秋。
飞天宇宙几孙谋。莫以秦川王土地，
当先赢政纳皇洲。韩非自此彝人修。

54 连珠翼马人物纹镜
茶马途中一道长，丝绸路上半高昌。
连珠翼久嘶扬。粟特风情成万种，
腾空顿足待扬张。人中不顾问遥疆。

55 2014 年 2 月 11 日
马上封侯一对双，人中问答半家邦。
丝绸古道几云樘。异域胡姬姿曲色，
连珠翼锦映东江。西行夜话入帘窗。

56 2014 年 2 月 12 日
海兽葡萄镜上生，飞天翼马世中荣。
栖翔鸟雀入云中。顾盼中原依厚土，
争光异域舞姬城。图腾符号始流行。

57 红地翼马纹镜
翼马花冠六瓣扬，珠环碧玉一开张。
轻松自在向朝阳。风行驻足知万里，
正目径天客无疆。橙青紫绿赤红黄。

58 止杀令
此道白生半玉生，成吉思汗六盘山。
千军万马一先颜。对马朱红纹锦饰，
花冠白翼顶天班。生平路口日月还。

59 朱红地对马纹锦
十五宵彩炮红，三千子弟客西东。
儒生世界问飞鸿。对马成双纹锦色，
花冠异域寄由衷。声声祝响半春风。

60 2014 年 2 月 14 日
七九河开入上元，三冬雪化解冰喧。
东风一半粤花繁。对马飞天朝夕足，
长途路道几泉源。行程自取以轩辕。

61 鎏金银背镜
背镜鎏金一马飞，苍空碧海半无归。
径天问世半心扉。足迹吉隆坡上道，
西面古刹佛边闻。留当教俗是无非。

62 2014 年 2 月 16 日
不尽荒原一马群，何言旷路半青云。
飞天日月是耕曛。马证争光无落步，
千声不足论嘶闻。三边自古汉衣裙。

63 双雁衔花天马纹镜
翼马莲台一镜明，衔花双雁半飞平。
凌空共闯珠城。正正衣冠君子坐，
迟迟草木久枯荣。时时日月作图行。

64 乾陵神道东侧翼马
独立咸阳翼马情，嘶闻宇宙许人声。
乾陵自古不无名。自主凭空留石刻，
长安以此作王城。隋唐已是一唐荣。

65 泰陵神道东侧翼马
翼马朝天四足停，芙蓉沐后半云青。
三郎可见石中恪。不得开元天宝去，
相随蜀雨自霖铃。人生自古渭还径。

66 2014 年 2 月 20 日
自在凌嘉翼马飞，龙吟虎啸正天闻。
云游四海向朝晖。一跃争光群足起，
三边逐鹿竟然微。遥遥路上不知归。

67 建陵神道东侧翼马
十八陵中草木惊，三秋月下自枯荣。
风声一半去来生。翼马飞天常不改，
隋唐落日任纵横。秦王不见肃宗名。

68 庄陵神道西侧翼马
数尽咸阳十八陵，游王莫解一朝兴。
只有翼马振飞鹰。驻足扬繁千里望，
何言高湛万官僧。唐周高武作明灯。

69 2014年2月23日
一马飞天自九鸣，千音挪地有三声。
群雄并起逐精英。瘦骨骑身行路远，
扬蹄奋羽道风轻。孤昂白首任纵横。

70 星宿图卷
十里通州万里船，一生岁月半生年。
三吴不养马龙田。虢国夫人神骏怡，
张萱作梁传令瓒。二十八星四方悬。

71 天马朱雀纹镜
朱雀纹身一马扬，乘云而上自无疆。
飞天万里四蹄乡。举足奔腾风伴翼，
少年纵弛在何方，匈奴汉血舞姬娘。

72 修定寺塔塔砖
佛法无边七宝藏，天竺白马一径扬。
西天自有如来乡。福地河南修定寺，
青云百度半咸阳。成龙梁骏塔砖梁。

73 天马鸟兽纹镜
大宛乡心鸟兽扬，飞天客凤雀鸾妆。
何当足迹比云藏。镜里油鬃飘洒色，
空中自主任由疆。千年万里以辉煌。

74 2014年2月28日
就势随形一马飞，辽东秀丽半心扉。
扬长此去不须归。草色春来初易梁，
东风下宇自生晖。荒野射猎箭幕围。

75 牧马群嘶边草绿
八卦乡城问落鸿，嫱仁玉女自辽东。
梨花雪色几村翁。牧马群嘶边草绿，
胡人独立旷原红。平生尽在有无中。

76 牧马群嘶边草绿
一马长嘶万马行，三原矿物万原生。
千年自古沿枯荣。步入天街知力路，
何须日月照踪明。云天碧处是精英。

77 马厩坑园人
一牧奚官园养奴，三吴觅马慰江苏。
江船沿路到天都。视死如生秦家话，
皇家福寿与天孤。蓬莱海上有如无。

78 午马
汗马功劳空四方，农耕狩猎半扬长。
辛勤苦累自心肠。灵性忠诚中午志，
乾时扬封作秦堂。天干地支步无疆。

79 百马图卷
手上心中不释书，人前事后有多余。
年年岁岁治无虑。四万乾隆清格律，
如今五万我心居。平生君作与荷锄。

80 马年生马日
一日桓仁百春城，辽东五女半英名。
书生世代是书生。老马重回京八件，
南洋路上自三鸣。行空供德万千荣。

81 百马图卷
百骏图中郎世宁，三江暖后草风青。
飞天汉血以心灵。一马为光争逐去，
千年独树政云屏。张说不似秦山名。

82 2014年3月4日
百骏奚官半草原，三边日月半荒垣。
春秋出入分熏事，大宛飞天汉血喧。
攻教骎，库聚繁，行身藏什自轩辕。
刻剔交颈羁策尽，相靡顿首以性宣。

83 2014年3月5日
手上心中不释书，人前事后莫相如。
绖天履地自安居，八百里秦川养马，
三千子战国扶疏。荒原翼骏步天金。

84 白马图轴
半与奚官半与天，一生地厚一生原。
酣酣畅畅逐溪泉。缓缓昂昂经道路，
飞飞落落步人前。勤勤恳恳辅桑田。

85 2014年3月6日
百马千姿百马英，一腾万里一腾情。
飞飞队队三思路，独独群群九风生。
何岁月，一墊惊。昂头举足向天盟。
心中自有前程道，共供成春入古城。

86 2014年3月7日
马上封侯一竟成，猿中赵国始门生。
唐人独开孙大圣，郭璞行来弱马情。
无止境，有嘶鸣。声声尽是上方行。
纵横自得江山路，远近坎坷不必平。

87 2014年3月8日
一马行空一马鸣，九声自主九声情。
平生万里自平生。举目苍空神骏去，
长春岁月有枯荣。江山阔旷见精英。

88 清平乐长春马
无声衔铁，踏遍梨花雪。
大宛飞天以汉血，昂抑长春时节。
迢迢芳草天涯，悠悠细水晴沙。
多少英雄故事，不如五女人家。

89 临韦偃牧放图卷
宋瘦唐肥自不容，韩干曹霸世人声。
龙吟虎啸作平生。虢国夫人春色马，
公麟韦偃细嘶鸣。临安不任作秦英。

90 临韦偃牧放图卷
欻见麒麟一碧东，飞天摩地半蹄风。
群雄并起似相鸿。万里荒原千里马，
秦川有路作英雄。归来伏溃问长空。

91 2014年3月12日
只以荒原作故乡，何须草木问黄粱。
来时顿首去时扬。放虎归山天马玉，
行程万里始秦皇。韩非自此以川王。

92 2014年3月13日
万马河西一盛唐，诗阁格律半侯王。
秦川八百里封疆。举首前程寻旷野，
行踪路上自奋扬。当空内现作天光。

93 2014年3月14日
大宛方成汉血疆，秦皇汉武客家强。
唐人不与宋人王。北牧何从南牧草，
神宗变法故时堂。瘦金体外作文章。

94 2014年3月15日
马政当朝一宋章，神宗安石半中堂。
终未党虑度时光，荒原不可无驰举，
临安几得作王纲。江山万里有芳塘。

95 沙苑行
一半成龙一半神，万千岁月万千钧。
沙沙水水荒原亲。大宛方圆汉血真，
秦皇汉武设奚臣。蹄风四举步天津。

96 秋郊饮马图卷
宋塞江山以故亲，秋郊饮马自元臣，
苗当汉血慰天津。不入商山周粟尽，
艰难处事旧冠中，英雄洗马一目新。

97 浴马图
马马人人与世珍，勤勤恳恳共殷辛，
春春夏夏作猴邻。半入秋冬方体壮，
千年万里不分身，来来去去玉嘶新。

98 2014年3月19日
马到功成一骏名，云行雨落半春荣。
台前幕后史公清。汉武秦川嬴政牧，
韩非养洗孝王城，风平自此作英平。

99 2014年3月20日
一水流随马洗津，三春日沐两分匀。
清蹄映足十波邻。缘玉乔年凝沫起，
青骢翼下阔川秦。奚官没臆挂冠巾。

100 2014年3月21日
漠北中原一世君，匈奴大宛半天文。
如今次日是春分。汉血煊煌元帝国，
华蒙抑郁作衣裙。胡姬曲舞入唐闻。

101 饮马图页
一水清流洒落缨，双鬃骏骨问长泾。
青蹄紫羽净紫萦。翼鸟飞天光影里，
瑶池碧海以龙生。秦川道路任纵横。

102 塞上听吹笛
白雪无声一马还，梨花有影半天山。
昆仑月夜玉门关。塞上风光何处问，
心中骏马几胡班。知途伏枥向人颜。

103 饮马扇页
鞑靼无平瓦剌声，黑茶含音羌嘶鸣。
殊途世道几人情。互市边陲马溪口，
中原入主女真英。彼身切此身荣。

104 2014年3月25日
顾绣松江一马名，涵空鉴水半权荣。
毛龙九逸十方城。漱玉风横千里足，
追云掣电万家盟。江山岁月以精英。

105 百马图墨
一始周秦墨锭成，明清半在叶云卿。
纤毫毕现王身情。百马千姿奔上进，
万里三天问轻程。丹青从此作嘶鸣。

106 竹雕松溪浴马图笔筒
薄地阳纹著水川，松溪浴马刻流泉。
文房雅物骏当然。艺湛浮雕嘉完竹，
清初著笔自经年。飞奔静队百姿全。

107 奚官放马图轴
共目同心一不平，大明已尽半朝清。
无须借此嘶声。爱国移民张穆笔，
情衷未了是何成。江山易老及时盟。

108 饲马图轴
岁月心中玉兔低，江上日上马前蹄。
明清易换各东西。白雪无香天地水，
梅花得意化春泥。冰村已缘柳杨堤。

109 2014年3月30日
旷界嘶鸣碧草春，中原入主女真人。
明清易比各天津。燕赵宽宽裢射虎，
秦川阔阔养君臣。源源本本不分邻。

110 洗马图轴
海上中天四任田，云中策马一长天。
红蹄洗净自径年。已尽奚官清不尽，
家家国国各方圆。羊城现代有兵船。

111 踏花归去马蹄香
问道三声古木杨，寻花一路马蹄香。
诗家日月话方长。水水山山相曲绕，
肥肥瘦瘦宋还唐。儿儿女女嫁时妆。

112 2014年4月1日
壁画沧桑石刻平，丹青北魏洛阳情。
隋唐未尽邙山名。骏马成群莺鸟兴，
花间笑语各奴荣。风行四足主人生。

113 石葬具构建线刻
袯襫春花雅士情，文人骏马水云生。
东风不尽玉壶倾。觥筹互猎南北问，
流觞曲析沿途明。凭心借此向声荣。

114 2014年4月3日
月月年年半不休，弯弯曲曲一江头。
沙沙水水几春秋。马上音随唐未至，
人中有志作龙舟。江山自己问扬州。

115 2014年4月4日
上巳琵琶一女声，山亭禊被半春荣。
芳长洛滨几群英。竟野连帷嘉月许，
袯服缛节津水平。池明倒影有人情。

116 宴饮图壁画
上巳波瀫洛邑声，长安日落曲江平。
游青士庶可倾情。曲水流觞韦杜望，
明清复付作清明。诗家以此曲名成。

117 寒食日曲江
曲水流觞半玉杯，春风得意一花田。
都门上巳几家梅。暮色清明人已醉，
寻青柳色马前催。黄昏日暖曲江来。

118 游骑图卷
众目同行洛邑春，书生共坐曲江人。
昂头远望是天津。骏马飞天朝暮序，
英雄居地去来循。江山一日不分频。

119 2014年4月9日
紫玉少年郎，长街白马光。
三边闻卒守，四海纳春香。
目望天涯路，心随日月长。
江山千万里，道路自无疆。

120 2014年4月10日
逐日不轻狂，随心大宛乡。
精英良马骏，雅士肃中堂。

昼夜马弓力，春秋日月妆。
生出人杰许，世事载花黄。

121 2014年4月11日
洛邑少年狂，长安暮马扬。
飞云遮不去，市酒几流觞。
塞北雕玲箭，银鱼袋上装。
春华云未尽，醉队曲江旁。

122 游骑图卷
渭北苍茫半日尺，长安自古一少年。
光辉初见九弓弦。玉雁排空当令箭，
金鸡立帐作军情。香衔意气不扬鞭。

123 骑马出行图壁画
御马成群一战疆，朝堂独树半柳杨。
行程百里唐三彩，问事千年晋渊梁。
高寿准安唐高帝，西安胜者称侯王。
嘶嘶互祝鸣鸣去，步上青云问故乡。

124 相如歌醉
子夜一春香，林花半柳杨。
群丝芳色华，独女采初桑。
玉手弄紫叶，情心问短妆。
歌词如已出，不似渭川阳。

125 旧唐书
渐息牛车渐马扬，途窥幕篱改新妆。
拖群浅露女儿香。渭邑天光何远近，
伊犁水色几青黄。此去还来破大荒。

126 2014年4月15日
不见秦王问大宗，昭陵落日作苍龙。
何须胡颜马前客，尼履纱利帅帽去。
身姿意态故人封。芙蓉马上自庸之。

127 三彩仕女骑马俑
仿效民间以岁年，开元不复故雕娟。
何须蔽障仕风妍。但见唐家三彩女，
胡颜秀丽露君前。春风拂面踏青泉。

128 2014年4月17日
孔雀冠中彩绘生，金乡县主陪宫情。
深房浅出异骚声。富态端庄骑马上，

藏姿露色玉精英。人生不必束衷诚。

129 2014年4月18日
此马方鸣彼马来，桃花未蹴杏花开。
东风外外曲江台。踏遍蹄香天宝去，
江山草木久徘徊。微曛太白莫相猜。

130 游园图壁画
草木萌发仕女情，庭园束手客心生。
章怀太子未朝名。李武唐周天下论，
巴州自尽蜀人城。争权马上作精英。

131 丽人行
渭路千条半晋秦，长安北一朝新。
丰姿淑态纵天津。虢国夫人韩女子，
天王自在自然身。何须粉墨著红唇。

132 虢国夫人游春图卷
但问张萱画淑春，东风虢国复临秦。
芙蓉出水帝王身。脂粉话颜何不色，
集灵台上圣朝尊。红缨淡扫此情纯。

133 男装吹箫仕女图壁画
半欲游春半作娘，红颜不着女儿装。
胡姬露面彩丝扬。弄玉箫声秦凤去，
芙蓉出水度三郎。波斯汉带作黄粱。

134 男装仕女俑
硕硕丰丰半着装，圆圆润润一萧娘。
情情切切几心藏。眼角流波传欲望，
婀娜纵态品端详。行行止止待猖狂。

135 2014年4月24日
白马游春一帝王，飞天俯仰半扬长。
芙蓉虢国扫秦妆。出水华清方是色，
汤温沐浴作香塘。传情眉目几谁娘。

136 观鸟捕蝉图壁画
太子宫中仕女群，东风树下色香曛。
春光半在半天云。不锁身心情一片，
难言碧玉弄骚文。相思只在客光闻。

137 树下美人图屏壁画
但系周昉仕士屏，何言树下女儿灵。

丹青色半久青铭。楚近腰纤销展尽，
娇娆不妒自玲珑。鸾发凤语求凰庭。

138 诸亮传
十八声名学士城，三千弟子杏城明。
书生彼此是书生。马上功成方作客，
人中治事济枯荣。身前世后作精英。

139 春宴图卷
十八人中半九州，凌烟阁上一春秋。
唐家日月满瀛洲。学士图中阁立本，
贞观治下十三流。秦王马上自郊游。

140 2014年4月29日
十八文章一玉颜，三千弟子半去还。
精英白马上初班。但得琴棋书画客，
何须学士作江山。春风已过玉门关。

141 2014年4月30日
学士闻声十八班，凌烟杰俊两千关。
唐家自此作皇颜。不可棋书画问，
何须马上立功还。昆仑半岭是天山。

142 唐李太白上阳台
治世扬嘶一马鸣，无疆足迹半平生。
当先俯仰望天行。水阔天高凭所路，
云晴雨细任纵横。阳台太白自精英。

143 三彩三花马
半剪春风半剪鬃，一声白马一声鸣。
三花玉色五花晴。九曲黄河天水落，
千川碧水楚人平。昆仑进酒作身名。

144 青釉凤首龙柄
把酒临流一土清，行触杙裸半波平。
春风汉楚晋秦明。白马飞天何俯仰，
江山日月可耕耘。龙吟虎啸著精英。

145 鹦鹉杯
骏马千军取妄荣，襄阳不见小儿声。
铜鞮已是故人情。但得鸡鹅鹦鹉赋，
何须马上半嘶鸣。人间自得自由行。

1809

146　2014年5月4日
斗酒八仙一马鸣，三才六艺半人生。
文思武萃九州横，万足奔腾千里马，
江山日月几国情。荒原汉血始方成。

147　草书太白酒歌轴
太白平生蜀道难，三郎自在客心宽。
霖铃雨驿作云残，壶口黄河天马去，
喷波逐日卷狂澜。神仙不得锁盘桓。

148　草书李白诗卷
大雅王风一颂平，川秦蔓草半狂声。
何言白马向天鸣。草地群嘶休房止，
荒原独树见阴晴。孤行此志见枯荣。

149　2014年5月7日
一马当先太白诗，万家日月作唐辞。
乾蓬五万比肩迟。何须醒醉闻天下，
当言日月可相知。如今独我树人时。

150　2014年5月8日
何言一太清，莫任半天明。
两马金轮色，三光没色晴。
千川微紫气，万象属宫情。
桂蕊花不见，天霜叹隔瀛。

151　瓷雕太白醉酒像
月下三杯不醉亭，空中一派白云屏。
人间马上苦工成。玉液无平辞梁卧，
红颜有恐怨鸣声。蓬莱草木可枯荣。

152　2014年5月10日
六合秦王虎视雄，三江汉武逆川风。
金人铸得建长城。汗血方成知宝马，
喷云五岳任西东。楼船徐市不归虫。

153　少年行
酒市长安一少年，胡姬舞后半知天。
春风白马几经年。日月如梭成草木，
经纶似铸可桑田。寻花问流入前川。

154　竹根雕太白醉酒水丞
一醉渭城边，三生蜀道前。
天王呼不得，白马玉壶田。

月照长安肆，何须到酒泉。
东风多不语，自得酒中天。

155　2014年5月13日
一梦雁门关，三生射虎颜。
归来弓满雪，不去列朝班。
海市蜃楼望，惊沙没日山。
阳城天地外，白首逐心还。

156　2014年5月14日
劝酒吴姬一色香，金陵问路半扬长。
秦淮水断梅花落，不到扬州不尽觞。
白马长安千万里，何处青云是故乡。

157　古风
变易青门一体休，蝴蝶玉树半庄周。
东陵未春蓬莱道，八水方清蜀客当。
平生日月何来去，不问君候不所求。

158　2014年5月16日
一日读书，书生自古路家忧。
三生作事，高业何言道莫愁。
江山日月何冬夏，草木河溪易春秋。
曹植洛水凌波问，铁槊连营处世休。
无须酒肆长安醉，但以青云作客游。
君闻大宛秦川马，不尽翰林玉壶舟。
飞天可上瑶台去，人间属意过宣州。

159　2014年5月17日
赵赵燕燕易水前，齐齐鲁鲁秦山川。
书书卷卷庄周梦，孔孔儒儒孟子田。
天子岛，杏坛年。桓公独树束桑茧。
黄河九曲东流去，不到泉城不问泉。

160　客中行
白马天山自九鸣，人间道路问三声。
平生自古有千情。大宛行程天地界，
胡姬劝酒半无声。谁知尽醉一乡城。

161　太白酒醉图轴
天子呼来未上船，长安一醉不知眠。
衣衣带带玉壶悬。白马飞天朝暮路，
翰林酒肆去来传。荒原大宛有源泉。

162　2014年5月20日
浊浊清清自渭泾，松松柏柏独凌青。
长安月下客芙蓉。白马寺前天子路，
曲江日落作心灵。宣州后殿问前庭。

163　2014年5月21日
太白终情一酒名，文章始作半平生。
诗词自得玉壶清。问马难何千里步，
行吟蜀道广陵城。衔杯但醉不知行。

164　2014年5月22日
月下花间半色明，宫中水里几君情。
翰林侍御两无平。万里行空天马去，
千年足迹久嘶鸣。人间不醉一风情。

165　寿山石雕李白醉酒像
一醉半长天，三呼十酒泉。
千章一曲客，万里马方圆。
水里捞月色，人中独客眠。
长安天下问，洛邑念奴传。
力士丹青瞩，书生草木连。
蚕从成蜀地，夏禹马耕田。

166　2014年5月24日
万里半风沙，千春二日花。
阳关多少日，蜀道几人家。
疲邑临丘路，荒城问古崖。
交河苍落幕，大宛马山斜。
汉血方成酒，秦川未得麻。
平生当此树，独步作中华。

167　古贤诗意图卷
太白诗词马上成，文人艺事世中情。
草堂子类翰林名。杜董金琮贤古雅，
书图孟兆宋朝声。吴姬酒肆玉关盟。

168　2014年5月26日
太白宗云以酒知，知章李琎李适之。
焦遂苏晋饮仙迟。张旭狂言惊四座，
贤图古雅纵千痴。葡萄美酒夜光杯。

169　2014年5月27日
马上先生十渡船，知章李琎半酒泉。

汝阳斗尽曲车田，苏进逃禅醉时眠。
左相圣乐宗之醒，太白呼来客杯仙。
张旭挥毫焦遂愿，雅论高淡已惊天。

170 2014年5月28日
对酒当歌一建安，人生问世半云端。
曹公治政几严宽，日月何年初照马，
阴晴圆缺水波澜。宣州谢朓履春寒。

171 2014年5月29日
太白当吟一醉船，青空问月半云天。
排风翼马上方年。古古今今飞镜照，
云云雨雨暮朝悬。来来去去不知眠。

172 2014年5月30日
锦水流明一草堂，花溪酒宴半书香。
松松柏柏竟直扬。月下临风知四壁，
心中马上敬三皇。星河石丘易青黄。

173 2014年5月31日
日上天街白马行，云中宴客泛仙声。
星河玉树过三更。四坐芳客随客举，
千姿百态任疏情。霜霜露露已平明。

174 一骑红尘妃子笑
李武周唐一代轻，开元天宝半朝明。
三郎弟郎复复兄兄。一骑红尘妃子笑，
千家淑女各倾城。夫人虢国淡颜生。

175 2014年6月1日
一马当先半白龙，开元天宝一玄宗。
诗词格律几中庸。草碧荒原居易老，
天空岁月泰山封。荷莲处处玉芙蓉。

176 端阳
五月五端阳，九歌九楚乡。
夜雨随云落，满院枣花扬。
事事从心读，声声入耳房。
十音三世界，万古一衷肠。

177 2014年6月2日
一入端阳忆弟兄，三边草木自枯荣。
辽东日月已平生。属马成光知五弟，
行空读卷历纵横。回然故土昌家荣。

178 2014年6月3日
一马飞驰四足扬，三边战事两新疆。
长安进出半温汤。不尽红光妃子笑，
何言天子坐朝堂。梅花色里杏花香。

179 毛应佺知恤诏卷
卷卷书书善八分，音音律律竟千文。
才才光光入青云。海口吞鲸云两岸，
乾龙镇武守唐君。胡儿吐气卸衣裙。

180 石台孝经
不敢斯文一慢人，何终立世半经身。
当先翼马敬邻亲。黄道开元天宝去，
还闻五品泰山原。玄宗蜀上雨冠巾。

181 张果见明皇图卷
虢国城中一半秦，长生殿里几秋春。
华清水暖问君臣。白马神人张果老，
条山水嘆向天津。玄宗道上几奇人。

182 2014年6月6日
短见明皇一采萍，常年秘术几人生。
华清水色有阴晴。出水芙蓉云驾马，
霖铃雨滴蜀川声。何须张果老人名。

183 2014年6月7日
御典梨园十地村，梧桐雨里一芙蓉。
梅妃紫阁半玄宗。紫阁情中三步路，
长生殿上几君容。人间白虎复青龙。

184 唐明皇
紫阁长生殿上盟，明皇月色玉环荣。
瑶台日月不分明。翼马红尘妃子笑，
人间取得念奴声。玄宗格律有心情。

185 2014年6月8日
一马当先半草原，三边立足九州天。
千年不上翰林船。万里行空知日月，
江山草木问秦川。长安不闭酒家泉。

186 絮阁
扫眉颜明玉肤扬，红妆白马雅流香。
韩秦虢国久无藏。色色姿姿天子沐，
情情欲欲几温汤。男男女女客时唐。

187 2014年6月10日
马上高昌万里家，云中落日一天涯。
丝绸路上半荒沙。酒肆胡姬西域客，
贞观晋去已中华。张雄自主挂窗纱。

188 2014年6月11日
晋代张雄牧马城，高昌疲国立县名。
藏藏露露女儿行。复立安西都护府，
何言舞伎曲歌瑛。姿身态意尽时荣。

189 2014年6月12日
马上芙蓉百媚生，人中虢国一颜明。
秦川女人半皇城。柳叶春风张敞画，
唐家彩绘仕人荣。筌篌独树几人鸣。

190 2014年6月13日
武惠妃颜恃宠骄，杨家后主问云消。
玄宗恐乱半唐朝。马嵬芙蓉坡上断，
濑水长安渭水桥。彼心不及此心遥。

191 仕女俑头
道士玄琰五代邻，宫词百首一太贞。
和凝赋尽半唐人。骑马藏妆颜似玉，
夫人虢国复西秦。芙蓉出水露姿身。

192 明皇杂录
舞马玄宗四百蹄，踪珠足玉三圆梨。
胡衣羯鼓各高低。淡带黄衫文曲唱，
千秋节上自东西。云藏鸟落不知楼。

193 2014年6月16日
舞马衔杯问酒泉，行天跨步向桑田。
囊壶只入醉时缘。半卧山河流所见，
飞扬日月足踪连。千秋万岁大唐年。

194 白陶诞马
舞马玄宗一顶峰，三郎曲马半朝封。
明皇虢国问芙蓉。顿首思回蹄欲举，
知音解意鼓声踪。轩辕道士几中庸。

195 明皇试马图
大宛天音汗血英，明皇试马过京城。
韩干一卷玉骢名。独立江山千里足，
行空日月万年盟。知途伏枥踏风声。

196 2014年6月19日

白玉青金汉马名，明皇殿樹画天英。
乾隆敕字书文城。自警武功全不十，
何言华夏易明清。中原逐鹿治难平。

197 2014年6月20日

子子孙孙永鉴名，先先后后不真荣。
银蹄翼振向天晴。底识明皇亲试马，
无当画客难清笔。乾隆只作御身城。

198 2014年6月21日

六马明皇试不平，三边将士问难英。
江山日月久阴晴。不问乾隆清满客，
何言子女翠云喝。乌金创作铸京城。

199 长恨歌

旷野荒原一马声，霓裳歌舞半英明。
梨园破阵几嘶鸣。大宛秦川嬴政问，
长安渭水曲江城。慈恩自此有昌平。

200 明皇游月宫图扇

方士中秋作法声，玄宗月上逐宫城。
梨园子弟羽衣名。舞罢婀娜仙女列，
人间自此不枯荣。但乞诗歌当其行。

201 2014年6月24日

九脉葡萄九脉香，一原养马一原强。
秦川汉血望无疆。碧草连云千万里，
行空逐日跨芳囊。神驰驿路坡天荒。

202 鎏金银香囊

八十年前遗旧香，三宫六院太真囊。
花藏绣领玉环妆。蜀雨霖铃白马过，
鎏金存止法门梁。人生渺渺物鱼长。

203 银鎏金熏香囊

蔓草花枝以日熏，天竺白马逐天文。
长安巧入作衣裙。本作房风香不止，
纹纹理理随心意。空空孔孔任人君。

204 2014年6月27日

珐琅缠枝景泰兰，明朝点芒釉形端。
纹熏远近女儿宽。异域莲荷芳远逐，
中原白马驭天安。香风未尽五陵残。

205 2014年6月28日

已出皇家竹筒少，纹秋孔隙白扬长。
道囊应绣可熏香。造物精工成异理，
马意三边万山梁。禅心半在一禅香。

206 长恨歌

白马潼关蜀道长，杜荣玉色落温汤。
杨家霸意太真伤。夜半无人私语尽，
三更有露客炎凉。长生殿上寄衷肠。

207 天宝人马铃

栈道闻铃蜀雨长，梨园子弟客家扬。
华清已去菇杏汤。马马人人依托在，
人人马马异家乡。音余筚篥野狐肠。

208 安得壮士挽天河

一马当先壮士歌，三军战场挽天河。
英雄在世志心多。大漠沙扬南北尽，
长城落日几人何。弃甲只见月穿梭。

209 2014年7月1日

李广幽州射虎狼，云孙上泣向天荒。
飞将白马自无疆。惑文军功谋胆略，
云中太守解鞍缰。阴山日月久低昂。

210 2014年7月2日

夺马归朝一步军，居田狩猎半落云。
龙城草木包纷纭。日落阴山飞将去，
燕丹李广玉门分。不是英雄不知君。

211 2014年7月3日

李广征君博望侯，临危不乱治军优。
巍然泰若致神州。败败成成飞将在，
功功业业马无求。平生七郡以人舟。

212 2014年7月4日

六十开来束甲健，三千白马自由衷。
朝中不止小鸣虫。李敢卫青霍去病，
英精一济半天穷。何闻鼠目问飞鸿。

213 2014年7月5日

半世英名一世终，三生白马两世穷。
英雄自己自英雄。细楷矜严余墨韵，
东华李广绍基东。如今大宛马鸣虫。

214 出塞

出塞英雄莫取名，归乡壮士可精英。
百草连天任马鸣。日落荒原天下色，
云平草色飞将情。卫青自取汉宫营。

215 2014年7月7日

马踏匈奴几将生，雕名沽誉半功行。
英雄壮志历辙赢。汉武阴山飞将在，
河西降敌茂陵城。祁连可叹是人荣。

216 卧马全形拓

马卧阴山作玉雕，扬鸣翼足上云霄。
腾空可见领蹬遥。四足蹄蹬天地阔，
双鬓镇列欲飞標。奔驰万妆势如潮。

217 2014年7月9日

起马行空欲跃飞，前扬后举右何归。
江山万里一朝晖。有势云中先步定，
千辛百苦自微微。平生路上属心扉。

218 野人全形拓

拓石形身马子云，匈奴汗血一衣裙。
五百年中几何分。十九骠骑霍去病，
森森草木茂陵君。谁言李广几将军。

219 2014年7月11日

石马朝天一首昂，英雄盖世半雕梁。
飞将已去茂陵荒。汉武宫中多女子，
匈奴日上少红娘。人生不必一衷肠。

220 2014年7月13日

卧虎藏龙一士肠，飞天白马半云光。
燕山李广几心伤。战战争争先后世，
成成败败济朝堂。常常草木久低昂。

221 秦州杂诗

问道寻源一马乡，秦川汉血半天堂。
幽燕郡国几黄粱。不记胡姬颜色好，
何言大宛玉壶光。难闻羌笛又低扬。

222 彩绘骑兵俑

楚霸方闻半玉膺，刘邦去处一长陵。
河河界几香凝。垓下初成戎马世，
秦皇不得六宫灯。周勃汉祖帝朝兴。

223 甲马武士俑

司马金龙北魏王，琅琊甲马武人光。
衣裙宝马去无疆。塞外风声传草木，
朝中士气向低昂。只留汗血自飞扬。

224 甲马吹角俑

吹角军中甲马扬，三通鼓罢士军强。
宣州草木半花塘。劝酒吴郎何醒醉，
胡姬胜似红红妆。鲜卑本自汉家乡。

225 2014年7月17日

北魏中原一故乡，君公甲马半扬长。
呜呜举步四蹄昂。瞩地经天双目望，
经纶日月各率强。何言子女不侯王。

226 甲马俑

河北磁县四壁荒，湾漳旧国北齐王。
尊客甲马问高洋。俊秀男儿戎装色，
娟妍女子散襌香。肌清粉面著红妆。

227 2014年7月19日

甲马先成武士生，英雄铸就作精英。
神州草木一刀兵。显秀中原文成物，
军征晋土北齐城。鲜卑似以身荣。

228 马诗

半问秦王半问兵，一辽甲马一辽城。
唐时剑戟汉时英。李贺军中知自己，
沙土望下问疏荣。群雄逐鹿作平生。

229 飒露紫马

一阁凌烟士世英，昭陵六骏马声名。
飞天飒露紫云平。一色燕骝超跃去，
突厥勇者首扬声。秦王霸丰济雄情。

230 拳毛䯄马

晋剑秦王作马歌，黄身黑喙拳毛䯄。
矢孤载几度天河。小国突厥西域路，
唐人六箭已无多。江山甲胄几人何。

231 白蹄乌马

一马纯黑白蹄乌，三边定蜀玉人奴。
千年此不作江都。耸跃追风平陇晋，
飞天跃地逾东吴。征君去士武自扶苏。

232 特勤骠

白白黄黄两色遥，秦王骏马特勤骠。
飞天倚地问云霄。应策腾空平宋路，
承声半汉櫐摧朝。乘危不惧济难消。

233 青骓马

驾御秦王一世名，苍苍白色四蹄轻。
练策马到有功荣。北战南征平建德，
天机暗算逐输赢。戎衣载誉洛阳城。

234 2014年7月27日

翼马成天帝子膺，天闲六骏一昭陵。
长安八水半香凝。石刻浮雕阁立本，
唐家三百马年兴。轻风未点太宗灯。

235 彩绘贴金甲马骑兵俑

马到功成半墓陵，中宗太子一孤灯。
唐周李武几神鹰。彩绘天王华贵妃，
飞扬首目玉香凝。此时不待彼时兴。

236 三彩马

晋领朝前御驾宫，贞观殿外太宗风。
凌烟阁里祝声完。但取唐家三彩马，
无闻朝中一英雄。何须海上半鸣虫。

237 西岳降灵图卷

有马方兴一画妍，云麟岳降半灵天。
皇家贵戚去来船。自古云中多少客，
如今地上作神仙。临安北问几何年。

238 瑞应图卷

一宗临安半宋观，徽宗赵佶百官倾。
中兴瑞应马嘶鸣。侥幸康王天府位，
胡笳十八拍中生。杭州不远问边情。

239 凭君傅语报平安

马上呼声一藉安，心中十念半冬残。
胡姬汉女几情澜。白雾梅花天上色，
珍珠玛瑙玉中盘。文成异域坐云端。

240 2014年8月1日

汉汉胡胡一马强，疆疆域域半无光。
成成败败几炎凉。夷夷蛮蛮先后故，
纹纹饰饰镀金汤。回回忆忆故家乡。

241 金马饰件

武士三生半马缰，君臣一古问天光。
昭陵六骏美名扬。但得唐家知大宛，
钦宗赵构忘苏杭。鲜卑已入作秦王。

242 赵松雪昭君图

和和亲亲一计生，儿儿女女半边荣。
花花草草几云明。古古今今声色重，
人人高高马天城。来来去去是心情。

243 金怪兽

一马神姿半兽宁，秦川汉域几丹青。
鲜卑主仆作神丁。燕赵边城修未止，
匈奴怪角巳成铭。南山卷土试生灵。

244 单于和亲

骏马匈奴一和亲，单于汉帝半家邻。
昭君北嫁雪花频。日登云围知手段，
刘邦自此计生秦。阴山不可问云津。

245 2014年8月6日

北国尘沙一路烟，昭君塞北半生年。
天朝不记女儿天。汉阙琵琶元帝许，
阴山脚下马羊边。长安画里花工邻。

246 王昭君

自বে红颜一画工，琵琶曲调半霜枫。
何须一计和亲宫。马上琵琶催不晚，
云中少女问由衷。皇朝几度应声虫。

247 2014年8月7日

一马琵琶一马回，半枝雪树半枝梅。
昭君出塞几徘徊。汉地明珠皓皓齿，
匈奴塞外玉壶催。葡萄美酒夜光杯。

248 昭君出塞图轴

石崇辞中一语成，昭君出塞半吟声。
琵琶似有似无名。汉女乌孙公主嫁，
黄髯白马寄人情。阴山草木倍枯荣。

249 出塞图轴

一望关河一故乡，半川草木半天涯。
昭君路上忆中华。曲玉管章知柳永，
云飞陇首雪梅花。南鸿北域马声笳。

250 昭君出塞
一国声中一国家，半身雪后半梅花。
昭君步履踏天涯。但以阴山成客主，
何须蜀道问川麻。乌孙马上挂霄纱。

251 文姬归汉图卷
一马文姬一马回，三边韵律九州梅。
蔡邕曲笛镜湖催。十八拍中金壁遣，
陈留祀者得嫁杯。胡音始复故人辞。

252 2014年8月12日
大漠荒沙马上催，文姬体汉晋安回。
曹公能得汉家猜。羌笛声声胡雪重，
蔡邕处处女儿思。归来复饮一千杯。

253 文姬归汉图卷
半在人群半马群，一生塞北一生君。
贤玉汉语几胡分。漫卷旌旗风猎猎，
文姬泰然雪纷纷。长城内外十三军。

254 明妃出塞图卷
两画相同两画香，一人出入一人踪。
江山有异以青冬。漫卷旌旗风冽冽，
明妃色里文姬客。粗图细节尽思封。

255 2014年8月14日
一画相同两画名，三边玉树半枯荣。
出出入入作何声。宋代辽金元代战，
离乡背井世人轻。精工细琢各图成。

256 明妃出塞图卷
塞外雪色妇女红，相同里面不相同。
昭君马上问西风。莫以琵琶差异取，
当心背井离乡鸿。和亲莫以文姬东。

257 文姬归汉图扇
莫以文姬度汉音，胡笳十八拍中心。
衡阳塞北是飞禽。十二年前知所去，
三千马后雪深深。贤王子女六合荫。

258 匈奴传
汉武匈奴始不终，长城沂水问无穷。
征征战战几王国。大宛秦川千里马，
咸阳列国万皇宫。潇湘塞北望飞鸿。

259 浮雕石榻面板
粟特人仪石榻花，南朝奏乐北朝哗。
人间自古种桑麻。壁玉珠珍纹隔杖，
王妃主仆入姿钱。乡民土地马牛家。

260 2014年8月19日
粟特人中异域明，中原世上客家声。
姬姬伎伎久传情。马背惊鸿天地外，
葡萄酒美洛阳城。来通胜似玉壶盟。

261 安伽墓围屏石榻
自古谁分主仆身，奴才公子士王臣。
安伽曲舞各秋春。草草花花相互问，
虫虫鸣鸣客天津。人人马马几分秦。

262 2014年8月21日
丝路云前万马哗，隋驮背上一琵琶。
中原大漠几荒沙。八水长安泾渭在，
匈奴汉武作辛家。昭君曲尽客桑麻。

263 2014年8月22日
洛水鲜卑十九流，胡腾玉色一凉州。
挽袖沾襟君自舞。珍衫怯露藏双沟，
红颜欲醉上双颜。安西归牧马神留。

264 铜胡腾舞俑
舞摆胡腾一曲休，轻衫短袖半春秋。
纵情马上雨云游。转毂缤纷鸣宝带，
琵琶羌笛番乡楼。花西不横暮朝羞。

265 2014年8月24日
马上思乡一望遥，云中问客半情消。
胡姬醉里放心潮。八月天山飞雪被，
三春玉树柳丝条。苏杭不似北东辽。

266 步辇图轴
西域吐蕃岁雪花，体禄东赞御旗斜。
文成公主入藏家。但以人间和为贵，
秦王土司到天涯。兄弟路上话唐茶。

267 彩绘胡人骑马俑
汴水残塘四十州，苏杭粤秀两千楼。
秦川白马一春秋。炼石补天天水岸，
女娲问鼎渭泾流。始皇汉武几荒丘。

268 2014年8月27日
已到昆仑见匈奴，何言淑女问心苏。
南洋木槿去来姑。负重无非先后事，
耕耘播种马秦川。中原几地是京都。

269 三彩卧驼俑
羽路丝绸一叶舟，飞天白马半沙流。
长鸣任自几春秋。欲立成行蹬卧足，
高颈引领度荒丘。秦皇只向寿中求。

270 2014年8月29日
五月天山白马英，三春碧草玉荒城。
千年一道半平生。晓色争光天下去，
云浮似剑断凉州。楼兰万里作荒丘。

271 洛神赋图卷
洛水粼粼一色情，东藩路路半倾情。
言归不似洛神萌。马骏云轻相秣骊，
芒田背阙相平生。波惊玉影意从行。

272 洛神赋全图卷
骏马嘶鸣一赋生，清波洛水半情倾。
弯弯曲曲色相平。柳柳杨杨风不定，
枝枝叶叶互相萌。才儿艳女任纵横。

273 牵马图屏
一马当途一迹生，半牵应伴半心情。
人间寄得骏行轻。大宛秦川胡汉路，
相思莫与去来城。知乡未可主身明。

274 2014年9月4日
半不声张半不明，一心取道一心盟。
三边应是九州城。骏马行飞天外路，
胡姬曲酒劝人生。来来去去客难平。

275 打马球图壁画
一马飞天一马鸣，半身未止举身平。
成行载物任纵横。塞外风云征战地，
朝中日月和亲成。各人应骏各专名。

276 2014年9月6日
白马双刚一道兴，胡髯独步半飞鹰。
扬蹄神采几唐情。顾盼胡姬思月下，
行程北客作精英。功劳只似以辛明。

277 书韩干牧马图

牧马原中一画英，韩干笔下半飞鸣。
南山渭上几烟平。日照红妆曹霸语，
鸿惊骏色逐千荣。平流细草碧烟轻。

278 照夜白图卷

汉血当朝玉花魏，韩干照夜白图雄。
声情并茂马飞空。自来嘶鸣难止尽，
秦川宝马各由衷。扬蹄踏燕任曲风。

279 神骏图卷

曹霸三图画肉真，韩干半笔骨用神。
飞天骨力自须陈。宋意唐风知画马，
家边互教国忧频。长城内外共烟尘。

280 临韦偃牧放图

翼马龙眠著画频，临韦放牧李公麟。
高扬阔步过红尘。落足蹄风千里步，
飞云壮骨玉图神，韩干从此俊姿身。

281 天马赋之一

翼马经天一御黄，纵横骞鬐半云光。
雄风翅举骨中梁。汉血胡原华夏骏，
居宗镇杰许君扬。飞驰戍守固金汤。

282 天马赋之二

翼马蹄风自足展，飞天瞩目客无疆。
龙鬃汗血翠华唐。不止耳边双峻步，
轻嘶独韵以阊阖。直突建德领前堂。

283 天马赋之三

翼马飞扬瞩视堂，八坊六骏耳封疆。
高桥虎让逸狮良。昭夜白名风格饰，
鞍华翠丽村驰张。才胎色铸与黄粱。

284 天马赋之四

翼马巡风一牧乡，重驼就节半隋唐。
诸期驯号谱边疆。俯首甘为孺子路，
兴怀伏枥久鸣扬。思途远望久低昂。

285 2014年9月15日之一

韦偃荒原放牧图，千匹骏驹万姿芳。
层城散马色相途。顾顾嘶嘶情不尽，
群群落落自居胡。驰驰瞩瞩向天呼。

286 2014年9月15日之二

马上元璋一帝王，命中太守半天光。
丹青却嘱布衣堂。逐鹿中原何将帅，
群雄鼎沸遂忠良。骑飞智勇子孙堂。

287 2014年9月15日之三

郁狩华山一马亲，天王夜猎半金神。
山川玉女鞯风尘。八尺飞龙西岳麓，
婵娟羿坠北千钧。灵云起落入天津。

288 三骏图之一

汗血方兴六月边，眠龙未瞩宋四家。
临安草木暮朝华。海内小康康不久，
朝中遂寝少安嘉。私云白马在天涯。

289 南村辍耕录

孟頫龙眠半马神，韩干已得自由身。
唐家缇布是丰津。故土元人思汗血，
中原宝气泽胡巾。形根物态是周秦。

290 三骏图之一

北宋东坡几度臣，公堂不问惠州人。
天公应见冠巾。阔步天疆三骏马，
飞云宇上半公麟。长空信步自由身。

291 三骏图之二

八尺龙标一路遥，龙蛟虎豹半云霄。
骄师悍骥走嫖姚。吁世行天经世界，
嘶风劲足逝房妖。途谋独立帝昆瑶。

292 浴马图卷之一

画马临清赵子昂，松龄志异浴辰光。
催生草露晋王堂。黑质白章千甲骨，
龙鬃凤耳万途扬。清身自许帝封疆。

293 浴马图卷之二

一马韩干作画乡，三边日问封疆。
儒风大宛有心肠。遇驹真闻千里步，
知途可济万侯王。汗血周川始秦皇。

294 浴马图卷之三

孟頫鞍马子赵雍，唐风骑士故家封。
长安侠壮少年客。落絮飞花芳树下，
桃花狩猎探行踪。红杉缓步试跻龙。

295 2014年9月25日

百亩荒原一马声，三林碧叶半溪城。
河川处处草新荣。足踏东西南北路，
飞天上下宇云盟。山山水水历平生。

296 2014年9月26日

宋宋唐唐一马风，肥肥瘦瘦半文中。
天天地地几西东。白白粽粽红散色，
行行止止入瑶宫。飞飞落落汉家鸣。

297 人马图轴

父父丹青子子从，今今古古去来踪。
龙龙马马作天容。五百年中相似演，
三千里路几重逢。何如自主自由封。

298 2014年9月28日

翼马优良大宛王，飞腾虎跳帝君王。
扬身骏骨自雄张。万里荒原生汗血，
千年古木化炎凉。东坡一语作牵强。

299 二马图卷

应物韩干一唐唐，肥腴八水半君王。
长安大路四方扬。杜甫微词推宋瘦，
千金骏骨御兴亡。官贪不及富民详。

300 瘦马图轴

瘦马无贪一草乡，肥官自顾半荒唐。
千金骏骨美名扬。虎跳龙腾千里逐，
俯首扬蹄四方强。知途伏枥九州王。

301 2014年9月30日

白玉青骢一古今，胡姬米酒半人心。
长空宇宙几知音。健步东西南北路，
阴晴日月去来寻。飞天自在草原深。

302 仿赵松雪八骏图轴

应物贤才一世昌，周家天子半风光。
渠黄赤骥穆玉堂。盗骊骅骝山子足，
逾轮白义谣耳藏。惊天八骏马名扬。

303 八骏图墨

八骏中州一墨香，三原大宛半驰张。
行飞动静首蹄扬。骏骨丰姿唐汗血，
静静态态任精良。人间古今对炎黄。

304 天闲神骏图卷
翼马钱沣一正人，平生酷浩作直臣。
和珅耽酒赐冠巾。八骏龙城秦穆主，
翻天绝地度红尘。禽飞万里逾辉勤。

305 2014年10月3日
赵影奔霄腾雾频，毛光色炳耀江津。
飞空挟翼作知亲。一路天闲君自领，
三光草木马人新。钱沣自此至直真。

306 马诗二十三首
竹木七贤人，周王八骏臣。
驱车从御道，觅凤瞩嘶频。
赤骥逾轮色，渠黄白义神。
骅骝行缘耳，盗骊山子循。

307 五马图卷
牧苑公麟五马图，韦偃唐风一神胡。
苍天大宛半京都。顾顾嘶嘶孤去往，
头头尾尾独江湖。声声步步共前途。

308 五马图卷之凤头骢
五马图中一阵风，千章日上凤头骢。
鲜卑晋土自由衷。素雪梅花斑点旺，
红鬃玉目望西东。胡人曲舞醉姬中。

309 五马图卷之好头赤
五马争光一世雄，好头赤素四蹄风。
天山有路自由衷。日月千年龙虎色，
江河万里问鸣虫。分鬃瞩目作飞鸿。

310 五马图卷之照夜白
五马雄姿一玉龙，温和静丽色毛封。
胡人自得贡尊客。照夜白明无朵色，
黑蹄雪般似芙蓉。天闲路上有行踪。

311 五马图卷之锦膊骢
五马公麟锦膊骢，三朝贡宋近人虫。
身高八尺虎龙雄。骏足行天鸣领袖，
东华门外豹章风。何须凤尾扫苍穹。

312 五马图卷之满川花
八骏三唐八日斜，公麟五马满川花。
丹青落下伯时家。错愕天然忧患去，

彷徨吊影沛余华。庭坚数笔过山崖。

313 2014年10月11日
半在南朝半马田，一生御马一生研。
轩冠五马伯时年。记许黄庭坚手笔，
临安贡院不儒泉。空知日月向天悬。

314 韩幹马十四匹
一马当先万马腾，千山伯乐一山轻。
鬃鬃尾尾各嘶鸣。不守奚官闻所以，
双交颈首逐京城。东坡笔下可倾城。

315 三骏图卷之一
马马人人迤逦行，风风雨雨去来生。
千千万万路途情。浩浩清身如素许，
鬃毛皆白作方明。胡天大宛有人情。

316 三骏图卷之二
白马青骢黑尾鬃，四蹄慎举彩斑容。
精研色丽贡朝封。温温顺顺祥态瑞，
飞飞落落作齐龙。云天道路自当踪。

317 拂郎国贡马图卷
世上人间一马闻，途中雨露半臣君。
文文武武几时分。伯乐心知千里足，
秦川可问万家云。唐时独驾汉时群。

318 王济观马图卷
善解人心马性亲，鄱泥不去杜江津。
徽宗赵佶惜无真。莫以晋人王济癖，
留当赤骥作前身。秦川养马是川秦。

319 伯乐相马图轴
八骏欣逢伯乐鸣，三声应得穆公情。
王良简子御生平。傲骨良才机意取，
飞天主地自纵横。人生世上任嘶荣。

320 2014年10月26日
十骏图中一马鸣，三朝殿上半人声。
赤花鹰落霹雳情。雪点雕龙红玉座，
乾隆画院骥骝生。宝吉自在铁吉城。

321 十骏图之一
十骏乾隆郎世宁，三边满汉作清廷。

千姿画马休丹青。大宛天闲荒草地，
云中彩丽著神灵。人情泽济付人心。

322 十骏图之二
牧马郊原万原声，西洋教士一明清。
三朝画艺半平生。翼骏康雍乾供奉，
空前继后领途行。青青白白付人情。

323 十骏图之三
浅浅深深赤骥身，红红墨墨逾轮秦。
洋洋土土马图人。世宁启蒙自在骢，
西方汉土各风尘。精工巧艺共天津。

324 十骏图之四
乾隆十骏万吉霜，二月虎骝霹雳骧。
雪点雕闻狮子玉，奔雷骢色飞天翔。
尔云驶过英骥子，自在骟边容主疆。
翰林院士由张照，驰花鹰卧待云扬。

325 十骏图之五
阚虎骝飞大宛无，良吉黄种锦云骓。
佶闲镏铁胜宫回。古木逢春红玉座，
宝吉如意驯斑马。启蒙大宛马云催。

326 十骏图之六
紫禁城中雪点雕，瑶台马上客云霄。
洁身自好路遥遥。狮子玉毛毫素色，
赤花英翼沐红朝。长河白冰上春娇。

327 霹雳骧
赤首青纯白玉梅，雄骧霹雳锦云骓。
胡姬劝酒马中催。俯仰长天飞跃去，
姿身皓洁素明回。摇头摆尾待人垂。

328 雪点雕
十骏天宫雪点雕，千飞日月御天遥。
排云直上碧空霄。信步佶闲骝马色，
乾隆范本赏臣朝。原来汗血作风标。

329 奔霄骢
白马黑蹄胜吉骢，奔霄玉体驭由衷。
飞天共话上苍穹。未语排空鸣宇地，
方成浩洁霸王风。纯身一语入深宫。

330 赤花鹰

驯吉骝声墨色凝,排云翼马赤花鹰。
启蒙八骏至诚兴。画笔东西南北问,
行身上下去来鹏。乾隆不见十三陵。

331 翻身向天仰射云

一马当先万马群,千军统领半时分。
翻身俯仰射天云。赤骥惊风驰的卢,
渠黄白义问胡裙。知情已是作人君。

332 2014 年 11 月 1 日

一弩弯弓射虎狼,三边古月问君王。
千军万马一将扬。天水思源谁李广,
秦川问驭向周汤。穆公几度话炎凉。

333 少年行

西安一语少年行,大宛三声白马鸣。
汗血封疆沙场箭,旌旗帜树帝京城。

334 彩绘射姿俑

白羽弯弓白马行,红旗阔展树红缨。
封疆首吏骏天盟。不问凉州天水岸,
何知李广射燕名。英雄但作去来英。

335 射猎图画像砖

魏晋河西半马城,弓刀射猎一精英。
如飞驰骋骏身明。万里荒原花草地,
千年古木去来荣。人间自在是纵横。

336 2014 年 11 月 6 日

一马平川一马鸣,三原草木九州平。
阴山敕勒牧人情。北魏林峰多鸟兽,
长安塔院少枯荣。人间不问五陵城。

337 2014 年 11 月 7 日

纵骥争光狩猎雄,秦时逐骏汉时弓。
文攻武卫作朝衷。白马青衣章怀子,
花鹰霹雳己齐同。归来叹息望飞鸿。

338 2014 年 11 月 8 日

一马穿林万马行,三人问路百人情。
人间自古道中明。六骏秦王飒露紫,
青雅逐鹿白蹄荣。贞观治要得生平。

339 三彩猎骑俑

月下一弯弓,云中半射宫。
人前知世界,马上逐英雄。
草落飞鹰俯,蹄轻日月后。
还归雕尽处,玉色自由衷。

340 杂曲歌辞

半向清河问五城,三生箭马立千名。
天闲六骏飞鞯色,独傅寒云一雨声。

341 打球篇

宝杖雕文七彩球,云台挂月半春秋。
当家窦子三堂主,梁冀蹴鞠一封侯。
意气平生风缘骥,红蓼共道马人游。
长鸣自有非沙场,芜室何归一赤骝。

342 打马球图壁画

一镜唐家打马球,三边武士过神州。
胡人教化女儿颐。源自波斯西域外,
含元殿外帝王侯。长安八水几回流。

343 2014 年 11 月 18 日

一马飞来一马球,半朝武士半朝羞。
长城异域几人忧。不似封疆驰骋去,
何求日月十三州。丰姿骥上作春秋。

344 2014 年 11 月 19 日

弯凤分厢锦绣衣,龙仍虎骤去来飞。
朝庭供奉马球妃。殿场骅骝瘠不止,
春晖草碧玉心扉。几无落日几无归。

345 2014 年 11 月 20 日

嗣虢土公马球王,临淄逐骥骋三郎。
联珠和曦作胡唐。吐蕃金城公主嫁,
骅骝赤鬼竟飞扬。原来马上李邕长。

346 宫中行乐词

仕女男儿一马球,龙飞虎跃十三州。
何须比自帝王侯。素玉轻妆藏不住,
南薰殿外掩红楼。花香雨露未央羞。

347 白马篇

一寺自当天,千呼问客年。
天竺知白马,渡口佛家船。
洛水清波色,陈王玉枕悬。
谁闻三国去,但得洛神边。

348 马上杂耍画像石

翼马飞人杂耍处,宫庭马戏客倾城。
民间百业一流生。如今秦皇陵石俑,
猖狂竟业百姿明。英雄本色几嘶鸣。

349 白马舞泥俑

白马人间社火情,隋唐乐府客家声。
行衣缘侠得殊荣。域外封疆何不得,
春风不到酒泉城。弯弓射虎过幽盟。

350 便桥会盟图卷之一

半舞荒沙半舞晴,一旗仆展一旗横。
秦王不止李周名。马上江山辽东过,
便桥日月会盟生。精娴牧主正平赢。

351 便桥会盟图卷之二

马戏军中一艺生,飞将阵外半争荣。
沙尘未免几征程。翼骏单于千里路,
风云逐鹿万家情。鲜卑晋陕作月鸣。

352 便桥会盟图卷之三

白马藏矫赤骥鸣,渠黄逐阵逾骝赢。
便桥泽艺会时盟。鸥子翻身穿上下,
摇旗呐喊势兵营。飞天跃地作精英。

353 便桥会盟图卷之四

马马飞扬虎虎生,龙龙潜跃戏居情。
人人骥骥互平生。汉汉胡胡朋友致,
便桥汉血会君盟。天天地地皆风情。

354 磁州窑马戏图瓷枕

马戏班中半主人,飞天摸地自由身。
陈王枕上有和亲。北宋磁州窑星色,
天工致巧化三秦。人间一半各春秋。

355 磁州窑马戏图瓷枕之二

读历前人读后人,诗词曲画作文津。
书生达礼自冠巾。古古今今何所以,
来来去去客家身。兢兢业业作师尊。

356 出猎

垓下楚王宫，长安汉帝雄。
凌烟图不尽，落草五陵空。
三驱陈饶马，七萃世民翁。
一剑惊玄武，千兵解弟兄。
十八儿女红，长生殿外衷。
人生成败处，塞北不归鸿。
洛水陈王楚，楼船汉武风。
如今何所问，世列几殊同。

357 2014年12月1日

洛邑三春问念奴，婵娟一色满皇都。
八水长安半江苏。马上承明天晓路，
宫中间漏有如无。诗词五万见东吴。

358 彩绘御手俑

天水千年间废兴，秦川百里始皇陵。
周家养牧穆公丞。六国宫梁兵马俑，
焚书不尽李斯膺。长安至今未央灯。

359 彩绘马车纹镜

六骏昂昂一阵风，三边处处四花红。
君王猎于竞长空。谒见优游相晤会，
奋蹄振翼互英雄。江山马上自由衷。

360 2014年12月3日

一石千年一马风，三年百岁半西东。
秦皇汉武老书翁。六骏行车临竟逐，
扬鬃顿足自飞雄。归来伏枥奋蹄同。

361 2014年12月4日

足踏飞天一语盟，龙蟠雀婉汉家情。
张衡天马赋东京。一嘶扬蹄长啸去，
双轮逐散短声鸣。雕弓羽翁作纵横。

362 列女图卷

伯玉移车作步行，灵公阙砥问贤明。
夫人马上已知情。列女凭心由善解，
男儿任性作王城。书生一世作精英。

363 洛神赋图卷

驷马高车帝子声，怀思缅甸故锦英。
粼粼洛水自生情。羽扇停扬长叹息，

流连忘返念红盟。凌波色艳见时晴。

364 门有车马客行

蜀蜀秦秦剑玉明，车车马马客尘生。
胡胡汉汉几人情。翠明金鞍天水岸，
云霄紫绶百战城。风沙草莽有纵横。

365 仪仗图壁画

太子身名几度成，周家御驾女人荣。
隋唐演义是何萌。车马仪仗天赐予，
深宫腐瓮误书生。皇朝不忘旧陵荣。

366 2014年12月9日

雉尾哀中障扇明，殊荣懿德死还生。
深宫甬道阙楼情。号墓为陵天子在，
仪仪仗仗难平。唯闻白马自嘶鸣。

367 洛神赋全图卷

玉影凌波一洛神，归东揽日半天津。
绯辔抗策怀心贞。驷马陈王妃不语，
绵长取意作辛勤。盘桓落甲误恣生。

368 2014年12月11日

卤簿妃王一后宫，车辔玉辂半雕鸣。
扬扬洒洒落天衷。白雪清音朝凤入，
威仪拱卫泰姿明。淑真驷马女儿红。

369 2014年12月12日

四牡皇皇一道华，千贤达达半王家。
殷周小雅颂朝霞。路口途途求岩喝，
车车马马访君衙。赤心胜似牡丹花。

370 2014年12月13日

四马驾车一故家，三边土地半天涯。
思乡意满采薇花。雨雪霏霏何处望，
成成败败几声哗。齐驱并驾问风沙。

371 天马歌

虎翼龙文一骏骢，金鞍白马半雕弓。
鸣入哺秩自由衷。逸气天衢飞玉络，
回头紫禁对长空。皇都月照明御边红。

372 兽面纹马冠

白马琳琅天目明，青铜饰表向玉情。

商周汗血向秦生。夏下繁繁天子位，
候候帝帝御中横。飞驰四野故纵横。

373 鎏金当卢

衡挖精工半错胡，夔龙饰马一当卢。
鎏金骏具月题孤。帝帝王王成府佩，
秦秦汉汉问扶苏。人人度量是京都。

374 虢国夫人游春图

虢国夫人一马春，芙蓉出水半天津。
红红绿绿百风尘。玉蹬金辔飞腾路，
蛮车骊骏凤辇秦。羞羞答答卸冠巾。

375 鎏金马蹬

上马倾城下马春，行身素玉容身秦。
回头净面是红尘。但得华清池水暖，
长生殿里有天津。人间几度寿王臣。

376 凤纹银鞍具

凤凤凰凰一契丹，光光闪闪半金鞍。
龙龙马马几盘桓。塞塞辽辽何日月，
游游牧牧向云端。花花草草自然宽。

377 三彩马

杏叶鎏金三彩明，攀胸玉带一鞘荣。
青骢赤骏百嘶鸣。逐鹿中原荒草地，
珍禽异兽虎龙情。只见白马寺边盟。

378 天马赋

福瑞祥吉一马城，奔波腾跃半殊荣。
江山日月百心情。宁寿宫中丹陛贝，
太和殿上驻飞鸣。文华盏碟度纵横。

379 2014年12月22日

海马龙宫白马城，飞天应物载枯荣。
知途主路客声鸣。鹤舞云浮天地厚，
排空独立自生平。便桥不忘会盟情。

380 石雕海马

海马成龙逸水闸，浮雕化羽问天微。
来来去去是回归。助浪推风扬首路，
排云驾雾四踏飞。凌波步足满光辉。

381 琉璃天马
五百年华一马鸣，三千子弟半平生。
飞天扑地作欢腾。斗角琉璃天骏亙，
勾心玉石地诚城，人间汗血不留名。

382 康熙款三彩海马碗
海马龙身四海行，天章玉质一天生。
排风逐浪几潮平。但得青花瓷上彩，
还闻大宛去来声。秦时汉血宋时盟。

383 石雕天马
紫禁城中紫禁城，皇极殿上上皇名。
清廷自此入清明。守寿乾隆天马坐，
浮雕刻意骏繁荣。旗人尚此角争鸣。

384 2014 年 12 月 27 日
海马琉璃御角荣，飞煌泽地客平生。
清宫秘史几如明。天马行空千里骏，
慈宁御道一途情。乾瓷脊兽各倾城。

385 2014 年 12 月 28 日
大宛秦川半路明，横空出世一精英。
飞与足履九州鸣。汉汉周周唐宋客，
江山草木各人情。兴亡天下匹夫行。

386 掐丝珐琅海马纹龙耳洗
海马龙纹洗耳城，珐琅玉璧路波行。
行空俯仰自飞鸣。自古如今三足鼎，
知途伏枥四蹄盟。西东翼骏任枯荣。

387 2014 年 2 月 3 日
一马当先万里天，三边立主半生年。
千家自此几度妍。足踏江山南北客，
心行日月去来田。临安度日自力圆。

388 为君一日行千里
十日为君万里行，一生虎天百年荣。
宗周礼乐自纵横。马佑嬴唐飞宇宙，
排空汉晋客齐名。隋唐宋蒙泽明清。

389 为君一日行千里之二
神骏西来一阵风，飞天汗血半排空。
唐家翼马锦衣红。大宛秦唐辽土地，
长城内外谕翟翁。殊途万里自归衷。

390 为君一日行千里之三
牧马荒原绿草边，奚官放逐始秦川。
唐人百骏古今传。北宋公麟天子画，
元家浴沐作桑田。洋人图中别闻天。

391 为君一日行千里之四
盛世豪情一马鸣，呼儿美酒半书生。
胡姬劝舞草原情。李白青莲捞月醉，
芙蓉醒后不知生。上阳台上自留名。

392 为君一日行千里之五
上巳寻青一马香，踏花仕女当红妆。
游春虢国素颜娘。自变衣冠胡酒色，
秦萧弄玉凤求凰。风云路上好风光。

393 为君一日行千里之六
一马红尘半荔枝，三生玉笑九州迟。
清平乐里女人知。醉上芙蓉天子树，
潼关不守蜀铃词。长生殿里月明时。

394 为君一日行千里之七
莫问三郎半玉贞，芙蓉一色九天珍。
人间一笑入红尘。白马明皇天子路，
玄宗自以贵妃身。淋铃蜀雨以情津。

395 为君一日行千里之八
李广难封射虎歌，安来壮士挽天河。
秦皇汉武几将多。英雄不以霍去病，
昭陵六骏玉青娥。白蹄露紫拳毛和。

396 为君一日行千里之九
任子三生塞外寒，昭君绿野故云端。
凭君一马报平安。单闻单于千里还，
还闻汉女百年桓。琵琶声里玉心宽。

397 为君一日行千里之十
韩干丹青不语诗，秦时白马汉时奇。
公麟韦偃牧原知。晋宋苏轼三骏赋，
铜声傲骨向天嘶。龙眠驷翼骥途词。

398 为君一日行千里之十一
八骏飞空向穆王，优良马骧问天荒。
龙眠虎跃自无疆。伯乐相交王济识，
云闲日上翼风光。钱泮笔下谏臣扬。

399 为君一日行千里之十二
俯仰飞天白马昂，唐辽戏逐小球黄。
翻身射虎帝王疆。虢国夫人游御色，
春风浩荡不羞妆。秦家有色女儿乡。

400 为君一日行千里之十三
车马粼粼似有无，鞨金络月照皇都。
雕鞍宝骥玉华苏。紫禁天街千里足，
神荣献瑞一扶疏。山长水远向匈奴。

401 2014 年 11 月 11 日
走马一少年，朝阳半日天。
弯弓雕已落，举箭稚声翻。
雪点花川色，秦王照夜光。
温侯惊赤兔，破镜始重圆。

402 唐彩绘骑马架鹞狩猎俑
素练一苍鹰，风霜半玉凝。
胡姬纵白马，汗血化冰封。
骏上轻身竟，云中自在承。
平笼分碧色，辗转作人兴。

403 射猎纹银镜背西安博物馆藏
一箭射苍空，三弓力未穷。
千军求一将，万马逐英雄。
晓日弯刀乾，晴云逐鹿风。
琵琶声不止，塞北客归鸿。

404 唐胡人骑马斗豹俑
丰豹一幽州，姬胡半上流。
花中成世界，草下问春秋。
瞩目行空色，回身策马游。
渠黄身未尽，不向帝王侯。

405 唐鎏金仕女狩猎纹八瓣银杯
半向清河向五城，三生箭马立千名。
天闲六骏飞鞚色，独得寒云一两声。

十五、岁月笔记

从维熙　中国社会出版社　2013年7月出版

1 忆故土
三春草木生，一岁一枯荣。
九脉知杨柳，千家问弟兄。
浑江山水色，五女去来城。
读遍成林木，乡心作旧盟。

2 人生是一部书
日日读人生，时时间不平
年年辛苦致，岁岁去来明。
北北南南客，圆圆缺缺城。
耕耘多少力，笔墨古今情。

3 忆念
伴随声鸣半岁红，一年初始一年终。
三更灯竹千家祝，百度南阳万里风，
非草木，是飞鸿，鲲鹏展翅竞苍空。
何须鸟雀庭前逐，只以人心济世雄。

4 又
暮暮朝朝半始终，南南北北一西东。
兴兴废废隋唐宋，去去来来鸟雀鸿。
青少小，老人翁。三千日月是儿童。
平生足迹寻天下，历练身心问不穷。

5 薛丁山
罗通扫北作精英，士子从名自纵横。
此去王敖冰雪厉，丁山朔漠锁阳城。
西凉暗器争先后，御驾长安将帅兵。
好汉江湖多闯荡，英雄自古少年行。

6 之二
福将当然鲁国公，成全心智慧根同。
千思一解殊途论，万鼓三通是始终。

7 之三
一处昆仑万仞山，三边自守玉门关。
楼兰已去交河暮，逐鹿中原十八湾。

8 西凉
罗通扫北一英雄，李治征西半始终。
百姓黎民非有欲，男儿本色自无穷。
丁山不去梨花在，武后唐城籍草虫。
一往江山从主意，三生世界客由衷。

9 悟
风尘仆仆问西凉，日色修修种柳杨。
处处盘门心不锁，茫茫古道结丁香。

10 宿中槟榔来
垂垂硕果满槟榔，束束红城子粒昂。
日照南阳朝暮色，云烟木槿梦黄粱。

11 家
西关五队一农家，子女三春五月花。
父母慈恩成孝泽，夫贤妇顺是中华。
门前果树葡萄架，雨后山光浴彩霞。
垒石成墙桃李杏，秋收万石菜豆瓜。

12 桓仁忆西关五队
丁山一士半梨花，武后三朝两世家。
少壮恩媛思不尽，南阳木槿满天涯。

13 姑苏
洞庭山，五湖水，
碧螺春，小家碧玉，小桥流水。
洞庭山上碧螺春，二月云中玉色人。
欲采旗枪尖尖未许，虎丘泉水展茗新。
姑苏木棱西施容，吴越江湖作秦晋。
家家韵韵小桥外，烟烟雨雨入天津。

14 薛丁山
征东扫北复征西，仁贵罗通李治霓。
阵上丁山千岁语，程家福将万人齐。

15 诉衷情
姑苏不可诉衷情，一半是阴晴。
人间一半云雨，一半小船横。
烟七里，月千明，夜无声。
小桥流水，碧玉轻鸣，一半倾城。

16 窗含玉树条
槟榔百串半红黄，玉叶千条一树杨。
渡口南洋云西岸，珍珠硕果几人尝。

17 之二
一叶槟榔二百身，三青老树半千新。
南洋雨后枝枝碧，脉脉窗前色未匀。

18 之三
一过龙门万里行，三生北海半千情。
南洋处处银行岸，木槿红红事业成。

19 祝东山
龙门一跃万千荣，上阵还须五弟兄。
取得爷娘三界助，平生业绩一资成。

20 南洋
切莫闲听骤雨声，倾伏滚动太无情。
南洋四季同时令，木槿红颜国色名。

21 又
南洋四季不分明，一日时时骤雨晴。
木槿红红之国色，槟榔处处叶条荣。

22 浣溪沙

几度南洋几度家，一枝木槿一枝花。
朝朝暮暮半天涯。处处乡心多少问，
槟榔树叶去来斜。原知沧海浪淘沙。

23 又

处处南洋见玉花，槟榔树叶作窗纱。
一枝起伏一枝斜。累累沉沉成万果，
直直立立故人家。徘徊良久有参差。

24 又

雨雨云云一瞬哗，年年日日半香花。
南洋岁岁令时差。木槿红黄成国色，
朝开著谢客人家。寻来碧叶贴窗纱。

25 又

一木成林十木花，千根古树万根斜。
交交织织半天涯。雨雨云云多少岁，
天天地地去来家。思乡处处著新芽。

26 忆江南

洞庭岸，小叶碧螺春。
卷卷黄蓉毛色许，尖尖曲曲问红尘。
一半作家珍。

27 又

姑苏客，一半上洞庭。
一半盘门桥上望，江湖一半是浮萍。
一半是丹青。

28 槟榔籽粒绿黄红

百粒槟榔一粒城，半年老树半年生。
裁枝剪叶窈窕果，垒穗怀春结子情。
又：窗外槟榔入室中，裁枝剪叶误抬风。
红颜硕果方成就，素玉重萌百子宫。

29 又

敲敲点点问南窗，雨雨云云向国邦。
木槿南洋三界独，槟榔扇叶百成双。
丛林碧海天涯客，曲曲弯弯一大江。
梦想年青千万事，心思旧绪万千桩。

30 丛林满南洋

摇摇摆摆半南洋，扭扭捏捏一玉娘。
白白黑黑黄面孔，来来去去度苍桑。

31 又

三年不见一青黄，百岁还闻半故乡。
古古今今诗五万，朝朝暮暮度炎凉。

32 上官婉儿

宫中武后一昭容，殿下魁元半御封。
之问秦袍全期误，石榴群里是龙踪。

33

海阔任游鱼，天空纵鸟飞。
山林凭石木，水国逐波余。

34 砺

阴晴日月移，草木暮朝姿。
道路何天下，行成自己知。
兴衰先后客，老少古今诗。
去去来来问，人人处处思。

35 星洲日报：大唐李白

秦王文学馆
房玄龄、杜如晦、姚思廉、陆德明、孔颖达、
虞世南、苏勖等
高祖弘文馆
虞世南、姚思廉、欧阳询、蔡允恭、萧
德言等
房谋杜断一思廉，颖达德明半顶尖。
苏勖世南蝉允恭，欧阳笔正德言谦。

36 莲花

藕断丝连几孔伞，莲心苦仔半方圆。
流姿素影三千界，出水芙蓉一玉妍。

37 诉衷情

平生一半诉衷情，一半自枯荣。
南洋雨里云里，一半是阴晴。
四首见，问前程，论纵横。
东西南北，日月耕耘，来去分明。

38 诉衷肠

槟榔一半入云霄，一半自飘摇。
年年一半花果，一半百枝条。
云洒洒，雨潇潇，路遥遥。
去来朝暮，一海风波，半海天潮。

39 又

槟榔碧叶玉条条，簌簌向窗摇。
南洋雨里云里，一半涌心潮。
诗五万，以心雕，任情廖。
此生何问，七十天山，老在春桥。

40 摊破浣溪沙

雨雨云云日月光，空空阔阔去来芒。
暮暮朝朝似如此，自无疆。
木槿红颜成国色，丛林处处野花香。
海海天天千万里，一南洋。

41 又

一日心平一日肠，半生竹简半生王。
去去来来问南北，作黄粱。
苦读诗书依旧是，成林古木满花香。
暮暮朝朝寻自己，自炎凉。

42 又

一度书生一度妆，半天苦读半天翔。
五万诗词去来著，主隋唐。
自比乾隆三四万，中华故国又南洋。
百岁耕耘依旧是，客家乡。

43 又

此去南洋半故乡，槟榔扇叶一书房。
扭扭捏捏拜大地，向萧郎。
彼此人间云雨话，风花雪月老人肠。
古木成林花草色，少年肠。

44 摊破浣溪沙 刘禹锡

一寺桃花一寺墙，半生道士半生王。
十载江山不依归，问刘郎。
去去来来分外是，成成败败莫牵强。
草草花花相伴侣，度炎凉。

45 又

十里荷风百里香，一湖醉月五湖扬。
半水粼波逐云雾，满钱塘。
不可盘问桥上锁，三桥玉带色中藏。
汴水苏杭今古见，是天堂。

46 某公司抢占ADID亚洲发展投资银行

百色风云百色残，一心抢占一心端。
功成业就须奴奈，霸取豪夺历必寒。
四载辛辛劳苦力，半年处处挽狂澜。
如斯大任银行客，格律诗词著杏坛。

47 浣溪沙

一岸阳光半鱼塘，河边不见放牛郎。
沐后织女觅衣裳。窥视人间风景异，
春情世上不张扬。无心此去有心肠。

48 摊破浣溪沙

此水难平彼水荒。江流此去入同乡。
渡口行舟竹枝唱，是萧娘。
两岸桃花吴楚色，三生岁月五湖扬。
织女天边歌一曲，对刘郎。

49 浣溪沙

万里南洋半故乡。油棕百亩一槟榔。
疾风骤雨几衷肠。去去来来云起落，
朝朝暮暮色花扬。成成就就客黄粱。

50 浣溪沙又

一曲人生一曲肠，半家灯火半家乡。
空空色色几炎凉。木木林林天地上，
花花草草去来忙。年年岁岁玉壶香。

51 司马迁

悲悲喜喜任安田，雾雾云云司马迁。
露露盘盘何哉物，忧忧患患几丹仙。
郭穰汉武抄书客，竹简云章史记传。
李广无须飞将立，文文正正杜周忘。

52 之二

曲曲直直一史田，成成败败半方圆。
家家国国量朝暮，是是非非度岁年。

辱辱荣荣天地客，轻轻重重去来缘。
功功过过乾坤注，缺缺全全日月悬。

53 之三

洱海汇千河，苍山问九歌。
春秋知孔子，日月待甘罗。
汉武成天命，长安化六合。
方圆云雨济，醒醉谢娘娥。

54 之四

特使苍山司马迁，丹炉汉武炼丹仙。
承盘露水今何见，史记春秋古道研。
大理云南天地色，寒宫洱海去来年。
孤身作业三生路，独木成林百岁田。

55 之五

格律诗词五万首，耕耘日月一生情。
时时处处一雷声，去去来来半自荣。
独木成林云雨色，孤情问世朝暮明。
春秋战国儒家序，史记周秦道佛萌。
自汉隋唐闻水调，长城内外咏阴晴。

56 之六

尺短寸扬长，天高地载荒，
台中铜雀问，世上几圆方。
轻舟一叶问汨罗，司马千生向九歌。
楚令郭穰三间岸，湘江客史子常磨。

57 之七

不断春秋太史公，龙门已度故天空。
风云变化成千古，日月阴晴化万风。
尺短千思长策客，孤军一战李陵雄。
书生十载何言论，老汉百年自在衷。

58 举案齐眉

举案齐眉一孟光，梁鸿济世半炎凉。
文章已见知书客，日月方长著草堂。

59 司马迁

三军一李陵，半必两云鹰。
日日成君子，三河结玉冰。
飞将天水岸，本纪纳苍凝。
史记春秋笔，当何问寺僧。

60 之二

阴山不见故将军，射虎幽州作史群。
司马子常苏武岁，刘邦项羽汉楚闻。
郭穰书妹杜周齿，富贵荣华寸尺分。
陌巷阡途何李绪，深宫武帝可纷纭。

61 李陵

百度经论司马迁，三呼太史作人田。
宫刑不减精英气，日月当成竹简园。
世态炎凉天地路，人情冷暖去来年。
苍生存继文章绪，立世孤名作杜鹃。

62 又

一半相同半不同，三思未必两思穷。
千辛莫以心居处，万苦成因志者雄。

63 司马迁

生生死死一宫刑，是是非非半渭泾。
节节名名何独秀，邪邪正正几心灵。
杜周辱士任安忍，太史泪罗楚客铭。
汉武秦皇兴废尽，春秋史记作丹青。

64 又

上忍当然不忍情，生中未必一求生。
居心自是纵横处，此道非如彼道成。
汉武杜周奸政论，相如司马客枚乘。
春秋史记千文藻，只作诗词五万明。

65 司马迁

百岁一春秋，三生半九流。
朝符今犹在，过眼武阳侯。
上忍成雄道，高行万里谋。
泪罗成就客，司马作观楼。

66 又

上忍一光生，中庸万世明。
男儿身是客，司马士枯荣。
史记周秦汉，春秋战国城。
英雄三界外，古道关阴晴。
诗词音韵律，五万一孤盟。

67 司马迁

在读先生司马迁，汨罗五月九歌悬。

江山汉武何成败，日月耕耘七尺田。
五万诗词来去客，三生史记世如年。
列国春秋朝暮尽，只作书生草木泉。

68 郭穰
无力回天不自怜，师生昭令作留传。
春秋史记群雄事，李陵匈奴仲子烟。
大业何成天下路，人生苦短志良泉。
如烟日没三军士，著作文章十代贤。

69 之二
郭穰用意苦因盟，守简君心史记成。
志节师生天下路，还书司马著书名。
三闾独树泪罗赋，汉武孤王饮露行。
一半精英分一半，中书仲子李陵情。

70 汉武
草创难成一世英，屈身荣辱半重情。
春秋史记千年短，独断专行万古名。
罪己诏书修养息，兴兵黩武立功名。
江山社稷王侯事，日月桑田子女生。

71 司马迁
平生日月一山河，历史风云半九歌。
司马中书成败令，耕耘尺寸可蹉跎。
精英慧底知深厚，壮士明踪问少多。
处世难同寻自主，人心与济共嫦娥。

72
一羽鸿毛一泰山，半生日月半生艰。
耕耘自付耕耘力，史记春秋作客颜。

73 汉武
削藩自立一朝班，野火三春半壁颜。
汉武千年文景治，梁王十地玉门关。
匈奴彼计流民策，窦氏宫深隐政奸。
北海承修非雨水，昆仑列制是天山。

74 兵法上屋抽梯
庞涓鬼谷一羊容，上屋孙膑半魏情。
抽梯兵家无退路，登楼未寄借平生。

75 景帝
周家一亚夫，汉帝半屠苏。
晁错削藩策，和亲待御奴。
江山同九脉，日月共三吴。
社稷何千载，生民自五湖。

76 口令
云云雾雾半阴晴，雨雨风风一纵横。
木木林林知日月，山山水水有枯荣。
明明暗暗乾坤影，密密疏疏彼此情。
草草花花成世界，虫虫鸟鸟作乡城。

77 口令
长长短短一桑田，度度量量半渡船。
尺尺寻寻千道路，前前后后万云烟。
分分合合相思梦，曲曲弯弯草木泉。
岁岁年年同日月，圆圆缺缺共婵娟。

78 口令
方方正正一郭城，外外中中半客声。
毗毗邻邻勾斗角，家家户户问阴晴。
南南北北条条路，陌陌阡阡切切情。
柳柳杨杨云水岸，荣荣辱辱自无惊。

79 口令
条条理理一分明，节节枝枝半雨声。
春春夏夏争日月，短短长长自难平。
成成长长无休止，俯俯昂昂自主荣。
独独群群凭树木，开开放放任衷情。

80 口令
村村野野半心声，旷旷无无一色荣。
屹屹直直成壁垒，流流曲曲自难平。
风风雨雨由天地，丈丈大大任纵横。
起起伏伏何世界，儿儿女女是人生。

81 口令
书书卷卷一心中，隐隐明明半世雄。
独独孤由日月，先先后后自西东。
成成败败何南北，古古今今草木穷。
利利名名成腐朽，生生死死作雕虫。

82 口令
千千万万半诗翁，岁岁年年一日同。
仄仄平平平仄仄，词词赋赋过西东。
秦皇汉武长城战，响马隋炀汴水荣。
史记唐书凭传略，春秋论语作鸣虫。

83 口令
稀稀落落半西关，淡淡明明一月湾。
草草虫虫争互问，川川谷谷让相闲。
乡乡土土情味重，子子孙孙主玉环。
始始终终循彼此，儿儿女女列家班。

84 口令
老老平平百岁翁，缝缝补补半家衷。
粮粮菜菜田禾种，夏夏秋秋主始终。
草草茅茅房屋建，爷爷奶奶爹娘虫。
寒寒暖暖浑江水，雪雪冰冰五女红。

85 口令
弟弟兄兄一妹情，家家社社半精英。
贤贤顺顺知儿女，孝孝慈慈文子荣。
暮暮朝朝阡陌力，文文字字见书生。
诗诗赋赋词吟诵，雨雨云云草自萌。

86 口令
播播种种一人生，苦苦辛辛半世明。
陌陌阡阡园十亩，蔬蔬果果土千情。
勤勤俭俭中农力，日日耘耘少小成。
年年岁岁凭自主，晴晴朗朗任枯荣。

87 口令
平平淡淡半无平，欲欲情情一味生。
色色空空多少卦，化化果果几阴晴。
行行止止前程路，诵诵吟吟日月情。
赋赋诗诗词五万，今今古古话三明。

88 马六甲
郑和下西洋，南潮逐浪荒。
明朝朱棣使，历事作君堂。

89 北京—基隆坡 世界里程记录
桓仁西关老三
五年来，创办亚洲发展投资银行，四十

次往返北京—吉隆坡，每次往返一万公里。百万里，绕地球十周有余也。
五年百万里行程，七十南洋日月明。
木槿红花成国色，桓仁五女已倾城。

90 桓仁西关

南洋不在一天边，北国同名半月弦。
五女山头横玉枕，浑江水色共乡泉。
飞机万里行朝暮，四海千山问去年。
碧叶重重成世界，丛林处处是方圆。

91 南洋

雨雨云云一阵风，花花草草半无同。
天天地地丛林碧，海海洋洋玉浪空。

92 之二

雨落半云烟，珠流一叶田。
丛林多少色，碧玉去来妍。

93 闻布谷

雨后正抽芽，云中欲结瓜。
春来三粒子，暮去半人家。

94 古今诗自嘲

加加减减一衣难，夏夏秋秋半草坛。
去去来来耕日月，天天地地向心宽。
朝朝暮暮凭知觉，止止行行任可观。
处处年年随自在，成成就就几盘桓。

95 之二

水水山山半亩田，年年日日十分缘。
声声寂寂求知处，古古今今垒积泉。
苦苦辛辛成万历，寻寻觅觅作方圆。
耕耕织织三心力，始始终终一指禅。

96 之三

多多少少一人知，处处时时半玉枝。
寂寂鸣鸣来去问，先先后后古今诗。
开开创创何成就，守守攻攻任界旗。
一一园园凭主意，千千万万是无迟。

97 马来西亚

骤雨南洋一阵风，天香木槿半颜红。
千洲国色东西岸，十省春秋有无中。

98 之二

槟榔骤雨一云倾，碧玉风烟半叶明。
洩落瑶池天水岸，南洋海浪作欲城。

99 玄宗

秦韩虢国妇人城，玉色平明粉黛更。
不饰肌肤颜色丽，明皇幸蜀太真倾。

100 二月

半露墙边小杏花，三春舍下玉人家。
桃红柳绿成溪去，色满风停细雨斜。

101 古今诗

琴台日月一知音，字句阴晴半古今。
百岁书诗五万，千鳞老树木成林。

102 同里

一日江南一日心，半江渔火半江浔。
三吴玉带三桥度，十里蚕桑十里荫。

103 古今诗

三吴一吴小桥村，九牧千家老树根。
日月耕耘林里木，阴晴著作笔晨昏。

104 淹城春秋

淹城只在太湖边，十里村烟九水田。
一越三吴千碧畦，罗敷挂玉采桑园。
春秋五霸伯淹城，闾间三英子胥英。
勾践充常何越国，夫差太子"纯钩"名。
姑苏一日男儿志，会稽三声秀女行。
不体虎丘孙武在，何当尝胆卧薪盟。

105 江南一梦已三年蚕房

朝朝暮暮付衷肠，去去来来自故妆。
雨雨云云成世界，平平淡淡有茶香。
天天地地谁成败，岁岁年年几度量。
日月编排何草木，乾坤演易是沧桑。

106 吴越

一日下东吴，千流入太湖。
淹城疏渍水，子胥问姑苏。
勾践西施色，范蠡五霸孤。
夫差何不止，阖闾十江都。

107 茶，人在草木之中也

井下细纱流，江中一半求。
初芽泉上煮，老兔玉前浮。
小叶无明展，旗枪挂月钩。
波摇天地岸，水抑去来愁。

108 忆辽东省

一寸心思半故乡，三生日月两衷肠。
辽东已去桓仁在，记取浑江作柳杨。

109 忆辽东省 之二

五女山前半凤城，刘家沟外一人生。
恩媛淑女红楼梦，独自男儿独自行。
月照南关中学校，勤工雪海俭林荣。
兰衣短袄颜如玉，化作人间九脉情。

110 忆张恩媛学友

平生一故家，处事半无暇。
过去三元色，原来二月花。

111 忆张恩媛学友 之二

一日半红楼，三春两地休。
浑江千曲水，进士万泾流。

112 隋炀帝

十八子中半李唐，三千岁月一隋炀。
文人科举长城筑，水调歌头汴水乡。
汉武辽东何主力，秦皇越北几弓张。
何须彼此寻天地，不问龙舟问柳杨。

113 隋唐演义

陈后主，陈宣华，萧美娘，张丽华
全无一如作儿男，有赋三宫脂井谙。
竹叶如篁梁晋主，宣华胜似丽华耽。
隋炀太子江山性，计取皇纲帝业戡。
汴水自此南流去，琼花开处问扬岚。

114 瓦岗

山东好汉数秦琼，八卦宣化斧威名。
卖铜还忧黄骠马，银枪五虎白罗成。
隋唐演义群雄聚，日月江山帝业倾。
草木当须天地上，平生自可作平生。

115 降旗
城中不见易儿男，妇女还须半海涵。
隐士巡山深岭木，英雄自闭作春蚕。
秦淮云雨曾依旧，司马琴弦节外探。
救国忧民何不顾，西湖一月印三潭。

116 响马
英雄自主太平郎，轻姿玉舞晋媚娘。
后主宣化胭脂井，清风几度靠山王。
宇文化及酬杨素，太子倾巢殿下堂。
亡国宰相皇帝酒，江山易改性隋炀。

117 苍桑
五候几在汝南庄，一马当先白虎堂。
八卦丛中多草木，三军令下少书香。
龙蛇不问琼花问，此勇无成彼广王。
瓦口关前年少镇，北平府里易苍桑。

118 忆乡
少小辽东踏雪深，乡山草叶误霜林。
何须木槿南洋色，不及思家一片心。

119 江山社稷
英雄不入帝王城，壮士难鸣一诺生。
太子朝前天地易，丞相社下觅枯荣。
隋唐自古何相似，儿女弟兄父子倾。
潜供宫中三殿下，空居世界五陵名。

120 玉郡主
人间但得玉儿心，道路坎坷试古今。
使以秦琼天下去，清风莫许问杨林。
殚精竭力谁邪正，太子皇工比兽禽。
斗角勾心成土木，方圆虑量几知音。

121 窗前槟榔林
二度开花老树根，三生玉叶小乾坤。
槟榔自主成林许，半向天空半子孙。

122 窗前槟榔林
南洋暮色鸟归林，北国风光草木深。
事业三生何止就，黄粱一梦是乡心。

123 又马国雪来俄川湘店
一味下川湘，千丝取辣肠。
三边云贵省，万里忆家乡。

124 隋唐
一木难支大厦倾，三生玉垒小罗成。
隋炀水调歌头在，汴水南流自比荣。
少保秦琼知节去，金庸士信单盈盈。
瓦岗聚义群雄至，但见人生郡主情。

125 宇文成都
一世精英一世名，半心御马半心生。
成都自有男儿血，但惜隋唐李建成。

126 隋炀
玉树后庭花，宣华叔宝家。
隋炀南北客，二主帝王斜。
汉武钧天下，秦皇一统华。
过河麻李密，越女浣溪沙。

127 自语
一意孤行一意明，半生著作半生情。
三千岁月磨此剑，万里山河历足成。

128 上桂圆
烽烟四起半朝堂，晓雾三更一世光。
汴水南流无日月，龙舟北岸有炎凉。
精英厚地鸣天下，响马行空结瓦岗。
足下当须千里路，群雄领步二贤庄。

129 李密
青龙白虎逐隋唐，玉玺铜旗换美娘。
朱雀长安宣武去，私谋李密瓦岗土。
厂横遍地井世世，大牙头贴不作皇。
一语杨林儿女过，一呼叔宝误还乡。
英雄举首江山问，但以声明化柳杨。

130 辽宁—桓仁—浑江 忆家乡
一念半江桥，三生两地遥。
思家心有结，情计忆无消。
作寄鞍山客，幽州不胜辽。
南洋寻木槿，莫误逐乡潮。

131 忆家
少小离家老大郎，乡音无改下南洋。
桓仁犹在辽东去，情问北京几故乡。

132 伯淹春秋五霸江湖淹城
半楚无边半越边，一村陌畦一村泉。
苏州水色湖州岸，木渎蚕桑会稽船。
文仲范蠡惊石买，夫差勾践霸皇鞭。
何如太阿昭王剑，镇国茶楼话两烟。
左右阴晴共彼此，兴亡成败自难全。
淹城独立谁天地，苟且新年似旧年。

133 李耳 孙武
上善混沌若水情，乾坤老子道枯荣。
常行变化无常易，有欲则流顺势生。
日月阴晴天地阔，山川将帅子孙兵。
兴衰进退何成败，草木年华世界明。

134 淹城
老子淹城孔子情，吴人楚国越人声。
三河陆木三城水，叔伯卿虞太子名。
孙武天周阖闾去，儒生道士佛缘生。
山川土地阴阳在，进退樵渔隐不明。

135 春秋四国各淹城
抛却庐常作楚盟，吴人越国客淹城。
春秋五霸争成败，包胥申秦各自鸣。
雨里阴晴娃馆岸，云中日月太湖请。
何时草木何时故，几处江山几处荣。

136 三国
九脉人间佛道儒，三分天下弱强孤。
中原逐鹿何成败，做霸称王魏蜀吴。
铜雀台中铜尸尽，草船箭下路途殊。
连营百里曹蛮问，赤壁东风似有无。

137 三国之二
方天画戟将军名，赤兔西凉宝马情。
吕布军前谁敌手，貂蝉月下祈平声。
群英并起争天下，逐鹿中原汉室倾。
一派江山何意属，三分帝国九州盟。

138 "读山里娘们山里汉"
老到回头忆故乡，朝思暮愁敬爷娘。
浑江五女千流水，入梦三分一断肠。
有志寻年天地外，无端数载下南洋。
心知木槿红颜色，月未圆时容已伤。

139 之二
1960年，三年灾害，人无粮。勤工俭学读高中，伐凉水泉桦林，拖木滑冰过西江桥。忆张恩媛，引夜盲回校而谢之。家居刘家沟以证之。独入北京读大学。
步步桥边上古城，声声雨下作春明。
幽州进士非彼就，伐木桦林是此生。
五女山前泡子堰，刘家沟里玉人情。
恩媛倩影红楼梦，夜夜倾心度夜盟。

140 之三 山里娘们山里汉
娘们姐妹半爷们，你我他们一个门。
共存同心非彼此，儿孙父母是天根。
商人齐聚千家米，智慧筹谋万户村。
业就功成天下事，朝生暮取著晨昏。

141 之四
伐木凉水泉，引夜盲张恩媛，家刘家沟，过下古城，议红楼梦，读保尔·柯察金。
红蓝黄地格之装，引人入胜一笑容。
凉水泉前少女情，桓仁暮下雪烟横。
红兰格格黄方地，保尔恩媛下古城。
五女阴晴成草木，红楼日月状元行。
刘家沟里娘亲妒，自此回头是此生。

142 读"山里娘们山里汉" 老嫂比母
一九五〇年土改大地，张桂珍十几岁嫁吕家长子长禄，我八岁，泽老嫂助理而诗之。
少小无知长大行，张家许可吕家名。
童儿土改西关养，十几夫妻十几成。
亦步还趋来去路，扶伤助我桂珍兄。
年轮半解书生梦，老嫂心知比母情。

143 压力
阴晴日月移，草木暮朝姿。
道路何天下，形成自己知。
兴衰先后客，老少古今诗。
去去来来问，人人处处思。

144 之二
六〇年，高中勤工俭学伐木与张恩媛过西江桥。
过桓仁镇西江桥
六二年考入北京钢铁学院，过西江桥。
六八年鞍山2100谈判组，过西江桥。母亡
七八年调入北京冶金部，过西江桥。
八二年调入国务院，中南海，过西江桥。
九〇年，法国特使，过西江桥。
二〇〇三年，父亡，过西江桥。
步步回头一故乡，山山护水半炎凉。
浑江曲曲沙鸭绿，五女直直几断肠。
七十年年从此去，三生处处问圆方。
人前自主寻朝暮，老下南洋作柳杨。

145 识
南洋一容冠，木槿半云端。
五女浑江岸，辽东玉树丹。
幽州飞将问，香港卷波澜。
什锦花园路，中南海里单。
回首沧桑问，春秋草木观。

146 古今诗
单来独往半人生，寡助孤行一世明。
始创终成天地路，先声后语古今情。
乾隆四万诗词客，李白三千士子成。
而我如今多少纪，知音不达志难平。
注：马来西亚大选日。

147 古今诗 忆北京汪魏巷九号 枣树忆自己 孤身一人上大学
年年枣树一青黄，处处人心半故乡。
有意诗词宋北国，无端事业下南洋。
匆匆忙忙平生步，苦苦辛辛草木芳。
少问情中量日月，多余梦里书中场。

148 北京钢铁学院
故国见殊荣，幽州作天兵。
飞将如射虎，石羽问龙城。
独步长安句，孤身进士名。
辽东来去少，未尽老人声。

149 山里娘们山里汉
山乡老树林，伐木已知心。
解冻浑江岸，冰排逐济音。
平生多少路，历练去来寻。
岁岁新草木，年年问古今。

150 玉树后庭花
全无道士女鬼身，玉树临风后主臣。
一半华娘胭脂井，三千弟子涸红尘。
注：华娘：张丽华、萧美娘。

151 唐太宗
凌烟阁上箸英明，武牢关前立世声。
李靖条陈由彼此，长安任取洛阳城。
秦王一计东征路，太子中原逐鹿行。
立马沙疆谁自主，贞观治政是人情。

152 唐太宗之二
东宫洗马建成聆，裴寂隋炀作渭泾。
能治贤为天策府，公孙世碛苦玄龄。
三公以上秦王将，六院之中太子廷。
济国书儒文学馆，凌烟阁老著兰亭。

153 唐太宗 之三
陛下方圆太子门，房谋杜断予长孙。
权倾宣武门前变，弑弟弑兄魄落魂。
莫问唐家甘露殿，须从日月自乾坤。
神荼玉垒秦王宿，叔宝尉迟梦里根。

154 唐太宗 之四
四面埋伏破阵声，三遍草莽十年兵。
百灵鸟后匈奴辱，白马桥前渭水盟。
敕令昭书天子梦，旌麾节杖士儒营。
胡服骑射中原上，逐鹿群雄是弟兄。

155 骤雨
风摇玉树一南洋，雨打书窗半日光。

1826

彼此阴晴分不定，乾坤上下久低昂。

156 骤雨 又
狂风骤雨作时妆，碧草红花问玉堂。
骑手急求三五步，佳人只向过桥藏。

157 雁
一字当空向北飞，三声嘹呖有南归。
人行瞩目高天客，记取汾丘雁石微。

158 雁
长控一字到衡阳，玉宇飞人半故乡。
塞外晴云千万里，江南细雨两三肠。

159 槟榔 一叶二百条
槟榔碧叶入东窗，硕果丰收问晓邦。
穗穗嘟嘟红串结，珠珠玉玉色成双。

160 木槿
朝朝暮暮一花红，谢谢开开半玉空。
国国家家来去上，香香色色有无中。

161 南洋
南洋一赋半衷肠，塞北三情两故乡。
日月千山曾是客，阴晴万水作黄粱。

162 吉隆坡 王鼎格律师所 签庭令 听
渔舟唱晚一线塘，水调歌头半柳杨。
夜月浔阳流水色，梅花三弄汉宫香。
运河渭洛苏杭去，垒石长城塞外墙。
汉武难言天地外，秦王不可比隋炀。

163 忆孙家小凤
幼付无情娶后娘，身成有意栈牛郎。
孙家小凤张家嫁，一客生平两客乡。

164 忆孙家小凤又
无情少小半炎凉，曲意辛劳十故乡。
客不居邻心不止，诗成夜月泪成行。

165 忆孙家小凤又
心牵岁月意牵强，主俱年华客俱伤。
小女难从三两愿，男儿不可半心肠。

166 佛假 南洋
槟榔叶脉一窗来，碧绿枝条两半开。
籽粒居心花落去，经年两岁已成梅。
南洋日月檀香树，木槿阴晴艳色才。
世有耕耘非世故，时无释卷与时催。

167 楚汉
垓下一鸿门，人中半子孙。
何言天下事，可以向黄昏。

168 楚汉
一念过乌江，三生数独双。
如今思项羽，不可作刘邦。

169 楚汉
马到未央宫，人作楚汉雄。
形成天地上，但问大江东。

170 七步诗
三生父母半儿孙，一日夫妻百日恩。
铜雀台上铜雀见，同根兄弟不同村。

171 七步诗之二
同根草木不同心，异于枯荣有异音。
积得阴晴冬夏继，沉浮日月木成林。

172 苏州
正月炊蒸五谷香，初春里巷菜花黄。
冬梅未尽发余色，草木乡城半换妆。
三百亩，万千塘。姑苏日月太湖光。
和风欲展莲新叶，怯掩蓬房故意藏。

173 又
十里姑芳翰墨香，千年古苑画梅妆。
三吴汴水多商贾，一半江南到越杭。
天下色，问浅塘。秋潮一线海宁荒，
莲城欲结文章子，碧玉家中六不藏。

174 又
暑日云烟上虎丘，朝曦雨雾翠花楼。
苗园记取诗词赋，拙政狮林草木洲。
沧浪水，胥门秋。黄天荡里五湖舟。
枫桥月色寒山寺，未掩红尘十九流。

175 又注：老苏州餐馆
茭宝黄天万里求，阳澄螃蟹"老苏州"。
枇杷七月春秋色，拙政杨梅巷里流。
同里茧，五湖楼。盘门未锁去来舟。
小家碧玉挤中望，半纵情意半纵羞。

176 又
一寸心思一百年，半生历碌半桑田。
从容岁月从容度，刻苦耕耘刻苦缘。
沧浪水，退园园。姑苏拙政自方圆。
寒山寺外钟声继，万笏山中范仲淹。

177 南洋
一树槟榔籽粒红，千条叶脉去东风。
南洋雨水阴晴易，木槿花光国色中。

178 古今诗
年年月月苦耕耘，日日时时绝句声。
古古今今诗格律，山山水水树阴晴。
八十岁，老少如一日，
五十年，读写十万诗，
古，乾隆，八十九岁，四万余格律诗，
今，吾人，八十九岁，十万余格律诗。

179 窗前槟榔
一脉初张百叶开，十株碧玉两楼立。
槟榔籽粒含情色，只待红城可采回。
碧玉含窗挑逗情，摇摇摆摆有无声。
条条脉脉寻天地，粒粒心心结子荣。

180 又
摇摇摆摆入窗来，拂拂荡荡玉叶开。
曲曲直直相问询，婷婷楚楚久徘徊。

181 志在必得
事在人为业在天，空流日月水流泉。
斯人致礼道非道，半亩阴晴半亩田。

182 Tee—ADIB
某司猖狂二进宫，三名不董一雕虫。
头来尾去千声唤，退让强求两手空。
注：1."某司欲抢 AIBD，Tee 是抄
尤鱼之雇，今日复占 AIBD，视庭令

于不顾。

2. 二进官：复犯罪也。

183 又
南洋就业问杨灵，郑镇（Tee）私心欲独萍。
搅起鱼龙千百战，银行（AIBD）自此不安宁。

184 Mr. 容先生 Viensen 南阳林木研究所
老树低根子粒花，棕林密累满天涯。
摇头摆尾鱼人美，水路池塘不响蛙。

185 之二
不是扬州好木田，南阳木槿色朝天。
朝开暮谢鲜艳露，客里乡情凉儿泉。

186 之三森田
八个轻吟喜鹊来，千载老树玉花开。
南洋处处生红豆，木槿相思日月载。

187 鹧鸪天 亚洲发展投资银行
一路两岸世界行，千朝木槿自枯荣。
三生自得诗词作，九陌人情日月平。
来去问，作精英。南洋自古海涛晴。
郑和六下人间路，此见鲨鱼彼见鲸。

188 乡心
木槿马来国色明，燕山复以客乡城。
女儿买来新疆杏，独步南洋九不平。

189 Asia Air Line KL—Beijing
豪华客里老人翁，日月心中济世雄。
五万诗词今古志。三千国色作雕虫。

190 北京居家
枣树参天喜鹊鸣，南国色老人声。
平生自此成天地，应以知音作纵横。

191 语
乾隆四万古今诗，不与三千帝王词。
我目生平超逾此，人间第一去来时。

192 语之二
日月耕耘日月知，去来笔墨去来还。
乾隆及第名先后，五万诗词第一枝。

193 语之三
日日年中十首诗，时时刻刻辅齐知。
三千岁月乾隆客，一半江山甲第还。

194 语之四
五万诗词第一名，乾隆八十九年生。
人人我且争先后，苦苦耕耘日月情。

195 语之五
人间五万古今诗，苦读三生日月知。
八十九生死客，乾隆吾弟去来时。

196 寄娥皇女英
娥皇尧舜女英情，岳麓潇湘竹泪生。
任子何寻孤庙色，凭心独守二妃城。

197 桓仁
一路故乡山，三生少去还。
冰封风雪色，旷守玉人颜。

198 桓仁之二
七十南洋忆故乡，三千日月作衷肠。
香山草木昆明客，木槿庄颜释卷藏。
尤记辽东凉水树，还寻幼小见爹娘。
燕京十渡知天下，今古文章白玉堂。

199
辽东，桓仁，北京，鞍山，北京，蛇口，北京，苏州，北京，海口，南宁，北京，南洋
鹧鸪两三声，南洋一半情。
乡家曾几处，最忆是燕京。

200 桓仁之三
如今已是老爷娘，一忆心中一断肠。
留下余心联故土，西关路旁柳边杨。

201 桓仁之四
五女山前一小姑，西关城外半书儒。
红楼应是知情处，未许恩媛作独孤。

202 桓仁之五
五女山中半九州，桓仁月下一江流。
刘家沟里恩媛母，不教洞庭大小姑。

203 桓仁之六
故土不回头，江流已去舟。
流连多少步，俯仰自难收。

204 南洋马来西亚 BOLYVOLD 1-21-D
处处池塘处处蛙，四方木槿四方花。
南洋国色南洋木，十岁水土十岁家。

205 梁唐晋汉周，南宋
南朝不是南朝，一世诗词一世消。
只有桑田沧海济，此中奥秘彼中遥。

206 槟榔
半在云中半雨生，蜻蜓点水柳条情。
婀娜玉影多姿色，一树槟榔一树荣。

207 红楼梦
苍天一石头，士隐半红楼。
黛玉成朝暮，人间作去留。

208 红楼梦之二
含羞问石头，宝玉待春秋。
楚楚群芳落，潇潇夜雨愁。

209 槟榔叶叶入书房
一叶陈一叶新，两楼迈迈两楼邻。
槟榔穗穗红黄果，独树尖尖作碧身。

210 生平
七十方知五十年，三千渡口一千船。
人生道路多峰岭，去了还来作客眠。

211 忆五子
十渡江村一渡流，三吴月色半吴钩。
小桥夜泊枫桥岸，百步盘门十步休。

212 马来西亚
风风雨雨一衷肠，海海洋洋半道光。
去去来来常作客，朝朝暮暮忆家乡。

第十五卷 古今诗

213 玉树
枝枝叶叶一槟榔，果果花花百籽藏。
穗穗红红成串挂，摇摇摆摆几牵强。

214 马来西亚
南洋一半客家乡，书子三千苦读光。
不释心中诗五万，难当故土志衷肠。
凭冷暖，任炎凉。阴晴日月久低昂。
幽州国色辽东问，七十生平北大荒。

215 忆张恩媛 又
心肠犹在半南洋，似是半家乡。
桓仁五女南北，久久作黄粱。
耕日月，读古香，问中堂。
楚有高唐，越有红妆。

216 思祖
爷爷奶奶共爹娘，弟弟兄兄小妹郎。
万里三千飞过海，人生七十下南洋。
红红木槿颜色好，处处银行日月光。
祖籍山东汪魏巷，形成高业慰家乡。

217 乡梦
一过城楼百色倾，三生世界五弟兄。
爹娘赐我爷爷奶，共话南洋事业成。

218 南洋闻鹧鸪
姑姑窈窈半呼情，夏夏春春一客声。
雨雨云云播种处，年年岁岁自枯荣。

219 南洋闻鹧鸪之二
日日南洋大雨倾，时时北国肖运平。
相思豆子红红色，古树根苗木木荣。

220 会见马来西亚雪兰莪州二总警长张婉萍
紫气东来付婉萍，张家自主首相名。
青云直上瑶台坐，镜鉴平生判渭泾。

221 会见马来西亚雪兰莪州二总警长张婉萍又
半生事业一分明，十地思谋九脉荣。
五岳山尊千帜树，三更理就十长城。

222 下南洋
面对丛林不倒翁，窗含玉树老诗虫。
槟榔凤尾青龙角，木槿南洋国色红。

223 马来西亚骤雨
枝枝叶叶玉珠泉，密密麻麻水滴恩。
亮亮光光云雨色，斑斑驳驳度天年。

224 罗杰
独立银行一指禅，罗杰海滴半桑田。
南洋凤尾青龙角，木槿红黄国色宣。

225 红楼梦
三山一石头，二水半红楼。
贾雨村中玉，薛宝宝上求。

226 之二 宝钗宝玉黛玉
宝宝无声王王求，潇潇夜雨世沉浮。
金陵十二钗头凤，岁岁三江日日流。

227 红楼梦 太虚幻境
半残巫山会可卿，袭人已解云雨情。
花容月貌高唐客，玉带林中宝贝生。

228 红楼梦 太虚幻境之二
幻境太虚城，金陵十二名。
红楼花月夜，宝玉贾枯荣。

229 赵苏珊珊素斋宴
一门母女一珊珊，半壁江山半玉颜。
智慧知行非主客，修禅自在是清闲。

230 南洋丛林
孤姿玉蕊国花园，独木成林碧海天。
雾水联珠珠不断，烟云似雨雨如泉。

231 思乡
小杏先生隔壁红，梨花后素李桃中。
声声读尽成今古，碧碧群芳向大同。

232 思乡之二
何情一系半南洋，复得三生两故乡。
北国冰霜惊梦去，马来群岛入黄粱。

233 忆郭雅卿
重温旧梦雅卿妆，复得心思忆乡娘。
钢铁摇篮儿女省，书生意气暖渝乡。
文公武卫成今古，历史春秋作柳杨。
地震东单春雨巷，情归浩劫系衷肠。
往事悠悠华万纪，宁平日日梦黄粱。
注：北京钢铁学院门庭书"钢铁摇篮"匾额。

234 回北京
枣树成风半过墙，东城巷路一南洋。
鱼池处处游鳞色，喜鹊声声落院房。

235 回北京之二
声声喜鹊绕身房，处处游鱼画尾妆。
枣树欣欣多籽粒，书生银银古今藏。

236 喜鹊登枝
初闻喜鹊声，复得万千鸣。
树上庭中客，身前院里盟。
南洋三五载，木槿一花荣。
北国寻今古，东城作此情。

237 之二
喜鹊两三声，游鱼一半盟。
庭中千枣叶，月下万心荣。

238 北京市东城区汪魏巷九号
冰清玉洁古今诗，老枣新芽上下枝。
万果千心成日月，生平步步觉禅如。

239 汪魏巷九号"追鱼"电影
小月深深一曲斜，游鳞许许半波花。
池中犹寄书生梦，树下诗词筑我家。

240 八月一日，祝女儿生日
生生日日女儿家，去去来来客驿霞。
只得匆匆成就梦，何言处处剪窗纱。

241 返回吉隆坡
南洋满目玉槟榔，北国纯情客故乡。
木槿朝朝红日暮色，冰花处处素型妆。

242 五万首古今诗
南洋木槿花，北国老人家。
古古今今客，诗诗赋赋华。

243 南洋
槟榔扇叶忙作窗纱，籽粒荫荣向情华。
两度怀春成岁月，三生素玉老人家。
槟榔结籽作宫城，百粒姿身两半中。
扇叶千条云万朵，摇摇曳曳入家倾。

244 南洋之二
裁枝剪叶积春情，淑玉姿身结子萌。
一岁千心三度孕，槟榔万碧半重荣。

245 南洋之三
半下南洋作半家，三分旧迹七分半。
丛林处处何知足，碧海悠悠满浪花。

246 南洋之四
一半南洋一半家，两三木槿两三花。
燕京喜鹊鸣呼唤，莫忘东城你我他。

247 南洋之五
明朝印度年，闭斋守方圆。
一月成天地，回民信教天。

248 南洋之六
清真到麦加，逐步问天涯。
一跬成思故，三生自主衙。

249 南洋之七
今朝印度年，放假两三天。
十客争王位，千端作士悬。
注：星洲日报载，十印度汉闯王官，
欲做印度王。

250 南乡子·此情无计可消除，才下眉头，却上心头
南洋鹧鸪
岁岁半年秋，夜夜三更问莫愁。
海外书中寻玉色，心头。
布谷声声几事谋。处处一江流，
寞寞姑姑问未休。

木槿南洋云雨混，心头。
独马孤猿不可收。

251 诉衷情·家园
江流不住问江楼，几度一春秋。
阴晴日月圆缺，任自半王侯。
千万里，十三州，去来就。
忧忧家国，不下心头，又上心头。

252 马来西亚 BolyvaldT-1-D
雪莱我又
不了分心不了愁，梦里不知羞。
黄粱一拜天地，彼此自沉浮。
朝暮问，上下求，雨云舟。
衷情何处，你也心头，我也心头。

253 咕咕声
喜鹊燕京绕我鸣，南洋布谷唤来声。
槟榔扇叶云窗碧，木槿红颜雨后晴。

254 咕咕声又
雨点槟榔一两声，风摇玉树两三鸣。
人间洗浴千姿态，世上阴晴万不平。

255 ADIB 致苏珊珊 法庭停令
十月怀胎一日生，三年苦力半事盟。
南洋务办银行业，白色无知憾树声。

256 南洋
朝来暮去自然风，色后心荣木槿红。
橄果空中悬碧玉，南洋木上月如弓。

257 Susansan 王鼎革律师楼 ADIB 战略转折
半在阴晴半在赢，一人马国一人生。
银行自任银行主，白色横行白色倾。

258 回京
顾比南洋顾此家，天光木槿地光华。
东城枣树新成果，皮特徘徊待我夸。

259 雁丘
排空一字见飞鸿，雁语人高付玉穹。
此去衡山多少路，还来塞北暮朝衷。

260 老三槟榔果剪而复生
一束槟榔籽粒红，三朝骤雨两两束。
枝条穗穗成天就，碧玉窗窗落色衷。

261 老三槟榔果剪而复生之二
槟榔硕果自成城，云雨枝条沿叶生。
碧玉丛丛天上问，珠玑穗穗色中明。

262 老三槟榔果剪而复生之三
窗含果粒半红黄，鸟觅芬芳一躲藏。
但有声鸣同伴往，何余共骂比炎凉。

263 老三槟榔果剪而复生之四
花花果果自难分，叶叶枝枝可读闻。
穗穗珠玑几碧玉，条条影色后红裙。

264 老三槟榔果剪而复生之五
一步南洋十步乡，千丛棕榈半槟榔。
亭亭玉立招摇去，妞妞娇情意短长。

265 老三槟榔果剪而复生之六
一木成林十木乡，三生独立半生肠。
长思俯仰春谋许，骤雨槟榔化暖凉。

266 法院庭令进半步而退一步
恰见欺骗，乃发
庭令南城一令庭，半身为政半身名。
艰难方见英雄色，处世须心不作丁。

267 上许 百色中心 马寺李法庭令
半步挺前一步消，三通落后四通潮。
南洋不止男儿色，独傲孤情迈举谣。

268 王鼎革 苏珊珊 文森 Liv
半步无成一步成，三千世界五千声。
人长智慧谋长路，瞬见阴云复见晴。

269 上许 LDFSA 信，一把刀逼动摇
中国律师合作
名扬海内外，治政官李低。
桃花岁岁一春香，巷陌年年岁柳杨。
道士无需真道士，刘郎至此不刘郎。

第十五卷 古今诗

270 之二
一世无知半世知，三生有悟两生迟。
江山草木由天地，日月阴晴任赋诗。

271 之三
半在南阳半北萌，三生故事九生寻。
非非是是真真假，曲曲直直古古今。

272 之四
正反阴阳一古今，攀临俯仰半知音。
乾坤日月知天地，草木山河养兽禽。

273 读"黄祸"
美澳欧非西北洲，香蕉熟透自由收。
华人不必兴干戈，硅谷神工总统流。
播种耕耘播种子，春秋日月任春秋。
三千弟子三千路，四十乾坤四十州。

274 马来西亚国庆 十点钟 礼炮声
七十余年问地天，三千世界自桑田。
耕耘日月诗词客，四万乾隆比誉宣。
浑江山前关外路，南洋雨后月中圆。
红颜木槿黄粱梦，五女桓仁谅水泉。

275 之二
一世人生一故乡，半家香火半炎凉。
三生岁月耕耘尽，五万诗词作柳杨。
日日爷娘来去梦，年年父母暮朝肠。
兄兄弟弟同胞妹，印心心心共草堂。
注：二兄长禄长情，二弟长义长裁，
一妹燕滨。

276 鹧鸪天·鳄鱼潭
野草鱼潭四处蛙，东来紫气一渔家。
桓仁客许南洋岸，五女山城木槿花。
三世界，一天涯。九州十海浪淘沙。
诗词五万平生事，日月耕耘你我他。

BolywwdTown-1-D-2
马来西亚雪莱莪

277 忆家乡之元枣子及东城枣树
奇异果，猕猴桃。本草纲目："其型如梨，
其色如桃，而猕猴喜食，故有此名"。
桃桃李李自春秋，本本原原故土由。
五女山中元枣子，东城树下客猕猴。
奇奇异异知珍果，雪雪芹芹碧玉差。
若待霜霖成独立，严冬可领上心头。

278 忽必烈
托雷三箭救精英，战场三呼弟子情。
蒙古天骄忽必烈，千军御帐作纵横。
西征万里留魂魄，北房男儿立独盟。
旷野成吉思汗逐，无垠碧草肆雄名。

279 成吉思汗
耶律楚材铁木真，良弓宝箭草原钧。
檀珠复始长春丘，勇武英雄马上尘。
百姓苍生天下治，王朝事业历中身。
千年两度千年帝，一统江山一统秦。

280 又
宋，金，元
荷塘十里半金鞭，晓月三蒙一宋年。
漠北潼关忽必烈，荒原虎视汴梁田。
文文雅雅临安宴，黑黑狼狼史记淹。
业创幽州天地北，大都旧址有方圆。

281 鹧鸪天·少年行
五女浑江谅水凉，云低路暗雪如烟。
书生只作桓仁客，致力耕耘日月田。
千岁岁，万天天，冰河玉树著心莲。
茫茫旷野关东忆，寂寂南洋木槿禅。

282 又
玉枕霜林木叶田，云沉雪落八卦烟。
风寒水冻衣单寡，霰地冰天日月午。
三界里，十温泉。冰凌化石透明莲。
逍遥处处平铺色，一统山河素洁妍。

283 鹧鸪天·仲秋
故土仲秋客曲衷，辽东杏李已秋风。
南洋处处荷菱角，木槿朝朝国色红。
兄弟妹，各西东。重阳已近业无穷。
黄粱不见茉萸影，白首回头是独翁。

284 无题
七曲黄河十八湾，三江日月五千山。
昆仑草木瑶台客，桂树蓬莱作列班。
天水岸，玉门关。沙鸣动地九云寰。
西天有路如来坐，佛主禅声自在闲。

285 武夷山
山中自在百重泉，日下由衷五色烟。
九叠云峰云雾雨，三川古木草林田。
江流曲曲平滩岸，石屹层层立壁年。
险峻何须争玉宇，扬帆尽是客家船。

286 九寨沟
日色沉浮九寨沟，云城蠕动半山楼。
风停草碧闻声起，雨住花开任自由。
凭俯仰，作交游。神仙彼此莫须愁。
近在天台知远望，一路千层到十州。

287 下南洋 忆爷爷奶奶爹和娘
赤日炎炎岁不凉，丛林处处土难荒。
桓仁路路南洋岸，热雨欣欣北柳杨。
乡梦短，忆情长。爷爷主宰敬爹娘。
关东创业油棕榈，尽是槟榔百子肠。

288 创世纪
一世潮汕半闽郎，三生短去百年长。
华人自取南洋岸，土客惊从北柳杨。
猪仔仔，木箱箱。求知苦尽有圆方。
年年自可家台上，处处何须不故乡。

289 自嘲
半地晴明半地萌，一知社稷一知音。
三生草木南洋槿，五万诗词作古今。
处处丛棕云雨色，年年老树木成林。
孤芳自许何来去，独立江山七寸心。

290 自嘲又
净土天竺印度僧，马来半岛雨云凝。
禅音北海南洋岸，暮鼓晨钟洛邑陵。
不释心中千百卷，当须月下两三灯。
桓仁五女诗词客，再著金身作玉冰。

291 自嘲 又
热气重重热雨林，碧丛处处碧叶深。
三生旧忆成来去，一世乡情半古今。
须冷暖，历晴阴。三高木秀有鸣禽。
南洋水露多滋润，草满甘霖见我心。

292 自嘲 又
半生岁月一时心，十地耕耘半古今。
北海潮潮风逐浪，南洋处处木成林。
心中不释书香界，手上难迁古卷箴。
可以相如或司马，何须顾况作知音。

293 吉隆坡—北京 仲秋
北京钢铁学院
文文化化半枯荣，北北京京一雅卿。
九九重阳天地阔，风风火火问东城。
江青旷达洪润客，灯火嘉陵钢院盟。
北海南洋朝木槿，幽燕射虎晋方明。

294 又
建业金陵一莫愁，秦淮得月半书楼。
桃花已去江花在，贡院还闻进士忧。
八艳风流桃叶渡，羲之二水自东流。
凤凰台上凤凰去，九月仲秋九日休。

295 忆兄弟
万里南洋五弟兄，三生故土妹家情。
重阳日照桓仁路，木槿花开忆梦荣。
知草木，问功成。心平处处业无平。
回头事事何空色，步履难休客已惊。

296 忆父母 父慈子孝夫贤如顺
慈慈孝孝一家名，顺顺贤贤半世灵。
暮暮朝朝合作社，天天地地作丹青。
凭所问，任由听。桑田百亩言明星。
西关十里爹娘教，胜似三生问浮萍。

297 忆祖宗
修井铺路敬关公
梦里爷爷老祖宗，心中处处故时容。
回归少小修乡井，敬慕关公筑路封。
经岁月，数秋冬。辽东自主一家丰。
山山水水胶州客，苦苦辛辛作鲁农。

298 九月九日忆
九月重阳半故乡，三生独立一衷肠。
心中父母爷娘影，日上弟兄妹子妆。
千万里，去来忙。南洋彼此又南洋。
北海桥前何所望，枣树京城住玉香。

299 又
一寸阳光万里长，三生宿恋十州扬。
回头是岸南中海，举手闻声塞北疆。
凭岁月，任青黄。江山不可女儿妆。
怀藏远志非轻柱，数尽深山是栋梁。

300 口令
时时处处一秋春，事事人人半晋秦。
是是非非非似是，真真假假假如真。
成成败败成天地，去去来来作乡亲。
古古今今寻自己，朝朝暮暮问红尘。

301 口令
天天地地一儿孙，鼓鼓钟钟半晨昏。
正正直直依日月，寻寻觅觅故乡村。
情情欲欲阴晴度，雨雨云云草木恩。
止止行行终始论，兴兴废废作乾坤。

302 槟榔
衣衣带带叶枝条，挂挂丝丝碧浪潮。
二百中分成两国，南洋玉树入云霄。
花花果果黄红色，子子城城岁月雕。
串串葡萄连粒垒，丛丛穗穗作琼瑶。

303 又
一叶初成二百条，千重岁月两三朝。
分衣解带枝墙外，色玉果粒俯仰摇。

304 Bolyworld Tower-1 Becond D-1 闻鹧鸪
布谷声声布谷鸣，第三事事第三更。
南洋处处丛林密，木槿红红骤雨晴。
先先见，古今盟，年年岁岁读精英。
兢兢业业耕耘客，自自由由任纵横。

305 又
半雨南洋半雨晴，九州闽粤九州情。

三千世界三千路，一木成林一木生。
朝暮问，去来行。桓仁梦里是东城。
先先后后隋唐韵，古古今今五万声。

306 忽必烈
大理金沙跨革囊，苍山铁柱四十荒。
乾坤正道三江老，玉斧云南列祖疆。
洱海深川澄碧海，女儿国土女儿妆。
昂扬百度成今古，何处回归是故乡。

307 人生
百岁心思一寸肠，千年日月半书香。
耕耘草木成积累，读字诗词胜帝王。
三界外，五湖光，平生历足自炎凉。
南阳木槿红黄色，故土桓仁劝柳杨。

308 人生 听梅花三弄
一曲低回半曲昂，三生水石十生梁。
文成日月书今古，墨宝阴晴化短长。
无尺寸，有炎凉。行成不止未封疆。
百千道路寻自主，五万诗词入故乡。

309 人生 听高山流水
一水高山一伯牙，半江汉口半船家。
知音不尽丝弦问，黄鹤楼中二月花。
非草木，是天涯，琴台已在话桑麻。
东流毕竟东流去，浪里波涛浪里沙。

310 人生 听渔舟唱晚
渔舟唱晚到南洋，骤雨成风向故乡。
木槿红颜藏蕊柱，槟榔硕果慰衷肠。
千万里，两三疆。无封帝子不封王。
书书卷卷云南外，水水天天岁年光。

311 人生 咏史
江流日月自东西，岭木阴晴任色萋。
自古枯荣何岁月，山中草木各高低。
冬雪腊，夏春黄。花开叶落鸟轻啼。
归来不觅庭中影，复去无言足下溪。

312 人生
一路风云半路晴，千年岁月百年明。
三生苦苦耕耘志，十地辛辛著作荣。

书册策，志成城。精英道上有精英。
难言驿旅无天地，独立高山久不平。

313 人生
一闯南洋半问行，三寻木槿两寻荣。
乡音无改英华去，故土难知路不明。
同日月，各阴晴。辛辛苦苦作人生。
耕耘万里由天地，俯仰千山自纵横。

314 吉隆坡—北京 人生
云中一梦到京城，北海千情问雅卿。
少小中年何老大，如今子女凡名赢。
南洋木槿红颜色，暮谢朝开玉树情。
但忆鞍山成佩属，东单二巷作人生。

315 人生
进士龙门—北京，三朝老子半东城。
千山但见无梁殿，万水还流色不惊。
无俯仰，有枯荣。人生日月读人生。
朝朝暮暮寻天地，去去来来作纵横。

316 人生
乡土人情一世生，山和树木半枯荣。
相思不再寻圆缺，索取须言问独城。
千万里，去来情。花花草草有阴晴。
成成败败何非是，业业功功几度明。

317 人生
百岁人生万载明，千年旧事五湖情。
诗词日月成天地，草木耕耘化誓萌。
三世界，一东城。鱼鱼水水枣光荣。
庭中远近赢今子，月下春秋问雅卿。

318 鹧鸪天 书佟光临兄
北京建国门外交公寓 2-2-10
十步京都建国门，三生旧忆故乡村。
千年日月成格律，五万诗词作玉根。
寻世界，问乾坤。朝朝暮暮又黄昏。
何须老子知非是，只以轩辕晓子孙。

319 又
兴安岭外故乡人，通化桓仁量至亲。
长白山中元枣子，光临世上客心珍。

注：时光临兄特意从老家运来元枣子至慰我心而谢之。

320 忆千山
千山玉座一如来，万朵莲花百度开。
寺外龙泉流不上，心中觉悟见天台。

321 吕长春谢赠刘隽曦凌思运
三年往事半如烟，九日重阳一世田。
是苦无非同日月，非辛有彼共方圆。
亚洲发展投行业，故国行成取纳泉。
但以公诚知自己，耕耘累积悟生禅。
2013年9月20日于北京—吉隆坡飞机上。

322 忆乡
南洋去去一南洋，故国来来半故乡。
子在重阳寻逝水，儿心九度寄衷肠。
丛林骤雨成天地，苦业人情寄栋梁。
暮鼓声声知武帝，桃花处处向刘郎。
二〇一三年九月廿日北京—基隆坡飞机上。

323 忆金陵扫叶僧
一路清风扫叶僧，三山肃木向阳秋。
千寻古刹何由主，半与金陵自莫愁。

324 北京—吉隆坡 忆故乡烟雪天
银龙舞动半茫然，玉甲纷飞一色烟。
素裹千村成世界，冰封万里作春原。
杨花处处随龙碎，柳絮飘飘任甲全。
但是人间天下士，曾非旷野逐流年。

325 槟榔花开蜜蜂来
花中小蜜蜂，月下卧从中。
采蕊成胶乳，形身作练虫。

326 桓仁 初春
一阵春风未剪齐，三川细雨已成溪。
千村碧色初杨柳，万树黄枝欲俯仰。

327 鹧鸪天 五女山如枕
不得人声下古城，还闻五女枕边荣。
烟囱山后通天路，挂牌岭前将今生。

江水碧，木林明。朝云暮雨各阴晴。
来来去去知天地，岁岁年年自纵横。

328 忆千山无梁殿
一注心声一注泉，万家灯火万家烟。
先知日月先知觉，古刹钟声古刹禅。
半壁耶稣回教主，如来老子阿妈田。
千山寺里无梁殿，十五天中有月圆。

329 忆鞍山
一月寒光二月春，三江暖水半江濒。
千山古刹莲花座，万里如来日月身。
未入中年先后步，初闻老子是非珍。
何知战国何知夏，不问周公不问秦。

330 又鞍山、玄山、灵山
独问鞍钢独立山，居行反好吕家颜。
旋牵朽木成柴火，劈断薪林作小蛮。
古古今今多著许，朝朝暮暮苦辛攀。
年年岁岁文书卷，万万千千译论班。

331 古今诗
独立黄昏一觉禅，分庭渡口半尘烟。
三千世界如来座，五百山河罗汉田。
色色空空天地客，朝朝暮暮渭泾泉。
非非是是成何问，古古今今作故年。

332 鹧鸪天 南洋木槿
自古人生七尺田，如今世界半尘烟。
丛林处处南洋岸，木槿身身玉树泉。
颜色色，蕊悬悬。朝开暮谢似婵娟。
无须有欲无须止，不作无为不作怜。

333 隋炀
十里浮云一阵风，三山古半林同。
江河日下东流去，汴水南浔北界虫。
水调歌头今古唱，凌云阁上去来衷。
秦王取代隋炀帝，五百年来两世雄。

334 嬴政
长城内外一秦皇，战场春秋半死伤。
古古今今知白骨，南南北北界无疆。
成成败败李斯去，岁岁年年问孟姜。

一度兴亡成二世，江南百水入钱塘。

335 槟榔
碧叶敲敲入我窗，槟榔累累百成双。
寻来木槿依暮色，怯已南洋作故邦。

336 槟榔又
一叶尖尖百叶藏，九天独立半天扬。
摇摇欲展朝云放，碧碧条条作雨妆。

337 忆苏州
一叶云根一叶泉，半枝雨露半枝烟。
姑苏碧玉盘门岸，浒口枫桥水月田。
寻盛泽，问婵娟。明清八艳许鸣蝉。
三书抽政何同坐，十里荷塘五里船。

338 忆苏州又
碧玉伏波霞色羞，荷塘叶下采莲舟。
疏篱未子心空著，戏水鸳鸯半聚头。
同日月，共春秋。情郎不在女儿愁。
衣衫树后无藏挂，不想当然问老牛。

339 印度年
此夜明朝印度年，三更灯竹汉唐天。
声声言动中华岁，岁岁文明自古传。

340 下南洋
草色三春两翠微，人生万里半回归。
男儿路上来还去，寡妇门前是与非。
成就业，鹄鸿飞。君君子子著朝闻。
银行创世成天地，北国乡音处处晖。

341 寄来苏州
见惯无非一司空，阴阳彼此半人间。
千年日月男儿女，万里长天寄世雄。

342 吉隆坡 天后宫
观音妈祖一心中，贯顶真言十世衷。
妙法莲花天后母，如来圣水祝英雄。

343 又
始始终终半古今，来来去去一观音。
朝朝暮暮由天后，世世时时可自心。

344 槟榔
轻轻慢慢半敲窗，雨雨云云一异邦。
暮暮朝朝红木横，棕棕榈榈已无双。

345 哲
朝朝暮暮一炎凉，去去来来半日光。
老老童童千万万，生生死死两茫茫。
成成败败问今古，废废兴兴话海桑。
是是非非何所以，无无有有做黄粱。

346 吉隆坡
半去南洋四海家，三生木槿五湖涯。
朝朝暮暮成天地，寸寸寻寻织锦麻。
千世界，一中华。风云忙碌浪淘沙。
耕耘日月多勤苦，自在阴晴二月花。

347 斥某司
某司
以名义作ADIB复以名乱之。
一世无平一世平，半生不语半生名。
水深有影浮天地，地广成田日月荣。
凭谎骗，任虚情。头来只得许空盟。
难由群魔宵小乱，犬子何心作废城。

348 再斥某司
不尽阴晴不始终，但须日月但西东。
何言白色呈凶顽，一片丛林一片风。
无气力，有秋虫。声名浪迹自知穷。
南洋自尽宵小命，日似刀光月似弓。

349 吉隆坡 高院质证
白色无名白色虫，一山莫种一山空。
由思织谎由思乱，任得胡言任得穷。
我自巍然凭自我，何须处置作精英。
平生坦荡平生事，木槿朝朝木槿红。

350 理
阴晴日月一阴晴，云雨耕耘半雨生。
草木天光成草木，枯荣世界自枯荣。

351 三斥某司
日月行空草木光，乾坤世界以阴阳。
邪邪正正邪无正，大大方方大有良。

何演易，自沧桑。人间大道是炎凉。
狂徒白色成则败，不及人间作柳杨。

352 人生点滴之间
一路风云一路田，半生日月半生船。
南洋渡口东城岸，五万诗词北海年。
凭紫气，任家园，书香处处帝王天。
何人历史惊空色，细细微微彼此全。

353 回家 吉隆坡—北京
万里南洋问北京，千钟木槿客乡情。
三千界里凭知己，一半人中任自成。
今古见，去来铭。辛辛苦苦作精英。
兴兴废废非非是，利利名名处处平。

354 人生、辛苦之至
始始终终半世明，南南北北一平生。
成成就就加心力，业业功功少客情。
千岁月，半乡城。辛辛苦苦作精英。
行行止止行不止，事事人人事竟成。

355 人生、苦力之中
苦苦辛辛一世中，朝朝暮暮半精工。
年年岁岁寻天地，北北南南紫气红。
耕日月，力西东。平生自在问飞鸿。
曾依草木山河水，九曲诗词十曲衷。

356 北京—南洋
一雨浓云一雨烟，半天淡彩半天泉。
丛林远处闻林曲，木槿心中作玉妍。
南海岸，北京船。东城自是好家田。
方庭吐纳瑶池气，影案书香日月年。

357 南洋忆郭雅卿
一半风云一半天，两三岁月两三泉。
平生苦力耕书笔，济世辛劳著作田。
客北海，雅卿船。鞍山子女忆青年。
回头应是烟波里，不见先知见旧年。

358 前门
一步前门一步京，半生旧路半生情。
稻香村里香依旧，古色名都古色荣。
深小巷，浅纵横。南洋不似紫金城。

君居建国成朋友，记取幽州作弟兄。

359 又
浓云骤雨叶枝泉，草木丛林不变天。
步履南洋兄弟问，行程日月两三年。
三春四季幽燕客，百色千换故事悬。
莫以君心从小子，桃花树下可耕田。

360 玉龙廷酒家
红楼梦王熙凤主演邓洁办
致中国人、英国人黄教授
半问红楼半玉龙，一千世界一足迹。
昆仑雪菊杯中色，紫气天山且下封。
寻万里，向三峰。来来去去几重来。
阴晴圆缺成今古，海阔人宽自在容。

361 回马来西亚又离家 两关
桓仁，北京，鞍山，北京，南洋。
一路回头一路情，万家灯火万家明。
行行止止南洋去，暮暮朝朝木槿荣。
知北海，问东城。西关故土已无名。
沧桑世界何今古，应忆爹娘是我行。

362 故乡
平生百度下南洋，只道西关一故乡。
不觉鞍山居住岁，幽州射虎问天狼。
回头七十来人问，步下三千世界忙。
梦外黄粱心外尽，梅花胜似雪花妆。

363 南洋 ADIB 斥某司
一日浓云骤雨狂，三生故事细商量。
千功尽力南洋下，白色当明白眼狼。
何日月，自衷肠。辛辛苦苦作银行。
回头五载耕耘处，四海天涯是柳杨。

364 又
一事无平一事长，半生苦力半生扬。
耕耘日月诗词客，步履南洋草木疆。
无怨悔，有衷肠。朝开木槿色南洋。
银行自是银行主，不必身名寸尺量。

365 马来半岛
南洋骤雨半生平，木槿花红一世明。

旧忆先行思步履，新年日近问枯荣。
天边自有山河在，莫以人中草木情。
五万诗词寻上下，来来去去作精英。

366 忆北京
年年驻步颐和园，处处修身石舫船。
水色云光空阔界，桥边柳岸碧桑田。
龙王庙里三千尺，十里廊前一半天。
万寿宫中知达主，排云殿上久成烟。

367 忆北京
云中北海五龙亭，雨后南洋一玉萍。
木槿红颜心不已，槟榔硕果叶条灵。
东城汪魏成新巷，古木书声问渭泾。
枣树身形成古色，池鱼尾影动京铭。

368 又
十日村村月不同，三生处处路朝天。
山南海北情如水，境界心思岸似船。
知草木，见桑田。何须彼此自流泉。
千年旧事终成积，万里方城始作烟。

369 梦
大路千条九曲肠，人生一世半黄粱。
天涯此去擎天柱，海角何来问海洋。
云漫漫，雨茫茫。童心未泯射天狼。
英雄自得英雄去，几度红尘几柳杨。

370 人生
难难易易一人生，路路途途半不平。
度度量量何尺寸，成成败败几枯荣。
功功业业无先后，纵纵横横有利名。
去去来来非日月，明明白白是精英。

371 又
庸庸碌碌一人生，利利名名半围成。
曲曲直直凭血气，平平淡淡对枯荣。
方方正正由天地，古古今今日月明。
始始终终须自主，朝朝暮暮任衷情。

372 平生
步步人生蜀道难，时时处世苦辛寒。
朝朝暮暮相承继，去去来来大陆宽。

回首见，帝王冠。皇州御柳遇冬残。
京城十里文章客，怯意乡家子女看。

373 又
且入南洋四季消，须闻北海半高潮。
平生俯仰江山近，故步阴晴日月遥。
知万里，树千桥。辽东似是斯东辽。
家乡百度谁刘阮，只见三山不见樵。

374 又
一路风云一路天，半生足迹半生田。
辛辛苦苦耕耘客，暮暮朝朝日月年。
知草木，问婵娟。诗词五万岁如烟。
何须俯仰人间柳，不得轻视不得眠。

375 又
木槿红颜一度天，南洋秀水半生年。
山深自有丛林木，雨骤何须日月田。
寻旧忆，梦方圆。蓬莱岛上有神仙。
人中世界人中路，世外桃源世外船。

376 忆苏州
一半江湖一半船，两三碧玉两三妍。
姑苏细柳盘门月，渔火枫桥拙政园。
同里巷，追思泉。唯亭汴水送流年。
桑蚕盛泽巢新茧，莫以私情锁自怜。

377 又
一半云中客雨烟，两三月下自方圆。
寒山寺外枫桥岸，拙政楼前七寸田。
寻柳色，向梅岭。江湖万里有停船。
姑苏千将千年路，只待婵娟十六圆。

378 又
一寸姑苏一寸潭，半情欲放半情含。
小桥流水小桥岸，拾得寒山苦又甘。
同里北，虎丘南。家家碧玉锁春蚕。
从心望断云千百，不及相思数二三。

379 又
半入姑苏一胥门，三寻五子几儿孙。
春秋百度闻尝胆，日月千年客古村。
寻旧殿，问黄昏。江湖水上有乾坤。

1835

吴头楚尾英雄去，独木成林老树根。

380 又
拙政园中间谏虫，黄天万里见英雄。
天平路上寻西子，同里舟前水月风。
桥玉带，雨梧桐。云烟处处草花红。
盘门半锁帆船系，酒市张扬醒醉中。

381 又
拙政书言一半明，狮林不吼两三声。
留园墙上千秋笔，同里桥中百度情。
沧浪水，雨云城。江湖壮士问书生。
吴郎越女姑苏约，碧玉含羞桂子盟。

382 又
千江路中满雨烟，五湖舟上伴云眠。
黄天万里风云见，巴解庙前螃蟹悬。
同里退，胥门怜。三桥月色美人妍。
东吴处处河莲岸，碧玉优优采苎船。

383 又
指点孤帆半雨烟，淞江独立五湖船。
寒山月下听钟鼓，玉带桥边酒肆眠。
同里路，虎丘泉。姑苏百里自桑田。
年年岁岁千千万，处处方方正正圆。

384 又
水调歌头一客船，姑苏月色半城楼。
隋炀一日钱塘色，破镜重圆意不休。
情缕缕，意悠悠。诗词自此十三州。
唐人汉社春秋继，不必江山不必侯。

385 又
自是人间一九流，何须世上十三州。
苏杭不尽隋炀尽，水调歌头半酒楼。
寻北斗，问春秋。淞江未断五湖舟。
西施已去藏娃馆，不在金陵有莫愁。

386 又
二月城中碧玉家，东西山上满桃花。
香香色色迷人处，探探寻寻你我他。
桥小小，影斜斜。荷风七月染枇杷。
杨梅尚存红颜老，只见深藏不见华。

387 又
八月秋风蟹脚游，三年雨雾老苏州。
斜塘木色枫桥路，荷塘碧叶照虎丘。
朝笏落，范幺忧。无须欲望不须求。
江湖点点方圆见，草木新新日月流。

388 又
一半江湖玉带边，鸳鸯三十六塘前。
天平山上寻娃馆，二月梅中问旧年。
文笔客，酒诗仙。王维顾况话雨烟。
龟蒙陆羽香茗品，李白呼来不下船。

389 又
一日春风八月湖，三更夜雨半天消。
姑苏城外寒山寺，拙政园中柳色遥。
寻半壁，问三桥。盐官浪逐误天飙。
钱塘不顾漕渠道，只与瑶台比雾娇。

390 又
九夏三秋一线潮，千流万卷半云消。
盐官不寄隋炀客，盛泽难平水调谣。
晴黯黯，雨潇潇。惊天动地不渔樵。
瑶池已落倾甘露，得见龙宫上小桥。

391 又
半壁园中问陆游，三五日上放翁休。
绍兴只望精英阻，不尽红酥俯仰头。
非彼此，是归舟。人心叵测帝王侯。
山河处处曾依旧，天下重重数九州。

392 又
北水功成一南流，钱塘济泽半九州。
苏杭应记隋炀调，自古英雄不到头。
君子路，客家忧。长城内外数春秋。
风花雪月何相似，九曲黄河自莫愁。

393 又
上海须从万里舟，淞江不废五湖流。
苏杭已是天堂市，应记隋炀少壮头。
千百计，三思谋。长城白骨帝王侯。
梅花三弄阳关曲，水调歌头四十州。

394 又
拙政园中半不休，黄天荡里一声留。
淞江应自五湖水，上海何须四十州。
同里问，虎丘愁。江山日月数春秋。
英雄指点苏杭路，纪取隋炀不到头。

395 又
万岁千呼御驾矛，三郎一任客苏州。
居清扫净衣襟正，化止方圆已不求。
韦应物，纂云州。无人野渡不横舟。
刘郎北海江宁比，雨后云前自莫愁。

396 又
寡欲鲜食一性情，焚香扫地半心明。
滁州刺史姑苏令，北海江宁洛渭名。
悠草涧，独怜情。冰清玉洁司空城。
三生日月慈恩寺，十卷诗词作此生。

397 又
一壁洞庭两壁山，半湖日月五湖颜。
姑苏草木钱塘岸，碧水丹青酒市闲。
龙女井，玉门关。情深义重见人寰。
枇杷白果东西见，柳毅传书去不还。

398 又
十八盘中以雨烟，万千月下半桑田。
波澜渡口鼋头渚，里巷深深有玉妍。
梅苑路，惠山泉。三分水色映阳田。
湖州岸北苏州岸，六七江湖六七船。

399 又
百里桐江一路承，三吴汴水半嘉兴。
杭州不远千湖岛，两岸梅花万玉水。
泾渭邑，海鲲鹏。江南草木有香凝。
须寻日月成天地，不问英雄到五陵。

400 又
海瑞堂前一盏灯，千户岛上半游僧。
残云断雾空清净，夜雨连江玉欲凝。
知海口，问明陵。心思向背御家弘。
天涯有路山崖径，一品何须七品承。

401 又

司令丝绸学院邻，荷塘月色满红尘。
毛毛渡口慈溪路，唐宋梅香共晓春。
东园驿，客厢亲。双峰塔上问天津。
姑苏千将金鸡岸，自在江湖自在身。

注：主苏州新加坡工业园驻中国财团，
金鸡湖畔住丝绸学院东苑宾馆（408）。
值何晓春与毛毛来访忆蒋介石故居。

402 又

步入丝绸学院门，何家碧玉小儿孙。
喃喃细语成吴越，古树梅花老树根。
尖脚露，叶园潭。三春六夏七秋魂。
姑苏百里钱塘色，可叹仲谋作古树。

403 又

古苑梅香二月花，阳澄世道一孙家。
金鸡湖畔财团墅，胜似洞庭浪涌沙。
千百果，一山崖。枇杷叶重满枇杷。
东西山下江湖路，取道天平问馆娃。

注：忆中国财团秘书孙阳澄。

404 又

一路姑苏费世城，三吴大器羽之英。
阳澄十里渔村舍，指示千金作客盟。
风浪重，石船轻。翁公自此岸边荣。
唯亭不远斜塘近，怯忆寒山寺外声。

注：忆中国财团副总建渔业村别墅
费世城，费孝通小妹。夫翁大器，
女翁之羽。

405 又

小叶屠家数病生，姑苏大鹜几临城。
钱塘百姓春秋客，草木三吴日月荣。
千俯仰，半阴晴。洞庭山下一声鸣。
王鳌故里状元舍，莫取斯文陋巷情。

注：忆中国财团小叶病。

406 又

忆罢阳澄忆小田，金陵同里问桑蚕。
车行巷陌慈溪渡，共仰菩提作雨泉。
三水岸，五湖船。小家碧玉小桥弦。
东西山下洞庭色，问取王鳌一字悬。

注：忆中国财团司机小田，子田雨。

407 长江虎跳峡

虎跳江风半峡扬，云浮雨色一湾藏。
千波逐浪三声短，万里争流七派长。
寻两岸，问羊肠。深林古木自苍茫。
青峰小路东西断，草木猿鸣日月光。

408 又

日月沉浮第一湾，阴晴草木客三山。
留桥碧色成天地，泻下清流自不还。
千万里，去来颜。红军渡口贺龙关。
英雄指点江河北，皓首凭栏已列班。

409 又

大理风花三百泉，云南雪月半天边。
苗家百余黎家寨，洱海蝴蝶洱海船。
爄火旺，舞人妍。女儿国里共婵娟。
门堂顶上男人汉，竹影婆娑不可眠。

410 又

一曲芦笙半曲明，三春水色两春生。
苗家女子黑衣裤，土寨男儿短袖城。
刀火种，苦播耕。蝴蝶落下以心盟。
芭蕉自有根心主，手里偷情语不平。

411 竹枝词

豆腐西施二月花，芙蓉镇上一乡家。
分身晓庆情难定，竹影塘边向北斜。
云石岸，雨荒涯。江流不尽浪淘沙。
明年何以垂杨柳，草蔻村中结豆瓜。

412 竹枝词又

五月心中半水纱，江流渡口一船家。
低舱不得栖藏处，月影无分你我他。
朝碧玉，暮琵琶。竹枝喝尽落灯花。
含羞目背光明处，方知男儿是女娃。

413 竹枝词又

顺道江流一水花，竹枝唱得半天涯。
流浪应在知心处，小女情思小女芽。
寻渡口，望丝瓜。原来此处有个他。
船头独立回船尾，背向帆蓬是我家。

414 竹枝词又

岸上无明水有声，舱中独坐夜阴晴。
船头不止风和浪，舵尾何须逝两层。
心未静，浦方平。谁知少女已私盟。
江潮不嫁钱塘嫁，月色荷莲子欲成。

415 竹枝词又

不住思心一两声，波扬逝水万千清。
船家小女临流问，似道无情却有晴。
潮浪泛，竹枝平。金陵此去共枯荣。
人中望月方圆少，石上寻夫久不明。

416 竹枝词又

小女舱中夜火明，刘郎岸上踏歌声。
江流莫怨波无止，摆舵还须水色清。
三叉口，一流萤。心心不尽竹枝情。
忍忍闪闪茫茫处，静静悠悠处处横。

417 竹枝词又

世上须知你我他，人中已有竹枝花。
顺风百里江陵去，玉水千波满彩霞。
云雨岸，浪淘沙。秭归末尾一桑麻。
东吴巷里三桥嫁，白帝城中小女家。

418 竹枝词又

日月三千小女情，船舱一半竹枝声。
江风荡荡衣衫解，月色幽幽玉带平。
停渡口，靠虫鸣。魂难守舍望流萤。
寻夫石上经年岁，只怨良宵逝水瀛。

419 竹枝词又

半到巫山一峡长，云浮雨落半李唐。
江陵白帝轻舟去，赤中白盐栈道荒。
禽不语，鸟飞扬。黄粱梦里竹枝乡。
蚕丛蜀主江流水，不可男儿做楚王。

420 竹枝词又

月色轻摇渡口萍，江船自在竹枝停。
舱中不语何牵挂，桥上牛郎带意听。
船靠岸，夜心灵。东流逝水几难铭。
姊归白帝相邻近，徒见巫山草木青。

421 竹枝词 又
半在江流半不平，帆竿不住竹枝声。
望夫石上经风雨，两岸青山两岸荣。
由日月，任阴晴。悲欢禾止离合行。
人生自古同来去，所以原来只一情。

422 乾隆王朝
贪 王亶望 陈辉祖 和珅
五品乾坤大员蚕，和珅桂办纪昀岚。
刘墉寰望翰林苑，玛瑙朝珠广部贪。
心不止，欲难计。私囊富庶隔江南。
封疆闽浙陈辉祖，记取康熙一甲眈。

423 又
万岁声中万福楼，百年寿里百人酬。
清贫御史贪官岸，盛世王朝逝水流。
妃嫔后，帝王侯。乾坤自在十三州。
诗词五万何相比，山外青山楼外楼。

424 又 万福楼
四库全书纪晓岚，黄浦普道氏昭谙。
七品百姓千天下，御史言官一北南。
多子寿，有桑潭。乾隆太后以官贪。
刘墉不见和珅见，守道清贫作茧蚕。

425 又 廉
万福楼中一半廉，两三治下两三严。
钱峰御史皇廷岸，国库京官外在廉。
儒腐腐，舌尖尖。十年旧制以亲沾。
贪生八面方圆政，不造修成势乃潜。

426 又
大学中庸论语篇，贞观政要切刘全。
钱峰率性即怜半，正体钦差付体悬。
清朗朗，满年年。山东国泰不朝天。
乾隆养患和珅断，不道君臣是月圆。
注：一月天中十六圆。

427 又
处处京城日月宽，声声万岁去来官。
贪贪不尽廉廉尽，处处清明处处寒。
无草木，有波澜。文化进士状元坛。
沧桑百姓乾隆客，十八江湖十八盘。

428 又
意简文繁七尺天，深宫浅巷百霜年。
三长两短君臣客，暮日残烟百姓田。
清帝侧，治高悬。城隍土地何须眼。
山东国泰京官老，三品督台北海船。

429 又
盛世乾隆半苦甘，平生自在一江南。
王朝万岁金銮殿，不见春丛锁寸蚕。
无怨悔，有荷潭。苏杭百里好儿男。
五湖草木淞江岸，四库全书纪晓岚。

430 五万古今诗
学子三千寸日光，和珅五百斗金堂。
乾隆不在江南在，四库文章百度肠。
凭沈约，问隋炀。颜风柳骨自鱼梁。
唐音汉韵常相济，五万诗词作柳杨。

431 又 古今诗
五万诗词一国音，三朝日月半人心。
君君赋赋臣臣咏，比比乾隆作古今。
三百载，木成林。高山流水有鸣琴。
梅花曲弄江南岸，一寸光荫一寸金。

432 又
五万诗词一客心，三江草木半知音。
西施木渎吴郎馆，水调歌头汴水浔。
耕日月，读甘霖。秋冬雨雪夏春明。
南洋木槿知朝暮，北国辽东故土深。
二〇一三年十二月末
马来西亚吉隆坡

433 相继乾隆
四库全书自古才，三朝序秩几徘徊。
伊犁道上何骚客，学士心中白术梅。
三世界，一瑶台。江山草木日月催。
乾隆已去王朝去，四万诗词五万头。

434 乾隆诗近四万首 古今诗过五万首
万里河山半柳杨，千年日月一苍桑。
南洋木槿丛林雨，北国梅花独暗香。
三界外，几黄粱。平生百度两炎凉。
圆圆缺缺婵娟问，路路途途坎坷长。

435 二〇一三年十二月末 吉隆坡
四海南洋半故乡，三朝木槿两红黄。
千年古木成林树，万里晴空作西沧。
何世界，几炎ească。无分季节自茫茫。
当须尺之衡量见，不以阴晴作俯昂。

436 南洋雨
漱漱沙沙一雨闻，丝丝挂挂半云分。
南洋木槿无朝暮，北国梅花是我君。
天地事，去来文。乾坤不尽自耕耘。
幽州梦里东城月，故忆乡中弟子群。

437 乾隆奉母南巡江南
陌里清泉半物华，阡中碧玉一田家。
山东水陆河南断，不废和珅影自斜。
碑十八，石堤涯。慈恩格格牡丹花。
松烟古魔琉璃厂，李煜何知十五娃。

438 腊月 梅雪
腊月梅花九段香，寒冬雪絮半飞扬。
飘飘洒洒天地承，漫漫苍苍济渺茫。
三野净，一红妆。东风化暖入衷肠。
春心向背长相忆，怯把南洋作故乡。

439 南洋
北海南洋一客船，风狂雨骤半云烟。
丛林水市东西马，木槿阴晴日月年。
诗五万，路三千。勤勤恳恳种桑田。
辛辛苦苦成天地，去去来来滴石穿。

440 正月
初五东风半立春，元宵雨水一惊人。
年年祝语无先后，处处形成有晋秦。
正月里，市红尘。春光慢慢到天津。
杨杨柳柳心中动，草草花花日上新。

441 又
万里南洋万雨泉，百年岁月百人船。
朝朝暮暮诗词客，仄仄平平曲赋田。
听水调，问春妍。江南十里睡荷眠。
铺滩碧叶难藏玉，淑女红巾伴采莲。

442 二月初三生日

岁岁三冬半祖闻，年年二月一春分。
龙头抬起承天气，潜入深渊化雨云。
千万里，两三君。东风舞动羽衣裙。
群芳不与争光色，香草无声白日曛。

443 又

同里桥中一嫁姑，黄天万里半江湖。
东西山下枇杷色，沧浪亭前日月吴。
花草密，雨稀疏。盘门十步望姑苏。
寒山五百闻钟鼓，拾得千年有念奴。

444 清明

准拟清明在故乡，南阳不可寄衷肠。
爷娘父母和兄弟，遗憾终生未聚堂。
何道路，似黑黄。回头漠漠已牵强。
儿时未解人间梦，老朽难求日月光。

445 又

日月三光拙政田，东吴一步退思园。
梅花腊月凝香色，乞丐成帮打狗连。
潜水按，五湖船。小家碧玉小桥悬。
吴儿也似钱塘阔，十八盘山有二泉。

446 思乡

五女山中野草花，浑江色上满林崖。
桓仁故土春秋继，八卦乡城日月斜。
行万里，问千家。南洋自是一中华。
回头见陆何先后，步履须成种豆瓜。

447 又

水满缸破小石头，和珅不止晓岚忧。
品茗木少麻廉少，意欲情思四十州。
同里月，虎丘楼。卧薪尝胆已春秋。
江南处处人间色，不尽年年下九流。

448 Bolywold

草木枯荣一路长，楼台日月半天光。
风停雨住园林胜，叶碧枝浮石径藏。
寻万里，问南洋。幽州故国已沧桑。
前头应是先生问，百度人间几暖凉。

449 又

十八盘中半故乡，三吴织女一牛郎。
阡阡陌陌江湖色，去去来来挂肚肠。
红柳巷，玉桥梁。摇摇摆摆小姑娘。
侬侬韵韵方言秀，只向秋香桂子黄。

450 乞巧

七月中伏第三天，三家织女数千年。
成心乞巧人间望，祝福当须草木编。
儿女问，去来妍。相思别怨古难全。
秋风夏雨常相继，日月阴晴作客船。

451 又

一寸金莲半步摇，三春陌色两情霄。
桑蚕已入丝笼睡，碧玉离家上小桥。
人去后，血来潮。男儿应慰女儿娇。
姑苏小子娘娘腔，只恐相思似柳条。

452 苏州

八月秋风蟹甲扬，三吴巴解半兵伤。
横行到此多红火，体壮膏肥玉满楼。
千水色，一钱塘。阳澄十里半蚕桑。
姑苏百巷江湖上，饮酒行吟日月旁。

453 又

万笏山中万笏平，一朝塞外一朝声。
巴陵郡里洞庭水，岳麓忧前后人名。
无日月，有阴晴。仁人达智是精英。
千年故事难长久，一语留芳可济成。

454 北京

白露中秋一月光，秋分扫叶半衷肠。
重阳未到登高处，万里南洋作故乡。
非草木，是炎凉。枫红北国几层霜。
幽州只可香山问，梦里声言短叹长。

455 又

十八盘中曲方平，三千岁月竹枝声。
江湖岸上洞庭水，巴解军前蟹脚横。
寻拙政，问阳澄。姑苏日日四鲜明。
春雷一响开天地，除夕团圆聚老城。

456 望

九日无余半故乡，寒霜不尽一重阳。
等高未可山河近，指点何须日月旁。
儿女客，老人肠。兄兄弟弟妹妹情长。
爷娘父母生前问，有语无言已自伤。

457 又

同里家中小女人，洞庭山上碧螺春。
乾隆未见听黄杏，访问昆山曲外珍。
三阁院，五湖津。江南才子塞北臣。
声声不得西施问，木渎深深待越邻。

458 重阳

目尽三声问逝川，重阳九月立冬天。
登高不可临流间，小雪寒秋度旧年。
何不可，遇僧禅。人间自有老人缘。
生来马力知天地，步履江山度陌阡。

459 又

十八盘中惠夕楼，姑苏对岸客湖州。
淞江水色阳澄岸，木渎西施越国愁。
何五霸，一春秋。方圆百岁杞人忧。
夫差十载争天下，子胥吴门楚水流。

460 马年终

马到成功过马年，人行自主认人田。
梅花腊月逢冬至，圣诞平安客不眠。
心不已，事难全。春新草木雨云烟。
朝花暮色成天地，古往今来大自然。

十六、历史真相

《图说天下·探索发现系列》编委会　吉林出版集团　2009年4月出版

1 历史真相
沧海桑田一世迁，星移斗转半经年。
行人致事三千界，岁月轮回五百烟。
马来西亚 2013-4-22

2 无人来买扇头诗
一树墨梅香，半生沈九娘。
红颜终薄命，只得是茗堂。

3 理民为长奇谋为短
诸葛村夫一世田，名门后裔半如烟。
隆中对里三分国，赤壁吴中两蜀连。
选拔忠良家国治，鞠躬尽瘁作人贤。
安居乐业农商务，正气清明自主天。
但是刘禅官祠在，勉是留得至今悬。

4 俊逸才子大贪官
和珅善保正红旗，少小闻诗达帝玑。
龟玉虎咒何知与，乾隆侍卫向皇衣。
凭才乘宠登天地，四库全书榔桱稀。
世上枯荣非可已，人间福祸自相依。

5 名相还是神探
谏正辟严一政残，圆融智慧半云端。
唐周彼此狄仁杰，砥柱中流大法官。
豁达仁心丞相位，功勋卓著几盘桓。
唐廷日上无青史，白马寺中立杏坛。
酷吏袍衣终衮免，当朝树荐并州冠。

6 和珅之二
满汉蒙藏四种文，诗词歌赋九州分。
文章日月明清阔，议罪银钱胜万军。

7 河南洛阳白马寺的狄仁杰墓
白马寺边一祈坛，唐周朝外半生官。
民生社稷公门后，卒复皇王太子冠。

8 英雄莫问出处
施琅不似郑成功，力挽狂澜济世雄。
暴躁无端何许诺，飞扬跋扈几人同。
琅公利黑陈情怨，日本田川子复虫。
改易明清天下志，康熙御赐业恢弘。
一客台海听霹雳，殊荣独在大海东。

9 脸不黑的包青天
家喻户晓一包公，正毅刚朝半世成。
白净开封封铁面，龙图阁里是虚名。
陈州放粮仁宗济，孝肃丞相赐御情。
关节阎罗慈善在，清风日月自枯荣。

10 风流倜傥的背后
伯虎点秋香，红颜已断肠。
江南才子客，画路对虾狂。
竹碧沈阔户，清鸣纺织娘。
文章科场外，敏政作黄粱。
李白当塗酒，姑苏后主王。
桃花庵水色，壮志充明藏。

11 赤嵌楼
承天府署郑成功，赤嵌楼台几世同。
自以荷兰和日本，明清演易作英雄。

12 南普陀寺
五老峰前靖海侯，普陀寺里对佛修。
施琅虎井桶盘岛，顶戴花翎大清流。
果于诛杀多暴躁，产生酷法将难求。
田川子郑芝龙去，克峡台湾与世忧。

13 羽林郎
一代霍家奴，三朝巳子夫。
千人官不举，太子视芒都。

14 从清正刚直到圆滑世故
文清世故正直名，阁老中庸曲保荣。
社稷乾坤涂脑谢，三通会典总裁城。
经纶满腹忠奸在，跳过龙门治政英。
国泰京都何进退，高门永第是余生。

15 水中捞月
去去来来一醉人，行行止止半诗身。
飘飘逸逸平生酒，道道仙仙彼此邻。
李白当涂捞月去，王勃渡海误红尘。
南冠寺泳钱塘水，之间方言故土鞫。
蜀客坎坷剑阁在，黄冈曲折自波邻。

16 北京国子监辟雍
乾隆一辟雍，设计半王封。
斗角勾心处，扪心内省从。

17 李广难封
冯唐易老问王城，李广难封向帝名。
一箭梨花千里雪，三生勇将北平荣。
匈奴扼腕惊风处，汉将如飞射虎横。
自古留英天水岸，何须太守至侯轻。

18 饮中八仙图
一醉八仙人，千章半世钧。
三声呼玉宇，万古莫红尘。

19 皇帝女儿也愁嫁
色变高阳半御娘，王徽驸马半儿郎。
太平公主多男宠，万寿丞相郑颢防。

1840

府第文成西藏去，松赞干布大唐扬。
中宗不解家儿女，不作太平上下堂。

20 雁门关
飞将汉马雁门关，七十余疆战不还。
此去重寻天水巷，如今复足过阴山。

21 李清照
寻寻觅觅一情深，止止行行半古今。
万万千千知进退，成成败败诗人心。
明诚金石群书毕，漱玉泉清照词吟。
莫叹黄花何苦至，梧桐淑女几知音。

22 西汉鎏金铜马
举首向天英，行空自在鸣。
鎏金铜马在，汉将容平生。

23 忠正之臣还是野心家
麒麟阁上霍光明，汉室朝中灭族城。
子孟平阳惊武帝，弗陵太子以朝倾。
仲孺七少儿女事，未得周公不学明。
伊尹莫无多无术，暗斗燕明托孤萌。

24 乌江镇
一马到乌江，三声致国邦。
千年鸣项羽，万古自无双。

25 "莫须有"的深意
大理寺边人，杭州客里身。
昭昭天日尽，处处士情贞。
左氏春秋志，河山泯旧尘。
风波亭上望，除夕夜中春。
子莫须无有，臣刚刚项背因。
精忠何报国，一酒古今津。

26 风华绝代的"巾帼女官"
唐周郑氏向周唐，魅力裾裙展益香。
绝代风华巾帼女，如花似玉色姿扬。
昭容二度中宗事，武后三生似旧芳。
沛国夫人相内宰，文章彼此胜文章。
修文馆里崔堤处，之问则天赐御妆。
李显三思贤伴读，中宗复性上官娘。
权衡天下上官与，遗嘱幽求不敢当。
半体宫廷情便宠，太平公主共兴亡。

27 康熙帝遗诏
真真假假帝王家，女女男男日月花。
去去来来分社野，成成败败各天涯。

28 精心谋划的血腥屠杀——胡蓝之狱
胡蓝党狱一朱明，告变云奇半血城。
狡兔无须走狗尽，相将自此不名荣。

29 将军百战声名裂
将军百战半声名，苏武三边一士情。
故绝千年何气短，回头万里问平生。
酒泉战斗知天意，李广无成向少卿。
北海雄风先后论，匈奴中原汉地盟。

30 独特的清宫"选秀"制度
女子半京城，幽州一秀生。
三千佳丽色，百万帝王兵。
太后承天运，清宫几度荣。
红颜祸水重，姿容玉彩轻。

31 被饿死的"和尚黄帝"
孤心向佛不荒唐，独爱勤民治政光。
不叹南朝梁武帝，红尘看破是君王。
萧何后裔齐人族，叔达赎身寺院藏。
宝卷东昏侯位尽，才情八友故家墙。
范云沈约谢朓客，一帽三年日月妆。
节俭清风文采迈，衣冠正绝事朝堂。
秉烛苦读精儒道，不释卷书善柳杨。
广艺多才先锋将，朴朴实实作圆方。

32 乾隆帝的养生之道
十常四勿寿长经，八旬一生读猎行。
作画吟诗风景赏，山川吐纳意灵情。
肢肛耳鼻齿津咽，足腹常提眼面轻。
勿醉迷言不色与，人间天子自英明。

33 数朝贴
勤身立足照天光，善政荒芜劝佛堂。
武帝饭依同泰寺，南梁萧衍不君王。
舍身赎奉何家国，四亿资钱庙宇享。
候景之兵舆废易，慈悲不尽作沧桑。

34 陶冶性情心不老
修身养性情，作赋集吟成。
戏曲琴棋画，书声字迹明。
三生千百路，四万首诗名。
古古今今事，来来去去荣。

35 天下第一泉
第一玉泉山，三生水色颜。
千流逐客饮，万里北平关。

36 道高一尺魔高一丈
隋炀科举大清亡，昌籍通关以带枪。
百怪千奇何不止，乌烟瘴气断衷肠。

37 傻也可敬傻也可爱
稽绍臣忠司马衷，当朝恶妇贾南风。
分明不血龙袍名，自古龙庭自不同。

38 事了拂衣去深藏身与名
武艺难精志气精，春秋刺客自轻生。
吴王阖闾鱼肠剑，专诸王僚子胥名。

39 功盖一代而主不疑
权倾不忌一天朝，盖世功成半玉遥。
戚佩仁心安治文，中唐报国主无消。
宽容可度成天地，定厚忠诚报国僚。
尚父令公何节度，回纥并比战时骈。

40 要离
吴王庆导要离情，百姓安宁士乃轻。
自取平生由自己，成全壮哉一生名。

41 之二
驿站雨霖铃，梓潼苦涩亭。
玄宗闻古道，辛蜀以心铭。

42 豫让
智伯无成豫让成，子襄无成豫让成。
衣服至此知情义，不及功名壮士名。

43 之三
君臣敌友不疑功，子弟爷娘孝善同。
独步承心交内外，托孤抚帝问唐公。

44 壮士一去不复返
壮士此来不复还，英雄自去镇江山。
荆轲岌岌燕丹子，易水潇潇满玉颜。
击筑难成天子过，无须刺客御门关。
秦王自此咸阳故，事了拂衣似等闲。

45 翻云覆雨的万贵妃
覆雨翻云万贵妃，骄横跋扈宪宗非。
明朝两后宫廷暗，二十年中立女威。
太子无成成子母，宦官有术术人归。
三宫六院生专宠，两广如今作帝徽。

46 一剑转乾坤
一剑逆乾坤，三声唤故人。
千夫何指望，万里问君臣。

47 无奈的崇祯帝
亡国之君励治精，勤踣度略世人情。
闻鸡而起时无寐，事必躬亲节俭明。
宦党忠贤倾位去，贤王例外未功成。
回天不济多疑重，罪已诏中留后名。

48 卓文君
文君司马凤求凰，犬子长卿缘绮王。
富甲琴中何彼此，知音未且作疏狂。
家徒四壁轻良子，桐梓芳心景不长。
酒肆常留千古怨，原来诀别弃糟糠。

49 多疑自负酿悲剧
内有清党外有狼，宦官即位帝王伤。
天负人害时下运，复以蛀洞两个亡。

50 龙椅上的"傻"帝王
自古朝堂一帝王，千年正度半血光。
知臣正义人情至，恶妇南风贾后荒。

51 之二
自毁长城袁崇焕，多疑学士帅将相。
孤家寡人真天子，比党公忠几士当。

52 之三
崇祯已兴亡，未暗断衷肠。
剪党除刀去，煤山作柳杨。

十七、闻香

叶岚　山东画报出版社　2011年1月出版

1 鹧鸪天·闻香
一枕朝纲一枕粱，半含日月半含香。
柳杨天下何渡口，三弄梅花满哀肠。
刘寔崇，尚书郎。几熏墨纸几熏囊。
高山流水知音容，马上春秋是重阳。

2 红楼谱
幽幽冷冷一甜香，黛宝可卿半柳杨。
冷暖人间何冷艳，红楼曲尽问红妆。

3 鹧鸪天·香之道
刘寔何言石崇房，谢安几度谢云香。
客羞不试脱衣处，莫对红颜自断肠。
风流箭，贵妃汤。几回怀智欲红娘。
同昌公主五蕴宝，意倾人间念倾王。

4 炼香
残梅落叶遣微香，尺素甘松藿菊黄。
乳黑零陵荷从侍，龙涎麝吐陆詹唐。

5 文祭日 2012-4-25
云云雨雨已无声，去去来来寄养情。
沧海桑田相顾问，爹娘子女世间盟。

6 尺素往来
尺素往来一配方，熏檀丁子半沉香。
詹唐落叶梅花赋，麝侍龙涎吐气扬。

7 香道
一道一闻香，三生半女良。
千家何教化，日本以技长。

8 阮郎归
天台山上几芳菲，刘晨阮肇归。
思心乡邑苦微微，仙人不采薇。
云切切，雨霏霏。愁肠一木晖。
是非世事是非非，有情独自飞。

9 一剪梅
日尽成灰客欲香，
不绪红藕，月解轻装。
时光逝去一倾肠，
几度冷暖，几度寒凉。
五女烟囱是故乡，
难锁旧句，复付青黄。
榆关来去半家塘。
万水千川，柳柳杨杨。

10 苏州留园闻木樨香
悟道闻香一木轩，行云流水半江源。
蝉花柳叶何龙象，本体机缘世俗言。

11 后香道时期
独坐品禅香，寒心问柳杨。
三江源不住，两袖月山庄。

12 十牛图颂
修心一世半闻香，举目三生两柳杨。
但以禅明牛马驯，年来返本向原光。

13 春香，夏香，秋香，冬香
三春半暖百花香，九夏荷莲一玉扬。
万里婵娟寒月色，千山独影两年藏。

14 竹涧焚香图 南宋马远
一角半芳香，半边一柳杨。
门头多影事，悟性少炎凉。

15 香之用
一半禅心一半香，两三语意两三王。
六根清净梅花弄，七窍开知着地梁。

16 斗
宇宙共同鸣，人间上下荣。
金刚狮子印，咒语萨垂成。

17 六祖斫竹南宋梁楷
六祖禅根斫竹声，三尘落定问人明。
形骸放浪何粗旷，雅士参心几世成。

18 者
由入自复原，印会可朝宣。
力量惊天地，力物仕灵縈。

19 乳香
入室久闻香，苏哈气味扬。
乳香熏陆在，制正一衷肠。

20 皆
危机感应身，人心待语勤。
操知天下士，灵接印会邻。

21 白芷
乳中白芷香，木下陆夫扬。
五味知天地，三生济曲肠。

22 阵
供养会真人，莲花大士身。
洞察三界外，内缚隐天尊。

23 藿香
藿香正气扬，快宇提神方。
祛湿和中法，平衡制药娘。

24 列
普济一如来，人心半壁开。
灵微分付处，智拳印天台。

25 道教《胆神图》
龙跃道教一威明，大陆葡萄半世荣。
宇宙龟蛇悬袋影，阎浮提树巨人成。

26 在
能力自由根，形成任古今。
平齐三耶会，大日半人心。

27 忍者的香道
九字一真言，三生半世宣。
千人成宇化，万里问轩辕。

28 前
光明一佛心，境界半知音。
隐者禅人语，支天万化根。

29 临
身心稳定世当人，意志难移举目津。
体魄坚强灵大地，金刚独钻印红尘。

30 曼陀罗花
守护曼陀罗，禅音世渡河。
人心惊世界，物象几何多。

31 兵
能源半世真，咒语一明身。
快速还童力，羯摩会降临。

32 战争女神
狮头幼女半人身，守护人间埃及神。
法老言情仪母训，赛格迈特象形坤。

33 中医论龙涎香
甘酸涩气腥，海水抹香铭。
活血心肝肺，微咸利水庭。

34 克娄巴特拉和安东尼
东尼未及待西尼，香水船中女水低。
巴特克拉安贵乞，玫瑰世界以香移。

35 中医论麝香
辛温脾窍一归心，活血通经半解阴。
麝喜食香成辟浊，脐中集结已乾坤。

36 拜占庭香炉
香炉拜占庭，草木四时青。
俄国惊红场，东旗座右铭。

37 安息香
心肝脾肺身，活血气行人。
辟秽开窍结，微甘本草津。

38 黄道十二宫
一道十二宫，三黄半世空。
人身多世界，物象几西东。

39 中医论龙脑香
心肝脾肺经，龙脑目明庭。
气血冠香尽，辛温付渭泾。

40 薰衣草
薰衣草后香，促进再生墙。
允投禅绘缓，医疗门花扬。

41 中医论丁香
肺脾人中胃肾肠，海棠树外一丁香。
阳明春云及时雨，自是辛温制四方。

42 茶香一味
茶香一味苏，古道半东吴。
自此寻天木，形成侍玉壶。

43 中医论木香

本草辛温一木香，通壅导气半经肠。
归温止痛除痃癖，肺脾消顺胃肾阳。

44 沉香

白木女儿香，云南子士杨。
台湾沉水桂，海口密芝堂。

45 迷迭香

士子一衷肠，人身举世扬。
迷迭香气在，不语是向方。

46 中医论沉香

肾命二径门，微温一苦根。
无毒辛苦性，足厥易乾坤。

47 玫瑰花

一半脾肝经，三千弟子庭。
舒中平世界，紫白色青青。

48 中医论檀香

辛温入太阴，脾肺阔肝音。
理气和行气，阳晴散止今。

49 采桑子

人生一半朝朝暮，一半江湖，一半姑苏，一半洞庭任念奴。人生一半长亭树，一半空壶，一半糊涂，一半闻香共通途。

十八、谈智慧

1 马来西亚谢文森

世上起风云，人中半志君。
江都传七十，五九觉门闻。
注：一九二九不出手，三九四九冰上走，五九六九沿河看柳，七九燕来，九九加一九，黄牛遍地走。
2013年7月12日

2 开创

人生处处一人间，观念时时半处闲。
历史空城成轨迹，春秋日月苦攀山。
望田变改耕耘子，例往珍来智慧关。
进步修身思正果，凭心自在列天班。

3 时光隧道

五十年前一首诗，春秋世上一心知。
乾隆应悔四万去，福慧兼修创业迟。

4 谈智慧

三江日月流，九脉去来秋。
地上风尘客，人中智慧修。
江都临济度，觉世佛家头。
印度儒三乘，金陵已莫愁。

5 智慧来处

菩提树下一如来，生性人中半世开。
妄想无成成执著，心明自得自瑶台。

6

山山水水一心经，简简书书半座铭。
体会修行知慧智，三摩静读是丹青。
注：闻、思、修才能入三摩地。

7 成功与智慧

全工以赴成，第一始终明。
智慧知点面，形身创业英。

8 人生的能源

智慧知心日日明，能源以力助人生。
屈直巧拙行程易，内敛含虚若愚情。

9 再创生机

再创生机一点明，相间作业薯薯平。
浮浮落落多轮替，变易人生可再成。

10 忍的智慧

隐忍慈悲智慧生，檐当负责作修行。
佛陀受毁刻讥谤，罪责烟云镇定荣。

11 培养勇气

修心养性一慈悲，智慧禅伦勇气来。
克定危难功业继，生生死死是轮回。

12 有容乃大

厚道彭莲子粒封，亲仇莫念自形踪。
东坡已去章惇去，不是雪州是有容。

13 全力以赴

全身以力赴倾城，野兔狐狸各自明。
第一当先当最后，人生逐就可功成。

14 骄慢与傲骨

骄娇二气必无成，傲骨三生以道明。
富贵贫穷均外界，心中有路乃前程。

15 念念分明

念念分明一世情，心心印道半枯荣。
禅宗教导非图己，顿悟三思是顾明。

16 本性能改

江山易改不东西，本性难移可逾堤。
执着决心终始比，富兰总统百林栖。

第十五卷　古今诗

17 人脉与实力
积聚因缘溃似城，入山看势入门声。
行情动作知来去，有数心中踏实荣。

18 心能转境
曲折迂回到顶峰，心能转境以从容。
受回生对重新始，失火功成故步封。

19 工作换跑道
一道半心明，三生两客情。
工成明正反，相得意彰荣。

20 怨谤随人
随人怨谤自心中，工作辛劳励志功。
凡是无求何悔责，寒山石得过年空。

21 称职的主管
初交故旧一同心，死遇生人半共萌。
愁望忠贞修业生，众中一子是知音。

22 用人之道
虚心受学奉贤人，后息先趋暴雷尘。
共进同出平等事，才华知慧始相邻。

23 领导与服从
良禽择木而栖身，一将难求致业人。
领袖功成何领袖，忠臣迭主事千钧。

24 建立人缘
心中自有万千人，世上修英一半邻。
左右逢源方就属，无相觉悟已成身。

25 照顾脚下
人间熙熙一低头，足下千程半不休。
步步无须随主客，天天自得任沉浮。

26 之二
阔海半沧州，浮云九脉流。
天高三尺界，地厚一心头。

27 我只有挨家挨户
家家户户一商城，步步临临半事精。
邮件青年何独往，三思立足以人情。

28 灵巧的人
经无定法一心灵，大拙方休半渭泾。
十日修功修万日，三年练笔练丹青。

29 琢磨琢磨
琢磨未致未琢磨，处事必须必少多。
海纳千川成海纳，江河不断作江河。

30 荣耀与成就
齐人霸主一桓公，六十余天半弃虫。
赵氏孤儿孙叔敖，羊皮五俱作秦雄。

31 休息力
修身力息晋修人，动静相参进退均。
上下思成行止处，工精事业净红尘。

32 你要做哪种人
取上居中半不前，行先利后一桑田。
高人自有高人智，俯首当心俯首缘。

33 朋友有三种
推衣解患上时年，利用情谊下事连。
共苦同甘中等客，朋朋友友可如泉。

34 世界形形色色
可进人生可退返，先知世界亦觉荣。
同修智慧甘苦济，共处苦惠境欲明。

35 慈悲生智慧
慈悲种子作根苗，智慧无量是柳条。
岁岁年年君子路，天天地地忍波潮。

36 严与爱的教育
一而再，再而三。海纳川，容而宽。
宽致严，逝者可济天。燦釼已无封，
真心领悟容，宽严何可济。
彼此是禅宗。

37 慈悲可贵
善念一人心，慈悲半业萌。
池境蚂蟥困，竟续寿生篯。

38 三个大问
苦乐相容调换成，慈悲智慧互相生。
逢时转念宽心待，反省光明解放情。

39 将心比心
绵阳猪仔乳牛群，命运难同一离分。
皮毛屠宰换奶水，前程各异各相闻。

40 增智慧还恐惧
般若心经一世情，人无恐惧半心明。
观音普度声声念，逆境随缘化解平。

41 阳光与和风
阳光水气一平生，冷暖炎凉半世情。
互致和心成就彼，观音普度向枯荣。

42 识大体
叼奸是小人，大体致天津。
主持金山寺，霜庭祝贺频。

43 举重若轻
举重若轻平，成思似不明。
茅茅充满屋，蜡烛以光明。

44 过河的瞎子
人生变易古桑田，转化机会自得缘。
坐井观天何已见，茹毛饮血几经年。

45 行善应及时
二三四五，南北，六七八九。
缺衣少食莫东西，过节逢年有屋低。
行善及时郁舍助，书生对里是端倪。

46 愚痴最可怕
逢灯一处明，遇路半相轮。
处处深思后，方圆可成行。
书中何历阅，顿悟以心萌。
百喻经时觉，三春见至荣。

47 爱与惜
佛光普照菜根谭，季节时时草木涵。
宇宙成心生命许，春天处处碧山风。

48 不倒翁的哲学慈悲没有敌人，忍者无人对抗。
忍让慈悲不倒翁，无平莫稳自由衷。

1845

千年万事方圆主，有尾无头作始终。

49 登山，征服自己
征服自己是登山，俯仰高低是理班。
障碍从来心念里，前程步履莫封关。

50 闻思修，得智慧
思修二十五圆通，百万听闻一落鸿。
智慧无声声不尽，合掌兼心耳根穿。

51 听话与闻法
佛陀不语大堂中，礼拜恢扬世界宏。
有语当须三界外，无言自在问鸣虫。

52 良心与妄语，致何丰丹贾彩珍
妄语背良心，鸣虫向却禽。
人生须正义，不及狗猪音。

53 良言爱语三春暖
智慧光明一柳杨，元知有悟几黄粱。
良言爱语三春暖，水榭东堂半夏凉。

54 法的胜利
胜者是人心，和平作福音。
慈悲成古界，佛法以经箴。

55 智慧法语书，远看则美；山，远望则幽；名利，远观则能洒脱；小人，远避则可少是非；思想，远洞则能洞察事物本末；心，远放则可少烦恼。"远"字，妙用无穷
心源意本
远望山川近望天，无知日月有知年。
虚含世界虚含意，子粒耕耘子粒田。

56 大地山河在说法
禅师竖拂尘，你我问天津。
子粒山河水，田林育自身。

57 心灵钟声——杨灵
2013 年 7 月 14 日
洪钟初叩一心灵，宝偈高吟半渭泾。
上彻天堂三世界，下通地府九丹青。

58 力量的来源
力量几来源，文章各简繁。
方圆成世界，日月三自元。
正念由心信，精诚进取言。
空濛凭智慧，对路向轩辕。

59 不贪才是宝
子罕春秋一玉名，心居各守半殊荣。
无贪宋国君臣在，利养名闻己作倾。

60 之二
山前一只猴，怀里百丰收。
俯首贫多取，贪多半不留。

61 山水人生
山山水水一人生，立立流流半不平。
起伏波澜何意越，秋冬春夏自枯荣。

62 加持的真我
加持一真成，凭心九进精。
功精成彼此，自己作人生。

63 静心与思维
心灵自是一花园，静定三思半地天。
觉悟禅音成宇宙，行行止止索知然。

64 思想、禅、悟
禅思想悟一心田，是是非非半觉泉。
此此天机成彼彼，人人处处解时缘。

65 真空妙有
空是有无有是空，色非去来去非终。
心经般若逢缘起，普度众生苦厄穷。

66 朋友与知音
朋直友谅一多闻，鸟性鱼灵半世文。
君子之交如淡水，知音可得以心寻。

67 之二
不战屈人一上乘，浑身浴血半呼应。
培根育故情人对，正反方成结玉冰。

68 公是公非
是是非非各不同，非中有是是非空。

中庸各执偏颇念，不得平衡不得风。

69 绝不姑息歪理
戒禁非非取见身，胡为理理入浑尘。
偷邻五次无成事，却怨安全太超人。

70 螃蟹行为
孤身螃蟹沿壁行，两只纠缠绕难成。
腿腿相交分不完，团团数脚解不赢。

71 把握时间
明期取证一修行，刻意形成半见萌。
苦短年华多努力，翁来学道几年明。

72 四种人生
苦苦甘甘一世生，先先后后四冥明。
修身养性耕耘日，作事行程万里情。

73 命运，就在脸上
因因果果一生联，去去来来万事悬。
脸上心情成日月，心中日月著桑田。

74 人生的棋盘
人生自在一棋盘，世界由来半事端。
守守攻攻兵马见，躯躯体体仕相残。

75 身心安顿
英雄不列子陵滩，刘秀成功立命冠。
胜利何须朝野上，江山未必戴华冠。

76 旅人与遇客
生死无常四大田，人生昼夜舍三全。
蜂蜜五欲才名色，食睡周遭旷野天。

77 听故事，开智慧
天堂地狱一生缘，隔壁邻家七尺田。
筷子阴晴三尺远，人心日月半蝉连。

78 鸿雁与蝙蝠
何须上下一高低，不可高低半玉泥。
止止行行同日月，南南北北共东西。

79 生死操之在己
生生死死一枯荣，岁岁年年半纵横。
积善成荫因果在，成成败败易阴阳。

1846

80 乐观与悲观
亡羊补牢一人生，塞马行空半祸荣。
彼彼阳阳何彼此，坎坎易变自平平。

81 真假的颠倒
真真假假美猴王，谎谎诚诚玉石梁。
倒倒颠颠成正本，虚虚实实是沧桑。

82 正见的重要
六道轮回正见明，三生改易著平生。
轮回道理凭天地，譬喻经中自主行。

83 可怜的众生
人间世上一枯荣，圣厉途中半众生。
彼此阿难尊者路，功名富贵一时倾。

84 器官移植
彼此人中你我他，阴阳世上草湖花。
五蕴度过山林客，四大行空水不涯。

85 吃饭文化
寺里碧纱笼，堂中白饭穷。
僧人何不语，素斋也精工。

86 邪不胜正
地狱远天城，沙弥恶鬼情。
奸邪无胜正，打坐到天明。

87 小的有用
彼地无须此地成，上梁必正下梁平。
大中有小小中大，远里无声近里声。

88 文字罪
字字文文是非，先先后后半元归。
成成就就何彼此，色色空空道路晖。

89 中国字的奇妙
须弥芥子互藏身，后世前缘解旧尘。
读破诗书千万卷，工精下笔有天神。

90 之二
波坡水土一皮边，被倦衣疲半世田。
只见人心由面及，端倪事物自方圆。

91 礼敬的僧众
昆山产玉玑，露水育金衣。
世民唐宗客，玄奘礼敬旗。

92 真正的财富
水火无情一苦人，贪官污吏半辛邻。
康康健健何心与，子子孙孙情不尊。

93 缺点也能善用
许无当头棒喝鸣，媒妁妇夜色重生。
千行四生何先后，六道三回几围城。

94 杯子满了吗？
金杯满石头，碎小夏间酬。
复以砂泥入，浮沉水不流。

95 马马虎虎
马马当家虎虎成，先先立户后生生。
知知解解真情意，误误图图几照形。

96 刮胡子
蜜月新婚约我们，夫夫太太作儿孙。
娇声细语乱胡子，却道逾恒一个门。

97 推诿无益
推推诿诿却还来，事事时时久不哉。
隔岸蝗虫寻不得，何言不灭自天台。

98 准备的重要
老虎兽中王，雄狮足下猖。
人情何讲演，膳后是言堂。

99 名医扁鹊
扁鹊魏文侯，黄垂毁弃休。
瓦釜雷鸣震，长次弟兄求。

100 有功和需居
华容捉放曹，报答受情高。
赤壁东风语，周郎一火毛。

101 禅师的智慧
介石一慈溪，禅师雪卖堤。
孤孤何寡寡，母子各高低。

102 内外一如
内外如来一佛心，云门智客半门音。
平平等等无言二，去去来来有古今。

103 低态熊处世哲学
世上已低昂，人间半故乡。
台风沙石扫，任性利姿梁。

104 书家的异想
异想天开一书堂，唐尼月亮半黄粱。
雷光集聚天空向，书在人间作始狂。

105 阿姆斯特朗的名言"我的一小步，是人类的一大步"举世闻名。家别忘了，当回地球时，是我先出太空舱，所以我是由别的星球来到地球的第一人
去去来来各不同，先先后后自苍穹。
名名寂寂成三界，处处时时第一雄。

106 丘吉尔的智慧
太太丘吉下毒裳，咖啡饮尽作衷肠。
终生不见何时见，懊恼无明是苦梁。

107 机智对话
林根国会不天堂，一半傻瓜一半王。
我敢西行寻大陆，雷声鼓点两相当。

108 做白日梦
一举成名一不成，半生不事半生倾。
才扬梦死方天下，以此充栋教育情。

109 自信不是自负
人间一个贝多芬，自信三生自负闻。
大雨倾盆二十里，光明普照去来云。

110 向传统挑战的勇者
青年不著小人喧，挑战寻常向勇繁。
独立宣言无佛逊，抗衡暴政树名言。

111 船夫与哲学家
智者船夫共渡河，无知历史不知歌。
诗人数学何一半，溺水游生已不多。

112 做最难适当的事
韩非鲁赵各檀香，伯乐寻常个别相。
取利无同因路异，麻鞋不易熟绢荒。

113 生存之道
有米家鸡近双汤，无梁野鹤远飞翔。
山深木秀泉清澈，海阔潮高水激扬。

114 处境不同
兰台百姓共凉风，汉北汨罗各不同。
出境心思何不异，寒霜乞丐叹贫穷。

115 好马要吃草
凤尾梧中堂，龙城觉客肠。
天街千里马，御膳万年粮。

116 错误的推论
摸象一盲人，成形半自身。
钩呼成扇鼓，柱扫各分均。

117 生于忧患
忧忧患患一平生，乐乐安安半故情。
弱弱强强相互易，长长短短自枯荣。

118 杀亦有道
上上中中下下分，禅禅道道自寻闻。
儒家弟子成思就，石虎无非觉悟君。

119 为官之要
一女武则天，千官半自玄。
无须何正反，酷吏互相怜。

120 知人之明
包容一智明，度量半无声。
宰相数师德，仁杰受荐名。

121 之二
黄羊举仇晋平公，荐子知才任尉雄。
避强无伤天下事，居心论事可成功。

122 一点即透
垂钩钓饵诱初成，宓子闻心治邑城。
迎面阳桥鱼不美，舫游后面似曾名。

123 唯恐属下不如己
春秋五霸楚庄王，但愿臣僚胜朝堂。
国事申公常问巩，思明想切可黄粱。

124 互尊互重
朱熹成名陆九渊，工精彼此对方田。
文香白鹿洞书院，石上言铭作语筌。

125 孝顺要趁早
父母爷娘一世铭，夫妻子女半丹青。
三生共度艰难日，五世同堂几代灵。

126 智慧珠玑
智慧珠玑累积成，禅心道悟力思行。
来来去去寻常见，表表中中有内情。

127 励志
人生励志李天田，处事居心致点泉。
千年古人凭根立，万里行程靠足连。

128 水的毅力
穿山透石一流成，渡远留心润化生。
厚德滋荣荣万物，归来去后无声。

129 立身以无愧为难，守身以无玷为难，保身一无疾为难
老致三思一愧田，凭生半想万源泉。
爷娘父母夫妻事，子子孙孙自祖先。

130 生命是一本大书
生生命命一书城，进进出出半不明。
围围攻攻三界易，成成败败万千情。

131 《杂阿含经》里记载，佛陀称赞马有八德：第一，品种优秀，姿态优美；第二，体性温良，不惊吓人；第三，不捡精细，以草为食；第四，厌恶污秽，喜好洁净；第五，接受调伏，善解人意；第六，安于驾乘，为人服务；第七，喜行坦道，亦善崎岖；第八，衰残老迈，忠心不变。
八德半行空，三生以始终。
千山知马力，万里问云风。

132
何如自己作观音，去去来来是古今。
事事人人分对立，天天地地合人心。

133 信仰
性格人情厉害明，良知本愿以心生。
姻缘彼此和谐处，应物同源悟道荣。

134 读书
人生读一书，做事问三疏。
道路由己定，居心自有余。

135 读书时，先缩小自己。创业时，再扩大自己
缩小书中扩大行，功成足下去来明。
千门自古朝阳立，万户由衷就业成。

136 修身
何君不解小人心，每事吃亏便宜箴。
自得修身非未是，安宽秦若木成林。

137 宗三先生说："年轻人比记忆，中年人比智慧，老年人比意境。"
智慧禅心意境深，千山万水木成林。
南洋海岸根源本，塑造修身读自心。

138
知人善解一知明，务事圆通半务成。
室外红尘山水客，民间愿望欲枯荣。
心思万象含藏远，滴水千光自在行。
任得高低随变化，凭客吐纳悟音声。

139
心无挂痴一人生，自在形成半世明。
远离痴妄和幻想，和平日月始终赢。

140
老衲一僧房，禅音半寺堂。
观音须守持，自得是圆方。

141 谈智慧
如云似雨入荷塘，碧叶莲心暮晓光。
秀水观音成世界，僧游守一著圆方。

十九、古今诗日记

1 办银行
下南洋十七次凌晨梦里收鱼十七条
梦里半江时，鱼中九脉根。
丰收三界水，网取一乾坤。

2 二〇一一元旦开门红
锦鲤跃龙门，江湖三月春。
梅香新世界，福厚满乾坤。

3 黄鹤楼
龟蛇空锁一江杨，汉口琴台十地方。
下里巴人三界水，阳春白雪五蕴肠。
实音楚韵潇湘容，黄鹤楼头问武昌。
太白无辞云梦寄，仙人已去话沧桑。

4 骆宾王
此世无逢彼此逢，来时有影去时踪。
残塘日月诗词容，一半精英一半雄。
灵隐神州终是侠，寺含之问始生客。
咏蝉事废三千生，武曌惊文五百钟。

5 赤壁
赤壁东流一水同，单船借箭半舌雄。
风云可数群英会，谁道华容度始终。
古古今今常来去，兴兴废废各西东。
无言空对江山路，但以平生济世翁。

6 白山黑水五女峰
暮染五花林，天空一色深。
山高长白客，水沃玉琴音。

7 亚洲发展投资银行
年初复梦鱼，岁末以书居。
日月平生数，银行事可舒。

8 淑女画题林黛玉
黛玉心中宝玉郎，红楼月下半西厢。
十三钗后金陵色，不似戎前是素娘。

9 题陈奕燕牡丹图拾二冬韵
泾渭人中读鼓钟，长安洛下醉芙蓉。
唐周方武今何在，日月江山草木踪。

10 王维
八水绕长安，三朝对玉冠。
终南冬夏主，安史胃肠寒。

11 暑
乾坤日月半阴阳，一寸心思十地肠。
草木东西何相似，江河南北是隋炀。

12 草木人中茶
草木人中一品茶，江山天下半无涯。
有言烟雨三春容，不语东风二月花。

13 燕京八景，燕京唐为幽州辽五都之一，又称折津府，明清为顺天府。金为中都始有八景
居庸叠翠，蓟门烟树，西山晴雪，玉泉趵突，太液秋风，琼岛春荫，卢沟晓月，金台夕照。
居庸叠翠一长城，太液秋风半北京。
琼岛春荫华夏水，西山晴雪玉冠明。
卢沟晓月风云在，烟树蓟门白石生。
趵突玉泉流不尽，金台夕照故人情。

14 燕京八景
银锭观山，西便群羊，东郊时雨，南囿秋风，燕社（大兴采育聚燕台）鸣秋，长安双塔（辽庆寿寺为双塔寺）回光返照（灯市口二郎庙与紫金城夕阳回照）石幢燕墩（永定门外乾隆御书"皇都篇""帝都篇"）。
银跎观山半雪峰，东郊时雨一无踪。
长安双塔惊时日，西便群羊白石龙。
南囿秋风南海子，回光返照故宫逢。
石幢燕墩乾隆笔，燕社鸣秋已九重。

15 西涯八景
明代文人李东阳居什刹海吟之银跎观山，谯楼更鼓，西涯晚晴，景山松雪，白塔晴云，响闸烟云（恭王府响闸）柳堤春晓（什刹海荷花市场）湖心赏月。
谯楼更鼓一西涯，银跎观山半玉华。
白塔晴空浮北海，景山松雪向梅花。
柳堤春晓莺鸣久，响闸烟云入人家。
后海西涯德胜晚，湖心赏月影西斜。

16 人生
少小一衣襟，青年半古今。
中来知父母，老去是归心。
啸二楼兰客，辛辛日月荫。
英名寻楚汉，司马自知音。

17 锦衣卫
叶落雁门关，鸿飞北海湾。
衡阳芦苇荫，斑竹二妃颜。
大漠沙尘去，锦衣引日还。
荒丘怜素玉，驿客上天山。

18 韩非、秦王，李斯，荀卿，司马迁
秦皇恨晚见韩非，二世李斯劝不归。
司马云阳书读少，荀卿教育纪云飞。

19 凤羲亭与白门楼
月下见貂蝉，心中无念宣。

董卓天子误，吕布白门前。
是是非非论，成成败败怜。
生生何去客，日日几来年。

20 站着睡觉的马
直主人间白马情，不勇万里此平生。
前程足下行无止，春秋日月啸啸鸣。

21 炒粥
符永辉东洋黄生黄木良夫妇共食炒粥而佐芹韭合生之缘并论黄鹤楼而记之。
一江去几春秋，两镇琴台汉水流。
但见知音黄鹤去，老生意气十三州。

22 菩萨蛮
三桥烟雨江村柳，小家碧玉红酥手。
曲对镜壶流，色余明月楼。
桃花知可否，李杏干杯酒。
渡口问归舟，黄昏相约愁。

23 峰
光明先至后离开，白雪华冠玉宇台。
一水东流流不住，三吴腊月几枝梅。

24 叙香斋
一半清虚一半鸿，两三世界两三同。
平生礼得平生事，不色声名不色空。
腊月梅香寒影尽，春花似许百芳中。
余心但释苍来客，此诺千金九脉东。

25 山楂树之恋（天后村）
老家，桓仁镇西关五队。三间大大茅草房，房前是大院子，二月二日画仓囤。院东三间南北房是磨房厨房，院西一间半牛驴棚，一间半猪圈。房后二棵山楂树，五棵樱桃树，二棵桃树，对窗户是一盆倒卷莲。三围是高高垒石墙。正门是高高杖半木栅栏。门外是宽宽的街道东西贯通，西是菜地，东是井。道前从井到菜地是二十余株葡萄，菜畦边有二株血桃。张恩媛曾居一客夜。老家，如古今诗首页所描述。本人行三，毕业于桓仁中学，独一人入北京，可曰状元兮以父母光第为荣，以农为生。六二年前三年识高中二班师胡竟权。任班副长，长安吉宏，劳务委员张恩媛，勤工俭学伐木凉水泉，患夜盲症，晚归时张恩媛常以木杆牵引回校。老来思宝，以诗记之。
三介不锁少年身，腊月恩媛引盲人。
凉水泉边多白雪，勤工俭学苦凡尘。
西关五队三间屋，一半春秋一半亲。
江北刘家沟外客，无无有有以情真。

26 田思雨红包
书生一寸田，富贵半方圆。
草木及思雨，文章日月年。

27 梅
经冬玉质凝，腊月鲜心冰。
疏影暗香色，临春唤百兴。

28 王俊国送我
孔雀造型金达莱，金达莱朝鲜名，中国称映山红，迈春红，杜鹃，祝亚洲发展投资银行。
孔雀杜鹃红，年年岁岁终。
三千知日月，七十无无穷。
此去南洋客，还来北地翁。
银行初建设，已见济时雄。

29 庚寅除夕
紫禁城中一帜香，景春亭下半圆方。
南洋此去银行路，回首幽燕是故乡。
曾试辽东天下久，书生学步状元郎。
榆关南北楼兰诺，已过龙门日月光。

30 辛卯初一画堂春
暗香疏影半红妆，初春灯竹扬长。
江湖草木唤群芳，一半炎凉。
彼此南来北往，枯荣日月桃姜。
人生苦读凤求凰，一半刘郎。

31 和张旭华
寒梅藏韵，银花临夜报佳期，凡尘不起，酥润三江地，酌饮籁微风诚念人间事，情如醉，香醇满杯，寄福春风里。

点绛唇，四贵韵，元日寒梅，春心已动群芳意。影疏私密，换得山河异。只报佳期，留下人间记。幽燕地，故人心思，何向尘凡事。

32 浪淘沙
岁月浪淘沙，处处人家。
立春之日问梅花。
疏影暗香先十地，唤起芳华。
粤南已桑麻，塞北心芽。
东风一半过天涯。
六九河边杨柳色，竹灯朝霞。

33 沧海桑田一九九○年海阔天空在肩上，二○一○年海阔天空在肩下
平生治事九耕田，海阔天空二十年。
日月文章三万首，读人读地读苍天。
天涯远近知常客，海角高低自涌泉。
著作时时千万数，诗词处处五洲前。

34 黄昏
万仞山峰日月光，先来晚去度炎凉。
三江源水终汇合，不度东流注海洋。

35 元日第一雪
斜斜细雪玉衣中，素素江山已立春。
只有天公情不断，婵娟始见读书人。

36 春水化冰
知恩滴水一光晖，云雨怀春半翠微。
夜读古今天下事，心随日月几时归。
桓仁故土浑江去，草木南洋倚柴扉。
依旧江湖朝野客，银行自治作鸿飞。

37 情人节
红灯玉树鸟成双，白雪梅花入客窗。
七九河开杨柳岸，东风已近故家邦。

38 过东皇城根毛家湾
毛家湾里御含穷，文化云中玉灿东。
峰落江流山不语，疾风聚雨乱惊鸿。

39 朝阳峰先至，暮色峰后去
朝朝暮暮去来峰，岁岁年年上下同。

1850

是是非非荣辱客，今今古古败成工。

40 元宵节
江山日月一乾坤，草木枯荣半世魂。
流水清明知进退，高山仰止见晨昏。

41 哈尔滨太阳岛
树挂玉精缨，冰天雪地城。
烟含云不落，素裹贮春情。

42 老人
天萌一草根，地载半乾坤。
十地知儿女，三生向子孙。

43 亚洲发展投资银行
云雨一南洋，书生半故乡。
人间寻日月，天地作文章。

44 家住东皇城根汪魏巷九号
十地一天津，千年两旧尘。
皇城根下事，枣树叶秋春。

45 北京养春堂
寻天寻地寻知已，知遇知恩知所以。
三界无缘月色前，一心种在情田里。

46 道生
耕耘不在桑田陌，日月何须来去客。
天下书生日月晖，道中白石沉浮百。

47 独坐
梅花二月任含情，芷草三春自在荣。
日月何须天下去，耕耘只向一心明。

48 辛卯二月二日惊蛰
半暖桃花半暖舟，一川色水一川流。
峰明岭暗云烟重，树钓江青碧不休。
二月叶，二春浮。
黄花处处女儿楼。
清梦雨作思乡响，不向河山违命侯。

49 读人生
惊蛰万物新，雨水四方人。
二月初三日，书生百岁春。
一峰出日月，雨目入天津。

读尽江山事，寻来楚汉真。

50 风云入壮怀杨家私坊膳
芦蒿挂月玉文娟，赣水四鱼领汝泉。
九脉熊君重此向，三春彼斗友清年。

51 永定门，正阳门，天安门，端门，午门，太和门，乾清门，神武门，地安门
永安正阳紫禁根，天安端午太和门。
乾清神武钟楼鼓，俯首地安万寿村。

52 鹧鸪天养春堂月下咖啡独酌
一诺楼兰左右铭，三春草木短长亭。
平山堂上文章客，紫禁城中向渭泾。
寻月色，数星星。婵娟一半故零丁。
东西南北圆缺向，流水高山俯仰听。

53 姑苏探梅
木渎一山崖，洞庭二月花。
春梅香雪海，碧玉小人家。

54 中国西部控股国际投资公司地安门
京都一后门，紫禁半黄昏。
故国知天地，炎黄向子孙。

55 腊梅与梅花
十里蜡梅香，三生故国梁。
端姿寒古色，玉树自家芳。

56 西子牧鹤亭
寻花问柳误三春，鹤子梅妻少一人。
燕数莺啼三界色，波光岸影半红尘。

57 读北京大学刘瑞复教授"燕园诗稿"商榷七律《师者》五言《南墙》
北京大学以商治学，推倒南墙造商业街，可有异呼。因刘先生七律《师者》四韵"七阳"一韵"三江"可磋乎。
不似三江似七阳，燕园教授误书堂。
无从国学须从政，未律诗词律蓟商。
八股文章非八股，原来师者筑南墙。

轻狂论语何言志，古色装潢怯古香。

58 什刹海的两大"名桥"
中轴路上后门桥，不镇城中一月消。
海色通明荷不语，玉河石刺故元雕。

59 天台国清寺
寺外云门天下路，禅中月色川前暮。
菩堤影落一泉空，瀑布国清三界渡。

60 语金阳
百年杨柳半倾行，九脉山川一故乡。
弟子三千寻论语，无端七十下南洋。
阳春白雪文章客，沧海桑田宇宙量。
回首鞍钢非忆旧，人生比诸是金阳。

61 契丹辽
郎驭白马，耶律子，女驾青龙，萧女，辽也，契丹也。
白马青龙一契丹，萧辽耶律半王残。
英雄比后寻常客，五百年中问帝冠。

62 读唐宋八大家文集
水石一禅心，圆方半古今。
天人三戒阔，土木五蕴荫。

63 红影
桃花半语望山堤，水色三光玉树西。
石舫舟中人楚楚，文昌阁外柳婆娑。

64 夕阳
白日暮从容，西阳地以逢。
迟先迟水土，越晚越高峰。
淑色贞纯洁，红颜洛血浓。
随和随有结，渐远渐无踪。

65 逝去的地安门，逝去的老家居（建于明永乐十八年，1420年名北安门，俗称厚载门，清重修名地安门，与前呼应为后门，1955年拆除）
逝去地安门，难寻客子孙。
前程三界事，回首一黄昏。

66 浣溪沙《长城四季歌—冬之听》

箭扣长城四季冬，隋堤汴水万芙蓉。
江南塞北一天重，但见残塘云雨色。
何寻贝尔几人踪，荒烟落照数青松。

67 汴水谣

半落风云司马台，三春草木蓟燕梅。
长城问世幽州易，铜雀观心隔壁猜。
汴水连天流不住，隋唐逝者主难裁。
苏杭自有人间路，白马行空谁再来。

68 养春堂谷雨

同城共济四时分，异想天开半世君。
日月沉浮千百度，文章苦乐万耕耘。

69 什刹海藏素杨灵颜远玲贾雪弘武井国田思雨

浣溪沙
三界清风一指禅，半生明月五蕴天。
人中草木九歌弦，色满荷塘余北海。
知音杨柳地安船，晨钟暮鼓抚琴年。

70

一处禅心十柳杨，三春日月九芬芳。
庄生帝梦半衷肠，北海中南什刹水。
荷花市场素人藏，二郎酒醉五姑娘。

71

紫禁乾坤二月花，风云细雨九歌华。
中南海水浪淘沙，白雪阳春梅百态。
如来世界一枝斜，荷塘月色半人家。

72 贾雪泓以水而上

银行只作半雕虫，高楼南洋九脉衷。
不贾人间三界雪，天山化作一池泓。

73 采桑子亚洲发展投资银行辞旧迎新田去贾来

杨灵主任田思雨，一半春风，一半春风，
五月交接贾雪泓。去来都是银行客，南北西东，南北西东，自从人间自纵横。

74 读赵氏孤儿

赵氏孤儿十五年，程婴古壑半洞天。
风声鹤唳一云泉，易水如今流已断。
邯郸学步，月空悬。
苍茫寥望夜无边。

75 乡情

故居改在路中央，人间世代沧桑。
浑江依旧向南洋，曲曲留芳。
自古关东驿客，精英来去山乡。
洋洋自得养春堂，父母衷肠。

76 向月

霜凝玉树色难圆，雾锁寒光上下弦。
十五天空云遮半，人心十六一瞬全。

77 母亲河

书王小琳

秦皇暴雨半悬河，不及潇湘一九歌。
犹见隋炀留汴水，五湖日月客商多。

78 水

半滴一圆方，三春十地扬。
流清芳草岸，石磊玉波乡。

79 日月

雨否一朝阳，云中半故乡。
阴晴繁草木，日月富炎凉。

80 北海

画舫濠濮阅古楼，漪澜白塔承老秋。
见春慧团城里，琼岛春荫涤谒洲。
浮翠善因龙泽雨，悦心快雪永安舟。
五龙相对香香水，涌瑞澄祥妙海幽。

81 和日本董川荣生

川荣玉女半藏羞，淡空天然十九流。
事业当先成日本，何求驸马恋瀛洲。

82

一天一地半乾坤，三界三生两晋秦。
醒醉之中千万客，枯荣其处四肘珍。

83 年轮

枯荣岁月数年轮，云雨沉浮善独身。
冀赵黄粱梦世界，邯郸学步上天津。

84 中国元素

妙月中秋半九州，黄山碧玉一朱楼。
毛峰故影婵娟向，色满江湖几叶羞。

85 两具馆孜戴生

中秋月饼一方圆，两具黄河半地天。
五谷牛羊芳草客，三生日月故婵娟。

86 之二

一度仲秋半度圆，千家灯火万家船。
西厢夜面芳香色，赤壁江山日月年。

87 女儿生日电话

清风一半女儿家，辛苦三千日月华。
此去南洋胁作业，银行立足浪淘沙。

88 马来西亚八达岭

六和塔下一桥横，十地人中半世英。
塞北辽东燕蓟去，南洋八达岭行生。

89 孜邻谢

米及重阳色已开，成明老树满楼台。
日晴九月由天去，谢清邻家打枣来。

90 紫莲

含苞欲放半荷塘，欲放含苞一色香。
处处粼粼波碧落，粼粼处处碧波扬。

91 紫莲之二

紫玉婷婷半碧妆，香莲洒洒一红塘。
瑶池月色清风落，露水珍珠自抑扬。

92 北京宽街中医院

浮萍白及罗衣麻，银杏天竺竹叶花。
杜仲当归罗汉果，仙茅豆蔻夜明砂。

93 暮

万里一黄昏，三春半古村。
池明云水岸，影重玉家门。

94 嘉兴
南湖一小船，水滴半无帆。
自主行何止，江风入大千。

95 看太平
一叶太平湖，三光古刹殊。
千声钟声路，万里海洋图。
暮雨丛林容，朝云佩玉奴。
枯荣多少问，草木自扶苏。

96 黄河
漳河处处沁州黄，晋水茫茫太岳苍。
小米高扬天上望，源头俯就向炎凉。
七曲母亲河，三秋逝水波。
人心何所以，只似此流多。

97 马来海
南洋万里一孤舟，马土双人半海由。
网撒初张人自主，礁渔不似去来求。

98 玉露
珠珠润润百晴明，点点滴滴一脉情。
色色空空空色水，清清碧碧碧清城。

99 无可奈何花落去
两三玉露两三催，一半莲心一半开。
无可奈何花落去，红妆始卸缘妆台。

100 贾雪三弘李冬梅，共赏阳澄湖蟹，蟹由南京带新宁来
巴蟹三军一日遥，昆山四面半秋潮。
泓梅孙女东城品，叙述阳澄蟹味消。

101 月满中秋
一叶五湖余，三秋十地书。
枯荣相继续，草木竟萧疏。

102 又
幽幽落落覆中庭，碧碧黄黄雨后青。
楚楚形形初色变，潇潇洒洒作秋铭。

103 与王小琳、贾雪泓、施晓、李冬梅、以核桃枣友之北京秦唐府
核桃日尽已无心，小枣红深入古今。
儿取春秋何所以，相合自在是知音。
注：以自在而赠王小琳。

104 步北京北海公园书赠方源
枯荷独立慎黄昏，落叶逢成玉石根。
积翠桥中寻日月，堆云塔下向乾坤。

105 忆五羊城
草木何方寸，桃源始见秦。
珠江流日月，越秀驻天津。

106 过清华北大经济开发区
一代清华半代商，三秋北大两秋藏。
何人教化珠英客，胤子文章已怯盲。
注：清华园系康熙三子私园原名和春园。

107 颐和园
三秋半入颐和园，九脉千声叶落悬。
万寿山前池水浅，昆明湖上柳茫然。
龙王庙北瑶池举，玉宇云中碧翠园。
竹影难平今古去，书林不怯度霸天。

108 鹧鸪天柳氏
天下昌黎几可生，佳人才子暗含情。
朝翅诈俊章台柳，一半长安十地名。
郎密约，女心盟。宰相府里侍官成。
唐人自有文章在，大历芳华满帝城。

109 鹧鸪天公孙大娘
天宝梨园御鼓勤，公孙剑气大娘闻。
华清汤暖芙蓉色，八水烟寒玉带裙。
九明暗，有时分。功夫一寸自耕耘。
天天地地风云窨，去去来来草木君。

110 邓后
汉武中兴邓绥名，云台忍痛不出声。
姿颜姝丽惊阴氏，帝位巫虫一世成。

111 赵飞燕
冯宫无物赵飞燕，体态腰肢展十年。
成帝富平侯冶眷，合德擅宠步台泉。

112 卓文君
卖酒当垆市半红，文君司马韵三衷。
白头吟尽锦官外，只赋长门意不同。

113 王昭君
秭归日月入香溪，阏氏琵琶出汉笄。
白草青冢乡土地，呼韩邪子雨云低。

114 班昭
兰心蕙质汉书昭，博古通今邓律条。
和帝大姑曹世叔，玉门关外弟史遥。

115 蔡琰
黄绢幼妇以胡姬，绝幼杨修竟不思。
十八拍中知日月，屯田都封付琴词。

116 貂蝉
心香月下凤仪亭，三国峰头以汗青。
王允貂蝉知吕布，白门楼外试谁铭。

117 父言
行舟玄文言，举足向轩辕。
九脉终于水，三江始一源。

118 鹭
独立一江天，孤寻半岁年。
长安问日月，沧海易桑田。

119 鹧鸪天李娃
淑女心中二月花，男儿人飞半天涯。
郑生气讨东华客，上伐衷情裹绣妙。
何刺史，浪淘沙。殷勤劝待御人家。
成都洴国行简传，历仕身名作李娃。

120 鹧鸪天崔莺莺
寺里芳心月不声，微云借记问莺莺。
西厢留下春云雨，从此书生不向名。
王实甫，会真情。长安不到到张生。
红娘未语佳人影，隔岸观心寺已平。

121 初冬玉兰已萌春芽
半向昆明半玉兰，一心万寿一心妄。
云辉玉宇含元色，山水长廊渡口寒。

二十、中国一百帝王图

卢延光绘画　吴绿星编文　新世纪出版社　1987年3月出版

1 炎帝
天下人中第一姜，神农氏子向炎凉。
中原耕作思田土，五谷丰登草药堂。

2 黄帝
公孙姬姓一轩辕，贵帝同胞立简繁。
涿鹿联盟成已败，人文初祖作中原。

3 尧
陶唐父系始人心，民主作风日月寻。
犹有神羊知善恶，放勋积木是森林。

4 舜
舜耕山下一望华，驯象虞田西地家。
自ális南风千水冶，五弦琴外二妃花。

5 禹
黄河泛滥五湖田，疏导山川一海边。
九鼎中原知万国，禅让自此断先贤。

6 夏启
夏君王朝一位禅，半朝饮乐半时田。
家私天下民心去，九鼎何珍御帝年。

7 夏桀
喜妹倾宫夏桀天，商汤伊尹问源泉。
鸣条一战知天下，酒肉池塘不见船。

8 商汤
商汤燕子契成唐，九夷无军夏桀亡。
锁住钓台呈女色，仁心治所见沧桑。

9 商盘庚
盘庚从奄到殷商，立此中兴一帝王。
八代旧朝兄弟战，社家安定种田桑。

10 商纣
一心妲已一花开，半是朝歌半鹿台。
亡却东南无比力，楚身裸体武王来。

11 周文王——姬昌
姬昌羑里一文王，商纣纣周半向亡。
演易黄河泾渭在，三分天下二分扬。

12 周武王——姬发
津盟之会太公望，兄弟联手立武王。
为建公纣诸领地，西周万岁始无疆。

13 周幽王——姬宫涅
西周末帝一幽王，地震关中半赤荒。
烽火诸侯为一笑，狼烟四起见兴亡。

14 周平王——姬宜臼
东周列国始平王，洛邑京都半废疆。
名存实亡天子尽，春秋始乱一朝纲。

15 郑庄公——姬寤生
一主桓主一霸强，十年旧事十年伤。
谁知天下多民立，郑国庄公竟自亡。

16 齐桓公——姜小白
尊王始得身攘夷，管鲍之交小白知。
骄盈桓公齐霸主，葵丘盟会去时还。

17 秦穆公——嬴任好
称霸中原一马先，穆公借晋半秦年。
由余益国西戎尽，百里奚言百里田。

18 宋襄公——子兹甫
仁义之师不乘危，二毛未战上君眉。
似是襄公知所以，霸主难成霸主悲。

19 晋文公——姬重耳
流亡重耳晋文公，修政扶贪向世雄。
天子侯伯成霸主，春秋战国几时终。

20 楚庄王——芈侣
芈侣庄王楚秘归，王孙九鼎向周诽。
春秋五霸盟天下，一日冲天自在飞。

21 吴王——阖闾
阖闾迁都一事吴，开疆拓土半姑苏。
真邪干将春秋去，孙武军心伍子奴。

22 越王——勾践
卧薪尝胆一姑苏，百户人家半越吴。
养马三年知是客，春秋五霸有时无。

23 魏文侯——魏斯
法经制典一文侯，战国安邦魏晋州。
平定中山秦败此，乐羊孙起李悝修。

24 楚怀王——芈槐
六国合纵意抚秦，怀王约长楚齐邻。
谗言浮利屈原去，斩尚张仪不是因。

25 赵武灵王——赵雍
短衣肥裤自由身，大领长袍不便人。
已见汉家兵马战，胡服骑射对付秦。

26 秦孝公——嬴渠梁
夷狄渠梁意济秦，商鞅变法国民身。
东方乡邑知贫富，地主家园已世家。

27 秦始皇——嬴政
自此中央始集权，焚书恨百家坑儒员。
千斤十二铜人像，天下三公九卿田。

1854

第十五卷 古今诗

28 西楚霸王——项羽
三十年中一丈夫，千军帐下半苏吴。
江东子弟何成败，项羽营前谁一呼。

29 汉高祖——刘邦
风雨飞扬半大江，楚河汉界一刘邦。
秦亡何似关中故，项羽王莽谁只双。

30 汉文帝——刘恒
一寸人心一寸金，九州草木九州林。
妖言诽谤兴亡法，贾谊生产入古今。

31 汉景帝——刘启
文景人中一治名，生息休养半平生。
楚吴七国清君侧，太尉亚夫始得荣。

32 汉武帝——刘彻
秦皇汉武半声名，举国州县一世生。
文景治朝留祖业，独尊儒术正人情。

33 之二
帝供楼船立国名，兵家附益法无情。
江山一统秦言汉，华夏生息自又荣。

34 汉哀帝——刘欣
谁送王莽五百金，改革元尽一故林。
重贤又得荒唐客，不见鲍宣酒色寻。

35 新帝——王莽
新朝十五汉中分，托古王田制未曛。
六管五均商利断，渐台此去向乡云。

36 汉光武帝——刘秀
柏乡称帝同黄昏，神人灵魂同故村。
经学灵台光武帝，鬼神其盛入宫门。

37 汉灵帝——刘宏
宦官之祸乱君臣，党锢唯言太学津。
尽是鸿都门外客，黄巾不向去来人。

38 魏武帝——曹操
青州兵马一曹操，积粟屯田两面刀。
魏蜀吴中兵赤壁，三分天下谁黄袍。

39 汉昭烈帝——刘备
一生兄弟一平生，三顾茅庐向孔明。
天下刘关张结义，桃园处处誉多情。

40 吴大帝——孙权
仲谋人度于夷州，建业金陵意可求。
吴蜀联盟联赤壁，江东子弟向江楼。

41 晋武帝——司马炎
司马之心一晋朝，劝客农桑半渔樵。
二千万缺知天下，武帝宫中万女消。

42 晋惠帝——司马衷
由衷自得不由衷，孰是青蛙孰是虫。
不见江山天下去，八王之乱罹时终。

43 晋愍帝——司马邺
百户长安一晋终，三年苦雨半清宫。
羔羊一只三张饼，四乘空仓灭计穷。

44 晋元帝——司马睿
伧夫建业避讳王，东晋金陵向世梁。
一马难言寻导客，三千年里是沧桑。

45 汉国王——刘渊
一刘西汉一单于，半废三军半有无。
元海何知身后事，四分五裂向江湖。

46 赵王——石勒
夺取平阳自任王，羯人后赵敬儒堂。
天竺来客知僧俗，向佛图澄石勒乡。

47 秦王——苻坚
澄清风俗劝农桑，水利兴修国富强。
投下马鞭江水断，风声鹤唳个知多。

48 宋武帝——刘裕
千年故事自炎黄，一将一相一帝王。
十六国中知谁是，平民百姓向沧桑。

49 齐高帝——萧道成
南朝宽厚待人民，常向儒家向寄身。
泥土黄金同价尽，道成天下弊端尘。

50 梁武帝——萧衍
寒门士族谁相亲，寺庙朝堂自舍身。
四万万钱同泰去，原来天下去来人。

51 陈武帝——陈霸先
一人天下一人心，半步江湖半古今。
利国利民知善养，钟山风雨自音琴。

52 魏道武帝——拓跋珪
一成一败一兴亡，半国农桑半土疆。
武帝涉圭游牧尽，鲜卑自古向牛羊。

53 魏孝文帝——拓跋宏
俸禄官身一士贤，均田耕者半兴先。
三长制税如流善，行五铢钱塞外传。

54 北齐文宣帝——高洋
半向高洋半向王，一山之主一山狂。
鲜卑秦汉向天下，愚昧知贤各自扬。

55 周武帝——宇文邕
塞外鲜卑帝位传，王公宅第寺林田。
不兴佛道兴农事，谁向天堂地狱缘。

56 隋文帝——杨坚
励精图治立隋朝，罢郡兴州节俭骄。
后主建康宫尤在，治家治国血光消。

57 隋炀帝——杨广
五水隋炀一运河，观风引殿半蹉跎。
兴兵百万高句丽，毒酒无声禁卫多。

58 唐高祖——李渊
太原留守不知王，兄弟相残各死伤。
玄武门前诛太子，叩民皇帝一名扬。

59 唐太宗——李世民
贞观政治半朝堂，直任马周一宰相。
唯有兼听明暗得，功功过过七三长。

60 武周皇帝——武则天
上阳宫里则天皇，日本江洋隔海光。
武曌酷刑天下在，兆人本业是农桑。

1855

61 唐玄宗——李隆基
梨园弟子一声名，天宝开元半不清。
留下霓裳情不语，马嵬兵变过唐城。

62 唐顺宗——李诵
嫁婚六百半清ून，李诵革新逐旧穷。
解散五坊鹰犬去，宦官势力满秋风。

63 唐宪宗——李纯
宦官一世一事权，春药仙丹不得仙。
李纯长安求不得，虚名万岁尽中年。

64 唐文宗——李昂
一王一宦一官扬，半制家奴半制皇。
血溅成渠甘露变，紫宸殿上士良堂。

65 后梁太祖——朱温
梁唐晋汉周，九派大江流。
五代何天下，风云十国秋。

66 后唐明宗——李嗣源
兵马不知文，新丝二月云。
农家田亩种，何事向臣君。

67 后晋高祖——石敬瑭
无耻作儿皇，王朝不是王。
契丹三晋贡，石敬一荒瑭。

68 后汉高祖——刘知远
出入一皇宫，阴晴半不穷。
晋阳呼万岁，后汉自西东。

69 后周世宗——柴荣
大周刑统宋家求，江北中原十四州。
一月三关收海内，河山指令自春秋。

70 南唐后主——李煜
纵情声色尽春秋，三寸金莲违命侯。
舞尽窅娘亡国恨，一江春水向东流。

71 辽太宗——耶律德光
马上春秋半客家，中原故土一桑麻。
草原万里心辽阔，故事千年井底蛙。

72 宋太祖——赵匡胤
黄袍天子半加身，高度集权一故人。
后此先南兴国军，重农建宋十三春。

73 宋真宗——赵恒
因循守旧一儒人，寇准知相半宋身。
岁币澶渊何胜败，昏庸自此赵家亲。

74 宋神宗——赵顼
王安石法半神宗，二罢相公一宋龙。
复古心情思太虑，无知之后是昏庸。

75 宋徽宗——赵佶
宋朝皇帝自昏庸，元祐奸臣党锢重。
花石纲船三十万，宋江方腊北因踪。

76 宋钦宗——赵桓
金兵一日北南情，有口难言处蔡京。
乞降燕京昏德尽，六军一战自殊成。

77 宋高宗——赵构
临安南宋一高宗，两月相公半鼓钟。
抚战岳飞名将尽，绍兴和议更昏庸。

78 夏景宗——李元昊
兴庆宫城一夏荣，长城南北半阴晴。
宋辽鼎立江山去，二百年中赐姓名。

79 金太祖——完颜阿骨打
女真部落一金朝，掠下州城半宋辽。
建国皇权安出虎，燕京刑赎向天条。

80 金世宗——完颜雍
女真一曲满辽阳，怀柔三方客业长。
唯有中原天下在，汉家济世祖先皇。

81 元太祖——铁木真
蒙古元朝铁木真，三千年外谁君臣。
凡夫俗子平天下，一半农家一半人。

82 元世祖——忽必烈
成吉思汗海洋名，蒙古元朝灭宋城。
攻破临安南北尽，一家世祖一家盟。

83 明太祖——朱元璋
救济斯民一灭元，人心所向半荣繁。
垦田薄税和平业，不故兴兵顺道言。

84 明成祖——朱棣
燕王自立北京城，日照龙鳞马尾荣。
一役靖难伐充炊，守边天子典文名。

85 明英宗——朱祁镇
一朝君子一朝臣，两处河山两处人。
失去三杨王振宠，南宫谁向八年身。

86 明世宗——朱厚熜
好自功名慢炮生，穷兵黩武夏言名。
严嵩进谗忠臣尽，道教难成海瑞成。

87 明神宗——朱翊钧
澄清吏治一条鞭，万国图来教会全。
三十年中朝不见，怠荒王政变地天。

88 明思宗——朱由检
崇祯皇帝向明清，一代江山待枯荣。
臣尽行私君不暗，煤山满目北京城。

89 清太祖——努尔哈赤
明朝皇库雪花银，三百年中悯自身。
六十建金清太祖，辽东犹有故时人。

90 清太宗——皇太极
八旗子弟不平身，九派江山向汉人。
水火清明皇太极，满州国外有天津。

91 清世祖——福临
顺治燕京一福临，亲情重汉半皇心。
中枢内阁行诏令，十一年中问古今。

92 清圣祖——玄烨
一度天花一度君，三朝王帝三朝云。
十三亲政康熙向，八载削藩字狱文。

93 清世宗——胤禛
工于心计一充真，精明雍政半相亲。
抄家皇帝军机处，改土归流税制新。

94 清高宗——弘历
正大光明立帝身，胤禛四子向清人。
十全老者中年废，四库全书举世珍。

95 清仁宗——颙琰
嘉庆年间去和珅，宫中富贵不贪人。
李文成败清云散，紫禁王城满旧尘。

96 清宣宗——旻宁
清廷腐败已道光，鸦片连年入土黄。
八国联军知百姓，南京条约帝奴肠。

97 清文宗——奕詝
咸丰治国炮枪声，重用湘军已不成。
占领城津英法战，太平天国向天京。

98 清德宗——载湉
光绪生平一度生，慈禧听政半倾城。
马关条约惊人处，天子难言卖国荣。

99 慈禧太后——叶赫那拉氏
百日维新一日消，一生女治半清朝。
西方世界洋枪炮，四十余年隔世遥。

100 清朝末代皇帝——溥仪
一代清廷一代终，半朝天子半朝空。
中山革命临全国，战犯营中忆满宫。

101读后
藕断丝连一地天，兴亡成败五千年。
长江后浪推前浪，逐鹿中原七尺田。

二十一、中国一百仕女

卢延光绘画　蔡卓文编文　中国青年出版社　2013年1月出版

1 女娲
伏羲兄妹半乾坤，留下中华一子孙。
创造生灵黄土地，蛇身人首祖宗根。

2 西王母
婉袊青鸟姓杨侯，甘陕人间胜杖修。
王母西天桃李树，东皇太一丈夫州。

3 素女
成都素女一音琴，黄帝瑟侍半古今。
天府国中花似锦，青城山下玉衣襟。

4 宓妃
多愁善感一春秋，玉树临风半素流。
洛水扬花情楚楚，宓妃皓质赋回眸。

5 嫫母
嫫母芳名一柳杨，人间善恶半炎凉。
次妃黄帝宫中助，美丑人心日月光。

6 蚕女
蚕马合身织茧桑，蚕恩教化蜀人肠。
蚕丛开国知天下，蚕女齐家素女妆。

7 湘妃
芙蓉国色一香流，只问苍梧半不休。
斑竹阴晴千滴泪，潇湘夜雨二妃愁。

8 嫦娥
常羲帝喾娥訾生，孤傲清高欲美荣。
后羿爱怜情不尽，寒宫苦锁药难成。

9 瑶姬
巫山赤帝女瑶姬，暮雨朝云楚客疑。
曾有云华传治水，情江不锁玉人姿。

10 妹喜
妹喜桀妃向有施，酒池醉溺肉林时。
滔天浊浪轻舟沉，亡国谁向秀女知。

11 妲己
武王"亡行者是女也"
夏灭方知喜妹城，殷王妲己有苏生。
鲜花芳草人心外，比干丞相一语惊。

12 妇好
祀十心中一马先，兵戎天下万家权。
武丁时盛殷商业，四方君临日月年。

13 褒姒
亡国奴姬似物尤，幽王烽火戏诸侯。
回身一笑何天下，胜过江山不姓周。

14 织女
七夕桥中叙故情，九州锦下乞歌声。
人间处处西王母，银汉迢迢暗度行。

15 樊姬
十年朝暮一声鸣，一代叔敖中霸成。
不似虞丘多举荐，樊姬拾得女英名。

之二
为呈霸主两三言，谨奉庄王十一年。
貌美惊人多伟举，樊姬不似女儿天。

16 杜三娘
风和日丽野花香，去卫造陈向采桑。

1857

九曲明珠知日月，一贤木土杜三娘。

17 楚野辨女
楚野田边辨女娘，春秋郑简晋人强。
一言子产安邦国，昭氏遗孀语栋梁。

18 骊姬
望子成龙半梦生，贤明善政九州成。
献公一夜归西去，不及群臣正邪明。

19 息夫人
楚王天下虏息侯，逼娶夫人一世忧。
生不同时同穴死，桃花庙里共春秋。

20 夏姬
一人天下一公卿，半美妖姬半不名。
谁向女人倾淫色，姣娇三后十夫情。

21 女须
一溪一石两相移，三想三思半不期。
立足人心天地上，女嬃（姊）屈子楚王知。

22 聂嫈
一生一世一英名，九脉江山九脉荣。
聂政刺韩知姊弟，彼身未尽此身情。

23 如姬
信陵君子一贤人，魏国如姬半故春。
救赵平原兵十万，虎符恩德报王臣。

24 西施
一颦一笑惹人心，分瘦分肥向古今。
忧国忧民忧自己，馆娃宫舞浣纱吟。

25 东施
西施故里一东邻，蹙眉苧萝半故身。
天下自然相媲美，人间模仿苦时珍。

26 无盐
嫫母无盐一苦身，钟禹天下四时春。
宣王治国江山在，金石良言易术辛。

27 庄田氏
庄周向坟土无干，假死田妻诺不残。
天下玄虚生死篇，人间烟火似云端。

28 孟母
孟母三迁一近贤，断机以教半知天。
内屋驯子入门里，四德三从始缺圆。

29 庄侄
庄侄五患一席言，拾得婴儿半闭轩。
大鱼失水龙去屋，襄王胜似待屈原。

30 孟姜女
树下仲姿一孟女，秦王修筑半城长。
倾城淄水寒衣尽，骨血相知何杞梁。

31 虞美人
三千子弟问江东，一曲鸿门楚汉雄。
力拔山兮成盖世，虞姬留下美人红。

之二
乌骓不去向江东，霸主虞姬舞剑红。
四面楚歌何汉将，八方纵火阿房宫。

32 孟光
举案齐眉伺梁鸿，素面布裙待士穷。
远避霸陵耕读去，如宾相敬共西东。

33 吕后
女流治政一先河，相继千年半曲多。
狡兔谋臣亡不尽，酷刑人彘究如何。

34 卓文君
相如曲向文君，当日垆前酒气醺。
留下白头吟不止，凤凰求偶谁离分。

35 王昭君
黄河流断向王嫱，汉帝单于画眉长。
回首深宫延寿望，琵琶声断怨青黄。

36 赵飞燕
宜主冯家合德名，婀娜媚丽一身轻。
掌中舞尽君王侧，倾国倾朝自不成。

37 班婕妤
名门帝后已三春，长信宫中奉古人。
尤记当年同舆论，怨歌陪墓异心身。

38 班昭
汉书成就一班昭，溃泊功名半玉消。
君子之思言志慕，正身履道少渔樵。

39 李夫人
甘泉宫壁李夫人，倾国倾城善舞身。
武帝延年寻不尽，温柔娴淑女儿春。

40 乌孙公主
乌孙碧眼细君姻，昆莫红须戒汉人。
武帝须从残烛愿，悲秋歌赋故乡身。

41 蔡文姬
二弦已断四弦音，悲愤诗文一古今。
十八拍中胡汉祚，鉴湖月下鸟归林。

42 麻姑
半夜鸡鸣少女心，三更劳役鸟归林。
麻姑美丽善良影，遁云仙山化寸阴。

43 贾午
偷香自古一成名，贾午恋心半枯荣。
只得侯门韩寿雅，幽会始向有春生。

44 罗敷
罗敷秀女上秦楼，陌上蚕桑自半愁。
明月珍珠心染色，春光不在柳枝头。

45 貂蝉

之一
知人三国一貂蝉，男女心中半地天。
吕布董卓余党乱，男儿何处汉家田。

之二
闭月羞花一缺圆，沉鱼落雁半云烟。
倾国倾城多少色，君臣父子谁貂蝉。

46 甄后
河北无极惠质身，曹植相许玉佳人。
东乡公主知生死，不尽情思洛水神。

47 鲍姑
东晋鲍姑道教家，炼丹太守岐黄华。
葛洪导养行天下，济世针灸落百花。

48 卫夫人
魏晋书风一世家，茂漪万岁枯藤芽。
高峰坠石冰清玉，芳树羲之穆若涯。

49 绿珠
三斛珍珠一客身，一石崇富半佳人。
南皮引伍惜红粉，金谷花卿碎玉尘。

50 谢道韫
柳絮扬明半古今，风花雪月一人心。
能言善辩东岳后，守得凝云逝去音。

51 乐昌公主
破镜重圆一古今，乐昌杨素半人心。
陈亡隋汉留明月，玉树宫庭草木深。

52 苏小小
钱塘一伎一知音，小小三春半露霖。
裙绿晴光诗盼路，西湖柳岸已成阴。

53 花蕊夫人
香妖艳嫩蕊夫人，费女徐妃两客身。
恨不男儿思蜀地，宫词立主满清尘。

54 祝英台
梁山伯与祝英台，化蝶双飞谷自哀。
会稽书生同宿就，九娘悔教杜鹃开。

55 花木兰
巾帼英雄一女名，木兰辞旧半平生。
从军替父班师在，谁问黑山几枯荣。

56 文成公主
文成公主自西行，青海钟情日月城。
草暗松州何动众，大昭寺里谁知名。

57 上官婉儿
文苑宫深一半名，权衡浮艳两三成。
上官儿女昭容在，处处人情处处生。

58 倩娘
张镒清河一倩娘，青梅竹马半情肠。
天涯海角多盟誓，魂魄衡州是故乡。

59 杨贵妃
倾国倾城一贵妃，红妆素玉半春闺。
芙蓉出水惊花色，质丽天生四壁晖。

之二
梨园子弟入心扉，出水芙蓉云雨妃。
无力春江花月夜，霓裳舞尽羽衣归。

60 梅妃
梅亭四处满梅花，春夏三生入帝家。
何必珍珠萍不采，上阳宫外日西斜。

61 柳氏
读书胜似读书生，花街相思寺不成。
谁向章台杨柳色，怜香惜玉纵韩翃。

62 公孙大娘
公孙剑舞一名扬，酣畅淋漓七色光。
沧海如山多少浪，地天上下欠低昂。

63 李娃
浪子回头向李娃，状元及第不忘家。
荥阳公府千金客，柳巷春风四季花。

64 红线
深藏不露忍人心，红线薛嵩计夜临。
侍女尤知惊枕下，潞阳天下一衣襟。

65 莺莺与红娘
莺莺月下向红娘，夜夜西厢及第郎。
有约隔墙花影动，双文张琪待幽香。

66 杜秋娘
风花雪月杜秋娘，色待三朝旧日妆。
拾得五陵公子客，金缕衣落半荒塘。

67 薛涛
浣花溪岸一薛涛，花落花开半故袍。
同赏同悲花不语，凭花并笺此声高。

68 鱼玄机
空门空尽色难空，同是同非意不同。
有赏鱼玄机上客，花心柳色各西东。

之二
半生李亿半生名，一色玄机一色生。
不疑近仁云雨后，鞭笞绿翘向幽情。

69 关盼盼
杨柳成林燕子楼，尚书爱妾数春秋。
乐天始读张仲素，只向彭城日月流。

70 穆桂英
风尘女子半情人，柳巷桂英一客身。
几片行云何处去，状元尽是归新频。

71 聂隐娘
天下人间一隐娘，是非直曲半书香。
尽除邪恶仁心在，扶助安良济世肠。

72 谭文婉
谭家从道一英奴，客去长沙半舅姑。
谏议文婉名赐就，双鱼尺素信然襦。

73 韩翠萍
红叶良媒入古今，翠萍于祐向人心。
宫墙内外情乡客，朝暮殷勤鸟入林。

74 佘赛花
女将杨门佘赛花，功名永镇帝王家。
精忠报国西凉寨，自此联姻有女娃。

75 穆桂英
一帅三半穆桂英，两杨西塞树雄名。
太君相似千金外，大破天门济宋荣。

76 岳母
精忠报国一身名，左氏春秋半治生。
十二金牌含孝子，汤阴自古莫须城。

77 梁红玉
金山顶上战鼓鸣，京口芳名箭石城。
一百三声红玉振，黄天荡里万千兵。

78 苏小妹
三苏儿女宋陵成，小妹才思敏捷名。
易古九四文玉厘，人间自有是人情。

79 李清照
金石明诚漱玉泉，易安居士婉纹眠。
一肥一瘦寻红颜，乍暖还寒两隔年。

80 朱淑真
钱塘潮色入天津，月下梧桐仕女身。
朱熹三更凉满梦，书香门弟出才人。

81 孙道绚
相依为命待黄珠，母子成名似有无。
朱熹同窗知好友，婉切词清玉萧奴。

82 陈若兰
如花似玉一湖州，贤洁三郎半竹楼。
出会月中情缱绻，回澜桥外雨云收。

83 申屠希光
知书达礼一希光，姿色花容半柳杨。
六一难留邪念在，天明事了向书昌。

84 黄道婆
乌泥泾举一黄婆，海角崖州半茶前。
纺织心中多少月，黎人天下木棉娥。

85 奇皇后
半壁江山半壁明，一家之主一家倾。
元朝尽去奇皇后，高丽图谋竟不成。

86 马皇后
善理文札善女红，正宫子女正朝工。
明朝日日知天下，皇后年年内盼雄。

87 杜十娘
李甲何情学士堂，情心出入女儿香。
风尘渔利婀娜尽，十娘轻沉百宝箱。

88 李香君
秦淮柳巷李香君，复社同仁同世云。
扇出金陵侯方域，桃花血溅谁离去。

89 陈圆圆
卷舒天下一流云，浮沉心中半客君。
三桂明清明已尽，凤王向道向衣裙。

90 八夫人
乱世红颜一日春，明清忠烈八夫人。
金陵可法杨州守，耳鼻惊奸混旧尘。

91 秦良玉
忠州良玉玉溪人，向马千乘不向臣。
山海只前明尤在，藩王砥柱十余香。

92 香妃
女儿刚烈女儿身，处处红颜处处珍。
暮落慈宁宫尤在，香消玉殒向何人。

93 吴藻
花帘词外雪庐香，缘遍天涯击节堂。
一卷离骚经一卷，青灯还问旧时肠。

94 王聪儿
江湖儿女洗刀光，贫贱夫妻自拜堂。
为诺解忧扶汉楚，替天行道任扬长。

95 周秀英
英雄一日上梁山，壮士千年去不还。
天地会中寻志立，官逼民友见红颜。

96 林黑儿
黄莲圣母乱春秋，日月江河任自流。
光绪风云洋雨落，红灯照旧向忧愁。

97 洪宣娇
太平天国一宣娇，巾帼英雄半海潮。
兄妹三军南北战，萧王遗志向天消。

98 珍妃
伴君伴虎一珍妃，知暖知寒半雨霏。
变法维新时不久，冷宫谁向去难归。

99 赛金花
三张三落一生平，万语千言半不名。
本事良人知自己，媚洋伎女是重城。

100 秋瑾
江南处处雨如烟，天下茫茫客向船。
善感多愁思不尽，换天换地换心田。

101 读后
千丝万缕一春秋，笔墨丹青半去留。
茹苦含辛多少女，阴阳相济枯荣愁。

二十二、泰国日历诗

1 北极村
白昼元端满大洋,生灵有序问天堂。
冰冰雪雪跟天地,暮暮朝朝地极光。
人自在,犬扬长。求求索索北冰洋。
熊心企鹅横行路,始到终时是故乡。

2 大洋洲村
热雨疾风渡海流,丛林已满大洋洲。
棕榈芭蕉香世界,独木成林诺亚舟。
自古如今闻赤道,无冬有夏不春秋。
潮潮汐汐连天地,水水山山渐日头。

3 欧洲村
现代文明半竞争,如今事业一光明。
耶稣教育亲和处,自苦人心以善行。

国国家家凭爱许,科科技技易枯荣。
农农继续工事业,信息繁华上月城。

4 非洲村
处处原荒任野生,年年果实凭枯荣。
狼虫虎豹由人许,草木花枯日月情。
去去来来成败见,光光合合自文明。
千辛万苦同进步,一步三年作纵横。

5 美洲村
独立宣言一国光,和平进化半新年。
三千岁里同天地,二百年中共主权。
林肯人权成自主,尼加瀑布作清泉。
南南北北平人类,古古今今是家园。

6 南极洲村
茫茫雪野结水穿,处处白熊企鹅年。
自此鲲鹏飞宇宙,由心士子作洁莲。
冰山雪地人情是,自由生灵自由缘。
但作和平留世界,何须宇宙一飞船。

7 觉
大道无形小道明,先行有路后行荣。
人生领会千流水,处事升平万汇成。

二十三、故宫日历诗

1 缅甸蒲甘万塔城
何处望天涯,归城一万家。
三千心世界,一百路中华。

2 缅甸蒲甘
人心寻日月,缅甸近天堂。
一路短还长,三生近土乡。

3 缅甸蒲甘万塔城
佛近人之远,方远万塔光。
平心多精气,草木入天堂。

4 缅甸蒲甘万塔城
层层一佛光,处处半天堂。
草木生灵性,人情问暖凉。

5 寻根
秋风落叶飞,头去不回归。
几向寻根令,心中是又非。

6 纳祥
一月纳吉祥,三光向柳杨。
梅花香未早,九九马牛羊。

7 甲午
一半梅花宿海棠,三千弟子向衷肠。
霓裳不尽梨园色,酒色咽书伴墨香。

8 羊年
农家岁月一牛羊,世上年华半故乡。
社稷阴晴同宇宙,江山草木与沧桑。

9 寿
以寿端由车朴闻,和珅印谱入民间。
乾隆八十诗词见,四万何如六万艰。

10 大寒

甲午冬寒乙未春，梨花满地半梅人。
香风乙年新杨柳，碧玉沉明化月频。

11 龙藏寺碑

一寺半碑文，三秋十地分。
清明风肃穆，落叶上衣裙。

12 今日一候雁北乡

一令雁潇湘，三边口北梁。
人人生死许，岁岁暮朝堂。

13 腊八

腊八一梅花，浮香半画家。
丹青三世界，笔墨万章华。

14 大寒

不是牧羊人，何言问百身。
青年成积蓄，老子自秋春。

15 平陈颂

旷日胖平陈，寒温一晚津。
婵娟多少色，古木丽华云。

16 华言福寿等须弥

华言福寿锦江田，比历须弥客地宣。
只以观音心上住，天竺不见如来年。

17 是谁欲尚南山寿

谁言比寿上南山，隐者无量大势颜。
自在观音南北岸，人生只是去来间。

18 商三羊尊

三羊卷角一世尊，五马排空半天津。
禹夏成朝私立制，殷商列户始秋春。

19 商四羊方尊

自古四羊尊，如今九鼎均。
销声何匿迹，去后始来邻。

20 西汉羊形灯

谈上一羊灯，函上半寺僧。
冬寒无水去，腊月有香凝。

21 东晋青釉褐斑羊首壶

玄纹一玉壶，鸟兽半形都。
魏晋朝南北，斑羊褐色珠。

22 清白玉羊首提梁壶

提梁一玉壶，汉晋半王孤。
御用吉羊许，瓜和以水都。

23 寿德醇风耀问里

惠寿醇风阁巷荣，川龙性雅颂风情。
当时万物蓬春西，路岸桥边早自明。

24 雅化育材欣寿世

湘江一楚才，岳麓半师台。
独木成林见，群芳绕碧来。

25 初平牧羊图页

初平已得一仙生，叱石成羊半弟兄。
牧道何须凭草木，山修只以颂林情。

26 苏武牧羊图页

北海牧羊人，旌旄节杖邻。
英雄儿女托，士子不天津。

27 明仇英苏武牧羊图页

名倾一李陵，志夺半凝冰。
别意图苏武，临流作故膺。

28 现代傅抱石牧羊苏武图

单于一丈夫，至节半匈奴。
士子闻天地，英雄问帝都。

29 龙女牧羊图

柳毅自传书，龙宫不养鱼。
凝听翔交处，牧女雨工余。

30 桂月光浮万寿殇

桂月光浮万寿殇，嫦娥素影百家扬。
弦弦荚荚天天易，淡淡明明日日凉。

31 可汗起奉酒称万寿

可汗闻名万寿昌，知途少府百年翔。
英雄一路千川路，读遍三生半柳杨。

32 三羊图页

三羊一始干，六合半天年。
上下交天地，人心守自圆。

33 明·青花三羊纹碗

世望一三羊，人寻百岁昌。
行行开步步，步步度沧桑。

34 清·青玉子母三羊

子母三羊一开泰，灵芝半玉九州回。
生姿一展阳和暖，顾盼双荣性下来。

35 雪

小雪半寒光，冬梅一暗香。
初春方久脉，瑞岁向三羊。

36 清·缂丝加绣九阳消寒图轴

九九消寒二月梅，三三制锦九羊来。
晴阳已上绸丝色，挂绣还明刺缂台。

37 量寿善东无锡皇

东皇善锡寿无量，日近长春福泰康。
香港途中高远望，人间自古一天堂。

注：访问赤道几内亚，农历腊月十二。

38 古今诗

石门铭
立步石门铭，行身自渭径。
诗词耕十万，笔墨一丹青。

39 迎新

七十三年换旧衣，五千二百著堂希。
如今只似循常度，不可闻声作玉玑。

40 寿琬已琰勒

一寿万余年，三生百岁生。
耕耘留日月，跬步度云烟。

41 明·朱见深岁朝佳兆图轴

一日春四暖气来，千风细腊月梅开。
晴明百事如今意，福则千家北民台。

第十五卷　古今诗

42 明·陈洪绶岁朝清供图轴

枝枝叶叶新欲满，色色香香故国家。
古树寒梅二月花，红歌玉影一山茶。

43 清·乾隆帝丁亥岁朝图轴

东风已到帝王家，百合盎意二月花。
暖柿红颜丹色好，梅香安度玉枝斜。

44 清·永瑢平安如意图轴

腊梅如意一山茶，六子永瑢帝王家。
络络丝丝情还止，连连吉吉载新花。

45 清·张为邦岁朝图轴

月季桃花一玉领，灵芝石府万年青。
红红碧碧颜色好，粉粉丛丛故事灵。

46 寿世共春台

寿世共春台，兴荣从日开。
长生人所寄，道路去还来。

47 太平克壮寿洴榛

人间一太平，世上半朝英。
莫向江河水，长流日月荣。

48 清·将军门神画

金瓜佩剑两门神，背士秦王一梦邻。
莫以江山分四野，何言玄武弟兄亲。

49 清·文门神画

千年日月半门神，石寿乾坤一世春。
玉文章匆成今古，仙桃北月作天津。

50 颜勤礼碑

颜勤礼道明，苦乐读书声。
七万应无止，人生可序行。

51 二月农历腊月二十四

见它飞扎起落行，由来世界古今情。
乾坤两雾云烟色，远近高低尽璨明。

52 航空

七十年来一梦惊，三千世界半诗城。
无须自己寻烦恼，莫必牵强向紫荆。

53 过黄河

弯弯曲曲一黄河，浊浊清清半九歌。
女娲耕耘天水岸，羲皇教韬稻粱波。

54 清·判子门神画

三更灶毕一门神，九鼎江河半一春。
日月中羊乙未志，桃符正月向临新。

55 亥字书年寿世长

亥字书年寿世长，玄林甲午一牛羊。
乾坤乙未春光志，格律诗词自柳扬。

56 嘉名万寿樽

一酒三光色，千樽半醉人。
朝阳来去见，墨迹古今春。

57 清·金质金瓯永固杯

未豪七万诗，玉烛千欧斯。
墨宝开轩微，明窗试笔时。

58 腊月二十八

男儿北京春节夕，老来竹泪自相连。
男儿不过女儿年，古月何言岁月天。

59 清·青玉玉烛长调烛台

玉烛长调独，金瓯永固多。
侵淫无缺憾，润济有黄粱。

60 除夕

年年守岁问新春，处处梅花待故人。
古古今今诗七万，唐唐律律韵音秦。

61 唐人书灵飞经

金瓯礼国一君王，玉烛长调半故乡。
凹凸乾坤陛十万，今今古古古今长。

62 岁除

子昼街头独自行，听寻铭竹渐无声。
何须不觉东风晚，但作诗词七万城。

63 春节雨水

长春雨水一云乡，竹管青枝半墨扬。
万万年年天子客，朝朝暮暮懒鱼梁。
乾隆四万待词客，七万如今我手房。
日日耕耘勤五谷，时时苦读著书香。

64 清·金质金殿水固杯

素素明明一洁衣，丰丰玉玉半秋机。
天天地地相连色，岁岁年年满帝畿。
六角磷花二月春，千山淑玉一天钩。
浑江九曲恒仁色，五女三光北领人。

65 正月初二石景山

茫茫一庄雪丁山，落落三宫淑玉颜。
挂挂牵牵天地色，飘飘洒洒去来还。

66 高贞碑

世上一牛羊，人间半故乡。
乾坤今古致，日月去来扬。

67 屠苏延寿玉为肠

屠苏寿酒自流肠，七色东风向柳杨。
九陌寿寿应碧野，千流漠漠作衷肠。

68 自述之一

之一

弟子千年一杏坛，诗书七万半只丹。
长江此去东流水，大海终成作波澜。

之二

苍松翠柏著银冠，故殿清宫漾素寒。
麟角凤毛呈世界，崇心峻岭起波澜。

69 充公颂

浔阳一味半昧高，故郡九江十海涛。
阁上洪都罗卜易，半中开泰著春袍。

70 清康熙帝行书福寿康宁匾

赐福苍生笔，文书留岁月。
砚墨继春秋，康熙御帝邻。

71 高盛碑

岁岁年年五百天，时时刻刻去来田。
耕耘日月风云西，七万诗词草木泉。

72 之五

十里知音禄牡丹，三生跬步玉心宽。
明修一片清宫殿，紫禁东来淑气安。

73 之六
读君代我向梅花，乙未新春几颗芽。
故郡洪都辞旧岁，幽燕一月忆兄家。

74 之七
冰封玉磊五龙亭，素雪烟云半渭泾。
白白朱朱天子殿，飞飞落落故丹青。

75 之八
独步云中一雪城，寻心树下半精英。
景春亭外京畿路，七万诗词自古名。

76 之九
儿儿女女一童翁，去去来来半世雄。
举首难平成败向，何心自得作吾衷。

77 之十
独步幽燕都自行，精工日月几精英。
新春大雪封心境，莫以孤情子女明。

78 寿为初沽
寿沽以心明，躬耕志力情。
春秋相似处，日月作枯荣。

79 农历生日
七万诗词半世人，三生草木一春秋。
耕耘岁月成天下，格律音声韵自尊。

80 之二
暮暮朝朝一淑新，生生世世半红尘。
男儿不短耕耘志，中玉杯中玉酒春。

81 北大中文系
北大课书生，辽东问故城。
唐诗新世界，诺贝尔殊荣。

82 北京大学中文系
初春一上元，北大半文轩。
格律音声客，东风草木萱。
唐诗新世界，七万首泉源。
雅颂风骚住，斯文载此园。

83 北大中文系
斯文已在滋，北大满春枝。

学友同音会，寒窗共韵时。
东风桃李色，细品古今诗。
弟子三千客，精英五百辞。

84 黄鹤楼
高山流水见，唱晚一渔舟。
下里巴人曲，梅花三弄忧。
知音黄鹤去，汉水大江流。
百草繁枝叶，千帆向莫愁。

85 延寿
半寿一南山，三生半玉颜。
老生知世界，岁月雁门关。

86 平陈颂
不必颂平陈，何须问隔人。
先生知苏轼，士卒杜陵尘。

87 岳麓寺碑
鄱阳向洞庭，岳麓向丹青。
八水千波色，长安一渭泾。
（清，染骨嵌玉石灵芝如意）

88 琴七弦
宫商始作一中庸，角羽终成半阵容。
处处徵徵何迈似，天长地久两弦踪。

89 陶渊明与无弦琴
牧冶七弦琴，平生一古今。
知音三尺六，放纵五湖心。

90 清，鹤顶红灵芝如意
希声一大音，道影半心心。
四象分天地，双仪付阳阴。
五弦琴上见，有月寺中寻。
五柳先生向，千年日月今。

91 伏羲造琴
天天地地一圆方，峻岳焦桐半古良。
妙手还心参玉昊，琴音魏晋向稽康。

92 天风
展翼任天风，飞翔自在平。
苍鹰何以见，上下傅西东。

93 琴
雷俨待冶一明皇，苦利焦桐半木扬。
西西风风川谷壑，霜霜雪雪淑声藏。

94 唐琴
香林八节一飞泉，大圣遗音半磐天。
雷氏川声惊雪谷，九霄环佩逐人年。

95 古琴
九生一音清，三公半世明。
明皇雷氏待，静古润芳情。

96 琴师
方子成连一伯牙，蓬莱海润半琴家。
经天领略波涛阔，自在心成仰俯华。

97 中和
二月一中和，三元半人歌。
江流连两岸，水色碧千波。

98 读诗
诗诗画画读人生，去去来来自在行。
竞红工工耕耘志，兢兢业业暮朝明。

99 二月初五
二月龙抬头，三生世界游。
年年耕草木，岁岁作春秋。

100 春分
浮云日上一春分，露两黄花半显裙。
小小抬头龙摆尾，亭亭玉立独娜文。

101 三春有六万首，力达十万首格律诗词
一两云中一太平，半生日月半诗城。
精英自古是精英，与佛同行无量寿。
清风水色共枯荣，梅花二月满春情。

102 北京大学根社
独木可成林，千根作古今。
春秋相继续，日月付人心。

103 生日
七十三年此日生，五千岁月一声鸣。

朝朝暮暮诗词著，古古今今日月明。

104 碎琴
待达名一半，王绥声两三。
高涛何向世，傲隐几心情。

105 无弦琴
渊明不鲜音，太古作人心。
有欲成天地，无弦以今琴。

106 天籁
老子一归情，三清半纵横。
天空由鸟隐，地阔任平生。

107 陶令
无弦一古琴，有道半知音。
十易阴阳见，成连日月寻。

108 琴谱
风惊鹤舞一鸣阴，季雁衡芦半鸳寻。
九五飞龙云势雨，螳螂赋性捕蝉音。
行为素少饥鸟啄，凤羽排空载翼阴。
委婉雍容鹭自语，苍鹰野雉弄禽琴。

109 琴谱
豹改南山何隐物，婵吟北里鸟飞浔。
蜻蜓点水涟漪逐，缓缓舒舒月日深。
目送飞鸿来去向，弹琴欲断以人心。
松沉朗朗晴明意，古朴平和雅致琛。

110 琴曲之一
渔樵问答自秋春，大舜思亲一曲仁。
啸傲阳关三叠去，平沙落雁半川秦。
西山清角南风曲，禹会涂山孔子陈。
三百诗歌留世后，文王操里隐天津。

111 琴曲之二
黄帝鬼神清角声，南风虞舜理天城。
游春绿水幽思去，五弄蔡邕作故名。
搔首问天满水岸，湘灵鼓瑟二妃惊。
广陵散去文王履，龙朔操尽不复情。

112 琴曲之三
阳春白雪一幽兰，鸥鹭忘机诶乃寒。
循世操行出诸狭，宫商角羽半徵宽。
梅花三弄秋鸣翼，聚散呼群顾影残。
远举长情天下路，山居吟隐久波澜。

113 琴曲之四—广陵散
心游一太虚，列主半天余。
玉宇排云尽，苍空任子书。
秋鸣南北见，白雪自卷舒。
社稷河山向，江湖日月居。

114 琴曲之五—渔歌
潇湘四望水云深，白练三光楚蜀阴。
岳麓千晴鸣雁至，渔歌互答醉芦音。
西岩夜傍梧桐雨，唱晚舟平撒网浔。
小波衡阳苇著岸，山高地阔是人心。

115 太阳，人类，第四次浪潮寄巩汉林
人间一太阳，世界半炎凉。
讲究非将就，农夫是柳杨。
三千今古化，第四浪潮狂。
泽地成朝暮，今天自尚方。

116 唐刘孝孙
荆州学士古今诗，录事参军太子池。
弱小冠英文才付，贞观光马孝孙知。

117 嵇康琴赋
右手徘徊左柳杨，璀藏按举正圆方。
天天地地盘环养，雅雅揉揉不断肠。

118 明·沈周春云叠嶂图轴
岁岁消闲似子成，君君苦度白云生。
遥遥汉鼎情中艺，叠叠春云岭外明。

119 青团子
步入姑苏半入春，黄花四野五湖人。
清明日近青团子，寒食茶乡雨水频。

120 清·永瑢临周臣花屿春图轴
山明水秀小桥低，玉阁红楼水色齐。
屹石临流闻不尽，寻春探色鸟空啼。

121 回乡扫墓
花朝半故乡，扫墓一爷娘。
隔岸如心志，生平似曲肠。

122 安乐老寿
曲曲一直心，斜斜半古今。
杨杨闻大海，漠漠作挪林。

123 寒食句
弯弯直指斜中正，是是非非客来分。

124 得寿疑彭钱句
遥遥近近同阡陌，海海田田共岁年。

125 句
繁繁简简中立，卷卷舒舒里悬。

126 最后状元
始后终前第一人，状元才子序三春。
诗诗赋赋文明客，古古今今日月邻。

127 世纪金源—乔兄胜利
朝朝暮暮止行行，退退思思进进荣。
是是非非非是是，成成败败败成成。

128 人类第一次浪潮
刀耕火种一桑田，世界农村半地天。
社稷江山和日明，发明轮子作帆船。
衣行食住兴行业，女织男耕事陌阡。
草木经年禾米命，乾坤自主作方圆。

129 第二次浪潮—科技化是驱动力
丛生所望自无全，世界皆需济市宣。
技术方兴科学促，光明动力孜人前。
飞机宇宙航天去，火箭激光管理泉。
土地永分成主宰，精工产品富天年。

130 第三次浪潮—信息
七十年前计算机，三千弟子一儒旗。
人间智慧由心化，业业行行敧据祈。
你我难分难彼此，工农共享共相依。
天涯海角如今邻，老小中青似客稀。

131 第四次浪潮—太阳产业化是驱动力

自古如今一太阳，泉源产物半天光。
新兴产业工农化，信息方成作豫章。
人品所须从无化，事事经心祝尔康。

132 第四次浪潮—世界

一脉相承一脉天，五蕴五济五蕴田。
三千世界三千界，八百年来八百年。

133 第四次浪潮—太阳

三千世界一婆婆，普度新生半儿河。
彼岸心经般若见，阳明诸法蜜多罗。

134 第四次浪潮—太阳产业

世上能源一太阳，人间存继半炎凉。
发明创造基因改，正确沧桑故乡几。
三世界，一黄粱，生生死死两茫茫。
因因素素寻常易，是是非非自曲肠。

135 太阳业

硅谷基因世界荒，克隆总统十三王。
人人体内由何取，创造发明自太阳。

136 太阳行业

是是非非一是非，真真假假半不归。
身身体体何因子，故故今今易变曲。

137 清明集

寒天共弟兄，砍柴向天行。
渴饮凉泉水，饥餐雪月情。
当年少小路，现已老翁情。
归舍今何处，农家日月明。
重寻山里红，又饮故溪泓。
足踏当时路，回头问老翁。
当初一少年，此已七旬仙。
只记兄和弟，共话水凉泉。

138 题四弟鱼图

水润任鱼游，天高覆九州。
清明知日明，乞火共春秋。
乞火杏坛文，闻天四面云。
清明前后雨，暮色尽纷纷。

139 五女山高句丽都十城

五女高句丽，三生故社城。
如今重旧步，几度问官英。
付忆清明见，千情一弟兄。
桓仁山下水，最怯故乡情。

140 长春长义长茂砍柴拉车度寒天

农家冬欲暖，砍柴五更天。
两眼封霜眉，三星东雪泉。
兄当辕里驾，弟辅助分边。
打虎亲兄弟，耕耘父母前。

141 广安剑阁

一先峰中一线天，九州月下九州泉。
蚕虫蜀道鱼枭路，剑阁交杨机水悬。
千坝条条飞点线，云烟处处是云烟。
成都不远望重庆，下里巴人度四川。

142 佳音—成都江油剑客

太白半江油，当涂一月休。
巴中官醉客，剑阁付春秋。

143 三月三日

应闻济世雄，不问焚书坑。
落落三千界，扬杨一大风。

144 七截

今年七十分办成家，二家三千分二月花。
暮鼓晨缠分灵隐寺，心经世界分浪淘沙。

145 仿禅

积翠一桥边，堆云半玉泉。
龙亭千碧色，白塔万神仙。
北海中南向，莲花小脚兴。
春阴琼海岸，仿掸梦天辽。
过去如今始末年，人间地狱向天台。
心经自是观音在，智慧菩提自在开。

146 海湾

无形一海洋，有色半天光。
远近方圆宝，潮波自在扬。

147 海

深深浅浅一方圆，近近远远半地天。
汐汐潮潮同世界，形形色色共婵娟。

148 成都龙亭水

驿上一龙泉，山中半阡陌。
蚕丛修蜀道，白帝化云烟。
二月桃花运，三春桑茧田。
枇杷当碧玉，桂树向神仙。

149 又

龙泉驿外满枇杷，蜀道山中好运家。
树上樱桃思太白，葡萄桔子对梨花。

150 陇西院

旧是诗仙栖隐处，尤闻昔日读书声。
太华直接寺莲宅，天宝遥观粉竹英。

151 又太白楼

壶中日月一寺诸，笔下风玉半阡陌。
四面林诛争碧玉，千章弟子作文贤。
才华有溢生秦岭，铁杵磨针化蜀川。
不让先生应不醉，何求弟子是何年。

152 致佳音兄

太白半江油，当涂一月休。
锦官分醒醉，剑阁付春秋。

153 致燔军兄

远近锦官城，燔军是弟兄。
乾坤天下路，日月照枯荣。

154 成都江油路上

大汉一锦阳，江油半故乡。
川秦通岭木，栈道度陈君。
太白楼前向，诗仙暮后光。
当涂何不剑醒醉，黄粱白马关中养。
罗江路上昌，三分何庞统，落凤未坡堂。
蜀地荆州借，东吴嫁妹娘。
曹操谁举塑，汉魏莫商量。

155 锦官二月桃花节

一寸田光一寸阳，四川鹭鸟四川分。
桃花色里桃花运，剑阁关前剑阁梁。

156 又

梨花一半菜花黄，草木三春碧玉妆。
太白江油闻蜀路，蚕丛栈道向陈苍。

157 过罗江

九曲千山半茶田，三台一路几温泉。
江油草木连天色，太白诗话故里烟。

158 不白椤

太白楼前故里乡，当涂月下落贯凉。
英雄有志无机遇，不向长安问夜狼。

159 陆佳音

不白何须蜀道难，陈仓暗度豫州寒。
鸿向两岸应相问，两汉兴亡可无安。

160 广元风台

无凰一风台，武曌半天开。
吕祖当然寺，嘉陵白水来。

161 又

嘉陵明月峡，栈道古山崖。
不见高宗问，蚕丛蜀道斜。

162 又

扬山生武曌，广汉杜鹃花。
洛邑东都故，长安作女家。

163 致太白

青莲太白去无还，照壁嘉陵上蜀山。
栈道临危剑阁镇，楼兰已近玉门关。

164 栈道

林园土庆谷晖羊，吕长春
先秦栈道望烟村，白虎嘉陵问子孙。
莫道陈苍曾暗度，蚕丛杜宇几黄昏。
盘山曲阜群峰碧，峡口风云镇地根。
垒石朝天人步步，核桃结子有新恩。

165 明月峡萧何碑

萧何碑下问，成败一人闻。
蜀汉陈仓见，淮阴浣女盆。
黄金台上拜，百万将兵分。
吕后非何意，天下自维君。

166 过剑门关

雄关一剑门，栈道半黄昏。
太白长安去，青莲子弟村。
当涂捞月色，御道夜郎恩。
驿站先秦王，阆中蜀汉蕴。

167 过剑门关

千夫一指剑门关，九脉三江两岸山。
阁上春秋诸葛亮，桓侯未去蜀中还。
关公义气当阳坂，蜀道潼关十八湾。
不必云中天下问，一路风光到玉斑。

168 酒

天台不倒翁，间隔女儿红。
共醉泸州窖，嘉陵以水雄。
苍溪何不醒，太白以诗风。
玉虎鱼凫蜀，张飞令阆中。

169 巴中

一女问巴中，三英作蜀翁。
书香天府路，日月向诗丛。
下里八人曲，阳春白雪红。
南津关古镇，翼法令域公。

170 过张飞祠

桓侯古阆中，玉虎汉家雄。
古镇千年问，嘉陵万日风。
三英谁主顾，九界敬关公。
变门天下见，剑阁一夫罪。

171 致贾平凹——鉴是非知荣辱，人善恶

是是非非一世明，荣荣辱辱半人生。
成成败败三千界，正正斜斜八戒平。

172 剑阁驿

驿外剑门关，翠竹云廊雪。
百里寺莲万里山，栈道横豪杰。
蜀道去无还，高阁陈仓绝。
夜月清明锁岈蛮，但向千秋节。

173 桓侯

当阳桥上立，太守战张郃。
翼德三兄弟，桓侯一蜀歌。
长矛藏八丈，结义结三河。
是是非非罢，成成败败多。
嘉陵江去水，白塔寺来人。
贡院江河在，中天弟子春。
状元楼上客，汹涌石犀邻。
结义三兄弟，流沙阁义亲。

174 王兄

同声半唱大风歌，万紫千红蜀稻禾。
下里巴中天下问，黄梅戏里故人多。

175 迈贵宾

仲春时节纪知音，诗经部长双纪临。
有幸能得良言句，胜过千两万美全。

176 巴中——去成都

三台踏水河，古井大风歌。
竹木山中碧，中江十里波。
长安秦岭外，蜀汉四川娥。
夜色霖玲雨，梨园归串多。

177 巴中

字水逐鸡声，三更待风鸣。
棠湖云未宝，下两两方晴。
蜀道秦关镇，严颜结义行。
峰丛群竹色，十八月谭明。

178 国色天香

赵粉红梅墨玉东，二乔白雪洛阳红。
乌龙酒醉杨妃醒，豆绿璎珞宝翠同。
日照襄阳逐世事，姚黄塞雪巳龙钟。
昆山光仪藏枝紫，捧盛罗春颂雅风。

179 皇藏句

璎珞泹绿剪丝绒，白雪罗春宝玉龙。

180 大叶藏枝红色染，昆山祖迹步花踪。书法

肥肥瘦瘦一鹅池，深深浅浅半墨知。
行行草草行不止，疏疏密密无歧。
河图构致江山势，小大由之日月滋。
彼此相和成世界，诗词淑气万千姿。

二十四、土生，学生：1942年至1967年

1942—1949 入西关小学。作文：东边五女山，家在镇西关。南北浑江水，村中九道弯。

1 1 初小作文
山平一枕头，水去半不留。
家在南江沿，书生入马牛。

2 小学同学刘玉芬
心中小玉芬，人字两边分。
字迹真清秀，山村一片云。

3 2 高小作文
师名满守城，教我数三名。
为忘他知己，争回第一行。

小学董仁宽，书中自不难，
一前加一百，学步止邯郸。

4 小学自述
田耕半菜麻，心在一农家。
野草年年除，春秋处处花。
读书不读，兄弟向天涯。
小学升中学，原来种豆瓜。

5 3 初中作文
语文都老师，天地万千知。
学得平生志，吟来尽古诗。
鸣放成右派，劳改去难辞。
回首年年问，还余百岁思。

6 初中自述
跃进声中处处荣，炼来钢铁一生名。
人民公社家家入，劳动南山日日成。
百户食堂竞饭吃，千村土地已联盟。
学生大于翻身土，同产同荣半路行。

7 4 高中作文，班主任胡宗权和张恩媛

8 之一
北京钢铁学院年，一半心华一半天。
尤记胡宗权俄语，家园此去种京田。
亲人无米难关度，故国饥荒补不圆。
落下书生东岭种，恩媛大纲政生缘。
注：大纲，大学高政提纲。

9 之二
一师一友一坤乾，三读三年半涌泉。
独自行人寻钢铁，家中只存去时伶。
桓仁中学年年问，从此难寻日月圆。
谁问人生多别尽，回头不见故人缘。

10 5 上北京钢铁学院读大学
独自书生上北京，家乡父老送光荣。
父母心里千行泪，膝下难寻是一生。
四弟一声呼故里，庄稼不住起回鸣。
状元犹问真非戏，也是风云也是晴。

11 6 北京钢铁学院
山海关前一啸鸣，北京钢铁学院行。
景山北海学院路，北大清华左右情。
不向故宫天下问，天安门旁半心名。
悬梁刺股年年尽，不虚书生是此生。

12 7 五日春假校车行

13 北海
云中白塔倾，北海向天明。
积翠池无底，长桥过团城。
家乡思故友，五女已山荣。
劳动凉泉水，书生日月情。

14 八达岭长城
自古一长城，荒芜万草生。
河名求永空，燕赵已无声。

15 香山
香山寺鼓鸣，草木已心清。
不见书生问，燕京日月晴。

16 潭柘寺
潭明柘树生，古刹鼓钟情。
左右观音渡，三千世界平。

17 戒坛寺
僧人上戒坛，游客下燕峦。
不是书生苦，人人问玉冠。

18 颐和园
万寿山中智慧天，昆明池上颐和园。
文昌阁外知春水，六部桥前尽客船。
光绪玉兰堂下主，慈禧御旨是官神。
今今古古年年去，五百罗汉处处缘。

19 景山
崇祯一故山，李闯半榆关。（山海关）
已是明清尽，年年问缺圆。

20 中山公园
如今五色土难全，不下南州问木棉。
塞北黑龙天水岸，东临碣石有三篇。

21 前门
前门古店旧声名，煤市斜街煤不清。
大栅栏中寻客路，老城一半半新城。

22 学院路
路中八大学院名，北大清华海淀情。

天下书生三十万，燕山夜话半京城。

23 钢铁摇篮

一生钢铁一生摇，半路生平半路桥。
效仿苏联工业园，德文英语万千条。

24 四清

四清上下尽无清，五色村庄大小平。
初见京城风雨多，阴晴不尽是阴晴。

25 北京三院住院

东自年青一病生，半年日月半文明。
英文德语寻天下，只作书生不作兵。

26 钢院

九月重阳艺术团，人人天下入云端。
生平应有平生志，剥去天衣见玉冠。

27 心鸣，雅卿

上下渝城半问卿，青春左右两心鸣。
书生只有书生待，自此辛勤是一生。

28 心平，北京钢铁学院

院长芸生半符荣，声声革命一名清。
心平今古知元佑，只有诗书达世行。

29 忆大学同学张泽生、刘小沛、何易深、张世雄，张天宇，王汀名，郭雅卿

泽生小沛何宜生，世雄天宇王汀名。
天下渝城心上下，人中君子郭雅卿。

30 西湖西瓜

郭女西瓜半署中，金蟾玉兔一人同。
有言前后君先笑，来去英雄问故宫。
1967年5月1日

31 访吴越

虎丘山下一烟轻，拙政园中半雨城。
尝胆卧薪池剑水，云泉风壑问芳明。
中原逐鹿五霸去，别有旧天别有情。
常使英雄吴越水，西湖范蠡推舟行。
1967年5月2日

32 平湖秋月

山色湖光半天门，水溃瀛洲一客村。
柳浪闻莺春方绿，宝叔竹影近池温。
1967年5月3日

33 过断桥

断桥不断一桥连，一水三堤半问天。
棋子渔歌敲不定，平钓四壁好人缘。
有云无雨晴方近，天下一伞中雾里烟。
水漫金山寻古寺，小青小白待许仙。
1967年5月3日

34 过开化寺六和塔遇雨

月轮山下一钱塘，塔下西湖半玉光。
镇楫潮平安舟椅，丈夫不去问愁肠。
江歌一曲一樽酒，雨里开花两岸香。
虎跑泉声才出碧，烟波浩渺是心乡。
1967年5月3日

35 清明怨

燕南燕北一山亲，书外书中半旧尘。
子观听音音色改，梨花明夜泡清人。
1967年5月4日

36 别

雅卿钢铁到迁安，已去鞍山未去单。
但待君平知毕业，成家立业尽情欢。
1968年

37 六八年大学毕业当工人

半年分配到鞍山，九曲黄河十八湾。
德语英文全不用，工人只要得天颜。
运输电务疏通讯，苗正根红履职安。
寻遍天南寻海北，晏超有曲志难颁。

二十五、工生，译生：1968 年至 1978 年

1 昆明西山思渝

滇池水色一天涯，草海金鸡十万家。
唯恐松声天下响，西山送去千川哗。
卿心犹在山城问，同结无锡二月花。
但见长江流不尽，昆明月下圣陶沙。

2 夜三思：思卿思渝思春城

大观楼上半云城，遍数千年一枯荣。
夜雨潇潇灯火暗，山茶苒苒玉门明。
保宫六斋常回忆，从此扶抚从此情。
同结春卿天下尽，历心肝胆是人生。
注：北京钢院六斋舍。1969 年 10 月 3 日

3 忆暮登枇杷山

万家灯火半山城，处处私心处处情。
只有枇杷亭上客，一生共话一生平。

4 登大观楼忆六七年春节于武昌桥头

金马山间木秀由，碧鸣寺里月宫羞。
一行清泪本心去，指点原来鹦鹉洲。
九脉云腾连草海，三天鸟唱对重楼。
心中长满相思草，寒月山茶叶上秋。
注：遍寻武昌鱼，大江桥头有卿指点鹦鹉洲。1969 年 10 月 4 日

5 自怜

一天清风一天秋，四川夜雨四川愁。
并难志短扬长路，儿女情深缘水流。
1969 年 10 月 11 日滇黔车上

6 秋

一夜相思一夜长，几回秋雨几回凉。
姑苏城外寻吴子，拾得寒山月似霜。
此去蓬莱多少路，云辉玉宇作梦乡。
英雄何处剑池水，天下平湖柳低昂。
1969 年 10 月 11 滇黔沪宁车上

7 登独秀峰

一岭清平一岭空，满山桂树满山风。
千姿百态寒宫柳，碧水青山乳洞红。
1969 年 10 月桂林

8 鹧鸪天 历忌

青海云平八百湾，十年不到响沙山。
险滩一路三江去，任马驰张任马闲。
三界外，一人间。黄花紫气问天颜。
人生总是知遥路，不到楼兰志不还。
1969 年 10 月桂林车上

9 桂林新咏

桂林四壁四时同，万岭千山半日风。
不见江心云有色，竿头慢插入其中。
阳朔风光明漓水，两岸山茶水上江。
宝帐石林卿且住，来人此处是行宫。
1969 年 10 月

10 太湖

荡荡太湖山，悠悠浒石观。
马山千里雾，包孕越吴湾。
浪打鼋头渚，梅香月影闲。
李园天下曲，坦怀向人间。
1969 年 10 月无锡

11 沁园春 岳麓山

十万西山，直下昆明，饮马问天。气吞川野尽。风收翠谷，斜阳一线，今古千年。只上高楼，纵情山水，独怜湘江有客船。凭指点，岳阳楼前赋，一片青莲。　松涛起伏峰巅，独到处、姿心近苦蝉。万里无云旷，萧萧暮色，卧薪尝胆，一百心田孤傲今贤，作知己，须是英雄渡日边。沧桑去，向轩辕夜话，何谓暖寒。
1969 年 10 月韶山

12 北京站无题

北极阁里巷幽深，夜色苍茫夜色忧。
一日沪京途不远，出门只有快归心。
1969 年 11 月 5 日

13 清平乐 思卿

春归何步，寂寞山城雾。
如水有情寻口渡，天下鹊桥一路
迢迢离恨难明，谁知心下同情。
无数信书无数，有缘共话人生。

14 卜算子 重庆大学夜校二楼舍

心愿起渝城，胸满山边雾。
重大烟津二层步，蜀忙相思雨。
两水一江明，云影风清暮。
岁末年初问枯荣，只有私心渡口无。
1969 年 11 月无锡

15 马山

三两蓬帆去日边，轻舟波卷马山田。
疏狂一半知人力，却道虬公路海船。
惊起百鸥风水岸，江湖纵使生云烟。
人间指点知天下，晋里秦王日月悬。
1969 年 11 月无锡

16 南京长江大桥雨中步

山城云雨半不遥，相见龟蛇雪未消。
唯有东方红上客，情思竹影夜心昭。
南天门下浮灯火，还问沙坪坝上桥。
风雨苍茫今又是，浪烟来蜀血来潮。
1969 年 11 月南京

17 亭

暮色四狂客未愁，五洲草木一江流。
天涯浪迹寻南北，十地云烟雨半头。
注：五洲，菱洲、樱洲、环洲、梁洲、翠洲。

18 水调歌头 马山

秋叶马山醉，太湖染苍黄。樯帆暮落半尺，日月向寒光。鸥鹭船头点点，水雾霄汉淡淡，一曲唱长江。谈笑潮沙净，秦淮不张良。　鞍山去，春城返，下苏杭。长天辽阔，今日踏遍万顷浪，晋鄂九江阳朔，晋祠寻吟难老，虎丘阅沧桑。子孙中原望，四海自扬长。

1969年11月无锡

注：自鞍、京、晋、鄂、桂、滇、蜀、赣、浙、沪、吴、来马山寄卿。

19 玄武湖凭栏

玄武湖前寻宿鸟，南乡客望几声平。
重温旧日一山城，来去心中半北京。

1969年11月南京

20 阮郎归·答东坡小孤山

雨孤矜傲一桐霜，云随竹影长。
小孤心许吕三郎。天天问蜀乡。
行夜半待斜阳，阴晴日月光。
大孤已是赣车娘。慢歌入淡妆。

1969年11月船过孤山

21 莫愁湖寄卿

莫愁湖北一人魂，女儿言中两色云，
孤苦伶仃回忆去，三更梦断尽寻君。

1969年11月南京

22 望夫石

船来不同时，潮落犹知迟。
江汉望夫石，人情日月知。

23 重上重庆大学，渝城竹雾

两江合一水无眠，一半乾坤一半缘。
云雨楼台春夜短，蜀中渔火入卿船。

1969年12月31日

24 南粤

风云暗淡五羊城，竹影迷濛越秀荣。
暗雪衡阳湘境压，层林尽在夜中明。
珠江不住东流去，镇海楼台锁雾行。
梦在枇杷亭上问，南州月下满清风。

25 寄皖

何明只向马鞍山，有意无缘玉不弯。
一半人生知自己，四方埋伏问卿颜。

26 读秋

香山半入秋，北极阁无楼。
上下和平里，知情日月愁。

1970年8月9日

27 西哈努克国王下江南

江南一笑古豪华，半壁千年二月花。
暮色苍茫天下去，宁燕出入帝王家。
西哈努克羞花甲，落下中原日夕斜。
难得国难难自己，石头城北石头崖。

1971 鞍钢运输部公寓十五号

28 冬

十年默默一声鸣，川蜀潇湘十地情。
一水东流寻大海，三千世界日边清。
中原逐鹿知天下，只见孔明不将兵。
拾得卿心行万里，读书夜半是纵横。

29 夏

年年楚客问湘忧，自古汨罗五月愁。
留下九歌鸣日月，清风明影十三州。
贾生复得长沙赋，无谓人心无谓求。
杨柳洲头多草木，江楼还是问江流。

30 秋

人前草木一春秋，山外青山水外楼。
九月重阳天下事，千年日月地中求。
高山流水辽东客，马放南山不问侯。
杨柳明年新绿色，田家只愿作羊牛。

31 春

一半寒冬一半春，三更月色五更人。
梅花心里芳香动，燕赵冰封初近怜。
谁见始皇天下久，长城旨在锁西秦。
隋炀河水流南北，万里苏杭万里津。

32 四时

春夏秋冬四季生，东西南北一人名。
长卿拾得江山在，度势知时自枯荣。
万里风云寻日月，千年今古问纵横。
三江流水三江ülü，一步青云一步鸣。

1971年8月1日

33 卿命名子女赢入京协和医院

山城雨雾一花开，八月协和九月来。
生卜吕赢知子女，天安门里上楼台。
清心翻译向英德，不到楼兰自不回。
谁问十年鸣不尽，心明蜀国去蓬莱。

34 又

月近中秋儿女生，三军守卫北京城。
十三十二人心在，留下长江一日鸣。

35 盘古九重天

开天辟地九重天，盘古恒心二万年。
上下乾坤行鸟兽，山河日月自因缘。

36 女娲

女娲自侍母亲河，黄土人间儿女歌。
走出天堂寻世界，乾坤上下水连波。
山川草木鱼虫舞，日月江山纵横多。
留得中原人始祖，补天化石种稼禾。

37 四氏

有巢构木火燧人，唯有伏羲蓄养亲。
还自神农稼穑籽，四时冬夏一秋春。

38 炎帝皇帝一轩辕

仰韶一半半龙山，炎帝神农百草萱。
黄帝蚩尤鲜黎战，姜姬玉帛黄河湾。
炎帝天下颔累祖，区划朝堂各列班。
井朋里邑都师洲，枫林尽处是天关。

39 尧舜

陶唐军教农民朝，禹舜湘君斑竹消。
留下四官天下守，人中八恺一天骄。

40 商汤

景豪伐桀主商汤，夏尽伊尹日月扬。
去去来来天命易，二朝七百岁君王。

注：夏400年，商300年。

41 武丁

商行人桥一鹿台，武丁妇好半军开。
夏商周易天命尽，三百年间去又来。

42 西东周

平王一日半西东，两地周朝洛邑宫。
前去镐京都已尽，春秋战国满飞鸿。

43 禹九鼎

一鸣禹鼎九州平，楚向庄王半人生。
战国群雄知所以，春秋五霸何身名。

44 孙武，伍员

渔丈人君半无名，芦中人得一平生。
吴王楚地天时战，孙武激流勇退情。

45 苏秦，张仪

一朝天子一朝人，六国相君十日春。
合纵苏秦锥刺骨，张仪联横作秦身。

46 刘项

破釜沉舟一精英，项羽鸿门半未成。
只约关中王不定，刘邦计得汉声名。

47 汉人

二月初三一汉年，四百年中半曹县。
汉界楚河今何在，不是洛阳长安天。

48 楚汉

鸿沟一半一西东，楚汉两秦五色空。
刘项相争天下去，萧何韩信文秀雄。

49 霸王

一生称霸一乌江，半壁河山半刘邦。
犹有江东知自己，虞姬乌骓世难双。

50 李陵

天下人中一李陵，英雄锐意半右铭。
云峰自古鸣沙塞，尤有阴山草色青。

51 项令

湖阳公主夏门亭，项令门前一半丁。
踞虎平生廉洁去，庶民天子尽声铭。

52 外戚宦官党锢生

李膺杜密一身名，草木难平半枯荣。
三木王侯宦党锢，难言外戚不官鸣。

53 萧梁

同泰素中一日奴，天扬百姓十家呼。
萧梁不治健康水，一叶渡江问有无。

54 黄河

一石水中六斗泥，三江源水十山西。
黄河万里尽波折，曲曲弯弯玉色堤。

55 陈后主叔宝

景阳殿下一井空，二妃陈王半雨风。
一夜云天阶下囚，丽华孔嫔不得东。

56 萧娘

云中后主问娥皇，二周前缘序霓裳。
汴梁不解才子梦，违命侯亡一南唐。
1971.9.12 农历七月二十三协和医院

57 示儿，北京

细雨和风一后生，协和巧稚半英名。
吕赢降下龙门水，天在中秋日月明。

58 阮郎归·陈毅

长歌策马下金陵，巴东草木青。
一旗三帜间中霆，有心待意听。
冬夏尽，向辰星，军中座右铭。
烟消城北见浮萍，春秋十里亭。

59 燕滨雅卿共游千山

莲花开遍一千山，殿上无梁半水湾。
友好家中先许愿，龙泉寺里问天颜。

60 洛阳

轻吟一路大风歌，曲折黄河曲折波。
汉武秦皇留何在，楚河汉界自蹉跎。

61 雪日登大雁塔，译真经

三藏玄应一经音，一统佛缘万表心。
假假真真真亦假，真真假假假真箴。

62 过豫

杞人忧地地忧天，过客心中过客缘。
忧国忧民忧自己，过山过海过人年。
青梅煮酒英雄论，曹魏许昌蜀问川。
不到南阳天下小，吴人看马只行船。

63 清平乐 过并州寄雅卿

驿边过客，万里心田陌。
塞北江南虞子伯，拾得并州衣帛。
初寻柳色还黄，晋秦一半家乡。
大地春回不久，平明四处朝阳。

64 画堂春 过娘子关

秦王娘子问雄关，中原一半天颜。
金童玉女过千山，位列朝班。
铁甲花黄满面，人心不见胡蛮。
黄河九曲十八湾，不是清闲。
1975.5.23

65 鞍山东山 15 号草屋

草木中堂百树光，晏超舍下叙斜阳。
书生一路书生过，男儿心明在四方。

66 大连

星海辽东老虎滩，千年不止卷狂澜。
沉浮潮汐苍茫去，来去风云一日丹。

67 惊蛰

一日书生一日惊，十年上苑十年鸣。
春关常锁凌云志，苦读方开万岁荣。

68 东山 15 号草屋

不是天堂是草堂，书香留下半心伤。
无房日月寻君子，小儿声声问爹娘。

69 又

满是书香一草堂，心中日月半三光。
星明月去观天下，寸寸年华寸寸芳。

70 1972 年 5 月 7 日甲申三百年祭

山海关前一将鸣，闯王天下半呼声。
崇祯不暗明朝尽，五百年中是满清。

71 采桑子 读完历代文选
一书读尽三千载，一半天忧。
一半人忧，自古书生一半忧。
三江流去三江水，日月东流。
日月东流，雾满江流雾满楼。

72 1972年8月7日鞍山卢明月秋游千山
天高七尺一千山，明月卿心半玉环。
只饮龙泉钟鼓寺，无梁殿上问天颜。

73 又
龙泉寺里种心田，殿上无梁问后缘。
陌路纵横多知己，空门尤见苦行禅。

74 又
秋雨流平一百残，江南落叶半天寒。
北京城外榆关去，家在东山也是安。
注：东山草屋过冷，吕赢住卢明月家。

75 电工宋喜顺，同乡，鞍山运输部通讯段
铁路朝天两线长，人心狭窄一爷娘。
工人阶级真真假，彼此同来是故乡。

76 同舍邝礼安
可半清华可半名，燕山夜话已无声。
工人难当三天下，也不春秋斗枯荣。
两岸难通寻两岸，一生读尽是书生。
天天月年年读，不断三更迟五更。

77 1972.9.9梦中先涉水，后乘船，沿木轨上山，攀至顶，照彰三人，先取文具，后天下至尊
荆棘丛中草木全，攀登轨木渡明船。
心中有数观天下，造诣深林至顶圆。
玄具四方云雨水，至尊形影向人前。
含辛茹苦山南岸，一步青云一步天。

78 田中访华
田中造访问轩辕，不上长城半断垣。
一部楚辞书后故，五洲四岛待三元。

79 1972年吕赢小不能自回家
鲲鹏水远一天涯，不见爹娘不到家。
只是郭明心眼重，延文拐去夕阳斜。

80 1972年12月16日送吕赢入京，握手不放。以至车过辽阳而返
车过辽阳人自伤，一生不忘是爹娘。
心知手握年年在，只得京中日月光。

81 问病鞍钢运输部主任郭健元，沭阳人
一世身名一死伤，半家上下半沭阳。
人飞马上扬肝胆，转战辽东已隔墙。
询问文思思自备，书生日月必扬长。
将军有识长歌去，杜甫平生待草堂。

82 田中首相学日文
俄德英伦日本文，行来四国是青云。
唯艰日日三千字，译出春关必超群。

83 射天狼
千年留下一冯唐，天下兴亡半日光。
功功过过人不问，人生自主扬长。

84 曾子居卫
三天不举火无丹，十载缦绝半正冠。
读遍书生声满地，忘心致道养其安。

85 钟子期
1973年鞍山市立山区友好街32-14-1，每天译文三千字
汉阳依旧一琴台，尚女弦张半不盯。
路上东风还是雨，心中口月数天来。
高山流水知天下，下里巴人已不回。
不锁龟蛇三镇在，人才毕竟是人才。

86 项羽
英雄项羽大江东，一世声名一世空。
苟且沛公知酒肉，萧何张良两飞鸿。
楚河汉界两秦去，火烧阿房半废宫。
四面乡歌思自己，霸王帐下舞姬红。

87 孙子
急流勇退去无踪，烽火狼烟塞内浓。
但有人心知自己，读书只在五更钟。

88 田单
驯牛火海一人生，草木军中半不鸣。
铁甲连战军不见，英雄用智万千兴。

89 伯乐
伯乐一知音，朝中半玉金。
无知知自去，有智智人心。

90 屈原
举身投湘江，清名向世扬。
九歌天下去，楚客入人肠。

91 1973端午节自铭
十万字书忧，时年半不愁。
心寻千古事，乐在秉灯游。

92 又
三十年中日日求，一城地上译文休。
不知天下江流去，但见青云入九州。

93 1973年8月1日吕今
自古千年一古今，军中八月万人心。
翰林院里赢今古，学府门中日月琛。

94 山西琴台，琴始自舜，盐湖畔抚五弦，唱"南风歌"
盐湖舜帝一鸣琴，歌曲南风半古今。
晋见龙门鱼跳跃，关雎遍布仕人心。

95 曹孟德
歌无名向古今，十情六欲蜀吴心。
文姬归汉知音去，玉露台高不见霖。

96 除夕
半守梅香半守神，一年冬尽一年春。
人中谁问琅邪郡，天下关东闯故人。
注：琅邪郡，山东胶东之地，吕家自此闯关东。

97 曹孟德
祢衡击鼓一春秋，鹦鹉洲头半草愁。
楚客湘潇寻碧水，杞人赤壁四时忧。

98 一剪梅·祝吕赢吕今
不断年年儿女心，日日赢今，月月赢今。
天高地厚一鸣琴。一半衣襟，一半阴晴。
不尽雅卿处处心。雾里甘霖，雨里甘霖。
北京故步母情深。梦也深深，醒也深深。

99 楚庄王
一鸣今古一声明，半是江山半是情。
不在惊人惊自己，平生自主是平生。

100 伍子胥
楚人泪下过昭关，吴国称雄霸越山。
范蠡西施知智巧，一兴一废是天颜。

101 1974年鞍山友好街32-14-1
黄河已断半阴山，汉武堂中尽玉颜。
大漠荒沙鸣万古，酒泉不醉玉门关。

102 年
一声炮竹一声鸣，处处梅花处处荣。
夜半心中连两岁，早来守得是年生。

103 南乡子·除夕
岁岁自扬长，三十年间日月光。半入人生今古问，暖凉。一世书生一世强。
数尽译文章，夜夜三更上下堂。豪气耕耘心不住，青黄。几度春秋几度梁。

104 破阵子·1974年4月22日吕赢游鞍山二一九公园
序：云中上下一飞鸿，书里东山半不同。处处春风人不尽，精英常问大江东。

沉浮青云峰谷，蓬勃朝气阳明。天上排云三五行，北去辽东塞外声。辽南留一鸣。
来去飞鸿万里，含辛茹苦平生。太子河边天下路，不问千山自枯荣。心中由北京。

105 异香草木
玉兰不问醉扶桑，桃李丛中色满扬。
野草无人山后碧，清溏古木采天光。

106 望海潮·桃园
风云天下，一心南北，精英就是精英。
铁马寒光，桃园结义，燕山成就功名。
三顾问孔明。蜀吴魏中尽，已是平生，
难道华容，一雄千古，自光荣。
单刀赴会人惊，撼千军万马，弟弟兄兄。
夜读春秋，青龙偃月，子龙五虎儒缨。
的卢一声声。白帝城中去，翼德身鸣，
但取麦城首级，不求一人行。

107 千山龙泉寺
烟波云楼一寺声，龙泉阶石半钟鸣。
虎踞风巽高山里，震雷春秋日方晴。

108 祭母 1974.5.21 母故六十二岁，丛润花
飞灰冷落已心休，无语悲鸣泪自流。
怅望新冢黄土地，神灵也愿有春秋。
东山抔土松林傍，此去西关尽是愁。
哺育常思母教步，人生路上应无忧。

109 十六字令 忆母
天，天下人间日月年。
父母在，不离故家园。

110 又
家，少小无知种豆瓜。
扬长去，今只恨天涯。

111 又
望，小儿难铭老儿娘。
人生里，留下月如霜。

112 唐多令·思屈原
清影谁人谋，高风自古忧。
一江流，斑竹芳洲。
烟雨泪罗湘水恨，天淡淡，意悠悠。
天下不轻求，声名半九州。
一江楼，楼在江流。

万水千山山水在，问湘楚，几春秋。

113 营口仙人岛
一日囊锥不出头，千年来去已无休。
海中小岛朝天上，锁住天涯锁住流。

114 人月圆 寄吕今
高天辽阔浮云去，三月上琼楼。
大江东去英雄不尽，今古悠悠。
黄河万里，天山万仞，兴废难求。
人心不了，人情不了，志在筹谋。

115 六州歌头·1974年寄吕赢赴北京
天高气爽，山下月如霜。千万里，三江水，一书堂。落叶知浮沉，层林肃，前川敞，池水淡。云起伏，地天苍。赤壁风光，三国群雄去，今古名扬。叹桃园兄弟，三顾卧龙岗。诸葛栋梁，蜀人昌。
蜀吴联壁，荆州守，寻孙策，问周郎。子龙在，皇妹许，试红妆。娶尚香。一战三英俊，一来去，一兴亡。论煮酒，精英谁，话沧桑。徐庶营中不语，三军帐，不道炎凉，唯空城不计，司马让贤良，留下群芳。

116 腊月，正月
十里钢城十里寒，万家灯火万家春。
冬春一半梅花月，三十平生而主安。
蜀楚长江青海水，天安门下静观澜。
天天翻译三千字，只向人生不向冠。

117 1975年3月2日鞍山市友好街32-14-1
鞍山草木半渔樵，一步山水一步桥。
打柴归来明日月，城中杨柳遇冬凋。

118 1975年5月6日郭雅卿，吕燕滨游千山
天王塔下饮龙泉，东来紫气一万莲。
上下千山三界路，心中拾得半西天。

第十五卷　古今诗

119　1975年8月11日北京东单春雨二巷

夜游天安门问吕赢家在何处，答曰"故宫殿"。

不是明清一故宫，千年今古半人同。
为人只有平生志，南北东西治世雄。

120　1975年8月24日吕赢上千山游天上天，夹扁石，林虎，龙泉寺四景

天上天中一上天，龙泉寺里半龙泉。
不得扁石寻林虎，自古英雄出少年。

121　1975年9月11日吕赢吕今游颐和园

谐趣园中谐趣莲，人田天下种人田。
赢今半日春卿上，只见春卿一代传。

122　枚乘入发

无欲无情半壁愁，春秋来去一春秋。
江流不尽江流去，触目惊心触目游。
楚国山中飞鸟在，中南海里近人忧。
惊涛骇浪凭心唤，不问天涯不问楼。

123　1976年2月23日重上重庆临江楼寄郭雅卿

蜀客人中一两双，木楼上下半临江。
十年旧路年年问，今日重来向小窗。

124　又

山城渔火两山城，一半枇杷一半情。
同学少年天下问，声明不断是声明。

125　又

楚国山中一鸟鸣，江南月下万无声。
琴台依旧知音在，黄鹤楼前草木荣。

126　又

一人一世一方圆，半客山城半客天。
留下此名天下去，不终不弃此生缘。

127　1976年3月2日武昌东湖冶金部武钢07工程科技工作组

半云半雾半朝阳，且看何人睡不香。
只有雄韬三界外，工程马上见阳光。

128　武昌东湖石盘棋

楚河汉界两相卿，北南西东十六兵。
元帅将军声令下，红先黑后是声名。

129　申汉船下金陵赴上海

问卿船去一心边，夜雨连江两岸田。
梦里山城寻万里，瓜州渡口过千帆。
石头城外扶杨柳，惠山脚下月半圆。
长笛声声京口过，钟山秦淮在人前。

130　1976年8月1日地震声中闻吕今在北京春雨二巷52号

地震余声一阵风，江青天下五人空。
太阳升曲还依旧，代代春风代代红。

131　1977年2月3日鞍山凉亭山，问吕赢，山不高，设南北棋盘，石不名而刻鞍山

一石无名一石名，千秋万代两家荣。
郭生吕子寻天下，举世清名举世英。

132　1977年4月18日与吕赢吕今游颐和园

仰天见过半浮云，一卒之戎一将军。
野草藏身藏不住，园中谐趣尽人文。

133　颐和园知春亭

平湖柳色半知春，万寿山中一故人。
见阙关萌寻旧迹，玉澜堂里满清尘。
书中自有黄金屋，天下文心茹辛苦。
三界清风三界路，一双儿女一衣巾。

134　1977年6月6日北京和平里14区13楼三单元402

一春春雨一辰惊，半路松林树尖鸣。
枝叶含苞天下放，千呼万唤是新生。

135　1977年9月19日忆北京钢铁学院

揭竿而起问云天，钢院书生已十年。
造化境中轻古古，保真趣里重先贤。
山城雨雾长江水，明月人间待缺圆。
武汉南京长忆旧，回头犹见过江船。

136　眼儿媚·钢铁摇篮

京师书院一沧桑，金碧半辉煌。
年年岁岁，天天月月，几代书香。
成贤夫子春秋在，天下何炎凉。
冬冬夏夏，朝朝暮暮，上下中堂。

137　1978年3月2日鞍钢公司金阳

钢城十岁一金阳，掌握人权半日光。
〇七国祯杨李在，继文子女好心肠。

注：冶金部商调北京，感召全国科技大会，译文150万字，着热连轧计算机控制系统，〇七工程筹备处长杨仿太持疑，李副处长持中，张国祯副处长持成，总工武继文一家兴之。得鞍钢公司人权副总郭宝珠秘书金阳鼎力而成之。以全国优秀科技工作者计算机德语翻译名调北京。

138　1978年4月18日北京北锣鼓巷八十九号　贾效勤和吕今约五月调京

一人天下一枝花，女儿言中五月家。
外婆效勤吉利语，北京约定满天霞。

139　1978年8月1日冶金部调令赴京

八月出州一日招，十年苦读半云霄。
京中儿女抬头问，只见书生逐海潮。
自有金阳心力助，继文家里愿天桥。
鞍山同事依依别，路正人中路不遥。

140　采桑子·别金阳兄

幽州自古多奇士，一半金阳。
一半金阳，八月秋风万里黄。
鞍山日月寻天下，源远流长。
源远流长，拾得春秋问沧桑。

二十六、官生：1979 年至 1999 年

1 1979.2.24 冶金部计算中心

一分瑞雪一分春，半色梅花半色珍。
雨水惊蛰三五日，香山尽是踏青人。

2 梦入颐和园文昌阁

文昌阁上御文昌，万寿山前日月扬。
谐趣园中泉水色，知春亭北满春光。

3 鼓楼

一钟一鼓数春秋，日月难鸣日月流。
北海景山中轴路，故宫前面正阳楼。

4 夜访寒山寺

一夜孤僧问寺边，九分自主一分缘。
年年南北西东去，拾得寒山七尺田。

5 六和塔

十年一见旧钱塘，八月三潮四海荒。
巨浪回头洋水上，天平云暗色无疆。

6 1979.10.10 中秋西山

灯前白发入高天，自译三千百万篇。
云逐青山云不尽，秋冬尽处是新年。

7 1980.2.15 除夕 四十当不惑

前程万里本无心，日千千年有古今。
凿玉扬光明自己，囊锥出处问知音。

8 临江仙·除夕

梁晓楼燕飞万里，溪流明志云行。
书中相似守人城。形形寻色色，
暗暗复明明。潮落潮扬船不空，
天高地阔生平。山清水秀满光荣。
心明今古事，天马自功成。

9 问明问清问自成

故宫处处满清冷，鸾殿年年约瑟明。
李闯崇祯三桂问，生平何事是平生。

10 白马寺 1981，北京东四北小街 35 号

门前白马问经音，寺里钟声草木深。
自去西天知自己，三千世界是人心。

11 云水洞

循四月下木鱼声，雾里云中八面城。
五色华严洞里石，九龙神气绕栢平。
深山古刹僧人老，夕照清潭凭虎英。
楼上藏天经自在，山前入耳鼓钟鸣。

12 1981.5.1 祭思

天边夕照一斜阳，少小离家半鬓苍。
只向路中寻自己，何时恨遗问爹娘。
浑江水去东山在，生死茫茫子断肠。
草木春晖知水润，无心儿女嫁衣裳。

13 1982.2.3 北京图书馆

东风满馆半花荣，北海春关一苑明。
白塔山前桥水岸，中南海里已人声。
书中天下春秋在，译客年年学者行。
满目京城杨柳色，生平处处是平生。

14 临江仙·大殿宝鼎有鱼，鼎边有僧，西欧而行，神明佑之

宝鼎有鱼僧殿上，神明大力西行。
转轮藏后一生名。群山知渺小，
鱼跃向天荣。智慧海中天下去，
楚河汉界难平。行踪已定自知成，
春来杨柳绿，秋去雨云晴。

15 景山四望 新华社记者孟晓云访记"人间烟火"，赴香港招商局蛇口专家组长任

十年殷勤向身名，半日潘琪一枯荣。
天下书生三世界，人间烟火一清明。
羊城蛇口衣香港，梦里心前事事成。
玄马西行寻创业，新华记者访东城。

16 蛇口主任袁庚

十年前后不相同，一阵云天一阵风。
舌口从心心不在，上山下海任西东。

17 绿兰是交通色

老马知途出北京，潘琪送我绿兰城。
招商局里鸣钟鼓，学者专家不为名。
（二马，潘琪大我二轮属马。）

18 潘琪访舍下

老马知途日月光，招商局里专家扬。
一年一日三四顾，人到中青志四方。
不尽言中书儿女，功业自古半文昌。
九州蛇口东西路，体制无同有海洋。

19 1983，春节，蛇口，香港零丁洋，问卿

春寻大海边，冬去雪花年。香港风波里，
人行七尺田。老来蛇口岸，上下客家船。
创业艰难尽，南风才是缘。

20 1983.6.24 日本羽田机场，兼送松江上嘉和山本先生

四岛中华一水邻，先生过客半人缘。
为寻蛇口东西伴，尤见东京雨后蝉。

21 阳春白雪公卿似李谷一唱沙漠之曲

此别燕京半海南，情倾蛇口一心甘。
专家讲学三沙漠，名曲阳春不养蚕。
注：时蛇口人不听李谷一唱，夜场如沙漠。

1876

22 1983.10.6

香港招商四百天，辱荣功过五千年。
燕山落叶惊秋色，中海风平不见船。
学者无心天下事，官人不语局中田。
联合国里三观论，造就人生一指禅。

23 1984，农村能源办

一年一号一文生，全国农民日月晴。
改革开放重上路，冬梅半展是春荣。

24 1984.9.14 雅卿东渡日本作软件专家

疏月挂中秋，飞鸿四岛优。
人心知自己，日月渡归舟。
大小知天下，生平智者求。
九州多志士，四海一春秋。

25 考温垂

莎翁故土行，草木水横生。
上下樱花沐，东西各自荣。

26 墨西哥城

新城草木生，金字塔天明。
南北东西客，人中世界情。
注：鹰蛇之行至仙人掌处建国，是今墨西哥。

27 长白山天池

原始苔藓世纪林，风云烟雨去人心。
自知长白山中客，一半朝鲜一半阴。

28 长白山天池飞瀑

百里雷鸣一万年，飞流直下十三泉。
高天深谷知天下，半在神津半在仙。
长白天池云白水，中华半在半朝鲜。
冷杉桦木苔藓路，一路山中五万天。
云开九陌惊南北，日锁三边入旧园。

29 西江月·楚庄王寻闲不到方是园

月色明明暗暗，春秋枯枯荣荣。
一生如梦一生行，去去来来轻鸣。
自古浮浮客客，天下败败成成。
楚河汉界人情，南北东西四平。
1989 北京市东城区什锦花园胡同 22-1-401

30 江城子·黄鹤楼

汉阳黄鹤向南楼，几时修，几时秋。
东去长江，不住自东流。何处乡关寻觅尽，山顶望，是乡愁。人心玉壶问难休。
向云浮，向边舟。不锁龟蛇，君子四时忧。
秋月春花依旧照，天下路，十三州。

31 江城子·1990 下广州

南边大海北边天，半时缘，半人缘。
地铁呼来，中国法人年。
菩提岭南君子客，行万里，问千年。
珠江日日过前川。一江帆，一江船。
二牧羊城，越秀可耕田。
雨国东西无已见，寻上下，守方圆。

32 端州 1990

入石三分老树根，十年古木感皇恩。
古今端砚丹青在，五里亭中鸟入门。

33 《枫桥夜泊》读后

寒山石得问枫桥，寺里心平欲念消。
灯火渔歌钟鼓继，去来天下一心遥。

34 扬子江

半江流水半江波，一路扬长一路歌。
人见虫游如何问，三思不必向卢梭。

35 雾都

二十年前后读书，记古寺斜阳，常见红梅枇杷山高。三千里南北极阁，数风流今朝，还有朗月两江水深。自古青莲蜀道难，山城雨雾水云寒。放开扬子三江去，锁住天门半玉冠。

36 李益《上汝州城楼》

三千里外下边州，二十年前上层楼。
日月山川寻不尽，精英自己字春秋。

37 报恩寺怀古

我是我，我非我，是非之外非我是我；
真有假，假无真，有无之中无假有真。
万里隋河一汴城，千年炀帝半名声。
人间留下江南色，不见秦皇何政行。

38 巴黎 1990.10.16 下午三时吕赢赴法国

国门一别更相亲，半是西东半是春。
书生自有书生子，巴黎城下一鸣人。
万难之有从心尽，两可逢迎不认真。
获取赢来今又去，一家天下一家珍。

39 卧佛寺

香山红叶半黄昏，暮色浮云一寺门。
性月恒明寻卧佛，斜阳无绪入农村。

40 一剪梅

司徒董卓已客眠，汉尽天年，吕布貂蝉。
青梅煮酒问先贤，魏蜀吴联，处处桑田。
坐断东南误四川。如是方圆，不是方圆。
无知天下是无缘，不异思迁，见异思迁。

41 1978 德国

一寸斯文一寸精，半成天下半成城。
柏林墙外东西德，暗尽年华必是明。

42 武汉

钢铁城中钢铁名，武昌汉口汉阳城。
龟蛇不锁三元帅，不尽长江日日荣。

43 1980 英国

啼鸟格林维冶蒙，分明一线半西东。
樱花三月清天下，钟声伦敦四海同。

44 香港

加工工业一招商，半向西洋半向唐。
蛇口窗前香港去，十年过后是栋梁。

45 广州

南国开源一半名，东风初入五羊城。
中南海里明心空，顺应潘琪蛇口行。

诗词盛典 | 吕长春格律诗词六万八千首（全四册）

46 蛇口
不见袁庚不见名，创开蛇口加工城。
潘琪致力长春在，一事难成一事成。

47 又
记得长江局外声，广州香满两相倾。
李先念请潘琪去，只见荣时不见名。

48 1982 美国
五十星洲半旧盟，华盛顿出一新城。
邦联林肯和南北，日月联邦日月荣。

49 1982 日本
四岛和服自不生，千年唐塔问华名。
村人犹有荒时草，富士山高半御城。

50 1984 荷兰
一坝连云济海平，辛勤苦作问人生。
城乡一样工农像，岁岁竞耕岁岁荣。

51 1984 丹麦
哥本哈根问故音，美人鱼石换人心。
薄冰不脱云中海，来去还听爱乐琴。

52 1984 芬兰
一半雪花一半冰，寻桥不度踏河凌。
圆圆大大天边月，处处城明夜下灯。

53 1984 瑞典
半矿精车半矿山，春风已北玉门关。
心明眼亮寻三线，职业分工换旧颜。

54 1984 挪威
山中老虎不称王，朝夕偏多日月光。
北国森林多氧气，平心只作嫁衣裳。

55 西藏
日近天元一万年，心中遥路二三千。
原高水泂人人祈，布达拉宫处处天。

56 内蒙
阴山月落一荒原，浩特长城半废垣。
犹有青冢笑汉使，黄河草木知轩辕。
注：为内蒙计划风力发电机场。

57 新疆
天山南北半江南，冰水东西一碧岚。
火焰山前人自在，身心相见已三甘。

58 1985 奥地利
奥匈帝国一声名，不尽人心半贺平。
爱乐琴中寻圣诞，欧洲处处四时荣。

59 意大利
罗马精英角斗场，斯巴达克一雄名。
残垣断壁栋梁石，不倒不斜立柱横。

60 西班牙
一朝海盗一朝兵，半海行船半海倾。
五百年中寻大小，小中见大大中成。

61 葡萄牙
欧洲七下一非洲，半国耶稣半国求。
世界弱强多变化，心中大小在人筹。

62 1985 法国
法人晓得一人生，塞纳河流世代清。
不尽卢浮宫里画，巴黎日月是声明。

63 1985 卢森堡
一宗一教一人心，半主耶稣半故箴。
里里红红红不尽，儒家道学是观音。

64 1986 联合国大厦
天下人心万国旗，年中处处一千词。
和平不得和平在，但见莺鸣橄榄枝。

65 1988 法国
人向西行问邓妹，东方行政一声钟。
巴黎市长希拉克，公主难平故步封。

66 1988 美国
相府酬谢入白ণ，国家预算政管行。
一年一度辞元旦，总统文章日月同。

67 1988 加拿大
万里江山万里枫，秋光日色满城红。
多伦多水流天外，瀑布惊心落不同。

68 1988 年墨西哥
联合国里贵阳宗，曾记京中日下逢。
金字塔前龙永图，外经外贸译人松。

69 1989 年秘鲁
海盗无知地下宫，玛雅夜半卜苍穹。
年年岁月年年去，处处人心处处同。

70 1989 巴西
丛林处处木横生，四季年年只有荣。
亚马孙河流不尽，巴西热土满阳明。

71 1989 阿根廷
北人天下问西东，南美山中只有虫。
赤道千年离万里，村村尽是北南风。

72 圣彼得堡忆孙恭宽先生
师生苏俄一恭宽，伏尔加河半玉冠。
进出冬宫存旧体，冰花不尽北天寒。

73 1988 摩洛哥
政府联合一国音，书中行政万人心。
法中有律知无了，万里沙洲水不深。

74 1988 南非
英雄膝下有黄金，一寸江山一寸阴。
只见非洲沙海岸，赢来天下是人心。

75 1988 沙特阿拉伯
一情小子一情羊，九曲门中九曲肠。
唯有芝麻花不败，一节向上一节扬。

76 1988 新加坡
日光照满圣陶沙，四海人民四海家。
此去南洋多少路，华侨世界自中华。

77 1990 法国
外交部里一声明，大使周觉半不名。
地铁外交知总统，中华七国取多荣。

78 1992 应维达邀访罗马尼亚
曲巷深宫曲巷中，不闻总统去人虫。
维达巴勒斯坦在，一阵疯狂一阵风。
注：维达先生是巴勒斯坦驻苏联东

欧特使。

79 1992 苏联
东宫出入已亭泾，斯大林名见列宁。
克里姆林宫后事，中华同志问红星。

80 1994 印度尼西亚
一人未死一人终，半古身分半古同。
只有高薪苏加诺，不廉政府反华风。

81 1994 马来西亚
棕榈林中一国荣，小龙四首半人生。
台湾香港新加坡，收入年均好水平。

82 1996 菲律宾
半成半败半军名，麦克西行一万兵。
白骨千年寻万里，中青二战尽身行。

83 加拿大美国两邦 尼亚加拉飞瀑
百里横流四逐平，两邦水涌半潮生。
一倾千丈雷声重，十万风鸣处处惊。

84 登墨西哥金字塔
一塔天边日月圆，三千弟子问沙州。
鹰蛇万里仙人掌，天下人间地上天。
拉美永图胡里奥，国家总统府人缘。
成吉思汗多蒙马，今古烟云入眼前。

85 春日读书入心间
杨花柳絮满前川，寸草春晖向缺圆。
昨日江南云雨下，今朝燕赵半耕田。
常寻论语春秋问，唯有书生待旧缘。
十岁生平人自在，千年不尽又千年。

86 韩愈原毁
博爱春秋四海东，行宜南北九州同。
为之由是沧桑路，无欲人中度奉公。
报国须知多智慧，思君立马半英雄。
堂前铭志寻今古，只爱清风满月宫。

87 致函
万人天下万人唱，环保千年万业生。
为有子孙寻后代，此行务必此时行。
1989 年 8 月 30 日

88 风雨长白山
烟雨山中木林森，沧桑树下人殷勤。
一帜射向云天里，万叶潇洒渡黄昏。

89 八月卅一日晨问长白山飞瀑
成事难，而志者成，内常败而外常成，
吟唔不得。
十里雷动三江寒，一泉瀑下九处弯。
山外分明神仙客，峰上人近七尺天。
云雾梦中思渺渺，峰峦沉浮心地宽。
不必问琴瑶池路，此去广寒可援攀。

90 八月卅一日咏天池
四海晴明洒一杯，九峰玄嶂问山嵬。
华浮十万银英去，影摇三江月色灰。
冷杉岳桦苔藓地，云烟远塞军鞭催。
我来补石知秦汉，不胜楼兰自不回。

91 白云峰寄意
静待云雾去，平湖玉女归。
云舒云卷白云峰，半锁平湖半不封。
不负人心相待等，重重天光色重重。

92 过沙城
胡天胡月一胡关，城北城南半旧颜。
暮色无沙寻儿寺，楼兰去处几时还。

93 中海
惊见平明紫禁城，恺之孝武已无声。
东徽北斗今还在，下海三年只一鸣。
注：紫气东来紫禁城。故宫又称紫禁城，晋孝武帝时国家顾恺之作"维摩诘缘"，题日"一缕宋朝带，仙凡紫荣间"。时称"传神宫闱"，意谷紫禁。古代星分为三垣二十八宿。只有紫薇垣可称紫薇宫，位于北斗星东北方，玉皇帝居所，乃紫气所生。

94 中法地铁外交
一年一度一英名，七国家中半不声。
自有家中家事少，平明之后又平明。

95 读水浒
英雄一怒上梁山，雪夜林冲去不还。
水泊王家难好汉，三军教领待君颜。

96 秋
雁字排云去远天，精英下海待人年。
江湖八月风光肃，水色洞庭问缺圆。

97 小李广花容
水泊梁山不问候，英雄盖世向天忧。
知前知后知时务，放任公明一自流。

98 吊诸葛司马英雄相惜
吴蜀君心一半春，祠堂处处满风尘。
出师未捷身先斥，留下三军退思人。
司马空城今古同，琴声已尽上天津。
知音自在英雄去，逐鹿中原是近邻。

99 养源斋
幽意问泉石，乐事在桑麻
天下垂钓渭水滨，鼓刀于市去米人。
养源斋水平明色，假到真时假亦真。

100 拜将台上一寸金
天下一秋春，人中半客邻。
败成三教子，生死两妇人。
且向王侯去，无知自主身。
来去心不在，今古是迷津。

101 香山寺
香山一鼓一钟声，古寺三秋九月荣。
此去戒台心不远，寻来红叶自纵横。

102 两湖
黄鹤楼前二水流，白云天下一春秋。
楚人还问洞庭岸，湘容孤山独自愁。

103 九江流
沉沉浮浮楚客忧，兴兴废废问南楼。
岳阳黄鹤三江水，青海源流去九州。

104 十一月十七日
羊城百里一陈家，南汉祠堂半日斜。
轻重人言天下事，民心左右是中华。

外交地铁桥中路，总统难寻首辅衙。
假假真真求不问，身边不远是天涯。

105 地铁外交十二月五日
朝朝暮暮两三更，月月年年一半明。
苦苦辛辛天下去，人微言重何生名。

106 顺治出家
上下无心一出家，沉浮日月半天涯。
朝朝野野知来去，枯枯荣荣寻影斜。
空门旧衲三更鼓，渡口滩头四处蛙。
雨雨风风寻何路，云云雾雾是袈裟。
地铁外交 十二月七日 两下广州

107 设立全国地铁办
紫气东来腊月花，浮香万里万人华。
人间自有精英在，天下东西两国家。

108 地铁外交
八国同开五月花，北京半步问天涯。
外交地铁羊城路，一举功名两国家。

109 端州砚
色满一端州，情留半客楼。
丹青人自在，今古谁无忧。

110 地铁外交

111 之一
地铁一东西，声明半国堤。
无名三特使，有道两高低。
玛蒂寻新意，春风破旧题。
梅花开腊月，香气满春泥。

112 之二 春节思乡
齐足一家人，山乡半入春。
声声寻自己，国外盼天伦。

113 地铁外交
天下自阴晴，东西两国名。
通途寻地铁，中法两家荣。

114 瑞雪北京城 九〇年二月十三日 正月十八
十里春雪龙马来，四面埋伏梨花开。
上下天光云水动，远近山色和心怀。
孤芳辗转冷作尘，蒲草编织旧亭台。
一步一迹问乾坤，九曲九直见徘徊。

115 白朗和戈玛蒂下榻北京建国饭店
一人不是一人明，半国糊涂半国清。
魏（韦）伯白朗知总统，官情何必是人情。

116 登北海白塔临城 九〇年二月十四日晨
一夜无力过春风，四面埋伏雪满城。
前朝三百六十殿，今古是非论不清。
半尺河山鸟飞尽，无人迹处踏风情。
银装雨水暗浮动，原来兴废不用兵。

117 中华门
中南海里已回声，夜半人飞五羊城。
魏伯追踪寻自己，白朗玛蒂紫光明。

118 言知易
春雨节气，雪雨交雾。
七九四天，永生试笔。
十里京都雾迷城，百亩玉树鬓毛生。
半夜江山乏无力，三日无晴参日晴。
南北雁字知故里，四时黄花问春风。
纵笑煤山是今古，指点白塔老僧名。
1990年2月17日

119 庚午年二月初三生日
东华若木半阴晴，南极蟠桃一实生。
四十多年忧不尽，三千世界自无名。

120 山寺林下 三月十日
寸土寺房言诗近，日月僧高古寺深。
双木林下夕梦远，云雨和川淑山林。
朝暮心里植新土，春秋笔下励勤音。
一驰一张牧牛马，无为门下一古今。

121 三月十五日诗
今年半百已无求，留待三生替国忧。
正气身心肝胆照，能源办里马羊牛。
人难一步天心在，成在萧何败在侯。
此去东西寻多路，南海海里是红楼。
注：指国务院农村能源办时任副处长，属马。

122 三月十七日
于暖还冷一半难，燕山夜话御衣单。
天命自有天命在，西望终南问玉冠。

123 三月十八日等待
一字惊人魏（韦）伯因，三更等待盼红楼。
人生自古无真假，成在人心败在侯。

124 地铁外交
京于三月二十日，四月五日是清明。
春分乍暖半江青，草色清明十里亭。
林木萧萧天下碧，谷雨过后是心铭。

125 又
春分过后是清明，谷雨东西半枯荣。
天下青云天下水，人生不尽是人生。

126 四月五日是清明

之一
三月是三春，千年问一人。
四时知草木，地铁向天津。

之二
天下一君臣，清明半入春。
燕山风雨晚，同是去来人。

127 地铁外交
地铁城中一半途，巴黎五百里先呼。
国人四十无平足，日后三年亦如荼。

128 宋之亡
桑麻不问问丹青，日月临安日月停。
留下风波亭上话，英雄泪水养浮萍。

129 陶潜

七尺人心七尺缘，半春草木半春天。
三更日月三更问，一指江湖一指禅。

130 辽东雨中思乡树

中南海里半青云，地铁城中一客君。
北望辽东烟袅袅，燕山草木雨纷纷。

131 全国地铁办

日日珠江何处流，人人草木问春秋。
景山脚下明清去，地铁心中不尽忧。

132 香山寺居

虚掩窗门待水声，半山夜雨一钟鸣。
桥中无度生榕柳，寺外平明问客情。

133 视吉林长春地铁

暮里松花湖，待月上东山
松花湖上半天空，只见烟云不见船。
地铁长春三五载，平心静气望婵娟。

134 山东青岛

山东北去半关东，辽海南来一世雄。
百岁黑龙江上客，万家灯火去来中。

135 山城地铁

朝天门外自繁荣，雾雾山中竹木生。
蜀道难行今不难，沙坪坝镇有人情。

136 广州光孝寺

寺中灯火几千年，门外桃花一半禅。
已见羊城南漠尽，枯泉故国入荒田。

137 南京

楚客三人足灭秦，金陵建业入天津。
石头城下流秦淮，不见威王白鹭春。
注：楚威王建金陵，孙权重筑石头城，秦始皇紫金秦淮断王城。

138 南京地铁自有雨花台至燕子矶

江南第一州，城下十三楼。
自古繁华处，千年地铁留。

雨花燕子矶，天下几春秋。
天下人心内，人心不断求。

139 感业寺问武曌

山西文水一春妆，感业钟声半媚娘。
主崩才人知弃尼，昭仪太子上明皇。
黄台有路寻瓜果，科举明心有士梁。
铜甄行空情酷吏，一碑无字自扬长。

140 过五陵

后臣入瓮问周兴，武曌才人下五陵。
已去南蝉鸣未尽，仁杰吉项谓李承。

141 过桂林龙隐岩读天下独存之梁律籍碑

声名一世何声名，弟子三千弟子横。
天下石纵（碑）人不立，人情不尽是人情。

142 竹林禅寺

纪晓岚与了云禅师
了云非下问心悲，御寺官言两岸诗。
门内有才方是闭，寺边无日不知时。
（陪法国特使白朗先生一家访问洛阳、西安、重庆、广州）

143 洛阳行

洛水阳明武媚娘，唐周武李半红妆。
陈王已尽陈王赋，只有人心向故乡。

144 西安行

西人自然问西秦，坠道时间小迷津。
铁马铜人今犹在，夏秋之后是秋春。

145 重庆行 大足石刻

宝鼎烟云卧佛光，人生自古一炎凉。
天街苦渡知三界，学问无私大和尚。

146 宝鼎山

了了了了无所了，心心心心有何心。
佛道三清化石门，两仪八卦入人村。
法轮常转悲欢去，自应无知待子孙。

147 广州行

珠江上下五羊城，一半光明一半清。
地铁城中通彼此，三年四载一声鸣。

148 广州行

半生日月下南州，但见珠江不尽流。
终弃年华三界里，春秋季节读春秋。

149 书白朗特使

知我者，谓我所忧，不知我者，谓我何求。
一心天下一心忧，万里河山万里求。
唯有清风随日月，江流何必问江楼。
1990年9月25日—1991年9月8日

150 受沈阳市长武迪生提名为沈阳副市长

十年一日一青黄，三下江南问大江。
原是翰林知政事，精英孰道尽苍茫。
佛心普度千重浪，天道轮回日月光。
杨柳三春花烂漫，菊花九月艳无香。
1990年9月25日 北京什锦花园家中

151 九〇年九月二十七日 和风骤雨

有情日月也无情，啸啸云天一两声。
回首朦胧多是梦，和风骤雨半平生。
四时草木山光里，五色东西尽入城。
莫道前程知自己，精英不是是精英。

152 九〇年九月三十日

忆持节赴法，使善中法关系，始有地铁外交
九州来去使京旎，五十风云捉放曹。
御街声中烛灰冷，帚山脚下马声高。
归根一叶秋声起，天下浮云入二毛。
市里乌纱人上下，戏中有戏莽龙袍。

153 送吕赢赴法国

三五寒窗为一鸣，海关挥手自西行。
一生十八常言志，万里家中父母情。
人有万难须放胆，事逢雨玉宜心平。
吕法英德超豪杰，赢取心中是一生。

1990年10月16日下午3时首都机场

154 待吕赢北京国学
池边杨柳试金城，天下无缘也有情。
漫记西游三万里，一身学问炼真经。
黎明闻鸡功文武，夜雨巴山读有声。
十国欧盟来去客，五洲何处不生名。

155 吕赢巴黎恩纳大学
少年十八过乡关，御街清霜入景山。
此去巴黎游学院，十年天下十年还。

156 巴黎电话来京城
巴黎儿女话北京，燕赵星稀月半明。
一语人心家里念，父母情满雨京城。
水流塞纳圣母院，山也衷情水也情。
一步天堂高处望，心中若大对人生。

157 重阳
景山九九望重阳，北海中南是故乡。
人里风云相追逐，天长日久水山长。
三年辽沈精英事，一马当先上沈阳。
谁在英雄叹滚滚，苍苍天下野茫茫。

158 佛语
七山八海一禅门，五百三千半雨村。
去去来来寻过客，平明尽处是黄昏。

159 晚秋
风清草木萧，叶落半霜桥。
燕树山边色，村烟一日遥。
月前孤寺晚，河汉水云消。
意下寻辽阔，心平五百条。

160 上下五千年
无头无尾五千年，知始知终一地天。
混沌清消三世界，四书盘古不书全。
周公玉人成无继，气数江南一缺圆。
南北东西宫墙柳，人间沧海自桑田。

161 春秋一霸
三千律法五刑衙，一卫巫诬暗百家。
烽火骊山虢石父，衮姬落落半东周斜。
春秋第一桓公霸，相拜管仲鲍叔牙。

九合诸侯天子会，黄花遍地是秋华。

162 子墨子公输盘
鲁班云梯宋时缘，墨子勤俭守旧田。
九攻发难山水去，十城法守复天年。
七雄战国移江渚，士有民心晋月悬。
何事教人思沉久，功名后面齿牙全。

163 赠言吕赢
少年肝胆立，十八历天涯。
交结扬天下，群雄四海家。

164 公孙鞅南门立木
南门立木何时成，始乱无终弃不明。
一字千金天下在，万年不尽是生名。

165 鲍叔与管仲
管仲心下是乾坤，只教桓公逐五蕴。
布法礼仪三百姓，春秋战国一鲍门。

166 春秋战国
斗智孙庞到马陵，联横天下草青青。
胡服骑射灵公去，函谷关空问御庭。

167 屈子
汨罗江上一龙船，三闾辞人半楚川。
为有清名天下去，禅音不断问青莲。

168 始皇帝
半人天下半长城，一世英名一世生。
留下古今多战乱，江南水里有人情。

169 项羽
声名秦汉一江东，楚霸鸿门万世空。
自是刘邦难得志，半朝未始半朝终。

170 刘邦
楚河汉界分不明，项羽刘邦一败成。
君子小人由谁论，心身留下半清名。

171 刘秀
九门天下半心安，三教九流一玉冠。
不问昆阳时日短，无中生有绿林残。

172 李膺、杜密
梁冀王侯半不皇，李膺杜密一心伤。
范房下狱母知子，留下声名不自扬。

173 沈阳观陵
雪海光明满北陵，云山雾罩露松青。
千军万马梅花落，天下人间左右铭。

174 李密
霸王角上问招摇，不破隋炀恨未消。
身事难平知曲折，天门有路却无桥。

175 李世民
玄武门前一地天，唐周天下半人年。
三千世界难知问，五百年中不见全。

176 李靖
朝中李靖上阴山，曲外红尘问月还。
留下唐宗三百载，声名只到玉门关。

177 唐玄奘
唐诗上下半经音，玄应知根一佛心。
智取西游来面壁，声鸣不尽是如今。

178 隋炀帝
千年不尽二千王，只见宫中女儿妆。
谁问长城多战事，运河流水向南扬。

179 唐玄宗
开元天宝半姚崇，一代英名一代终。
犹见华清池下水，空空来去自空空。

180 二王八司马
桃花净尽菊花开，天下云中日日来。
犹有二王八司马，朝堂谁记拜金台。

181 宋
战战和和一宋天，荣荣枯枯半无年。
金人犹问江南岸，塞北临安月不圆。

182 弄玉
秦公弄玉一箫声，天上人间半故城。
留下凤凰台上曲，千年才子佳人鸣。

183 岳飞
一世忠明一世清，半天玉碎半天生。
人生进退人生尽，不入王朝也败成。

184 秦桧
功鸣不尽一书生，天下人知半罪名。
南宋丹青多士子，人间朝野是清平。

185 元
元人革囊到云南，马上非洲虎视耽。
月色凉州寻雁迹，百年天下万州谙。

186 明
元思蒙古月思明，世举人声举世荣。
可怜君心君不暗，景山旧树不寻清。

187 宦官
一半明朝一宦官，严嵩御上至天残。
东党西厂人间乱，五月花明六月寒。
不必书生天下治，清风夜上月难安。
人非圣贤人非断，海瑞声声问玉冠。

188 全国地铁办
相府门中四品官，中南海里五更寒。
三鸣地铁巴黎客，九州千城一统盘。
人有人心天下事，天无上下作浮冠。
前前后后寻知己，云雨春风是玉兰。

189 中国法国地铁外交

之一 中方吕长春
沈阳一去上昭陵，会后人间问大鹏。
法国外交知总统，中南海里有知音。

之二 法方戈玛蒂
玛蒂心中克勒松，巴黎总统一天龙。
中华相会知同等，留下人间历史踪。

190 之三 法国大使周觉，中国大使马洛
马洛周觉一见同，无空事事无空。
心工中法人间易，三十年前爱舍宫。

191 地铁城，沈阳
轻轨城中过沈阳，辽东二月间春霜。
三年市长寻东北，相府春虫是栋梁。

192 地铁城，哈尔滨
流水松花一北邦，泽东村里黑龙江。
备荒备战人民间，地下交通入晓窗。

193 地铁城，大连
俯仰千年一海湾，洋流万水半沙滩。
电车轻轨称兄弟，十年巴黎去是还。

194 地铁城，长春
月在长春一缺圆，人情东北半心田。
影城湖上知中法，地铁人中入旧年。

195 地铁城，广州
地铁巴黎下岭南，十年天下一心甘。
前人香港交通线，只问平明日月潭。

196 地铁城，北京
地铁巴黎数一名，京都八百里前行。
北京方过三十里，不废千年半古城。

197 地铁城，天津
地铁中华数十城，天津城下已三鸣。
有人经济多开展，轨道交通处处荣。

198 地铁城，重庆
朝天门内到沙坪，百里城中一线荣。
轨道交通联地下，人人自主上山城。

199 地铁城，南京
金陵地下十三城，夫子心中七八声。
一线雨花燕子矶，十年前后是金荣。

200 地铁城，深圳
南天一柱一新城，滞后三年滞后荣。
轻轨交通知自己，人无远见自无明。

201 地铁城，三下广州
巴黎地铁五羊城，改善交流两国荣。
应谢布郎戈玛蒂，声名不尽又声名。

202 地铁城，武汉
龟蛇锁住大江桥，不去长江汉水消。
南岸雨多寻北调，天如流水冰如潮。
城中铁路千声唤，山外人心半不遥。
三镇云浮黄鹤去，新天胜似旧天辽。

203 地铁城，上海
浦西不尽到浦东，一处开发一处同。
批改已成无须问，国家地铁是空空。

204 地铁城，青岛
石山市里一天鸣，地铁外交半海城。
经济繁荣先筑路，官情之后是民情。

205 地铁城
官中地铁十三城，天下三年一枯荣。
世界京城三百里，有心有眼是三名。

206 乍暖时节
人来又去是人情，日半城闲部长明。
是暖是冷寻等问，思征雁字自春生。

207 视南京地铁
金陵城下一金陵，秦淮河中草色青。
夫子庙前人不尽，重阳日后半香凝。

208 雍政
清朝十四子难平，一代康熙一代情。
生下乾隆多治理，三王天下是兴荣。

209 人事
江流不尽一千山，草木难平半世还。
天下沉浮云万里，人生日月过三关。

210 杨乃武与小白菜
一百乌纱·百官，蓓红不尽落红难。
杨门子女轩辕在，半是人生半是残。

211 焦裕禄
一半沙荒一半晴，三年日月五年荣。
人心只在人心里，只作平民何死生。

212 宋真宗相王旦
睁睁闭闭半心明，稀里糊涂一口生。
寇准堂中相位上，无心有意两身名。

213 观玉兰

十里湖光百里明，山云浓淡草青轻。
玉兰堂里含苞放，智慧楼中客有情。
万倾军薪池底沉，一生功业自无名。
君心如水含辛出，光绪心中尽悲鸣。

214 颐和园

四时草木四时工，半过文昌半不同。
阁上人名张亚子，桥前柳色任西东。
千家灯火千家路，两袖河山两袖风。
三界去来寻自己，一生荣辱有无中。

215 人生

五花开放八门荣，万水千山十不平。
世界三生寻渡口，人生五味有阴晴。

注：五花：金菊、木棉、水仙、火棘、土牛；八门：巾、皮、彩、挂、平、团、调、聊。

216 过黄粱

天边云淡水云荒，心下人情杳过墙。
谁问春秋相似少，黄粱梦里吃皇粮。

217 近奉天问沈阳市长武迪生

来入三宫半沈城，无心孤意一心清。
迪生画眉寻深线，何处家乡是月明。

218 绿竹厅送绿竹诸君

风过千年帝业城，云浮万里半人生。
黄河曲折东流去，绿竹君心在此情。

219 临奉天而做

风中玉树一门斜，天下江青半客家。
桃李村前千百度，春花不尽是秋华。

220 赴全国地铁办总工施纵横楼外楼聚吟

秋色梁园念老臣，蓟州草木二秋春。
西山日暮心情在，水远天高自有人。

221 仲秋

田中暗尽月思明，水上烟云醉梦生。
又识长河天下路，烛光知落一风清。

乡音无改辽东问，斑白双鬓半纵横。
时今炎凉千里雁，奉天千日一生平。

1991年9月9日—1994年8月19日

222 北京劳动人民文化宫书市巡礼

云落池头万物生，风声岭上与天鸣。
梧桐一叶书文武，八月炎凉半御城。
是是非非人不问，黄河东去何时清。
五千军中河觞曲，黄土无中有雨生。

223 读法道德经

谷神不死，是谓玄牝。
玄牝之门，是谓天根。
四世天根雨水津，一明终道枯荣亲。
无为出治兴朝野，有德玄思问百人。
清静中和清静是，心中自然四方神。
南望天台千山路，天地人天四大轮。

224 九月十二日吕赢

一岁风光九月清，十年四海一声鸣。
慈心遥寄知天下，塞纳河边父子情。
日色天光明北海，读书巴黎晓钟惊。
制龙年月重今日，君子安禅渡口生。

225 浣溪沙·读颐和园后山养心斋

半亩荷塘步还攀，一池露叶雨云平。
溪前竹林养心情。万寿山中天下事，
昆明湖下一船鸣。流泉此去为人清。

226 浣溪沙

赠单晓阳君巴黎来京

秋月红天一半单，晓阳岭上叶无残。
卢浮九月玉栏杆。前后商人今古在，
东西南北事成姗。音勤天下玉人冠。

227 踏莎行

赔法国特使白朗先生一家共游京洛

千古声名，一家伴侣。人心只在人间吕。
东西南北是君情。京都不尽心中语。
俄对半生，烟云驾御，闻风草木年年生。
一年一度一身荣，四方时令听凭汝。

228 诉衷情

赠法国总统顾问玛蒂先生

长春夜半半难眠，思见对流年。
梅花细雨来去，客梦到君前。
山色水，地如天，月悬烟。
一心如是，三友中法志满坤乾。

229 曹源

赠赵坚翔先生

风过空林寺月斜，天边烟火述千家。
路前无语村知尽，桃李成溪问雨茶。
君子心君心有向，高山流水落春花。
池下草芳知明月，无语东风到海涯。

230 辛未八月十五日至九一年九月二十二日

田中暗尽月思明，旧日烟云醉梦生。
不识长城江上路，人生交替是衷情。
乡音无改东西国，斑白鬓毛作纵横。
时节炎凉千里雁，昭陵不是奉天城。

注：昭陵：清皇太极墓在沈阳。

231 仲秋月

半寒半暖遇东窗，孤月长天易旧降。
满杯夜光深浅问，相思几度唱东江。
忘机空水烟尘散，古树庙堂不配双。
清白中天经鼓响，露霜暗入少林桩。

忘机：与人无争，忘去世俗机诈

232 北京三里屯

一步天光一步明，三年飞渡两年声。
刘郎不愿蓬山远，无语心中一半生。
驾下七龙春雨下，客人马上醉声鸣。
小舟阳村值入岸，无力东风柳色城。

233 古文观止

纵横观望鄢周秦，得失源流课里津。
汉魏六朝惊五帝，十思疏宪制唐人。
遍忧天下疏子臣，一丈书中宋客怜。
叹止古文观上述，百花朝夕试兰辛。

234 普陀山慧济寺

1884

语曰："佛顶山顶佛，云扶石扶云。"
观音弟子自知身，引颈千年向一人。
海印国家云石路，佛心山顶两相亲。
潮声浩荡惊时令，涵养天年试月邻。
古色浮明今问古，闻鸡起舞柳杨春。

235 卜易乾坤

人生一寸云，根叶半纷纭。
来去黄花雨，乾坤两仪分。
云峰天下客，上苑不闻君。
日月春关近，樵渔紫气熏。

236 咏天地乾坤

阴阳日光半分明，荷柳湖天一枯荣。
春秋水岸相似处，由衷人朵自心平。
千年白塔和尚在，五处龙亭四面晴。
脚下香山之野望，城中天子何平生。

237 浣溪沙

辛未年九月十二日　参观北京美术馆藏画即兴

十里烟云入一津，千村杨柳问三春。
红黄绿白去来人。
故国依依天下色，楼兰自去客家邻。
玉门关外响沙尘。

238 浪淘沙·秋思

山外尽苍茫，处处寒凉。江村渔火演青黄。
野寨边光芋末去，草枯天荒。
日落旧滩塘，满目神疆。人心云里任弛张。
风雨尤听国北，不尽秋霜。

239 阮郎归

美术馆中日画"梅边春晚"寄李雍

锦江春晓半春峰，一船雨正浓。
玉流春水色相逢。新生一半冬。
未有影，去无踪，梅枝慰李雍。
自然尽是自然纵。东风上下重。

240 奉天昭陵咏雪寄张青

风云变幻满昭陵，繁简六明色玉冰。
自古春独人犹在，叶黄犹绿问亡兴。
山平四野寒江雪，误读王家染荆明。

所幸故人识知己，坐听林里一张青。

241 韩熙载夜宴图

"声色丛中四不平"

一朝未尽一朝终，半是西边半是东。
玉树后庭歌已去，音琴曲舞伺由衷。

注：南唐中书舍人韩熙载未应李煜诏，不做亡国宰相，而声急终日。

242 岳母贾效勤，山西太谷人

日月一人生，春秋半枯荣。
晋秦知儿女，草木寄声名。

243 北京北海菊展 黄花颂

飞天挂月菊花黄，寺下孤云半沉香。
一馆清丝垂宇宙，半城玉碎满银光。
赤橙黄绿青蓝紫，南北东西日见长。
九遍有朝霜已去，五洲烟雨含苍茫。

244 采桑子·北京中山公园梅展

东风不语前朝怨，万里云天。万里云天，
十地梅花出旧年。芳香拾得春泥见，换
了人缘。换了人缘，留下人间百色园。
云结九天外，病树凝古寒。

245 下海南岛

苍茫云海润无边，一柱擎天问客船。
半夜雷声琼岛满，四方木叶四方泉。
天涯海角无今古，地北天南一缺圆。
三亚黎民情不怨，雨林玉液入千年。

246 见海瑞

人在京中月在大，心里草木半青莲。
深林鸟守朝夕，气入琼山半起燕。
故土情丝人未在，知书达理地天缘。
天涯不尽千家路，海角扬长去客船。

247 海南三亚 下海

踏遍天涯不为家，寻来八面海洋花。
琼州但见人间事，何不平生酒雨斜。
此去南洋无多路，潮来问鹿回头崖。
涨涨落落卿无语，又一村中日日华。

248 浣溪沙·寄张青

天涯海角 南天一柱 海阔天空
天时咏

不尽青湾鹿回头，南疆一柱立崖州。
云深海角四方流。运动来潮惊八面，
明浮日月不固由。幽幽黎寨竹边楼。

249 三亚市鹿回头处人回头而思

海阔天空一气生，南天玉柱半人明。
潮来浪涌寻波浪，暮色沙滩暮色晴。

250 与 Chiumankit 登天安门

天安门楼藏画嘉，"丛中艳丽抱春霞"
袭人香气万人去，终满千枝一片华。
斑竹业深情犹绿，东风不力过天涯。
高山流水音琴在，杨柳春心二月花。
天外人声知客暖，寒中夜月透窗纱。

251 摊破浣溪沙·韩信

一度春明一度秋，君心不得不知愁。
孰谓浣纱七难求，问江流。只剩陈城如
月勾，齐娥劝事事无休。古人成佛佛未在，
不封侯。

252 渔家傲·韩信

群将金堂霜满地，三千年里声名异。
口下人荣人辱计，心万里。江河天下相
无意。了了尘缘知不了，君臣一路难同志。
左车齐娥寻其利，半不器，风声鹤泪难
断戏。

253 画堂春·守岁除夕正立春

年年日日一人人，去冬正是来春。
倾听爆竹乱朝尘，上下天津。
辛未壬申头尾，人间满是金银。
东风入处半衣巾，换了新身。

254 长相思·寄雅卿

1968 年春节，鞍山寻"炒三鲜"。

天三鲜，地三鲜。云里倾情天地缘。
人心一万年。
一夜眠，半不眠，我我卿卿一月圆。
赢来今日全。

255 莫斯科城下漫步

冬宫寒菊玉消融，苏俄城中一国风。
野鸟河中闻故水，墙边金马放群雄。
红墙四面塔林旧，侍教门前立志东。
自大天堂寻多路，思思想想有无中。
（二月十七日罗马尼亚比斯特里查之行）

256 Misp 总统机上寄思

春中云雨一春晴，国外寒山雪色明。
金鸟高飞寻瑞土，心思一方在天鲸。

257 野渡

已暖还寒不自由，过桥人自海东头。
忧心向隅凭知己，不解天边水泛舟。
止止行行杨柳问，高高下下却登楼。
新芽欲出留无住，毕竟春中不是秋。

258 海南 过五指山

寄五行金木水火土

山中自然一阴晴，路外柳林水色清。
一树千刀身满泪，藤萝缠绕夕阳城。
吟声锁住人相近，静气平心待枯荣。
渡口桥头观日月，知心楼上一声鸣。

259 寒食听姑苏行 阳关三叠 百鸟朝凤 梅花三弄古曲而寄

玉影清华半日身，东窗雨露一时新。
村中杨柳随流水，篱后李桃伴客邻。
百鸟朝凤鸣不去，梅花三弄渡江人。
寒食不过书天地，三亚行思已入春。

260 三千世界三天下

拾得西秦帝王墟，海南树影叶扶疏。
天涯海角回头鹿，只见浮云一卷舒。
日下江湖知不尽，青山染遍问樵渔。
皇城南北三天下，故国东西半部书。
1992年4月5日，4月4日是清明

261 吕今游北海海天行而记之

天地心中水色清，阴阳一半半分明。
三心二意问千古，夕照孤云日已晴。
百尺楼台年月老，吴江柳巷任声鸣。
如今湖海藏新绿，一代人杰到此城。
1992年4月12日，北海及照留影

262 海南

玉露脂琼碧海光，无中生有济天忙。
椰林岭上云浮起，月儿湾中浪水长。
半百人生人坦荡，一波不尽四时荒。
三生日月凭心许，四野扬声草木香。
1992年5月2日海南三亚与戈玛蒂夫妇共游天涯海角。

263 海南

一海波涛一线天，纵横世界海洋船。
命知踏平千顷浪，和事心成日月年。
人有人中今古迹，天无天外地中天。
天涯海角同君渡，不见东西见眼前。

264 旧历四月二十四日，公历六月四日雅卿生日

知心处处半人年，成事悠悠一海天。
只是平生多进退，余情不尽待卿缘。

265 北京中山公园长寿亭

浪静风平半九州，沧海一柱大荒流。
钦池日月知时892，入夜清梦五月休。
海阔天空寻自己，人非人是自酬谋。
古今楼上三君子，运在南天命在求。

266 北京一海口飞机入云天

心高万里问轩辕，飞入天空问巨鼋。
倒海翻江收不了，散花天女向云翻。
琼楼玉宇随心起，天地江河意气喧。
静气平心流不住，滩头落日满平原。

267 金陵金桥金梅

胭脂井与桃花扇

秦淮桃花唱后庭，胭脂残落怯无听。
乌衣巷口金桥语，辛夷生望北斗星。
一代风流明未尽，三金元老不零丁。
鸡鸣寺里佛千古，日下斜阳座右铭。

268 状元楼 秦淮河畔问李煜

堂下一桃花，楼边半日斜。
可怜寻后主，秦淮谢光华。
桥遇乌衣巷，天依孔府涯。
心中千古路，应少旧人家。

269 吊徐辉

白鹭一江东，徐辉半不平。
燕京朱棣在，建业自无明。
阶下天天语，堂中日日声。
非言山水旧，自讨故时名。

270 乌夜啼

秦淮河边咏李煜

风清夜半西楼，月边舟。玉树后庭花去，尽忧愁。进退影，沉浮省，梦难求。留下江山千里，违命侯。

自注：后主败宋。宋视封违命侯。

271 海南台风又上岸

一念台风满海天，云如水泣雨如烟。
铺伏万物鱼龙尽，荡漾千顷玉浪巅。
彼岸佛门天下苦，人前患得半僧缘。
南洋一叶达摩院，自此人间半渡船。

272 红楼梦，鸡鸣寺

云中万物雨中求，日上千山月上秋。
水在人间和事佬，鸡鸣寺里日向西游。
来来去去知来去，枯枯荣荣自存留。
柳碧台城梁武帝，心思不尽近红楼。

273 吕尚

鼓刀于市欠书安，伐纠文王渭水寒。
智囊精英堂上客，浩儒治国在云端。

274 岳阳楼

风调雨顺半东邻，归去来辞一日尘。
何故围城城自锁，人缘及第悟天津。
云梦泽外千家岸，月色楼中已入春。
利禄功名湘水去，沉浮荣辱一坤乾。

275 咏蝉

燕山一日鸣，天下半江清。
虞世南商隐，西秦洛宾声。
唐主今已去，树叶雨难平。

为有心高尚，音勤日月晴。

276 自勉
五十上下过天狼，大江东西云水荒。
一身南北丹心见，十地园通演青黄。
天下去，问雄强，人间日久冶碑梁。
七擒七纵通日月，四处吟啸作沧桑。

277 鹧鸪天·自勉
1992年7月 怀柔

北京怀柔县赵玉和县长共设北京万通公司，吕长春命名万通任董事长，冯仑副董事长，王功权总经理，潘石屹总经理。

海口燕山已半荒，东西南北任疏狂。
一身正气青黄易，十地园通自在扬。
天下去，问雄强。人间日久话碑梁。
纵横日月年年逐，不问声名问柘桑。

278 雍正十一年昭寒山拾得为和合二仙
寒山拾得二人仙，古刹钟声一渡船。
天下和合心自语，姑苏日月水青莲。

279 七夕日，寄香山卧佛寺
寺外流云十半墙，院深孤影落中伤。
天河鸟鹊音声少，二语三言尽夕阳。
未尽尘心缘俗尽，牛郎织女上空廊。
人间几回韶华去，故向青天乞巧忙。

280 唐多令·寄怀柔之行
易得一春秋，寻来无数愁。半登临，不上高楼。霜满孤桥天沉下，朝夕去，问心头。扬子向东流，荒唐西北休。一重门锁住三州。梁文谁吟今古也，云淡淡，雨悠悠。

281 唐多令·骤雨云烟
暴雨半江天。又身一旧缘。尽云烟，未见青莲。柳丝系船船不定，天下问，满心田。不上客人船，还来去时年。应无悔，杨柳前川。清理门户多自立，猛回首，向团圆。

282 怀柔龙山宾馆
秋云暮色一龙山，苦叶心寒半水湾。
自古人生多烦恼，楼兰已过玉门关。
前途似锦衣袍短，万里江河去不还。
夕拾朝花天水岸，目空一切向清闲。

283 雁栖湖夜

之一

雁声昨夜到幽州，栖落寒沙意何求。
湖下清澈三片玉，山中暗淡四边秋。
夜深怀柔云天影，梦出前庭露满楼。
不定小人人不定，不分门派何忧愁。

之二

无月有约待人生，暮色天光怯枯荣。
冷断长门寒苦夜，侵池短篱易虫鸣。
中原逐鹿寻南海，客雁栖息怀柔城。
湖水长青音未空，窗前夜雨带心情。

284 鹧鸪天 怀柔仲秋无月见张青
露重三更一夜轻，仲秋月过似无明。
湖中一夜云烟色，两岸峰前落雁声。
溪水冷，不沙平。顾前盼后忍时惊。
迟疑疑难判去，塞外天明领旧晴。

285 画堂春·北京雁栖湖
雁栖湖上一声鸣，春秋半是人生。
潇湘万里水无平，斑竹清清。
杨柳村中露重，洲沙山海云城。
飞来天下一功名，阴阴晴晴。

286 一九九二年九月二十二日怀柔水库
天河织女问牛郎，不尽相思不尽肠。
湖水青青云霄夜，船帆待渡自扬张。
残荷浮沉千家雾，社外余光岸草霜。
应是中秋明月夜，人前玉影半茫茫。

287 诉衷情·怀柔红螺寺
忆仲秋在雁栖湖，一尺竹三尺势力。
寒雨一阵满山涯，暮色误还家。秋风半日来去，气节诉光华。边塞远，竹西斜，落菊花。问长安路，上下红萝，佛影桑麻。

288 采桑子·怀柔而返
无心风雨心中叶，飘飘摇摇，飘飘摇摇，进退三千独木桥。人间一易如潮动，万里云霄，万里云霄，独自天光独自了。

289 采桑子·忆三亚
江河日暮寻南海，山也平平，水也平平，回首三年一半生。梅花三弄金门马，天也青青，云也青青，一曲难鸣一曲鸣。

290 浣溪沙·怀柔水库
一半人生上下楼，三年云影入轻舟。
长溪青竹问深流。夜半人前明月色，
弦中湖水谁人求。来来去去是春秋。

291 临江仙·叶
荒寺僧游空色尽，山前叹上叹行。林间叶落一经惊。云落云足下，圆坐问寒声。
去去来来寻何事，无心有意成城。归根不见归情，黄昏无限好，俯仰何声名。

292 南歌子·九二年十一月十一日夜 人情激奋而记之
绿尽南歌子，风流北海船。中南海里半心田。一路人间天下人缘。世外千年去，心中半玉莲。楼兰未上苦书禅，塞北江南处处是青天。

293 与南宁市长谢汝轩商设香港宝鼎发展有限公司任董事长
宝鼎一鸣天下去，千山万水春秋。九江不尽一源流。云浮青海岸，天远玉门楼。
七下广西南宁获，古城四围筹谋。邕江阵雨不知愁。东湖光影乱，上下十三州。

294 诉衷情·春望
庭堂十万竞光华，天下立春麻。归来归

去寻不觅,春水入天涯。开自锁,玉明霞,
未还家。随波情怀,沿岸东西,水上扬花。

295 春秋

年年只向春秋问,日月春秋。日月春秋,
犹有江水日月流。江楼只向江流问,天
下江流。天下江流,不是春来不是秋。

296 采桑子·设立广西南宁朝阳建设开发公司任董事长

时间、地址:一九九三年四月五日 南
宁明园六号楼一号院

何人他事前川归,三界千年。三界千年,
人要清明待缺圆。寰东此处江山在,一
半坤乾。一半坤乾,一半君心一半天。

297 伊岭岩记

玛蒂夫妇,张青姜克一行同游伊岭岩洞
岩洞十里一西东,乳石山钟半不同。
玛蒂无端天下问,张青只答问苍穹。

298 减字木兰花

南宁明园六号楼

一纵一横,逐鹿中原寻步行。
不问西东,只向东西四壁空。
平明五更,草木难结千日盟。
来去匆匆,不同声名是大同。

299 北京天地大厦 516

佛法门中一念禅,西方日月万千天。
达摩面壁嵩山岳,寺旧潇衍问客田。
弘忍东山福语短,心中半顿万人年。
见性成果三更驾,自在金刚自在缘。

300 香港宝鼎公司设北京政祥房地产公司,任董事长,开发前门东大街,王府井南大街房地产业

天下一前门,千年万里村。
人心三世界,暮色半黄昏。

301 楼兰

一入城中一出城,声鸣不尽尽声鸣。

楼兰不在荒垣在,日日心中草木荣。

302 司徒庙 咏梅

清奇古怪,尘世因果。
清苍日月半边斜,奇树袭人半客家。
古木扶疏天下力,怪龙三曲向天涯。
尘缘未了心思了,世界风云画色华。
因应生灵珍自己,果然上下有春花。
司徒庙在苏州城,有清奇古怪四梅,
经年历留不易,独树一帜称天下。
1993.9.15,前门东打磨厂

303 思前想后是半生

林中一缺圆,池下半寒天。
草木知心本,儒生当苦蝉。
燕山寻客问,易水有荷莲。
隔谷空山岳,临流见旧川。

304 癸酉仲月初十 半弦月

半弦月明半弦阴,一路辛勤一路寻。
万户灯明书隅走,寸寒孤影入秋林。
别裁三百唐诗问,莫道相邻有古今。
下笔三思千万日,一人天下一人心。
1993.9.25,一村自吟家门

305 浪淘沙·思乡辽东里七外八一千五,六十幽州二三千

日日度桑乾,草木今天。春风化雨半人年。
十里皇宫寻旧梦,处处因缘。
故土半前川,一水云烟。燕山夜雨润莲田。
里外榆关知旧路,已是三千。

306 浙江

盐官一线海宁潮,丁坝天街半日桥。
八堡东西倾雷吼,浙江声尽上云霄。

307 梦父母兄嫂异域而同堂

少年忙里不知忙,却望幽燕是故乡。
吴里寻求吴外治,堂中堂下半卿娘。
为人荣辱心生本,奸巧商元莫话商。
只应此情梦里有,嫂兄父母聚同堂。

308 八水绕长安 五朝关中地

八水绕长安,终南半玉冠。
五朝寻旧迹,只有四关寒。
注:
八水:渭河、泾河、灞河、浐河、涝河、
滈河、潏河、沣河。
四关:东函谷关、南武关、西散关、
北萧关。
五朝:西周、秦、西汉、隋、唐。

309 上五堂 文殊道场

石青佛影问山门,檀泽寒溪净五根。
弟子三千三百寺,渡头两岸一家村。
南禅寺外龙泉水,灵鹫峰前半壁恩。
古刹清凉闻道场,明灯结伴法轮魂。

310 南乡子

音乐桥听许先生以鸣凤而弹流水,
述宋徽宗抱春蕊而没北。

南北未终响,两处知音曾一堂。春蕊抱
琴寻何辱,斜阳。流水残心倦地光。
寒月铺明霜,藏入高天莫丈量。鸣凤琴
弦知自勉,炎凉。山海关门里短长。

311 刘项结义定陶,兴师一念,而王野之差

沛鲁问怀王,秦皇定陶乡。
江山寻好梦,兄弟自飞扬。

312 自言自语

乾坤一古今,浮云处处寻。
天余千章尽,不得老人心。

313 南乡子·听二泉映月

淡淡病中吟,幽怨二泉一古今。不尽江
南桥下月,天音。路入溽沱泪两浒。
七月雨云深,夜半孤灯入枯心。落叶悠
悠寻何处,听琴。留下咽声绕佛襟。
癸酉年良月初一春于家中听音乐二泉
映月

314 二月

仲春见柳杨,草木问荒塘。
绿色枝头染,东风夜里香。

枯中寻自立，荣里各扬长。
论语知天下，书生日月光。

315 腊梅
嘉平四壁香，雪色一心扬。
古木知春节，书生问枯肠。
空川寒不久，墼谷自炎凉。
病月群芳乱，人间女儿妆。

316 立春之约
天涯草短自伤神，一半荒塘一半尘。
塞北梅花香四壁，江南草木绿千津。
东风不语临天下，日月更新客自亲。
无苦无忏无九夏，有心有意有三春。

317 鹧鸪天·下海一言
积口残垣忘古忧，黄河曲折向东流。江湖早晚云中雨，何处芦花一叶舟。桃李渡，一心修。常言望远上高楼。苍烟落照心肠别，谁问英雄半白头。

318 下海
灞陵不识故将军，一诺江湖万里云。
天下扬长天下去，寻君处处不寻君。

319 浪淘沙
北京景山老人村
不问老人游，冬夏春秋。万春亭北半空楼。
疑是皇城未尽，指笑君候。山上问东流，
莫教忧愁。风光日月不须留。
脚下故宫千层殿，数何因由？
1993.12.26，朝登景山而归，朝朝
暮暮，景山乃老人之村，天地何为之。

320 菩萨蛮 Bacau Moldova Romania 行
千山不近天云近，万川无闻风无闻。
寒雪两家寻，飞机空入林。踌躇由自问，
进退知难分。岁月异琴音，悠悠天外心。
1994.1.16，罗马尼亚，莫尔多牙，
巴考

321 慎独

山前草木青，心下半中庭。
儿女多相问，人天万里汀。

322 新年纳余庆 佳节号长春
神荼向旧崖，郁垒问人家。
留下桃千树，寻来二月花。

323 自得
万里江山一寸心，三千世界九州寻。
沉浮不问三朝野，上下人思半古今。

324 谷雨日
谷雨半三春，芒种一夏人。
秋风寻硕果，冬雪满天津。

325 陈王曹植吟
曹植问洛神，水色见河津。
暮下巫山雨，朝行陌上人。
宓妃知自己，七步不王陈。
天下无天下，君皇何为亲。

326 牡丹
仲春一牡丹，二月半衣寒。
上下三千岁，乾坤五古残。
唐王寻武曌，洛水问天官。
朝夕香花在，春秋满玉冠。

327 景山四望
万春亭上一秋春，北海桥南半故人。
足下故宫千阁殿，几家来去几家尘。

328 一古今
落花流水半春阴，暮雨朝云一寸心。
五色分明天下问，千年上下七弦音。

329 秦淮
得月桥中两半分，乌衣巷口一香君。
云烟三月桃花扇，不是王冠是玉裙。

330 踏莎行
翊踏莎行，清明草木生。
春溪花上色，谷雨半阴晴。
叶满牡丹树，香风一古城。
故宫天下尽，北海枯还荣。

331 咏梅
二月柳杨新，仲春半旧尘。
腊梅香不尽，泥水自袭人。

332 春分
玉门关外响沙山，不到楼兰问客颜。
谷雨千年寻大漠，江山万里待君还。

333 淮阴侯
成成败败一人酬，沉沉浮浮两不休。
社稷江山天何在，功名何处淮阴侯。

334 自食其果
夜暗灯明一短长，书生乞火半星光。
眼前脚下寻千里，遇事心中问万章。

335 赤壁
鲁肃军中上下堂，江东天里孔明堂。
蜀吴吴蜀知难立，三国群雄日月光。

336 同里，富
已是隋唐尽废墟，长城西陆祖龙居。
千年争战英雄去，不及运河尚富余。

337 焦裕禄
十里荒沙一泡桐，万家天下半西东。
出师未捷身先在，苦斗沧桑自始终。

338 唐玄宗
天宝开元两代终，芙蓉出水一人同。
华清池下梨园月，七夕长生殿上风。

339 台城
金陵月下一台城，细柳风中半枯荣。
梁武赎身三百寺，士僧天下两声名。

340 莲
一叶遮天碧色莲，三千弟子入门禅。
人知世界光明岸，珠在荷心渡口船。

341 下南京
三山二水问金陵，万里千年草木青。
十国王公天下尽，六朝兴废满浮萍。

342 颐和园
一朝天子一人栽,三千年中半去来。
唯有玉兰堂上月,昆明湖上守时回。

343 桃花庵
世外桃花半旧庵,湖中西子月三潭。
余杭色满千家水,十里村桥五里涵。

344 黄鹤楼
湘江一客楚云深,武汉三城汉水浔。
黄鹤楼中寻故友,龟蛇山上尽知音。

345 黄山
黄山处处问云林,垒石依依自古今。
唯有青松姿态出,黄昏不尽老人心。

346 晋祠
鱼沼不尽问飞梁,桐叶吴姬待水荒。
难老泉声南北晋,村田万亩自苍桑。

347 立秋
万里黄河万里沙,一千泥水一千家。
东临碣石无秦汉,天下菊明八月花。

348 虞美人·送金梅回深圳
天边深圳人边影,明月门前门省。金梅腊月暗香城,施晓心中母女一声鸣。大江东去寻南岭,香港云千顷。半官半商半人生,凯利广西地铁一身名。

349 风入松·黄山云和松
九州万里半云龙,千岭一青松。
黄山暮色群流远,尽泉淙,雾里屏峰。
石壁难平二寸,板桥不问秋冬。
声名不去是禅宗,天下有心客。
皖南皖北清风月,夕重重,草木茸茸。
行遍江南未见,鼓钟还是鼓钟。

350 何满子
去去来来去去,声声不尽声声。
不尽心中天下尽,人生不是人生。
诺诺唯唯诺诺,身名何必身名。
主客还闻主客,行行止行行行。

一入春宫皇上在,秋荣也似春荣。
何求余音何求,心情只有心情。

351 更漏子·听鸣
一声鸣,千万地,自古人生如戏。
寻其类,问心情,半生寻半生。
无时利,有时器,岁岁年年数累。
多巧稚,夜三更,枯荣问枯荣。

352 画堂春·江湖
江河湖海水无平,山峰岭谷声鸣。
民间处处枯还荣,自有阴晴。
万里千年今古,一心众志成城。
天天求索半人生,日月光明。

353 江城子·人生
洞庭上下岳阳楼。一山秋,万山秋。自古悠悠,水去十三州。日月阴晴云不尽,今古事,古今忧。
江湖石磊未封侯,半年求,十年求。鹦鹉洲头,天际大江流。草木生平荣枯里,三界外,不知愁。

354 南歌子·入籍
草木阴晴里,心思日月中。
一人世界一人雄,半地半天天下半春风。
水碧江南岸,云浮十国东。
潇湘万里问飞鸿,下海上山岁岁自勤丰。
1994年8月21日-1995年6月4日

355 阮郎归·楼兰
七弦三弄一梅江,江湖夜半家。去来天水玉门沙。阳关日未斜。寻海市,问天涯。风云锁玉笳。高人韵士种西瓜。僧人续袈裟。

356 忆金陵
三山二水一金陵,五代千年半夜灯。
万里云峰秦淮岸,六朝兴废谁无凭。

357 南乡子·王榭传

巷口半乌衣,王榭金陵海浪沂。
三月燕来年复去,依依。华胥相思玉人稀。
巷口一乌衣,只问天南苦石几。
日月相逢飞不尽,祈祈,此去离家何所依。

358 王榭传
乌衣巷口半长江,王榭千年燕子邦。
如此金陵秦淮水,相似华胥入情窗。

359 秦淮八艳

马湘兰
断钗碎玉一清音,豁达天云向故琴。
得免兰香寻自焚,至今冢下竹青深。

卞玉京
鸾飘凤泊减风情,况复移盘玉露清。
收拾管弦归寂寞,素娟血字法华明。

李香君
遗迹翻新复旧光,红楼一角出垂杨。
桃花颜色英雄泪,血染风流一代香。

柳如是
摒除脂华自玉冠,才华绝世一心丹。
北颜遗恨明还在,桴鼓无人自弃环。

董小宛
惊才艳艳总难分,妄说侯门荃下云。
自是江郎知惜玉,梅影庵里吊诗裙。

顾横波
翡翠春楼妙曼歌,易牙席上玉颜多。
白门柳色年年绿,尽向媚娘伺眼波。

寇白门
铁骨柔肠绝伦娘,蓬莱旧事已痕伤。
江湖浩漫天涯远,女侠门中半月光。

陈圆圆
一代红妆付劫波,三军战马已蹉跎。
倾城未必皆倾国,日暮商山雨自多。

360 寄秦淮八艳

第十五卷 古今诗

湘兰玉竹望青天,小宛梅花寺里缘。
如是儒冠臣下柳,将军南度陈圆圆。
香君留下桃花扇,玉京商山拾管弦。
翠碧横波不是怨,白门君问柔肠前。
去尽明清寻孔孟,如今秦淮自经年。

361 鹧鸪天

十五年间玉树情,金陵月还明。金缕衣短清音去,不见后庭自不鸣。三月水伴一城。桃花渡口醉人声。乌衣巷里飞鸿尽,秦淮河中好好名。

362 南京玄武湖九华山金桥

朱雀桥边一旧楼,香君不待觅清候。
九华玄武梅花水,三山二水处处秋。
不上江楼寻小舟,金桥未断锁人愁。
宵娘犹绿一城柳,后主回头老未休。

363 临江仙·三国

赤壁烟俏浮世乱,书生谈笑惊躬。中原逐鹿色无空。山高飞远鸟,国破落飞鸿。
蜀魏东吴名已尽,人间有始无终。六合云水养鸣虫,孔明公谨梦,唱遍大江东。

364 刘玄德

天下一惊雷,心中半寸恢。
青梅三煮酒,日月两无回。

365 听琴 高山流水

云遇临川一念中,玉雅幽赵四时雄。
三个人字三江远,万中情思万古同。
上下故宫清已尽,京城读遍问声名。
怀河换得山前绿,流水高山作一生。

366 九四年冬至

冬至天河日见长,寒梅心里入春芳。
西风尤有傲劲骨,更半还来月岸霜。
一夜东风香雪海,三江流水入时光。
洞庭待到春泥重,隔壁邻家杏过墙。

367 媚香楼

阉党穷途淮水流,香风仍满媚香楼。
桃花扇上明人血,一举身名入九州。

368 吊彭大将军德怀

惊蛰大地一天波,月寒枕西河。
练光悄然问嫦娥。幽魂塞外多。
非是浅,怨忧磨。江山入枯莎。
一生正气尽坎坷,方圆自稻禾。

1995年7月9日—1997年5.月14日

369 阮郎归

怀柔初冬一九九五年十二月三日乙亥年霜月十二

怀柔霜重草云低,暮光笼旧堤。
风声红螺寺中啼,野村客入泥。
天石壁,地人栖,深深促织啼。
场中名誉只相迷,东鸣已向西。

370 大佛

只顾扬长忆普陀,门中今日书猜磨。
前程此去知无奈,家国坎坷问韦驮。
期待殷勤时会有,晨星暗自渡天河。
洞庭月下江湖水,相见难闻别去歌。

北京市东城区灯市西口32号3416

371 山宝

北京山宝公司解丹华、胡淑琴同访怀柔红螺寺

山宝丹华一港生,声明不尽半东城。
淑琴怀柔寻红螺,寺外无衷促织鸣。

372 友鸡鸣寺素斋馆有灵

一九九六年一月二十四日,南京与彭兄长生、兰兄丹尼尔游鸡鸣寺
十里台城柳半生,千年古刹寺三鸣。
达摩一夜寻江北,梁武金陵渡五更。
鸡鸣寺素斋馆有灵。

373 乡 鹧鸪天·郑板桥,丙子年正月初六

春雨惊春又一年,清明谷雨水绵绵。
糊涂不见聪明见,顽石更难入关缘。
望银汉,向天圆。如今谁知问心田。

长天留意人情厚,何处归来月半弦。

1996年2月24日

374 官

是是非非一是非,归归去去半无归。
朝朝暮暮云浮沉,鼓鼓钟钟月色微。

375 北京王府井莱厂胡同十五号

山宝谢丹华,北平过客家。
新加坡上座,燕赵向生涯。

376 海淀西山宴公祠共奉儒道佛三家,题刻河图洛书

一半图书一半人,三春杨柳百秋春。
神龟龙马玄天地,河洛儒家问佛神。

河图

龙马出于孟河,高八尺五寸,长颈,骼上有翼,旁有垂尾,圣人在位,天不爱道,地不爱宝,龙马出。

洛书

尧沉璧于洛,玄龟负书出焉,背上赤文朱字,书注云"天赐禹书,神龟负文而去,列于背,数皆九。"

周易:河出图,洛出书,圣人则之。

377 鹧鸪天·一九九六年八月八日入吴,獬豸与欹

佛道儒家各自明,姑苏獬豸已清清。
江桥渔火寒山寺,日月观音渡口晴。
听暮鼓,夜钟声。万年修炼一船行。
三千弟子中正歌,百家姓中人有情。

注:獬豸,神羊,一角四足,毛青,性忠直昇智,欹器,满则覆,中则正,虚则敧,满则损,谦受益,戒盈持满。

378 1996年8月8日,入中国新加坡工业园区、中国财团八月八日干将路相门,东苑宾馆四○八。

听吴语

八月金秋一菊芳，三年玉肌半荷塘。
相门苑下听吴语，一曲呢喃德旧梁。
中国财团新马泰，姑苏月下古斜塘。
金鸡湖岸园区设，白首参差作柳杨。

379 谢东苑餐厅崔经理　鸡头米

半亩池塘半入秋，故人吴客故人酬。
七颗八粒鸡头米，两语三言到苏州。
九六年九月二十二日，苏州东苑宾馆。

380 九六年九月二十二日访苏州留园，履何，归时不期而遇晓春之履记之

浣溪沙

谁道人生无再少，门前流水尚能西。
——苏轼

履问何家一晓春，姑苏东苑半新人。
寻来毛毛是东邻，解读吴门音不尽。
江湖日上已天津，寒山永恒清风尘。
苏州东苑宾馆 408。

381 清平乐·仲秋中国财团游太湖，西洞庭寄章新胜市长，杨晓堂书记

既有今日，何必当初。人生一步，同是西山路。五色枫花秋已暮，一度江湖不渡。
姑苏不是姑苏，吴门话里无吴。不得精英一树，人间只见荒芜。
1996 年 9 月 27 日　太湖西洞庭。

382 阮郎归·仲秋十七游，苏州丝绸学院之人向

朦胧云色玉桥湾，五湖两岸山。
沉浮天下一斑斑。月圆十七环。
寻桂子，锁三关。丝绸学院闲。
枯荣田里看半无还，书中有玉颜。

383 一九九六年十月十二日　与 DANNEL LAM 陈中礼同游寒山寺

寒山寺里寻，性色一空心。
何处知天地，三生向佛音。
丙子年九月初一，于东吴寒山寺素膳堂。

384 虞美人 读楚庄王妃樊姬

不寻芈侣正官影，才貌自从省。
操琴贤颂野朝声，淑女教书春晓令尹明。
沉鱼落雁羞音憬，桃李忘新杏。
玉人移步自心倾，别幸十年求得一高鸣。
九二年十月十九日苏州。

385 临江仙·姑苏

谁问洞庭山上客，江湖雨胥门关。
姑苏不见夕阳河山。园林空自在，
月半向君颜。十里亭中风未断，
来时易去时艰。平生许得一般般。
东吴依旧泽，何处人心还。

386 读西施归宿钩沉，苏州日报九二年十月二日

破阵子·范蠡与西施

范蠡吴中兴越，西施越里吴宫。
勾践夫差寻事尽，五霸春秋五霸空。
夕阳西下红。谁说江南沉去，推舟月色蒙蒙。语儿亭中人不问，宿舍如钩任乃翁。
千年千不同。

387 南歌子·范仲淹

草木江湖岸，人心日月田。岳阳楼上一忧宣，只赐范公笏见青天。暮色枫林晚，
平明断斋泉。三吴边塞半光贤，仁宗皇帝立壁诏书怜。

388 江城子·九六年十一月二十一日——二十七日，赴菲律宾马尼拉 APEK 会参观二战海战场。

无端不读菲律宾，七千人，百秋春，万岛南洋，得著旧伤津。去去来来寻泪洛。
三日水，半天申。　听凭麦克问风尘。一啼怜，万亲人，二战兴亡，海上月孤轮。
英美将军中法民，千里浪，万家辰。

389 丙子年霜月尹英

烟雾云中半玉楼，店家荣辱一身休。
何人常问尹英水，不语清霜付水流。
桥下运河吴越去，相门无路渡春秋。
生来吴韵知烟雨，不醉难知入梦愁。

390 丁丑年二月初三　苏州皇宫白银厅

二月初三处处梅，人生五十五来回。
晓河晓得吴春语，却忘幽燕酒一杯。
苏州皇宫白银厅。

391 吴县光福司徒庙访记

雨色洞庭碧螺春，江湖月半小桥人。
司徒庙里殷若渡，三寸心中净不尘。
丁丑年二月十四。

392 同吕赢共游苏州寒山寺，虎丘盆景，拙政园茶花

雨后江南一半烟，明前桃李百花天。
扁舟一叶千帆渡，十里长亭万岭难。
林浦茶花拙政苑，虎丘病树旧庭园。
云游九天禅心近，浪迹千年半亩田。
1997 年 4 月 1 日。

393 寒食

寒食乞火向吴门，山里梅香入雨村。
碧螺春茶浮玉女，平明露水一乾坤。

394 丁丑年三月初八　雨约灵隐

一树梅花一树桃，二天云雨二天高。
杭州山寺寻灵隐，故客运河问御袍。

395 句

来吴一载，未指乌纱，非无所能也。
官场冷暖，明清相染，是有前鉴年耳。
读柳如是有感而记之。
三月夏花上翠楼，心中一念下扬州。
明清如是清明雨，怯识东吴旧地酬。
冷暖官船寻所以，大江曲折自情流。
荣枯桃李乌纱梦，正道人间半是秋。
1997 年 4 月 16 日，姑苏。

第十五卷 古今诗

396 问吴
无端郁烦有端忧,似是还非似是求。
原来江南春未尽,水村三月问来由。
东西山里明桃李,凝重心思怯上楼。
湖色如烟知何处,花尘冷落帝王楼。
丁丑年三月十一日。

397 读春秋
五霸风云问何箴,百家诸子见人心。
黄河故曲东流去,逐唐中原约旧临。
枯枯荣荣来去问,云云雨雨是甘霖。
声名留下兴亡尽,一半春秋一古今。
丁丑年三月十六姑苏。

398 过荆楚
惊人楚客一声鸣,鹦鹉洲头半草生。
三闾忧心湘水去,琴台留下问声名。

399 又
长江汉水一清流,黄鹤浮云两处愁。
日月心中风雨夜,江南草木自春秋。

400 富土一同里
食种一农家,天云半雨斜,
有心耕上尺,不语问桑麻。
春草年年绿,长歌日日华。
紫阳明富土,同里一年花。
丁丑年四月初三同里小桥村1号居。

401 论吴
宰相府里六级官,吴地退居小玉安。
山下虎丘孙子试,城外姑苏隔人观。
鼓刀于是千年国,不问牛马误问澜。
齐鲁门前知论语,南山纵马入云端。

402 吕村 于苏州 忆江南
一诺出,不计下苏州,南北人生寻自己,
彼时未到此时忧。江水问江流。江南好,
晓儒应吴酬。夕拾早花同里路,小桥流
水伴回头,不似别求心。
1997.5.1—1997.11.22

403 读女儿信示儿
一字千金一片霖,五经四库门问寻。
窗前儿女常相望,法国赢今是我心。
北京东城什锦花园22号。

404 景山抚琴音
天涯何处问东邻,儿女窗前日日珍。
同印一心光影里,临川玉律半春津。
丁丑年四月初八,北京甘雨胡同五十三号。

405 读冯唐列传
千年天下问冯唐,君子心中日月光。
忧国忧民忧自己,居功何必为张扬。

406 寒山寺
夏虫无主自声鸣,幽草依云泽岸生。
雨细有晴晴里雨,钟声不尽入空城。

407 答中国财团孙扬澄、何晓春问
去年仲秋,干将路上,何问:十五
之月,十六为圆。曰:事者,初难圆,
复者圆也。
晓春何故问荒塘,娃馆宫中桂枝长。
干将路边长去往,扬澄当然玉邻光。
丝绸学桥多水,东苑书林忆孟姜。
月到圆时圆复晚,其心其意客家乡。
1995年5月30于姑苏。

408 品碧螺春
不知不求知,不解不求解。无水无不水,
有山有不山。是不吴人也。
山中碧螺问江湖,水外洞庭温玉壶。
沉沉浮浮三上下,原来陆羽在姑苏。

409 馆娃宫
枇杷黄尽满斜阳,暮鸟寻林半入塘。
出色芙蓉寻露水,杨梅红透满庭芳。

410 启园
柳毅江湖意气生,洞庭山上启园情。
枇杷满树杨梅色,不了因缘一声鸣。
太湖,东洞庭山,西洞庭山,五湖
两山。古梅,柳毅井,御船坞渡,
启园三宝。1997年6月4日。

411 吴
云不知云,雨不知雨。
吴知何为,吴之不知。
园中小苑曲桥横,时雨时晴水满城。
斜径通幽幽草岸,半弹琵琶半omething情。
似无似有三笑去,欲语还吁欲有情。
碧玉小家桥不断,也不平也不平。
丁丑年五月初一芒种,五姑苏东苑
408。

412 吴
碧色出青岗,黄梅入泽潭。
关东山下水,日月半江南。

413 又
五十三年事事烟,二千六百岁人缘。
啸啸不去江湖岸,谁们精英已隔年。
九七年六月八日,苏州。

414 启园三品
杨梅向水流,随雨不应酬。
柳毅才高井,江湖御船头。
半户连曲径,一影入闺楼。
百里湖光近,三村玉色羞。

415 高僧
暮落山崖一古松,虬须连理半盘龙。
有朝有暮闻三夏,衣暖衣寒数九冬。
依旧风云大不变,胸中木满地缘钟。
一牛君了寻南北,天马行空玉宁逸。
1997年6月22日,姑苏东苑宾馆
408。

416 与东吴丝绸学院尤文颜君步拙政园
黄梅有约待阴晴,淡淡江湖露水平。
玉宇轻舟东苑里,船头慢点静人声。
三天云雨三天碧,半岸晴光半岸荣。
菏泽鸳鸯移水色,城中桃李一莺鸣。

1893

丁丑年五月二十三日姑苏。

417 九七年六月二十八日至七月一日

翁费田何薛吕五家行普陀．奉化溪口剡溪，绍兴而记之。

鹧鸪天之一：寻自在

千里来寻咸亨烟，半生已逾半天年。
三千吴越船帆远，五味书屋一玉妍。
闻放翁，忆沈园。兰亭云醉时眠。
去来皆由禅音在，自古耕凿自在田。
注：咸亨店中有客唱曰：人生去来皆无，原是一梦也。

418 鹧鸪天之二：渡般若

一半人情一半缘，三生凡俗渡头船。
萧甬路尽佛心在，普济僧人夜不眠。
云水路，并蒂莲。晓春田费世坡宣。
前前后后常人语，沉沉浮浮自在田。

419 奉化剡溪，母亲河涉足何毛毛

四明山下一行人，同入剡溪半水津。
风月轻泊云雨影，玉泉流出毛毛亲。
将军雪窦峰前路，书尚空山自在春。
水淡三江寻本化，情浓六诏是心身。
注：六诏者晋王羲之奉六诏而不往也。1997年7月5日复书于姑苏。

420 虞美人

年年暮色，雨清愁路，何是心情故。
霏霏迷迷半春风，不在酒中缘在一茶中。
梅花三弄琴声雨，无止无休步。
云前所由问飞鸿，归鸟有情时去各西东。
丁丑年荷月同里同毛雨，1997年7月6日，苏州东苑宾馆408室。

421 石

半路山高半路云，一天隔岭一天分。
千峰石磊千峰玄，万经平铺万径皴。

422 七月六日重上紫金山

客居梅花山庄
曾为天骄子，来听一客禅。
紫金千古耀，梅花有暗香。

423 吟之

才下故园言，人前问中元。
谁家唐宋冶，驻跸梅花庵。
一见明楼碧，三般例客繁。
一生知自得，九事问轩辕。

424 鹧鸪天·州斜塘连村荷藕

荷叶连天碧未晴，流珠玉露客心清。
一尘不染出污土，三界佛缘普度成。
千滴水，半塘明。连村荷藕尽光荣。
如斯逝者承天下，来日方长醉太平。
丁丑年夏，九七年八月一日，女儿生日命笔。

425 九七年八月三日自金陵梅花山庄遇雨而归苏州

春来秋去月花园，舍北江南水色天。
指日离家甘半百，不求无术上孤船。
长亭驿站知县告。客泪风声雨隔泉。
犹存一生当面壁，十年豪气应佛前。
丁丑夏月

426 长江三峡

峡里残阳雨初晴，舟中暮鸟不言声。
叶浮玉露流明色，起伏心弦见枯荣。
一江两山川不尽，千年滟滪浪难平。
巫山逶迤无知路，赤甲还呼白帝城。

427 一九九七年八月七日是立秋，八月九日是乞巧日，牛郎织女乃为人心而记之

谁留人间乞巧声，牛郎织女一心情。
遥听银汉悄悄话，苦渡云桥鹊不鸣。
天上瑶台寻故友，长生殿里忆华清。
江南男儿江湖去，塞北精英女囡萌。

428 一九九七年八月八日客居苏州九十二栋二〇二室养蚕里

养蚕里，尽养蚕，偏于一方淡。

于无有处何所有，有情儿女客江南。
八九幢，三两间，半家陋室岂。
夕阳未尽风未起。有意听雨芭蕉谱。
干将路，苏州园，静待月长参。
面壁君子书中藏，有心天下夜月涵。
客移养蚕里，姑苏一清潭。丁丑秋日。

429 奉张旭兄，感君一醉，为我一年

一醉金陵一子风，三秋主客半心同。
无为历历为君去，满目萧萧对所生。
丁丑年秋，南京莫愁湖。

430 一九九七年八月九日重下金陵秦淮

大江边，金陵前，秦淮慢开弦。
重主琴坛音渺渺，有名君子下客船。
李香君，马湘兰，画冠状元南。
依稀前朝兴事沽，有明文采墨未干。
云水疏，雨声残，回首人情寒。
一沉一浮心只愿，有数风雨有数安。
夫子庙，石城丹，英雄入佛难。
多情自古多出怨，有为天下服云端。
书于乞巧日建业客移南京莫愁湖北金陵大厦五一五。

431 八月十六北京北海荷雨

采桑子
荷丛落落青莲间，水色清清，云色清清。
积秀桥中玉带横。满湖秋雨鹅船冷。
虫也声鸣，鸟也声鸣。一处无心一处行。

432 鹧鸪天 雅卿有约未见赴同里

驿路原来去去空，姑苏只见雾蒙蒙。
三吴流水多桥雨，有约难会怨声同。
朝白露，夕阳红。园中草木问飞鸿。
人心佛在寻今古，日月来时自在东。
8月24日星期日 养蚕里92——202。

433 残月，思母父

残月清明一旧城，黄泉古道岸边情。

两行老泪沿山往，一首鬓斑齐水横。
半百人生知冷暖，三年草木结心萌。
常思父母年年路，两地神游盼不成。
1997年8月25日。

434 客居养蚕里夜听门前船橹之响

秋池渐冷少芙蓉，青女临霜暗有踪。
谁能无心人所见，年光驿路半中庸。
关木未尽坑灰冷，月半江湖夜半钟。
梦里门前船橹响，姑苏流水小桥重。
丁丑年秋。

435 秋词，八月二十八日晨词

商弦初奏叶如长，落泪胡人大漠荒。
一夜潇潇秋肃肃，半生逐路客心肠。
空寒谷草积还散，万里浮云万里光。
蔡曲未终心淡淡，归来又理旧书箱。
丁丑年秋。

436 与空七军刘蔚楚同游沙家浜

小人鬼大自扬长，渡口空余芦苇塘。
六子桥头堪回首，芙蓉两岸半栋梁。
江南半壁残垣在，泥马横虫渡康王。
归去来兮三百载，却问宋公可汉唐。

注1：宋末代皇帝康王泥马踏蟹而渡江求半壁江山。
注2：商弦，四季中为秋，五行者为金。蔡曲，文姬十八拍，大拍十八，小拍十九者。
注3：陈唐语刘蔚楚"人小鬼大"。
1997年8月28日常熟沙家浜。

437 过太湖而思过太湖

碧螺一东山，洞庭半玉颜。
江湖鱼足下，同里养蚕湾。
石得寒山寺，枫桥月半闲。
馆娃宫不见，南极秦朝班。
涉足太湖水，影沉荷叶下，听村郭寥寥之语，行琴之声庆，人自求而为也。

438 姑苏城霸基桥兼任苏州新建材集团董事长有感

百鸟声声朝凤鸣，梧桐夜雨两阴晴。
沛公霸王虞姬问，楚汉江东子弟兵。
败将金台台不在，鸿门宴上上心平。
千年兴废吴江水，天下无生是有生。

439 游子吟

千年今古万年中，一岁春秋两不同。
荣辱蹉跎三界外，菊花只向半辽东。
丁丑年八月一日，姑苏养蚕里。

440 苏州市吴江县同里镇小桥村一号居民吕长春

吴江同里小桥村，半入江湖半入门。
何不心中天下去，书生日月问黄昏。

441 鹧鸪天

与吕赢盘门赏月

桥下吴门半入秋，运河月移一江流。
吕赢约步盘垣上，水陆城池水陆洲。
望素女，玉人游。相见万里两悠悠。
阴晴圆缺常相念，荣辱生涯事事休。
丁丑仲月十六圆。

442 北京—芬兰飞机上思乡，何谓乡

二十七、民生：1998年至今

唐诗观止 甲篇 五言古风

1 李世民 饮马长城窟行

残阳一并州，饮马半河流。
翠谷齐梁眉，长城何所囚。

2 魏征 述怀

军中一马缰，笔下半隋炀。
君子江山逐，功名不玉堂。

3 崔融 拟古

泾渭各三分，河源入半云。
天山山不尽，东海海风勤。

4 张九龄 感遇之一

自古一荆州，西蝉半自流。
清鸣情不止，封锁是春秋。

5 孟浩然 宿业师山房待丁大不至过阴山

天高辽阔草秋肥，马上南山雁未飞。
何处东西南北路，心中不日不寻归。

6 夏日南亭怀辛大

一日在高堂，千年日月光。黄河蝉不语，西陆雨云忙。古道秦川锁，知音问咸阳。南亭夫子去，天地两茫茫。

7 一九九八年七月三十日 姑苏

同里逢苏州文联主席吕锦华有语：
尤是一生根，心中两口村。
锦春同里在，华表向人门。
李颀　赠张旭——唐苏州草圣

8 姑苏

上下五湖生，洞庭不争明。含烟绮丽久，
夜雨一江平。自古运河水，吴船儿女情。
余杭寻岸靠，呢喃一声声。玉肌向光荣，
心思自不清。池鸥衣露重，叶边翠浮英。
望天辰曦远，斜阳向故倾。吴伯来自北，
留下海山名。碧玉小窗迎，千桥万里城。
西施娃馆舞，虎丘越吴征。不尽天涯路，
常闻儿女盟。姑苏芳土地，不约九州鸣。

9 王维　送别

长亭复短亭，所以草青青。
上路常望远，临川亦孤零。
人生行不止，来去自无停。
天下悠悠尽，心中啸啸铭。

10 吕今　为女儿生日作　时日儿来吴问

三年巴黎天，十日待吴缘。
人心惊回首，儿女已成年。
只怨天空月，难来日日圆。
1998年8月1日。

11 李白　鲁郡东石门送杜二甫

12 江湖

洞庭半白云，山水一难分。天下无声路，
江湖不问君。吴音余韵久，故步自殷勤。
不断年年去，心音处处薰。

13 李白　经下邳圯桥 怀张子房

游拙政园寒山寺
曾问陆龟蒙，塘荷碧叶风。
小亭藏绿阁，桥枕隐晴宫。
狮子林泉挂，寒山寺色空。
寻来半张继，夜半一江枫。
1998年8月1日苏州拙政园。

14 李白　子夜吴歌

子夜一吴歌，江湖半运河。
春风云雨水，月夜问嫦娥。
草木知荣枯，洞庭有碧螺。
相思生怨恕，日月自穿梭。
1998年8月1日，
于吴一家寒山寺游。
注：《唐书·乐志》载，此日有女名子夜箸歌哀绝。

15 高适　东平路作三首其三

秋夜舟旅
独立九州头，孤心八月秋。
风帆一上下，雨露半船流。
明月江湖夜，洞庭自去留。
吴门情倦客，曲尽问青楼。

16 储光羲　田家杂舆八首其二

云荷一涌珠，雨露半姑苏。
树影悬明月，前窗色有无。
东篱瓜豆下，西岭玉峰殊。
一马随芳草，三思入我孤。

17 田家杂兴八首其六

田家男儿锄，岁月有鱼余。
竹影清心问，天云自卷舒。
牛羊知下括，草木向云居。
天下千年尽，人生一部书。

18 杜甫　同诸公登慈恩寺塔（大雁塔）

19 登大雁塔

蝉音不尽问穷桑，雁塔慈恩日月光。
泾渭分明难一水，三藏子弟向八荒。
注：穷桑，少昊，主秋之神。

20 前出塞九首其三

塞出一年多，风鸣半古歌。
功名寻何处，少儿问黄河。
阳关三叠唱，幽燕一荆轲。
春秋凭此诺，岁月满蹉跎。

21 后出塞五首其三

骄阳八月高，血华半战袍。
肥羊向天马，沙鸣问鬓毛。
中天澄海市，塞下取胡桃。
羌笛悬明月，思乡不用刀。

22 大雁塔

天下九州同，心中半色空。
三千中世界，四面八方崇。
乞火春关士，蝉音日月融。
长安知领悟，智慧此无穷。

23 桓仁凉水泉

宫商角雨徵五音，文王武王各加天地一音，而谓七音。
清泉出七音，重岭一千浔。
流出家乡水，思心日月临。
佟家江不尽，天色满云林。
五女山前向，年年草木心。

24 由赵入吴

岁岁一青黄，年年半暖凉。
天山山上客，冈里退思堂。
杨柳吴门雨，洞庭色水光。
江湖船不尽，夜月梦黄粱。

25 又

酒入客心尝，云浮叶下香。
芙蓉寻夕照，出水问华光。
玉立湖湘上，吴中久低昂。
五湖千里碧，七色半荒塘。

26 孟郊　游子吟

年少欲离家，秦川日不斜。
心中知父母，儿女到天涯。
月在燕山尽，生鸣四野华。
门前闻叶落，未及问桑麻。

27 秋

空余半枕边，禁守一心田。
叶落寒山寺，钟声拾得船。

28 乙编 七言古风

张若虚　春江花月夜

春江泛滥一吴东，明月虚疏半色空。
汉水楼台黄鹤去，金陵玉色小桃红。
阳春白雪高山上，下里巴人里巷中。
池下鸳鸯寻草木，春花秋月问飞鸿。
见得牛郎心不在，还来织女问寒宫。

29 陈子昂

仗琴一江湖，凭心半有无。
悠悠寻四海，啸啸问东吴。

30 苏州东洞庭山含山村
王鏊故居　咏王鏊

读书王鏊半东山，只上朝堂不入关。
三篇父章惊日月，一身正气待天颜。
含山村里状元巷，半碧残垣去不还。
自古沉浮三百载，五湖犹有十三湾。

31 大理

云南万里四时春，洱海千顷不问津。
大理珠帘泉水落，蝴蝶三月入窗频。
天边似有山歌响，身外玉来耳目新。
如此指笑韦小宝，昭南少儿不称臣。

32 滇池

滇池万亩雨林深，国岸千年日月临。
元跨革囊寻铁杵，云南天地问人心。

33 盐官镇　八月观潮

之一
潮涌一线逐钱塘，六雨天光四壁荒。
万马千军关不镇，风扬海浪老盐仓。

之二
涌天排浪上云霄，仙女杨花玉带桥。
六合钱塘江去水，盐官海纳百川潮。

34 兴叹

城外秋风倦客尝，黄花野草半垂芳。
长江不尽东流去，留下金陵问夕阳。
朱雀桥边си秦淮水，乌衣巷口叹兴亡。
有心天下扬鸣去，慎独无知一短长。

35 登鹳雀楼

荒沙光动落苍烟，秋月卷浮问四川。
万里江山随心去，千年论语逐金钱。
春风不向玉门去，夜半华堂不自怜。
一枕清霸萧瑟尽，半行归鸥旧芦边。
楼台鹳雀出幽望，易水桥垣唱未全。
凄凄原野多辽阔，离离枯柳系行船。

36 老盐仓一线潮　回头潮

浪上扬花满玉冠，人生自古回头难。
盐官城外潮天涌，玉女行云不同寒。
浩荡千山成一线，波涛海岸饮苍澜。
荒海回头呼天下，犹有余惊不可观。

37 下太湖

秋云立马下平川，桂影广寒上叶全。
谁道前程无自己，不知今昔是天年。
三江流水江湖上，一片湖光月下泉。
吴门常听梅花弄，寒山夜半客家船。

38 倒江湖

池波水影倒江湖，半在天平半在吴。
上下云烟连雨水，人情糯糯满姑苏。
悠悠岁月斜阳下，邈邈天光近似无。
不识庐山真面目，南城不向北城呼。

39 苏州一南京客

不向吴中觅封侯，金陵城下几春秋。
六朝天地问精英，七色江南漂未流。
拙政园中荷半亩，寒山寺里桂宫秋。
河山大好凭云去，留住人情做马牛。

40 西郊上太湖

山色湖光日半晴，行云流水四方明。
田中牛马随闲去，寺外江桥待枯荣。
客舍不听车鼓诡，凭空有意次鸡平。
篱边北邨黄菊重，实哺江湖尽虚名。

41 野望

人生何处是天涯，意气书生不为家。
古寺孤僧寻客老，浮云有雨感баях年华。
清明时节寒食冷，八月中秋日半斜。
常问江南云雨岸，黄菊不尽是秋花。

42 下海

夕阳如血向江流，浪涌盐官半入楼。
八月中秋东海动，千潮一日任天游。
商人向水妄人理，书生下海亦自酬。
天下寻求知富贵，金钱欲望何时休。

43 怀远

半亩家园四不休，一腔正气月明楼。
清辉常为照今古，玉色高堂夜半愁。
谁论听闻寻古往，微言翰墨共千秋。
风尘西陆望辽阔，直入长驱下九州。

44 太湖送客

此去潇湘问大江，姑苏城外半青黄。
声中荆棘铜驼路，别后运河告夕阳。
君向源头还下海，寻闻吴客向沧桑。
人生荣辱多失意，剩下江湖日月光。

45 夕

夕阳西下半黄昏，叶落秋中老树根。
西陆沧桑今古尽，青冢沦没已荒村。
心中日月乾坤易，天下江湖一半吞。
论语天书心怀阔，黄云处处是家门。

46 渔丈人，伍子胥　浣纱女，芦中人

平明一半半黄昏，马革人头挂胥门。
莫告追兵从此过，伍员不得未知根。
江东渔丈人情少，留下无辜芦下魂。
积虑处心寻路去，人中好事不承恩。

47 韩熙载夜宴图

一日三宴夜玉娘，三朝半载政流荒。
南唐歌舞无相尽，大宋亡侯是国平。

48 无锡蠡园

范蠡商舟一叶轻，西施湖水半人情。
男耕女织知吴越，王霸声名自不明。

49 阳澄湖村

八月渔村半枯荣，阳澄湖上一秋明。
津门寄客寻八解，十日鲜鱼不厌兵。
独坐和衣望月色，心思满腹问乡城。

邻家船女轻言语，叫卖声中四五更。

50 寒山寺
松子叩响寺云门，暮色钟声日半昏。
俯仰山中寻自己，纵横月下是乾坤。

51 海宁潮
潮峰浪涌半回头，天下盐官八月秋。
人满钱塘知何患，惊心不在一江流。

52 海宁潮
奔流到海向天骄，直上天台玉色遥。
潮要回头惊不空，盐官自古月中消。

53 寒山寺
一半钟声月色空，二三落叶向船鸣。
寒山渔火云帆暗，拾得枫桥日月情。

54 雨夜 闻江湖水同洱海水可食阳澄湖蟹
星河水下月孤轮，同里张扬各自亲。
犹有邻家常问询，琴声留住半天津。
兰亭酒醉流泉少，洱海云南水半春。
谁问东吴夜不语，云云雨雨已无人。
一九九八年十月六日于吴，香港十六始为仲秋。

55 西施浣纱
功罪东吴自浣纱，芳菲俏丽任江华。
一溪明月千秋冷，半古江湖日夕霞。
范蠡园中商贾去，西施井下客还家。
苎萝伴女清尘泡，省得长贫二月花。

56 九八年苏州南林全国地铁群英会
八年旧事已茫茫，十市精英地铁张。
运筹帷幄谋划尽，盾沟侧岛日方长。
姑苏故友南林会，诸座心怜两鬓苍。
识得老来难由己，东西南北苦奔忙。

57 吊林则徐
虎门销烟事未空，伊犁充军望飞鸿。
内忧外患呼天下，已是清朝半故宫。
古国洋人难治欲，文轻武废字通独。

王途不问春秋去，一代臣民是始终。

58 自言自语
心中明月能传家，天下清风二月花。
夕照黄昏无限远，江河日下话桑麻。
1998年10月11日。

59 自鸣得意
秋虫何故不轻啼，尤见残阳叶半堤。
抱月谁知依心在，赴荆荒草一清溪。
寒窗铺敷严霜久，天外青云向范蠡。
妄自大时妄自大，东吴岁岁草萋萋。
1998年10月12日于吴。

60 寒山寺
江桥渔火一飞鸿，古刹钟声半色空。
多少人心寻赤壁，难忘日月向群雄。

61 闻
男儿声鸣一马横，万千里路半阴晴。
渔歌唱晚泊船渚，人在姑苏月不明。

62 隔岸观火
寒山夜半一钟声，同里三年两枯荣。
隔岸江枫渔火尽，人观天下问声鸣。

63 拙政园秋色
三春九夏何殊同，门后窗前一阵风。
池下莲心难展叶，心中日月大江流。
1998年10月15日于吴。
注：荷叶卷心者结莲子，荷叶平者不结籽。拙政园荷工语。

64 为寄
十年不得一事轻，半亩生涯半不鸣。
山里人家多自在，梦中常有旧游情。
东城西巷裁繁simp，北迹南辕问雨声。
易阳江山沧浪水，吴门碧玉色阴晴。

65 登泰山
半亩论纵横，平生不自轻。
三年吴越下，万里一家明。
水上江湖月，心中草木萌。
吴门来往问，齐鲁泰山晴。

66 太仓浮桥蟹苗
长江万里万横虫，三月苗生一旧宫。
藻体壳中十八变，阳澄湖上问秋风。
昆山八解将军庙，八足横行各不同。
天地夕阳寻日短，姑苏依旧雨蒙蒙。
1998年10月16日于吴太仓。

67 过皖当涂李白墓
谁心睡入此山中，但见林深夕照红。
花木年年开又落，声名岁岁各殊同。
长江醒醉寻思久，当涂滩头意气终。
天下青莲从此尽，糊涂过后见寒宫。
1998年10月17日。

68 吊太白
长安城里一声名，上苑春关半故情。
醉墨华清凝玉色，芙蓉出水乱人生。
敬亭山下青莲问，蜀道当涂两不清。
斗酒云峰天下去，凤凰台里满身鸣。

69 吊李太白
人生追逐不相同，黄鹤飞来汉水东。
直去凤凰台上唱，声名不尽敬亭空。

70 江村
江村夜话小桥东，渔火泊舟月似弓。
水上人家相不避，心中形影运河中。
风雅不付如吴语，绸缪云雨落帆篷。
情重江南闻水岸，难名一夜问归鸿。
1998年10月20日于吴。

71 梁山泊
群雄一夜上梁山，留下千年半水湾。
聚义厅前君不在，替天行道入王颜。

72 鹧鸪天 赠卢铿兄（名生号船长之孙）
一日春风一日天，江南月半太湖园。
农业世界如来岸，大家心中半亩田。
三色水，四川缘。纵横天下种坤乾。
群雄并起耕耘去，一马当先过大千。

1898

73 太湖席家花园柳毅井
人中客语问姑苏,井下传情柳毅书。
西陆龙王难治水,书生不得到东吴。

74 八阵图
蛇龙鸟虎尽扬长,天地风云日月光。
一令群雄吴蜀魏,三军万马谁高堂。
注八阵者,蛇龙鸡虎,天地风云。

75 吴中望
江湖险恶一人心,世事无名半有音。
来去难平天地阔,纵横不过近云林。
秦川李广三年在,野旷吴中一寸深。
客倦江南寻所以,窗前故幸有鸣琴。

76 苏州盘门
三声怨笛客心伤,百里溪林复夕阳。
同里清歌寻形影,辽东七发问栋梁。
江南一日三时雨,水上船头柳低昂。
岁岁桥边呼织女,年年儿女小牛郎。

77 山中
有约一清流,林深四面幽。
闲听花叶落,问月不难求。
戊寅年霜月十五。

78 月夜
二水石头城,三山建业名。
秋风千里路,明月万家清。

79 梅花三弄
寒风腊八问春华,古树心中一半花。
疏影浮香三二月,芳邻桃李万千家。
一九九八年十一月六日于吴

80 别苏州日报副总编沈姜
十里长亭外,千山一水流。
太湖心上客,同里送归舟。
记得姑苏雨,还来得月楼。
但寻天下去,不尽玉冠愁。
1998年11月6日于吴。

81 王维过香积寺
深山一鼓钟,古寺半云松。
叶密清潭泽,泉音白石溶。
老僧闻自己,旧衲不知踪。
淑气青莲色,禅心入智龙。
1998.11.5—1998.12.17

82 枫桥夜泊,唐张继
一九九八年十一月六日戊寅十月十八日
史记,五帝记:黄帝受命有云端,故以
云记事,春官为青云,夏官为缙云,冬
官为黑云,中官为黄云,刑部为秋官白
云,故有称白云司。

83 相思
三江暮里昏,半闭闺中门。
雨色东风尽,人心不出村。

84 江南
云雨一发生,江南半不晴。
吴中三步曲,桥上两人声。
窗外兰香近,琴弦自不平。
帆随船岸在,柳叶系东城。
1998年11月7日戊寅年十月十七。

85 客倦 儿女在西欧
日暮上高楼,云烟下客舟。
风系杨柳岸,水色沉浮流。
日日三千载,儒冠十九州。
心随天下故,何日念西欧。

86 自私
人寻老村根,酉有旧时恩。
草木青云司,红颜二月温。
潇潇风雨夜,落落自家村。
只在春风里,心呼不锁门。

87 客吴
云沉不知还,江湖一水湾。
人生长久治,南北话君颜。
曲径三吴外,归寻故客关。
沧桑明日问,影重几秋山。

88
委委初春情,幽幽涧外生。
以身丞日月,向色自阴晴。
谁问川中水,生平月下明。
残碑荒古色,新雨一心萌。

89 江南杂题
万里问归舟,千帆不苟求。
刻舟寻此外,故事旧人游。
日月随心去,江湖不入流。
云平相见谁,不得问江楼。

90 题李凝幽居
落落客家田,幽幽草平园。
僧人吟夜半,寺磬绕梁悬。
泉向池头注,云浮玉阶前。
渡桥杨柳岸,期待一人缘。

91 早秋
西陆岭芜莎,东吴水碧波。
沙风荒漠起,淮北尤晴多。
日暮光阳晚,牛羊十亩歌。
天河同日过,乞巧送香罗。

92 寄
投宿驿中房,游心子自伤。
沉浮引我素,俯仰何圆方。
尘重 三更店,鬓毛尽染霜。
一声钟鼓梦,半枕纳清凉。

93 晚情
暮客多晚情,朝花尤自轻。
深山飞秃鸟,玉阶尽芳明。
故园心平定,缘求到五更。
黄昏天下满,举首为风清。

94 鱼玄机
仕驿梦黄粱,乡家稻菽香。
心思窥宋玉,情为恨天昌。
水畔明杨柳,床前佩玉凉。
杨城差自问,月下谁同光。

95 秋中古怀
虞姬做楚囚，淑玉木开舟。
七发春秋去，一声不可求。

96 闻泉
行影一泉流，塞光半入秋。
原来香月色，竟是古琴羞。

97 怀古
账下半虞姬，君前一别离。
楚河多子弟，汉界向西移。

98 筝
山中一玉溪，月上半乌啼。
色满清窗外，花落处处泥。
梅桃春杏李，十八拍香梨。
筝夜声声去，萧郎何处栖。

99 晦朔
莫荚随月生，晦朔复清明。
舟渡天河北，星桥半不生。
婵娟弦外立，长落入人平。
不见牛郎问，羞颜织女情。

100 古意
金陵城北女莫愁，秦淮河边柳系舟。
尤有长江流不尽，守空明月在高楼。

101 黄鹤楼
心思未了暮登楼，尤见江山半入秋。
江夏还知曹孟德，军中击鼓感三州。
三家鼎主寻天下，一掷无音万户侯。
不见子安今何处，空余辛氏问飞舟。

102 隔壁
清清夜色月弦悬，曲曲江流水一天。
渡口三川船靠岸，隔墙半壁意绵绵。
书中常有罗敷女，尘上难寻玉臂妍。
但见芙蓉忙出水，客家自得梦中眠。

103 蜀相祠
千秋闲卧一相堂，半亩半松半蜀光。
鼎立中原牛马逐，游心八卦两仪荒。
琴终月落扶阿斗，白帝华容问四方。
断磊残碑龙虎斗，锦官城外月如霜。
1998 年 11 月 13 日。

104 山闲
山高碧叶问红尘，玉水清流入半春。
都是云峰鳞角落，一丝不染老心人。
野荒趋步书声尽，树满寻踪十里珍。
天下难知寻日月，山中古寺做家邻。

105 问韦苏州
春秋范蠡问吴宫，依旧人情觅古同。
两峡云天一夜雨，五湖汇色半梦中。
似云似雨春华纵，如露如珠任西来。
四放闲田三亩水，一心一意一鸣虫。
注：五湖，涡湖、洮湖、射湖、贵湖、太湖。
1998 年 11 月 15 日。

106 州
驾浮楼上一清秋，古樟枝中半月游。
寺里青苔荒草满，槐荫树下有闲愁。
江南香色情无见，留下缠绵数风流。
连水一桥船在岸，张帆三峡问江楼。
1998 年 11 月 15 日。

107 五丈原吊古
深秋叶落乱纷纷，初出茅庐论白云。
三国中原寻鼎立，一州问蜀汉营君。
卧龙岗上村田里，落凤坡前旧日曛。
开济三朝浮沉去，侯门一世尽人闻。
1998 年 11 月 16 日。

108 锦瑟
上下弦中十五天，生筴退筴度方圆。
七平八乱寻君子，二次三番月不悬。
巫峡云平朝雨色，玉峰叶落向婵娟。
琴音不断人心断，日月情思在瑟边。

109 春初
香凝二月三更，玉肌春园一半萌。
初觉新华心胸满，镜中 窥向尽私情。
流花归去人无语，阡陌山中草本生。
只见幽芳寻杏李，腊梅种子一家城。
1998 年 11 月 2 日。

110 易水寒
啸啸一枫丹，还闻易水寒。
千年云不落，万古半冲冠。

111 却望幽燕是故乡
人心自不平，啸啸二三声。
斑竹洞庭水，香山日月明。
1998 年 11 月 21 日。

112 登黄鹤楼
汉水问江楼，长江日边流。
千年黄鹤去，万里凤凰求。

113 登幽州台
燕山万古流，易水一云秋。
夕照无限去，精英下九州。

114 僧琴
踽踽寻中寺，冷冷弄七弦。
林中三影下，润韵半心弹。

115 八陈图
群雄鸣三国，八陈问屠苏。
为夺家天下，江流魏蜀吴。
1998 年 11 月 21 日。

116 蜀中秋寄
锦江城外旧情栽，薛笺丹青情影开。
过客心中寻玉臂，朝云暮雨去难来。
1998 年 11 月 23 日。

117 问君
申世耕耘半亩田，一心日月一心闲。
人间俯仰闻浮沉，天外春风自入年。

118 回乡祭母
半世离家久未回，一堂你母半堂衰。
东山草木鬓先短，游子心中故日来。
1998 年 11 月 23 日。

119 问怨

一行秋雁不知愁，半塞清霜过碧楼。
冷落浮萍遥远念，无休天下事无休。

120 边塞

玉门关外尽沙流，羌笛声中满塞秋。
一曲未终云落尽，半城孤苦半空楼。

121 从军行

三军楚歌一虞姬，项羽江东半别离，
一马乌江先后去，三吴子弟谁无知。
1998年11月24日。

122 芙蓉楼

一半清心在玉壶，芙蓉九厦问姑苏。
江湖子弟江湖去，不问书生不问吴。

123 采莲曲

桥上栏杆不见媒，绿荫浮动蓓蕾开。
芙蓉才出斜阳水，叶下莲心玉客来。
1998年11月24日。

124 忆兄弟

125 之一

秋叶颜红日日深，愁人只向海天寻。
辽东尤记浑江水，五女山前问客心。

126 之二

半生江海半秋春，十里长亭尽旧尘。
只记辽东寻故水，不知天子是亲人。
1998年11月24日。

127 清平调三首

128 之一

清波夕照露芙蓉，玉满身光自不容。
不染一尘华世界，人心取向问莲蓬。
风云淡泊绕宫梁，疑是牡丹不沉香，
谁得云霄三峡雨，骊山脚下谁心肠。

129 之二

歌坛白马自行天，照夜时知李龟年。
天宝开元朝野尽，牡丹留下问人缘。

130 客中作

同里吴音旧月光，江湖男儿误情长。
捉襟忽见衣身短，惊异寒声不是乡。

131 小楼

夜半心情上小楼，船帆风停十三州。
花浮影动随心尽，月入平江水不流。

132 望天门上

133 之一

青莲门下半门开，有意无缘何苦来。
阡陌歧途知领教，心思留得故乡回。

134 之二

半寻山寺半门开，一路风尘一阶苔。
借问刘郎今何处，种桃道士再无来。

135 白帝

蜀相白帝试人间，六出祁山客未还。
一半东吴芦苇草，三更钟鼓问寒山。
一九九八年十一月二十五日。

136 客情

吴中八月玉人华，湖上三年一半家，
忘却三生荣辱尽，留心四季种桑麻。

137 人情

霜叶红于二月花，夕阳无力四方华。
水清潭泽深难测，云雨天光尺到家。

138 出塞

139 之一

塞外荒原一马飞，阴山草色力顷肥。
一声羌笛回音久，尤幸三生志不归。

140 之二

不胜楼兰誓不违，天高云聚旷边晖。
沙鸣折戟知无路，坦荡心寻不愿归。

141 明月夜留别

春雁无言任西行，有色清光却不声。
窗前枕边空一半，云边雨色一心平。

142 武侯祠

何处重寻汉家云，蜀相初外叶落深。
羽扇纶巾衣天下，谁识儒冠未入门。

143 少陵草堂

一言半语射六狼，两水三江问草堂。
小吏沧州知步远，少陵寻酒向天光。
11月27日少陵草堂。

144 杜工部草堂

山水池边草木荒，少陵日月蜀花黄。
草堂笔落方射虎，隔篱精英一半芳。
11月27日，杜甫草堂。

145 望江楼薛涛怀古

锦官城外望江楼，问断青鸟已半秋。
竹色玉颜清泪尽，川歌巴蜀旧情流。
11月28日成都望江楼。

146 成都望江楼

147 之一

望江楼上望江流，才被文思一半忧。
浮云何处曾相见，薛涛笺沉过春秋。

148 之二

望江楼上一心游，信断薛涛半叶秋。
诸葛初前三鼎问，草堂未及十三州。
1988年11月28日，于望江楼。
注：武侯祠、少陵草堂、望江楼，
蜀人称三鼎。

149 寄薛涛

低低高高竹叶村，风风雨雨洗朱门。
校书一去留香笺，一半朝明一半昏。
1998年12月1日 于苏州。

150 绝句

一色清泉九曲流，两边浮草半茵休。
水平云落连天地，雨润人心不所求。

151 春

两三柳色九州来，一半花光十里开，
桃李菲菲寻古巷口，牵牛慢慢爬窗台。

152 春梦
一刻春梦一半生，两家玉色两情萌。
东风无语全无力，云雨轻舟任纵横。
1998年12月3日。

153 夜泊
玉带桥头柳岸弦，半江渔火夜泊船。
管弦客舍多情梦，不空儒心未入眠。

154 春思
远处山青柳尖黄，清清月色暗梅香。
东风初入江湖水，曲折三江曲折长。

155 苏州乙未亭
八百年前乙未亭，十三万亩驿官径。
阳澄湖上千帆过，玉带桥头念零丁。
唯亭史称乙未亭，半壁石桥阔八尺。

156 寒食
梅香千树落云花，古树三枝向外斜。
会下东风生乞火，窗前寒玉小人家。

157 忆江南寒食
寒斋无火冷清清，书香空余夜冥冥。
驿亭接送千帆客，江岸划色寥青青。

158 探梅
九瓣梅花古树生，千年雪海玉精英。
窗前有色香浮动，天下声名自在荣。
1998年12月5日。

159 闻笛
塞边芦笛草飞扬，去下阴山日月光。
一马当先寻故国，千钧男儿自雄狂。

160 江东弟子
江东弟子自雄狂，西陆扬长问阿房。
四面楚歌姬别去，三军埋伏不回乡。

161 之一　初春小雨
三江烟水两山孤，半入金陵半入吴。
常记五湖春雨色，东风怀旧向姑苏。

162 之二
细雨霏霏草色孤，还寒草木暖时无。
相思最是西厢后，不如无情不读书。

163 之一
千年萧笛玉人凝，八拍曹公玉露承。
下里三春杨柳色，巴人一曲到金陵。

164 之二
野花遍地满山头，流水沧浪不尽流。
深处柳荫船靠岸，留下相思不胜愁。

165 刘禹锡
玉磊池边半是苔，梅花桃李一年开。
禅音未尽青莲尽，不是刘郎去不来。

166 石头城
年年杨柳问台城，日日私心佛道生。
粉黛六朝何处，金陵千古石头情。

167 石头城
二月梅花暗自开，六朝烟雨无人回。
三山两水知明月，十里空城去又来。

168 乌衣巷
乌衣巷口水光华，得月楼台玉色花，
秦淮三桥明月旧，金陵一日半清家。

169 金陵渡
金陵城外半空楼，虎踞钟山问武侯。
但见东吴连蜀水，观火隔岸是瓜州。

170 游淮南
一水运河万亩田，三秋桂子稻梁园。
有人但愿杨广忆，留下千年好河山。

171 苏层居

172 之一
姑苏干将路，吴江同里村。
同里吴江一故痕，姑苏干将半朱门。
回头是岸家乡望，未了江村是彼村。

173 之二
三吴小雨浥黄昏，十里梅花乱入门。
只见浮华流水去，清香遍地满乾坤。

174 暮深

175 之一
黄云远上夕阳斜，清水浮光柳岸花。
信手儒冠无足惜，春秋一半故人家。

176 之二
一半春秋一半家，桑田沧海浪淘沙。
根深老树知天下，无限黄昏四野华。

177 之三
幽燕脚下话桑麻，老也知途老客家。
叶尤经霜才傲骨，秋深一寸一天天。

178 赤壁

179 之一
赤壁烟消恨未消，江山重正向天骄。
黄河断流中原在，铜雀台春望故朝。

180 之二
一诺关公捉放曹，三军账下意人高，
两兵但守华容道，半是羞颜偃月刀。

181 之三
赤壁江烟锁战袍，河山吴蜀念奴娇。
东风且与皇叔便，留下　周郎问小乔。

182 金陵忆旧
金陵初开杏桃花，二月江波问万家。
秦淮南唐知不与，故人唱尽后庭花。

183 夜半闻箫
倾听夜半玉人箫，一枕清风问二乔。
城外扬州枫叶落，蜀吴不得入童谣。

184 客中

185 之一
江南秋雨慢无牧，西陆寒霜叶客愁。
明月寒宫怜女色，一湾只向玉人流。

186 之二
凭楼女子不知羞，霜色明湖草不游。
二意三心寒水问，一年半载尽情愁。

187 之三
白云藏向半青楼，曲折黄河向海流。
玉影难知情何处，江湖 尤存雨中舟。
一九九八年十二月十日。

188 窗前怨

189 之一
寒芳未尽草青青，金陵尤落唱后庭，
五百年中秦淮梦，一身正气下金陵。

190 之二
夜半三鸣楚笛声，寒江两岸帆天平。
随心所欲知情在，犹抱琵琶入梦情。

191 霜月
金菊一夜抱衣芳，青女三音玉影长。
干将东居今不见，留取情心半阳光。
注：青女，天神，青霄玉女，主霜雪也，淮南子，天文注。1998年12月10日。

192 寄
半放荒溏碧水清，一年野草满乡城。
泊船隔岸摇帆影，不论东西南北行。

193
青女金陵豆蔻情，后庭花落淮水清。
阳春夜半渔舟曲，弦月羲和两未明。
注：南次山，丹穴之山有鸟，其状如鸡五彩而文，名曰凤凰。1998年12月11日。

194 东吴馆娃宫
三千年外旧城东，百亩荒园枯草丛。
满目夕阳西施井，翠茵尤映午裙红。

195 情
船帆无力顺江河，杨柳烟云点水多。
南客依依寻故迹，琴声脉脉流秋波。

196 别
富归同里柳杨春，苦作江南客里人。
白雪阳春琴一曲，阳春白雪锁三秦。
1998年12月11日。

197 春晴
春风无力入人家，船靠池边草木芽。
隔壁相思寻怨曲，原来一叶一枝花。

198 寄夫
男儿心情不在吴，一知半解去姑苏。
半日且求知温暖，水照河边月照姑。

199 感遇
春初半寒芽，东风一叶华。
暮云轻卷起，烟雨暗千家。
寺前 钟声远，河边树影斜。
人心草林木，坐问水中花。
一九九八年十二月十三。

200 春思
春满柳杨枝，花前是何时，
风清河下水，叶君半无迟。
1998年12月13日。

201 田家
山川野草肥，小路故家归，
草碧澄沙岸，绕柴柔丝扉。
父母临流望，游子只知晖。
挥手平生去，低头孰式微。
1998年12月13日。

202 一九九八年十二月十七日至二〇〇〇年二月十六日

1 同里退思园
半壁河山半稻粱，一花同里一花香。
忧人自得官音去，深水更深落夕阳。
百鸟退思园外去，七弦朝凤客回肠。
清川波静眠湘雁，上苑花简垂代芳。

2 东吴
天子心中不称臣，太清北海约云人。
襄阳城外三清月，鹿门山中一半春。
江海渐宽深不问，云随坦荡玉京津。
波清九道凭杨子，三叠琴心问古仁。

3 金陵
荣我去者，十年官浮不可求；
忧我来者，一生如书多思愁。
隆治唐家佛道求，春秋月满玉京楼。
欧阳巡水三清静，命笔兰亭志不休。
不尽长江流九道，金冠布衣纵羊牛。
三山只向云接水，万里滩头逐九州。

4 且问
逐鹿中原一沉浮，曹刘天外半仲谋。
当初太白玉京问，寸草春晖鹦鸥洲。

5 西陆
荒沙漫漫接云天，枯草苍茫落陌阡。
一马当先寻大漠，三千弟子踏平川。

6 君不问
沉舟侧畔，折戟断臂。
焚书坑儒，书生自乱。
纸醉金迷半缺圆，原来刘项在人前。
咸阳城里三宫火，楚汉凭定五百年。
噫吁嘻，
盘中承露清清处，铜镜光辉正表宣。

7 静夜思
十载寒窗学问深，半生茹苦一禅心。
江南夜雨依人就，水流千转何处寻。
借问云峰天下事，沉浮荣辱向君临。
清高顾视春秋尽，合纵连横自古今。

8 天地九夏
半亩荷塘雨后新，一湖清影玉中亲。
芙蓉当水羞天色，碧叶藏心一半春。
烟远连天云接雨，菲菲芳草绿乡珍。
粉红知己东西岸，淡淡清清向故人。

9 与吕赢赴同里
人间谁见问隋炀，只得临安一水乡。
是是非非千议论，江南四野半沧桑。
一九九八年十二月十九日 于吴。

10 同里湖

寒山一叶半青黄，同里湖光十月霜。
拾得吴江寻桂子，运河此去富苏杭。
人间处处心无止，留有余音一抑扬。
几杵疏钟云岸立，千年兴衰是沧桑。

11 访昆山玉峰亭林公园

亭林系明生不事清之顾炎武之号，
亭林园设其纪念堂。

玉峰山上半姑苏，并蒂芙蓉一蒂吴。
犹见梅花经腊月，紫薇难得两衫无。
半昆竹园清三月，春水长江结新庐。
人在人间心不在，亭林俯首问东孤。

12 雾

半是青云半是尘，千山露水万河津。
去来自在浮缥缈，也不楼台也不人。

13 情

归心谁问在春边，一路儒冠四面烟。
为有人情知白己，离时百草落吴天。

14 蜀相

栈道川中一玉冠，秦皇修树驿途寒。
孔明只以夔门锁，犹抱长江十二澜。
一步登天霄汉上，云空半壁栢隆残。
巫山三峡多云雨，留下人情蜀道难。

15 春秋

春云如雨向桑麻，秋叶疏枝不见家。
脚下故宫千古气，乡山路上木霜华。
昆仑此去寻踪迹，过客寒食二月花。
夜半三江梦月色，东流一水到天涯。

16 咏叹

曾梦山顶鼎庭，町水鱼跃云馨，而复记之。

九曲黄河数岭青，三千弟子纵横铭。
梦中曾记山峰鼎，独有金鱼雨水町。
山寺云中佛自主，玉台殿上月清馨。
人前日月随心锁，客里因缘入棽星。

17 蜀道难

诸葛军前蜀道难，剑门谷壑半云残。

风惊鹤泪飞鸿尽，只此山中到长安。
七十二峰青竹叶，三江激越向东澜。
平生犹犹知难断，只将心思挂月冠。

18 思乡

姑苏城外好望乡，东北桓仁月似霜。
子女倦游情寄久，如来佛殿亦无梁。
忽闻二月梅花发，一夜三江万里香。
自古山河春雨水，扬长时节尽扬长。

19 洞庭雁

衡阳半水边，船上一帆悬。
荒草天云阔，乡音隔旧年。
钟声惊夜半，归雁问漪涟。
回首观来处，长安月不圆。

20 初一日联

江南一枝杨柳开，细雨千树玉人来。

21 上海滩

百年灯火问天年，水上人间一渡船。
今日浦东三上海，月清不是旧时圆。

22 霜天

京邑风尘满，秋霜暮重雯。
夜灯明又灭，残叶落纷纷。
船下千家水，湖中万里云。
萧疏声未断，独为客前闻。

23 凭古

木椟馆娃宫，太湖洞庭山，王鳌故里。

太湖百亩一孤舟，水去三江尽独流。
色满洞庭陈晓月，梅花含笑上危楼。
三三五五桥边柳，万万千千杏李洲。
草碧江村闻浣女，有声有水不难留。

24 雨

吴门十日雨如烟，落幕千村叶似泉。
玉色双峰云不挂，洞庭五湖下琴弦。
三湘水接无梁殿，九派云横不问年。
只作隋水杨柳岸，蒲中温暖系江船。

25 孟浩然《与诸子登岘山》读后

岘山羊祜一兴叹，湮灭无闻半玉冠。
不到襄阳闻泪落，江河今古入心丹。

26 春

寞寞草芳菲，婷婷玉采薇。
妍妍花甸下，疑疑日无归。
月半山前挂，孤云暗自飞。
三江多独立，一半尽春晖。

27 春暮

昔人自怜香，花心繁蝶忙。
江湖无醉客，秦淮入雅庄。
故垒依江水，春风二月黄。
黄昏天下尽，沧海问鱼梁。

28 叶如霜

二意问清流，三心锁故楼。
四时知冷暖，一叶是春秋。

29 金陵怀古

秦时明月汉时秋，唐里衣冠宋外忧。
鹦鹉洲颐千古尽，长江不断一东流。
凤凰台上金陵水，黄鹤楼前白帝愁。
百里钟山陈旧迹，六朝风雨满皇州。

30 入乡

雨后荒山草木春，明前日月半天津。
三心二意佟家北，一字千金感故人。
尊父命明日赴奉天省亲感念半生。

31 入春

二月淡梅花，三村细雨斜。
寒食灯火夜，心且故人家。

32 春初

十里江南半落花，三年桃李满天涯。
暗香浮动春心乱，雨色河山梦入家。

33 上人

上人者，不食人间烟火也，僧寺。

山中寺鼓关，泉下水色山。
野鸟听花落，浮云问月闲。

34 感端诸岁

寺外寒山拾叶僧，宫中旧事问西陵。

明清树影心高低,弦月淡淡不问灯。
平明喜鹊屋檐下,断断花花月不明。
飘飘洒洒叶残声,青鹊飞来争欲鸣。

35 雨过什刹海

十里清湖一面风,五更弦月半村明。
什刹海里听帆橹,万寿山前问旧情。
光绪空叹知慈禧,犹有湖心故人鸣。
桥连玉带围城旧,北海中南海日生。

36 北京东城东条胡同三十五号

三巴掌立地,一巴掌撑天。
风中读论语,雪里问人年。
浮沉江河水,耕种半亩园。
其心了不已,沧海问桑田。
1999年9月17日

37 阴雨绵绵

幽燕自古多时晴,烟雨连连寂寂生。
此去吴门千里外,薄霜塞北尽寒声。
云归故里仍起伏,雁回衡阳日日明。
世界无情深浅在,人知智囊一精英。
1999年9月18日,
东条胡同三十五号。

38 酷相思

团长一马十三州,二十三年壮志酬。
四方江流川上曰,平生不废少年头。
群雄争论鸣天下,九月山高半运筹。
秋月春花相似处,江流处处问江楼。
1999年9月19日 马时五十八年

39 北京东条胡同三十五号

东便门观象台,天文馆观象。
春夏秋冬月日悬,东西南北一坤乾。
苍龙雀虎蛇玄武,四象耕耘半亩田。
北斗星柄指东,天下皆春,指南,
天下皆夏,指西,皆秋,指北,皆冬。
而分四象,每象七宿。
东苍龙,西白虎,南珠雀,北宣武而龙
虎乌龟蛇易之,
1999年9月19日于京。

40 回乡省父

父吕傅德生日逢时二〇〇〇年一月一日。
二个千年第一天,时逢十五月光圆。
老翁八十勤教子,花甲平生论赵燕。
伊始〇年〇月日,还寻父母故家缘。
佟家江水含笑去,天下人心自德传。

41 己卯腊月十五　天演

浩月天空近水明,寒光满地伴人清。
无言经卷禅音寺,断续霄桥日月生。

42 腊月

梅花香暗满东城,腊月霜天半五更。
积翠山中人不语,燕京天下问明清。
2000年1月21日己卯年腊月十五,月近
人圆 于京。

43 京中雪

冰肤玉肌待东墙,酥手玲珑近暗香。
天下红颜羞问雪,崇高洁白似明霜。

44 京中翁之羽有约而言　雪思

风花雪月暗幽香,妒意羞情半过墙。
天下茫茫人无际,书中谁约话黄粱。

45 山中君子

月色旧阳台,浮云浅浅来。
山中孤梦远,人间独徘徊。
君子松林下,寒心暖腊梅。
峰青高树木,春已放心开。

46 春思

弟子三千半净尘,东风万里一天津。
楚河汉界风云去,留给江南义人春。

47 春约

岸边月影未关门,夜半花香半入村。
可怜含羞草不问,一收一放一乾坤。
庚辰初,于京。

48 疑

悄悄门户似有人,窗纱重影映衣巾。
花光月下年年顾,草木心中已入春。

49 庚辰初　江南雨

三月烟花色断云,红anhu草木雨纷纷。
月宫妒疑江村夜,天下风香女儿裙。

50 隔窗唢呐响　谁家迎新人

闻听隔壁迎新人,柳岸池边草木亲。
二月梅花香夜雨,人人女儿嫁时春。

51 春暖花开

日暖幽芳出蓟门,天和虫鸟问王孙。
双峰玉洁空山寺,一半春风一半门。

52 退而思之

经纶辽东客,风霜男儿歌。
金陵唱闻不尽,自己问声多。
渔火江桥月,寒山石得佗。
姑苏云雨水,何计度蹉跎。

53 虎丘剑池西施镜

天下江南一万家,春风草木月前花。
夫差曾是知吴越,只教西施箸薄纱。
娃馆宫中情不尽,桥头雨色落桑麻。
寒山不问商人晚,客访知心旧物华。

54 牛负

半生孤独半忧伤,一处成心一处狂。
两水河边观柳叶,三江绿水一帆扬。
小家碧玉江桥畔,余越乌篷从旧塘。
日月时光倾白发,心中青鸟诉衷肠。

55 幽州台歌

人鸣易水声,月暗赵州东。
啾啾燕山去,悠悠直隶空。

56 己卯年抚州才子遥有此寄

相逢相别日,经去自经年。
月得三江水,心耕半亩园。

57 春梅

风声一草堂,腊月半青黄。
玉柱玲珑色,寒心度暗香。

58 腊月淑琴
孤芳自赏日西斜，腊末香浮月色家。
杨柳三春京里梦，书琴入画后庭花。

59 家落吴江同里镇小桥村一号
退思同里半江天，柳岸花村一客船。
曲水楼台寻色暖，小家碧玉对人眠。

60 叹洛阳金谷园
金谷园中一半天，官人天下二三年。
落花绿珠香尘断，流水千年独自眠。

61 自言
丈夫未死士先忧，女儿心情客里愁。
秋月春花天地上，孤帆远影逐轻舟。
楼兰不到寒窗肃，隔篱江南鹦鹉洲。
原本人间荣辱去，谁人安谈亡国侯。

62 古唱
重上鹳雀楼，不问谓水流。
时见黄河断，人心日月愁。

63 下凡新疆　问施晓
下凡到人间，辽东去未还。
交河寻旧土，日月过千山。
忽见梅花色，施晓玉门关。
荒原情纵尽，雁影怯秋颜。

64 寄
日向临川去，京中不立春。
相思寻日月，客舍抚琴人。

65 除夕立春守岁
梅花三弄问人年，不见江南月缺圆。
除夕惊春不过夜，一鸣一梦向临川。

66 除夕立春
雨色江南初立春，东风无力入天津。
渔舟唱晚三千夜，乱点春心一半人。

67 采东山六七八九瓣梅花
江湖两岸香千家，少许春心一半华。
玉色心中寻九瓣，东西山上采梅花。

注：姑苏城外，太湖之滨，东西山上，每春流花，始种唐宋，人情不减，五瓣为众，六瓣少见，七瓣为鲜，八瓣为贵，罕有九瓣，三年始得，维湖维得，知者吴。
庚辰春初二于京忆姑苏干将路。

68 访越南

之一
北海南天一国田，唐标铁柱半青莲。
志明小道寻南北，沈氏人心自可怜。

之二
一尘不染一花开，四序天空去不来。
六根志明河内去，八方云雨上楼台。
书于越南胡志明故居 河内市玉山祠

69 2002 韩国
原始村中间汉城，江流木草向天横。
高楼栉比邻天下，何处繁华何处荣。

70 亚马孙河
万里江河万里秋，纵横海口纵横流。
杨帆两岸难寻北，浪里惊心海低头。

71 2004 白宫
总统权威一白宫，精英相府半天雄。
三千世界寻人渡，三百年中尽不同。

72 卢浮宫 路易十三
珍奇只在卢浮宫，一半英名一半空。
塞纳河流天下去，巴黎桥下世人同。

73 密西西比河
密西西比一河流，电站资源三代修。
两岸光明山水碧，繁华世界人酬。

74 塞纳河
巴黎百岁一人生，塞纳河流十里城。
路易桥中歌舞去，圣母院里问身名。

75 2006 埃及
狮身人面五千年，艳后山前三代缘。
金字塔中囚日月，埃及一半论坤干。

76 2006 土耳其
东欧一步半西欧，大陆桥中是亚洲。
首都伊斯坦布尔，教堂处处阿拉楼。

77 西点军校
满山秋月满山枫，总统声名入白宫。
只有精英多治国，人才二战救西东。

78 尼罗河小女以鱼致客
尼罗河水一船平，女儿心中半怯声。
寄与黄昏鱼不尽，扬波处处向帆晴。

79 克里姆林宫
来寻克里姆林宫，新处繁华旧处空。
尤见列宁山后客，红场赫鲁晓夫终。

80 爱丽舍宫
一宫总统一宫名，天下民间万物生。
地铁外交知日月，旧城不去是新城。

81 满州里
满州北面已无州，天下难平汉客忧，
草木丘陵蒙古隔，扬鸣一声入三秋。

82 哈尔滨
夏短冬长一枯荣，俄国斯客半冰城。
黑龙长白山中去，镜泊湖中独自鸣。

83 长春
来去天下满身名，今古楼台电影城。
不尽松花湖上客，风云雾里是雨声。

84 沈阳
奉天天下半辽东，大帅农村到北京。
日本苏联今犹在，人生何处问人生。

85 呼和浩特
胡人汉马一青冢，浩特呼和半色宫。
青天白云寸绿草，阴山雪暗向苍穹。

86 北京
香山寺里知繁荣，不见运河流去声。

只在居庸关上问，长城何必是长城。

87 保定 张皇桃送慈禧
张荒逃出北京城，直隶清兵不自明。
慈禧联军知八国，故宫不主自无声。

88 石家庄
黄粱一梦在黄粱，邯郸学步向一方。
逼上梁山山上客，英雄不打石家庄。

89 天津
海天辽阔半天津，永空京城一故人。
二十三条光美去，四清自是无四清。

90 太原
晋泉难老向南流，鱼藻飞梁问虞侯。
尤见唐家周李尽，老西日月问春秋。

91 济南
百泉汇集一泉城，趵突声名半日晴。
漱玉词中寻觅在，泰山齐鲁向天鸣。

92 三江源
三江天下是人年，青海湖中日月天。
一地平流东海水，万泉汇和不知还。

93 玉树
松赞干布问中原，湿地千年向旧藩。
玉树临川天下去，原来青海是江源。

94 虎跳峡，长江第一湾
高山虎跳峡浪平，惊动长江第一声。
直下飞流三百丈，密林余下去还鸣。

95 贵阳
山水南方一贵阳，飞来瀑布半横溏。
千年万尺明天下，三分落下七分扬。

96 湄潭
却别幽州下湄潭，忠心桃李半梅南。
人心应得人心岸，处处青山处处岚。

97 南宁
有心创建一新城，无意寻来半不情。
应谢建行施贷款，南宁城里有民生。

98 桂林
桂林山水半桂林，阳朔天云一寸心。
余下歌声三姐唱，书生应得是知音。

99 广州
风云百世五羊城，满汉清廷已不清。
林则徐衙天下去，禁烟不禁禁身名。

100 佛山
中华要谢潘琪见，功有青藏修路垣。
胡应湘军原是客，首家高速路难言。

101 山水
山水光明半广东，风云会合一苍穹。
人心似水衣襟在，立马如山处处逢。
注：山水人行遍天下，如衣襟连之。

102 澳门
夜半声中一赌城，平明海上半阳荣。
来来去去桥还在，天下华人只此情？

103 海口
天涯海角鹿回头，汐去潮来水倒流。
一柱擎天安石在，东坡月下忆眉州。

104 五指山
广西尽头睦南关，三亚身边五指山。
谁当椰林娘子党，江山不见玉人还。

105 滕王阁
洞庭湖上一澄阳，大小孤山半故乡。
流水河川王勃在，九江不去问炎凉。

106 岳阳楼
岳阳楼外九江流，不见洞庭万水秋。
读入巴陵三胜状，逢人此处是人忧。

107 长沙
长沙沙水水无沙，士有无家士有家。
五十年中浮沉了，杨开慧向大中华。

108 湘潭
韶山近处一湘潭，竹木薇薇半翠岚。
今古农家今古在，润之出入斩楼兰。

109 武汉
雪花袅袅入一春，树上梅花半迷人。
只道青春知己去，天涯处处客人身。

110 琴台
高山流水一知音，半在心思半在琴。
下里巴人寻楚客，阳关三叠问人心。

111 黄鹤楼
鹦鹉洲头汉水流，群雄不尽草春秋。
如今黄鹤楼前问，谁见青莲自不游。

112 襄樊
襄樊十里问南阳，三国九州是客乡。
迟旧迎新知道理，孔明不在卧龙岗。

113 荆州
有来无去一荆州，留下东吴半旧楼。
三国群雄寻何处，万千世界大江流。

114 上海
十载河西十载东，三朝元老三朝空。
吴淞海口江流尽，四面云天四面风。

115 南京
朱雀桥边过月半开，南京城外雨花台。
石头记下梁园柳，燕子飞天去又来。

116 秦淮
清明不是是明清，男儿无城女儿城。
巷口乌衣秦淮住，桃花扇里满香名。

117 石头城
石头城下入清秋，不问三山二水流。
秦淮心中忧曲散，金陵天下月明楼。

118 雁丘
一心天下一心情，半在江南半在京。
孤雁难鸣鸣自己，此丘留下万人求。

119 南三楼
三楼兴废叹悠悠，一水芳明逐日流。
谁问高人音韵在，人间歌舞不知羞。

120 张辽古战场
吴侯何处人，来问逍遥津。
三国随流去，千村草茵茵。

121 清风阁上独沉吟
三江九脉一人珍，古虑今忧半近邻。
独留清风高阁上，云消庐州问英臣。

122 又
为取庐阳志未成，烟消三国巢湖清。
千年直臣冠天下，一阁清风月色中。

123 泗水张辽墓
吴侯飞骑一秋春，留下英名三国人。
犹有逍遥津里客，张辽一将下蜀吴亲。

124 又
张辽墓后满梧桐，事吕从卓易操公。
一将难求天下去，吴侯惊骑下江东。

125 冬日下泗水
冬梅沉暗香，春雨梦黄粱。
留下芳泥水，文英夜话长。

126 暮登滕王阁
斜阳半阁门，夕照满黄昏。
不尽东流水，还来见儿孙。

127 又
滕王阁天高，云中九脉豪。
江州流不尽，楚客逐心涛。

128 上滕王阁
谢南昌市长程安东之约滕王阁。
纵横四海半天涯，吐纳经纬一万家。
指点江山寻五岳，吸收日月作精华。
元婴是是非非是，尤见王勃问日斜。
滕王阁高三水远，落霞飞鹜满江花。

129 滕王阁上致元婴
章门江外水衣寒，高阁人中斗角残。
宗正原来知客主，姑苏月下去来难。

130 致王勃
万亩流花水岸烟，千年高阁树人田。
九江不尽唐人尽，不约王勃叙旧缘。

131 又
南溯平江半未流，北檀抱翠一人休。
千年阁在人西去，十里山光上九州。

132 又
一阁枕江流，三心问古丘。
滕王今安在，天下尽勃游。

133 白居易钟陵饯别
收来江华七尺深，束之高阁一人寻。
两江云结知难问，香沉春君过客心。

134 王安石
千年是是非非，半曲南楼半不回。
拾取临川知故土，吟声不尽落鸣归。

135 苏东坡
一字千金一阁春，半江赤壁半文人。
投书作序三江问，摘取文英两客邻。

136 滕王阁寄苏东坡
渺渺天云玉笛怜，阳关三叠下州船。
九江不渡凝寒月，两水平流岸芷田。
高阁还藏时色旧，萃华未减赤栏全。
文章千古随天地，仕子如斯进退蝉。

137 滕王阁序
三江镇越田，九脉五湖烟。
东去洞庭水，西来楚鄂船。
雄州云列雨，高阁四方缘。
耸翠三霄殿，音余玉树边。

138 又
浦口悬泉一渚田，唐人留半后花园。
云楼紫气章门颂，雨浥临川望客船。
帆尽三江霞玉落，湖连九脉守川烟。
黄昏蛱蝶丹青画，题序王勃四壁天。

139 王勃之约
高阁半临川，寒浦九脉烟。
客游随帝子，水满落霞天。

140 又
文华一万家，物宝半天华。
重上滕王阁，江云落玉霞。

141 上岳阳楼
归雁云帆景德舟，天光鹭影岳阳楼。
潇湘不尽寻吴楚，三峡江风入水流。
后羿巴陵蛇戈斩，婵娟念旧纵情游。
为寻烟沉千障碧，不忍江城无去留。

142 湘妃谣
君子今古忧，巴陵问故楼。
洞庭寻月半，渡口叶不秋。
玉碧凝香色，烟波沉玉流。
春前斑竹泪，秋后雨云羞。

143 又
湘妃问客愁，斑竹作归舟。
一滴相思泪，千年处处流。

144 又
波动君山碧远情，楼藏水碧岳阳城。
倾听归雁衡阳浦，唯见天际半枯荣。
不见人情心不近，山光云色水清明。
湘君只由高唐去，群玉音余曲不横。

145 重上岳阳楼
岳阳楼上望晴川，远去洞庭远去船。
夕照无边浮翠鸟，落霞有戏问飞天。
轻心不系垂杨柳，归鸿还来客苇田。
直向巴陵天下去，千年照旧雨如烟。

146 己卯二月初三生日
坝上东风日日晴，东吴芳草近清明。
江阴万里书三卷，天地千年一半声。

147 雍正问生

关关雎鸠白问鸣，曲直无非各不容。
朗野宫中刘墨林，多情儿女苏瞬卿。
官官相护寻君子，阡陌桑麻私自明。
苟且人生来去梦，春秋墨在不言成。

148 游苏州沧浪亭和文庙

姑苏沧浪小亭台，陈迹风轻携客来。
百里天云隋雨去，千年荒谷薄心裁。
东林进士知人堂，万历名声不问才。
且任江湖缨足濯，河山此去向天开。

149 京沪机上

云平一百川，故土刻耕年。
万谷山林旧，千江尽雨烟。
日高无际问，声断见飞船。
心上三生界，江东一海边。

150 问

乾坤一地缘，日月半边天。
十代无官臣，江湖有沉船。
隋云残梦去，疏雨过吴年。
落叶沧桑问，江东自咏蝉。

151 清明

细雨霏霏入草堂，草芳淡淡纳炎凉。
清明一夜幽梦远，月半寒食客自伤。
有意无心杨柳曲，山光水色满春光。
运河宽宽还流去，隔壁邻家话短长。

152 寒食怀古

细雨墨无声，绵山鞍未平。
平明船不住，夜半鼓钟声。
昔日寒食客，山川感岁谷。
凭心人自在，却论古今鸣。

153 孤雁

衡阳雁不鸣，濒水向前程。
不得江南雨，三天不见晴。
月弦云将逐，比翼不孤情。
人字飞天下，重重两声。

154 南京

何处是金陵，江东紫气凝。
六朝莺语尽，四百寺无僧。
日月年年去，春秋一废兴。
婵娟常问候，桃叶渡心恒。

155 怀古

万里入江流，千山一半秋。
云平鹦鹉草，清白楚人休。
犹唱阳关говор，台城柳客愁。
六朝多少事，亡国一人侯。

156 客

客问日西斜，云归故里家。
忽闻山上路，却道落梅花。
不尽年年约，桑前不著麻。
随江云影去，晴雨尽光华。

157 西山赏梅

西山约柴扉，半壁乱春飞。
七八梅花瓣，芳心一半归。
天涯香雪海，沉落雨霏霏。
尽是村中色，东风不日晖。

158 弦月如丝

叶半姑苏月半斜，运河堤外满黄花。
东风二月扬帆去，轻入三江故客家。
庭下扶桑问野草，水村宝带玉桥华。
纵横梦里江南夜，谁问梅花去海涯。

一九九九年一月二十五日

159 船下杭州

运河两岸水扬明，宝带桥中月色清。
不问临安朝野尽，船帆影落半无声。
邻家竹笛江湖曲，月下书生自不平。
不向燕京听齐鲁，江湖所以任舟横。

一九九九年一月二十七日

160 巫山咏古

风流故国一巫山，三峡川流无赖颜。
忽见飞舟扬长去，江湖倦客问乡关。
宋玉：九辨悲哉，秋之为气也，萧瑟兮草木摇落而变衰。宋玉，战国楚人也，屈原后楚辞名家，其高唐赋：先王尝游高唐怠而昼寝，梦见一妇人曰："妾在巫山之阳，高丘之阻，且为朝云，暮为行雨朝朝暮暮，阳台之下。"

161 雍正问贡

胤祯一日一心甘，为忍书生十载寒。
西陆烽火连日月，边风羌马过河滩。
王朝烟烛尽辞藻，芳草烟云作玉冠。
云问风雅堂上客，匹夫龙是一天官。

162 雍正

将军据傲邹师功，西北皇粮降不穷。
但得江苏知税赋，河南犹有保皇忠。
且知天下伤元气，为换新政治不终。
谁见雍和宫里碑，十年河西十年中。

一九九九年二月二日

163 赴杭州见玛蒂

1990年为改善中法关系，玛蒂是法总统特使来中国，成地铁外交，而无助之商在中国，有憾。

中法关系半旧颜，断桥未断一湖湾。
西子钩来弦月岸，玛蒂客倦向孤山。
来来去去千年尽，事事人人不得闲。
日有光辉天有愿，清名笛及何时还。

164 陪玛蒂游六和塔

八面潮流浪涌惊，六和塔寺故人情。
精忠且向岳家墓，谁问忧心一世名。
龙井村中参两叶，山泉虎跑入心清。
三吴一日西施去，南宋临安一旧域。

165 陪玛蒂去绍兴

清江一叶乌篷船，古镇千年月缺圆。
自有人生君子水，无知难做野花田。
流筋曲水江南岸，辈出层林秀半全。
鹅瘦池肥中法事，无边旧梦漫无边。

166 陪玛蒂下榻杭州望湖园宾馆

吴越几千秋，西施曲半浮。
杭州难拘谨，同里小家楼。

笛下宫娃馆，文仲只为谋。
耕心天下牧，不为慕鱼愁。

167 无题
犹存觅知音，斜阳不入林。
江湖闻正气，智囊老臣心。
一曲鸣天下，三生复古今。
姑苏寻倦容，儿女共沾襟。
一九九九年初，己卯初六

168 盐官潮
八月不太平，三江共海生。
千潮天上去，一泻半壁倾。
欢止寻云涌，山峰向日惊。
盐官城浩荡，鲸吞尽洪声。
寅岁末于吴

169 读异史
风起玉门关，云归青海湾
草原三万里，白马两山间。
夜半狐孤驿，相思去不还。
异人人异史，月半半心颜。

170 读异史，黄粱梦
人生何处觅卢生，借故邯郸问枯荣。
一枕黄粱连岁梦，河山妻妾半声情。
吕翁迁去拓疆土，沉沉浮浮稻米成。
利禄春秋天下欲，功名不到二三更。
注：吕仙祠：唐开元年间书生卢遇吕翁道士，投机一谈，借吕翁枕中一游，有联曰："睡至二三更时，凡功名都成幻境；想到一百年后，无少长俱是古人。"

171 东西洞庭探梅
大家闺秀入楼台，流水村桥去不回。
浮驾楼中香雪海，缤纷繁影玉人来。
梅花七八心中瓣，二月三春雨未催。
但见洞庭山色变，五湖一日尽情开。
己卯年初一，北京

172 扫叶楼
半亩园中扫叶楼，石头城外数千秋。
未忘后主还阳井，且为龚贤一月愁。
山雨绵绵云古经，宗元问尽碧方休。
大江不住清明去，静水无心泊客舟。
注：清凉寺建于南唐，李煜好佛于此，还阳井水须发不白，康熙年间龚贤隐于此为扫叶僧人，宗元作画字扫叶，龚贤字半千，买地半亩，意人生如半，扫叶楼有一名联为抗日时山东郓城县令书："旧地重游听风雨满城，三径就荒谁扫叶；名山无恙望东南半壁，万方多难独登楼。"

173 戊寅年末己卯年初于京
官海客游人，江湖不问津。
书香浮暗舍，天下向音琴。
日去东吴水，云来半入春。
草藏烟色里，妇顺玉人身。
己卯年正月初六发七而至

174 西山问梅
天下一天春，香浮万亩淳。
东西山色满，南北一衣巾。
不到三江去，桃花半入身。
无心流水去，落下满香津。
己卯春日于吴，梅花节

175 三月吴江宾馆见全国人大副委员长费孝通探家
宫深季鸟忙，山野草花香。
天下三江水，人间一短长。
六朝兴衰尽，无意问炎凉。
倦客姑苏问，孤心赏自芳。
壁隔清明鼓，吴江是故乡。

176 陪全国人大费孝通副委员长步吴江同里
三生一费翁，千古半书虫。
只向江村去，还闻隔世风。

177 又
三生两客门，一世半江村。
年少寻英国，归鸿问叶根。

178 三月东吴初春寻
杨柳一时新，春秋半受人。
烟雨飞鸟飞，同里问天津。
山里梅花节，城中市井尘。
太湖观日落，天半驻浮萍。

179 生日
谁知客人心，家乡不问寻。
山高皇帝远，隔岸草花深。
半世千今古，三江半水浔。
夕阳望不尽，有约诣禅林。

180 三月二日于吴自况
人生自主自难平，客倦江南已半生。
素昧洞庭山上景，东流却向五湖情。
十年五斗惊孤梦，千古诗书数百荣。
三载潇潇听细雨，一年淡淡自无鸣。

181 清明姑苏唯亭
西山小叶青，香暗入中庭。
阡陌天云绿，门户水半泾。
村桥三两步，落日问浮萍。
草色清明雨，孤帆十里亭。
己卯年正月十八于吴

182 寒食
东风细雨珍，朝夕怨西秦，
乞火窗寒尽，相思已入春。
园景花满树，半壁水为邻。
一夜扬帆去，三江梦里人。

183 黄河
中原已断流，齐鲁半无休。
五月寻花絮，千年问鼓楼。
草莽豪气重，壶口客心游。
情愿随川谷，山东逐梦愁。

184 有朋远方来
春色雁归来，黄花处处开。
知音琴流水，夕照旧阳台。
重温东华梦，干将不用猜。
临川淑水色，烟雨故人回。
己卯年正月二十五于吴

185 过清明
半无烟雨半无晴，一片黄花一片生。
芳草连天春且住，倦人不忍是归情。
姑苏城里烟云尽，玉带桥中水色明。
此去燕台同二月，空名岁月一声鸣。
己卯年正月二十六日于吴

186 人生
江山岁月易蹉跎，一路人生一路歌。
只问姑苏桥几许，江湖日月瑟琴多。
吴宫花草藏娃馆，西子芙蓉半玉河。
客在江南凭何去，听来鸟语自揣摩。
己卯年正月二十七于吴

187 春
春风半下衢，水暖入姑苏。
叶垒寒食雨，风清似有无。
五湖杨柳绿，舍驿客心孤。
云落运河岸，洞庭大少姑。
己卯年正月二十九日 于吴

188 九九年三月二日
平生龙抬头，天上月如钩。
鬓斑寻孤影，无端半入秋。
相思心不得，隔壁向东流。
吴草知遥夜，人心已不愁。
己卯年二月初三出生之日五十七年矣于吴

189 人生
三年高处自声鸣，一代精英半不成。
论语十年寻旧梦，春风二月到天明。

190 唯亭
船去唯亭空，人来不问冯。
玉带桥下水，止仰客江东。
旧国三年路，江村万语重。
寒鸿孤影照，古木夕阳红。

191 苏州行止
岁岁问辽东，人生半不同。
三年飞不止，八月向归鸣。
自当来无去，心田向故宫。

残书三二卷，却见玉玲珑。
园区五号会议室议股东新建材事后返京

192 礼遇
半生荣辱半年花，一水斜阳一水华。
论语心中三两句，人情尝向一万家。

193 京梦
清明烟雨梦难成，熟读诗书问半城。
夜深还回秦淮水，先生逐流到天明。

194 幽州清明
春风细雨雨潇潇，杨柳休戚绿色遥。
忽见运河南极去，谁人天下念前朝。

195 念吴
水天淡淡草船移，寒梦休休鸟不啼。
江北江南清谷雨，一年一度一新荑。

196 于吴临安
临安半宋风，文化一无穷。
啸澈钱塘水，浙江半壁红。
仰天山上问，犹见六朝空，
野草花明巷，飞来故国鸿。

197 游颐和园
年年草木栽，岁岁旧亭台。
何处知人去，人知何处来。
瓮山湖岸立，光绪不徘徊。
离曲无端唱，桃花三月开。

198 辩
天下为者，不知何所是何所非。
并非是非不辨者，是是非非辨也。
草木半经年，人心七尺田。
鸿鹄南北去，僧道沉浮天。
是是非非断，前前后后缘。
平生无所以，只向去来船。
己卯二月十日 于吴

199 因由
旧梦到黄粱，村中草木香。
江山连带水，虫鸟故鸣墙。

夜半春风至，平明意气扬。
心中存日月，天下自家光。
己卯二月十六日于吴

200 香山寺
石阶入云墙，桃花挂后堂。
山深相问去，僧老一春光。

201 三年吕苏州
何处问山川，烟云已三年。
小舟四京去，复得故灯前。

202 职辞姑苏城
今日已清明，江湖仍不声。
离乡情不已，去职半吴城。
己卯清明于吴

203 积雨寺
问寺两三鸣，听钟一两声。
五湖潮不尽，六欲去还生。
己卯清明于吴

204 告别
细雨问西山，嫦娥伍子关。
月明天下水，寺野自清闲。
啼鸟林深远，流泉草木颜。
心田耕不尽，日日不知还。
己卯年清明于吴

205 隋河柳
乱点柳杨花，东风雨丝斜。
寒食舟上客，心系故人家。

206 清明
细雨一吴江，春蚕半小窗。
花黄阡陌里，玉带入桥邦。

207 清明干将路
子胥闯昭关，西施捐玉颜，
濂溪池月旧，干将莫邪山，
五霸春秋战，清明雨一湾。
三千年已去，只向遂心还。

208 农业未来大世界

春桃一半花，玉树半光华。
碧色群芳里，疏枝倩影斜。
御马江湖岸，姑苏两三家。
东西山里客，草木满天涯。
己卯年三月访 SPEDLING

209 咏梅

洞庭处处满梅花，桃李江湖半竞华。
一阵浮香生命力，河山半壁梦人家。
己卯三月

210 饯行

犹见长江旧日流，江湖不问向苏州。
云空人去群雄散，春野溪平草木楼

211 问上人

上人者，僧寺不食人间烟火也。
山高问上人，月下尽秋春。
只有心中客，禅房不见尘。
己卯年二月末于吴
园区新建材集团自愿清算

212 造事

孤僧寻旧缘，远寺书清田。
苦苦方三界，辛辛问大千。

213 三吴

大漠还明一枯荣，沙鸣不断玉门关。
江湖柳岸隋河去，岁岁东风吹又生。
二十四桥明月夜，玉人何处教吹箫。

214 唐人杜牧

古寺一千秋，明桥十二楼。
琼花三月岸，水瘦半扬州。
己卯年三月十三日

215 寻扬州琼花

江明一岸楼，影暗半瓜州。
五月琼花暖，三江玉水流。
费世城胡淑琴同游于扬州

216 问扬州

百里问扬州，三生何所求。
琼花三月雨，柳摇落香流。
一九九九年五月于扬州

217 塞外

沙荒大漠残，自古塞边寒。
万里云相送，移丘十八磐。

218 富春江

江上游者富春，江下游者钱塘。
千岛富春阳，三江自不长，
同流一故水，不辞到钱塘。

219 灵隐寺

叶暗平湖水，山明柳色低。
三更钟夜梦，月照半江西。

220 商辂

明三元三朝宰相，力清阉党者。
三元三相名，万代万夫清。
半部忧心尽，平生日月明。
注：商辂出于淳安，海瑞曾任淳安
县令，各有词牌于世。

221 秋题

国为智识忧，心去不所求。
千山潇瑟晚，半暮系归舟。
狭径山光扫，清溪石上流。
鸣泉空自去，暮纵故心游。

222 寻觅

荒川水色清，野岭鸟群鸣。
夫士从前去，今人问何名。

223 琴台

师行到不一门，子期何人村。
流水吟吟语，高山半半昏。

224 暮归骤雨同里云雨隋唐运河

无心水自流，有意雨难休。
同里运河岸，船扬下汴州。

225 忆扬州

花鼓声声不争鸣，含烟柳叶不含情。
扁舟桥下深云色，影重江南月五更。

226 东吴

同里城中半亩园，东吴船上雨心田。
青梅煮酒英雄短，古古今今五百年

227 忆扬州寻琼花

何处问听箫，琴音绕小桥。
千家窗下水，万认书琼瑶。
杜牧三年梦，扬州十里遥。
夜香人影在，寺鼓叙南朝。

228 咏吴

泰伯梅花裸勾吴，虞仲海巫半姑苏。
原来何处荆蛮地，不向三元落一夫。
碧螺峰前开源寺，石桥岸上半江湖。
绵绵烟雨留心住，淡淡天云落玉壶。
吴人齿黑，纹身裸饰，荆蛮之地，
食稻吃鱼，泰伯虞仲，辟为勾吴。

229 儿童遥

柳叶一时春，寒窗半客人。
南浔池水浅，只问故家新。

230 夜半

慎独客时人，孤心故月亲。
凭生愁入睡，只怕梦难深。

231 一僧推敲难

寺僻一山残，泉清半谷寒。
青灯浮往事，进退玉门宽。

232 同里顾琴桥

富土半烟津，江湖一帆亲。
吴江船上客，玉带水桥邻。
流水高山去，绵山不向臣。
亡侯韩熙载，俱是去时人。
1999年5月17日于吴

233 贾岛推敲二字

古刹佛人心，晴明日月音。
老僧疑推敲，犹是故春阴。

234 无题

回首问长安，秦川不可残。
五陵风雨夜，西陆上秋坛。
影摇春秋月，书香烛色寒。
千年寻故土，草木共婵娟。
已卯年四月五日

235 无题

夜梦一江村，人情半儿孙。
灯光明后寺，风推月前门

236 运河

之一

离心逐水波无平，纵教斜阳一半晴。
十里长亭分日月，一衣带水是清明。

之二

岸柳丝船帆，清明叶影田。
玉带桥水暗，情结五湖缘。

237 洞庭雨花庵

楚之湖，吴之山，曰洞庭。 王鏊
海内文章第一，山中宰相无双。唐寅
梅李万千丛，钟疏碧螺衷。
暮从芳草晚，夕照雨花红。
船靠洞庭岸，寒山石得同。
庵中心不止，天下尽飞鸣。
1999 年 2 月 20 日，捷克归来辞

238 兰亭记

高山流水长，楚客一琴光。
问湫归来女，抚孤妙手芳。
江湖三五更，月梦一帆扬。
重读兰亭序，苏杭是客乡。

239 黄山

之一

千溪雨水烟，万谷一青天。
光影九重外，双峰入旧年。

240 之二

半入双峰半入云，一溪生花一溪芬。

三年不在山河在，十载人心客是君。

241 黄山归

石顽点头开，松风故客来。
去峰千岭上，草木下仙台。

242 又

云雨山中故客来，石松岭下玉泉开。
三千年里佛门游，五百年前一树梅。

243 黄山

之一

黄山归去不叹云，无意屯溪雨不分。
天都峰前寻顽石，红楼梦里半人君。

之二

黄山归去不鸣山，五岳回来只问关。
游子溪云流不止，天门山上见天颜。

244 黄山仙人指路

四壁黄山四不然，千去孤树一千蝉。
天云地雨时分见，神在人间有是仙。
幽径迢迢荒草暗，斜阳满满色难全。
寺前犹有还香火，何在声鸣一半泉。
1999 年 5 月 28 日于吴

245 登幽州台歌

幽州台上去来人，娃馆宫中处处春。
啸啸半生今右事，悠悠浮沉向天津。
已卯年四月十六日

246 东吴玉带桥晚唱

云疏玉带明，叶碧重归情。
渔火三千载，船鸣一两声。

247 洞庭山

东西山上问枇杷，红白沙中不一家。
十里江村去碧畦，三年只饮雨前茶。

248 李商隐

登乐游原，向晚意不适，驱车登古原，
夕阳无限好，只是近黄昏。
故客二千年，天云半逝川。

乐游原上草，夕照仍无边。
注：乐游园在长安南八里，居京城
最高处。

249 长江三峡巫峡长

浪激一江天，中流半缺圆。
扬帆三峡晚，不及万家船。
把握高山影，耕耘处女田。
烟波平海洞，扬子过千山。

250 问岳

风波亭上是非宣，不向江湖不向年。
尤有青峰林未尽，沉舟侧畔一千帆。

251 卜算子

月色石桥弯，拙政园中望。
自古书生不见山。出入寻将相。
西陆玉门关，东水三吴畅。
何处知忧问玉颜。啸啸江湖唱。

252 梅雨

东山梅雨不开门，雾里枇杷半入村。
自缚桑蚕惊麦色，芒种半暖半黄昏。
潇潇船上望千里，淡淡湖前小儿孙。
随遇孤心杨柳岸。江湖草木一乾坤。
1999 年 6 月 7 日于吴

253 夜雨惊梦复潇潇

疾风骤雨一江天，柳叶青云暗旧年。
夜半舟帆无靠岸，凭心处处是前缘。

254 雨梦见西施

轻舟一叶在江湖，两国朝臣问越吴。
娃馆宫中春不锁，三千年里有还无。

255 夏雨

春风半雨天，夏满一鸣蝉。
上下云烟里，江湖不见船。

256 江南好

梅雨天时一日晴，蛙村十里半无声。
人言碧色晴方好，却止蝉声何不鸣。

257 闻蝉

一帜不成林，千山未得寻。
天高鸣自己，地厚尽洁音。

258 同里

梅烟水岸平，田亩半蛙声。
一日晴云落，三吴满地荣。

259 蝉

独树自清鸣，山深有素声。
天高生露洁，羽薄尽平生。

260 思

江湖问去船，天下向风帆。
淑浦京洛路，一日采塘莲。
赋尽闻鹦鹉，还鸣七尺田。

261 端午思

之一

一江赤壁一天吟，两岸江湖半古今。
随遇无端三界梦，来寻佛家四方心。

之二

姑苏夜色三年长，玉带船帆百里忙。
月下明心流水问，辽东何处是家乡。
己卯年端午，客寄于吴

262 人生

天下尽是去来人，半入江湖半入春。
人为蜀相身先死，精英不在泪沾巾。

263 梅雨

远浦船边树含烟，近草江村叶半弦。
梅雨潇潇连日夜，江湖淡淡独生莲。
己卯年端午于吴

264 姑苏行

亭台明碧玉，柳岸绕村桥。
水色三方寸，江南一念遥。
一九九九年六月二十二日于吴

265 听琴

五弦尤加二弦端，天下江湖卷巨澜。
夜泊秋江流不去，七音不全不多弹。
注：琴本五弦，征五行，配五音："宫，商，角，徵，羽"。后文王加一弦天，武王加一弦地，而为七弦，五音者。
1999年6月23日于吴

266 梅雨

之一

一半清流一半村，青梅时节酒家门。
萍乡寄客浮云淡，尤向洞庭夜雨魂。

之二

十日连阴半日晴，一村鸣蛙一村声。
茫茫暮色悠悠落，处处池塘雨水平。

267 南乡子

何处问幽燕，雁栖湖边一半天。
故土辽东江水去，无端。却望京都入客眠。
月缺月还圆，暮雨朝云淡淡烟。
碧螺新茶凭谁品，心田。宝带桥湾是离船。

268 唐多令

云雨问苏州，吴江带色流，古城中，人满花楼，渡水一桥共日月，寒寺里，半春秋。
雁鸣几人愁，生平已不休，小江村，新酒心浮，无所欲时无所谓，太湖下，十三州。

269 送君梅雨问西行

明月问蓝田，清风扫故川。
芭蕉云沉雨，斑竹晓浮烟。
梅雨东山重，思乡数旧缘。
春秋终所期，此别少经年。

270 感遇

千山一古今，万径半森林。
风摇桥边草，云惊暮色阴。
江湖知不醉，常试男人心。
梦里江南雨，情中月下寻。

271 闻王志强先生比利时有感

一事一秋春，悠然叶落秦。
长安寻故国，坝上问天津。
寺外僧乡树，江湖不奕频。
天涯行晚雁，寄卧谁人邻。

272 浮萍

五十中年旧路斟，一边探索一边寻。
沉浮仰止无非是，何所天晴何所阴。
蒲草萍芷连浅岸，波澜壮阔涌天音。
江湖此去知多步，一片诗书一片心。
苏州公元前五八五年，吴寿梦元年寿梦建城，留史。

273 前五四八年吴王诸樊建都

姑苏寿梦清，烟雨沿云生。
故国三千载，江湖半亩情。
卧蚕知自锁，宝带任舟横。
自古东吴税，年年课旧城。
1999年7月12日

274 梅雨

梅雨落梅花，鹧鸪唤万家。
山野行客少，汴水一帆斜。
忽见吴江岸，波澜过乌纱。
去来牵挂处，不问是桑麻。

275 夜梦吴中

清明雨色半清明，一草无生一草生。
阔别沧桑空向问，半生浮沉梦难惊。
寒离故泽人心外，露水秋凝夜不晴。
北斗星河寻不见，暮鼓晨钟问三更。

276 吴中

吴地年年雨似烟，水乡处处巷流船。
江南一半人家岸，未尽梅香入雨天。
足迹迂回来去往，坂桥错落降升帆。
中庸过望儒生变，但愿年年似旧年。
己卯年六月初三日于吴

277 忘月

半部论江天，先生七尺田。
心明相下与，白马寺为缘。
城旧三千载，吴江问越船。
荷间寻桂子，月色目先圆。

第十五卷　古今诗

己卯年六月四日于吴

278 十三郎
南海十三朗，茫茫一死伤。
心随山野去，不向谢君王。
进士人有尽，疯狂却不扬。
深知江海水，日月自炎凉。

279 枫桥
叶落半枫桥，荷碧玉色消。
芙蓉亭岸北，月夜客心遥。
己卯年六月七日于吴

280 遇梅雨
暮色半江天，潭蒲一渚烟。
枫桥明两岸，同里满杭船。
玉露寒山寺，香花拙政园。
荷莲承泽岸，梅雨过前川。

281 遇谢安墓
青莲问谢安，草木向秋残。
溆水风声紧，江湖醉酒寒。
英雄先故去，捞月不盘桓。
应知人生见，长江不自叹。
己卯年大暑于吴，适游黄山过皖有谢安墓、李白墓，人去墓沉，一江空逝而感之。

282 江南雨
一叶风波一叶悬，半湖故水半湖天。
春邻岸隔家家雨，暮草江花处处烟。

283 丝绸之路

之一
千年大漠接西州，一马前川任自由。
此路去来沙不尽，幽情白骨使人愁。

之二
苍凉大漠一天山，海市风声落日潜。
不得心中寻白羽，楼兰不忘玉门关。

284 交河古城
江湖豪杰已无踪，一半昆仑一半龙。
落日滩头沧海尽，桑田戈壁入尘封。

285 采桑子北京市东城区什锦花园
牛郎织女天河岸，什锦花园。
什锦花园，七夕长生殿上缘。
鞍山武汉北京在，蛇口三年。
同里三年，不感中南海里天。

286 又
江湖日月姑苏水，不下吴船。
不下吴船，拾取梅花续旧缘。
八达担保开中泰，如是耕田。
如是耕田，只爱清风爱月圆。

287 祝女儿生日
年生不立踪，树叶影千重。
女儿姑苏至，凤鸣梦里逢。
运河随客去，柳岸草坪茏。
中法生今日，赢来祝晚钟。
1999年8月1日于吴

288 寄女儿
三江只一缘，一马下苍天。
今古三千里，精英五百年。
御房尘已去，不尽梦中园。
夕落江南晚，扬帆女儿船。

289 乌骓
不忍渡乌江，天苍犹恨梁。
随雄去自在，不为绕东乡。
注：项羽不忍骓渡乌江，骓不忍项羽逐英雄亡志，羽赐骓于亭长，骓罢骑而之。
1999年8月6日到苏州，三年矣咏骓而证之，时入东苑 菊芳雅室之。

290 下苏州东苑宾馆
金菊一秋名，心中半夜情。
英雄多短见，小弥少三更。

291 凭古
西安问洛阳，五陵已苍苍。
上下碑无字，浮云入夕黄。

292 自咏
求索尚书楼，无珍少壮游。
知人知暮心，糊涂是春秋。

293 之二
少时不问少年头，一味书生一味求。
之道中庸中不了，一鸣上下十三州。
耕耘朝夕人生度，不问江湖不问忧。
淡淡平平平自己，精英名后江流。

294 成都吟诗楼
人心日暮一诗楼，风雨长江半壁流。
浩荡天下惊四野，云天辽阔欲无求。
己卯年七月一日赴杭州接吕今来吴，始有两年之聚已别无求。

295 女儿自巴黎—北京—上海—杭州，接杭州—苏州
今日五湖逢，年前法国踪。
杭州心尤在，应问乃翁冬。
五年多思想，金陵隔日钟。
金山寻去路，曲曲是重重。
女儿自苏州到太湖洞庭西山，到同里周庄，到寒山寺虎丘，到拙政园狮子林，到无锡到南京而记之。
己卯年七月初二于吴

296 记吕今敬父
苏州巴黎各心中，父女天涯故事同。
露湿精英惊北斗，三年一马落江东

297 吕今买来含羞草
为何总含羞，分明了不愁。
同花先世界，怯怆一春秋。
鸿雁飞人字，余音上翠楼。
犹存情草叶，只恐去难留。

298 寄女儿离姑苏，儿子电话来
月色尽湖津，心边草木邻。
客游家离久，怯问夜归人。

299 叶归根
不往问秋虫，声声各不同。

浮萍烟雨响，此去是江东。
萍水散秋情，墙头促织鸣。
小船留住下，同里故人声。

300 雨感
天云雨欲来，池下碧波开。
忽然吴蓉出，光华照灵台。
1999 年 8 月 20 日于吴

301 为女儿婚事着急
周庄碧水风，隔岩淀山红。
女大天天变，情关父母同。
什锦花园里，姑苏一夜中。
年年寻儿女，巴黎各西东。

302 氓
早露浮华不蔽轩，极席华轮伺悬繁。
春秋色衰寻荣枯，背弃无相士人言。
鬼谷子与苏秦张仪书，官于早露，色如席轮。春华不及秋，色艳不及席毕伦衰，何也，士人之言。

303 苏州康斯坦普 CONSTAB 第一届董事会任董事长，事可勉强而人不可勉强也
男儿多情怨别离，忧心进退鬓毛知。
三江云落寻游子，一日帆扬是归期。
1999 年 8 月 24 日于京

304 七月圆于吴
夜半人心月过堤，秋虫露草自轻啼。
无成好梦心忧去，何心情肠度玉溪。
己卯年七月十五日，辞康斯坦普归途

305 返京
同里三千岁，楼兰七八声。
江南秋叶落，隔岸一虫鸣。
上下精英在，春秋进追名。
隋炀唐宋去，依旧一书生。

306 野草
云浮岭树丹，叶落草山残。
月色城中暮，风声塞外寒。

307 野岭
一树半秋寒，千山万叶单。
孤云浮不尽，野草月中残。

308 野沙
两望玉门关，荒沙海市山。
天光三寸草，夕照去来还。

309 野荒
天下一荒塘，诗书万古芳。
长江流不尽，京洛自扬长。

310 野望
江南雨色烟，驿馆夜难眠。
明月三更后，婵娟一客船。

311 野梅
梅花百里芳，山上一家忙。
不问春泥草，香凝杏过墙。

312 野念
山外一春香，梅花半情肠。
心在疏影里，云关玉脂芳。

313 野句
江湖半月光，两岸玉脂霜。
风肃钟山草，金陵似故乡。

314 野寺
日月寺中光，深林树色扬。
人心知佛性，草木各青黄。

315 野泽
昨夜雁飞回，秋萍水为媒。
风清裙带鲜，野泽玉人来。

316 野叶
淡淡夜凉天，悠悠月下弦。
相思圆缺故，一叶落江船。

317 野雨
野雨一川烟，春凝七尺田。
香君扇犹在，明末问君年。

318 野原
荒原一晴阳，尘暗半秋黄。
三叠阳关唱，啸啸断两肠。

319 野石
山山石磊峰，水水岸底容。
岁岁常无动，峰峰屹立踪。

320 野城
交河落日土垣墙，错别荒沙酒十觞。
犹怨深宫窗下柳，浮云故土旧时杨。

321 野人
心中一古今，寺里老人心。
佛性三声至，余音岭外寻。

322 野水
黄河九曲来，天下三朝开。
日日曲阜水，遥遥上下台。

323 野渡
千年铁木真，一马上天津。
渡口禅音在，东西不国人。

324 野果
谁是过来人，先冬复立春。
三千年旧迹，一树满秋珍。

325 野村
梦梦到辽东，山山草木风。
人生非是尽，不在沉浮中。

326 野悟
水去石头眠，山中不问年。
去来人且过，何事问忧天。

327 野土
荒山凉水泉，五女故乡缘。
野土三千里，人心五百年。

328 野山
东寻五女山，心下镇西关。
少小知天下，年年不得闲。

329 刘家沟张恩媛

少小问恩媛，刘家草木萱。
东山铭进士，知省是轩辕。

330 天安门城楼秋思

三年又上故宫园，万岁天、龙一条，
半心田。东西去，日月年。寻北海，
一坤乾。十载还呼两岁天。
两目前门龙一条，千年旧事半心田。
阳光分别东西去，古木稀疏日月年，
一阵秋风寻北海，红叶落尽一乾坤。
1999年11月7日于京

331 仲秋

汴水隋炀月缺圆，姑苏一人梦难眠。
寒山寺里僧人老，拙政园中故客船。

332 秋情

桥上两三声，船中一半平。
江南帆月满，乡里远不行。
来去吴音重，黄昏鸟自鸣。
平明寻所向，心在北京城。

333 己卯秋苏州东苑宾馆

金菊一芳流，心中半入秋。
窗纱明月影，玉色满床头。

334 东山凋花楼

风中一叶荒，山里半炎凉。
摇曳窗前月，思人向故乡。

335 新疆喀纳斯湖

天山月半圆，胡马踏千川。
不在江湖上，归来七尺由。

336 自吴返京

关东自故颜，流水问高山。
家教唐诗久，时人视等闲。

337 人生

忆中国行政体制改革一书出版和地铁外交。
梦忆姑苏月色稀，北京地铁问巴黎。
千年指点前朝事，十载声名达帝畿。

总政门前寻马步，中南海里向人旗。
欧洲特使和平致，只愿平生一客衣。

338 回京偶书

心思半凋虫，一字一西东。
岁岁三千日，时时自不同。

339 又

时时像凋虫，刻刻字西东。
岁岁三千日，年年一半同。

340 天地

东西南北一声鸣，春夏秋冬半无情。
回首耕耘天下土，诗书犹见满燕京。
己卯年八月二十三日于京

341 国庆

生名五十胜三秋，五色流光治九州。
纵能一呼中南海，诗书四库一东流。

342 有感北京鼓楼之兴衰

人非物是隔春秋，鼓去楼空任自流。
此处明清民国在，九州上下许多愁。
千家灯火情心重，万岁山中叶落休。
十里故宫中正在，人言天下一人求。

343 苏州三年任未可

暮色问飞鸿，平明寺色空。
三年烟雨里，啸啸满江红。
己卯霜月于京

344 驿客

半壁心思自然村，一呼楚水向天门。
寺桥浦口春秋渡，驿客人踪半自温。

345 思故乡

浮云向南迁，流水自潺湲。
已是姑苏客，来归过去天。
佟家江水住，东北满秋川。
足下人生路，时时日月年。
己卯年九月初五日于京

346 南山

山里重阳问菊花，西风一日到天涯。

白桦叶尽光华色，五色枫林伺晚霞。
暮入清溪流不住，奔马春秋万世家。
重阳："易经以阳爻为九，古人即称九月九日为重阳。"
重阳和孟浩然与诸子登岘山

347 垂泪碑

天高玉帝吟，犹见汉江心。
垂泪三人问，香泊一古今。
己卯年重阳于京

348 常建"破山寺后禅院"

寺里一清心，山前半故林。
草莽无古径，月淡化晴阴。
灯下听禅语，人中世外音。
守园寻抱一，起落客登临。
己卯年重阳于京

349 己卯重阳登钟鼓楼

曾问梧桐夜雨声，平明鹓雏意飞鸣。
隔山犹有崇祯故，过海还呼塔寺清。
不问何人长太息，运河引导向南倾。
暮云上下钟楼鼓，飞鸟回顾四百城。
注：1《史记·贾生传》："天下事，可为痛哭者一，可为流涕者二，可为长太息者六。"
2 鹓雏发于南海而飞于北海，非梧桐不止，非练实不食，非醴泉不饮。

350 万寿山

重游昆明湖。昆明湖名自乾隆仿汉刘彻于长安修昆明池，心镇滇之昆明国示其力所及。
风里分明到玉门，去南自古不黄昏。
山上重阳寻三界，柳下帆舟又一村。
己卯年重阳于京

351 人生

声名之外是声名，草木人间自枯荣。
山海关中寻碣石，燕山月下向人生。

352 白马寺

寺前白马不回家，弟子天门月支华。

小乘苦心安息渡，大乘自佛日西斜。
士行安令朱翁在，持戒僧人浪里沙。
野野朝朝权事事，宫中寺外半天涯。
注：东汉明帝永平年间，明帝梦见两佛陀，而派使求佛法。月支国过迦叶摩腾和竺法兰，得经卷，白马驮回洛阳，68年造中国第一佛寺白马寺，寺中清凉台有迦叶和竺墓，寺中存东方持国、南方增长、西方广目、北方多闻四大天王。
至汉末，献帝大量译经。有安息月支两派，前为小乘，后为大乘，民间始有佛徒。250年中国第一受戒僧人朱千行，第一受戒女安令。

353 香积寺
云浮古寺门，叶落故乡村。
流水三千日，归根一半恩。

354 寒山寺
寒山石得二千年，暮鼓辰钟一半悬。
谁向佛心寻渡口，官船不弃济商船。

355 吊古
事理难中唱玉兰，人情魏主露承盘。
中原逐鹿乱天下，蜀国丞相泪比干。
马跃澶溪茅庐顾，江东一计满江澜。
长江两岸群雄尽，半壁斜阳一地宽。
（北京大观园晤河北八达集团董事长王宝银）

356 言行举止
姑苏三载客，云水半天荒。
船送江湖远，桥接夕照光。
寒山枫叶寺，僧侣事从商。
衣薄严霜降，家庭八达忙。

357 保定
一半民商一半空，问津保定落飞鸣。
夕阳燕赵英雄少，四首北平已不同。
学步邯郸黄粱梦，野烟荒草向西东。
桃园还远三结义，留下霜林一冀中。
一九九九年十一月四日书于保定

358 八达集团
一塔坐落，四面八方，五指修道，三长两短。
饮马一江东，萧萧易水终。
四方寻八达，默默钦英风。
两短三长去，村中野草穷。
白洋前有甸，又作馆娃宫。

359 金陵
三更梦尽上天关，七尺精英十八般。
五月光影花影乱，六朝玉露墨踪艰。
夕阳秦淮乌衣巷，渡口香君水一湾。
恐是状元名去远，金陵谁咏虎龙山。
1999年11月7日忆江南

360 下保定
汉末落飞鸿，桃园结义风。
黄河分南北，山外各西东。
保定临川少，王陵半壁空。
燕山钟鼓在，来去问清宫。
1999年11月8日于京

361 保定驿
霜月上高楼，梦中易水流。
英风还未止，万里尽天忧。
荒草三山枯，高人半去留。
冰微归雁问，何日又春秋。
1999年11月9日于京

362 故乡
寒草浮萍一半根，泽荒芦苇水明村。
孤红一足如波点，隔日飞天又客门。

363 无题
夕阳漫漫已黄昏，僧侣寥寥入寺门。
世外春秋寻渡口，卷经一半一人村。

364 忆辽东千佛山
辽阳城外一千山，不俗心中半不还。
风壑云泉同渡口，鼓钟日月共禅班。
悠悠冷烛人心住，淡淡清辉夜不闲。
僧老有知前后问，溪流寺旧逐浮颜。

365 梦境
梦长白山下绿水一池，鱼如水满，比比皆是，忽一鱼王大眼能立，身绕其中。
王者风范，能行能游，富丽堂皇。
长白山中绿水闲，南柯梦后得鱼还。
心思天下多情网，下里巴人自在湾。
1999年11月10日与黄佛读重庆而梦北也

366 忆海宁一线潮
三潮海水开，一线月光来。
只见平江涌，惊浔万亩回。
去荒随野尽，水色满山嵬。
咆哮流波逐，天光满玉台。

367 人生
直隶秋霜保定城，桃园结义涿州荣。
英名尤在燕天下，易水无流冀赵情。
己卯年十月初八，1999年15月15日记于保定

368 尼怨
明月尽寒光，东邻不过墙。
泉清千里碧，寺旧半云霜。
鼓断钟声继，经心佛语长。
还闻安令在，谁见泪沾裳。
1999年10月17日于京安令312年削度中国第一尼

369 寒山石得
三年人事各西东，十里江花落叶红。
同里村中萧瑟处，寒山寺外有无中。
凭心自静寻心迹，石没钟声不须同。
三界姑苏云雨下，四时天下尽飞鸿。

370 自珍，马来西亚清水寺签
清风明月一心珍，凤愿随缘扫故尘。
坦荡人生无人雨，高山仰止一生春。

371 南京
小雪问金陵，寒江照枯青。
问津秦淮水，十里一长亭。
何处钟山社，冬虫向晚听。
随心千古逐，入夜半生铭。

己卯年十月十五日自北京下淮阴而过南京记之

372 淮阴吊周恩来

槐荫树下一人言，风雨城中万户喧。
可惜浑东庐山上，长辛润之误湘园。
宰相浮沉恩来故，国枯人荣问旧垣。
孰েয়া朝中尽非是，天心高处是荒原。

373 访呼和浩特包头市委书记胡忠夜访

一半青冢一半愁，汉家天下汉家忧。
胡人白马千年在，忠于阴山万里秋。

374 包头重游

十里钢城半夜忙，三长两短一秋霜。
不分黑白无灰白，有向炎凉是暖凉。
只见包头沙如雪，黄河故道枯天黄。
辽寥大漠连天地，沉下人心意气扬。
己卯年十月二十一日书于北京

375 北京钢铁学院教授悼孙恭宽先生

赫鲁晓夫墓在列宁山上黑白大理石，面容各半，黑白雕像，雪中有鲜花三束，与孙恭宽先生共寻问。

故人西去不闻愁，一别苏联已五秋。
生死茫茫常歉意，分途凛凛妮莎忧。
同寻彼得冰中堡，共步冬宫钢铁楼。
列宁山头雕黑白，孙公何处意难收。
己卯年十月二十三日于京

376 怀念北京钢铁学院音乐总指挥 孙恭宽先生

苏联半壁残，孙子一恭宽。
共步寻天地，同心问玉冠。
春中桃李下，旗下舞云端。
列队山中雪，如今日月残。
己卯年十月二十三日于京

377 十一月日历是马俯，十二月日历是马昂而感

冬云岁末马头昂，池畔梅边草木香。
静气平心寻日月，推波逐浪向东方。
春初秋尽原相似，骋后驰前亦像当。
马到山中心有路，树高千尺是栋梁。

378 思儿女在巴黎

相思泪是泉，子女在天边。
六十人心老，三生一半缘。

379 燕赵之地

易水雄声已不多，留心燕赵问先河。
桃园不远家天下，立国群英日月歌。
己卯年十一月初二日于燕赵大酒店

380 直隶府

燕赵无心半苑荒，邯郸学步日方长。
千年博野平原上，三国群雄去故乡。

381 汉西陵，子系中山王

立骓乌江别故乡，重寻刘项旧时光。
中山王后西陵尽，燕赵先ני凤求凰。
己卯年十一月初四日于京保定燕赵大酒店

382 燕赵听闻

坝上鸿门舞项庄，人情成败论兴亡。
霸王姬别听楚歌，易水东色问刘郎。

383 汉中山靖王刘胜墓

莫将燕山作赵乡，西陵刘胜中山王。
楚歌四面人天下，一气惊人在阿房。

384 读雍正王朝殿试探花刘墨林

关关雎鸠向河鸣，曲白无非各不荣。
朝野宫中刘墨林，多情儿女苏舜卿。
官官相护寻君子，阡陌桑麻私自明。
苟且人生青去梦，春秋尽在不言中。

1999年1月

385 苏州沧浪亭

姑苏沧浪初不回，陈迹风轻旧客来。
百里天云随雨去，千年古木别心裁。
东林进士知人党，万历名声不向才。
且任江湖缓足濯，河山此去向天开。

1999年1月

386 读杨涟左光斗东林领袖藏于万历阁党陈久庙中

云平一百川，故土刻耕年。
万谷山林旧，千江尽雨烟。
日高寻心问，声断见蝉娟。
心上三生界，江东一海边。
乾坤问地缘，日月半各天。
十代无官宦，江湖还沉船。
随云残梦去，疏雨过湖田。
落叶蚕桑问，江东自咏蝉。

387 清明

细雨霏霏入草堂，草芳淡淡纳炎凉。
清明一夜幽梦尽，月半寒食客自伤。
有意无心杨柳曲，山光水色满春光。
黄河寞寞还流去，隔壁邻家话短长。

388 寒食怀古

细雨书无声，绵山羁未平。
平明船不住，夜半鼓钟声。

389 直隶府

平原寂寞赵燕空，曲折寒江易水鸿。
天地悠悠三千载，子昂啸啸一台穷。
己卯年冬月十日于京，日前丹麦、奥地利、芬兰、比利时商务处一席谈。

390 凭古

大漠云浮一马光，阴山叶落半田荒。
黄河九曲寒流断，回荡旧清紫气茫。

391 离京赴保定任保定市长顾问

千里平原半夕阳，万户炊色五云光。
依依倦倦迟回顾，荡荡方方许离肠。
一九九九年十二月二十一日赴保定

392 逐鹿中原

一代英名化紫娟，千年燕赵问貂蝉。
三雄吕布门前战，半抹河山自不全。
染指兴亡刘皇叔，朝堂未卜谁家田。
非非是是人难断，儿女情长一缺圆。
五百年中同船渡，平心修养过大千。

1999年12月22日保定

注：冬至，冬月十五日十七时。东方日出，西方日落而谓之。

393 野光
日半黄昏月半愁，天中日月地中天。
赵燕已去留声在，来见易水无流缘。

394 辽东
榆关者山海关，家关里七外八百里。
云游上下弦，学步过榆关。
指望心想问，辽东五女山。

395 吊荆轲
易水一流烟，出州半故川。
有人寻荆轲，日月问家田。

396 香山寺
人心半不圆，月色一婵娟。
虚负三千叹，空问五百年。

397 自言自语
天下一阴晴，人间半不明。
年年寻旧岁，夜夜向三更。

398 1999年12月31日二十世纪末
云天秦皇岛，日月山海关。
出入三千里，身心一日闲。
难寻前世纪，自没后时寰。
已见风尘尽，禅间自在还。

399 回乡
一年伊始一年全，半问家乡半问天。
父母人间心里在，思平天地报涌泉。

400 读人生2000年

1 吴咏
英歌一曲楚人愁，越笛三声满虎丘。
伍子沉浮娃馆去，江山兴废旧城忧。
小桥流水胭脂重，烟雨楼台亡国侯。
范蠡江湖舟自在，钱塘商贾逐东流。
　　　　　　　　　己卯庚辰于京

2 舒同
地上常望月，山中勿问天。
悠悠空向远，啸啸客江船。
1999年末

3 化缘
清宫怯化缘，暮色问流年。
影暗三重壁，香寒万户田。
清泉浮石上，旧寺念方圆。
地哺红尘水，心随雨后禅。
　　　　　　　　己卯庚辰年北京

4 回乡
十年夜梦又还乡，论语天关度晓堂。
奉天城东寻父母，佟家江水满斜阳。
2000年1月1日
己卯冬月廿五日父生日
于桓仁

5 回顾
谁问故乡游，常因客不休。
京中闻瀚海，山外易春秋。
塞北沙场旧，江时闺色愁。
千年铜雀去，三峡乱飞舟。
　　　　　　　　　己卯年冬月于京

6 佛
己卯十一月卅日
十里雪中村，三山玉色门。
半时钟鼓响，一夜净六根。
处处行人踪，幽幽小儿孙。
心中思玉体，寺里佛脂蕴。
　　　　　　　　　己卯冬月三十日于京

7 雪
三山五岭雪花开，万树千村玉色裁。
沉沉芙蓉天下满，微微地上暗香来。
　　　　　　　　己卯十一月三十日小寒

8 保定行
寒月幽州地，云浮赵卫天。
知人随易水，雪拥蓟门年。
不问平安府，梅香月待圆。
寒心杨树暖，来去半心田。
　　　　　　　　　己卯年腊月初四

9 六朝
叶落归根问故家，云飞扫荡月西斜。
天朝不取隋炀帝，李煜重羞陈丽华。
无复鼓钟燕赵怯，空闻宵柝付寒鸦。
江流未尽东林院，雨露还发后庭花。
　　　　　　　　　己卯庚辰于京

10 保定雪
涞河两岸素衣裁，燕赵村中玉树开。
抹粉涂脂时渐均，川川谷谷满春梅。
一千里路云天远，五百春秋半瞬来。
客逐江山流水去，人心犹唱铜雀台。
　　　　　　　　　己卯庚辰于京

11 司空见惯
心弦月上集灵台，池下芙蓉玉树开。
一夜东风寻儿女，半江春水待人来。
注：集灵台长生殿也。
　　　　　　　　己卯年腊月初八于京

12 四面埋伏
中山墓旁野花深，铜雀台中旧日寻。
不胜虞姬歌曲尽，鸿门未见楚人心。
己卯腊月初八庚辰于京
二〇〇〇看一月十四日

13 赴保定
不锁唐宗隆治君，昭陵荒草碑无文。
非非是是无非是，假假真真自不分。
庭下清风寻叶扫，兴衰古寺一钟闻。
金钢自在明天地，犹有玄机处处云。

14 那拉氏慈禧，保定古莲花池连夜出逃，莲叶出桃
莲花保定问胡桃，夜半临城月不高。
八国联军和实弹，八旗子弟不弓刀。

15 春约
岸边月影一吴门，夜半花香半雨村。
谁可无心含羞草，横横纵纵已黄昏。

16 疑约
尤疑门户似有人，重影窗纱幽静深。

第十五卷　古今诗

花下水光曾四顾，镜中草木已三春。

17 迎约
心中日月一家邻，柳暗池边草木亲。
三月梅花闻雨落，无听一夜嫁时人。

18 山中君子
山中独自开，暮色久徘徊。
深浅浮云去，崎岖秀草来。
田边杨柳树，月上旧阳台。
留下狐芳在，村前处处梅。

19 春思
三千玉影净香尘，十里烟云洗独身。
却恨秦山横楚断，江南留下春入人。
庚辰初于京

20 忆寒山寺
僧逐四方流，江湖月上舟。
枫桥丹叶树，云落寺边秋。
不扫寒山径，无心石得游。
半天阳已暮，一半旧情愁。

21 小年
小年回味半生狂，已绽江南万里香。
五十九年寻客夜，三千罗汉度时光。
上天诉职迢迢路，下地回归日月忙。
犹有梅花村里外，一荣一枯一沧桑。
已卯腊月二十三于京

22 凭心自来去，此生终不回。
丈夫未死十伤忧，女儿心情月上愁。
秋月春花天地里，孤帆远影терос轻舟。
楼兰不斩寒窗下，谁介江南鹦鹉洲。
一本人间荣辱尽，三年妄谈半王侯。
寺门幽径空怀旧，犹抱浮华面壁差。
一世凭心来去路，人间奈何月难留。
2000年2月2日于京

23 春寄洞庭东山西山
不见梅花落雪花，春风唯恐到天涯。
江湖月色孤明在，流水留情故客家。
已卯未日于京

24 忆寒山寺
燕赵千年易水声，临川三月杜鹃鸣。
吴江留下音琴在，石得枫桥落叶情。

25 人生
六十年华半渐平，九万里路一心生。
人间父子常相向，天下余情和泪横。

26 人结
后前三界里，上下五行年。
论语声声读，楼蓝不破天。

27 越南河内胡志明故居
一尘不染杏花开，四大心空故客台。
曲径通幽来去尽，志明小道何时回。

28 春梅
山里梅花玉色津，孤香百媚入华春。
窃听有约三声唤，乱点春心一半人。

29 寄江南
桥边吴越小人家，烟雨江南柳丝斜。
云染千里三竿水，梅香万户半村花。
馆娃宫里寻铜镜，虎丘山中问山崖。
湖上春阴波碧府，辽东不见玉人华。

30 姑苏梅花节
湖上舟船玉色明，山中碧螺女声声。
洞庭处处梅花雨，香满姑苏不出城。
二〇〇〇年二月二十六于京

31 太湖洞庭山远望故乡，苏州忆辽东
两岸梅花处处红，帆烟水雨云中。
碧波摇动三千里，星落鄱光万点潼。
青鸟去来何问，轻舟无力向辽东。
客心不远家山远，尽处江湖是旧逢。

32 忆杭州
人间何处问人间，柳浪闻莺柳浪湾。
一片西湖春夜月，心中梦里过榆关。
正月廿三日于京

33 忆洞庭山中
访梅，采梅，品梅。
七蕊八瓣玉花开，二意三心粉色来。
东里洞庭香暗满，大家闻秀彩阳台。
前寻后觅芳香雪，万树千株百里梅。
片片归帆湖上客，家家灯火向徘徊。
注：梅以五瓣知天下，六七八九瓣者为珍，碧者尤珍。年前与费世城孙阳澄洞庭满山采得十瓣碧者而藏之。

34 公历三月二日
农历二月初三而今公历三月八日

35 生日识
今年三月八心同，一半依人一半终。
别生独裁方起步，天宫妇女话辽东。
高山流水还仿旧，村外桃花向晚红。
春雨无吉春雨侧，人心自在自心中。
2000年3月2日书于北京

36 忆原

37 之一
归来不问归来客，处处东风处处春。
自在江南寻自在，知人处处不知人。

38 之二
红杏临墙色半开，浓妆轻复小亭台。
故原见可宫深水，柳絮年去复来。

39 春雨
红杏千枝过北墙，春江玉色百花香。
逢勃青草村村碧，云雨难鸣淡淡妆。
庚辰年二月初三
农历生日于京

40 江南雨
春雨轻轻梦不成，草光色色已青生。
桃叶渡口船无靠，朱雀桥头夜不明。
注：桃叶渡乃秦淮河口王献之引桃叶渡而达朱雀桥头棋琴书画，暖香至天明。庚辰年二月初三生日。

1921

41 刘郎

东汉刘辰与阮肇天台山采药，遇二仙女邀至家中半年，回乡，人已百年复归寻女不得。

月去天台问五更，琼花玉树色重明。
缺圆十五云来去，晨暮无踪女玉茎。
流水心情心未足，归乡寻旧别梦生。
依稀年半辞三界，不在人间不自行。
三月八日庚辰二月初三于京

42 吊贾谊

长沙一客月徘徊，不见寻王不见回。
半赋君人难得去，楚人已去上阳台。
2000年3月12日于京

43 忆江南

客梦还寻十里亭，远山近水草青青。
纱窗夜雨声声细，玉阶轻歌留意听。

44 天安门外玉兰忙

玉兰初出探红墙，一叶无成独自芳。
月下西施寻姿色，明前龙井问茶娘。
双峰碧螺春心绿，十里江村半客乡。
最是年华闲处等，晴阴不尽尽时妆。

45 洞庭二姑山

大小孤山大小姑，沉浮波浪沉浮无。
江船不尽帆难尽，独立天光试玉湖。

46 周庄

三阶庄桥两阶墙，十年秋月八年霜。
东家女儿西家水，日月流年日月光。

47 庚辰

48 南唐李煜

南唐北宋废兴休，曲令云峰亡国侯。
长江犹去无多怨，不向金陵唤莫愁。

49 新

雨泣小城间，云浮绿叶山。
珍珠生命短，水露叶身弯。

50 香积寺

心静沉云间，孤情寺鸟闲。
经残青灯卷，钟鼓问香山。

51 怀古

坝上问鸿门，春风塞下村。
西秦朝夕去，楚汉半乾坤。
尤见人间界，长安自古繁。
耕田知草木，日月有黄昏。

52 知春

小雨润梧桐，寒食回壁空。
新茶新火试，故宫问飞鸿。
一半无知己，三心二意通。
云疏兰玉白，旭冕迎春红。
地广人无限，天高曲未终。
啸啸田陌里，沧桑大江东。

53 元稹西厢

清明时节觅芳华，杨柳云中向落花。
凤去秦宫凭弄玉，宓妃五夜向人家。
2000年4月1日于京

54 龙吟

清明碧螺春，谷雨水烟新。
不禁江南火，高堂约故人。
重耳寻介子，尽数问山邻。
孤月江湖上，舟平日月珍。

55 娥皇女英黄陵庙

两短三长一杜鹃，二妃群玉梦前川。
臣中蜀国长望帝，庙在黄陵斑竹烟。
日潜相与游汉漫，文思郁郁半心田。
悠悠今古银河岸，淡淡青云尽故天。

注：蜀国国君望帝为相鳖灵所逐，死后化杜鹃，至春则鸣，闻而悽恻。黄帝庙，湖南湘阴县之北洞庭有娥皇女英像，李群玉咏之，是暮宿梦二女承佳句，诺游于汗漫，愿相从也。
2000年4月3日于京

56 香极寺

老僧日夕一千钟，老衲疏心万竹荠。
一念瞑瞑尘脱去，三生淡淡是禅宗。
庚辰三月于京

57 李商隐 乐游原

山林藏寂寞，湖水纳天津。
辛苦春秋序，黄昏半故人。

58 闻潭柘寺

清潭寺里照清潭，旧岚香山向旧岚。
扫叶老僧补旧衲，泉流曲折过南庵。
渡江达摩无言语，面壁少林一二三。
人尽沉浮知彼岸，禅音只在客心涵。
庚辰三月八日

59 读太平公主

玄都观里问刘郎，泥水唐周武曌霜。
夕拾朝花人不是，情长儿女客家堂。
一和一唱风流去，沉沉浮浮半世凉。
攸嗣无知天自尽，太平无力鹤家乡。
五百年中任来去，玉碑无字已飞扬。

60 蝉

高声自在吟，天下不听音。
——沧桑尽，千年半玉心。

61 骆宾王

双翼难飞薄自轻，一鸣爱晚惊人情。
冰心玉洁凭人赏，远近东西不二声。
庚辰三月十二日于京，二〇〇〇年四月十六日

62 太平公主

桃李无言径自开，天平有意玉皇台。
一枝红豆相思尽，半在宫中摩诘来。
2000年4月16日于京

63 周庄

半城烟雨半城春，一日晴明一日氤。
十步江桥五步ězí，两舟细雨两村邻。
财公百万堂前客，不胜商贾问故人。
茹苦含辛知不久，寒窗不得向金银。

64 半生

四方大漠任纵横，八面荒天向客英。
不破云峰终不尽，回头是岸未平生。
玉门关外西经取，不见楼兰不自鸣。
塞外流沙沙雪海，江南有雨有阴晴。
庚辰三月十八日于京

65 易水

燕赵故人丹，浮云易水寒。
荒芜荆轲塔，破壁旧陵盘。
不见秦王尽，春秋战国澜。
兴亡人犹去，幽草何时安。

66 吊荆轲

易水已流残，燕山不胜寒。
荆轲闻故塔，未见故家冠。

67 忆扬州

瓜州十里一千船，淮水三桥五六涓。
犹有琼花闻一现，寻来夫子不耕田。

68 过楼兰

天际孤云海市西，胡风四望靥楼衣。
香江未尽楼兰尽，大汉汉扬宦客稀。

69 过酒泉

天高皇帝远天颜，沙重祁连十万山。
九曲黄河时不断，春风又到玉门关。

70 李群玉

汉漫云游不可回，咏叹群玉旧阳台。
一江未尽潇湘去，半夜相思忆又来。

71 前朝 五月十八日苏州

祠前武子半朝休，范蠡西施何处愁。
涨落江湖娃馆去，沉浮吴越一春秋。
自苏州至杭州
2000年5月18日

72 唐营州节度

少年无意问营州，塞外天游送闺愁。
惊彻荒凉沙四野，相接天地暗云流。

73 绍兴上虞过舜井

问罢娥皇问女英，书生意向梦先成。
潇潇斑竹千年泪，雨过江流自纵横。
2000年5月24日

74 上虞取舜井水

朱家女儿红，隔壁谢灵公。
不尽曹娥水，清清舜井风。

75 外白渡桥头百老汇大厦 今日上海大厦始建于一九三〇年

一帜烟云问沪城，半生论语自纵横。
江清江浊黄浦路，人是人非日月明。
2000年5月25日上海大厦

76 交河

落日时圆不见圆，残垣半壁交河田。
黄沙轻唤丝绸路，羌笛声声何处缘。
同里吴中杨柳问，长城月下断胡天。
异乡异客凭心许，寸草明心对旧年。
庚辰年四月于京

77 题孟子 灵隐寺

天下灵隐寺，云中八面缘。
禅音万里绿，人后七分田。

78 又

钱塘万里天，六合二千年。
寺外三村绿，心中一寸田。

79 咏隋梅

冰凋玉洁一枝开，寒水清明半不回。
幽谷残云浮影去，东风老树旧香来。

80 题吕公

碧水大江南，鸿鹄日月潭。
五羊城外绿，十里有青岚。

81 吴三桂

吴将一千天，朝中五百年。
江水流日月，草木问圆圆。
2000年6月于北京

82 姑苏太湖

江南一小桥，水月半天消。
山里洞庭色，湖中玉影遥。
庚辰端午北京—南京玄武湖岸

83 金陵夫子庙听乐

84 之一

梅花三弄韵无休，一曲阳关闺玉愁。
秦淮河流桃叶渡，桥头文德月中楼。

85 之二

三十年代故人穷，一处秦楼野草中。
不是明清明不断，还来楚汉话江东。
庚辰端午于金陵

86 屈原

汨罗江上已千秋，三闻朝中上下楼。
一夜潇湘情暗淡，十年玉洁向清流。
庚辰端午于南京

87 咏金陵

六国烟消建业空，一江不画紫金穷。
应寻梁武台城柳，夫子棂星淮水东。
庚辰端午香君楼乌衣巷

88 回首（香港招商局蛇口工业区）

蛇口村头立马横，南山树碧问风声。
十年深圳无相识，一半北京自不鸣。
庚辰于深圳

89 胥城

枫桥月下一船流，寺外城中半水秋。
碧玉小家闻里巷，踟蹰行客尽乡愁。

90 苏州

一曲英歌夜未休，半江月色水无流。
重门轻锁寒山寺，客在江湖问虎丘。

91 忆

92 之一

七寸无情别业生，半生犹记故江清。
鸿飞万里寻狐屿，蝉尚高枝退思鸣。

93 之二

掌上春秋凉月色，梦中今古寄余明。
随心去去凭知觉，不向故宫半世名。
庚辰五月十五日于京

94 西北问

西北向旧尘，野草也秋春。
瑟瑟秋风肃，难寻铁木真。

95 忆姑苏

姑苏问古今，同里退思心。
淡淡江湖水，幽幽是外音。
庚辰五月于京

96 和王昌龄 长信秋词

寒雨连江夜不开，秦时明月问徘徊。
大明玉影闻旧语，亳州刺吏旧人来。

97 问王昌龄

江宁不向一江流，韬略人明过九州。
芳草连山香犹在，芙蓉出水半春秋。
庚辰夏

98 苏州寒山寺

99 之一

半入寒江半入英，一衣带水一衣孤。
洞庭草木江湖上，钟鼓寒山曲念奴。

之二

江湖一水深，雨色半南浔。
月下轻舟去，声鸣万里心。

100 忆杭州

六步桥头玉秋西，三潭印月玉人低。
泉外虎跑寻龙井，灵隐心中月色迷。
老衲青松去不同，孤钟残卷鸟空啼。
小青小白原相似，桥断苏堤是白堤。
庚辰年五月

101 湘水

扁舟一叶向天流，雨落长沙已入秋。
才气三湘生贾泪，风潮八月岳阳楼。
余音渺渺琴台旧，荒草幽幽鹦鹉洲。
随月客心黄鹤去，重回旧梦少年游。

102 姑苏城

碧玉家中闺阁情，小桥流水月无明。
吴江云落江湖问，客到寒山坐五更。
旧纳习门古柳毅，故园烟雨小舟横。
宫中娃馆吴玉梦，谁向西施创池清。
庚辰五月末于京

103 江湖秋

落叶五湖东，官涯八面同。
人生知自己，月下小舟逢。

104 宜兴行

长江一客灯，紫砂小宜兴。
不尽江湖里，千年问寺僧。

105 达摩

一叶长江问雨根，十年面壁石生魂。
不闻梁武台城柳，达摩嵩山自理门。
末歇鼓钟香未灭，无果经卷半黄昏。
前前后后禅言里，去去来来又一村。
庚辰六月十二日于京

106 望月

一叶长江去，嵩山拾岁惊。
黄河枯桐泣，幽草岸悬生。
日上洞庭水，帆落故水情。
春晖邻草木，月色玉人明。

107 相思

悠悠月色生，淡淡寄同盟。
旧梦江河水，嫦娥未得情。

108 杂咏

109 之一

塞北在千天，江南四五年。
幽燕多故客，处处不深眠。

110 之二

梦约故人心，孤帆汉水琴。
扬子千万里，一夜问三心。

二〇〇〇年七月十六日于京

111 登北京鼓楼观天下第一鼓

人惊一半声，鼓定二三鸣。
天下黄粱梦，为生正五更。

注：定更：戌正初更20点，亥正二更22点，子正三更0点，丑正四更2点，寅正五更4点，定更卯初：亮更5点。击鼓报时紧十八点，慢十八点，各重复六次，计一百〇八点。

112 梦自己，登北京鼓楼

一半论纵横，三千夜鼓声。
凭心寻足下，自由过京城。
但问楼兰唱，阳关日月晴。
江湖知夜雨，燕蓟故人行。
犹记山东乱，还惊塞马城。
阿房宫何处，不却梦难平。
二〇〇〇年六月十五日，
月全食，阴雨而不可见也

113 忆千山

114 之一

云下一龙泉，心中半寺川。
千山烟树直，夕照自方圆。
庚辰六月于京

之二

月色一千山，菩提半佛颜。
八荒天降雪，万古寺中闲。

115 千山

116 之一

黄胄半人前，悲鸿一马先。
苦蝉朝玉立，白石晚来天。

之二

僧孤咏卷残，寺月影清寒。
钟鼓五更歇，风云三巡宽。
庚辰六月十六日

第十五卷　古今诗

117 李隆基

118 之一
华清池里半朦胧，酒后芙蓉一品红。
但使皇城倾国问，瑶台犹知月中逢。

之二
巫山云雨一梦中，天下人心半不同。
倾国倾城常11问，多姿多彩醉时风。

119 三笑
乌篷船上采莲塘，满是人间日月光。
抛下回头三笑去，心中唐寅点秋香。

120 香陵怀古，咏隋炀帝
始皇李斯欲难求，杨广运河亦自流。
万里江山云月缺，千年社稷怨龙舟。
两山相对金陵旧，一叶江南沉落秋。
君子无君凭隶篆，是非不是问王侯。

121 杨广
战战和和一暗明，山山水水半人生。
长城塞北运河岸，杨广谁人问不平。

122 蚌埠
云清淮水湾，叶绿张公山。
水影湖光碧，心思蚌埠颜。

123 九华山遇刘静
九华山上问声鸣，十载年华约俗成。
北脉云浮来去梦，南岗暮落玉脂明。
楼台清静春雨夜，捷足先寻故事生。
有约分明山上见，笑向前园后园行。

124 九华山
一佛天玉谢九华，三生普渡过千家。
层林尽染空声色，川壑还荣月日斜。

125 遇刘静
九华山上刘先生，四方云中旧约成。
十载去来惊春雨，三年相愿一心明。
寒山寺外呼渔火，朱雀桥中夜半情。
万里江南寻宋玉，千家问遍有阴晴。

126 浙江
采女乌篷三月花，莲塘处处日西斜。
波光泺泺羞珠玉，出水芙蓉浴不家。

127 立秋
细雨淅沥小叶泉，淡云浮沉过前川。
心中一阵秋风雨，犹有寒窗自可怜。
四季绿林多变化，三生宦客问身边。
忽闻侠士歌声起，白马幽燕万里天。

128 秋上九华山
九华仰止天为人，客海浮云问旧年。
村有灵犀山有绿，心扶普度半浮莲。
东方不问西方向，此岸难平彼岸缘。
师本中堂来去路，色空地道入秋禅。

129 金陵忆

130 之一
愁入卢家息息蝉，长生殿上问婵娟。
牛郎织女寻银汉，客待南冠梦不眠。

忆 之二
运河水色入隋宫，花月倾城色不同。
西苑洛阳多骚客，江都处处谁英雄。

131 金陵怀古
虎踞龙盘一气中，锥沙搏浪半江空。
南朝四百晴阴寺，不及隋炀运河功。
秦淮姑苏云雨岸，汴梁直下到隋宫。
年年月月船帆去，有有无无曲不终。

132 金陵怀古
一山群雄曲百衷，半江渔火寺千宫。
三山花木连烟雨，两水楼台间隋宫。
五代百郡迎佛祖，六朝十国尽遗风。
金陵王气难忘去，秦淮乌衣谢客东。

133 金陵怀古
三家意气大江东，二乔私情各不同。
苦肉周郎年何少，火烧赤壁问人雄。
桃花扇尽明清女，朱雀桥中男儿穷。
一叶渡江心面壁，台城依旧柳丝中。

134 满洲里——呼和浩特
达来湖水绿如汲，色淡龙江草接天。
九脉平原荒四野，满洲无主阔三边。
呼伦贝尔寻人见，成吉思罕一马川。
谁问人间千万里，昭君墓后半寒年。

135 听秋蝉
江山半壁水云平，一叶千枝问客生。
故国思量非我有，高声只向一情鸣。

136 蝉

137 之一
一声留下一声清，半为缠绵半为情。
村外孤芳孤自去，高音独伴向天鸣。

之二
自怜薄翼不高飞，树上音清独尚晖。
一度一年荣枯处，半鸣半放待寒归。

138 客心
江南一叶休，塞北半年秋。
归雁三声尽，人心七八愁。

139 忆千山无梁殿
不忍对流年，人生四万天。
千山钟鼓寺，烟雨五湖帆。
梵语心中入，辽南忆旧缘。
心平情见远，寺里无梁禅。

140 盐官潮

141 之一
云平天下尽，潮逐纵横流。
一线扬波去，风雷满九州。

之二
三千兵卒逐龙舟，八百宫娥一日游。
江北凝云歌舞尽，蔽波乱点玉人休。

142 忆钱塘海盐潮
盐官城外半潮生，浊浪滔天一线横。
两岸山光晴渺渺，六朝烟雨有无明。
钱塘流去三江尽，入海春秋五霸城。

1925

四面八方人追逐，七情六欲大江东。

143 钱塘

144 之一
天马一空来，琼浆百花台。
一浪穿赤壁，两岸久徘徊。

之二
江东难养马，船上夫人兵。
吴越文花水，芙蓉满旧城。

145 天台国清寺
山寺空空日色清，客心寞寞月荒明。
半家静静寻灯火，一水幽幽自不声。

146 思乡桓仁西关
立马一西关，养原五女山。
幽燕来去久，知去不知还。

147 吕赢吕今仲秋夜共步什刹海

148 之一
情肠并蒂莲，荷叶风清天。
君子知今古，人心问百年。

之二
秋高北海残，夜幕问灯寒。
两步三王府，隋人处处观。

之三
十七月方圆，婵娟不得天。
惆怅思后羿，何处胜人年。
中秋夜于京

149 穗城
重读寻常百姓花，禅房莫测九山华。
心中子女心中老，父母方知父母家。

150 沪
一叶秋风问海涯，三山半壁旧人家。
无为有为天下，社里江湖日半斜。

151 穗
朱江日日流，荣枯一春秋。
不问夫人月，相思未去愁。
平明商贾见，喜鹊噪枝头。
西域荒沙落，天空是蜃楼。

152 天上人间 飞入云世界
花花世界一云峰，莽莽昆仑半雪中。
谁道人间千变化，难明天上万情同。

153 机上祥云
天女飞花百媚生，白云玉色万红明。
不知来世人间小，只赏金辉乱点情。

154 自叹
梦里鸟空啼，云中月向西。
孤庭三鼓尽，独影两鬓低。

155 思
萧萧索索两三州，淡淡平平一半愁。
奈何无心寻叶落，云河唯发水东流。
庚辰九月三日 自叹于京

156 今日重阳 登高
千秋半古今，天马一云临。
天下人间事，情平玉佛阴。
般若寻彼岸，高处自鸣心。
大势知时至，胡原向马吟。
庚辰重阳

157 归鸿

158 之一
寒声不忍问孤鸣，独芷芳香乱不平。
孰为开心寻水镜，人情忘却慰江东。

之二
秋风瑟瑟问归鸿，渺渺衡阳落浦东。
半去半回华不尽，三长两短一人中。

159 自题

160 之一
雁鸣声尽夜香凝，半句佳音一曲应。
里故乡人相问罢，谁人念我望孤灯。

之二
三更夜梦自孤行，一路情缘处处生。
江上扬帆船不止，疑心离去弄琴声。

161 秋 小窗同事胡大 胡二
落叶轻浮论夕阳，同时化语问秋霜。
萧萧瑟瑟惊梦尽，水水山山各自凉。

162 玉门关
潇湘鸿鹄认前朝，弓马天荒沉戈钊。
关外月牙金不换，城中三笑玉人娇。
山横七岭云舒卷，水注三江八月潮。
大漠长城香老酒，运河同里慰人销。

163 江山
自古风云自古休，不消月色不消愁。
听君月下留绝唱，一代精英一代忧。
不到长城沙石乱，隋河上下尽情流。
家门且据望阡陌，但见斜阳满翠楼。

164 天
关中半月秋，塞外一沙流。
京里无闲客，江中逐日舟。

165 惊忆

166 之一
谁家秋叶弄琴声，一沉三浮一不平。
振臂呼来惊冀北，三雄逐鹿半倾城。

之二
一步风云一步生，半江波浪半江平。
九州逐鹿寻天下，三国旭华旧事明。
已去朝中冠不久，江湖月下夜光明。
秋光处处结新果，春雨声声破竹声。

167 周郎
半夜无心梦不惊，一江秋色水云平。
小乔赤壁情还问，留取青名何处行。
2000年10月29日于京

168 飞
不耐寻思独自飞，山光落浦待秋归。
衡阳自古家乡客，却疑年年月色微。

169 回
十年一步一千山，万里三思半笑颜。
不恐秋深寻落叶，诗书不怨玉门关。

170 退
吴江不问退思园，未可西湖不降帆。
为足夕阳天下满，畅纵胡马日青莲。

171 吕布
心思任我宽，不简随人繁。
谁问三英战，貂蝉待玉冠。

172 秋
年年一度秋，半去半回头。
人间江南岸，烟花向九州。

173 下广州
行空天马五羊城，连海珠江旧日名。
只去湛江湾港口，人天淡淡重人情。

174 雪
淑云一阳光，玉色半凝妆。
故国三千素，芙蓉满绿塘。

175 时令
无为利禄换年华，空伺春秋问客家。
指点江山文帝论，长沙贾谊旧时花。

176 钱
书生不问花，商贾误回家。
世上声名汉，无知利禄华。

177 知音是苦
江岸问鸣琴，清流觉知音。
高山千峰志，立壁万云深。

178 梦
一梦到黄粱，三江入大荒。
人情多故去，倾色落瑶溏。

179 望
天地春秋半故人，江南山北一家春。
寥寥星火惊窗外，慎独惆怅一苦辛。

180 浣

181 之一
荷叶深藏一小舟，光华玉肌半塘游。
芙蓉露水温情色，放纵湖风自不忧。
西子浣溪清影在，无边花雨尽风流。
江村月夜牛郎语，织女心中半入秋。

182 之二
半退莲妆半退羞，一边自慰一边游。
夏风坦荡千湖岛，绿叶丛中一玉舟。
惊动荷花香雨落，柔情似水不孤愁。
珍珠点点心中色，只见明霞任自流。

183 北京巴黎机上
旧日情衷何处寻，碧天满目白云深。
一身韬靶豪英在，半世巴黎故客心。

2000年12月11日，北京巴黎CA733机上

184 与子女游米歇堡
勒芒水草自青青，赛纳云平问故庭。
十日心中听儿女，一生四海向心铭。

185 年

186 之一
日日客家心，生生问古今。
三千年过去，天下谁人心。

之二
自古去来人，神州半旧尘。
回头阳夕下，冬尽是新春。

187 2000.01.31—— 2001.05.23

1 会奥地利商务参赞 罗山
运筹奥国一马先，纵横统帅万家天。
二乔不与周郎便，三国同寻月缺圆。

2 中山国靖王陵
长信宫灯泪已干，青鸟玉壶月弦残。
中山陵里闻今古，灯火万家论地端。

2000年2月18日于满城汉墓

3 汉中山靖王墓
满城乡下自炎凉，双乳峰前问靖王。
来去中山寻玉宇，北平易水论沧桑。

注：中山国易水之南，而呼浣河之北，靖王为政四十二年，墓在满城双乳山，满城原名北平。

4 自铭
化雨春风似有声，东山进士自知名。
人间冷暖寻三智，天下书香向一清。

5 之二
一山花落一溪明，半步桥低半雨晴。
有意有心寻日月，近人近水问风情。

6 闻飞鸿
欲待平明离故乡，辽东何处问衡阳。
半年岭南阴山北，驿客心中一自伤。

7 洞庭山上望辽东
梅花两岸红，烟水一帆中。波碧三千里，
鳞光万占虫。青云明镜问，岭上误飞鸿。
一客知心向，辽东月半弓。

8 忆梅花节
无力近清明，凭心问玉盟，
山中碧螺女，泉下新茶清。
万珠窗前梅，千户月上晴。
小桥穿绣阁，香雪汤地生。

9 忆山中访梅、采梅、品梅
八瓣七瓣心中开，三心二意玉人来。
东山西岭梅花满，万户千家彩色台。
觅觅寻寻蕊出，朝朝暮暮香催。
归帆一片太湖上，芳落吴门女儿腮。

10 忆杭州
人间何处问人间，起伏孤山不见山。
一片西湖春月夜，轻梦不过海山关。

11 自力
正待衣襟日月光，标新立异为天尝。
半生花甲寻心力，一味同荣向草堂。

仰止高山知壁立，荒泽兴叹草幽芳。
英雄常使扶今古，不向黄粱向夕阳。

12 庚辰中秋
寥寥院落清，淡淡夏虫鸣。
月下多才问，三更梦不成。
江湖云雨重，胜为读书生。
桂子寒宫落，姑苏一日晴。

13 九月十二日仲秋吕赢生日
三十人生业未平，巴黎一半半晴明。
相知兄妹常相向，父心寥思在北京。
庚辰仲秋

14 菊
独占仲秋一岁芳，平明日月半炎凉。
来来去去如约数，冬夏春秋草木光。
叶落长安才子少，曲江上苑柳色荒。
天山雪被阳华在，一地冰花万里黄。

15 之一
知春亭北寿山晴，南海龙王庙色清。
一片荷林听遗雨，江山半壁共天明。

16 之二
谁问沈园半壁亭，不得人心月中听。
江南细雨烟如雨，何是人生座右铭。

17 无题
天下民营自不生，水清水岸水难清。
山前仰止黄河色，强人豪夺瞒山海。
处沉成功不是成。浮沉心中半寸平。
狂傲商家千语假，官简慎微五言轻。

18 岸上有歌
无为山中日日晴，三江流水一源生。
洞中千佛禅人影，灯火万家梦未平。
何是无知知何是，人间却道不声名。
耕耘四象寻天下，两极乾坤演易成。

19 重阳
云淡天高尽雁游，人轻地厚问三秋。
重阳九日重望远，不到天涯不自休。

20 渔歌子　大闸蟹
八脚横行一半圆，阳澄湖上一渔船。
鸡斗米，蟹黄鲜。海生湖养一生年。

21 之二
风过昆山五六船。纯鲈鸡米脍三鲜。
雄白晚，雌黄眠。阳澄湖上一秋缘。

22 渔歌子　寒山寺
石得寒山一寺天，红尘渡口二千年。
桥上露，月明禅。半边僧侣半边船。

23 寒山寺
半江渔火半枫关，叶落江桥水岸湾。
月色寒山寻石得，渡船彼此待心颜。

24 姑苏
半湖荷叶半湖残，一船云雨一船寒。
依稀钟鼓留人间。东篱下，小桥南。
踟蹰徘徊明月不圆。

25 李群玉咏二妃庙
书子天涯归时远，潇湘夜迹泪斑斑。
一首情思墨未干。巫峡雨，汉漫船。
二妃从心花月娴。

26 寺
寺静月流临，禅房草木深。鼓钟相继去，
虫鸟各甚岭。殷岩寻知道，菩提待自心。
残灯经卷旧，老衲参佛音。暮暮寻人本，
朝朝面壁阴。落叶年年至，春秋一古今。
泉清流不断，化石有新篆。且随君情去，
精神入俗黔。人生多相似，渡口不沾巾。

27 人生
京中寄客舟，塞外成边愁。叶沉沙丘晚，
庭前争辩酬。有心明月共，刻意翠微楼。
自古轻来去，从客自在游。

28 秋雨人生无谓问江天
霏霏秋雨半城寒，长城内外雁去还。
潭柘寺中灯夜尽，幽幽落叶一香山。
2000年10月22日北京秋雨

29 江湖
之一
三三两两不人同，万万千千乱世中。
自从江湖多侠客，尽知男儿不归鸿。
2000年10月24日于京

30 之二
水色深秋一色同，天高地厚半丹枫。
英雄常使排云处，啸啸难平意气中。

31 之三
烟云一万天，雨色两千年。
自古江湖上，人心半缺圆。

32 梦李广
之一
英雄豪气大江东，几度云天山几重。
犹向玉门射一箭，千年遗恨石棱中。

33 之二
沙鸣雁尽半风流，海市蜃楼一日秋。
城外长空依天笑，千年之后国忘忧。

34 之三　读梦过玉门而记之
三年无为听吴歌，千载浮华度淮河。
曾致石门三箭落，虚名半部尽蹉跎。

35 之四
城外西域一沙华，心中般若问万家。
天外有天多日月，皇宫自古夕阳斜。

36 吕布自誉
之一
平生啸啸大江东，囊锥天关下上同。
回首千年轻一笑，半生立马问曹雄。

37 之二
生生死死一豪终，是是非非半载中。
曾问惊雷曹孟德，貂蝉犹有从英雄。

1928

38 自语

之一
有为无为徐泗空，半山半水枯荣同，
飞鸿落浦寻归宿，孤寺残灯夜半虫。

39 之二
河岸幽幽草翠奴，凌波夕照映珍珠，
此去帆舟无可以，乡里家家问玉壶。
2000年10月28日于京

40 鹧鸪天（二妃徒步群玉游）
云水三湘雨色烟，芙蓉九夏采莲船。
李群玉问二妃去，汉漫平生逐逝川。
香犹在，意难圆。清心留有半人年。
花开花落流流水，人去人来听苦神。
2000年10月29日

41 鸿

之一
孤鸿浦溆月明清，幽草残荷叶半横。
却把寒光当此夜，人间无谓问浮荣。

42 之二
年年秋冬又衡阳，处处青黄问水凉。
天上人间寻不住，潇湘唯一是家乡。

43 秋

之一
月过阴山色白清，苍空叶落叶难平。
昭君当下青冢问，犹怨琵琶不怨情。

44 之二
斜阳落满山，沙鸣玉门关。
步颖云光影，昆移月下间。

45 铭

之一
赤壁问乔颜，苍茫两水闲。
江舟凭此问，何处远高山。

46 之二
丹青一守园，少林半生拳。
路路原相似，河山自可田。

47 夕照

之一
银杏寒声一末秋，黄河沙况半横流。
人心渐老忘天下，暮雨连天梦不休。

48 之二
萧萧落叶问清秋，不尽情心锁翠楼。
一度一年荣枯向，自消自灭自消愁。

49 隋 展子虔 游春图
万亩波光一水春，千村碧色桥中人。
行云逐得南山马，流水难平北海津。
2000年11月12日于京

50 唐 阎立本 步辇图
马上皇家一鼎光，文成公主两邦全。
可怜女子多柔弱，不在窗前玉辇边。

51 唐 张萱 虢国妇人游春图
妇人不饰一城倾，百态千姿半马明。
天下可怜春色动，芙蓉女儿锁深情。
2000年11月12日于京

52 唐 张萱 明皇合乐图
朝野玄宗一半生，开元天子情倾城。
梨园男儿骊山下，出水芙蓉尽不声。

53 唐 王维 江干雪霁又长江积雪

之一
源远流长一泽清，高山壑谷半川明。
小桥引渡身心岸，客色依约满去情。
2000年11月12日于京

54 之二
长江积雪暗香风，雨色荒川宿去鸿。
天地自然合一气，湖光影谐落云中。

55 读 唐 韩干 照夜白
嘶鸣一昂有无中，四蹄腾骧万里鸿。
天子古今凭得意，唯闻白马照夜骢。

56 文景之治与贾谊晁错
一言独霸未央宫，戎马平生半世雄。
留下鸿门凭指点，坝阳宿客尽藏弓。
长安内史碑想事，洛下少年不得戎。
浊世麒麟羊犬问，鳣鲸已吞九州空。

57 文景之治有感
三家楚客自亡秦，抗鼎一人力不匀。
揭竿山东天下乱，无知酒徒丰邑人。
还军霸上鸿门宴，汉界楚河不国民，
冷落虞姬王不语，江山易改忘霸尘。
萧规曹隋难文史，吕雉刘公私里臣。
事过千年寻斧正，生息休养自家珍。
庚辰冬月初二于京读黄新亚兄"民富而国安"。

58 始皇
无为春秋碣石东，三代老臣祁山同。
惊弓函谷联横市，常使英雄催泪穷。
此去玉门千万里，原来家国自心中。
焚书李斯乘五马，断壁长城锁四空。

59 梦
半生求索自成雄，面壁十年万事空。
天下千年吴越去，河山两全温城中。
山村户里人心好，篱里桃花日日红。
留下荒塘池水浅，江湖依旧待春风。

60 吟
啸啸客云中，幽幽月色同。
千年天地去，一世叹江东。

61 十二花神
含章殿下寿阳春，杏向梅桃牡丹巾。
芙蓉出水寻石榴，葵花七月李夫人。
桂花九夏思秋色，茶菊春秋入迷津。
池下荷花听尤怨，水仙天子洛中神。

62
一月
故客疏香玉色珍。
二月
玄宗贵妃天下怜，草木华阳天下在。
三月
百花半壁入三春。
四月
汉阳城此桃花洞，半事君王半事真。
国色牡丹丽鹃语，芙蓉出水净无尘。
五月
花神卫氏石榴在。
六月
荷花十地西施津。
七月
七月葵花李夫人。
八月
桂花徐贤妃尤问。
九月
左嫔菊花神向亲。
十月
芙蓉花蕊夫人去。
十一月
霜月茶花昭君怨。
十二月
水仙花神洛上邻。

63 一月寿阳公主
梅花心中半寒生，腊月芳香一月晴。
晚起百花明草木，东风起处尽声名。

64 二月贵妃
杏花情外入华清，半入皇宫半出城。
御儿胡人安禄山，王家子女不知情。

65 三月息夫人
半处皇王半处身，一楚生息一夫人。
谁向桃花洞上客，汉阳城北不知春。

66 四月丽鹃
牡丹国泰半长安，一处春荣一处丹，
密令洛阳花仙子，一花不放百花残。

67 五月卫氏
唐宗谁记石榴花，天子裙裾武曌华。
五百年中鸣女子，乾山陵旧何时家。

68 六月西施
西子湖中谁浣纱，馆娃宫里玉人华，
荷花有子莲心重，吴越人情范蠡家。

69 七月李夫人
葵花粒粒半天涯，不去千年不去家。
日日朝阳秋气爽，心中兄弟尽桑麻。

70 八月徐贤妃
桂花八月九州华，独自芬芳十万家。
谁向长安同日月，一枝宫中向天斜。

71 九月左贵嫔
菊花九月问黄粱，一帚千年不自芳，
当下清高秋不语，晴云天色向苍苍。

72 十月花蕊夫人
才色青城入蜀宫，芙蓉后主鸟飞穷。
鬓云未改懒装束，花蕊心中五味同。

73 十一月王昭君
昭君塞外一香魂，半抱琵琶半出门。
留下茶花多不怨，青冢犹在念家村。

74 十二月洛神
宓妃洛水已轻心，不向曹植向古今，
艳丽芬芳多婉意，水仙君玉一春寻。

75 天外天园记

76 之一
远水空林鸟争鸣，晴川壑谷寺无声。
秋潭月沉何塘院，玉露凝香尽晚情。

之二
风雨穿林打叶声，竹光池影问琴鸣。
童心不问天年里，七贤天平处处生。

77 并州
群雄四起半天兵，帝王三朝两世横。
应去来时人自去，原来人去已空城。

78 乱世桃花瓦岗寨
乱世桃花两岸情，关山娘子一州城。
豪杰壮聚瓦岗寨，逼下隋宫逐鹿声。

79 西厢
月正西厢一夜明，玉人影下半心倾。
年年儿女相依惜，可问相思入围城。

80 辛巳正月初十二日立春
一年四季一初春，三弄梅花脱寒尘。
为教百花桃李树，人间玉色玉间人。
飘飘洒洒无痕素，十里村中不问津。
只向东风天气暖，难忘去尽是花神。
辛巳年正月立春于京

81 春雪
立春日月雪妆寒，百年东风配玉冠。
淡淡无声天地间，千军万马白波澜。
幽燕素里平铺尽，暗下三江见滇滦。
落下千山桃李乱，风情万种半云端。
辛巳年正月十二春雪于京

82 秋
千里家乡一百山，十年御街半人缘。
秋林万色潇潇落，七彩光辉处处泉。
不见长城秦汉树，西望不尽玉宫苑。
大漠白骨荒沙沉，海市楼兰处处天。

83 楼兰
楼兰只有一千年，落日荒沙万里天。
四野茫茫云泽淡，天涯何处有人缘。
天高气爽心思远，荣枯兴衰月缺圆。
自己心天寻自己，人间情在是人间。

84 楼兰只有一千年（吊李广）
不到楼兰人不还，荒沙一半一千山。
生生死死凭三界，一箭天门月下弦。
三叠阳关歌未尽，金戈铁马沉寒颜。
宫中烟雨沾杨柳，犹问黄河十八湾。

85 鹅瘦池肥
一日问兰亭，三春草木馨。
文华流曲水，一瘦一肥铭。

第十五卷　古今诗

86 自误
一马上天涯，三生二月花。
得失失复得，日月向东华。
辛巳年二月四日于京

87 自忧
孤鸿云影独飞愁，暮色浮萍顺水流。
一暖一寒三界外，半花半草半乡游。
村中却离湘江近，夸父天中欲何求。
只见衡阳随处碧，难鸣日落十三州。

88 游颐和园
昆明万寿山，西湖具阙关。
知春亭上绿，浪涌石舫湾。
十里长廊画，三堂白玉蛮。
涵虚篁竹响，云静和人闲。
辛巳年二月二十八，2001 年 3 月 22 日于京

89 吕不韦
奇货居商一异人，赵姬取舍安称臣。
心中不得寻天下，六国十年一代新。
妻子难名辞卫土，离乡背井向西秦，
回头云里山河尽，去去来来是自身。

90 李广将军
残垣破壁沉沙洲，才子佳人意何求。
一箭天山今古问，半生当下誓休无。

91 对
草色山中云变暖，梅香篱外待寒生。
但听流水春秋怨，谁念桃花问旧情。

92 自又
秦川一梦三春晚，蜀道千烟万鸟阊。
自古云天浮日月，江湖过客话乾坤。

93 闽不过三门七巷
三门七巷一闽田，万水千山半方圆。
草木中人人自在，阴晴日月是心缘。

94 李商隐乐游原
啸啸向长安，悠悠向玉冠。
蜀平天下路，叶徒见枫丹。

95 吴江玉带桥
杨柳千年半是苔，吴江水岸一船开。
人心自怨无知足，何处隋炀去不来。

96 寄
故乡栀子花，开放故人家。
玉叶问心田，千山夕照斜。

97 问
江南一寸田，梦里半幽燕。
柘仆清潭寺，心随佛水莲。
空林归日晚，竹寂不余川。
主客还清静，吴门月下船。
辛巳年四月三十一，2001 年 5 月 22 日于京

98 忆海南张青
一阵风云半地烟，回头是岸鹿山前。
三亚芒果三亚女，月亮湾清月亮田。
波涛 扬长倾海去，芙蓉未折倒卷莲。
天涯海角沙丘问，海阔天空一柱天。
辛巳年闰四月一，2001 年 5 月 23 日 于京

99 读人生 2001 年
2001 年 1 月 1 日，王府井零点钟声
零时第一钟，天下万家宗。
塞纳河流去，相思儿女容。

100 庚辰腊八听曲
寒冬腊月雪花扬，正月梅花雪半香。
一曲琵琶心半去，三山四野尽清霜。
不终不弃长求索，几度倾情问小窗。
杨柳声声知何处，高山流水在黄粱。

101 楚河汉界
啸啸一虞姬，孤孤半霸旗。
楚河东去水，汉界向西移。
庚辰小寒辞八达民生担保公司

102 2001 年 1 月 5 日
天下玉门关，镇江一半山。
风云多变化，傲雪待心颜。

103 家乡桓仁
二弄半春心，三弦一玉音。
雪花乡色重，夜暗锁书琴。
谁问临川水，桓仁七尺金。
清溪悬日月，雨水多晴阴。

104 北京东城
天光一半落东城，玉色云边半雨声。
暖气润田心初动，相思梦里问人情。
冬春之交梅花曲，万木扶苏慰旧名。
大小山河流故水，抱园守一一生鸣。

105 思郭雅卿
八瓣梅花一国珍，五湖云水半客人。
暗香疏影春风雨，我我卿卿自古亲。

106 和唐寅
高山仰止一云倾，流水无沙半色城。
对坐还闻杨柳曲，相思缪梦梦难成。
一松一竹孤心惧，二意三心尽私情。
秋月春花流水去，回头是岸一生名。

107 自得
宦海浮荣已半生，随人就事自多清。
已知不问糊涂问，自得清高不见英。
春草年年山水月，秋蝉岁岁争声鸣。
常言好雨知时节，情待纵时应纵情。

108 小年
无心问杜鹃，有意见荷莲。
江水年年缘，荒草处处田。
天音钟鼓寺，日暮去来缘。
自当人情在，平心待旧年。

109 乡儿
日离燕京过沈阳，去年夜夜问梦长。
佟冬江水年年绿，五女山中雪花扬。
不老人思情犹在，凭知豪气一栋梁。
家心不改鬓毛尽，翘足还望旧时乡。

110 汉阳琴台
高山流水一知音，谁问琴台半旧琴。
君子年年寻故里，人生自得雨甘霖。

临川依壁千江碧，不尽江楼问去心。
自古幽幽天地事，如今念念白云深。

111 家乡春节思卿

112 之一
但见一鸿飞，难言半不归。
窗前人影问，旧事入心扉。

113 之二
雁归时结伴飞，月明星稀入心扉。
平生知己知天下，故水家山落暮晖。

114 乡村
千山万水雪纷纷，腊月梅花色不分。
川止川流香来住，人前人后尽思君。

115 故宫
日问西华门，香山女儿村。
心声呼四壁，玉色入黄昏。

116 厂甸
东华一玉人，魏家半天津。
厂甸年年客，临川一水春。
心明千日月，草碧万家邻。
但有抚琴语，知音在晋秦。

117 故宫东华门
暮雨满东华，朝云野草花。
临川思则立，月色玉人家。

118 听曲

119 之一
平沙落雁一江东，流水高山半不同。
玉树后庭花曲尽，江山未得有无中。
阳春白雪天音少，下里巴人问月宫。
杨柳阳关西陆唱，梅花三弄自归鸿。

120 之二
入舍鼓楼东，人心满月宫。
香山一半寺，谷雨两川中。
梦里船帆在，平明问世雄。
云游天下去，何处与春虫。

121 奕秋
天音落叶风，夜色待秋虫。
流水寒光去，明辰四野空。

122 奕春
天中月半明，静待扣门声。
春音归来雨，临山白马鸣。

123 奕夏
疑雨疑无踪，听风半鹫峰。
潭平云水月，荷影出芙蓉。

124 奕冬
冬梅一暗香，腊月半夷肠。
犹有寒心待，春明五色扬。

125 读红娘
一愿痴心一愿中，半江流水半江红。
莺莺夜半寻心影，人面桃花但入宫。

126 春雪
不明不白已闻春，无是无非似半尘。
流水如烟东未尽，远山色草已茵茵。
枝头喜鹊声声去，暮里黄昏一故津。
且将余光冠岭木，原来是雨满衣襟。

127 元宵节

128 之一
还乡一盏灯，梦里半家陵。
暮色三山外，恩情父母凝。
云浮千万里，雨水半江冰。
自得人心在，三更问晓僧。

129 之二
元宵一月圆，乡梦半江天。
树影千山暗，云光十地边。
言情寻易水，问路回幽燕。
雪色渔阳晚，平心待晚年。

130 读雍正皇帝
王可与之共患难，不可与之共享乐；
民可与之共享乐，不可与之共患难。
自古一江山，纵横半榆关。
长城忧患在，不见息天颜。

131 初春
寒雁二三鸣，飞鸿一半声。
春梅香雪海，月影满湘城。
十五光明客，千言万语情。
东风寻蓟北，杨柳已心萌。

132 昭宗皇帝巫山一段云

133 之一
暮雨故人家，朝云满梨花。
疏梅香沉海，玉色夕阳斜。
皇都孤心落，天光草木华。
春风山里绿，渡口过江涯。

134 之二
有为向高山，无心付玉颜。
长江流去水，啸啸向阳关。
诏浦清平色，黄河一半湾。
中原多日月，不禁去时还。

135 之三
巫山一段云，上苑半春分。
碧水夔门锁，还寻石榴裙。
可怜天下女，不识人人君。
封闭宫中苦，耕耘得美芹。

136 酒泉子
半在相思半在缘，无知是福待天年。
南来北去家乡水，此问楼兰过酒泉。
万紫千红花月夜，高山流水客心田。
七情六欲江湖上，一有私心玉色鲜。

137 杏花出墙

138 之一
杏花墙外十人中，欲得东风半不同。
只向门前窥不止，人心不尽满春风。

139 之二
出墙杏花自心中，得到东风欲不同。
万紫千红多不止，心中处处是春风。

第十五卷 古今诗

140 问月

之一

吴刚不尽问清宫，何必人间举世雄。
伐逐心中寻日月，明明来去是空空。

141 之二

形形影影一山荣，缺缺圆圆半天明。
日月无踪人有迹，民向草木自平生。

142 之三

有水人生一水平，无心日月半声鸣。
天天数尽千分秒，不了年年不了情。

143 江南二月

荠菜初长成，梅花半未生。
芦蒿寻上市，流水一江清。
玉色江湖水，鳜鱼暮雨明。
江南多草木，今古尽殊荣。

144 念龙

匆匆来去一燕京，落落天圆半故城。
四面音琴春雨下，两厢情愿月边明。
辛巳年二月初三日

145 之一

一半清明一半生，三春草木万家城。
年年日月芳门户，寸寸风光问枯荣。
十步小桥流水碧，千年今古自阴晴。
婵娟夜半还相问，只向楼兰啸啸鸣。

146 之二

平平四海水中行，啸啸声鸣梦徒生。
静守和心鱼一网，江河七色二山成。

147 之三

一寸阳光十寸阴，三江水色二山林。
金山草木临窗镜，雁落衡阳自古今。
去去来来寻自己，平平淡淡一人心。
欣欣向上光华里，应记随时谷雨深。

148 之四

一窗月色一门清，半水江南半水荣。
春雨殷勤相问讯，无心浦暖落花生。

149 之五

一步河山一步踪，三江日月两山松。
滋润细雨随心入，出世横空是马龙。

150 金陵春音

未断商弦角羽声，六朝旧事又清明。
前人不尽相凿榷，何为成功何不成。
古古今今人在坐，来来去去陌上行。
朝朝夕夕三万日，刻刻时时顺枯荣。

151 鹧鸪天 江南

半壁江南雨色烟，一川流水绿村田。
悲欢离合月圆缺，暮夕朝晖问旧天。
山遥遥，路绵绵。去年尽处是今年。
千山野岭风云去，不问人间不问怜。

152 鹧鸪天 春松生声

松林夜雨后，春生尽不平。
群节声声响，留下世界惊。
夜雨平明处处晴，枝枝节节破苞声。
情心不语松林响，半是春生半是鸣。
珍露水，玉明明。朝云未尽色初晴。
人间自有人生在，天下无中世界惊。

153 鹧鸪天 五湖洞庭山

一半江湖一半山，早春二月四时船。
虎丘干将藏娃馆，拙政天平退思园。
天下事，尽难眠。无心相护是无缘。
梅花杏李多颜色，过去商家是过年。

154 江湖

155 之一

五湖日月五湖缘，一半天云一半烟。
玉女洞庭千秀色，碧螺剑池茗清泉。
婷婷妩媚吴姬酒，处处山河在目边。
自主耕耘七尺土，轻张橹舵慢归船。

156 之二

春风一夜半人田，细雨千村两客船。
大地无声心欲转，杨花柳絮乱天缘。
隐隐约约清明水，淡淡平平待缺圆。
谁问多情怜乞火，诗书莫读草中眠。

157 鹧鸪天 沈园陆放翁

半壁亭前日未晴，沈园荒草渐芜生。
小桥流水流中断，有经无花似有声。
人寞寞，影纵横。私情自是胜明情。
千年不是知时足，烟雨东西何处成。

158 兰亭

曲水绕兰亭，夫姑问甲丁。
华文香墨水，鹅瘦池肥铭。
留得青花花，长惊一庙屏。
枯荣知草木，浮沉向书棂。

159 黄鹤楼

枫光落尽一春秋，不断长江半壁游。
两岸半村三五寺，江南二代一千楼。
黄鹤只向昔人去，汉水城中惆怅流。
鹦鹉洲头生草木，琴音不尽问君愁。

160 春示儿女

寥寥月如弓，淡淡水流红。
都付灯花去，时间乃二翁。

161 春过苏州

162 之一

梅花点水一厢情，初暖春风半入城。
烟雨姑苏千里梦，寒山寺鼓断三更。
洞庭柳岸耕耘地，简木席家门纵横。
八瓣流红惊皓首，五湖水色任平生。

163 之二

杨柳西山雨水流，姑苏城北玉人楼。
东风处处云烟重，一寸春怨一寸愁。
细数落红三五里，清啼啼鸟一千洲。
五湖渡口人依旧，忽然难铭意不休。

164 乡情

165 之一

相逢在异乡，四句七言扬。
平步青云上，相知自短长。

166 之二

千年半玉华，一水一桥花。

1933

西子藏娃馆，洞庭状元家。

167之三
只顾采茶忙，怀中落玉光。
晨风沾酥手，不忍暗心香。

168 江南春
五色江流乍暖扬，九寒未动已心香。
匆匆来去琼瑶落，淡淡烟云入柳杨。
尖尖莲荷无出水，空空细芦待怜藏。
黄花万里清明夜，乞火灯明杏过墙。

169 江南秋
叶落荒林日夕斜，清泉浅洌二三花。
年年野草知荣枯，犹见归鸿离北家。
寺鼓钟声无自己，书香四壁朴天涯。
渔舟唱晚悠扬起，暮色天山十月华。

170 江南夏
芙蓉出水一光华，半是莲心半是花。
十里荷塘笼月色，千年去处不回家。
潇潇洒洒风云过，落落平平待夕斜。
拙政园中听叶雨，虎丘山下问天涯。

171 江南冬
天高地厚一寒声，万里江山半玉城。
一水梅花心初动，洞庭山上为春萌。
江湖邑客天云浅，隋树逢生雨渐平。
月里香云浮日月，江村腊月问船鸣。

172 吕不韦

173之一
齐楚燕韩赵已秦，春秋战国满天津。
朝朝野野三千客，是是非非一半尘。
不韦还知忘女恨，纵横六国作难臣。
忠奸孰有忠奸论，自作人生自受人。

174之二
不韦从商一世民，赵姬从缪不向秦。
天关自古风云事，善作人时是善人。
字大小，人草木，一天一茶扫叶僧。
无心初访翁山门，流水重寻小儿孙。
影摇书香怜乞火，人中草大家村。

175 湖南零陵潇湘八景
平沙落雁一音清，暮色江天半壁明。
远浦归帆山水净，芳云烟寺晚钟声。
渔村灯火传今古，月入洞庭桂子生。
岭树晴风闻过影，潇湘夜雨不知情。

176 燕京八景
居庸叠翠二千年，泉玉垂虹十里悬。
太液晴波瀛池水，春阴琼岛夏云天。
西山冠雪香山寺，色雨蓟门处处烟。
夕照金台贤士纳，卢沟晓月似清泉。

177 太湖水，洞庭山
纵横路上去来人，阡陌村中一半春。
宦海沉浮蒲苇韧，五湖日月问西秦。
江南细雨云烟重，寒北鸣沙壮士尘。
杨柳时节花二月，梅桃杏李人心亲。

178 过东吴
六朝寺空空，三江业未同。
村村花雨落，夜夜酒旗风。

179 下湘粤
芙蓉国里四方春，岳阳楼中八面人。
一水江流东不尽，兴亡六朝谁知秦。

180 回颐和园
十里长廊白玉兰，四时草木半山风。
为知年少牛如虎，回首昆明问北南。
客问龙王听鹂馆，玉冠万寿易经谙。
秦皇鞭政扶苏尽，二世隋河一泽潭。

181 唐三藏法师奉诏译般若波罗蜜多心经

182之一
空不异色色异空，受想行识法相同。
色不异空空亦色，不灭不生挂碍终。
三世般若知渡口，波罗蜜多真心经。
大明无上安心在，揭谛波罗入中。

183之二
愚愚知知半事成，思思想想一法生。
受哲行识无非是，扬谛波罗四处明。
经在人间度苦厄，心中向佛仗心行。
只尊信仰知来去，无始无终是永恒。

184 家
平平淡淡问春秋，冕冕冠冠自莫愁。
不腐清流明日月，夕阳满目上琼楼。
人心叵测揣摩苦，坦荡江湖逐小舟。
回首人前寻往事，也无成败也无休。

185 二〇〇一年三月十日，赴北京泰跃房地产公司筹办中泰担保公司
惊蛰一春天，流红半去年。
花心寻露水，叶瓣问清泉。
却望平阳近，还心待月悬。
目行相问去，只应宜心田。

186 鹧鸪天 庐山
高阁临川一水扬，庐山岭树落大荒。
人间不识真颜面，四海九州半苍苍。
江曲折，色青黄。枯荣未尽一炎凉。
心踪斑驳情还在，夕照仙人入洞房。

187 中关村
天荣太月园，地近一人缘。
影瑶中关村，流明第二泉。
夕阳多暖意，事事问心弦。
驰骋蓟门外，声鸣三寸田。

188 太月园11楼2604居所建成
笑傲江湖我任行，归来又去半人生。
琴萧不锁山林色，俯仰还寻自己名。

189 颐和寄吕小林
山前一品红，水上半无风。
隔岸龙王庙，心思谐趣中。

190 自言

191之一
只见碧桃生，心田旧梦情。
高山君子树，深泽也无平。

192 之二
叶落自清鸣，云飞半雨生。
心思天下水，一点一圆明。

193 之三
江村十里亭，淡雨一浮萍。
离别山中路，蝉鸣座右铭。

194 之四
西施出旧宫，范蠡五湖中。
勾践江湖水，夫差得失东。

195 之五
云舒云卷一云倾，城北城南半雨城。
天地悠悠天地间，人情自古是人情。

196 之六
半水云天万里遥，一家灯火一情昭。
相思有约寻自己，犹守私心送浪潮。
月半难明姑且问，形孤影单念无消。
惊雷忽动天河岸，除却徘徊独恐飙。

197 之七
平平淡淡一人生，去去来来半夕晴。
似曾西阳无限好，只缘尤在此山荣。
江湖侠士还名在，古寺钟声夜独鸣。
自得诗书常作伴，也无温饱也无情。

198 忆江东
已是桃花付水流，芳名犹在十三洲。
岛上无人相呼去，一度春荣一度秋。
三国群雄寻罪立，霸王帐下女姬忧。
清风留下铭今古，逐鹿常闻曹孙刘。

199 庐山
只问匡庐不上山，行云流水从云闲。
守心如数仙人洞，未识天公去不还。
树在低洼常枯枯，草生高处不知颜。
民心且寄随明月，茹苦含辛客一般。

200 笑傲江湖
一曲琴箫一曲终，十年草木十年同。
平平淡淡心如水，去去来来只向东。
杨柳声声春不尽，孤灯残卷读书虫。
君心应与我相似，明月千年万里鸿。

201 观世
柳絮杨花一自轻，心猿意马半无成。
长亭十里家乡远，圆缺千年故月明。
人过中年情不尽，观言察色未心倾。
斜阳无限天山好，却话英雄不话名。

202 谷雨
种谷山前雨色清，五湖岸草醉人横。
运河昨日流新水，却见桥涵旧日声。
同里桑蚕惊蛰伏，吴门音韵抑扬平。
三春杨柳桃花绽，住持光华作后生。

203 栀子花
黄花月下独浮香，残卷灯前入枯肠。
只向琼瑶一束，人间留下万千芳。
可怜冷艳凭心受，挂满男方挂女方。
无心流水东海去，花光自古照书堂。

204 阳关
壮士唱阳关，雄心去不还。
楼兰寻马革，雨断月牙湾。
一诺沙洲去，交河落日闲。
江河寻海市，何以待心颜。

205 江南
雪月满江南，风花问地坛。
江桥流水岸，碧玉小家甘。
曲尽吴门韵，人儒一二三。
鉴湖闻玉笛，女儿意千潭。

206 京畿
细雨树含烟，平湖水静田。
漪涟寻岸尽，柳丝系移船。
影暗龙王庙，天明谐趣园。
江南无客问，那拉氏鸣蝉。
二〇〇二年五月一日福建武夷山

207 之一
云浮五女峰，九曲过山龙。
万壑阳明远，千山草色茸。

208 之二
千峰处处心，万谷半云深。
一日三夫指，人生九曲寻。

209 武夷山紫阳精舍

210 之一
老子孤鸣一去来，樵夫只得旧阳台。
渔人网络情难尽，只见天关锁不开。

211 之二
一气东来半气开，三朝北去两朝裁。
使君面壁常相向，不教书生自徘徊。

212 之三
九溪一曲谷中开，三教千夫尚徘徊。
山雨去来惊暮鼓，流云浮沉待君来。

213 玉女峰
九曲万千年，三姑净似烟。
虹桥云一段，玉女浴香泉。
印石清辰月，琴台碧水涟。
芙蓉滩外影，历历仰晴川。

214 幔亭峰
幔亭丝竹渐无声，紫霁诏喧石有名。
犹抱琵琶三遮面，悬泉落谷两厢情。

215 和柳永《巫山一段云》
寄傲小渔郎，云津十里芳。
人间三六数，玉色一冠扬。
山雨蓬莱近，云龙洞水香。
瑶台开悟性，妙语醒炎凉。

216 栀子花
黄袍加身玉心香，碧叶芙蓉初上床。
谁问人间情切切，婷婷立立向天扬。

217 和柳永《巫山一段云》
千夫问紫阳，九曲客心伤。
十里长峡尽，三江二女妆。
春心流不住，翠碧入荒塘。
壁岩村姑夜，还怜旧日芳。

218 武夷山九曲溪

219 之一
溪中一月船，岭上半泉烟。
十二村姑唱，三千弟子田。

220 之二
天云水色深，俗客佛心寻。
啼鸟清潭影，山高垒石心。

221 武夷山芙蓉

222 之一
半入云中半入船，三生玉质一清泉。
惊呼十里芙蓉色，留下光华七尺田。

223 之二
半欲浮华半欲论，三光玉色一亲人。
莲风吹遍高唐梦，月下寻心问故邻。

224 中关村太月园 11 栋 2604
太月夕阳斜，燕京半客家。
心中佛祖在，堂上一莲花。

225 辽东千山

226 之一
莲花千朵一千山，故入书中如玉颜。
为见鱼游云水下，阳明草木上春关。
人生不得浮花去，一半流清一半湾。
求索无心还求索，禅心日月待人闲。

227 之二
斜阳半壁山，树影一禅颜。
拾得书中玉，门前水色闲。

228 马来西亚清水寺签《清风明月一家珍》

229 之一
心中一月东，天下半清风。
留得莲珍在，空空色色中。

230 之二
清风半客船，明月一心田。

天下知枯荣，人生不老泉。

231 之三
清风草木亲，明月自心珍。
古寺莲花池，香山雨后新。

232 之四
心中三寸田，天下五湖烟。
自得人生意，清风出水莲。

233 北京西山潭柘寺

234 之一
莲花寺外一清潭，五女山中一翠峰。
暮上高楼高处望，千峰影入万云涵。

235 之二
山河何处边，回首自无怜。
日日辽东望，年年月缺圆。
杭州西子水，碧玉小家年。
短笛山村响，乡心问炊烟。

236 忆秦淮
明清已尽入先河，又去江湖问水波。
只将西施娃馆里，声名八艳曲歌多。

237 幼儿受四时之约
春雨惊春清谷天，夏满芒夏暑相连。
秋露露秋寒霜降，冬雪雪冬小大寒。
约守四时知万物，三界尽入俗人年。
顺天自理随兴衰，和事依心过大千。

238 读唐诗
京中一寸田，洛下半江天。
十地无才子，七言五九年。
川流花色暖，叶落九江船。
子曰无心去，古诗过万篇。

239 安徽黄山
惊呼百尺泉，飞来五湖烟。
同里退П去，鸿章待入年。
黄山云雾重，皖水不知天。
回首难相望，怀情向自怜。

240 湾
江上一归船，湾中半入田。
苍茫云水里，渔火向明悬。
但将清流驻，无寒二月缘。
平明寻何处，只梦问人年。

241 晚生
心中一水田，天下半人缘。
子在川前曰，凭听上下弦。
风清堂月色，玉影入湖船。
难得黄昏厚，昆仑自方圆。

242 陆羽
弃婴于龙盖寺，智积禅师辰见三雁护之，占易鸿渐于陆其羽为仪，则以陆为姓名羽字鸿渐也。

草木人中智积禅，朝朝暮暮怡天年。
光天陆离鸿之羽，四象平生五百缘。

243 潭柘寺
柘木千章寺鼓中，龙泉九曲水云同。
幽燕西去清明土，五女子弟面壁雄。
石磊山河红尘重，木林归城诱禅空。
三千世界凭心昶，自应人中入佛宫。

244 河满子
宫中草木自炎凉，石上川流不拓荒。
谁问才人鸣一曲，河满子声曲飞扬。
人心应见人心在，不尽情缘亦自伤。
犹向皇天多叵测，英名留下万年芳。

245 蝉
孤高上树行，独宿碧阴荆。
不奈人间语，斜阳万里鸣。
忧天忧地唱，清音入心城。
先见平明色，无心是有情。

246 五湖
云笼玉树水含烟，雾里枇杷露点涓。
不见洞庭山石山，雕花渡口一年船。
杨梅出色田林缘，浮水荷莲四色鲜。
井下倾听书柳毅，席家疑是御花园。

第十五卷 古今诗

247 怨
无端月半春虫吟，谁问更深玉泪溽。
日夕东风临水去，知情桃李不如今。

248 骆宾王狱中咏蝉

249 之一
半是天光半是云，高堂朝野不难分。
闻言指马长城怨，西陆南冠只一君。

250 之二
风声鹤唳入高楼，独宿寒窗寺不忧。
半部门中生讨罢，方圆不尽付江流。

251 芒种
谷雨入时年，春风上陌阡。
鹧鸪忙种籽，来去都知缘。
山问人家问，村中半炊烟。
书生声不住，处处问先贤。

252 牛郎织女
一色云天十里清，芙蓉浴水两晴明。
小船未动莲心动，似有姑娘怯有声。

253 客江南
随缘故客自西东，寺外红尘一半同。
所以不知寻所以，海天辽阔月色空。

254 读滕王阁序
日落向天飞，江明问闺闱。
草浦孤鸿去，残荷守雨归。

255 易
流云失去土泱烙，草木牛辉碧寺明。
篁竹林深僧不扫，径幽偏颇俗心惊。
月圆月缺山河在，秋枯春荣石磊生。
风入中庭留玉影，寥寥夜色梦难平。

256 赴奉天问兄
村中问吾兄，叶满奉天城。
曾忆长直腰，心田勉一生。
高堂闻父母，彼此弱时鸣。
调将相思慰，家乡离后情。

257 曹操
铜雀台高待玉人，曹公身后怨天津。
桃花流水天云里，暮暮朝朝问谁亲。
留下空楼尘俗落，群雄三国忘君臣。
红颜知己心肠问，儿女相思共沾巾。

258 吊王勃

259 之一
残荷待雨声，落暮问云晴。
留水孤鸿去，来归日月明。

260 之二
西霞落水中，七色送孤鸿。
沉入华天里，原来四海同。

261 之三
霞飞水含烟，文盖九江天。
日月临川问，心音玉阁缘。

262 夏雨
骤雨疾风四海平，奔雷闪电半飙声。
心中一念灵机动，犹有三呼过御京。

263 吴江同里湖

264 之一
塘荷雨尽半无声，一月珠玑一月明。
小女采玉怀中露，莲心初出小舟平。

265 之二
同里斜阳醉芙蓉，一半裾裙半遮淞。
初结莲心三五子，荇白藕丝万千宗。
有情无意私心去，却下衫巾媲心胸。
织女牛郎天下梦，年中乞巧自重逢。

266 之三
风斜十合荷，玉茎一千波。
叶下寻心问，光华秀色多。

267 之四
斜阳半亩歌，碧叶一天荷。
七色芙蓉水，三千弟子多。

268 树挂
婷婷玉立满光华，挂满千丝一万家。
如雾如烟如春色，是霜是雪是梅花。
粉脂鳞角明天下，素白山水守落霞。
雁影徘徊寻故所，随云随水到天涯。

269 忆武夷山
天下一人前，纵马半青天。
阶铺云中石，泉流壁下烟。
蒲田溪九曲，过客一抱泉。
不忘莲花夜，紫阳见玉缘。

270 一线潮
一叶下钱塘，千船泪沾裳。
风平帆不落，再见水飞扬。

271 屈子端午
屈子芳芳去俗尘，端阳夏至已无春。
云深仍待无时月，寂寞萤飞思故人。

272 咏金陵
一水东流斩玉波，悠悠短笛雨千荷。
六朝故事三山尽，近水楼台一月歌。

273 忆南京王荣炳市长宴地铁人夕阳楼
烟云六朝一城悬，古寺空空客雨船。
谁问长江东去水，夕阳满是半楼天。

274 端午忆屈原
故水下潇湘，清歌九玉肠。
扬长人已去，一古付端阳。
楚客先生赋，鸣蝉声远扬。
洁身容白好，日月尽疏狂。

275 成吉思汗故居
默默风尘半暗沙，寥寥暮色故人家。
弯弓冷落群雄尽，旧日鹏飞沉夕华。
海市蜃楼望客返，荒村故垒问西斜。
云轻草浅芳心远，野马天空向远涯。
二〇〇一年六月二十八日领照任中泰担保公司董事长

276 之一

日落东林色半深,蝉鸣西陆客不寻。
殷勤叶下高声去,半壁扬长向远音。
常使人情天下量,色空自慰有佛心。
知时不是时时是,村里花明是古今。

277 之二

立马逐沙场,风尘西陆扬。
商贾无所以,谈笑一秦王。

278 园丁花圃哺少年

啼鸟声声早入门,天光淡淡雨云村。
千年旧事悠悠去,回首观花默默恩。

279 三峡

飞流一雨天,冲落百源泉。
谁问云中月,人心渡口船。

280 过元大都遇邵峻岭

燕赵春云向一家,芳门旧都逐年华。
英雄元跨革囊尽,犹见宫娥怨落花。

281 寄骆宾王

282 之一

寞寞白头吟,声声怨有心。
人平义鸟客,高洁送清音。

283 之二

高洁退时吟,声名一古今。
去见来是客,自古故人心。

284 之三

蝉鸣三界外,露重五湖间。
天下清音在,心中一日还。

285 咏梅

蓓蕾情影未成荫,闺女山前草半霖。
玉瓣分开心里见,珠户深处暗香深。

286 寄骆宾王

高树一清音,长天半去寻。
千年鸣李武,一世五陵阴。
孰谓非凡响,文惊武垫簧。

深宫非是客,谁问女人心。

287 千山蝉

千山半入情,三界一清鸣。
钟鼓龙泉寺,无梁殿外声。

288 江宁潮

一线惊心水不平,飞天浊浪向高明。
山呼海啸人涌动,击壁冲涛八月城。

289 少年中年老年

少小激昂一味求,中天驿舍半家修。
斜阳万物天山去,应向江楼不问流。

290 襄阳隆中对 奉襄樊二市长并王力琳

291 之一

万里一隆中,千年半世雄。
蜀吴遗恨在,半部话孤空。

292 之二

马跃檀溪雨断肠,真武山上鸟空忙。
心田煮酒英雄论,白帝城东阿斗筋。
天下三分隆中对,一生吴蜀魏家扬。
声名赤壁周郎去,只借荆州月半光。

293 之三

三军渡汉江,一念下襄阳。
只问隆中对,卧龙不出乡。
朝云耕农亩,暮色话田桑。
六出祁山去,千年是蜀相。

294 之四

五马下襄阳,三雄逐大荒。
子临川上日,来去问高唐。

295 之五

万亩洪湖一客伤,千年吴蜀半襄阳。
吴亡蜀尽荆州在,尤有隆中是故乡。

296 寄王昌龄(少伯)

宋玉自悲秋,长沙贾舍愁。
阴晴千百载,上下一心忧。

西陆孤高唱,黄河半断流。
夕烟随水尽,楚客逐江游。

297 寄孔明

一水池塘淡淡风,书琴结庐自耕蓬。
声情篱下卧龙对,故国山河逐世雄。
三顾人前知己去,八军一对已成空。
清溪明月天公问,吟空梁父谁蜀中。

298 诸葛亮传

司马徽引亮至山拜玖为师,"三才密箓""孤虚相望""兵法阵图"以教之。拯救斯民,扶炎罪之衰,弃山水之乐。

三才密箓种南阳,孤虚相望问蜀相。
为与炎鼎吴魏争,不罢山河半苍茫。
草船借箭周郎将,赤壁东风过大荒。
田亩隆中芜草落,锦官城外谁祠堂。

299 声名与英雄

草木扶苏半雨晴,三江池岸水清名。
五湖淡泊舟帆去,啼鸟洞庭不住鸣。
万葱山前娃是客,小家碧玉小姑城。
英雄争霸中原在,只见声名不见冯。

300 过南京鸡鸣寺

金陵故事已空空,烟雨三江旧寺风。
只付东流桃色水,六朝淡淡有无中。

301 过秦淮

一情未了一情倾,八艳明清半国情。
二水三山寻日月,四时草木尽无声。

302 辽东鞍山市东山草屋之居,生吕赢借东山一年草房一间以寄之。

东山槐叶香,客舍一炎凉。
老儿邻家女,夜月落叶多。
朝明寻露水,暮色半苍茫。
尤记千山去,莲花入草堂。

303 女儿自巴黎来电金陵城驿

浊酒半黄昏,金陵两地门。
去来秦淮水,桃叶渡船痕。

第十五卷 古今诗

反复云烟色，花明柳暗村。
斜阳天山远，正气满乾坤。

304 中泰信用担保公司迁入新楼

骤雨落三更，余寒问七情。
人生长不见，未得一心平。
独枕寻明月，孤梦向水情。
官场经意去，商海不声鸣。
回味知良久，前思不自横。
烟云常是雨，只在愿中行。

305 夜雨

雨落槐花一叶孤，窗含玉影半村姑。
应知草春年年绿，万物扶苏入玉壶。
谁见东流分先后，长亭十里客心无。
湖中莫愁常来去，桃李声名自私敷。

306 蝉

高处一清鸣，人怜半折声。
流真响不尽，夜月碧中生。
京洛才子少，乡宦岸池平。
阳关无不唱，上苑曲阴晴。

307 中泰担保公司之人生

且问年年座右铭，寻求岁岁入棂星。
人明自古知情客，不问沈园半壁亭。
一事三心三计较，半真半假半浮萍。
梦中儿女回头问，带雨斜阳醉里听。

308 蝉

退退思思一半声，高高低低十三鸣。
绵绵不断吟西陆，淡淡清音远远情。
叶后雨中无处响，人间月下尽生平。
薄颜薄翼薄三古，孤唱孤心满夏城。

309 过汉口

半去潇湘半去吴，一湖斑竹一湖珠。
江青草碧山光里，水色还寻大小姑。

310 喜鹊呼门寄姑苏

夜半三更梦不眠，斜阳未尽尚高天。
东华追逐少年去，独守楼东月未圆。
忽有琴声杨柳曲，吴姬淑女采荷莲。
洞庭山水相思客，一半江湖一半船。

311 八月一日吕今电话巴黎城

夜半巴黎第一鸣，生来二十八年平。
有情儿女相思寄，半在西欧半在东。
塞纳河流圣母院，香溪里樹卢浮宫。
声名父母声名上，不了人间不了情。

312 寒山寺

一叶无声一寺空，半桥雨水半清风。
平平淡淡云天里，浩浩茫茫色未终。
柳丝莺鸣情不尽，姑苏依旧雾蒙蒙。
寒山拾得春秋月，天下人情各不同。

313 京中夜雨

314 之一

山中一枯荣，雨后半云生。
碧叶晴水落，孤心问五更。
平明思旧事，谁续二弦声。
忽见飞来鸟，还知自在情。

315 之二

潇潇夜雨半平明，淡淡年华一梦生。
主持花香朝夕拾，清光叶碧待初晴。
人生去去来来路，多少春秋多少情。
枯枯荣荣泉下水，长春日月在东城。

316 姑苏雨

抱住心弦慢慢流，烟云放荡叶青浮。
小家碧玉枫桥月，雨落东吴不可求。
娃馆宫中残镜在，虎丘山上月如钩。
寒山寺里钟声唱，一岁年华一层楼。

317 立秋

年年此刻最分明，岁岁春秋浊俗清。
云淡天高空渺渺，湖深水净一城倾。
言听落叶寻南北，独上江楼远近平。
知事知人知自己，胸中日月是阴晴。

318 广寒宫

万里晴空月独明，千家欲望夜心清。
婆婆树影移书案，羞涩嫦娥砚色生。
但得少华言自表，归鸿落下半无声。
追回九日成天地，处处寻思处处情。

319 拾得福州莲花身

君颜妈祖问福州，佛面莲花欲可求。
但得心中多照应，长江岁岁向东流。
山河依旧人依旧，暮色江村暮色楼。
极目无穷山海处，春秋日月一春秋。

320 马尾岛

朝朝朝朝朝朝汐，长长长长长长消。
福州涌泉寺遇龙变色
寺里一青龙，心前七色中。
山高人仰上，雨落犹云同。

321 福州鼓山

天清暮鼓山，林净涌泉关。
拾得莲花雨，柳娘换玉颜。

322 长乐林则徐望梅

三冠守海安，一人卷狂澜。
瘾者涌泉问，君心何为官。

323 夜梦乡人张恩媛

324 之一

梦里在辽东，乡心各不同。
唯唯闻父母，诺诺女人中。

325 之二

朝思暮愁向高堂，少小家中老问乡。
流落无知情结在，恩媛犹恨付春妆。
东城胡同居

326 之一

何为树高声，平明草露平。
心清待雨后，天下尽情鸣。

327 之二

三更月半弦，夜色入清天。
且问蝉吟去，今夕是何年。

328 之三

子夜一惊雷，秋风半雨城。

诗词盛典 | 吕长春格律诗词六万八千首（全四册）

悠悠思旧事，淡淡不难平。
有始终无始，人生是不明。
苦蝉深叶里，可望待清鸣。

329之四

夜雨渐无声，清吟待五更。
同被音沉沉，独树翼平平。
高处繁枝叶，朝朝暮暮荣。
南心寻旧客，只应自纵横。

330 和上官婉儿彩书怨六韵

天地忘人初，乾坤问客余。
春荣秋枯雨，泽被玉壶虚。
浮沉人生坐，声名不读书。
长安无落日，西陆只春居。
独坐门中夜雨声，孤情檐下怨心平。

331 寄上官婉儿

十六一时圆，清光半天年。
武李流何水，污浊择卿贤。
且误三声怨，无鸣两世缘。
花开花亦落，应惜自人前。

332 吊杨业

猛虎一天关，群羊两狼山。
金沙滩上去，独问李陵还。
男儿寻马革，家人念故川。
深宫空落落，月清是寒颜。

333 关外

八月白沙鸣，千年大漠清。
蜃楼吴国色，海市玉门城。
一箭无首尾，人前独月明。
夕阳风马革，何是一阴晴？

334 香积寺

335之一

清风半入凉，明月一经房。
望尽山门外，凭眺野山黄。
莲花香积寺，万里玉门荒。
草木心中露，人情日月光。

336之二

方圆古寺一残灯，云雨川流半客僧。
一易千难寻世界，三心二意问五陵。

337 乞巧节

338之一

河岸一孤音，罗敷半问心。
天中寻旧语，地上雨云深。
谁在长生殿，瑶池玉贞寻。
牛郎知何处，乞巧入春霖。

339之二

两岸鹊桥台，天河玉影来。
牛郎寻织女，不待两心开。

340之三

三百日无双，牛郎半苦窗。
天河怜织女，夜泪过寒江。

341 昆明，云南景谷林业收购

碧色半昆明，云南七色清。
金鸡鸣古树，玉水满春城。
雪色滇池月，楼观万念轻。
雨林成景谷，独我一人成。

342 昆明，丽江，摩梭园，女儿国

金沙水国一江清，日月摩梭半不明。
回首人间知冷暖，傣村草木四时荣。
晓光雾沉泸沽岸，暮落开户竹篱城。
男子三更篝火尽，无家拾得女人情。

343 听纳西仿唐音乐

雷电之声，禽兽知之，钟鼓之音，
庶人知之，琴乐和之，君子知之。
半壁江山八卦华，五音和之半唐家。
南人亡国知情恨，不见行云玉树花。

344 虎跳峡

千里流江百丈斜，珠玑跌落乱天涯。
望夫石外惊天峡，万丈倾涛满雪花。

345 石鼓

天下长江第一湾，千年石鼓过天关。
村中晴雨浮荣色，只见江流不见还。

346 纳西民居万古楼

千家独得万古楼，云疏雨细四方悠。
长乐宫里音声起，水落花流忘国侯。
玉树后庭花不尽，琴弦乐府曲重游。
梨园谁得龟年唱，歌舞升平又半秋。

347 长江虎跳峡

两壁烟江玉浪花，千流争逐落天华。
扬长虎跳雨倾峡，虹泻排空云雾纱。
十里栈道三江水，摇天动地满山崖。
雷霆万里潮涌落，只有惊心不问家。

348 女儿国

泸沽湖中彩色消，女人国里认前朝。
三更月色鸡人愁，八月天清玉衣桥。
旧族摩梭婚嫁生，纳西汉子隔山遥。
古皇五帝阴阳在，自古轩辕女儿娇。

349 秋夜

孤灯月影中，隔壁有鸣虫。
都有无眠夜，心思个不同。

350 霜降

白鹭向天飞，人生草木微。
黄昏云色远，暮落半秋闻。
十里长亭路，三更驿梦违。
霜降寒将至，叶落客心归。

351 万古楼 纳西语"古轮（最高点）"之音译

草木四时春，摩梭一女人。
纳西闻雅乐，唐汉入天津。
万古楼中间，千家月下珍。
玉龙冠雪色，芳草向东邻。

352 妇好

十万军中一地惊，三江草木半天情。
人先妇好相心下，易辨书中入出城。

353 秋梦母独居

354 之一
声声促织鸣,梦梦母人生。
独守辽东锁,无知落叶情。

355 之二
寒云问故宫,秋雨冷梧桐。
已是三秋晚,辽东入梦中。

356 二〇〇一年十一月十二日吕赢生日
拟往南京收购宏图高科上市公司,因11月11日美国世贸中心大厦撞倾而止。
金陵二水明,秦淮一江清。
桃叶船帆在,神消玉影生。
灵星门里望,犹存状元情。
天下巴黎客,天云万里城。

357 易
秋肃叶无逢,春荣草木踪。
人生先后在,从速不从容。

358 八月一线潮
钱塘一线潮,海宁半天消。
浊浪排云上,惊呼万里遥。

359 九月十七日邵峻岭辞中泰
秋中促织一声声,不尽东流岸水平。
初入高天云里路,蓟门城外半京城。

360 夜
夜里秋虫不住鸣,婆娑树影梦难成。
朝来重露惊大卜,落叶还闻敲门声。
一半阴晴秋一半,原来黑白各分明。
云云雨雨寒声至,是是非非问不平。

361 蓟门促织鸣
费尽心思一半声,朝林百鸟二三鸣。
村前只有春姑在,谁问中秋月不明。

362 忆江南

363 之一
一城烟雨一城荣,半是香云半是晴。
春水东流流不断,月明偷窥窥时城。
西楼闺客声声问,碧玉心中存私情。
二月梅村西山色,洞庭雾重两山盟。

364 之二
江湖问苦蝉,同里拾心怜。
忽落人间雨,姑苏月不圆。

365 中泰公司人游燕山九曲十渡

366 之一
空山七色楼,峡谷九泉流。
两岸幽林晚,秋声十渡愁。

367 之二
云耕笔架山,水荡玉门关。
十渡流云去,三川落鸟闲。

368 之三
十渡半云烟,中秋一月圆。
天长多沉积,地久少浮悬。
足步京津外,心寻九曲泉。
悠悠山里夜,啸啸待人年。

369 秋分
秋分三寸田,水暖七分天。
少见阴阳半,心中渡口缘。
秋分房山十渡

370 之一
十渡客临川,三山月色圆。
东华中泰水,夕照待婵娟。
惭愧峰林晚,江流九曲宣。
心中天地阔,岁月九千年。

371 之二
鸟雀争朝宣,秋声任晚蝉。
寒光三岭木,冷雨半前川。
舒卷云游去,人心俯仰田。
色空方丈问,古寺守天园。

372 读三闾大夫,见娄已瑾

373 之一
月色一婵娟,千年半缺圆。
追随人唱晚,三闾离骚篇。
辛巳娄已瑾,扬明是别年。
清风明月在,都拾玉家田。

374 之二
自古玉门关,婵娟自去还。
心随三问去,天上是人间。

375 之三
渐入明朗渐入秋,半江色满半江流。
人生如斯无终了,应识追随忘所忧。
水上洞庭吟大雅,汨罗离骚楚人怨。
春秋不尽春秋忽,朝暮光辉层层楼。
九月三十日入住太月园11楼26-4

376 之一
四季时节四季风,三千弟子一千同。
人间不尽声名尽,来是东西去是中。
客里楼台多落叶,山前古寺问僧穷。
心平天下三五丰,也是青龙也是虫。

377 之二
月满一家楼,光明半客忧。
人生三古尽,万里两春秋。

378 之三
霜天万里入三秋,日下江湖出九流。
十月枫林红似火,三长二短上高楼。

379 颐和园宿云檐关,记龙娟,蔡丹清

380 之一
贝阙城中二女娇,昆明湖上一云潮。
谁知水碧多深浅,仰止山峰处处高。

381 之二
万寿明湖六步桥,五颜六色玉泉遥。
一亭春柳和烟落,十里长廊入碧霄。

382 之三
云浮卧两轩，听鹂馆中言。
船去龙王庙，文昌贝阙垣。
（文昌阁，贝阙关，文武辅弼）

383 之四
春分三寸田，夏至半鸣蝉。
秋露黄花地，冬梅雪色天。

384 忆金陵
何处问蝉鸣，千家共月明。
长安闻色变，建业见湖平。
二水东流去，三山自枯荣。
玉音秦淮渡，犹守桃叶城。

385 独上鄱阳湖酒楼受奖四特酒

386 之一
暮色一秋波，云来半雨歌。
同心寻故事，四特酒先河。

387 之二
旧日上洞庭，临川问水清。
高堂寻故客，同里望云屏。
秋雨西山碧，江湖雨打萍。
去来心淡泊，座右一生铭。

388 北京雨，燕山雪 与刘德美坐
雪上燕山雨入城，秋寒夜里梦难生。
嫦娥不见还圆缺，却是无端不得晴。
玉笛石家庄上客，邯郸学步已风清。
蓟门城北元朝尽，也无灯光也无声。

389 承德山庄 与司机张文军一家渡
清人一热河，蓟北半嫦娥。
忽向惊空雁，衡阳只唱歌。
寒山霜色重，拾得寺家婆。
易水今流断，燕山已客多。

390 吊杨业
一见千年老令公，河山万里尽龙虫。
两狼山下杨家将，一夫天关万夫雄。

391 古北口长城
古北长城半垣残，盘龙口外一枫丹。
连绵起伏山中岭，唯恐斜阳照玉冠。

392 辛巳年寒露
露水挂寒纱，书生未客家。
五花林上色，七斗魁元斜。
日月人心里，红枫三月花。
婵娟千里同，易水尽年华。

393 隋河

394 之一
霜月净风尘，枫林浴沧巾。
钱塘寻六合，隋水待西秦。

395 之二
十月待孤芳，飞鸿问夕阳。
汀蒲寒露水，草木半明霜。

396 中秋
天高二天一秋寒，叶落三州半玉冠。
际际边边云色淡，朝朝暮暮问枫丹。

397 吊李白
万酒生平一酒停，玉脂未干玉脂玲。
长安御客长安尽，半是青云半敬亭。

398 史，汉不问秦兴，唐不问隋荣
谁问唐家入五陵，刘邦未解出游僧。
沙鸣草枯长城断，未及隋河万处灯。

399 蓟门领否溥家子仲
塞外寒枫三月花，山中故子一京华。
流年漫问平山海，夕照窗纱半彩霞。

400 中关村太月园
半是花园半是家，一心平平一心华。
寸心寸许三生问，也见清流也见沙。

401 壁画情字，元好问雁丘铭
性情影摇一心中，四壁乾坤半念同。
天下阴阳合此字，鸾鹏六欲七情宫。

402 溥仲为从吾所好为娄已瑾说
从心所好为名声，但将溥仲已瑾荣。
一日千年山水尽，天华草木各知情。
天天地地寒山去，处处人人拾得明。
自主自由来去客，任天任地任纵横。

403 下金陵凤凰台酒店
凤凰台上凤凰游，玄武门中玄武洲。
朱雀桥边烟雨锁，乌衣巷口旧情楼。

404 孔明自度
蜀吴赤壁大江东，鼎立云烟乱世雄。
大小二乔周郎问，孔明羽扇论儒同。
一千八百年华尽，半念荆州借不穷。
二意三心寻诸葛，空城不似在隆中。

405 无题
心情柳外墙，月淡板桥霜。
玉壁灯光问，人情故日长。

406 问君
何处是金陵，明清女儿应。
随流胭脂尽，粉黛半香凝。
八艳桃花扇，三君一夜灯。
心寻亡国恨，不忘衾被冰。

407 蜀相
一世逐三雄，千年壁四空。
无人呼铜雀，吴沉大江东。
牛马南山下，卧龙半蜀中。
天随山野尽，啸啸万人同。

408 洞庭湖
一唱阳关一唱吴，大姑上下小姑浮。
洞庭碧水听杨柳，渡口渔舟唱晚奴。
不见潇湘竹泪落，春风草木自扶苏。
呼呼诸扬长去，由得楼兰一丈夫。

409 梦千山 家在山海关外，里七百外八百
一路一千山，三生半入关。
阳春冠白雪，玉树后庭闲。
梦里无梁殿，神音日月还。

心中寻自己，寺外百年颜。

410 云南景谷县收购云南景谷林业上市公司

云南月下弦，景谷丽江天。
鸟落山林树，云飞傣水涓。
笙歌知不夜，收购价难圆。
只恶商人口，情销蝴蝶泉。

411 云南大理

年年三月三，夜夜潭中潭。
有女如云约，清歌化玉谙。
家家开半户，岁岁色千峰。
离离山中草，悠悠世上淦。

412 辛巳立冬于云南昆明—北京飞机上

413 之一

不问半寒宫，常心一世雄。
人间情不止，犹见水流东。

414 之二

似云似雨有无中，浮动香花满玉宫。
万里春城千岭雪，百川泾渭一天空。
三山五岳凭峰立，十面千声各不同。
日下江河流不守，人间冷暖西还东。

415 感桃花扇，男儿听歌，女儿救国

沉沦书生秦淮河，金陵八艳玉人歌。
风流未免明清去，何处知音女儿多。

416 忆张青，半政坛半商海，万通怀柔雁栖湖

417 之一

半商半政半张青，一去沈阳十里亭。
雁栖湖中流萤少，涨涨落落雨浮汀。
明明暗暗云边月，去去来来水里星。
留有人间人性在，空城玉色一心铭。

418 之二

一杯无停一杯停，心中煮酒论英铭。

唐诗宋词颜如玉，淡淡疏疏细雨亭。
守在家中明雪月，张青记得是张青。
晴辉什锦花园影，夜半声名夜半星。

419 忆全国地铁办公室主任金梅

420 之一

洞庭山上玉花开，万里香云申沪台。
雪海太湖明月夜，疏枝情影马边梅。
扶疏日月春风里，柳树村中碧色来。
唤起李桃天下去，半生鼓浪屿徘徊。

421 之二

桃叶心中一叶舟，金陵秦淮水东流。
状元门下声名在，得月桥中任自由。
二楼办公闻地铁，春秋点点待无忧。
寒窗十载梅花处，桂宁人中话九州。

422 忘国侯

花中一国忧，曲外半消愁。
倩影寻人问，宫娥泪不收。
惊心红酥手，随水逐东流。
犹有韩熙载，千年忘国侯。

423 香山碧云寺

424 之一

云泉不尽一山秋，景谷蝉林五色流。
六欲七情人寺外，三心二意在心头。

425 之二

江南一叶舟，水色半江楼。
夜话千年去，禅林十月秋。

426 扬州八怪

427 之一

独傲门中有似无，风情镜里别姑孤。
溪桥竹影斜阳下，一寸山光一寸吴。

428 之二

草短色无呆，毛长马不衰。
扬州城八怪，世上举三才。
篁竹天来势，板垣地为媒。

云中唐知己，笔下凤凰台。

429 之三

长江不尽逐波生，谁问扬州得月情。
只是蛟湖七八怪，入城城出不知城。

430 曹孟德观沧海

碣石沧海，鬼斧神鸣。
四洋无涯，百怪丛生。
十月怒潮，三更汐惊。
金波浩渺，水月纵横。
樯倾楫摧，舟舸不行。
吞吐宇宙，浪静波平。
心怀若谷，众志成城。

431 二〇〇一年十一月二十八日梦妻子女同船赴渝

十载生涯各自忙，风云子女渡东方。
船中日月天光近，拾得卿君太上皇。

432 菊

寂寂山中独自芳，妍妍霜里向秋阳。
黄昏至上天山去，草木纵横下枯塘。
十地圆通寻客守，八千里路诉衷肠。
孤花拾得云中月，留下年年月月黄。

433 荷小春三夏

434 之一

莲心半玉宫，色满客塘中。
无力婷婷挪，羞颜夕照红。

435 之二

小桥两岸小桥东，一水浮华一水融。
入舸帆樯入水底，江青自然雨蒙蒙。

436 六朝兴叹

437 之一

夕照阳明石磊泉，鸡鸣寺里玉脂胭。
三山二水金陵梦，一寸人心七尺田。
秦淮春花桃叶渡，六朝天子问天年。
且听聊斋惊孤月，草木风声过客船。

438 之二
十地一年霜，三山半不扬。
江湖浮沉水，拾得寺许昌。
影落宫中桂，心明日月光。
吴吴知己客，娃馆问红妆。

439 凤凰岭上自驾奥迪车
满目荒山满目茵，清风明月自家珍。
黄昏小雨多廖缪，奥迪随心万里人。

440 早上班
无奈独行僧，孤寻夜半灯。
云轻明自己，露重玉心凝。

441 忆寒山寺
残残落落夜阑香，郁郁忧忧莫断肠。
独守难平明月夜，钟声寺里绕余梁。

442 忆斜塘
十步村桥一寸霜，三山叶尽半苍黄。
归鸿顾只衡阳去，留下残荷守枯塘。

443 家中大雪而感怀

444 之一
年华淡淡守空堂，日月平平执著伤。
故影孙吴留去往，重寻紫气暗梅香。
寒风塞外传关雪，翘首辽东慨而慷。
饱饲清风明月色，乡人自取一心荒。

445 之二
大雪蓟门深，窗花玉色簪。
玲珑华四野，皓素省千心。

446 之三
峰岭青裙万玉冠，千山浩气千家寒。
梅花心里春情动，色尽枫丹白露残。
柳絮杨花惊一现，含情脉脉素门端。
三家五里一人见，半混云天半混繁。

447 之四
地满百花堂，天平二玉芳。
霜明凝甲子，日月是衷肠。

448 之五
悠悠问蓟门，啸啸故心蕴。
谁见荒原古，川流近日温。
江湖船下水，不及半黄昏。
枚乘三发至，风云万里村。

449 午马人生 读三千年书，走五百城路，问六十国家，及一生经历
三千年里一春秋，五百城中半旧忧。
六十国家人访问，农村日月自风流。

450 寄王晴中泰办副主任
蓟门桥外一晴云，独慎书中半问君。
弦月明光颜似玉，天河可惜两边分。

451 大观楼联
风环雾鬓中窗纱，翠羽丹霞一客涯。
碧叶珠帘寻玉色，朝云暮雨到人家。
三春杨柳村门里，九夏芙蓉万里华。
半岸江渔灯火去，七情六欲话桑麻。

452 目问

453 之一
三万日平生，千年间枯荣。
心中知自己，啸啸一声鸣。

454 之二
明月是客船，人生不醉眠。
一生三万日，刻刻数时年。

455 再下云南景谷林业
云到滇池不向南，心思费尽一千潭。
秦时塞北三千战，汉习楼船十万峰。

456 贵阳二女山
贵阳皇冠假日酒店
二女山中水一家，贵阳雨后五光斜。
天天地地江河水，抑抑扬扬向海涯。

457 苗人抢新郎
人人问苗家，雨下陌天涯。
不拜寻天地，心中一朵花。

458 贵州黄果树瀑布

459 之一
白色泉源七经流，千山万壑雨云游。
兴风作浪忘情水，啸啸龙吟气不休。
跌落烟华明瀑布，倾流万仞挂神州。
惊闻咆哮雷钧动，尤见虹霞海市楼。

460 之二
百丈锦流一刀裁，千年飞出万花开。
春潮涌动春雷震，不尽阴晴去不回。
纵马台潭犀牛泽，雨云峡谷问归来。
江河留下光华断，学得龙吟动地哀。

461 刘禹锡桃花观
是是非非半洛城，黄河北去一东行。
桃花道士知皇色，何意刘郎仕不成。

462 纤夫曲
击水江流滟滪滩，声声怨怨对狂澜。
城中白帝阳春曲，三峡夔门路更难。

463 岁
一年伊始一年终，过客难铭过客同。
日日年年三万日，平生五味在城东。

464 舟
五湖百里无归舟，雨棹三帆有故游。
四海九州凭漂泊，八浮七落问江楼。
（七则上八则下也）

465 和胡曾姑苏台
虎丘山上半花开，娃馆宫中一剑裁。
潮起钱塘潮落岸，人来人去分自人来。

466 月楼思
凭楼半眺望，远外一斜阳。
回首云浮起，心知是故乡。
家川寒叶外，过客问残肠。
傲骨清心雨，三青又两黄。

467 柳
碧妆玉心旧宫年，婀娜清姿醉夜眠。
肯向青楼情单寄，垂丝指望为繁船。

468 又
照醉清风湖水边，沉浮杨柳渡官船。
随心自然知深浅，不问斜阳只问禅。

469 和戴叔伦过三闾庙
楚客半潇湘，孤家一帜扬。
声名垂端午，日月入心肠。
长沙泪满襟，三闾离骚音。
楚客潇湘云，孤心绿犹林。

470 忆千山龙泉寺
斑驳三堂驿障风，萧疏林木寺人空。
龙泉叶下长流水，人迹桥霜问去鸿。
云沉僧门无梁殿，鹊飞荒径乱池中。
寒光尘外一千岭，不见名身在辽东。

471 又
千山寂寂问朝堂，曲径幽幽向客房。
只草禅音尘已尽，书经卷语入门光。

472 禅
天机一念缘，地厚玉心田。
草木山川里，门中日月年。

473 又
人耕三寸田，木积一林泉。
石磊山峰岭，非非是是缘。

474 五台禅
中台顶翠岩峰演教寺
东台顶望海峰望海寺
西台顶桂月峰法雷寺
南台顶锦绣峰普济寺
北台顶叶斗峰灵礼寺
普济五台山，禅心一玉关。
月明清水色，日照竹林还。
清清半世音，啸啸一人心。
惊起花林晚，钟声问古今。

475 蝉
薄翼退时扬，秋风进肃伤。
清高凭自许，寥阔见圆方。
半去遥遥语，兴兴一寸方。

声声寒雨后，回首便扬长。

476 蝉
一吟一退一分寒，半露三山半玉冠。
柳叶还荣韩碧色，吴音不断问枫丹。
缴父武罂生命在，西陆清蝉自弃官。
朝荣华盖高树上，暮归五土下天坛。

477 西陆蝉
客里一音宣，江南半故年。
清高凭自许，川下见涌泉。

478 思五女山
空山积雨浮，故国泊云深。
旧垒中途驿，斜阳女儿心。
清溪流小曲，寺外幕空林。
唯叹闻兴废，人人问古今。

479 响沙山
一半黄云大漠闲，千光夕照落天山。
吴歌兴叹隋河水，日落沙鸣玉门关。

480 和畅当登鹳雀楼
高天鹳雀眠，柳絮紫云烟。
四野均山势，千流漱故川。

481 和李商隐登乐游阁
进士高堂事不成，李家牛党自相倾。
无声幕府闻今古，留下黄昏半暗明。

482 和黄巢题菊花
一心落魄洛阳栽，半啸心中问未来。
秋实春华均不是，朝兴夕废雨山开。

483 闻鹧鸪而忆苏州 洞庭尔山 西山
啼鸟声声忙种青，月光未泛满洞庭。
五湖雨散烟消岸，西水东，草米汀。
广泽人生明月好，云游日月洁清铭。
一年春末三稞籽，细雨孤莲细细听。

484 鸣
啼鸟怨春深，秋蝉颂叶阴。
声声鸣本意，阡陌去来音。

尤恐黄河断，东窗泗水挂。
三百年年日，朝堂话古今。
寥寥寻旧舍，寂寂故人心。

485 又
三江十林心，一树两蝉吟。
草木荒山碧，天光约影临。

486 夕阳
铺满寒山一隙斜，业林穿过半人家。
心凭落叶知天下，犹见山川水溅霞。

487 又
满山光影乱飞霞，色荡云游溅水花。
何处无人知何处，也无世俗也无家。

488 雨，是雨非雨也
一水芙蓉一水清，半羞半色半倾城。
光华明洁人心重，倩影东临姿色荣。
碧叶轻浮珠露落，莲心荷月子如生。
胸前跳跃红颜问，玉立婷婷四壁惊。

489 闻蝉寄骆宾王
知了知时半怨声，清音好洁一娇情。
檄文犹在惊西陆，薄翼名鸣自不平。
无奈文华南冠去，名扬天下两空城。
霸陵沙沉凭响马，草木心中亦纵横。

490 忆钱塘江宁
钱塘月色清，六和塔钟鸣。
古树含云水，波涛问雨城。
千年潮涌上，一线折天平。
不厌行踪去，空山怨离情。
人间无自己，步步是心情。

491 运河
西陆荒沙满汴河，阿房旧火半临波。
人思一寸三江水，同里媳妇米脂哥。

492 又
一代兴亡一代歌，半荣半辱半心磨。
前朝劣根纵横论，未得身名落隋河。

493 又
一朝天子一朝臣，半壁荒沙半壁尘。
何患无辞隋主问，宫廷处处是非人。

494 又
自古吴歌好汴河，婵娟万里水清波。
官船不尽民舟往，处处微辞处处歌。

495 忆金陵瓜洲
半是金陵半是吴，一家明月一家书。
空庭莫守花影动，一水春江问念奴。

496 又
江天一半半瓜洲，矜持三山寻水求。
自古相思约有至，还惊扬子自空流。

497 又
夕阳不弃八方楼，云雨年华一味求。
不见蝉鸣回何处，由来由去任心游。

498 梦遇秦淮
君子南朝忘国侯，桥边鸟雀玉人休。
周郎赤壁知吴蜀，夕照乌衣巷口秋。

499 又
清明细雨问江青，朱雀花明满金陵。
犹有城南寻旧事，小船渡口献之灯。

500 杨子
一舟未顺一舟横，半世飞扬半世荣。
江尾江头相似处，西来东去四时明。

501 闫勉
人心三寸田，天下一方圆。
海阔鲲鹏在，琼瑶日月船。

502 芙蓉国里君子言吊屈子 辛巳端午
清名汨水残，楚客久无安。
半壁惊候储，三朝指旧冠。
潇湘归大海，屈子点王田。
百舸击流水，惊闻万表烟。

503 少小
燕山自秋春，尤见后来人。
少小寻关外，平生问玉臻。

504 过胥门
人心未满易春秋，不尽三江任自流。
留下胥门吴越问，客船不能到汴州。

505 蝉
高树一声天，仲秋半寸绵。
长安三两语，上苑入寒泉。
不问桃李赋，还忘素玉缘。
年年南客尽，处处苦吟蝉。

506 问阿炳
夜半不成眠，月缺守江天。
一水流未断，二胡演二泉。
徒拥孤枕望，犹温客家船。
明日向何方，应问运河边。

507 吊阿炳
日日水含烟，尝求月缺圆。
五湖春柳约，一夜问秋泉。
朝夕人边处，天空去往船。
悠悠知皓首，啸啸二三弦。

508 吊阿炳
悠悠半缺圆，楚楚一江天。
天地寻孤衷，音浮寄二弦。
心清凭自许，月淡色云烟。
六欲情中问，三光入应怜。

509 无题
半治文华半治新，一生草木一生身。
隔墙影动红装女，意马心猿常问邻。
赤壁吴雄三国志，隆中田亩半无茵。
春花许许随人去，秋月楚楚清风珍。
观兴叹止春秋尽，何必今人问古人。

510 瓜洲
村中色半阴，江上两三清。
明月孤心约，鸣蝉尽不平。
芙蓉妖野出，草木问花荣。

岁岁春秋碧，幽幽金陵城。

511 瓜洲
曲水绕村流，瓜洲问立秋。
长江相见晚，此去不回头。
后浪朝前涌，今人自己求。
黄昏无厚非，男女不耕由。
扬帆多为别，独上三江舟。

512 夜泊瓜洲
清江月上夜深深，帆落孤舟影玉心。
隔岸村光香水动，难忘留下一琴音。

513 又
月半一孤舟，江东半故流。
瓜洲寻岸草，来去不知愁。

514 放翁亭
秋水一叶丁，沈园半壁亭。
珍华年少小，不得陆游吟。
晨露空船去，朝云初入庭。
年年相问讯，夜夜梦孤星。
谁见江湖上，家中十里亭。
不忘来去客，犹念见浮萍。

515 鹧鸪天 闻蝉
一树清吟叶半荣，五音一曲不绝鸣。
夏华只向三春客，不求怨恩不求名。
秦淮北，闫楼晴，月明桥上自心平。
烟花时节夫君唱，留下江河不入城。

516 伍子
女子半妆楼，枫桥落水珠。
胥门寻马故，夕照问珍图。
书上颜如玉，惟帐久独居。
春明香雪海，云雨入姑苏。
人鸣船上曰，逝者如斯夫。

517 东西洞庭山
八月上洞庭，千顷不湖溟。
帆舟云影外，磊石寺门泾。
柳毅传书信，芙蓉姐妹屏。
板桥流水去，闫阁碧零丁。

西施娃馆在，情影暗偷听。

518 香积寺
寺中有清音，山前向路寻。
茫茫天地外，啸啸自人心。
苦苦农家子，平平一古今。
晴光钟鼓曲，月影问邻琴。
草木繁荣水，川流日泽深。
禅房花月夜，夕照万山金。

519 遇金陵
莫愁湖上莫愁歌，月淡浮光谁奈何。
年少前程寻何处，斜阳方问过时多。
晖朝阴夕常无空，秋月春花匆匆过。
谁得罗敷香玉冷，至今岁月易蹉跎。

520 蓟门问江南
柔草枫丹白露珠，高堂半壁玉时无。
偷情月色窥云影，羌笛还扬案后儒。
池水舟孤人不去，瓜洲沉落问姬奴。
青山犹有三分路，润水荒残两处吴。

521 鸿
黄河一半边，水断问残年。
落叶寻根晚，孤鸿向暮天。
清蒲秋雨色，伏笔万通圆。
浩首辽东去，乡心半月弦。
衡阳湘水岸，来去长江船。
海上生明月，归时日日眠。

522 识途
鸿归入蓟门，日暮问山村。
云封千林土，人知五色蕴。
时光来去少，落叶未回根。
拾得闻天下，寒山向海鲲。

523 问识
塞外一天寒，江南五色残。
五湖寻玉笛，阿炳向琴弹。
草岸空船渡，洞庭入碧风。
莫听天下逐，处处有狂澜。

524 和张祜 江南杂题 其十九
洛下无名客，江南不系舟。
病身黄叶晚，诗思碧云秋。
雀语嘉宾笑，蛩鸣懒妇愁。
幸因重醖热，聊作醉乡游。

525 景山即兴
殿上半名流，京中一事休。
斜阳皇苑晚，落叶故宫秋。
长街人情重，风云问马牛。
纵寻千古迹，不上旧城楼。

526 又
城中一日忧，山外半春秋。
歌管南唐尽，音扬忘国侯。
后庭花玉树，曲舞不知休。
只见人来去，君王应何酬。

527 秦始皇与李斯
泾渭云消半念空，秦皇统一阿房宫。
运河谁见江南去，半是云烟半是虹。
二朝帝王吕不韦，五军书灰有无中。
李斯传里闻惊语，一度桑乾一度终。
心力移山西秦尽，月在凉州人在东。

528 兴叹
岁月问西秦，风尘落五津。
千年兴叹尽，自古半秋春。

529 又
风烟问五陵，落照勉千征。
唐宋元明锁，长城一壁横。

530 黄鹤楼
黄鹤楼中故鹤鸣，半江芳草半江城。
难平杨子东流去，汉水分明日不晴。
流水高山千古唱，阳春白雪书无声。
梅花三弄寒心月，落燕平沙带色明。

531 习家花园
井前柳毅待归鸿，墙外开花水色中。
一半杨梅唐宋树，三朝天子住行宫。
湖岸深情玉笛曲，王土千年万里同。

此去扬州不多路，寄奴犹见袖藏红。

532 仲秋雨
秋雨一朝惊，山林半暮情。
临川三岭尽，驾谷四泉明。
东去长江问，千年鹦鹉城。
沧浪寻月日，食锦寄心清。

533 西楚霸王
三日阿房大火宫，英名一世业成空。
四方楚歌言重诺，二女家人问范翁。
亚父鸿门称霸王，萧何朱雀立汉云。
楚河汉界君人小，天下虞姬舞裙红。

534 闻江南丝竹
无故悠悠诉二泉，密云低低问三弦。
惊闻一品高楼上，功过千秋向玉莲。
五色林江山水练，纱笼烛尽羞红缘。
音琴丝竹姑苏夜，湖上帆波月色船。

535 又
寒山拾得旧钟声，犹有园中作别情。
姑且吴音呢喃语，心中月在下弦明。
运河水暖姑苏岸，门第书香尽日晴。
碧玉小家多委婉，下桥流水上桥平。

536 听二泉映月
客主姑苏问二泉，退思园外太湖船。
失明阿炳多无奈，君子斜阳尽不全。
竹影清风悬日月，小家碧玉作红缘。
人生如斯东流水，自当知时也缺圆。

537 姑苏
徒教江湖雨色烟，隋河不问二千年。
姑苏范蠡从商甲，娃馆西施锁客船。
勾践夫差吴越尽，小桥流水绕前川。
元知自古人生异，唯有山河日月田。

538 梦中吟
霸王心中八千军，帐下虞姬一舞裙。
自古中原知逐鹿，楚河汉界谁人分。

1947

539 落梅姑苏
洞庭山上满梅香，同里村中杏出墙。
但见吴姬明日月，插花半鬓不张扬。

540 金陵
朱雀桥边处处春，乌衣巷口去来人。
一心已旧青楼暗，半抱琵琶一曲新。
不可少年船自去，三言五语已相亲。
旧时巫峡云烟雨，柳丝高堂不问津。

541 渔夫乐
海上斜阳一半圆，炊烟岛外二三船。
黄鱼入瓮无青酒，螃蟹滩中已醉眠。

542 又
遥见晴云一两家，客船入港二三花。
渔舟唱晚黄昏尽，且随流年月影斜。

543 疏影黄昏后，暗香腊中寒
年年岁岁梦中看，腊月心中一半寒。
晓月雪中颜玉色，一心桃李不知难。

544 又
无故向前川，心中早有缘。
先生梅鹤子，一曲不轻传。
疏影寻孤隅，红颜色玉莲。
东西山上客，早晚入春年。

545 又
山岭二三泉，人生一半田。
江南寻女儿，玉影醉时眠。
欲止知情止，欲言不尽缘。
春泥香不断，怅怅数流年。

546 梅
一半情心一半寒，二三雪色二三冠。
春泥犹存春香水，百花寻梅百花鲜。

547 寻
初出衡阳芦苇滩，惊春同里暗香残。
婷婷玉立东山隅，香鬓云环已半澜。
万水千山芳雪海，小桥流水月色鸾。
风光都向江南岸，寂寞无端上眉端。

548 蝉
暮鼓问秋蝉，声声一半天。
斜阳明故里，西陆早无缘。
都是清音远，人间只这边。
高风寻亮节，不向贵堂宣。

549 京雪不净
鳞角任心飞，梅花不入闱。
浮香情不止，清色待回归。
一树轻妆素，三光尽玉晖。
人间人自在，客坐酒人微。

550 重上大观楼
蛮诞大观楼，云南草木秋。
天明半玉斧，日暮一心休。
八百阳关路，千年水自流。
滇池知往事，明末一清舟。

551 问
何是患人忧，君心种百愁。
骥上寻不住，尤记国云侯。
处处运河水，云烟自在游。
心平杨柳色，吴越任隋流。

552 雁
岁岁万岭青，年年十里亭。
月边云不空，柳岸水浮萍。
秋去春来处，阴晴一苦汀。
衡阳三月客，塞外半年丁。
但知千百度，自在自飞翎。

553 洛阳怀古
五陵荒尽半无陵，孤草凄零腊月冰。
千古惊心王帝梦，倾城不力废胡兴。
乐游原上深宫旧，儿女情肠问玉臂。
西下黄昏云散尽，人生渭水水难能。

554 记
瑾在小河边，千言半不全。
春江流不断，长问涌心泉。

555 又
一日千年万事同，三心二意半情中。
此江流尽山川在，秋月春花儿女公。

556 和对娄已瑾联
世事如棋 一朝争来千古业
柔情似水 几时流尽六朝春
黑白军中一半生，边边角角二三鸣。
虞姬帐下红妆舞，吕雉刘邦事何成。

557 衷情
轻舟慢慢横，水上一波平。
半夜洞庭雨，姑心顺岸生。

558 又
潇潇夜雨中，淡淡小窗风。
梦断江南水，追随日月东。

559 寄全国地铁办
大冬相乎吕小林，知人市长会中阴。
三才秘鲁辞张颖，陈敏南开恒康寻。
山水广东湖岸上，夏宫谐趣邀云深。
张青地铁伊宏译，问得金梅柳树音。

560 又
中法合成两处心，国家地铁三年寻。
人中事事中南海，天下城城地铁音。
一日荷花呈雨露，三春杨柳付书琴。
张青玛蒂金梅办，董处张平问古今。

561 对联
门外东西南北，窗前春夏秋冬。
心中千古事，眼前半部书。
窗前问明月，灯下坐清心。
暗香浮旷野，疏枝藏冬云。
深山飞秀鸟，玉色出佳人。

562 弦月
半入心中半入门，三江流水一江湖。
花开花落黄昏后，明月清风小儿孙。

563 香山碧云寺
斜阳入一泉，暮色落三川。
夜沉分明水，心中半缺圆。
碧云三塔寺，客过九重天。

燕赵寒林晚，香山五色烟。

564 扬州八怪
十里残荷一夜凫，一山枯草半明珠。
雨烟未尽寒杉下，怪出姑苏巧入吴。
不怪怪人生怪事，春心未断问春姑。
人知瘦马知途返，犹有扬州处处殊。

565 思
燕山一树春，易水半天津。
天下幽幽水，难铭夜夜人。

566 和曹操 叶细长长露易挥发 薤露
薤露二年伤，荷珠半滴长。
人生浮危浅，草木沉明霜。
沿岸晴光绿，潭池问水荒。
春秋无犹豫，海市亦青黄。
楼高空日月，寺远浩栋梁。
雄冠天下去，莽带弃民良。
帝王三皇尽，山野谁弱强。
昭君阴山下，西子守苏枕。
玉环心不已，吕布待炎凉。
无佳望皇自己，挺槊向千方。
移心情力去，铜雀锁斜阳。

567 郊寒
啸啸一楼兰，明明半玉冠。
终南山上问，日月尽青丹。

568 和阮籍
林中有奇鸟，自言是凤凰。
清朝饮醴泉，日夕栖山冈。
高鸣彻九州，延颈望八荒。
适逢商风起，羽翼自摧藏。
一去昆仑西，何时复回翔。
但恨处非位，怆恨使心伤。
吟吟凤求凰，息息问宫商。
夕暮深山里，朝明玉色藏。
一飞冲万里，半视瞩千荒。
真洁原心好，清音尽是伤。

569 和曹孟德
岁月当歌，心志山河。
沧海桑田，年华如梭。
一诺为先，半辞八荒。
楚江汉界，力冠乌江。
青青子衿，悠悠我心。
挥斥潇湘，高塘之音，
谁问雅鸣，二妃之声。
唯不相知，自在人生。
古原黄河，九曲清部。
中经化天，论书兹多。
飞峡江津，水韵山魂。
五湖纵舟，草木知春。
清沏泉石，思远人稀。
夕阳西下，性情可依。
川纵泽泾，壁立千林。
茹梓万古，叶落归寻。
回首庙堂，意守天门。

570 二〇〇一年十一月二十五日 金陵怀古 和郑板桥
秦淮南流得月桥，明清志里八艳销。
桃花扇里连三月，巷口乌衣问六朝。
谁问江镇寻铁销，还闻石头念奴娇。
状元依旧楼前水，叶下三山叶似潮。

571 村夫 收电话之儿女
流云淡淡菊秋黄，水落霞平残月光。
犹有孤鸿徒哀怨，霜明草木已枯荒。
才惊皓首村门外，不堪怜心夜自芳。
忽然声情知儿女，晨星不可上东梁。

572 回首
一寸相思一寸肠，十年土地十年荒。
平生回首心中事，原来梅寒独自芳。
化作春泥随水去，东风照旧龙衣裳。
耕耘五谷田园里，却守诗书半草堂。

573 辛巳年十月十五日吟

574 之一
明月照东窗，寒光入大江。
谁寻天下事，流向万人邦。

575 之二
砚池半天荒，丹青一味长。
诗书常自锁，玉色守山庄。

576 之三
玉色一婵娟，人间三寸田。
羞心寻后羿，夜半守孤怜。

577 之四
玉色锁清宫，婵娟梦半空。
孤心花间影，怯意四时同。

578 之五
高高不胜年，鹤盈半江天。
意满三光守，心凭一缺圆。

579 之六
西天万里山，只到玉门关。
玉色人间在，人情自在闲。

580 江南忆

581 之一
日暮忆江南，人情满泽潭。
无端惊玉手，月色入西庵。

582 之二
月问客家船，花心半不眠。
江湖潮不断，玉寺钟鼓田。

583 之三
斜阳女采莲，不满客家船。
疑有生人响，惊寻藏玉田。

584 之四
芙蓉出水颜，不守玉门关。
细细寻杨柳，梅花三弄还。

585 读山寺约人僧
桑乾不自逢，易水一青松。
山寺僧人守，香山半玉龙。
残灯寻古卷，静坐守孤钟。
何必人间事，来来去去踪。

586 又
山深约古僧,月半一残灯。
一卷三千界,天朝半部兴。
为人知自己,面壁四空承。
谁见红尘染,人心利欲凝。

587 和尚
梅花桩上十三僧,渡口黄河半尺冰。
天下少林天下事,原来天子尽人明。
朝中和尚陈名久,寺庙江山也废兴。
春月驰心花雨落,回来依旧问残灯。

588 空城计
明知诸葛一空城,为共精英半世名。
军令退兵三十里,孔明应知我人情。

589 又
千年谁人间空城,司马天中半孔明。
晋主无心军帐令,何人不鲜废琴声。
英雄只有英雄在,留得声名一二声。
我去你来同进退,知音留下待人情。

590 云
轻轻来去久无根,淡淡浮扬半有痕。
一日惊心城上去,五湖怒浪玉湖鲲。
自舒自卷天空里,冬夏春秋四季门。
近近亲亲长变雨,朝朝暮暮待黄昏。

591 保利剧场 读芭蕾名剧胡桃夹子
天上婵娟半下凡,人间冷暖一衣衫。
芭蕾曲尽千家苑,不是归来是去帆。

592 示儿有孙 云南省思第 再下景谷林业
忽闻吕赢到江南,却喜人间小马涵。
太月新家藏玉色,子孙自此女多男。
含辛茹苦平生晚,辗转流年近十三。
留下文华终是愿,家中明月一清潭。

593 滕王阁 岳阳楼 黄鹤楼 南三楼词

594 之一
滕王阁上夕阳开,云落洞庭阔水来。
一片明霞天外去,半江渔火久徘徊。

595 之二
又上岳阳楼,平生一半忧。
范公来此否,何以泛江愁。
月沉洞庭水,云浮万里舟。
连天心不断,千古自悠悠。

596 之三
黄鹤楼中望金陵,三山二水草青青。
年年岁岁长江去,抑抑扬扬汉水灵。

597 之四
黄鹤无言水自流,蛇山汉水问江楼。
琴台照旧知青去,芳草萋萋一半洲。

598 又
龟蛇锁大江,黄河去来忙。
一夕飞来水,千帆何处扬。

599 黄鹤楼又赋
楚客声名去九州,心中语后万人休。
九歌未尽千头鸟,留下琴台不伺侯。
未尽滔滔江水下,茫茫洗尽旧年忧。
人人只道寻黄鹤,远望原来不上楼。

600 又
洞庭万重光,湖水接天荒。
谁在楼中问,贾生赋岳阳。

601 岳阳楼赋
不问岳阳楼,范公一字忧。
洞庭难为泪,常德水沙流。
郁郁长沙客,潇湘斑竹愁。
沉浮知进退,世界一春秋。

602 洞庭姑山
寒光一九州,客舍半来舟。
才见洞庭水,啸啸志不酬。

603 滕王阁赋
万里望晴沙,千村生竹华。
人间云渡口,地上满天霞。
上下洞庭水,渔人不见家。
阁高扬眉去,春满玉庭花。

604 斑竹
湘江夜雨深,树叶满泉林。
斑竹声声慢,难明二妃心。

605 岳阳楼
洞庭不看楼,但见岳阳舟。
大小孤山水,长沙一叶秋。
巴陵横碧里,扬子尽东流。
斑竹心中泪,潇湘满目愁。

606 南三楼
岳阳楼上岳阳忧,黄鹤龟蛇锁汉流。
高阁九江烟雨重,长江来去问三楼。
青莲崔颢寻兴叹,寄去范公人不愁。
大海难平王勃少,声名不尽任天游。

607 黄鹤楼
高山流水一春秋,白雪阳春半楚囚。
鹦鹉洲头芦草草,琴台赤壁巴人游。

608 又
洞庭湖口一轻舟,扬子江中半客流。
谁见天际云水远,此去此来任凭由。

609 滕王阁
阁老一雕龙,霞光半落宗。
江山求水远,直上十三重。
青鸟云天问,三江雨雾封。
临川才子在,疑是故乡钟。

610 南三楼
楼上问寒津,舟游少故人。
江湖惊日落,雁去已无亲。
阔论高堂客,三楼净乱尘。
村村桑柘树,不问半西秦。

2002年元旦登泰山
雄峙东华一万山,独尊海日五岳颜。

玉皇顶上凭指点，天下黄河九曲湾。

611 泰山六朝松
菩提寺内六朝松，蔽雨遮云一沉龙。
半问山花君子树，一心远望是空空。

612 泰山丈人峰
丈人峰下问泰山，东岳陆平谢龙颜。
不知张说知郑谥，青衣紫服三关。

613 曲阜
抚琴约杏坛，孔子向天南。
论语知天下，心平齐鲁谙。

614 黄河
半是黄河半是堤，一船晴雨一船霓。
峰青入水千家碧，独守斜阳向鸟啼。

615 乡约
雁落衡阳半翠微，云生湘水不东归。
寒光故国梅香至，梦里声声向北飞。

616 去广州，离太月园 11 楼 2604 家
床前太月家，别此向天涯。
留下心头草，江湖浪淘沙。

617 合肥清风阁明月亭

618 之一
清风问月亭，雨色满西冷。
人在开封府，春关自桎星。

619 之二
巢湖草色青，玉色半湖泾。
谁问包承相，春秋十里亭。

620 合肥吊李鸿章

621 之一
国破垣残草木春，大鱼小水自言臣。
难鸣士子危人处，是是非非一半尘。

622 之二
水浅不浮舟，无安士不求。

危言天势去，未解辱人忧。

623 南三楼，长沙—九江—武汉

624 之一
三楼兴废叹悠悠，一水千年逐自流。
谁问高山流水在，人间曲尽不知羞。

625 之二
龟蛇汉水黄河楼，荆楚潇湘鹦鹉洲。
人到南楼人怀远，高山流水水知流。

626 之三
巫山云雨半江流，一赋湘君三故楼。
且向高唐寻旧由，人间群玉半心修。

627 之四
鸿衔落日开，客重向心来。
为守九江约，天音去来回。

628 滕王阁约王勃
天下之大，天下之小，天下之大大则小，
天下之小小则大。
半依高阁雨茫茫，一眼青云过大江。
留下华文浮沉色，天门重叙约炎凉。
东流未尽三江水，荆楚潇湘日月光。
迟到韩愈今古问，沧桑不尽是斜阳。

629 唐昭宗皇帝巫山一段云
巫山一段云，雨色两纷纷。
何处人心上，春华石榴裙。

630 东望儿子生女儿名为娘
日日东窗纳紫阳，年年草木谢芬芳。
高望无际晴方好，大上祥云祝吕娘。

631 忆辛巳年清明
不问清明问落鸣，江青渡口半春风。
渔村乞火寒食尽，入水朝阳复向东。
2002 年 1 月 31 日受王晴书赠 "唐诗配画"
一去玉门关，望晴两壁山。
唐人诗不尽，月下画君颜。
与赵进军、王晴、孙敬娜、李冬梅、小美共游香山

天云满玉门，夕照半黄昏。
古刹钟声响，人惊一鸟村。
泉清空谷静，春暖六人心。
唯见群芳路，商弦尽外音。

632 壬午年立春
寒入梅心腊月珍，疏枝淡影雪色邻。
东风一夜芳香树，唤起千花半是春。
碧色光明杨柳叶，朝云露重玉人身。
五湖平稳烟华里，只有洞庭绿不匀。

633 唐词 更漏子 香山寺
一泉鸣，三叠横，夕照尽情东映。
荒草柔，寺钟声，水流红不平。
巫山净，雨云晴，白石青莲人性。
云淡淡，影明明，问心事竞荣。

634 浣溪沙 黄昏自得其清
夕照回归暮色淳，小桥流水入门人。
初明月色与心亲。今日去年秦自得，
辽东燕子不泥身。烟花柳絮过三春。

635 太湖水 洞庭东西山
一丝清音一丝弦，两山入俗两山缘。
洞庭云雨江湖重，古寺寒山一半天。
皇帝船中非主客，状元村里是轻烟。
钟声犹在鸣人去，天下还余五百年。

636 江城子 贾谊
京中才子几人中，一江东，半生雄。
君子知忧，家国在心中。
秦不用秦秦不在，千万里，一苍穹。
长沙沙水水沙逢。雾蒙蒙，雨蒙蒙，
楚客王宫，何处问精英？
不到湘江闻一赋，烟渺渺，意空空。

637 南乡子 苏州
日日五湖烟，流水小桥雨半天。
碧玉家中花断，年年。人在江南月上弦。
同里退思园，狮子留园拙政园，虎丘寒山吴门外，园园，问尽姑苏不问船。

638 壬午年正月初一
春天马一先,驰骋向天缘。
六十三百日,依依本命年。

639 修三峡水淹白帝城
听来白帝鼓钟声,夜半人心月半明。
三峡巫山云雨客,夔门一锁待君鸣。
江楼悄悄江流去,岁岁年华如逝去。
两岸光阳如练旧,天情不尽是人情。

640 采桑子 三江源
三江不尽三江水,来也难终,
去也难终。只见清流向海东。
千年万里云烟重,来也空空,
去也空空。上下川流天地中。

641 浣溪沙 月
十里京师问客天,一钩玉色向家园。
小楼留下暖心田。枯树新枝千万叶,
梅花唤起百花鲜。人生处处是人缘。

642 冬梅
九脉香凝腊月花,三山玉影一人家。
衡阳去雁知时节,万里西东待日斜。

643 苏州梅花节
香沉五洲船,花荣一处天。
半生寻自己,万里客家缘。
露重洞庭树,芳华月半弦。
寒心天地里,换得百花妍。

644 北京中关村
东风十里中关村,雨水三年外蓟门。
两府天华明极阁,半就朝云半黄昏。

645 志,心其士也
清风千古尽,荣辱半春秋。
不废年年作,心中处处忧。

646 忆辽南千山

647 之一
客问一千天,云游半月圆。
钟声浮古道,芳草碧心田。

648 之二
辽东南北一人缘,关里书生半地天。
千朵莲花山上座,万家香火客心田。

649 耕耘
人生半部书,走读一人儒。
修炼心中士,成功自有无。

650 二〇〇二年三月二日
生名六十年,天地一鸣泉。
上下三千故,纵横七尺田。

651 同去机场,予赴深圳,女赴巴黎,各向前程。
天下半西方,辰明一低昂。
去来言其志,生就著栋梁。

652 回蛇口
1980-1981 任交通部香港招商局蛇口开发区专家组组长。交通部潘琪副部长任领导小组组长,袁庚任香港招商局副局长、蛇口开发区主任。
二十年前月半游,三千人马困汀州。
天涯未得天涯计,海角重言海角谋。
潘琪袁庚蛇口岸,招商香港土无忧。
零丁洋里零丁叹,五百年中一去留。

653 壬午年惊蛰
惊蛰物三声,东风过半城。
蓟门千水碧,月淡一川明。

654 壬午春分
柳絮半杨花,余光一路斜。
东风无力去,留下醉人家。

655 归鸿南北东西
沙州曲尽舞飞天,泾渭音琴问玉娟。
一日孤鸿寻所以,五湖泮泮尽云烟。

656 寄陆放翁
梦里重寻半壁亭,沈园旧约一生铭。
江南村草春光绿,柳絮杨花半水汀。

657 忆金陵
谁向大江东,心明柳色同。
千金陵邑水,六朝古今中。

658 虞美人 江东
隋河两岸千杨柳,天下人人有。
江东子弟一声明,汉界楚河分孰谓平生。
月明水清村云守,是是非非否。
山中桃李枯还荣,日日春江花旧约新情。

659 江东
云烟湿重一城浔,柳叶扬长半碧深。
江南黄花河岸满,清明处处雨情心。

660 浣溪沙 江东
三月桃花处处红,一村烟雨人情中。
萃华杨柳问春风。香入江流凝水色,扬长旧约向西东。年年三月半心同。
壬午年二月大初三

661 之一
二万一千九百天,长春日月养人年。
泽恩滴水涌泉报,去去来来都是缘。

662 之二
王龙亭水水清清,十里兰花半色城。
留下心思天下事,生机勃勃逐年生。

663 之三
生来两万天,自主论方圆。
鸿去三千里,天涯海角边。

664 之四
去岁此刻心中,朝暮年年日月同。
唯有春秋闻子女,还闻天下夕阳红。

665 之五
百合玫瑰郁金香,紫绿青兰赤橙黄。
日月群芳明照晚,长风六十半高堂。

666 之六
三生二万昂,六十岁年长。
不怨斜阳晚,无限是远光。

667 南歌子 人生

不尽山河水，还来日月光。
年年杨柳自扬长，夜夜书文千万书心肠。
北斗三星照，寒窗半落霜。
一生刻苦待高堂，草木知心岁岁向爷娘。

668 闻曲小芳

华人曲小芳，燕子守东梁。
隔岸花来影，心中日月光。

669 长春

日日阳光草木茵，年年露水沾行人。
黄花满地清明雨，一半书香一半春。

670 思乡

谷雨问人间，鹧鸪不自闲。
紫光天下满，遗梦挂东山。

671 颐和园踏草

花明万寿屏，柳绿知春亭。
水碧文昌阁，园中皆趣听。

672 白日

673 之一

马踏江山已半生，文心泽被客千城。
小舟只向天遥远，白日心中日月明。

674 之二

朝有光华暮有阴，山成石磊木成林。
生平六十人心守，日月千年一古今。
城，闱成，入城，守城，出城
半入城中半出城，一心知己一心明。
人情欲望人无上，个问声名问一生。

675 聆月

云中一马向天鸣，玉色三光回目清。
为聆婵娟广寒里，长空万里苦心荣。
2002年3月30日签
精英坛上为人稀，人众眼下尚猜疑。
待到明年黄花发，此际声明达帝畿。

676 敦煌黄昏

沙鸣不断玉门关，日落尘明野马山。
不尽斜阳千万里，心中夕照半人间。

677 树有一叶阴，天有一时同

678 之一

山中千丈势，树下一分阴。
古道扬长去，来人自有心。

679 之二

朝晖夕照一时中，池水江流半日红。
南北东西相似处，春秋冬夏自心同。

680 李鸿章

五百年中一半名，三千弟子不知情。
问鱼向水天朝尽，大国无荣是满清。

681 回苏州清明

682 之一

十地寒食一叶阴，三春杨柳半南浔。
五湖玉液云荣枯，四海清明自古今。

683 之二

一半潮阴一半凉，五湖烟水五湖香。
寒食才过清明雨，乞火灯明入草堂。

684 四月八日沙尘暴入北京

暴下沙尘白日光，风中石粒一城黄。
知人易水无燕赵，击筑声声谁自伤。

685 四月九日太月园 2604 刘德美

东明太月房，刘德美朝阳。
暂浴金湖水，人心下汴塘。

686 下云南

树雨一千泉，林云六十年。
两峰伏秀草，一碧化空烟。

687 忆辽南千朵莲花山

禅心一千山，客向半天关。
上下无非是，生来何必还。

688 画堂春 油菜花黄

黄花遍地一芳扬，心中好似心肠。
年年月月一天堂，粒粒春香。
五湖洞庭山上，难来日月晴光。
烟云阡陌唤人忙，换了红装。

689 南歌子 杭州

淡雨无心下，西湖水外楼。
梅花玉影梨花羞，玉子浣纱明月问东流。
为尚衣衫短，还求透露柔。
三潭月印一情留，柳浪闻莺处处何人收。

690 深圳

691 之一

燕赵闻风询帝宫，深圳马双约成龙。
黄花天下知心足，山东城西水在东。

692 之二

宦海半生华，江湖一小家。
明天人何往，客去问天涯。

693 梁燕

曾是一栋梁，斜阳甲子昂。
燕来春柳重，何意守空房。

694 沙尘暴

695 之一

天地半茫茫，天圆地不方。
沙尘鸣北国，不空一昏扬。

696 之二

何处问风沙，黄昏不见家。
玉门山雨至，尘土满大妊。

697 之三

尘沙扬扬一夕斜，衣裙暗暗半年华。
胡姬两夜风光舞，不见楼兰十万家。

698 之四

三日沙尘一日晴，五湖云雨九江生。
二妃为以高唐去，七尺铭心玉门声。

699 收购云南景谷林业

700 之一

一客过云南,天光景谷峰。
十年销干戈,原木入清潭。

701 之二

百草一千山,三年半旧颜。
月明浮水底,景谷沉日闲。

702 昆明—南昌—滕王阁

啸啸一浔阳,淘淘半九江。
英雄无觅处,高阁莽苍苍。

703 九江—吴蜀

浔阳楼下一江流,扬子洲头半汉秋。
蜀尽吴平三国尽,小乔心上卸妆楼。

704 率中泰担保公司登庐山

705 之一

三叠流泉一彩虹,两山空谷半松风。
人心浮动千阶路,前步难知后步同。

706 之二

云烟锁九江,中泰向千商。
四百庐山旋,群雄过向塘。

707 之三

南昌尽雨烟,匡庐满杜鹃。
楚水知无远,吴桥问客船。

708 之四

江入浔阳半雨烟,琵琶声中一心悬。
蜀吴已尽山河在,常记公明六史年。

709 之五 浔阳楼

一壁文书血未干,三江夜雨客心残。
英雄常问江东去,留下琵琶谁不弹。

710 之六 李逵大闹琵琶亭

琵琶欠不弹,宋江及时澜。
好汉三觞酒,青楼半玉冠。

711 之七

九脉明心七尺田,三江细雨一天年。
江风入酒难言客,旧约情波月半悬。

712 之八

人归浊酒旧情年,月下清流玉女泉。
楚客江南三水岸,楼高不问上湘船。

713 之九

半壁江山半壁垣,一生狂傲一生言。
九江不尽还天下,犹问声名是何源。

714 之十

千年一庐山,十日半人闲。
五十君心去,高冠去不还。

715 之十一

千峰七八渊,一谷十三泉。
啸啸松风去,悠悠问旧年。

716 之十二

汉阳峰下一山川,月上浔阳不见船。
司马琵琶难问客,望江亭北九流泉。

717 之十三

一问荆州问两家,九江三国向西斜。
柴桑烟水黄花夜,不见浔阳一水华。

718 之十四

琵琶亭外一声声,司马心中半不平。
自古人心知自己,天涯何处尽生鸣。

719 之十五

啸啸九江天,悠悠十叠泉。
千年冠司马,不见旧心田。

720 之十六

清流九转望江亭,雨色三山问草青。
留心思余念去,夕阳复照客人铭。

721 之十七

一匡庐山四百旋,九江不见旧人缘。
人向谁问真君子,留取清心漱玉泉。

722 之十八

汉阳峰下一云天,三叠泉前两霁涟。
远近低高浮碧翠,清潭处处半山巅。
松涛起伏惊天下,笑虎风鸣向旧年。
宽狭纵横川水在,人心求当知自圆。

723 之十九

半是庐山半是烟,一泉三叠一流泉。
虹生足下明潭泽,达理知书尽自然。

724 之二十

窗明三星入,月色一庭堂。
花甲心知己,人珍旧约芳。

725 之二十一

爪吏向浔阳,梁山墨满墙。
九江千古向,李逵半人长。

726 问白居易

一花不如百花香,万紫千红半逾墙。
云雨桃源人何处,杭州刺史稻花黄。

727 父逝 二〇〇二年五月十六日 壬午年四月大初五日晨四时八分

咫尺天涯一渺茫,乾坤泰斗半苍苍。
人间两代心还在,世上三光共逝伤。

728 故乡

故乡是石,故乡是山,故乡是水。
不是山的一部分,石磊向山,山养育了石。
不是水的一部分,石抉流水,水磨砺了石。
山立万仞,水流千古。石,默默地寻求渺小和永恒。
它,就是故乡。

729 父母

父是儿子的天,母是儿子的地。
父母是儿子的天地。
天高覆万物,地厚载众生。

730 儿子

儿子是父亲给人类的贡献,儿子是母亲给人类的力量。

天地交而万物通，上下交而志其同也。
儿子是父母的继续，它继续着父母的生命。
父，吕傅德，母，丛润花，儿子，吕长春。
生命自永恒。

731 庐山仙人洞

仙人洞草青，毛步妙观亭。
三叠泉中水，江峰五老铭。

732 庐山天桥问朱元璋

三山两岸烟，一谷半鸣泉。
六朝天桥水，声名五百年。

733 庐山照山崖

庐山十步不相同，九脉浔阳一曲工。
地上有无明所以，云浮天下色空空。

734 匡庐黄龙寺

何处晋寺名，林山见日晴。
黄龙三宝树，水色九江城。

735 庐山三叠泉

736 之一

山中五老峰，崖下一泉松。
暮雨常相问，云天见玉容。

737 之二

雨云一半半心晴，白鹿门中一不鸣。
论语江华天下将，九江东去庐山荣。

738 庐山仰天坪

不息川游尽不平，中流砥柱却无声。
穿纳万水心中大，吞吐千山十念明。

739 庐山望江亭

九江不尽一江清，三涧西亭四方晴。
问尽天空知所以，山川犹抱半纵横。

740 匡庐

741 之一

庐山不志名，水浒九江清。
暮雨浔阳去，南昌夜雨晴。

742 之二

万壑松风扑面开，川流九脉去云来。
山河留下知心问，犹取天云玉为怀。

743 之三

流花天下一千川，云落匡庐二万泉。
松风啸啸惊四野，滔滔狂瀑落天年。

744 清江采女

芙蓉不向水中藏，夕照深深玉色光。
采女归舟情未晚，妩妍泽岸尽浮香。
人情留下清塘照，犹有澄湖半碧娘。
只恐牛郎牛不在，心中还似嫁衣裳。

745 秦淮八艳女复明

746 之一 马湘兰

中庭望鹊桥，乞巧念奴娇。
玉影声声暮，幽兰欲未销。
园中孔雀庵，寺外碧峰遥。
谁得芳华计，赢心为冰涧。

747 之二 卞赛

无尘卞玉京，天下半生平。
一语惊心座，三年女儿情。
虎丘言志短，可欲守孤明。
碧血红颜树，法华持戒经。

748 之三 李香君

桃花扇一情，娇小玉三生。
阮大铖无意，红颜不向清。
琵琶尤记取，血溅一心明。
孔家李姬传，声名陪玉京。

749 之四 柳如是

相故吴江周道登，姑襦玉质一厢丞。
心长意短成功去，女子台湾男儿膺。
只种江湖天下草，声名几社半金陵。
缠绵于忍钱谦益，敦是明清一笺灯。

750 之五 董小宛

姑苏城外种梅花，楼小春深向女华。
竹篱幽情纵山水，僻疆留影暗窗纱。
长埋露白闻钟鼓，曲尽音余问落霞。
暮暮朝朝花落去，明清本是不一家。

751 之六 顾横波

眉楼人去市园荒，留照秋波露水凉。
夜半烛红三更问，重情还是持眉娘。

752 之七 寇白门

秦淮船平寇白门，乌衣巷口草花村。
五华高筑红颜梦，一曲吴宫半国魂。
京畿云沉兵马嘶，铜台玉锁薄帐昏。
金陵应记文人落，朱邸藏娇不见坤。

753 之八 陈圆圆

情人问甲申，国破女知人。
去留田畹府，红颜关外人。
吴三桂子奴，尤得闯王身。
华国云南寺，纵横尽故尘。

754 金陵八艳

明清半入半清明，草木年年一枯荣。
五百年中君子问，青楼女儿华人情。
金陵有寺天天度，不去台湾处处鸣。
但见婵娟明万里，红颜爱国尽声名。

755 浙江天荡山

山深水重雨蒙蒙，寺古钟鸣四处空。
日华清泉明未尽，川流不息入春风。
人间能见千情语，无意心田七欲同。
应是知情知自己，莲花身在此缘中。

756 韩国汉江

二千里江山，五百载唐关。
一水流难尽，春香去不还。

757 汉城颂贤门

高丽总统门，脚下汉城村。
天下心无界，云中小儿孙。

758 汉城飞机回北京见荷塘

不觉夏云飞，春香入薄帏。
芙蓉荷水露，拾及玉颜归。

759 父与子

漠漠问黄泉，轻轻过故川。
天涯无父母，何处与同天。

760 虞姬

楚王帐下玉人销，此恨绵绵去已遥。
夕拾朝花明月半，随波逐流一江潮。
兴兴废废天安在，去去来来夜萧条。
旧事春秋恩犹去，人生如斯问华桥。

761 西施

762 之一

一半珠花一半船，五湖西子二千年。
浣纱余韵吴宫在，范蠡轻舟七尺田。
过客江南情已满，姑苏风月度人缘。
馆娃曲曲声声舞，梦里夫差应不眠。

763 之二

馆娃宫中半是情，春花岁岁一芳明。
怀心月色玉身近，怜取光华色欲倾。
谁问吴人天下事，情中言下只阴晴。
洞庭山上香雪海，湖里孤舟处处平。

764 自主

清风明月一心珍，桃李无言半古今。
拾得春光天下去，黄昏留下万山金。

765 夕

自主是黄昏，无人问玉门。
光明天下路，日月度中村。

766 江南

767 之一

雨似云中雨似烟，丝丝挂挂半珠圆。
天空乱了人间乱，一日浮香十日悬。

768 之二

丝竹声清短留缘，雨云一夜十三泉。
珠珠滴滴三千水，二日东风满玉田。

769 之三

云雨平平一水缘，隋河送客半江船。
春烟柳色人前落，满地黄花乱入眠。

770 之四

一意悠悠一意绵，半山半水半心田。
云云雨雨东风里，草草花花月色圆。

771 咏蝉

772 之一

天中不凡响，叶碧半云光。
九夏人心醉，三声世界扬。

773 之二

高高低低唱，振振翼扬扬。
知了年年了，惊人九夏肠。

774 之三

是是非非半不唱，恩恩怨怨一鸣扬。
音清自得天高去，玉洁身名诉衷肠。

775 之四

谁为问高音，人间唱古今。
声声声不止，曲曲曲知心。

776 之五

树顶二三吟，枝稍七八浔。
还闻向远唱，留下一人心。

777 之六

叶叶自连根，声声咏旧恩。
音中无自己，作伴入黄昏。

778 之七

天下一平生，人间自主鸣。
蔽护林阴下，放纵报效情。

779 之八

驿外半红尘，京中一故身。
音清天下去，不负客家人。

780 之九

不避暑天云，还听故客分。
但居西陵久，浩浩只闻君。

781 之十

半步半清吟，三声一音深。
声声鸣自己，处处问人心。

782 蝉

进退入禅门，扶疏出雨村。
音清身洁好，居高伴黄昏。
不负声鸣尽，心中有怨恩。
古今天下唱，曲断一乾坤。

783 又蝉

居心碧叶鸣，九夏尽高声。
一叶惊心落，秋音重晚情。

784 七月十二日收购上海凯马B股上市公司

凯马半人间，江湖一玉关。
山东君子断，天下读书颜。

785 苏州客

欠客吴中问楚歌，姑苏夜半月隋河。
江湖隔岸千家玉，草木山川一自多。
十里长亭寻柳问，千年古刹向日磨。
知心不改江河下，岁月人生见蹉跎。

786 菩萨蛮

787 之一 金陵

三山石磊三山岭，千家月色千家颖。
二水半金陵，莫愁湖上青。
五更孤自省，月色心憧憬。
夜梦谁聆听，旧情余半庭。

788 之二 三峡

巫山云雨巫山养，三川流水三川昶。
峡谷半天光，夔门千仞昂。
长江坦荡荡，一日江陵犷。
水泊问浔阳，夜来风月乡。

789 水华

790 之一

客舍一禅心，商船半古今。
九江云水重，八百月僧寻。

第十五卷 古今诗

791 之二
十里荷塘百亩春，三江月色一江人。
江华沿水流芳去，只作君心自洁身。

792 之三
一半芙蓉一半荷，三村泽水五村歌。
黄昏初落晴颜色，留下人心问玉娥。

793 之四
一尘不染玉人中，五味心情待丹枫。
夕照浮光华碧叶，芙蓉出水不经风。

794 香山
三春满雨天，一叶半珠泉。
但问香山寺，幽燕待苦蝉。

795 北海
芙蓉出水平，北海玉颜生。
白塔云光照，清心待雨声。
五龙亭岸水，三海柳阴晴。
惊岛团城北，皇宫日月明。
注：三海，北海、中海、南海。

796 半生司长
常闻父母情，愿报儿女声。
一代传三代，三生已半生。
国家千司长，门下万人名。
继续中南海，还呼啸啸鸣。

797 八月一日上海凯马 B 股上市公司董事会董事长

798 之一
白马牧南山，书香种土颜。
人人知五谷，事事问三关。

799 之二
云平白渡桥，雨满浦江潮。
女儿生今日，生生日日娇。

800 之三
幽燕一夜叹，齐鲁半心丹。
天地三千里，人生十八盘。

801 之四
蝉声不已问秋声，西陆难平待日晴。
犹见飞鸿归旧路，婵娟色满夜半明。

802 立秋

803 之一
云平齐鲁城，雨尽故宫明。
日月秋天肃，江山半枯荣。

804 之二
五光十色一云中，三教九流半世同。
只见浮明秋叶落，风波渐沉御城东。

805 八月十五日入主上海凯马
云晴问夜花，水碧映浮华。
凯马山东乱，心平一万家。

806 登香山

807 之一
蝉声未断叶声稀，夏尽秋虫月半啼。
十步香峰天不远，一心犹向玉门西。

808 之二
东来泰岳山，西去玉门关。
犹见黄河水，沙鸣不须还。

809 之三
秋色香山不问丹，江河日下尽天冠。
一书独职禅无语，半路清风不争寒。

810 陇西
凉州城外半荒沙，马下飞燕一玉花。
天水苍茫陇上碧，玉门杯素夕阳华。

811 秋 之一
秋雨秋风阵阵寒，归人归事旧云端。
蓟门不守东城梦，易水流绝树未丹。

812 之二
明月一扶郎，清风十里香。
心平天下问，气合上书堂。

813 之三 枫之红非霜也
叶落半山空，秋明一日红。
时机天地上，何故问霜枫。

814 之四 五花林非霜也
暮色五花林，霞光九月浔。
明明山岭上，啸啸一人心。

815 壬午年七月十五日 祭父百日

816 之一
生离一百天，死别未经年。
但寄黄泉下，先人已不眠。
山中蓬草满，梦里尽心田。
老儿灯下问，还思留日怜。

817 之二
三生泪水悬，千里问黄泉。
面向荒冢里，难寻父母缘。

818 之三
农家父母乡，五代一同堂。
隔世成行泪，心中自凄凉。

819 之四
京言忆西关，祖训窦燕山。
五子声名在，青松祭故颜。

820 昆明湖专船 李冬梅、孙敬娜从铜牛到石舫
湖中六部桥，船上念奴娇。
玉宇随烟淡，清风问旧潮。

821 居庸关
天下一雄关，沙中平旧颜。
秋风归何处，叶落去不还。

822 黄河
九曲黄河不问家，一城儿女向江霞。
秋云浮沉帆前过，碧水人间锦绣华。
万里菊花闹世界，斜光不尽满天涯。
忧民忧国忧朝野，去去来来浪淘沙。

823 九月十二日吕赢生日

北京巴黎隔千家，子女欧洲各一华。
九月心中十二日，国门内外祝天涯。
彼此人生天下路，云光细雨半窗纱。
心中只有阳明昶，足下声名向锦霞。

824 北京怀柔雁栖湖 之一

寒叶声声一点轻，秋虫续续半孤鸣。
小心烛火流萤少，云雨倾时各不平。

825 之二

半问寒宫半问凉，一身玉色一身妆。
碧空来去秋虫语，慎独书窗梦不扬。
草木心中明灭尽，婵娟色下谁无乡。
村前岁月川流去，雨后斜阳万里长。

826 出京自鲁过秦淮入沪治凯马B

秦淮八春芳，黄河九曲扬。
五湖无去留，六朝已兴亡。
昨日香山来，幽燕已入凉。
人心知自己，申沪问苍茫。

827 范蠡湖

月明窗下问吴娘，娃馆宫中素玉香。
碧草天平云雨落，江湖水色两苍茫。
少年君子扬天地，勾践夫差各争强。
五霸春秋名已尽，声名去后谁经商。

828 秋声

秋虫各自鸣，暮色苦蝉声。
只为江山色，身名草木生。

829 海宁潮

水暗三江尽，光阴一线潮。
惊心天拍岸，放荡海云消。

830 苏州斜塘

秋荷色半塘，夕照落千光。
天下红云来，心中一抑扬。

831 过浙江

江湖过客来宫中，山水江华有爬虫。
谁问千年兴废尽，黄河九曲仍流东。
荣荣枯枯云浮沉，草木婵娟各不同。
六和钱塘门外去，灵隐寺里尽空空。

832 萧山

拾得夕阳红，莲塘碧水风。
河山孤独立，玉色满江东。

833 香山寺

蓟门落叶各西东，过去香山暮色红。
为有忏心寻四野，身名一曲曲无终。

834 治凯马B下江西南昌

一阵寒凉一阵秋，半生兴废半生求。
云天不问清明雨，犹报人情亡国侯。
山外青山楼外水，滕王阁下九江流。
落霞满照平波碧，怯将心思五味休。

835 下榻南昌五湖宾馆

836 之一

暮色一城中，霞飞九脉同。
夕阳流水逐，过客问天空。

837 之二

南楼问断见飞鸣，七色烟消水未空。
鹧鸪山中声不住，客心难得归声中。
南昌凯马云平岸，北上长沙两夜东。
二日五湖九脉竹，三秋十月半丹枫。

838 北京已是半故乡

江河九曲半人间，草木千云一燕山。
谁向黄昏天下晚，心思尤在玉门关。
沙鸣月色阳关曲，李广言中自不还。
去去来来问日月，朝朝暮暮是君颜。

839 冬梅

冬梅腊月半春心，去去来来一古今。
不问江河流不尽，山川日月雨云深。

840 浙江南浔

水色问南浔，天光落故林。
千家云水重，万事不关心。

841 杨广

唯见江河日月明，庶民十地九流生。
运河此去江东水，常使英雄一汴京。
六欲七情情不止，三宫六院院名声。
帝王自古知天下，杨广千年八面荣。

842 护国寺

843 之一

书中只留旧生名，白马无心一卷经。
故客西寻天下度，君王自为驭人生。
臣民佛道儒家治，净化深思三寸耕。
万古山川知何事，钟声不尽入平明。

844 之二 禅

高高低低一西东，曲曲平平半不同。
万里千年寻日月，天山海水有无中。

845 临江仙 浔阳楼

846 之一

十地圆通临水色，九江一客南楼。浔阳楼断水云流，归鸿飞不尽，天水自悠悠。
曾记梁山多好汉，替天行道春秋。狂澜力挽宋时愁。千年声不去，留下万家忧。

847 之二

故郡临江仙水泽。潇湘楚客南楼。春秋自古一春秋，云平天下事，两断半川流。
西见长安同日月，东吴草木无休。浔阳好汉不知愁，读书书不尽，只入一心忧。

848 天台山国清寺

隋木国清年，天台半渡船。
山中明月约，古寺一僧缘。

849 西子白乐天治水

此去杭州海一湾，残阳夕照半孤山。
钟声不断灵隐寺，司马西湖问玉颜。

850 天台山国清寺隋梅

851 之一

雨水清明问玉兰，仲秋月色印三潭。

芙蓉出水光华里，梅腊春心过岭南。

852 之二
水色天梁一玉冠，国清寺外半临安。
梅花不问三千客，自有心中百万峦。

853 西湖
平明草色一孤山，梅妻林公鹤子颜。
月到中秋难向柳，玉波小小待人还。

854 雁荡山
雁荡半知音，天门一佛心。
清风三五里，明月两群林。

855 天台山石梁飞泉
雨雨烟烟两不分，天台淡淡石梁云。
飞泉流去余音在，只约青莲月下裙。

856 杭州白司马

857 之一
六和塔云八面流，西湖桂子一时秋。
文人负笈山川水，印社西泠患国忧。
万亩钱塘知司马，三潭印月半春秋。
苏堤春晓烟中雨，柳浪闻莺寺外楼。

858 之二
断桥未断待人情，水色残菏半不平。
犹有西泠还印字，临安书画入声名。
西湖司马知音在，垒土春堤自纵横。
荆笈钱塘约一寸，沉浮明亩田生。

859 绍兴沈氏园
情销半壁亭，旧约　翁丁。
莫问沈园故，钱塘错玉玲。
孤轩寻路尽，独池满浮萍。
暮色残荷影，余寒雨后听。

860 天台山国清寺
万里西阳半赤城，千年寺鼓一文卿。
太宗社稷寻君在，却问长安醉酒名。
人字溪泉流两处，丛林草木尽光荣。
云平霞客山川归，留得心情待国清。

861 天台柯岩风光
文姬心音一笛声，蔡邕柯岩半苦鸣。
鉴湖水色藏天下，日月还归岁岁明。

862 天台国清寺
塞北问秦皇，天台淑石梁。
梅花流细雨，国清待隋炀。

863 山东潍坊寿芝凯马B之行
江流九曲一山东，齐鲁千年半落鸿。
弟子三千天下去，儒心佛道自通同。
乡城旧约寻人在，谁闻关东已乃翁。
孔府泰山今犹在，一宗一水一华中。

864 天台山石梁瀑国清寺

865 之一
古寺一泉悬，飞流半九天。
石梁今犹在，炀帝梅花田。
月缺千年鼓，风平万愿缘。
知时知自己，拾得苦心禅。

866 之二
每木一梅中，天音半鼓钟。
隋炀千年去，留下老人童。

867 内蒙古呼和浩特凯马B之行
来去重回敕勒川，黄河两岸七分田。
春风无力云中郡，纵马阴山念玉缘。

868 蔡文姬
一雨问三秋，三江自半流。
寒霜三五日，十八拍故楼。
白马云中郡，知情魂不求。
节节阴山客，唯唯鉴湖洲。

869 王昭君

870 之一
阴山幕落半黄昏，浩特青冢一故门。
谁问文姬三五拍，王嫱不见万人村。

871 之二
汉土半梧桐，秋归一秋风。
至今香魂在，玉姿一江东。

872 合肥问李鸿章

之一 李鸿章赴日本签卖国条约。
日本锯凳腿，李低坐，不如虎踞
腿短应高居，人生虎得余。
东洋非是也，不足是心疏。

873 之二
于家于国李鸿章，水浅鱼深问北洋。
为作环球三百日，一兴一废一名伤。

874 王昭君怨
敕勒川中两日翚，阴山脚下一家人。
琵琶半掩怨千古，不得三生问汉尘。
女儿秋归耕日月，胡生白马待天津。
同吟九脉声鸣尽，落叶重重已不秦。

875 淮河
江中白石一鸿飞，山上浮云半不归。
自谓书生书读始，无非是是无非。

876 上海霜降

877 之一
上海三秋凉，虹桥半层霜。
心中知自己，天下问沧桑。

878 之二
月色朦朦半玉成，霜花淡淡一衣明。
吴淞夜幕萧萧落，申沪秋风默默生。

879 呼和浩特赛上落日
赛卜风云暗带沙，溯中大漠雪梅花。
玉门一箭望天子，半向长空奉夕霞。
落下苍穹圆一点，有心自得到天涯。
余光万里天山尽，不见山光不见家。

880 上海长宁公寓

881 之一
雨落状元楼，人身浦水秋。
三堂知过客，九肠尽悠悠。

882 之二
也是秋云也是烟,一江雨色一江船。
寒山夜下枫桥叶,拾得钟声不入眠。

883 之三
已是深秋半日金,残荷雨断一清音。
枫桥叶落丹红色,不待霜明问古今。

884 之四
六朝烟云不见秦,平明野渡一春津。
三山二水金陵梦,只见长城处处人。

885 过香积寺 之一
潇潇瑟瑟半枫红,点点斑斑落叶风。
犹有香山天地客,人心旧寺一生中。

886 之二
梦里一千天,云中半睡莲。
本来无一物,只有是心缘。

887 之三
一带江河一带东,半林山川半林同。
五千年里书生梦,六十年华十地中。

888 凯马B山东客

889 之一 莱阳
好汉上梁山,黄河认旧关。
十年牛马牧,九脉淑天颜。

890 之二 潍坊
一池秋寒水初珑,孤鸿半去半心空。
忽惊落叶秋风至,暮日东西南北中。

891 双十一 二〇〇二年十一月十一日
双十一是单身节,光棍节,也是美国老军人节。
六十年华一玉冠,休休退退已辞官。
江湖日月人心险,九曲黄河十八滩。
君子小人常作乱,阴谋邪恶自身残。
三生父母三生还,一世心平一世安。
　　读人生 2003 年

892 炮局
是日大雪纷飞,鳞甲遍地。
炮局寒风雪纷纷,是非非是故云云。
恶人雇凶诬人重,君怒天青斩暴民。

893 谢慈中华 张晓伟
囹圄人间上下人,纵横天下自由身。
中华一诺晓伟面,指点千金囚暴民。
儿女去来夫妇苦,花甲斟酌问天津。
朋党及归心宿是,日向山河月别钧。

894 中南海文津街十三号

895 之一
六十半文津,三朝一故人。
东华心指点,谦语问西秦。
所向江湖水,还闻南北春。
冬梅村里弄,应居近邻亲。

896 之二
花甲未人衷,冬梅诸子来。
岁寒三友客,草木一春开。
记慈中华,朱广清, 张晓伟,李冬梅,
吴兆宁,赵进军诸子共度壬午年腊月寒。

897 之三
悠悠三十四,淡淡半生还。
朱广清宫西,文津半海关。

898 之四

女儿国酒家
江湖月色同,女儿一村中。
鲈鲋清清水,情弦月月东。

899 之五
贵阳一日回,故可半承陪。
冰雪燕山重,文津玉影来。
孤心知旧约,独宿问章台。
腊月心中暖,冬梅自照开。

900 之六
平明未开故宫开,大雪燕京玉色来。
腊月寒冬梅李树,文津有约旧阳台。
红红火火江湖上,去去来来客不回。
恶贯刘军知报应,故人善待故人栽。

901 之七
何谓江湖一客孤,退思天下旧扶苏。
言中男儿呼声去,胜读千年论语书。
冰封三黄千里日,光明万里半心无。
春江杨柳寻新绿,月夜梅花满越吴。

902 之八
不渡川流女儿河,纳西曲尽壮士歌。
朝天大路扬长去,腊月梅香故客多。

903 之九
天下一江东,心中半念空。
来寻干将剑,不上魏王宫。
碧玉姑苏梦,江湖叶叶红。
知人知自己,日月满清风。

904 之十 湄潭
平生宦海移,夜梦玉家溪。
月泽湄潭水,依依大东西。

905 之十一 抄乐除夕
月落水云低,春江问玉堤。
朝朝梅香至,夜夜杜鹃啼。

906 壬午年除夕 上海浦东亚士阁
心上刃游半字身,辰下坦荡一寸人。
刀前贝气明天下,种后禾田肆云津。

907 下扬州
一日下扬州,三江碧不休。
人知西湖瘦,足踏乾隆舟。

908 觉
江湖仗剑半云年,日月经天一界缘。
去去来来生世外,前前后后色空眠。

909 癸未年立春 李冬梅自贵州来护理
有约云中问湄潭,渝城宾馆学知南。
大东西有人心在,只胜囚民上地坛。

第十五卷　古今诗

910 钟鼓
雪色一衣襟，梅香半旧林。
天华荒客院，地泽西方阴。
潭影平明水，浦津故独心。
朝朝空日月，暮暮问余音。

911 讨中言志

912 之一
寥寥落落叶沙沙，沉沉浮浮月半斜。
欲尽无言寻不语，一心一意一千家。
半生论语知天下，花甲江湖不向瓜。
凯马中泰逢劫难，囚人只得小人夸。

913 之二
雪余天下一鸿飞，玉泊残潭半晖微。
旧翼江湖寻夜宿，春寒犹有隔年归。
三江水阔连东海，九脉苍茫接翠微。
忽见竹枝横向去，烟花三月自相违。

914 之三
江流九脉中，山色一阳同。
半春香门旧，三心日月空。
云浮天地外，水尽信徒东。
涵虚僧人梦，了无问故宫。

915 诸葛孔明
躬耕不尽帝王墟，梁父吟声恨有余。
身命华章出师表，人心空使锦官居。
东盟外交 2003 年 2 月 24 日友谊宾馆

平生不是不蹉跎，恶贯囚民罪实多。
家国难知寻自己，东流大尽悬黄河。
马来西亚中华访，十国新闻日月歌。
但使东盟天下就，有心俯仰一嫦娥。

916 陪马来人访中央电视台
云中月半半中人，天外苍天问古津。
马来梅残光未尽，报园守——秋春。

917 马来人返马来，副首相巴达维谢意
天涯三寸遥，人念一心消。
古道荒尘远，还属马来潮。

918 丰台部队宾馆

919 之一
花甲元知万念消，四时君子问东辽。
无端恶魔横寻衅，却故春秋一步遥。

920 之二
日月星辰岁复年，山河湖海水连天。
人生花甲三万夜，饱读诗书半觉禅。

921 之三
足迹三万天，日月一经年。
是是非非岸，来来去去缘。

922 之四
一人是知心，千年问古今。
黄尘寻古道，古刹自云林。

923 之五
夕照一天山，黄昏半玉关。
落霞千岛水，吴客未知还。

924 卓华
此去问天涯，轻笑浪淘沙。
江青昭日月，云淡水明霞。
应得扬帆去，山河不问家。
船浮隋岸草，玉沉柳村花。
隔壁半好音，邻心一卓华。

925 过长沙濯锦坊问贾谊
江流一脉问长沙，谪宦三年泊故华。
不到君心濯锦坊，平门独间日西斜。
青山绿水临城池，燕子还寻自旧家。
天下纵横闻客论，秦人不得半天涯。

926 立春
三分雨雪半凝霜，云影纷纭一隔墙。
初露梅心寒未暖，春花不歇度炎凉。
若即若离知时节，暮楚朝秦问隋唐。
铁柱标明天下界，荒野原来四无疆。

927 无心和尚从金山寺到灵隐寺

928 之一
古寺无心四壁空，残灯旧衲七音中。
烟江玉露珍珠滴，霞津花客自融。
亭上风波梳妆水，一心不同一心同。
是非今古是非尽，夜话禅房不问东。

929 之二
一日三年苦修行，三界五蕴寻知明。
无心来去千山外，寺里云中十枯荣。
寻月下，读钟声。安之若素慈悲盟。
闻禅则著人间语，了是终时不是终。

930 之三
天地人间一暗明，今来古往半纵横。
圆通了是三千界，守一心中十万情。
普贤文殊大小乘，无知应处色空名。
金山寺里闻钟鼓，灵隐禅林问月清。

931 客问贾谊 癸未年二月十五日李冬梅到京

932 之一
江流二月半寒心，归雁千行九脉林。
青草衡阳朝露重，金陵柳巷色无阴。
洞庭旧酒呼家玉，秦淮河船叶去深。
楚囚长沙沙水浅，燕山夜话客知音。

933 之二
一半寒光一半春，三人天下万人珍。
衡阳浦溆长沙水，不问辽东问旧邻。
落叶年前秋水色，今日初草绿天津。
无心月待潇湘问，留下清思万里屯。

934 之三
清心未解到沙沙，仰见云游过客家。
一赋声名惊四海，半生不负御文华。
十年却读书生梦，三篇春关谪宦涯。
枯枯荣荣天下水，兴兴落落夕朝花。

935 之四
一岁霸王花，三江月色华。
春光生野草，应误客还家。

1961

936 春分戒台寺
忽见陌边一水清，心猿意马半不荣。
空寻五蕴戒台寺，未得春分色渐生。
暮鼓晨钟声不尽，燕山持重绿芜平。
推推就就羞情草，藏着纵横不是名。

937 燕山麓底下村
明清已去不明清，草木无边自枯荣。
断阶荒庭明月垒，天云积絮纳阴晴。
空山壑谷峰冠雪，一半川流一半声。
玉色还光燕岭树，心中慧觉寺州城。

938 与慈中华去西子巷，知慈中华难为

939 之一
一寺半开门，西湖问子孙。
无心还有意，来去不归屯。
水上烟花尽，舟行不进村。
斜阳千里路，谁恐入黄昏。

940 之二
桥断西湖水近天，浮光掠影入潭年。
西泠印月苏堤晚，去去来来是客船。

941 之三
人迹柳浪烟，心印断桥船。
水色三潭月，孤山半旧年。
湖南香岸暖，西子一云天。
草绿浮华尽，春关进士眠。

942 西泠印社俞樾故居
心中一世清，砚池半生明。
形影江河水，华章草木荣。
言难忘学政，处处读书声。
留下三千卷，紫阳一水情。

943 荷
自立婷婷三尺莲，花明碧水半云边。
身珍洁白玲珑态，不屈空心直向天。
听露水，向羞妍，百鲜化作一塘烟。
姣姣欲滴闻师表，不染青泥是玉田。

944 清明潭柘寺
三月一花巾，清风草色珍。
无心潭柘寺，尽是去来人。

945 洛城清明上河图
一半清明五百年，邻家乞火二三天。
龙池淡雨寒食色，不见秦皇九鼎悬。
千市井，万人船，一王成就一王田。
隋河不断千年水，论语难治不老泉。

946 黄鹤楼
千山不断一江开，万水东流半天才。
不尽江流山不尽，弯弯曲曲不徘徊。
高山流水知音在，黄鹤楼空锁琴台。
荣枯鹦鹉洲上草，黄云浮沉去还来。

947 围棋
目空一切问皇州，黑白三军挥斥求。
眼阵运筹帷幄尽，江山指点古今休。
妙算成败云烟水，暗存天机未诉谋。
折戟沉沙王不在，大江一去是东流。

948 下吴

949 之一
玉锁斜塘半是吴，烟消柳卷一姑苏。
五湖色满千家水，千岛晴阴几里无。

950 之二
一味青田一味吴，三山二水半皇都。
清明绿满三千柳，不问隋炀色有无。

951 引僧吴无心
雨问楣州水问吴，金陵六朝六皇都。
朝闻西陆蝉声唱，暮问东流沉玉壶。
明柳岸，暗心孤，清明不到半萧疏。
江村异客江舟里，直向无心不是无。

952 鹧鸪天·退思园
暗暗明明半月弦，清清浊浊一缘禅。
退思天下江村里，宦海心中三寸田。
天淡淡，雨云烟，宫商出入似涌泉。
文书十载三千日，只向寒宫问地天。

953 骆宾王咏蝉
人中多凡响，西陆少知音。
指点高堂曲，封侯论古今。
天声扬远近，翼藻问梁吟。
孤洁无知信，君心自度心。

954 寄运河
苇蒲浮烟月半霜，船横柳丝系帆扬。
隋河一枕秋风叶，半壁燕山待夕阳。
雁呖秋春南北去，人情朝夕各炎凉。
江湖远客无相问，未尽前程是异乡。

955 班婕妤
自是平常百姓家，昭阳飞燕月西斜。
还闻玉笛鸣杨柳，长信宫中尽落花。

956 非典
五月叶花黄，三春十里香。
邯郸无学步，一枕梦黄粱。
家国闻非典，人工两年荒。
人中人不是，自在自炎凉。

957 春
杨花半过墙，柳絮自飞扬。
草碧三江水，花明一故乡。
人间三五月，天下色无疆。
荡荡东流去，依依卸淡妆。

958 西陆
二水东流半落花，三山渐暗一城华。
无书凤池残垣树，秦汉陈迹草木斜。
西陆春风先市井，渭泾变色农人家。
雨中珠玉悬无滴，未及春尘不穿纱。

959 诸葛孔明祠

960 之一
三分天下业无成，一国功冠论不清。
两军阵前失凤雏，隆中里对精英。
文华可叹出师表，犹见刘禅忘蜀情。
白帝托孤流水去，鸟啼月落锦官城。

第十五卷 古今诗

961 之二
孔明空瘁儒，空城一旧书。
六出祁山表，三朝老人孤。
隆中名里对，锦水一城奴。
三国华章立，兵成八阵图。

962 骊山
何处李龟年，华清过蜀川。
唐玄宗不以，独重长生缘。
客宦无知己，燕山一万天。
春荣秋枯事，日月半是弦。

963 鹫峰大觉寺陆羽茶坊

964 之一
日暮来峰尽落花，钟声古寺满山崖。
清灯残卷三界外，旧梦重回一夜茶。

965 之二
大觉山前四月花，心中萨埵一人华。
玉兰庭院菩提树，半是书生半出家。

966 之三
月满空庭色半无，菩提萨埵四谛苏。
落花一湿沾红雨，梦里茗声问玉壶。

967 鹧鸪天·癸未年父祭日
一梦三更问故乡，芒兰四伏夜来香。
玉河星沉千山尽，日月无休是爹娘。
六兄弟，共炎凉。辽东二过渔阳。
回头花甲年终去，多是追逐多是忙。
（应慈中华兄不知所以下江东）

968 之一
京沪一色空，江浙半雨同。
无知为所以，重下大江东。

969 之二
日朝日暮紫云西，弦半弦平向别妻。
十载京都孤傲木，虹桥一年玉人低。
鹦鹉洲上知音去，路陌茫茫八旗迷。
留下华章君子许，怨叹不是是清啼。

970 之三
云雨分合满九州，天光浓淡问三楼。
清风明月家珍玉，磊落坦荡何不愁。
一度春秋荣枯了，千年草木几时休。
陌阡自然听杨柳，只见红楼还见流。

971 之四
花甲不忘年，家乡已客缘。
更渡扬子水，驻舍翠庭船。
四月朝云少，三春雨如烟。
小人长戚戚，君子问苍天。

972 之五
草青荣枯不知愁，水曲落花自在流。
渡口桥边人不问，楼高一层一高楼。

973 隋河和长城

974 之一
一半书生一半情，三山二水二三声。
金陵但向运河水，不问长城是何名。

975 之二
天下焚书一世终，皇家自然百思同。
人心拾得千年水，如此隋河只向东。

976 之三
月落江村一月明，成残旧垒雁无声。
隋河草木心中水，依旧年年自枯荣。

977 之四
隋河草岸四季青，三江碧色一船冷。
年年寂寞桃花瓣，留卜心思守翠庭。

978 之五
隋水唐流一水成，运河两岸半皇城。
平平淡淡重千古，月月年年物万生。

979 之六
万古兴亡隋水中，千年师表大江东。
无边草木知流泽，天地人情是通同。

980 之七
泽岸齐天水草生，人心柳巷慧觉平。
春江花月东吴夜，水入隋河只有声。

981 之八
旧月一台城，江流半遗名。
金陵皇帝梦，不约守心平。

982 之九
一岸清明一岸枫，隋流二水半江东。
潇潇洒洒知杨柳，落落疏疏问色空。
迟暮三山梅雨落，早春二月桃花红。
人间留下多恩怨，地载天云各不同。

983 之十
一半隋河一半城，千文万马路纵横。
揭竿而起家家玉，推舟顺水不误生。

984 鹦鹉洲
子规未断楚云西，碧水东流半暮啼。
寂寞芳名声渐远，江边草木又萋萋。
心中三寸人千里，鹦鹉洲头鼓不齐。
黄鹤楼云天下去，成成败败是高低。

985 夜宿燕山大觉寺
芙蓉问雨半凝香，砚池云深玉臂凉。
寺里灯明浮水雾，山中夜话寂禅房。
木鱼点点惊善恶，钟鼓声声祝青黄。
岁岁还心知草木，迟迟依旧自书伤。

986 秦始皇嬴政
西安要问焚书坑，偏去扶苏罪难名。
鱼市人知秦二世，亡臣不用妄臣横。
长城月色今还在，曲尽歌终一代兵。
兴废败成人何在，东临碣石谁精萃。

987 秦淮
香君念念一明清，巷口乌衣曲不清。
两岸秦淮君子梦，六朝粉黛犹思明。
金陵八艳桃花扇，只见书生儿女情。
女子心中忧天下，谁问男儿谁明清。

988 御景苑
斜阳满故乡，燕子绕栋梁。
暮鸟寻归宿，心思入高堂。

989 文房
一君识五谷，七紫著三羊。
小大由之是，青黄手下扬。

990 江南
千里隋河一故川，万家灯火半江船。
书生碧玉寻心客，淡雨莫愁杏李天。
暮色长干杨柳岸，七分乡水两分田。
朝花夕拾姑苏夜，三弄梅花月不眠。

991 屈子词

992 之一
宦影空婆娑，君心向汨罗。
文华雕日月，离骚作山河。

993 之二
汨罗经日月，楚客问坎坷。
一赋随流水，文心抑患多。

994 芒种 北京御景苑—上海翠庭

995 之一
辽东播种芒，宦客问朝堂。
野寺游僧至，田家五谷香。

996 之二
幽燕廿载故宫铭，十渡长江客翠庭。
夕照黄浦滩外路，潇潇烟雨半江青。
一入暗昏扬长水，不得声鸣有零丁。
三界灵山心欲止，还闻六朝旧浮萍。

997 之三
人在一江湖，心中半扶疏。
平生千万里，日月两空孤。

998 翠庭
遍地黄花柳岸船，春风带雨雨如烟。
吴江只约状元里，善待隋河客有缘。
十里江山三世界，居中君子半田园。
任凭流水轻舟去，一寸心思一寸天。

999 赤壁
一江暗空一江哗，半壁流风半壁花。
火烧战船天下乱，惊心犹在魏人家。

1000 西子
越时西子宋时城，司马荆笈已不声。
曲池轩冠桃李渡，龙井先绿九州晴。
枫桥渔火千枫叶，三弄梅花万夫鸣。
若有文思才子赋，无情胜似不知情。

1001 鹧鸪天·诸葛孔明
五百年中一色空，三朝老臣志不穷。
出师未捷姜维令，凤稚卧龙半去鸣。
五虎将，两朝中。吴江淘尽蜀山风。
风云变化灵人在，不争群雄是谁雄。

1002 南楼
惊闻啸啸流，不可大江秋。
落叶浮云色，余晖满故楼。
黄鹤飞不去，影沉汉江洲。
犹重千舸竟，无轻一念求。

1003 翠庭

1004 之一
人情问五侯，月色入三流。
一夜随心梦，平生不归舟。

1005 之二
翠水不东流，庭泥垒浦洲。
鸟音鸣不改，草碧色家楼。

1006 家梦 祀父祖传秘方治妇病收三女而归
随心入故乡，旧院敬爷娘。
百亩东西田，方圆一处房。
耕耘盘上餐，救治玉人伤。
隔篱三春雨，归来五谷香。

1007 晋祠
晋祠半龙地，邑姜一字碑。
叔虞寻封地，因守玉人枝。
铁柱贞观志，范阳故国颐。
三千年去也，谁见何知时。

1008 钱塘西湖 西子宾馆 5203
西湖半不荣，塔上一人声。
岸色五分淡，烟云两不晴。
断桥心未了，水泽柳闻莺。
水印三潭月，临安问故城。

1009 过韶山，下湄潭
湘江一故谙，傲竹半云峰。
色满芙蓉国，乡楼入湄潭。

1010 黄果树瀑布，贵阳黔水贵山之南也名
瀑布千年七色烟，飞流万尺向天年。
声名啸啸惊天地，朗朗乾坤一水缘。

1011 梁山招安
一念无成一念空，半生降马半生鸿。
教头百万枪还在，御酒梁山八百雄。
雪夜沧州家仇冷，替天行道大旗风。
看来似是及时雨，敢叫侯王一毒虫。

1012 湄潭月 属马也，访李冬梅家客坐赏月

1013 之一
一马万重山，三尘一客颜。
耕耘天下土，月上玉门关。

1014 之二 和毛泽东采桑子·重阳
竹楼仰首人难老，满怀斜阳。心上斜阳，万里天山日月光。一年一度重阳尽，天也苍苍，地也苍苍，易得平生半故乡。

1015 之三
此水连东海，平平自无疆。
浔浔源故土，淡淡不春荒。

1016 之四
少小离乡山，书生去不还。
云峰花甲岁，此去玉门关。

1017 鹧鸪天·西湖柳莺宾馆 2218 癸未年六月初八

不尽湖山各一方，疏云淡雨小舟扬。
怜香惜玉桃花水，色满杭州小书墙。
六部桥，三公堂。随河柳岸问紫阳。
年年岁岁三百日，难言西子落去妆。

1018 柳浪闻莺

半是斜阳半是天，一湖云色一湖船。
轩荷碧玉西泠社，留下墨光入水烟。
淡泊名利西子柳，闻茶龙井虎跑泉。
断桥半部连心事，夕照孤山月下弦。

1019 上三潭印月

年中西子入心田，三月鲤鱼跃初年。
六部桥寻杨柳岸，日明水碧三潭莲。
人言谁问白娘子，夕落雷峰影不全。
会稽湖山天下水，云平司马客家船。

1020 青浦武术馆谢慈中华

水自三江各一天，江湖九脉月半船。
隋人修水秦人战，不到长城不到玄。
三五日，几千年。人中不是半人前。
短长善恶终扶是，滴水还闻作涌泉。

1021 吴沪青浦 五湖加吴淞江而江湖也

1022 之一

周庄不问蝉，同里知高喧。
只得人心上，江湖一地天。

1023 之二

人心席方平，肝胆替天牛。
一诺江湖卜，吴淞上海明。

1024 阿炳二泉映月

何处江流问二泉，五湖一水两山边。
三生磊落寻年岁，七色光明问月弦。

1025 上海青浦章练塘陈云故居

1026 之一

过客无时不问乡，寻桥处处渡练塘。
裁缝天下平生事，花甲之年读玉章。

1027 之二

英雄谁问大江东，不负河山不负冯。
云暗江湖豪客近，舟帆日边夕阳红。

1028 之三

一江残雨一江枫，半杯清思半杯空。
不见青浦淞水月，他乡却问纯鲈蓬。

1029 江南

和日东林问渺茫，英雄烟水度四方。
耕耘翠竹芳名榭，为读唐诗醉草堂。
潋滟湖波三进退，荷舟坦荡一扬长。
四时造种心田里，云雨江湖日月光。

1030 菩萨蛮·寻心

秦皇何处千年客，夕阳远上天山陌。
碣石问苍天，嫦娥千万年。
黄河山水泽，西陆蝉声隔。
横断半云烟，用心寻故川。

1031 如梦令·五女山

山上山中山下，草木江我冬夏。
此去只行行，南北西东春社。
春社，春社，岁岁人情人若。

1032 采桑子·上玉门关

玉门关上天山向，天也茫茫，地也茫茫。
大漠无垠八面荒。黄云不近浮明远，一问斜阳，二问斜阳，三问斜阳天地光。

1033 但使龙城飞将在

万里沙云问冯唐，一生坦荡逐天荒。
燕城李广今还在，不射天门旧日梁。

1034 和毛泽东咏蛙

独踞雷呼独自行，夜明夜暗夜声声。
水中陆上栖身处，天地人间出世横。

1035 二〇〇三年八月一日寄吕今

五云山上五云飞，六部桥头六部徽。
柳浪闻莺西子问，三潭印月旧情归。

1036 寄湘

一片声鸣一片天，三江九曲十流船。
心中只有千家怨，树上清音旧客蝉。

1037 蝉

退而无失旧玉冠，清音只向长安盘。
秋风一叶听荷雨，谁问江南半壁安。
拙政园中南北派，祁连山上见云端。
山川细露高声远，不废千年一日寒。

1038 西湖汪庄

十里平湖半夕阳，一泉虎跑两梓桑。
还闻司马荆笈水，故垒钱塘日月光。
寺远无心杨柳岸，闲烟细雨近汪庄。
紫阳书社寻和字，却见江湖落大荒。

1039 和七言诗

一主尝求问荆门，半江赤壁付水村。
兴七旧国人无在，举世浮云日半昏。

1040 又

独自耕耘万岁田，孤心论语百家年。
惊闻大漠黄昏早，两狼山杨只不缘。

1041 吴门

1042 之一

吴门碧玉夕阳斜，狮子林中寂寞花。
沧浪亭前观水色，小桥流水客人家。

1043 之二

波波折折一流芳，退退思思半不扬。
贴水花园浮玉榭，移心草木问书堂。

1044 之三

吴韵半鸣琴，姑苏一醉吟。
五湖光色远，两山碧云深。

1045 之四

一日烟云十叶泉，两山淡雨五湖船。
寒山寺里闻来去，只向人间问缺圆。

1046 之五

辽东入梦上高堂，不断慈心唤四方。

客问洞庭江湖水，异乡总把作家乡。

1047 赤壁 曹孟德、刘备、孙权
百万雄师一槊横，半江波涌半江兵。
孙权刘备曹孟德，逐鹿中原志不成。
凤雏卧龙徐元直，小乔犹恨守空城。
月明星稀乌衣散，蜀尽吴亡魏不赢。

1048 过沧州问林冲
匆匆过沧州，幽幽恨高俅。
梁山名一将，南宋失三秋。

1049 南京—天津—北京—天津—南京

1050之一
海水半无清，天空一月明。
拥心平善恶，据理问阴晴。

1051之二
越晚越清鸣，天寒渐不声。
吟平天下事，一岁一年情。

1052 南京 秦淮八艳
一品琴音一品情，半家灯火半明清。
成功只向台湾去，淮水秦河草木荣。

1053 上海翠庭
夜夜同乡城，梦梦到五更。
无人听落叶，拾得一心明。

1054 八月十七日下温州
昨夜凉风起，江流到温州。
黄花昨日放，犹见帝京秋。

1055 温州东山吟

1056之一
一揽入天冠，香凝问谢安。
心情花月下，玉色岭丘寒。
朝拾阡中露，村烟篱外残。
前人三古尽，道辄絮花观。

1057之二
兴亡三百年，来去十万天。
草木知枯荣，人心任自然。

1058 王昭君
青冢暮重问王嫱，月落阴山草木荒。
犹有琵琶声不断，胡姬尚学汉家妆。

1059 长安
灞桥折柳柳半音，八水长安尽日寻。
上苑春关天下朗，东楼重约韦娘心。

1060 和《闺意上张水部》
千年八水绕长安，不见荒陵自古残。
一去黄河南北水，江南旧月半笼寒。
幽燕常național飞将在，离得朝中拜舅官。
如素青衣书斋冷，半天红烛半天冠。

1061 王维秋暝

1062之一
人心佛语留，明月半春秋。
寺静归禅话，花香凝玉洲。

1063之二
空山上下春，流水去来人。
暮色知音朴，光明普照匀。

1064 立秋镇江
一叶一知秋，黄花五色楼。
江青流不尽，天下任心求。

1065 肃州—敦煌—玉门关
万里黄河万里沙，一流九曲百湾华。
阳关溯漠昆仑近，此诺楼兰半旧涯。
汉修秦城天下尽，残垣故土日西斜。
玉门月色沙鸣许，不尽心思问故家。

1066 凉州词
凉州州凉洛城西，自古敦煌自古疑。
历尽沧桑千古尽，沙鸣犹似玉人啼。

1067 阳关词 阳关位于玉门之阳故称阳关
忧民忧国忧东西，沧海桑田日月移。
半壁长城秦何在，闺人尤有玉门啼。

1068 嘉峪关 四首沧桑客，尽是去来人
漠漠阳关一客临，沧沧岁月半知音。
塞鸿不宿桑梓地，夜色沙鸣问古今。

1069 兰州白塔山

1070之一
月色玉门关，云凝白塔山。
黄河流不尽，落叶肃州颜。

1071之二
龙归水月秋，鹤影入云楼。
白塔连天起，黄河带雨流。

1072 敦煌
两关四郡一沙洲，五危三泉半刁楼。
马上功夫名利去，书生敦忘读春秋。

1073 玉门关观日出
一片荒原一片红，千年古道万明空。
玉门关呼太阳出，一路扬长一路风。

1074 秦州李广
一朝天子不人裙，半出秦州李将军。
留下清名天水在，晴空万里问黄云。

1075 紫阳书院
一别东林五老峰，虎溪两笑三泉重。
山川随雨空天色，云雨回归问晚钟。

1076 金陵邑
六朝一金陵，三江半寺僧。
还来秦淮岸，桃渡夜明灯。

1077 宁穗
广州向五羊，云雨落三江。
逝者如斯去，人生自当强。

1078 过澧陵

斯文扫地一黄昏，流落秋华半故村。
自古书生鱼水性，江楼尤见跃龙门。

1079 过神女溪

纺织巫山三寸田，雨云峡谷半人年。
江流只向东吴去，一层心思一层缘。
六朝兴亡淡如烟，半年流落忘耕田。
江流只向东方去，不见阴晴见缺圆。

1080 广东东莞忆金陵寄慈中华

西塞山前一叶秋，石头城外半江流。
浮云蔽日终时尽，柳色扬州雨色楼。

1081 东莞一向塘一成都

秦时月色到天涯，半向江湖半向家。
尤见南朝文帝庙，音知玉树后庭花。

1082 二〇〇三年九月八日与成都部队夏长青谈

1083 之一

人生过半未安生，应是从容未见明。
只恨长沙王不在，蜀相却话锦官城。

1084 之二 湖州

西吴北望雨绵绵，脍鲈莼羹白露田。
不却长安经渭水，苍天一笑五湖烟。

1085 之三 辞姑苏

梅花流落自香情，掠影浮光半故城。
不见晴阴无日月，诗书不读是书生。

1086 甲申闰二月与张端明兄游颐和园

谢张端明、单昭祥、陈立家、朱广清代理上书。

1087 之一

昆明一玉关，万寿十家山。
吸纳千川水，文钟万岁颜。

1088 之二

无完河流入梦休，姑苏碧螺问春楼。
只闻绥德三千汉，却见米脂一女愁。

1089 之三 斥邪恶

一日心结百日仇，三年压邪一君修。
书生论语书生尽，谁见江东日日流。
文曲子，胆肝求。清名留下谢神州。
丈夫只当丈夫事，是愿平生仗义留。
清名不负负辽英，善恶无分善不成。
宵小花钱诬告状，强占霸夺恶横行。
屈尊炮局阶前客，冤沉飞雪满世惊。
司法端正公然正，回望国法镜悬明。

1090 卜算子 炮局

杨柳已三春，天下云无主。
旧约年年尽力生，独立寒江雨。
水色一江湖，甲子千生路。
已是东风万里苏，留下香如故。

1091 雁

一字归来一衡阳，三江寒暖半炎凉。
孤浦拣尽千枝叶，不待凉州草木霜。
冬去潇湘江岸水，春来紫气满风光。
楼兰路上浮云处，青海湖平日月光。

1092 读杨乃武与小白菜

天门雨断立梧桐，白菜书生儿女同。
视死如归钉板凳，除名一百官缨红。
官场庶子闻慈禧，甲子横鬓一乃翁。
孰谓死生三五字，纵观善恶两相空。

1093 李清照

大名府籍销，淑玉水泉磬。
恶善分无彼，冤惊落叶潮。
谁人高杰问，不得上临洮。
死当人英去，生时一字遥。

1094 吊清华园导师王国维

1095 之一

沉下鱼藻一自身，清华园里半无人。
浮名连篇君卓见，浩然文章不是春。

1096 之二

衣惊池水自纷纭，不惜冠冕不识君。
谁道知寻人间词，生生死死两天闻。

1097 君子 甲申年二月初三日 2004 年 2 月 22 日

不负辽东弟子名，江南草木四时清。
隋河未尽隋心去，拓取精英拓生生。

1098 归（略）

1099 2004 年 3 月 23 日女儿接归

负来清名负我情，官官宦宦谁人清。
江山不尽寻心尽，半是清名半是生。
惊蛰后，玉兰明，相知似曾一亲城。
燕山夜雁桃花水，水向东流月向荣。

1100 扬州

乌衣枕旧流，朱雀落红楼。
故垒依人约，金陵半去州。

1101 浣中独坐

何处流年寄此生，山中水上总关情。
无端绕屋长松树，尽把风声作雨声。

1102 北京钓鱼台独坐 之一

谁问天云谁问名，来时无影去时情。
琵琶犹抱心音生，不是书生是一生。

1103 之二

暗影浮香帝御城，江天云雨梅心荣。
黄花二月江南岸，徐徐东风四海明。

1104 之三

王宫草木半依人，日月鱼台一钓巾。
海外三山闲等渡，天中云雨入长春。

1105 之四

半是春风半是云，一家才子一家君。
三江草木桃花里，五岳群芳万里裙。

1106 咏陈王曹植

天津坝下柳茵茵，渭水城中两频频。

石崇还惊金谷约，书经进士玉颜春。
千烛一炬千年去，一赋陈王一赋陈。
借水言愁闻宓妃，思中不尽是心人。

1107 邙山
五陵山上问人情，八水长安绕洛城。
天下人心风雨尽，斜阳自满任心平。

1108 品竹叶青新茶
人中草木竹叶青，天下爷娘儿女庭。
岁岁年年花月尽，来来去去读心灵。

1109 寒食
岁岁立清明，黄花遍地荣。
年年盟社稷，四野向心倾。
日月知天下，浮云帝畿城。
人间多草木，滴水尽光明。

1110 姑苏行

1111 之一
三月烟花满翠楼，半村云雨落红流。
五湖水阔江帆暖，一带风光不须求。

1112 之二
才子佳人老他乡，江河夕照尽斜阳。
花明柳暗江青色，烟雨黄花陌泊桑。

1113 洛阳八景
龙门山色千川重，白马寺钟半壁听。
金谷春晴三百里，邙山晚眺五陵亭。
天津晓月人人问，洛浦秋风去来停。
铜陀朝游寻知己，平泉暮雨雨冷冷。
（黔 甲申闰二月 北京御景苑 27-C）

1114 李冬梅去贵州
黔阳入谷半云飞，夜话燕山一去回。
留下幽州常待客，原来月色自徘徊。

1115 望江楼
薛涛置酒送元稹于望江楼，接曜锦楼
联：望江楼 望江流 望江楼上望江流 江
楼万古 万古江流
自对曰：行人梦 行人情 行人梦中行人情

行人处处 处处人情

1116 之一
香云井上曜锦楼，蕙质笺红著蜀秋。
寻得声名三五句，文华留取一江流。

1117 之二
薄命年华一不华，花样涛笺半天涯。
夕阳未限无情寄，客里相思误待家。

1118 汉尘
八千子弟半鸿门，万里江山一儿孙。
汉界楚河今犹在，刘邦项羽各乾坤。

1119 金陵客
余光渐尽半梁空，散复黄昏一寺同。
去去来来光影里，朝朝夕夕玉人宫。
姑苏四月千家雨，秦淮三楼半惊鸣。
无奈金陵台城柳，扬扬落落老梧桐。

1120 吊西施 之一
清明山上姑苏台，娃馆宫中屡叶哀。
残烛吴王明未尽，玉人不得五湖开。

1121 之二
灵岩山下十千家，木渎溪中日夕斜。
娃馆香风尘不止，姑苏台上问天涯。

1122 上虞弘一法师
岁月风尘半客家，长亭古道两西斜。
叔同指石闻悲喜，晋谢东山寻故华。
草木春秋荣枯旨，古今日月染桑麻。
楼兰不断禅音重，野渡还心是何涯。

1123 乾陵武媚娘
看朱成碧欲纷纷，无字梁山意沉云。
感业寺中情不尽，高宗殿上一媚薰。
凤鸣玉树红颜余，浅池龙吟石榴裙。
犹问乾陵乾气短，相寻不为待夫君。

1124 艾琳娜下榻御景苑
前前后后半西东，北北南南一老童。

天下心中艾琳娜，燕京尽在谈笑中。

1125 吊吴佩孚
秀才造反一年成，千古江山半小生。
评说六门无旧治，朝中指点未拥兵。
丹田不守忘丁甲，宁作峰平玉碎倾。
为之佩孚人为道，谁人治国误心荣。

1126 颐和园
甲申三月初二日与乡居颐和园之兄张瑞
明同游颐和园
乡居足下水流船，杨柳春风系旧年。
遍地黄花千里暖，夕阳如许万户烟。
书生常温桃花寺，又问刘郎五色田。
兄弟心中同苦乐，半生日月颐和园。

1127 修
半寸半心田，三生一故缘。
山河依旧绪，只有敬人天。

1128 北京桂公府庆自由
陈立家，张瑞明、徐冲、卓华、朱广清、
孙敬娜、李冬梅、吕赢、吕今
三月花明草木深，八人日月正名琳。
君情一诺乾坤上，犹存千年读善箴。

1129 忆君
北京亚洲宾馆 张瑞明兄
一语问幽州，三声逐客愁。
故人言去日，谁谓付春秋。

1130 春雨
细雨半无声，檐云一片情。
三江君且问，五岳挂帆横。

1131 答客
石屹故云中，川流旧寺同。
禅音知世界，客坐大江东。

1132 女儿百合花
玉兰半色妆，百合一芬芳。
草木知荣枯，心中子女堂。

1133 华清宫

一寸江山一寸宸，两朝天地两朝人。
沉沙折戟华清外，马嵬浓妆日满尘。

1134 燕山

树影半家门，禅音一客根。
泉流明月色，梦入故山村。

1135 忆江南

西湖细雨水运低，效颦东施媚色西。
三月黄花吴韵在，钱塘六合问苏堤。

1136 谢慈中华和张瑞明兄

瑞浮紫气慈中华，明里桃树三月花。
日日人情知八面，君临天下止无邪。
年年三百六十日，夜夜丹青砚池家。
种豆种瓜种世界，缘来一诺到天涯。

1137 燕山大觉寺

心中桃李下江南，半岸杨花泊客船。
大觉寺中闻暮鼓，退思园外雨云烟。

1138 五溪

落照半溪明，浮华一色生。
村前杨柳绿，月待入香城。

1139 忆钱塘

半落桃花半落香，一扬明月一扬光。
九州问鼎方圆围，六合天元守舍堂。
日月禅声寻渡水，四书论语话炎凉。
钱塘有去寻东海，留下儒家万里疆。

1140 吴中吟

1141 之一

隋河一水情，同里半人生。
拾得春江夜，寒山鼓不鸣。

1142 之二

木渎两江平，灵岩一水生。
五湖千万载，娃馆半人情。

1143 之三

山中一鹧鸪，船上半姑苏。
一诺江湖去，三声雨色无。

1144 北京大觉寺明慧茶院

1145 之一

子规山中一半声，春桃李下二三明。
君心淘得千今古，又见经书七八城。

1146 之二

暮鸟寺门惊，禅音落叶情。
去来无是处，上下有缘生。

1147 之三

春云落无根，暮鸟问蝉门。
去去来来处，人人是是村。

1148 之四

泉流一雨斜，寺读半天涯。
七叶菩提树，九子父母华。

注：燕山大觉寺有七叶菩提树九子银杏树。

1149 甲申三月二十日北京御景苑 艾琳娜

1150 之一

情重艾琳娃，人生护一家。
存心天地敬，犹取亚洲华。

1151 之二

孙子呼应一地天，婀娜影印御景苑。
燕山五月大觉寺，半百耕凿上下田。
东北水，西南川。江河两岸柳杨船。
常思进退常思怜，云雨天华半沉烟。

1152 自吟应帖

慎独君心天地堂，诗文装点日月光。
十年面壁寻桂子，三月黄花问鼎梁。
两出阳关无故客，东临汴水有群芳。
大漠苦苦常厮守，江湖淡淡半驰张。
千年不尽山川水，万里扬长尽夕阳。

1153 甲申年乙巳月辛卯日 代中元国信担保公司十亿注册之董事长重开业

一朝春雨百花开，两岸河山万客来。
二月落红梅水去，知心只取好阳台。

1154 燕山大觉寺重开业之论与卓华兄

1155 之一

大觉云中菩提书，燕山脚下论人初。
年年月月卓华拾，地地天天故客居。

1156 之二

佛视教方圆，平生由地天。
莲花千自在，云雨万家烟。

1157 艾琳娜赴法兰西共和国

1158 之一

孙女法兰西，情依父母栖。
家庭天地上，心中有菩提。

1159 之二

父母心中万朵花，祖孙隔代一人华。
欧洲此去千重路，留下梦乡自由家。

1160 绍兴兰亭王逸少词

朝朝半树春，暮暮一茶津。
岁岁人生息，天天万物陈。
兰亭林叶浅，逸少曲流濒。
淌敔禅心韵，钟声竹月珍。

1161 莲荷池

荷塘十亩半心田，雨色十连一水烟。
拥拥雅雅三蒂并，婷婷玉立两姿妍。

1162 北京北海公园濠濮涧

天下濠濮光，心中一言堂。
奢华三养性，玉立两池塘。
抱碧城东流，闻情馆竹篁。
文书扬古色，翰墨满桥梁。
春分三润洞，雨秀九秋房。

1163 乡归
暮投客归乡，朝拾夏蝉扬。
形形寻影尽，色色问苍茫。
私语皇宫院，金丝玉汉妆。
珊瑚明床枕，杜舟流异芳。
应声三故店，误鲜十家梁。

1164 甲申小满望家念旧故事
乡山一鸟飞，故客半徘徊。
百年人生去，心思立石归。

1165 祭父母
平生少拜堂，岁月自多伤。
不尽燕京夜，东山祭断肠。
少时多努力，客舍问扬长。
天地春关去，如今泪两行。

1166 回乡偶书 桓仁挂牌岭
红根绿叶一山姜，壁垒春泥石立扬。
五女山中情水重，凉泉云雨佟家江。

1167 箴言
志结一生根，心开两扇门。
辽东鸣不止，何处问乡人。

1168 乾隆临濠濮涧
人闻濠濮喧，驿客断残垣。
道遇三言福，天平七色轩。

1169 洛下才子
洛阳城下叙春意，玄观中问杜丹。
普度众生缘何子，司空见惯怨声残。
十三年后生平少，不见刘郎问柳澜。
顺水推舟桃不尽，姗姗形影玉人冠。

1170 家思恒仁
朝寻五女山，暮投一西关。
君子平心念，家归不问还。
悠悠天上雨，淡淡月中颜。
夜梦年年怨，乡情曲曲弯。

1171 秦皇隋炀
万里长城万里沙，千年汴水半天涯。
东西南北山文化，春夏秋冬不问家？

1172 北京御景苑 1 幢 27-C
春梦无痕一寸金，秋鸿有信半云林。
黄花孤鹜平江水，暮落霞名色碧深。

1173 家居
家中半亩园，案几一天年。
雨淡清清水，云平淡淡烟。

1174 杭州来去自无踪
西子草云青，江丰水半汀。
断桥金玉近，汉碑遗西泠。
上人文华笔，梅香放鹤亭。
闲泉清徐徐，谁自叹零丁。

1175 中元国信一年志北京大觉寺

1176 之一
天门一半声，朝暮二三鸣。
半部人生事，千年俯仰情。

1177 之二
面壁十年空，云天半世雄。
人前来去问，上下自心中。

1178 之三
寺觉莲花一落鸿，禅音天下半辽东。
空空色色空空色，色色空空色色空。

1179 林则徐 李鸿章
堂前半则余，大国帝王墟。
日本鸿章去，谁惊卖国余。
东瀛千岛小，短椅满洲舆。
多多唐家子，泱泱不得居。

1180 六月四日 郭雅卿生日
江山十里阴，书子一勤心。
田下归思事，月边傍日寻。
燕山扶旧约，结发问嬴今。
啸啸三千载，悠悠半海深。

1181 忆江南
忆江南，三月杏花天。十亩龙井村上碧，
婷婷玉立碧云缘。红雨印三泉。
江南忆，帆影月平弦。波摇情思桥岸水，
洞庭山下草芊芊。谁问客家船。

1182 乡梦
夜幕深深四野茫，悠悠岁月黯苍苍。
梦中不醒江河水，壁下人心入古荒。
垒石千户耕子女，人间万物尽炎凉。
村村落落田家雨，潇潇洒洒一月霜。

1183 北京北海，中海，南海

1184 忆中南海工字楼旧日工作

1185 之一
乳燕一半绕中梁，旧垒新泥化雪霜。
三海霞明浮北水，五龙影落沉春桑。
翰林书案玉兰橱，工字楼台日月光。
君子半生文藻问，千年草木著华芳。

1186 之二
一林一木一文章，二意三心半谢芳。
色色空空千世界，来来去去坐中堂。
事家事国知天下，地老天荒日月光。
上苑曲江儒道佛，人生正路是沧桑。

1187 之三
五女山中一线天，佟家江岸半凉泉。
孙孙世世勤耕种，月月年年易旧迁。
冬夏春秋来去问，人心草木自华扬。
蝉鸣高处中南海，三古文章落时芳。

1188 吕氏春秋 男女杂游，不媒不聘
黄帝子少皋，字青阳，以鸟命官，凤鸟为历正，云鸟为司分，伯赵为司至，青鸟为司启，丹鸟为司闭，祝鸠为司徒，睢鸠为司马，鸤鸠为司空，爽鸠为司寇，鹘鸠为司事。
毗邻社稷重家谋，少皋黄帝日月浮。
因鸟青阳司历正，三元部落地天求。
朝朝暮暮春秋水，不聘无媒尽杂游。

暖暖寒寒三界外，异同父母自江流。

1189 辉腾格勒草原 王蕾、徐菲、孙敬娜草花坪

1190 之一
千年一草原，二日半残垣。
野草香花暖，人间自不言。

1191 之二
千里孤云一叶悬，三家游子半荒川。
有心且将花心问，待日回头寄忆天。

1192 烽火台
人间旧垒半残颜，两世秦王一壁山。
客心长城千古尽，游思不到玉门关。

1193 忆李广
沙鸣问酒泉，暮色玉门关。
一箭天山去，三年不见还。

1194 内蒙古乌兰察布盟辉腾格勒海子夜
无边野草一碧深，四围香风半露浔。
自醉人间黄花酒，识途老骥马头琴。
湖中鸥鸟鸣云影，草木牛羊知故音。
日月荒原时节晚，心明北斗入春心。

1195 床头艾琳娜照片
人身父母生，天下自公平。
唯有妮妮语，常吟娜娜情。
朝花寻露水，暮色远山明。
只向家珍贵，生命四时荣。

1196 鹧鸪天·雨夜
淡淡天云淡淡烟，绵绵雨水细细泉。
夜深梦远无心力，两岸江湖尽去帆。
寒玉臂，月江天。寻寻觅觅问心年。
情知故国茵茵草，只守方圆半亩田。

1197 自鸣 儿女自法国来，小孙敬娜关照

1198 言谢

日月人生一半鸣，山乡鹧鸪万千声。
诗书不了诗书梦，指点江山指点城。
一事三思思则立，百年不尽自孤情。
花甲犹重知儿女，草木春秋是枯荣。

1199 商鞅变法
三论一商鞅，千年半帝王。
焚书灰未尽，治法镜先皇。
阡陌兴耕种，井田抑弊商。
长城秦所惧，汴水破天荒。

1200 自铭
东风问九州，天马二三侯。
论语千年养，河江万水流。

1201 莲荷
落落丽人来，姗姗玉色开。
清清天池水，淡淡有心媒。
翠微云中守，阳阴出水回。
堂堂君子立，夜夜半阳台。

1202 燕山香山寺
山光不尽半连天，岭树浮云碧叶泉。
草木脉中流露水，淡淡色滴如流烟。
幽幽古寺僧无语，暮鼓钟声一觉禅。
洁净心中藏旧约，菩提树下意难全。

1203 夏至
十里晴明十里津，一朝天子一朝臣。
原来日月原来去，隔岸雷鸣隔岸人。

1204 屈子潇湘不问人
潇湘不问人，草木半天津。
色尽长沙水，鸣蝉出自秦。
长江千里去，汨罗未邻身。
一石知清碧，九歌逐楚尘。

1205 家居
年年一水仙，月月半花船。
清气乾坤上，芳香满地天。

1206 山乡采摘果园
草木半门扉，斜阳一去回。

邻墙花隔水，红杏待人归。

1207 离离原上草
云深草木雨云村，日月天光日月门。
老马识途归去路，高山近影一黄昏。

1208 甲申端午
夜雨临窗问不消，梦中许愿念遥遥。
八千路路云浮月，六十三年处处桥。

1209 忆爹娘
一家日月一家娘，万里黄河万里扬。
五岳三江流不住，九州两岸儿时长。

1210 自言自语

1211 之一
三雄盖世半雄横，一代人生一代英。
有路天山云不尽，无名天下是声名。

1212 之二
一生今古一生平，五里难明十里名。
只见人中人不尽，无声处处有声鸣。

1213 之三
故里江川故里乡，乡心不断不心平。
年年月月寻人问，总说家庭月色明。

1214 之四
清风十地珍，净水黄花半无尘。
月色入人家，清明野草芽。
风和平水月，梦里尽黄花。

1215 梦桓仁凉水泉

1216 之一
凉水一泉湾，清清半西关。
烟筒山上色，客梦故人颜。

1217 之二
故里半西关，书生五色颜。

归鸿寻碧草,夕照满东山。

1218 河北香河天下第一楼

1219之一
荷光蔚蓝一楼遥,玉色香玲半月霄。
谁问那拉垂帘处,深深秀秀是心桥。

1220之二
玉立芙蓉第一楼,珍珠散落半春秋。
婷婷出水荷风劫,楚楚脂肤向水流。
故池城中寻形影,玲珑叶上色心愁。
皇家提督难闻政,天下不平外九州。

1221之三
京城廓外一京城,百里香河百里荣。
不见天门移旧步,晨钟夕鼓问时惊。
荷花水榭群芳艳,池岸东华别样明。
客舍朝阳怜柔草,梦中还问玉人名。

1222之四
芙蓉叶碧玉人鲜,暮下心中七色莲。
第一楼中明月夜,芳名旧都客人船。

1223之五
一山一石一青松,半水半流半问龙。
百里燕山寻夜话,不同处处尽相同。

1224之六
身名第一楼,百日数三秋。
旧都风景去,新城沿水流。

1225之七
问川问谷问云横,寻水寻山访枯荣。
五百年中一客过,八千里路半光明。
人心淡淡闻钟鼓,曲径幽幽暮色盟。
似曾相识相识尽,有穷之后是无穷。

1226 赠薛涛

1227之一
楼外十竹秋,江中一水流。
天天三笺寄,夜夜半空楼。

1228之二
山空一茫云,竹碧半天分。
石磊三江水,梅芳两地裙。

1229 与王功权兄叙旧 北京万通
支离天涯海水天,风尘拙政退思园。
巫山峡水云平岸,楚客陈王洛下缘。
九脉川中黄鹤去,三江万通尽浮烟。
平生摊档人间问,暮色雕龙半亩田。

1230 忆江南
江南寻故客,不见有心人。
西子龙井水,东山碧螺春。

1231 回沈阳
1990年受沈阳市长武迪生之约代行副市长之职。与戈玛蒂、张青、武迪生共赏北陵雪。

云平半奉天,长去一春年。
荡荡浑河水,巍巍北陵园。
寒冬重重雪,月在别时缘。
留守心神社,情深客里怜。

1232 林冲
人知豹子头,平白下沧州。
未存梁山问,江湖十月秋。

1233 燕山夜雨
人间知冷暖,私下问婵娟。
论语寒窗读,声声何日圆。

1234 忆天下第一城荷花
香河半亩莲,河北一云烟。
婀娜婷婷立,浮华白玉田。

1235 寄薛涛
锦书薛笺问江楼,几日川江几日流。
烟水行船烟水尽,云天不尽使人忧。

1236 忆辉腾草原
辉腾草原一碧天,山山水水半云烟。
敖包满是黄花地,不数清心数这边。
知草木,问心田。无边风月一方圆。
无言花草河南岸,塞外人家日日年。

1237 蝉
清清饮露泉,悄悄向高天。
树重鸣长远,无闻一月悬。
吟吟知自己,日日问人田。
只应名人愿,声声是客蝉。

1238 夏雨
十里烟云十里城,一村雨色一村清。
人间自是多杨柳,留下心思旷世情。

1239 金山寺
韩非:"小人报仇,君子报道。"
金山寺鼓声,窾坯半芜城。
莫遣鞲鹰饱,将军谁志名。
平生不削履,管领一东情。
六朝兴亡去,三粉唱后庭。
小人尤不尽,君子一生鸣。

1240 八月一日吕今生
三十时立半生,大千世界大千荣。
寻来朝夕人生路,但得家中子女情。

1241 汤武
敞冠加首子非闻,贯足新履问帝分。
初见志林周粟尽,尚书夏出不拭君。

1242 六国辩
云游鬼谷自纵横,六国苏张水火生。
合则苏秦秦地拼,张仪一诺强人鸣。
赵燕韩魏以强弩,未勉谈笑凭其名。
晁错皇宫封姓论,中原割据百余城。

1243 韩非子燕说
郢人火不明,举烛为书明。
举烛书中误,燕相举烛明。

1244 韩熙载夜宴图

1245之一
亡国人君亡国臣,南朝词赋南朝春。
旧城夜宴音琴在,只道后庭玉树珍。

不问四时非所以，依依不舍虞美人。
还望宋子兴文化，天地人间入迷津。

1246之二

夜宴声声处处春，轻歌细曲玉肤身。
不忘旧古无衣舞，犹记三生人性亲。
故国谁思明月在，东风不力养文津。
此前二主南朝尽，彼岸来回巷口人。

1247之三

人间谁得一文津，天下难更二次春。
纳纳声声词话旧，婷婷玉立梦中人。

1248 立秋

1249之一

西陆半山秋，燕山一叶楼。
人间荣枯里，天下已清流。

1250之二

丞相贞固孤，就地下司徒。
课役难托堪，亲属向拱奴。
富韩无罢政，中师不知途。
小人悔书浅，君人一半儒。

1251 四时

秋荷一滴雨，冬梅半寸冰。
春桃三分醉，夏玉两清庭。

1252 千里马

骏足千山志一方，无心日月历三光。
伏龙曲足知无羁，当先识途逐四疆。

1253 岳阳楼

烟波木遂逐岳阳，雨色南楼间四方。
淡淡阴晴分不尽，危澜露影野茫茫。
思忧进退人生去，草木寻来不栋梁。
煮酒旗亭闻月下，清流一到潇湘。

1254 咏蝉

清音一意高，细露半悬桃。
栖自枝繁叶，客年响夏涛。

山中寻薄翼，陆下杨柳袍。
凡是秋明阔，情重故雁操。

1255 北京什刹海荷雨

雨落碧莲花，荷声玉蒂家。
千顷湖水岸，一池玉生华。

1256 金陵

婵娟淡淡问金陵，秦淮悄悄彼岸灯。
不得清明杨柳曲，琴音渐入旧梦凝。

1257 玄宗

贞观故事二三陵，隆治唐人渭水征。
月色沉香亭北岸，长生殿下故人灯。

1258 讨武曌书

山山水水半人生，武武周周一唐平。
旧殿长安颜色尽，洛阳尘落见霜惊。
忆君不信纷纷泪，石榴裙边憔悴情。
应讨文华如意娘，江山不信两朝名。

1259 深圳

城中一半湾，月下两三颜。
重问江湖岸，南洋去不还。

1260 壶口

黄河一半天，壶口万千烟。
咆哮人间去，心安上下田。

1261 重回深圳寄潘琪

1980年交通部成立香港招商局蛇口工业区开发领导小组，组长潘琪副部长，时任专家组长，始自蛇口。

1262之一

南头蛇口半云烟，香港罗湖一海天。
月上高楼分内外，风平石柱间生年。

1263之二

处处一南山，心中半旧颜。
黄花知四野，芳草玉三关。

1264之三

故水东流曲意深，老乡旧客驿梅寻。
一桑二梓三心愿，半部人生半木休。

1265 骆宾王讨武曌书

君子难平万古忧，鸣蝉不向万家秋。
三唐西陆兴亡尽，九曲黄河去折流。
一世酷吏南北客，半生檄讨宦场休。
挂冠僧寺钱塘水，留下潮头满九州。

1266 黄河

黄河九曲断泥沙，故国三千问岁华。
谁信周田食不粟，江山处处是人家。

1267 寄慈中华和李敬伟

思源饮水一中华，相报泉流十万家。
且见江珊云不定，人间何患付桑麻。
无言百籁人生路，陌上知音玉影斜。
天清风光君子树，余心无限到天涯。

1268 鹧鸪天·壶口瀑布

1269之一

浊浪波涛浊水澜，天河直下一云端。
玉壶断壁孟门旭，平谷惊川漩涌残。
云易水，水汉漫。晋秦齐鲁半晴冠。
有心收来三江水，无意放纵万里滩。

1270之二

浊浪排空一客惊，烟云回荡百媚生。
黄河收尽三江水，放出秦川半土睛。
息壤地，孟门惊。弯弯曲曲十三荣。
朝朝夕夕天云里，疏疏淡淡万里晴。

1271 旗亭

寒江夜雨半芳名，开矣思君子弟声。
日影吴江春水外，玉门关切一孤情。

1272 鹧鸪天 南宋夏半边

一半江山一半荒，三心二意一娇娘。
山岚立壁云烟落，草木芬芳自凤凰。
蝉切切，叶风霜。依依杨柳故水长。
姿情婀娜浓妆卸，不知天门是故乡。

1273 三月扬州

扬州十里半琼花，玉笛声中一日斜。
暮色香云流不住，音琴不出两三家。
西湖瘦狭余光满，不缺红妆卸薄纱。
昨日今天明日在，天涯处处尽浮华。

1274 八月望海潮

一波三折向天扬，破浪乘风日月光。
汹涌澎湃潮落下，惊澜四面八方狂。
兴叹珠玑云烟在，百万雄师排玉泱。
只入汪洋凭海阔，钱塘尽处地天杭。

1275 巫山云雨

雨雨烟烟十二峰，吟吟约约一蝉鸣。
云波水影平江岸，缠缠绵绵月色明。
不断三更情里梦，还闻玉帛自心清。
天涯芳草高唐客，宋玉流光梦不成。

1276 陋室

一室清名半地芳，三千弟子两栋梁。
浮华草碧宗人府，六朝文藻沉国章。
秦汉宋唐天下尽，观音潺水玉光扬。
百思不解回头客，才子多思竹节长。

1277 北京御景苑 竹枝词

1278 之一

江上渔夫泊钓船，山中樵子问流缘。
浮云万里兴叹去，五百年前一旧年。

1279 之二

长相思，短相思，天涯海角尽相思。
相思知相思。
男相思，女相思，水中鸳鸯啼相思。
孤独独相思。

1280 之三

巴山长，巫水长，高峡云雨天地荒。
六合日月光。
一江流，四川流，楚蜀河江待红楼。
人情永不休。

1281 忆江南

1282 之一

君山出上布衣孤，不嫁洞庭问小姑。
帆影凭心向东去，云平雨细瞒姑苏。
注：湘有洞庭湖，吴有洞庭山。

1283 之二

碧波洞庭不尽舟，雨云水色岳阳楼。
人情两处多依旧，只到西山不问秋。

1284 之三

巴山吴水一人家，鹦鹉洲头半草华。
玉树后庭花不尽，柳杨曲终雨云葩。

1285 甲申白露

1286 之一

一露清霜一露天，半家烛灯半家缘。
清清淡淡春秋夜，便便常常窬大千。
二里村中三客店，人心月色问方圆。
浮云沉落寒江水，滴滴光明滴滴年。

1287 之二

白露凝寒半月光，三山玉叶一清霜。
客心十里长亭去，驿舍陈云五色梁。
远近苍茫云起落，秋风瑟瑟问炎凉。
来来去去人心在，枯枯荣荣淡薄妆。

1288 巫山一段云

1289 之一

人清意气扬，玉影明月塘。
野草香情近，花心一半芳。

1290 之二

巫山夜雨烟，峡碧逐清泉。
三寸相思水，江东月色田。
衡阳来去雁，向往玉婵娟。
楚客五更梦，家乡半续年。

1291 金陵忆旧

三山古寺一江门，雨色金陵半水村。
暮鼓声中船渡口，天光岭树入黄昏。
庭花玉树寒蝉切，六朝无梁殿上坤。
落色还明秦淮水，王孙去尽谁书孙。

1292 望月

玉宇一婵娟，人间半缺圆。
心情知日月，寸尺问天年。

1293 江山

江湖半水村，草木一川门。
天下文章事，人心寸尺恩。

1294 秋

秋江半玉明，暮色一纵晴。
虹落三山村，帆扬两水平。
五湖烟水上，柳岸出泉鸣。
日月人间问，天光草木情。

1295 过玉门

不锁荒原一玉门，阳关未问半黄昏。
沙鸣入梦残风尽，客里人心是儿孙。
万里人生知苦海，千山归小净家村。
人间五谷今天下，处处鼓钟尽梵蕴。

1296 王维过香积寺

天光香积寺，碧色半山云。
无路凭心往，禅声任意闻。
虹惊飞鸟去，暮鼓老人君。
拾得空门曲，清潭日月熏。

1297 王维别业

江天一去舟，烟水半未流。
客有琴台梦，云浮鹦鹉洲。
人心来往独，日月念江楼。
夜半吴中雨，山河何是忧。

1298 李广

大漠一孤舟，沙原半独游。
心中明日月，草木汉城愁。
成败难言尽，声名不封侯。
云天公何道，枯荣是春秋。

1299 乌衣巷

金陵八艳一芳家，不了明清半玉华。
但见英雄男儿少，得使伶姬女人花。

1300 结业中元国信担保公司

第十五卷 古今诗

1301 之一
山青水碧似无穷，地阔天高半不同。
一箭玉门关外去，酒泉不语论英雄。

1302 之二
半江寒月半江秋，一曲阳关一曲忧。
铜臭伊人天下问，高山流水任君求。

1303 北京房山
客游上房山，云风雨水闲。
文华天下事，留下客乡年。

1304 过云居寺
隋唐一代上房山，夕照北榆居庸关。
垒石泉流云古今，清河十度自心颜。
甲申八月十五日 居北京御景苑

1305 之一
犹续故心情，寒蝉断薄声。
悄悄霜玉落，残梦旧时明。
渺渺江湖上，悠悠度半生。
心思知寄予，夕照散钟鸣。

1306 之二
日日年年一客家，江湖暮色半年华。
仲秋叶落扬明晚，柳岸无言野草斜。
古刹钟声晴渡口，青云平步到天涯。
余音袅袅高天问，水暗心平浪淘沙。

1307 问云居寺
夜雨半春风，禅心一念空。
大接燕赵北，色落御城东。
松偎寒山叶，霜珍月间枫。
僧高藏宝卷，来去有无中。

1308 半亩园 甲申八月十八日离御景苑
半亩心园半亩城，一水三山一水明。
但问黄昏千里目，开元拓朴待天晴。

1309 颛顼、帝喾二帝都陵 河南省内黄县
苍苍二帝陵，不见九门微。
上下千年尽，河南水石兴。
天低分楚汉，草枯问秦灯。
一滴内黄酒，华夏史不凝。

1310 过保定、内黄、郑州
山斜一寸一斜阳，万里无限落大荒。
赵燕齐鲁同天日，河北河南问汴梁。

1311 宋州木兰祠
三黄半玉娘，十里木兰乡。
女子天边去，声名留四方。

1312 许昌春秋楼
魏都问诸侯，英名万古流。
人人心上客，日日一春秋。

1313 开封府
七朝日月楼，汴水自东流。
旧府包龙图，梁唐晋汉周。
初惊三叶落，文正九江侯。
复见杨波府，重寻宋人州。

1314 张巡祠与八关斋
一夕黄昏一夕阳，八关文字八关方。
宋州辈出英雄见，门九吟声载下房。

1315 宋州
桃花秦淮问香君，汴水陈州问夕云。
谁知明清粉黛女，夏华留取一情分。

1316 侯方域杜梅堂
天下一香君，明清石榴裙。
商丘三杜梅，疑问去来云。

1317 商丘相土
商人不语商，黄水未言黄。
尤有华人在，天宇诸见梁。

1318 帝喾孙相土，牛马制车而作商品部落，始为商祖。
帝喾牛马车，部落不同堂。
同里无日月，穷人草木荒。

1319 过许都
乡村半壁半英门，一处山湖一帝村。
汴水炀名沦世界，无舟谁渡许昌根。

1320 许都灞陵桥
灞陵此去一萧条，叶落霜明半不凋。
留取丹心天下去，石梁回首涌云霄。

1321 许都八栢亭 之一
十里乡城草木青，千年香火玉家铭。
关公堂上春秋在，故都人心八栢亭。

1322 之二
千年遗旧春，十里问归人。
唯有桑梓地，心知是故邻。

1323 之三
湖亭处处故楼台，苑岸依依小院回。
重锁春秋香色在，轻浮草木客重来。

1324 邯郸学步
黄粱一梦梦清清，燕赵中原半壁城。
逐鹿英雄闻易水，邯郸学步故人情。

1325 河南内黄县颛顼帝喾二帝陵

1326 之一
黄河故道一沧桑，天下中原半抑扬。
二帝祖源灵犹在，九州相土自言商。

1327 之二
黄河不尽问方圆，草木秋分半枯泉。
碑石扬明天上色，泓澄日月碧云天。
心清犹有渊渟水，吕昌轩榭一统宣。
鲋鳁沧桑天地小，稽时二帝尽人年。

1328 黄粱
将国半黄粱，姚姬一客芳。
巫山三峡水，云雨问高唐。

1329 兰州言下听秦腔

1330 之一

人间一古今，家国半晴阴。
谁得秦腔去，方圆入曲深。
枯荣天下事，浮沉锁琴音。
不负九州鼎，人生三寸心。

1331之二

来观是未春，去得自由人。
但取随心意，青云入少津。
春秋浮沉水，日月客明邻。
巷里黄昏照，书房论古今。

1332 海宁潮

八月水云惊，千年浪泫明。
钱塘潮不尽，一线向天生。
两岸山浮顶，人寻汹涌声。
浙江港水阔，处处危言情。

1333 秋蝉

1334之一

寒宫淡淡寺空空，岸草天边石径穷。
落叶随风浮散尽，山门不锁玉莲红。

1335之二

年年月月广寒宫，水水山山问落鸿。
处处心心无里有，天天地地小桃红。

1336之三

潇潇细雨雨蒙蒙，半岸云平半岸风。
隔渡蝉声鸣又起，荷花带雨露晴红。

1337之四

梅花腊月寒心中，残雪冰消玉色同。
化作香泥春不去，百花犹谢李桃红。

1338 乡下

1339之一

疑是故乡人，还闻父母亲。
茫茫观世界，只能正衣巾。

1340之二

路远半知音，云高一寸金。

春秋天下水，今古老人心。

1341 唐后主

一曲千年忘国侯，半生绝唱大江流。
人间谁问兴歌舞，只有君心不有愁。

1342 贾谊

一人论语一春秋，天下江湖半不忧。
华夏十贤明哲世，长沙空锁五湖洲。

1343 重阳

万里扬明泊淡霜，三年甲子上重阳。
沙鸣关落狂风夜，风肃高天四野荒。
水尽息人听草木，天堂回首问炎凉。
惊闻酒徒栢梁起，只向楼兰日月光。

1344 鹧鸪天·霜降

1345之一

一草青青一草霜，半壁山河半荒凉。
湘江留下斑竹泪，梦客长沙梦不扬。
秋瑟瑟，小荷塘。难寻古色问潇湘。
寒山且待城间月，拾得残荷暗自伤。

1346之二

阵阵秋风一雨凉，半生家国半重阳。
三千子弟知回首，六十开三自抑扬。
寻上下，忆家乡。山村暮色马牛羊。
深秋十地人心赋，三月春花处处黄。

1347之三

月淡心澄早九州，湖明野旷万家秋。
唐人犹有重阳节，曲舞升平七国侯。
听玉树，问江楼。千年得失一飞舟。
来来去去人间客，不是江楼是水流。

1348 诉衷情·书生

江楼不住问江流，自古几春秋。
荣荣枯枯杨柳，日月一神州。
山屹立，水悠悠，不知愁。
一情无尽，雨住云消，欲语还休。

1349 浣溪沙·荷

十步荷塘十步桥，一衣玉色一衣妖。
莲心并蒂水中撩，碧叶浣溪沙岸暖，
云清树蔽影迢迢。芙蓉出水念奴娇。

1350 城市是乡村之子，官人是农民之子

1351之一

高高低低门，自古半乡村。
曲曲弯弯路，家生小儿孙。
菩提无此树，日尽一黄昏。
犹有千枝叶，扬明老树根。

1352之二

枯枯荣荣草，去去来来人。
清清隅浊浊，冬夏一秋春。
晋汉梁唐周，君王俱已尘。
青山依然在，自己数家珍。

1353 驿客

论语声名一鼓钟，邯郸学步半云龙。
年年野草荣华尽，岁岁芳馨何处逢。
去雁衡阳闻一字，斜阳只留远山踪。
弯弯曲曲江河水，寺外飞来万古峰。

1354 绍兴沈园

未尽唐音一故名，放翁夜话半东城。
清霜一枕春秋尽，半壁亭孤再不生。
心迷迷，月清清。沈园细雨雨难鸣。
残荷有泪泪语रू，何处人情一二声。

1355 阮郎归·雁

一荣一枯半无声，玉门梦里情。
水山山水总关情，楚河汉界明。
山杳杳，水清清。衡阳不争鸣。
舒舒卷卷待云平，飞来度五更。

1356 忆西双版纳

一半云南一半花，三更浊酒五更茶。
天明曲靖滇池水，缅甸观楼玉色华。
不问君心闻傣乐，回归大理老人家。
明清不教吴三桂，留下私心是大麻。

1976

1357 湘竹
情中斑竹泪难书，群玉高唐暮雨余。
回笑一千三百载，无中生有有心舒。

1358 少年游
有影无踪半不鸣，东吴西陆两人生。
运河曲折苏杭去，白骨长城问五更。

1359 浪淘沙·寻常人家
不尽浪淘沙，此去无涯。心情可向夕阳斜，
暮暮朝朝终不断，杏李桃花。
天下万千家，细雨窗纱，灯前月下实无华。
只恐惊飞堂上客，误了桑麻。

1360 阮郎归·老人心
黄粱一梦梦无成，萧萧树叶鸣。
暮来朝去半清明，夕阳远处荣。
人匆匆，落霞晴，无非是一生。
黄花玉影晚钟声，心平是归情。

1361 岳阳楼记
江东不是岳阳楼，二妃潇湘橘子洲。
斑竹书生知与便，空空水色自鸣流。
巴陵朝暮巫山雨，楚客洞庭一日忧。
谁问知春亭北岸，昆明玉影见君愁。

1362 玉泉垂虹
一缕斜阳一缕红，玉泉半落半云中。
流来碧水江川重，绿藻浮光玉宇红。
色染珠玑生白露，峰华树影各西东。
声名天下燕山客，五百年间一故雄。

1363 太液秋风
太液秋风玉池清，春荫琼岛白云平。
金人初识西华泽，满驿殷勤客未鸣。
一味浮香流宝色，红楼半壁赐新名。
华城仰视明清去，五色江山紫禁城。

1364 江城子·明清
明清去尽泊云烟，一人缘，一前川。
北海龙亭，向南一波连。曾是皇家船水岸，
风淡淡，月圆圆。

昆明池上画云天，半清泉，半方圆。
半壁江山，半壁不耕田。四合院中听鸟啼，
心不止，任鸣蝉。

1365 居庸叠翠
徒夫独当居庸关，叠翠丛林蔽障蛮。
李斯千心八达岭，关沟十里玉门还。
秦时墙北胡时汉，虎带龙统羊背山。
日月峰前长玉带，幽州蓟北高天颜。

1366 秦颂
前秦五国终，锁住四关宫。
委约春泥泽，敷德乱鲁东。
声名嬴政去，人负栎阳公。
当问高渐离，天门二世穷．

1367 鹧鸪天·扬子江
十里浦东故水来，三吴渔火半阳台。
长沙犹恐潇湘雨，斑圮心中谁自催。
晴蜀鄂，碧波开。年年楚客问徘徊。
弯弯曲曲扬长去，浩浩荡荡去不回。

1368 扫叶僧
玄慈一念一无尘，半壁少林半人身。
大小和平天地上，常缘有善付心珍。
人间利禄人间尽，世上恩仇世上沦。
处处江湖深不已，春秋扫叶是秋春。
注：扫者，一横一竖一撇一捺，一
人大天和平也，生诸字。

1369 秋天
江卜秋云半碧潮，山中红叶一冬凋。
舒舒卷卷随水去，坦坦荡荡逐玉霄。

1370 孔明
草船借箭草船旎，一壁东吴一壁曹。
天下三分天未灭，出师八阵先王袍。

1371 鸡鸣禅寺
三山二水一禅音，万年千年半泽浔。
有限心思知古刹，无边草木向空林。
梓桑影摇泉沙水，失落渔樵日夕心。
是岸回头观世界，众生普度一金音。

1372 送君
半壁江楼半壁霜，一波未尽一波扬。
巫山自古云烟重，楚梦闻君已到湘。

1373 同里寄陆龟蒙
江湖淡雨一云中，务本耕乐二堂同。
明月花光人影动，船桥应渡陆龟蒙。

1374 洞庭西山
十寸清烟一寸阴，千家塘雨万家林。
枇杷五月香村里，银杏中秋落客音。
霜玉叶，小川临。枫红茨实自家斟。
鱼米三吴无周土，梅花处处重衣襟。

1375 鱼玄机
芷苣蕙兰泽水空，玄机杨柳远山鸣。
分愁秦锐知天地，三弄舜琴化寺东。
才染罗衣名不就，芭蕉问雨不梧桐。
玉姿留作心情水，旧庵清流幽隙中。

1376 谢娘
道韫春风柳絮扬，谢娘雪色玉衣裳。
十分蕙质才心上，六朝千年女儿妆。
秦晋中原闻止土，三皇五帝种书香。
家中砚池春秋笔，天下高堂日月光。

1377 虎跳峡
争流万里半龙门，跌落千年一虎村。
惊啸雪飞天地尽，光华散尽满黄昏。

1378 沧海桑田
牛羊不问近明清，谁见阴山草木荣。
不尽黄河流半断，胡姬玉曲似无情。

1379 忆钱塘潮
八月一潮晴，千年万啸声。
云随波浪尽，海宁逐天惊。
不争钱塘水，江湖玉宇明。
杭州湾不锁，观止问心情。

1380 江流
高唐一梦晴，三峡岳阳明。

涵虚洞庭水，千帆远旧城。
荒山空起落，草木自知荣。
肝胆江湖上，来时尽是情。

1381 隋炀帝《纪辽东》词之祖也

冬至无长夏至长，春分露水秋分霜。
萧娘玉影寻芳芷，斗角钩心约上梁。
碣石沧桑田海易，桃花去尽待刘郎。
五原空道辽东纪，却道隋炀不隋炀。

1382 关盼盼

西湖司马一杭州，渭水东流洛水忧。
半寸相思三寸泪，楼空燕子问江流。
春泥散尽芳华在，八曲难鸣故客秋。
谁见人心关盼盼，云烟凝重雨还愁。

1383 五柳先生

五柳先生三柳言，圆通十地九江源。
心无好恶知自己，古往今来重开轩。
娱舍诗文乐其俗，忘怀得失化简繁。
闲情葛式闻陶潜，始从晏如是日喧。

1384 武帝赐酒一酒泉

西出凉州一酒泉，长城汉武半云烟。
将军有酒知心醉，夜夜鸣月下悬。
未解边人杨柳曲，胡姬舞玉倾心怜。
一生知己难知己，天马行空日月天。

1385 甲申年末飞过横断山

万亩云城七八峰，千山横断二三踪。
一年未始一年尽，十地圆通半晚钟。

1386 楚汉

东去黄河楚汉争，江山日月渭泾明。
英雄自古凭知己，霸上鸿门阿房情。
问刘邦，霸王名。虞姬舞尽曲难鸣。
相承三国群雄起，遗恨江东白帝城。

1387 读人生 2005 年

五代后蜀主孟昶天下第一联：
新年纳余庆，佳节号长春。
唐周武曌女人第一联：

春来也，鱼龙变化，
时至矣，天地生辉。

1388 云南昆明云湖园

云湖白鹭鸣，翠竹水云平。
过客疏宦渡，滇池旧日情。

1389 年纪

一年一始一年终，三水三山一半逢。
人年老时无老小，家邻左右社西东。
朝花夕拾来时客，春夏秋冬各不同。
院池鱼游知所以，天下日月自无穷。

1390 听梅花三弄

一弄半疏梅，琴弦欠去回。
寒心寻玉影，腊月问花媒。
旧约依时到，暗香顺序来。
去年情不尽，今日自中开。

1391 浣溪沙·姑苏

红白香流半不匀，浮光玉影半凝春。
蒙蒙细雨落花尘。酒肆东吴知劝客，
烟消曲苑问前人。西山啼鸟露沾巾。

1392 甲申小寒忆江南

姑苏细雨泡清尘，拾得流花故紫巾。
拙政园中寻旧约，寒山寺外问来人。

1393 又

暗香浮动月黄昏，拾得寒山寺半门。
雨近洞庭山水色，芳香自及夜袭村。

1394 又

扬澄水岸半湖湾，同里江村一玉颜。
色出洞庭山竹月，小桥流水入云闲。

1395 又

钱塘八月潮，六和半云消。
色尽灵隐寺，空平拾得桥。

1396 隋水唐流

一隋三唐半夕斜，洛城已近商人家。
运河只向钱塘去，铁柱相知标有涯。
两岸渔村无成败，三秦旧垣问桑麻。
江山兴衰声名尽，记取杨广二月花。

1397 西江月·春柳

谁问杨边柳色，今年又似前年。
丝丝半曲半丝连。寸寸依依拂拂。
流水心中渐暖，茵茵尤在梅田。
芳塘十亩玉人田。碧碧明明郁郁。

1398 过黄粱

学步过邯郸，荒塘易水寒。
不闻丁固梦，尤见文郎冠。

1399 洞庭西山梅

飞雪洒龙鳞，花天乱半春。
西山梅色近，玉影满衣巾。

1400 艾琳娜

东流半玉门，主社一家孙。
桃李春秋水，天云日月村。

1401 隋河

东流四方寻，五色一甘霖。
水暗午明草，江花半地阴。

1402 骆宾王

武则天见"一抔之土未干，六尺之孤何托"
叹曰，"宰相安得失此人"。
半家李武半家唐，一失君天一死伤。
抔土孤干纵酷吏，人心何托谁扶良。
千古有字则天祭，四杰咏蝉骆宾王。
讨檄声名惊武曌，安寻此托宰相堂。

1403 咏蝉

蝉声问日丹，西陆雁影残。
犹自鸣薄翼，分明落叶寒。
纵横穷武曌，阡陌尽难看。
一言勤王檄，还闻岁月安。

1404 鲍管

九令诸侯应一人，三千世界问秦津。
还闻旧见兵走，鲍叔谋心运济贫。
反扰回归无为侈，云仲六固有无亲。
宴婴百年寻知己，四维忻名万古身。

1405 西洞庭梅花山
寒香浮碧水，色重五湖楼。
玉影相思苦，花明任自流。
孤姿千缟素，蒂落一孤舟。
为向君人致，心中存傲尤。

1406 登鹳雀楼
白日依山一日楼，黄河入海半江流。
欲穷千里人心在，更上高楼万古忧。

1407 孟才人一声何满子，双泪落君前
故国五千年，人生一字天。
情中生死怨，双泪可耕田。

1408 千秋引
甲申大寒，北京富强胡同六号紫阳书院。
别馆紫阳，东方河洛，九脉江山还廖廓。
洞庭波涌连天雪，潇湘斑竹珠泪落。
巴人歌，论语客，书院薄。
不谈声名问强弱。
临水思迁，上高阁，千里云天已闲却。
人心今古，去来沉浮庋略。
长城隋水耐珠凿。
夜梦多，只可惜，飞去鹤。

1409 鹦鹉洲
东去一江华，云来半水沙。
空天陈石磊，叶碧约山花。
击鼓龟蛇口，鹦鹉草不发。
寻思三国问，不见故人家。

1410 又
鹦鹉草木不知荣，水色琴台故遗声。
称霸群雄闻尤子，中州逐鹿废曹盟。
楚客还听三击鼓，未足吴歌一统情。
败败成成不足，人生自古是人生。

1411 舒舍予
枯叶沉西秦，华浮不是春。
舒生依旧约，后海入天津。

1412 更上一层楼
独上高楼一古今，谁人不见四方寻。
天涯未尽阳关曲，涧水阳明草木深。
忧国忧民忧进退，逐年逐月逐晴阴。
前途不止生无止，暮暮朝朝自有心。

1413 忆同里，富土
雨水问桑麻，中春碧柳斜。
澄湖同里碧，上下留园霞。
巷色三千柳，船流一两家。
天平馆娃女，十载净湖沙。

1414 唯亭
隋水一唯亭，吴江草木青。
长安知日月，同里富聆听。

1415 又
窗影半光华，心情一水涯。
云湖千岸草，月色两船家。
苇蒲扬澄碧，唯亭碣石斜。
千年来往送，十月见桑麻。

1416 觉性
朝朝暮暮雨云生，岁岁年年客舍情。
论语忧心家国事，思中进退一成城。
江南十里长亭路，面面方方自多情。
未必无情真君子，君子何必问有情。

1417 书生
诸木成林一自工，书生本色色无空。
阳关三叠啸啸去，丝竹江南淡淡风。
一诺江湖知日月，三山五岳尽飞鸿。
来来去去人心在，曲曲平平路在东。

1418 雁丘
金人元好问，字裕之，山西忻州人，垒石作丘，赋雁曰："问世间情为何物，直叫人生死相许。"
阴阴晴晴，裕之一古今，枯枯荣荣。
垒石作丘，生死同情。孤鸿投地一鸣，
不弃不离去，难分舍，心中知情。
燕山去，排云一字，日日声声。
衡阳去来旧约，南来又北去，死死生生。
何怨朝云，暮雨高唐，斯守一处清鸣。
伊人伊风月，一字求，一诺心城。
只晓及，为了彼生，便了此生。

1419 玉堂春
玉堂春者，苏三受挚于王三，
受诬于洪洞，上太原刑部审，
王三春关主刑部审，复为夫妻，
父母不命，苏三出家，王三弃官而结百年。
千年一绝玉堂春，半弃三生北去臣。
刑部高闻苏三案，庵堂低眉自家珍。
贪官恶商因果报，竖子善君草木茵。
江河不尽东去水，天门序唱庶心人。

1420 浪淘沙·玉澜堂
瑟瑟玉澜堂，一代心伤。
空留门里半斜阳。五百年中知叶落，
抑抑荒荒。慈禧半苍亡，雪雪霜霜。
光绪日日绪无光，唯有春秋人不尽，
世态炎凉。

1421 楚怀王与陈思王
朝云淑女妆，暮雨浥高堂。
宋玉姚姬赋，神家待楚王。
使君生别离，妹素约华芳。
感甄金带冷，郢宫玉枕凉。
自古相思苦，梦外两茫茫。

1422 太湖初春
梅花半落半衣巾，细雨浮香待去人。
谁问五湖山水客，西山柳色草茵茵。

1423 乙酉立春
春风未入秦，同里半梅津。
南北天寒尽，今年已玄春。

1424 忆江南
门前寻五柳，月下待三春。
色满东吴水，南风半入秦。

1425 又

莲塘一色胭，洲渚半扬茵。
杨柳浮黄色，烟云雨丝春。

1426 鹧鸪天·岁日
地北天南一半情，千门万户入红城。
春关自比书香久，上苑户开及弟英。
七言尽，半部盟。淡云细雨问生平。
年年日日时时数，敌遍人间数一生。

1427 乙酉生
佳节长春半客乡，余庆岁月一春堂。
山水有限鱼龙变，无数人物日月光。
东风杨柳千村色，岁去年来万云昌。
辞旧迎新连两岁，梅花已在西山香。

1428 西双版纳与孙坐
西双版纳音译，西双，
十二，版纳，一千块坝子。
西双一古今，版纳半玉林。
老茎生各果，云平古树荫。

1429 又
繁枝一雨林，古树半人心。
长落长生叶，傣人自古今。

1430 少林寺
天下少林不富贫，人间正气一衣巾。
英雄自有寻中岳，留取丹心满寺珍。
色色空空千客尽，抱园守一问天轮。
十年面壁真君子，普度众生四方人。

1431 黄鹤楼，大观楼
汉口龟蛇锁鹤楼，鹦鹉草木一千秋。
一联今古鸣天地，百里滇云向南流。
空念念，叹悠悠。纵横怀抱世村休。
芙蓉九夏浮华水，雁过秋鸣半九州。

1432 禅林
朝朝暮暮三江同，达摩禅音五色空。
日月金木水火土，人心东西南北中。
求法断臂云天雪，万壑千岩但泣工。
神楼古洞升日月，山高少室逐年风。

1433 忆江南

半入天云半入湖，两山流水两山孤。
春明岸草江青色，暮影人心暖玉壶。

1434 又
半部船楼半部桥，一家水火一家瑶。
苏杭水色心中碧，但问人声何处消。

1435 灵隐寺
去去来来一色空，前前后后半心同。
禅钟不尽方圆里，守一还闻尺寸中。

1436 相见欢

1437 之一
春红不似秋红，十月中。
一边荣华一边枯肃风。
天云重，人还在，何不同，
自是人生东西南北中。

1438 之二
云淡淡雨蒙蒙，一梧桐，
拾得寒山寺外小桥枫。洞庭水，
灵岩石，馆娃宫。勾践夫差长恨五湖东。

1439 浪淘沙·李煜
夜半雨花残，二主仁丹。朝风不免阶前寒。
梦里深宫情处处，长了妇端。
苦苦待伶官，回首华年，清清一袖王霜阑。
换了人间君不是，短了皇冠。

1440 浣溪沙·人生
何处江流何处船，春花一夜一朝烟。
三千世界万千年。苦苦寻寻呼彼岸，
扬扬落落入青莲，人生比比是心田。

1441 鹊踏枝·云
沉沉浮浮朝朝暮，来来去去年年雾。
十里长亭千家路，五湖芳草三村树。
一水江青波浪雨，淡淡风景口岸人人渡。
乱随百花乱心无妒，天下人间芳华故。

1442 弘一法师李叔同
灵隐寺，虎跑泉。今昔是何年。
寥寥一年又一年。

放鹤亭，西子船。处处是青莲。
半壁寺院一心田。
水之流，心之圆，色空梅花天。
长钟暮鼓柳杨悬。
人思在人缘。

1443 十六字令·吴
船。碧玉家家月半圆。
人心在，十步一桥弦。

1444 又
家。灵岩山中一馆娃。
心人在，五霸越吴花。

1445 唐多令·李陵与苏武书
今古问飞鸿，泾流自不穷。
二千年，非是空空。
九折三波明昭曰，西未尽，复回东。
不入帝王宫，折戟胡马戎。一夫雄。
五洲难逢。胡儿汉臣荣辱去，人何在？
月无穷。

1446 春蚕声
日落吴江群蚕鸣，春雷波涌五湖声。
人间尽在生命里，同里归闻恐怖情。
万丝浮游扫落叶，千年束缚似无平。
惊心动魄三村壁，天下观澜是枯荣。

1447 少林寺
四壁空空一念空，三心二意半情终。
悠悠古寺钟声序，处处乡家雨色同。

1448 风入松
别无天地别无家，默默夕阳斜。
三千日月三千苦，十寒窗，三弄梅花。
枯枯荣荣野草，幽幽怨怨胡沙。
江湖淡淡自流华，满了旧床纱。
天门草木云光里，见人人，处处琵琶。
暮影朝霞拾得，年年来去天涯。

1449 海纳百川
一度年光一度春，半天半地半邻人。
聚合离散惊今古，上下纵横右左筠。

第十五卷 古今诗

汉口黄鹤飞已尽,长沙赋遍老人心。
丈夫季诺江湖水,君子田中日月臻。

1450 苏武与李陵碑
是是非非不是非,成成败败败无归。
江山留下纵横问,自古英雄处处微。

1451 乙酉二月初三日
黄花未满一江流,烟雨姑苏半翠楼。
碧玉小家花色素,五湖水色夕阳舟。
围城日日年年苦,上苑归来竞自由。
九脉云浮梅不尽,芳明古树已忘忧。

1452 李煜
词主千无半不忧,江河九曲一东流。
闻呼六朝天云尽,汉水鹦鹉已草洲。
一宋二唐三阶下,故乡旧语多亡愁。
聚合离散谱日月,不教君臣自封侯。

1453 惊蛰
云归雁栖湖,暮低草青无。
夕照高阳树,虫惊玉奴呼。
新音闻鹦鹉,旧约守姑苏。
桃李梅花水,春泥客问吴。

1454 故乡
风清月半林,日暮一情深。
叶更千年树,花明旧日琴。

1455 平沙落雁
寻寻觅觅一沙滩,去去来来半泽寒。
离别声声鸣不住,归归处处叶山残。
天飞一字人心远,地阔千年故土宽。
夜问衡阳湘水岸,浮浮沉沉雁云端。

1456 西泠印月
霜明碧草一秋扬,玉树香凝半落荒。
牧鹤亭前云百亩,西湖水岸色三乡。
小桥流水江南泽,大户人家问漳塘。
八月吴江流不住,三春杨柳到余杭。

1457 心田

梅尽香流二月花,人心只向农村家。
相思雁丘无情独,夕照情种向地斜。

1458 吴江三月
桃花两袖香,隋水一帆扬。
岸柳望空绿,春茵付地黄。

1459 吴江三月
柳岸船横一鸟啼,梅花三弄半苏堤。
三潭月半寻西子,水泊流花尽玉泥。

1460 忆江南
五湖春水两洞庭,一寺寒山半苦青。
百里东吴浮玉水,千年八月胗鲈丁。
三天云平三天雨,十日舟流十日萍。
旧第状元邻草木,半家音韵半家听。

1461 姑苏
半敞心扉半问家,一船杨柳一明霞。
春来秋去黄昏日,繁简阴晴向远斜。
草木纵横相约空,堂堂落落入殊华。
年年向必梅心暖,子种心中自发芽。

1462 白居易离离原上草
任雨任阴晴,无风不枯荣。
年年青四野,简简度平生。

1463 初春漪清园
寻花问柳一春光,观政无情半玉堂。
草木心中天水暖,李桃树下是梅香。
黄昏社稷心思尽,自有华章自欣赏。
为所欲为自己,拾得论语是栋梁。

1464 玉澜堂
知春有意玉澜堂,不耐人生日月光。
故水昆明流不去,湖中不是一长江。

1465 秋
秋风半玉明,水色一湖清。
月沉江湖岸,帆扬万里晴。
溪流沙影净,寺古悟云英。
西陆蝉音去,秦川楚汉城。

1466 燕山春
初闻鹦鹉鸣,草木五湖生。
杨柳江村树,平明碧水清。
燕山三五寺,阶下万千盟。
客社春秋岸,人家不问名。

1467 马到成功
北辰花园别墅注册15亿元之中企联担保
公司董事长任职铭
年年月月明,日日百合生。
岁岁寻阳数,朝朝暮暮情。

1468 中国小城镇事致吴伟
草木三分绿,江河半水平。
人生知五味,天地问光明。
注:草滋一寸自根而生,木绿一分,
自尖而荣。江河入海方一水平,海
纳百川咸以淡成。

1469 北辰别墅 24A
千年草木薇,孔雀故家飞。
紫气西东来,人心日月归。
注:中企联合担保公司开业,云南
以孔雀翎铭。

1470 无题 李商隐
一半江流一半寒,两山叶色两山残。
家家碧玉家家养,故客烟î故客冠。
问豫鲁,步邯郸。声声去雁记湘澜。
嫦娥应梅清宫囚,三月东风万里丹。

1471 山东肥城石横镇桃花节
孤云万里逐天光,七色千村尽泽塘。
沉沉浮浮明得势,繁繁简简下高堂。
东邻西舍桃花月,古木晴阴杏出墙。
绿绿红红人不已,舒舒卷卷向华阳。

1472 初秋采莲
藕短藕丝长,船平水低扬。
心空丝不空,水色自荒茫。

1473 洞庭西山村

一水千年一玉娟，五湖西山半城烟。
馆娃越色临妆镜，夜雨吴宫日月迁。
木樨村中桃水去，状元碧玉小桥前。
云平水户吴音语，隔岸钟声问客船。

1474 雨登泰山

1475 之一

暮雨五色泉，泰山一线天。
黄河流不住，君子种心田。

1476 之二

泰山孔府颜，五岳岱宗关。
齐鲁千年尽，黄河十八湾。

1477 之三

泰山周知一赠 泰山石吕
一日雨云烟，三川十八泉。
独尊泰岳顶，石吕半南天。

1478 山东肥城桃花城

鲁肥桃城万亩花，泰山脚下一芳华。
一花一果三千界，千壑千山半石沙。
书左传，舜耕麻。今来古往在天涯。
人生百岁长相似，天地方圆步步家。

1479 齐鲁行

1480 之一

清溪斗笠一村花，竹篱渔樵半客家。
雨壁春秋留遗址，东风不语送芳华。

1481 之二

桃花杏李满梨花，杨柳桑麻夕照斜。
草木心中知碧色，悬泉流雨问芳家。

1482 农家

柳杨色碧二三成，鹧鸪音平四五声。
远近云烟联地阔，去来曲径入天明。

1483 嘉善西塘庵

1484 之一

一寺半孤门，三家两雨村。
回头姑庵近，隔壁玉人温。

1485 之二

船家一玉人，月色半衣巾。
共饮同湖水，无心隔日尘。

1486 宁波书院

千年一叹焚书坑，万象天生曲阜明。
云卷云舒天地问，人来人去水东平。

1487 宁波田园人家

碧玉夜开花，田园酒半家。
宁波归不去，回首月西斜。
过宁波虞姚绍兴嘉兴而入嘉善西塘

1488 之一

半落黄花问蚕桑，千流碧水逐钱塘。
三人不怨隋炀帝，先有杨广后有唐。

1489 之二

茵茵芳草色纷纷，处处洞庭雨水殷。
鹧鸪声声下田耳，黄花未尽李桃云。

1490 吴江

黄花桃李满江天，柳叶扬明半寸田。
朝夕云浮同里月，吴江雨色隋河船。

1491 泰山

一半青黄一半春，三山五岳一天津。
清明谷雨吴江水，齐鲁泰山初色茵。
五岳独尊玉皇顶，天门叶简尽邻珍。
隋唐秦汉明清宋，尽是来来去去人。

1492 弘一法师李叔同

半云半雨半黄昏，古寺禅林一休村。
印证菩提般若渡，成佛玄地入心门。

1493 元曲 小桃红

天苍苍水茫茫，渔舟向晚唱，
纵纵横横过三江。
半夕阳兮，云雨淡淡满芳塘。谁人问道，
莲花年年洁茎藕丝长。

1494 山西平遥

平遥一酒楼，古陶半春秋。
商贾人间去，黄河不日流。

1495 酒馆

人生一玉壶，君子半心孤。
酒后寻知己，忧中问丈夫。

1496 洞庭山五湖水

云山半额天，碧水一桥烟。
隋水南流去，洞庭客不眠。

1497 平遥乔家大院

1498 之一

三年一杏花，五月半乔家。
犹见床前笋，平遥故影斜。

1499 之二

明明暗暗一平遥，夕夕朝朝半古陶。
遗村两周阴献展，南泉三晋水沙陶。
后人事比前人重，隋水长城怨声高。
旧街杏花墙外去，古楼折柳问新桃。

1500 平遥太谷晋祠

无边寺外三多堂，太谷平遥处处荒。
四百年来商贾恨，千间积厦办书香。
子孙犹问兴亡故，天下宗人一黄粱。
寿字庭楼今犹在，山西贫富两茫茫。

1501 晋祠

凤源待日半朝阳，桐圭鱼沼一飞梁。
难老泉声流不尽，会仙白鹤占人光。

1502 曹家大院

齐家治所三多堂，子史经书五时荒。
留下曹家千斗室，清廷未存一隅芳。
百年十代山西恨，自古商人自奸妄。
唯有心中知世界，功名利禄是黄粱。

1503 过古陶

自古千年一旧楼，隋唐三晋半春秋。

桑乾两度问吕梁，九曲黄河碛口流。
师沟齐家三院落，唯心商贾不封侯。
声名利禄知无止，来是空空去是囚。

1504 兰亭集序
辨才智永听，萧翼赚兰亭。
为慕羲之墨，唐王不及铭。

1505 平湖
云光荡柳如烟，不尽人心寄客船。
出水芙蓉珠水色，婷婷玉立照荷田。

1506 知音
一世难平问古今，七发天下楚人心。
声鸣不已潇湘水，犹有高山草木阴。
雨后泉流明暗听，阳春白雪四方音。
巴人下里乡家曲，日是天堂月是琴。

1507 阮郎归·父祭
清水流，浊水流，乱石山上点点愁。
年年无春秋。
天悠悠，地悠悠，生死茫茫何时休。
人人一渡舟。
余音余影三分霜，云飞柳低扬。
雨山山色尽明阳，心思寄故乡。
江水落，杏花黄，难平儿女肠。
死生生死两茫茫，心中是爷娘。

1508 人月圆·回乡偶书
江山荣枯春秋尽，留下日西斜。
来来去去，朝朝暮暮，何处人家。
天堂日月，人间草木，玉沽芳华。
五光十色，千年旧往，不问天涯。

1509 扬州
一寸心思问万秋，琼花三月满扬州。
桥明水暗吴姬曲，玉笛声鸣半曲流。
不见前人同科举，未尝来去故人休。
两竿落日斜光远，九夏芙蓉不抬头。
万般心情知自己，四方月色上江楼。

1510 贵妃醉酒

1511 之一
海棠香妃尽醉开，霓裳未挂白红梅。
君王一笑全无力，半池芙蓉玉色来。

1512 之二
三千粉黛一情倾，九殿玄宗两雨成。
出水芙蓉泉水暖，天王无力长安城。
六军虎狼七臣谏，半抔骊山五色惊。
蜀驿霖铃夜不尽，香妃七夕月下声。

1513 昭君出塞
一色阴山一色胡，千年青冢百年妇。
心思夜夜琵琶怨，月色幽幽问玉奴。

1514 吕布貂蝉
半脂不问问貂蝉，一半风云两半天。
是是非非非不是，三英绥德自人年。

1515 西施
玉色清溪玉色纱，一吴一越一国家。
春秋五霜声名尽，留下西施三月花。

1516 宁三月
半江柳岸半江烟，一水山花一水船。
酒肆人家知何暖，金陵待步雨云天。

1517 李太白
水中捞月一青莲，太白无心酒色悬。
社稷平明知自己，约天约地约人年。

1518 李后主
后主清宫情切切，心中主嫔泪纷纷。
江山自古常易客，谁谓亡国不是君。

1519 红杏出墙
天下东南西北中，人间桃李杏花红。
寻常一只春墙外，留待千家一阵风。

1520 含桃
云烟漠漠半荒塘，脉脉桃花一崔郎。
侯门重重深似海，君子淡淡谢衷肠。

1521 燕子楼
白居易，徐州燕子楼客张仲素询徐州之帅，暮景，关盼盼两载张惜故。
十年白杨成木，盼盼殉情燕子楼。

1522 之一
一桥月色一桥霜，半旧衣裳半旧床。
曲尽情余寒夜守，云平迁客问秋杨。

1523 之二
半楼夕照半云烟，一世清歌一舞妍。
玉绝香消闻曲去，人间不过十三年。

1524 之三
燕子楼空夜色哀，旧时明月旧亭台。
春秋草木年年尽，一处人生去来。

1525 艾琳娜三岁
一衣儿女一衣花，半靠寻心半不华。
切切情中艾琳娜，相思俱约子孙家。

1526 过湘
啸啸不断玉门云，脉脉还吟洞庭君。
湖海浅深天论证，江山高低以人分。

1527 山东聊城
君子一山东，聊城半故桐。
乡家红袖尽，水浒满村枫。
旧时幽幽路，儒心掩色空。
来人知地老，去客问时翁。

1528 金陵八艳
六朝衣冠六朝裙，三千故事一千云。
秦淮色色横波女，孔庙桃花李香君。
半月残明扬子水，高鸿犹问旧城文。
四书不尽明清尽，八艳身名十代闻。

1529 中企联合担保公司任董事长
一水西流一水东，半生拾得半生雄。
作人作事知心已，万水千山足下终。
2005年5月15日北京北辰花园

1530 分飞

隋亡陈后主，其妹陈贞与徐德言有破镜之约，与杨素有啼笑皆非之词。
破镜重圆故夜妆，皆非啼笑少炎凉。
中间多少人心事，天天明明日月光。
后主一生家国破，江山草木落荒唐。
桃花带雨东风恶，分付君臣两客堂。

1531 二〇〇五年六月一日，中企联合担保公司开业
舒卷不清闲，清明自去还。
人生知自己，鹤主落荒山。
一日书生故，三千世界关。
抑扬无地老，俯仰问天颜。

1532 介子推
绵山草木寒，日月雨云端。
谁与燕丹问，人心疑玉冠。

1533 少年天子
康熙问比干，鳌拜卷狂澜。
情种中原土，权倾一朝官。
清宫门血色，紫禁玉奴寒。
利禄功名小，人心土地宽。

1534 云南
唐标铁柱秦修关，汉习楼船宋斧还。
元跨革囊三五水，前呼后拥十千山。

1535 虎跳峡
虎跳一千湾，云飞十万山。
江扬天日尽，水落玉门关。

1536 长江第一湾
水落一平川，云高半地天。
长江流不去，留下贺龙田。

1537 北平
月色半燕山，云轻一榆关。
秋风西陆起，何日客心还。

1538 禅
雨色一黄昏，云平半寺门。
禅堂钟鼓磬，夜话树乾坤。

1539 岳阳楼
岳阳暮水雨云低，端午长沙鹧鸪啼。
谁见南冠胡马尽，还闻楚客汨罗西。

1540 寄艾琳娜
日月文思水自流，千金两半两家求。
书香翰墨人心府，万里江河万里楼。

1541 念奴
地久天长念一奴，云平雨重酒千壶。
东流隋水船来去，有到梦时是有无。

1542 洞庭西山五湖清
西山草木扬，五月杏花香。
水阔云烟近，舟平日月光。

1543 高唐聊城
半去江湖半故乡，替天行道自栋梁。
不平一声梁山泊，天下英雄意气扬。

1544 寒山寺
月下一钟鸣，心中半叶声。
枫桥渔火暗，水色夜船明。
谁问寒山寺，无知拾得名。
退思同里巷，拙政故时城。

1545 蝉鸣
语细下西川，声名上北泉。
丛林钟不尽，谁问不知蝉。
草木茵茵绿，浮云淑淑烟。
心轻鸣自己，露重月半弦。

1546 夏至
春分一蛰喧，夏至半鸣蝉。
秋露黄菊地，冬梅玉雪天。

1547 昆明池
池水碧云端，乡心十八盘。
旷达天地济，狭隘者浯溁。
朝夕轻舟去，行留半竹竿。
凌烟阁上客，御街玉人观。

1548 枫桥
色似秋霜月似钩，吴江旧练隋河流。
小船浮影枫桥水，碧玉邻家半玉楼。

1549 红螺寺
隔寺忽闻客子吟，流花不尽故家琴。
风风雨雨听来去，柳柳杨杨曲曲心。
草木禅房深露重，冠沾雾湿一衣襟。
川流不息江湖水，不见形踪不见寻。

1550 阳关三叠
千年日月半天山，万里沙鸣一玉关。
三叠阳关知自己，心中有数故人还。

1551 唐人
凌烟阁上半云烟，世界唐人七尺田。
洛水长安君不赋，春关上苑曲江船。

1552 江村
七里江村七里桥，小家碧玉小家娇。
三年杨柳三年水，半岸烟云半岸消。

1553 登鹳雀楼
山云依不尽，各自问黄流。
万里心中路，千山半入楼。

1554 壶口
黄河十里白云烟，壶口千年雨雾天。
不尽惊雷山陕北，川流不息慰田园。

1555 家庭枣树
扬明一半家，子色二千花。
独占阴晴客，相依日月斜。
北京东城汪魏新巷九号，二〇〇五年七月

1556 秋违
山中千叶落，湖上一舟归。
成败三分故，声名半是非。

1557 空城计
空唱一琴时，留来半猜疑。
纵横兵十万，挥斥一晋旗。
司马孔明到，引军退后西。
天下无胜负，智慧有高低。

1558 洛水
三春一柳杨，九夏半荷塘。
岭上秋风早，船中墙板霜。
陈王心不止，洛水自炎凉。
谁见黄昏去，年年一半妆。

1559 什刹海荷风
云平二故乡，碧色半芳塘。
雨满三春尽，芙蓉一海光。

1560 古道
半壁江山问马牛，千年荣辱从芝罘。
小家碧玉情杨柳，水色吴乡未得愁。
古道荒沙三可汗，苍烟落照一凉州。
书书礼礼云峰路，处处时时何去留。

1561 思乡忽从梦中起
乡梦忽见离时家，十里长亭草色华。
日月如知还冷暖，落花流水未回家。

1562 高山流水
流水寻知己，高山问群雄。
悠悠燕赵北，笑笑大江东。

1563 梅花三弄
年花雪色寒，腊月树枝宽。
一弄心中色，三声满玉冠。

1564 阳关三叠
万里月中情，千年一马鸣。
阳关沙不尽，留下玉门情。

1565 易水
易水问飞鸿，中原逐群雄。
啸啸燕赵北，何去一江东。

1566 地铁外交
一事声名一事终，半生燕赵半辽东。
读天读地知人读，闻寺闻钟问色空。
渺渺江山云雨色，无人渡口落飞鸿。
心中岁月知时节，故水天边月是弓。

1567 思想
客舍移京误故乡，心中一半问栋梁。
一生论语春秋去，半世书香入上堂。

1568 南昌 四野辰衣半茫茫
十里水荒塘，千年碧柳杨。
临川思故客，高阁问南昌。

1569 江西余江
荷塘十里半芙蓉，百媚千村一玉踪。
袅袅婷婷莲结子，婀婀娜娜色中庸。

1570 兴亡
秦修长城，攻守一战，
兵之争也，其命休矣。
隋造运河，商贾千金，
民之富也，其水荣矣。
岁月无垠问草荒，人间正道自沧桑。
运河水古隋炀帝，乱治长城一始皇。

1571 香格里拉
石鼓无声上大千，天云虎跳下惊弦。
三江并茂三川去，一方江山五色玄。
十三峰中泉水落，黄河扬子问湔渊。
纳西东巴神音异，梅里纵横雪不眠。

1572 扬子江第一湾
石鼓十三山，长江第一湾。
云晴东去水，水碧问天颜。

1573 鹧鸪天·人生
万亩田林一马牛，千山草木半春秋。
天中将养函今古，心上人情竹泪流。
怜池影，国家忧。二分俯仰一分休。
声名观止莫已尽，无欲无为何所求。

1574 千山
草木千山一枯荣，江湖万水半春生。
禅房夜话知天下，落叶平明问何行。
暮鸟龙泉寒谷静，无梁殿上尽钟鸣。
川流鹤影家乡近，了了无无不了情。

1575 江湖
云烟雨细五湖东，碧玉江村一水虹。
出水芙蓉明玉茎，婷婷玉立半桥枫。

1576 日月
岁月中间处处痕，苍天上下日二门。
江山不问舟帆去，半是禅音半黄昏。
幽燕雨，春雨生春芽，声声不止。
雨重梦儿孙，云浮夜乾坤。
声声听草叶，故之莫封门。

1577 遣怀杜牧
秦楼楚馆玉人行，水色冰心司徒轻。
半客扬州声不尽，一音不觉何姑名。

1578 蜀
一川野草雨半楼，五岭桃花色九州。
两壁孤云鸣子规，三江不锁抑扬流。
长江滟滪舟船去，谷壑山光客不愁。
雁尽凭空东逝水，家中有约上春楼。

1579 听西陆蝉声
思乡不问蝉，过客只闻天。
一叶无声落，三人拓旧年。

1580 山东聊城
云光半聊城，水泊一生名。
谁问高唐客，梁山自枯荣。

1581 齐鲁
漱玉泉流一客名，桃花水色半明清。
斜阳未尽梁山树，水泊人情未了鸣。

1582 昭君出塞
阴山半夕阳，单于一心乡。
旧日王庭月，纵横草木荒。
尚原生积怨，塞外北风长。
谁问窗前水，相思益发光。

1583 六祖咏
山河草木雨纷纷，日月心思故客勤。
未尽人生知未足，天天地地不闻君。
风声扫叶菩提树，明镜台边何自分。
半壁少林天南北，禅音玄地一耕耘。

1584 女儿生日八月一日

年华半不鸣，日月一今生。
来去平天地，心中草木明。

1585 归
孤林一夕阳，暮鸟半寻梁。
水低浮云落，天高误故乡。

1586 赤壁
三国群雄恨未销，一鸣赤壁半吴朝。
东风且与周郎便，何必春中锁二乔。

1587 〇五年七月入新居
北京市东城区汪魏新巷九号

1588 上书房
今今古古上书房，地地天天日月光。
旧志新约儒道佛，经书子集一人堂。

1589 庭中池

1590 之一
庭池云天万里深，光明影入一东林。
天门应有三千界，留下人生自在寻。

1591 之二
天下影入半黄昏，池水阳明日月村。
桂子中秋芳巷里，鲤鱼三月跳龙门。

1592 玄秋
青黄一半一春秋，家国千年半部忧。
古古今今相似去，朝朝暮暮水知流。

1593 浪淘沙·复古
四壁向人心，一水衣襟。千家万户各鸣琴。
易水燕山邻过客，自古如今。
门第故庭深，夕照辉金。千年兴废一时音。
回首去来知不尽，何处孤寻？

1594 海峡麦莎台风
幽州一夜流，砚池半潭秋。
骤雨惊天地，狂风问竹楼。

1595 李泌先生
白衣丞相是似无，紫泥四王入屠苏。

太侍太子千年去，问尽洞庭问五湖。
三颗梨，一丈夫。半部论语半家奴。
布衣天下先生命，桂冕声名唤玉壶。

1596 七夕
悄悄桥中七夕花，幽幽鹊语半人家。
牛郎织女年相会，一见倾心到天涯。

1597 致豪拓兄
云游万户拾千家，布冕衣冠子桑麻。
天下原非天下人，寸心只是渡天涯。

1598 玉真张垧迟荐白
桃花红尽梨花台，玉口真开垧口开。
仕途朝中知所措，山河冠挂一人来。
盈盈月色翳翳怀，天下浮云左右才。
患得患失寻笏寸，放荡不羁满余怀。

1599 寄姑苏
过客五湖轻，三江半月明。
潇潇秋叶落，知了尽幽鸣。
天下山河寄，心中有一生。
谁家荣辱问，无处是声名。

1600 秋分
泡桐一叶一年生，促织半声半不鸣。
夜雨秋情秋色晚，燕山拾得书香盟。
黄粱枕上浮文重，忘去年华润泽名。
却见天云荣枯尽，人生亦老抱心平。

1601 平沙落雁
平沙落雁问阳关，不到楼兰不必还。
大漠荒风晴万里，飞鸣应见上天山。

1602 九夏芙蓉
暮色芳华半野荒，胭脂水色一光阳。
船莲碧叶浮珠玉，袅袅婷婷映晚妆。
只约黄昏明采去，心情不定尽花香。
三春杨柳东风在，九夏芙蓉满池光。

1603 白马寺忆布郎
克里斯蒂安·布郎，
中法地铁外交法国特使。

寺觉二三声，禅心一半明。
空空明世界，色色问身生。
白马千年去，余经一寺成。
心中天地约，面壁枯荣耕。

1604 青海
青海湖明暗，天云日月山。
文成凋玉树，雨色待君还。

1605 乙酉处暑
夏木半成村，晴云一叶根。
东窗光影重，西月挂天门。
从客黄粱梦，平心织女恩。
君情闻夜下，天地好黄昏。

1606 蝉
三夏莲心半日秋，犹疑树叶一川游。
岳阳楼上浮明尽，五色洞庭垂阴流。
月落潇湘羞玉影，云凝斑竹泪清愁。
蝉鸣十日思高处，何处天涯不见楼。

1607 无题
半寸夕阳一寸光，三秋草木一秋黄。
青云直上滕王阁，重幕宫中白虎堂。
玉露嫁人衣不尽，无心回首忆黄粱。
千年十指夸针巧，淡泊平生淡泊妆。

1608 黄河源
青海西疏问雪垣，清流直北尽思元。
九州云雨扬长去，铜雀千年锁方圆。
不见昆仑杨柳色，黄河万里向轩辕。
云浮自古知天下，留取文华一水源。

1609 西去青海
黄河日日问长江，兄弟声名养柳杨。
雨纳千川冰雪水，云平九夏暖炎凉。
去流如斯东方岸，色畅江南日月光。
唯有人间天地水，随波逐浪到荒塘。

1610 青海—西江—玛多—玉树—文成公主—曲茉麻—日月山—塔尔寺

1986

第十五卷 古今诗

1611 之一
雪重一天山，云轻半海湾。
晴空千万里，暮色待人还。

1612 之二
文成一圆方，玉树半炎凉。
平地三千寺，姻联五羌王。

1613 之三
暮色云湖落日圆，千年草地青海天。
波连曲曲湾湾水，玉树江河日月悬。

1614 之四
江源一海山，日月半天关。
寺外鸣钟鼓，心明玉树还。

1615 之五
心宽一百年，色重半人天。
日沉晴沙岸，云归碧海田。

1616 青海塔尔寺宗康活佛

1617 之一 "云雨西宁，塔尔寺佛光突现"
晴明十万里，佛光一心中。
十世问十世，一生是一生。

1618 之二
万里顺流元，千山半敞轩。
海青无一树，水尽问江源。

1619 汴水
明清一故宫，落叶半关中。
洛水云烟尽，风悟雁塔空。
长安寻古道，上苑满秋风。
白骨长城北，隋河汴水东。

1620 洛阳
不问贵妃问三郎，中堂却把作昭阳。
江山不改玄宗故，尤见嫁衣姊妹娘。

1621 文成公主庙
贞观日月山，公主庙衣闲。
玉树文成去，丈夫一人间。

唐家声已尽，水色二三湾。
青海西藏雨，心心印旧颜。

1622 青海蜃楼
川中一日秋，海北五江流。
万里山宗地，千年湿地游。
康定城水岸，宿鸟八荒洲。
夕照明天山，心中向蜃楼。

1623 雁丘
天下情中物，汾丘雁下身。
晴空飞双影，天下一心珍。
草重春秋露，花香不夜人。
清清汾河水，淡淡半生春。

1624 李群玉 "黄陵庙"
云梦泽水水如烟，群玉长江淡淡天。
上下蓬莱难野庙，心耕日月沧桑田。
湖南九嶷山深月，二姑浦去过大千。
斑竹心中心有泪，巫山不尽问湘川。

1625 浪淘沙·拜佛
自古问方圆，万古千年。佛光普照度心船。
夜话禅房天地上，白石青莲。
尽是客人缘，岁月如烟。青黄赤绿紫阳田。
何处阳关人不问，处处鸣蝉。

1626 诉衷情·咏梅
一年白雪一年霜，浅着半梅妆。
心中自然寒尽，腊月满天香。
去来人，问三光，入芳堂。淑明桃李，
柳色明杨，玉影华章。

1627 西湖夜游
十里西湖岸，三生牧鹤田。
一思亭小妹，五味虎跑泉。
行者随心去，闻知上下天。
山河留何旧，谁谓待人年。

1628 隋炀
云向江湖水向东，隋河水色九州同。
三千里路常相似，半是娇娘半是雄。
三离殿，一行宫。扬州二月尽衣荣。

花花草草寻桥渡，处处人人问落鸣。

1629 人生路
不见吴人诉衷肠，阳关_了石家庄。
荒天大漠沙尘暴，过客凤鸣万里扬。
青海江源寻不到，燕山夜话问炎凉。
苍烟落照浑江水，父母心中是故乡。

1630 湘君
洞庭大小姑，水色有时无。
九嶷江桥影，浔阳一丈夫。
人间情味重，天地尽扶苏。
夜半潮落声，平明入旧吴。

1631 海宁八月潮
海宁一天潮，人惊半壁消。
云光明何处，浊浪逐高遥。

1632 中秋节，北海玉带桥阴
一年一度一分明，简简繁繁半树荣。
天下扬明知不暖，人间重晚重归情。
海中白塔千年见，月下婵娟约不盟。
拾得广寒宫玉影，心平自取自人名。

1633 北海荷
十亩荷塘夕照浓，千株碧色一芙蓉。
五成姿色三成玉，一半莲心一半龙。

1634 少思游客老思乡
年少无知少故人，诗书犹读只洛阳。
三秦柳色云深浅，五陵垣墟野草荒。
刺骨悬梁寻自己，江湖日逐寒光。
回头是岸平生志，旧约春关苦断肠。

1635 圆明园并蒂莲
东边池，西边池，芙蓉有情连理枝。
荷碧映玉姿。
长相思，短相思，红烛尽时始无知，
孤影月明迟。

1636 乡情是一缕思，一头是无尽，一头是无声
一梦忽然回故乡，半生犹存念爷娘。

冠缨未定寻来去，未免诗书唤旧狂。
春暖秋凉时序守，朝朝夕夕尽霞光。
浑江五女山中间，月缺依心自低扬。

1637 尼加拉瀑布

十里横潮十里烟，千云跌落一千川。
阳春白雪凭势起，万马奔腾逐荒渊。
辽阔方圆明四野，纵观世界养心泉。
声名只见惊天地，不问今昔是何年。

1638 刘禹锡赠李司空

交响云环宫梳妆，春风一曲杜韦娘。
司空见惯寻常事，断尽江南刺史肠。
司空见惯杜韦娘，云雨长安刺史肠。
曲尽青楼闻客坐，李郎不问是刘郎。

1639 历史，是，不是

一梦阴山俯仰秋，黄河九曲纵横流。
陈垣旧土轮台问，落叶残宫半九州。
曲尽阳关鸣不住，寻寻觅觅玉门楼。
凉州折箭江山客，是是还非不是囚。

1640 历史，非，不非

斩将搴旗旧账东，扫尘灭烛客心空。
胡骑十万房悬绝，争首三千半故宫。
单于还军君不将，拾得天子尝英雄。
秦皇谁比隋炀帝，稽颡忧怨是何同。

1641 北京俄国使馆南馆公园

南园一夜潇潇雨，旧馆三更处处烟。
慢慢悠悠声不断，迷迷失失半青莲。
邻家竹影扶疏笑，隔岸桃花夜不眠。
为有清音寻自语，言中是不有情缘。

1642 邻舍

1643 之一

处处胭脂明，山山半叶城。
寻来三昧觉，独得一虫鸣。

1644 之二

暮雨问秋虫，山风落叶东。
与君同坐处，尽是去中来。

1645 上海金茂君悦大酒店俯察黄浦江

申沪下浦明，春秋上海城。
江流知日月，过客任纵横。

1646 空中城一望沪杭一衣带水

郁郁吴淞口，戚戚上海滩。
波惊范蠡第，国色杭州湾。
不问三千里，啸啸五百关。
放翁思向应，何处沈园还。

1647 姑苏

云浮剑池泉，雨锁拙政园。
虎丘三千树，心思三寸田。

1648 同里

隋河退思园，杨广商家船。
应不长城念，沙场白骨传。

1649 吴韵

拙政退思园，江湖一客船。
梅山疏影立，云雨问清泉。

1650 夜雨枫桥东

江湖半古今，天下一人心。
客问寒山寺，禅言草木深。

1651 隋河，长城

吴江落叶申沪阴，汹涌隋河一古今。
只问长城兵马战，千年相似是知音。

1652 雁丘

三春夜雨一秋霜，九夏江湖半柳杨。
应念雁丘情不尽，死生直教两茫茫。

1653 寒露

枫丹白露凝，枯草玉珠莹。
朝夕无年月，江山有废兴。

1654 西汉孝武帝刘彻

1655 之一

玉颜羞遮面，倩影向王倾。
半国家天下，一生自枯荣。

金屋藏秀女，垒石作长城。
残月匈奴刀，天骄何故名？

1656 之二

泰山十万城，天下一毛轻。
司马上林赋，刘彻登封荣。
苏武情赤子，子长李陵名。
史记惊成败，人人问死生。

1657 重阳

万里江湖万里山，黄河九曲半河湾。
原来天下寻心问，何处高楼何处还。

1658 江村

三江渔火两啼鸣，一日浓阴半日晴。
意意心心寻世界，家家月月待生平。

1659 薛涛，江水不断向江楼

川江曲折一东流，半入江湖半九州。
恨水无绝千万里，纵情岸立问云楼。

1660 心音

朝明四野暮明林，晨露珠光夕露阴。
此去彼来相似处，一人肤浅一人深。
山光鸟性云天岸，五色风华易古今。
老待无心天下尽，衣冠寺院独禅音。

1661 自知

1662 之一

一知世界一知空，半隔江山半隔同。
六欲七情天地问，三心二意作飞鸿。

1663 之二

平生一味荣，万里半天明。
旧路年年去，新途事事成。

1664 之三

淡淡五湖光，悠悠九脉扬。
千家明玉色，万里怯青黄。

1665 荷塘月色

来时无影去无踪，雨后风前色水重。
万唤千呼天地下，三心二意一芙蓉。

晴波沥沥荷塘月，两处鸳鸯问旧蓬。
未问长亭闻客驿，心中但得玉鸣钟。

1666 无为
四时天地自阴晴，五岳河山待枯荣。
嗣是知书书里味，知识不在梦中成。
朝云暮雨东西去，有到无时有不成。
一色江青流半壁，三世觉得尽声鸣。

1667 月下济南
每况心思月半弦，晴空碧海御花园。
英雄逐日时时去，后羿婵娟桂下田。
夕拾明花颜似玉，时伏时起顾飞天。
孤情谁问无非客，只道今昔是何年。

1668 齐鲁
平原淡淡沉斜阳，燕赵山林五色妆。
一诺西邻名易水客，三千齐鲁一书香。
隋河曲折梁山泊，故客扬名好汉堂。
古寺禅音鸣故里，千家灯火叙青黄。

1669 李清照书屋
淑玉一忧泉，明花半色天。
清光天下月，水影露中圆。

1670 济南大明湖历下亭，夏雨荷
叶碧荷莲雨有声，芙蓉出水色连城。
船行深浅香波处，玉房心中九子生。
历下亭中闻九夏，情人自得一身名。
易安今日易安问，自古声平是一鸣。

1671 元好问 雁丘临汾水

1672 之一
来去一人天，斜阳半客年。
雁丘千石磊，水色万情田。

1673 之二
排空半始终，天下一心同。
死生情不尽，只向雁丘逢。

1674 济南，泉城
一处城光一处泉，千家水色两家船。
易安淑玉无寒暖，月月年年待缺圆。

入海黄河流不尽，泰山脚下满书田。
人间草木丹青重，日日如心是地天。

1675 洛阳无为
浮沉一天津，纵横九脉春。
阴沉杨柳巷，来去读书人。

1676 李易安"新荷叶"
一寸零丁，年年同水自江青。水色江湖，
楼船曲尽问浮萍。清明玉洁，心中影色
自空岭。冠碧尖尖，一旦出水婷婷。
泾浊渭清，天云雨细客自铭。绿叶华英，
田园色尽万明汀。东山暮落，唯依心只
待流萤。青莲日月，一生云雨聆听。

1677 什锦花园二十二号—汪魏巷九号
荷园一池鱼，窗含半天书。
隔篱梅花影，邻门择客居。

1678 禅觉

1679 之一
天下一心成，江湖半枯荣。
一年三百事，万古半纵横。

1680 之二
一知一守一无成，五岳三江半海平。
天下始终从一始，东西南北自中生。

1681 岳阳楼
岳阳楼下一江流，日上巴陵万里秋。
水尽千帆云际去，洞庭半泽国无忧。
三湾红混霞光雨，大小姑山女儿羞。
已是扬名天下客，飞鸿又自向大浮。

1682 读宫商徵角羽五音学

1683 之一
小学一书门，平水半儿孙。
五音寻切韵，截律问黄昏。

1684 薛涛
一年草木一春秋，半问锦官半问愁。

知己红颜书寸笺，江楼日日守江流。
相思蜀客诗文去，楚风巫山封马牛。
留下芳名寻岁月，心中不惜寄孤忧。

1685 客舍
春光半暖半阴晴，三月桃花一枯荣。
卷卷舒舒云起落，浮浮沉沉水声明。
酒泉汉将幽州箭，暮色秦关小学生。
宦客名利随水去，冠华驿站尽精英。

1686 浣溪沙·九九归一
岸水迢迢半色泉，云光淡淡两重天。
情思渺渺一江船。暮落朝明花不尽，
高山流水自心田。地天下上守方圆。

1687 归来
客去一江天，归时半月圆。
明日寻何处，足下问心田。

1688 贵州
天无二日晴，地有一人生。
青海三江水，云南半客情。

1689 郑畋"马嵬城"
人情未尽一情中，云雨玄宗半曲终。
弟子梨园声先去，景阳不入景阳宫。

1690 贵阳—北京飞机上寄李冬梅
君子一青莲，芳华半旧年。
心思今古去，天地半家园。

1691 忆五湖
五湖万里两洞庭，东山西山草青青。
自有耕凿天地上，心思留问天霆。

1692 黄昏约
一寸云霞半夕红，五洲来去三人中。
江山守约寻自己，不问成时问其终。

1693 沈周"春色满人间"
五湖山水九江泉，一脉黄河半雨烟。
不胜心中春柳折，游心暂且问帆船。

1694 吴江同里

半天云雨半天烟，一水传家一水年。
七步同里桥七步，隋河五色五湖船。

1695 刘郎

来时无影去无踪，西舍东邻夜半钟。
碧玉小家杨柳折，丹青墨色故船纵。
刘郎还来金花玉，旧院情思半月容。
云雨堂中高洁问，一重一重一重重。

1696 玄宗

月淡华清弟子身，芙蓉出水净无尘。
长生殿下心中许，不见堂中玉色人。

1697 春秋

江湖不主一春秋，楚客生平半故游。
且问春秋相似处，青黄不接ironment去由。
东风寒雨无同去，枯枯荣荣各所求。
月下桂宫明夜下，高山流水向东流。

1698 贵阳—北京飞机上看黄昏，寄李忠梅

1699 之一

天空一线平，黑白半分明。
红尽云归去，人间重晚晴。

1700 之二

云天久不惊，上下重人情。
何以寻心问，书香自太平。

1701 花仙子

天下万年青，山中十里亭。
乾坤人足下，土地问家庭。

1702 重阳

天高九月九江流，水低重阳重旧楼。
仰止知时三界外，清风明月一神州。

1703 金陵

金陵未必一人情，石头依依半旧城。
只当无心秦淮水，寒霞已暮故人声。

1704 大连雪 与徐菲寻海雪

1705 之一

半野飞扬半野倾，一波初起一波平。
玉颜冰肌华光里，羽重瑶台人付情。
一处千山明雪色，四边万里淡云生。
耕凿三寸兴亡去，家国光明七八英。

1706 之二

沉沉扬扬半海封，飞飞落落一辽冬。
珍珠珏帛冰荒野，素甲皓鳞鲜玉龙。
渤海茫茫人不去，波涛淡淡自浮庸。
烟消一色云光间，只是千山半客钟。

1707 之三

大连大雪大洋湾，小岸小船小海关。
玉树冰霜三百里，银龙挂甲四岛闲。
滩头老虎素妆立，兴叹鱼龙旅顺潜。
渤海云光铺满雪，心头了却一千山。

1708 之四

天寒地未寒，旅顺雪云端。
冬至梅心暖，心平老虎滩。

1709 雁栖湖

湖中水色清，村外晚烟明。
叶沉浮光影，归来问雁声。

1710 怀旧

客馆孤心十里亭，东风草木半青青。
春关一日寒窗苦，日月千年各零丁。
上苑曲江荣不尽，阳关同里怀旧名。
芳庭石竹天天势，尺寸无中带雨听。

1711 鹧鸪天·除夕

一日年开一日终，半家灯火半家翁。
晓阳赤道分南北，格里文知各西东。
听雨水，问梧桐。斜阳疏落入心中。
天津街上楼兰曲，鹳雀黄河暮色红。

1712 是非正邪

1713 之一

正正非非已四年，邪邪是是半天边。
寻来天下行人道，犹存人间斗志悬。

1714 之二

人心志气事心安，正道沧桑一半难。
邪恶天平明镜里，一堂国法一堂安。

1715 自问不已

心知三界田，甲子半家园。
求索耕凿去，人生三万天。

1716 锦官城楼

三江同一源，百年尽开轩。
有意心中尽，无为五七言。

1717 鹧鸪天·锦江江楼

女儿锦官一日中，巴山玉带十三洋。
江流水去江楼在，蜀上川中各不同。
元稹词，薛涛井。声声处处半东风。
黄梅不雨晴山尽，浣笺文华半玉宫。

1718 薛涛

1719 之一

合璧一村竹，相思两地书。
青鸟知浣笺，不留问诗屋。

1720 之二

濯锦望江玉女津，文中五味一人身。
云烟修竹三川寄，别后相思雨半春。

1721 三寸田

1722 之一

夜半问窗邻，霜残月下弦。
疏梅淡更鼓，叶落一声蝉。
夜梦寻元里，浮云寄厚天。
年年寻旧路，日日种心田。

1723 之二

邯郸学步过黄粱，月里嫦娥入梦乡。
挂甲东吴不是客，军中月下小乔妆。

1724 冬至

冬至九天寒，春分半地干。

梅花连两月，枯荣一边天。

1725 乙酉圣诞于沪

1726 之一
人情早晚田，日月今明年。
天下艾琳娜，心中半亩园。

1727 之二
悠悠一日年，淡淡半云天。
点点余霞落，谆谆问大千。

1728 上海龙栖栢酒店咖啡厅艾琳娜
半日云烟半日晴，百年兴废百人生。
江南草木江青树，更易知时自枯荣。
夜梦晓窗今古尽，平明岁月任平生。
心思留下孙女在，处处山河处处明。

1729 吴江
洞庭一品茶，碧螺半人家。
玉波五湖水，东山万树花。
船鸣同里暮，雨落满云崖。
天地相思阔，人情处处华。

1730 故交
朝朝夕夕一人生，事事生生半客情。
悟性元知天地问，声名何以沉浮惊。

1731 望江楼
一江七尺三村竹，万里千年两地孤。
薛笺性情元积寄，相思蜀客有还无。
江流不尽江流去，处处江楼处处奴。
去去来来终是去，朝朝暮暮立新图。

1732 读人生
2006 年元旦
万古水东流，三生日月忧。
人中人不尽，楼外见新楼。
落照江湖岸，晓华半九州。
知情知自己，所以重心游。

1733 鹧鸪天·黄河愁

日日年年三百天，月月岁岁五千年。
续续断断黄河水，曲曲弯弯故道田。
云雨尽，壶口烟。一人天下一人缘。
浮浮沉沉天空色，曲曲来来过船客。

1734 四郎探母
木易天门自不安，家人父母别时难。
英雄一见相思晚，男儿三光半心残。
山两狼，金沙滩。春秋易失南北寒。
尘风扑朔萧萧去，五百年中一王冠。

1735 沧浪亭
清风明月一天珍，碧水江青万里津。
浪浪沧沧浮沉影，古古今今去来人。

1736 北京泰丰楼
燕京大碗茶，泰丰小人家。
历尽前门店，正阳旧日斜。

1737 大雁塔
法门领袖日中华，故国脊梁帝王家。
沉沉浮浮度世界，繁繁简简玉莲花。

1738 金陵
故水秦淮空奢华，夫子楔星半桃花。
金陵未谋儒子谋，不是江山是商家。
莫愁女，夕阳斜。知人枚乘作七发。
五经四书非孔孟，三教九流暗窗纱。

1739 雪
绵绵薄薄落天麟，洒洒扬扬海天珍。
半壁笼统明四野，八方浩浩试均匀。
晶晶叶叶闪光树，锁住院门一天银。
高岭深山依石巅，十村百里二三人。

1740 家居闻鹊 生日读清史
喜鹊声，一一岁荣。春梅落，半半春晴。
燕山夜话千年尽，二月龙吟三日名。
疏五斗，问人情。芳华渐近渐清明。
云峰故里家乡水，御衔明清半未平。

1741 过华清池
隋唐长安汴水生，经音未记玄应名。

胡人胡舞胡知已，雨里云中向枯荣。
千古尽，半华清。长生殿廊七夕晴。
来来去去非天地，事事生生是何情。

1742 西安慈恩塔
真经坐古刹，白马独行空。
雁归慈恩寺，云沉五陵桐。
玄奘玄应译，觉悟知通同。
群峰一天暮，观庵半河东。
西望三江源，四溯千载雄。
了断非断了，有穷是无穷。
幽经连古古，磐竹磐龙虫。
常为慈悲念，心尚小大融。
逐鹿寻江界，挂冠免秦宫。
上下五千年，去来两由衷。
雁塔四方徽，禅心五蕴翁。
法门称领袖，人之自始终。

1743 过慈恩寺
江源四方流，般若一心修。
大小天人地，禅者度苦舟。

1744 又
人间大小同，天地上下中。
桃李花三月，江河自西东。

1745 赤壁
半壁石峰天，三江雾水烟。
苍茫飞鸟尽，野木岭流川。
朝夕空旷远，去来无得缘。
九州知何故，唯有一孤帆。

1746 春节
心中二十田，地上一人年。
故里相思故，家书待缺圆。
村门邻儿女，日月问天贤。
拾得东风夜，寒山草木眠。

1747 姑苏
人声半语情，月色一舟横。
碧玉吴音问，江桥客步行。

1748 年

舒梅沉暗香，冰雪欲寒光。
古渡春花岸，家乡外行扬。

1749 思
一小不小，半了未了。
天地之远近，春秋问多少。

1750 华清池海棠汤 千金半醉芙蓉汤
一年一年一千年，半川半川半四川。
马亦龙时龙亦马，缘风汤水汤无缘。

1751 又
遗失骊山弟子汤，临潼不见故明皇。
千年兴废长安客，半百声名御池娘。
寻七夕，问炎凉。长生殿里玉人荒。
人间似有梨园梦，天下相思草木茫。

1752 过华清宫
凭任梨园未太平，心收海棠不兰亭。
史安之乱乱安史，应问玄宗是玄宗。

1753 灞桥
一桥旁落一桥村，半壁孤灯半夜门。
泾渭难分清浊水，还闻摩诘曲江琨。

1754 乙酉除夕
千年一始终，万里一飞鸿。
草木三江水，人生五味中。

1755 京岁
十载无闻灯竹声，一鸣天下少时情。
曲江草碧江南岸，上苑黄昏旷野明。
三寻梅花春雷震，高山流水蛰虫惊。
年年记取童心梦，岁岁伊始学步行。

1756 早春二月
幽州大学问燕京，成败生平是一生。
雁丘悟闻元好问，魏汪新巷日光阴。
去来大小人情问，浮尘枯荣鸟啼鸣。
二月寒梅心初动，神明天下故纵横。

1757 读书
已是学成学未成，半生不悔一平生。
无涯文海舟如度，世事纵横纵亦横。
四书五经天下论，七言八句自声明。
儒家白石青莲语，上下东西南北平。

1758 破五
一年未尽一年终，半世从容半世雄。
独断江湖山水上，空心色蕴自心空。
禅音天下濛濛雨，去却声名了了虫。
利禄场中知自己，清明草木碧苍穹。

1759 立春
天云半色空，地水一飞鸿。
腊月寒心动，春梅玉影中。

1760 又
水暖色云浮，寒心玉影孤。
年年春立日，岁岁碧姑苏。
秦淮千年水，吴宫半玉奴。
人人知五蕴，日月任江湖。

1761 又
拾得半云浮，寒山一度舟。
无心天地为，有士读春秋。

1762 傲雪兰花
半是光明半是阴，一年草木一年林。
残鳞败甲天下乱，君子无心是有心。

1763 读霍元甲
天下英雄知自己，谋生谋死谋时终。
寻文寻武寻无止，去去来来不识空。

1764 华清宫
云浮月落一华清，领袖天云半壁明。
上苑曲江流夜色，临潼马嵬玉人鸣。
汤泉水冷芙蓉去，旧殿心中七夕情。
万古芳名惊海外，相思空在梨园声。

1765 元宵夜
珍珠雪点灯，眉眼玉心凝。
夜暗香山寺，天明白马僧。

1766 江西鹰潭
半水云烟半岭晴，三潭印月一江清。
天明古街留侯第，罗汉法门寺鼓鸣。
姊妹浪荡惊落第，麒麟甲子宿声名。
九江去留弯弯曲，仙客来回三五声。

1767 姑苏夜宿洞庭山寻梅
江湖月色半天涯，故客洞庭一客家。
夜梦还听潮汐语，平明四围玉枝华。

1768 又
东山云烟雨，石径满梅花。
雪海千家树，西山百里华。

1769 华历二月三日生，一夜连双岁
年年半入春，岁岁一今人。
有无无无梦，来来去去身。

1770 又
出入半黄昏，进退一阑门。
去来浮沉水，闲忙朝夕村。

1771 思想
士士人人一觉禅，家家户户半心缘。
来来去去千秋尽，是是非非万古川。
三足立，一青莲。清清白白日月年。
朝朝暮暮东流水，古古今今五寸田。

1772 泽春
山深水草芳，岸泽地天光。
草木春云雨，人间满夕阳。

1773 乡梦
夜阑郁金香，文波玉马堂。
半春惊小雨，一梦问故乡。

1774 惊蛰
雨水半春声，惊蛰一虫鸣。
千家闻啼鸟，万物待人生。

1775 春
梅花三弄声，下里巴人鸣。

雨水惊蛰梦，春分半清明。

1776 曹雪芹故居
叶落满黄村，心平卧佛门。
红楼姑息客，谁是故人坤。

1777 清华大学顺峰食府
琴声一古今，天下半人心。
君子千山路，书生万古吟。
清华商，顺峰食，君子路，书生知。

1778 杭州老夫子师爷茶庄
壶里乾坤大，杯中天地宽。
心平清白在，和谐水波澜。

1779 杨乃武与小白菜
不问湘军问中堂，人惊乃武仕余杭。
情思文藻杨家将，上下无名逐钱塘。
小白菜，泪汪汪，华夏泪满尽断肠。
官官相护清知府，十万花花白银庄。

1780 雍和宫
雍正宫墙月色霜，成贤街柳叶青黄。
疏钟鼓鼓春生雨，孔子高铭君子堂。
但见清明无王冕，生平自主自张扬。
九州日月知时守，千古江湖草木荒。

1781 竹
生机勃，自自昂扬，心里空，日日月光。
白石云峰天泽色，君心只寸万千行。

1782 辽东千山
山中八百天，寺里一千山。
色尽寻鹤影，心空数万年。

1783 书香
日月云峰水，心思砚池村。
千年千上下，一字一乾坤。

1784 彼所思
一曲江流一水川，三山五岳九云烟。
江湖淡淡君心去，岁月悠悠故客船。
三万里，五千年。纵横拾得地人天。
荣荣枯枯春关树，简简繁繁半宙田。

1785 忆江南
腊影一心年，梅花半地天。
洞庭香雪海，客醉五湖烟。
犹乘方兴水，还扬尽日帆。
田家春问雨，尽是落红船。

1786 之二
惊蛰雨声残，清明鲤跃滩。
江清村树叶，水暖绿波澜。
夕照霞光厚，山明玉萧峦。
江南千里碧，客醉半盘桓。

1787 唐长安
长安客尽路遥遥，泾渭分明水迢迢。
雨色重扬杨柳树，阳关不见灞江桥。

1788 之二
归心月半寒，旧怀念长安。
上苑城中客，曲江殿外冠。
天津桥下水，百劳故关残。
不见芙蓉影，华清海棠鸾。

1789 春
春长草木城，昼短山水青。
天地东西阔，人生日月明。

1790 早春二月
两日烟云一日晴，一团和气半团明。
寒梅不尽花香雨，草木江南碧水荣。

1791 又
丛丛碧色丛丛竹，岸岸流连岸岸楼。
柳柳丝丝折不挂，心心印印待引舟。

1792 如梦令·清明
江北雾江南雨，夕照暮云烟树。晚色半清明，寒食火孤家步。一步，一步。天地里人心故。

1793 长亭
五里长亭雁不声，一荣一枯柳云平。
十年两梦春关苦，半夜三更尽离情。

1794 如梦
如梦风情一旧情，心思与共雁丘明。
天空只须元好问，凭任情中是死生。

1795 浣溪沙·春雁
去去来来过大千，花花草草半无缘。
云云雨雨满前川。塞北江南天广阔，
衡阳离索问阳泉。斜阳色重自无边。

1796 浣溪沙·过香积寺
半寺青莲半寺空，一溪水色一溪虹。
云光俯仰有无中。不废禅家钟鼓继，
声声入耳问人翁。斜阳大道独江东。

1797 浣溪沙·寻香积寺
半叶晴光半叶阴，一庭碧草一庭深。
香积寺殿何知寻。色亦空时空亦色，
来来去去尽云林。朝朝暮暮问人心。

1798 楚汉
灞桥水断忆秦娥，暮薄流霞岭树多。
汉界楚河今古去，天高地阔狂人歌。
虞姬帐下生平尽，一马乌江万古波。
败败成成何事，朝朝暮暮尽蹉跎。

1799 贺知章 回乡偶书
百岁心中一故乡，春关宦海半炎凉。
镜湖水绿江南岸，乍浦乌篷旧衣裳。
故土故者声不改，长安御街待炎凉。
皇家赐酒声名重，一字千金种柳杨。

1800 偶思
声鸣一见中，日月半西东。
今古文章尽，性情乃白翁。

1801 故宫雁
种瓜种豆种人情，寒食寒衣问雨声。
昨夜秦淮桃李渡，平阳故雁赵燕鸣。
荡尘泥尽西飞去，日暮沙城草初荣。
满汉千年知自己，清明不尽是明清。

1802 玉门
鸟啼响沙山，尘明月亮湾。

胡沙千滴泪，唐曲半阳关。
海市心思远，屐楼满天颜。
年年杨柳绿，处处问家还。

1803 重回怀柔

四十二年前，北京怀柔下帽山村四清，
今赴丰宁过下帽山。
柳杨半绿半桃荣，石垒千山一庄明。
四十年前怀柔去，四清过去四不清。
山盟海誓人心在，阶级村风阶级情。
犹有临川千里目，芳菲满处乳燕鸣。

1804 阳关

天明月亮湾，海市响沙山。
暮落胡姬曲，春分玉门关。

1805 又

怜心半柳条，离异一亭遥。
何处芳明岸，云光渡口桥。

1806 悟空

一人一世界，半心半乾坤。
色色尽智慧，空空是法门。

1807 姑苏行

云消虎丘明，雨暗太湖平。
隋水东流去，寒山拾得声。
人心依旧约，碧玉小家盟。
只为夫妇子，胜情半书生。

1808 隋代三清寺

古刹半花红，禅心一念空。
云归山鸟尽，叶落水涧中。

1809 凉州词

西去阳关折柳杨，孤城客里不心伤。
旗亭画壁荒漠路，海市蜃楼日月光。
万里云天人何去，千年古木自扬长。
楼兰沼泽渡口岸，三藏风情重夕阳。

1810 长安刘邦

一韵华生司马台，红粉两袖紫云开。
洛阳光景伶伎曲，随日风流御史来。

1811 金陵怀古

千年玉树后庭花，十里景阳日半斜。
未酬英雄今古梦，金陵不尽秣陵霞。
春江水暖东流去，雾里巴山锁楚华。
柳暗台城荣枯尽，去来君子误知家。

1812 寄言

万籁一心声，千年半度城。
长亭杨柳客，擘路色空行。
阁老吟香坐，浣溪影自清。
山中闻因果，天上自云明。

1813 山东

日落舜耕田，人惊趵突泉。
天光奇鲁色，书出孔家船。

1814 济南舜耕山庄

桃李一天涯，云光半客家。
舜耕齐二妃，玉色鲁泉花。

1815 又

清明一鲁华，谷雨半桃花。
草木光天里，春风日月家。

1816 北京市汪魏巷九号

家庭半草芳，门户一平祥。
暮问归来鸟，天明日月光。
池鱼游自在，枣木满秋香。
雨细书声里，心田种柳杨。

1817 鲁驿

客社风云半客家，天涯芳草一天涯。
回归何处寻乡土，馆驿荣华问夕霞。

1818 泉城

城中漱玉泉，山外舜耕田。
不尽黄河水，风云七尺天。

1819 秦时明月汉时关 读京戏逍遥津

已尽汉时丞，无知三国兴。
逍遥津水暗，月满献皇陵。

1820 又

半处方圆一水山，一人上下半天关。
来来去去无时尽，是是非非问谁颜。

1821 北京怀柔牡丹园

千年一牡丹，十里半春冠。
拾及幽香色，园中玉影姗。

1822 又

十里牡丹千树媒，一城玉洁半城恢。
花红叶碧芳香重，仰上天空不见回。
谁与人间人自在，光华国色唤莺来。
五陵武曌尘光暗，犹见阳明越女腮。

1823 又

半园芍药半牡丹，一玉婵娟一玉冠。
素洁冰清花色艳，幽香不尽入云端。

1824 怀柔下帽山

雨色云烟一帽山，幽州雾鬓半天颜。
先生后去江南岸，只由性情由自还。

1825 过山海关

碣石一人间，沧桑十万年。
浮云东北岸，山海来清关。
满族龙庭色，汉人五百颜。
康乾闻虎变，政道问时艰。
八国入北京，渔樵何日闲。

1826 桓仁五女山

月问东山应万家，西流水碧浮千华。
相思五女浑江水，梦里三生父母花。

1827 东山寄父母

去去来来问故乡，爷娘父母已茫茫。
人生半百知时务，兄弟三生日月光。
少小知书归南岭，身名旧约上西江。
东山再起人家子，不如田中老柳杨。

1828 爷村 南边什哈达奶头山

只上奶头山，爷荫百亩环。
心中思万岁，犹有一心颜。

1829 离乡 桓仁建城拆祖居

阴天雨落故心乡，心土无依拆祖房。

1994

寻根乡心归何处，流心异客佟家江。

1830 缘
半百半音琴，千年万古今。
三花三世界，一日一身心。

1831 乡谣
故国相思每至亲，童心多去少人神。
无知离苦江湖去，不识新村旧日邻。
月满西江泉水冷，奶头山上问前人。
啸啸了了平生路，乱坠天花梦里珍。

1832 迁思
一生一世半黄昏，三古三人一佛门。
九品莲花浮日月，十鱼玉水满乾坤。

1833 回乡
三千日月约儒乡，四品皇冠纳故梁。
半百官涯来苦辛，八旗弟子去时昌。
青云平步看舒卷，却搅江山旧炎凉。
啸啸空中天马去，依依不舍问牛羊。

1834 居士
花明半古今，夜阑一音琴。
拾得门中木，但知老人心。

1835 家居
门前竹百竿，楼上玉三冠。
陋室书天地，河山影画坛。

1836 又
东门一池鱼，北室半家书。
暮色余今古，朝云向卷舒。

1837 赴马来西亚约
飞鸿过海南，西亚马来眈。
棕榈三年树，荣华一女男。

1838 吉隆坡回文诗

春情
花天水色一流情，流影江明玉月清。
家约故人芳桃李，华云夜雨半湖平。

情春

平湖半雨夜云华，李桃芳人故约家。
清月玉明江影流，情流一色水天花。

1839 郑和莅临马六甲
一样山河一样天，不同家园不同田。
风光隔岸马六甲，望海兴叹凭何船。

1840 马来槟榔城
有际天涯印度洋，无限岛屿槟榔芳。
人心造就千顷碧，踏平余波万里光。

1841 马来田园骨茶
槟榔岛屿草村花，只谢田园骨肉茶。
异土乡心豆蔻起，姑娘所求凡人家。

1842 浣溪沙·思乡
月色朦朦夜色空，云烟暗空醉芙蓉，
马来西亚豆蔻红。树影婆娑听热雨，
人生天地一人东，高山流水半天宫。

1843 竹
山影
一尺一节
七竿八竿碧
领骚未尽风韵
自信心中知天地
天，苏
三势三殊
十色九色孤
余音续弦丈夫
云情月下问江湖

1844 唐人
月满消谣津，云淡五百春。
风波亭雨旧，来去一心人。

1845 马来林国兴去高唐
燕赵半河北，齐鲁一山东。
马来西亚商，如斯问泉城。

1846 书成名就，小桥流水，小家碧玉
运河隋水任西东，雨色千桥自古同。
锁住明清桃李度，小家碧玉向飞鸿。

1847 水浒
梁山屹立一天门，齐鲁河流半玉珉。
水泊斜阳光波远，宋江不识宋家村。

1848 许
平生一乾坤，论语半家门。
有约人天地，清风月色村。

1849 艾琳娜生日于沪
春桥雨露玉人心，啼鸟吴韵进士琴。
载载书香天地问，年年柳绿一田林。
邻情隔代洞庭水，四岁伊始半古今。
水色流明声名里，孙孙女女沪福临。

1850 忆江南
香溪带雨石湖塘，木渎依云拙政乡。
越士声名一虎丘，东流隋水半吴江。

1851 退思园
东山阶下半孤桥，色碧西塘一楚蕉。
犹是退思园落雨，芙蓉出水唤青苗。

1852 姑苏
西园拙政一心田，朝笏山公虎丘泉。
一半姑苏桥水岸，千年八月地潮天。
夫差勾践江湖尽，玉色馆娃露水缘。
范蠡推舟波浪去，天平岭木荡秋千。

1853 江村
一半芙蓉一半船，五湖月色五湖烟。
碧玉小家流水岸，心中上下一人田。

1854 端午屈子
举世无清一洁清，庙堂不成半乡成。
汨罗君子声名仕，旧约长沙有贾生。

1855 桃花色情
浮烟碧水色情心，拾及桃花日月寻。
草木流芳春未尽，吴江梦泽入乡音。

1856 蝉
艳阳不争情，碧叶费思成。
草木荫山下，居高是为鸣。

1857 又
平生玉翼平，俯柳色身成。
日月声名振，心音不久鸣。

1858 又
不向艳阳晴，心甘玉叶生。
生来居高处，只是为清鸣。

1859 颐和园
玉兰树下落芳华，万寿山中满夕霞。
池水瓮山红楼梦，流云谐趣客人家。

1860 石头记
脂砚斋校本红楼梦，曹雪芹后妇李兰芳，
史湘云化身作脂砚斋校本正红学。
一情一痴一红楼，半雨半云半石头。
落叶风情脂砚斋，大观园外梦人愁。
浮香袭冷秦可卿，湘云宝玉待神州。
织造心思红学尽，胭脂不尽是春秋。

1861 汪芝麻—魏家胡同新巷九号
平明枣叶晴阳约，风扬书声，柳暗花明，
日月云天地鱼影，尽心清。今今古古一生问，不了人情，不了又生。朦朦月色婵娟梦，依依情。

1862 西子
柳叶晴光半玉明，溪流浣女两臂清。
忽然浮云花影乱，心思不尽豆蔻情。
流波鬓碎春萍去，处处峰青杏李生。
悱恻芳芬衣初落，江山只是梦生成。

1863 又
两池十锦华，一窗半枣花。
婵娟明月夜，汪魏自心家。

1864 时商
春夏秋冬绿不均，东西南北路无陈。
官场商海千年病，半是君人半小人。

1865 蜀秋
川云不断大江边，蜀雾寒宫小玉田。
叶半霜残辞蓟北，胡雁已尽落湘船。

1866 墙外红杏
绿色荷塘三五叶，东风墙外万千枝。
杏红不问芭蕉雨，留下吴韵待客时。

1867 老生常谈
但见天地人，原来客座身。
林中千啼鸟，树下万春茵。
大小无非是，还思上下珍。
生命曾何在，具为去来尘。

1868 锦江不锦
山花水月有无中，白石依云尽色空。
影落江楼浮沉去，寒江指向一流东。

1869 吴越人家
洞庭柳丝悬，西子玉芳妍。
花去寻花客，书生问故年。

1870 又
春江花月夜，碧玉水鸣琴。
草木知天地，烟云自古今。

1871 金陵
挥斥百万雄，兴废一千宫。
霭债匈奴毡，英明汉斗戎。
回头闻旧事，不堪故人同。
太史公书策，天空北海鸿。

1872 冕
朝夕一冠巾，山河半友邻。
六光向雨露，日月见心人。

1873 石头寺
兄弟一天涯，禅音十万家。
子孙山水润，今古去来车。

1874 北京大觉寺
三千世界津，百万恒河人。
小乘修心至，大觉般若珍。

1875 广州光孝禅寺
灵山空色色空深，古寺钟声觉悟临。
佛地虚窗三世界，禅宗壁经一家霖。
菩提树子光明雨，五羊莲花自在心。
日月无梁舍利子，和平普度谢观音。

1876 过岭南
飞鸿岭南去长沙，东来湖广不一家。
五羊雷惊倾雨尽，天云才怯夕阳斜。
莲花白石人心客，去去来来过海涯。
直见回头且回首，人间还道话桑麻。

1877 宋玉神女赋
长江三峡九回肠，云雨巫山一泪裳。
溃淡川流听神女，搀爵互折会高唐。

1878 玄学
玄之还玄一学知，中庸其道半天时。
生生世世智慧，去去来来悟觉迟。

1879 立春
旗亭画壁退思颜，杨柳吴江虎丘山。
一枯一荣春一立，人情只在世人间。

1880 曹孟德
草枯还荣鹦鹉洲，白云沉浮黄鹤楼。
军中曹魏惊击鼓，蜀旗吴风水自流。

1881 苏州
五湖水色紫云华，半岸洞庭栀节花。
碧玉相思桥上月，船平柳叶问人家。

1882 知达
天下一人间，心中半方圆。
色空空万象，智净净三千。

1883 宋玉应楚王问
楚客临流下里人，蜀木不尽巴山春。
九州冷暖阳春面，一枯知荣半迷津。
宋玉高唐云雨玄，人间不足近家邻。
流微渚水思燕玉，草尽巫山不是秦。

1884 八声甘州
天山水色满寒凉，柳丝长安情丝长。
不出兰田门上玉，高昌落日交流荒。
金光大漠和田种，尤见凉州酒泉香。

故客珍心依旧约，回头是岸问家乡。

1885 心思
春虫半夜鸣，梦里应三声。
不醒寻千里，还吟报五更。

1886 东吴
雨落一村天，云归百叶泉。
吴江千水碧，客问两家船。

1887 太湖
半岸梅花半岸云，一城柳叶一城昕。
五湖水色船中间，两山东西只嫁君。

1888 又
五湖雨色五湖云，一丝管弦一丝裙。
柳岸千桥桥步态，吴音万语语芳芬。

1889 拙政园
长安贾岛问来人，用直乌衣思旧巾。
半世归寻园月色，年年推敲寺山春。

1890 苏州
半岸梅花半岸楼，一家碧玉一家舟。
退思同里思天地，拙政吴江任水流。

1891 燕京
一岁半中华，三生两故家。
书香门第水，儿女四时花。

1892 丙戌年六月初十日乔迁北京市东城区汪魏巷九号，黄道吉日
中泰拙倔半荣华，门第书香一自家。
深巷安居千世界，心正五月四时花。

1893 乔居晚春堂
岁岁忆爷娘，年年问故乡。
幽燕重故土，夕照晚春堂。

1894 又
窗明月色光，砚影夜兰香。
枣叶飒飒响，心思满柔肠。

1895 又
心平月半床，影疏色千香。
一觉春秋梦，三生玉满堂。

1896 人
一生不怠问苍天，半部心田论语缘。
往事千年书子气，山河九脉士人田。

1897 太湖
波波折折一圆方，水水山山半柳扬。
小小五湖明世界，荡荡八面自炎凉。

1898 山东漱玉泉
一水映阳天，千年漱玉泉。
稼轩心未语，清照寸耕田。

1899 又
国忧家怨一人忧，离乱生愁半士愁。
冷冷清清华章落，夫妇不尽不金侯。

1900 孔孟之齐鲁
齐鲁一城泉，泰山半故川。
杏坛闻孔孟，天下问书田。

1901 贾生
长沙故客鸣，贾谊赋声名。
宋玉高唐梦，楚辞汨罗情。
江湖云水色，朝殿笏人城。
天子无知士，清明负不容。

1902 泽
清争一家村，书声半第门。
心中知日月，笔下向乾坤。

1903 院枣
繁枝密叶птиц，斑驳老光阴。
硕果知荣枯，天云落古今。

1904 又
读书向月琴，落叶摇清音。
池沉千云碧，波光万古心。

1905 又
一岁一秋春，半去半来人。
朝夕居心上，声鸣日月珍。

1906 又
鹊啼半清音，心归一好林。
路遥知马力，日久见人心。

1907 又
月落半书琴，平明一虫吟。
蝉明喜鹊鸟，暮色枣院阴。

1908 又
纵横草木半春林，日月经纬一客心。
紫气黄花家水色，平明北斗文昌篏。

1909 又
平生一古今，事业半无心。
池下春秋影，田中日月金。

1910 杜牧乌江亭
胜败虞姬舞袖青，江山儿女乌江亭。
楚河汉界啸啸去，天下人心受受听。

1911 李商隐咏嫦娥
广寒桂影半春阴，悔教嫦娥一夜心。
碧海情深天下问，光华万里玉人喑。

1912 贾生屈子
楚客问长城，湘君斑竹情。
无心秦二论，有意水光明。
常德三思德，长沙水色情。
幽幽汨罗去，不忍负空名。

1913 向塘
出水芙蓉带水生，荷塘月色向塘明。
排空碧树斜阳近，夕照莲心采女情。

1914 古秦淮渡
三心桃渡五更纱，一身浮名半玉华。
巷口乌衣生野草，明清奈何问烟花。
书生亡国无知恨，女儿秦淮不向家。
群玉山头思八艳，台湾岛上两天涯。

1915 扬州

诗词盛典 | 吕长春格律诗词六万八千首（全四册）

1916之一 琼花
琼花玉笛玉声瑶，舞曲西湖瘦水消。
月满香凝寻渡口，扬州五月尽心桥。

1917之二 豆蔻
江东子弟望江楼，豆蔻年华十三州。
只及年年杨柳梦，扬州不与谁君侯。

1918之三 曲江题名
长安曲尽一名僧，水色扬花半寺灯。
应问长江舟不渡，瓜洲过去是金陵。

1919 七夕
忆一九八九年地铁外交，任中方特使善七国关系之法国特使白郎和戈玛蒂。戈玛蒂和密特朗总统已故。
物是时非外交楼，一人未休一人休。
地铁中法知无私，玛蒂白郎任自流。

1920 吕今生日忆苏州中国财团之首
隔夜风尘梦五更，香花碧玉不人名。
姑苏月落梅香沉，水浅桃红问客声。
山下江湖同里社，孤舟去后雨云平。
心邻杨柳洞庭色，小榭西山两岸荣。

1921 蝉

1922之一
居心向高鸣，暮夕不无声。
奈何黄昏雨，人间重晚晴。
天长人辛苦，地厚谢家荣。
树树繁枝叶，音音雨后萌。

1923之二
桑田布带一人烟，槐树蝉鸣半旧年。
利禄声名今古尽，清吟自在自声泉。

1924 生当二月三日，当生三月初二
寻心初三向人行，不怠平生已半生。
十万八千朝夕路，九州五岳自စ声。
姑苏城外天平寺，子西湖中范蠡名。
色水东流山海梦，书香碧玉谁人情。

1925 赠王维
玉笛曲江春，清名上苑人。
心中诗画客，身上满风尘。

1926 客至
日照一晴空，泉流雨落虹。
千年今古尽，半部入秋风。

1927 立秋
三夏芙蓉出水来，一秋初立玉人开。
蝉鸣高浩声千里，树叶繁疏影砚台。

1928 吊阿渠·呼图吾斯
人知日尽是之初，事了平生一命除。
自打欲望望不止，秦皇汉武单于疏。

1929 昭君
单于半胡津，姊归一怨人。
原阳千古梦，塞北百孤身。
风暗阴山水，沙鸣独月轮。
琵琶声未尽，未央满音尘。

1930 白居易辞
香山醉问浔阳城，曲断琵琶商隐顷。
八节龙门疏浅水，江南六池五湖名。
诗如人品人才去，文藻文华白文生。
八百三千四十诗，于天于地于人情。

1931 家休
斜阳沉一家，池水玉千华。
只有明如故，香凝五月花。

1932 雪
雪重半村倾，山浮一夜明。
梅心连树素，月色入花情。

1933 白乐天司马
书生重读白乐天，西子还耕司马田。
五水江湖春草岸，千年旧治一千年。

1934 什刹海雨
水暗一流船，心明半地天。
风波连海尽，此水入南闺。
沾满芙蓉水，珍珠落日圆。
云烟浮叶碧，深处结青莲。

1935 同里蚕惊鸣
春蚕结丝食惊人，夏雨云烟半迷津。
同里吴江流隋水，长城烽火问西秦。

1936 吊李太白
人生长醉尽声情，君子心中不留鸣。
田下桑麻云雨后，水中捞月一空城。

1937 赠李贺
心中半宙田，天下一婵娟。
白石知明月，青莲问客禅。

1938 立秋
云浮送别亭，路断去来丁。
暮心知自己，秋虫夜半听。

1939 孙蔡丹青，小名丹
月里嫦娥桂影残，蓬莱玉兔夜夜寒。
殷勤青鸟晓星沉，故客徘徊露未干。
四纪皇家知别驾，千年七夕问时难。
云中消沉天河水，十指人间待小舟。

1940 姑苏
雨重云轻二月花，洞庭山色半人家。
五湖碧玉春秋尽，千里婵娟水泊涯。

1941 途
生生世世路中人，后后前前足下尘。
兴兴叹叹千里去，洋洋沸沸万人津。

1942 清明
梅花落尽半桃花，红杏寻人墙外斜。
柳暗青青烟雨重，清明只问玉人家。

1943 感
人生一大小，空色半遥渺。
古刹钟声近，禅房念分秒。
山青华草木，明月沉啼鸟。
隋水流炀帝，长城泪多少。

第十五卷　古今诗

1944 杏坛
杏坛苑外一清名，柳巷城中半色倾。
犹知寻花人多少，心前彼岸是终生。

1945 扬州—无锡
江湖十里马山晴，二十四桥月色明。
一夜青楼绵帛尽，春江半醉半英名。

1946 三国志
千军赤壁大江消，未违天情不灭曹。
且与东风吴蜀便，名流三国数英豪。

1947 秋草
五色斑斓九月花，千川树肃三江华。
薄霜石上烟云色，枯草依天问日斜。

1948 苏杭
香泷未尽杏桃红，柳巷青楼茶肆东。
西子港花苏小小，钱塘六合玉冠中。
夫差不去吴王地，会稽山西馆娃宫。
自古兴旺来去尽，江湖落叶老梧桐。

1949 苏小小墓
乌篷船，苏小小。
曲断钱塘流，人心怜枯草。
江湖沉玉色，柳巷烟花少。
老小忡千古，心明放鹤鸟。
究竟是何物，化作情不了。

1950 唯亭秋
水色半江宁，雪深一客丁。
斜阳明不已，落泊带心听。

1951 镇江
三吴建业秋，六朝秣陵楼。
何处金山寺，长江半润州。

1952 枫桥
宿鸟枫桥半雨烟，钟声不忘一人田。
姑苏叶落寒山寺，碧玉吴中隋水船。

1953 汪魏巷
夕照半城东，门光一壁红。
洞庭龙女小，曲巷问云中。

1954 千山
禅房草木深，古刹入泉林。
竹影无梁殿，天光观世音。
清心空月色，客舍问寒琴。
鹤立千山树，归来隔岸心。

1955 十里亭
云重山半里，雨骤树千河。
谷壑空川响，岭树尽厮磨。

1956 辈出
行人半自鸣，进取求三生。
四野阳明满，朝云暮雨平。

1957 金陵
千峰夕照一江流，两岸桃花半故楼。
六朝浮华烟雨重，三生扫叶问石头。
明清唐宋金陵外，灯明火暗叶渡舟。
碧玉小家船里约，吴宫蜀月借扬州。

1958 谐趣园吕晓林
碧荷三村两岸楼，云桥十步半山秋。
溪阳池树明华里，池重岩泉漱玉流。

1959 谐趣园知春堂
七宝苹浦含远天，三川雁影问云田。
凝波玉碧高堂客，淡泊莲花接故禅。

1960 庄家
月半山林外，云平谷涧中。
莲花如梦约，讨客一心空。

1961 春心
墙外桃花红，园中池水洋。
春心问柔草，谁见有无同。

1962 云影院树池中寻
池浅云深含海津，沉浮天下半衣巾。
繁枝孱节生机竞，夕照无限满院春。

1963 晚春堂
千花一晚春，万事暮归人。
晓露惊啼鸟，斜阳浥客尘。
龙吟天月色，枣叶问鱼鳞。
俯仰明知己，云来一梦断。

1964 又
一夜一寒宫，三生半客虫。
千年千客约，万事万心空。
桂树婵娟问，人间自称雄。
莲房荷甲重，远近五湖翁。

1965 咏古
何处问周郎，东吴去大江。
千波流赤壁，九脉故扬长。
徒有空城计，琴吟司马光。
润州妆未洗，天下满炎凉。
注：诸葛无奈琴许有为空有城，司马有心退兵，英雄无争无雄。

1966 九月十二日巫峡
千里江陵千天，半天归雁半天蝉。
东流楚水潇湘梦，西辞川乡客可怜。

1967 退思
江南水草平，故客旧情生。
一世西东去，三生日月明。

1968 昆仑
九曲黄河十八湾，千沙万里玉门关。
凉州八月风尘锁，不上昆仑不下山。

1969 锦官城江楼
朝花一蜀红，暮色半川空。
江水流明色，江楼问过瞳。

1970 俞樾杭州九溪十八涧
环环曲曲路，重重叠叠山。
泉鸣香水榭，树影玉门关。
九溪十八明，五岭二三瀛。
水水山山影，人人月月情。

1971 璇玑图
琴流半羽商，秦曲一空堂。
楚咏发声悲，音和不自伤。

1972 又
感业女人房，山惊群玉湘。
菲菲无差采，泽岸入山梁。

1973 又
璇玑改微霜，东妆娶女墙。
年年居独院，事事清孤芳。

1974 又
泉清水激扬，濯足玉观长。
旧客思生茂，华英蔡翠尝。

1975 又
周南一桃皇，东隅妃心乡。
窈窕娇水滴，女巴休兰桑。

1976 韩干赠支遁
一骏势飞扬，三千色满光。
引空知般若，支遁化炎凉。

1977 晚春堂
春晚百花香，江山一暖凉。
堂明三界玉，心远半斜阳。

1978 又
人间钟鼓晚，地上百花春。
清尽状元梦，功夫侍郎人。

1979 秋分
一叶半分明，三江一雁声。
同心天地问，暮色论纵横。

1980 四川九寨沟
八月纳炎凉，三川露含霜。
江流幽草色，树叶半青黄。

1981 晚春堂

晚
光华半枣院，叶落一衣巾。
玉约鱼阳水，心花啼鸟亲。

春
半庭碧畦半庭茵，一月烟云一月珍。
拾及春分耕寸土，空名不负晚来春。

夏
庭前树影繁，锦鲤入家村。
情性龙门跳，心音入五蕴。

秋
秋风一夕云，树叶半纷纷。
忽然惊人语，天明落枣勋。

佛
一心一意一真经，千字千年千古同。
三世三佛三般若，万空万色万家中。

心
一冬一夏一秋春，色色空空问去人。
般若心平观自在，书香门第满堂珍。

堂
一鸟无鸣一鸟鸣，半家池水半鱼情。
庭中日月扬光久，暮下英明尽枯荣。

1982 扬州
扬州西子瘦湖消，三月花开廿四桥。
月色江南花不尽，姑息客水念奴娇。
长江浪去运河岸，一日扁舟只弄潮。
天下人生无鲜梦，心中应惜谢琼瑶。

1983 浙江钱塘江，青海倒淌河
钱塘八湖潮，玉色半云桥。
倒淌河青海，排空一字消。

1984 仲秋金鸡独立
楼外沉天云，庭中落叶纷。
春秋知万物，天下一千君。

1985 京剧锁麟囊
千年岁月薛湘灵，十里长春骤雨亭。
扶弱无求麟囊锁，君情只用人心铭。

1986 临江仙·侍人，川人龙娟去，楚人阮祥霞替
人来人去人匆匆，事前事后难平。
心高路遥不声名，朝阳杨柳木，夕照一东城。
谁侍龙娟祥霞替，院中枯枯荣荣。
音琴不尽十年鸣，川流流旧日，
楚客问新情。

1987 浣溪沙·姑苏
细雨云烟半心狂，人间杨柳一飞扬。
寒山水色两天堂。十载无鸣心自在，
四时春泥沉沉暗香。千年故客话炎凉。

1988 八六子·锁麟囊
八六子六体。取上三十字六句四平韵，
下五十八字十二句六平韵。

一人情，岸边幽草，辛辛苦苦荣荣。匆
忙是斜阳雨后，半芳名两心生。雨云不明。
声名，人自声名，人去人来人尽，东西
南北人情。般若渡头中，朝朝明去，夕
照无形。
千年今古，空空色色前前后后，人间长
亭日阴晴。只姑行，花明柳暗人明。

1989 满庭芳·人生
百年风云，一生草木，半轻南北西东。
谁人千载，孰论二英雄。不问秦皇汉武，
隋炀帝，色色空空。江山外，声声点点，
是万里飞鸿。
吴江流隋水，长城内外，白骨沙翁。见
今今古古，富富穷穷。隋隋秦秦演绎，
秋叶落，水色流丰。人心在，长城隋水，
尽在有无中。

1990 浣溪沙·江流江楼
蜀重云青一水鸥，川阴雨色半中秋。
幽幽叶落月如钩。夜梦连天纵七夕，
寒宫桂影自消愁，江流不断问江楼。

1991 杨乃武与小白菜
人情所向问余杭，一管羊毫废浙湘。
不道书生辞官去，桃花庵里谢高堂。
扫荡二百皇冠客，申报江南玉顶商。
自古心音鸣不止，正正邪邪是天良。

1992 香山重阳吊赵佶

第十五卷　古今诗

一人天下问中秋，天下一人上玉楼。
叶满香山红雨落，山川净尽何九州。

1993 又

一人天下一江东，二朝山河半不同。
西子光明秋月印，空空色色是还空。

1994 海宁潮

八月钱塘一线潮，千年旧壁抑扬消。
惊天动地云烟上，万马奔腾十里桥。

1995 立冬

满目寒光入目清，三川落叶立冬鸣。
天涯半壁书香在，一岁春秋一枯荣。

1996 九月十九日观南宋杨无咎"野梅"

浮香问苦禅，抑仰拾心田。
旷野梅无数，春呼五百年。

1997 赵佶

字画赵佶，而不王徽宗。
可叹南宋寄临安，不足江山问雨残。
冬夏春秋依旧序，徽宗北去兔皇冠。

1998 滴水观音

滴水观音一觉禅，珍珠雨露半青莲。
心音佛语知天下，空色无边不尽缘。

1999 家铭

一年半柳杨，四季两炎凉。
有意知天地，无心争短长。

2000 寄赵孟頫"松阴会琴"

千年傲骨一青松，万里梅香半玉龙。
疏雨淡烟流日月，高山流水待云峰。

2001 元赵孟頫"人马图"

滴水半平无疆，青原一自强。
轻信天地路，只任破天荒。

2002 初雪

云重烟清一树荣，玉鳞银角半精英。
洋洋洒洒兰花白，浩色庭明到五更。

2003 再读杨乃武与小白菜

桃花泪汪洋，白玉落余杭。
淑英钉板度，雪银乱兵湘。
官宦长相护，斯文半桥梁。
江南惊时案，同善故都堂。

2004 颐和园长廊，韩康卖药口不二价

长安市韩康，如何作中堂。
一口无二价，山光草木荒。

2005 埃及尼罗河日落

尼罗日落玉河光，碧水渔船女儿妆。
浮红苇岸城影暗，阿拉伯语自名扬。

2006 埃及

尼罗水色碧连天，红海波涌采油船。
拜占庭人奥匈去，文明古国七千年。
沙滩戈壁余阳在，鲁休喀拉月不圆。
旧都碑林卢克索，将军不负盛名还。

2007 土耳其伊斯坦布尔

忆恒康桑先生设计欧亚大陆桥，共事蛇口工业区，余任专家组长，桑任顾问。
天下人情故事生，恒康去志美国行。
桥平马儿马拉海，不断东西任纵横。
西海欧盟东方入，桥东亚细亚人情。
谁知何处桑君在，蛇口先人有船鸣。

2008 读"杨乃武与小白菜"

未了人生未了情，翁心老泪自纵横。
天光善恶知相报，富在人间似不平。
除恶宵小天下正，书生自古自忧生。
国家法纪英明在，留下人间一世情。

2009 八声甘州·2003 年过玉门关

八声甘州九体，唐乐曲名，元稹有"学语胡儿撼玉铃，甘州破里最星星"之语，前后八段故名八声，是慢词双调九十五字，上阕43字，8句4平韵。下阕52字，10句4平韵。

此去甘州问问啸啸，大漠尘如烟。三千戈壁万里，玉门阳泉。暮色沙明不锁，海市蜃楼天。云华阳关客，依旧方圆。
人间人是人非，难登高远望，此边彼边。平生眼下路，何怨长安年。数踪迹，月月日日，自兴叹，回首几重天。终不舍，即是楼兰去，满是心田。

2010 圣诞艾琳娜至亲

独占人间第一乡，孤傲玉影数三光。
心中惟有梅花客，颈颈群妍绿柳杨。

2011 卜算子·李群玉

云锁岳阳城，雨落湘江柳。
雁领衡阳日日晴，竹泪心中守。
水色半苍梧，疑问巫山友。
岁岁年年明情，群玉心中酒。

2012 立冬初九雪

千家雪色明，半夜玉妆成。
何处浮香动，天云不识情。

2013 清宫风云

五百年中问孝庄，八千子弟守睿王。
不论三桂山海关，顺治燕京满清皇。
自有情心元好问，人间留下一炎凉。
江山未了夫妇事，也是家人也是王。

2014 读人生 2007 年

去年岁末雪花明，今岁年初喜鹊鸣。
怡致观鱼千秋居，书声自在万心晴。
2007 年元旦
北京市东城区汪魏新巷九号 晚春斋

2015 和明杜堇梅下横琴诗

千年石渡稻香村，十里寒梅读书根。
忽有琴韵天下去，浩徵疏傲自家门。
中国名画全集 P605

2016 和明杜堇蕉荫

芭蕉叶外听潮声，湖石山中问竹鸣。
只待心思春雨后，还来草木文化平。
中国名画全集 P605

2017 明 王谔寒山

寒山寒雪一寒光，暮色暮云半暮荒。
一韵知情斜路问，半归行程向家堂。

2018 北京晚春斋（略）

中国名画全集 P621

2019 明 唐寅山 路松声

唐寅，字子畏，一字伯虎，号六如居士，
一号桃花庵主，吴县人，1498年中应
六府解元，次年因故舞弊案牵连下狱，
1514年投奔江西宁王朱宸濠，朱不轨，
唐寅退，察桃花坞诗文画卷一生，与祝
允明、文徵明、徐祯卿、并称吴中四才
子。"僮仆据案，夫妻反目，旧有狞狗，
当门而噬。"

和：

女儿山前野路横，松声偏解合泉声。
试从静里闲顺耳，便觉冲然道气生。
迭荡连绵一岭横，曲流回肠三泉鸣。
浓妆淡抹女儿子，密谷松涛云雨生。
北京市东城区汪魏新巷九号

2020 明唐寅落霞孤鹜

画栋珠帘烟水中，落霞孤鹜渺无踪，
千年愁见王南海，曾借龙王一阵风。
半壁黄昏石岸晴，三江柳色俯仰生。
落霞留待堂客问，谁向孤鹜九皋明。

2021 和明文嘉曲水园

村落桃花黄浦滩，渔樵草色闻庭澜。
洲渚柳岸九歌去，竹篁殊陌一桂冠。
孤帆近，千帆残。平湖千里书云丹。
是非不问闲逸问，半亩心凿曲水干。
北京市东城区汪魏新巷九号

2022 明仇英桃村草堂

十亩桃花一草堂，五潭泽滨两泉芳。
高山流水琴音久，碧玉人家百媚妆。
烟渺渺，色茫茫。白云处处白云庄。
年年日月度心寸，回首天宫自暖凉。
北京市东城区汪魏新巷九号

2023 卜算子·二妃

云锁三江城，雨消百楼岭。
未暖卫汤迟雁来。斑竹湘流影。
苍梧寻君心，云雨巫山省。
一度年年一泪休，唯有情憧憬。
北京市东城区汪魏新巷九号

2024 和苏轼水调歌头

黄河 佛家宣科明日，圣经宣科今日
今日是开实，今日是事实
今日是足下，今日是自己
万里黄河尽，浊浪一千川。
昨天今日明日，日日逐流年。
东方西方中土，天地人间人言，
九曲牛皮船。
壶口奔流，何似三江源。
钟声暮，惊晓旦，半家璇。
今今古古人事，草草旬婵娟。
人有人言人畏，事有事前事后，
天水尽云烟。
暮暮朝朝去，今日是今天。

2025 明 米万钟 山水

山山水水何时明，水水山山不日清。
草木成林依旧序，清明不是是明清。

2026 明 米万钟 竹石菊崇祯元年作

明无嘉许菊秋霜，竹石依云草木荒。
可吟君心天子忘，金陵留下八艳芳。

2027 读清宫风云

摄政王多尔衮和玉儿皇太后
生生死死一时间，败败成成半步山。
儿女风云疑摄政，空无立废问天颜。

2028 明 刘世儒 梅花图

茗耶溪梅沉岁香，烟云古影晚疏堂。
清高自许孤心重，碧玉依红女儿妆。

2029 砺

何事溪纵横，无心怯死生。
无知千里路，未了一人情。

2030 江城子

黄昏落色半斜阳，自思量，事难忘。
未了平生，志气尽悲苍。
天上人间秋半里，三分暖，七分凉。
啸啸半身半家乡。问天良，问刘郎。
回首残明，何故泪千行。
孰谓一生生不已，松树岗，寻爷娘。
明末清初 王时敏

2031 明太仓寺少卿

清不仕　仙山楼阁
浊世淡清名，崇山问叶声。
一川流水逐，三石垒人生。

2032 清王鉴烟浮远岫

半岭荒潭半叠泉，一峰草木一浮烟。
深林不废深山碧，犹存高阁逐旧川。

2033 清 项圣谟 且听寒响

不见板桥霜，来寻古故乡。
玉门沙未暖，秦岭半阳光。
水泽山溪外，诗书一草堂。
村亭风雨路，百岁自情长。

2034 满庭芳·重阳

江泽霞云，余光万里。寥阔暮色苍茫。
独岸高阁，小月半临窗。
一度一年远望，惊四野，落落旷旷。
残荷叶，扶疏玉影，只怜水塘荒。
凭栏无尽处，易得易失，满怀惆怅。
竹篱心难锁，菊色秋霜。
隔壁呼人咕酒，似酒醉，也似轻狂。
人心是，重阳岁岁，吸收满庭芳。

2035 清 髡残 层岩叠壑

夜雨书堂漏屋珍，飞泉泽岸木林津。
潭明曲径依山水，野渡湖光向客邻。
叠壑层岩猿鹤静，长亭寺院鼓钟频。
临流日夕鸣碧谷，月影心中不问人。

2036 清 查士标 晚晴

暮晚黄昏云雨晴，荒塘故柳留遗明。
竹篁水露含烟碧，书房陋室尽读声。

2037 清龚贤　江山无限
半种心思半种田，千村君色万家烟。
明时天下清天下，渡口江山日月年。

2038 清龚贤　江村
十里江村十里烟，千川水色万家泉。
东吴柳丝平流岸，夜雨帆上是离船。

2039 读中央电视台"卧薪尝胆"
夫差勾践两殊途，西施雅鱼九品孤。
卧薪尝胆成败尽，十年吴越越东吴。

2040 读恽寿平　出水芙蓉
出水芙蓉一色生，婷婷玉立半城倾。
莲心云雨空中有，荷叶天时碧露平。

2041 清　张崟　春流出峡
春流峡谷半云空，壑壁岩巘一径同。
寺院高山临雨水，平津客舍暖烟中。

2042 清　改琦元机诗意
唐村一女一江东，玉壶三香三品红。
有约书中相见梦，春心无为罗衫空。

2043 清　费丹旭　梁园感旧
半壁斜阳半壁红，一生三石一生同。
黄昏有约约天下，言犹东西南北中。

2044 卜算子・君子
傲雪一心成，玉节霜大暮。
一室芒兰不改香，豪气江东妒。
西子临桥春，柳淡江湖树。
自古君子多相似，日月知时渡。

2045 踏莎行　咏梅
隋水江河，吴江南泽，村桥十里荒唐脉，
梅心除尽五湖尘，洞庭三月香波陌。
广众天庭，晓窗兄伯，一年一度风光帛，
霜明雪暗怯寒残，春来又是群芳容。

2046 八六子・锁鳞囊
依中华韵典谱正格十里亭，雨云云雨，
同帘异梦江青，一贫一富一人生，
行行止止行行。有端有怨零丁。
来来去去浮萍。
天下自有阴晴，知无不知冥冥。
宦海各西东，夕阳暮色，华发纤纤，歧路丁宁。
锁鳞囊，年年蹉跎岁月，悲欢离合流萤。
无形影，心灵就是心灵。

2047 鹧鸪天・读电视剧清宫风云
代善无终乌蒙名，多铎孝成孝庄成。
千古忠主忠人子，宁为玉碎宁勿生。
天下事，万年明。中流砥柱石无声。
心思未尽挑灯夜，半天落霞夕阳平。

2048 一剪梅・退休南三楼中秋
与谁坐兮一中秋，烟满江湖，雨满云舟。
心中明月半心休，未改乡音，雁自依旧。
不善沽酒善高楼，山色更重，雨色更忧。
国忧忧民天下忧，不下眉头，尤上心头。

2049 立春　如梦令　梅
夕阳暮色清华，初惊，初春，
百花疏影香如故，
依旧心里人家，人家，人家，
玉姿淡妆半斜。

2050 忆王孙　智
一禅寺院一心珍，半无空色半无尘，
比肩按睡，去来人，忆千秋。
云遮月时夜半春。

2051 和岳飞满江红
悲绪平生，满江红，九曲刚肠。
仰天啸，喷波倾吐，斧正大江。
贺兰山下黄河断，高昌故国落日荒。
一马去空使少年行，纳言凉。
春养荣，秋生霜。
为何为，扬抑扬。
渔樵田，未尽一枕黄粱。
英雄自得英雄心，书生未酬书生狂。

三千年后谁见得，两茫茫。
丙戌年十二月十九日

2052 钗头凤・吊沈园
半江南，半沈园。
半问陆游半唐婉。
一孤山，一孤泉。
一处柳色，一处香残。
残残残。
去时船，来时帆。
不是前缘是前缘。
相思难，形影难。
春荣也难，秋枯也难。
难难难。
丙戌年十二月二十日

2053 破阵子・生
天上三关雄峙，
秋中万马奔腾。
八声甘州未唱尽，
三弄梅花过江东，
江湖半人生。
犹作一马当先，
了断三年明清。
功成名就未成就，
垂册未留父母名，
还归旧日情。

2054 踏莎行・金陵忆
云里金陵，雨里金陵，
莫愁湖上半金陵。桃花流水问秦淮，
花明柳暗一城藤。八艳妩媚待无虚承，
江山易改闻君子，无声日月锁清玉凝。

2055 浣溪沙
不似寒春半寒秋，天平暮色晚归舟。
江山不改客心忧。花落花开自有识，
扶疏影动暗香流。云中碧波上林头。

2056 元曲　小桃红
姑苏洞庭山，
五湖烟水半苍茫。
两山梅暗香，

小船昨夜问吴娘。
杨柳巷，
露水沾湿女儿妆。
依依回首 还流水，
玉洁藕丝长。

2057 元曲 小桃红

江山湖岸晚来晴，
桃李暮色清。
碧柳红杏两院明，
小心听。
旁落墙外有无声，
燕子偷情衔人静，
留下一醉鸣。

2058 明 尤术 黄昏

夕阳西下草青青。
玉影晚不归，
眷恋飞莺翎。
岸芷汀兰鸳鸯栖息，
柳暗兰亭。
云雨初散晚来晴，
心思未定问浮萍。
有情无情，依依树下，
孤灯零丁。

2059 和关汉卿 元曲

南吕 一枝花 赠朱帘秀
阡陌柳千丝 形影书万卷 错落半波光
流韵七琴弦
雨云如烟 玲珑翠碧后院 伺香花明
不待深宫暗
珠光宝瑾瑛翡翠 人心思草木因缘

2060 梁州

朝朝暮暮相思水 春花秋月秦淮岸 留下梅
香沉 桃花扇 锦桥私通
碧户晓轩 黄昏如约 梦系客船 锁清阁寒
宫娟娟 野花絮情意绵绵
长生殿前 曲槛回廊 月晚二十四桥 玉人

箫声不断 三江五湖
倩影琼花未残 人人心田 恨春风来去都
是怨 姿色半透薄衫
豆蔻年华芳花妍 妩媚守流年

2061 尾

凭只见一厢明月一宵旦 半边心思半边泉
一江春水流去
谁不见依依恋恋 半浓半淡半妆 孤芳自
赏一人间

2062 和关汉卿 元曲

南吕（杭州）一枝花
天下山川江湖 九州人间苏杭 殷周伯夷
旧地 吴越虞姬故乡
云雨茫茫 情韵八面四方 小家碧玉芳芳
寸桥流水过往 乌篷只问东邻窗

2063 梁州

千里隋河一同里（富） 万家灯火半隋场
有平波逐流竞帆扬 一小妹亭
一牧鹤堂 一苑荷莲 一湖花港 梅花桃
李一春杏 芙蓉杨柳五夏光
三秋桂子 三潭印月凉 会稽山色掩栋梁
万顷碧波一线钱塘
咫尺灵隐 虎跑 飞来峰下 心驰神往 萧
甬百汇集疏 浙江 儒冠商贾九流聚合
富道皆商

2064 尾

月月夜色弄琴弦 户户殷私娘娘腔 朝朝莺
啼女儿妆 沉园沉香书屋沉香 不忘下南宋
富家庄

2065 书生

一半是寒窗花残 一半是月缺月圆
一半是朝天宫 一半是江湖岸
一半是书砚阳关 一半是孤馆断桥边
一半是黄昏未晚

2066 和关汉卿 元曲

大德歌 春
紫禁城 故人东 立春雨水半晴明
丙戌未尽情 丁亥心思生
江南芳草齐水平 梅花暗香书案中

2067 又

杨柳岸 芳草涯 梅花半落桃李花
不须问邻家 红杏出墙露天华
玉村影摇东窗下 只约黄昏夕阳斜

2068 孔乙己店

春江半碧一萧兰
三弄梅花五湖冠
西子乡
家溪不浣
宫中娃馆锁清寒

2069 咏梅

梅花三弄半吴蕴
心中暗香沉
霜雪净无根
疏影镇玉门
浮动元月九州村

2070 春芳

暗香未尽碧竹斜
春愁不许小人家
心中有约石无言
明日水流半落花

2071 和元曲（正宫）塞鸿秋

一寸书香一光阴
半生功名半禅门
无知思索旧衣巾
迟翁犹觉老人心
比比身外寻
悠悠作古今
于得深处未觉深。

2072 元曲 黄钟 人月圆

半依半就半春风，

第十五卷　古今诗

人面桃花红
书生心中
一半杨柳
一半芙蓉
一约黄昏
一夜心情
一枕玉梦
而今长亭夕阳西下
草木枯荣

2073 元曲 正宫 塞鸿秋 浔阳即景

千里扬子千里烟
九江浔阳九江田
半生论语半生叹
十年江湖十年船
容乡问蓟门
容心惊寒雁
秋鹜落霞夕江练

2074 元曲 越调 小桃红 倪瓒

杨花柳絮情绵绵
香波满西园

2075 姑苏城外桃李烟

容家船 吴语妮妮玉色衫
洞庭碧螺 五湖人间
最好是今天

2076 元曲末篇 迷青锁倩女离魂

孤舟泊渔家，明月问芦花。
秋水清菰蒲，寒雁宿平沙。
一夜梦玉门，半心寄大漠。
留下相思泪，但待高阳峡。

2077 陶渊明 归去来兮辞

常日书香常敞眠，
枣花洁净枣家妍。
斑斑驳驳知荣枯，
洒洒明明任大千。

三石垒，
五味泉。
疏抚竹寄贩清禅。
倚窗闭户喜鹊语，
砚池书香七寸田。

2078 山中宰相陶弘景

山中宰相半云心，南朝梁武一古今。
两岸村桥无卓棹，夕阳七色落青林。

2079 韩愈"师说"

机心出师魂，
为人问人恩。
择贤知圣贤，
居门书香门。

2080 吊范仲淹《岳阳楼记》

九州一南楼，千年半苏州。
仁人无己悲，天下君心忧。
霁济泪庭水，波烟大江流。
家园兴有衰，五湖自春秋。

2081 寄王献之

烟花岁月半梦生，秦淮棋星一心情。
君子有约桃叶渡，色满香桥朱雀明。
三更夜，一舟行，耕凿笔墨玉龙声。
雨云浮沉闻天地，文藻深浅任纵横。

2082 塞外行

酒泉无酒自泉流，交河残垣暮色秋。
醉舞胡姬一玉门，红艳月色半凉州。

2083 边塞

易水惊蛰半幽燕，寒光月色一酒泉。
芳草离离阿房宫，冷落残阳五陵烟。
男儿心，五十弦。沙尘大漠满天边。
尚有遗箭问北斗，金章扬花挂人年。

2084 乡梦 梦中词

夕照锁山花，黄昏凝玉华。
一心惊旧梦，半百战长沙。

2085 书生生书总带颜

止读问云天，思心耕砚田。
闲樵五老峰，归夜待灯悬。
隔篱妇人呼，声声入邻泉。
草堂家语暖，共坐问炊烟。
唐诗二十讲 第九讲 纪赠

2086 张复阳 山水

高山流水一知音，见惯司空半故琴。
柳丝系船知依惜，长亭驿客问空心。
无帆小舟江湖随，夕暮玉平赋旧林。
何故江南辞蓟北，幽燕未见故乡吟。

2087 白居不易

九江一别七弦鞶，
两祁还依五陵尘。
初绽晓堂桃李下，
晚妆半就未开裙。

2088 淑玉怜悯江湖徒没

琵琶犹抱半遮面，
同是天下一闲人。
春春秋秋花月夜，
朝朝暮暮卷舒秦。

2089 吊李白

半生半旧襟，一白一去音。
常醉山川故，独怜儿女心。

2090 忆姑苏

三江一水一桥分，
半岸江湖半雨云。
同里孤灯还。

2091 影落

退思月夜容闻君。
唐诗二十讲 方从义之东晋风流图
岭暗泉明暮色深，竹簧水榭客约琴。
旷野雨后豁达尽，树低云中沾衣巾。

2092 唐诗二十讲

吊玄宗

胡马胡人胡塞饼,
唐家唐国唐玄宗。
不教仕忘安禄山,
犹得记取史思明。
一月衰
一时兴
三百年间一枯荣。
骊山兵变太上皇,
但取江湖纯鲈羹。

2093 唐诗二十讲 第十七讲 迁谪

吊屈原 贾谊
楚水未洁直臣家,
湘江此去诺长沙。
送君但尚东流水,
随心所欲到天涯。

2094 查士标 云容水影

舟游江心问云风,
客寻流水逐飞鸿。
犹有光影存日月,
夕阳只满小桥东。

2095 与卫国北海公园茶室

幽州柳丝半嫩芽,香雪洞庭万亩花。
玉手春心采碧螺,江南春色未还家。

之二
丝柳京中初染青,永安寺鼓御钟亭。
煤山崇祯今何在,闯王豫州半零丁。

之三
生生作一本,声声有二心。
徒将家国忧,清风明月珍。
身体向一边走,灵魂向另一边走,那是走向永恒。
闻王昌龄、高适、王之涣三伎之唱,李涉夜客,韩翃谒王,贾岛推敲而作。

2096 唐人

寒雨连江问玉壶,今台寂寞子云孤。
平明秋殿斜时影,杨柳心中自有无。
落叶长安贾推敲,汉宫日暮传蜡烛。

绿林豪客半是君,私读开箧前日书。

2097 评安史之乱

天宝烽火十五还,哥舒带刀守潼关。
胡姬两代舞天下,一曲识人安禄山。
半亿人死三千万,乡城举国不家班。
可怜玄宗平生载,不及葵园鲁女闲。

2098 欲水伊阙

龙门山色水依依,卢沟晓光月半奇。
江南慢待洛浦神,绍兴波滟窈娘姬。
丁亥二月初二 龙抬头

2099 巫山

半川半楚半巫峡,
一地一天一水华。
当是云雨从此灶,
原来高唐神女家。

2100 和孟浩然 春晓

蜀色重天晓,弦光惊栖鸟。
疏影和云雨,暗香知情少。

2101 咏古

十里荒漠万里秋,千年古垣西沙丘。
云烟一夕朝阳正,半暗风云半故楼。
草木光荣春光岁,兴亡家国事中休。
空城日月人无尽,只见黄河清浊流。

2102 和王之涣 凉州词晓登玉门关

梅花三弄一人间,五叠阳关半天山。
流水高山鸣楚鄂,阳春白雪玉门关。

2103 夜闻筝箫

一家筝箫千竹生,九州雨后万山行。
千音汉塞重霜雪,半韵渔火隔岸明。
曲尽江流川楚问,江湖弹指笑剑声。
邻家碧玉吟明月,客异乡心独夜情。

2104 李龟年

流落潭州十五年,相思失题半人前。
南国红豆小家玉,清风明月数归眠。

2105 和崔郊

一闺心思一罗巾,半生家客半路人。
绿珠犹知奉于颜,萧郎未忘谢侯尘。

2106 王曙 唐诗故事

望帝春心化杜鹃,长安樊南醉心田。
出牛入李不牛李,暮雨朝云未玉娟。
化宦半生闻薄名,锦瑟一篇解人缘。
珍珍珠珠十五月,柘柘荡荡五十弦。

2107 阿袁 唐诗故事

还闻杜牧韵华青,常忆项羽怜江亭。
湘妃寄情李群玉,敢却珍珠江采萍。

2108 唐宰相王播 往事难堪饭后钟

一年草木一枯荣,半生荣辱半负成。
东风不改皆天地,薄名浮世何声名。

2109 又

上堂寒尽饭后钟,木兰院冷俗家翁。
三十年来尘悬尽,何缘拾得碧纱笼。

2110 蒙恬将军 笔筝之制为先也

秦时边塞一丹青,守将月色半筝听。
李斯过秦曾劝客,指鹿为马浮铭。
君临碣石问海庭,二世未识焚书图。
折戟沉沙尽遗恨,临潼王陵已空蓬。

2111 愚人节 吊王勃

水云落霞一脉红,英姿勃发半江东。
烟波渺渺空相问,滕王阁上春秋风。

2112 寒食 唐祖咏进士弟试题

"终南望余雪"
终南半冠田,玉色一帝京。
四时致寒暖,五蕴待春风。
浮云积深绿,重林余洁平。
惊蛰千虫心,九州万物生。

2113 寒食

寒食三日半清明,重耳十年一介生。
御街两厢玉兰香,燕山九脉柳叶清。
荇芷绀宇夹岸荫,广田玉池接流晴。
暮色迟来问江山,夕阳早问读书声。

第十五卷 古今诗

2114 回故乡桓仁而无故居也
忆六〇年水泛
水泛荒流空，寒浸白头翁。
拆迁故居了，记忆浑江东。

2115 唐进士试题"望终南积雪"
终南半冠明，梅花一帝京。
四时寒玉色，五蕴待春生。
云沉积深绿，林重尚洁平。
惊蛰千虫心，万物九州荣。

2116 丁亥清明
桓仁东山立碑志铭
祖人一东山，原心半凤鸣
还念故家乡，恭立墓志铭。

2117 自桓仁返回北京
吊徐州关盼盼
楼空客去徐州名，水流江花淮岸城。
但忆燕飞随日月，尚书犹有怜第名。

2118 回乡偶书
沙虫一惊蛰，柳叶半清明。
春度山海关，雨和雍和官。

2119 寄扬州
二十四桥一笛喧，十里扬州半心田。
留下琼花三四月，还余玉影七八年。

2120 咏梅
斜岭日西旧亭台，驿桥梅疏暗自开。
谁问幽香随月去，还知素艳凭心来。

2121 江村
一池烟雨半寺门，千舟侧畔万黄昏。
清明难得新缘色，柳岸村深杏花村。

2122 过三峡
水色入空峡，春光出客家。
花香三百里，落霞一江华。

2123 吊贾岛
渭水秋风一夜寒，南山落叶半长安。
推敲不似知推敲，也是华意也是冠。

2124 李绅晏刘岛锡张又新赠韦娘赠惠姬而文曰
雨云暗飞半前川，月色朦胧一梦眠。
见惯司空上苑暖，集贤学士又新田。

2125 和 图尔宸
顺治十二年满科状元
知情是一家，雁丘玔湖沙。
晓望衡阳宿，清宿芦荻花。

2126 东林寺
江寒半炉峰，日暮一声钟。
四野苍山碧，五陵问旧容。
禅房人初静，古刹晚来松。
为却商贾尘，云龙白石封。

2127 和应帖诗 缪彤 康熙六年状元
春风祝朝歌，秋实赋微和。
草木无心忆，浮尘雨露多。
阡陌耕四月，泽水颂金阙。
沙岸问杨柳，紫阳照色波。
城乡植客英，树藤憩碧萝。
顺势知合力，领搔制规则。
心随转轮藏，天下开先河。
隆治纵横论，人生慰玉珂。

2128 彭定求 康熙十五年状元
文选楼怀古
庐山瀑布再生烟，垒石东林三叠泉。
且待古钟鸣月下，还来寺前坐觉禅。
樵渔不近光远，木寥江湖实称莲。
怀古难寻英雄尽，抚今只尤半心田。

2129 和胡任舆 康熙二十三年状元
西湖竹枝词
断桥未断西泠泉，苏堤无苏柳浪烟。
印月春风江南岸，人心渐满西施船。

2130 钱维城 应帖诗
五月鸣蜩
五月鸣蜩喧，三生觉苦禅。

荫清柳叶重，池明芙蓉鲜。
江淅望莲子，燕赵易水天。
凭情高洁评，遂意南冠田。
杏园三千仕，金阙五七传。
春色雨方歇，秋实露未川。
凭箸翰墨净，慰籍上林烟。
翼薄吴越绢，声洞天地宣。

2131 蔡以台 乾隆二十二年状元
和试帖诗 "笞笠聚东菑"
田亩半黄华，芳甸一江东。
湖平垂柳丝，溪流闻岸莺。
樵人凭俯仰，渔舟任纵横。
山光沉池底，云烟挂岭峰。
村社连夜月，胡笳音玉重。
春播探粒籽，秋实万贯盈。
笞笠聚东菑，农节谢家翁。
华章日二里，稼穑岁二中。

2132 中国历代状元诗 清朝卷
王杰 试帖诗 龙应鸣鼓
乾隆二十六年状元
七罩三鼓鸣，一渊五龙荣。
九脉纳春水，五湖任船横。
玉音七弦和，云祥五谷生。
心怀故乡水，诗奉未央城。
天宇净直臣，婵娟桂子清。
秀才论曹刿，成衣朝义盟。
塞外沉霜雪，殿上赋阳明。
只为赏社稷，顾庭龙玉平。
夜暗月弦明，泉流色怀清。
花闲颜如玉，鸟静梦浮生。

2133 秦大成 乾隆二十八午状元
应帖诗 从善如登
善恶千古重，正邪两念轻。
积善始登难，欲从忌如盟。
拾阶泰山顶，履步艰险平。
渐进九回曲，仰俯万仞明。
瞩目问齐鲁，指点万物生。
犹知玉宇寒，书心对苍庚。
春初草芊芊，秋实果琳瑛。

半庭半建设，一步一纵横。

2134 黄石寨 疑导游言子房遇黄石公处

山疑漠留侯，寨闻黄石公。
落泉楚汉尽，流溪抱石翁。
七弦胡杨树，五指玉云东。
但见张家界，还惜故人同。

2135 秦大成 试帖诗

山云洞柱础

山水一天色，垒石半础心。
峰岭曲回天，林木自叙荫。
卷舒凭天地，浮尘任古今。
不负一寸雨，甘为三分霖。
一柱擎天立，四方流溪音。
朝夕和山光，枯荣谐花深。
春和润万物，景明正衣襟。
日日生颜色，岁岁涅江临。

2136 张书勋 乾隆三十一年状元

试帖诗 野无伐檀

万物生四野，千户倚一阳。
草木知枯荣，江湖润八方。
无功食史禄，有识肝胆尝。
曹刿三闻鼓，春秋五皮羊。
禹私家天下，护短筑城光。
樵渔富贵闲，朝野嚚种偿。
檀名敬五帝，衣食谢三皇。
四亩呈覆盖，庶民试规章。

2137 庭中枣树发新芽

三春枣叶翠明华，五味书香玉影家。
不尽江湖柳岸色，天下重覆夕阳斜。

2138 状元自命应试帖 方圆

天地一方圆，人间半河山。
西楚九脉峰，东流三江湾。
春呼衡阳雁，秋华玉门关。
阳春和五音，白雪谐七斑。
风调江南岸，雨顺塞外寰。

隋水波依旧，芳菲淡云闲。
栋梁国色重，书窗映儒艰。
渔樵侍稻菽，仕生耕心颜。

2139 清 王原祁

梅道八笔：山水

千千草木深，半寺钟鼓音，
日月万壑暗，禅清一人心。

2140 怀柔十里牡丹园

灼灼六色洒江川，天天五颜尽玉娟。
怀柔花华十八里，芳香御街八十天。

2141 立夏吊贾谊

还问常德水，犹怀长沙王。
潇湘雨夜短，斑竹泪千行。

2142 之二

长沙沙水净自泛，黄河河湾浊曲匀。
但得俯仰一臂呼，不求去来半家人。

2143 金陵

三江一楚九脉荣，五蕴两山万户生。
隆治千年自唐宋，音韵六朝入明清。

2144 清 翁同龢水邸图

岸边君子树，水中日月潭。
知心半将养，治世一元涵。

2145 题郑板桥画

梅心客芬初春花，斜阳桃李晚晴华。
芳寂池砚心半重，空山香满色一家。

2146 始读明代黄凤池编

2147 唐诗画谱

和司徒空 偶题

水榭花繁荡，春晴日午前。
鸟窥临槛镜，马过隔墙边。
云清杨柳岸，花重桃李烟。
玉色明镜里，杏红碧桥边。

2148 和杜牧送人游湖南

一棹明潇湘，千里暗柳杨。

落叶问贾生，离岸寻故芳。

和骆宾王 在军登城楼

唐戎李武罂，文华曲江寒。
蝉鸣无字碑，高洁一长安。

2149 爷孙

今沪半紫蒂，前朝一精英。
辰晖尚晓华，落霞尽晚荣。

2150 和白乐天 溪村

长亭十里连山，短桥五尺接花。
莺鸣两岸溪树，轩敞半村江华。

2151 和崔惠童 渡黄河

壶口一声惊雷，孟津半天浪洄。
龙蛇万里九曲，斗牛七重云台。

2152 和李白 春景

浙江隋寺山色，故客雁宕梅花。
九村浮云托月，十里明溪淘沙。

2153 和李白 夏景

竹篁掩映溪流，柳杨沾润蝉鸣。
清昔沉香十里，高客余心百声。

2154 和李白 秋景

平空一行归雁，繁实五色秋林。
扑萤流明溪水，韵落黄叶惊寒音。

2155 和李邕 题画

半生半官半民，一诗一画一茶。
山中君子竹篁，冰岸珠玉梅花。

2156 和德宗皇帝 九日

帝苑兴废帝苑多，千里曲江千里波。
中流击水中流棹，平明长堤平明歌。

2157 之二

登高茱黄一菊花，泛舟昆明重阳斜。
春风不度玉门冷，秋霜只惜精英家。

2158 和李白 峨眉二日歌

一江明月一江秋，半峡山花半碧流。
心思随月寻江源，山风和雨主九州。

2159 和杜甫 江畔独步寻花
玉立娘家花及笋，桃李墙边杏半梨。
柳暗色明间流水，浣溪春莺卧不啼。

2160 庭中枣树 自鸣
踏平枣花净胡沙，耕凿心田问桑麻。
半川山水落夕阳，一生荣辱误还家。

2161 和骆宾王 于易水送人
此地别燕丹，壮士发冲冠。
昔时人已没，今日水犹寒。
赵关关复关，燕山山连山。
古今呼侠士，易水问清颜。

2162 在狱咏蝉
独木未成林，孤鸿自高暗。
儒客足叹息，寺心少古今。
梅竹高傲洁，霜雪重冠襟。
边塞尽折戟，将军何处寻。

2163 和贺知章 回乡偶书
中流击水一江开，一马当先半去回。
大海东归合百川，朝夕日月夕朝来。

2164 之二
乡归何处终不回，童心未断山花开。
忽惊一纸家乡闻，落得半夜梦里来。

2165 庭中枣花
寥寥沉月色，筱筱落枣花。
砚池一世界，书案半年华。

2166 和孟浩然 岁暮归南山
皇宫北门闭，南山陋室舒。
寒窗知学子，明朝故人虚。
读书三十载，落第一名居。
永怀辋川酒，临水半慕鱼。

2167 和常建 宿王昌龄隐居
清溪养明月，竹篁隐沉云。
堂鹤排空舞，梅影暗香君。
敞轩苔露湿，晓光约花芬。
桃园箸秦衣，旧履寻美芹。

2168 和王维 送别
南山一白雪，去来半无之。
人生多沉浮，草木天地时。
敞轩待朝夕，思心自润滋。

2169 和王维 使至塞上
客心月半边，归雁胡一天。
沙沉秦皇塞，云没汉家川。
荒漠折剑戟，戈壁断酒泉。
楼兰残垣尽，交河落日圆。

2170 和李白 赠汪伦
半舟柳岸半舟萌，一池桃花一池情。
渺渺烟波随波去，别听杜鹃别时鸣。

2171 和李白 金陵酒肆留别
吴楼玉女小家香，金陵胡姬劝夕阳。
柳暗花明水流去，舟横水远离心伤。

2172 和杜甫 绝句漫兴九首
篱外梅花上下尘，江中燕子去来频。
浣溪只垒春香泥，却惊草堂读书人。

2173 和张籍 成都曲
一度东风过益州，桃花十里沿江流。
欲寻草堂何处去，浣溪故客四娘舟。

2174 和薛涛 罚赴边有怀上
色重浣花溪，妆艳青眉低。
锦官半粉黛，玉颜一春泥。

2175 和韩愈 早春呈水部
芳华尽日五更初，乞火寒食 皇都。
月卜化前清水色，无中生有生无。

2176 和刘禹锡 乌衣巷
朱雀桥中玉色红，余音梁上夕阳斜。
明清巷口桃花扇，秦淮河流故人家。

2177 和刘禹锡 字梦得 春词
梦得乐天春半楼，心扉无锁情一愁。
窗外云雨换草色，上苑桃花尽枝头。

2178 和贾岛 题李凝幽居
烛下明经律，心中易乾坤。
池晴放生水，山深问寒温。
古刹尽钟鼓，旧寺满黄昏。
禅房一青云，幽径半僧门。

2179 吊屈原思贾谊
楚江山空江山，长沙水净仁人。
重五云雨间端阳，心思高峡旧时尘。

2180 和张继 枫桥夜泊
半江渔火半江天，客心鼓钟客心眠。
寒山古寺秋香玉，枫桥红叶满夜船。

枫桥夜泊月一天，故苏渔火城半眠。
寒山古刹尽空色，拾得钟声满客船。

2181 原来唐诗可以这样读
晚唐卷：最后的白银
色明半天恩，心空一禅门。
夕阳山外山，落霞村中村。

2182 和杜牧 叹花
一梦湖州州水暖，十年花满满芳枝。
五湖流红红色香，九夏莲子子孙时。

2183 又
一梦寻春迟，半觉落芳枝。
花尽藏红色，芳华邻家知。

2184 又
湖州春雨远，长安御泽时。
十年如一梦，余怜四年枝。

2185 和李商隐 登乐游原
人间自适应，天下约晚心。
古原向天尽，夕阳唤辰音。

2186 又
琴中任五音，足下随人心。
荒原明远水，夕阳照高林。

2187 和罗隐 自遣
十举不第一横休，三愁两恨半青楼。
今日明日江东客，去去来来任自流。

2188 和皮日休 闲夜酒醒
梦里山月高，泉上心田里。
寻遍婵娟影，只恨捞不起。

2189 和陆龟蒙 怀苑陵归游
谢朓东山太白楼，一半春华一半舟。
天色心思沉水底，山光云影任江流。

2190 和杜荀鹤 赠质上人
一禅禅音净世尘，九重空空度迷津。
客家上下客中客，人间去来人外人。

2191 吊郑谷
三江淡淡两山川，半壁江河半家田。
守愚一韵郑鹧鸪，天下九州雨云烟。

2192 养春堂 雨
一年辰夕一阴晴，半生荣辱半暗明。
池水云清沾雨影，庭枣叶繁留鱼声。

2193 吊李世民
玄武门外一声名，秦王月下半平生。
长安响马城前呼，未央宫中心血萌。
唐家王朝三李武，贞观天宝两枯荣。
玄应经音疏南北，辨才兰亭五陵城。

2194 徐惠贤妃
息兵罢晏秦王台，千金一笑艳妇回。
玉心天下销今古，声名俱是女人来。

2195 萧翼与辨才
流觞曲水修兰亭，万马千军筑玉町。
智永和尚半故子，秦王过望一丹青。
萧翼换取正三品，辨才居心负暗溟。
利锁名缰千古尽，越州山水多浮萍。

2196 李白 "玉真仙人词"
山上敬亭一叶闲，心中太白半婵娟。
玉真公主念红豆，安国馆人玄女颜。

2197 曲江
落叶半岸寒，夕阳一讲澜。
上林雁影尽，五陵玉尘干。

2198 斜塘
碧荷深处一玉成，夕阳浮动两平生。
半江天华半云烟，滴水未落待雨晴。

2199 养心堂夜雨潇潇烛独明
暮雨半迷津，池碧一醉人。
一生不识酒，三夏问使君。

2200 自北京一上海读吟"唐诗的历史"
养源半天下，治国一人才。
春泽草木心，冬被梅花来。

2201 黄鹤楼 李白 送孟浩然之广陵
三月江花黄鹤楼，二分无奈半扬州。
玉笛心重瘦西湖，客心不见天际流。

2202 杜甫 饮中八仙
汉家一诺一酒泉，长安半市半云烟。
月明玉壶八仙醉，竹影冰心客家眠。

2203 王维 送元使安
咸阳柳丝明西秦，灞水桃花浥客尘。
关外玉门颜色玉，心中故客故心人。

2204 王之涣 凉州词
九曲黄河十八弯，凉州一地万沙山。
荒沙暗响惊玉门，客心明天出阳关。

2205 崔颢 黄鹤楼
楼废楼兴黄鹤楼，洲沉洲浮鹦鹉洲。
高山流水浮云日，下里巴人纵江流。
汉阳一水下吴楚，庄王十年鸣春秋。
晓光喷波呼洞庭，夕阳色被覆九州。

2206 又
论崔颢 黄鹤楼
不论平仄不粘对，重复文字重事非。
但得唐门生桂子，惊呼七律一朝晖。

2207 过香山 和刘方平 月夜
寂寂山林夕照斜，空空壑谷浪淘沙。
禅心落落香山寺，客笈淡淡半人家。

2208 咏梅
云疏月淡半人家，玉叶金枝一夜花。
但得春泥尽雨水，余香百色遍天涯。

2209 韩愈 春雪
千里洞庭云雨华，来惊二月雪梅花。
春云半湿粘心底，一寸香泥芳海涯。

2210 又
梅花雪里乱云衣，碎玉枝头银色旗。
一片茫茫天际尽，三川辽辽净五玑。

2211 张继 枫桥夜泊
寺外姑苏客不眠，江枫水上雨云烟。
寒山暮鼓钟声度，拾得江湖半亩田。

2212 青莲
芙蓉出水蕙名声，不染红尘玉色名。
半张半弛半荷雨，一荣一枯一心平。

2213 共月
一叶春秋一半弦，三晴两阴一天年。
庄生蝴蝶知原梦，望帝杜鹃唤雨烟。
夕夕朝朝明日月，来来去去织坦然。
余音未了心思尽，天下难耕三寸田。

2214 温庭筠 花间词
飞卿一花间，唐宋半词眠。
夜夜相思梦，明明问婵娟。

2215 玉门
十里玉门净沙尘，九曲黄河问儒巾。
但学匹夫一责重，犹知春梦上苑人。

2216 江南忆 韦苏州
姑苏燕子来，灞陵春带雨。
垒泥犹暗香，月满花明圃。
长安遇冯箸，故姬当人舞。
应问归去处，小桥入门户。

2217 杜甫 古柏行

山中君子半栋梁，心上蜀相一祠堂。
司马犹听空城计，老臣济世祁山章。
出师未成出师表，鞠躬尽瘁卧龙芳。
三分天下终难改，一味心思天地光。

2218 莲
夕阳半池碧荷花，玉色一桥牛郎家。
婀婀娜娜问禅心，清清香香浮天涯。

2219 杜甫 春望
上林故草坪，曲江旧树荫。
钟鸣感业寺，心悬唐家音。
苦寒山水重，匹夫江河吟。
烛落一滴泪，窗含半国心。

2220 白居易 草
明明一曲江，渗渗半生平。
长安不易居，上苑居易名。
芳草心泽岸，春风修花荣。
玉门锁长恨，刺史白堤城。

2221 夏雨骤来寄杜牧游湖州约
雨暗重繁叶，云轻沉清池。
鲤鱼天上游，跃情心下知。
暮尽满窗影，夜平思玉姿。
故人约旧酒，杜牧锁官期。

2222 登高
秋寒栖雁两徘徊，离索云川半亭台。
叶重凉州天下雨，衡阳草木楚水开。
人间一字排云上，犹向江花寄旅怀。
日暮茫茫寻远望，啸啸仰首故心来。

2223 金陵怀古
秦淮河岸桃花流，台城云烟六朝楼。
石头江前山旧垒，玄武门后两江流。
半成半败半天下，一年一度一春秋。
来来去去依千年，兴兴废废待九州。

2224 五言绝句

2225 山行
幽径去来雨，晴川沉浮云。

紫阳春草岸，夕照老人心。

2226 终南望余雪
山高天府近，岭极雪花寒。
逶迤云阳暖，城春玉冕冠。

2227 春怨
斜阳明暮色，野草暗泉溪。
树影姗姗落，春莺处处啼。

2228 江曲
滔滔一江水，潇潇半月秋。
有情寄红叶，无心上闺楼。

2229 回乡偶书
处处山川余雪开，年年客舍著花来。
心中留有陈香花，边外故乡老未回。

2230 重阳
兄弟依依五色土，秋江寥寥九重阳。
心中边外一山水，梦里寒宫半故乡。

2231 春怨
桃花落尽一江流，少妇芳明半玉楼。
商女倾心知碧暗，秋千放荡问时羞。

2232 春词
春风不尽半闺楼，满庭春花一处忧。
暮雨声声香未久，心音自随暗红流。

2233 秦淮
魏晋金陵一谢家，秦淮乌衣半桃花。
年年月色文德桥，夜夜后庭暗窗纱。

2234 忆阳关行
西陆蝉鸣六月秋，长安客离玉门楼。
分明细叶万里树，不尽晴沙四方流。

2235 李商隐 无题
相思十载一重逢，九江司马半世衷。
无题音心江渚上，重情商隐有无中。
青楼曲尽桂堂烛，夜雨声声各西东。
曙色开明露尤重，芳铭暗记还空空。

2236 和柳宗元《登柳州城楼寄漳、汀、封、连四州刺史》
柳上高楼从四方，心中舟帆自扬长。
四州刺史八司马，五岳江湖一故乡。
芙蕖清塘明出水，一尘不染余年香。
云天欲穷千里目，桂子归来半芳塘。

2237 七言绝句 圆明园长春园
清苑鉴碧苔芳栏，十面荷花水未寒。
伏阳青莲同大乘，明塘七色分玉冠。

2238 读初唐诗 李世民 赐房玉龄
养本半天下，治国一人心。
春光明白石，秋实鼓钟音。

2239 初唐 虞世南 蝉
翼薄一清宫，声远半惊鸿。
高心鸣达志，不住问苍穹。

2240 唐太宗 兰亭
一树贞观一丹青，半唐江山半兰亭。
玄武门下秦王变，辨才寺中萧翼铭。

2241 之二
感业寺中夕阳斜，才人昭仪两帝家。
文小草碧均州冷，长安花尽媚娘华。

2242 初唐骆宾王 在狱咏蝉
西陆蝉鸣久，南冠檄文深。
悠悠江浙潮，啸啸士人心。
一事一成败，半生半古今。
朝夕明月夜，天下尽清音。

2243 初唐王勃 送杜少府之任蜀川
心思一月春，马踏半天津。
万乡云烟重，千山夕照新。
华亭知主便，远客如近邻。
俯问曲江草，仰收塞外尘。

2244 盛唐李白 望天门山
梁山坡下一江来，当涂湖中半月回。
水暖流明花雨去，心重客舍杜鹃开。

诗词盛典 | 吕长春格律诗词六万八千首（全四册）

2245 杜甫
蜀酒花溪抚旧琴，锦江水淡草堂吟。
千流波涌川中碧，隔岸空鸣树影深。
女儿梳妆平奉节，杜鹃轻啼帝王心。
忧天未成忧自己，三峡斜阳满衣巾。

2246 念奴
波水漪涟眉目情，音昂举袂玉心清。
九州一曲天下寂，二十五郎血气明。

2247 盛唐王维 鸟鸣涧
春山花落偶，波水草云平。
淡淡山光远，空空鸟无声。

2248 雪
柳絮平风道韫家，桃花月影色明霞。
依依约约黄昏后，一半春光玉脂华。

2249 晚唐金昌绪春怨
暮色一香溪，光华半鹭啼。
闺中心无力，燕子垒新泥。

2250 立秋
暮色晴云半夕阳，天高水淡一明堂。
寒音初落流东野，不问山海问故乡。

2251 其二
暮去朝来半旧凉，春荣秋实一家乡。
平生归根心思在，落叶浮云何处扬？

2252 其三
斜阳回首半高山，有限生平一玉关。
去去来来今古问，浮浮沉沉谁心闲。

2253 其四
水淡半寒声，高阳一叶平。
分明秋立后，早晚凉风生。

2254 其五
天高一始终，水色半平中。
自古东流去，寒光问月宫。

2255 读全唐诗背后的唐朝史
朝朝夕夕一阴晴，辱辱荣荣半暗明。
树影鱼游云落下，庭花枣叶读书声。

2256 斜塘
碧色荷塘半玉成，斜阳摇动一平生。
江天水淡云浮沉，滴露珠圆待雨明。

2257 李世民帝京篇
全唐诗开卷第一首
音心南北疏，世民依前制。
隋水帝王墟，祖龙城犹在。
家国商贾余，天下桑麻社。

二十八、字里禅心

赵文竹　绘著　文化艺术出版社　2010年3月出版

1 北京——吉隆坡
马航 MH379　09MAY2010
黄河委曲白云端，青鸟殷勤素玉澜。
沧海桑田三界问，南洋草木四方观。

21 字里禅心
字里禅心一世明，书中觉悟半人生。
河桥渡口新天地，放下行成客枯荣。
　　　　　　　2010年5月9日
　　　　　　　北京——马来西亚

32 仓颉
字里一心田，人前半渡缘。
洞中无日月，社下数天年。

43 禅
无衣不说一单元，挂住丛林半故宣。
色色空空天地上，非非是是历轩辕。

54 真
直人一味真，十具半相陈。
有道行天地，无为问晋秦。

65 善
天生性使自然全，羊草行心口善缘。
举一功成贫富去，三平不二苦经年。

76 美
美善一人间，王珍半故颜。
辛出多少客，误入大王山。

87 道
大道自无言，居中少自宣。
行前多后虑，立足首先源。

2012

98 德
双人内省自观心,意净直心问古今。
众善外行功佛法,高僧大德积成荫。

109 仁
故事二人成,则圆一寿生。
形成和忍者,所爱太平荣。

1110 义
舍生取义我羊先,不悔民生弃利田。
市井人言寻柳岸,江湖壮语渡河船。

1211 礼
和衣曲曲豆先成,寸步行意可生。
走遍江山多少路,躬身礼理枯荣情。

1312 智
知时日月天,智道枯荣年。
万事须终始,千端在自然。

1413 信
人言一信生,足道半自行。
点下三横口,离中九不成。

1514 渡舟
渡口一舟横,阴晴半不清。
来来去去问,古古今今名。

1615 人
一左相友一石成,半依互立半依行。
仓颉造字盟天下,黄帝金口正逆生。

1716 无染而染
天堂地狱半殊亲,日月阴晴 世情。
无染苍生何可染,人心济泽向光明。

1817 和
人人口口一禾生,门门柴柴半朴成。
种种耕耕泥水客,瓜瓜豆豆夏秋荣。

1918 孝
心中子女百慈盟,天下人生父母情。
此报难全终是悔,何图江山不知情。

2019 流
万物不同流,千年水载舟。
波涛东逐逝,日月各春秋。

2120 易
如流易变迁,四象两仪全。
八卦三千界,圆融日月年。

2221 无事时应像有事时一样谨慎,有事时应像无事时一样镇定
谨慎一方圆,无时半大千。
居心知有事,镇定日月天。

2322 戏
人生苦世苟当真,左右虚戈儿致邻。
复始周遭凭自秉,精英渣子似同辛。

2423 奕
黑白半乾坤,心思一扇门。
人间行止处,进退已黄昏。

2524 兴
门中草木半同心,口外兴亡一古今。
左右逢缘须自立,乾坤四象问时音。

2625 国
一口人言戈事中,长城四域几难同。
边框其外何知问,国泰当居问所雄。

2726 农
田林草木自人成,暮上朝行向曲鸣。
土地衣食知父母,躬身苦斗可繁荣。

2827 医
医巫一字源,古治半开轩。
竹酒不可弃,人心始见宣。

2928 第一等道德只是净心,第一等文章只是实话
天下一文章,人间半暖凉。
书儒原是本,道德可抑扬。

3029 愿

原生七寸心,本见两生寻。
觉悟行僧语,来时去刻音。

3130 忙
直心去已狂,客海问沧桑。
举止逍遥反,回头自暖凉。

3231 点无影灯,读无字经。建无相塔,修无住行
无字书中一壁墙,泰山石下半沧桑。
青灯塔影修行客,口岸经音见柳杨。

3332 祸
远祸慎君示口行,人嫌世界向何荣。
争端守业伤风化,根源只在锁他城。

3433 色
色色空空自止中,刀刀影影三思终。
身身慧慧知人欲,本本源源意念同。

3534 商
一团和气一财商,半壁江山半柳杨。
坐坐行行谋苛定,思思策策始开张。

3635 卦
挂碍半心无,行成十地殊。
修身三界外,自在五行辜。

3736 恶
善恶分别一恶心,无非本性半知音。
明明五毒浮沉在,寂寂三思进退寻。

3837 网
恢恢漏漏一鸣虫,密密疏疏半网工。
闭闭开开知有限,因因果果自无穷。

3938 食过饱易错,居过安易惰
三思不过头,五味问时休。
木下春荫重,泉中落叶流。

4039 性
心生一性成,烦恼半始情。
修养才思本,回观体认明。

诗词盛典 | 吕长春格律诗词六万八千首（全四册）

4140 经
闻经起信一径明，贤圣先知半未成。
学者深思谋觉悟，记录道理待天明。

4241 伪
安心悟道一为人，后伪先真半落尘。
世界幻想多少误，民生善恶枯荣辛。

4342 念
修行一古今，世事半人心。
正正循循度，真真苦苦寻。

4443 山中
草木一人心，山河半古今。
书中君子在，界外任琴音。

4544 觉
知行学见君，彻悟度飞云。
径路何来去，智慧自不分。

4645 茶
草木之中度暮朝，阴晴树下掩云桥。
修行面壁无言字，正坐闻天有近遥。

4746 文化
慈悲度客津，感教点书身。
世界知先悟，文章化后人。

4847 经济
经民济世一才人，谨苟思谋半国新。
盛世南风精细治，金银实惠至无贫。

4948 政治
文章一正心，理治半衣襟。
事道何直曲，贤良顺古今。

5049 科学
分分合合五千年，正正邪邪一半天。
战战争争偏废政，行行止止立桑田。

5150 宗教
山中一宰相，世上半阴晴。
天下儒僧道，民间日月光。

5251 自由
人间一自由，目上半春秋。
百姓耕田亩，千年日月浮。

5352 雅·俗
人从一谷求，鸟问半鸣休。
欲望知根本，阳春白雪留。

5453 开关
开关一道门，事国半分村。
入世行天地，出家可暮昏。

5554 临泉
草木自临泉，山川任问田。
阴晴云水客，日月可耕年。

5655 非常
非常大陆不非常，有欲心私有欲猖。
寻此彼去寻此去，光天化日化天光。

5756 事业
事业无成循吏成，庸人自搅止行生。
千年破立千年去，万古光天万古明。

5857 刺激
五色人情一世荣，七弦利令半难成。
山珍海味何知素，田猎心狂儿步行。

5958 三界唯心，自作自受；大道无侣，独往独来。——文竹
大道无私一路行，山川有济半知荣。
五蕴不侣何来往，三界寻心谁见明。

6059 正反
正反无铭顺逆铭，是非有道枯荣庭。
昏昏厌厌平平逐，利利名名落落零。

6160 舍得
寺外一阴晴，山中半枯荣。
无心何舍得，有欲是难平。

6261 贪·贫
今分贝上居，贪欲贫中无。
谁致三春籽，何如两地书。

6362 贵贱
贵贱半私心，文章一古今。
儒林多少子，隐士枯荣荫。

6463 赚钱
人生一苦奴，利令半姑苏。
叹可天堂客，辛甘几丈夫。

6564 求索
光明正大一贤明，蛊惑民心半纵横。
志士仁人何求索，先生后死意不成。

6665 买卖
买者入网中，卖人以贝同。
精明常是客，愚钝以时雄。

6766 墨香
儒林半墨香，隐士一书堂。
俱是分明客，天光各自扬。

6867 幽默
幽幽默默一心成，笑笑微微半破明。
不散灵山花影动，虚真迦叶静时行。

6968 黑客
先生未勉后生成，底水层流上浮明。
恐怖江湖多侠士，黑衣夜客以何盟。

7069 包装
包容装载一行囊，货色玄机半不扬。
九面商场临客户，三方设计若心肠。

7170 积累
积累无成积累成，居心有处向心明。
潇潇洒洒人间事，垒垒田田土地荣。

7271 贪官
日今有贝日今官，苦煞无寻煞苦桓。
闭闭关关何守舍，轻轻落落此时欢。

7372 宠物
金屋藏娇一度消，行心度玉半情遥。
牛牛马马寻欢乐，女女男男几度桥。

2014

第十五卷　古今诗

7473 和平
九鼎一和平，三江半界生。
洋洋何赎武，拓拓谁繁荣。

7574 平常
人生治世一平常，草木民间半柳杨。
论道参禅心不止，功名利禄欲方商。

7675 慈悲
心中世界一慈悲，俗子凡夫半饮炊。
可往托空凭理解，穿堂御首过门楣。

7776 惭愧
月下一心边，塘前半玉莲。
修行人不语，惭愧日径缘。

7877 迷信
米米言言一走人，方方面面半邻亲。
悲悲切切成何路，少少多多问足巾。

7978 衣钵
菩提树下一移尘，圣子心中半沐巾。
六夜扬明三界外，千身可鉴九流津。

8079
无边山色无边青，闲云带露过虚空。世间有情几长久，苍松四季傲东风。

81——文竹
一片闲云一片茵，五蕴草叶五蕴筠。
无边碧色无边水，有限山川有限人。

8280 放心
平平一放心，落落半音琴。
可可知止行，习习自古今。

8381 不取一法戒相俱足，不舍一法万德庄严
可放可无心，行成预始今。
终留德法处，舍弃至私音。

8482 真善美
善美一言真，勤臻半浥尘。
千踪寻旧地，万里苦相亲。

8583 儒·仙·佛
山人半道家，佛祖一儒车。
世外成心处，尘中礼圣莎。

8684 转基因
客客转基因，成成玉果邻。
车车专可问，半半落红尘。

8785 负增长
眉飞色舞半轻扬，老调陈词一客当。
改革修成客纳处，今人古士太真长。

8886 平天下
修身半自荣，佛道一儒成。
治国平天下，齐家进积明。

8987 咬文嚼字
咬文嚼字半云天，处世行人一客年。
独厚精神知养本，祛邪扶正礼经全。

9088 目空一切
目空一切自心空，居傲三身各不同。
色色云云无可止，清清欲欲难终。

9189 吃亏是福
五毒攻心尚不成，三流两欲可荣生。
回亏是本终须至，未达行程几处明。

9290 自命不凡
人人有命半齐天，处处无知一礼先。
行行止止多少问，终终始始枯荣田。

9391 作茧自缚
作茧无明自缚生，丝团有序可形成。
蝉飞叶色知了，贝积春秋几几情。

9492 明哲保身
三吉一哲保身明，两故千经故自轻。
久致层城山石磊，行先足上问途荣。

9593 无业游民
天下一游民，云中半可亲。
知先三界外，落后五蕴尘。

9694 愚不可及
其知可及身，知愚未成人。
领导潮流客，终须见取真。

9795 痴人说梦
痴人说梦可当真，泡影庄生蝶乃因。
醒醉神先求欲望，大千世界满红尘。

9896 忍无可忍
平平可忍心，欲欲知不箴。
处处三思故，庸庸半古今。

9997 所向无敌
逍遥谷外一逍遥，玉石心中半玉桥。
觉悟三生来去客，慈悲五体可鸣条。

10098 杞人忧天
杞人望问半忧天，不解行身一古悬。
南北阴晴寻自在，东西日月可经年。

10199 得意忘形
得意忘形半大成，何须故礼一阴晴。
三江流水终东尽，九脉风云自在行。

102100 异想天开
异想天开半故明，无非所是一思成。
空空色色何须问，古古今今自所荣。

103101 解
天下一圆方，人间半暖凉。
心中多少事，界外枯荣忙。

104102 从善如流
从善如流水色清，行成不止善安生。
扶伤救死随缘住，别有居心任可情。

105103 开卷有益
开朝一士荣，闭谷半身轻。
守路三千客，行经九脉情。

106104 空空如也
空空是也几是空，色色非非色色明。
去去来来何所见，行行止止不可鸣。

诗词盛典 | 吕长春格律诗词六万八千首（全四册）

107105 无所用心
守住一心园，行成半地天。
无非有是处，有路礼先泉。

108106 原来如此
彼去不经年，风波箴治延。
原来如此处，会悟可先田。

109107 不了了之
不了何之一了知，无休有道半休时。
终终始始三千界，果果因因两万痴。

110108 亚洲开发投资银行 ADIB
声名帝畿一南洋，治事银行半北光。
可意东盟盟主客，亚洲行影影沧桑。

111109 马来西亚
南洋燕子多，秀木过梭罗。
宝玉基隆雨，晴雯芒果河。

112110 飞机过南洋
空中一朵白牡丹，地上三春草木坛。

二十九、诗经往事 爱在荒烟蔓草的年代

闫红 著　天津教育出版社　2010 年版

1 诗经往事，爱在荒烟蔓草的年代
自古一诗经，如今半墨青。
依依蔓草地，可可见浮萍。

2 野有蔓草，零露漙兮。有美一人，清扬婉兮
露水夫妻一始终，江山世界半大同。
来时雾里非花色，去影随心是草虫。

3 西北有高楼
西北有高楼，偕盛付水流。
非羞半子女，可事一春秋。

4 溯洄从之，道阻且长；溯游从之，宛在水中央
小径自幽长，清溪未溯古方。
相思随日月，寄影水中央。

5 荒烟蔓草
巴山夜雨露芳菲，蔓草荒烟玉翠微。
忧国忧民忧自己，百年旧事误回归。

6 式微，式微，胡不归？微君之故，胡为乎中露
暮色半高楼，归飞一肃秋。
微君中露故，寔命水东流。

7 心之忧矣，如匪浣衣。静言思之，不能奋飞
渡口待柏舟，浣衣式不求。
言思无奋进，静守有心留。

8 爱情：人世间情为何物，直教人生死相许。爱情只是一个永久的比喻，爱情只是一个永久的梦想。爱情只是一个永久的追求
千疮百孔爱情深，万里千年问古今。
仲子无辔折树杞，狂徒有意付知音。

9 暗恋
东门草碧女如云，暮日群芳色入裙。
有意私情藏影处，无心只待可随君。

10 《蚕马》
止于田桑化为蚕，形成白马意成天。
一厢情愿终无悔，胜于嫦娥日月年。

11 南有乔木，不可休思，汉有游女，不可求思
天长地久一人心，海阔云浮半古今。
游女南乔终落定，求恩不得始知音。

12 寂寞是为了遇见你—《郑风·野有蔓草》
蔓草纵横书日生，人情上下终时明。
清扬寂寞心难守，窃据羞藏露水成。

13 邂逅相遇，与子偕臧
窈窕淑女半生求，江海余生一世忧。
邂逅知心知自己，书林渡口问情愁。
注："臧"的意思是"美好"。

14 《叔于田》
美好叔于田，居人巷野先。
东风流逆水，雨落淑云泉。

2016

第十五卷 古今诗

注：老大为伯，老二为仲，老三为叔，老四为季。

15 挑兮达兮，在城阙兮。一日不见，如三月兮
云中独木桥，月下子明宵。
织女千思近，牛郎两岸遥。

16 子兮子兮，如此粲者何？
黄粱一梦半新郎，如此三春两意香。
身影摇红粲者束，洞房花烛满情肠。

17 今兮何兮，见此粲者！
月在江村色在吴，小姑心里向姑苏。
断桥不断情桥近，似接天边似接奴。

18 其室则迩，其人甚远
东卻淑女半飞红，人面桃花一袖空。
隔壁聆听云雨夜，芭蕉影入玉心中。

19 登徒子和宋玉
一水巫山半峡风，三川滟滪两心同。
身边莫问登徒子，宋玉东邻欲不穷。

20 岂不尔思？子不我即。
远在身边近隔天，心声一半似流泉。
衷肠尚以倾情渡，不上相思不下船。

21 其室则迩，其人甚远
书声一半过东墙，形影三春入梦乡。
室迩心边求子近，其人甚远待红娘。

22 所谓伊人，在水一方
亭亭婷婷水一方，婀娜楚楚湄三娘。
冰肌素手西施故，久教黄粱入梦乡。

23 面对面睡着还想你
女人是水半阿娘，草木知山一故乡。
面对身心三寸土，云云雨雨两炎凉。

24 《蒹葭》
水气云光半柳杨，烟波花雾一书乡。
营营夜下寻灯火，苦苦追求问衷肠。

25 未见君子，忧心忡忡
鸣鸣一草虫，懆懆半心穷。
止止无君子，忡忡有不同。

26 蟏蛸在东，莫之敢指。女子有行，远父母兄弟
江东一半虹，塞北两三风。
儿女行之去，乾坤奈何功。

27 匪报也，永以为好也！
木瓜木李木桃花，一半春秋一半家。
永以身心常为好，原来咫尺是天涯。

28 《邶风·击鼓》
一味独南行，三生向九鸣。
孤音常自许，驿客待平明。

29 《王风·君子于役》
几处一琼瑶，三春半不消。
风流云雨外，不见柳杨条。

30 君子于役，不知其期，曷至哉？
牛羊下括一心来，草木成灰半至开。
日月经天多少数，春秋苦役暖寒裁。

31 《王风·大车》
人生一事半荒唐，草木三春一张扬。
女子伤痕多旧故，男儿白马路殊长。

32
《诗三家义集疏》则说，楚王伐息，俘虏了息国的国君，把息夫人纳之于宫。某日楚王出游，息夫人跑去见息侯，说："我不曾须臾而忘君，更不能一女事二夫，与其生离于地上，不如死归于地下。"又做诗四句："谷(穀)则异室，死则同穴。谓予不信，有如皦日。"言毕就自杀了。
寻君一事身，问谷半红尘。
不信男儿女，息人可自亲。

33 《郑风·将仲子》
自是一同心，何非半异音。
桑檀私许约，父母仲子荫。

34 《郑风·褰裳》
三春一日百年身，九脉千流半壁邻。
子惠褰裳思至涉，狂童也且郑风秦。

35 《郑风·风雨》
潇潇雨陌阡，晦晦雾桑田。
夜满琼楼上，教郎姿意怜。

36 《卫风·淇奥》
万舞公庭半西人，千姿百态一寄身。
猗猗绿竹切磋石，奥奥淇流善谑津。

37 《召南·小星》
小星三五向西东，长夜万千问始终。
日月维参宵肃肃，衾裯未抱妾匆匆。

38 《邶风·终风》
自古半西厢，如今一客肠。
倾人倾异己，问是问红娘。

39 《卫风·氓》
殊余短暂一绵长，女子男儿半柳杨。
不可春秋知似可，炎凉日月未炎凉。

40 匪我愆期，子无良媒
春江不到头，夜月向心求。
后羿良媒悔，嫦娥一半愁。

41
大路一西东，人前半不同。
心神多少余，意欲始何终。

42 《召南·行露》
未以杜红同，罗虹初裙终。
双升姊不济，双跄多少疯。

43 《邶风·式微》
男儿几处归，落日向柴扉。
暮色余江渚，轻舟载是非。

44 战战兢兢，如履薄冰
战战兢兢履薄冰，温温积积玉方凝。
惴惴若若临临谷，子子君君窈股肱。

45 会稽愚妇轻买臣，我亦举家西入秦，仰天大笑出门去，我辈岂是蓬蒿人！

古木半西秦，苍天一自身。
门前生百草，士后胜千人。

46 《陈风·东门之杨》

东门一斛珠，碧玉半江苏。
柳柳攀折处，杨杨惹故都。

47 《陈风·衡门》

鼓瑟一衡门，操琴半客会。
风行寻大路，日落在黄昏。

48 《衡门》说得更明白

门第一齐唐，女妻半李姜。
三春非必鲂，五姓是居梁。

49 隋炀帝的老婆萧皇后

萧皇后，有隋朝的叛将宇文化及，草莽英雄窦建德，突厥的父子两代可汗，四十多时，到了李世民的官中。李世民把她请出来，要她将眼前的陈设与隋炀帝时候做个比较，她说："隋炀帝那会儿，赶上年节，官殿前的每个院子里，都有几十个火山，是沉香木堆成。又嫌火光不明亮。再加进去甲香和沉麝制作成的香料，焰起数丈。沉香甲煎之香，旁闻数十里。一夜之中，能用掉沉香二百余乘，甲煎二百石。殿内房中，也不燃烧膏火，挂一百二十个大珠子照明，比白天还要亮。又有明月宝夜光珠，大者六七寸，小者犹三寸。一珠之价，直数千万。不过这些亡国之事，也希望陛下远之。"

一夜月沉香，三朝玉石梁。
长安知陛下，汴水色隋炀。

50 离家越来越近

田桑草木半东山，日月黄河十八湾。
妇叹穷阴多少夜，夫行海隅须冰颜。

51 《小雅·湛露》

不醉无归不醉归，露斯湛湛露斯霏。
离离厌厌匆匆过，落落仙仙曲曲微。

52 《周南·关雎》

窈窕淑女一春秋，左右芳明半九流。
辗转求之寻鼓瑟，参差荇菜在河洲。

53 梦荷

荷塘莲子半人心，淑女男儿一古今。
自是齐姜秦晋客，何言妇唱夫衣襟。

54 硕人

迢迢渡口一伊人，比比琴边半净身。
咫尺天涯常不是，庄姜海角问东邻。

55 乱世佳人，如山如河—《鄘风·君子偕老》

十子一宣姜，三朝半媚娘。
红颜无色土，日月始扶将。

56 委委佗佗，如山如河

佳人乱世半山河，楚客潇湘一九歌。
白雪阳春逢葛布，风华绝代易蹉跎。

57 《齐风·南山》

风流荡妇一王汤，教子扶苏半御房。
匪斧折薪媒不得，衡从冠緌问文姜。

58 桃有华，灿灿其霞

春桃一半色华英，草木三生问枯荣。
当户灿灿寻自己，文姜此寄向声名。

59 诗经往事

江湖四野草青青，日月三江寄小星。
天下潇潇风雨夜，人间处处读诗经。

三十、走进新三峡

中国地图出版社
2005年5月第1版 2005年5月第1次印刷

1 白帝城七绝

暮暮朝朝面古今，云云雨雨半人心。
夔门一锁川江水，白帝千年蜀客吟。

2 读"三峡"

万千年水碧，四百尺闻高。
电力凭天助，心人随涨潮。

3 白帝

白帝城楼楚水空，巫山神女古今同。
人心常向云中客，暮雨声中下巴东。

4 昭君

昭君旧里一生平，故冢沙城半石鸣。
汉家王侯胡马啸，朝堂女儿何声名。

5 读"瞿塘峡"

竹枝词
夔门滟滪水云低，白帝江楼三峡西。
唱尽竹枝郎且住，妾心只留一声啼。

6 读"白帝城"

其一
西岸枫山白帝城，三峡朱色碧江清。
峰青栈道惊飞鸟，至今还听古猿鸣。
其二白帝城
千年白帝城，四面水云倾。
三国一诸葛，托孤半孔明。
夔门平蜀水，赤甲白盐盟。
滟滪空名在，长江三峡声。

7 过瞿塘峡

赤甲余辉白盐明，江流碧水济天平。
夔州一锁千年尽，梦里还闻一猿鸣。

8

一峡中开百里平，千山暮云万峰清。
川江要挟扬明水，赤甲红断栈道横。

9 读"夔门"

难断蜀客瞿塘关，应问天云两岸山。
赤白峰秋流急水，心惊楚鄂待君还。

10 读"巫峡"

其一 巫山十二峰，烟雨醉芙蓉。
宋玉楚王梦，龙门万古钟。
其二巫峡
巫山十二峰，神女一千龙。
峡碧云中雨，江青灌木封。

11 读杨炯《巫峡》

其一巫峡
暮雨朝云七女塘， 峰青水淡半湖光。
高唐楚客晴川渡，梦猿声声问离肠。
其二巫峡
云雨山中神女раз，高唐壁下楚王龙。
流江此去千年碧，项羽雄心万天重。
其三巫峡
暮色汀平紫外黄，天空猿啼入衣裳。
古流不住千年冬，白石依上旧日光。

12 读"西陵峡"

过神农溪纤夫船
神农溪流谁知东，巴山细雨淡泊同。
云烟绵竹红林重，峡谷秋亭处处枫。

13 读"巴东"

其一 巴山夜雨蜀人情，楚水烟云客梦生。
岭下秋光层林晚，山中白石葛衣盟。

其二巴东
夜雨一巴东，烟云半梦同。
绵竹江青色，高唐楚王公。

14 读"秋风亭"

秋风入北亭，水色问风青。
落叶云中逐，寒林尽意听。

15 读"神农溪"

云中燕子何处飞，雨里人家一时规。
神农溪流惊三峡，高山碧色扁舟回。

16 读"屈原祠"

其一 春秋战国一纵横，张仪苏秦半不鸣。
直臣心清泪罗水，千年不尽衍芳名。
其二屈大夫
直臣楚云寒，潇湘竹溪干。
秭归心犹在，何处向人冠。

17 读"西陵峡"

过西陵峡
四峡云平落三滩，千年大夫楚天寒。
涛惊秭归孤芳在，浪击西陵日月残。

18 读"中堡岛与三峡大坝"

烟云百里溪，碧雨一鸟啼。
影去川人北，船来楚国西。

19 读"荆州"

过荆州
万里半荆州，千年九脉流。
江陵人日月，三相一门楼。
楚王高唐梦，惊人一鸣囚。
朝云问暮雨，夜阑阅春秋。

2008年 北京东城汪魏新巷九号

20 秦隋论

长城万古谋，始乱战无休。
汴水三千里，流临十九州。
注：长城，始载始乱，离也
汴水，运之河也。

21 黄鹤楼 寄李太白

江楼楚客问江流，暮色烟波逐晚舟。
日月年光千日月，春秋草木一春秋。
黄鹤北去龟蛇锁，汉水南来七八州。
有路时知知自己，无心处处尽无愁。
注："一剑霜寒十四州，南水北调来京州"。

22 三峡

夔门一锁四川江，白帝千流万友邦。
色碧晴空天际尽，阳明妩媚蜀女窗。

23 立春

年年一日春，岁岁半家人。
玉影梅心动，芳香浥旧尘。

24 守岁

生生死死两茫茫，父母人心一断肠。
暮暮朝朝问故客，来来去去念家乡。

25 吕艾琳美琳返沪

相知桎梏半心陈，原自人生一迷津。
草木还闻春夜雨，萧郎不是陌情人。
闯关东 待吕二华 吕虹于西单 杂咏
一南一北一东西，半水半山半鲁齐。
只创关东无日月，还归故客玉人堤。

26 西子

江湖未了一江湖，草木无知半屠苏。
鹤子梅妻秋月北，西泠印社御心孤。

27 汉口

一家一户一春秋，半蜀半川半故楼。
只锁龟蛇江汉水，故纵日月问江流。

28 西湖

三潭印月三潭秋，一柳一湖一客愁。
草岸沙堤桥顷竹，江湖处处是青楼。

29 剡溪

一湾一港一渔舟，半柳半杨半玉楼。
处处青莲心止水，禅音淡淡渡春秋。

30 西子

十里江村十里堤，一泉草木一泉西。
千年日月千年问，万古今来万鸟啼。

31 断桥

半雨半风半断桥，千辛万苦两心销。
禅音始渡六和塔，八月惊呼一线潮。

32 西子

一湖一水一孤山，半岸半村半曲湾。
日月人心山海经，春光草木玉门关。

33 无题

万里黄河万里湾，千年草木千年山。
今今古古前前后，去去来来上下还。

34 千山

万经千山一线天，三村两舍半人年。
辽东故客寻知去，有约禅心有约缘。

35 李群玉

群玉巫山一梦情，潇湘竹泪半心生。
江湖夜雨高唐客，自在人间自在行。

36 中央电视台"女人花"

红颜不了女人花，碧玉疏同五色华。
古道芳草千里路，长亭故柳半天涯。
云云雨雨巫山上，地地天天客问家。
离离和和朝露水，依依就就夕阳斜。

37 点绛唇

柳岸江湖，长洲雨丝云烟雾。虎丘同里，
碧玉千门第。隋水船平，自古问炀帝。
高天际，眼开心闭。燕子苏春泥。

38 寇准踏莎行·春暮

满过春漙，荷风碧玉。芳华寸寸楼台曲。
蝉鸣暮重半晴光，庭中月色眈红烛。柳
暗花明，轻波掠影。千家雨细千家绿。
芙蓉初问池中心，游游荡荡无约束。

39 寇准 江南春

千碧玉，一江村。风平波浪尽，柳暗雨
霏霏。云云雨雨烟花里，半入姑苏半翠薇。

40 钱惟演 玉楼春

玉楼春八体平起者"木兰花"，
仄起者玉楼春，两调近。
月照后楼明碧玉，夏虫惊梦迟晚烛。
问心中，何处相思，知自己，知无约束。
沉暗影，遥摇曳曳，任廊甬，平平曲曲。
欲来还去尽空空，留下相思梦继续。

41 陈尧佐 踏莎行

以词谢吕夷简荐引之德

42 燕子

日日相思，年年石白。书香落尽乡村陌。
姑苏碧玉小家深。洞庭水色江湖岸。
一处天云，三 吴竹帛。虞山脚下知虞伯。
归来去兮一声声。潇湘楚辞高门客。

43 潘良 酒泉子

江阔路遥，朝夕问斜阳晚，山远远，水
迢迢。付东风石岸杨柳，唤江南有故友，
凭吴音，知是否，度三桥。

44 林逋 长相思

一心情，二心情。万里山河草木荣。
柳岸日月明，半平生，一平生。
半夜临流意孤行。年年已不鸣。

45 林逋 点绛唇

去也姑苏，江湖出波黄天荡。
客来将相，俯仰江南望。
细雨绵绵，私密昂、四面烟云畅。
东方亮也西方亮，意气从心放。

46 杨亿 少年游

少年游十五体，名出晏殊词"常似少年游"为正体。

洞庭山上万千枝，来去尽无时。香风还雨，春光流色，杨柳草堂丝。
江湖处处呼新泥，妆粉约胡姬。玉影村村，结鬓斜抽，前后万千姿。

47 陈业 生查子

48 药名闺情

生查子七体无正。

生平知杨柳，放纵江湖望。
下里也人身，白马心中将。江楼欲上，不尽千船浪。知不是吴淞，还是黄天荡。

49 夏竦 唐教坊名

50 鹧鸪天 七体

守贞女化为鸟名鹧鸪

月半相思半湿身，芙蓉出水不沾巾。
心中昨夜云中雨，眼下帐寒尽失神。
三弄曲，一夕珍。君心何处带心人。
江平处处流春水，入目还逢草色茵。

51 范仲淹苏幕遮

五体高昌女载胡人帽又名苏幕遮，感皇恩，云雾敛等名。

半斜阳，九脉树，十里长亭。古道扬长路，八月钱塘惊夕暮。万里千年，草木芳华处。
一江湖，三雨雾。色色空空，寺外人心误。岁岁春秋流不住，进退蹉跎，含辛还茹苦。

52 范仲淹 渔家傲

渔家傲 五体

其调始自晏殊词"神仙一曲渔家傲"，取以为名。范仲淹守延安作渔家傲数首，皆以"塞下秋来风景异"始。

草木荒凉胡水缺，江湖日月天山雪。啸啸姑苏楼下别。情切切，闻君此去音尘绝。一度春秋千古，平原落暮心城灭。
夕照无限王嫱咽，杨柳折，只忧天下残阳血。

53 人生

一日江湖一日身，三生草木两生人。
千年日月千年尽，万古声名万古尘。

54 忆江南

姑苏日落一湖州，暮色苍茫半榭楼。
谷雨新酪入旧酒，无锡落色沿江流。

55 四月八日 与郭兄岐山约北京朝阳劲松眉州酒楼

兄弟重逢下眉州，长江不尽问江楼。
心中自有人情在，今古千年日月流。

56 大别山杜鹃红满山

半是长亭半是家，人间咫尺一天涯。
十里风光今古水，三月迎春处处花。
二〇〇八年四月二十日

57 谷雨

58 之一

谷雨满东城，田中万物生。
日前今日里，不断一声声。

59 之二 戊子年三月十五日

寒山寺暮朝，谷雨月江桥。
夜半钟声响，心中旧梦消。

60 一生六十六国世界行

美日丹荷比意英，埃加德法亚欧城。
非洲黑秘联苏俄，马印菲新泰越情。
马赛山前男儿客，心中罗马女儿声。
葡西巴伐南非去，唤得平生啸啸行。
亚欧城，土耳其，伊斯坦布尔

61 地铁外交

特使欧洲法国行，白郎总统一书生。
外交地铁中华路，中法长春善枯荣。

62 之一

年年两枯荣，岁岁一声鸣。
加国知施晓，回头大半生。

63 之二

十城地铁半金梅，尽职人生一马催。
地铁外交常待客，金陵日月去还回。

64 之三 人生

小大心中大小筹，春秋岁岁一春秋。
平生得寸平生竟，处处禅音处处游。

65 之四

上下人生上下游，三江不尽一源流。
江东犹有精英在，半是书生问九州。

66 之五

前前后后一人生，沉沉浮浮半围城。
尤有张青天下去，斜阳暗尽朝时明。

67 之六

清名不尽一清名，万里风云万里晴。
莫使平生空日月，年年草木枯还荣。

68 鲁提辖拳打镇西关

拳打镇关西，雄心女儿颜。
江湖知好汉，上下五台山。
倒拔垂杨柳，禅身不折弯。
江湖难却路，一百八将还。

69 人生

天下一飞鸿，人间半世雄。
江山寻上下，来去问西东。

70 灵隐寺

寺外钱塘日月流，门中暮鼓人心修。
寒山拾得一苇叶，西子灵隐半渡舟。

71 小丹共游北京潭柘寺

先有潭柘寺，后有北京城
先修潭柘寺，后立北京城。
西晋嘉福在，龙泉万寿情。
岫云浮碧色，曲水绕流明。
钟鼓燕山暮，禅音秩序声。

注：潭柘寺大锅火房有碑"北京城"意在防火烧，后海有碑"北京城"意在防水淹。

72 夜梦五台山
五台山上一名扬，二柘龙潭四面光。
古刹钟声今犹在，禅音凫凫绕余梁。

73 过太湖
一半风云一半天，三千世界五千年。
江湖烟雨江湖上，满了洞庭满了船。

74 进退
退出江湖自退休，任其流水任其流。
河山日月江楼在，国国家家再不忧。

75 姑苏四君子梅
客里梅花一半冬，白云古树两三龙。
洞庭不尽江湖雨，城外声名月下逢。

76 五湖淞江
江湖落日万顷红，飞向洞庭一阵风。
暮色千帆余色满，归心半在小家中。

77 古今诗
年年耕耘日月田，进退江湖上下船。
八句七言寻自己，儒中留下三清神。

78 戊子端午吊屈原
万明楚客问龙舟，一举身名尽国忧。
三界清风今犹在，九歌日月向湘流。

79 寄恒仁政协
五女山前一故乡，挂牌岭下半浑江。
父父母母农民苦，地地天天日月光。
沉沉浮浮三界里，生生死死两茫茫。
忧心天下忧家国，客得清名客爷娘。

80 养春斋
枣花不尽枣花香，一树风光一草堂。
日月书生寻日月，渔阳天下问渔阳。

81 南三楼怀古
滕王阁下九江开，黄鹤楼前二水来。
酒醉浔阳寻司马，声名燕赵拜金台。
楚河汉界秦皇尽，留下英雄天下裁。
惟有洞庭知自己，岳阳月下一忧回。

注：八九年与恒仁县委书记李英杰游桓仁水库。

82 之一
船头先入一江清，五色林烟半岭晴。
后语前言天下事，甘来苦尽是非明。

83 之二
紫阳普照满精英，一半乡村一半城。
细雨东西同里水，春风上下玉门情。

84 大唐流年
万胡参拜一流年，十地圆通半载天。
今古难忘寻李杜，枯荣不问去来船。

85 房杜
房谋杜断太宗朝，一治贞观志不消。
玄武门前天下问，凌烟阁上入云霄。

86 谁来取这颗好头颅
江南汴水一隋炀，留下清流半古芳。
谁问长城秦不在，寻来沈后换红妆。

87 兴唐
凌烟阁上一秋春，京洛城中半故人。
孔府三千书弟子，唐朝二十四功臣。

88 唐顺宗
半日周唐半日明，二王八司马名声。
永贞变法叔文去，水入长安水不清。

89 马周
一世声名一马周，半家日月半无求。
三江草木知天下，四海潮平似不流。
临下玉尽君足醉，平生人上自春秋。
鸾凤羽翼知肱股，举座人惊问故楼。

90 出塞
长城残破玉门关，半去荒沙半不还。
李靖名公兵法问，将军不战过阴山。

91 镜
玄武门前一变身，太宗行贿半臣民。
天生父母胡姬舞，不灭突厥皆汉人。

92 清·任颐《风尘三侠图》
风尘三侠一红颜，楚汉两军半去还。
只当虬髯非是客，踏平东海问江山。

93 唐朝和亲公主
十四夫人一半差，太宗天宝欲何求。
安危社稷寻明主，已有青冢怨九州。

94 红陵
日日难平日月山，金城公主去无还。
取来天下江河去，不得红陵问玉颜。

95 十八学士
上下瀛州十八人，一家天下一秋春。
房谋杜断蝉清唱，武治文明女晋秦。

96 三百唐
四变唐朝玄武门，万家日月向黄昏。
年年不见宫廷外，处处难寻幸福村。

97 咏梅
东风岭北一枝梅，碧色江南半未开。
腊月云中心血动，山河天下玉人来。

98 登鹳雀楼寄山居秋暝
天下半清秋，心中一故楼。
长亭三舍路，日月五湖舟。
六朝浮沉事，七国纵横忧。
齐鲁千言逐，黄河万里流。

99 元稹，李贺，韩愈
元稹长吉未见春，韩愈讳辨着仁人。
人生不得狂妄大，半亩心田处处邻。

100 李白
论语知浮沉，春秋自枯荣。
云中三界石，天下一人生。

101 易
论世一声名，知人半枯荣。
邯郸学步履，齐鲁问阴晴。

102 新塞下曲
阴晴内外蒙，来去未央宫。

敕勒人千马，阴山雪满弓。

103 佛
心中一八宗，天下半芙蓉。
三界知生死，禅音问鼓钟。

104 绵绵寒山道
寒山拾得一禅音，暮鼓晨钟半古今。
渔火枫桥连渡口，轻舟夜月问人心。

105 顾飞熊进士及第
半年冬夏半秋春，一世非熊一苦辛。
进士状元天下尽，书生处处是迷津。

106 赠汪伦
十里桃花半碧岚，千家酒店十清潭。
汪伦李白青莲醉，天下村夫一二三。

107 宁王李宪
自当辜息一妇人，承天养患半夫身。
桃花流水东风雨，下里巴人问晋秦。

108 长江三峡
三峡潮流一巫荒，长江碧色半瞿塘。
夔门赤甲千山锁，白帝江陵万里肠。

109 二00八年夏天下第一楼
荷风拂荡唐人沣，出水芙蓉玉粉红。
第一楼台见夏至，三千世界字西东。
别离岁月思南北，君子家乡故国同。
保定幽燕时未尽，天涯海角友飞鸿。

三十一、孔子七十二弟子图谱

张弛 编　中国和平出版社　1991 年

孔子门前七十二贤，一公九侯六十二伯，一公天下九侯雄，孔子宣王万代风。
六十二儒名伯赐，文章七十二贤翁。

1 1 孔子，文宣王
仲尼列国尽周游，叹显儒家世界术。
七十二贤人日月，三千弟子客春秋。

2 2 颜回
颜渊乐道自安贫，好学思忧陋巷身。
仁德修心儒亚圣，兖公善解去来人。

3 3 闵损
子骞孝顺一人寒，闵损亲身半守甘。
不上官途知自己，四科德字一哲男。

4 4 冉耕
鲁国耕字冉伯牛，德行天下赐郓侯。
人非草木多情在，天命难违一半秋。

5 5 冉雍
雍字人君宇宙宽，耕牛沉默忍饥寒。
春秋季氏相公宰，客舍心前必正冠。

6 6 冉求
子有徐侯自在求，敛才沾政各春秋。
师生不在情谊在，处处争荣处处休。

7 7 端木赐
相公子贡一黎侯，外交安邦半应酬。
利口悬辞言语济，经高守基六年头。

8 8 仲由
子路缨冠赐正侯，孔悝邑宰孔丘周。
虚心闻过知真喜，恶语难言任仲由。

9 9 宰予
能言善辩供十齐，一半东方一半西。
临淄公名齐封赐，二年之丧谁离低。

10 10 言偃
礼乐春秋字子游，牛刀俞须待鸡喉。
儒家教化情知治，一派文学自古学。

11 11 卜商
学而优则士魏侯，卜商子夏画难修。
动人俏丽轻盈美，文饰瑶姬以礼术。

1212 颛孙师
为人忠信一衣襟，守德微身半古今。
笃实自术无有畏，儒家八派立专心。

1313 曾参
吾曰三行省吾身，谦虚谨慎独为人。
叙子忠信疏名利，郕国公卿淡泊亲。

1414 澹台灭明
小路捷径不认真，投机取巧自知人。
澹台貌丑君心美，教化吴人一半春。

1515 宓不齐
一半农民一半君，五千年里五千云。
春秋不尽春秋尽，八卦阴阳两仪分。

1616 燕伋
春秋战国儿时分，半是渔樵半武文。
诸子百家儒礼教，农民天下是人君。

1717 原宪
安贫乐道入荒村，子贡班师向僻门。
有道寒酸君子在，原思不尽满乾坤。

1818 公冶长
人言鸟语几何分，公冶促尼女婿勤。
徒受冤枉惊自省，轻狂天下是风云。

1919 南宫括
努力之人不善终，寸田而为是知躬。
清明政治行仁道，立国南宫子雄。

2020 公皙哀
不儒之士一家臣，独善其信半客身。
政供公卿寻自立，为人之术是官尘。

2121 曾蒧
随遇适安一客游，书生志趣半春秋。
耕耘土地渔樵得，任自江河任自流。

2222 颜无繇
无繇为父子颜面，以礼寻葬客不催。
曾是有才君子在，何须车马九泉陪。

2323 叔仲会
成若天生任性情，凭由习惯自然生。
儒家天下多知道，来去随心待枯荣。

2424 商瞿
子木凭心学易经，子弘复得立官庭。
不同造诣求同处，唯有年年草木青。

2525 高柴
泣血三年一孝情，身高五尺半忠名。
奉言子路离宫去，卫国公卿竟不成。

2626 漆雕开
儒家八派一声名，自信无成半不成。
不够作官心不许，专攻天下尚书行。

2727 公伯缭
天命何从谁不从，子周劝政季孙容。
一人一道疑心在，自作心思自有踪。

2828 司马耕
笃厚心思司马耕，无忧无惧半君名。
光明正大终无愧，君子何求向枯荣。

2929 樊须
农民受教急心荣，仁德耕耘十载成。
樊伯小人知卫国，疏食孔子种植名。

3030 有若
简易笃行子有名，国君百姓富贫情。
和谐天下同相貌，师道仲尼似众生。

3131 公西赤
子华束带立朝堂，立学彬彬会友王。
盟会之交相大小，深知礼赞是无疆。

3232 巫马施
殷勤政务任低昂，君子无私孟子房。
知礼昭公吴女伺，谁人可得孔儒肠。

3333 梁鳣
三十中年一立乡，平生日月半高堂。
前前后后唯君子，育女生儿继嗣堂。

3434 颜幸
诸子生平一百家，朝阳斜尽夕阳斜。
一儒一道知天下，学士中原处处华。

3535 冉孺
勤学书生好问成，儒门弟子帝王荣。
秦皇以后坑灰冷，唐宋元明问满清。

3636 曹恤
一张不尽一驰行，七色天光七色明。
唯见儒家前后继，书生学子不阴晴。

3737 伯虔
子析鲁国一文人，修行春秋半客身。
聊伯书香儒子在，公卿不在向天津。

3838 公孙龙
云游战国孔家门，留得文章访古村。
卫士楚人天下客，名龙子石姓公孙。

3939 奚容
自古贤才自古人，有名术士有名臣。
读书由来安天下，一半君王一半民。

4040 冉季
一生布道自辛勤，三寸心思十岁茵。
为有民心知土地，帝王可叹不知人。

4141 公祖句兹
一人书子一人缘，百万人家百万天。
七十二贤行列国，三千弟子问王田。

4242 施之常
读书自是读书人，讲学难从讲学身。
自古儒家儒世界，红尘处处不红尘。

4343 秦祖
前秦不是否秦人，楚客难名楚客身。
宋玉高唐留一赋，巫山云雨怀王中。

4444 漆雕哆
千年鲁国尽贤人，万里周游万里身。
三界红尘三界外，一师天下一师邻。

第十五卷 古今诗

4545 颜高
颜高卫什自修身，一日师生一日珍。
先是匡围知卫士，世人不尽世人心。

4646 漆雕徒父
一贤十士半高堂，二亩三生五味香。
唯有农民知土地，何言晋耳霸时尝。

4747 壤驷赤
留下诗书九玉章，一文子徒一文扬。
春秋修得春秋外，壤驷秦人壤驷堂。

4848 商泽
子秀睢阳半泽芳，儒风鲁国壹名扬。
诗书教化人心客，不上天朝不上堂。

4949 石作蜀
子明晋客向西秦，作蜀文章济此身。
为有千年寻孔子，诗书不免帝王辛。

5050 任不齐
宋玉高堂宋玉吟，汨罗不问汨罗浔。
怀王大泽怀王梦，楚客还言楚客心。

5151 后处
一齐一鲁一天津，九派三江九派人。
学子江山先后继，五湖四海去来辛。

5252 秦冉
问君天下谁人忧，自作书生伊始愁。
知国知民知自己，一江春水向东流。

5353 秦商
勇力闻名父子功，秦商取半沛民穷。
先生后子英名伯，上洛纵横问乃翁。

5454 申党
姓申名党鲁人周，列国群臣四海游。
之子邵陵人赠伯，春秋已尽读春秋。

5555 颜之仆
江流不尽向江流，鲁国书生鲁国修。
东武伯名人所赐，知书达礼事难求。

5656 荣旗
治学严工务实情，荣向大道问千声。
江山天下多风雨，日月光华万物生。

5757 县成
向寻鲁国向县成，有待儒家故客名。
去去来来人事尽，兴兴废废帝王生。

5858 左人郢
一人不得一人贤，九派还来有派天。
谁问英雄多少志，只寻士子报如泉。

5959 郑国
郑国人声伯荥阳，书香门第待书香。
书中犹有颜如玉，天下公卿济世凉。

6060 秦非
鲁国秦非世人贤，舜耕山下日中天。
常思故土黄河岸，九曲东流一缺圆。

6161 颜哙
颜哙知贤字子声，百家齐放向生平。
文中语上风云录，一半兴亡一半城。

6262 步叔乘
叔乘湾于伯子名，儒家天下向书生。
桓公一霸知齐鲁，战国千家各不平。

6363 乐欬
乐欬仲尼受命行，三孙阵叔季家城。
昌平伯子知贤客，尤问秦人是子声。

6464 廉絜
卫国廉庸莒父英，诗文并茂祝阴晴。
贤人一代留名圣，举世辛劳举世诚。

6565 狄黑
一守悬念一顼成，半荣草木半春明。
贤人思辨贤人去，战国春秋战国鸣。

6666 邦巽
守城不得是攻城，和战王侯和战鸣。
邦巽声名平陆伯，精英时代尽精英。

6767 孔忠
汶阳伯子蔑人忠，吕氏春秋吕氏虫。
礼避三五知道法，书引一日见飞鸿。

6868 公西舆如
子上人中不自鸣，公西天下自多情。
留心日月江流下，不尽山川草木荣。

6969 蘧瑗
伯玉名瑗卫大夫，常思检点省身儒。
一人五十年年绪，守礼君臣有似无。

7070 琴牢
卫国琴张鲁国听，秦人礼乐楚人铭。
齐坛不论齐坛下，道德自在道德经。

7171 林放
清河伯子礼繁文，处事凭心是所分。
外表不如心上念，铭心刻骨有真君。

7272 陈亢
诗经礼记两分明，德性仁身半立荣。
三事凭心知孔子，宣王公道世人行。

7373 申党
意志刚强不欲望，一私一念一弛张。
无私无念无心欲，水高时是栋梁。

三十二、济南七十二名泉

姜宝港等著　山东人民出版社　2016年

---

11 趵突泉
桓公泳会向齐侯，趵突清泉任自流。
曾巩书中间义在，舜耕山下一春秋。

22 金线泉
金线泉流四面城，溢寒满月八方清。
寻来天下冰消办，留下春秋处处明。

33 皇华泉
皇华使节木鱼寻，涌碧飞云跃济川。
水鱼空空烟雨后，甘霖处处满云天。

44 柳絮泉
柳絮杨花一半泉，东风三月九流天。
随波只向摇明处，犹在垂荫住客船。

55 卧牛泉
牛郎织女向泉边，倾下银河待旧缘。
虹落鹊桥寻两后，烟云织锦在人前。

66 东高泉
万竹国中百尺悬，居高流下一青天。
东高地上齐州月，舜自耕耘日月年。

77 漱玉泉
石上啼鸣漱玉声，泉中云色雨花情。
易安居处文章在，唯见泠泠玉色明。

88 无忧泉
无忧处处一人忧，尽日濛濛尽日流。
照见心中无世界，舜耕山外有春秋。

99 石湾泉
石湾柳岸涌如烟，夏至荷风行客眠。
暮色齐州云不定，大明湖上向舟船。

1010 酒泉
汉武心中一酒泉，玉门关外半云天。
风花雪月情难尽，回味无穷语不全。

1111 湛露泉
扬澄湛露尽珍珠，入目齐州唱玉奴。
寻味甘香回味久，朝阳紫气大明湖。

1212 满井泉
明秀亭前草色青，东风夜雨满心灵。
池平满井寻何处，留下心声带意听。

1313 北煮糠泉
花墙街里煮糠情，不见杜康向故名。
谁忘舜耕留草木，城光水鱼四时清。

1414 珍珠泉
一串珍珠一串烟，三光玉柱三光园。
苍茫回照寻天地，唯见晴明雨露天。

1515 散水泉
柳岸清流散水泉，轻言细语自涓涓。
有源千尺知天地，一半阴晴一半澶。

1616 溪亭泉
晴明水色半溪亭，日暮回光一岸青。
后渡不如先渡去，此泉流去彼泉冷。

1717 濯缨泉
沧浪清水自濯缨，故客难铭魏晋情。
谁见桓公齐鲁向，君王唯有自然明。

1818 灰泉
濯缨湖畔问声名，醉醉醒醒孰是情。
唯有君明知天下，诸泉汇合一英成。

1919 知鱼泉
濠梁柳鱼问鱼游，莎草斜阳待渡舟。
天下何人齐鲁客，渔樵朝野一春秋。

2020 朱砂泉
朱砂门外一朱砂，百万泉城百万家。
杨柳青青杨柳岸，梅花落尽问桃花。

2121 刘氏泉
曲水亭前曲水浔，一君天下一君临。
风流人上风流客，孔府门中孔府心。

2222 云楼泉
云楼泉水任清流，古邑城明色不休。
径自流花流草木，知春日月复知秋。

2323 登州泉
登州泉水入泉城，故客难知故客名。
齐鲁人间齐鲁向，一泉胜似一泉明。

2424 望水泉
一半齐州一半天，两三日月两三田。
舜耕山上琴声在，只入春秋望水泉。

2525 洗钵泉
一味人是一味禅，一江流水一江天。
何出三界长生向，滴水知恩洗钵泉。

2626 浅井泉
一半阴晴一半怨，万千日月万千楼。
还听日暮芭蕉雨，四面风声四面流。

2727 马跑泉

长城汴水见飞鸿,孤驿长亭肃古风。
万里草原知马跑,千年古邑向桓公。

2828 舜泉

历山虞舜自耕耘,齐鲁田琴两不分。
天下人间知所事,一知礼孝一知君。

2929 香泉

阜流碧鱼自流香,九曲山河九曲肠。
见水思源知日月,扬长草木任扬长。

3030 鉴泉

清明可鉴自清明,七色无声七色情。
太极两仪生四象,纵横涌溢任纵横。

3131 杜康泉

历下何人问杜康,因泉酿造酒名扬。
曹操天下知忧郁,只就倾心待此尝。

3232 金虎泉

金虎人间自不明,历城草木各繁荣。
扬名天下黄河断,滴水之恩济世情。

3333 黑虎泉

黑虎城中一日鸣,昆仑在下半河清。
泉流水府风云落,日月天光济世城。

3434 东蜜脂泉

一脉相通一脂泉,九州南北九州天。
池中碧色甜如蜜,天下涟漪待客船。

3535 西蜜脂泉

西泉蜜脂胜东泉,秀色城池秀色田。
冬夏春秋流不尽,花明柳暗自天缘。

3636 孝感泉

孝感人间一涌泉,刘琮伺母半天年。
朝朝暮暮知寒暑,风雨人间父子缘。

3737 玉环泉

不见华清一玉环,水纹掩映半仙颜。
贵妃已去齐州在,素影流姿到历山。

3838 罗姑泉

清溪依旧向罗姑,士信家居已有无。
犹见天云浮沉去,东风一日半姑苏。

3939 混沙泉

一半晴明一半沙,两三日月两三家。
浮云沉碧深千尺,暮色苍茫落百花。

4040 灰池泉

不见灰池三月花,风闻归水一人家。
齐州处处流泉水,暮暮朝朝日半斜。

4141 南珍珠泉

出水莲花一半禅,浮光影射两三泉。
神林合浦江南客,月色深渊处处天。

4242 芙蓉泉

柳岸花荫半亩余,草堂客坐一心疏。
池明鱼浅芙蓉水,不望云轻漱玉居。

4343 滴水泉

滴水之恩一涌泉,清心图报半云天。
只留日月明无尽,不待生平草木年。

4444 灰湾泉

当出孔孟鲁山南,净水芳心苦后甘。
尤见唐人秦叔宝,花明柳暗五龙潭。

4545 悬清泉

三娘女士一贤清,历乘伊人半故名。
尤记李家池子旧,东流水街有人情。

4646 双桃泉

刘郎几度闻桃花,只见江山不见家。
唯有东流流不住,朝朝暮暮夕阳斜。

4747 温泉

天寒雨润雾中荣,地冻泉温历下城。
西去还知泉性暖,东来管见比华清。

4848 汝泉

神道寺里大觉禅,方丈人中小乘缘。
僧舍无心光后继,龙池有影一云天。

4949 龙门泉

半藏半露一龙门,三月三香半石根。
不问人间多少客,只留清香满乾坤。

5050 染池泉

五彩斑斓七色中,三人师坐一人同。
溪流难问知深浅,柳子当年意不穷。

5151 悬泉

飞流直下一泉悬,云雾冲天半练烟。
五志峰前寻瀑布,银河不落向青天。

5252 都泉

山村明月入都泉,半是乡人半是川。
一滴三生生万物,千家雨露鹊山缘。

5353 柳泉

一株红杏过东墙,九脉春风问玉娘。
柳色由黄知变绿,泉声唤得著红妆。

5454 车泉

井水乡心入汉家,辘轳声尽问天涯。
农夫天书知芳草,雨润东风二月花。

5555 煮糠泉

糟糠煮酒一清泉,四里山光半缺圆。
野井自明南北水,丈夫齐鲁圣人田。

5656 炉泉

何处声闻一炉泉,孤鸣齐鲁半晴天。
不知迷故泉城北,留待清明大觉缘。

5757 白虎泉

大佛山中白虎泉,齐州历下玉溪涓。
青龙月色流明去,唯知寒光到眼前。

5858 甘露泉

开元寺外玉露甘,格非叔父试茶涵。
知州游处寻梁产,天浆文章上杏坛。

5959 林汲泉

听瀑亭前七八声,婆婆岭后两三鸣。
永年四库全书纂,林汲山房向枯荣。

6060 白泉
十里晴沙玉水澄，三生俯仰沐精英。
槐庭草木知天下，不出人心不出城。

6161 金沙泉
龙洞西北半金沙，宝玉峰岚十里花。
两壁悬流泉不尽，品茗秀色客人家。

6262 白龙泉
白龙鳞甲一深潭，月色清风半味甘。
绿色漪涟杨柳岸，秋池掩映故人谙。

6363 花泉
沙河水浅半流花，数亩泉林一两家。
只见人间知旷野，沧桑自得浪淘沙。

6464 独孤泉
灵岩寺内袈裟泉，汲煮香茶客坐田。
有水有山逐日月，无穷无尽自涓涓。

6565 醴泉
簧堂岭北醴泉名，历下山前问舜耕。
甘露心中千楚楚，醉翁亭外一声声。

6666 浆水泉
琼浆玉液石缝中，遐想春心玉影柬。
夏雨荷风芳十里，秋响四野白无穷。

6767 南煮糠泉
秕糠世界净无尘，草木人生处处春。
一度一年荣枯在，千言万语沉浮珍。

6868 苦苣泉
由咸由淡半天真，三界三生一苦辛。
苦苣菜根知土地，呼来俭朴世人身。

6969 熨斗泉
清修道德五千言，苦读儒家一万轩。
汴水还流千渡口，长城未倒半残垣。

7070 鹿泉
石固塞中一鹿鸣，如斯逝后半流声。
沧州杜若蘼芜处，日月山前草木生。

7171 龙居泉
长城岭下祖龙居，二世山东帝业墟。
海岱扶桑潭月冷，惊心月色问天书。

7272 百脉泉
百条水脉一泉流，十亩明湖半不休。
四顾东麻湾水鱼，山东齐鲁任春秋。

73 济南七十二名泉
佛道半春秋，儒商一去留。
齐中三界问，历下百泉流。

74 济南七十二名士
万里长河入海分，千年归事纳炎凉。
泉城名士贤人客，大舜春秋守世芳。

三十三、走过济南

济南社科院 著　五洲传播出版社　2004 年

11 舜耕历山尧以女娥皇女英妻之
三皇五帝一中华，万水千山半客家。
只向苍梧寻治水，二妃泪尽竹枝花。

22 齐贤大夫鲍叔牙
管鲍拾得一人交，肢解何言半不巢。
齐鲁春秋知故客，无留食邑作私嘲。

33 神医扁鹊
人贫天下不知家，采药山中月自斜。
列国方知秦扁鹊，越人未得自各华。

44 学术大师邹衍
阴阳主运五行成，显于诸侯一始名。
邹子千年终始论，枯时谁知枯时荣。

55 经学博士伏生
博士秦皇七十人，伏生名胜尚书身。
汉家掌故知晁错，一半春秋济世尘。

66 汉初高士娄敬
迁豪成败半和亲，建国长安一庶民。
赐姓刘氏娄敬去，齐人西汉著冠中。

77 西汉青年外交家终军
历城西汉一人军，博士好学半子云。
南越外交归国土，终童何处不朝君。

88 新朝皇帝王莽
平陵王莽济南人，新国新侯改制绅。
赤眉绿林多好汉，千年谁惜帝王身。

99 济南国相曹操
沛国曹操济一生，三分天下柳豪成。
南征北战人归晋，铜雀何言去后名。

1010 前秦佛教高僧朗公

灵岩寺朗公后

高僧始教佛图澄，俯就山东战国城。
日日朗公钟鼓继，神公寺里石留名。

1111 北魏地理学家郦道元

与趵突泉

访读搜渠考察心，留心城邑变泉林。
连楼叠阁轮台涌，不是功名是古今。

1212 北魏史学家魏收

衣武衣父半苦身，魏书魏事一君臣。
齐州山水泉天下，凤政思麾盖日辛。

1313 唐初名将秦琼

凌烟阁上向秦琼，玄武朝中宋世名。
翼国五龙潭水色，昭陵陪客待阴晴。

1414 唐初名将程咬金

东阿知节不知人，投以秦王任一身。
打打杀杀何是处，成成败败自迷津。

1515 少年英雄罗士信

齐州人杰小罗成，战乱须陀大将名。
投夺秦王李李树，罗姑井外自留荣。

1616 唐初名将段志玄

临淄齐州段志玄，战中败成自人天。
当先一马千兵退，骁卫三军大将怜。

1717 唐初名相房玄龄

玄龄相济向官情，二十余年守世名。
施政唐家千载盛，贞观之治晋书成。

1818 唐代求法高僧义净

与四禅寺

东门武謩迎归门，二十余年向佛根。
四百译经南海寄，长清张夏土屋村。

1919 唐代书法家李邕

李邕北海守真身，历下多才拾遗臣。
石路朝天门上去，泰山地理入天津。

2020 唐代文人崔融

三朝官历一文君，一后哀思半国倾。
绝笔华言心力尽，中宗侍读卫州城。

2121 大唐诗仙李白

兹山峻秀紫宫楼，翠林芙蓉子美舟。
李杜相知求道士，同游结伴访齐州。

2222 大唐诗圣杜甫

少陵野老半春秋，天宝年中结伴游。
李白高造同是客，黄河不日过齐州。
济南名士知多少，历下三绝日月舟。
海右古亭诗入酒，开元一度向河流。

2323 唐代诗人员半千

五百年中一半千，三阵兵法两三员。
高宗伊始明皇帝，历事纵情七寸田。

2424 唐代文学家段成式

酉阳杂俎誉书林，苦学精研录祕深。
天下人鬼神毕具，世间佛道有儒音。

2525 宋代文学家曾巩

宋宋唐唐八大家，名名望望一生涯。
齐州知府泉城记，不注鲍山舜绩华。

2626 宋代文学家苏轼

东坡居士宋人华，赤壁惊涛八大家。
泉水城中多少客，读书堂下满梅花。

2727 宋代文学家苏辙

三苏日照一齐州，九派河山半鹊楼。
留下泺源桥不记，舜泉诗叙待春秋。

2828 宋代学者李格非

漱玉泉边水自流，文叔子女故乡愁。
江南此去格非在，唯有苏门学士修。

2929 文坛奇葩李清照

易安居士下江南，金石明诚唱和甘。
此去建康多少夜，格非子女觅深潭。

3030 宋代文学家欧阳修

北宋庐陵一醉翁，齐州舜泉百源同。
参知政事文忠集，枢密江山意不穷。

3131 宋代政治家范仲淹

岳阳楼上一君忧，天下心中半不流。
朱说苦工名进士，范家复姓作春秋。

3232 宋代诗人范讽

东州逸党大江流，进亦江山退亦忧。
豪放不羁直学士，一层眼界一层楼。

3333 英雄词家辛弃疾

稼轩居士历城人，斗志雄心寄客身。
吹角连营旌下帐，梦回中土抚金尘。

3434 宋代医学家徐遁

三焦石介半儒家，书记苏辙一友华。
如梦萍逢香柳岸，溪домой日暮满村花。

3535 宋代文学家晁补之

归来子向一郎中，名贯苏门四士同。
北渚亭文名海内，殷勤泉溢趵突风。

3636 宋代学者田书

睫叟诗文草木中，三千弟子不难同。
济南明水生员少，远近闻名只向东。

3737 南宋文学家周密

齐人鱼谱一苹洲，野语山人半去留。
自署历山周密谨，乡愁不尽鹊华秋。

3838 金元诗人元好问

大明湖上满荷花，齐鲁泉中待柳斜。
落雁有情元好问，晋人不得帝王家。

3939 金元道教大师丘处机

栖霞山上一长春，道教全真一地人。
创建龙门神秘嗣，重阳弟子燕京亲。

4040 江湖散人杜仁杰

仲梁散曲尽书香，涢泊名利向不扬。
曲阜门前冰是水，灵岩寺外山杏花妆。

4141 元代地理学家于钦

齐乘山川水各流，历山草木月春秋。
晴云晓日知天下，分野河风向客忧。

4242 元代词人刘敏中
红尘内外一红尘,日月阴晴日月津。
隐逸渔樵何自立,中庵集录半官身。

4343 元代书画家赵孟頫
吴江松雪一梅花,元宋龙门水客家。
白玉壶源泉水涌,鹊华秋色满天涯。

4444 元代散曲家张养浩
白云楼赋一文名,自出东平学政英。
散曲云庄居小府,归田类稿向同情。

4545 元代史学家张起岩
贫民天外一贫民,进士心中进士身。
三史编修三史向,九州荣禄九州人。

4646 元代散曲家武汉臣
老生儿女半秋春,散曲元人一汉臣。
三国群英知吕布,生金阁外是红尘。

4747 元代政治家严实
一生成败一生涯,百姓心知百姓家。
普度东平自办学,引军万户自繁华。

4848 明代山东参政铁铉
江南鼎石一忠臣,成败山东半政人。
朱棣称王荣枯至,清君侧畔男儿身。

4949 明代诗人边贡
十年进士自平身,万卷藏书楼上人。
明代文坛前七子,家乡山水入春津。

5050 明代戏剧词曲家李开先
林冲雪夜上梁山,戏曲朝廷向玉颜。
宝剑记言寻水浒,开先乞罢不知还。

5151 明代文人书法家雪蓑
苏州一日下齐州,瑟瑟三秋欲章丘。
浪迹天涯寻四海,高松文友会河流。

5252 明代诗人李攀龙
济南沧浪向于鳞,七子文坛领导人。
青渚孤云船九派,鲍山白雪读三春。

5353 明代文人殷士儋
万竹园林一讲官,武英学士半观澜。
疏泉水榭亭台晚,进士闲居退世坛。

5454 明代学者于慎行
无垢东阿半慎行,谷城山下一精英。
东山再起声名尽,一事无成一事成。

5555 明代学者晏璧
始自彦文第一泉,石磴水府色三悬。
虎龙跑马清流在,一半风云一半天。

5656 明代诗人王象春
秀木心中存有无,向山亭外大明湖。
兴亡荣枯朱家尽,风物山川各不孤。

5757 清代学者顾炎武
明清两际一亭林,炎武三生半古今。
立足山东中心地,诗文肇域世人心。

5858 清代小说家蒲松龄
柳泉居士一留仙,聊斋狐妖半寸缘。
志异珍珠天下水,松龄高就自经年。

5959 一代诗宗汪士慎
渔阳山人一桓台,进士梅花十载开。
秋柳诗文坛上座,只留神韵去还来。

6060 清初经学家张尔岐
礼入清朝一大家,蒿庵集载半桑林。
诗经说略千年尽,周易还开二月花。

6161 清初诗人田雯
清明时节向明清,来去东风待枯荣。
村野山川流水去,官家进退不成名。

6262 诗坛怪杰王苹
望水泉边一柳杨,半年绿色半年黄。
王苹诗赋三千首,不了终生进士狂。

6363 清代诗人施闰章
黄河落日向孤城,半是泉流半不声。
尚白余山明史纂,苍岩石壁故时情。

6464 清代学者蒋士铨
一半禅音一半缘,两三岁月两三年。
舜耕千佛山中日,忠雅堂中七寸田。

6565 清代学者书法家翁方纲
舜耕山下一泉城,进士人中半枯荣。
唯有山东知学政,两袖金石向风情。

6666 清代书法家铁保
沧浪亭中四面风,荷花日下八方红。
三千弟子三千帜,一半明泉一半翁。

6767 清代画家松年
枕流画社寓泉城,秉性刚直径自鸣。
山水鸟花虫入画,唯人知枯不知荣。

6868 清代文学家朱彝尊
秀水彝命灉泉,珍珠日照向云天。
趵突滴出多沧浪,漱玉知心待旧缘。

6969 清代学者周永年
周家自古一书昌,永乐编修大典堂。
四库全书心血泣,千年来去保苍苍。

7070 辑佚大家司国翰
章丘竹吾一知州,万卷藏书半壁楼。
辑佚书房千散落,流芳百世亿春秋。

7171 清代书法家何绍基
东洲蝯叟出书房,历下亭联入草堂。
海右清风寻柳去,济南名士向炎凉。

7272 清末小说家刘鹗
一半身名一半残,两三老气两三丹。
炉中犹有千家石,天下还寻万世宽。

7373 济南七十二名士之尾
舜耕山上百花香,禹传天下万岁堂。
七十二泉流不尽,三千年里向青黄。

第十五卷　古今诗

三十四、金陵逸事

董宁宁 编著　南京出版社　1991 年版

11 金陵之行
清明时节下金陵，柳岸梅花向玉冰。
何处扬州灵主客，燕京同去是亲朋。
二〇〇九年四月二日

22 春秋衡山第一战
忆金陵
首战一横山，春秋半浒天。
只头兴寿梦，楚尾误君颜。
楚子埋金金陵邑

33 金陵邑
吴城楚威一金陵，镇住龙湾欲不兴。
勾践越城思范蠡，石头山上半孤灯。
始皇东巡渡江乘

44 始皇游
秦淮向故颜，沟渎自方山。
犹见祖龙在，江宁秣马还。
孙权建都兴建业

55 孙陵冈 孙陵墓
梅花山上　梅化，城中半故家。
女织男耕桑柘地，建初寺院夕阳斜。
东晋繁盛王与马

66 高臣人东山四十年
投鞭江水断其流，赌墅回棋独运筹。
淝水惊弓飞鸟尽，风声鹤唳问春秋。
风云多变南朝史

77 陈后主
陈王玉树后庭花，晋主隋炀半客家。
犹有临春宫曲乐，贵妃后主华丽张。
隋将平毁六朝都

88 景阳楼
楼畔宫城枯井深，渡江桃叶不知音。
南朝梁陈千荣枯，玉树后庭一古今。

99 王谢马
台城柳半新，建业日三人，
虎踞龙盘石，秦淮渡古津。

1010 过南京
长江流去半清风，寺外鸡鸣一大同。
虎踞龙盘三世界，繁华尤在六朝中。

1111 忆谢朓
行客向金陵，归舟逐寺灯。
云烟珠玉散，西露柳杨凝。

1212 文心雕龙
独龙阜外宝林钟，礼器齐梁十九重。
经圣骚人三两座，文心楚客万千踪。

1313 李璟，李煜
江南国主半南唐，苦两生灵一柳杨。
春半别来梅雪去，不如芳草衍荒塘。

1414 李煜
三千里路一江山，一炬青衣半客颜。
玉树琼枝归故国，宫娥臣虏去无还。

1515 孔尚任
桃花扇上一东塘，明末秦淮半月光。
犹有书生七国士，成功只见女儿妆。

1616 秦淮八艳
半壁秦淮半考场，三生粉黛一书香。
桃花已尽春重在，复社名流谁却妆。

1717 痴心才女—马湘兰
守真人意马湘兰，曹寅楝亭子固纨。
袭韵仲姬情切切，四娘蕙质玉珊珊。

1818 侠肝义胆—李香君
玉色一香君，玲珑天下人。
侯方域不去，血点落花中。

1919 风骨嶒峻柳如是
河东待客颜，爱柳满青山。
始向钱谦益，绛云去未还。

2020 艳绝风尘董小宛
小宛字青莲，风尘一半天。
离骚昆曲尽，奁艳半塘船。

2121 侠骨芳心顾眉生
鬓发半如云，横波善持君。
难言情里尽，明末入三分。

2222 长斋向佛卞玉京
吴门向玉京，泗炉卜赛名。
舌血三千日，梅村一半情。

2323 风流女侠寇白门
风流冠白门，柳巷向黄昏。
俱是赎身客，芳菲满暮村。

2424 倾国名姬陈圆圆
邢家一畹芳，花底半名扬。
谁怒吴三桂，云南尽曲肠。

2525 天阙
王家一半天，吴地西三缘。
东晋留天阙，牛头立马年。

2626 辱井
谁留一井待君王，后主三思不独芳。
但与嫔妃同享乐，丽人天下已仓皇。

2727 之二
同泰钟声犹自鸣，鸡笼山寺向台城。
舍身梁武何称帝，天下江山舍外情。

2828 栖霞精舍
明镜湖前挂月泉，白莲花座顺江天。
栖霞寺鼓惊君隐，四大丛林五百年。

2929 李后主
一呼百应半天年，九脉三江两客船。
只有周家皇姐妹，从嘉违命御侯悬。

3030 清凉心
清凉山色玉芙蓉，德庆堂皇满竹峰。
保大还阳泉水井，人生不违命侯踪。

3131 秦淮
十里珠帘满酒家，九州犹唱后庭花。
风中天下人中客，天半烟云月半纱。

3232 之二
六朝天子故春秋，十万商贾逐利术。
三教九流人犹尽，五行八作未筹谋。

3333 之三
秦淮水岸绿云低，得月楼前鸟不啼。
王谢堂中飞燕尽，乌衣巷口月弦西。

3434 江宁汤山温泉
金陵南去一汤泉，紫气东来半地天。
四月清明时令好，三春日月入心田。

3535 之二
千家碧玉半心台，十万琼枝一昼开。
香色香波香雪海，一年一度一徘徊。

3636 莫愁女
莫愁湖上莫愁奴，玉客心中玉客姑。
铜雀春深知五味，隋堤杨柳问三吴。

3737 小家碧玉
樱花繁锦一樱洲，玄武湖明半玉流。
啼鸟含桃红颊色，低头不语自多羞。

3838 人面桃花
桃花涧水满桃花，半落红尘半落霞。
如是春风如是火，万千春色万千家。

3939 之二
桃花一涧泓，明镜半精英。
泉落珍珠月，风香鸟不鸣。

4040 金陵
半是梅花半是冰，玉香疏影玉香凝。
三山旁落三山在，二水中分二水凌。
2009年4月6日

三十五、禅、乐、经

田青 著 文化艺术出版社 2012年版

1
重寻故访叙香堂，孔子书生日月光。
一智禅书人可尽，半知咱鼓鼓宣扬。
己丑夏 重来叙香斋

2
皓月当空渡空依，依云临客半天荣。
上人不上禅家语，朽讷小居行鱼明。

3
何处向纯空，禅音渡口东。
贤良三界小，苦尽四时同。

4 灯传
高山仰止话高僧，荷出淤泥向玉冰。
拾得禅音明月在，寒山辛苦自传灯。

5 落日
落日半禅光，黄昏一意长。
窗前流水月，寺里纳炎凉。

6 家乡
何处一家乡，心中半栋梁。
三生关内外，十载孰扬长。
唐代乐人

长安旗亭声诗
唐薛用弱"集异记"二卷
汤春白雪一吟声，下里巴人半不鸣，
酒肆旗亭多少客，亡涣高适昌龄名。
唐代乐人小传

7 祖孝孙（附：张文收）
幽州达识一苍阳，祖孝孙隋半入唐。
一律七音冬至始，本宫之水日运行。

8 白明达
万岁情中一乐声，百年隋制半唐明。
锦帆未落秦王起，破陈将士以身鸣。

9 吕才
白雪清平向吕才，山东五月李桃开。
唐人破陈军人舞，渭水太宗庆善台。

10 裴神符
手弹琵琶一曲功，十指上下两飞鸿。
五弦换得太宗悦，木拨琴音此不同。

11 李嗣真
知音连觉一声平，但向官场四海清。
但向胡琴人未语，五弦曲尽七音鸣。

12 刘希夷
上元进士一庭芒，悲古词旨半适时。
军闺情中多少梦，东风未晚采桑迟。

13 宋之逊
京洛新声一曲终，连州刺史半知红。
宋家兄弟名不逊，歌乐难平谁世雄。

14 曹娘
曹娘子夜一歌楼，舞断清溪半玉羞。
河伯怜娇姝伎曲，黄河水浊此知流。

15 窈娘
窈娘碧玉一知音，一旦知己半古今。
承嗣楼高颜已尽，缘珠篇怨断弦琴。
之二缘珠金各一痴情，碧玉知己半不生。
自古鸳鸯同戏水，红颜只向有心鸣。

16 李宪（附：嗣宁王李琳）
五王一曲半凉州，九脉三江两玉楼。
涕泣固辞天子位，宫商角徵羽胡流。

17 李琎
花奴一代谪仙人，后为知章太白身。
醉过长安醒又醉，汝阳三斗一秋春。

18 宋璟（附：宋夫人宋沇）
相公谏诤一峰青，姚宋开元百点铭。
安史胡音如相似，忠言逆耳入心灵。

19 王维
性闲韵律善琵琶，名满长安十万家。
千奏十年千韵乐，一诗一画一生涯。

20 之二
春关一曲郁轮袍，李范三香玉女刀。
十载寒窗中进士，琵琶声声胜青宅。

21 李隆基
明皇韵律一玄宗，日暖华清半御龙。
恣意梨园花不尽，凭心出水玉芙蓉。

22 之二
芙蓉出水雨淋铃，日暖兰田十里亭。
一曲春光好羯鼓，蜀幸处处尽浮萍.

23 杨玉环（附：张云容、谢阿蛮）
凌波曲尽向阿蛮，尤有霓裳舞玉环。
但凡海棠汤水暖，琵琶击磬待君颜。

24 红桃
红桃一曲半凉州，不见阳关不见愁。
尤记骊山兵马变，玄宗唯恐月登楼。

25 安万善
胡人一曲不知愁，筚篥三声月满楼。
老柏枯翠天地久，龙吟虎啸间春秋。

26 贺怀智
一曲琵琶一曲忧，两人惆忆两人愁。
骊山脚下玄宗女，犹有华清水自流。

27 张徽
明皇幸蜀雨霖铃，斜谷张徽草木青。
马嵬坡前妃已去，野狐外道独聆听。

28 黄幡绰
梨园子弟弄参军，兴庆怜人向白云。
谁向上亭铃作雨，入流言语半衣裙。

29 李龟年
音乐龟年一世家，开元天宝半才华。
渭州曲尽彭年舞，兄弟三人腊月花。

30 许和子（永新）
宜春院内永新春，太极宫门问故人。
台殿清虚歌喉转，曲终管裂上皇臣。

31 雷海清
范阳胡夫向伶荣，凝碧池中雷海清。
菩提寺前王摩诘，至今犹有乐工名。

32 念奴（附：李八郎曹元谦）
三郎燃烛空场屋，才艺双绝有念奴。
眼色媚人天下乱，玄宗不得谁人唤。

33 韩云卿（附：韩会）
云卿冠世一文章，曲尽人终半柳杨。
大历朝中孤玉笛，流音月下忆家乡。

34 之二
洞庭月色落梅花，玉笛余音绕万家。
玫珩长沙杨柳折，大江自古浪淘沙。

35 韦青
禁宫半曲一横行，纶节一身左右荣。
金吾将军名上下，清音袅袅向天鸣。

36 董庭兰
董大琴音一半鸣，玄宗天下两三声。
宰相门客山川静，尤有胡笳塞外情。

37 杜山人
有在心音不在弦，胡家声乐越家泉。
山人承受文姬弄，十二年中西在边。

38 仲濬
宣城十里敬亭山，蜀客三生得故颜。
琴向霜钟鸣不已，灵源寺里拾音环。

39 之二
一寺半流泉，三生两觉缘。
琴声寻智慧，钟鼓悟心禅。

40 玉清
婵娟向玉清，斜柯向身名。
摇袂珠裙落，春风满曲笙。

41 李谟
独步长安一笛声，梅花落尽两世明。
天津桥上深宫曲，烟行玄宗向洛城。

42 何满
人断四词汇，沧州一曲扬。
何人何满子，苦雨苦荒塘。

43 裴隐
裴九琴音一曲终，洞庭水月半飞鸿。
竹村柳舍多迁客，秋山明湖少世雄。

44 李琬
一曲五音成，千年半枯荣。
长安多少客，知者有身名。

45 段善本
庄严寺里一音声，试女人中半曲鸣。
留下段家惊古乐，琵琶不尽是余情。

46 康昆仑
昆仑一曲段家鸣，录要三江客不清。
不见梨园多弟子，庄严寺外自身名。

47 赵璧
乐曲始成缘，源心自于天。
五弦音不止，赵璧自如全。
始于心终于天。

48 张红红
红红一客缘，渭北半秋天。
长命西河女，韦青向玉传。才人多记曲，
同尽自相怜。适得宜春院，生名昭仪全。

49 李衮
江南李八郎，阶下客吾伤。
筚篥声音至，高堂自抑扬。

50 李管
一曲一凉州，三江九陌流。
曲终人不见，余乐满青楼。

51 真娘
天下一列郎，歌声夜嘉芳。
越人苏小小，吴曲向真娘。

52 关盼盼
燕子楼中向柳杨，徐州城下怆红妆。
相思一夜情多少，自断歌尘自不香。

53 杨琼
曲歌日日向江陵，风雨年年草木青。
并茂声情多美妙，玲珑小巧半浮萍。

54 刘采春（附：周德华）
江水不望夫，江山只向吴。
江流行不住，江色半殊无。

55 颖师
浮云柳絮任飞扬，古寺颖师纵客堂。
未省孤桐音远洞，宣城一日满琴章。

56 些些
僧青上下渚宫堂，些些中途折柳杨。
天下一声何满子，罗汉五百尽衷肠。

57 田顺（附：御史娘）
一曲清歌御史娘，三千弟子著红妆。
九重宫禁君王舍，半壁江山耳际芳。

58 何戡（附：韦氏歌人）
司户渝州草木春，阳关三叠渭城人。
三千里路长亭客，二十余年尽旧尘。

59 米嘉荣（附：米和）
嘉荣一曲唱凉州，塞北三生向旧游。
有为难明千古志，无端草木自春秋。

60 郭无名
终生佛道半无名，始作则休一有声。
五百罗汉多少向，十三弦外自阴晴。

61 英英
杨花七度一英英，娇女瑶台半不明。
抱住胡琴音不语，别离去后向虞卿。

62 马淑
永州马淑作湘灵，色芒冠佳问玉冰。
留下红颜知己怨，窈窕琴瑟曲声铭。

63 叶氏
柳巷深深一处鸣，长安阔阔半无情。
生花别里相思去，缘腰知音自有声。

64 白居易
居易长安白居易，杭州刺史运河渠。
竹枝尤守姑苏韵，弃妇琵琶尚有余。

65 之二
一曲秋思半御楼，三州故事两心求。
苏杭刺史多琴韵，跃过龙门水自流。

66 刘禹锡
竹枝一曲一江平，司马刘郎半有声。
江岸江流江水问，桃花开落孰无情。

67 之二
玄都观外一刘郎，司马心中半客乡。
刺史巫山云不住，潇湘神曲自扬长。

68 薛阳陶
一曲难鸣一断肠，九江司马九城霜。
润州筚篥儿童歌，元白心思芦管扬。

69 薛涛
江楼不住问江流，洪度难平几度秋。
十一镇中多历事，无家有国是人忧。

70 李凭
二十三弦一竖琴，三千六百半知音。

筌筱曲尽人心在，内里声名向古今。

71 虞姹
一歌一曲一江楼，半笛城春半水流。
虞姹梁尘飞不尽，淮南女伎十三州。

72 唐有态
玉女秦箫凤求凰，湘妃斑竹客心伤。
芳华白皙妖条肢，素影红袖曲自扬。

73 裴淑
胡笳一曲一回肠，半日三江半月光。
"别鹤"凄清寒霞雨，别离不尽是亲尝。

74 之二
别鹤相随不见忧，琴中元稹向春秋。
江楼还在江流去，何处夫人哭未休。

75 樊素（附：春草 * 小蛮）
樊素妖姬不喜名，刘郎春草白郎情。
罗敷双袂歌杨柳，玉磬金笙唱渭城。

76 之二
樱桃素口一音声，杨柳蛮腰半忘情。
二十余年歌舞恋，三千里路客人生。

77 泰娘
闻门西里泰娘家，巷口春深碧柳斜。
云雨阴晴风不定，苏州唱尽浪淘沙。

78 之二
郎州司马向歌娘，一曲凉州半溢芳。
荒隅山城流落落，武陵风雨已沧沧。

79 穆氏
刘郎得意半乾坤，司马王公一客村。
直入宫香安国寺，教坊女出九仙门。

80 秦姝
郎州司马向秦姝，双目芳颜待有无。
此去邕州多障土，唯闻房启渡河姑。

81 商玲珑
日落潮平一客船，杭州刺史半天年。

玲珑人唱玲珑曲，玉女人心玉女缘。

82 曹纲（附：重莲廉郊）
人生不合出京城，不慕江山不慕名。
留得心思成世界，高鸣之下有低鸣。

83 曹善才（曹纲之父）
九江司马善才声，一半琵琶一半情。
禁女宫中寻舞曲，金銮殿上向王鸣。

84 杜秋娘
金缕衣曲杜秋娘，玉女凝脂黛媚香。
匹素寒衣回首望，京江娇嫩舞红妆。

85 李昂
一家天下一江山，半处皇帝半处颜。
仿制依人文淑子，故人依旧故人还。

86 石潨
石潨琵琶曲未终，西川天下济军雄。
音伶尤解文章怨，玉碎长安落世风。

87 李忱
半世皇家七治逢，十年天子一宣宗。
文章曲乐诗词赋，唐律居易故追踪。

88 天得
越器击瓯一身名，讫波余韵半流声。
水深水浅随打动，小伎江南自音鸣。

89 尉迟璋
音家武客名，王府率无声。
甘露仙韶院，宣宗不动情。

90 多美
管鸣不尽继秋蝉，太学深宫一半天。
月夜相思寻旧梦，想夫怜人礼无眠。

91 李群玉
群玉山头一客愁，潇湘船上半春秋。
二妃斑竹多流泪，云雨书生沿旧流。

92 张好好
人声一半天，家在杜陵边。

追逐宣城客，相随月缺圆。

93 孟才
李炎天子孟才人，娇嫩深宫十二春。
一曲断肠何满子，三生别去向君怜。

94 王内人
玉伎半秋春，声名问内人。
前头人不语，朝暮泡君尘。

95 李新声
一歌曲舞一新人，半唐天音半客身。
声断官场多垢扬，同流合污入迷津。

96 李可及
可及声声菩萨蛮，宫廷处处奉君颜。
伶官善律知音韵，只见公相不见还。

97 云朝霞
伶官品轶不常卿，教坊音琴阶下多。
司马云朝霞外去，文宗变律有人情。

98 罗程（附：祝汉贞）
太常寺外七千人，笛管声鸣五百亲。
天子身边音乐在，一宫女伎一宫春。

99 之二
宣宗任性明，空座向罗程。
自古多恩怨，人心有重轻。

100 沈阿翘
王涯不得御王酬，甘露宫人不监由。
自识君心何满子，文宗阿翘过凉州。

101 赵秀才
一曲绕凉州，三生秀才求。
琴音随水去，幽曲浣花惊。

102 灼灼
柘枝水调运河亨，秦汉隋唐汴水名。
谁向长城南北战，江南自古著人情。

103 之二
锦江万里浪淘沙，灼灼千年不见家。
水调三声情玉肌，楠枝一舞到天涯。

104 盛小丛
翠娥玉肌一声情，绝代佳人半争鸣。
曲断鉴湖明月尽，剡溪草木绕余声。

105 杜红儿
一枝红杏一枝花，半壁巫山半壁家。
谁向台州官副使，罗虬不得具泥沙。

106 关小红
东风一枯荣，阳下采桑情。
只有知音者，平生不为名。

107 金五云
蜀王殿五云，堂院让三分。
天地灵和曲，音弦阶下闻。

108 乐人
自古吟声半乐人，向今曲调一秋春。
黄昏渐进江山远，朝暮音琴泡客尘。

109 古乐
士达声鸣鼓瑟人，史前乐器入秋春。
五弦琴舜寻清雅，一曲三叹八音佳。

110 诗经
诗经三百五篇章，孔子千年一玉堂。
之颂风雅兴比赋，人间万载自流芳。

111 诗经之二
诗经三百一名扬，思而无邪万古芳。
骚客千年风雅颂，文章兴比赋人多。

112 关雎
荇草向河洲，求之自好求。
关关鸣不止，淑淑女儿悠。

113 葛覃
山中一葛丝，衣上半心知。
妇织多辛苦，归宁父母迟。

114 卷耳
卷耳一芬芳，倾筐半侠肠。
遥望君子路，梦断故人床。

115 樛木
葛藟附樛荒，朝朝暮暮扬。
洞房花烛夜，君子演青黄。

116 螽斯
天下草花乡，人间日月光。
诜诜多子女，蛰蛰美人堂。

117 桃夭
灼灼束取一桃花，蕡子于归半归家。
朝朝暮暮云似锦，天天艳艳岸边斜。

118 兔罝
纠纠一武夫，肃肃万扶苏。
诺诺寻天下，公公半玉奴。

119 芣苢
芣苢野时香，薄言采拮忙。
心怀女儿事，袺襭满芬芳。

120 汉广
蜀川楚鄂半东流，汉水长江一渡舟。
游女巫山云雨客，于归之子欲何求。

121 汝坟
一江不尽一江流，汝水东归汝水愁。
岸树条枚似父母，云中有两子难求。

122 麟之趾
人间惟一麟，天下至三亲。
自应公侯向，难言礼乐身。

123 鹊巢
鹊巢居鸠待新娘，百两盈盈子路芳。
拙屋善丝其得所，于归不怯向王昌。

124 采蘩
一桑几蚕丝，三春锁茧时。
采蘩于涧长，夙夜被之迟。

125 草虫
南山一草虫，北岭半孤风。
都是忧心故，忡忡此靓同。

126 采蘋
心中似采蘋，君子向明皇。
祭祖神坛礼，芬芳十里莛。

127 甘棠
蔽芾一甘棠，阴阴半落芳。
人心相寄与，守护对嘉良。

128 行露
露水满春光，珠圆色半藏。
女儿何唯一，风雨是荒塘。

129 羔羊
天下一羔羊，人间半死伤。
丝袍公不语，绽缄自何妨。

130 殷其雷
半暮一惊雷，三心二意催。
惟思君子在，莫敢久徘徊。

131 摽有梅
庶士去还回，求知向后限。
仲春男女会，尤得一香梅。

132 小星
恩爱一东床，人间半梦乡。
长亭引五星，辰露满星光。

133 江有汜
见谁一支流，光余半小洲。
不思梦里客，之子自忧愁。

134 野有死麕
春暖女儿心，山阳草木阴。
芬芳如玉色，缓缓任鸣琴。

135 何彼秾矣
桃李一王孙，周齐半彼婚。
卓华寻玉帝，声色满天门。

136 驺虞
驺虞一跃华，守猎半人家。
茁壮山林木，妩媚碧野花。

第十五卷 古今诗

137 柏舟
江中一柏舟,泛下半荒流。
纵有男儿语,何当小女求。
相思堂上客,只就镜前羞。
子负朝朝暮,微言夜夜愁。

138 绿衣
犹存一衣裳,音余半草堂。
春丝还绿色,但慰古人肠。

139 燕燕
天涯一燕飞,之子半于归。
彼为衣姜客,先君卫已非。

140 日月
日月一经天,夫妻半缺圆。
阴晴多少向,风雨枯荣怜。

141 终风
男男女女一心肠,暮暮朝朝半柳杨。
缠缠绵绵知痼瘵,风风雨雨满荒塘。

142 击鼓
一鼓半声鸣,三身两血盟。
留梦求偕老,角斗莫心惊。

143 凯风
浚邑有寒泉,南风自暖天。
春秋儿女在,父母礼多情。

144 雄雉
男儿生就一江山,尤念家中半玉颜。
阡陌耕耘知谷雨,夏风只待立功还。

145 匏有苦叶
济水茫茫苦叶舟,客君悠悠意何求。
女子肤浅人心重,渡口江深两岸流。

146 谷风
泾清渭浊半分明,厌旧喜新两未清。
糟糠夫妻堂上客,同心共渡是人生。

147 式微
一去未知归,三年燕子飞。
微君胡故式,唯见雨霏霏。

148 旄丘
游离失所寻,家国不林深。
拾取寒辰去,卑微向古今。

149 简兮
万舞一堂鸣,千夫日里声。
美人心不已,不情半身名。

150 泉水
不顾嫁衣裳,寻思问故乡。
童心临渺竟,车马出尘扬。

151 北门
春秋一北门,朝暮半乾坤。
都是人间客,天堂小子孙。

152 北风
北风云涌任飞扬,雨雪纷纷过九肠。
为得人间多自立,只求天下少炎凉。

153 静女
城隅藏身日月光,女儿玉影卷舒长。
一言一物钟情寄,意乱心驰草木荒。

154 新台
黄河漯漯筑新台,齐女妖妖燕婉开。
唯有人间情未上,宣公执意玉人来。

155 二子乘舟
二子四方游,三江一扁舟。
难言公乘志,不尽母心忧。

156 柏舟
柏舟泛泛一河郎,天地悠悠半女妆。
情意难言何所诺,心思不尽彼姑娘。

157 墙有茨
一男一女一情长,庶母新台两欲姜。
卫主宣公墙有茨,之言谁锁女儿肠。

158 君子偕老
朝朝暮暮一山河,淑淑晢晢半玉多。
翟翟媛媛邦不及,云云雨雨儿如何。

159 桑中
淇流一孟姜,桑采半心扬。
天下云云树,朝歌处处唐。

160 鹑之奔奔
天下一方圆,人间半地天,
期期君子在,楚楚过桑乾。

161 定之方中
文公一楚宫,卫国半王风。
天下桑榆晚,人间纵世雄。

162 蝃蝀
女子有行踪,朝朝暮暮重。
心中春雨露,池下满芙蓉。

163 相鼠
相鼠齿何声,君人谁客名。
威仪知礼士,草木向春荣。

164 干旄
浚女一身名,珍姝九子生。
干旄浣马策,彼此束丝荣。

165 载驰
许穆夫人一卫珍,文公御妹半风尘。
其麦芃芃老河野,君子堂堂惜自身。

166 之二
黄河逐日流,卫女尽天忧。
最早诗文立,夫人为国求。

167 淇奥
淇水自风流,君心仕国忧。
星明寻渡口,华众向春秋。

168 考盘
一见自钟情,三春夜梦生。
美男身影入,倩女誓言盟。

169 硕人
卫水照庄姜,齐侯白玉堂。
凝脂肤色浅,衣锦手修长。
一笑明眸齿,三春草木芳。

扬扬池下网，士女倩心妆。

170 氓
一丝一谋嫁时衣，三水三山向女祈。
枕枕梦梦春尤在，朝朝暮暮待人依。

171 竹竿
泉源水色半西东，修竹籊籊各不同。
桧楫松舟随女去，此心彼此自难终。

172 芄兰
芄兰一脉长，倩女九州香。
但得知心曲，钟情坐竹旁。

173 河广
黄河去故乡，游子向炎凉。
宋卫同圆缺，阴晴望渡杭。

174 伯兮
心意一人客，王公半不踪。
春秋萱单落，冬夏梦时逢。

175 有狐
绥绥淇水流，楚楚客无舟。
彼此同心渡，何梁谓我忧。

176 木瓜
投心一木瓜，报玉半成家。
彼此琼谣据，桃桃李李花。

177 黍离
何求不是我心忧，兴废黍离去复愁。
家国田中知日月，周宫草木几春秋。

178 君子于役
君子一别离，夫妻半不知。
相思同日月，饥渴夜梦时。

179 君子阳阳
阳阳一舞者，洒洒半知心。
君子陶陶曲，夫人落落琴。

180 扬之水
扬水无流一束薪，不归甲边半来人。
梦里尤香寻妇枕，未醒甫许成时身。

181 中谷有蓷
去去来来一半身，朝朝暮暮万千尘。
男男女女何言君，枯枯荣荣是苦辛。

182 兔爰
一水十高山，千心万意颜。
无知安社稷，不战匹夫还。

183 葛藟
葛藟绵绵水浒边，黍离楚楚客家天。
乡心不改乡音望，故土还生旧日泉。

184 采葛
向日已三秋，凭心过百流。
邻家生女子，彼此苟情求。

185 大车
朝朝日隔山，暮暮水边颜。
玉女寻心向，男儿不敢还。

186 丘中有麻
玉女一桑麻，男儿半国家。
如今予佩玖，之子如嘉华。

187 缁衣
朝堂半缁衣，御水一京畿。
都是千年客，夫妻两枕依。

188 将仲子
伯仲叔季弟兄茶，春夏秋冬杞树生。
父母之言知可畏，女儿情意是恋情。

189 叔于田
叔男猛向田，夜梦贵于天。
胜似仁人美，心甘一处泉。

190 大叔于田
叔乘向于田，袒裼暴虎悬。
待心回首向，思女似涌泉。

191 清人
清人处处鸣，车马去来声。
左右千回合，陶陶一胜名。

192 羔裘
君子拥羔裘，三英舍命忧。
安邦家国事，社稷谁王侯。

193 遵大路
大路一边愁，人心两处留。
四顾弃子意，生死各悠悠。

194 女曰鸡鸣
明星一半床，昧旦两三光。
琴瑟合弦御，夫妻共登堂。

195 有女同车
愿愿顾新娘，羞羞著细妆。
舜英颜似玉，洵美孟姜藏。

196 山有扶苏
山岭自扶苏，荷华向丈夫。
平川多野草，谁顾玉娇奴。

197 萚兮
情歌一两声，儿女万千荣。
相诺春风住，伯仲叔季成。

198 狡童
无情一半眠，有意两三悬。
但得梦边枕，三更客里船。

199 褰裳
一日向朝歌，三向渡洧河。
子惠相思士，情真奈几何。

200 丰
何为女儿心，难言谁弄琴。
衣裳伯叔色，踟蹰一情深。

201 东门之墠
隔壁是东门，临流共水温。
子心知月下，思尔半黄昏。

202 风雨
离归一日阴，风雨半音琴。
梦里寻君子，方知岁女心。

203 子衿
心猿意马自悠悠，互念相思两处愁。
但供君心如我似，城阙一见怯还羞。

204 扬之水
扬扬之水石中流，束束人心日上忧。
唯有忠信仁义在，一年草木一春秋。

205 出其东门
出了东门女入云，回来内室两处分。
缟綦如荼匪我悦，慈心玉影是思君。

206 野有蔓草
蔓草清扬玉露明，情思婉若愿君平。
邂逅相予偕手去，私心不已任瞧鸣。

207 溱洧
仲春男女未婚娘，三月芬芳草木香。
天上河边云雨岸，人间织女向牛郎。

208 鸡鸣
君子舞鸡鸣，书生读五更。
老天朝上早，少了枕边情。

209 还
英雄一去还，逐鹿半南山。
所见大同道，从驱壮士颜。

210 著
充耳一琼华，情思半客家。
俟郎呼事坐，羞怯放心花。

211 东方之日
红花半过墙，玉叶一姻香。
莫履姝颜女，东方日月光。

212 东方未明
西山半欲明，西岭十亩耕。
北宿公呼令，南夫折柳情。

213 南山
得止取如城，何须鲁会盟。
齐襄公子客，文姜妹难名。

214 甫田
良莠一田间，耕耘半不闲。
但寻君子梦，自得玉人颜。

215 卢令
卢鸣一半声，齐鲁两三城。
拾得王侯印，何心已任轻。

216 敝笱
何处一文姜，桓公半止肠。
归离齐鲁客，草木也留芳。

217 载驱
鲁道半扬扬，文姜一寸肠。
济济汶水泺，鲁令儿时长。

218 猗嗟
何人向柳杨，天下尽芬芳。
自古仲春夜，文姜自主张。

219 葛屦
葛屦一丝连，衣裳半地天。
人间多子女，天下少夫邻。

220 汾沮洳
车马度音琴，公族束其心。
美人如玉立，一曲带衣襟。

221 园有桃
桃园不见一刘邦，天下难言半偷桑。
不问王侯问司马，忧民忧国志何方。

222 陟岵
黄河万里向东流，予子三生凤夜求。
谁作王公行苦役，家乡父母弟兄忧。

223 十亩之间
苦力人家十亩田，桑柘社稷一人前。
满心期待仲春夜，儿女情中月正圆。

224 伐檀
一稼一穑半春秋，千水千山万户侯。
力而不食食不力，野居求屋士弗求。

225 硕鼠
岁岁一秋春，年年半力神。
人间多硕鼠，世上少良人。

226 蟋蟀
跃跃一虫鸣，休休半苦尘。
书生书不尽，士子子无成。

227 山有枢
何寻他人著衣裳，一曲琴音半曲长。
来去平生琴瑟向，朝朝暮暮鼓钟扬。

228 扬之水
扬扬之水逐难平，凿凿其君向枯荣。
晋有桓叔知不语，粼粼白石落天城。

229 椒聊
花椒叶落满枝红，春晦班明四处风。
织女牛郎河西岸，有船渡口不西东。

230 绸缪
绸缪半束薪，辗转一良人。
月色三更暗，人心五味珍。

231 杕杜
杕杜一天生，风云半地荣。
有根枝叶满，怀女淑其情。

232 羔裘
洋洋自得一究居，落落田桑半不余。
一万匹夫齐努力，三千世界尽人舒。

233 鸨羽
稷黍一年粮，耕耘半落荒。
悠悠王事役，肃肃鸨飞光。

234 无衣
堂上故人衣，心中旧梦稀。
春光扬楚楚，秋叶自依依。

235 有杕之杜
道左杜梨荣，心中一念生。
倾听君子语，道右有无情。

236 葛生
姑居一葛生，锦枕半无声。
百岁知前后，三生向枯荣。

237 采岭
巅峰叶落四时风，谷壑云浮三界中。
君子有言言有失，丈夫无语语无终。

238 车邻
人生一半一纵横，七国三千弟子行。
不见君臣多鼓瑟，何寻逝者慕斯名。

239 驷驖
朝秦暮楚一君游，擒获纵横半不休。
奉养孔硕肥不止，野生饥饿不足求。

240 小戎
楼兰一箭到天山，孤梦三更子故颜。
拾得君王兴废去，名成何以不归还。

241 蒹葭
秋水伊人各一方，枫丹白露已三洋。
婉约妩媚知千日，留下相思向九肠。

242 终南
衣冠楚楚上终南，想入非非下泽潭。
不向条梅君子客，还寻棠纪向峰山。

243 黄鸟
春秋一霸三贤良，黄鸟千飞两死伤。
奄息仲行针虎葬，穆公从此何以防。

244 晨风
晨风来去一山林，君子如何半女心。
忘我忧心靡乐尽，忡忡六甲五更寻。

245 无衣
同仇敌忾一衣袍，泽露兵丁万念高。
利戟修矛偕作战，兴师动众帝王旄。

246 渭阳
渭水东流一半阳，康公西向西三分。
秦王路马黄车送，晋耳琼瑰玉佩光。

247 权舆
天下易沧桑，人间向栋梁。
秋冬春夏继，风雨枯荣疆。

248 宛丘
陈国巫风一故乡，忡心舞女一半荡。
媚妖神采无冬夏，击鼓何情士不娘。

249 东门之枌
一出东门女似云，三生有幸织衣裙。
吟声曲舞情难尽，男女仲春两不分。

250 衡门
衡门之下身，泌水自安贫。
尽可食鱼客，居家是至亲。

251 东门之池
东门池水自东流，姬姓姑娘可与求。
淑女情郎知万岁，同心相结待千秋。

252 东门之杨
约出东门一柳杨，花明月色半芬芳。
三星欲上心无止，五妹情来是凤凰。

253 墓门
棘下云中处处幽，人前墓后枯荣求。
匹夫予讯调情去，影素难良落叶秋。

254 防有鹊巢
鹊巢寒暖半人家，进出心中二月花。
予美中唐寻大铭，巫言唯恐影西斜。

255 月出
月色佼人十寸心，窈纠佩玉半音琴。
舒心俏语忧忧慅，摇动姗姗楚楚萌。

256 株林
我适株林一夏姬，灵公心意半言辞。
征舒遗怒陈南臣，天下人情谁不知。

257 泽陂
一见钟情半岸花，两心泽色千枝花。
菡苕浮动摇不止，寤寐难眠枕欲斜。

258 羔裘
士风不语一心忧，思尔切切半去留。
狐情踌躇寻不定，中心是虑梦难求。

259 素冠
一生人世一别离，半去黄泉半不知。
父母弟兄知不尽，隔天渡口是归期。

260 隰有苌楚
雨色春明二月花，风平海角一天涯。
无家无室无牵挂，一世人生一世华。

261 匪风
一叶秋风一风飞，半周天子半周徽。
浮云山后闻林语，游子心中向谁归。

262 蜉蝣
朝生暮死一蜉蝣，国尽家亡半去留。
楚楚衣衫忧不尽，明明故事他人谋。

263 候人
三百宫姬个个仪，一人得道一人姿。
深门常闲情庥锁，两处相思两处知。

264 鸤鸠
淑人君子一田桑，布谷梅花半柳杨。
知国知家知自己，向兴向废向炎凉。

265 下泉
乱世贤臣一帝王，寒泉凛冽半流芳。
安家安国安天下，阴雨膏田四处荒。

266 七月
万寿无疆一载阳，千重穋黍半公堂。
十二月中流水土，三生天下飧田桑。

267 鸱鸮
巢边茅草半寒风，春夏秋冬一苦虫。
日日耕耘田上种，年年收获腹中空。

268 东山
濛濛细雨一东山，妇守空空半女颜。
我自行枚军旅士，苦瓜薪粟盼归还。

第十五卷 古今诗

269 破斧
死伤何处一生还,余已朝中半列班。
历史千年斯评述,周公四周向君颜。

270 伐柯
自古一伐柯,如今半渡河。
取妻知子女,出入向田禾。

271 九罭
九罭网渔情,三身秀枯荣。
周公知自己,渡口有阴晴。

272 狼跋
狼跋缀其胡,公孙橐尾趋。
行行还顾顾,诺诺复呼呼。

273 鹿鸣
悠悠一鹿鸣,楚楚半心声。
德晏嘉宾客,音琴示我情。

274 四牡
周道万年长,归心一故乡。
奔波流碌去,回首几何扬。

275 皇皇者华
英雄向四方,佚者自三阳。
每及征夫醉,咨谋向他乡。

276 常棣
上阵弟兄兵,回家父母情。
君臣堂上坐,日月自光明。

277 伐木
暮鸣嘤嘤半白鸣,友声楚楚两厢情。
和平日月多兄弟,伐木丁丁大众生。

278 天保
万寿无疆向太王,受天百禄向天皇。
如山若阜如川至,有德南山祠烝尝。

279 采薇
一心天下一心忧,百岭人间百岁留。
君子依依于役尽,采薇作止向归求。

280 出车
雨雪霏霏草木扬,仓庚喈喈枯荣忙。
南仲王命忧心尽,春日迟迟向故乡。

281 杕杜
菲菲杕杜叶枝繁,百月无心草木萱。
王事靡盬伤我役,妇随夫唱迹何言。

282 鱼丽
断水见鱼游,浮云向枯秋。
公侯席上宴,天下任君忧。

283 南有嘉鱼
南有嘉鱼任水游,君贤酒惠客中求。
来思烝木充梁栋,翩翩曲舞自不休。

284 南山有台
草木南山一柳杨,邦家阡陌半田桑。
德音天下荣光至,万寿无疆乐栋梁。

285 蓼萧
零露瀼瀼一日光,蓼萧誉誉半心肠。
朝堂君子依依立,田野风云济济藏。

286 湛露
滴水阳光半显徽,枫丹白露一春晖。
忧心君子忧天下,去国思乡去不归。

287 彤弓
文公设鼓贶彤弓,受飨中心济世雄。
星耀良宴三万士,嘉音许久一纵横。

288 菁菁者莪
船行水落一低扬,客子君仪半苦芳。
菁莪忧思寻草木,我心黍稷在田桑。

289 六月
六月兴兵一日扬,两公狁犹半王汤。
群英力夺千夫志,吉甫张仲万古芳。

290 之二
三军进退一鸟章,万马奔腾半柳杨。
驰骋凉州千里外,相思故土万家肠。

291 采芑
二千五百旅师兵,一帅三军结弟兄。
旗下周公言伐鼓,方叔楚子诚克成。

292 车攻
一年天下十年兵,百万雄师半帅名。
白马萧萧鸣不止,旆旌楚楚动人情。

293 吉日
逐鹿中原浪里沙,良表吉日客风华。
周家天子山川在,百姓心中日月花。

294 之二
一荣一枯半山崖,春雨春风二月花。
天下莫非王土地,原中尽是庶人家。

295 鸿雁
鸿雁肃肃过长城,南北悠悠各枯荣。
一战十年三界苦,千家万岁半无生。

296 庭燎
东方欲晓半庭光,未芯鸾声一夜堂。
君子酬谋天下事,匹夫丈勇士中王。

297 沔水
沔水车流一海平,朝宗归纳半潮生。
齐齐鲁鲁君王客,暗暗明明守迹行。

298 鹤鸣
九皋声声一鹤鸣,五湖漠漠半阴晴。
他山之石攻金玉,彼岸风云著枯荣。

299 祈父
三生古战场,一世不名扬。
父母生儿女,君臣向故乡。

300 白驹
皎皎一白驹,切切半茱萸。
莫待重阳客,退心玉丽姝。

301 黄鸟
黄鸟未言飞,田桑已待归。
黍稷秋风至,山川落叶稀。

302 我行其野

我行其野一心伤，向朝向暮半暖凉。
见异思迁儿女心，晨昏日色旧新肠。

303 斯干

秩秩斯干万里川，幽幽维谷百宫连。
周公一梦熊黑子，女子之祥虺占妍。

304 无羊

后稷先周半米粱，王家气派一牛羊。
占人卜测年丰润，牧子梦生日月乡。

305 节南山

周家自始问三公，烽火幽王已半空。
乱石寺中尹琐琐，终南山下覆皇宫。

306 正月

一君怡国一心忧，半子齐家半子愁。
土地春秋知土地，王侯不尽向王侯。

307 之二

佞人石父以何留，烽火诸侯去国忧。
褒姒妖姬非不罪，维薪维草是春秋。

308 十月之交

山山水水一春秋，暮暮朝朝半九流。
天下王师天下去，士人已尽士人忧。

309 之二

日月无言草木深，士人不语士人心。
苍天有道苍天尽，树木浮云树木林。

310 雨无正

皇帝无忧待御忧，大河自去大河流。
一王南北饥馑向，四国春秋各房谋。

311 小旻

半身不保半身佗，一曲难言一曲多。
何谓人间何暴虎，谁人天下谁冯河。

312 之二

一步深渊一步冰，百年成败百年陵。
如临似履兢兢业，风雨云山处处藤。

313 小宛

一寸人间一寸心，雨衣衣风雨两衣襟。
三生有幸三生情，半古年华半古今。

314 小弁

谁直天下谁直言，半步人间半步垣。
杜有重臣知杜有，一江流水一江源。

315 巧言

如嘉似妒一人情，兄弟君臣半不明。
唯有巧言簧矢竟，厚颜不耻帝王城。

316 何人斯

一生朋友一生名，两地相思两地行。
共得国家田亩上，胡闻乱语小宛鸣。

317 巷伯

骄人好好自齐天，劳者忧忧半可怜。
君子无言东逝水，寺人不命不成全。

318 谷风

春风草木枯荣城，夏雨殷勤日月英。
秋叶悠悠天地上，冬梅楚楚故新生。

319 蓼莪

东山树木已成林，游子心中草木深。
叹得平生寻上下，悔闻维有故人心。

320 大东

一朝书砥一贵凉，半世周天半世荒。
草下鱼禾多税赋，千家织女尽无梁。

321 四月

一家半国一君忧，两地三生两地愁。
拾得春秋寻论语，九江苦水九江流。

322 北山

四亩荒芜士子休，春秋不尽向春秋。
普天之下非王土，何处忧人自不忧。

323 无将大车

烟尘斗乱大车休，不力忧思自白头。
君子思危寻进退，匹夫之勇唤无愁。

324 小明

西引不至自东还，十万江洋十万山。
芫野人间寒暑易，向君天下向君颜。

325 鼓钟

淑人君子半春秋，去国还乡一士忧。
钟鼓惊人寻世界，磬笙雅乐意何求。

326 楚茨

楚楚扶苏半梓桑，悠悠万岁一无疆。
每年四季耕耘苦，逐祀三牲谁入堂。

327 信南山

垦荒耕种一南山，牧获疆场半祀颜。
黍稷汇丰芳甸外，牛羊下阔逐家还。

328 甫田

社日农夫一醉肠，音琴黍稷半天光。
父贤子孝齐明庆，雨顺风调收稻粱。

329 大田

春种秋收一农家，风调雨顺半醉麻。
丰登祀念瞳瞳日，社火神心月月花。

330 瞻彼洛矣

洛水茫茫入碧田，衣冠楚楚卫家园。
王侯得道知天下，士庶牺牲尽不全。

331 裳裳者华

堂堂二月花，楚楚一冠华。
车马军前御，还寻故里家。

332 桑扈

居下向田桑，堂中待稻粱。
心思知土地，行动御帝王。

333 鸳鸯

枕上双鸳鸯，堂中满稻粱。
春秋耕土地，冬夏宿心藏。

334 頍弁

山中一女梦，天下半阿奇。
柄柄相思客，皇皇有水波。

335 车辖
析薪季女欲心明,依彼平林渴望生。
流水方华行不尽,高山仰止待琴鸣。

336 青蝇
万古一兴亡,千年半死伤。
来人书历史,逝者已断肠。
尽是营营客,居心曲曲扬。
小人多得志,君子戒难防。

337 宾之初筵
傞傞一醉行,楚楚半梦生。
怭怭寻姝色,幡幡故子名。

338 鱼藻
周王一日百深宫,鱼藻千年两地同。
名得其生藏不露,几何成命已空空。

339 采菽
菽稻米粮一田乡,赤子君臣半玉堂。
烈日耕耘知劳累,路车乘马气氛扬。

340 角弓
绰绰一心余,悠悠半帝居。
阵前兄弟向,水下有游鱼。

341 菀柳
菀柳自成行,君王治政堂。
谁知食上客,为欲逐中王。

342 都人士
出口一成章,狐裘半雌黄。
谁知儿女客,有说度炎凉。

343 采绿
黄青一绿兰,之女半儿男。
纹完寻朝暮,同心苦也甘。

344 黍苗
召伯之虎谢城中,卿士幽王润泽穷。
徒御王心天下客,泉流自主向西东。

345 隰桑
塘荷日月光,泽湿叶枝桑。
唯有多情女,琴音久不藏。

346 白华
江山一女流,日月半春秋。
尽是堂中客,如何御下忧。

347 绵蛮
行行止止一言堂,古古今今半海光。
黄鸟声鸣君子客,田桑社日醉人乡。

348 瓠叶
深山一月明,市井半无声。
唯有知心客,与共向已情。

349 渐渐之石
一山石木一峰高,半水江河半泽漕。
武士风云群立志,匹夫之勇逐波涛。

350 苕之华
春秋各不生,南北自无荣。
天下知辛苦,人间向枯荣。

351 何草不黄
春秋半枯黄,冬夏一终肠。
梦里征夫泪,心中向暖凉。

352 大雅
纣废周兴半帝分,旧邦枸易一文王。
三千弟子多行客,八百年中几梓桑。

353 大明
周易兴师待武王,于京不如渭舟梁。
明明在下皇皇上,驷駵彭彭治四方。

354 绵
宣父姬昌自鹛迁,岐山沮漆水相连。
瓜瓞伏土绵绵逐,天作之合命自天。

355 之二
亶父一姬昌,周门半女姜。
渭滨寻吕尚,拘易立朝堂。

356 棫朴
天下一文王,人间半将相。
三公平国治,九派考师章。

357 旱麓
鱼在深渊鹤在天,风平浪静渭平船。
明明上下知今古,济济枝条满社田。

358 思齐
太任周姜大姒娘,一周三世中文王。
雍雍国诏岐山下,肃肃家宗一誉堂。

359 皇矣
太伯此去一江苏,王季文王半不虞。
渭将岐阳铭社稷,弟兄西顾向江湖。

360 灵台
渭将一灵台,岐山半鼓催。
辟雍王事雅,铺贲日初开。

361 下武
天下一文章,人间半暖凉。
诸侯阡陌误,何处向成王。

362 文王有声
丰镐一半京,经渭西三荣。
谁汲幽王向,兴亡烽火生。

363 生民
天下尧农生,人间稼穑情。
后稷姜嫄子,瓜瓞秩序成。

364 行苇
一酒醉千秋,三生向九流。
王生王子女,凤落凤凰求。

365 既醉
无知一是非,有愿半微微。
进退听君告,阴晴去不归。

366 凫鹥
鹥凫一飞鸿,泾溇半无声。
于宗坛上客,来上向人情。

367 假乐
皇皇穆穆一君王,济济明明半世光。
子子臣臣德令显,扬扬抑抑士无疆。

368 公刘
天下一公刘，人间半不求。
阴阳观易变，邠豳自迁留。

369 泂酌
民之父母情，社稷子孙城。
君子知天地，澄清水允行。

370 卷阿
梧桐凤求凰，君子易沧桑。
吉士忧心尽，人臣宇贩章。

371 板
老夫灌灌一酬谋，小子跃跃半不忧。
八百年中周将至，埙篪尽是苦音流。

372 荡
靡不当初克有终，殷商强御帝王国。
汝兴是力流言在，有义何人向大同。

373 抑
无言不仇一泉流，是报非德半教休。
桃李春秋知慎抑，兴迷于乱谓何忧。

374 桑柔
一叶光明一叶荫，十年桑木十年林。
何留稼穑何留莞，采尽分枝采尽心。

375 云汉
云汉迢迢祈雨声，斯牲赫赫向天成。
靡神不举兢兢业，后稷还临稼穑情。

376 崧高
申伯于谢召伯行，亹亹藐藐土峙成。
四国平宁宣甫翰，一王作俑是风情。

377 烝民
温良坚毅一世雄，谨慎耿直半国风。
夙夜仪图爱莫助，小心翼翼御西东。

378 韩奕
人前彼此一诸侯，烽火梁山半不休。
王命攘夷臣尤在，以亲嫁女为兴周。

379 江汉
江汉浮浮向蜀吴，淮夷落落向姑苏。
周王秬鬯三江水，南海无疆一玉壶。

380 常武
赫赫名名一士卿，宣王尚武半淮行。
四国不尽江汉在，楚浦川流是弟兄。

381 瞻卬
一妇倾城半枯荣，三公旁落九州行。
幽王烽火诸侯戏，何必难言女子名。

382 召旻
一人得道一兴亡，半部江山半部墙。
隔岸还呼寻渡口，春秋战国几芬芳。

383 清庙
周家八百年，孔子士三千。
帝子悠悠去，儒风代代延。

384 维天之命
家国一天成，田桑半枯荣。
殷纣荒淫酒，文王拘易名。

385 维清
泾渭百分明，商周有浊清。
一人维典雅，八百岁不名。

386 烈文
前王不忘文，后世有侯昌。
天下无疆界，人间自纷纭。

387 天作
人间一子孙，天下半儿根。
十万年来去，三千子冷温。

388 昊天有成命
何谓一成名，春秋半枯荣。
人间多土地，天上少人情。

389 我将
庶子将牛羊，王侯统四方。
田向求稼穑，上帝守明堂。

390 时迈
群雄在四方，地主问千羊。
谁见耕耘苦，农民少得偿。

391 执竞
三世武成康，一周几代王。
江山多易主，社稷自炎凉。

392 思文
田亩种黍粱，农民稼穑扬。
人心知后稷，世代自无疆。

393 臣工
周家五色土中央，社稷神田上帝忙。
但得群臣知种籽，丰登谷黍有安康。

394 噫嘻
春播一粒粱，秋获百仓黄。
只有农夫谷，怡年帝子肠。

395 振鹭
振鹭自飞扬，塘雍诸芷芳。
年年寻客向，处处待衷肠。

396 丰年
社稷一年粱，人间百世芳。
牛羊烝祖比，酒肉醉中尝。

397 有瞽
庭荫枧圉扬，钟鼓好年光。
一曲三声尽，余音半绕梁。

398 潜
人人祀大年，岁岁有鱼鲜。
漆沮东流水，鳣鲦共坐县。

399 雍
雍雍一殿堂，肃肃半宗芳。
父母知天下，儿孙向四方。

400 载见
阳阳旭日光，肃肃武王堂。
八百年天下，商周一半凉。

401 有客
微山日月光,宋客半湖洋。
自渡殷商尽,还寻各自芳。

402 武
一文一武七弦琴,大地云天半帝音。
留汲子孙皇父母,乾坤儿子一衣襟。

403 闵予小子
小子顺成王,嬛嬛向爷娘。
於呼皇者在,夙夜守平章。

404 访落
天下一家邦,东流半大江。
维予知小子,孝敬守寒幢。

405 敬之
天道一沧桑,人人一半暖。
敬之明日月,冬夏易青黄。

406 小毖
周公摄政王,管叔暗中伤。
谁记谣言起,前非自蓼尝。

407 载芟
十万万秋梁,垓京兆亿长。
田庄禾百谷,驿驿黍千香。

408 良耜
社日醉无休,邦家酒自流。
阳阳多黍稷,夜夜止心忧。

409 丝衣
绵绣玉衣裳,堂皇紑媚娘。
田中多日月,草木自然芳。

410 酌
尤有武王声,周师伐纣成。
唯闻天下事,不得浪虚名。

411 桓
桓桓一武王,楚楚半天昌。
顺应家民意,昭昭是帝皇。

412 赉
武王伐纣一周成,天下人心半礼荣。
唯有农夫田地上,年年岁岁不知名。

413 般
大武山川一路引,半周天下半周名。
尤留战国春秋客,此处无声彼处声。

414 鲁颂
駉駉牡马鸣,绎绎徂原生。
楚楚知天子,祛祛向众生。

415 有駜
駜駜一雄风,明明半鲁公。
云天飞白鹭,夙夜待人情。

416 泮水
泮水苍茫鲁国疆,睢夷文武孔博长。
人才济济昭昭采,兵马桓桓故故乡。

417 闭宫
洋洋洒洒子鱼章,枚枚实实闭殿香。
封赐周公鲁士在,思嫄故国顺时昌。

418 商颂
殷商造就一成汤,鼓乐心怀万世王。
万寿无疆百寿尽,自然天地是沧桑。

419 烈祖
无疆前后是无疆,永驻沉浮永驻荒。
退避三军何得意,不擒耄子待兴亡。

420 玄鸟
武丁中兴济世扬,黄河流水野茫茫。
照照赫赫殷玄鸟,缺缺圆圆正四方。

421 长发
伊尹成汤夏易商,昆梧桀灭自天皇。
武王烈烈宣天地,帝帝昭昭九有梁。

422 殷武
宋人商颂武丁名,妇好三军占卜生。
殷道中兴民不语,开明盛世盼君明。

423 诗经 又
周南商颂客诗经,草木阴晴自青青。
风雅颂声君子座,关雎殷武谁浮萍。

苟日新，日日新，又日新

——《诗词盛典》系列丛书后记

余七十九岁，跟随共和国七十年，二万五千五百五十天，著作诗词盛典ⅠⅡⅢ格律诗词共十三万五千首，青文贤之例，著格律诗词。今得付梓，首先要感谢中国书籍出版社有限公司，感谢王平社长、刘向鸿总编和刘娜、吴化强、刘畅、初仁责任编辑。

吕长春生于1942年2月3日（农历）原辽东省桓仁县桓仁镇天后村，祖父吕洪尊与吕刘氏自山东胶州闯关东。父吕传德，母丛润花，兄吕长录，吕长清，弟吕长义，吕长茂，妹吕燕滨，祖上历代为农，乡间行医修桥铺路，自立门户。

祖父教我行善，父亲教我种田，每亩高粱六千颗，一万八千籽，一粒一粒种，一颗一颗收，这就是大自然的足迹和力量，日日新。

1949年春解放入小学，私塾先生作了老师，问道"你会数数吗？""12345678910""1+1"等于几？"2"再加1等于几？"3"好"一生二，二生三，三生无限"。"你会背唐诗吗"？"床前明月光，疑是地上霜。举头望明月，低头思故乡。"这是李白之"静夜思"。我知李白，但不知"静夜思"这一天，我写了人生第一首诗。（见诗词盛典Ⅰ第十五卷古今诗之学生篇），由是从零开始，追随唐诗宋词的丰碑，步入中华国粹之史册。

学生伊始，桓仁镇西关小学，桓仁中学初中、高中、1967年北京钢铁学院大学毕业，继当工人、作翻译、忝列专家。

后 记

　　1978 年全国科技大会凭专著《热宽带轧计算机系统》被选入中华人民共和国冶金部计算机中心工作，受中国科学院数学所，联合国教科文组织和英国皇家计算中心培训，译有《计算机信息系统》《多学科协作的系统工程方法论》等书。每日 2000 字草清稿，昼夜不误。

　　1980 年任香港招商局蛇口工业区专家组长，潘琪部长领我们访问英国马克思墓，他说："李太白说低头思故乡，我们在这里低头，这里是无产阶级的故乡。我们从无而来，到无而去。"教人深省。我作："床前一月光，地上半层霜。俯首寻踪跡，扬言对故乡。"

　　人的足迹，人，第一步，左一步右一步，步步向前；第一事，成一事，事事向成。向前、向成是人类优秀的品性，日臻完美之品性。

　　1982-1999 年，先后供职国务院经济研究中心，国务院农村能源办，国务院编制局，全国地铁办并任中法外交使节，任副处长，正处长，副司长，主任等职，参与起草政府工作报告，提出设立国家决策系统执行系统信息反馈和控制系统。步及千余县，二百余市和六十八国。我曾站在赫鲁晓夫只有黑白两色的大理石塑像前，这位政治家没有中间，立场只有黑与白。我曾站在格林威治天文台东西两半球分界线上想到何为东，何为西，由之想到一带一路；想到地球是圆的，又由之想到建设人类共同体。1999 年苏州工业园区以正司正厅长职退休。任马来西亚和巴布亚新几内亚国家顾问。

　　1999.6.28-2020.6.28，其间 7665 天，日日沉浸格律诗词。遂有诗词盛典Ⅰ——由古今诗佩文韵韵工格律化，著吕长春格律诗词六万八千首；后著诗词盛典Ⅱ——读写格律康熙御制全唐诗五万首；再著诗词盛典Ⅲ——读写唐圭璋全宋词一万七千余首。

　　上下之中，进退之中，向背之中，天地之中，阴阳之中，零一之中，成败之中，一集之中，有无之中，是非之中，中中之中，中在那里，诗词盛典，有所求也。

此生从小学第一课"人"而始，人加一是大，大加一是天，天地方圆。日日步步而行，时时事事而为，跟随共和国70年，25550天平均每日5-6首诗词。

人生的路，跟随唐诗宋词的路，跟随文化丰碑的路，跟随人类历史的路，一天天，一步步，十三万五千首。我非诗人，却成诗人，中华民族是诗词的国度，是格律方圆的国度，跟随共和国循此一生。难也，不难，而难，可载入中华史册。

诗词盛典格律诗词十三万五千首，一千万字，万里长城有一千七百万砖，相当于半座万里长城。一步一步地走入，一首一首地著写，不到长城非好汉。

李白，唐第一诗人，九百余首古今诗，李太白全集九十八万字；康熙御制全唐诗四万八千九百余首古今诗，全唐二千二百余诗人，全唐诗四百万字。杜甫一千一百七十首，白居易两千七百四十首，李商隐五百三十六首，杜牧五百一十四首，孟浩然三百二十一首，刘禹锡七百三十二首，王昌龄二百一十首，李贺二百三十八首。唐诗之足迹，唐诗之丰碑，人类之史册，我跟随前人走来。

苏东坡，宋第一词人，四百余首词。苏轼词全集五十万字，秦观五百六十四首、辛弃疾八百一十六首、陆游九千三百六十二首、欧阳修一千一百八十八首、晏殊三百八十二首、周邦彦二百五十四首、柳永二百九十一首、范仲淹三百一十三首、宋词之豪放、婉约、清气俱在其中，我仰慕前贤，词中留下词的历程。

唐圭璋全宋词一万六到一万八千首。"词律辞典"载："总9032首。1242调，3412体，50大曲，910别名词，总3773首。"（全宋词未计入之漏掉210调）全宋一千三百余词人。

荷马，世界第一诗人，伊利亚特全诗一万五千六百九十三行，三十九万五千字，奥德赛全诗一万二千一百调一十行，总计二万七千八百六十三行。三十万五千字，以体量计，世界第二大诗人莎士比亚、第三诗人歌德、第四诗人泰戈尔、第五诗人普希金。

吕长春诗词盛典十三万五千首诗词，不计长句，以八句律诗为八行计约一百

后 记

零八万行。诗之不可比，诗人与诗人可比，数量与质量，数量之中有质量，质量之中又数量，才是旷世之作。

人类的里程就是文化的沉积，文化的沉积就是人类的里程，诗词就是人类的里程碑。

"盘铭"曰："苟日新，日日新，又日新"。

吕长春

二〇二〇年六月二十八日